Le
Talisman

Diana Gabaldon

Le
Talisman

Roman

Libre Expression

Données de catalogage avant publication (Canada)
Gabaldon, Diana
Le talisman
Traduction de : Dragonfly on amber.
Éd. originale : 1997.
ISBN 2-89111-988-6
I. Safavi, Philippe. II. Titre.
PS3557.A22D714 2002   813'.54   C2002-940537-8

Titre original
DRAGONFLY IN AMBER

Traduit par
PHILIPPE SAFAVI

Maquette de la couverture
FRANCE LAFOND

Éditions Libre Expression
division de Éditions Quebecor Média inc.
7, chemin Bates,
Outremont (Québec) H2V 4V7

Dépôt légal :
2ᵉ trimestre 2002

ISBN 2-89111-988-6

À mon mari, Doug Watkins,
pour m'avoir fourni la matière première.

Prologue

Par trois fois, je me suis réveillée dans la pénombre des premiè-
res heures de l'aube : d'abord, la gorge nouée par le chagrin ;
ensuite, le sourire aux lèvres ; et enfin, le cœur écrasé par une
terrible solitude. **La première fois, je me suis réveillée lentement,**
les joues baignées de larmes, oppressée par le sentiment d'une perte
irréparable. *J'ai enfoui mon visage dans l'oreiller trempé, comme*
on cherche le réconfort d'un linge humide sur son front fiévreux,
et je me suis laissée glisser sur la rivière salée de l'affliction, vers
les profondeurs souterraines du sommeil.

La deuxième fois, je me suis réveillée en sursaut, agitée par une
jouissance féroce, le corps tendu comme un arc, les reins cambrés
par l'agonie exquise de l'union physique. Je sentais encore la cha-
leur de son corps sur le mien, se diffusant jusqu'au bout de mes
artères, tandis que des vagues de plaisir irradiaient de mes entrail-
les. J'ai refoulé la conscience, me retournant entre mes draps à la
recherche de l'odeur chaude et épicée d'un homme au désir repu,
et je me suis blottie dans les bras rassurants de mon amant, le
sommeil.

La troisième fois, je me suis réveillée seule, hors de portée du
chagrin ou de l'amour. **La vision des menhirs était encore fraîche**
dans mon esprit : un petit cercle de pierres dressées au sommet
d'une colline verdoyante. Cette colline s'appelle Craigh na Dun : la
colline aux fées. Certains la prétendent enchantée, d'autres affir-
ment qu'elle est maudite. Tous ont raison, mais tous ignorent
encore la fonction exacte de ces pierres dressées.
Tous... sauf moi.

PREMIÈRE PARTIE

À travers un miroir de larmes
Inverness, 1968

1

Une visite fortuite

Roger Wakefield était planté au milieu de la pièce, ne sachant par où commencer. Non qu'il se sentît seul, loin de là : autour de lui était rassemblé un énorme bric-à-brac de souvenirs de famille, de paperasserie et d'objets hétéroclites glanés on ne sait où. Le bureau était saturé de tables prêtes à s'écrouler sous les papiers, de lourds fauteuils victoriens garnis de têtières brodées, de coussins au point de croix et de toiles indiennes, et de petits tapis jetés sur le parquet ciré, prêts à se dérober sournoisement sous un pied innocent. Et encore ! Ce n'était là que l'une des douze pièces pleines à craquer de meubles, de vêtements et de dossiers. Sans compter les livres, encore des livres, rien que des livres...

Trois des murs du bureau étaient tapissés d'étagères qui ployaient sous le poids des livres. Des romans policiers aux jaquettes bon marché étaient empilés en hautes colonnes instables et colorées au pied de rangées serrées d'éditions de luxe reliées en agneau. Des albums illustrés étaient écrasés entre les volumes rares arrachés à l'oubli sur les étals de bouquinistes. Et, tout autour, pointaient les bords écornés et jaunis de milliers de pamphlets, de brochures, de tracts et de manuscrits brochés à la main.

Le reste du presbytère était à l'avenant. Il n'y avait pas une surface plane qui ne soit encombrée de livres et de papiers. Dans toutes les pièces, armoires et placards menaçaient d'exploser sous la pression. Il faut dire que le révérend Reginald Wakefield, défunt père adoptif de Roger, avait mené plus de quatre-vingts ans d'une existence bien remplie, au cours de laquelle il semblait n'avoir jamais rien jeté.

Roger eut une envie soudaine de prendre ses jambes à son cou, de se jeter dans son Austin Mini et de rentrer en trombe à Oxford, abandonnant la maison où il avait grandi à la merci des intempéries et des voyous.

« Pas de panique, mon vieux ! Ce n'est pas la mer à boire. Les livres, c'est ce qu'il y a encore de plus facile à trier. Ensuite, il suffira d'appeler des déménageurs qui se feront un plaisir de tout embarquer. Il leur faudra sans doute un cinq tonnes, mais c'est leur affaire, après tout. Quant aux vêtements, pas de problème : l'Armée du Salut prendra le tout. »

Il se demanda ce que ferait l'Armée du Salut d'un lot de costumes trois pièces en serge grise datant de la dernière guerre, mais les sans-abri étaient sans doute moins difficiles. Il sentit un peu de son courage lui revenir. Le département d'Histoire de l'université d'Oxford lui avait accordé un mois de congé pour régler la succession du révérend. Peut-être que cela suffirait. Dans ses pires moments de découragement, il lui semblait qu'il en aurait pour des années.

Il s'approcha de l'une des tables et tourna entre ses mains une bonbonnière en porcelaine. Elle était remplie de *gaberlunzies* en plomb, insignes rectangulaires que les paroisses distribuaient aux vagabonds au XVIIIe siècle, et qui les autorisaient à mendier sur leur territoire. Près de la lampe se trouvaient une collection de flacons en grès et une tabatière en corne incrustée d'argent. Qu'en faire ? Léguer le tout à un musée ? Qui serait intéressé ? Passionné par l'histoire de sa région, le révérend avait fait du XVIIIe siècle son terrain de prédilection et la maison regorgeait d'objets et de documents liés aux mouvements jacobites [1].

Roger caressa du bout des doigts l'inscription gravée sur le couvercle de la tabatière : *Diacres et Trésoriers de la Corporation des Tailleurs de Canongate, Édimbourg, 1726.* Pourquoi ne pas garder pour lui certains des bibelots les plus précieux du révérend ?... Il se reprit aussitôt, secouant la tête d'un air résolu.

— Pas question ! C'est comme ça qu'on finit clochard !

On commençait toujours par conserver quelques objets auxquels on accordait sottement une valeur sentimentale, puis on en rajoutait d'autres, et d'autres encore, se prenant au jeu du collectionneur. Bientôt, on ne pouvait plus se séparer de rien, et on vivait au milieu d'un véritable capharnaüm accumulé de génération en génération.

— Et arrête de marmonner tout seul comme un vieux garçon ! bougonna-t-il entre ses dents.

L'image du capharnaüm associée à celle des générations venait de lui rappeler le garage, et il sentit son courage l'abandonner de nouveau. Il avait été adopté par le révérend, en fait son grand-oncle, à l'âge de cinq ans, après avoir perdu sa mère

---

1. Durant tout le XVIIIe siècle, une agitation jacobite persista en Écosse, en faveur du rétablissement de Jacques II Stuart sur le trône anglais, puis de Jacques III et du fils de ce dernier, Charles-Édouard. *(N.d.T.)*

lors des bombardements sur Londres, puis son père, abattu dans son avion quelque part au-dessus de la Manche. Avec sa manie de tout conserver, le révérend avait entassé tous les effets des parents de Roger dans le garage, dans un amoncellement de caisses et de malles. Personne n'y avait touché depuis au moins vingt ans.

À l'idée de devoir fouiller ces vieux souvenirs, Roger laissa échapper un gémissement.

— Tout, mais pas ça !

Il ne s'agissait pas vraiment d'une prière, mais son souhait fut néanmoins exaucé, car on sonna à la porte.

Par temps humide, c'est-à-dire toujours, le bois de la porte d'entrée avait tendance à gonfler, et Roger dut s'y reprendre à deux fois avant de l'ouvrir brutalement dans un crissement sinistre. Une femme d'une quarantaine d'années se tenait sur le seuil.

— Bonjour, madame, que désirez-vous ?

Elle était très jolie. De taille moyenne, elle était fine et vêtue de blanc, avec d'épaisses boucles châtains rassemblées en un chignon flou. Mais le plus frappant chez elle, c'était ses yeux extraordinaires : exactement la couleur du vieux cognac.

Elle le regarda de bas en haut d'un air amusé, et le dévisagea avec un grand sourire.

— Je sais que c'est idiot à dire, mais c'est fou ce que vous avez grandi, Roger !

Celui-ci sentit aussitôt ses joues rosir. L'inconnue se mit à rire et lui tendit la main.

— Vous êtes bien Roger, au moins ? Claire Randall... je suis une vieille amie du révérend. La dernière fois que je vous ai vu, vous n'aviez que cinq ans.

— Euh... Vous étiez une amie de mon père ? Alors vous avez sans doute appris...

Le sourire éclatant s'effaça aussitôt.

— Oui, j'ai été désolée d'apprendre la triste nouvelle. Le cœur, n'est-ce pas ?

— Oui. Il est parti d'un seul coup. J'arrive justement d'Oxford pour mettre un peu d'ordre dans... tout ça.

Il balaya le vestibule derrière lui d'un geste de la main.

— Si je me rappelle bien le bureau de votre père, vous en avez au moins pour jusqu'à Noël prochain !

— Dans ce cas, on devrait peut-être laisser monsieur tranquille, déclara une voix douce derrière l'intruse.

— Oh, pardon, chérie, je t'avais oubliée ! dit Claire.

Elle s'écarta, révélant une jeune fille restée quelques pas en arrière sous le porche.

— Roger Wakefield... ma fille, Brianna.

Brianna Randall le salua d'un petit signe de tête, esquissant un sourire timide. Roger la fixa un long moment sans rien trouver à dire, puis se rappela les bonnes manières.

Il recula précipitamment d'un pas et ouvrit la porte en grand, se demandant soudain depuis combien de temps il n'avait pas changé de chemise.

— Mais non, mais non, pas du tout ! s'écria-t-il. Justement, je cherchais un prétexte pour ne pas me mettre au travail. Entrez, je vous en prie.

Il les conduisit dans le bureau du révérend. S'effaçant sur le seuil de la pièce pour les laisser passer, il remarqua qu'en plus d'être plutôt jolie, la Brianna en question était une des filles les plus grandes qu'il ait jamais vues d'aussi près. Elle devait approcher le mètre quatre-vingts, déduisit-il en la voyant passer de justesse sous le linteau de la porte. Lui emboîtant le pas, il bomba inconsciemment le torse et manqua de se cogner la tête contre la poutre.

— J'aurais aimé pouvoir venir plus tôt... commença Claire Randall en s'enfonçant dans la bergère.

La grande baie vitrée, qui occupait le quatrième mur du bureau, inondait la pièce de lumière, et les rayons du soleil projetaient des reflets dorés dans la coiffure de sa visiteuse. Une longue mèche s'échappa de son chignon et elle la remit en place machinalement.

— À vrai dire, j'avais prévu de venir l'année dernière, mais j'ai été retenue à Boston par une urgence à l'hôpital... C'est que je suis chirurgien, expliqua-t-elle.

L'air surpris de Roger la fit sourire, mais elle poursuivit imperturbablement :

— Je l'ai regretté d'autant plus quand j'ai appris la mort de votre père. J'aurais tellement aimé le revoir !

Roger n'osa pas leur demander pourquoi elles étaient venues aujourd'hui, sachant que le révérend était mort.

— Vous êtes ici en vacances ? s'enquit-il.

— Oui. Nous avons débarqué à Londres, puis nous avons loué une voiture pour monter jusqu'ici.

Se tournant vers sa fille avec un sourire attendri, Claire ajouta :

— Je voulais que Bree connaisse son pays. À entendre son épouvantable accent américain, on a du mal à le croire, mais c'est une Anglaise de pure souche, comme moi, même si elle n'a jamais vécu ici.

— Vraiment ?

Roger lança un regard vers Brianna. Effectivement, elle ne faisait pas très anglais : mis à part sa taille, elle avait une épaisse chevelure rousse qui lui tombait en cascade sur les épaules et un visage aux traits anguleux, avec un nez un brin trop long.

— Je suis née aux États-Unis, expliqua-t-elle. Mais mon père et ma mère sont... je veux dire, *étaient* tous les deux anglais.

— Étaient ?

— Mon mari est décédé il y a deux ans, précisa Claire. Vous l'avez connu, je crois... Frank Randall.

— Frank Randall ! Mais bien sûr !

Roger se frappa le front et se sentit rougir en entendant Brianna glousser de rire.

— Vous devez me prendre pour un idiot ! s'excusa-t-il, mais je viens enfin de comprendre qui vous étiez.

Le professeur Randall était un éminent historien et un grand ami du révérend. Les deux hommes avaient entretenu toute leur vie une étroite correspondance, échangeant documents et informations sur les jacobites. Mais une bonne dizaine d'années s'étaient écoulées depuis la dernière visite de Randall.

— Vous comptez sans doute faire le tour des sites historiques de la région ? demanda Roger. Êtes-vous déjà allées à Culloden[1] ?

— Pas encore, répondit Brianna. Nous projetons d'y faire un saut cette semaine.

— Pour cet après-midi, nous avons loué les services d'un guide qui doit nous promener sur le loch Ness, ajouta sa mère. Demain, nous pousserons peut-être jusqu'à Fort William, à moins que nous n'allions faire du lèche-vitrines à Inverness. C'est fou ce que la ville s'est développée depuis ma dernière visite !

— C'était il y a longtemps ?

Roger se demandait s'il devait proposer de leur faire visiter quelques sites. Il n'en avait guère le temps, mais cela aurait sans doute fait plaisir au révérend. Il avait eu une grande affection pour son ami Frank. En outre, une balade en voiture jusqu'à Fort William en compagnie de deux jolies femmes était une perspective nettement plus séduisante que le tri du garage, qui figurait en deuxième position sur sa liste de corvées.

— Oh, il y a plus de vingt ans, soupira Claire Randall... une éternité !

---

1. En 1746, la bataille de Culloden, perdue par Charles-Édouard Stuart (Bonnie Prince Charlie) au profit des troupes anglaises et unionistes, met fin aux espoirs de rétablissement des Stuarts sur les trônes d'Angleterre et d'Écosse. *(N.d.T.)*

17

L'accent ému dans sa voix surprit Roger qui leva les yeux vers elle. Elle souriait toujours.

— Eh bien... se hasarda-t-il. Si je peux faire quelque chose pour vous pendant votre séjour dans les Highlands...

Le sourire de Claire se figea et une lueur d'intérêt brilla dans ses yeux. C'était l'occasion qu'elle attendait. Elle lança un regard interrogateur à sa fille, et se tourna de nouveau vers lui.

— Puisque vous le proposez si gentiment... commença-t-elle.

— Maman ! la coupa Brianna en se raidissant dans son fauteuil. On ne va pas ennuyer M. Wakefield avec ça. Il a d'autres chats à fouetter !

D'un mouvement du menton, elle indiqua les montagnes de papiers sur le secrétaire, les piles de cartons, les hautes colonnes de bouquins...

— Mais vous ne m'ennuyez pas du tout ! protesta Roger. Euh... qu'est-ce que je peux faire pour vous ?

Claire adressa une petite grimace comique à sa fille.

— Je n'ai pas l'intention de l'arracher à son travail, ma chérie. Mais il connaît peut-être un spécialiste qui pourrait nous aider.

Se tournant vers Roger, elle expliqua :

— Il s'agit d'un petit travail de recherche. J'ai besoin de quelqu'un qui connaisse bien le mouvement jacobite, les soulèvements populaires, les tentatives des Stuarts, le débarquement et la campagne de Bonnie Prince Charlie, tout ça...

Sa curiosité piquée, Roger se pencha en avant.

— Les jacobites ? Ce n'est pas vraiment mon domaine, mais je m'y connais un peu. Le contraire serait étonnant, ayant grandi à deux pas de Culloden.

Il se tourna vers Brianna pour expliquer :

— C'est là-bas que s'est déroulée la dernière grande bataille. Les insurgés du prince Charles-Édouard Stuart y ont affronté les armées du duc de Cumberland... et se sont fait littéralement massacrer.

— Exact, renchérit Claire. C'est précisément sur ce point que j'ai besoin d'informations.

Elle fouilla dans son sac et en sortit une feuille de papier pliée en quatre qu'elle lui tendit.

Roger l'examina brièvement. C'était une liste de noms, une trentaine, tous des hommes. En haut de la feuille, une inscription indiquait : *Soulèvement jacobite de 1745, Culloden.*

— Ces hommes ont tous combattu à Culloden ? demanda-t-il.

— Oui. J'ai besoin de savoir lesquels parmi eux ont survécu à la bataille.

Roger se gratta le menton en inspectant de nouveau la liste.

— La question est simple, mais la réponse risque d'être compliquée à trouver. Il y a eu tant de morts à Culloden que la plupart des Highlanders tombés au combat n'ont pu recevoir une sépulture individuelle. Ils ont été regroupés par familles et jetés dans des fosses communes, avec pour seule épitaphe une pierre tombale collective portant le nom de leur clan.

— Je sais, dit Claire. Brianna n'y est pas encore allée, mais moi si... il y a longtemps.

Une ombre traversa son regard, qu'elle dissimula hâtivement en plongeant de nouveau le nez dans son grand sac. Cela n'avait rien d'étonnant, Culloden était un lieu sinistre. La première fois qu'il l'avait visité, Roger lui-même en avait eu les larmes aux yeux. Ce n'était qu'une vaste étendue de lande balayée par des vents amers, où résonnaient encore les cris d'agonie de milliers de vies gâchées par un carnage absurde.

Claire déplia plusieurs autres papiers et les lui tendit. Son long doigt blanc suivit la marge de l'un des documents. Elle avait de très belles mains, observa Roger mentalement. Fines, gracieuses et soigneusement entretenues, avec une seule bague à chacune. Celle de la main droite était surprenante : un large anneau d'argent gravé des deux rameaux entrelacés des Highlands et rehaussé de fleurs de chardon.

— Voici le nom des épouses, enfin, celles que j'ai pu retrouver. J'ai pensé que ce serait utile. En effet, celles dont les maris sont morts à Culloden se sont probablement remariées ou ont émigré. On devrait donc pouvoir en retrouver des traces dans les registres paroissiaux, non ? Elles venaient toutes de la même paroisse. Leur église se trouvait à Broch Mordha. C'est à plusieurs dizaines de kilomètres d'ici, vers le sud.

— Excellente idée ! dit Roger légèrement surpris. C'est le genre de détail auquel seul un historien penserait.

— Je n'appartiens pas à cette catégorie d'êtres bizarres que sont les historiens, répliqua Claire d'un air taquin, mais on ne partage pas pendant plus de vingt ans la vie de l'un d'entre eux sans que cela ne déteigne sur vous.

— Naturellement.

Roger bondit soudain de sa chaise.

— Je suis au-dessous de tout ! Je ne vous ai même pas offert à boire ! Laissez-moi vous servir un verre, puis nous reparlerons de tout ça. Je pourrais peut-être vous aider moi-même.

Il dénicha rapidement le petit bar du révérend dans le désordre général, et revint avec trois verres de whisky sur un plateau. Il avait rajouté une bonne dose de soda dans celui de Brianna, mais la jeune fille n'y goûta que du bout des lèvres, pinçant le nez comme s'il s'agissait de soude caustique. Sa mère, en revanche, but le sien sec avec un plaisir évident.

Roger se rassit et parcourut de nouveau les documents.

— Sur le plan purement historique, c'est un travail de recherche intéressant. Vous dites que tous ces hommes venaient de la même paroisse ? J'en vois un bon nombre qui s'appellent Fraser ; je suppose qu'ils appartenaient au même clan ?

Claire hocha la tête, les mains posées sur les genoux.

— Ils venaient tous du même domaine : Broch Tuarach. Il y a une petite ferme là-bas, qu'on appelle Lallybroch. Ils appartenaient au clan Fraser, mais n'ont jamais prêté le serment d'allégeance à son chef, lord Lovat. Ils ont été parmi les premiers à se soulever. Ils ont participé à la bataille de Prestonpans, alors que les hommes de Lovat ne se sont joints aux troupes du prince Stuart que bien plus tard, juste avant Culloden.

— Vraiment ? Voilà qui est intéressant !

Au XVIIIe siècle, les petits fermiers et les métayers quittaient rarement leur lieu de naissance. Ils étaient enterrés dans le cimetière de leur village et leur mort était soigneusement consignée dans les registres de leur paroisse. Mais, en 1745, les tentatives de celui que les Highlanders appelaient affectueusement « Bonnie Prince Charlie » pour remonter sur le trône d'Écosse avaient définitivement bouleversé le cours normal des choses.

Pendant la famine qui avait suivi le massacre de Culloden, de nombreux Highlanders avaient émigré vers le Nouveau Monde ; les autres avaient déserté les landes et les glens pour s'entasser dans les villes, à la recherche de nourriture et de travail. Ils étaient peu nombreux à être restés sur leurs terres, accrochés désespérément à leurs traditions.

— Il y a là de quoi écrire un article passionnant, s'enthousiasma Roger. Prendre un groupe d'individus au hasard et suivre leur destinée jusqu'au bout... Naturellement, s'ils étaient tous morts à Culloden, il n'y aurait pas grand-chose à dire, mais puisque vous dites que certains d'entre eux ont survécu...

Même si Claire ne lui avait encore rien demandé, le projet titillait sa curiosité d'historien.

— Je crois que je peux vous aider, annonça-t-il enfin.

Le visage de Claire s'illumina.

— Vraiment ? Vous êtes un ange !

— Mais non, ça me changera les idées.

Il replia le papier et le déposa sur la table.

— Je vais m'y mettre dès cet après-midi. Au fait, la route depuis Londres vous a plu ?

Là-dessus, la conversation dévia vers des généralités. Les Randall se lancèrent dans le récit de leur traversée, lui contant les anecdotes de leur voyage et leurs impressions sur la campagne anglaise. L'attention de Roger était ailleurs. Il réfléchissait à la meilleure manière de procéder pour ses recherches. Il n'avait pas la conscience tout à fait tranquille : il aurait dû s'occuper avant tout des affaires de son père. D'un autre côté, fouiller l'Histoire était son métier, après tout ! Et qui sait s'il ne pourrait pas faire d'une pierre deux coups : il trouverait sans doute des informations en triant les dossiers du révérend. Le garage comptait douze cartons portant l'étiquette : « Jacobites, divers ». Rien que d'y penser, il en avait des haut-le-cœur.

Il fut extirpé de ces mornes pensées par le mot « druidesses » qui venait de surgir dans la conversation.

— Des druidesses ? sursauta-t-il.

Il lança un regard perplexe vers le fond de son verre, se demandant s'il n'avait pas oublié le soda.

— Vous n'étiez pas au courant ? s'étonna Claire. Le révérend les connaissait, même s'il faisait mine de ne rien savoir. Il faut dire qu'il ne les prenait pas très au sérieux. C'est sans doute pour ça qu'il ne vous en a jamais parlé.

Roger se gratta le crâne, ébouriffant son épaisse tignasse noire.

— Non, ça ne me dit rien du tout... Mais vous avez raison, Père n'attachait pas beaucoup d'importance à ce genre de jeux pour grands enfants.

— Je crois que ça allait un peu plus loin que ça.

Claire croisa les jambes. Un rayon de lumière fit luire le Nylon de ses bas, mettant en valeur la finesse de ses chevilles.

— Lorsque je suis venue ici avec Frank... Mon Dieu ! dire que ça fait déjà plus de vingt ans !... le révérend lui a parlé d'un petit groupe de gens du coin qui perpétuaient les anciens rites celtes... des sortes de druides modernes. J'ignore à quel point ils étaient authentiques ; sans doute pas trop.

Brianna se pencha en avant, intéressée, son verre de whisky intact dangereusement incliné dans sa main.

— Compte tenu de sa position, le révérend ne pouvait pas reconnaître officiellement leur existence, mais sa gouvernante, Mme Graham, faisait partie du groupe. C'est à travers elle qu'il se tenait discrètement au courant de leurs activités. Un jour, il a prévenu Frank qu'une espèce de cérémonie allait se tenir à la veille de Beltane, c'est-à-dire le 1er mai.

Roger hocha la tête, essayant d'imaginer Mme Graham, avec ses perles et son air digne, sautillant entre des menhirs en lançant des incantations, le visage peinturluré de symboles païens. Il se souvint vaguement d'un texte où l'on racontait que les druides sacrifiaient des victimes humaines en les faisant brûler dans des cages en osier, ce qui cadrait mal avec l'image d'une vieille gouvernante de presbytère.

— Il y a un cromlech au sommet d'une colline pas loin d'ici, poursuivit Claire. Nous y sommes allés avant l'aube pour... les épier.

Elle leva les mains d'un air résigné.

21

— Vous savez comment sont les historiens ! Ils ne reculent devant rien quand ils flairent une piste qui pourrait faire avancer leurs recherches, et ils perdent toute notion du respect de la vie privée.

Roger tiqua imperceptiblement, mais acquiesça.

— Elles étaient toutes là : la factrice, la boulangère, la femme de l'épicier... et Mme Graham. Elles étaient drapées dans des linges blancs, récitaient des incantations et dansaient au milieu des menhirs. Frank était fasciné.

Avec un demi-sourire, elle ajouta :

— Même moi, j'étais très impressionnée.

Elle se tut un instant, observant Roger d'un air songeur. Puis elle reprit :

— J'ai su que Mme Graham était décédée il y a quelques années. Mais je me demande... Savez-vous si elle avait de la famille ? J'ai cru comprendre que l'appartenance à ces groupes se transmettait de mère en fille. Peut-être avait-elle une fille ou une petite-fille qui pourrait m'en dire un peu plus sur ces rites.

— Eh bien... hésita Roger. Elle a bien une petite-fille, Fiona, Fiona Graham. Elle est venue travailler au presbytère à la mort de sa grand-mère. Le révérend était trop vieux pour s'en sortir tout seul.

S'il y avait bien une vision plus déroutante que celle de Mme Graham faisant des cabrioles sur une colline, enveloppée d'un drap blanc, c'était celle de sa midinette de petite-fille en gardienne d'une ancienne culture.

— Malheureusement, elle n'est pas là aujourd'hui. Mais je pourrais lui demander.

— C'est très gentil à vous, répondit Claire, mais ne vous dérangez pas avec ça. Nous avons déjà suffisamment abusé de votre temps.

Là-dessus, elle reposa son verre vide sur le petit guéridon à côté d'elle, aussitôt imitée par sa fille qui n'avait toujours pas touché au sien. Roger eut un petit serrement de cœur en constatant qu'elles étaient sur le point de partir et chercha fébrilement un prétexte pour les retenir encore un peu. Il remarqua que Brianna se rongeait les ongles. Ce petit signe de faiblesse lui donna le courage de prendre les devants. Cette fille avait un je-ne-sais-quoi qui l'intriguait et il aurait aimé avoir au moins l'assurance de la revoir.

— À propos de cromlech ! annonça-t-il précipitamment. Je crois connaître celui dont vous parlez. Il est assez spectaculaire et pas très loin d'ici.

Il adressa un sourire direct à Brianna, notant au passage qu'elle avait trois taches de rousseur sur une pommette.

— Je pourrais commencer les recherches en me rendant à

Broch Tuarach. Comme le cromlech se trouve sur la route, peut-être que... aaah !

En ramassant son volumineux fourre-tout, Claire venait de renverser les deux verres qui se trouvaient sur le guéridon, arrosant abondamment les cuisses de Roger de whisky-soda.

— Mon Dieu ! Je suis horriblement confuse, s'excusa-t-elle.

Elle s'accroupit et se mit à ramasser les morceaux de verre brisé, malgré les tentatives maladroites de Roger pour l'en empêcher. Brianna vint à la rescousse en saisissant une pile de serviettes en lin sur une commode.

— Vraiment, Maman, je me demande comment on te laisse pénétrer dans un bloc opératoire ! Tu es d'une maladresse ! Regarde-moi ça ! Ses chaussures sont trempées.

Elle s'agenouilla aux pieds de Roger et épongea le tapis.

— Et son pantalon aussi ! ajouta-t-elle.

Elle se mit à frotter laborieusement ses chaussures, tandis que sa crinière rousse lui caressait les genoux. Puis elle releva la tête et lui tapota délicatement les cuisses. Roger ferma les yeux et invoqua mentalement des images de carambolages meurtriers sur l'autoroute, d'avis d'imposition ou de cadavres en décomposition, n'importe quoi susceptible de lui éviter d'achever de se couvrir de honte tandis que le souffle chaud de Brianna lui caressait l'entrejambe à travers le velours côtelé imbibé de whisky.

— Euh... Vous préférez peut-être terminer vous-même ?

La voix venait de quelque part plus bas et il rouvrit les yeux pour découvrir un regard bleu au-dessus d'un large sourire. Il prit faiblement la serviette qu'elle lui tendait, le souffle court.

En baissant la tête pour finir de s'essuyer, il croisa le regard de Claire Randall. Elle le dévisageait avec une moue mi-navrée, mi-amusée. Son visage n'exprimait rien d'autre et il n'y lisait plus cette lueur étrange qu'il avait cru déceler une fraction de seconde avant l'incident. Ce devait être son imagination, stimulée par la situation embarrassante dans laquelle il se trouvait. Car l'espace d'un instant, il aurait juré qu'elle l'avait fait exprès.

— Depuis quand tu t'intéresses aux druides, Maman ?

Brianna semblait de très joyeuse humeur. Tout à l'heure, pendant que je bavardais avec Roger Wakefield, j'avais déjà remarqué qu'elle se mordait les lèvres pour réprimer l'expression hilare qui s'affichait à présent sur toute sa figure.

— Tu as l'intention de chaparder les draps de Mme Thompson et de rejoindre les mémés dansantes ?

— Ce serait toujours plus drôle que nos réunions du personnel de l'hôpital les jeudis soir. Quoique... ce ne doit pas être très bon pour les bronches.

Brianna éclata de rire, faisant fuir deux mésanges qui picoraient sur le sentier devant nous.

— Non, expliquai-je en reprenant mon sérieux. Ce ne sont pas les dames druidesses qui m'intéressent, mais une Écossaise que j'ai connue autrefois. J'aimerais la retrouver, si je le peux. Ça fait plus de vingt ans que je l'ai perdue de vue et je ne connais même pas son adresse. Elle s'intéressait de près à ce genre de choses : sorcellerie, anciennes croyances, folklore. Autrefois, elle habitait dans cette région. Si elle y est encore, je suis sûre qu'elle fait partie d'un groupe comme celui dont je parlais avec Roger.

— Comment s'appelle-t-elle ?

J'étais en train de remettre en place un de mes peignes en écaille. Il m'échappa des mains et rebondit dans les herbes folles qui bordaient le chemin.

Écartant les hautes tiges humides de mes doigts tremblants, je finis par le retrouver. Je le fixai à nouveau dans mes cheveux en tournant le dos à Brianna, dissimulant mon trouble. Aujourd'hui encore, la seule pensée de Geillis Duncan suffit à me mettre dans tous mes états.

— Je ne sais pas, répondis-je enfin. Ça fait si longtemps... elle a certainement changé de nom. Quand je l'ai connue, elle venait de perdre son mari. Elle s'est sans doute remariée entre-temps, à moins qu'elle n'ait repris son nom de jeune fille.

— Ah bon ! dit Brianna d'un air absent.

Nous marchâmes un long moment en silence. Soudain, elle demanda :

— Dis, Maman, comment tu trouves Roger Wakefield ?

Je lui lançai un regard de biais. Elle avait les joues roses, mais ce pouvait tout aussi bien être à cause de la brise fraîche du printemps.

— Il m'a l'air charmant, répondis-je sans trop m'avancer. En tout cas, c'est un garçon brillant ; c'est l'un des plus jeunes professeurs d'histoire d'Oxford.

La question était de savoir s'il avait de l'imagination, ce qui est rarement le cas des universitaires. Or, c'était précisément de sa capacité à se projeter hors du réel que j'allais avoir besoin.

Manifestement, ce n'était pas le cerveau du jeune homme qui intéressait Brianna.

— Il a des yeux magnifiques, soupira-t-elle d'un air songeur. Je n'en avais jamais vu d'aussi verts !

— Effectivement, il a de très beaux yeux. Son regard m'avait déjà frappée quand il était enfant.

Brianna me jeta un coup d'œil réprobateur.

— Franchement, Maman ! Tu avais vraiment besoin de lui

dire « C'est fou ce que vous avez grandi ! » quand il a ouvert la porte ? J'étais morte de honte !

Je me mis à rire.

— Que veux-tu, la dernière fois que je l'ai vu, il m'arrivait au nombril et, d'un seul coup, c'est moi qui me retrouve à hauteur de son menton. Je n'ai pas pu m'empêcher de remarquer la différence.

— Tu es insupportable, rit-elle.

— En plus, il a de très jolies fesses ! ajoutai-je histoire de l'achever. Tu ne les as pas remarquées, quand il s'est baissé pour prendre la bouteille de whisky ?

— Maman ! On va t'entendre !

Nous étions presque arrivées à l'arrêt d'autobus. Deux dames et un vieux monsieur, tous vêtus de tweed, attendaient au pied du panneau indicateur. Ils se tournèrent vers nous en nous entendant approcher.

— C'est bien ici que s'arrête le bus qui fait le tour du loch ? demandai-je en balayant du regard le panneau recouvert de graffitis et d'autocollants.

— Och, mais oui ! répondit aimablement une des deux femmes. Il devrait passer d'ici une dizaine de minutes.

Elle lança un regard intrigué vers Brianna. Avec son jean et son coupe-vent blanc, ma fille avait un air indéniablement américain. Ses joues rouges ajoutaient une dernière touche patriotique.

— Vous allez voir le loch Ness ? C'est votre première visite ?

— J'ai descendu le loch en bateau avec mon mari il y a une vingtaine d'années, expliquai-je, mais c'est la première fois que ma fille vient en Écosse.

— Vraiment ?

Cette observation attira la curiosité des deux autres et nous fûmes bientôt assaillies de questions amicales et de conseils bienveillants jusqu'à l'arrivée du gros autocar jaune.

Avant de grimper dans le bus, Brianna lança un regard vers le long ruban bleu argent qui serpentait entre les pins noirs.

— Je sens qu'on va bien s'amuser, dit-elle, ravie. Tu crois qu'on verra le monstre ?

— Ce n'est pas impossible, répondis-je.

Roger passa le reste de la journée perdu dans ses pensées, incapable de se concentrer sur une tâche précise. Les livres à demi triés qu'il destinait aux archives historiques de la ville gisaient épars sur le tapis ; la vieille camionnette du révérend était abandonnée au milieu de l'allée du presbytère, le capot ouvert, attendant qu'il ait fini d'inspecter le moteur. À présent, il était assis dans le bureau, une tasse de thé froid à ses côtés, en train de regarder la pluie tomber.

Il ne savait que trop ce qu'il devait faire : démanteler le cœur même du bureau du révérend, son secrétaire. Classer les livres était un travail herculéen, certes, mais il suffisait, somme toute, de mettre de côté les ouvrages qu'il souhaitait garder et de ranger dans des cartons différents ceux qui partiraient aux archives et ceux qui seraient donnés à la vieille bibliothèque de l'université. Non, le pire, c'était de trier le contenu de l'énorme meuble, avec ses gros tiroirs pleins à craquer et sa multitude de casiers minuscules remplis de papiers et de menus objets. Ensuite, il lui faudrait décrocher les dizaines de gravures et de documents encadrés qui tapissaient le mur en liège et prendre une décision pour chacun d'eux.

Mais ce n'était pas uniquement son manque d'enthousiasme naturel pour le rangement qui plongeait Roger dans une telle léthargie. Il n'avait pas envie de s'occuper des affaires de son père parce qu'il était déjà obsédé par le projet de Claire Randall et l'idée de se lancer sur les traces des guerriers de Culloden.

L'enquête promettait d'être relativement intéressante, même si le travail de recherche en soi ne nécessitait sans doute pas beaucoup d'efforts. Non, honnêtement, sa vraie motivation était la perspective de se rendre au bed and breakfast de Mme Thomas pour y déposer le fruit de ses recherches aux pieds de Brianna Randall, tels les chevaliers d'autrefois apportant à leur belle la tête d'un dragon sur un plateau. Et quand bien même ses recherches n'aboutiraient pas, n'importe quelle excuse pour la revoir ferait l'affaire.

Elle lui rappelait un Bronzino. Sa mère et elle avaient des visages aux contours nets et lisses, comme dessinés à la plume, avec ces traits fins et puissants comme on en voyait sur les portraits du maniériste florentin, se détachant sur des fonds aux couleurs intenses. Brianna, surtout, avait ce teint très contrasté et cette présence physique absolue des sujets des grands peintres de la Renaissance ; des êtres distants et familiers à la fois, qui vous suivaient du regard et semblaient prêts à descendre de leur cadre d'un instant à l'autre. Roger n'avait jamais vu un portrait du Bronzino faisant la grimace devant un verre de whisky, mais s'il y en avait eu un, il aurait sûrement ressemblé comme deux gouttes d'eau à Brianna Randall.

— Oh, et puis merde ! s'exclama-t-il à voix haute. Jeter un œil aux archives du musée de Culloden ne me prendra pas plus d'une heure. Je peux bien y faire un saut demain !

Se tournant vers l'énorme secrétaire du révérend, il lui lança :

— Quant à toi, tu peux bien attendre un jour de plus. Vous aussi ! ajouta-t-il à l'intention des gravures.

Sur ce, il saisit un roman policier sur l'une des étagères de la bibliothèque et balaya la pièce d'un regard de défi, au cas où l'un des objets en attente soulèverait une objection. Seul le ronronnement du chauffage électrique lui répondit. Il coinça le livre sous son bras, éteignit la lumière et quitta la pièce.

Une minute plus tard, il était de retour. Il traversa le bureau dans le noir et saisit la liste de noms posée sur la table.

— Et puis re-merde ! marmonna-t-il en la glissant dans la poche de sa chemise. Il ne s'agit pas de l'oublier demain matin.

Il tapota sa poche, sentit le papier crisser doucement contre son cœur et monta se coucher.

Lorsque nous rentrâmes du loch, trempées et glacées jusqu'aux os, un bon dîner nous attendait devant la cheminée du petit salon. Brianna bâillait devant ses œufs brouillés et elle s'excusa rapidement pour aller prendre un bain chaud avant de se coucher. Je restai un moment à bavarder tranquillement avec notre hôtesse, Mme Thomas, puis, vers dix heures, je montai à mon tour prendre mon bain et enfiler ma chemise de nuit.

Brianna était une couche-tôt et une lève-tôt. En ouvrant la porte de la chambre, j'entendis sa respiration lente et profonde. Sachant qu'une fois endormie, rien ne pouvait la réveiller, j'allumai la petite lampe de la coiffeuse et vaquai sans bruit à mes occupations.

J'avais apporté avec moi plusieurs des livres de Frank, dans l'intention d'en faire don à la bibliothèque municipale d'Inverness. Ils étaient soigneusement empilés au fond de ma valise, sous mes vêtements. Je les sortis l'un après l'autre et les posai sur le lit. Il y avait cinq épais volumes reliés et protégés par une jaquette de couleur vive ; de véritables pavés d'érudition, de cinq à six cents pages chacun, sans compter l'index et les illustrations.

Je contemplai avec attendrissement les ouvrages de mon défunt mari, dans leur version intégrale et dûment annotée. Les jaquettes étaient couvertes de critiques élogieuses signées des plus éminents historiens du moment. L'œuvre de toute une vie : compacte, solide, faisant désormais autorité en la matière. Il pouvait en être fier.

Je rangeai les livres sur la commode près de mon sac pour être sûre de ne pas les oublier le lendemain. Je les empilai méticuleusement de façon à aligner le nom de l'auteur, Frank W. Randall. Les lettres dorées brillaient dans le petit halo de la lampe.

Le bed and breakfast était calme. Il était encore trop tôt dans la saison pour les touristes et les rares clients de Mme Thomas étaient déjà couchés depuis longtemps. Dans l'autre lit jumeau, Brianna émit un petit soupir et se retourna, sa longue chevelure rousse étalée sur son visage. Un long pied blanc pointait hors des couvertures et je le recouvris doucement.

L'impulsion d'une mère à caresser son enfant endormie ne disparaît jamais complètement, même quand l'enfant en question vous dépasse d'une tête et est devenue une femme. Je repoussai délicatement ses mèches en arrière et lui caressai le front. Elle sourit dans son sommeil, un bref réflexe de satisfaction qui disparut presque aussitôt. Je me mis moi-même à sourire en la contemplant et murmurai dans ses oreilles endormies, comme je l'avais fait si souvent : « Mon Dieu ! Comme tu lui ressembles ! »

Je déglutis pour dégager ma gorge nouée, une sensation familière après toutes ces années, et attrapai ma robe de chambre sur le dossier de la chaise. Dans les Highlands, les nuits d'avril étaient glaciales, mais je n'étais pas encore prête à me réfugier dans la chaleur de mon lit douillet.

J'avais demandé à notre hôtesse de laisser le feu allumé dans la cheminée du petit salon, l'assurant que je l'éteindrais avant d'aller dormir. Je refermai doucement la porte de notre chambre après un dernier regard attendri à la longue silhouette couchée et aux longues mèches flamboyantes étalées sur l'oreiller bleu.

Moi aussi, je pouvais être fière de l'œuvre de ma vie. Elle était sans doute moins dense, mais tout aussi digne d'éloges !

Le petit salon était sombre et accueillant. Dans l'âtre, quelques flammes mourantes projetaient encore leurs reflets dorés sur les murs. Je poussai une bergère près de la cheminée et reposai mes pieds sur le garde-feu. Dans la maison endormie me parvenaient tous les petits bruits habituels de la vie moderne : les soubresauts étouffés du réfrigérateur au sous-sol, le doux ronronnement du chauffage central qui faisait du feu de bois un accessoire esthétique plutôt qu'une nécessité ; le chuintement des pneus d'une voiture sur la rue mouillée.

Mais derrière tous ces bruits se cachait le profond silence de la nuit highlandaise. Je me tenais parfaitement immobile, tentant de m'en imprégner. Cela faisait vingt ans que je n'avais pas ressenti le pouvoir réconfortant de l'obscurité. Mais il n'avait pas changé. Il était toujours là, tapi entre les montagnes.

Je glissai une main dans la poche de ma robe de chambre et sortis un petit morceau de papier plié, une copie de la liste que j'avais donnée à Roger Wakefield. Il faisait trop sombre pour la lire à la lueur du feu, mais je n'avais pas besoin de distinguer les lettres. J'étalai le papier sur mes genoux et fixai les lignes. Je les parcourus du bout des doigts, murmurant chacun des noms de mémoire, comme une incantation. Ils appartenaient à la nuit glaciale du printemps, plus que moi. Je fixai les flammes, laissant l'obscurité de la nuit envahir les vides à l'intérieur de mon âme.

Et à force de scander doucement leurs noms, ils m'entendirent et m'emportèrent loin en arrière, dans le temps, au-delà des ténèbres où ils m'attendaient.

2

Le mystère s'épaissit

Le lendemain matin, Roger quitta le musée de Culloden avec douze pages de notes et un sentiment croissant de perplexité. Ce travail de recherche qui, de prime abord, lui avait paru relativement simple et rapide, s'annonçait nettement plus ardu et tortueux que prévu.

Seuls trois des noms inscrits sur la liste de Claire Randall figuraient dans les registres des hommes tombés à Culloden. Cela n'avait rien de surprenant en soi. Les registres des engagés dans l'armée de Charles-Édouard Stuart n'étaient guère cohérents. Certains chefs de clan ne s'étaient alliés au Prétendant que sur un coup de tête et nombre d'entre eux l'avaient abandonné avec la même désinvolture, avant même que leurs hommes n'aient le temps d'être enregistrés dans des documents officiels. Déjà peu fiables au départ, les archives de l'armée des Highlands étaient devenues franchement anarchiques vers la fin : à quoi bon tenir des registres quand on n'a pas de quoi verser leur solde aux soldats ?

Roger se plia en deux pour s'engouffrer dans sa vieille Austin. Puis il étala les papiers sur le volant et inspecta rapidement les pages qu'il avait recopiées. Le plus étrange, c'était qu'il avait retrouvé les hommes de la liste de Claire sur un autre document.

Il était plus courant que des noms disparaissent d'un registre à l'autre au sein d'un même régiment : bon nombre de soldats, sentant le vent tourner, avaient tout simplement déserté. Non, ce qui était incompréhensible, c'était que tous les noms de la liste de Claire figuraient également sur celle du régiment du maître de Lovat. Or, ce dernier n'était intervenu que tardivement dans la campagne ; contraint et forcé par une vieille promesse de soutien aux Stuarts faite par Simon Fraser, lord Lovat.

Pourtant, Claire avait déclaré (et un coup d'œil vers l'en-tête de sa liste le confirmait) que les hommes qu'elle recherchait venaient tous d'une petite propriété appelée Broch Tuarach, loin au sud-ouest des terres Fraser, aux confins du territoire des MacKenzie. En outre, elle avait ajouté qu'ils s'étaient enrôlés dans l'armée des Highlands avant la bataille de Prestonpans[1], soit dès les premières heures du soulèvement.

Roger était dérouté. Cela ne tenait pas debout. Naturellement, Claire s'était peut-être trompée dans les dates. N'avait-elle pas déclaré elle-même qu'elle n'avait rien d'une historienne ? Cependant, elle ne pouvait pas s'être trompée de lieu ! Et comment des hommes venant de Broch Tuarach, n'ayant donc jamais prêté le serment d'allégeance au chef du clan Fraser, auraient-ils pu se trouver aux ordres de Simon Fraser ? Certes, lord Lovat avait été surnommé « le vieux renard », mais même ce redoutable aristocrate ne pouvait avoir réussi à attirer dans ses rangs des hommes aussi fiers de leur indépendance !

De mauvaise humeur, Roger mit le moteur en marche et sortit du parking. Le musée de Culloden possédait des archives d'une pauvreté déprimante : un tas de lettres de lord George Murray où il se plaignait de problèmes de logistique et un fatras de documents d'importance mineure qui faisaient bonne figure dans les vitrines d'un musée pour touristes. Il lui fallait quelque chose de plus substantiel.

— Minute ! se reprit-il en jetant un coup d'œil dans le rétroviseur. Ta mission consiste à découvrir ce qui est arrivé aux hommes qui n'ont pas cassé leur pipe à Culloden, pas comment ils y sont arrivés.

Mais l'historien qu'il était avait déjà mordu à l'hameçon. L'affaire était inhabituelle. Les erreurs sur l'identité des personnes étaient communes, surtout dans les Highlands où, à toutes les époques, la moitié de la population s'appelait « Alexander ». Pour s'y retrouver, il était d'usage d'indiquer également le second prénom, le lieu de naissance, le nom du clan et, parfois, le surnom. Ainsi, le célèbre Lochiel, un des principaux chefs jacobites, s'appelait en fait Donald Cameron, né à Lochiel, ce qui était un moyen comme un autre de le distinguer des centaines d'autres Donald Cameron de son temps.

Tous les Highlanders qui ne s'appelaient ni Donald ni Alec s'appelaient John. D'ailleurs, les trois noms de la liste de Claire Randall qu'il avait retrouvés dans le registre des victimes de Culloden étaient Donald Murray, Alexander MacKenzie Fraser et John Graham Fraser. Dans les trois cas, aucun lieu de naissance n'était mentionné, uniquement le nom de baptême et celui de leur régiment : le régiment Fraser, celui de lord Lovat.

---

1. Avant la défaite de Culloden, le 16 avril 1746, les troupes jacobites remportèrent deux victoires, à Prestonpans et à Falkirk. (N.d.T.)

Or, sans le lieu de naissance, on ne pouvait être sûr qu'il s'agissait des mêmes hommes. La liste des victimes comptait au moins six John Fraser et, par-dessus le marché, elle était incomplète ! Les Anglais ne s'étaient pas trop foulés à recenser les morts de la partie adverse : la plupart des listes avaient été dressées après les faits par les chefs de clan qui s'étaient contentés de déclarer morts tous ceux qui n'étaient pas rentrés chez eux après la bataille. Souvent, c'était le chef de clan lui-même qui n'était pas rentré, ce qui compliquait encore la situation.

Roger se massa le cuir chevelu pour se stimuler les méninges. Si les trois noms ne correspondaient pas à ceux de la liste de Claire, le mystère s'épaississait encore. Une bonne moitié des soldats de Charles-Édouard Stuart avaient été massacrés à Culloden. Les hommes de Lovat s'étaient retrouvés au cœur même de la mêlée. Il était inconcevable qu'un groupe d'une trentaine d'hommes ait survécu à cette situation sans compter au moins une victime dans ses rangs. En outre, contrairement à ce qui s'était passé dans les autres régiments où les hommes qui avaient suivi la campagne depuis son début avaient déserté en masse après avoir flairé le sort qui les attendait, les Fraser s'étaient montrés d'une loyauté exemplaire, et en avaient payé le prix.

Un coup de klaxon derrière lui le fit brutalement revenir sur terre. Il s'écarta pour laisser passer un cinq tonnes, sous les insultes du chauffeur routier. Conduire et réfléchir étaient deux activités incompatibles. À continuer ainsi, il allait finir par se payer un poteau.

Il gara la voiture sur le bas-côté et réfléchit. Sa première impulsion était de filer droit au bed and breakfast de Mme Thomas pour faire part de ses trouvailles à Claire. L'idée d'entrevoir Brianna quelques instants ne rendait cette perspective que plus attrayante.

D'un autre côté, son instinct d'historien réclamait davantage de données, et il n'était pas sûr que Claire fût la personne idéale pour les lui fournir. L'incident du verre de whisky le chiffonnait toujours. Il était persuadé qu'elle l'avait fait exprès. Elle ne semblait pas du genre à arroser les gens par simple plaisir. C'était donc pour qu'il n'invite pas Brianna à aller à Broch Tuarach. Pourquoi ? Voulait-elle l'empêcher d'y aller lui-même ou seulement d'y conduire sa fille ? Pourquoi lui aurait-elle demandé d'effectuer une enquête pour ensuite lui mettre des bâtons dans les roues ? Ce n'était pas rationnel et Claire lui était apparue comme une femme plutôt pragmatique. Plus il y réfléchissait, plus il était convaincu que Claire Randall cachait quelque chose à sa fille. Mais quoi ? Et quel rapport avec lui, ou avec le projet qu'il avait accepté ?

Il aurait sans doute laissé tomber, si cela n'avait été pour deux choses : son insatiable curiosité et Brianna Randall. Il fallait qu'il sache la vérité et il allait la découvrir.

Il frappa le volant du poing, indifférent aux voitures qui passaient en trombe sur la chaussée. Enfin, sa décision prise, il remit le contact et se réinséra dans le flot de la circulation. Au rond-point suivant, il prit la direction de la gare centrale d'Inverness.

Le train rapide, *The Flying Scotsman*, l'amènerait à Édimbourg en trois heures. Le conservateur des archives Stuart avait été un ami proche du révérend. Qui plus est, Roger avait une piste, aussi déconcertante soit-elle. Sur le registre du régiment Lovat, les trente hommes de Claire étaient inscrits au bataillon d'un certain capitaine James Fraser. Cet homme était apparemment le seul lien entre Broch Tuarach et les Fraser de Lovat. Étrangement, il ne figurait pas sur la liste de Claire.

Le soleil était de sortie, événement rare pour la mi-avril. Souhaitant en profiter au maximum, Roger baissa la minuscule vitre de son Austin et laissa le vent lui fouetter la joue.

Il avait passé une nuit à Édimbourg et était rentré tard dans la soirée du lendemain. Épuisé par le voyage en train, il avait avalé le dîner que Fionna lui avait préparé avant de s'effondrer sur son lit. Mais ce matin, il s'était réveillé plein d'énergie et de résolution. Il était parti de bonne heure pour le petit village de Broch Mordha, près du domaine de Broch Tuarach. Si Claire Randall ne voulait pas que sa fille s'y rende, rien ne l'empêchait, lui, d'aller y jeter un œil.

Il avait trouvé facilement le lieu-dit, ou du moins ce qu'il en restait : un énorme tas de pierres, qui avait été autrefois une de ces tours fortifiées dans lesquelles les habitants s'abritaient des envahisseurs. En gaélique, Broch Tuarach signifiait « la tour qui fait face au nord » et Roger se demandait comment un édifice circulaire pouvait avoir mérité un tel nom.

Près de là se dressaient un vieux manoir et ses dépendances, également en ruine, mais néanmoins en meilleur état. Une pancarte « À vendre » indiquant les coordonnées d'une agence immobilière, à demi effacées par la pluie, était plantée dans la cour. Roger arrêta la voiture au sommet de la colline et balaya le paysage du regard. Pourquoi Claire cherchait-elle donc à éviter que sa fille vienne ici ?

Il gara son auto dans la cour principale. Le site était somptueux, mais isolé. Il avait roulé près de quarante minutes sur une route chaotique, priant le ciel de ne pas y laisser son réservoir.

Il n'entra pas dans la maison. Elle était manifestement abandonnée et les planchers risquaient peut-être de s'effondrer. Il n'y trouverait rien. Le nom de FRASER était gravé sur le linteau de la porte, comme sur les quelques tombes du petit cimetière de famille au fond du jardin. Cela ne lui était pas d'un grand secours. Aucune sépulture ne portait le nom de l'un des hommes de la liste. Il décida donc de suivre la route qui, selon sa carte, menait au village de Broch Mordha, à trois miles de là.

Comme il l'avait craint, la petite église du village, désertée depuis belle lurette, avait été démolie plusieurs années auparavant. Il frappa à plusieurs portes et fut accueilli par des regards mornes et austères, puis il tomba enfin sur un vieux fermier qui lui annonça d'un air méfiant que les anciennes archives de la paroisse se trouvaient sans doute au musée de Fort William ou à Inverness, où un pasteur excentrique collectionnait ce genre de paperasses inutiles.

Fourbu et couvert de poussière, mais pas encore découragé, Roger revint vers la voiture. En passant, il fit une halte au pub du village. Le travail de recherche sur le terrain l'avait habitué à ce genre de déception. Une pinte de bière, voire deux, car c'était une journée d'une chaleur inhabituelle, puis il reprendrait la route de Fort Williams.

C'était un comble ! Les documents qu'il cherchait se trouvaient peut-être dans les cartons du révérend. Cela lui apprendrait à négliger son devoir pour impressionner une jolie fille. Son voyage à Édimbourg n'avait servi qu'à éliminer les trois noms trouvés à Culloden : Donald, Alexander et John appartenaient à trois régiments différents, et non au groupe de Broch Tuarach.

Les archives des Stuarts occupaient trois salles entières ainsi qu'un nombre impressionnant de tiroirs dans les sous-sols du musée, aussi pouvait-il difficilement prétendre avoir épuisé ses sources. Il avait néanmoins découvert un double du fichier des rémunérations versées aux soldats, où figuraient tous les hommes du régiment de Simon Fraser le Jeune, le fils du maître de Lovat. Le vieux renard avait coupé la poire en deux : il avait envoyé son fils se battre pour les Stuarts et était resté tranquillement chez lui, prétendant être un loyal sujet du roi George II. Ce double jeu ne lui avait pas porté chance.

Ce document mentionnait Simon le Jeune comme le commandant du régiment Fraser et ne faisait aucune allusion à James Fraser. En revanche, le nom de James Fraser figurait dans un certain nombre de dépêches militaires. S'il s'agissait bien du même homme, il avait joué un rôle non négligeable dans la campagne. Toutefois, ne disposant que du nom « James Fraser », on ne pouvait être sûr qu'il s'agissait bien de celui de Broch Tuarach. James était un prénom aussi courant dans les Highlands que Duncan ou Robert. Un seul document mentionnait un second prénom et un surnom qui auraient permis de l'identifier, mais il ne faisait pas état des hommes sous son commandement.

Roger se tenait toujours devant le pub, à méditer, tout en chassant d'un geste irrité un nuage de moucherons voraces. Il lui faudrait plusieurs années pour éplucher consciencieusement toutes ces archives. Incapable d'ébranler la ténacité des insectes, il s'engouffra dans l'atmosphère sombre et feutrée du bar, les laissant s'agiter derrière la porte dans un tourbillon de dépit.

Il savoura la bière fraîche et amère, passant en revue toutes les étapes franchies jusque-là, puis les options qui lui restaient. Il avait encore le temps d'aller jusqu'à Fort William, mais cela signifiait rentrer tard à Inverness. S'il revenait bredouille de Fort William, il ne lui resterait plus qu'à fouiller un à un les cartons du révérend.

Et après ? Il termina sa bière et fit signe au barman de lui en servir une autre. Il serait peut-être obligé d'arpenter tous les cimetières et lieux de sépulture des environs de Broch Tuarach. Les Randall ne resteraient sans doute pas à Inverness deux ou trois ans en attendant le résultat de ses recherches.

Il fouilla sa poche à la recherche du meilleur ami de l'historien : son petit calepin. Avant de quitter Broch Tuarach, il devait jeter un coup d'œil à ce qu'il restait de l'ancien cimetière. Au pire, cela lui éviterait d'avoir à y revenir, le cas échéant.

L'après-midi suivant, Roger invita les Randall à venir prendre le thé et entendre l'évolution de l'enquête.

— J'ai retrouvé plusieurs noms de la liste, annonça-t-il tout en guidant les deux femmes vers le bureau. C'est bizarre, mais il n'y en a aucun parmi eux dont on puisse être sûr qu'il soit mort à Culloden. J'ai cru en tenir trois, mais ce n'étaient que des homonymes.

Il lança un regard vers Claire Randall. Elle se tenait debout, immobile, appuyée au dossier d'un fauteuil, comme si elle avait oublié où elle se trouvait.

— Euh... Vous ne voulez pas vous asseoir ? l'invita Roger.

Elle acquiesça brièvement avec un petit sourire et se laissa tomber sur le bord du siège. Roger la dévisagea avec surprise et lui tendit le dossier en poursuivant :

— Comme je le disais, c'est bizarre. Je n'ai pas encore

retrouvé tous les noms. Je crois qu'il me faudra fouiller du côté des archives paroissiales et des cimetières de la région de Broch Tuarach. En fait, pratiquement tout ce que contient ce dossier se trouvait ici même, dans les papiers de mon père. Logiquement, un ou deux noms au moins de votre liste auraient dû figurer parmi les morts de Culloden, vu le nombre de victimes. Surtout si, comme vous le dites, ces hommes formaient un des régiments des Fraser. Ces derniers se trouvaient au cœur même de la bataille, là où les combats ont été les plus sanglants.

— Je sais.

Quelque chose dans la voix de Claire lui fit redresser la tête, perplexe. Mais elle était penchée sur le bureau et il ne put déchiffrer son expression. Il avait recopié à la main les quelques papiers officiels dénichés à Édimbourg dans les archives Stuart, la photocopieuse étant encore une technologie trop moderne pour les services gouvernementaux chargés de veiller sur le patrimoine écossais. Toutefois, il y avait également plusieurs originaux, déterrés dans le trésor de documents du xviiie siècle amassé par le révérend Wakefield. Claire tourna une à une les feuilles du bout des doigts, veillant à ne pas abîmer le papier fragile.

— Vous avez raison, c'est vraiment étrange, dit-elle enfin.

Cette fois, il perçut de l'émotion dans sa voix. C'était une sorte d'excitation, un mélange de satisfaction et de soulagement. Manifestement, c'était la nouvelle qu'elle avait attendue, ou espérée.

— Dites-moi... hésita-t-elle. Les hommes dont vous avez retrouvé les noms, que leur est-il arrivé s'ils ne sont pas morts à Culloden ?

Elle prenait décidément cette affaire bien à cœur. Surpris, Roger sortit sans rien dire le second dossier contenant ses notes et l'ouvrit.

— Deux d'entre eux figurent sur la liste d'embarquement d'un navire. Ils ont émigré en Amérique peu de temps après Culloden. Quatre sont morts de cause naturelle environ un an après la bataille. Cela n'a rien de surprenant : dans les mois qui ont suivi la défaite, une terrible famine a décimé les Highlands. Celui-ci, je l'ai retrouvé dans les archives d'une paroisse, mais pas celle dont il était originaire. Pourtant, je suis pratiquement certain que c'est l'un de vos hommes.

Ce n'est que lorsque la tension se relâcha dans ses épaules qu'il prit conscience qu'elle ne l'avait pas quitté depuis l'arrivée des deux femmes.

— Vous voulez que je continue à chercher les autres ? demanda-t-il.

Il espérait qu'elle dirait oui. Il observait Brianna par-dessus l'épaule de sa mère. Elle se tenait près du mur en liège et leur tournait presque le dos ; mais elle avait beau feindre de ne pas s'intéresser aux projets de sa mère, il avait remarqué les plis soucieux sur son front.

Peut-être était-elle, elle aussi, contaminée par cette étrange aura d'excitation réprimée qui entourait Claire, tel un champ électrique. Il l'avait perçue dès qu'il lui avait ouvert la porte et ses révélations n'avaient fait que l'amplifier. Il avait l'impression que s'il l'effleurait, une décharge lui brûlerait les doigts.

Ses pensées furent interrompues par un coup à la porte du bureau. Fiona Graham entra, poussant devant elle une table roulante sur laquelle étaient posés une théière, des tasses, des petites assiettes, un assortiment de sandwiches, des choux à la crème, un cake, des tartelettes aux fruits, des scones et un pot de crème fraîche.

— Miam ! fit Brianna. Tout ça pour nous ou vous attendez encore du monde ?

Claire Randall observa avec un sourire amusé la jeune femme qui s'appliquait à servir le thé. Elle semblait moins tendue, mais faisait manifestement de son mieux pour contenir sa nervosité. Ses mains étaient crispées sur les bras du fauteuil au point que son alliance s'enfonçait dans sa chair.

— Ce que vous nous avez préparé est si copieux que nous ne pourrons plus rien avaler pendant des semaines ! Tout ça m'a l'air délicieux !

Fiona rayonnait. Petite et rondelette, elle était ravissante. Roger soupira intérieurement. Il était ravi de bien recevoir ses invitées, mais savait pertinemment que cette profusion de pâtisseries visait davantage à le séduire lui, plus que les Randall. Âgée de dix-neuf ans, Fiona n'avait qu'une ambition : se marier, de préférence à un cadre supérieur. Lorsque Roger était arrivé la semaine précédente pour trier les affaires du révérend, un coup d'œil avait suffi à Fiona pour décider qu'un professeur d'histoire à Oxford était le meilleur parti qu'Inverness pourrait lui offrir.

Depuis, elle le gavait comme une dinde de Noël. Tous les jours, il trouvait ses chaussures cirées, ses pantoufles avancées au pied de la commode, sa brosse à dents posée sur le rebord du lavabo, son manteau brossé, son quotidien posé sur un plateau. S'il travaillait tard à son bureau, il avait droit à un massage de la nuque. Chaque soir, son lit était ouvert et sa chambre parfumée à la lavande. Il ne pouvait la croiser dans un couloir sans être assailli de questions sur son état de confort physique et mental. Jamais auparavant il n'avait subi une telle avalanche de petits soins domestiques.

Bref, Fiona le rendait fou. Son état actuel de débraillement et ses joues mal rasées tenaient davantage de la résistance active aux assauts incessants de la jeune femme qu'au laisser-aller habituel des hommes provisoirement libérés des contraintes sociales et professionnelles.

La seule idée de se retrouver uni par les liens sacrés du mariage avec Fiona Graham le remplissait d'effroi. Elle l'aurait rendu marteau en moins d'un an avec son bavardage incessant. En outre, il avait entre-temps fait la connaissance de Brianna Randall, qui contemplait à présent la table roulante d'un air songeur, semblant se demander par où commencer.

Pendant tout l'après-midi, il avait fixé son attention sur Claire et son projet, évitant de regarder sa fille. Claire Randall était une très jolie femme, avec une ossature délicate et un teint d'albâtre qui lui vaudrait sans doute d'être aussi fraîche à soixante ans qu'à vingt. Mais dès qu'il levait les yeux vers Brianna, il sentait son pouls s'accélérer.

Elle avait un port de reine, n'était pas voûtée comme le sont souvent les grandes. Remarquant le dos droit et la posture gracieuse de sa mère, il pouvait constater d'où lui venait ce trait particulier. En revanche, ce n'était manifestement pas de sa mère qu'elle tenait sa grande taille et sa cascade de boucles rousses, striées d'ambre et de cannelle, qui lui tombait jusqu'à la taille, drapant son visage et ses épaules comme une mantille ; ni ses yeux, d'un bleu si sombre qu'ils paraissaient noirs sous certaines lumières ; ni encore cette grande bouche généreuse avec une lèvre inférieure charnue qui semblait inviter aux baisers et aux mordillements passionnés. Tout ceci, elle le tenait sans doute de son père.

Tout compte fait, il était aussi bien que celui-ci soit absent, car il n'aurait sans doute pas apprécié le type de pensées qui habitaient Roger : des pensées qu'il redoutait de voir inscrites sur son visage.

— Vous nous avez préparé du thé ? Quelle bonne idée ! lança-t-il vivement. C'est parfait, Fiona. Euh, merci... je crois que nous n'aurons plus besoin de rien.

Faisant la sourde oreille à cette invitation ouverte à se retirer, Fiona sourit gracieusement aux invitées qui la complimentaient, disposa les assiettes et les tasses dans une élégante économie de mouvements, puis versa le thé. Elle passa ensuite la première assiette de cake et se redressa avec un air satisfait de maîtresse de maison.

— Mettez donc un peu de crème sur vos scones, Rog... je veux dire monsieur Wakefield, suggéra-t-elle.

Sans attendre sa réponse, elle lui tartina un scone.

— Vous êtes bien trop maigre, vous devriez mieux vous nourrir.

Elle lança un regard entendu à Brianna en ajoutant :

— Vous savez comment sont les hommes ! Si on ne s'occupe pas d'eux, ils se nourrissent en dépit du bon sens !

— Il a bien de la chance de vous avoir, répondit aimablement Brianna.

Roger prit une profonde inspiration et fit craquer ses doigts pour faire passer son envie de l'étrangler.

— Fiona ? dit-il. Vous voulez bien me rendre un petit service ?

Le visage de la jeune femme s'illumina aussitôt d'un large sourire à l'idée de lui être utile.

— Bien sûr, Rog... monsieur Wakefield. Qu'est-ce que je peux faire pour vous ?

Roger se sentit légèrement honteux, mais après tout, c'était pour leur bien à tous les deux. Si elle ne quittait pas la pièce rapidement, il ne serait bientôt plus en mesure de se contrôler.

— Merci, Fiona, trois fois rien. C'est juste que j'ai commandé de... du...

Il chercha frénétiquement dans sa mémoire le nom des épiciers du village.

— ... du tabac, chez M. Buchan, dans High Street. Cela ne vous ennuierait pas d'aller me le chercher ? Après un thé aussi délicieux, le summum serait une bonne pipe.

Fiona dénouait déjà son tablier. Elle avait mis celui du dimanche, avec de la dentelle et des froufrous. Lorsque la porte du bureau se referma enfin derrière elle, il ferma les yeux avec soulagement, espérant qu'elle ne se souviendrait pas en chemin qu'il ne fumait pas, et se consacra à nouveau à ses invitées.

— Vous me demandiez si je voulais que vous recherchiez les autres noms de la liste... reprit Claire presque aussitôt.

Elle semblait aussi soulagée que lui d'être momentanément débarrassée de Fiona.

— ... Eh bien, en effet. Si cela ne représente pas trop de travail pour vous, naturellement.

— Mais non, pas du tout, s'empressa-t-il de la rassurer. Au contraire, j'en serais ravi.

Il se pencha d'un air hésitant au-dessus de la table roulante, puis se tourna brusquement et saisit le flacon de Muir Breame de douze ans d'âge. Après avoir subi Fiona, il se devait bien ça.

— Je vous en sers une goutte ? proposa-t-il aux deux femmes.

Surprenant le regard dégoûté de Brianna, il ajouta :

— ... ou vous préférez encore un peu de thé ?

— Du thé, merci, dit Brianna avec soulagement.

— Tu ne sais pas ce que tu perds, lui lança Claire en humant le whisky avec ravissement.

— Oh ! que si... répondit Brianna. C'est bien pour ça que je n'en prendrai pas.

— Dans le Massachusetts, il faut avoir vingt et un ans pour consommer de l'alcool dans un lieu public, expliqua Claire à Roger. Brianna les aura dans huit mois, c'est pourquoi elle n'est pas habituée au whisky.

Brianna feignit de s'indigner et adressa un sourire à Roger par-dessus sa tasse.

— À vous entendre, c'est un crime de ne pas aimer le whisky !

Il arqua les sourcils et répliqua :

— Nous sommes en Écosse, ne l'oubliez pas. Bien sûr que ne pas aimer le whisky est un crime !

— Ach oui ? rétorqua-t-elle en imitant l'accent écossais. Et bien j'espèrrrre que ce n'est pas passible de la peine de morrrrt !

Pris de court, il éclata de rire et manqua de recracher sa gorgée. Toussant et se frappant la poitrine, il regarda Claire. Celle-ci s'efforçait de sourire, mais elle avait pâli. Puis elle cligna des yeux et retrouva une expression plus sereine.

La conversation reprit alors sur un ton plus tranquille et familier, au grand plaisir de Roger. Ils bavardèrent longuement de tout et de rien et il eut bientôt l'impression de les connaître depuis toujours. De toute évidence, Brianna avait suivi de près le travail de son père et en connaissait beaucoup plus long que sa mère sur les jacobites.

— C'est incroyable qu'ils aient pu parvenir jusqu'à Culloden ! déclara-t-elle. Je n'ai jamais compris comment les Highlanders avaient pu remporter la bataille de Prestonpans avec à peine deux mille hommes, alors que les Anglais étaient plus de huit mille !

— Oui, il s'est passé à peu près la même chose lors de la victoire de Falkirk, enchaîna Roger. Ils étaient à pied, moins nombreux et mal armés... face à une armée de métier ; et pourtant !

— Mmm, confirma Claire en avalant une gorgée de whisky. Et pourtant...

— Je me demandais, dit Roger à Brianna d'un air détaché, si vous aimeriez venir avec moi sur certains des sites historiques, les anciens champs de bataille ? Ils sont intéressants et je suis sûr que vous me serez d'un très grand secours dans mes recherches.

Brianna se mit à rire et repoussa ses cheveux qui avaient une fâcheuse tendance à glisser dans sa tasse de thé.

— Je ne sais pas si je vous serais très utile, mais je vous accompagnerais volontiers.

— Fantastique ! s'exclama-t-il.

Pour sceller cet accord inespéré, il voulut saisir le flacon de whisky et faillit le renverser. Claire le rattrapa de justesse et lui remplit son verre tandis qu'il marmonnait des excuses confuses.

— C'est la moindre des choses après ce que je vous ai fait la dernière fois ! dit-elle en riant.

En la voyant à présent détendue et souriante, Roger fut pris d'un doute. Ses soupçons sur l'incident de l'autre jour n'étaient peut-être que le fruit de son imagination. Le visage de Claire ne lui fournit aucun indice.

Une demi-heure plus tard, la table roulante était jonchée des vestiges du festin, le flacon de whisky vide et eux trois assis en silence, avec le même sourire de satisfaction béate. Brianna s'étira, lança un regard hésitant vers Roger et demanda enfin où étaient les toilettes.

Il se redressa péniblement, le ventre tendu par le cake et les petits gâteaux. S'il ne s'éloignait pas rapidement de Fiona, il rentrerait obèse à Oxford.

— Nos toilettes ne sont pas très modernes, s'excusa-t-il en lui indiquant le chemin. Ce sont les modèles anciens, avec un réservoir au-dessus et une chaîne pour tirer la chasse.

— Ah oui, j'en ai déjà vu au British Museum, répondit Brianna. Pas dans une vitrine, mais dans les toilettes des dames.

Elle hésita avant d'ajouter :

— J'espère que vous n'avez pas le même genre de papier que celui du British Museum. Parce que, dans ce cas, j'ai des Kleenex dans mon sac.

Claire se mit à rire. Elle fouilla dans son sac et tendit plusieurs mouchoirs en papier à sa fille.

— Ce ne sera sans doute pas du papier kraft estampillé « Propriété du gouvernement de Sa Majesté », comme au musée, mais ce ne sera sans doute guère mieux, annonça-t-elle. En Grande-Bretagne, le papier hygiénique est rarement douillet et moelleux.

Brianna prit le papier et se dirigea vers la porte. Sur le seuil, elle se retourna et lança :

— Mais pourquoi fabriquent-ils délibérément du papier hygiénique qui ressemble à de la toile émeri ?

— Nos hommes ont un cœur en chêne massif, entonna Roger... et un derrière en acier trempé. Ça forme le caractère.

— Dans le cas des Écossais, je suppose que ce doit être héréditaire, ajouta Claire. Les hommes qui montaient à cru en kilt devaient avoir les fesses tannées.

Brianna gloussa.

— Je n'ose pas imaginer avec quoi ils s'essuyaient à l'époque.

— À vrai dire, ce n'était pas si mal, répondit Claire sur le même ton. Des feuilles de molène pendant l'été, presque aussi douces que du papier molletonné, et l'hiver ou à l'intérieur, c'était généralement un linge humide. Pas très hygiénique mais très agréable.

Roger et Brianna la dévisagèrent, interdits.

— Euh... je l'ai lu dans un livre.

Lorsque Brianna eut disparu dans le couloir, Claire se tourna vers Roger.

— Merci encore de nous avoir si bien reçues et... je ne peux pas vous dire quel service vous m'avez rendu en retrouvant la trace de ces hommes.

— Ce fut un plaisir, la rassura Roger. Ça m'a changé des toiles d'araignées et de la naphtaline. Dès que j'aurai trouvé autre chose sur vos jacobites, je vous le ferai savoir.

— Merci... hésita Claire.

Elle lança un regard vers la porte et ajouta en chuchotant :

— Au fait, je voudrais profiter que Bree n'est pas là pour vous demander autre chose... qui doit rester entre nous.

Roger s'éclaircit la gorge et redressa la cravate qu'il arborait pour l'occasion.

— Allez-y. Parlez sans crainte, dit-il, d'humeur joyeusement expansive devant la réussite de sa petite réunion. Je suis entièrement à votre service.

— Vous avez proposé tout à l'heure à Bree de vous accompagner dans vos recherches. Et, euh... il y a un endroit où je préférerais que vous ne l'emmeniez pas.

Une sonnette d'alarme retentit aussitôt dans le crâne de Roger. Allait-il découvrir le secret qui pesait sur Broch Tuarach ?

— C'est au vieux cromlech dont nous parlions l'autre jour. Vous savez... celui qu'on appelle Craigh na Dun.

Elle se pencha vers lui, le regard inquiet.

— Je ne vous le demanderais pas si ce n'était pas important. Je compte y emmener Brianna moi-même, mais plus tard. Malheureusement, je ne peux pas vous dire pourquoi pour le moment. Mais je le ferai, je vous l'assure. Vous me promettez de ne pas y aller avec elle ?

— Si vous le souhaitez, bien sûr.

— Merci.

Elle lui tapota le bras d'un air reconnaissant et se leva pour partir. En voyant sa silhouette se détacher dans la lumière, quelque chose lui revint en mémoire. Ce n'était peut-être pas le bon moment pour aborder la question, mais il ne risquait pas grand-chose.

— Oh, docteur Randall... Claire ?

Elle se tourna vers lui. Le whisky lui avait rosi les joues et ses yeux étaient d'une couleur de miel doré très inhabituelle, un peu comme de l'ambre dans du cristal.

— Dans plusieurs documents qui faisaient allusion à ces hommes, dit-il en choisissant soigneusement ses mots, il est question d'un capitaine James Fraser. Il semble avoir été leur chef. Je me demandais si vous avez déjà entendu parler de lui ?

Elle resta figée quelques instants, retrouvant l'expression absente et nerveuse qu'elle avait eue à son arrivée. Puis elle se ressaisit et répondit avec un calme apparent :

— Oui, je sais qui il est.

Son visage était blême et une veine palpitait à la base de son cou.

— Je ne l'ai pas inclus dans ma liste parce que je sais déjà ce qui lui est arrivé. Jamie Fraser est mort à Culloden.

— Vous en êtes sûre ?

Soudain pressée de partir, Claire ramassa son sac à main et lança un regard nerveux vers le couloir. La vieille poignée en laiton des toilettes tournait sur elle-même ; Brianna n'arrivait pas à sortir.

— Oui, dit-elle enfin sans se retourner. J'en suis certaine. Oh, monsieur Wakefield... Roger.

Elle fit volte-face, fixant sur lui ses yeux à la couleur étrange. Sous cet éclairage, ils semblaient presque jaunes, comme des yeux de félin.

— Je vous en prie, acheva-t-elle. Ne parlez pas de Jamie Fraser à ma fille.

Il était tard et Roger aurait dû être couché depuis longtemps, mais il n'arrivait pas à dormir. Que ce soit dû au harcèlement de Fiona, aux déroutantes contradictions de Claire Randall ou à la perspective exaltante de faire des recherches sur le terrain en compagnie de Brianna, il était sur les nerfs. Plutôt que passer des heures à se retourner dans son lit, il décida de mettre à profit cette nuit qui s'annonçait blanche. Quelques heures à mettre de l'ordre dans les affaires du révérend constituerait le meilleur des somnifères.

Un rayon de lumière filtrait sous la porte de la chambre de Fiona, au bout du couloir. Il descendit les escaliers sur la pointe des pieds. Une fois dans le bureau, il alluma la lumière et se tint immobile un moment, à contempler l'ampleur de la tâche qui l'attendait.

Le grand panneau en liège du secrétaire reflétait parfaitement l'esprit encombré du révérend. Il était entièrement tapissé de petits bouts de papier, de notes, photographies, polycopiés, factures, reçus, plumes d'oiseaux, coins d'enveloppes sur lesquels se trouvait un timbre intéressant, étiquettes, porte-clés, cartes postales, élastiques et autres trésors punaisés ou suspendus à un bout de fil.

À certains endroits, il y avait une douzaine de couches de paperasses. Pourtant, le révérend avait toujours su sans hésiter y retrouver l'objet qu'il cherchait. Roger avait toujours pensé que le panneau était organisé selon quelque principe mystérieux que même les chercheurs de la NASA n'auraient pu déchiffrer.

Il contempla le mur d'un air dubitatif et se demanda par où commencer. Ne voyant aucun point de départ logique, il décrocha au hasard un polycopié. C'était une liste de dates des assemblées générales de l'archevêché. Sans intérêt. Son attention fut détournée par un petit morceau de papier punaisé au-dessous : c'était un dessin d'enfant qui représentait un dragon crachant des flammes vertes et dont les naseaux laissaient échapper des volutes de fumée.

Le dessin était signé « Roger » au bas de la feuille, avec des grandes lettres capitales maladroites. Il se souvenait vaguement d'avoir expliqué au révérend que le dragon soufflait des flammes vertes parce qu'il se nourrissait exclusivement d'épinards. Il remit la liste des assemblées générales à sa place et s'éloigna du mur. Il s'en occuperait plus tard.

Comparé au tri des papiers du panneau de liège, le rangement de l'énorme secrétaire à coulisse semblait un jeu d'enfant, même avec sa quarantaine de minuscules tiroirs bourrés à craquer. Avec un soupir, Roger tira à lui le fauteuil à roulettes et s'y assit, décidé à ne s'arrêter qu'après avoir inspecté tous les documents que le révérend avait jugé bon de conserver.

Il y avait déjà cinq piles préparées : une de factures à régler ; une autre de papiers plus ou moins officiels — assurance automobile, rapports immobiliers, certificats d'inspection d'immeubles ; une troisième de notes et d'archives historiques ; une quatrième de souvenirs de famille ; et une dernière enfin, de loin la plus haute, faite de tout et de rien.

Profondément absorbé par sa tâche, il n'entendit pas la porte s'ouvrir, ni les pas qui s'approchaient dans son dos. Soudain, une grosse théière apparut sur la table, près de lui.

— Hein ! sursauta-t-il en clignant des yeux.

— J'ai pensé que vous auriez besoin d'un peu de thé, monsieur Wake... je veux dire Roger.

Fiona posa le petit plateau sur lequel étaient posées une tasse, une soucoupe et une assiette de biscuits.

— Ah, merci.

Le fait est qu'il avait un petit creux. Il adressa un sourire reconnaissant à Fiona, qui la fit immédiatement virer au cramoisi. Encouragée par cet élan de gratitude, elle s'assit sur un coin du bureau et se mit à l'observer avec ravissement, pendant qu'il reprenait son travail entre deux bouchées de biscuit au chocolat.

Sentant vaguement qu'il devait reconnaître sa présence d'une manière ou d'une autre, Roger brandit un biscuit à moitié grignoté et marmonna :

— Mmm, ils sont rudement bons !

— Vous les aimez ? C'est moi qui les ai faits !

Les joues rondes de Fiona prirent une teinte carrément pourpre. C'était une très jolie fille, cette Fiona. Petite, rondelette, avec des cheveux noirs et bouclés et de grands yeux noisette. Il se surprit soudain à se demander si Brianna Randall était bonne cuisinière, puis chassa rapidement cette idée de sa tête.

Se méprenant sur son geste, qu'elle prit pour de l'incrédulité, Fiona se pencha plus près :

— Mais si, je vous le jure ! insista-t-elle. C'est une recette de ma grand-mère. Elle disait toujours que c'étaient les biscuits préférés du révérend.

Ses grands yeux s'embrumèrent un instant.

— Elle m'a légué tous ses instruments et ses livres de cuisine. C'est que j'étais sa seule petite-fille...

— J'ai été désolé d'apprendre la mort de votre grand-mère. Ça s'est passé très vite, n'est-ce pas ?

Fiona acquiesça d'un air sombre.

— Oh, oui. Elle avait semblé en pleine forme toute la journée. Puis, après dîner, elle a annoncé qu'elle se sentait un peu fatiguée et qu'elle montait se coucher.

La jeune fille haussa les épaules et soupira :

— Elle s'est endormie et ne s'est jamais réveillée.

— C'est encore la meilleure façon de partir, déclara Roger. C'est ce qui pouvait lui arriver de mieux.

Mme Graham faisait déjà partie des murs bien avant que Roger ne vienne vivre au presbytère, alors qu'il était un timide orphelin de cinq ans. À l'époque, c'était une veuve d'un certain âge, avec de grands enfants. Chaque fois que Roger rentrait de sa pension pour les vacances, elle l'accueillait avec chaleur et l'entourait de toutes les attentions d'une mère, à sa manière droite et ferme. Le révérend et elle formaient un couple étrange mais, à eux deux, ils avaient su recréer pour lui un véritable foyer.

Ému par ces souvenirs, Roger prit la main de Fiona et la pressa doucement. Le regard de la jeune femme se brouilla et elle lui retourna son geste. Sa petite bouche rose s'entrouvrit légèrement et elle se pencha vers lui. Son souffle chaud caressait l'oreille de Roger.

— Euh... merci pour le thé... balbutia-t-il.

Il dégagea rapidement sa main.

— Merci infiniment, Fiona, répéta-t-il. Pour le... le thé et les gâteaux. C'était très bon, vraiment très bon, merci.

Il se détourna et se plongea dans une autre pile de documents pour cacher son embarras. Il sortit un mince rouleau de coupures de presse de l'un des petits tiroirs et les étala sur le bureau. Feignant une profonde concentration, il courba la tête. Au bout d'un moment, Fiona se redressa avec un grand soupir et s'éloigna d'un air résigné. Roger ne releva pas la tête avant d'avoir entendu la porte se refermer.

Roger soupira à son tour, de soulagement cette fois, et ferma brièvement les yeux, remerciant le Ciel de l'avoir échappé belle. Fiona était très attirante, certes. Elle cuisinait à merveille, certes. Mais elle était également d'une curiosité maladive. Elle s'immisçait dans ses affaires. Elle était irritante et obsédée par l'idée de se trouver un mari. S'il se laissait aller une seconde fois à effleurer cette chair fraîche et dodue, on publierait les bans avant qu'il ne s'en soit rendu compte. Or, si on devait publier des bans un jour, le nom associé à celui de Roger Wakefield sur le contrat de mariage serait celui de Brianna Randall !

Il était lui-même surpris de cette soudaine détermination et se demanda comment il allait pouvoir s'y prendre. Puis il rouvrit les yeux et sursauta : là, devant lui, se trouvait inscrit noir sur blanc le nom qu'il imaginait sur son contrat de mariage... Randall.

Il ne s'agissait pas de Brianna mais de Claire. Le titre disait : UNE REVENANTE. Dessous, il y avait une photo de Claire, avec vingt ans de moins. L'expression hagarde mise à part, elle n'avait guère changé. Elle était assise dans un lit d'hôpital, les cheveux en bataille, ses lèvres fines serrées comme un piège d'acier, et ses yeux extraordinaires fixaient l'objectif.

Stupéfait, Roger feuilleta rapidement la liasse de coupures, puis reprit la première et la lut plus attentivement. Bien que le fait divers ait fait sensation à l'époque, les articles contenaient peu d'informations concrètes.

Claire Randall, épouse du professeur Frank Randall, éminent historien, avait mystérieusement disparu lors d'un séjour en Écosse à Inverness, vers la fin du printemps 1945. On avait retrouvé sa voiture dans les bois, mais aucune trace de la conductrice. Le quadrillage de la région n'avait rien donné. Après plusieurs mois de recherches, la police et le malheureux époux avaient conclu à l'assassinat, peut-être perpétré par un vagabond, et pensaient que le cadavre de la jeune femme avait été dissimulé quelque part dans une crevasse des falaises des environs.

Puis, un beau jour de 1948, près de trois ans plus tard, Claire Randall était réapparue tout aussi mystérieusement. On l'avait découverte, hagarde, échevelée et vêtue de haillons, près du lieu même où elle avait disparu. En bon état de santé, bien que souffrant d'une légère malnutrition, Mme Randall avait paru désorientée et incohérente.

N'en croyant pas ses yeux, Roger parcourut les autres coupures de journaux. Il n'en tira pas beaucoup plus d'informations, si ce n'était que Claire Randall avait été hospitalisée et traitée pour état de choc. Il y avait des photos du mari, que les légendes décrivaient comme « fou de joie », mais qui paraissait plus abasourdi que joyeux. On pouvait difficilement le lui reprocher.

Il examina soigneusement les clichés. Frank Randall était un bel homme brun, mince, à l'allure nonchalante et aristocratique. Il se tenait sur les marches de l'hôpital d'Inverness, les yeux plissés, surpris par le flash du photographe alors qu'il rendait visite à son épouse.

Roger suivit des yeux le contour de la longue mâchoire étroite, la courbe du crâne, la forme des oreilles et se rendit soudain compte qu'il cherchait ce que Brianna avait hérité de son père. Intrigué, il se leva et alla prendre l'un des ouvrages de Frank Randall sur une étagère. Il tourna quelques pages et trouva un meilleur portrait. On y voyait Frank Randall en couleurs et de face. Il était en fait châtain foncé, et non roux. Brianna devait tenir cette tignasse flamboyante de quelque aïeul, tout comme ses yeux bleu foncé, étirés comme ceux d'un chat, des yeux magnifiques, mais qui n'avaient rien à voir avec ceux de sa mère, ni de son père. Il avait beau chercher, il n'y avait rien dans cette beauté rousse qui rappelât son illustre géniteur.

Il referma le livre avec un soupir et rassembla les coupures de presse. Il était grand temps de cesser de rêvasser et de se mettre sérieusement au travail, sinon il y serait encore dans douze mois.

Il allait remettre les coupures dans la pile « souvenirs de famille », quand une autre manchette retint son attention : *Enlevée par les fées.* Ce n'était pas tant le titre lui-même qui l'avait arrêté que la date de l'article : 6 mai 1948.

Il reposa doucement le papier, comme s'il s'agissait d'une bombe à désamorcer. Il ferma les yeux et tenta de se remémorer une de ses conversations avec les Randall. « Dans le Massachusetts, il faut avoir vingt et un ans pour consommer de l'alcool dans un lieu public », avait déclaré Claire. « Brianna les aura dans huit mois. » Vingt ans. Elle avait donc vingt ans.

Incapable de compter rapidement à rebours, il alla chercher le calendrier perpétuel que le révérend conservait dans un endroit de son mur en liège. Il trouva la date et resta figé, le doigt écrasé sur le papier, le sang lui battant aux tempes.

Claire Randall était non seulement revenue de sa mystérieuse escapade hagarde, mal nourrie et incohérente... mais également enceinte.

Roger avait fini par trouver le sommeil tard dans la nuit avec, pour conséquence, un réveil difficile et tardif. Les paupières lourdes, il se traîna vers son petit déjeuner avec un début de migraine que ni la douche glacée ni les jacasseries de Fiona ne purent dissiper.

Il se mit au travail mais, oppressé, il l'abandonna bientôt pour sortir prendre l'air. Après avoir marché à grands pas une vingtaine de minutes sous une pluie fine, il commença à se sentir mieux. Hélas, plus ses idées s'éclaircissaient, plus elles le ramenaient à la découverte de la veille.

Brianna n'était pas au courant. C'était évident à la façon dont elle parlait de son père. Apparemment, Claire ne voulait pas qu'elle le sache, sinon elle le lui aurait annoncé elle-même. À moins que ce voyage en Écosse n'ait pour but de la préparer à cette confession ? Le vrai père de la jeune fille était sûrement écossais : après tout, Claire avait disparu et était réapparue en Écosse. Était-il toujours vivant ?

Toutes ces hypothèses lui donnaient le tournis. Claire avait-elle amené sa fille en Écosse pour lui présenter son vrai père ? Roger secoua la tête d'un air dubitatif. Non, la méthode était un peu trop brutale, traumatisante pour Brianna et tout aussi douloureuse pour sa mère, sans parler du choc pour le père en question. En outre, Brianna paraissait vouer une adoration sans limites à Frank Randall. Comment réagirait-elle en apprenant qu'elle avait aimé et vénéré un homme qui n'était pas son vrai géniteur ?

Roger était gêné pour toutes les parties concernées, y compris lui-même. Il n'avait pas demandé à se retrouver mêlé à cet imbroglio et regrettait déjà l'état d'ignorance béate dans lequel il se trouvait vingt-quatre heures plus tôt. Claire Randall lui était très sympathique, et d'avoir découvert par hasard cette histoire d'adultère le mettait mal à l'aise. Mais ne faisait-il pas preuve d'un sentimentalisme réactionnaire ? Après tout, qui disait que Frank Randall avait été un mari idéal ? Si elle l'avait quitté pour un autre homme, elle avait sans doute ses raisons. Mais alors... pourquoi était-elle revenue ?

Roger rentra au presbytère en nage et de mauvaise humeur. Il jeta sa veste en boule dans l'entrée et grimpa à l'étage. Rien de tel qu'un bon bain chaud pour se remettre les idées en place. Dans sa chambre, il ouvrit la penderie et chercha à tâtons le tissu éponge rugueux de son vieux peignoir blanc. Ses doigts rencontrèrent tout à coup une étoffe soyeuse au plus profond du placard. Changeant d'avis, il fit glisser un à un les portemanteaux sur la tringle et extirpa la vieille robe de chambre en soie du révérend.

Il la contempla avec affection. Avec le temps, le fond jaune avait viré à l'ocre, mais les paons multicolores n'avaient en rien perdu de leur éclat ; ils déployaient leur queue avec une insouciance seigneuriale et fixaient le spectateur de leurs petits yeux noirs. Il enfouit son nez dans la soie et, les yeux clos, inspira profondément. Le léger parfum de Borkum Riff et de whisky renversé fit aussitôt revivre pour lui le révérend Wakefield bien mieux que le mur de liège n'aurait pu le faire.

Combien de fois avait-il humé cette odeur rassurante, rehaussée d'une touche d'*Old Spice*, alors qu'il pressait son visage contre la soie fraîche, blotti dans les bras protecteurs de son père adoptif ? Tous les autres vêtements du vieil homme étaient partis à l'Armée du Salut, mais Roger n'avait pu se résoudre à se défaire de cette robe de chambre.

Il la passa sur ses épaules nues, légèrement surpris de la trouver si chaude, comme la caresse d'une main sur sa peau. Il remua les épaules, agréablement surpris du contact de la soie, rabattit les pans de la robe autour de lui et noua la ceinture.

Sur ses gardes au cas où Fiona ferait une apparition impromptue, il traversa le hall sur la pointe des pieds et s'enferma dans la salle de bains. L'énorme cumulus surplombait la baignoire, tel le gardien d'une source sacrée. Enfant, chaque semaine il avait dû allumer le brûleur avec une pierre à briquet avant de prendre son bain. Tandis que le gaz s'échappait en sifflant au-dessus de sa tête, ses mains, tremblantes et moites devant la menace d'une explosion imminente, dérapaient vainement sur le percuteur métallique.

Heureusement, le ballon d'eau chaude était à thermostat et la flamme du brûleur ronronnait paisiblement sans qu'on ait à intervenir. Roger ouvrit le robinet d'eau chaude à fond, fit décrire un quart de tour à celui d'eau froide, et attendit que la baignoire se remplisse.

Une fois qu'il rentrait son ventre et qu'il se tenait le dos droit, il était plutôt bien, conclut-il en se contemplant dans le miroir en pied accroché derrière la porte. Corps ferme et mince, jambes longues, mais pas noueuses. Les épaules un peu maigrichonnes, peut-être ? Il fronça les sourcils d'un air critique, prenant des poses.

Il passa une main dans ses épais cheveux bruns, et essaya de s'imaginer avec une barbe et les cheveux longs, comme certains de ses étudiants. Serait-il irrésistible, ou aurait-il l'air mangé par les mites ? Cela lui donnerait sans doute une allure de pirate, comme Edward Teach ou Henry Morgan. Il fronça les sourcils d'un air menaçant et montra les dents :

— Grrr ! lança-t-il à son reflet.

— Monsieur Wakefield ? répondit le miroir.

Roger fit un bond en arrière et se heurta un orteil contre le pied griffu de la baignoire ancienne.

— Aïe !

— Tout va bien, monsieur Wakefield ? demanda le miroir.

La poignée de porte en porcelaine s'agita.

— Bien sûr que tout va bien ! aboya-t-il. Allez-vous-en, Fiona. Je suis dans mon bain.

Il entendit un gloussement de l'autre côté de la porte.

— Aha ! Ça ne fera jamais que le deuxième depuis ce matin. Je ne savais pas que vous étiez aussi coquet, monsieur Wakefield ! Si vous cherchez le savon à la lavande, il est dans le tiroir sous le lavabo.

— Non, je n'en ai pas besoin, grogna-t-il.

La baignoire à moitié pleine, il ferma les robinets. Fiona s'était enfin éloignée. Ce retour au calme était reposant et il inhala une grande bouffée de vapeur. Grimaçant légèrement sous la morsure de l'eau chaude, il s'assit lentement dans la baignoire et sentit une légère sueur lui recouvrir le visage.

— Monsieur Wakefield ?

La voix était de retour, picorant l'autre côté de la porte comme un rouge-gorge.

— Allez-vous-en, Fiona ! J'ai tout ce qu'il me faut, grommela-t-il en s'enfonçant dans l'eau.

Le niveau d'eau monta autour de lui, enveloppant son corps tels les bras caressants d'une maîtresse.

— Non, pas tout, répondit la voix.

— Puisque je vous le dis !

Il balaya du regard la rangée de flacons, de pots et de produits de toilette sur l'étagère au-dessus du lavabo.

— J'ai trois sortes de shampooings, du démêlant, de la crème à raser, de l'eau de Cologne, du déodorant. Je ne vois vraiment pas ce qu'il me faudrait de plus.

— Et les serviettes ?

Il lança un regard affolé autour de lui dans la salle de bains. Pas l'ombre d'une serviette ! Il ferma les yeux, serra les dents et compta mentalement jusqu'à dix. Comme cela s'avérait insuffisant, il recompta jusqu'à vingt. Enfin, se sentant capable d'articuler deux mots sans aboyer, il déclara sur un ton posé :

— D'accord, Fiona. Posez-les devant la porte, s'il vous plaît. Ensuite, laissez-moi en paix, je vous en prie.

Un pas traînant sur le tapis de l'autre côté de la porte lui indiqua que Fiona s'éloignait à contrecœur. Avec un soupir de soulagement, il s'abandonna aux joies de l'intimité. Dans la paix, le calme et la sérénité.

À présent qu'il était en mesure de réfléchir objectivement à sa découverte dérangeante, il se rendit compte qu'il mourait d'envie de connaître l'identité du vrai père de Brianna. À en juger par sa fille, ce devait être un bel homme. Cela avait-il suffi pour séduire une femme comme Claire Randall ?

Il avait déjà déduit qu'il s'agissait d'un Écossais. Habitait-il, ou avait-il habité à Inverness ? Une telle proximité expliquait peut-être la nervosité de Claire et ses airs mystérieux. Mais cela ne justifiait pas totalement ses étranges requêtes. Pourquoi ne voulait-elle pas qu'il conduise Brianna à Craigh na Dun, ni qu'il mentionne le nom du capitaine des hommes de Broch Tuarach ?

Il lui vint soudain une idée qui le fit bondir dans son bain et éclabousser les rebords en fonte. Et si ce n'était pas le soldat jacobite du XVIIIᵉ siècle qui l'inquiétait, mais uniquement son nom ? Si l'homme avec lequel elle avait eu un enfant en 1948 s'appelait lui aussi James Fraser ? C'était un nom très répandu dans les Highlands.

Oui, cela expliquait beaucoup de choses. Si Claire tenait à montrer elle-même l'ancien cromlech à sa fille, ce devait être parce que c'était là qu'elle l'avait rencontré, ou que Brianna avait été conçue. Le cercle de menhirs était un rendez-vous d'amoureux notoire. Roger lui-même y avait emmené des filles quand il était encore au lycée. Il n'y avait rien de tel que cette atmosphère de mystère païen pour faire craquer les filles et avoir raison de leurs dernières réserves.

Il eut soudain la vision inattendue du corps blanc de Claire Randall, mêlé dans un abandon sauvage au corps nu et puissant d'un grand roux. La peau luisante et striée de brins d'herbe, ils se contorsionnaient dans des spasmes frénétiques au beau milieu des rochers dressés vers le ciel. La scène était si crue et si sensuelle qu'il sentit une bouffée de chaleur lui monter au visage. Des gouttelettes de sueur ruisselèrent le long de son torse pour se perdre dans l'eau du bain.

Seigneur ! Comment allait-il soutenir le regard de Claire Randall la prochaine fois qu'il la rencontrerait ? Et que dirait-il à Brianna ? « Tiens, salut ! Vous avez fait des lectures intéressantes ces temps-ci ? Quels bons films avez-vous vus dernièrement ? Au fait, saviez-vous que vous étiez le fruit des amours torrides et illégitimes de votre mère ? »

Non, il n'avait pas la moindre idée de ce qu'il allait faire. La situation le dépassait. Il ne tenait pas à y être mêlé, mais parallèlement, il ne pouvait penser à autre chose. Il aimait bien Claire Randall. Sa fille aussi. À dire vrai, il aimait *beaucoup* sa fille, au point d'en être obsédé. Il aurait voulu la protéger et lui épargner le choc et la douleur qui paraissaient à présent inévitables. Il était néanmoins contraint de se taire en attendant que Claire Randall mène son affaire selon ses vœux. Ensuite, il serait là pour ramasser les morceaux.

3

Mères et filles

Combien pouvait-il bien y avoir de salons de thé à Inverness ? Aussi loin que portait le regard, High Street était bordée de petits cafés et d'échoppes pour touristes. Depuis que la reine Victoria avait rendu les Highlands accessibles et sûres pour les voyageurs et accordé son approbation royale à toute la région, le nombre de visiteurs n'avait cessé d'augmenter. Les Écossais, qui, jusque-là, n'avaient jamais vu venir du sud que des invasions armées et des ingérences politiques, avaient superbement relevé le défi.

On ne pouvait faire un pas sans tomber sur une boutique vendant des sablés écossais, des galets d'Édimbourg, des mouchoirs brodés de chardons, des cendriers en forme de cornemuse, des badges de clan en aluminium, des dagues coupe-papier, des *sporran* [1], sans compter un assortiment étourdissant d'objets en imitation tartan : casquettes, cravates, serviettes de table...

En examinant un ensemble de serviettes peintes au pochoir avec un portrait grotesque du monstre du loch Ness censé chanter *Ce n'est qu'un au revoir, mes frères*, je me dis soudain que Victoria devait en avoir gros sur la conscience.

Brianna déambulait entre les étroits rayons du magasin, la tête levée, contemplant avec stupéfaction les marchandises suspendues aux poutres.

— Tu crois que ce sont des vrais ? demanda-t-elle en montrant des bois de cerf montés sur un socle en bois, à côté d'une forêt de tuyaux de cornemuse.

— Les bois ? Oh, oui. Je ne pense pas que la technologie plastique soit déjà arrivée jusqu'ici. Et puis, tu as vu le prix ? Tout ce qui coûte plus de cent livres sterling est sans doute vrai.

---

1. Sorte d'escarcelle, souvent en fourrure, portée sur le devant du kilt et retenue par une ceinture *(N.d.T.)*

Brianna ouvrit des yeux ronds et baissa la tête.

— Finalement, je crois que je vais acheter un tartan à Jane. Elle s'en fera un kilt.

— Un tissu pure laine de qualité te coûtera aussi cher, lui dis-je. Mais ce sera nettement plus facile à transporter. Dans ce cas, allons chez *Kiltmaker*. C'est là qu'on trouvera les plus beaux.

Bien entendu, il s'était mis à pleuvoir. Nous enfouîmes nos paquets sous les mackintoshs que j'avais eu la prévoyance d'emporter.

Brianna poussa un long soupir.

— Je comprends maintenant pourquoi on appelle ça des mackintoshs. Seul un Écossais pouvait les inventer. Mais il pleut donc tout le temps dans ce pays ?

— Hélas, pratiquement, répondis-je. Mais si tu veux mon avis, M. Mackintosh devait être une petite nature. La plupart des Écossais que j'ai connus étaient tous imperméables à la pluie.

Je me mordis la langue. Apparemment, Brianna n'avait pas relevé l'allusion. Elle observait la cascade d'eau qui se déversait de la gouttière.

— Tu sais, Maman, on ferait mieux d'emprunter le passage pour piétons. Personne ne nous laissera traverser ici.

Hochant la tête d'un air absent, je la suivis dans la rue, le cœur palpitant sous l'effet d'une soudaine montée d'adrénaline.

« Quand vas-tu te décider à mettre enfin un terme à cette situation impossible, maugréai-je en moi-même. Tôt ou tard, tu vas faire une gaffe et te trahir. Pourquoi ne pas le lui dire le plus rapidement possible ? »

Si j'avais tant tardé, ce n'était pas par lâcheté. Ou si ça l'était, peu importait. Le moment n'était pas encore venu. Je voulais d'abord qu'elle voie l'Écosse. Pas cette Écosse-là, me dis-je en passant devant un étalage de layette écossaise, mais la lande sauvage. Et Culloden. Mais surtout, je voulais être en mesure de lui raconter la fin de l'histoire. Pour cela, j'avais besoin de Roger Wakefield.

Comme si mes pensées avaient suffi à la faire surgir de nulle part, j'aperçus au même instant le toit orange de sa vieille Austin Morris garée dans le parking sur ma gauche, aussi voyante qu'un feu de détresse dans le brouillard.

Brianna l'avait vue, elle aussi. Il ne pouvait y avoir à Inverness beaucoup de voitures d'une couleur aussi criarde et dans un tel état de délabrement. Elle me l'indiqua du menton :

— Dis donc, ce n'est pas la voiture de Roger Wakefield ?

— Je crois bien.

Il y avait un café sur notre droite, d'où nous parvenait un délicieux parfum de brioches fraîches, de toasts et de café. J'attrapai Brianna par le bras et l'entraînai à l'intérieur.

54

— Finalement, j'ai faim, expliquai-je. Prenons un chocolat chaud et des gâteaux.

Brianna était encore assez enfant pour se laisser tenter par un chocolat, et suffisamment jeune pour manger à n'importe quelle heure de la journée. Elle ne m'opposa donc aucune résistance. Elle s'installa à une table et inspecta la petite affichette verte tachée de thé qui faisait office de menu.

Je n'avais pas particulièrement envie de chocolat mais j'avais besoin de quelques minutes pour réfléchir à tête reposée. De l'autre côté de la rue, d'énormes lettres peintes sur le mur du parking indiquaient : *Propriété des chemins de fer écossais. Réservé aux voyageurs.* Suivait une série d'injonctions menaçant les contrevenants de toutes sortes de représailles. À moins que Roger ne fût une vraie tête brûlée, il avait dû prendre le train. Il pouvait s'être rendu n'importe où, mais sa destination la plus probable était Édimbourg, ou bien Londres. Ce cher garçon prenait mon projet de recherche très à cœur.

J'avais moi-même consulté les horaires des trains quelques jours plus tôt, en perspective d'un court voyage à Édimbourg. Je tentai vainement de me souvenir de l'heure d'arrivée du dernier train.

— Je me demande si Roger va rentrer par le train de huit heures ? dit soudain Brianna.

Je manquai de m'étrangler avec mon chocolat chaud.

Son attention aux allées et venues du jeune homme en disait long sur l'intérêt qu'il avait suscité en elle.

Manifestement, il lui avait tapé dans l'œil.

— Je me demandais, reprit-elle sur un ton innocent... Si on achetait un petit cadeau à Roger Wakefield pendant qu'on y est, pour le remercier de tout le mal qu'il se donne pour nous ?

— Bonne idée, répondis-je, amusée. Qu'est-ce qui lui ferait plaisir, à ton avis ?

Elle plongea le nez dans sa tasse, cherchant l'inspiration.

— Je ne sais pas. Quelque chose de joli. Ton enquête semble représenter beaucoup de travail.

Elle releva brusquement la tête d'un air interrogateur.

— Pourquoi t'être adressée à lui ? Si tu voulais retrouver la trace de personnes ayant vécu au XVIIIe siècle, tu aurais pu consulter une agence spécialisée. Quand il devait reconstituer une généalogie et qu'il n'avait pas le temps de s'en occuper lui-même, Papa faisait toujours appel à *Scot Search.*

— Oui, je sais, répondis-je en cherchant désespérément une explication adéquate.

Nous pénétrions en eaux troubles.

— Ce projet... avait une importance spéciale pour... ton père. Il aurait voulu que Roger s'en occupe.

— Ah, je vois.

Elle resta silencieuse quelques minutes, et observa la pluie dégouliner le long de la vitre du café.

— Il te manque, Papa ? demanda-t-elle soudain.

Elle replongea aussitôt le nez dans sa tasse, évitant mon regard.

— Oui.

Je caressai d'un doigt le bord de ma tasse intacte, et essuyai une goutte de chocolat.

— On ne s'entendait pas toujours très bien, tu le sais, repris-je. Mais... oui, nous avions beaucoup d'estime l'un pour l'autre. Et puis, en dépit de tout, nous nous aimions, à notre manière. Oui, il me manque.

Elle hocha la tête sans mot dire, puis me prit la main. Je pressai ses doigts entre les miens. Nous restâmes ainsi un long moment en silence, puis je repoussai brusquement ma chaise, faisant couiner les pieds métalliques sur le linoléum.

— J'avais complètement oublié ! m'exclamai-je. J'ai une lettre urgente à poster pour l'hôpital. Je comptais la déposer sur le chemin en venant ici, puis ça m'est sorti de la tête. En me dépêchant, je peux peut-être arriver avant la dernière levée du courrier. Va donc chez *Kiltmaker*, c'est à deux pas, de l'autre côté de la rue. Je t'y rejoindrai après la poste, d'accord ?

Brianna parut surprise, mais acquiesça.

— D'accord. Mais la poste est loin d'ici, tu vas te faire tremper !

— Ce n'est pas grave. Je prendrai un taxi.

Je déposai un billet sur la table et enfilai mon imper.

Il y a des villes où les taxis semblent solubles. Ils disparaissent dès la première goutte de pluie. Toutefois, à Inverness, un tel comportement entraînerait vite l'extinction de l'espèce. Je n'avais pas fait vingt mètres dans la rue que j'aperçus deux gros taxis noirs devant un hôtel. Je m'engouffrai dans l'un d'eux et m'installai dans la cabine douillette qui sentait le tabac blond. Outre leur confort et le grand espace qui permet d'étirer ses jambes, les taxis anglais ont une odeur bien à eux. C'était un de ces petits détails qui m'avaient tant manqué ces vingt dernières années.

— Au 64 ? répéta le chauffeur. C'est pas le vieux presbytère ?

Malgré le chauffage efficace du véhicule, son conducteur était emmitouflé jusqu'aux oreilles dans une grosse écharpe et un épais blouson. Une casquette en tweed protégeait son crâne dégarni des courants d'air. Au fil du temps, les Écossais modernes s'étaient considérablement ramollis. Ils n'avaient plus grand-chose à voir avec les Highlanders que j'avais connus, ces grands costauds qui dormaient à même le sol dans la bruyère avec, pour seuls vêtements, une chemise et un plaid. D'un autre côté, je n'avais jamais tellement apprécié de dormir à la belle étoile, enroulée dans un plaid humide. Je confirmai l'adresse au chauffeur et nous démarrâmes en projetant de hautes gerbes d'eau de pluie.

J'avais un peu honte de venir interroger la gouvernante de Roger en son absence, et de tromper Brianna par-dessus le marché. Cependant, il m'aurait été difficile de leur expliquer ce que j'étais en train de faire. Je ne savais pas encore exactement comment, ni quand, je leur annoncerais ce que j'avais à leur dire, mais je sentais que ce n'était pas pour tout de suite.

Je fouillai le fond de la poche de mon imperméable. La présence entre mes doigts de la lettre de *Scot Search* me rassura. Je n'avais jamais suivi de près les recherches de Frank, mais je l'avais souvent entendu parler de cette agence. Elle employait une demi-douzaine de chercheurs spécialisés en généalogie écossaise. C'était une maison sérieuse, pas de celles qui vous envoyaient un arbre généalogique vous apparentant à Robin des Bois et qui s'en tenaient là.

Ils avaient fait un travail soigné et approfondi sur Roger Wakefield. Je savais qui étaient ses parents et grands-parents, et je pouvais remonter sept à huit générations. En revanche, j'ignorais jusqu'où ce jeune homme serait capable d'aller. Le temps me le dirait sans doute.

Je payai le chauffeur de taxi et pataugeai jusque sous le porche du presbytère. Là, j'eus juste le temps de m'ébrouer avant que la porte ne s'ouvre.

Fiona m'adressa un large sourire. Elle avait un visage rond et naturellement enjoué. Elle était en jean et son tablier en dentelle dégageait un parfum de cire citronnée et de pâte fraîche.

— Madame Randall! s'exclama-t-elle. Je peux vous être utile?

— Peut-être bien, Fiona. J'aimerais vous parler de votre grand-mère.

— Tu es sûre que ça ira, Maman? Tu ne veux pas que j'appelle Roger et que je reporte notre rendez-vous à demain? Je resterai avec toi si tu veux.

Brianna se tenait devant la porte de notre chambre, l'air soucieux. Elle s'était habillée pour la marche, avec des bottes, un jean et un pull-over, mais avait ajouté à sa tenue l'écharpe en soie orange et bleu que Frank lui avait rapportée de Paris quelques semaines avant sa mort, deux ans plus tôt.

— Exactement la couleur de tes yeux, ma petite beauté, avait-il dit en lui nouant l'écharpe autour du cou.

Le « petite beauté » était devenu une plaisanterie entre eux. Brianna avait largement dépassé le mètre soixante-dix-huit de son père depuis l'âge de quinze ans, mais c'était le surnom qu'il lui avait donné depuis sa plus tendre enfance. Ce sobriquet affectueux lui était resté même quand il dut se hisser sur la pointe des pieds pour déposer un baiser sur le bout de son nez.

L'écharpe, du moins la partie bleue, était effectivement de la même couleur que les yeux de Brianna : le bleu des lochs écossais, des ciels d'été et de la silhouette distante des montagnes perdues dans la brume. Elle la chérissait, et le fait qu'elle la porte pour son rendez-vous avec Roger Wakefield était révélateur.

— Mais non, je t'assure, ma chérie. Je peux très bien me débrouiller toute seule, me défendis-je.

Je lui montrai d'un signe de la main le petit plateau en argent posé sur ma table de chevet, avec une théière et une assiette de toasts froids.

— Mme Thomas m'a apporté de quoi grignoter au cas où j'aurais une petite faim plus tard.

Je priai le Ciel qu'elle n'entende pas les gargouillis de protestation de mon estomac sous les draps, devant un tel mensonge.

— Bon, si tu insistes.

Brianna se dirigea à contrecœur vers la porte.

— On rentrera dès qu'on aura vu Culloden.

— Ne vous pressez pas à cause de moi ! criai-je derrière elle.

J'attendis que la porte se referme et m'assurai qu'elle était bien partie. Alors, je me jetai sur le tiroir de la table de nuit où j'avais caché la veille une grande tablette de chocolat aux noisettes.

Une fois l'entente cordiale rétablie avec mon estomac, je m'enfonçai dans mon oreiller et regardai par la fenêtre la brume grise qui épaississait. Une branche de tilleul en fleur battait contre le carreau. Le vent se levait. Il avait beau faire chaud dans la chambre, la bouche du chauffage central ronronnait doucement au pied du lit. Blottie sous les draps, je pensai qu'il faisait sûrement froid à Culloden.

Peut-être pas autant que ce jour d'avril 1746, quand Charles-Édouard Stuart, le dénommé « Bonnie Prince Charlie », avait conduit ses hommes vers ce pré maudit, sous le feu des canons anglais, en pataugeant dans la gadoue glacée. Les récits de la bataille mentionnaient tous le froid mordant, les derniers Highlanders encore en vie au milieu des cadavres, couverts de sang et de pluie, implorant, dans des râles d'agonie, la merci des vainqueurs. Le duc de Cumberland, aux commandes de l'armée anglaise, avait ordonné d'achever tous les blessés.

Les morts avaient été empilés comme des rondins de bois puis brûlés pour éviter tout risque d'épidémie. De nombreux blessés, échappés par miracle à la curée, avaient fini grillés vifs, sans même la grâce d'une balle dans la tête. Désormais, ils étaient tous à l'abri de la guerre et des intempéries, enfouis sous le tapis de verdure de Culloden.

J'avais déjà visité l'endroit, près de trente ans auparavant. Frank m'y avait emmenée lors de notre lune de miel. À présent, il était mort, et j'avais à mon tour emmené ma fille visiter l'Écosse. Je tenais à ce qu'elle voie Culloden, mais rien au monde ne me forcerait à retourner sur ce pré funeste.

J'avais prétexté une soudaine indisposition pour éviter d'accompagner Brianna et Roger dans leur expédition. Le hic était que j'étais maintenant condamnée à garder la chambre. Si je me levais et commandais un déjeuner, Mme Thomas risquait de vendre la mèche. Je jetai un regard dans le tiroir : il y avait trois autres plaquettes de chocolat et un roman policier. Avec un peu de chance, voilà qui m'occuperait pendant le reste de la journée.

Le roman était bon, mais le bruissement du vent qui se levait à l'extérieur était hypnotique et la chaleur de mon lit douillet trop accueillante. Je m'endormis doucement et rêvai d'Écossais en kilt, bercée par les chuchotements des soldats autour des feux de camp.

4

Culloden

— Quel horrible faciès de cochon !

Brianna s'arrêta pour examiner de plus près le mannequin de cire qui se dressait dans un coin du hall d'accueil de Culloden. Il ne devait guère mesurer plus d'un mètre cinquante-cinq. Il portait la redingote rouge des officiers anglais, des bas de laine, un gilet brodé d'or tendu sur sa bedaine, une perruque poudrée perchée sur un front bas.

— Oui, ce n'était pas vraiment un Apollon, convint Roger amusé. Mais c'était un sacré général, du moins comparé à son élégant cousin !

Il indiquait le mannequin de Charles-Édouard Stuart, plus grand et plus noble, qui se tenait de l'autre côté du hall. Il avait le regard perdu dans le lointain et portait un bonnet de velours bleu orné d'une cocarde blanche, ignorant royalement son cousin et adversaire, le duc de Cumberland.

— On l'appelait « Billy le boucher », expliqua Roger en revenant vers la silhouette trapue du duc. Et à juste titre ! Après la victoire, ses hommes ont fait régner la pire période de terreur qu'on ait connue dans les Highlands. Ils ont poursuivi les survivants de la bataille jusque dans les collines, brûlant et pillant tout sur leur passage. Tous les Highlanders étaient abattus sur place, sans qu'on ait cherché à savoir s'ils s'étaient battus pour Charlie ou pas. Les femmes et les enfants étaient condamnés à mourir de faim. Un des contemporains du duc a déclaré : *Il a créé un désert et l'a appelé « paix »*. Même après tout ce temps, je crains que Cumberland ne soit pas un personnage très populaire dans la région.

Le conservateur du musée, un ami de Roger, lui avait confié que si le mannequin de Bonnie Prince Charlie était traité avec respect, les boutons du manteau du duc de Cumberland disparaissaient continuellement et le mannequin lui-même avait fait plusieurs fois l'objet de canulars plus que douteux.

— Un beau matin, en arrivant au musée, il a trouvé un grand coutelas de Highlander planté dans la panse de Son Excellence. Le pauvre, il en était tout retourné !

— Je veux bien le croire ! murmura Brianna en lançant au duc un regard inquiet. Les gens n'ont donc pas oublié ?

— Pensez-vous, les Écossais ont une mémoire d'éléphant et ils ne pardonnent pas facilement.

— Vraiment ?

Elle lui lança un regard intrigué.

— Et vous, Roger, vous êtes écossais ? Wakefield, ça ne sonne pas d'ici. Pourtant, à vous entendre parler du duc de Cumberland...

Ses lèvres esquissaient un petit sourire, mais il n'arrivait pas à décider si elle le taquinait.

— Écossais et fier de l'être ! répondit-il sérieusement. Wakefield n'est pas mon vrai nom, mais celui du révérend. Il était l'oncle de ma mère et, quand mes parents ont été tués pendant la guerre, il m'a adopté. Mon vrai nom est MacKenzie.

D'un signe de tête, il indiqua le mannequin du duc de Cumberland et, derrière lui, les monuments aux morts de Culloden que l'on apercevait à travers les croisées de la fenêtre.

— Quant à ce que je pense de cette ordure... Il y a là-bas, ajouta-t-il, une grosse stèle funéraire portant le nom de MacKenzie et, dessous, bon nombre de mes ancêtres.

Avançant la main, il donna une chiquenaude dans l'une des épaulettes du duc.

— Je n'en fais pas une affaire personnelle, mais je n'ai pas oublié pour autant.

Il se tourna vers Brianna et lui tendit la main.

— On sort ? proposa-t-il.

Il faisait plutôt froid. Les rafales de vent faisaient claquer deux étendards de chaque côté du champ de bataille. L'un jaune, l'autre rouge, ils marquaient l'emplacement des tentes depuis lesquelles les deux commandants avaient suivi les combats, dans l'attente de leur issue.

— À ce que je vois, ils ne se mouillaient pas trop ! commenta Brianna avec sarcasme. Au moins, ils ne risquaient pas de prendre une balle perdue.

La voyant frissonner, Roger l'attira contre lui. Une bouffée de bien-être l'envahit à la sentir si près et il tenta de masquer son émotion en se lançant dans un long monologue historique.

— À l'époque, les généraux dirigeaient leurs hommes depuis l'arrière. Surtout Charlie. Quand les choses ont commencé à se

61

gâter pour lui, il a filé si vite qu'il en a oublié son service à pique-nique en argent massif.

— Un service à pique-nique ? Monsieur pique-niquait pendant que ses hommes se faisaient massacrer ?

— Mais oui, bien sûr.

Roger découvrit qu'il aimait bien jouer l'Écossais pour Brianna. Généralement, il prenait soin de s'exprimer dans le plus pur accent londonien en usage à Oxford, mais aujourd'hui, il laissait ses intonations écossaises refaire surface pour le simple plaisir de voir Brianna sourire chaque fois qu'elle les reconnaissait.

— Savez-vous pourquoi on l'appelle « Bonnie Prince Charlie » ? Les Anglais croient toujours que c'était un surnom affectueux que lui avaient donné ses hommes pour lui témoigner leur affection.

— Et ce n'était pas le cas ?

— Pas du tout. Ses hommes l'appelaient Prince *Tcharlach*, expliqua-t-il en articulant lentement, ce qui est l'équivalent de Charles en gaélique. *Tcharlach mac Seamus*, « Charles, fils de James ». C'est plutôt formel et déférent. En fait *Tcharlach* sonne comme Charlie en anglais.

Brianna sourit.

— Alors, il n'a jamais été le « Bonnie Prince Charlie » ?

— Pas de son vivant en tout cas. C'est une de ces petites réécritures de l'Histoire qui finissent par passer à la postérité. Il y en a beaucoup.

— Mais vous, vous n'êtes pas historien ? le taquina Brianna.

— Si, c'est pour ça que je les connais.

Ils se promenèrent lentement sur les sentiers de gravier qui sillonnaient le champ de bataille. Roger lui indiquait ici et là les positions des différents régiments qui s'étaient affrontés, le déroulement du combat, et lui rapportait des anecdotes sur leurs chefs.

Bientôt, le vent tomba et un silence solennel descendit sur la lande. Peu à peu, leur conversation s'amenuisa à son tour. Ils n'échangeaient plus que quelques paroles de temps en temps, parlaient à voix basse, presque en chuchotant. Un ciel bas et parfaitement gris s'étendait d'un bout à l'autre de l'horizon, étouffant les couleurs et les bruits.

— Voici l'endroit qu'on appelle le « Puits de la mort », indiqua Roger en s'accroupissant devant une petite source.

Jaillissant d'une fente entre deux rochers, un mince filet d'eau se déversait dans une mare saumâtre d'à peine un mètre carré.

— Un des chefs highlanders est tombé ici. Ses hommes ont lavé son visage barbouillé de sang dans cette source. Et par là, on aperçoit les tombes des clans.

De grosses stèles en granit gris, arrondies par les intempéries et piquées de mousse, se dressaient un peu plus loin. Elles étaient simplement posées sur l'herbe, éparpillées en lisière de la lande. Chacune portait le nom du clan, rongé par le temps. Il y avait les MacGillivray, les MacDonald, les Fraser, les Grant, les Chisholm, les MacKenzie...

— Regardez ! dit doucement Brianna.

Elle indiquait l'une des stèles, au pied de laquelle on avait déposé un petit bouquet de branchages vert et gris où pointaient les premières fleurs de printemps.

— De la bruyère, expliqua Roger. C'est plus courant en été, quand elle est en fleur. On en voit alors des gerbes entières au pied de chaque tombe. Elle est violette, avec ici et là des taches blanches. Le blanc, c'est pour la chance et la royauté. C'était l'emblème de Charles-Édouard, avec la rose blanche des Stuarts.

Brianna s'agenouilla devant la stèle et effleura les feuilles du bout des doigts.

— Qui les met là ? demanda-t-elle.

— Des visiteurs, répondit Roger en se baissant à côté d'elle.

Il caressa l'inscription gravée dans la pierre : FRASER.

— ... les descendants de ceux qui sont morts ici, poursuivit-il, ou simplement ceux qui veulent honorer leur mémoire.

Elle lui lança un regard ironique, à travers les longues boucles qui lui balayaient le visage.

— Et vous, vous n'en avez jamais apporté ?

Il sourit et baissa les yeux sur ses mains qui se balançaient entre ses genoux.

— Si. Je sais que c'est sentimental, mais ça m'arrive.

Brianna se tourna vers le taillis de fleurs des landes qui bordait le sentier.

— Montrez-moi laquelle est la bruyère, demanda-t-elle.

Sur le chemin du retour, l'atmosphère mélancolique de Culloden se dissipa rapidement, faisant place au sentiment d'avoir partagé un moment d'intimité. Ils bavardèrent et rirent comme deux vieux amis.

— Quel dommage que Maman n'ait pas pu venir ! observa Brianna, tandis que l'Austin Morris tournait dans la rue du bed and breakfast de Mme Thomas.

Claire avait beau lui être très sympathique, Roger ne pouvait en dire autant. Il approuva d'un ton neutre et, quelques instants plus tard, demanda :

— Mais qu'a-t-elle au juste ? J'espère que ce n'est rien de grave.

— Oh, non, elle est juste un peu indisposée ; enfin, c'est ce qu'elle dit.

Brianna fronça les sourcils et, se tournant vers lui, posa une main sur sa cuisse. Il sentit ses muscles se tendre et ses oreilles se mirent à bourdonner, au point qu'il entendit à peine ce qu'elle lui disait.

— ... qu'elle raconte des histoires ? demandait-elle.

Se répondant à elle-même, elle fit non de la tête, agitant sa chevelure où brillaient des éclats cuivrés.

— Je ne sais pas, poursuivit-elle. Elle a l'air soucieux. Je ne pense pas qu'elle soit malade, mais quelque chose semble la hanter.

Roger sentit soudain son estomac se nouer.

— Mmm... fit-il. C'est peut-être son travail qui la préoccupe, quelque chose qu'elle aurait laissé en plan pour venir ici. Je suis sûr que tout rentrera bientôt dans l'ordre.

Brianna lui adressa un sourire reconnaissant et arrêta la voiture devant la maison de Mme Thomas.

— J'ai passé un excellent moment, Roger. Mais je ne vous ai pas été très utile pour le projet de Maman. Je ne peux pas vous aider avec des corvées plus lourdes ?

Une lueur d'espoir illumina aussitôt le regard de Roger.

— Puisque vous insistez, vous pourriez peut-être venir demain et m'aider à mettre de l'ordre dans les papiers du garage ? Si c'est une corvée que vous voulez, vous serez servie !

— Parfait ! lança Brianna.

Une fois sortie de la voiture, elle se pencha à la fenêtre et ajouta :

— Maman viendra peut-être nous aider.

Il sentit ses traits se figer, mais parvint à conserver un sourire aimable.

— Bien ! Très bien ! Je l'espère ! mentit-il.

Le lendemain, Brianna se présenta seule à sa porte.

— Maman est à la bibliothèque municipale, expliqua-t-elle. Elle recherche un nom dans les annuaires téléphoniques, quelqu'un qu'elle a connu autrefois.

Le cœur de Roger fit un bond. La veille au soir, il avait lui aussi vérifié les annuaires du révérend. Il y avait trois James Fraser dans la région et deux autres Fraser portant un autre prénom, mais avec l'initiale J pour leur deuxième nom de baptême.

— J'espère qu'elle trouvera ce qu'elle cherche, dit-il d'un ton neutre. Vous êtes sûre de vouloir m'aider ? Je vous préviens : la tâche qui nous attend est ennuyeuse à mourir et vous risquez de vous salir.

Brianna lui sourit, pas découragée le moins du monde.

— Je sais. Autrefois, j'aidais souvent mon père dans ses recherches. Je feuilletais des volumes entiers de vieux manuscrits et cherchais des notes minuscules en bas des pages. Et puis, c'est le projet de Maman, je ne peux quand même pas vous laisser tout le sale boulot !

— Vous l'aurez voulu !

Il baissa les yeux vers sa chemise blanche et ajouta :

— Je monte me changer et on s'y met.

La porte du garage résista, gémit puis, résignée, s'ouvrit brusquement dans un grincement et un nuage de poussière.

Brianna agita une main devant elle en toussotant.

— Pouah ! Depuis combien de temps personne n'est entré dans cette pièce ?

— Des lustres, je suppose, répondit Roger d'un air absent.

Il balaya le garage du faisceau de sa torche électrique, illuminant brièvement des piles de cartons et de caisses en bois, des vieux coffres couverts d'étiquettes et des formes incertaines recouvertes de bâches. Ici et là, les pieds retournés de meubles perçaient la pénombre comme des squelettes de petits dinosaures qui referaient surface après un sommeil millénaire.

Il y avait une sorte de passage dans ce capharnaüm. Roger s'y engagea et disparut bientôt dans un tunnel d'ombre et de poussière. Brianna suivit sa progression grâce au halo de la torche qui avançait par petits bonds. Enfin, avec un cri de triomphe, il trouva une chaînette qui pendait du plafond et le garage fut soudain illuminé par l'éclat d'une ampoule nue.

Roger réapparut et lui prit la main.

— Par ici, indiqua-t-il. Il y a un espace vide à l'arrière.

Une vieille table en chêne massif était poussée contre le mur du fond. Elle avait dû autrefois trôner dans la salle à manger du révérend, avant d'être convertie en table de cuisine, puis en établi, avant de finir ses jours dans ce cimetière poussiéreux. Juste au-dessus se trouvait une petite lucarne couverte de toiles d'araignées, au travers de laquelle filtrait une faible lumière.

— On n'a qu'à se mettre au travail ici, proposa Roger.

Il extirpa un tabouret de la masse d'objets et l'épousseta galamment avec son mouchoir.

— Asseyez-vous. Je vais essayer d'ouvrir cette fenêtre, sinon on risque d'étouffer.

Brianna hocha la tête, mais au lieu de s'asseoir, elle commença à fouiller dans la pile la plus proche, et à lire les étiquettes sur certaines des boîtes.

— 1930-1933, annonça-t-elle. Et voilà 1942-1946. Et ça, qu'est-ce que c'est ?

— Son journal, grogna Roger en tirant sur la lucarne comme un forcené. Celui de mon père... je veux dire, du révérend. Il a tenu un journal tout au long de sa vie. Il l'écrivait tous les soirs après le dîner.

— Il a dû s'en passer, des choses, dans sa vie ! dit Brianna en soupesant plusieurs boîtes.

Elle les mit de côté et inspecta le tas suivant.

— J'ai là une pile de boîtes portant des noms propres. *Kerse, Livingstone, Balnain*. Des paroissiens ?

— Non, des villages.

Roger s'interrompit un instant, pantelant. Il s'essuya le front, y laissant une grande traînée noire.

— Ce sont sans doute ses notes sur divers villages highlanders, expliqua-t-il. Certaines ont fini en bouquins, d'ailleurs. Vous en trouverez quelques-uns dans les boutiques pour touristes partout dans les Highlands.

Il se tourna vers un établi où étaient accrochés toutes sortes d'outils et choisit un gros tournevis pour se lancer de nouveau à l'assaut de la fenêtre.

— Cherchez les boîtes marquées *Registres paroissiaux* ou portant des noms de villages situés autour de Broch Tuarach.

— Mais je ne connais aucun des villages de cette région, indiqua Brianna.

— Ah, c'est vrai, j'oubliais !

Roger glissa la tête du tournevis sous la traverse de la fenêtre, faisant sauter des éclats de peinture.

— Cherchez Broch Mordha... euh... Mariannan et, ah, St. Kilda. Il y en a d'autres, mais ces derniers avaient tous des églises assez grandes qui ont été fermées ou démolies depuis.

Après avoir soulevé une grande bâche, Brianna fit un bond et poussa un petit cri.

— Quoi ? Qu'est-ce qu'il y a ? s'alarma Roger en pointant le tournevis devant lui.

— Je ne sais pas. Quelque chose a filé quand j'ai enlevé cette bâche.

Roger baissa son arme, soulagé.

— Ah, ce n'est que ça ! Sans doute une souris. Ou même un rat.

— Un rat ! Vous avez des rats ? glapit Brianna, affolée.

— J'espère que non, répondit Roger, sinon ils risquent d'avoir déjà rongé les documents que nous cherchons.

Il lui tendit la torche.

— Pointez-la dans les recoins sombres, ça vous évitera les mauvaises surprises.

Brianna prit la torche, tout en observant la pile de boîtes d'un œil soupçonneux.

— N'ayez pas peur, la rassura Roger. Vous voulez peut-être que je vous improvise une satire de rats ?

Le visage de Brianna s'illumina.

— Une satire de rats ? Qu'est-ce que c'est ?

Roger ne répondit pas tout de suite, absorbé par sa tâche. Il tira de toutes ses forces, sentant ses biceps gonfler et tendre le tissu de sa chemise. Enfin, la lucarne céda dans un couinement émouvant et s'entrouvrit de quelques centimètres, laissant un mince courant d'air s'engouffrer dans la pièce.

— Ouf, on respire enfin ! plaisanta-t-il en s'éventant de la main. Alors, on se met au travail ?

Elle lui rendit sa torche et recula d'un pas.

— Si vous alliez chercher les boîtes pendant que moi, je les trie ? proposa-t-elle. Et puis vous ne m'avez toujours pas expliqué ce qu'était une « satire de rats ».

— Poltronne ! lança-t-il en se penchant vers la pile de cartons. La satire de rats est une vieille coutume écossaise. Si vous avez des rats ou des souris dans la maison ou dans la grange, vous composez un poème, ou une chanson qui explique gentiment aux intrus à quel point ils sont mal tombés chez vous, alors que la nourriture abonde chez le voisin. Vous leur expliquez où aller, comment faire pour y arriver et, si la satire est assez convaincante, ils suivent votre conseil.

Il sortit une boîte sur laquelle était écrit : « Jacobites, divers » et la déposa sur la table en chantonnant :

Messieurs les rats,
Vous êtes bien trop nombreux,
Pour manger tous à votre faim.
Il faut partir, il faut partir.

Allez donc voir chez mes charmants voisins ;
Les Campbell n'ont pas de vilain chat,
Et leurs choux poussent plus verts que les miens.

Allez donc vous remplir la panse,
Au lieu de grignoter mes bottes en caoutchouc.
Allez, messieurs les rats,
Vous remplir la panse ailleurs.

Brianna esquissa une moue admirative.

— Vous venez de l'inventer ?

— Bien sûr, une bonne satire de rats doit toujours être improvisée. Après une telle performance, je suis sûr qu'il ne reste plus un seul rat à des kilomètres à la ronde.

— Tant mieux.

Brianna sortit un canif de sa poche et éventra le premier carton.

— Vous devriez venir dans notre bed and breakfast un de ces

jours. Maman est persuadée qu'il y a des souris dans la salle de bains. Elle a retrouvé sa boîte à savon toute grignotée.

— J'ignore ce qu'il faut faire pour déloger une souris affamée au point de manger du savon. C'est sans doute au-delà de mes faibles talents.

Il extirpa un gros coussin de derrière une pile d'encyclopédies, le laissa tomber aux pieds de Brianna, puis s'agenouilla auprès d'elle.

— Vous n'avez qu'à vous charger des registres paroissiaux, proposa-t-il, ils sont plus faciles à déchiffrer.

Ils travaillèrent toute la matinée dans une atmosphère de joyeuse camaraderie, et tombèrent parfois sur des passages intéressants dans le journal du révérend : sa pêche d'un poisson argent dans le loch, la description d'un orage... mais sans grande valeur dans la recherche qui les occupait.

— Il va bientôt falloir nous arrêter pour déjeuner, annonça-t-il soudain.

Il n'avait aucune envie de retourner dans la maison, à la merci de Fiona, mais il entendait l'estomac de Brianna se rebeller presque aussi bruyamment que le sien.

— D'accord. On reprendra après avoir mangé, déclara Brianna. Si on est encore en état de le faire.

Elle se leva et s'étira, ses poings fermés presque à hauteur des poutres du vieux garage. Elle s'essuya les mains sur son jean et se fraya un passage entre les caisses.

— Hé ! s'écria-t-elle en s'arrêtant net devant la porte.

Roger qui la suivait manqua de lui rentrer dedans.

— Qu'est-ce qu'il y a ? Encore un rat ?

Les rayons de soleil faisaient danser des reflets cuivrés dans la tignasse rousse. Sa silhouette nimbée d'un halo doré accentuait ses traits fins et longilignes. Elle ressemblait à une icône médiévale : Notre Dame des Archives.

— Non, regardez ça, Roger !

Elle pointait le doigt vers un carton au centre d'une pile. Sur le côté, le révérend avait écrit de sa belle écriture couchée : *Randall*.

Roger se sentit à la fois excité et inquiet. La joie de Brianna, elle, n'était pas mitigée.

— Je suis sûre qu'on y trouvera ce qu'on cherche ! Maman a dit que Papa s'était lui aussi intéressé à ce projet. Il avait peut-être demandé au révérend de faire des recherches pour lui.

— Possible, admit Roger.

La vue du nom lui inspirait soudain une étrange angoisse. Il s'accroupit pour extirper la boîte.

— Rentrons. On y jettera un œil après le déjeuner.

La boîte, une fois ouverte dans le bureau du révérend, recelait tout un assortiment de paperasses : de vieilles photocopies de plusieurs registres paroissiaux, deux ou trois listes d'enrôlement dans l'armée, plusieurs lettres et papiers, un petit carnet relié en carton gris, une liasse de photos jaunies aux bords racornis et un classeur rigide avec le nom « Randall » imprimé sur le dessus.

Brianna s'empara du classeur et l'ouvrit.

— Oh ! C'est l'arbre généalogique de Papa ! Regardez.

Elle le tendit à Roger. Il contenait deux épaisses feuilles de papier parcheminé, avec une liste de descendants inscrits soigneusement, verticalement et horizontalement. La première date était 1633, et les derniers noms, en bas de la seconde page, étaient : Frank Wolverton Randall, m. Claire Elizabeth Beauchamp, 1937.

— Il a été fait avant votre naissance, murmura Roger.

Brianna regarda par-dessus son épaule, tandis qu'il suivait les noms du doigt.

— Je l'ai déjà vu, annonça-t-elle. Papa en avait une copie dans son bureau. Il me la montrait sans arrêt. Mais sur la sienne, mon nom figurait tout en bas. Celle-ci doit être antérieure.

— Le révérend a sans doute recherché certains de ses parents, dit Roger en lui rendant le classeur.

Il prit d'autres papiers sur la table.

— Tenez, voilà un petit souvenir de famille.

Il lui montra un blason peint en haut d'une page.

— C'est une lettre de nomination à un poste de commandement dans l'armée, signée Sa Majesté le roi George II.

— George II ? Ouh là là ! Ça remonte avant la guerre de l'Indépendance !

— Bien avant. Elle est datée de 1735. Elle concerne un certain Jonathan Wolverton Randall. Ce nom vous dit quelque chose ?

— Oui. Papa en parlait de temps à autre. C'est l'un de ses ancêtres qu'il connaissait le mieux. Il était capitaine dans l'armée qui a combattu Bonnie Prince Charlie à Culloden.

Elle leva les yeux vers Roger.

— Je crois même qu'il y a été tué. Il ne serait pas enterré là-bas par hasard ?

— J'en doute. Ce sont les Anglais qui ont fait le ménage après la bataille. Ils ont renvoyé la plupart de leurs morts chez eux pour y être inhumés. Enfin, les officiers en tout cas.

Il n'eut pas le temps d'en dire plus, car Fiona apparut sur le pas de la porte, brandissant son plumeau comme un étendard.

— Monsieur Wakefield, annonça-t-elle. L'homme qui devait venir chercher la camionnette du révérend est là, mais il ne peut pas la faire démarrer. Il demande si vous pourriez lui donner un coup de main.

Roger sursauta d'un air coupable. Il avait sorti la batterie pour la faire vérifier par le garagiste, puis l'avait oubliée sur le siège arrière de son Austin. Il n'y avait donc rien d'étonnant à ce que la camionnette ne démarre pas.

— Il faut que j'aille m'en occuper, déclara-t-il à Brianna. J'ai peur que ça prenne un certain temps.

— Ce n'est pas grave, le rassura-t-elle avec un sourire. De toute façon, il faut que j'y aille moi aussi. Maman doit être rentrée. On avait pensé aller à Clava Cairns, si on en a le temps. Merci pour le déjeuner.

— Ça a été un plaisir pour moi... et pour Fiona.

Roger regrettait de ne pouvoir l'accompagner, mais le devoir l'appelait. Il lança un regard vers les papiers éparpillés sur la table. Il les rassembla et les remit dans la boîte.

— Tenez, prenez-la, ce sont les dossiers de votre famille. Ils intéresseront peut-être votre mère.

— Vous êtes sûr ? Merci beaucoup. Vous êtes vraiment sûr ?

— Absolument.

Il déposa délicatement l'arbre généalogique sur le haut de la pile.

— Oh, attendez ! se ravisa-t-il. Il y a peut-être une chose que je devrais garder.

Le coin du carnet gris dépassait sous la lettre de George II. Il l'extirpa et remit de l'ordre dans la boîte.

— C'est un des journaux intimes du révérend. Je ne sais pas ce qu'il faisait là-dedans, mais je ferais mieux de le mettre avec les autres. Les archives de la ville insistent pour avoir la collection complète.

Brianna s'apprêta à partir, la boîte serrée contre elle, puis elle hésita et se tourna vers lui :

— Vous... euh, vous voulez que je revienne ?

Roger lui sourit. Elle avait des toiles d'araignées dans les cheveux et une longue trace de poussière grise le long du nez.

— Rien ne me ferait plus plaisir. Alors... à demain ?

Le carnet du révérend ne cessa de trotter dans la tête de Roger pendant qu'il s'acharnait à faire démarrer la vieille camionnette, ainsi qu'un peu plus tard alors qu'il recevait l'antiquaire venu faire l'estimation des meubles anciens pour une prochaine vente aux enchères.

Voir ainsi partir une à une les affaires du révérend le remplissait de mélancolie et de nervosité. Après tout, c'était toute son enfance qu'il dispersait ainsi, même si ce n'était plus qu'un bric-à-brac inutile. Une fois attablé devant son dîner, il n'aurait pu dire si c'était la curiosité vis-à-vis des Randall ou simplement le besoin de recréer un lien avec l'homme qui lui avait servi de père depuis si longtemps qui l'incita à reprendre le carnet.

Le journal avait été méticuleusement tenu. Les lignes régulières d'encre noire enregistraient tous les principaux événements de la paroisse et de la communauté auxquelles le révérend avait appartenu pendant de longues années. L'odeur des pages flétries fit aussitôt revivre l'image du vieil homme, son crâne chauve dans le halo de sa lampe de bureau, sa silhouette familière quand il se penchait avec application sur ses notes.

— C'est une discipline, avait-il expliqué un jour à Roger. Il n'y a rien de tel que de se concentrer régulièrement sur une tâche qui met de l'ordre dans les idées. Les moines catholiques ont leurs services à heures fixes, les prêtres récitent leur bréviaire. Je crains de ne pas avoir ce qu'il faut pour ce genre de dévotion instantanée, mais écrire ce qui s'est passé dans la journée m'aide à éclaircir mon esprit. Après quoi, je peux faire mes prières l'âme tranquille.

L'âme tranquille. Roger aurait aimé pouvoir en dire autant, mais il n'avait pas eu un instant de tranquillité depuis qu'il avait lu les coupures de presse sur le bureau du révérend.

Il ouvrit le carnet au hasard et le feuilleta lentement en cherchant des yeux le nom de Randall. Les dates couvraient la période de janvier à juin 1948. Si ce qu'il avait dit à Brianna au sujet des archives de la ville était vrai, ce n'était pas la raison principale qui l'avait incité à conserver le journal. En mai 1948, Claire Randall était réapparue après sa mystérieuse absence. Le révérend avait bien connu les Randall. Un événement aussi sensationnel figurait certainement quelque part dans ses notes.

Effectivement, le 7 mai, le révérend avait écrit :

Visite à Frank Randall ce soir. Cette histoire avec sa femme, quelle affaire ! L'ai vue hier. Si fragile... et ce regard vide... Très mal à l'aise à côté d'elle. Pourtant elle s'est comportée parfaitement normalement.

Ce qu'elle a vécu aurait suffi à faire perdre la raison à plus d'un. Mais qu'a-t-elle vécu au juste ? Les ragots vont bon train. Cet imprudent de docteur Bartholomew a laissé filtrer qu'elle était enceinte. Pauvre Frank ! Et pauvre d'elle ! J'ai de la peine pour tous les deux.

Mme Graham est malade cette semaine... elle a bien choisi son moment : notre vente de charité a lieu la semaine prochaine et le porche croule sous les vieux vêtements...

71

Roger sauta rapidement quelques pages, cherchant une autre mention des Randall. Il la trouva un peu plus loin dans la même semaine.

10 mai. Frank Randall est venu dîner. Je fais de mon mieux pour me montrer en public avec lui et sa femme. Je passe une heure avec elle presque tous les jours. Elle m'inspire presque de la pitié. Le bruit court qu'elle a perdu la raison. Connaissant Claire Randall, je me demande si elle ne se sent pas plus offensée d'être crue folle qu'immorale. Mais faut-il obligatoirement que ce soit l'un ou l'autre ?

J'ai essayé à plusieurs reprises de la faire parler de ce qui lui est arrivé, mais elle ne veut rien dire. Elle parle tout à fait normalement de tout et de rien, mais j'ai toujours l'impression qu'elle est ailleurs.

Il faut que je pense à articuler mon sermon de dimanche autour des dangers du commérage, mais j'ai peur de ne faire qu'attirer encore plus l'attention sur cette triste affaire.

12 mai... Personne ne me fera croire que Claire Randall est folle. Bien sûr, j'ai entendu les bruits qui courent, mais je ne vois rien dans son comportement qui puisse les justifier.

Je crois qu'elle cache un terrible secret, et qu'elle est bien décidée à le garder. J'en ai discuté avec Frank, en prenant mille précautions. Il se tient sur ses gardes mais je suis certain qu'elle lui a dit quelque chose. J'ai fait mon possible pour les convaincre que j'étais prêt à les aider, d'une manière ou d'une autre.

14 mai. Visite de Frank R. J'en suis encore perplexe. Il m'a demandé mon aide, mais je n'ai pas compris ce qu'il attendait de moi au juste. Cela semble pourtant très important pour lui. Il ne parle qu'à mots couverts, mais il est tendu comme un arc. J'ai peur que la corde cède tôt ou tard.

J'ai trouvé plusieurs détails intéressants sur Jonathan Randall, mais je ne vois vraiment pas le rapport avec les problèmes actuels des Randall ! Quant à James Fraser, comme je l'ai annoncé à Frank, pas la moindre trace. Un vrai mystère.

Un vrai mystère, qui perdurait vingt ans plus tard. Qu'avait demandé Frank Randall au révérend ? Sans doute de faire des recherches sur Jonathan Randall et James Fraser. Ainsi, Claire avait parlé de ce Fraser à son mari. Lui avait-elle raconté toute la vérité ?

Quel pouvait être le lien entre un capitaine de dragons mort en 1746 à Culloden et l'homme dont le nom semblait inextricablement lié à la disparition de Claire Randall en 1945... et à la naissance de Brianna ?

Le reste du journal ne contenait que des événements habituels de la vie paroissiale : l'alcoolisme chronique de Derick Gowan et la découverte de son cadavre dans le Ness un jour de la fin mai ; le mariage précipité de Maggie Brown et de William Dundee, un mois avant le baptême de leur fille ; l'appendicectomie de Mme Graham et les tentatives du révérend pour endiguer le raz de marée de petits plats précuits envoyés par toutes ces dames de la paroisse, au grand bénéfice d'Herbert, le chien du révérend.

Au fil des pages, Roger se surprit à sourire, ému par l'intérêt sincère que portait le révérend à ses ouailles. À force de sauter de longs passages, il faillit rater la dernière mention de la demande de Frank Randall :

18 juin. Reçu une brève note de Frank Randall, m'informant que la santé de sa femme est préoccupante. Sa grossesse semble difficile et il me demande de prier pour eux.

Lui ai répondu que je pensais toujours à eux dans mes prières et que je leur souhaitais le meilleur, à lui et à son épouse. Lui ai également envoyé l'information que j'ai eu tant de mal à trouver. Je ne vois vraiment pas à quoi cela lui servira, mais c'est son affaire ! Lui ai mentionné la découverte surprenante de la tombe de Jonathan Randall à St. Kilda, et lui ai demandé s'il voulait que je prenne une photo de l'inscription sur la pierre tombale.

C'était tout. Après cela, il n'y avait plus aucune allusion aux Randall ni à James Fraser. Roger reposa le carnet et se massa les tempes. La lecture de la petite calligraphie couchée du révérend lui avait donné un léger mal de tête.

Mis à part la confirmation qu'un certain James Fraser était mêlé à cette affaire, le mystère restait impénétrable. Que diable venait faire Jonathan Randall dans cette histoire ? Et pourquoi cet homme était-il enterré dans un petit cimetière perdu d'Écosse ? St. Kilda n'était pas très loin de Culloden, mais pourquoi n'avait-il pas été expédié chez lui dans le Sussex ?

— Vous aurez encore besoin de moi ce soir, monsieur Wakefield ?

La voix de Fiona l'extirpa de ses méditations. Il se redressa en clignant des yeux. Elle se tenait devant lui, armée d'un balai et d'une peau de chamois.

— Quoi ? ... Euh, non. Non merci, Fiona. Mais qu'est-ce que vous faites à cette heure avec votre balai ? Ne me dites pas que vous êtes encore en train de faire le ménage !

— C'est que... c'est à cause des dames patronnesses. Vous leur avez dit qu'elles pouvaient tenir la réunion mensuelle de leur association ici demain. Vous vous rappelez ? J'ai pensé qu'il valait mieux que le presbytère soit impeccable.

Les dames patronnesses ? Roger frémit à la pensée de quarante matrones bon chic bon genre, débordantes de compassion, déferlant dans le presbytère dans une avalanche de tweed, de twin-sets et de perles de culture.

— Est-ce que vous prendrez le thé avec ces dames ? demanda Fiona. Le révérend le faisait toujours.

L'idée de se retrouver coincé entre Brianna et les dames de la paroisse fit frémir Roger.

— Euh... non, dit-il brusquement. J'ai... je suis pris toute la journée demain.

Sa main chercha le téléphone, à moitié enfoui sous les paperasses qui jonchaient le bureau.

— Excusez-moi, Fiona, il faut que je donne un coup de fil urgent.

Brianna revint dans la chambre avec un grand sourire énigmatique. Je levai le nez de mon bouquin et lui lançai un regard interrogateur.

— Un appel de Roger ? demandai-je.

— Comment tu as deviné ?

Elle resta interdite un moment, puis éclata de rire et ôta sa robe de chambre.

— C'est vrai que c'est le seul homme que je connaisse à Inverness.

— Je me doutais bien que ce n'était pas un de tes admirateurs appelant depuis Boston.

Je lançai un regard vers le réveil sur la table de nuit et ajoutai :

— À cette heure-ci, ils doivent tous être à leur entraînement de foot.

Brianna fit mine de ne pas avoir entendu et se glissa entre les draps.

— Roger demande si on veut l'accompagner demain dans un petit village appelé St. Kilda. Il dit qu'il y a une vieille église très intéressante.

— Oui, j'en ai déjà entendu parler, répondis-je en bâillant. Pourquoi pas ? J'emporterai ma presse à plantes. Je trouverai peut-être de la vesce couronnée. J'ai promis au docteur Abernathy de lui en rapporter pour ses recherches. Mais si on va passer la journée à patauger dans la boue en déchiffrant de vieilles pierres tombales, je ferais mieux d'éteindre. Rien n'est plus épuisant que de fouiller le passé.

Une brève lueur traversa le regard de Brianna. Elle sembla sur le point de dire quelque chose, puis se ravisa et se contenta de hocher la tête. Elle tendit le bras vers l'interrupteur, un sourire mystérieux au coin des lèvres.

Plongée dans le noir, je fixai le plafond, écoutant les froissements de draps dans le lit d'à côté s'espacer progressivement pour céder la place à une respiration lente et profonde. St. Kilda. Je connaissais ce nom. Je n'y étais jamais allée mais j'en avais entendu parler. Il y avait une vieille église, comme l'avait dit Brianna, abandonnée depuis longtemps et hors des sentiers touristiques. Seul un chercheur pouvait avoir de bonnes raisons de s'y rendre. Peut-être était-ce là l'occasion que j'attendais depuis longtemps.

Je serais seule avec Roger et Brianna, sans craindre d'être interrompue. Ce serait sans doute l'endroit idéal pour le leur dire, là-bas, parmi les morts de St. Kilda disparus depuis si longtemps. Roger n'avait pas encore découvert où se trouvaient les dépouilles des autres hommes de Lallybroch, mais j'étais désormais à peu près certaine qu'ils avaient quitté Culloden vivants et c'est tout ce que j'avais besoin de savoir. Je pouvais donc raconter à Brianna la fin de l'histoire.

Ma gorge se dessécha à l'idée de la confrontation qui allait suivre. Trouverais-je les mots justes ? Je tentai de visualiser la marche à suivre, ce que j'allais dire et comment ils allaient réagir. Plus que jamais, je regrettai que la promesse que j'avais faite à Frank m'ait empêchée d'écrire au révérend Wakefield. Autrement, Roger serait probablement déjà au courant. Ou peut-être pas. Rien ne disait que le révérend lui-même m'aurait crue.

Je me retournai dans mon lit, cherchant l'inspiration. Quand la fatigue l'emporta, je me mis sur le dos et fermai les yeux. Sans doute était-ce le fait d'avoir pensé au révérend car, juste avant de m'endormir, j'entendis encore sa voix murmurer à mes oreilles : *À chaque jour suffit sa peine. Il n'est nul besoin d'ajouter à nos tourments.*

Je me réveillai en sursaut au beau milieu de la nuit, les doigts crispés sur le bord des draps, le cœur battant comme un tambour.

La soie brûlante de ma chemise de nuit collait à ma peau. En baissant les yeux, j'aperçus la pointe de mes seins durs comme marbre qui étirait l'étoffe trempée par la transpiration. Des frissons agitaient encore mes mains et mes cuisses, comme les derniers soubresauts d'un séisme intérieur. Je craignis d'avoir hurlé dans mon sommeil. Mais le souffle lent et régulier de Brianna me rassura.

Je laissai retomber ma tête sur l'oreiller avec un profond soupir, tentant de me calmer.

— Et merde !

Les effets secondaires d'un cycle de sommeil perturbé incluent la disparition des rêves cohérents. Pendant les années qui avaient suivi la naissance de Brianna, puis durant mon internat et mes nuits de garde, j'avais développé la faculté de m'endormir profondément dès que je m'allongeais. Mes rêves n'étaient alors que des fragments d'images qui se succédaient sans enchaînement logique tandis que mes synapses se rechargeaient en hâte en prévision d'un réveil toujours trop précoce.

Ces dernières années, j'avais retrouvé un rythme de vie plus normal, et je m'étais remise à rêver vraiment. C'étaient des songes d'une grande banalité, parfois cauchemardesques : de longues séquences d'images, une errance dans les bois sombres de la conscience. J'étais habituée à ce genre de rêves. Ils étaient fréquents dans ces cas qu'on appelle par euphémisme « des états de privation ».

Mes rêves me venaient généralement dans un flottement, doux comme la caresse de draps en satin. Et s'ils me réveillaient, je me rendormais aussitôt, avec un vague souvenir qui ne survivait pas au matin suivant.

Mais cette fois, c'était différent. Je ne me souvenais pas de grand-chose, mais j'avais une vague impression de mains qui m'agrippaient, brutales, insistantes, contraignantes. Une voix, presque un cri, résonnait encore à mes oreilles, rythmée par les battements de mon cœur.

Je posai une main sur mon sein et comptai les pulsations ; sous la soie, je sentais la chaleur et la douceur de ma peau. La respiration de Brianna se transforma en un léger ronflement, puis retrouva sa cadence régulière. Je me souvins d'avoir souvent guetté ce bruit lorsqu'elle était petite : le lent souffle réconfortant d'un enfant qui dort, régulier comme un cœur qui bat.

Sous la soie rose de ma chemise de nuit, de la couleur d'une joue de bébé, les battements de mon propre cœur ralentissaient. Lorsqu'on allaite son nourrisson, la courbe de son crâne reproduit exactement celle du sein qu'il tète, le prolongement parfait de ce corps dont il est issu.

La peau du bébé, douce comme un pétale de rose, invite la main à la caresser. Ses joues sont molles comme de la gelée de groseille, ses petits doigts sont souples, ses articulations semblent faites de caoutchouc. Quand on l'embrasse avec passion, les lèvres ne rencontrent jamais une surface dure. On le presse contre soi, et il se dégonfle comme s'il s'apprêtait à retourner dans notre corps.

À mesure que l'on observe avec amour son enfant grandir, on

sent cette douceur s'intérioriser. Dès le début, il y a ce petit éclat d'acier en lui, cette chose qui dit « Je suis » et qui forme sa personnalité. La deuxième année, les os durcissent et l'enfant se tient droit. Son crâne solidifié protège le noyau tendre à l'intérieur. Et le « Je suis » grandit lui aussi. En regardant attentivement son bébé, on peut presque le voir briller sous la peau diaphane. L'ossature du visage affleure vers six ans et l'âme, à l'intérieur, est fixée à sept. L'ossification se poursuit pour atteindre sa pleine croissance au moment de l'adolescence, quand l'ensemble du noyau tendre est alors bien enfoui sous les couches nacrées des nombreuses personnalités que les adolescents empruntent à tour de rôle.

Les années suivantes, la dureté s'étend vers l'intérieur, tandis que chacun découvre et fixe les facettes de son âme, jusqu'à ce que le « Je suis » soit figé, délicat et précis, comme un insecte fossilisé, retenu prisonnier dans un éclat d'ambre.

Je croyais avoir dépassé cette phase depuis longtemps, mon noyau tendre ayant fondu à mesure que j'approchais de l'âge mûr. Mais la mort de Frank avait fissuré ma carapace. Les craquelures s'écartaient de plus en plus et je ne parvenais plus à les colmater en faisant mine de rien. J'avais amené ma fille en Écosse, elle dont les os étaient durs comme les falaises escarpées des Highlands, dans l'espoir que son enveloppe serait suffisamment résistante pour supporter le choc, mais que son âme tendre me serait encore accessible.

Ma carapace avait volé en éclats et plus rien ne protégeait mon noyau tendre. Je ne savais plus ce que j'étais ni ce que ma fille deviendrait. Je savais uniquement ce que je devais faire.

Car j'étais revenue, et les rêves étaient réapparus, comme la brise fraîche des Highlands. La voix de mon rêve résonnait dans mes oreilles et dans mon cœur.

Elle me disait : « Tu es à moi ! À moi ! Et je ne te laisserai plus m'abandonner. »

5

Le tendre époux de Claire

Le cimetière de St. Kilda s'étirait paisiblement sous le soleil. Par quelque aberration géologique, il occupait une terrasse naturelle creusée dans le flanc d'une colline escarpée, qui formait un plateau irrégulier tout en bosses et en creux, si bien que la moitié des pierres tombales disparaissaient dans de petites dépressions. L'instabilité du terrain avait fait bouger la plupart d'entre elles et celles qui n'étaient pas couchées sur le dos, envahies par de hautes herbes, penchaient comme des ivrognes.

— Il n'est pas très bien entretenu, s'excusa Roger d'un air navré.

Ils s'arrêtèrent devant la grille et contemplèrent les stèles rongées par le temps, à l'ombre d'un écran de cyprès géants qui les protégeait du vent du nord.

— Autrefois, mon père réunissait plusieurs hommes de la paroisse, une ou deux fois par an, pour remettre un peu d'ordre, mais j'ai bien peur que cet endroit ne soit désormais laissé à l'abandon.

Il testa la solidité du vieux portail rouillé. Le loquet céda aussitôt et se balança au bout du seul clou qui le tenait encore en place.

— C'est charmant, si pittoresque ! s'enthousiasma Brianna en pénétrant dans le vieux cimetière. Il est très vieux, n'est-ce pas ?

— D'après mon père, l'église attenante a été bâtie sur le site d'une chapelle très ancienne, peut-être même d'un temple romain, ce qui explique qu'il soit situé si loin de tout. L'un de ses amis d'Oxford menaçait régulièrement de venir y faire des fouilles mais, naturellement, les autorités ecclésiastiques ne lui ont jamais accordé les autorisations nécessaires, même si l'endroit est abandonné depuis des années.

— Il faut dire que c'est une sacrée grimpette pour arriver jusqu'ici ! souffla Brianna. Mais ça en vaut la peine !

Elle s'éventa avec son guide, les joues rosies par l'air frais et l'exercice.

La façade de l'église était particulièrement admirable. Elle avait été partiellement construite dans une ouverture naturelle de la paroi rocheuse. Les interstices entre les pierres et les poutres avaient été comblés avec de la tourbe et de la boue, de sorte que l'édifice semblait faire partie intégrante de la falaise. Le tympan, au-dessus du portail, et les trumeaux portaient des inscriptions anciennes, certaines chrétiennes, d'autres, plus vieilles encore, manifestement païennes.

Brianna montra du doigt le cimetière qui s'étendait de l'autre côté de la grille.

— La tombe de Jonathan Randall est par là ? C'est Maman qui va être surprise !

— Je l'espère ! Je ne l'ai pas encore vue, moi non plus.

Il espérait que la surprise en question serait bonne. Lorsqu'il avait prudemment fait allusion à la sépulture du capitaine la veille au soir au téléphone, Brianna avait paru enthousiaste.

— Papa m'a tellement parlé de lui ! déclara Brianna. Je crois qu'il l'admirait beaucoup. Ce devait être un bon soldat. Papa avait retrouvé un tas de citations militaires et de médailles qu'il avait reçues.

— Vraiment ?

Roger lança un regard par-dessus son épaule, cherchant Claire.

— Vous êtes sûre que votre mère n'a pas besoin d'aide avec cette presse à plantes ?

Brianna fit non de la tête.

— Elle vient de repérer une herbe sur le bord de la route et n'a pas pu résister. Elle nous rejoindra dans un instant.

L'endroit était silencieux. Même les oiseaux se taisaient à l'approche de midi. Les sapins sombres qui bordaient le plateau étaient parfaitement immobiles. Aucun amas de terre fraîchement retournée, aucune gerbe de plastique ne venait perturber le repos de ces hommes et de ces femmes désormais à l'abri des vicissitudes humaines. Il ne restait que les stèles recouvertes de mousse pour témoigner de leur existence, unique trace d'humanité dans ces hauteurs désolées.

Les trois visiteurs avançaient lentement, chacun de son côté, tête baissée, tentant de déchiffrer les inscriptions des pierres tombales. Roger et Brianna s'arrêtaient de temps en temps pour lire une épitaphe à voix haute. Claire, elle, se baissait parfois pour cueillir une fleur ou déterrer une racine.

Roger, accroupi devant une stèle, fit signe à Brianna de s'approcher.

— *Approchez, lisez et découvrez-vous humblement,* lut-elle à voix haute, *ci-gît Bailie William Watson, renommé pour sa pensée profonde et sa modération dans la boisson*. Pas de dates. À quelle époque vivait donc ce William Watson ?

— Sans doute au XVIIIᵉ siècle, répondit Roger. Les tombes du XVIIᵉ sont trop abîmées pour être lisibles et personne n'a été enterré ici depuis deux cents ans. La dernière messe a été célébrée dans l'église en 1800.

Quelques minutes plus tard, Brianna poussa un cri de victoire.

— C'est ici, je l'ai trouvé ! s'écria-t-elle.

Elle agita les bras pour attirer l'attention de sa mère qui s'était éloignée à l'autre bout du cimetière et examinait une branche d'un air perplexe.

Claire répondit d'un signe de la main et revint vers eux, en contournant les tombes.

— Qu'est-ce qu'il y a ? Vous avez trouvé quelque chose d'intéressant ?

— Je crois bien, répondit Roger en s'écartant pour lui céder la place devant la stèle. Ce nom vous dit quelque chose ?

Claire lut l'inscription et blêmit, écrasant convulsivement dans sa main la plante qu'elle venait de cueillir.

— Nom de Dieu ! lâcha-t-elle.

Interdit, Roger la dévisagea bouche bée.

— Madame Randall... Claire... quelque chose ne va pas ?

Elle semblait ne pas l'avoir entendu. Ses yeux d'ambre fixaient le vide. Puis, avec un sursaut, elle se ressaisit et redressa la tête. Elle était encore livide, mais paraissait avoir repris le contrôle d'elle-même.

— Ça va... ça va, merci, marmonna-t-elle.

Elle s'agenouilla devant la stèle et caressa du doigt l'épitaphe, lisant à voix haute comme s'il s'agissait d'une écriture en braille.

— *Jonathan Wolverton Randall. 1705-1746*. Je te l'avais dit ! Salaud, je te l'avais dit !

Sa voix, morne et désincarnée quelques secondes plus tôt, vibrait soudain d'émotion.

— Maman, enfin ! Qu'est-ce qui te prend ? s'alarma Brianna en la tirant par le bras.

Une ombre traversa le regard de Claire. Elle parut se souvenir de la présence des deux jeunes gens qui la regardaient, éberlués, et la rage contenue qui avait si brutalement jailli des profondeurs de son âme s'éteignit aussitôt. Elle esquissa un petit sourire machinal et hocha la tête.

— Oui, oui, bien sûr, je vais bien.

Elle ouvrit la main et le fragment de plante écrasée tomba au sol.

— Je pensais bien que tu serais surprise, dit Brianna, mais à

80

ce point ! Ce n'est pas l'ancêtre de Papa ? Celui qui est mort à Culloden ?

Claire baissa les yeux vers la stèle.

— Oui, c'est lui. J'espère qu'il est bien mort, cette fois !

Roger et Brianna échangèrent un regard inquiet. Se sentant légèrement coupable, Roger posa une main sur l'épaule de Claire.

— Il fait très chaud, dit-il sur un ton qu'il espérait le plus neutre possible. On devrait peut-être entrer dans l'église, il y fera plus frais. Il y a d'intéressants bas-reliefs dans le baptistère, qui valent le coup d'œil.

Claire lui sourit. Un vrai sourire cette fois, un peu las mais sincère.

— Allez-y, conseilla-t-elle en incluant Brianna dans son regard. J'ai besoin d'un peu d'air. Je vais rester ici quelques minutes.

— Je reste avec toi, rétorqua Brianna, visiblement peu rassurée à l'idée de laisser sa mère seule.

Mais, outre ses esprits, Claire semblait avoir retrouvé toute son autorité.

— C'est ridicule, dit-elle vivement. Je vais parfaitement bien. Je vais m'asseoir à l'ombre de ce grand arbre là-bas. Allez donc visiter l'église ; je voudrais me reposer un peu.

Ces dernières paroles étaient adressées à Roger qui ouvrait déjà la bouche pour protester.

Claire ne leur laissa pas le temps d'insister et se dirigea d'un pas ferme vers les arbres qui bordaient le cimetière. Brianna hésita et fit mine de lui emboîter le pas, mais Roger la retint par le bras.

— Il vaut mieux la laisser seule, murmura-t-il. Après tout, elle est médecin, non ? Elle sait ce qu'il lui faut.

— Mmm... sans doute, convint Brianna.

Après un dernier regard à sa mère, elle se laissa entraîner vers l'église.

De l'intérieur de l'église, il ne restait presque rien : le parquet en bois et les fonts baptismaux, laissés sur place uniquement parce que trop massifs pour être enlevés. Le bassin, peu profond, avait été creusé dans une corniche naturelle de la paroi rocheuse qui s'étirait sur tout le flanc du bâtiment. Au-dessus, les traits sculptés de sainte Kilda étaient tournés vers les cieux dans une expression implorante.

— À l'origine, ce devait être une divinité païenne, expliqua Roger en suivant les contours du visage d'un doigt. On peut voir ici comment on a rajouté un voile et une guimpe, sans parler des retouches faites au regard.

— On dirait qu'elle a les yeux pochés, commenta Brianna.

Elle roula des yeux vers le ciel en imitant la sainte.

— Qu'est ce que c'est que cette incision ? demanda-t-elle un peu plus loin. On dirait les mêmes motifs que ceux des monuments pictes [1] à la sortie de Clava.

Ils firent lentement le tour de l'église poussiéreuse, examinèrent les inscriptions gravées dans la pierre et les petits ex-voto en bois enchâssés dans les murs par des paroissiens, disparus depuis longtemps, à la mémoire d'ancêtres disparus depuis plus longtemps encore. Ils parlaient doucement, une oreille tendue vers l'extérieur au cas où Claire appellerait. Mais tout était paisible et ils commencèrent à se détendre.

Roger suivit Brianna dans le chœur, le regard fixé sur les longues mèches bouclées qui cascadaient sur ses épaules.

Ils s'arrêtèrent devant la simple estrade en bois percée d'un trou où l'autel avait dû se trouver autrefois. Roger sentit un petit frisson lui parcourir la colonne vertébrale en sentant le parfum de Brianna, si près de lui.

Le vaste espace vide semblait amplifier encore son émotion. Il espérait qu'elle ne pouvait entendre les battements de son cœur. Après tout, ils ne se connaissaient que depuis une semaine et n'avaient jusque-là échangé que des banalités. S'il lui avouait soudain ses sentiments, elle serait sans doute prise de court, voire effrayée. Pire encore, elle risquait de pouffer de rire.

Cependant, lorsqu'il osa enfin lever les yeux vers elle, elle était calme et sérieuse. Était-ce d'avoir vu son propre reflet au fond du regard bleu nuit ? Ou bien une lueur accueillante dans le regard de la jeune fille ? Il tendit les bras vers elle sans plus se poser de questions et l'embrassa.

Leur baiser fut bref et légèrement formel, comme deux jeunes mariés qui scellent leur union devant monsieur le maire. Pourtant, il était chargé d'émotion et de promesses.

Roger la relâcha, mais la chaleur de Brianna s'attarda dans ses mains, ses lèvres et son corps, et il eut l'impression de la tenir encore dans ses bras. Ils restèrent un moment sans rien dire, souffles mêlés, puis elle recula d'un pas. Il referma les mains, comme pour retenir dans le creux de ses paumes le souvenir du contact de sa peau.

L'atmosphère hors du temps qui régnait dans l'église s'effrita

---

1. Premiers habitants du nord de la Grande-Bretagne dont le nom est la traduction du terme *brith*, peint. Les Scots, leurs voisins et compagnons de guerre contre les Romains, finirent par dominer les Pictes et les refoulèrent dans les montagnes d'Écosse (839). *(N.d.T.)*

brusquement. Les échos d'un cri strident dispersèrent les particules de poussière. Roger fut dehors en un clin d'œil. Il fila à toutes jambes vers les arbres, et repoussa les branchages devant lui sans même s'apercevoir qu'ils se rabattaient en cinglant Brianna, qui courait sur ses talons.

Claire Randall, pâle comme un linge, chancelait entre les arbres. Soudain, elle tomba à genoux, comme si ses jambes ne pouvaient plus la soutenir.

— Maman! s'écria Brianna en se précipitant vers elle.

Elle prit la main molle de sa mère entre les siennes et la tapota vigoureusement.

— Maman, qu'est-ce qu'il y a? Tu as un malaise? Allonge-toi.

Claire écarta sa fille d'un geste doux et redressa la tête.

— Non, je ne veux pas m'allonger! haleta-t-elle. Je voudrais juste...

Elle s'interrompit et s'effondra en larmes.

— Oh, mon Dieu, mon Dieu!

Agenouillée dans l'herbe, elle tendit une main tremblante vers une stèle à moitié enfouie sous les herbes. C'était une simple dalle de granit.

Roger mit un genou à terre à ses côtés et glissa un bras sous le sien pour la soutenir. Elle avait le front baigné de sueur et semblait sur le point de tourner de l'œil d'un instant à l'autre.

— Docteur Randall! Claire? répétait-il. Que se passe-t-il? Vous connaissez l'homme qui est enterré ici?

Il ne prit conscience de l'absurdité de ses paroles qu'en s'entendant les prononcer. « Personne n'a été enterré ici depuis deux cents ans », avait-il déclaré lui-même à Brianna un peu plus tôt.

Claire écarta la main de Roger et caressa la pierre, suivant doucement du bout des doigts le contour érodé des lettres. Bien que très ancienne, l'épitaphe était toujours lisible :

— *James Alexander Malcom MacKenzie Fraser*, lut-elle à voix haute. Oui, je le connais.

Elle écarta les herbes folles à la base de la tombe et lut la suite :

— *... tendre époux de Claire.* Oui, je l'ai bien connu, reprit-elle d'une voix si faible que Roger l'entendit à peine. Claire... c'est moi. C'était mon mari...

Elle redressa la tête vers Brianna avant d'achever :

— *... et ton père.*

Roger et Brianna la dévisagèrent longuement. Un silence de plomb s'abattit sur eux, troublé uniquement par le bruissement des ifs au-dessus de leur tête.

— Non ! m'exclamai-je agacée. Pour la cinquième fois, non !
Je ne veux pas de verre d'eau. Je n'ai pas pris de coup de soleil,
je ne suis pas faible, je ne suis pas malade... et je ne suis pas
folle non plus, quoi que vous en pensiez.

Roger et Brianna échangèrent un regard qui en disait long sur
ce qu'ils pensaient de mon état mental. Ils étaient parvenus à
me faire sortir du cimetière et à me ramener jusqu'à la voiture.
Comme j'avais catégoriquement refusé d'aller à l'hôpital, nous
étions rentrés au presbytère. Roger m'avait administré un
whisky spécial état de choc, mais, à ses yeux qui revenaient sans
cesse vers le combiné du téléphone, je devinais qu'il se demandait s'il ne valait pas mieux appeler des renforts... du genre
camisole de force.

— Maman ! dit doucement Brianna en écartant une mèche
de mon front. Il faut que tu te calmes, tu as l'air bouleversée.

— Bien sûr que je suis bouleversée ! rétorquai-je. Mais je ne
suis pas folle pour autant !

Je me mordis les lèvres, essayant de retrouver mon calme. Ce
n'était pas comme ça que j'avais compté lui annoncer la nouvelle. Je ne savais pas au juste comment je m'y serais prise, mais
certainement pas en lâchant le morceau comme ça, à froid, sans
même prendre le temps d'organiser mes pensées. Cette tombe
avait fichu tous mes plans en l'air.

— Mais qu'est-ce que tu fabriques là-bas, Jamie Fraser ? me
lamentai-je malgré moi. C'est à des kilomètres de Culloden !

Les yeux de Brianna semblaient sur le point de sortir de leurs
orbites. Quant à Roger, il avait déjà la main sur le téléphone.

« Du calme, Beauchamp, me répétai-je en moi-même. Respire
profondément. Un... deux... encore une fois. Voilà... c'est mieux.
Maintenant, c'est tout simple : tu n'as qu'à leur dire la vérité.
C'est bien pour ça que nous sommes venues en Écosse, non ? »

J'ouvris la bouche, mais aucun son n'en sortit. Je fermai les
yeux, essayant d'effacer de mon esprit le spectacle de ces deux
visages pétrifiés qui me fixaient, l'air ahuri. « Je t'en prie...
laisse-moi... leur... dire... la... vérité », priai-je en silence sans
savoir vraiment à qui je m'adressais. Sans doute à Jamie.

Je l'avais déjà dite une fois, cette sacrée vérité, sans grand
succès.

Je pouvais encore sentir les odeurs de phénol et le contact
rugueux de l'oreiller amidonné sous ma joue. De l'autre côté de
la porte me parvenait la voix étouffée de Frank, tremblante de
rage :

— *Comment ça, « ne la bousculez pas » ? Ma femme disparaît*

pendant près de trois ans puis réapparaît tout à coup, crasseuse,
rouée de coups et enceinte par-dessus le marché ! Et je n'ai même
pas le droit de lui poser des questions ?

Le médecin marmonna une réponse inintelligible, où je ne
reconnus que les mots « délire » et « traumatisme ».

— *Patientez encore un peu, mon vieux,* ajouta-t-il. *Revenez*
dans quelques jours.

Puis la voix énervée de Frank, qu'on entraînait dans le couloir,
cette voix si familière qui soulevait en moi une tempête de chagrin, de rage et de terreur.

Je m'étais blottie dans le lit en chien de fusil, l'oreiller coincé
entre mes cuisses. J'avais mordu la taie de toutes mes forces
jusqu'à faire craquer la toile de coton, et je me retrouvais la
bouche pleine d'un duvet soyeux.

Desserrant les dents, je rouvris les yeux.

— Écoutez... commençai-je le plus calmement possible. Ce
que je vais vous dire va vous paraître invraisemblable, mais c'est
la vérité, je n'y peux rien.

Ce petit discours préparatoire ne sembla pas rassurer Brianna
pour autant. Elle se rapprocha de Roger, le front plissé d'inquiétude. Ce dernier, en revanche, avait le teint un peu moins verdâtre et commençait même à donner des signes de curiosité
prudente. Aurait-il assez d'imagination pour me croire ?

Cela me redonna un peu d'espoir. Je pris une grande inspiration.

— C'est à cause de ces pierres, expliquai-je. Vous savez, le
cercle de menhirs sur la colline aux fées, à l'ouest d'ici ?

— Craigh na Dun ? murmura Roger.

— Oui, soupirai-je. Vous connaissez cette légende selon
laquelle il serait habité par des fées capables de retenir des gens
prisonniers pendant plus de deux cents ans ?

Brianna semblait de plus en plus inquiète.

— Maman, je crois vraiment que tu devrais monter t'allonger,
dit-elle en se levant de son siège. Je peux appeler Fiona si tu...

Roger l'arrêta en posant une main sur son avant-bras.

— Non, attendez.

Il me dévisageait avec le regard du chercheur qui glisse une
nouvelle lamelle sous son microscope.

— Allez-y, m'encouragea-t-il.

— Merci, répliquai-je. Ne vous inquiétez pas, je ne vais pas
vous raconter un conte de fées. Ce que je voulais dire... c'est qu'il
y a toujours une part de vérité derrière ces légendes. J'ignore ce
qu'il y a là-haut exactement ; tout ce que je peux vous dire... c'est

que j'ai pénétré dans ce cromlech en 1945 et que j'en suis ressortie en roulant au pied de la colline en 1743.

J'avais dit exactement la même chose à Frank. Il m'avait fixée en écarquillant les yeux pendant une bonne minute sans rien dire. Puis il avait saisi un vase sur ma table de chevet et l'avait fracassé contre le sol.

Roger, lui, me dévisageait avec l'air d'un biologiste qui vient de découvrir la souche d'un nouveau virus. Je ne comprenais pas très bien ce que signifiait ce regard, mais j'étais trop occupée à chercher des mots cohérents pour raconter mon histoire.

— La première personne sur laquelle je suis tombée était un officier anglais portant l'uniforme des dragons, ce qui aurait dû me mettre la puce à l'oreille.

Un sourire inattendu éclaira le visage de Roger. Brianna, elle, était tout bonnement horrifiée.

— En effet, commenta-t-il doucement.

— Le problème, voyez-vous, c'est que je ne pouvais pas revenir en arrière, lui expliquai-je.

J'avais décidé qu'il valait mieux m'adresser directement à Roger qui semblait disposé à m'écouter, sceptique ou non.

— À l'époque, les femmes ne se promenaient pas sans escorte et, si elles se promenaient, ce n'était pas dans une petite robe à fleurs et des mocassins. Tous ceux que j'ai rencontrés, à commencer par ce capitaine de dragons, sentaient bien que quelque chose clochait chez moi, sans vraiment comprendre quoi. Comment auraient-ils deviné ? Je pouvais difficilement leur expliquer... pas plus qu'aujourd'hui. En outre, les asiles d'aliénés d'alors étaient nettement moins plaisants que ceux d'aujourd'hui. On n'y passait pas son temps à tresser des paniers en osier !

Cette petite plaisanterie ne produisit pas l'effet escompté. Brianna semblait sur le point de fondre en larmes.

— Lorsque j'ai rencontré ce dragon, j'ai d'abord cru que j'hallucinais, parce qu'il ressemblait comme deux gouttes d'eau à Frank. Sur le coup, je l'ai pris pour lui.

Je réprimai un frisson au souvenir de Jonathan Wolverton Randall, capitaine du 8e régiment de Dragons de Sa Majesté, et lançai un regard vers la table où se trouvait justement un des livres de Frank, avec au dos la photo de son beau visage sombre et fin.

— Vous parlez d'une coïncidence ! souffla Roger.

Son regard était vif, rivé sur le mien.

— C'est-à-dire que... ça l'était et ça ne l'était pas tout à fait. Il était l'un des ancêtres de Frank. Tous les Randall se ressemblent... du moins physiquement.

Je songeai avec amertume aux dissemblances frappantes sur le plan de la personnalité.

— Comment... comment était-il ? demanda soudain Brianna, sortant légèrement de sa torpeur.

— C'était un sale pervers, lâchai-je.

Ils firent des yeux ronds et échangèrent un regard consterné.

— Ne faites pas cette tête ! dis-je. Il y avait des pervers au XVIIIe siècle ! Ça n'a rien de nouveau, croyez-moi. Sauf qu'à l'époque, on s'en souciait peu, à partir du moment où les apparences étaient sauves. En outre, « Black Jack » Randall était militaire. Il était capitaine de la garnison de Fort William, chargée de surveiller les clans de Highlanders. On lui laissait les coudées franches, avec la bénédiction de ses supérieurs.

Je pris une gorgée de whisky.

— Il prenait son plaisir en faisant souffrir les autres, repris-je. Il adorait ça, le salaud !

— Est-ce que... qu'il vous a fait du mal ? demanda Roger, non sans une certaine délicatesse et après une légère hésitation.

Brianna semblait progressivement rentrer dans sa coquille ; la peau de ses joues se flétrissait à vue d'œil.

— Pas directement, répondis-je. Ou du moins pas beaucoup.

J'avais au creux de l'estomac un nœud que le whisky ne parvenait pas à dénouer entièrement. C'était là que Jack Randall m'avait frappée une fois. Je sentais encore l'impact de son poing dans mon ventre, comme l'élancement d'une plaie cicatrisée depuis longtemps.

— Il avait des goûts assez éclectiques, repris-je. Mais c'était Jamie qu'il... voulait.

Jamais je n'aurais pu me résoudre à employer le verbe « aimer » en référence à Jack Randall.

J'arrosai ma gorge sèche avec les dernières gouttes de whisky. Roger souleva le carafon, le sourcil interrogateur. Je hochai la tête et lui tendis mon verre.

— Jamie... répéta-t-il. Vous voulez dire James Fraser ? Il était...

— Il était mon mari, l'interrompis-je.

Brianna secoua la tête, tel un cheval chassant une mouche insistante.

— Mais, Maman, tu étais déjà mariée. Tu ne pouvais pas... même si... je veux dire... tu ne pouvais pas !

— On ne m'a pas laissé le choix, ma chérie. Je ne l'ai pas voulu... si on peut dire.

— Maman, on ne se marie pas sans le vouloir !

Cette fois, elle avait définitivement abandonné son ton condescendant d'infirmière s'adressant à un malade mental. C'était sans doute une bonne chose, même si l'autre choix était la colère.

— Je ne l'ai pas vraiment épousé contre mon gré, expliquai-je. C'était la seule solution pour ne pas être livrée pieds et poings liés à Jack Randall. Jamie m'a épousée pour me protéger, ce qui était très généreux de sa part.

J'observai Brianna à travers le fond de mon verre.

Lors de notre nuit de noces, Jamie avait perdu son pucelage. Il m'avait touchée de ses mains tremblantes. Moi aussi, j'étais terrifiée, mais pour d'autres raisons. Puis, à l'aube, il m'avait tenue contre lui, blottie contre son torse, ses cuisses nues et chaudes pressées entre les miennes, murmurant dans mes cheveux : *N'aie plus peur, Sassenach. À présent, nous sommes deux.*

— C'est que... repris-je à l'adresse de Roger, je ne pouvais pas revenir au cercle de pierres. En fuyant le capitaine Randall, je suis tombée par hasard sur une bande de voleurs de bétail ; Jamie en faisait partie. Ils appartenaient au clan MacKenzie de Leoch, auquel Jamie était apparenté du côté de sa mère. Ils ne savaient pas trop quoi faire de moi, alors ils m'ont emmenée avec eux, comme captive. Après quoi, je n'ai jamais réussi à leur fausser compagnie.

Je me souvins de mes vaines tentatives pour m'enfuir de Castle Leoch, puis du jour où j'avais enfin dit la vérité à Jamie. Il ne m'avait pas crue, pas plus que Frank après lui, mais il m'avait quand même conduite jusqu'à la colline et au cromlech.

— Il me prenait pour une sorcière, murmurai-je les yeux fermés, souriant légèrement à cette pensée. Aujourd'hui, on nous classe parmi les fous ; à l'époque, c'étaient les sorcières... question de culture, expliquai-je en rouvrant les yeux. Désormais, on préfère parler de troubles psychologiques plutôt que de pouvoirs occultes, mais on en est toujours au même point.

Roger hocha la tête, l'air légèrement hébété.

— J'ai été jugée et condamnée pour sorcellerie, poursuivis-je. C'était dans le village de Cranesmuir, au pied du château. Jamie m'a sauvée, et c'est là que je lui ai raconté toute la vérité. Il m'a raccompagnée à Craigh na Dun et m'a dit de rentrer chez moi... de retourner auprès de Frank.

Je marquai une pause et respirai profondément au souvenir de cet après-midi d'octobre où l'on m'avait soudain rendu les rênes de mon destin en exigeant de moi un choix déchirant.

— Rentre chez toi ! m'a-t-il dit. Il n'y a rien ici pour toi ! Rien que des dangers... Mais il était trop tard.

Je baissai les yeux vers mes mains posées sur mes genoux. Les derniers feux du jour faisaient luire mes deux alliances dans la pénombre, l'une en or et l'autre en argent. Lorsque j'avais épousé Jamie, j'avais conservé l'anneau d'or de Frank ; pareillement, à mon retour, je n'avais pu me résoudre à me séparer de l'anneau d'argent de Jamie. Il ornait mon annulaire droit depuis vingt-trois ans.

— J'aimais Frank, dis-je doucement en évitant le regard de Brianna. Je l'aimais sincèrement. Mais à ce moment-là, Jamie était tout pour moi. Je n'ai pas pu le quitter... Je ne pouvais pas, répétai-je.

Relevant la tête, je dévisageai Brianna d'un air implorant. Elle me renvoya un regard de glace.

— Ensuite, il m'a conduite chez lui, à Lallybroch. Un endroit magnifique.

Je refermai les yeux, fuyant le regard de Brianna, et évoquai délibérément l'image du domaine de Broch Tuarach : son beau manoir blanc, ses forêts et ses ruisseaux, son lopin de terre fertile, un atout rare dans cette région. C'était un lieu paisible et charmant, protégé par un rempart de hautes collines et accessible uniquement par un col de montagne. Pourtant, Lallybroch n'avait été qu'un refuge provisoire.

— Jamie était un hors-la-loi, expliquai-je en revoyant les zébrures creusées dans la peau de son dos, vestiges de coups de fouet qui quadrillaient ses larges épaules... Sa tête était mise à prix. L'un de ses propres métayers l'a trahi et vendu aux Anglais. Ils l'ont capturé et emmené à la prison de Wentworth pour le pendre.

Roger fit une moue impressionnée.

— Un endroit sinistre, observa-t-il. Vous y êtes allée ? Les murs doivent faire trois mètres d'épaisseur !

— En effet. J'y suis entrée. Mais même les murs les plus épais ont des portes.

Je ressentis un petit éclat du courage qui m'avait permis de m'introduire dans la forteresse à la recherche de l'homme que j'aimais. « Si j'ai pu faire ça pour toi, dis-je mentalement à Jamie, alors je peux aller jusqu'au bout de cette histoire. Mais bon sang, aide-moi ! »

— Je l'ai aidé à s'évader... du moins ce qu'il restait de lui. Jack Randall se trouvait lui aussi à Wentworth.

Je ne voulais pas revoir en pensée ce que mes paroles évoquaient en moi, mais je n'y pouvais rien : Jamie, nu et en sang, étendu devant la cheminée dans le salon d'Eldridge Manor, où nous avions trouvé refuge.

— *Je ne les laisserai pas me reprendre, Sassenach*, avait-il sifflé entre ses dents, gémissant de douleur, tandis que je tentais de remettre en place ses os fracturés et de nettoyer ses plaies.

« *Sassenach* », c'était ainsi qu'il m'avait appelée dès notre première rencontre, d'abord par taquinerie, puis par affection. Cela signifiait « étrangère » en gaélique.

Je ne les avais pas laissés le retrouver. Avec l'aide d'un membre de son clan, un petit Fraser nommé Murtagh, je lui avais fait traverser la Manche. Une fois en France, nous avions trouvé refuge à l'abbaye de Sainte-Anne-de-Beaupré, où l'un de ses oncles était abbé. Mais, une fois en sécurité, je m'étais rendu compte que Jamie était encore loin d'être sauvé.

Les sévices de Jack Randall avaient meurtri son âme aussi profondément que les coups de fouet dans sa chair, et chacune de ses cicatrices était indélébile. Encore aujourd'hui, je ne savais pas très bien comment je m'y étais prise pour faire resurgir ses démons et les combattre à mains nues dans les ténèbres de son esprit : la frontière entre la magie et la médecine est parfois très ténue quand il s'agit de certaines formes de maladies.

Je sentais encore la morsure de la pierre froide et nue contre laquelle il m'avait projetée avec toute la force de la fureur que j'avais fait jaillir de lui et l'étau de ses mains se refermer sur ma gorge.

— Mais j'ai fini par le guérir, dis-je doucement. Il m'est revenu.

Brianna hocha la tête lentement, avec une expression obstinée que je ne connaissais que trop bien.

Un jour, Jamie m'avait dressé l'inventaire des particularités des différentes familles de son clan : *Les Graham sont des idiots, les Campbell des traîtres, les MacKenzie sont courtois mais faux jetons ; quant aux Fraser, de vraies têtes de lard.* Il n'avait pas tort ; les Fraser étaient terriblement têtus, et sa fille tenait de lui.

— Je ne crois pas un mot de tout ce que tu viens de raconter, annonça-t-elle platement.

Elle se redressa sur son siège, me dévisageant durement.

— À mon avis, poursuivit-elle, tu es en train de faire une fixation sur les personnages de ton enquête. Tu viens de traverser une période difficile. Peut-être que la mort de Papa...

— Frank n'était pas ton père.

— Je t'interdis de dire ça ! explosa-t-elle avec une violence qui la surprit autant que moi.

En son temps, Frank avait fini par capituler devant les médecins qui affirmaient que toute tentative de me forcer à « accepter la réalité » pourrait nuire à ma grossesse. Il y avait eu beaucoup de chuchotements dans les couloirs, des cris aussi parfois, puis un jour il n'avait plus posé de questions. Quant à moi, affaiblie par la maladie et le cœur brisé, j'avais renoncé à lui expliquer.

Cette fois, je n'abandonnerais pas.

— Il y a vingt ans, à ta naissance, j'ai fait une promesse à

Frank, annonçai-je d'une voix tremblante. J'avais voulu le quitter et il ne m'a pas laissée partir. Il n'a jamais pu accepter la vérité, mais il savait, bien sûr, qu'il n'était pas ton père. Il m'a demandé de ne rien te dire, de le laisser être ton seul et unique père, tant qu'il vivrait. Après quoi, ce serait à moi de voir.

Je déglutis.

— ... Je le lui devais bien, parce qu'il t'aimait comme un père. Mais maintenant qu'il est mort, tu as le droit de savoir qui tu es réellement. Si tu doutes de ce que je te raconte, tu peux aller à la National Portrait Gallery. Il y a un portrait d'Ellen MacKenzie, la mère de Jamie. Elle porte ceci.

J'effleurai le collier de perles à mon cou. Une rangée de perles baroques pêchées dans les rivières d'Écosse mêlées à de fines perles d'or.

— Jamie me l'a offert le jour de nos noces.

Brianna se tenait droite et raide, les dents serrées.

— Va au musée avec un miroir, répétai-je. Regarde bien le portrait et regarde-toi. Vous n'êtes pas parfaitement identiques, mais tu ressembles quand même beaucoup à ta grand-mère.

Roger dévisagea Brianna comme s'il la voyait pour la première fois. Son regard oscilla entre elle et moi à plusieurs reprises puis, comme s'il venait de prendre une grave décision, il redressa les épaules et se leva du sofa.

— J'ai là quelque chose qu'il faudrait que vous voyiez, Brianna, annonça-t-il fermement.

Il se dirigea vers le secrétaire à cylindre du révérend et sortit un rouleau de vieilles coupures de presse retenues par un élastique.

— Une fois que vous les aurez lues, regardez bien les dates.

Il se tourna vers moi sans se rasseoir et me dévisagea avec ce regard soutenu et calme d'universitaire enraciné dans l'objectivité. Il ne me croyait pas encore, mais il avait assez d'imagination pour douter.

— Mille sept cent quarante-trois, annonça-t-il comme s'il réfléchissait à voix haute.

Il agita la tête d'un air perplexe.

— Et moi qui croyais qu'il s'agissait d'un homme que vous aviez rencontré ici, en 1945. Incroyable ! Je n'y aurais jamais pensé !

Je fus surprise.

— Vous saviez ? Au sujet du père de Brianna ?

Il hocha la tête vers les coupures que tenait Brianna. Elle ne les avait pas encore parcourues, mais fixait Roger, à la fois stupéfaite et hors d'elle. Je pouvais voir l'orage qui se préparait au fond de ses yeux. Sans doute Roger le devina-t-il aussi car il détourna hâtivement le regard.

— Ainsi, ces hommes dont vous m'avez donné les noms, ceux qui ont combattu à Culloden, vous les avez connus ? me demanda-t-il.

Je me détendis légèrement.

— Oui, je les connaissais.

Un grondement de tonnerre retentit à l'est et des gouttes de pluie vinrent gifler les grandes vitres du bureau. Brianna était penchée sur les articles, le visage masqué par ses lourdes mèches. On ne voyait plus que le bout de son nez, rouge vif. Jamie virait lui aussi au rouge vif quand il était en colère ou ému. Je ne connaissais que trop bien les signes avant-coureurs d'une explosion chez un Fraser.

— Et vous vous êtes rendus en France... murmura Roger sans me quitter des yeux.

La stupéfaction sur son visage avait cédé la place à une sorte d'exaltation.

— Je suppose que vous ne saviez pas...

— Si, répondis-je. J'avais prévenu Jamie de la tragédie qui allait se produire à Culloden en 1746. Nous sommes donc allés à Paris pour essayer d'arrêter Charles-Édouard Stuart.

DEUXIÈME PARTIE

Le Prétendant
Le Havre, 1744

6

L'art de se faire des amis

— Du pain... murmurai-je faiblement, les yeux fermés.
La masse sombre et chaude à mes côtés ne broncha pas. J'entendais juste le bruit légèrement sifflant d'une respiration profonde et régulière.

— Du pain ! répétai-je un peu plus fort.

Il y eut un soudain bruissement de draps et le matelas remua. Je m'agrippai fermement au bord du lit et bandai mes muscles, dans le vain espoir de mettre fin à l'agitation de mes organes internes.

De l'autre côté du lit, il y eut un bruit de tiroir qui s'ouvre, suivi d'un juron étouffé en gaélique. Le plancher grinça sous le poids de pieds nus, puis le matelas s'enfonça de nouveau à côté de moi.

— Tiens, *Sassenach*, dit une voix anxieuse.

Une croûte de pain sec effleura mes lèvres. Je mordis voracement dans le quignon sans rouvrir les yeux et avalai péniblement chaque bouchée.

Les fragments de pain se frayèrent non sans mal un chemin jusqu'à mon estomac où ils s'entassèrent comme des pierres de ballast. Le roulis nauséeux de mes entrailles s'atténua lentement et mes viscères trouvèrent enfin un point d'ancrage. J'ouvris les yeux et aperçus le visage inquiet de Jamie Fraser penché à quelques centimètres au-dessus du mien.

— Ah ! fis-je, apeurée.

— Alors ? Ça va mieux ?

Je hochai la tête et tentai faiblement de me redresser sur le lit. Assis à mes côtés sur le sommier dur de l'auberge, il passa un bras dans mon dos pour me soutenir et me serra contre lui en caressant ma tignasse emmêlée.

— Ma pauvre chérie. Tu veux une goutte de vin ? J'ai une gourde de tokay dans ma sacoche.

— Non, non, merci.

La seule idée de boire de l'alcool me donna un haut-le-cœur. Les vapeurs fruitées et amères titillaient déjà mes narines. Je m'efforçai de sourire et posai les pieds à terre.

— Ça ira mieux dans un moment, le rassurai-je. Ne t'inquiète pas, les femmes enceintes ont souvent des nausées matinales pendant les premiers mois.

Jamie me lança un regard sceptique, puis il se leva et alla prendre ses habits jetés sur un tabouret près de la fenêtre. En ce mois de février, il faisait un froid intense et les carreaux en verre soufflé étaient couverts d'une épaisse couche de givre. En bon Écossais, Jamie ne semblait pas laisser prise au froid et il se promena nu dans la pièce, avant d'enfiler lentement ses bas de laine et sa chemise. Il interrompit lentement son habillage, revint vers le lit et me serra brièvement contre lui.

— Remets-toi sous l'édredon, suggéra-t-il. Je vais faire monter la servante pour qu'elle allume un feu. Tu n'as qu'à te reposer maintenant que tu as mangé. Tu ne vas pas être malade, hein ?

Je n'en étais pas tout à fait sûre, mais fis néanmoins non de la tête.

— Je crois que ça va aller.

Je lançai un regard vers le lit.

Comme tous ceux fournis par les auberges, les édredons étaient d'une propreté douteuse. Toutefois, les pièces d'argent de Jamie nous avaient obtenu la meilleure chambre et le matelas était en plume d'oie, au lieu de la laine ou de la paille habituelle.

— Humm... tu as raison, je vais me rallonger un peu, murmurai-je.

Je glissai mes pieds glacés sous les draps de lin, cherchant les derniers vestiges de chaleur humaine du bout des orteils. Les mouvements oscillatoires de mon estomac semblaient s'être suffisamment calmés pour qu'il supporte un peu d'eau. Je saisis la cruche en porcelaine ébréchée posée sur la table de chevet et m'en servis une tasse.

— Qu'est-ce que tu viens d'écraser ? demandai-je en le voyant sauter à pieds joints sur une forme sombre. Pas une araignée, j'espère ?

Bouclant son ceinturon autour de son kilt, Jamie secoua la tête.

— Non, non, dit-il d'un ton détaché. Ce n'était qu'un rat. C'est le pain qui l'a attiré, sans doute.

Interdite, je baissai les yeux vers le pied du lit. Une petite masse grise gisait sur le plancher, la gueule entrouverte. J'eus tout juste le temps de bondir vers le pot de chambre.

— Ça va, ça va, haletai-je quelques instants plus tard. Je n'ai plus rien dans le ventre de toute façon.

— Rince-toi la bouche, *Sassenach*, mais surtout n'avale pas ! Jamie me tint la tasse et m'essuya la bouche comme à un bébé après sa bouillie. Puis il me souleva du sol et me déposa délicatement dans le lit. Il resta quelques instants à mon chevet, l'air inquiet.

— Je ferais mieux de rester avec toi. Je vais envoyer un mot d'excuse à Jared.

— Mais non, puisque je te dis que je vais mieux !

De fait, chaque matin, c'était le même cirque. J'avais beau faire de mon mieux, tout ce que j'avalais était aussitôt rejeté. Mais une fois la crise passée, je me sentais parfaitement bien. Hormis un goût acide dans la bouche et quelques courbatures dans les muscles abdominaux, j'étais en forme. Je repoussai les draps et me levai pour le lui démontrer.

— Tu vois ? Je vais très bien. Et puis, il faut vraiment que tu y ailles. Tu ne peux pas faire attendre ton cousin !

En dépit des courants d'air glacés qui s'infiltraient sous la porte et ma chemise de nuit, je commençais à retrouver ma bonne humeur. Jamie hésitait encore. Je m'approchai de lui et me blottis dans ses bras, tant pour le rassurer que pour bénéficier de sa merveilleuse chaleur.

— Brrr... fis-je. Comment peux-tu être aussi chaud qu'un toast grillé en ne portant qu'un kilt ?

— Mais j'ai aussi une chemise, protesta-t-il.

Nous restâmes enlacés un moment, à goûter la tiédeur de nos corps dans le froid du petit matin. Dans le couloir, la servante approchait avec son panier de petit bois.

Jamie me caressa doucement le dos. Nous avions mis près d'une semaine pour effectuer le trajet entre Sainte-Anne-de-Beaupré et Le Havre. Entre les difficultés du voyage sur les routes enneigées, nos arrivées tardives dans des auberges sordides, trempés, sales, frissonnants de fatigue et de froid, et nos réveils de plus en plus perturbés par mes nausées matinales, nous nous étions à peine touchés depuis notre départ de l'abbaye.

— Tu viens te recoucher avec moi ? lui susurrai-je doucement.

Il hésita. Son désir était manifeste sous la laine de son kilt et ses mains brûlaient ma peau froide. Cependant, il gardait une distance entre lui et moi.

— C'est que... dit-il dubitatif.

— Tu en as envie, non ? insistai-je.

Je glissai une main sous son kilt pour m'en assurer.

— Oh, mais oui, et comment !

La preuve en main, je le titillai lentement et le fis gémir.

— Oh, Seigneur ! Je t'en supplie, *Sassenach*, arrête ça... Je ne vais plus pouvoir me retenir.

Cette fois, il me serra contre lui. J'enfouis mon nez dans le col de sa chemise qui sentait encore légèrement l'amidon du frère Alphonse, de l'abbaye.

— Pourquoi te retenir ? murmurai-je, la voix étouffée par l'étoffe. Tu n'es pas aux pièces. Il ne faut que quelques minutes pour rejoindre les docks.

— Ce n'est pas ça... dit-il en lissant mes cheveux hirsutes.

— Quoi, alors ? Je suis trop grosse ?

Mon ventre était encore plat et j'avais même maigri un peu du fait de mes nausées.

— Ou est-ce que...

— Non, dit-il avec un sourire. C'est que tu parles trop.

Il se pencha et m'embrassa. Ensuite il me souleva de terre et s'assit sur le lit en me prenant sur ses genoux. Je m'étendis sur l'édredon et tentai de l'attirer sur moi.

— Claire, non ! s'écria-t-il horrifié en me voyant défaire son ceinturon.

Je tressaillis.

— Mais pourquoi pas ?

— C'est que... dit-il en rougissant légèrement. L'enfant... je ne veux pas l'écraser.

J'éclatai de rire.

— Jamie, tu ne peux pas lui faire de mal. À l'heure actuelle, il n'est pas plus gros que le bout de mon doigt.

Je tendis mon petit doigt en guise d'illustration, et caressai le contour plein de ses lèvres. Il saisit ma main et l'embrassa fougueusement, comme pour effacer le chatouillement provoqué par ma caresse.

— Tu es sûre ? demanda-t-il. Je veux dire... je ne voudrais pas qu'il soit ballotté dans tous les sens.

— Il ne s'en apercevra même pas, l'assurai-je en m'attaquant de nouveau à son ceinturon.

— Si tu le dis...

On frappa rudement à la porte et, avec un sens très français de l'à-propos, la servante fit irruption dans la chambre et coinça la porte en repoussant du pied une cale en bois. Vu les rayures du plancher, c'était sa façon habituelle de procéder.

— 'Jour, m'sieur-dame, marmonna-t-elle en nous adressant à peine un léger signe de tête.

Elle n'en dit pas davantage, mais son bref regard était éloquent : « Toujours les mêmes qui triment pendant que ces deux-là s'envoient en l'air à n'importe quelle heure de la journée. » Désormais habituée à la nonchalance avec laquelle les employés d'auberge traitaient les clients en tenue légère, je répondis « Bonjour, mademoiselle » le plus naturellement du monde. Je lâchai néanmoins le kilt de Jamie et tirai les couvertures sous mon nez pour cacher mes joues cramoisies.

Pourvu d'un plus grand sang-froid, Jamie coinça un traversin stratégique entre ses jambes, y cala ses coudes, posa son menton sur ses mains croisées et entreprit de faire la causette avec la servante.

— Mais dites-moi donc, mademoiselle, où est-ce que la maison se procure son vin ? demanda-t-il.

— Bof... ici ou là, répondit-elle en haussant les épaules. Là où c'est le moins cher.

Elle empilait les bûchettes dans l'âtre d'une main experte.

— Ah, tout s'explique... lança Jamie d'un air moqueur.

Elle laissa échapper un grognement amusé.

— Dites à votre maîtresse que je peux lui obtenir du vin d'une qualité deux fois supérieure pour le même prix, annonça-t-il.

Elle arqua un sourcil sceptique.

— Vous demandez combien de commission ?

Il esquissa un petit geste gaélique d'abnégation.

— Rien du tout, mademoiselle. Il se trouve que j'ai un parent au Havre qui est marchand de vin. Si je lui amène un nouveau client, il sera doublement content de me revoir.

Elle hocha la tête, saisissant toute la sagesse d'une telle démarche.

— Bien, monsieur, j'en parlerai à la patronne.

Elle se releva en gémissant et sortit en refermant la porte d'un adroit coup de hanche. Jamie se leva et reboucla son ceinturon.

— Où tu vas comme ça ? m'indignai-je.

Il se retourna vers moi avec un sourire résigné.

— Tu es sûre d'être suffisamment remise, *Sassenach* ?

Un tel défi n'était pas pour me déplaire.

— Dis plutôt que tu ne te sens pas à la hauteur ! le narguai-je.

Il me lança un regard réprobateur.

— Rien que pour ça, je devrais m'en aller sur-le-champ. Mais j'ai entendu dire qu'il ne fallait pas contrarier les femmes enceintes.

Il laissa son kilt glisser au sol et s'assit à mes côtés, faisant grincer le sommier sous son poids.

Un mince nuage de condensation se forma devant ses lèvres lorsque j'écartai les pans de ma chemise de nuit et lui présentai mes seins. Penché sur moi, il les embrassa à tour de rôle, en effleurant délicatement le téton du bout de sa langue jusqu'à le faire se dresser.

— Seigneur ! Comme ils sont beaux ! murmura-t-il en répétant son geste.

Il plaqua ses paumes contre eux et les malaxa doucement.

— Ils sont plus lourds qu'avant, observa-t-il émerveillé. Et tes tétons sont plus foncés.

Il toucha du bout de l'index un petit poil qui se dressait près de l'aréole sombre, argenté dans la lumière froide du matin.

Il souleva l'édredon et se glissa près de moi. Je me blottis dans ses bras, laissant mes mains s'aventurer vers les rondeurs fermes de ses fesses musclées. Sa peau nue était glacée, mais la chaleur lui revint au contact de mes doigts.

Je tentai de le faire rouler sur moi, mais il me résista doucement, me repoussant contre l'oreiller tandis qu'il me suçait le lobe de l'oreille. Il passa une main sous ma cuisse et fit glisser ma chemise de nuit.

Sa tête descendit plus bas et il écarta délicatement mes cuisses. Je frissonnai un instant, tandis que l'air frais caressait mes jambes, et me détendis complètement sous les assauts ardents de sa langue.

Ses longs cheveux dénoués me chatouillaient les cuisses et ses grandes mains puissantes me ceignaient la taille.

— Mmm ? fit-il en m'interrogeant du regard.

Je cambrai légèrement les reins en guise de réponse.

Sa main se fraya un passage sous mes hanches et me souleva. Je me sentis fondre lentement, tandis qu'un frisson de plus en plus puissant parcourait tout mon corps ; il atteignit rapidement son paroxysme et me laissa sans forces. Jamie posa sa joue contre ma cuisse et attendit quelques minutes que je me reprenne, une main posée sur le galbe de mon mollet, avant de se remettre à l'ouvrage.

Je repoussai ses boucles rebelles et tripotai ses oreilles. Leur contour était rose et diaphane, d'une finesse incongrue chez un homme aussi grand et fort.

— Elles sont légèrement pointues, observai-je... un peu comme celles d'un faune.

— Ah oui ? dit-il en interrompant son labeur un instant. Tu veux dire une de ces créatures lubriques mi-homme mi-bouc qu'on voit dans les tableaux en train de pourchasser des femmes nues ?

Je soulevai la tête et fixai — au-delà d'une montagne de draps et de chair — les deux yeux de chat bleu nuit qui luisaient sous des boucles rousses.

— C'est toi tout craché, rétorquai-je.

Je laissai retomber ma tête sur l'oreiller, son rire étouffé faisant vibrer ma chair, et je l'appelai doucement.

— Viens, Jamie, viens là.

— Pas encore, répondit-il en faisant avec sa langue quelque chose qui me fit me tortiller comme un ver.

— Si, viens.

Il ne répondit pas et je n'eus bientôt plus assez de souffle pour insister.

— Oh... fis-je un peu plus tard. C'est...

— Mmm ?

— ... bon, murmurai-je. Viens ici.

— Non, s'entêta-t-il. Tu aimerais que je...

Je ne voyais pas son visage, caché sous un rideau de mèches cuivrées.

— Viens ici, Jamie. Je te veux.

Avec un soupir résigné, il se dressa sur les genoux et se laissa tirer vers le haut. Nous étions ventre contre ventre, lèvres contre lèvres. Il ouvrit la bouche pour protester à nouveau, mais je me hâtai de lui clouer le bec par un baiser et il me pénétra sans même s'en rendre compte. Il gémit doucement sous l'effet de l'agréable surprise et s'agrippa à mes épaules.

Il était doux et lent, s'interrompait de temps en temps pour m'embrasser, reprenait son mouvement de va-et-vient sous la pression silencieuse de mon désir. Je caressai son dos, veillant à ne pas appuyer sur ses cicatrices fraîches. Les longs muscles de ses cuisses se mirent à trembler contre les miens, mais il se retint, refusant de remuer aussi vite qu'il aurait dû.

J'arquai les reins pour le faire entrer plus profondément en moi.

Il ferma les yeux et son front se plissa sous la jouissance. Sa bouche entrouverte laissa échapper un râle de plaisir.

— Je... ne... veux pas... commença-t-il. Oh ! mon Dieu !

Ses fesses se contractèrent brusquement, dures soudain sous mes mains.

Je poussai un profond soupir de satisfaction et me détendis à mon tour.

— Ça va ? demanda-t-il quelques instants plus tard.

— Mais oui, bien sûr ! Je ne vais pas me casser, tu sais, lui dis-je en souriant.

Il se mit à rire.

— Toi peut-être pas, *Sassenach*, mais moi, si !

Il me serra contre lui et m'embrassa dans le cou. Je tirai l'édredon sur nous, nous enfermant dans un cocon de chaleur. Le feu de cheminée n'avait pas encore réchauffé la chambre, mais le givre sur la vitre commençait à fondre et laissait derrière lui une petite rangée de brillants étincelants au pied de la fenêtre.

Nous restâmes allongés en silence un long moment, bercés par le crépitement des bûches et le brouhaha étouffé des occupants de l'auberge qui commençaient à se réveiller. On s'interpellait depuis les balcons qui donnaient sur la cour ; des sabots claquaient sur les pavés glissants ; de temps à autre, les cochons que l'aubergiste élevait derrière les cuisines laissaient échapper un couinement strident.

— Très français, n'est-ce pas ? commentai-je au son d'une altercation qui filtrait entre les lattes du plancher.

Il s'agissait d'un aimable règlement de comptes entre la femme de l'aubergiste et un négociant en vins de la région.

— Tu n'es qu'un avorton de putain vérolée ! observait la femme. Ton eau-de-vie de la semaine dernière, c'était de la pisse de vache !

— Parce que vous savez faire la différence, madame ? rétorqua l'homme. Je croyais que quand on était avinée comme vous l'êtes, tous les alcools avaient le même goût !

Jamie se mit à rire avec moi, ce qui eut pour effet de faire tanguer le lit. Il releva la tête et huma l'odeur de jambon frit qui s'élevait dans le couloir.

— Oui, c'est ça la France, convint-il. Manger, boire et faire l'amour !

Il tapota ma cuisse nue avant de la recouvrir de ma chemise de nuit.

— Jamie, dis-je doucement. Tu es content... pour le bébé ?

Banni d'Écosse, interdit de séjour dans sa propre maison et n'ayant que de vagues projets d'avenir en France, on pouvait lui pardonner de n'être pas trop chaud à l'idée de se retrouver avec une charge supplémentaire.

Il ne répondit pas tout de suite, me serra un peu plus fort contre lui, poussa enfin un léger soupir avant de confirmer :

— Mais oui, bien sûr, *Sassenach*.

Sa main descendit plus bas, caressa mon ventre.

— Je suis heureux. Et fier. Mais j'ai aussi terriblement peur.

— Peur de quoi ? de la naissance ? Tout ira bien, tu verras.

Je comprenais ses craintes. Sa mère était morte à sa naissance et l'accouchement et ses complications étaient une des premières causes de mortalité féminine. Toutefois, je m'y connaissais en la matière et n'avais aucune intention de me soumettre à ce qui passait à l'époque pour de l'obstétrique.

— Ce n'est pas tout, reprit-il. Je veux pouvoir vous protéger, vous envelopper de mon corps... toi et l'enfant, comme un manteau.

Sa voix était douce et rauque, mais je sentais venir le hic.

— Je ferais n'importe quoi pour toi... mais... je ne peux rien faire. J'ai beau être costaud et attentif, je ne peux pas t'accompagner dans cette épreuve... ni t'aider en aucune manière. Quand je pense à tout ce que tu risques... oui, ça me fait peur, *Sassenach*. Et puis...

Il me tourna vers lui, une main refermée doucement sur mon sein.

— ... quand je t'imagine en train d'allaiter notre enfant... je me sens m'envoler comme une bulle de savon prête à éclater de joie.

Émue, je l'étreignis de toutes mes forces.

— Oh, Claire ! reprit-il. Je t'aime tellement que j'ai l'impression que mon cœur va lâcher.

Je me rendormis quelques heures pour être réveillée par le carillon de l'église voisine. Encore imprégnée de l'atmosphère de l'abbaye de Sainte-Anne où la vie quotidienne était rythmée par le son des cloches, je lançai machinalement un regard vers la fenêtre. La lumière était blanche et forte, et les carreaux entièrement dégivrés. Ce devait être l'angélus. Il était donc midi.

Je m'étirai, jouissant du plaisir rare de n'avoir rien à faire ce matin-là. J'avais un début de grossesse difficile et le voyage m'avait épuisée. Cette grasse matinée était doublement la bienvenue.

Les tempêtes d'hiver faisaient rage sur les côtes françaises et il avait plu et neigé tout le long du trajet. À l'origine, nous avions projeté de nous rendre à Rome et non au Havre. Mais par ce temps, cela aurait signifié trois à quatre semaines de route.

Confronté à la nécessité de gagner sa vie à l'étranger, Jamie avait obtenu une lettre de recommandation pour servir d'interprète auprès de Jacques Francis Édouard Stuart, chevalier de St. George, roi en exil, ou encore, selon les inclinations politiques, prétendant aux trônes d'Écosse, d'Angleterre et d'Irlande. Nous nous étions donc apprêtés à rejoindre sa Cour située dans les environs de Rome.

Toutefois, alors que nous étions sur le point de partir pour l'Italie, Alexander, l'oncle de Jamie et abbé de Sainte-Anne-de-Beaupré, nous avait convoqués dans son bureau.

— J'ai eu des nouvelles de Sa Majesté, annonça-t-il sans préambule.

— Laquelle ? demanda Jamie.

Le léger air de famille entre les deux hommes était encore accentué par leur allure hautaine et rigide : ils étaient tous deux assis le dos droit sur le bout de leur chaise, les épaules carrées. Chez l'abbé, c'était le signe de son ascétisme naturel ; pour Jamie, il s'agissait d'éviter que les cicatrices encore fraîches de son dos n'entrent en contact avec le dossier.

— Sa Majesté le roi Jacques III, naturellement ! précisa l'oncle sur un ton piqué.

Il me lança un regard soupçonneux et je pris soin d'afficher un visage impassible. Ma présence dans son bureau était une grande marque de confiance de sa part et je ne tenais pas à la compromettre. Nous ne nous connaissions que depuis six semaines, depuis le jour de Noël pour être précise, quand j'avais débarqué à l'abbaye avec Jamie plus mort que vif après ses épreuves d'emprisonnement et de torture. Entre-temps, il avait appris à mieux me connaître, mais je n'en étais pas moins anglaise. Or, le roi des Anglais s'appelait George[1] et non Jacques.

— Et de quoi s'agit-il ? Sa Majesté n'a plus besoin d'interprète ? demanda Jamie.

Il était encore maigre, mais à force d'exercices au grand air en compagnie des frères chargés des écuries et des champs de l'abbaye, il avait retrouvé un teint plus sain.

— Ce qu'il lui faut, c'est un serviteur loyal... et un ami, répondit l'abbé.

Il pianotait de la main droite une lettre décachetée sur son bureau. Il pinça les lèvres et nous observa tour à tour, son neveu et moi.

— Ce que je vais vous dire doit rester entre nous, annonça-t-il. Bientôt, le monde entier sera mis au courant, mais en attendant...

Je m'efforçai de prendre un air à mi-chemin entre la carmélite et la sphinge, tandis que Jamie hochait la tête avec une pointe d'impatience. L'abbé se pencha vers nous et annonça sur un ton de conspirateur :

— Son Altesse le prince Charles-Édouard a quitté Rome et sera en France d'ici une semaine.

La nouvelle était de taille ! En 1715, Jacques Stuart[2] avait déjà tenté une première fois de remonter sur le trône, une opération militaire mal avisée qui avait avorté presque aussitôt par manque de soutien. Depuis, selon Alexander, le roi en exil n'avait pas chômé. Il inondait régulièrement de lettres les autres rois d'Europe, notamment son cousin français Louis XV, réclamant leur aide en tant que souverain légitime d'Écosse et d'Angleterre, et la reconnaissance de son fils, le prince Charles-Édouard, en tant que dauphin.

— Son royal cousin a toujours fait la sourde oreille à ses prétentions pourtant parfaitement justifiées, poursuivit l'abbé.

Il lança un regard réprobateur à la lettre placée devant lui comme s'il s'agissait du roi de France en personne.

---

1. George II, second roi de la maison de Hanovre. Régna de 1727 à 1760. *(N.d.T.)*

2. Fils de Jacques II, détrôné en 1688 par Guillaume d'Orange (Guillaume III), Jacques Francis Édouard Stuart, le Prétendant, entreprit une expédition en Écosse en 1715, mais dut s'enfuir et retourner sur le Continent en février 1716. *(N.d.T.)*

— S'il vient seulement de prendre conscience de sa responsabilité sur cette question, tous ceux qui ont à cœur les droits
sacrés de la souveraineté doivent s'en réjouir.

Naturellement, il entendait par là les partisans de Jacques
Stuart, à savoir la diaspora jacobite dont faisait partie l'abbé de
Sainte-Anne-de-Beaupré. Selon Jamie, Alexander était l'un des
correspondants les plus assidus du roi en exil, au fait des moindres rumeurs touchant à la cause des Stuarts.

— En tant qu'homme d'Église, je considère que c'est un cor-
respondant idéal, m'avait-il expliqué pendant que nous envisa-
gions la tâche qui nous attendait. Les courriers du Saint-Siège
sont les plus rapides d'Europe. En outre, ils sillonnent l'Italie, la
France et l'Espagne sans être soumis aux contrôles douaniers et
les lettres qu'ils transportent ont peu de chances d'être inter-
ceptées.

Exilé à Rome, Jacques Stuart s'était mis sous la tutelle du
pape, qui avait tout intérêt à voir un monarque catholique
remonter sur les trônes d'Angleterre et d'Écosse. Par conséquent, une grande partie de la correspondance privée du souverain déchu était acheminée par la malle-poste papale et passait
entre les mains de ses loyaux défenseurs au sein de la hiérarchie
ecclésiastique, tel l'abbé Alexander. Les lettres étaient ainsi
transmises d'abbayes en monastères et de monastères en cou-
vents et parvenaient sans encombre aux jacobites restés au pays.
Il n'en allait pas de même pour le courrier qui suivait le cours
normal de la poste de Rome à Édimbourg, puis à travers les
Highlands.

J'observai Alexander avec intérêt tandis qu'il nous expliquait
l'importance de la visite du prince Charles-Édouard en France.
C'était un petit homme trapu à la peau mate, à peu près de ma
taille. S'il était nettement plus petit que son neveu, il avait les
mêmes yeux obliques, la même intelligence aiguë et ce don de
deviner les motifs cachés de ses interlocuteurs qui caractérisait
tous les Fraser que j'avais connus jusqu'alors.

— Ainsi... conclut-il en caressant sa longue barbe brune,
j'ignore si Son Altesse se rend à Paris de son propre chef, à la
demande de son père ou à l'invitation de Louis XV de France.

— Ce n'est pas tout à fait la même chose, remarqua Jamie en
arquant un sourcil sceptique.

Son oncle hocha la tête et ses lèvres esquissèrent brièvement
un sourire ironique.

— Certes, mon garçon. C'est pourquoi ton épouse et toi-
même allez nous aider... si vous y consentez, bien entendu.

La proposition ne manquait pas de piment : Sa Majesté le roi
Jacques s'engageait à couvrir les frais de notre voyage et à verser
un petit salaire au neveu de son ami, le très loyal et estimé

Alexander, s'il acceptait de se rendre à Paris pour y assister son fils, Son Altesse le prince Charles-Édouard, de la manière que ce dernier jugerait la plus propice.

J'en restai clouée sur place. Nous avions choisi d'aller à Rome, car cela nous semblait le meilleur point de départ pour prévenir le second soulèvement jacobite, celui de 1745. Forte de mes maigres connaissances en histoire, je savais que cette tentative de coup d'État, financée par la France et dirigée par Charles-Édouard Stuart, irait beaucoup plus loin que celle de son père en 1715, mais pas encore assez. Si les choses se déroulaient comme prévu, les troupes de Bonnie Prince Charlie essuieraient une défaite désastreuse à Culloden en 1746, dont la population des Highlands subirait les conséquences pendant plus de deux cents ans.

Nous n'étions qu'en 1744, et le prince Charles-Édouard se rendait probablement en France pour y trouver des fonds et le soutien de son roi. Quel meilleur endroit pour arrêter une rébellion que d'être aux côtés de son chef ?

Je lançai un regard vers Jamie. Celui-ci fixait une petite châsse insérée dans le mur derrière l'épaule de son oncle. Il semblait perdu dans la contemplation de la statuette dorée de sainte Anne, une petite gerbe de fleurs de serre à ses pieds. Enfin, il cligna des yeux et sourit à son oncle.

— *Aider le prince Charles-Édouard de la manière qu'il jugera le plus propice ?* Pourquoi pas ? Oui, nous acceptons.

Ainsi, nous avions repris la route. Cependant, au lieu d'aller droit sur Paris, nous avions fait un crochet par Le Havre pour y rencontrer Jared Fraser, un cousin de Jamie.

Jared avait émigré de son Écosse natale pour faire fortune dans le commerce du vin et des liqueurs en France. Il possédait un entrepôt et un hôtel particulier à Paris, et d'immenses hangars au Havre. C'est là qu'il avait donné rendez-vous à Jamie, quand celui-ci lui avait écrit son intention de s'installer à Paris.

Suffisamment reposée, je commençais à avoir faim. Il y avait de la nourriture sur la table. Jamie avait sans doute demandé à la servante d'en monter pendant que je dormais.

N'ayant pas de robe de chambre, j'enfilai mon épaisse cape de velours avant de me lever pour me soulager, ajouter un peu de bois dans l'âtre et m'asseoir devant mon petit déjeuner.

Je mâchai mon pain arrosé de lait et mon jambon cuit avec satisfaction. J'espérais que Jamie n'était pas parti à son rendez-vous le ventre vide. Il avait beau affirmer que Jared était un homme fort sympathique, j'avais quelques réserves quant à l'hospitalité des parents de Jamie, ayant déjà eu maille à partir avec quelques-uns d'entre eux. Certes, son oncle Alexander s'était montré aussi accueillant qu'on pouvait l'attendre d'un abbé voyant arriver à l'improviste un neveu hors-la-loi et son étrange femme, anglaise de surcroît. En revanche, mon séjour chez les MacKenzie de Leoch, sa famille maternelle, avait bien failli me coûter la vie l'automne dernier, lorsque j'avais été arrêtée et condamnée à être brûlée vive pour sorcellerie.

— Soit, avais-je reconnu, ce Jared appartient à la branche des Fraser, qui semble légèrement plus inoffensive que les MacKenzie. Mais le connais-tu vraiment ?

— J'ai vécu avec lui pendant un temps quand j'avais dix-huit ans.

Tout en parlant, il inclina une bougie au-dessus de sa lettre, laissa goutter la cire sur le papier et pressa la chevalière de son père sur la petite flaque rouge. Le cabochon de rubis était gravé de la devise des Fraser : *Je suis prest.*

— Lorsque mes parents m'ont envoyé à Paris parfaire mon éducation, c'est chez lui que j'ai habité. Il a été très bon avec moi ; c'était un grand ami de mon père. Et qui est mieux placé pour nous renseigner sur la société parisienne que celui qui lui procure son vin ? Il faut que je discute avec lui avant d'entrer à la cour du roi de France aux côtés de Charles-Édouard Stuart. J'aimerais autant savoir si j'ai une chance d'en ressortir vivant.

— Qu'est-ce qui te fait penser que les choses pourraient mal tourner ?

Effectivement, *assister le prince Charles-Édouard de la manière qu'il jugera le plus propice* sous-entendait un champ de manœuvre plutôt vaste.

Mon air inquiet le fit sourire.

— Non, je ne pense pas que nous rencontrerons beaucoup de difficultés. Cela dit : *Ne mettez pas votre confiance dans les princes !* C'est écrit dans les psaumes.

Il déposa un bref baiser sur mon front, laissa retomber sa bague dans son *sporran* et conclut :

— Si c'est dans la Bible... c'est que c'est vrai !

Je passai une partie de l'après-midi à feuilleter l'un des herbiers que frère Ambrose avait pressés pour moi en guise de cadeau d'adieu. Je m'attelai un peu plus tard à divers ouvrages de raccommodage. Ni Jamie ni moi ne possédions beaucoup de vêtements mais, s'il y avait un avantage certain à voyager léger, les bas troués et les ourlets défaits ne pouvaient attendre. Mon nécessaire à couture m'était devenu presque aussi précieux que le petit coffre dans lequel je rangeais mes simples et mes remèdes.

L'aiguille s'enfonçait sans peine dans la trame de l'étoffe, scintillante dans la lumière blanche qui entrait par la fenêtre. Tout en travaillant, j'imaginais la rencontre de Jamie et de Jared. Plus encore, j'essayais d'imaginer ce à quoi ressemblait le prince Charles-Édouard. Ce serait la première personnalité historique que je rencontrerais et, si je savais qu'il ne fallait pas croire toutes les légendes qui couraient sur lui (ou plutôt, qui allaient courir sur lui), il demeurait nimbé de mystère. La réussite ou l'échec du soulèvement de 1745 allait dépendre presque entièrement de la personnalité de ce jeune homme. Qui plus est, que ce soulèvement ait lieu ou non, il risquait fort de dépendre des efforts d'un autre jeune homme, Jamie Fraser... et de moi-même.

J'étais absorbée par mes pensées et mon ravaudage, quand un bruit de pas dans le couloir me fit prendre conscience qu'il était déjà tard. Les auvents ne laissaient plus goutter qu'un mince filet d'eau, et la température avait chuté. Les derniers feux du soleil projetaient des ombres irisées sur les stalactites de glace devant les fenêtres. La porte s'ouvrit et Jamie entra.

Il esquissa un sourire vague dans ma direction puis s'arrêta net devant la table, le front plissé par la concentration, comme s'il tentait de se souvenir de quelque chose. Il retira lentement son manteau, le plia méticuleusement et le posa au pied du lit. Puis il se redressa, marcha droit vers un tabouret sur lequel il s'assit avec une grande application, et ferma les yeux.

Je restai immobile, ma couture oubliée sur mes genoux, observant son numéro avec un grand intérêt. Au bout d'un instant, il rouvrit les yeux et me sourit sans rien dire. Il se pencha en avant et me scruta attentivement, comme s'il ne m'avait pas vue depuis des semaines. Enfin, une expression de compréhension s'imprima sur son visage et il sembla se détendre. Ses épaules s'affaissèrent et il reposa les coudes sur ses genoux.

— Whisky ! dit-il avec une immense satisfaction.

— Je vois, répondis-je avec sarcasme. Beaucoup ?

Il secoua lentement la tête de gauche à droite. Elle semblait peser des tonnes ; on entendait presque son contenu osciller d'un côté à l'autre.

— Pas moi, toi, dit-il en articulant clairement.

— Moi ! m'exclamai-je, indignée.

— Tes yeux.

Il m'adressa un sourire béat. Les siens étaient doux et songeurs, aussi brouillés qu'un étang à truites sous la pluie.

— Mes yeux ? Qu'est-ce qu'ils ont à voir avec...

— Ils ont la couleur du très bon whisky, comme si le soleil les éclairait par-derrière. Ce matin, ils me faisaient penser à du cognac, mais je me trompais. Ce n'est ni du cognac ni du sherry, mais bien du whisky. Voilà ce que c'est !

Il avait l'air si content d'avoir fait une telle constatation que je ne pus m'empêcher d'éclater de rire.

— Jamie, tu es ivre ! Qu'est-ce que tu as encore manigancé ?

Il fronça les sourcils.

— Je ne suis pas ivre du tout.

— Ah non ?

Je posai mon ouvrage de côté, m'approchai de lui et mis une main sur son front. Il était moite et frais, mais ses joues étaient roses. Il m'enlaça et enfouit son nez dans mon corsage. Une forte odeur de mélange d'alcools s'éleva vers moi comme un brouillard, épais au point d'être presque palpable.

— Viens par ici, *Sassenach*, murmura-t-il. Ma belle aux yeux de whisky, mon amour. Laisse-moi te mettre au lit.

Savoir qui allait devoir mettre l'autre au lit me parut loin d'être aussi simple, mais je ne soulevai pas d'objections. Après tout, peu importait ce qui le motivait à aller se coucher, le tout était qu'il parvienne jusque dans les draps. Je me penchai vers lui et glissai un bras sous son épaule pour le hisser, mais il se dégagea et se leva seul, lentement et solennellement.

— Je n'ai pas besoin d'aide, dit-il en cherchant sa boutonnière à tâtons. Puisque je te dis que je ne suis pas soûl.

— Tu as raison. Soûl est un mot plutôt faible pour décrire ton état. Tu es complètement noir.

Il baissa les yeux et inspecta sa tenue.

— Mais pas du tout, je suis très propre !

Un sourire lubrique au coin des lèvres, il fit un pas vers moi.

— Viens à moi, *Sassenach, je suis prest.*

En revanche, « prêt » était sans doute un terme excessif : il n'avait déboutonné sa chemise qu'à moitié et elle pendait en arrière, sur ses épaules, dévoilant le petit creux de son poitrail où j'aimais tant poser mon menton, et les poils bouclés autour de ses tétons. Me voyant le contempler, il s'empara de ma main et la posa sur son cœur. Sa peau était d'une chaleur inattendue et je me rapprochai instinctivement de lui. Il glissa l'autre bras autour de ma taille et se pencha pour m'embrasser. Il y mit une telle ardeur que la tête commença à me tourner.

— D'accord, m'écartai-je en riant. Si tu es prêt, moi aussi. Mais laisse-moi d'abord te déshabiller, j'ai eu ma dose de raccommodage pour la journée.

Il se tint immobile tandis que je lui ôtais ses vêtements. Il ne bougea pas non plus quand je me déshabillai à mon tour.

Je grimpai sur le lit et me tournai vers lui. Il se tenait parfaitement droit, solide et resplendissant, illuminé par le dernier rayon du soleil. Il était bâti comme une statue grecque, avec un nez long et des pommettes hautes comme on en voit sur les anciennes pièces de monnaie romaines. Sa bouche large et charnue esquissait un sourire rêveur et ses yeux en amande regardaient au loin. Il ne bougeait pas.

— Jamie... demandai-je au bout d'un moment. Comment fais-tu pour savoir si tu es soûl ou non ?

Il tressaillit, brusquement extirpé de son rêve par ma voix. Il oscilla dangereusement sur place et se rattrapa de justesse au manteau de cheminée. Son regard balaya la chambre, puis revint sur mon visage. L'espace d'un instant, il retrouva toute sa clarté et son intelligence habituelles.

— Très simple, *Sassenach*. Tant que tu tiens encore debout, c'est que tu n'es pas ivre.

Pour illustrer ses propos, il lâcha la cheminée, avança d'un pas et s'étala de tout son long sur le plancher, le regard ahuri et un doux sourire sur les lèvres.

— Je vois, dis-je.

Le chant des coqs et un tintamarre de casseroles me réveillèrent juste après l'aube le lendemain matin. Jamie se réveilla lui aussi en sursaut, fit une tentative pour se lever et retomba comme une masse sur son oreiller.

Je me redressai sur un coude pour examiner l'épave à mes côtés. Il ne s'en sortait pas trop mal, pensai-je d'un air critique. Il gardait les yeux fermés pour se protéger d'un éventuel rayon de soleil. Ses cheveux pointaient dans tous les sens comme les piques d'un hérisson, mais son teint était pâle et clair. Ses mains agrippées au rebord de l'édredon ne tremblaient pas.

J'écartai ses paupières entre deux doigts et inspectai le blanc de son œil.

— Y a quelqu'un ? demandai-je d'un ton enjoué.

L'autre œil s'entrouvrit lentement.

Je lui adressai un sourire charmant.

— Bonjour !

— Bon jour, c'est vite dit, grogna-t-il avant de refermer les yeux.

— Tu sais combien tu pèses ? demandai-je d'un ton badin.

— Non.

Sa réponse abrupte et catégorique laissait entendre que non seulement il n'en avait pas la moindre idée, mais qu'en outre il s'en fichait.

— Tu dois faire dans les quatre-vingt-quinze kilos, si tu veux mon avis. Presque autant qu'un sanglier adulte. Malheureusement, je n'avais pas de grosse branche à laquelle te suspendre par les pattes pour te porter jusqu'à ma hutte.

Il rouvrit un œil et me lança un regard intrigué. Puis il se redressa sur les coudes pour évaluer la distance depuis la cheminée. Un coin de ses lèvres esquissa un sourire hésitant.

— C'est toi qui m'as mis au lit ?

— J'ai essayé, mais je n'y suis pas arrivée. Alors j'ai fini par te recouvrir d'une couverture et je t'ai laissé dormir par terre. Tu as repris connaissance vers le milieu de la nuit et tu as rampé tout seul jusqu'au lit.

Il ouvrit de grands yeux étonnés.

— Non !

Je hochai la tête et tentai de coiffer ses cheveux hirsutes.

— Si. Tu semblais avoir une idée fixe.

— Une idée fixe ?

Il fronça les sourcils, réfléchit et bâilla en étirant les bras au-dessus de sa tête. Un horrible doute sembla soudain lui traverser l'esprit.

— Non ! Ne me dis pas que...

— Si. Deux fois de suite.

Il redressa la tête et baissa les yeux vers son bas-ventre, comme s'il y cherchait la confirmation de cette improbable déclaration.

— Ce n'est pas juste ! Je ne me souviens de rien !

Il hésita un instant, avant d'ajouter d'un air timide :

— C'était bien, au moins ? J'espère que je n'ai pas fait de bêtises ?

Je me laissai retomber sur le lit et blottis ma tête dans le creux de son épaule.

— Je n'appellerais pas ça des bêtises. Disons que tu n'étais pas très loquace.

— C'était peut-être aussi bien ! dit-il en riant.

— Tu répétais sans cesse « je t'aime », comme si tu ne savais plus rien dire d'autre.

— Plains-toi !

Il tourna la tête et renifla son aisselle d'un air soupçonneux.

— Pouah ! s'exclama-t-il en me repoussant. Ne t'approche pas de moi, *Sassenach*, je pue comme un faisan mort depuis une semaine !

— Et qui aurait mariné dans l'alcool ! précisai-je en me serrant contre lui. Dis-moi, repris-je, comment as-tu fait pour être aussi soûl ?

— L'hospitalité de Jared, expliqua-t-il.

Il s'enfonça dans son oreiller avec un soupir résigné, un bras autour de mon épaule.

— Il m'a emmené visiter son entrepôt sur les docks. Il a un endroit spécial là-bas, où il conserve ses grands crus, son eau-de-vie et son rhum de Jamaïque.

Le souvenir de la scène de la veille le fit grimacer.

111

— Le vin, ça allait encore, car on le recrache après s'être rincé la bouche avec. Mais ni lui ni moi n'avions le courage de gaspiller une si bonne eau-de-vie. En plus, selon Jared, pour vraiment en apprécier la qualité, il faut la laisser couler doucement dans la gorge.

— Tu en as apprécié combien de litres ?

— J'ai cessé de compter vers le milieu de la deuxième bouteille.

Au même instant, les cloches de l'église voisine se mirent à sonner pour appeler les fidèles à la première messe du matin. Jamie fit un bond et se redressa sur le lit, lançant un regard affolé vers la fenêtre inondée de soleil.

— Mince, *Sassenach* ! Quelle heure est-il ?

— Près de six heures, je suppose. Pourquoi ?

Il se détendit légèrement, sans toutefois se recoucher.

— Ouf ! J'aime mieux ça. Sur le coup, j'ai cru qu'il était déjà midi. J'ai un peu perdu la notion du temps.

— Oui, j'avais remarqué. Mais quelle importance ?

Animé par une soudaine bouffée d'énergie, il repoussa les couvertures et se leva. Il chancela un moment avant de retrouver son équilibre mais posa néanmoins les deux mains sur sa tête pour s'assurer qu'elle était encore là.

— On a rendez-vous ce matin sur les docks, dans l'entrepôt de Jared. Tu es attendue, toi aussi.

— Ah oui ?

Je me levai à mon tour et cherchai à tâtons le pot de chambre sous le lit.

— S'il compte achever ce qu'il a si bien commencé hier, je suppose qu'il lui faut des témoins, plaisantai-je.

La tête de Jamie émergea du col de sa chemise.

— Achever ce qu'il a commencé ?

— La plupart de tes parents semblent vouloir ta peau ou la mienne. La première tentative de ton cousin pour te noyer dans l'alcool a presque réussi.

— Très drôle, *Sassenach*. Tu as quelque chose de bien à te mettre sur le dos ?

L'aumônier de l'abbaye de Sainte-Anne m'avait dégotté une robe en épaisse serge grise pratique pour le voyage, mais j'avais également conservé la tenue dans laquelle je m'étais échappée d'Écosse, don de lady Anabelle MacRannoch : une robe taillée dans un velours vert qui me donnait un teint pâlot, mais qui avait une certaine allure.

— J'espère que le sel marin ne l'a pas trop abîmée, dis-je en fouillant dans notre petite malle de voyage.

S'agenouillant à mes côtés, Jamie souleva le couvercle de mon coffret à remèdes et examina les rangées de petites fioles, de boîtes et de rouleaux de gaze dans lesquels je gardais mes simples.

— Dis-moi, tu n'aurais rien contre un mal de tête particulièrement sournois là-dedans ?

Je regardai par-dessus son épaule, puis tendis le bras vers une fiole.

— Le marrube pourrait faire l'affaire, mais ce n'est pas ce qu'il y a de mieux. L'idéal serait de l'écorce de saule avec des graines de fenouil, mais il faut les laisser infuser longtemps. J'ai une idée : je vais te préparer un remède contre la crise de foie ; ça marche aussi très bien contre la gueule de bois.

Il me lança un regard soupçonneux.

— Quel genre de remède ?

— Ce n'est pas très agréable, avouai-je. Mais une fois que tu auras vomi, tu te sentiras nettement mieux.

— Mmph...

Il se releva et poussa le pot de chambre vers moi du bout du gros orteil.

— Vomir au réveil, c'est ta spécialité, *Sassenach*. Fais-le tout de suite, qu'on n'en parle plus. Pour ma part, je préfère garder mon mal de crâne.

Petit homme noueux, Jared Munro Fraser n'était pas sans rappeler son lointain cousin Murtagh, qui nous accompagnait partout. Lorsque je l'aperçus de loin, posté fièrement devant la grande porte de son entrepôt, au point que le flot des dockers pliés sous d'énormes fûts était obligé de le contourner, il me fallut quelques secondes pour me persuader que ce ne pouvait être le fidèle compagnon de Jamie, que nous venions de laisser à l'auberge en train de s'occuper d'un cheval boiteux.

Jared avait les mêmes cheveux noirs et raides que Murtagh, les mêmes petits yeux noirs et brillants, la même carcasse nerveuse et simiesque. Mais à mesure que nous nous rapprochions péniblement de l'entrepôt, écrasés par la foule, je constatai que toute ressemblance s'arrêtait là. Jared n'avait pas le visage taillé à la serpe comme son cousin, mais lisse et ovale, avec un petit nez retroussé et mutin qui détruisait totalement l'allure digne que lui conféraient de loin ses vêtements à la coupe impeccable et son port altier.

Contrairement à Murtagh, ce n'était pas un voleur de bétail, mais un négociant en alcools prospère. En outre, il avait le sourire facile, ce qui n'était pas le cas de Murtagh, dont l'expression naturelle était d'une incurable morosité.

Le visage de Jared s'illumina dès qu'il nous aperçut dans la cohue.

— Ma chère, s'exclama-t-il, comme je suis heureux de vous rencontrer enfin !

Il m'agrippa le bras et me poussa de justesse hors de la trajectoire de deux malabars qui roulaient un fût devant eux. Le tonneau frôla mes jupes et fit craquer les lattes de la rampe. On entendait le clapotis du liquide à l'intérieur. Jared suivit des yeux le fût qui zigzaguait entre les multiples obstacles du hangar.

— On peut se permettre de traiter le rhum sans ménagement, observa-t-il, mais pas le porto. Le porto, je vais toujours le chercher moi-même, comme les bouteilles de vin. Je m'apprêtais justement à aller réceptionner un nouvel arrivage. Cela vous dirait de m'accompagner ?

Je lançai un regard à Jamie. Il acquiesça et nous emboîtâmes le pas à Jared qui se faufilait avec agilité dans le flot chaotique d'hommes et d'enfants de tous âges chargés de fûts, barriques, tonneaux, pièces d'étoffe, caisses de blé et de fourrage, tout ce qui pouvait être transporté dans les cales d'un navire.

Le Havre était un port important et ses docks constituaient le cœur de la ville. Un long quai massif courait sur près d'un kilomètre tout autour du port avec, ici et là, des jetées plus petites où étaient amarrés des trois-mâts et des brigantins, des goélettes et des doris, toute la flotte qui ravitaillait la France.

Jamie me tenait fermement par le coude et me guidait entre les charrettes à bras, les tonneaux roulants et la foule braillarde des marins et des marchands qui semblaient se laisser porter par le mouvement général vers la sortie des docks.

Tout en marchant, Jared me criait à l'oreille, montrant du doigt ici et là des scènes intéressantes, et m'expliquait l'histoire de chaque navire et de son propriétaire en termes décousus. L'*Arianna*, qui était notre point de chute, lui appartenait. Les bateaux pouvaient être la propriété d'un marchand, ce qui était assez rare ; d'une collectivité de commerçants ; ou d'un capitaine qui louait son bâtiment, son équipage et ses services. Compte tenu du grand nombre de navires détenus par des compagnies et de celui, nettement plus restreint, appartenant à des particuliers, je commençais à me faire une petite idée de l'étendue de la fortune de Jared.

L'*Arianna* était ancrée au milieu du quai, près d'un grand hangar sur le toit pentu duquel était peint à la chaux : FRASER. La vue de ce patronyme me donna un petit picotement au ventre, un soudain sentiment d'appartenance et d'alliance avec cette famille dont je portais désormais le nom.

L'*Arianna* était un beau trois-mâts. Deux canons à l'avant du navire pointaient vers le large, sans doute pour se protéger des pirates. Le pont grouillait de marins allant et venant dans toutes les directions, occupés à des tâches précises, mais qui, vus du quai, faisaient penser à une fourmilière face à une intrusion. Toutes les voiles étaient pliées et attachées, mais la marée montante faisait légèrement gîter le navire et balancer le mât de beaupré dans notre direction. La figure de proue représentait un buste de femme aux seins nus et au visage austère. Avec ses boucles rongées par le sel, la dame ne semblait pas beaucoup apprécier la mer.

— Une vraie beauté, n'est-ce pas ? s'exclama fièrement Jared en agitant un bras vers le navire.

Je supposai qu'il voulait parler de son bateau et non de la figure de proue.

— Superbe, convint Jamie poliment.

Il lança un regard inquiet vers la ligne de flottaison du navire et les petites vagues grises qui clapotaient contre la coque. Je devinais qu'il espérait que nous n'aurions pas à monter à bord. Ce valeureux guerrier, fier, hardi et brave au combat, n'avait pas le pied marin.

Il n'appartenait vraiment pas à cette catégorie d'Écossais qui chassaient la baleine de Tarwathie ou qui écumaient les flots en quête de fortune. Il souffrait d'un mal de mer si intense que, lors de notre traversée de la Manche au mois de décembre précédent, affaibli par la torture et l'emprisonnement, il avait bien failli y laisser sa peau. Les séquelles de sa beuverie de la veille ne risquaient pas d'arranger les choses.

Ayant une petite idée des souvenirs sombres qui lui traversaient l'esprit tandis qu'il faisait mine d'écouter son cousin lui vanter la robustesse et la vitesse de l'*Arianna*, je m'approchai discrètement de lui.

— Ne me dis pas que tu es malade même quand le bateau est à quai ! lui chuchotai-je.

Il fixa le navire d'un regard chargé de haine et de résignation.

— Je n'en sais rien, *Sassenach*, répondit-il. Mais je suppose qu'on sera bientôt fixés.

Jared était déjà sur la passerelle, saluant bruyamment le capitaine.

— Si tu me vois devenir verdâtre, ça t'ennuierait de feindre un malaise ? me murmura Jamie. Je ne voudrais pas faire mauvaise impression en vomissant sur les souliers de Jared.

Je lui tapotai le bras d'un air rassurant.

— Ne t'inquiète pas, j'ai confiance en toi.

— Il ne s'agit pas de moi, rétorqua-t-il avec un regard affectueux vers la terre ferme, mais de mon estomac.

Toutefois, le plancher eut la générosité de rester stable sous nos pieds et Jamie et son estomac s'acquittèrent fort dignement de leur épreuve, aidés, sans doute, par le vin blanc que nous versa le capitaine.

— Excellente cuvée ! approuva Jamie en passant le verre sous son nez et en humant les vapeurs riches et fruitées. Portugais, n'est-ce pas ?

Jared gloussa d'un rire ravi et donna un coup de coude dans les côtes du capitaine.

— Tu vois, Portis ? Je t'avais bien dit qu'il avait un don ! Il n'y a goûté qu'une seule fois auparavant !

Je mordis l'intérieur de ma joue et évitai de croiser le regard de Jamie. Le capitaine, un grand gaillard dépenaillé, avait l'air de s'ennuyer ferme, mais il grimaça poliment en direction de Jamie, exhibant trois dents en or. Il était de ceux qui aiment garder leurs richesses sur eux.

— Hum... fit-il. C'est lui, le garçon qui va garder vos fonds de cale au sec ?

Jared manqua de s'étrangler et ses joues s'empourprèrent. Je remarquai avec fascination qu'il avait un lobe d'oreille percé et me demandai soudain sur quoi sa fortune était assise.

— Euh, eh bien... c'est que... balbutia-t-il avec un accent qui trahissait pour la première fois ses origines écossaises, cela reste encore à voir. Mais il me semble...

Il s'interrompit pour lancer un regard inquiet à travers le hublot, puis se tourna vers le capitaine avec un coup d'œil rapide vers son verre.

— ... Dis-moi, Portis, tu permets que j'utilise ta cabine un instant ? J'aimerais m'entretenir avec mon neveu et son épouse en tête à tête. Et puis... j'ai comme l'impression qu'il y a un problème avec les poulies de la cale de poupe. Tu n'entends pas ces grincements ?

Cette dernière observation suffit à propulser le capitaine hors de la cabine comme un sanglier en fureur, vociférant des insultes aux hommes sur le pont, dans un patois franco-espagnol que, fort heureusement, je ne comprenais pas.

Jared referma délicatement la porte, ce qui eut pour effet d'étouffer le vacarme. Il revint vers le petit guéridon du capitaine et remplit cérémonieusement nos verres. Après un bref regard à Jamie, il se tourna vers moi avec un charmant sourire.

— Tout ceci est un peu précipité, j'en conviens... Je ne comptais pas vous en parler si tôt, mais ce brave capitaine a vendu la mèche sans le vouloir. La vérité est que...

Il s'interrompit et leva son verre à la lumière. Il resta un moment à observer les reflets dorés des objets en laiton de la cabine danser dans le liquide ambré.

— ... j'ai besoin d'un homme de confiance, reprit-il enfin.

Voyez-vous, ma chère, j'ai peut-être l'occasion de réaliser une affaire exceptionnelle avec un nouveau vignoble de Moselle. Mais il me faut d'abord évaluer la qualité des cépages, ce qui n'est pas une tâche que je peux confier à un subordonné. Je dois m'y rendre en personne afin de contrôler leur développement. Cela peut durer quelques mois.

Il contempla son vin blanc d'un air songeur, le tourna entre ses doigts jusqu'à ce que son arôme se répande dans la petite cabine. Je n'en avais bu que quelques gorgées, mais la tête me tournait déjà légèrement, plus du fait de l'excitation qui montait en moi que des effets de l'alcool.

— L'occasion est trop belle pour risquer de la rater, poursuivit Jared. Je compte également conclure quelques accords très profitables avec plusieurs autres vignobles situés le long du Rhin. Les produits de cette région sont excellents, mais relativement peu connus. Seigneur ! Tout Paris va se les arracher !

Des visions de montagnes d'or se mirent à luire dans son regard.

— Mais... ! reprit-il d'un air goguenard.

— ... mais pour cela, il vous faut un homme de confiance pour gérer vos affaires en votre absence, achevai-je à sa place.

— Bravo. Non contente d'être belle et charmante, vous êtes aussi une femme intelligente ! Mes compliments, mon cousin, ajouta-t-il en inclinant du chef vers Jamie. Je vous avoue que je ne savais pas trop comment m'y prendre, poursuivit-il en reposant son verre sur le guéridon. Jusqu'à ce que je reçoive votre lettre de Sainte-Anne-de-Beaupré m'annonçant que vous comptiez vous rendre à Paris...

Au ton de sa voix, je devinai que nous allions maintenant passer aux choses sérieuses.

Il hésita un instant, avant de sourire à Jamie en esquissant un petit geste étrange.

— Je connais ton génie pour les chiffres, mon garçon, et j'ai tout de suite pensé que ta venue était la réponse à mes prières. Cependant, je me suis dit qu'il valait mieux nous retrouver d'abord ici. Je voulais m'assurer que nous étions toujours de bons amis avant de te faire une proposition définitive.

« Menteur ! pensai-je cyniquement sans cesser de sourire. Dis plutôt que tu voulais d'abord t'assurer que j'étais présentable ! »

Jamie dévisageait son cousin d'un air perplexe. De toute évidence, c'était pour nous la semaine de toutes les propositions ! Pour un hors-la-loi banni de ses terres et une Anglaise soupçonnée d'espionnage, nous étions décidément très demandés.

L'offre de Jared était plus que généreuse : Jamie devrait gérer l'ensemble de ses affaires en France pendant les six mois à venir ; en retour, il recevrait, outre un salaire conséquent, la jouissance de son hôtel particulier parisien, personnel y compris.

— Mais pas du tout, j'insiste ! s'offusqua-t-il quand Jamie voulut refuser cette dernière option.

Posant un doigt le long de l'arête de son nez, il me lança un regard malicieux.

— Pour conclure de bonnes affaires, il n'y a rien de tel qu'une jolie femme qui sait recevoir, mon cousin. Tu n'as pas idée du nombre de bouteilles que tu vendras à tes clients en leur faisant préalablement goûter le vin en agréable compagnie.

Devant l'air dubitatif de son cousin, il frappa le plancher du talon.

— Mais enfin, Jamie, puisque je te dis que tu me rends un grand service ! Reste à savoir si ta femme accepterait de donner des dîners.

L'idée d'organiser des soirées mondaines pour le gratin parisien relevait du défi. Jamie me lança un regard interrogateur. Je déglutis et acquiesçai avec un sourire. L'occasion était trop belle pour la laisser passer. Si Jamie se sentait capable de diriger une entreprise importante, le moins que je pouvais faire était d'apprendre à organiser un dîner et de réviser mon français afin de pouvoir soutenir une conversation de salon.

— Mais... j'en serais ravie, répondis-je d'une voix blanche.

Jared tenait déjà mon accord pour acquis. Il poursuivit, en fixant gravement Jamie :

— Et puis... j'ai pensé que tu aurais besoin d'avoir une bonne situation à Paris, afin de poursuivre les autres intérêts qui t'y amènent.

Jamie esquissa un sourire neutre, ce qui déclencha le rire de Jared.

— Un toast, mon cher cousin ! proposa-t-il. À notre collaboration et à Sa Majesté !

On nous avait servi à chacun un verre d'eau pour nous rincer la bouche entre chaque gorgée de vin. Jared leva son verre d'alcool et le fit passer au-dessus de son verre d'eau avant de le porter à ses lèvres.

Je le regardai faire avec surprise. Ce geste avait apparemment un sens pour Jamie, car il sourit, brandit son verre et imita son cousin.

— À Sa Majesté ! entonna-t-il.

Remarquant ma mine perplexe, il expliqua :

— À Sa Majesté... de l'autre côté de l'eau, *Sassenach*.

Enfin, je compris.

Le roi de l'autre côté de l'eau, c'était Jacques Stuart. Tout s'éclaircissait : cette soudaine envie de la part de notre entourage de voir Jamie et moi-même établis à Paris n'avait finalement rien d'une extraordinaire coïncidence. Si Jared était lui aussi un jacobite, sa correspondance avec Alexander Fraser n'avait sans doute rien d'innocent. La lettre de Jamie annonçant notre arrivée avait probablement été précédée d'une autre, signée de l'abbé et qui expliquait la requête du roi Jacques. Et si, en plus, notre présence à Paris arrangeait les projets de Jared, c'était aussi bien. Impressionnée par l'organisation du réseau jacobite, je levai mon propre verre et bus à la santé du roi de l'autre côté de l'eau et à notre nouvelle collaboration avec Jared.

Jared et Jamie s'installèrent pour discuter affaires, penchés tête contre tête au-dessus de liasses de bons de commande, de traites et d'autorisations de chargement. La petite cabine empestait le tabac, les vapeurs d'alcool et le manque d'hygiène. Légèrement incommodée, je me levai discrètement et retrouvai mon chemin jusqu'au pont.

J'évitai prudemment le pont arrière, où l'altercation entre le capitaine et les déchargeurs battait toujours son plein, et me frayai un passage entre les rouleaux de cordage, les gréements éparpillés et les voiles pliées, et dénichai un petit coin tranquille près de la proue. De là, j'avais une vue imprenable sur le port.

Je m'assis sur le rebord d'une écoutille, m'adossai contre la lisse de couronnement, et humai avec plaisir le mélange de brise marine et d'odeurs de poisson qui s'élevaient des docks. Je m'emmitouflai dans ma cape pour me protéger contre l'air frais. Le navire tanguait doucement, ballotté par la marée montante. Sur les piliers des pontons voisins, les algues apparaissaient et disparaissaient au gré des vaguelettes, révélant par intermittence des grappes de moules noires et luisantes.

La vue des mollusques me rappela le délicieux plat de moules marinières de la veille et je me sentis brusquement affamée. Depuis le début de ma grossesse, j'avais tendance à faire une fixation sur mon système digestif. Quand je ne vomissais pas, j'avais une faim de loup. La faim me fit penser aux menus, ce qui me ramena de nouveau aux soirées mondaines dont Jared m'avait parlé. Organiser des dîners pour la bonne société était une façon originale d'aborder la mission que je m'étais confiée, à savoir sauver l'Écosse. D'un autre côté, je ne voyais rien de mieux pour le moment.

« Qui sait ? pensai-je en souriant. En coinçant Charles-Édouard Stuart en face de moi lors de dîners, je pourrais le surveiller. Et si jamais je le sentais prêt à bondir sur le premier navire pour mettre l'Écosse à feu et à sang, je pourrais toujours glisser quelque chose dans son potage. »

Ce n'était pas si drôle que ça, après tout. Je songeai soudain

119

à Geillis Duncan, ce qui effaça aussitôt mon sourire. Elle avait assassiné son mari, procureur fiscal de Cranesmuir, en versant du cyanure dans son verre durant un banquet. Accusée de sorcellerie peu de temps après, on l'avait arrêtée un jour où j'étais chez elle. Du coup, j'avais été jugée et condamnée aussi. Jamie m'avait sauvée de justesse. Le souvenir de ces quelques jours passés dans les ténèbres glacées du Puits aux voleurs à Cranesmuir n'était encore que trop présent dans mon esprit.

Je frissonnai, mais le vent n'était pas le seul responsable. Je ne pouvais penser à Geillis Duncan sans sentir une main glaciale frôler le creux de mes reins. Ce n'était pas tant ce qu'elle avait fait que ce qu'elle avait été : une jacobite dont le soutien à la cause des Stuarts avait eu des relents de démence. Pire encore, elle était ce que j'étais : une voyageuse qui s'était aventurée dans le cercle des grands menhirs dressés.

J'ignorais si elle avait été propulsée dans le passé par accident, comme moi, ou si elle y était venue délibérément. Je ne savais pas non plus exactement quels étaient son lieu et son époque d'origine ; mais je la revoyais encore telle que je l'avais vue la dernière fois : une grande et belle blonde, défiant les juges qui venaient de la condamner à être brûlée vive, et tournoyant sur elle-même, les bras levés au-dessus de la tête. C'est alors que j'avais aperçu sur son épaule la petite cicatrice caractéristique du BCG... Du bout des doigts, je cherchai machinalement sous les plis de ma cape le petit bourrelet de peau que j'avais au même endroit.

Un brouhaha en provenance du quai voisin me tira de mes sombres souvenirs. Un attroupement s'était formé devant la passerelle d'un navire. Des hommes se bousculaient et criaient, mais il ne s'agissait pas d'une rixe entre matelots. J'observai plus attentivement et je constatai qu'aucun coup de poing n'était échangé ; au contraire, il y eut un mouvement général pour ouvrir un passage dans la cohue, vers les portes d'un grand hangar situé au bout du quai. La foule compacte résistait, repoussait chaque avancée, chaque vague, comme une marée.

Jamie apparut soudain derrière moi, talonné par Jared qui plissait les yeux pour mieux voir la scène sur le quai. Absorbée par le spectacle, je ne les avais même pas entendus monter sur le pont.

— Que se passe-t-il ? demandai-je en me redressant.

Je m'appuyai contre Jamie pour contrebalancer l'inclinaison croissante du pont. Si près de lui, je pouvais sentir son odeur. Il s'était baigné le matin même à l'auberge et sentait le propre et le chaud, avec un léger parfum de soleil et de poussière. Apparemment, l'un des effets secondaires de la grossesse était l'hypersensibilité de l'odorat. Je pouvais distinguer son odeur même parmi les innombrables senteurs, bonnes et désagréables, qui émanaient du port, comme on perçoit une voix suraiguë dans un bruit confus de foule.

— Je ne sais pas, répondit-il. Il semble y avoir un problème sur ce bateau.

Il glissa un bras autour de ma taille pour me stabiliser. Jared se tourna et aboya un ordre dans un français guttural à un des marins qui se trouvaient à proximité. Celui-ci sauta aussitôt pardessus bord et se laissa glisser le long d'un cordage, sa queue de cheval graisseuse se balançant au-dessus de l'eau. Nous le regardâmes s'enfoncer dans la foule, aborder un autre marin et recevoir des explications à grand renfort de gesticulations.

Jared attendit en fronçant les sourcils que son homme parvienne à s'extirper de la masse des curieux. Une fois grimpé à bord, il lui fit son rapport dans un français épais et trop rapide pour moi. Jared tourna les talons et vint se poster à côté de moi, accoudé au garde-fou.

— Il y a des malades à bord de la *Patagonia*.

— Quel genre de malades ?

Je ne pouvais pas faire grand-chose de toute façon, je n'avais pas apporté mon coffret à remèdes avec moi. Mais j'étais curieuse. Jared semblait consterné et préoccupé.

— Ils craignent que ce soit la variole, mais ils n'en sont pas certains. Ils ont envoyé chercher l'inspecteur des douanes et le chef de la capitainerie.

— Vous voulez que j'aille y jeter un coup d'œil ? proposai-je. Je pourrai peut-être vous dire s'il s'agit d'une maladie contagieuse ou non.

Jared me regarda comme si j'avais perdu la raison, et Jamie vint à ma rescousse, l'air un peu gêné.

— Claire est une bonne guérisseuse, expliqua-t-il.

Puis, se tournant vers moi, il fit non de la tête.

— Pas question, *Sassenach*. C'est trop dangereux.

De là où je me trouvais, je voyais très bien la passerelle de la *Patagonia*. La foule s'écarta brusquement, désireuse cette fois de s'éloigner du navire. Deux marins apparurent sur le pont, un grand morceau de toile étiré entre eux. L'épais drap blanc ployait sous le poids du corps qu'il enveloppait, et un bras nu ballait mollement hors de ce hamac improvisé.

Les deux marins avaient noué un mouchoir autour de leur visage, pour se protéger le nez et la bouche. Ils marchaient en étirant le cou sur le côté et se faisaient des signes de tête. Ils descendirent la passerelle, passèrent devant les badauds médusés et disparurent dans un hangar.

Ma décision fut prise en un instant. Je tournai les talons et filai droit vers la passerelle de l'*Arianna*.

— Ne t'inquiète pas ! lançai-je à Jamie par-dessus mon épaule. Si c'est la variole, je ne peux pas l'attraper.

En m'entendant, l'un des marins ouvrit la bouche d'un air niais.

La foule s'était à présent reformée devant les portes du hangar, silencieuse et immobile, ce qui me permit de me frayer sans trop de mal un chemin entre les hommes. L'immense bâtisse semblait abandonnée mais était encore habitée par une forte odeur de sciure de bois, de viande fumée et de poisson frais, facilement identifiable parmi les myriades d'autres senteurs.

Le malade avait été jeté sans ménagement près de la porte, sur une pile de vieux sacs de jute oubliés. En entrant, je manquai d'être bousculée par les deux porteurs qui se hâtaient de sortir.

Je m'approchai lentement et m'arrêtai à quelques mètres de lui. Il avait le visage gonflé par la fièvre et sa peau était rougeâtre, parsemée de grosses pustules blanches. Il gémissait, agitait la tête de droite à gauche, entrouvrait ses lèvres crevassées comme s'il cherchait à boire.

— Apportez-moi un peu d'eau, demandai-je à l'un des marins qui se trouvaient près de moi.

Le petit gaillard tout en muscles, avec une barbe tressée à l'orientale, me lança un regard ahuri, comme s'il venait d'entendre parler un poisson.

Lui tournant le dos avec impatience, je m'agenouillai près du malade et écartai sa chemise crasseuse. Il dégageait une odeur pestilentielle. Déjà, à l'origine, il ne devait sans doute pas être très propre, mais ses camarades, terrorisés par la contagion, l'avaient laissé mariner dans ses immondices. Ses bras étaient relativement épargnés, mais les pustules avaient envahi l'épaisse toison de son torse et de son ventre, et son front était brûlant.

Jamie entra pendant que je poursuivais mon examen, suivi de Jared. Ils étaient accompagnés de trois hommes : un petit brun en forme de poire qui portait la veste brodée d'or des officiers de la marine ; un noble ou un riche bourgeois à en juger par sa tenue élégante ; et un grand type dégingandé dont le teint hâlé indiquait qu'il était marin, sans doute le capitaine du navire soupçonné d'être contaminé.

Malheureusement pour lui, le soupçon semblait fondé. Dans les régions reculées de la planète où mon oncle Lamb, éminent archéologue, m'avait traînée pendant mon enfance et mon adolescence, j'avais souvent vu des cas de variole. Cet homme ne pissait pas le sang, comme il arrivait généralement une fois que la maladie s'était propagée aux reins, mais tous les autres symptômes étaient classiques.

— J'ai bien peur que ce ne soit la variole, déclarai-je.

La réaction ne se fit pas attendre : le capitaine de la *Patagonia* poussa un cri d'angoisse. Il avança d'un pas, le visage contorsionné par la haine, et leva une main comme pour me frapper.

— Ce n'est pas possible ! Cette femme est folle ! Salope ! Vous voulez ma ruine ?

Ses dernières paroles moururent dans un gargouillement étouffé, car la main de Jamie venait de se refermer sur son cou. L'autre main saisit le malotru par le jabot et le souleva sur la pointe des pieds.

— J'aimerais que vous parliez à ma femme avec un peu plus de respect, monsieur, déclara Jamie calmement.

L'autre, le teint violet, hocha faiblement la tête. Jamie le lâcha et le malheureux battit piteusement en retraite derrière son compagnon en se massant la gorge.

Pendant ce temps, le petit officier s'était penché prudemment au-dessus du malade en tenant un grand diffuseur de parfum en argent sous son nez. Dehors, la foule interrompit brusquement son vacarme et s'effaça pour laisser passer une autre civière.

Le premier malade se redressa brusquement, faisant sursauter l'officier qui faillit en tomber à la renverse. Il roula des yeux hagards qui balayèrent l'espace vide du hangar, puis se laissa lourdement tomber en arrière sur le sol, comme s'il avait été assommé d'un coup de massue. Ce n'était pas le cas mais le résultat était le même.

— Il est mort, dis-je.

C'était sans doute une indication superflue.

L'officier, récupérant sa dignité ainsi que son diffuseur de parfum, s'avança de nouveau et examina attentivement le corps. Puis il se redressa et annonça :

— Variole. La dame avait raison. Je regrette, monsieur le comte, mais vous connaissez la loi...

L'homme auquel il s'adressait poussa un soupir d'impatience. Il me lança un regard agacé, et fit un signe de tête en direction de l'officier.

— Je suis sûr que tout ceci peut s'arranger, monsieur Pamponette. Je vous en prie, j'aimerais m'entretenir quelques instants avec vous en privé...

D'un geste du menton, il indiqua le bureau des contremaîtres au fond du hangar, une petite structure en bois délabrée à l'intérieur du grand bâtiment. M. le comte portait fort bien son titre : vêtu d'une veste et d'un gilet de soie, coiffé d'une courte perruque poudrée, il avait une taille élancée, d'épais sourcils noirs bien dessinés et des lèvres minces. Tout chez lui indiquait qu'il avait l'habitude d'obtenir ce qu'il voulait.

Mais le petit officier reculait déjà, les mains tendues devant lui dans un geste défensif.

— Non... non, monsieur le comte. Je le regrette, mais c'est impossible... Rien à faire. Trop de gens sont déjà au courant. À l'heure qu'il est, je suis sûr que la nouvelle a déjà fait le tour du port.

Il lança un regard désemparé vers Jamie et Jared, et fit un geste vague en direction de la foule amassée devant les portes du hangar. Celle-ci formait un mur de silhouettes sans visages qui se détachaient dans le soleil de cette fin d'après-midi.

Les traits bouffis de M. Pamponette se durcirent sous la résolution.

— Non, répéta-t-il. Veuillez m'excuser, messieurs... madame, ajouta-t-il comme s'il venait de remarquer ma présence. Il faut que j'aille rédiger les procédures pour la destruction du navire.

Le capitaine laissa échapper un autre petit cri étouffé et voulut le retenir par la manche. L'officier esquiva son geste et sortit précipitamment sur le quai.

Une fois M. Pamponette parti, l'atmosphère se tendit considérablement. Le comte et son capitaine me lançaient des regards assassins, Jamie les toisait d'un air menaçant et le mort fixait désespérément le plafond, une dizaine de mètres plus haut.

Le comte avança d'un pas vers moi.

— Bravo, madame, aboya-t-il. Vous avez fait du beau travail ! Croyez bien que je ne suis pas près de vous oublier. Vous aurez bientôt de mes nouvelles !

Jamie bondit vers le comte mais Jared fut encore plus rapide. Il le rattrapa par le bras et nous poussa gentiment vers la porte tout en marmonnant ses plus sincères condoléances au capitaine affligé, qui se contenta de hocher faiblement la tête en guise de réponse.

— Le pauvre ! soupira Jared une fois que nous fûmes tous trois sains et saufs sur le quai.

Un vent gris et froid faisait chanter les gréements des navires ancrés. Pourtant, Jared sortit un grand mouchoir rouge de la poche de son manteau et essuya son visage et sa nuque moites.

— Allez, les enfants ! tonna-t-il. Allons nous trouver une taverne, j'ai grand besoin d'un remontant.

Il nous conduisit dans un petit cabinet privé au premier étage de l'une des nombreuses tavernes qui bordaient les docks. Une fois la porte refermée, il se laissa tomber sur une chaise, en s'éventant et en soufflant bruyamment.

— Seigneur, quelle nouvelle ! s'exclama-t-il.

Il saisit le pichet de vin sur la table et remplit son verre à ras bord. Il le vida cul sec et se resservit.

Remarquant mon étonnement, il sourit et poussa le pichet vers moi.

— Que voulez-vous, ma fille, expliqua-t-il, il y a deux types de vins : celui qu'on déguste et celui avec lequel on éponge la poussière. Buvez celui-ci rapidement, avant d'avoir le temps de le goûter. Vous verrez que ça passe très facilement.

Suivant son propre conseil, il vida de nouveau son verre et saisit une nouvelle fois le pichet. Je commençais à comprendre comment Jamie s'était mis dans un tel état la veille.

— Et cette nouvelle, demandai-je, elle est bonne ou mauvaise ?

Je supposais qu'il allait me répondre « mauvaise », mais sa mine réjouie ne pouvait être due uniquement aux vertus de cette infâme piquette, qui ressemblait à s'y méprendre à de la soude caustique. Je reposai mon verre, espérant que l'émail de mes dents était encore intact.

— Mauvaise pour Saint-Germain et bonne pour moi, répondit-il succinctement.

Il se leva de sa chaise et se planta devant la petite lucarne.

— Parfait ! conclut-il en se rasseyant d'un air satisfait. Ils auront fini de décharger et de stocker ma provision de vin dans l'entrepôt avant la nuit.

Jamie se balançait sur sa chaise, tout en examinant son cousin avec une moue narquoise.

— Devons-nous en déduire, cher cousin, que le bateau du comte de Saint-Germain transportait lui aussi du vin ?

Jared répondit par un large sourire qui dévoila deux dents en or, ce qui lui donnait un air de pirate.

— Le meilleur porto de Pinhão ! lança-t-il joyeusement. Voilà qui va lui coûter une petite fortune. Il a acheté la moitié de la production Noval, ce qui signifie qu'il n'y en aura plus une goutte disponible avant l'année prochaine.

— Je suppose que c'est l'autre moitié de la production de porto Noval, qu'on est en train d'entreposer dans votre hangar ? intervins-je.

Je commençais à comprendre sa jubilation.

— Exactement, ma fille ! s'esclaffa Jared. Avez-vous une idée de la valeur que prendra ce porto sur le marché parisien ? Un approvisionnement limité, et il se trouve que c'est moi qui en aurai le monopole ! Doux Jésus, mon bénéfice est réalisé pour l'année !

Je me levai et regardai à mon tour par la lucarne. L'*Arianna* était toujours ancrée dans le port, sa ligne de flottaison nettement plus haute. Les énormes filets de fret du pont arrière continuaient à descendre des caisses sur les quais, où elles étaient précautionneusement ouvertes puis vidées. Une à une, les précieuses bouteilles étaient chargées dans des charrettes à bras qui les transportaient jusqu'au hangar.

— Je ne voudrais surtout pas gâcher votre joie, dis-je, mais n'avez-vous pas dit que votre porto venait du même endroit que celui de Saint-Germain ?

— Si.

Jared vint se poster à mes côtés, contemplant la procession des déchargeurs.

— Noval fait le meilleur porto de la Péninsule. J'aurais aimé acheter toute sa production, mais je n'avais pas les capitaux nécessaires. Pourquoi ?

— Si les deux navires venaient du même port, il y a de fortes chances pour que certains de vos marins aient eux aussi contracté la variole.

Le sourire de Jared s'effaça et il déglutit bruyamment.

— Seigneur ! Vous le croyez vraiment ? dit-il en reposant son verre.

Il secoua la tête, cherchant à se rassurer lui-même.

— Non, non... reprit-il. Il n'y aura pas de problème. Le porto est déjà presque entièrement à quai. Mais, tout de même, il vaudrait mieux que j'en touche deux mots à mon capitaine. Je vais lui demander de payer les déchargeurs dès qu'ils auront terminé. Et si certains membres de l'équipage ont l'air malade, il n'aura qu'à leur donner leur solde et leur ordonner de déguerpir au plus vite.

Il tourna les talons d'un air résolu, traversa la pièce à grandes enjambées puis s'arrêta un instant sur le pas de la porte pour nous lancer :

— En attendant, commandez donc le dîner !

Sur ces mots, il dévala l'escalier en faisant un raffut digne d'un troupeau d'éléphants.

Je me tournai vers Jamie qui fixait d'un air étonné son verre encore plein.

— Il ne peut pas faire une chose pareille ! m'indignai-je. S'il y a vraiment la variole à bord, ses marins vont la propager dans toute la ville.

Jamie hocha lentement la tête.

— C'est pourquoi il faut espérer qu'il n'y ait pas la variole à bord, opina-t-il.

Je m'approchai de la porte d'un pas hésitant.

— Mais... tu ne crois pas qu'on devrait faire quelque chose ? Allons au moins trouver ces hommes. On leur dira ce qu'il faut faire avec le cadavre des marins de la *Patagonia*.

— *Sassenach*...

Sa voix grave était encore douce mais contenait une indéniable note d'avertissement.

126

— Quoi ?

Il se pencha au-dessus de la table, croisa les doigts et me fixa par-dessus son verre de vin. Il réfléchit ainsi pendant une bonne minute avant de poursuivre :

— Quelle importance attaches-tu à la mission que nous nous sommes fixée ?

Je lâchai la poignée de la porte.

— Je... je crois qu'il faut à tout prix empêcher les Stuarts de revenir en Écosse... et éviter le soulèvement des jacobites. Mais quel est le rapport ?

Il acquiesça, avec l'expression d'un professeur confronté à un élève particulièrement lent.

— Alors si tu en es réellement persuadée, *Sassenach*, tu vas venir t'asseoir sagement ici et boire ton vin en attendant le retour de Jared. Sinon...

Il poussa un long soupir, qui fit voler les longues mèches rousses étalées sur son front.

— Sinon, répéta-t-il, tu peux descendre prodiguer tes conseils sur ce quai plein de marins et de marchands qui sont tous intimement persuadés qu'apercevoir une femme près d'un vaisseau porte malheur, et qui sont déjà en train de répandre la rumeur que tu as jeté un sort au bateau de Saint-Germain. Tu as vu la façon dont M. le comte te regardait ?

Je revins à la table et m'assis, un peu brusquement, les genoux légèrement tremblants.

— Oui, en effet, mais tu crois qu'il pourrait... il n'oserait tout de même pas...

— Oh ! que si. Il n'hésiterait pas une seconde à se venger s'il trouvait un moyen de le faire discrètement. Bon sang, *Sassenach* ! Tu viens de lui coûter une année entière de profit ! Il n'est pas du genre à prendre la chose avec philosophie. Si tu n'avais pas déclaré à voix haute et devant tout le monde à ce M. Pamponette qu'il s'agissait de la variole, l'incident aurait été réglé avec quelques dessous-de-table discrets. Pourquoi crois-tu que Jared nous a amenés ici ? pour la qualité du vin ?

J'avais les lèvres plus sèches que si j'avais avalé une bonne dose de vitriol.

— Tu veux dire... que nous sommes menacés ?

Il acquiesça.

— Il y a de fortes chances. Je suppose que Jared n'a pas voulu t'inquiéter. Si tu veux mon avis, il est parti chercher quelques hommes pour nous escorter. Il ne risque pas grand-chose, lui. Tout le monde le connaît. En outre, personne n'oserait s'attaquer à lui avec tous ses employés sur le quai.

J'eus soudain froid malgré le feu qui crépitait dans la cheminée et l'atmosphère chaude et enfumée de la pièce. Je me frottai les avant-bras pour dissiper la chair de poule.

— Comment sais-tu que ce Saint-Germain est dangereux ?

Non pas que j'en doutais. Je m'étais parfaitement aperçue du regard malveillant que le comte m'avait lancé dans l'entrepôt. Cela dit, je me demandais d'où Jamie le connaissait.

Il but une petite gorgée de vin, fit la grimace et reposa son verre.

— Il a la réputation d'être un individu louche et sans scrupules. J'avais déjà entendu parler de lui quand j'habitais à Paris, mais j'ai eu la chance de ne jamais me trouver sur son chemin. Et, hier soir, Jared a passé un bon moment à me mettre en garde contre lui. Saint-Germain est son principal concurrent à Paris.

Je posai mes coudes sur la table et coinçai mon menton entre mes paumes.

— J'ai encore mis les pieds dans le plat, n'est-ce pas ? Je te fais bien mal commencer ton nouveau métier.

Il sourit, vint se placer derrière moi et passa ses bras autour de ma taille. Sa présence et sa chaleur calmèrent un peu mon énervement. Il se pencha et déposa un baiser sur mon front.

— Ne t'inquiète pas, *Sassenach*. Je sais m'occuper de moi-même. Je peux aussi veiller sur toi, si tu veux bien me laisser faire.

Il y avait un sourire dans sa voix, et aussi une interrogation. Je hochai la tête et appuyai ma nuque contre sa poitrine.

— Je te laisserai faire tout ce que tu veux, promis-je. Les habitants du Havre n'auront qu'à se débrouiller pour ne pas attraper la variole.

Il s'écoula presque une heure avant le retour de Jared. Il revint, les oreilles rougies par le froid, mais le col grand ouvert, visiblement d'excellente humeur. Je fus soulagée de le voir.

— Tout va bien, annonça-t-il, radieux. Il n'y a rien d'autre que les cas habituels de scorbut, de flux et de rhumes. Pas de variole.

Il lança un regard à travers la pièce en se frottant les mains.

— Où est le dîner ? demanda-t-il.

Apparemment, traiter avec des concurrents qui réglaient leurs litiges par le meurtre n'était pour lui qu'une affaire de routine. Et pourquoi pas ? pensai-je avec cynisme. Après tout, il était écossais.

Comme pour confirmer cette opinion, Jared commanda un copieux repas, qu'il arrosa d'un excellent vin de ses réserves personnelles. Après le dîner, il se cala confortablement contre le dossier de sa chaise pour discuter avec Jamie de la meilleure manière de traiter avec les marchands français.

— Un ramassis de bandits ! résuma-t-il. La plupart d'entre eux n'hésiteraient pas à vous poignarder dans le dos pour quelques pièces. Tous des voleurs ! Ne leur fais jamais confiance. Exige la moitié du montant à la commande et l'autre moitié à la livraison. Et ne fais jamais crédit à un aristocrate !

Bien que Jared m'ait assuré qu'il avait posté deux hommes à l'entrée de la taverne pour nous protéger, je n'étais guère rassurée. Tandis qu'ils parlaient affaires, je m'assis près de la lucarne, d'où je pouvais surveiller les allées et venues sur les quais. Ce n'était sans doute pas la meilleure idée ; tous les hommes que j'apercevais sur les docks me paraissaient soudain avoir des têtes d'assassins.

Le ciel gris et bas au-dessus du port laissait présager une nouvelle nuit de neige. Les voiles claquaient au vent et fouettaient les espars en faisant un tintamarre qui couvrait presque les cris des déchargeurs. Une lumière verdâtre et terne baignait le port et, au loin, le soleil couchant était chassé derrière la ligne d'horizon par les nuages menaçants.

Avec la tombée de la nuit, l'activité frénétique des quais s'atténua. Les déchargeurs disparurent dans les ruelles qui menaient à la ville en poussant leur charrette à bras, tandis que les marins s'engouffraient sous les nombreux porches illuminés d'établissements semblables à celui dans lequel nous nous trouvions. Toutefois, les docks étaient encore loin d'être déserts. Il restait notamment un petit groupe toujours aggluté devant la malchanceuse *Patagonia*. Des hommes portant une sorte d'uniforme formaient un cordon de sécurité au pied de la passerelle, sans doute pour empêcher quiconque de monter à bord ou d'en descendre de la marchandise. Jared m'avait expliqué que les membres d'équipage en bonne santé seraient autorisés à débarquer, mais sans rien emporter du bateau que les vêtements qu'ils portaient sur eux.

— Ils peuvent s'estimer heureux de ne pas avoir accosté aux Pays-Bas ! lança-t-il derrière moi. Lorsqu'un navire arrive d'un port suspecté d'abriter quelque maladie contagieuse, les Flamands obligent les marins à nager jusqu'à la rive, nus comme des vers.

— Comment se procurent-ils des vêtements une fois à terre ? demandai-je, intriguée.

— Je n'en sais rien, répondit Jared d'un air vague, mais comme la première baraque qu'ils trouvent sur la terre ferme a toutes les chances d'être un bordel, ils n'en ont pas vraiment besoin... Oh ! pardonnez-moi, ma chère, ajouta-t-il hâtivement en se souvenant qu'il parlait à une dame.

Masquant son embarras derrière un nouvel accès de jovialité, il se leva et me rejoignit devant la lucarne.

— Ah ! fit-il. Ils s'apprêtent à mettre le feu au navire. Vu sa cargaison, j'espère qu'ils vont d'abord l'éloigner des quais.

Des câbles de remorquage reliaient la *Patagonia* à plusieurs petites embarcations équipées de rameurs. Ces derniers attendaient un signal, qui fut donné par le chef de la capitainerie, M. Pamponette en personne, dont les galons dorés luisaient faiblement dans la pénombre du soir. Il cria un ordre, les deux bras levés au-dessus de la tête comme sur un sémaphore.

Son cri fut répété par les capitaines des embarcations. Les cordes de remorquage sortirent lentement de l'eau en dégoulinant, puis se tendirent dans un grincement qui se répercuta dans la rade silencieuse. La masse noire de la *Patagonia* s'ébranla dans un craquement sinistre et tourna lentement dans le vent. Les haubans gémirent ; le navire levait l'ancre pour un dernier et bref voyage.

Ils l'abandonnèrent au milieu du port, où le feu ne risquait pas de se propager aux autres navires. Ses ponts avaient été imbibés de pétrole. On relâcha les cordes de remorquage et les embarcations s'éloignèrent. La petite silhouette ronde de M. Pamponette se dressait à l'arrière d'une barque. Il se pencha pour attraper quelque chose à ses pieds, et se redressa en brandissant une torche enflammée.

Le chef de la capitainerie prit son élan et lança sa torche. La lourde masse enveloppée de chiffons imbibés de pétrole tournoya dans les airs, dans une lueur bleutée, avant d'atterrir derrière le bastingage de la *Patagonia*. Sans attendre de voir si le feu prenait, M. Pamponette se rassit et fit signe au rameur d'y mettre toutes ses forces. La petite barque glissa au loin sur l'eau noirâtre.

Pendant un long moment, il ne se passa rien. La foule sur le quai était immobile et silencieuse. Je pouvais voir le reflet pâle du visage de Jamie au-dessus du mien sur la vitre sombre. Le verre était froid et embué par notre respiration. Je le nettoyai du revers de ma manche.

— Ça y est ! dit doucement Jamie.

Une flamme courut brusquement sur le pont du navire, laissant dans son sillage une petite lumière bleue. Nous aperçûmes quelques étincelles ; la flamme grimpa le long du fuseau des voiles avant et dessina des zigzags rouge orangé dans le ciel. Des langues de feu léchèrent le bastingage et une autre voile repliée prit feu d'un seul coup.

En moins d'une minute, le mât d'artimon s'embrasa et la grand-voile se déploya, ses attaches entièrement consumées. Elle s'éleva dans les airs avant de retomber doucement sur l'eau comme un grand drap de feu. Après quoi, l'incendie se propagea trop rapidement pour que l'on puisse suivre sa progression. Tout semblait en flammes.

— C'est le moment ou jamais, annonça Jared. Filons. Le feu va bientôt atteindre les cales et c'est le meilleur moment pour s'éclipser. Personne ne fera attention à nous.

Il avait vu juste. Lorsque nous nous glissâmes discrètement hors de la taverne, deux des marins de Jared, armés de pistolets et d'épissoirs, se matérialisèrent à nos côtés. Tous les visages étaient tournés vers le port où l'énorme carcasse de la *Patagonia* ne formait plus qu'un squelette hérissé de flammèches. Il y eut une série de détonations sourdes, si rapprochées qu'on aurait dit la pétarade d'une mitraillette, suivies d'une formidable explosion. Les derniers vestiges de la *Patagonia* volèrent en éclats et retombèrent dans une cascade de flammes et de poutres incandescentes.

— Allons-y, marmonna Jamie.

Sa main se referma sur mon bras et il me poussa doucement devant lui. Nous déguerpîmes derrière Jared et ses deux malabars, rasant les murs comme si nous étions nous-mêmes les auteurs de l'incendie.

7

Le lever du roi

L'hôtel particulier de Jared se trouvait rue Trémoulins. C'était un quartier bourgeois avec des maisons en pierre de taille de trois, quatre ou cinq étages, tellement serrées les unes contre les autres qu'un cambrioleur suffisamment agile pouvait aisément sauter de toit en toit. Ici et là, une grande demeure se dressait solitaire au milieu de son parc.

Murtagh ne lança qu'un bref regard vers la maison et sa mine maussade se renfrogna un peu plus.

— Mmm... fit-il avec son éloquence habituelle. Je vais me chercher mon propre logement.

— Si l'idée d'avoir un toit décent au-dessus de la tête te gêne tant que ça, tu peux toujours dormir dans l'écurie, proposa Jamie. Le majordome t'apportera ton porridge sur un plateau d'argent...

L'hôtel était aménagé avec élégance, même si, comme je pus le constater plus tard, son décor paraissait spartiate en comparaison de la plupart des intérieurs de la noblesse et de la grande bourgeoisie. La raison en revenait sans doute à l'absence d'une maîtresse de maison. Jared ne s'était jamais marié et ne semblait pas en ressentir le besoin.

— Eh bien, quoi ! Il a une maîtresse, naturellement ! rétorqua Jamie, quand je lui fis part de mes supputations sur la vie privée de son cousin.

— Ah ! Naturellement ! murmurai-je.

— Malheureusement, elle est mariée. Un jour, Jared m'a expliqué qu'un homme d'affaires ne devait jamais avoir de liaison avec des femmes libres : elles demandent trop d'argent et de temps. Et si tu as le malheur de les épouser, elles te mettent sur la paille en un rien de temps.

— Je suis contente de constater que ton cousin a une très

haute opinion des femmes. Que pense-t-il du fait que tu te sois marié, en dépit de ses conseils avisés ?

Jamie éclata de rire.

— Je n'ai pas un sou, alors je n'ai rien à perdre ! Et puis, il t'a trouvée très décorative. Toutefois, il m'a quand même recommandé de t'acheter une nouvelle robe.

Je lissai les plis de ma jupe de velours qui commençait effectivement à être passablement usée.

— Ce ne serait pas du luxe ! acquiesçai-je. Je vais bientôt devoir me promener enveloppée dans un drap. Cette robe commence à me serrer la taille.

Son regard me balaya de la tête aux pieds.

— Pas seulement la taille, commenta-t-il. Je vois que tu as retrouvé ton appétit, *Sassenach*.

— Mufle ! Tu sais pertinemment qu'Anabelle MacRannoch est plate comme une pelle à tarte. Je n'y peux rien si j'ai des formes, moi !

Il me fit son sourire enjôleur et me gratifia d'une petite tape sur les fesses.

— C'est un fait et qui s'en plaindrait ? convint-il. Je dois rejoindre Jared à l'entrepôt ce matin pour qu'on étudie ensemble ses registres. Après quoi, je l'accompagnerai chez quelques clients pour qu'il me présente. Ça ne t'ennuie pas de rester seule ?

— Non, pas du tout. Je vais explorer la maison et faire connaissance avec le personnel.

À notre arrivée, le soir précédent, j'avais déjà rencontré les domestiques, rassemblés dans le vestibule. Mais nous avions ensuite dîné dans notre chambre et je n'avais vu personne depuis, mis à part le valet de pied qui nous avait monté le repas et la femme de chambre qui était entrée le matin pour ouvrir les rideaux, démarrer le feu et vider le pot de chambre. Je n'étais pas très rassurée à l'idée de me retrouver à la tête d'une telle équipe, mais ce ne pouvait être très différent de la direction de garçons de salle et d'infirmières-stagiaires, et ça, je connaissais pour avoir été infirmière en chef dans un hôpital militaire français en 1943.

Après le départ de Jamie, je m'installai devant la coiffeuse avec un peigne et un peu d'eau, mes seuls instruments de toilette. Si Jared espérait réellement que je joue les maîtresses de maison, c'était tout un trousseau qu'il faudrait prévoir !

Dans un des casiers de mon coffret à remèdes, je conservais des brindilles de saule élaguées avec lesquelles je me nettoyais les dents. Tout en poursuivant ma toilette, je songeai à l'incroyable concours de circonstances qui nous avait amenés jusqu'ici. Interdits de séjour en Écosse, il nous fallait un coin pour y construire notre avenir, soit en Europe soit en Amérique. Compte tenu du problème de Jamie avec les bateaux, je ne m'étonnais pas qu'il ait choisi la France.

Les Fraser avaient depuis toujours des liens étroits avec la France. Un grand nombre d'entre eux, comme l'abbé Alexander et Jared, s'y étaient établis, rentrant rarement, voire jamais, dans leur Écosse natale. D'après Jamie, le continent était également la terre d'accueil de nombreux jacobites, ceux qui avaient suivi leur roi en exil et vivaient désormais comme ils le pouvaient en France et en Italie en attendant sa restauration.

— Ils ne parlent que de ça, m'avait-il raconté. Surtout dans les maisons, jamais dans les tavernes. Ce qui explique que rien ne se soit encore passé. Lorsque le bruit commencera à se répandre dans les tavernes, c'est que les choses seront sérieuses.

— Dis-moi, l'interrompis-je en le regardant épousseter son manteau. Est-ce que tous les Écossais sont des politiciens-nés ou es-tu un cas isolé ?

Il ouvrit en riant l'énorme armoire en cèdre et y suspendit son manteau. Il était élimé jusqu'à la trame et avait un aspect plutôt pathétique, seul dans ce grand espace vide.

— Ne crois pas que j'aime la politique, *Sassenach*. Mais ayant grandi coincé entre les MacKenzie et les Fraser, je n'ai pas eu le choix. De plus, on ne passe pas un an à Paris et deux ans dans l'armée française sans apprendre à écouter ce qui se dit et à deviner ce qui ne se dit pas. Et puis, par les temps qui courent, il vaut mieux se tenir informé. Il n'y a pas un laird [1] ou un paysan dans les Highlands qui puisse se tenir à l'écart de ce qui va bientôt se passer.

Ce qui va bientôt se passer. Qu'allait-il arriver au juste ? Si nous échouions ici, à Paris, il y aurait une rébellion armée pour tenter de restaurer la monarchie Stuart, menée par le prince Charles-Édouard Casimir Marie Sylvestre Stuart, fils du roi en exil.

« Bonnie Prince Charlie, soupirai-je en moi-même, en observant mon reflet dans le grand miroir en pied. Il est ici, aujourd'hui, dans cette ville, peut-être pas très loin de là où je me trouve. À quoi ressemble-t-il ? »

Je ne pouvais l'imaginer que selon son portrait officiel, qui le présentait comme un bel adolescent d'une quinzaine d'années, légèrement efféminé, avec des lèvres roses et des cheveux poudrés, conformément à la mode de l'époque. Ou encore selon les tableaux patriotiques peints après sa mort, qui montraient une version plus virile et plus mûre du même homme, campé fièrement sur les rives écossaises en brandissant une grande épée.

---

1. Forme écossaise de lord. *(N.d.T.)*

Il allait causer la ruine et la désolation de cette Écosse qu'il revendiquait au nom de son père et au sien. Il allait obtenir le soutien d'une bonne partie de son peuple mais, condamné à l'échec, il ne parviendrait qu'à diviser son pays en deux et à entraîner ses partisans dans une guerre civile qui s'achèverait dans un effroyable bain de sang. Après quoi, il regagnerait les côtes françaises sain et sauf et finirait tranquillement ses jours en Italie, tandis que l'impitoyable vengeance de ses ennemis s'abattrait sur tous ceux qu'il laisserait derrière lui.

C'était pour empêcher un tel désastre que nous étions venus. Confortablement installée dans la demeure luxueuse et paisible de Jared, j'avais peine à croire notre propre témérité. Comment faisait-on pour étouffer une rébellion dans l'œuf ? Si les soulève-ments se fomentaient dans les tavernes, on pouvait peut-être les arrêter autour d'un dîner ? Je fis une grimace à mon reflet dans le miroir, écartai une mèche qui me tombait dans les yeux, et descendis faire plus ample connaissance avec la cuisinière.

D'abord enclin à me considérer comme une vipère hystérique, le personnel comprit rapidement que je n'avais aucune intention de m'ingérer dans son travail et reprit son train-train quotidien dans une attitude de serviabilité blasée. Lors de mon arrivée, j'avais dû me soumettre à la tradition et avais passé en revue les domestiques alignés dans le vestibule. Dans mon état de fatigue, je n'en avais compté qu'une douzaine, mais c'était oublier le palefrenier, le garçon d'écurie et le jeune rémouleur que je n'avais pas remarqués dans la mêlée générale. Mon admiration pour la réussite de Jared dans les affaires décrut légèrement quand j'appris à quel point ils étaient mal payés : une nouvelle paire de chaussures et deux livres par an pour les valets, un peu moins pour les femmes de chambre et les filles de cuisine, et un peu plus pour les fonctions plus nobles comme celles de la cuisinière, Mme Vionnet, et du majordome, Magnus.

Tous les jours, pendant que je me familiarisais avec les roua-ges d'une grande maison et que je glanais les informations que je pouvais dans les commérages des femmes de chambre, Jamie sortait avec Jared, rendait visite à des clients, rencontrait des concurrents et se préparait à « servir Son Altesse » en nouant toutes sortes de relations susceptibles d'être utiles à un prince en exil. Mais c'était sans doute parmi nos invités que nous pour-rions trouver le plus facilement des alliés... ou des ennemis.

— Saint-Germain ? demandai-je, en surprenant un nom fami-lier dans le bavardage incessant d'une des femmes de chambre. Vous avez dit le comte de Saint-Germain ?

— Oui, Madame.

Marguerite était petite et rondelette, avec un étrange visage aplati et de gros yeux ronds qui la faisaient ressembler à un turbot. Elle était gentille et toujours prête à rendre service. Elle interrompit son lustrage de parquet et fit une bouche en cul de poule, signe qu'elle s'apprêtait à me confier un secret particulièrement scandaleux. Je pris l'air le plus encourageant possible.

— M. le comte a très mauvaise réputation, Madame, annonça-t-elle solennellement.

Étant donné qu'il en allait de même, selon elle, pour la plupart de ceux qui venaient dîner chez son maître, j'arquai un sourcil intéressé et attendis de plus amples détails.

Elle se pencha vers moi en lançant un regard soupçonneux autour d'elle, comme s'il y avait un espion caché derrière chaque rideau.

— Il a vendu son âme au Diable, savez-vous ? dit-elle à voix basse. On dit qu'il célèbre des messes noires au cours desquelles les fidèles de Lucifer dévorent d'innocents petits enfants.

Bingo ! J'avais encore choisi la personne idéale pour m'en faire un ennemi.

— Mais c'est bien connu, Madame, m'assura Marguerite. Pour ce que ça change ! Toutes les femmes sont folles de lui. Partout où il va, elles se jettent à son cou. Que voulez-vous, il est riche !

À ses yeux, cette dernière qualité compensait apparemment ses turpitudes réelles ou supposées.

— Comme c'est intéressant ! fis-je. Mais j'ai cru comprendre que ce « M. le comte » était un concurrent de monsieur Jared. N'importe-t-il pas du vin, lui aussi ? Dans ce cas, pourquoi le reçoit-on dans cette maison ?

Marguerite leva le nez du parquet et éclata de rire.

— Ben, voyons, Madame ! C'est pour que monsieur Jared puisse lui servir le meilleur beaune de sa cave, lui glisser l'air de rien qu'il vient d'en acheter dix caisses et, à la fin du dîner, lui en offrir généreusement une bouteille à emporter chez lui !

— Je vois. Monsieur Jared est-il lui aussi invité chez M. le comte ?

Elle hocha la tête, imbibant son chiffon de cire.

— Oh, oui, Madame. Mais pas aussi souvent !

Fort heureusement, le comte de Saint-Germain n'était pas invité ce soir-là et nous dînâmes dans l'intimité afin que Jared puisse mettre au point avec Jamie les derniers détails à régler avant son départ. Parmi eux, le plus important était le lever du roi à Versailles.

Assister au lever du roi était une marque de faveur considérable, nous expliqua Jared.

— Pas pour toi, mon garçon, précisa-t-il en agitant son verre sous le nez de Jamie. Pour moi. Le roi veut être sûr que je reviendrai d'Allemagne, enfin... c'est du moins le souhait de Duverney, qu'il a chargé de réorganiser les finances du royaume. La dernière vague d'impôts a durement touché les marchands et bon nombre d'étrangers sont partis s'installer ailleurs, avec toutes les répercussions désastreuses que vous pouvez imaginer sur le trésor royal.

La seule pensée des impôts le fit grimacer et il lança un regard vindicatif à la civelle embrochée sur sa fourchette.

— Je pense partir lundi en huit, reprit-il. Dès que la *Wilhelmina* sera arrivée à bon port à Calais, je file.

Jared engloutit la petite anguille et mastiqua vaillamment tout en continuant de parler.

— Je sais que je laisse mes affaires en de bonnes mains, mon garçon ; je n'ai aucune inquiétude de ce côté-là. Mais nous avons encore quelques problèmes à régler. J'ai demandé au comte Marischal de nous emmener à Montmartre dans deux jours, afin que tu puisses présenter tes hommages à Son Altesse, le prince Charles-Édouard.

Je sentis une soudaine décharge d'adrénaline déferler dans mes veines et lançai un rapide coup d'œil à Jamie. Il hocha la tête comme si cette information n'avait rien d'extraordinaire. Cependant, lorsque nos regards se croisèrent, je vis briller une lueur d'excitation dans ses yeux. Ainsi, c'était là que tout commençait.

Jared, occupé à pourchasser les dernières civelles gluantes de beurre tout autour de son assiette, ne sembla rien remarquer.

— Son Altesse mène une vie très retirée à Paris, expliqua-t-il. Il serait inconvenant de sa part de se montrer en public tant que le roi ne l'a pas reçu officiellement. C'est pourquoi il ne voit pratiquement personne, hormis les partisans de son père qui lui rendent visite.

— Ce n'est pas ce que j'ai entendu, intervins-je.

— Pardon ?

Deux paires d'yeux écarquillés se tournèrent vers moi. Jared reposa sa fourchette, abandonnant la dernière anguille à son sort, tandis que Jamie haussait un sourcil surpris.

— Qu'est-ce que tu as entendu ? Et de qui ?

— Des domestiques, répondis-je nonchalamment.

Les civelles glissaient entre les dents de ma fourchette et refusaient obstinément de se laisser embrocher. Relevant la tête, je remarquai les sourcils froncés de Jared et sa mine réprobatrice. Il estimait sans doute qu'une dame digne de ce nom ne passait pas son temps à cancaner avec des servantes. Et puis, zut ! m'insurgeai-je. Je n'avais rien d'autre à faire de mes journées.

— C'est ma femme de chambre qui me l'a dit, expliquai-je. Son Altesse le prince Charles-Édouard a été vue à plusieurs reprises chez Louise de La Tour d'Auvergne, princesse de Rohan...

Parvenant enfin à coincer une petite anguille, je la mis en bouche avec un sourire victorieux. Elle avait un goût délicieux mais sa consistance était plutôt déconcertante. Le tout était de la mâcher consciencieusement car, si on l'engloutissait d'un seul coup, elle donnait la très désagréable sensation d'être encore en vie et de frétiller au fond de la gorge.

— ... en l'absence de l'époux de la dame, ajoutai-je délicatement.

Jamie eut l'air amusé, mais Jared fut tout bonnement horrifié.

— La princesse de Rohan ? Marie-Louise-Henriette-Jeanne de La Tour d'Auvergne ? La famille de son mari est très proche du roi !

Il frotta ses lèvres du bout des doigts, laissant une traînée huileuse autour de sa bouche.

— Le sot ! marmonna-t-il. Il ne se rend pas compte du danger qu'il court ! Mais non... je suis sûr qu'il ne s'agit pas de ce que vous pensez. C'est qu'il est encore très jeune... Il ne connaît pas les usages. Rome est une petite ville de province, comparée à Paris, et il manque d'expérience. Cependant...

Pris d'une soudaine illumination, il posa une main sur l'épaule de Jamie.

— Ce sera ta première mission au service de Sa Majesté, mon garçon. Tu as à peu près le même âge que le prince, mais tu as acquis plus d'expérience et de bon sens lors de ton dernier séjour à Paris, en partie grâce à mon instruction, et je m'en félicite.

Un sourire radieux éclaira son visage.

— Tu vas gagner la confiance de Son Altesse et devenir son ami. Prépare-lui le terrain auprès de ceux qui peuvent lui être utiles. Tu as déjà rencontré la plupart d'entre eux. Tu feras comprendre à Son Altesse, en y mettant le plus de tact possible, que ce genre de galanterie risque de causer un grand tort aux projets de son père.

Jamie hocha vaguement la tête, l'esprit ailleurs.

— Comment ta femme de chambre est-elle au courant des faits et gestes de Son Altesse, *Sassenach* ? demanda-t-il. Elle ne sort de la maison qu'une fois par semaine, et encore, pour aller à la messe !

Il attendit patiemment que j'aie avalé ma bouchée de civelle.

— Si j'ai bien compris, c'est une fille de cuisine qui l'a entendu dire par le rémouleur, qui le tient du palefrenier, qui l'a appris du valet d'écurie de l'hôtel voisin. J'ignore par combien de personnes cette information a transité, mais l'hôtel de Rohan n'est qu'à trois portes d'ici. J'imagine que la princesse est, elle aussi, au courant de nos moindres faits et gestes. Il lui suffit de parler à ses filles de cuisine.

— Les princesses ne parlent pas avec des filles de cuisine, remarqua sèchement Jared.

Il lança à Jamie un regard lourd de sous-entendus, comme pour l'inviter à mieux surveiller sa femme.

Un imperceptible frémissement à la commissure des lèvres, Jamie fit mine de ne pas comprendre et se contenta de vider son verre de montrachet. Il changea habilement de sujet et lança Jared sur sa dernière aventure commerciale : une cargaison de rhum en provenance de la Jamaïque.

Lorsque le maître de maison sonna pour qu'on débarrasse le couvert et qu'on apporte les digestifs, je m'excusai et quittai la table. À l'heure du cognac, Jared avait pour manie de sortir un long cigare et j'avais la nette impression que, soigneusement mâchées ou non, les civelles ne gagneraient rien à être fumées. Je m'étendis sur le lit et tentai, sans grand succès, de ne plus penser aux anguilles. Je fermai les yeux et me concentrai sur la Jamaïque, les plages de sable blanc et le soleil tropical. Hélas, la Jamaïque me fit penser à la *Wilhelmina* et à sa cargaison de rhum, et les navires marchands à la mer, ce qui évoqua instantanément en moi des visions d'anguilles géantes lancées à l'assaut d'immenses vagues couleur d'émeraude. J'accueillis le retour de Jamie avec soulagement, et m'assis sur le lit en le voyant entrer dans la chambre.

— Pouah ! fit-il en refermant la porte.

Il s'adossa contre le mur et s'éventa avec son jabot en dentelle.

— J'ai l'impression d'être une saucisse fumée ! J'aime beaucoup Jared, mais je serai soulagé quand il aura emporté ses cigares en Allemagne.

— Ne t'approche pas de moi si tu pues le cigare ! le prévins-je. Les civelles ne supportent pas la fumée.

— On ne peut pas leur en vouloir !

Il ôta sa veste et déboutonna sa chemise.

— Si tu veux mon avis, les cigares font partie de la stratégie commerciale de Jared, confia-t-il en faisant des signes de tête vers la porte. C'est comme avec les abeilles.

— Les abeilles ?

Il ouvrit la fenêtre et se mit à agiter sa chemise dans le vent.

— Quand on veut déplacer une ruche, expliqua-t-il un bras dehors, on bourre une pipe du tabac le plus puant possible, on introduit le fourneau dans la ruche et on souffle dans les alvéoles. Enfumées, les abeilles tombent au pied de la ruche, tout étourdies. Tu n'as plus qu'à les emmener où tu veux. Je crois que Jared fait subir le même sort à ses clients. Il les insensibilise avec la fumée de son cigare et, quand ils retrouvent leurs esprits, ils ont signé trois fois plus de commandes que prévu.

Je gloussai de rire. Entendant le pas souple de son cousin qui résonnait dans le couloir, il posa un doigt sur ses lèvres et me fit signe de me taire. Jared passa devant notre chambre puis s'éloigna pour rejoindre la sienne.

L'alerte passée, Jamie vint s'allonger près de moi, vêtu uniquement de son kilt et de ses bas de laine.

— Alors, c'est supportable ? demanda-t-il. Si tu veux, je peux aller dormir dans le cabinet de toilette. Ou bien mettre ma tête dehors pour l'aérer.

Je reniflai sa toison rousse imprégnée d'une odeur de tabac, dans laquelle la lueur de la bougie lançait des reflets dorés. Je passai ensuite mes doigts dans ses mèches épaisses à la texture soyeuse et caressai au passage le crâne solide qui était en dessous.

— Non, ça peut aller. Tu n'es pas inquiet de voir Jared partir si tôt ?

Il déposa un baiser sur mon front, avant d'enfoncer sa tête dans le traversin.

— Non. J'ai rencontré ses principaux clients et les capitaines de ses navires. Je connais déjà tous ses employés, depuis le dernier manutentionnaire jusqu'aux chefs d'entrepôt. Je connais par cœur les listes de prix et les inventaires. Le reste, je l'apprendrai sur le tas. Il n'y a plus rien que Jared puisse m'enseigner.

— Et le prince ?

Il ferma les yeux et poussa un long soupir.

— Pour ça, c'est à Dieu qu'il faut nous en remettre et non à Jared. Et puis... j'aime autant qu'il ne soit pas là pour voir ce que je fais.

Il se tourna vers moi et glissa un bras autour de ma taille, m'attirant à lui.

— Qu'allons-nous faire, au juste ? demandai-je. Tu as déjà une idée ?

Son souffle chaud parfumé au cognac caressait mon visage et je ne résistai pas à l'envie de l'embrasser. Il s'attarda sur ma bouche avant de répondre :

— Oh, pour ça, des idées, j'en ai plusieurs. Mais ce ne sont que des idées, hélas !

— Raconte-moi.

Il s'installa plus confortablement et m'attira contre son épaule.

— À mon avis... tout n'est qu'une question d'argent, Sassenach.

— D'argent ? J'aurais pensé qu'il s'agissait de politique. Je croyais que les Français voulaient remettre Jacques Stuart sur

140

le trône pour empoisonner les Anglais. Du peu que je me souvienne, Louis XV utilise, pardon... utilisera Charles-Édouard Stuart pour détourner l'attention du roi George II pendant qu'il tentera de mettre la main sur Bruxelles.

— Peut-être, mais la restauration d'un roi nécessite de l'argent et les caisses de Louis ne sont pas assez pleines pour financer à la fois la guerre contre Bruxelles et l'invasion de l'Angleterre. Tu as entendu ce qu'a dit Jared au sujet du trésor royal et des impôts ?

— Oui, mais...

— Crois-moi, ce n'est pas le roi de France qui va faire avancer les choses, même s'il a son mot à dire. Non. Jacques et Charles-Édouard vont essayer de frapper à d'autres portes, notamment celles des grandes familles de banquiers français, du Vatican et de la Cour d'Espagne.

— Si j'ai bien compris, Jacques le Troisième se charge du pape et des Espagnols, pendant que son fils Charles-Édouard est ici pour parler aux banquiers français ?

— Exactement. L'oncle Alex m'a montré sa correspondance avec Sa Majesté. Manifestement, elle compte sur l'appui de Philippe V. Le Vatican ne peut pas faire autrement que de l'aider en tant que monarque catholique. Clément XII a soutenu le père de Charles-Édouard pendant de longues années et, maintenant qu'il est mort, le pape Benoît XIV a pris la relève, mais avec moins d'enthousiasme. Jacques est cousin de Philippe d'Espagne et de Louis de France. Il a donc fait appel à eux au nom du sang des Bourbons.

Il esquissa un sourire cynique.

— Malheureusement pour lui, le sang royal tend à coaguler dès qu'il s'agit d'argent.

Il ôta ses bas d'une main, soulevant un pied après l'autre, et les lança en boule sur un tabouret.

— Il y a une trentaine d'années, l'Espagne a financé en partie la première tentative de soulèvement de Jacques Stuart le Troisième. C'était en 1715. Elle lui a donné des fonds, une petite flotte et quelques hommes. Mais la chance a mal tourné et l'armée jacobite a été vaincue à Sheriffsmuir avant même que Jacques ne mette le pied en Angleterre. Je suppose donc que les Espagnols ne sont pas très chauds à l'idée de débourser de l'argent pour une seconde tentative, en tout cas sans de bonnes raisons d'espérer qu'elle réussira.

— Voilà pourquoi Charles-Édouard vient faire les yeux doux à Louis XV et aux banquiers français, déduisis-je. D'après mes souvenirs, ils se laisseront séduire. Alors, qu'est-ce qu'on fait ?

Jamie s'étira, faisant tanguer le matelas sous moi.

— Pour le moment, je m'occupe de vendre du vin à des ban-

141

quiers, *Sassenach*, dit-il en bâillant. Toi, tu continues de parler à tes femmes de chambre. Et si on souffle assez de fumée, on parviendra peut-être à endormir les abeilles.

Juste avant son départ, Jared emmena Jamie à la petite villa de Montmartre où résidait Son Altesse le prince Charles-Édouard Casimir, etc. Celui-ci rongeait son frein et attendait que Louis fasse ou ne fasse pas un geste en direction de ce cousin sans le sou mais débordant d'ambitions régaliennes.

Je les accompagnai jusqu'à la porte, habillés sur leur trente et un, puis passai la journée à les attendre en imaginant l'entrevue. À leur retour, je trépignais d'impatience.

— Alors ? interrogeai-je, dès que je fus seule avec Jamie.

Il se gratta la tête avec un air de profonde réflexion.

— Eh bien... dit-il enfin. Il avait une rage de dents.

— Quoi ?

— C'est ce qu'il a dit. Ça avait l'air très douloureux. Il gardait une main sur la joue et sa mâchoire paraissait assez enflée. Je ne sais pas s'il est toujours aussi coincé, ou si c'est seulement que parler lui faisait mal, mais il n'a pas dit grand-chose.

Après des présentations formelles, les hommes les plus âgés — Jared, le comte Marischal et un individu assez louche répondant familièrement au nom de « Balhaldy » — s'étaient retirés dans un autre salon pour discuter politique, laissant Jamie et Son Altesse plus ou moins livrés à eux-mêmes.

— On a bu chacun un verre de cognac, rapporta-t-il avec application sous le feu de mes questions. Je lui ai demandé ce qu'il pensait de Paris et il m'a répondu qu'il s'y ennuyait à mourir parce qu'il ne pouvait pas chasser. Alors on s'est mis à parler de chasse. Il préfère chasser avec une meute plutôt qu'avec des rabatteurs, et je lui ai dit que j'étais d'accord avec lui. Ensuite, il m'a raconté combien de faisans il avait abattus lors d'une chasse en Italie. Il a parlé de l'Italie et m'a déclaré qu'un courant d'air froid qui filtrait par la fenêtre lui faisait mal à la dent. La villa n'est pas très bien construite, ce n'est qu'une petite maison de campagne. Ensuite, il a bu un autre cognac pour calmer la douleur et je lui ai parlé de la chasse au cerf dans les Highlands. Il a dit qu'il aimerait bien essayer un jour et m'a demandé si je savais bien tirer à l'arc. Je lui ai répondu que oui et il a déclaré qu'il espérait avoir le plaisir de pouvoir m'inviter un jour à chasser avec lui en Écosse. Là-dessus, Jared est réapparu pour annoncer qu'il devait encore passer à l'entrepôt sur le chemin du retour ; Son Altesse m'a alors tendu la main, je l'ai baisée et on est partis.

— Hmm... fis-je.

Même s'il était relativement logique que les grands de ce monde — confirmés ou non — se comportent comme des gens ordinaires, je devais reconnaître que j'étais plutôt déçue. Je ne savais pas au juste à quoi je m'étais attendue, mais ce n'était pas à ce jeune homme blasé, affligé d'une banale rage de dents. Enfin... Jamie avait quand même été invité à revenir lui rendre visite. Le plus important, comme il me le rappela, était de devenir un familier du prince et de pouvoir suivre ses projets à mesure qu'ils se développaient. Je me demandais si le roi de France était aussi quelconque.

Nous ne tardâmes pas à le savoir. Une semaine plus tard, Jamie dut se lever avant l'aube et s'habiller dans le froid glacial de la chambre pour faire le long trajet jusqu'à Versailles. Louis se réveillait ponctuellement à six heures sonnantes tous les matins. Les quelques heureux élus conviés à assister à la toilette de Sa Majesté devaient se trouver dans l'antichambre avant cette heure, afin de se joindre à la procession des courtisans et des serviteurs chargés de préparer le souverain à aborder la nouvelle journée.

Réveillé avant l'aube par Magnus, le majordome, Jamie s'extirpa péniblement du lit et enfila sa tenue d'apparat entre deux bâillements et moult soupirs. À une heure aussi matinale, mes entrailles étaient tranquilles, et je jouissais égoïstement du plaisir de voir quelqu'un faire une chose déplaisante que je n'étais pas tenue de faire moi-même.

— Ouvre grands les yeux et les oreilles, lui recommandai-je d'une voix encore chargée de sommeil, afin de tout me raconter ensuite dans le moindre détail.

Avec un vague grognement, il se pencha pour m'embrasser, puis sortit en traînant les pieds, une chandelle à la main, contrôler la selle de sa monture. Le dernier son que j'entendis avant de sombrer à nouveau dans le sommeil fut la voix de Jamie dans la cour, soudain claire, lançant un salut au palefrenier.

Compte tenu de la distance jusqu'à Versailles et de la possibilité, soulevée par Jared, qu'on lui demande de rester pour le déjeuner, je ne m'inquiétai pas de ne pas le voir rentrer vers midi. Mais je ne pouvais m'empêcher d'être curieuse et j'attendis avec une impatience croissante son retour, à l'heure du thé.

— Alors, comment c'était ? lui demandai-je en l'aidant à enlever sa veste.

Affublés des petits gants en peau de porc de rigueur à la Cour, ses doigts glissaient sur les boutons en argent de sa veste en velours.

— Ouf, je me sens mieux ! soupira-t-il en étirant ses épaules enfin libérées.

Sa veste était si étroite et cintrée que pour l'en extirper il fallait l'éplucher comme une banane.

— C'était intéressant, *Sassenach*, répondit-il enfin... du moins la première heure.

Tandis que la procession de courtisans entrait dans la chambre à coucher royale, chacun portant un instrument de cérémonie — serviette, rasoir, cuvette, seau royal, etc. —, les valets écartaient les lourdes tentures des fenêtres et du baldaquin et exposaient le visage du roi au regard bienveillant du soleil levant.

Hissée en position assise dans son grand lit d'apparat, Sa Majesté avait bâillé et gratté son menton mal rasé pendant que ses valets recouvraient ses royales épaules d'une lourde robe de soie brodée d'or et d'argent. Une deuxième vague de valets s'était ensuite agenouillée à ses pieds pour remplacer les gros bas de feutre avec lesquels il dormait par un collant de soie et des pantoufles bordées de fourrure de lapin.

L'un après l'autre, les nobles étaient venus mettre un genou à terre devant le souverain, couvre-chef à la main, demandant comment Sa Majesté avait passé la nuit.

— Pas trop bien, en vérité, avait-il répondu.

Jamie interrompit ici son compte rendu pour observer :

— Si tu veux mon avis, il n'avait pas dormi plus d'une heure ou deux, et encore en faisant des cauchemars.

En dépit de ses yeux rouges et de ses paupières lourdes, Sa Majesté avait gracieusement souri à ses courtisans, puis s'était levée péniblement et avait salué les invités rassemblés au fond de la pièce. D'un geste las de la main, il avait fait signe à l'un des gentilshommes de s'approcher et celui-ci l'avait conduit jusqu'à un grand fauteuil, où il avait pris place en fermant les yeux. Le roi de France s'était alors abandonné aux mains expertes de ses valets pendant que les convives étaient invités un à un par le duc d'Orléans à venir s'agenouiller devant sa personne et à le saluer de quelques mots. Les requêtes formelles ne seraient présentées qu'un peu plus tard, quand le monarque, un peu mieux réveillé, aurait davantage de chances de les entendre.

— Je n'étais pas là pour présenter une requête mais à la suite d'une faveur, expliqua Jamie. Je me suis donc contenté de fléchir un genou et de dire : « Bonjour, Votre Majesté », pendant que le duc me présentait.

— Et le roi t'a dit quelque chose ?

Jamie sourit, les mains croisées derrière la nuque, et s'étira longuement.

— Mouais... Il a ouvert un œil et m'a regardé comme si j'étais une bête curieuse.

Un œil toujours ouvert, Louis XV avait inspecté le visiteur des pieds à la tête et avait observé :

— Vous êtes plutôt grand, n'est-ce pas ?

— « C'est vrai, Votre Majesté », ai-je dit. Puis il a demandé : « Vous savez danser ? » Et j'ai répondu : « Oui. » Alors il a refermé l'œil et le duc d'Orléans m'a fait signe de reculer.

Une fois les présentations faites, les gentilshommes de la chambre royale, cérémonieusement secondés par les plus grands nobles, avaient procédé à la toilette du roi. Pendant ce temps, les différents quêteurs s'avançaient sur un signe du duc d'Orléans et murmuraient à l'oreille du roi pendant que celui-ci étirait le cou pour se laisser raser ou penchait la tête pour qu'on lui ajuste sa perruque.

— Ah ? Et as-tu eu l'honneur de moucher le nez de Sa Majesté ? plaisantai-je.

Jamie sourit, croisa les doigts et fit craquer ses articulations.

— Non, grâce à Dieu ! Je me suis caché près de la garde-robe, en essayant de me fondre dans le mobilier, pendant que tous ces petits comtes et ducs me surveillaient du coin de l'œil comme s'ils craignaient que le fait d'être écossais soit contagieux.

— Au moins, tu étais assez grand pour tout voir.

— Pour ça oui ! Même quand il s'est assis sur sa chaise percée.

— Il l'a vraiment fait ! Devant tout le monde ? demandai-je fascinée.

Comme tout le monde, j'avais lu ce détail dans les livres d'Histoire sans jamais y croire vraiment.

— Bien sûr ! Tout le monde l'a regardé faire comme si de rien n'était, tout comme quand on l'a débarbouillé et mouché. C'est le duc de Neve qui a eu l'insigne honneur de torcher le derrière royal. Je n'ai pas vu ce qu'il faisait de la serviette. Ils l'ont sans doute soigneusement conservée pour en faire une relique.

Il se leva, se courba en deux et toucha ses orteils du bout des doigts pour étirer les muscles de ses cuisses.

— Il faut dire que c'était assez laborieux, poursuivit-il. Sa Majesté a poussé pendant une éternité. Il est aussi bouché qu'une chouette.

— Bouché comme une chouette ? répétai-je, étonnée par ce rapprochement. Tu veux dire, constipé ?

— Oui, c'est ça. Ce n'est pas étonnant, vu ce qu'on mange à la Cour. Rien que de la crème et du beurre. Sa Majesté ferait mieux de prendre du porridge tous les matins, il n'aurait plus ce genre de problème. C'est excellent pour la digestion, tu sais ?

Si les Écossais étaient têtus sur un point, et de fait ils tendaient à l'être sur un certain nombre de points, c'était bien sur les vertus du gruau d'avoine au petit déjeuner. Pour avoir vécu des siècles sur une terre si pauvre qu'il n'y avait que de l'avoine à se mettre sous la dent, ils avaient transformé cette dure nécessité en une qualité, et s'entêtaient à prétendre qu'ils aimaient cette bouillie infâme.

Entre-temps, Jamie s'était couché sur le sol et entamait une série de pompes de la Royal Air Force que je lui avais conseillées pour renforcer les muscles de son dos.

Revenant à sa remarque précédente, je demandai :

— Pourquoi dis-tu « bouché comme une chouette » ? Je n'avais jamais entendu cette expression. Est-ce que les chouettes sont constipées ?

Ayant fini ses exercices, il se retourna et resta couché sur le tapis, à reprendre son souffle.

— Oui, tu ne savais pas ?

Il poussa un long soupir et écarta une mèche qui lui tombait dans les yeux.

— Enfin... pas tout à fait, rectifia-t-il, mais c'est ce qu'on dit. À la campagne, on raconte que les chouettes n'ont pas de trou du cul et qu'elles ne peuvent donc pas produire d'excréments, comme les souris. Les os, les poils et tout le reste sont transformés en une petite boule que la chouette vomit, étant incapable de l'évacuer par l'autre côté.

— Non !

— Mais si, je te jure ! C'est comme ça qu'on repère un arbre à chouettes, en cherchant les boulettes à son pied. C'est qu'elles font beaucoup de saletés, les chouettes. Mais en revanche, elles ont un trou du cul, j'ai vérifié. Un jour, j'en ai abattu une avec ma fronde et j'ai regardé.

— Tu étais vraiment un enfant curieux ! dis-je en riant.

— Tu ne crois pas si bien dire, *Sassenach*. Et elles évacuent aussi leurs déchets par le trou du cul. Une fois, j'ai passé une journée entière assis sous un arbre à chouettes, avec Ian, juste pour en avoir le cœur net.

— Seigneur ! Mais ce n'était plus de la curiosité, c'était de l'obsession !

— Que veux-tu ? Il fallait que je sache. Ian en a eu assez de rester assis si longtemps, et j'ai dû le battre pour l'obliger à se tenir tranquille. Après quoi, on a attendu jusqu'à ce qu'on ait pu constater de visu que les chouettes chiaient comme tout le monde. Alors, Ian a ramassé quelques crottes, les a glissées dans le col de ma chemise et a filé ventre à terre. Dieu ! ce qu'il pouvait courir vite !

Une ombre de tristesse traversa son regard tandis que l'image de son ami d'enfance au pied léger se heurtait au souvenir plus récent de son beau-frère clopinant sur sa prothèse en bois, après qu'une pluie de grenailles lui eut emporté la jambe lors d'une bataille.

— Ce doit être une vie infernale, dis-je pour le distraire. Pas le fait d'observer des chouettes, je veux dire... mais le roi. Aucune intimité, jamais, même au petit coin.

— Je n'aimerais pas être à sa place, c'est vrai, convint Jamie. Mais que veux-tu, c'est le roi !

— Mmm... Je suppose que le pouvoir et le luxe doivent bien se payer d'une manière ou d'une autre.

Il haussa les épaules.

— Que ça se paye ou pas, c'est son destin. Il ne peut qu'essayer d'en tirer le meilleur parti.

Il ramassa son plaid et en glissa un pan dans sa ceinture avant de le rabattre par-dessus son épaule.

— Attends, laisse-moi t'aider.

Je lui pris sa broche en argent des mains et la fixai sur son épaule pour retenir l'épais tissu de laine flamboyant. Il arrangea le drapé et lissa le tissu des doigts.

— N'oublie pas que moi aussi j'ai un devoir à accomplir, *Sassenach*, dit-il en s'admirant dans le miroir.

Il esquissa un léger sourire.

— Dieu merci, Ian n'est pas obligé de me torcher le cul tous les matins, mais je suis quand même son laird. De par ma naissance, je suis le maître des terres et des habitants de Broch Tuarach. Et mon devoir est de veiller sur eux.

Il tendit la main vers moi et me caressa les cheveux.

— Voilà pourquoi j'ai été soulagé quand tu as annoncé que nous devions tout faire pour tenter de sauver les Highlands. Au fond de moi, je n'aspire qu'à t'emmener, toi et notre enfant, loin, très loin d'ici, et à passer le reste de mes jours à travailler dans les champs et à m'occuper des bêtes, pour rentrer le soir me coucher près de toi.

Son visage était redevenu grave. Sa main se promena lentement sur les plis de son tartan au motif à rayures d'un blanc délavé qui distinguait Lallybroch des autres familles.

— Mais si je le faisais, reprit-il comme s'il se parlait à lui-même, j'aurais l'impression d'avoir trahi les miens... et je crois que tout le restant de ma vie, j'entendrais la voix de mes hommes me rappelant à mon devoir.

Je posai une main sur son épaule et il releva les yeux, un léger sourire au coin des lèvres.

147

— Je le pense aussi, Jamie. Quoi qu'il arrive, quoi que nous parvenions à faire...

Je m'interrompis, cherchant mes mots. L'énormité de la tâche qui nous attendait me faisait tourner la tête et me laissait sans voix. Qui étions-nous pour altérer le cours d'événements qui ne nous concernaient pas seulement, mais des princes et des paysans, l'Écosse tout entière ?

Jamie posa sa main sur la mienne et la pressa pour me rassurer.

— On ne peut qu'essayer de faire de notre mieux, *Sassenach*. Si le sang coule, ce ne sera pas sur nos mains. Prions le Seigneur que nous n'en arrivions pas là.

Je songeai aux tristes stèles grises de Culloden et aux hommes qui finiraient enfouis sous elles si nous échouions.

— Prions le Seigneur, répétai-je.

8

Des crocodiles et des fantômes

Entre les audiences royales et les affaires de Jared, Jamie était fort occupé. Il disparaissait avec Murtagh peu après le petit déjeuner pour vérifier les nouveaux arrivages aux entrepôts, dresser des inventaires, rendre visite aux docks sur les berges de la Seine et faire la tournée de ce qui paraissait, à l'entendre, comme les tavernes les plus mal famées de la capitale.

— Au moins, Murtagh est avec toi, observai-je pour me rassurer. À vous deux, il y a peu de risque qu'il vous arrive malheur en plein jour.

À première vue, ce petit gringalet noiraud n'était guère impressionnant, et son allure ne se différenciait de celle des clochards qui vivaient sur les quais que par la présence d'un vieux kilt crasseux. Mais j'avais traversé la moitié de l'Écosse en sa compagnie afin de porter secours à mon mari enfermé dans la prison de Wentworth, et je savais que personne ne saurait veiller sur Jamie mieux que lui.

Après le déjeuner, Jamie rendait des visites, mondaines ou professionnelles, qui étaient de plus en plus nombreuses. Il se retirait ensuite dans son bureau avec ses registres et ses livres de comptes jusqu'au dîner. Il était vraiment fort occupé.

Ce n'était pas mon cas. Quelques jours d'un bras de fer courtois mais ferme avec Mme Vionnet, la cuisinière, avaient définitivement tranché la question de savoir qui dirigeait la maison, et ce n'était pas moi. Tous les matins, la matrone venait me trouver dans mon boudoir afin de me présenter les menus du jour et la liste des dépenses nécessaires pour l'approvisionnement des cuisines. Fruits, légumes, beurre et lait venaient d'une ferme située aux portes de la ville et étaient livrés chaque matin. Le poisson était pêché dans la Seine et vendu sur un étal dans la rue tout comme les moules fraîches qui pointaient leurs formes noires et lustrées sous un tapis d'algues. Je parcourais la liste pour la forme et approuvais tout sans discuter. Ma contribution s'arrêtait là. Mis à part un appel occasionnel pour ouvrir l'armoire à linge, le cellier, la cave à vin ou l'office dont je détenais les clés dans mon trousseau, je n'avais pas grand-chose à faire, jusqu'au moment de me préparer pour le dîner.

Les mondanités inhérentes à la profession de Jared se poursuivirent pratiquement comme s'il était là. J'hésitais encore à organiser de grandes réceptions, mais nous donnions tous les soirs de petits dîners auxquels assistaient des aristocrates, des gentilshommes et des dames de la Cour, de pauvres jacobites en exil et de riches négociants accompagnés de leurs épouses.

Toutefois, boire et manger, ou se préparer à boire et à manger, n'étaient pas pour moi des occupations suffisantes. À force de tourner en rond, je finis par agacer Jamie qui me proposa de l'aider à tenir les registres.

— Ça vaudra mieux que de te voir te consumer à petit feu, observa-t-il en regardant mes ongles rongés. En plus, ton écriture est plus belle que celle des clercs de l'entrepôt.

C'est ainsi que je me trouvais dans le bureau, penchée avec application sur les énormes cahiers de comptes de Jared, quand M. Silas Hawkins entra par une fin d'après-midi avec une commande de deux fûts de chartreuse. M. Hawkins était un Anglais gras et prospère ; expatrié comme Jared, il s'était spécialisé dans l'exportation de liqueurs françaises vers l'Angleterre.

J'aurais cru qu'un marchand de vin et de liqueurs qui n'appréciait pas l'alcool aurait du mal à vendre ses produits. Mais M. Hawkins avait la chance d'avoir de grosses bajoues toujours roses et le sourire égrillard d'un jouisseur, même s'il consommait exclusivement de l'ale brute. En revanche, son appétit avait fait de lui une légende vivante dans les tavernes qu'il fréquentait. Derrière la bonhomie avec laquelle il traitait toutes ses transactions, ses petits yeux calculateurs ne perdaient jamais rien de ce qui se passait autour de lui.

— Vous êtes mon meilleur fournisseur ! déclara-t-il en apposant une signature fleurie au bas d'un grand bon de commande. Je ne cesse de vous recommander auprès de mes amis : toujours fiable, toujours la meilleure qualité. Ah ! Votre cousin va bien me manquer !

Il inclina du chef devant Jamie avant d'ajouter :

— Mais il a bien choisi son remplaçant. On peut faire confiance aux Écossais pour gérer leur affaire en famille.

Son regard s'attarda sur le kilt de Jamie.

— Vous êtes arrivé d'Écosse depuis peu ? demanda-t-il sur un ton détaché.

— Non, cela fait un certain temps que je suis en France, répondit Jamie en détournant la question.

Jamie prit la plume que M. Hawkins lui tendait, l'examina, puis, la trouvant trop taillée à son goût, la reposa et en prit une autre dans le bouquet de pennes d'oie planté dans un flacon en cristal sur le secrétaire.

— Je vois à votre tenue que vous êtes highlander, enchaîna le petit marchand. Justement, je me demandais... quels sont les sentiments qui prévalent actuellement dans votre région. On entend de telles rumeurs, vous savez !

Sur un geste de Jamie, M. Hawkins se laissa tomber sur une chaise. Penchant son visage bouffi et rose au-dessus de son ventre rebondi, il sortit un gousset de l'une de ses poches.

— Ah, les rumeurs ! soupira Jamie. Elles font partie intégrante de la vie écossaise. Mais qu'entendez-vous par « sentiments » ? Si vous voulez parler de politique, je n'y entends pas grand-chose, malheureusement.

Il était concentré sur la plume. Son petit canif grattait la corne en crissant et laissait tomber les rognures sur le bureau.

M. Hawkins sortit plusieurs pièces d'argent de sa bourse et les empila devant lui en piles ordonnées.

— Bigre ! lança-t-il. Vous seriez bien le premier Highlander que je rencontre qui ne se pique pas de politique !

Jamie acheva de tailler sa plume et éleva la pointe à hauteur de ses yeux, évaluant si l'angle lui convenait.

— Mmm... ? fit-il d'un air vague. C'est que j'ai d'autres pensées en tête. Les affaires de Jared accaparent tout mon temps. Vous savez ce que c'est, j'imagine ?

— En effet.

M. Hawkins recompta les pièces empilées, puis les rangea par ordre de taille.

— J'ai entendu dire que Son Altesse Charles-Édouard Stuart était récemment arrivée à Paris.

Son visage n'exprimait qu'une légère curiosité mais, dans leurs poches de graisse, ses petits yeux étaient vifs.

— Mmm... marmonna Jamie sur un ton qui oscillait entre une simple confirmation et une indifférence polie.

Le bon de commande étalé devant lui, il signa chaque page avec un soin exagéré et traça chaque lettre de son nom avec application, plutôt qu'en la griffonnant comme à son habitude. Gaucher contrarié dans sa petite enfance, il écrivait généralement comme un cochon, sans que cela le dérange outre mesure.

— Vous ne partagez donc pas les sympathies de votre cousin dans ce domaine, poursuivit M. Hawkins sans quitter Jamie des yeux.

Celui-ci redressa la tête et dévisagea le marchand d'un regard froid.

— Cela vous intéresse donc tant, monsieur Hawkins ?

151

— Non, non, pas du tout ! se hâta de rectifier le marchand. Mais je connais les inclinations jacobites de votre cousin ; il n'en a jamais fait un mystère devant moi. Je me demandais simplement si tous les Écossais partageaient ses opinions sur les prétentions des Stuarts au trône.

Jamie tendit sa copie du bon de commande en rétorquant sèchement :

— Si vous avez fréquenté beaucoup de Highlanders, vous savez sans doute qu'il est rare d'en trouver deux qui partagent le même avis sur quoi que ce soit, mis à part la couleur du ciel ; et encore, celle-ci ne fait pas toujours l'unanimité.

M. Hawkins plia soigneusement les papiers en riant, ce qui fit tressaillir sa grosse bedaine. Sentant que Jamie ne tenait pas à poursuivre la conversation sur ce sujet, j'intervins et proposai du madère et des biscuits.

M. Hawkins parut tenté, mais secoua la tête d'un air désolé. Il repoussa sa chaise et se leva.

— Non, non, je vous remercie, madame. L'*Arabella* arrive mardi prochain à Calais et je dois aller l'accueillir. Il me reste encore beaucoup à faire avant de prendre la route.

Il grimaça en brandissant une large liasse de commandes et de reçus qu'il venait de sortir de sa poche pour y ajouter le document de Jamie, et fourra le tout dans un large portefeuille de voyage en cuir.

— Enfin... soupira-t-il, pour comble de malchance, il faut que je m'arrête à presque tous les débits de boisson, et les auberges entre Paris et Calais.

— Vous ne serez jamais à Calais avant le mois prochain ! observa Jamie.

Il extirpa sa propre bourse de son *sporran* et y glissa les pièces empilées sur le bureau.

— Vous n'avez que trop raison ! répondit M. Hawkins en fronçant les sourcils. Je suppose que je devrai me contenter d'un ou deux, et laisser les autres pour le chemin du retour.

— Mais si votre temps est si précieux, pourquoi ne pas envoyer quelqu'un d'autre à Calais à votre place ? suggérai-je.

Il leva les yeux au ciel et prit un air mortifié qui contrastait tellement avec sa silhouette rondelette que c'en était comique.

— Ah ! madame, si je le pouvais ! Mais voyez-vous, je ne peux pas laisser la cargaison de l'*Arabella* entre les mains de n'importe qui. Ma nièce Mary est à bord. La chère enfant n'a que quinze ans et n'a encore jamais quitté le cocon familial. Je la vois mal trouvant seule son chemin jusqu'à Paris.

— Effectivement, convins-je poliment.

Mary Hawkins. Ce nom me disait vaguement quelque chose, mais quoi ? C'était un nom banal, mais il me semblait familier.

Je fouillai ma mémoire pendant que Jamie se levait pour raccompagner M. Hawkins jusqu'à la porte.

— J'espère que votre nièce aura fait bon voyage, dit-il. Vient-elle pour étudier ou pour rendre visite à des parents ?

— Pour se marier, répondit son oncle avec satisfaction. Mon frère lui a trouvé un parti très avantageux parmi les membres de l'aristocratie française.

Son torse se gonfla d'orgueil et les boutons dorés de son gilet semblèrent un instant sur le point de céder.

— C'est que mon frère aîné est baronnet, voyez-vous, précisa-t-il.

— Et elle n'a que quinze ans ? répétai-je, étonnée.

Je savais que les mariages précoces n'avaient rien d'inhabituel, mais tout de même ! Moi-même, je m'étais mariée à dix-neuf ans, puis de nouveau à vingt-sept. Et j'en connaissais beaucoup plus long sur les choses de la vie la deuxième fois.

— Euh... votre nièce connaît-elle son fiancé depuis longtemps ? demandai-je prudemment.

— Elle ne l'a pas encore rencontré.

Il s'approcha de moi et, posant un doigt sur ses lèvres, il ajouta en baissant la voix :

— Elle n'est même pas au courant du mariage. Les tractations ne sont pas encore achevées, alors vous comprenez...

Abasourdie, je m'apprêtais à lui exprimer mon indignation, quand Jamie me pinça le coude pour me faire comprendre que j'allais encore commettre un faux pas.

— Fort bien ! s'exclama-t-il en me poussant comme un bulldozer vers la porte. Si votre futur neveu par alliance fréquente la Cour, nous aurons peut-être le plaisir d'y rencontrer bientôt votre nièce.

M. Hawkins sauta de côté pour éviter que je ne lui marche sur les pieds et répondit :

— Mais j'y compte bien, milord Broch Tuarach. Je serais très honoré que vous et votre épouse fassiez connaissance avec Mary. Je suis sûr que la compagnie d'une compatriote lui fera le plus grand bien, ajouta-t-il avec un sourire à mon endroit.

Il marqua une pause avec un petit sourire béat et se reprit.

— Ne croyez surtout pas que je présume de votre amitié ! Je voulais dire... que j'espère qu'elle vous sera sympathique, rien de plus.

« Rien de plus, mon œil ! pensai-je, outrée. Tu ferais n'importe quoi pour placer ta nièce dans la noblesse française, y compris la marier à... »

— Mais qui donc est le fiancé de votre nièce ? demandai-je de but en blanc.

M. Hawkins prit un air de conspirateur et se pencha pour murmurer d'une voix rauque à mon oreille :

— Je ne devrais pas le dire tant que les contrats n'ont pas été signés, mais puisque cela vous intrigue... je peux vous dire que c'est un membre de la maison de Gascogne... un homme d'excellente naissance, croyez-moi !

— Je vous crois, répondis-je.

Là-dessus, M. Hawkins partit en se frottant les mains. Je me tournai aussitôt vers Jamie.

— Gascogne ! Il veut dire... Non, il ne peut tout de même pas ! Ce personnage répugnant avec des taches de tabac sur le menton qui est venu dîner la semaine dernière ?

— Le vicomte de Marigny ? demanda Jamie, amusé par ma description. Je suppose que si. Il est veuf et c'est le seul mâle disponible de cette branche. Cela dit, je ne crois pas que ce soient des taches de tabac. C'est simplement la façon de pousser de sa barbe. Il est un peu déplumé, le pauvre. Tu me diras... il doit être impossible à raser avec toutes ses verrues !

— Hawkins ne peut pas marier une jeune fille de quinze ans à... à... ça ! Et sans même lui demander son avis !

— Bien sûr que si, répliqua Jamie avec un flegme agaçant. Quoi qu'il en soit, *Sassenach*, ne t'en mêle surtout pas, cela ne nous regarde pas.

Il me saisit fermement les deux mains.

— Tu m'entends ? Je sais que ça te paraît étrange, mais c'est comme ça que les choses se font ici.

En esquissant une moue comique, il ajouta :

— Après tout, toi aussi tu as été mariée contre ton gré. Or, si je ne m'abuse, tu n'as pas eu à le regretter.

— N'en sois pas si sûr ! rétorquai-je en tentant de me libérer.

Il m'attira à lui et m'immobilisa entre ses bras, tout en me couvrant de baisers. Je cessai bientôt de me défendre et m'abandonnai à son étreinte. Mais ce n'était que partie remise.

« Je rencontrerai cette Mary Hawkins, décidai-je, et nous verrons bien ce qu'elle pense de ce mariage arrangé. Si elle ne veut pas devenir vicomtesse de Marigny, alors... » Je me raidis soudain et repoussai Jamie.

— Qu'y a-t-il, *Sassenach* ? s'inquiéta-t-il. Ça ne va pas ? Tu es toute pâle !

Et pour cause ! Je venais brusquement de me rappeler où j'avais vu le nom de Mary Hawkins. Jamie se trompait. Après tout, c'était mon affaire. Mary Hawkins était l'un des noms inscrits sous une branche de l'arbre généalogique de Frank. Je revoyais encore les jolies lettres gothiques couchées sur le vieux papier jauni. La nièce de ce vieux retors de Silas Hawkins n'était pas destinée à devenir l'épouse de cet épouvantail de Marigny...

elle était censée épouser le capitaine Jonathan Wolverton Randall en l'an 1745.

— Mais elle ne peut plus l'épouser puisqu'il est mort ! s'exclama Jamie en me versant un verre de cognac. Sa main était ferme, mais il pinçait les lèvres et il avait prononcé le mot « mort » sur un ton vengeur.

— Allonge-toi sur le sofa, *Sassenach*, tu es encore pâle. J'obéis et il vint s'asseoir près de ma tête, un bras passé sous mon épaule. Ses doigts chauds massèrent doucement la base de mon cou.

— Marcus MacRannoch m'a juré avoir vu Randall se faire piétiner à mort par un troupeau de vaches affolées dans les couloirs de Wentworth, répéta-t-il comme pour se rassurer lui-même. « Une poupée de chiffon dans une mare de sang », ce sont ses propres paroles. Et il était sûr de ce qu'il avançait.

Je bus une gorgée de cognac et sentis la chaleur envahir de nouveau mes joues.

— Oui, je sais, soupirai-je, c'est ce qu'il m'a dit aussi. Tu as raison. Jack Randall est mort. C'est seulement que cette histoire de Mary Hawkins m'a fichu un coup... à cause de Frank.

Je baissai les yeux vers ma main gauche, posée sur mon ventre. Un petit feu brûlait dans l'âtre et ses reflets faisaient chatoyer l'or de mon alliance, celle de mon premier mariage.

— Ah ! fit Jamie.

Ses doigts sur mon épaule se raidirent légèrement. Nous n'avions pas parlé de Frank depuis l'épisode de Wentworth, tout comme nous n'avions plus jamais fait allusion à la mort de Jonathan Randall. À l'époque, nous n'y avions pas attaché d'importance particulière : ce n'était que la fin de l'un de nos nombreux problèmes. Depuis, j'étais réticente à évoquer tout ce qui pouvait rappeler à Jamie son séjour dans la prison.

— Tu sais qu'il est mort, n'est-ce pas, *mo duinne* ? dit Jamie doucement.

Je ne compris pas tout de suite qu'il voulait parler de Frank et non de Jonathan.

— Peut-être pas, dis-je sans quitter l'alliance des yeux.

Je levai la main et le métal se mit à luire dans la lumière dorée.

— S'il est mort... Je veux dire, s'il ne peut exister parce que Randall est mort, alors comment se fait-il que j'ai encore la bague qu'il m'a donnée ?

Il regarda l'alliance et je vis un petit muscle se contracter près de sa bouche. Il était pâle, lui aussi. Je devinai ce que le souvenir de Jonathan Randall lui faisait endurer, mais nous n'avions guère le choix.

— Tu es sûre que Jonathan Randall n'a pas eu d'enfant avant de mourir ? demanda-t-il. Cela expliquerait tout.

— Certes, mais je suis sûre du contraire. Frank...

Ma voix trembla en prononçant ce nom et je dus prendre un temps avant d'enchaîner :

— ... Frank s'est intéressé de près aux circonstances tragiques de la mort de son ancêtre. Selon lui, Jonathan Randall a été tué à Culloden, au cours de la bataille finale du soulèvement. Son fils, c'est-à-dire l'aïeul de Frank, est né quelques mois après la mort de son père. Sa veuve s'est ensuite remariée quelques années plus tard. Même s'il y avait eu un enfant illégitime, il ne figurerait pas dans la lignée de Frank.

Jamie avait le front plissé et une profonde ride verticale creusait l'espace entre ses sourcils.

— Et s'il y avait eu une erreur... si l'enfant n'était pas de Randall ? Frank pourrait descendre uniquement de Mary, puisque celle-ci vit toujours.

Je fis non de la tête.

— Je ne vois pas comment. Si tu avais connu Frank... mais non, je ne crois pas te l'avoir jamais dit... La première fois que je suis tombée sur Jonathan, j'ai d'abord cru que c'était Frank. Ils ne sont pas identiques, bien sûr, mais l'air de famille est frappant.

— Je vois...

Les mains de Jamie étaient moites. Il me lâcha un instant pour les essuyer sur son kilt.

— Alors... peut-être que cette alliance ne veut tout simplement rien dire, *mo duinne*, suggéra-t-il doucement.

— Peut-être.

Je caressai le métal, aussi chaud que ma propre chair, puis je laissai retomber mollement ma main.

— Oh, je ne sais pas, Jamie ! Je ne sais plus rien !

Il se gratta le front d'un air perplexe.

— Moi non plus, *Sassenach*.

Il s'efforça de sourire.

— Cependant, il y a tout de même un point positif dans cette affaire... Frank t'a bien dit que Jonathan Randall allait mourir à Culloden ?

— Oui. D'ailleurs, je me suis permis d'en informer moi-même Jonathan Randall pour lui flanquer la frousse. C'était juste avant qu'il ne m'expulse par la trappe de la prison, avant... de retourner dans ta cellule.

Ses yeux et sa bouche se refermèrent brusquement et ses traits se crispèrent de douleur. Je bondis sur mes pieds, alarmée.

— Jamie ! Tu vas bien ?

Je tentai de poser ma main sur son front mais il me repoussa doucement. Il se leva lentement et s'approcha de la fenêtre.

— Non. Ça va, *Sassenach*. J'ai passé toute la matinée à rédiger des lettres et j'ai le cerveau en compote. Ne t'inquiète pas.

Il appuya son front contre la vitre, fermant les yeux. Puis il reprit, comme pour ne plus penser à la douleur :

— Donc, si toi et Frank saviez que Jack Randall devait mourir à Culloden, et que nous savons qu'il n'en sera rien... alors, c'est possible, Claire.

— Qu'est-ce qui est possible ?

Je me tenais près de lui, inquiète. Je voulais l'aider mais je savais qu'il n'avait pas envie que je le touche.

— Ce que tu sais du passé peut être modifié, conclut-il.

Il détacha son front de la vitre et me lança un sourire las. Son visage était encore pâle, mais il n'y avait plus trace de son malaise passager.

— Jack Randall est mort avant son heure, Mary Hawkins va épouser un autre homme, et ton Frank ne verra jamais le jour, à moins qu'il emprunte un autre chemin.

Il marqua une pause, puis ajouta, pour me réconforter :

— Cela signifie aussi que nous avons une chance d'accomplir la mission que nous nous sommes fixée. Jack Randall n'est peut-être pas mort à Culloden pour la simple et bonne raison que la bataille n'aura pas lieu.

Faisant un effort visible pour se reprendre, il s'approcha de moi et me prit dans ses bras. Je me blottis contre lui, tout doucement, sans bouger. Il inclina la tête et posa son front sur mes cheveux.

— Je sais que c'est dur pour toi, *mo duinne*. Mais ça te soulagera peut-être de savoir que tout ceci est pour le mieux ?

— Oui, murmurai-je dans les plis de sa chemise.

Je me libérai doucement de son étreinte et effleurai sa joue de ma main. La ride entre ses yeux s'était creusée et son regard était vague, mais il me sourit néanmoins.

— Jamie, va t'allonger. Je vais envoyer un mot aux Arbanville pour leur annoncer que nous ne pourrons pas venir ce soir.

— Non, protesta-t-il. Je connais ce genre de migraine, *Sassenach*. C'est uniquement à cause de l'écriture. Si je dors une heure, il n'en paraîtra plus rien. Je monte tout de suite.

Il se dirigea vers la porte, hésita, puis se tourna vers moi avec un sourire crispé :

— Si tu m'entends crier dans mon sommeil, *Sassenach*, tu n'auras qu'à poser une main sur mon front et dire « Jack Randall est mort », et tout ira bien.

La nourriture et la compagnie, chez les Arbanville, étaient fort agréables et nous rentrâmes tard. À peine entre les draps, je sombrai dans un sommeil sans rêves, pour me réveiller en sursaut quelques heures plus tard avec la désagréable sensation que quelque chose n'allait pas.

La nuit était fraîche et l'édredon en plumes d'oie avait, comme d'habitude, glissé au sol. Frissonnante dans ma mince couverture de laine, je roulai sur le côté, à moitié endormie, pour me réchauffer contre le corps de Jamie... qui n'était plus là.

Me redressant sur le lit, je le cherchai des yeux et le découvris presque aussitôt assis sur le rebord de la fenêtre, la tête entre les mains.

— Jamie ! Que se passe-t-il ? Encore cette migraine ?

Je cherchai la chandelle à tâtons afin d'aller chercher mon coffret à remèdes, mais quelque chose dans le comportement de Jamie me convainquit rapidement qu'il ne me servirait à rien. Inquiète, je m'approchai de lui.

Il haletait comme s'il venait de courir un cent mètres et, malgré la fraîcheur de la pièce, il était en nage. Je posai une main sur son épaule et j'eus l'impression de toucher la surface dure et froide d'une statue en bronze.

Il sursauta à mon contact et se redressa précipitamment, ses yeux grands ouverts luisant dans l'obscurité.

— Excuse-moi, je n'ai pas voulu te faire peur, m'excusai-je. Tu vas bien ?

Devant ses traits figés, je crus un instant qu'il faisait une crise de somnambulisme. Son regard me traversa et, quoi qu'il vît, cela ne parut pas lui faire plaisir.

— Jamie ! m'écriai-je. Jamie, réveille-toi !

Il tiqua et me distingua enfin, mais son visage était toujours décomposé par une expression désespérée de bête aux abois.

— Qu'est-ce qu'il y a, Jamie ? Tu as fait un cauchemar ?

— Un rêve. Oui. Ce n'était qu'un rêve, murmura-t-il.

— Raconte-le-moi. C'est le meilleur moyen de t'en débarrasser.

Il me saisit fermement par les épaules, tant pour m'empêcher d'approcher que pour se soutenir. La lune était pleine et je pouvais voir tous les muscles de son corps noués par l'effort, durs comme pierre, mais palpitant avec une énergie furieuse, prêts à la détente.

— Non, dit-il d'un air hébété.

— Si, insistai-je. Parle-moi, Jamie. Dis-moi ce que tu vois.

— Je ne... vois rien. Rien. Je ne peux pas voir.

Je le forçai à pivoter sur lui-même afin d'orienter son visage vers la fenêtre. Le clair de lune sembla l'apaiser. Sa respiration se ralentit et, lentement, par paliers douloureux, les mots finirent par sortir.

Les pierres nues et suintantes d'humidité de la prison de Wentworth lui étaient apparues dans son sommeil. À mesure qu'il me décrivait son rêve, le spectre nu de Jonathan Randall entra dans la chambre et vint s'étendre sur la couverture de laine blanche de mon lit.

Jamie avait perçu un souffle rauque contre sa nuque et senti le contact d'un corps trempé de sueur se frotter contre le sien. Dans un accès de frustration rageuse, il avait serré les dents et l'homme derrière lui, qui percevait chacun de ses mouvements, s'était mis à rire :

— Il nous reste encore un peu de temps avant ta pendaison, mon amour... Assez pour prendre tout notre plaisir.

Randall était entré en lui d'un brusque coup de reins, faisant crier Jamie malgré lui.

La main de Randall caressait doucement les mèches de son front. Son souffle chaud lui balayait la joue. Jamie tenta de tourner la tête pour lui échapper, mais l'autre le poursuivait de sa voix suave :

— As-tu jamais vu un homme se faire pendre, Fraser ?

Une longue main élancée glissa le long de sa taille, jusqu'aux muscles de son ventre, un peu plus bas entre chaque parole.

— Oui, bien sûr que tu en as vu ! Rappelle-toi, quand tu faisais le soldat en France. Tu as bien vu des exécutions publiques de déserteurs, non ? Avoue que tu as été troublé. As-tu remarqué que le pendu se vidait de ses entrailles au moment précis où le nœud se resserrait autour de son cou ?

La main de Randall se referma brusquement sur son sexe, dans un mouvement de va-et-vient, tantôt lent tantôt rapide. Jamie tenta de s'accrocher au rebord du lit et enfouit son visage dans la couverture rugueuse, mais les paroles le poursuivaient toujours :

— C'est ce qui t'attend, Jamie Fraser. Dans quelques heures... quand tu sentiras la corde se resserrer autour de ton cou.

La voix se mit à rire.

— Tu mourras le cul en feu, mon amour, et quand tu te videras, c'est mon foutre qui dégoulinera entre tes cuisses pour se déverser au pied de ta potence.

Jamie se tut. Il sentait encore sa propre odeur mêlée à celle de l'homme derrière lui, un parfum acide de peur, de rage et de fauve qui se dégageait au-dessus des délicats effluves d'une eau de toilette à la lavande.

Il gardait les yeux fermés, le visage tourné vers la fenêtre comme pour se purifier au clair de lune.

— La couverture, haleta-t-il, sa texture rugueuse râpait la

peau de mon visage et je ne voyais rien d'autre que les pierres du mur à quelques centimètres de mon nez. Il n'y avait rien sur quoi je puisse me concentrer... rien à voir. Alors j'ai gardé les yeux fermés et j'ai pensé très fort à la couverture contre ma joue. Je ne pouvais rien sentir d'autre hormis la douleur... et lui. Je... m'y suis accroché.

— Jamie, laisse-moi te serrer contre moi, chuchotai-je.

Je ne savais pas comment faire pour calmer la fièvre que je sentais courir dans ses veines. Il me tenait à distance, me serrant si fort les bras qu'ils en étaient endoloris.

Soudain, il me lâcha et me tourna le dos. Il se tint tendu et tremblant comme la corde d'un arc qui vient de décocher sa flèche, mais sa voix était calme.

— Non, dit-il. Je refuse de me servir de toi comme ça. Tu dois rester en dehors de ça.

Je fis un pas vers lui mais il m'arrêta aussitôt d'un geste de la main.

— Retourne te coucher, *Sassenach*. J'ai besoin d'être seul. Je vais mieux à présent. Il n'y a aucune raison de s'inquiéter.

Il tendit les bras et se tint aux montants de la fenêtre, faisant barrage à la lumière de son corps. Les muscles de ses épaules se gonflèrent sous l'effort et je devinai qu'il poussait de toutes ses forces contre le bois.

— Ce n'était qu'un rêve, répétait-il. Jack Randall est mort.

Je laissai Jamie assis près de la fenêtre, le visage tourné vers la lune, et finis par me rendormir. Lorsque je me réveillai à l'aube, je le trouvai endormi au même endroit, ma cape enroulée autour de ses jambes.

Il se réveilla en m'entendant bouger et parut dans son état normal du matin, à savoir d'une fraîcheur et d'une bonne humeur irritantes. Toutefois, je n'étais pas près d'oublier les événements de la veille ; aussi, après le petit déjeuner, sortis-je mon coffret de remèdes pour lui confectionner un sédatif au cas où cela le reprendrait.

À mon grand agacement, il me manquait plusieurs des herbes nécessaires à sa confection. C'est alors que je me rappelai un homme dont Marguerite m'avait parlé. Raymond l'herboriste, rue de Varennes. Un vrai magicien, m'avait-elle assuré. Et sa boutique à elle seule valait le déplacement ! Jamie allait passer toute la matinée à l'entrepôt. J'avais une voiture et un valet de pied à ma disposition ; autant en profiter !

La longue herboristerie était bordée de chaque côté par deux grands comptoirs en chêne massif, derrière lesquels se dressaient de hautes étagères dont certaines, abritant sans doute les articles les plus rares et les plus chers, étaient protégées par des vitres. Le plafond en plâtre sculpté était orné de chérubins qui soufflaient dans des cornes, enveloppés de draperies, ou qui se contentaient d'exhiber leur derrière dodu dans une volupté extatique, comme s'ils avaient abusé des substances alcoolisées de la boutique.

— M. Raymond ? m'enquis-je poliment auprès d'une jeune femme postée derrière un des comptoirs.

— *Maître* Raymond, rectifia-t-elle.

Elle essuya son nez rouge sur le revers de sa manche et m'indiqua d'un geste de la main le fond de la boutique, où d'inquiétantes volutes de fumée noire s'élevaient au-dessus d'une porte à claire-voie.

Magicien ou pas, maître Raymond savait s'entourer d'un décor de circonstance. Je passai la tête par le battant ouvert de la porte et lançai un regard prudent dans l'arrière-boutique. Plusieurs réchauds à pétrole brûlaient sous une dalle de pierre percée de petits trous. Celle-ci croulait sous un assortiment de cornues, de condenseurs en verre et de cols-de-cygne. À côté, un vieil alambic bosselé laissait échapper goutte à goutte un liquide suspect qui tombait dans une série d'éprouvettes. Un épais nuage de vapeur colorée s'amoncelait sous les poutres basses et sombres du plafond. Je humai l'air précautionneusement. Parmi la myriade d'odeurs de la boutique se détachait nettement un parfum d'alcool. Une longue rangée de bouteilles vides placées sur une console renforça mes premiers soupçons. Maître Raymond était peut-être un pourvoyeur renommé de charmes et de filtres magiques, mais il tenait également un commerce prospère d'eau-de-vie de première qualité.

Le maître en question était accroupi devant une petite cheminée en ardoise, en train de repousser des morceaux de charbon incandescents dans les flammes. En m'entendant entrer, il se redressa et se tourna vers moi avec un sourire aimable.

— Bonjour, maître, je ne vous dérange pas ? demandai-je en fixant le sommet de son crâne.

L'endroit ressemblait tellement à un repaire de sorcier que je n'aurais pas été surprise s'il m'avait répondu par un coassement.

Car il faut préciser que maître Raymond ressemblait en tout point à une grosse grenouille sympathique. Mesurant à peine plus d'un mètre trente, bâti comme un tonneau monté sur deux cannes, il avait une peau épaisse et visqueuse, et de grands yeux noirs chaleureux légèrement proéminents. Outre le fait qu'il n'était pas vert, il ne lui manquait que les verrues.

— Madone ! lança-t-il avec un large sourire. Que puis-je faire pour vous ?

161

Il n'avait pratiquement plus de dents, ce qui accentuait encore ses liens de parenté avec les batraciens. Je restai clouée sur place, fascinée.

— Madone ? répéta-t-il en me dévisageant d'un air interrogateur.

Rappelée brutalement sur terre et me rendant compte que je le fixais d'une manière très impolie, je rougis comme une pivoine et lui demandai sans réfléchir :

— Avez-vous déjà été embrassé par une jolie jeune fille ?

Je fus mortifiée de m'entendre poser une question aussi absurde et mal élevée, mais il éclata de rire.

— Oh oui, Madone, bien des fois ! Mais, hélas, rien n'y fait, comme vous pouvez le constater.

Nous fûmes pris d'un fou rire, ce qui attira l'attention de la vendeuse. Elle vint jeter un regard inquiet au-dessus de la porte et maître Raymond lui fit signe que tout allait bien. Il se dandina jusqu'à la fenêtre, toussant et se tenant les côtes, et ouvrit les volets en bois pour laisser la fumée s'échapper.

— Ah, voilà qui est mieux ! dit-il en respirant profondément l'air frais du printemps qui s'engouffrait dans la pièce.

Il se tourna vers moi et rabattit en arrière ses longs cheveux argentés qui lui tombaient sur les épaules.

— Eh bien, Madone. Maintenant que nous avons fait connaissance, peut-être accepterez-vous d'attendre quelques minutes que je termine une petite tâche ?

Éventant mes joues cramoisies, je le priai de faire comme si je n'étais pas là. Il reprit sa place devant le feu en hoquetant de rire, et souleva le couvercle d'un petit chaudron où mijotait une substance étrange. Je profitai de cet instant de répit pour calmer mon hilarité et me promenai dans la pièce, à la découverte de l'impressionnant bric-à-brac.

Maintenant que la fumée s'était dissipée, je remarquai un grand crocodile empaillé suspendu aux poutres du plafond. Je fixai, médusée, le long ventre couvert d'écailles dures et cireuses.

— C'est un vrai ? demandai-je en m'asseyant devant la grande table en chêne.

Maître Raymond lança un regard vers le plafond et sourit.

— Mon crocodile ? Bien sûr, Madone. Il inspire confiance aux clients.

D'un signe de tête, il indiqua une étagère juste à côté de moi. Elle accueillait une rangée de flacons d'apothicaire en porcelaine, ornés d'arabesques dorées, de fleurs et d'animaux. Chacun d'eux portait une étiquette rédigée en lettres fleuries. Je lus celles des trois flacons les plus proches de moi. Elles étaient en latin et il me fallut un certain temps pour les traduire : sang, foie et bile de crocodile. Ce devaient être ceux de la pauvre bête qui se balançait tristement au-dessus de nos têtes, agitée par un courant d'air provenant de la boutique.

Je saisis l'un des flacons, l'ouvris et humai son contenu.

— De la moutarde... du thym et, je crois, un peu d'huile de noyer, conclus-je. Mais qu'avez-vous ajouté pour lui donner une odeur aussi aigre ?

J'inclinai la jarre et examinai d'un œil critique son contenu noir et visqueux.

— Aha ! Je vois que votre petit nez n'est pas uniquement décoratif, Madone !

Un large sourire illumina sa face de crapaud, révélant des gencives bleutées. Il se pencha vers moi et m'expliqua à voix basse :

— La substance noire est de la pulpe de courge décomposée. Quant à l'odeur... c'est effectivement du sang.

— Mais pas du sang de crocodile, lui dis-je en levant la tête.

— Si jeune et déjà cynique ! soupira maître Raymond. Fort heureusement pour moi, ces messieurs-dames de la Cour sont d'une nature plus candide, non pas que la candeur soit la première qualité qui vous vienne à l'esprit lorsque vous pensez à un aristocrate... Non, Madone, il s'agit en effet de sang de porc ; les porcs étant beaucoup plus courants dans notre région que les crocodiles.

— Mmm, je comprends, acquiesçai-je. Celui-ci a dû vous coûter les yeux de la tête.

— Heureusement, j'en ai hérité du précédent propriétaire, comme une grande partie de mon stock actuel.

Je crus percevoir une lueur gênée dans les profondeurs de ses yeux noirs et doux. Mais à force de scruter les visages des convives lors de nos dîners, cherchant sans cesse un indice qui pourrait être utile à Jamie, je commençais à développer une sensibilité exagérée aux nuances d'expression, et imaginais les plus sinistres arrière-pensées derrière le moindre tic nerveux.

Maître Raymond s'approcha encore un peu plus près et prit ma main.

— Seriez-vous de la profession ? demanda-t-il. Vous n'en avez pourtant pas l'air.

Ma première réaction fut de retirer ma main, mais son contact était étrangement agréable, impersonnel, mais doux et apaisant. Je lançai un regard vers les croisées sur lesquelles s'entassait le givre et crus comprendre pourquoi : il avait les mains chaudes, ce qui était très inhabituel à cette époque de l'année.

— Tout dépend de ce que vous entendez par profession, répondis-je. Je suis guérisseuse.

— Ah, une guérisseuse !

Il se renversa sur sa chaise et me dévisagea avec intérêt.

— C'est bien ce qui me semblait. Mais vous ne faites rien d'autre ? Pas de divinations, pas de philtres d'amour ?

J'éprouvai un léger remords au souvenir des jours passés sur les routes avec Murtagh pendant que nous cherchions Jamie à travers les Highlands, disant la bonne aventure et chantant pour payer nos soupers, comme un couple de bohémiens.

— Rien de la sorte, répondis-je en rougissant légèrement.

— Je vois que vous n'êtes pas non plus une menteuse professionnelle, dit-il sur un ton amusé. Dommage... Alors, en quoi puis-je vous être utile, Madone ?

Je lui expliquai ce dont j'avais besoin et il écouta sagement en hochant la tête, ce qui avait pour effet de faire se balancer son épaisse chevelure grise. Il ne portait pas de perruque et ne se poudrait pas les cheveux. Il les brossait en arrière, ce qui mettait en valeur son front haut, et les laissait retomber sur ses épaules, raides comme des baguettes de bambou, coupés au carré.

C'était un vrai plaisir de discuter avec lui. Il était très savant en matière de botanique et de simples. Tout en parlant, il saisissait ici et là des jarres sur les étagères, versait un peu de leur contenu dans le creux de sa main et l'écrasait entre ses doigts pour me le faire sentir ou goûter.

Notre conversation fut interrompue par des bruits de voix dans la boutique. Un valet de pied à la livrée rutilante était penché sur le comptoir et s'adressait à la vendeuse. Ou plutôt, il essayait de lui parler. Ses tentatives maladroites déclenchaient un bombardement d'invectives énoncées dans un fort accent provençal depuis l'autre côté du comptoir. La conversation était trop idiomatique pour que je puisse la suivre, mais je saisis l'essentiel : il y était question de patates et d'andouilles, et cela ne semblait pas très flatteur.

Je méditais sur cette propension des Français à introduire des aliments dans pratiquement toutes les formes de conversation quand la porte de la boutique s'ouvrit avec fracas. Les renforts du valet arrivaient sous la forme d'un personnage lourdement fardé et dégoulinant de froufrous.

— Ah ! murmura Raymond qui observait la scène par-dessous mon épaule. La vicomtesse de Rambeau.

— Vous la connaissez ?

Manifestement, la vendeuse, elle, ne la connaissait que trop bien, car elle cessa sa charge contre le valet et se retrancha derrière le comptoir.

— Hélas, oui, Madone, répondit Raymond. C'est une femme qui coûte cher.

Je compris bientôt ce qu'il voulait dire. La dame en question fondit sur l'objet apparent de la discorde : une petite jarre remplie de vinaigre dans lequel surnageait ce qui ressemblait à une plante. Elle la saisit, visa et l'envoya avec une force et une précision considérables dans la vitrine d'un cabinet.

Le fracas mit immédiatement fin à l'incident. La vicomtesse pointa un long doigt noueux vers la vendeuse.

— Vous ! lança-t-elle d'un voix tranchante comme une lame de couteau, allez me chercher ma potion. Tout de suite !

La jeune fille ouvrit la bouche pour protester mais, voyant la vicomtesse s'apprêter à lancer un nouveau projectile, la referma et s'enfuit vers l'arrière-boutique.

Anticipant son entrée, maître Raymond fit une moue résignée. Il prit un flacon sur une étagère et le glissa dans les mains de la jeune fille quand elle arriva sur le pas de la porte.

— Donnez-le-lui vite avant qu'elle ne casse autre chose, dit-il avec un haussement d'épaules.

Tandis que la vendeuse retournait timidement vers son comptoir, il se tourna vers moi et esquissa une petite grimace maligne.

— Du poison pour une rivale. Du moins, c'est ce qu'elle croit !

— Oh ? fis-je. Qu'est-ce que c'est au juste ? Du cascara amer ?

Il me dévisagea avec une surprise ravie.

— Vous êtes décidément très forte ! C'est un don naturel ou vous avez appris ? Bah, peu importe. En effet, c'est du cascara. Sa rivale tombera malade dès demain et présentera des symptômes spectaculaires, ce qui devrait satisfaire momentanément la soif de vengeance de notre vicomtesse et la convaincre qu'elle n'a pas dépensé son argent en vain. Puis sa rivale se remettra, sans souffrir de séquelles permanentes, et notre cliente attribuera sa guérison miraculeuse à l'intervention d'un prêtre ou d'un antidote réalisé par un confrère.

— Mmm... fis-je. Et les dégâts pour votre boutique ?

Les rayons de soleil faisaient scintiller les éclats de verre sur le comptoir et l'écu d'argent que la vicomtesse venait de jeter en guise de paiement.

— Je m'y retrouverai, répondit sereinement maître Raymond. Lorsqu'elle reviendra dans un mois pour acheter une potion abortive, je la lui ferai payer suffisamment cher pour rembourser les dégâts et me faire refaire trois nouveaux cabinets. Et je vous garantis qu'elle paiera sans discuter.

Il sourit brièvement, mais la lueur ironique avait quitté son regard.

— Tout est une question de temps, voyez-vous, expliqua-t-il. Il suffit d'attendre le moment opportun.

Je sentis ses yeux noirs s'attarder un instant sur mes hanches. Ma grossesse ne se voyait pas encore, mais j'étais sûre qu'il avait deviné.

— Et la potion que vous donnerez à la vicomtesse le mois prochain sera-t-elle efficace ? demandai-je.

— Tout est une question de temps, répéta-t-il. Administrée suffisamment tôt, la fausse couche est assurée. Mais plus on attend, plus le risque augmente.

La mise en garde était claire. Je lui souris.

— Je ne vous demandais pas ça pour moi, précisai-je. C'était par simple curiosité.

Il se détendit à nouveau.

— Je n'en doutais pas.

Un claquement de sabots dans la rue annonça le passage en trombe de la berline bleu et argent de la vicomtesse. Juché sur le châssis à l'arrière de la voiture, le valet agitait les bras, criant aux passants de s'écarter, et ceux-ci avaient juste le temps de se réfugier sur les bas-côtés pour éviter d'être écrasés.

Ah ! ça ira, ça ira, ça ira... chantonnai-je en moi-même.

Il était rare que mes maigres connaissances sur le cours des événements à venir me donnent grande satisfaction, mais pour une fois, c'était le cas.

— *Ne demande pas pour qui sonne le glas,* citai-je en me tournant vers maître Raymond. *Il sonne pour toi.*

Il me lança un regard perplexe.

— Ah oui ? dit-il sur un ton neutre. Eh bien, quoi qu'il en soit, vous disiez que vous utilisiez la bétoine noire pour les purges. Personnellement, j'opterais plutôt pour la blanche.

— Vraiment, mais pourquoi ça ?

Là-dessus, sans autre référence à la vicomtesse, nous nous rassîmes et reprîmes une conversation professionnelle.

9

Les fastes de Versailles

Je refermai la porte du petit salon derrière moi et restai un instant immobile, rassemblant mon courage. Je tentai de reprendre mon souffle, mais l'étroitesse de mon corset à baleines transforma mon expiration en un petit chuintement étouffé.

Jamie, penché sur une liasse de bons de livraison, leva le nez et resta figé sur place, écarquillant les yeux. Il ouvrit la bouche mais aucun son n'en sortit.

— Ça te plaît ? demandai-je en étalant ma traîne derrière moi d'un coup de pied maladroit.

J'avançai dans la pièce, ondulant voluptueusement des hanches comme la couturière me l'avait indiqué, afin de mettre en valeur les soufflets en faille de la jupe.

Jamie referma enfin la bouche et cligna des yeux plusieurs fois.

— C'est... euh... c'est rouge, hein ? observa-t-il.

— Disons plutôt « sang-du-Christ », précisai-je. C'est la couleur la plus en vogue de la saison, enfin, selon ma couturière.

— Une couleur aussi audacieuse n'est pas donnée à n'importe quelle femme, Madame, avait marmonné cette dernière la bouche pleine d'aiguilles. Mais avec votre peau ! Seigneur Jésus ! Les messieurs vont ramper sous votre jupe toute la soirée !

— Qu'ils essaient un peu et je leur écraserai les doigts sous mes talons !

Cependant, ce n'était pas là l'effet recherché, même si je comptais bien me faire remarquer. En dépit de son état comateux, Sa Majesté Louis XV s'était souvenue de l'apparition de Jamie à son lever et nous avions été invités à une soirée à Versailles. Pour l'occasion, Jamie avait tenu à ce que je me fasse faire une tenue qui ne passe pas inaperçue. Il était servi.

— Il faut que j'attire l'attention des hommes qui contrôlent l'argent, m'avait-il expliqué un peu plus tôt. Or, n'ayant ni un haut rang dans l'aristocratie française ni une position de pouvoir, je dois faire en sorte qu'ils recherchent ma compagnie d'une manière ou d'une autre.

Il avait ensuite poussé un long soupir en me contemplant dans mon épaisse chemise de nuit en laine.

— Je crains qu'à Paris cela signifie nous faire voir dans la bonne société et, dans la mesure du possible, paraître à la Cour. À ma tenue, on saura tout de suite que je suis écossais et on ne manquera pas de m'interroger sur le prince Charles-Édouard. Et quand les gens me demanderont si les Écossais attendent impatiemment le retour des Stuarts, je pourrai leur glisser discrètement que la plupart d'entre eux paieraient cher pour être débarrassés une fois pour toutes des Stuarts, même s'ils n'osent pas le dire.

— Surtout, arrange-toi pour que Son Altesse n'en sache rien, lui recommandai-je vivement, sinon il va lâcher ses chiens sur toi lors de ta prochaine visite.

Jamie était désormais admis dans le clan des familiers du prince et se rendait une fois par semaine à la petite villa de Montmartre.

— Pour l'instant, Son Altesse et ses partisans sont persuadés que je suis voué corps et âme à la cause des Stuarts. Tant que Charles Stuart ne sera pas reçu à la Cour, il a peu de chances de découvrir les bruits que j'y répands. Les jacobites de Paris mènent une vie modeste en dehors des cercles mondains. Ils n'ont pas les moyens de fréquenter le beau monde. Mais nous si, grâce à Jared.

Pour des raisons très différentes des nôtres, Jared avait demandé à Jamie d'élargir le cercle de ses relations mondaines. Son ambition était de voir la noblesse française et les riches familles de banquiers se bousculer à notre porte pour se laisser cajoler et séduire à grand renfort de vin du Rhin, de conversations spirituelles, de divertissements raffinés et de grandes quantités d'un excellent scotch qui avait traversé la Manche pour approvisionner nos caves.

— Ces gens blasés sont avides de tout ce qui pourrait les divertir... d'une manière ou d'une autre, avait expliqué Jamie.

Il était occupé à tracer des plans sur une grande feuille de journal où était imprimé un poème relatant la liaison scandaleuse du comte de Sévigny avec la femme d'un ministre.

— Les nobles ne s'intéressent qu'aux apparences. Alors pour commencer, il faut leur présenter quelque chose d'intéressant à regarder.

À en juger par le regard médusé inscrit à présent sur son visage, j'avais bien compris la consigne. Je me pavanai un peu dans la pièce, faisant tourbillonner autour de moi l'immense jupe à paniers.

— Pas mal, hein ? demandai-je. En tout cas, elle attire le regard !

Il retrouva enfin la voix.

— Elle attire le regard ? s'insurgea-t-il. Tu appelles ça « attirer le regard » ? Tu es pratiquement la poitrine nue !

Je baissai la tête pour vérifier.

— Tu exagères ! Ce n'est pas ma peau que tu vois sous la dentelle, c'est une doublure en satin ivoire.

— En tout cas, on dirait que tu ne portes rien en dessous.

Il s'approcha, se pencha pour inspecter de plus près le bustier moulant de la robe. Puis il plongea le regard dans mon décolleté pigeonnant.

— Bon sang ! Je peux voir ton nombril ! Tu ne comptes tout de même pas te montrer en public dans cette tenue !

Je me raidis. J'avais longuement hésité devant les nombreuses esquisses que m'avait montrées la couturière, et la hardiesse de la robe ne me rendait pas très sûre de moi. Mais la réaction de Jamie me mit sur la défensive et je contre-attaquai aussitôt.

— Il faudrait savoir ce que tu veux ! Cette robe n'est rien comparée aux dernières tendances de la Cour. Crois-moi, je vais paraître très prude à côté de madame de Pérignon ou de la duchesse de Rouen.

Les mains sur les hanches, je le toisais avec arrogance.

— Tu préfères que je me présente à la Cour dans ma vieille robe verte ?

Jamie détourna le regard de mon décolleté et serra les lèvres.

— Mmm... fit-il, plus Écossais que jamais.

Dans un effort de conciliation, je m'approchai de lui et posai une main sur son bras.

— Allez, Jamie... Tu es déjà allé à la Cour. Tu sais bien que cette robe n'est pas si provocante.

Il baissa les yeux vers moi et sourit, l'air penaud.

— C'est vrai, convint-il. Mais tu es ma femme. Je n'ai pas envie qu'on te reluque comme j'ai reluqué moi-même ces femmes.

Je me mis à rire et passai mes mains derrière sa nuque, l'attirant à moi pour l'embrasser. Il m'enlaça et caressa inconsciemment la soie rouge de mon corsage. Ses doigts remontèrent plus haut, glissant sur l'étoffe soyeuse jusqu'à la base de ma nuque. Son autre main vint se placer sur un de mes seins, simplement posés sur les balconnets du corset, voluptueusement libres sous une fine couche de tissu. Il me lâcha et s'écarta, en me lançant un dernier regard dubitatif.

— Je suppose que tu devras la porter, *Sassenach*. Mais je t'en conjure, fais attention.

— Attention ? À quoi ?

Un sourire narquois apparut sur ses lèvres.

— As-tu seulement une petite idée de l'effet que tu produis dans cette robe ? Ça me donne des envies de viol. Et ces mangeurs de grenouilles ont moins de retenue que moi.

Il fronça les sourcils, avant d'ajouter :

— Tu ne pourrais pas... cacher un peu le haut ?

Il passa une main dans son propre jabot en dentelle que fermait une broche en rubis.

— ... mettre un châle, je ne sais pas. Un mouchoir, peut-être ?

— Ah, les hommes et la mode ! soupirai-je en levant les yeux au ciel. Mon pauvre chéri, tu n'es décidément pas dans le coup. Ne t'inquiète donc pas ; d'après ma couturière, c'est précisément ce à quoi sert l'éventail.

Joignant le geste à la parole, j'ouvris mon éventail assorti et bordé de dentelle blanche, que j'étais parvenue à maîtriser au bout de quarante-cinq minutes d'entraînement intensif, et l'agitai d'un air aguicheur devant ma gorge.

Jamie m'observa d'un air songeur et se tourna pour décrocher ma cape dans la garde-robe.

— Fais-moi plaisir, dit-il en la drapant sur mes épaules. Trouve-toi un éventail plus grand.

Pour ce qui était d'attirer l'attention, la robe fut un succès absolu. En revanche, la tension artérielle de Jamie en prit un coup.

Il resta collé à mes côtés, lançant des regards assassins à tous les hommes qui regardaient dans ma direction, jusqu'à ce qu'Annabelle de Marillac, qui nous avait aperçus de l'autre bout de la salle, s'avance dans notre direction. Elle semblait flotter au-dessus du parquet, ses traits délicats illuminés par un sourire radieux. Je sentis mon propre sourire se figer. Annabelle de Marillac était une « connaissance » de Jamie, pour reprendre ses propres termes, du temps de son premier séjour à Paris. Elle avait à mes yeux le défaut d'être brillante, ravissante, et très menue.

— Mon petit sauvage ! s'exclama-t-elle en pinçant familièrement la joue de Jamie. J'ai quelqu'un, là, qu'il faut absolument que vous rencontriez. Plusieurs personnes, en fait.

Elle inclina sa tête de porcelaine vers un groupe d'hommes assis devant un échiquier et plongés dans une conversation animée. Je reconnus le duc d'Orléans et Gérard Gobelins, un grand banquier.

Annabelle glissa une main miniature sous le bras de Jamie et lui adressa un sourire enjôleur.

— Venez donc faire une partie d'échecs avec eux, suggéra-t-elle. Vous serez très bien placé quand le roi fera son entrée tout à l'heure.

Le roi devait faire une apparition après son souper, ce qui pouvait signifier dans une heure ou deux. En attendant, les invités allaient et venaient dans la grande galerie, bavardaient, admiraient les tableaux, flirtaient derrière leurs éventails, se gavaient de fruits confits, de tartelettes et de vin et disparaissaient à intervalles plus ou moins réguliers dans d'étranges petites alcôves. Celles-ci étaient camouflées dans les boiseries de la salle, de sorte qu'on ne se rendait compte de leur présence que lorsqu'on était suffisamment près pour percevoir les cris et chuchotements à l'intérieur.

Jamie hésita et Annabelle tira un peu plus fort sur son bras.

— Allez, venez ! insista-t-elle. Ne craignez rien pour votre épouse...

Elle me lança un regard appréciateur.

— ... elle ne restera pas seule bien longtemps, acheva-t-elle.

— C'est bien ce que je crains, grommela Jamie. D'accord, je vous suis, mais donnez-moi un instant.

Il se libéra momentanément de l'emprise d'Annabelle et, m'entraînant à l'écart, me glissa à l'oreille :

— Si je te retrouve dans une de ces alcôves, *Sassenach*, je tue celui qui est avec toi. Quant à toi...

Ses mains se posèrent inconsciemment sur la garde de son épée.

— Ah non ! lâchai-je. Tu as juré sur ton épée que tu ne me battrais plus jamais. Et moi qui te prenais pour un homme de parole ?

— Non, je ne te battrais pas, même si l'envie me démangeait.

— Bien, alors que comptes-tu faire exactement ? le taquinai-je.

— Je trouverai bien quelque chose, rétorqua-t-il. Je ne sais pas encore... mais quelque chose qui ne te fera pas plaisir.

Sur ce, après avoir lancé un dernier regard menaçant à la ronde et posé ostensiblement une main sur mon épaule pour bien marquer son territoire, il se laissa entraîner par Annabelle. Je les suivis des yeux tandis qu'elle le tirait par la main, tel un petit remorqueur plein d'entrain traînant derrière lui une lourde péniche récalcitrante.

Annabelle avait vu juste. Une fois le danger écarté, ces mes-

171

sieurs de la Cour se ruèrent vers moi comme des perroquets attirés par une mangue bien mûre.

Ma main fut baisée moult fois et longuement tenue. Des dizaines de compliments fleuris s'abattirent sur moi et des coupes de vin épicé me furent apportées dans une longue procession ininterrompue. Après une demi-heure de ce traitement, je commençais à avoir mal aux pieds. J'avais également des crampes aux mâchoires à force de sourire, et au poignet, à force d'agiter mon éventail.

Je devais admettre que j'étais reconnaissante à Jamie de s'être montré intransigeant sur ce dernier détail. Cédant devant ses injonctions, j'avais apporté le plus grand de ma collection : un monstre qui faisait près de soixante centimètres d'envergure, décoré de cerfs écossais bondissant dans la bruyère. Jamie s'était montré critique quant à la qualité de la peinture, mais satisfait de la taille. Tenant élégamment en respect les attentions d'un ardent jeune homme vêtu de pourpre, je gardais discrètement l'éventail ouvert sous mon menton afin de grignoter confortablement un canapé au saumon sans remplir mon décolleté de miettes.

Les miettes n'étaient pas mon unique souci. Si Jamie avait prétendu apercevoir mon nombril entre mes seins pigeonnants, c'était parce qu'il faisait bien une tête de plus que moi. Mais la plupart des courtisans étant plus petits que moi, mon nombril était hors de portée de leur regard. En revanche, beaucoup avaient le nez à hauteur de mon décolleté...

Quand je me blottissais dans les bras de Jamie, j'aimais enfouir mon nez dans le petit creux entre ses pectoraux. Quelques-uns de mes admirateurs parmi les plus petits et les plus hardis semblaient déterminés à vivre une expérience similaire et j'étais très occupée à les repousser en agitant violemment mon éventail, ou, quand cela ne suffisait pas, à le refermer dans un claquement sec et à en frapper le crâne de l'impudent.

Aussi ce fut avec un grand soulagement que je vis l'aboyeur à la porte se redresser brusquement et l'entendis crier :

— Sa Majesté le roi !

Si le roi se réveillait avec le soleil, il s'épanouissait une fois ce dernier couché. À peine plus grand que moi, il s'avança à pas lents, lança des regards de droite à gauche, et hocha gracieusement la tête à ses sujets pliés en deux.

Voilà enfin qui correspondait nettement plus à l'idée que je me faisais d'un roi. Il n'était pas particulièrement beau, mais se comportait comme un Apollon ; impression renforcée par la somptuosité de ses vêtements et par l'attitude de son entourage. Il arborait une perruque poudrée du dernier cri, avec des tresses retenues à l'arrière de la nuque par un grand catogan en soie.

Son habit de velours bleu était brodé de centaines de minuscules abeilles d'or et s'ouvrait sur un gilet en soie beige orné de boutons en diamants, assortis à ceux des boucles en forme de papillon de ses souliers. Ses yeux sombres et lourdement cernés balayaient la foule et l'imposant nez bourbon humait l'air comme un limier à la recherche d'une odeur intéressante.

Vêtu d'un kilt, mais avec une veste et un gilet en soie jaune vif, ses cheveux dénoués sur ses épaules avec une petite tresse de côté à la mode des anciens Écossais, Jamie faisait parfaitement l'affaire. Du moins, je crus que c'était Jamie qui avait attiré l'attention du roi quand je le vis brusquement changer de direction et mettre le cap droit sur nous. La foule s'écarta devant lui comme les vagues de la mer Rouge devant Moïse. Mademoiselle de Nesle, que je reconnus pour l'avoir déjà vue à une autre soirée, le suivait comme un youyou dans le sillage d'un yacht.

J'avais oublié la robe rouge. Sa Majesté s'arrêta devant moi et, une main sur la hanche, décrivit une grande arabesque du bras en inclinant la tête.

— Chère Madââââme ! s'exclama-t-il. Nous sommes enchanté.

Jamie prit son souffle, fit un pas en avant et s'inclina devant le roi.

— Puis-je me permettre de vous présenter mon épouse, Votre Majesté ? Lady Broch Tuarach.

Il se redressa et recula. Je remarquai du coin de l'œil qu'il me faisait de petits gestes de la main. Je lui lançai un regard interloqué avant de comprendre qu'il me faisait signe de faire la révérence.

Je plongeai aussitôt en avant et gardai les yeux fixés sur le parquet. Je me relevai dans un équilibre précaire, n'osant pas regarder Sa Majesté dans le blanc des yeux. Mademoiselle de Nesle se tenait juste derrière le roi et suivait les présentations d'un air las. La rumeur disait que « la Nesle » était la dernière favorite de Louis XV. Elle portait une robe gris perle du dernier cri, avec un bustier très court, et avait les seins recouverts d'un léger voile de mousseline blanche. Mais ce n'était ni la robe ni les formes dont elle ne cachait rien qui me stupéfièrent : les seins de mademoiselle de Nesle, d'une taille raisonnable, de proportions plaisantes et couronnés d'une large aréole brune, étaient ornés d'une paire de bijoux si extraordinaires que leurs supports disparaissaient. Deux ibis aux yeux de rubis et incrustés de brillants tendaient leur cou l'un vers l'autre, et se balançaient gracieusement sur les anneaux d'or qui leur servaient de perchoir. Le travail de joaillerie était remarquable et les matières sublimes, mais ce fut de constater que les anneaux traversaient les tétons qui manqua me faire tourner de l'œil. Les tétons eux-mêmes étaient sérieusement ratatinés, mais ce défaut était dissimulé par la grosse perle qui masquait chacun d'entre eux et pendait au bout d'une petite tige en or en forme de boucle.

Je me redressai en toussotant, les joues en feu, et balbutiai quelques excuses avant d'enfouir mon visage dans un mouchoir tout en reculant. Je sentis une présence dans mon dos et m'arrêtai juste à temps pour éviter d'écraser les orteils de Jamie, qui observait la maîtresse du roi avec beaucoup moins de tact et de discrétion que moi.

— Elle a dit à Marie d'Arbanville que c'était maître Raymond qui lui avait percé les seins, lui glissai-je à l'oreille.

Cela ne l'ébranla en rien et il resta tout aussi fasciné.

— Tu veux que je prenne rendez-vous ? demandai-je. Je suis sûre qu'il me le fera à l'œil si je lui donne ma recette du tonique au carvi.

Il sembla enfin se souvenir de ma présence. Me prenant fermement par le coude, il m'entraîna vers un buffet où l'on servait des rafraîchissements.

— Ose encore adresser une seule parole à ce maître Raymond, siffla-t-il, et c'est moi-même qui te les percerai... avec les dents !

Entre-temps, le roi avait poursuivi sa route vers le salon d'Apollon, l'espace laissé par son sillage vite comblé par les courtisans qui arrivaient de la salle du souper. Voyant Jamie accaparé par un certain M. Genet, chef d'une riche famille d'armateurs, je cherchai des yeux un endroit discret où ôter mes souliers un instant.

Non loin de là, je trouvai une alcôve vide. Je me débarrassai d'un admirateur en l'envoyant me chercher un verre de vin et, après un rapide regard à la ronde, je me glissai dans le petit cabinet désert.

Il était meublé d'un canapé, d'une table basse et d'une paire de petits fauteuils au dossier rond qui, manifestement, servaient davantage à y jeter ses vêtements qu'à s'y asseoir. Je m'assis néanmoins dans l'un d'eux, retirai mes souliers et posai mes pieds sur l'autre fauteuil.

Un léger couinement de gonds m'indiqua que mon départ n'avait pas échappé à tout le monde.

— Milady ! Enfin seuls !

C'était l'un des innombrables comtes. Ou plutôt, celui-ci était vicomte. Je n'en étais plus très sûre, mais il me semblait que quelqu'un me l'avait présenté plus tôt comme étant le vicomte de Rambeau. Je croyais me souvenir de ses petits yeux ronds qui reluquaient avec une lueur lubrique derrière mon éventail.

Sans perdre un instant, il souleva mes pieds du fauteuil en

face de moi, s'y glissa, puis les reposa sur ses genoux. Il pressa avec ferveur mes orteils gainés de soie contre son entrejambe.

— Ah, ma petite ! Ma bergeronnette ! Vos petits petons si délicats m'enivrent.

De fait, il devait déjà être passablement soûl pour trouver de la délicatesse à mes pieds qui chaussaient du trente-huit ! Il en porta un à sa bouche et se mit à me mordiller le gros orteil tout en fredonnant :

— *C'est un petit cochon qui va à la ville, c'est un petit cochon qui...*

Je lui arrachai mon pied des mains et me levai précipitamment, en m'empêtrant dans mes volumineux jupons.

— Parlant de cochon, monsieur, je ne crois pas que mon mari apprécierait de vous trouver ici.

— Votre mari ? Bah !

Il fit un geste vague de la main.

— Il est occupé pour un bon moment. Et quand le chat n'est pas là... Venez donc à moi, ma petite souris. Venez grignoter mon fromage...

Sans doute pour se donner des forces pour l'assaut, le vicomte sortit une petite boîte à priser émaillée de sa poche, versa une petite ligne de grains noirs sur le dos de sa main et s'en frotta les narines.

Il prit une profonde inspiration, les yeux brillants d'anticipation, puis sursauta quand la porte derrière lui s'ouvrit brusquement.

Déconcerté, le vicomte éternua dans mon décolleté avec une vigueur considérable.

— Dégoûtant personnage ! m'écriai-je, outrée.

Je lui assenai un violent coup d'éventail en travers du visage avant de m'essuyer avec mon mouchoir.

Le vicomte chancela, les yeux larmoyants, glissa sur un de mes souliers et tomba la tête la première dans les bras de Jamie qui se tenait sur le pas de la porte.

— Pour ce qui est de se faire remarquer, c'est réussi ! grommelai-je à Jamie un peu plus tard.

— Bah ! répondit-il. Ce salaud a de la chance que je ne lui aie pas coupé les couilles pour les lui faire bouffer !

— Quelle bonne idée ! Je suis sûre que les courtisans auraient apprécié le spectacle. Remarque, lui tenir la tête sous l'eau pendant une minute dans le bassin de Neptune, ce n'était pas mal non plus !

Il sourit malgré lui.

— Au moins, je ne l'ai pas noyé comme il le méritait.

— Le vicomte est certainement très impressionné par ta... retenue.

Il se remit à rire. Nous nous trouvions dans le petit boudoir d'un appartement privé dans lequel le roi, après s'être remis de son fou rire, nous avait fait conduire, insistant pour que nous restions dormir à Versailles.

— Après tout, milord, avait-il dit en regardant Jamie qui dégoulinait sur la terrasse, nous serions fâché que vous attrapiez froid. La Cour serait privée d'une grande source de divertissement, et Madame ne me le pardonnerait pas ; n'est-ce pas, mon cœur ?

Il tendit un bras derrière lui et pinça délicatement le bout du sein de sa maîtresse. Celle-ci eut l'air passablement agacée mais sourit néanmoins poliment. Dès que le roi regardait ailleurs, elle envoyait des œillades insistantes à Jamie sans paraître gênée le moins du monde par ma présence. Il faut dire qu'il était plutôt irrésistible : sa chemise trempée lui collait au torse et moulait ses muscles saillants ; ce qui n'excusait en rien la conduite de cette garce que je gratifiai d'un regard furibond.

Une fois seuls dans l'intimité du boudoir, il enleva sa chemise et la laissa tomber au sol comme une vieille serpillière. Il était encore plus beau.

— Quant à toi... me lança-t-il. Je ne t'avais pas dit de ne pas t'approcher des alcôves ?

— *Mais à part ça, madame la marquise, tout va très bien !* chantonnai-je en guise de réponse.

— Quoi ?

Il me dévisagea comme si je venais de perdre la raison.

— Rien. Juste une petite boutade anachronique. Dis-moi plutôt, as-tu rencontré quelqu'un d'intéressant avant de venir défendre ton honneur de mâle ?

Il se frotta vigoureusement les cheveux avec une des serviettes empilées près de la cuvette.

— J'ai fait une partie d'échecs avec M. Duverney. Je l'ai battu à plate couture et ça ne lui a pas plu.

— Ah ! voilà qui est prometteur. Qui est ce M. Duverney ?

Il me lança la serviette avec un large sourire.

— Le ministre des Finances, *Sassenach.*

— Et tu es content de l'avoir contrarié ?

— C'est à lui-même qu'il en voulait d'avoir perdu. Dorénavant, il ne connaîtra plus le repos avant d'avoir sa revanche. C'est pour cette raison qu'il viendra dîner dimanche soir à la maison.

— Bien joué ! Entre deux coups, tu lui glisseras que les chances des Stuarts sont très ténues et que Louis ferait mieux de garder ses sous, cousin ou pas.

Il hocha la tête et lissa ses cheveux trempés en arrière. Le feu n'était pas encore allumé et il frissonna légèrement.

— Où as-tu appris à jouer aussi bien aux échecs ? demandai-je.

— Avec Colum, lorsque je vivais à Castle Leoch. Pendant la journée, j'avais des précepteurs qui m'apprenaient le français, l'allemand et les mathématiques, entre autres. Et le soir, je montais une heure dans sa chambre pour jouer aux échecs. J'avais à peine seize ans et, la plupart du temps, il ne lui fallait pas beaucoup de temps pour me battre.

— Je comprends que tu sois si bon !

L'oncle de Jamie, Colum MacKenzie, était atteint d'une grave maladie déformante qui l'avait privé d'une grande partie de sa mobilité. Il compensait son infirmité par une intelligence retorse qui aurait fait pâlir d'envie Machiavel.

Jamie dénoua la boucle de son ceinturon et me lança un regard menaçant.

— Tu crois que je ne te vois pas venir, *Sassenach* ? Tu essaies de changer de sujet en me flattant comme un vulgaire courtisan. Est-ce que je ne t'avais pas mise en garde au sujet de ces alcôves ?

— Tu as dit aussi que tu n'avais pas l'intention de me battre, lui rappelai-je, légèrement inquiète.

Il grogna de nouveau, lança son ceinturon sur une chaise et laissa tomber son kilt près de sa chemise trempée.

— Ai-je la tête d'un type qui battrait une femme enceinte ? demanda-t-il.

Je le dévisageai d'un œil dubitatif. Nu comme un ver, droit et ferme avec ses cheveux mouillés et des cicatrices plein le corps, il avait tout d'un Viking surgi de son drakkar, prêt à se livrer au pillage et au viol.

— Oui, rétorquai-je. Quant aux alcôves, c'est vrai, tu m'avais prévenue. J'aurais sans doute pu sortir dans le jardin pour retirer mes chaussures, mais comment pouvais-je deviner que cet imbécile allait me suivre pour me mordiller les orteils ? Et puisque tu n'as pas l'intention de me battre, que comptes-tu faire au juste ?

Je m'agrippai fermement aux accoudoirs de mon fauteuil.

Il se coucha sur le lit et me fit la grimace.

— Enlève cette robe de catin et viens te coucher.

— Pourquoi ?

— Eh bien... je ne peux pas te fesser ni te plonger dans un bassin. J'avais l'intention de te sermonner durement, mais je ne crois pas que je pourrai garder les yeux ouverts une minute de plus.

Il bâilla, cligna des yeux et me sourit de nouveau.

— Rappelle-moi de le faire dès demain matin, d'accord ?

— Ça va mieux ?

Jamie était penché sur moi, l'air inquiet.

— Tu es vraiment sûre que c'est normal de vomir tous les matins comme ça, *Sassenach* ?

J'écartai les mèches de mes tempes moites et me tamponnai le visage avec un linge humide.

— Je ne sais pas si c'est normal, dis-je faiblement, mais je crois en effet que c'est inévitable. Certaines femmes sont malades tout au long de leur grossesse.

— Ça promet !

Ignorant la pendule dorée sur la commode, Jamie lança comme à son habitude un regard par la fenêtre pour évaluer l'heure.

— Tu te sens le courage de descendre pour le petit déjeuner ou tu préfères que je demande qu'on nous l'apporte dans la chambre ?

— Non, non. Je me sens mieux à présent. Laisse-moi juste le temps de me rincer la bouche.

Je me penchai sur la cuvette et je commençais mes ablutions quand on frappa à la porte. Je pensais que ce devait être le laquais que nous avions envoyé à Paris pour nous rapporter des vêtements propres mais, à ma grande surprise, c'était un gentilhomme, porteur d'un billet nous invitant à déjeuner.

— Sa Majesté reçoit aujourd'hui un noble anglais arrivé depuis peu à Paris, informa-t-il Jamie. Elle a convié plusieurs importants marchands anglais à déjeuner afin que Sa Grâce le duc ait le plaisir de rencontrer ses compatriotes. Apprenant que madame votre épouse était anglaise, Sa Majesté a insisté pour que vous vous joigniez à nous.

Jamie me lança un regard rapide avant de répondre :

— Dites à Sa Majesté que nous serons très honorés de rester jusqu'au déjeuner.

Peu de temps après, Murtagh arriva, plus sinistre que jamais, avec un gros paquet de vêtements de rechange et mon coffret à remèdes. Jamie l'entraîna dans le boudoir pour lui donner ses instructions pour la journée pendant que j'enfilais ma robe, et je regrettai soudain de ne pas avoir accepté les services d'une femme de chambre. Déjà naturellement désordonnée, ma chevelure était encore plus rebelle que d'habitude après une nuit passée étroitement serrée dans les bras d'un Écossais humide. Des mèches folles pointaient dans tous les sens et résistaient à mon vigoureux brossage.

Lorsque je me levai enfin de la coiffeuse, à bout de souffle, mais la coiffure dans un semblant d'ordre, Jamie me regarda et marmonna entre ses dents quelque chose à propos de hérisson. Je lui lançai un regard glacial et il eut le bon sens de ne pas en dire davantage.

Une promenade dans les jardins me rendit ma bonne humeur. Les arbres étaient encore nus, mais il faisait anormalement doux pour la fin mars. Nous longeâmes les parterres et les fontaines, émerveillés par les jeunes pousses et les bourgeons qui faisaient ployer les branches.

Devant une allégorie de l'Amérique, une jeune femme aux seins nus dans une jupe à plumes avec un crocodile à ses pieds, je repensai soudain à maître Raymond.

— Tu étais sérieux hier soir à propos de maître Raymond ? demandai-je à Jamie. Tu ne veux vraiment pas que je le revoie ou c'était juste que tu ne tiens pas à ce que je me fasse percer les seins ?

— Je ne veux pas qu'on touche à tes seins, ça c'est sûr ! répondit-il fermement.

M'entraînant loin de la statue de peur que j'y puise quelque inspiration malsaine, il ajouta :

— Sincèrement, je ne tiens pas à ce que tu retournes chez cet homme. Des bruits circulent à son sujet.

— Des bruits circulent sur pratiquement tout le monde à Paris, observai-je. Et je suis prête à parier que maître Raymond les connaît tous.

— Je n'en doute pas. Mais j'apprendrai tout ce que j'ai besoin de savoir dans les tavernes et les salons. On raconte que ce maître Raymond appartient à une secte très particulière, mais ça n'a rien d'un cercle de jacobites !

— Vraiment ? Quel genre ?

— Des kabbalistes et des alchimistes. Voire des sorcières.

— Jamie, ne me dis pas que tu crois à ces histoires de sorcières et de démons !

Nous étions arrivés dans cette partie du jardin baptisée le « Tapis vert ». En cette saison, l'immense pelouse était encore jaune et clairsemée, mais des petits groupes de courtisans s'y étaient installés, profitant de cette rare journée ensoleillée.

— Je ne crois pas aux sorcières, répondit Jamie en s'asseyant au pied d'un forsythia, mais le comte de Saint-Germain y croit, lui !

Je songeai au regard haineux que le comte m'avait lancé au

Havre et frissonnai en dépit du soleil et du châle en laine qui couvrait mes épaules.

— Tu crois qu'il est associé à maître Raymond ?

Il haussa les épaules.

— Je n'en sais rien. Mais c'est bien toi qui m'as rapporté les rumeurs qui courent sur Saint-Germain, non ? Alors si cet apothicaire fait partie de son entourage, tu as tout intérêt à garder tes distances, *Sassenach*.

Il me lança un sourire moqueur avant d'ajouter :

— Je ne tiens pas à te sauver une seconde fois du bûcher.

Les ombres sous les arbres me rappelèrent les ténèbres glacées du Puits aux voleurs de Cranesmuir et je me rapprochai instinctivement de Jamie.

— Moi non plus, dis-je en me blottissant contre lui.

J'aurais peut-être réussi à faire bonne impression si ce n'avait été ces oiseaux de malheur. Le salon où l'on avait dressé la table du déjeuner était plein à craquer de courtisans et de curieux. Il faisait une chaleur étouffante, une des baguettes du panier qui maintenait ma jupe s'était détachée et me poignardait cruellement les reins et je souffrais de l'un des inévitables effets secondaires de la grossesse, à savoir une terrible envie d'uriner toutes les dix minutes. Malgré tout, je tins bon. On ne se levait pas de la table du roi de France en plein milieu du repas, même s'il ne s'agissait que d'un déjeuner « sans façons », bien éloigné des grands dîners que l'on donnait à Versailles. Enfin, « sans façons » était beaucoup dire.

Certes, il n'y avait que trois variétés de hors-d'œuvre, au lieu des huit d'usage. Le gibier était rôti et découpé en cuisine et non présenté sur des brochettes en vermeil. Le poisson, poché dans le vin, était servi en filets et non pas entier, emprisonné dans un océan de crevettes en gelée.

Comme s'il s'était senti frustré par tant de simplicité, l'un des chefs avait préparé un plat tout à fait charmant : un nid, construit avec des brindilles en pâte sablée, orné de vraies fleurs de pommier, sur les bords duquel se tenaient deux rossignols, déplumés, rôtis, farcis de pomme et de cannelle, puis « rhabillés » avec leurs propres plumes. À l'intérieur du nid se trouvait toute une nichée d'ortolans, leurs petits moignons d'ailes déployées brunis et croustillants à souhait, leur peau tendre et nue enduite de miel et leur petit bec avide grand ouvert pour laisser deviner la farce en pâte d'amandes qui pointait dans leur gosier.

Après un tour de table triomphal, salué par des murmures

d'admiration, le plat fut présenté au roi. Celui-ci interrompit sa conversation avec mademoiselle de Nesle, saisit l'un des oisillons entre deux doigts et l'engouffra d'une bouchée. *Crac, crac, crac,* faisaient les dents de Sa Majesté. Hypnotisée, je fixai les mouvements de va-et-vient des muscles de ses joues royales, puis suivis des yeux le parcours de la petite boulette d'os et de chair dans son gosier. Les gros doigts pleins de sauce plongèrent vers un autre bébé.

C'est alors que je me dis que quitter intempestivement la table du roi était encore un moindre mal à côté de ce qui risquait d'arriver d'un instant à l'autre. Je me levai précipitamment en renversant ma chaise, et filai ventre à terre vers la terrasse.

Quelques minutes plus tard, accroupie dans un buisson de roses, j'entendis un bruit derrière moi. M'attendant à subir l'ire d'un jardinier scandalisé, à juste titre d'ailleurs, je me tournai d'un air coupable et me trouvai nez à nez avec mon époux de fort méchante humeur.

— Bon sang, Claire ! Ça ne pouvait pas attendre ?

— En un mot : non, rétorquai-je.

Je me laissai tomber sur le bord d'une fontaine, essuyai mes mains moites sur ma jupe et ajoutai :

— Tu crois que ça m'amuse ?

La tête me tournait et je fermai les yeux, sans me rendre compte que j'étais sur le point de basculer en arrière dans le bassin. Une main glissa de justesse dans le creux de mes reins et je me retrouvai dans les bras de Jamie qui s'assit à mes côtés et me serra contre lui.

— Pardonne-moi, *mo duinne.* Tu te sens mieux ?

Je m'écartai légèrement pour lui faire face et lui sourire.

— Ça va. J'ai juste un peu le vertige, c'est tout.

Je tendis la main et caressai la ride d'inquiétude qui lui creusait le front. Il sourit à son tour, mais la ride resta, mince sillon vertical entre les deux traits roux de ses sourcils. Il trempa sa main dans l'eau et me tapota les joues. Je devais être pâle comme un linge.

— Je suis désolée, ajoutai-je. Sincèrement, Jamie, je n'ai pas pu m'en empêcher.

— Ne t'inquiète pas, *Sassenach.* Je ne voulais pas te parler sur ce ton. C'est que... je me sens tellement impuissant. Je te regarde souffrir en sachant que c'est moi qui t'ai mise dans cet état. Le pire, c'est que je ne peux rien faire. Alors, je m'en prends à toi comme si c'était ta faute... Pourquoi tu ne m'envoies pas tout simplement au diable, *Sassenach* ?

Je me mis à rire si fort que mes côtes comprimées par les baleines de mon corset me firent mal. Je dus me retenir à son bras pour ne pas basculer à nouveau en arrière.

— Va au diable ! hoquetai-je. Vas-y sans repasser par la case départ. En chemin, tu retireras deux cents dollars à la banque et tu attendras deux tours avant de rejouer. Voilà ! Tu te sens mieux, maintenant ?

— Oui, dit-il, le visage illuminé. Quand tu commences à raconter n'importe quoi, je sais que ça va mieux.

Les doubles portes de la terrasse proche de nous s'ouvrirent brusquement et le flot des convives de Sa Majesté se déversa dans les jardins dans un brouhaha de conversations. À ceux qui avaient assisté au déjeuner s'étaient ajoutés deux nouveaux arrivages, fraîchement descendus de deux grosses berlines royales que je venais de voir passer derrière une haie du jardin en direction des écuries.

Les nouveaux venus étaient nombreux. Hommes et femmes étaient vêtus sobrement par rapport aux tenues colorées des courtisans qui les entouraient. Mais ce fut le bruit qu'ils faisaient surtout, plus que leur aspect, qui attira mon attention. Avec ses sonorités nasales et sa cadence, le français parlé par un groupe de personnes entendues à une certaine distance ressemble fortement au caquetage des canards et des oies. En revanche, l'anglais, avec son rythme plus traînant et son intonation moins sautillante, rappelle davantage l'aboiement grave et amical des chiens de berger. Aussi l'important groupe de personnes qui avançaient vers nous me fit-il l'effet d'un troupeau d'oies conduites au marché par une meute de chiens.

Ce devait être les hôtes anglais dont on nous avait parlé ce matin qui arrivaient enfin. On les avait sans doute diplomatiquement détournés vers les jardins pendant que les responsables des cuisines préparaient en hâte un second service et que les domestiques mettaient un nouveau couvert.

J'inspectai le groupe avec curiosité. Je connaissais déjà le duc de Sandringham pour l'avoir rencontré à Castle Leoch. Sa haute silhouette carrée était facilement reconnaissable. Il marchait au côté du roi, son élégante perruque inclinée dans une attitude d'attention polie.

La plupart des autres m'étaient inconnus, mais je déduisis que l'élégante dame d'âge mûr qui passait la porte était la duchesse de Claymore, qui était attendue. On avait sorti la reine pour l'occasion. La plupart du temps, celle-ci était exilée dans un château à la campagne où elle tuait le temps de son mieux. Elle discutait avec la duchesse, son doux visage animé par le plaisir de se retrouver entourée de monde.

Une jeune fille cachée derrière la duchesse m'intrigua. Vêtue très simplement, elle avait cette sorte de beauté qui l'aurait fait remarquer au milieu de n'importe quelle foule. Elle était petite et menue, avec un joli visage ovale et de longs cheveux noirs et brillants, non poudrés. Mais le plus extraordinaire, c'était sa peau d'une blancheur inouïe, légèrement teintée de rose sur les pommettes, qui lui donnait une allure de poupée en porcelaine.

Son teint me rappelait une robe que j'avais beaucoup portée dans une autre époque, une légère robe en coton avec un imprimé de pétales de rose. Cette pensée fit soudain naître en moi une vague de nostalgie et je sentis les larmes me monter aux yeux. Ce devait être leur accent anglais. Après tous ces mois rythmés par la cadence de l'intonation écossaise et la mitraillette française, j'entendais enfin un son indissociable des bruits de mon enfance.

Puis je le vis. J'eus l'impression de me vider de tout mon sang tandis que je suivais des yeux l'élégante courbe de son crâne, ses cheveux noirs qui se détachaient des perruques gris perle qui l'entouraient. Des sirènes d'alarme se mirent à hurler dans mon crâne et je fus assaillie par une avalanche de sensations. Mon inconscient fit un gros plan sur son nez et le nom, « Frank », se mit à clignoter en lettres rouges devant mes yeux incrédules. Puis le centre de mon cerveau, légèrement plus rationnel, rectifia de lui-même : « Ce n'est pas Frank. » Je restai clouée sur place en contemplant les contours de sa bouche qui esquissait un demi-sourire, me répétant : « Ce n'est pas Frank, tu sais bien que ce n'est pas Frank », tandis que des crampes nouaient les muscles de mes mollets. Puis vint un mouvement de panique et le nœud se resserra dans mon ventre. Plus lent que les autres, mon esprit logique se réveilla enfin et prit en compte le front haut et l'inclinaison arrogante de la tête. Ce ne pouvait pas être Frank. Mais si ce n'était pas lui... alors ce ne pouvait être que...

— Jack Randall.

Ce n'était pas ma voix mais celle de Jamie à mes côtés, étrangement calme et désincarnée. Remarquant ma pâleur, il avait suivi mon regard... et vu ce que j'avais vu.

Il ne bougea pas. Pour autant que je puisse en juger compte tenu de ma propre panique, il ne respirait même plus. J'eus vaguement conscience de la présence d'un laquais tout près de nous, observant avec curiosité la haute silhouette figée du guerrier écossais à mes côtés, silencieux comme la statue du dieu Mars.

Il semblait cloué sur place, immobile, tel un lion qui s'aplatit dans les hautes herbes de la savane, le regard fixé sur sa proie. Puis je vis une lueur vaciller dans le fond de ses prunelles. L'imperceptible tic nerveux du félin qui s'apprête à bondir, l'annonce du carnage.

Tirer l'épée en présence du roi équivalait à une condamnation à mort. Murtagh se trouvait de l'autre côté du jardin, bien trop loin pour intervenir. Dans deux ou trois minutes, Randall allait passer devant nous, à portée de la lame de Jamie. Je posai une main sur son bras. Il était dur comme l'acier de son arme. Mes oreilles s'emplirent d'un vacarme assourdissant.

— Jamie ! haletai-je. Jamie, je t'en supplie !

Après quoi, je me sentis glisser doucement sur le sol et perdis connaissance.

10

Une dame aux boucles luxuriantes

Je revins à moi totalement désorientée, dans un brouillard opaque où se mêlaient la poussière, le soleil et des bribes de souvenirs. Frank était penché sur moi, le visage inquiet. Sa main prenait mon pouls... sauf que ce n'était pas sa main. Elle était bien plus grande que celle de Frank et j'apercevais un duvet dru qui recouvrait son poignet. Frank avait des mains lisses de jeune fille.

— Comment vous sentez-vous ?

La voix était pourtant bien celle de Frank, grave et distinguée.

— Claire !

Cette autre voix était plus grave encore et nettement moins distinguée. Elle n'avait rien à voir avec celle de Frank. Elle n'était pas aimable mais chargée d'angoisse.

— Jamie ?

Enfin, je venais de trouver un prénom qui correspondait à l'image mentale que je recherchais.

— Oh, Jamie, non... ne fais pas ç...

Je me redressai brusquement et lançai des regards affolés autour de moi. J'étais cernée par une ronde de visages intrigués. Il y avait au moins deux ou trois rangées de courtisans, avec un petit espace laissé libre pour Sa Majesté, penchée sur moi elle aussi, avec intérêt et compassion.

Deux hommes étaient agenouillés à mes côtés. Jamie se tenait à ma droite, les yeux écarquillés et le visage aussi pâle que les bourgeons d'aubépine au-dessus de lui. Et à ma gauche...

— Comment vous sentez-vous, madame ? répéta-t-il.

Ses yeux noisette n'exprimaient qu'une inquiétude respectueuse. Ce n'était pas Frank, naturellement. Ce n'était pas non plus Jonathan Randall. Cet homme avait au moins dix ans de moins que le capitaine. Il devait avoir à peu près mon âge. Son visage était pâle et sa peau n'était pas encore flétrie par le grand

185

air. Ses lèvres étaient aussi finement dessinées que celles de Randall, mais sans son expression cruelle.

— Vous... vous... balbutiai-je en m'écartant de lui. Vous êtes...

— Alexander Randall, répondit-il aussitôt. Je ne crois pas que nous nous soyons déjà rencontrés ? ajouta-t-il l'air de ne pas en être tout à fait sûr.

— Euh... c'est que... non, répondis-je en m'effondrant contre le bras de Jamie.

Celui-ci était rigide comme une barre d'acier, mais sa main tremblait dans la mienne, et je tirai nos doigts entremêlés sous les replis de ma jupe pour la dissimuler.

— Voilà des présentations bien inhabituelles, madame... euh... lady Broch Tuarach, n'est-ce pas ?

La voix haut perchée me fit lever les yeux. Le visage de chérubin du duc de Sandringham se dressait au-dessus des épaules du comte de Sévigny et du duc d'Orléans. M'observant d'un œil intéressé, il joua des coudes pour s'introduire dans le cercle de curieux et me tendit une main pour m'aider à me relever. Sans lâcher ma paume moite, il inclina la tête en direction d'Alexander Randall qui fronçait les sourcils d'un air perplexe.

— M. Randall est à mon service en tant que secrétaire, lady Broch Tuarach. Servir Dieu est une noble cause mais malheureusement, la foi ne paie pas vos factures, n'est-ce pas, Alex ?

Le jeune homme rougit mais hocha révérencieusement la tête vers son employeur en signe d'assentiment. Ce n'est qu'alors que je remarquai son costume noir d'ecclésiastique et sa petite cravate blanche nouée haut sur le col.

— Sa Grâce dit juste, madame. C'est pourquoi je lui suis éternellement gré de m'avoir pris à son service.

Un léger pincement des lèvres laissait entendre que sa gratitude n'était peut-être pas si profonde que ça. Je lançai un regard au duc qui plissait ses petits yeux bleus sous le soleil, le visage impénétrable.

Cette scène fut interrompue par un claquement de doigts royaux. Deux laquais accoururent et, sur un ordre de Sa Majesté, me saisirent sous les épaules et me hissèrent dans une chaise à porteurs.

— Mais vous n'y pensez pas, madame ! déclara-t-il devant mes protestations. Rentrez chez vous et reposez-vous. Nous ne voudrions pas que vous soyez indisposée pour le bal demain soir, n'est-ce pas ?

Ses grands yeux bruns pétillaient de malice et il porta ma main à ses lèvres. Sans quitter mon visage des yeux, il salua Jamie d'un petit signe de tête. Entre-temps, ce dernier avait suffisamment recouvré ses esprits pour débiter un petit discours de remerciement, ce à quoi le roi rétorqua :

— J'accepterai vos remerciements, monsieur, si vous m'autorisez à réserver une danse auprès de votre charmante épouse.
Jamie tiqua mais esquissa une courbette courtoise :
— Si ma femme est suffisamment remise pour assister au bal demain soir, je suis sûre qu'elle sera enchantée de l'honneur que vous lui faites, Votre Majesté.
Là-dessus, il tourna les talons sans attendre d'être congédié et fit signe aux deux valets de se mettre en route.

De retour rue Trémoulins, après un rude trajet sur les pavés de Paris dans un mélange d'odeurs de fleurs et d'immondices, je me dépouillai de mon encombrante robe à paniers et passai un large déshabillé en mousseline.
Je retrouvai Jamie assis devant la cheminée éteinte, la tête entre les mains.
— Bon sang ! marmonna-t-il. Tu te rends compte ? J'ai été à deux doigts de le tuer. J'en tremble encore, Claire ! Si tu ne t'étais pas évanouie, je le coupais en deux, ce malheureux !
De fait, il semblait bouleversé.
— Tiens, mets tes pieds là-dessus, conseillai-je en avançant un lourd tabouret en bois.
— Non, ça va mieux maintenant. Alors comme ça, c'est le frère de Jack Randall ?
— Il pourrait difficilement le nier, vu la ressemblance !
— Mmm... Tu savais qu'il travaillait pour Sandringham ?
— Non. Je ne connaissais que son nom, et je me souviens maintenant avoir lu quelque part qu'il était dans les ordres. Fra... Frank ne s'intéressait pas particulièrement à lui parce qu'il n'était pas son ancêtre en ligne directe.
Le léger tremblement de ma voix quand j'avais prononcé le nom de Frank m'avait trahie.
Jamie reposa le flacon de whisky et s'approcha de moi. Il me souleva de terre et me berça contre lui. Sa chemise était encore imprégnée des odeurs du jardin de Versailles. Il déposa un baiser sur le haut de mon crâne et se tourna vers le lit.
— Viens poser ta tête, Claire, dit-il doucement. Nous avons eu une rude journée tous les deux.

J'avais craint que la rencontre avec Alexander Randall ne relance les cauchemars de Jamie. Il en avait encore de temps en temps, mais moins souvent. Je le sentais parfois éveillé à côté de moi, le corps tendu par une lutte intérieure. Puis il bondissait hors du lit et passait la nuit assis sur le rebord de la fenêtre, comme si celle-ci représentait son unique espoir de fuite, et refusait toute forme de réconfort ou même d'intervention de ma part. Au matin, Jack Randall et les autres démons de la nuit avaient été renfermés dans leur boîte, soigneusement verrouillée par la volonté d'acier de Jamie, et la vie reprenait son cours normal.

Mais ce soir-là, Jamie s'endormit rapidement et les tensions de la journée s'effacèrent bientôt de son visage, le laissant paisible et lisse quand je soufflai enfin la chandelle.

C'était un vrai bonheur que de rester enfin immobile, et de sentir la chaleur envahir peu à peu mes membres glacés. Les myriades de petites douleurs de mon dos, de ma nuque et de mes genoux s'évanouirent progressivement à mesure que je m'assoupissais lentement. Mais mon esprit, lui, libéré de l'état de veille, rejouait sans arrêt la scène qui s'était déroulée sur les terrasses du château. Je revoyais l'ombre de cette tête au front haut et aux cheveux sombres, ses petites oreilles et sa mâchoire fine. Je revivais l'instant fulgurant de ma méprise, où je m'étais soudain sentie soulevée de terre par une vague de joie et d'angoisse. Frank ! avais-je pensé. Frank. C'était son visage que je voyais flotter en face de moi tandis que je sombrais dans le sommeil.

Je me trouvais dans l'une des salles de conférences de l'université de Londres. Je reconnus la salle d'Histoire : le plafond ancien aux poutres apparentes ; le parquet moderne, tapissé d'un linoléum qui crissait sous la semelle ; les vieux bancs en bois des gradins, patinés par le temps. Les amphithéâtres modernes et confortables étaient réservés aux conférences scientifiques. L'Histoire pouvait bien se contenter de bancs en bois vieux de soixante ans. Après tout, puisque la matière était toujours la même, pourquoi le cadre changerait-il ?

— Objets de vertu et objets usuels, annonça la voix de Frank.

Ses longs doigts effleurèrent le bord d'un bougeoir en argent massif. Le soleil qui filtrait par la fenêtre se refléta dans le métal, comme électrisé par le contact de Frank.

Les objets, tous empruntés aux collections du British Museum, étaient alignés sur le bord de la table de conférence, suffisamment près pour que les étudiants du premier rang distinguent les minuscules craquelures dans l'ivoire d'un coffret de jeux français, ou les taches de tabac sur le fourneau d'une pipe blanche en argile. Les autres objets consistaient en un flacon à parfum en porcelaine anglaise, surmonté d'un bouchon en or ; un encrier en bronze doré orné d'une guirlande fleurie ; une cuillère en corne fendue au milieu, et une petite pendule en marbre couronnée de deux cygnes en train de boire.

Derrière cette première rangée hétéroclite se trouvait une série de miniatures posées à plat sur la table, dissimulées sous les reflets du verre qui les protégeait.

Frank était penché sur les objets, perdu dans ses pensées. Ses cheveux bruns prenaient des reflets auburn dans le soleil de l'après-midi. Il saisit la pipe en argile et la garda dans le creux de sa main comme une coquille d'œuf.

— Pour comprendre certains aspects de l'Histoire, commença-t-il, nous disposons de l'Histoire elle-même : des commentaires écrits de la main de ceux qui l'ont vécue, par exemple. Pour d'autres aspects, nous n'avons que quelques objets pour nous raconter comment on vivait autrefois.

Il mit la pipe en bouche et souffla dedans en faisant gonfler ses joues, les sourcils haussés et les yeux ronds dans une grimace clownesque. Une onde de rires étouffés parcourut les gradins et il reposa la pipe en souriant. D'un geste de la main, il indiqua les objets étalés devant lui.

— L'art, et les objets de vertu, dit-il, voilà ce qu'il nous reste le plus souvent... les ornements d'une société. Pourquoi pas ?

Il fixait un étudiant au regard intelligent assis au deuxième rang. C'était un petit truc de conférencier. On choisissait quelqu'un au hasard dans l'assistance et on s'adressait à lui comme dans un tête-à-tête. Un peu plus tard, on en choisissait un autre, puis un autre. Bientôt, toutes les personnes présentes se sentaient des interlocuteurs privilégiés.

— Ce sont de bien jolies choses, après tout.

Du bout du doigt, il fit tournoyer les deux cygnes sur leur socle.

— Elles valent la peine d'être préservées. Mais qui se soucierait de conserver un vieux tablier de cuisine taché ou une chambre à air crevée ?

Cette fois, il s'adressait à une jolie blonde à lunettes qui souriait et hochait la tête à la fin de chaque phrase.

— Pourtant, ces objets pratiques, qui ne sont répertoriés dans aucun document, qui sont utilisés puis jetés sans état d'âme, sont ceux qui nous en disent le plus sur la vie quotidienne de l'homme du peuple. Le nombre de ces pipes, par exemple, nous permet d'évaluer le nombre de fumeurs à une époque donnée, ou de connaître les différents types de tabacs consommés dans toutes les couches de la société. Des plus hautes...

Il tapota du doigt la tabatière émaillée.

— ... aux plus basses.

Son doigt revint avec une familiarité affectueuse sur le long bec jauni de la pipe blanche.

Il parlait cette fois à une femme d'âge moyen, qui inscrivait

189

frénétiquement chacune de ses paroles sur un bloc de papier, à peine consciente du regard posé sur elle.

— Vous n'avez pas besoin de prendre tout en note, mademoiselle Smith, la gronda-t-il. Le cours dure une heure, vous n'aurez jamais assez de papier.

Mlle Smith rougit et rangea aussitôt son stylo, et sourit timidement en réponse au regard amical de Frank. Il les avait maintenant dans sa poche ; chacun se sentait désormais gagné par sa bonne humeur. À présent, ils le suivraient sans rechigner sur les routes de la logique. Sa nuque se décontracta légèrement quand il sentit enfin tous les regards concentrés sur lui.

— Le meilleur témoin de l'Histoire est l'homme... ou la femme (un signe de tête vers la jolie blonde) qui la vit, n'est-ce pas ?

Il sourit et saisit la cuillère en corne.

— Enfin... peut-être. Il est très naturel, et humain, de vouloir se représenter sous son meilleur jour quand on sait que quelqu'un lira ce que vous avez écrit. Les gens tendent à se concentrer sur ce qu'ils croient être important et, généralement, l'embellissent un peu pour laisser une bonne impression. Il est rare qu'un courtisan note avec le même intérêt les détails d'une procession royale et le nombre de fois qu'il utilise son pot de chambre chaque nuit.

Un rire général s'éleva dans la salle. Il se détendit en s'appuyant contre la table et décrivit de grands gestes avec la cuillère.

— Mais qu'en est-il exactement de ces gens ? Nous pensons aux personnes du passé comme à des êtres détachés des impératifs du quotidien, des êtres... quasi mythiques. Mais pourtant, quelqu'un a joué avec les cartes qui se trouvent dans ce coffret de jeux, une dame a utilisé ceci...

Il saisit le flacon à parfum.

— ... elle s'est mis du parfum derrière les oreilles, sur le poignet ou... Où les dames se mettent-elles encore du parfum ?

Levant soudain la tête, il sourit à la jolie blonde qui rougit, gloussa et effleura timidement la peau nue au-dessus de son pull en V.

— Ah, oui, juste là. Eh bien la dame à qui appartenait ce flacon faisait ce geste-là aussi.

Sans cesser de sourire à la jeune fille, il ouvrit le flacon et le lui agita sous les narines.

— Qu'est-ce que c'est, professeur ? *Arpège* ?

Pas si timide que ça, après tout, la gamine ! Ses yeux gris dévisageaient Frank avec un air à la limite du flirt.

— Non, c'est l'*Heure bleue*. Mon parfum préféré.

Il revint vers la table, écarta une mèche de son front et choisit une des miniatures.

— Et puis il y a une catégorie d'objets à part... les portraits. Une description artistique des gens du passé. Mais ces gens sont-ils vraiment réels pour nous ?

Il souleva un petit cadre ovale et le tourna face aux étudiants, en lisant la petite étiquette collée sur son revers.

— *Dame, par Nathaniel Plimer. Cheveux châtains bouclés coiffés en chignon, robe rose et corsage à col de dentelle, sur fond de ciel nuageux.* C'est signé par des initiales et daté de 1786.

Il en saisit un autre, carré cette fois.

— *Gentleman, par Horace Hone. Cheveux poudrés et retenus par un catogan, manteau marron, gilet bleu, jabot en dentelle et décoration, sans doute le* Most Honorable Order of the Bath. Signé d'un monogramme et daté de 1780.

La miniature montrait un homme au visage rond. Sa bouche rose était pincée dans une moue de dédain typique des portraits du xviiie siècle.

— Nous connaissons les artistes, dit Frank en reposant la miniature. Ils signaient leurs œuvres ou laissaient des indices permettant de reconnaître leur « patte » et de les identifier. Mais leurs sujets ? Nous les contemplons, mais nous ne savons rien d'eux. Leurs coiffures élaborées, les tenues étranges... Ils n'ont pas l'air de gens que nous connaissons, n'est-ce pas ? En outre, les portraitistes obéissaient à des critères si précis et rigoureux que leurs modèles finissaient par tous se ressembler : le visage bouffi et pâle, pour la plupart. On ne peut pas dire grand-chose de plus à leur sujet. Toutefois, de temps en temps, il y en a qui se démarquent du lot.

Sa main hésita au-dessus de la rangée, puis il saisit un autre cadre ovale.

— *Gentilhomme...*

Il tendit la miniature vers les étudiants. Les yeux bleus de Jamie étincelaient sous le rideau de feu de sa chevelure rousse. Pour une fois, il était coiffé : ses cheveux tressés et retenus par un ruban lui donnaient un air sage inhabituel. Son long nez fin pointait avec audace au-dessus de sa lavallière en dentelle et sa grande bouche semblait sur le point de parler.

— Pourtant, ces gens ont bien existé, insista Frank. Ils faisaient pratiquement les mêmes choses que nous, à quelques détails près : ils n'allaient pas au cinéma et ne se déplaçaient pas en automobile.

Il y eut quelques gloussements dans la salle.

— Mais ils avaient des enfants qu'ils aimaient, des conjoints qu'ils aimaient... enfin, ça leur arrivait...

Il saisit le dernier portrait de la rangée et le tint dans le creux de sa main.

— *Dame, cheveux châtains aux boucles luxuriantes, portant un collier de perles.* Non daté, non signé.

C'était un miroir qu'il tendait devant son auditoire et non une miniature. Mes joues étaient rouges et mes lèvres tremblèrent tandis que le doigt de Frank caressait doucement la ligne de ma mâchoire, la courbe de mon cou. Il me reposa à plat sur la table et, fixant les poutres du plafond, j'entendis sa voix poursuivre :

— Non daté... auteur inconnu. Et pourtant... pourtant, cette femme a bien existé un jour.

Je respirai avec peine et pensai, tout d'abord, que c'était le verre protégeant la miniature qui m'étouffait. Pourtant, la matière plaquée contre mon visage avait une texture molle et humide. J'agitai la tête pour me libérer et me réveillai. L'oreiller en lin dans lequel j'avais enfoui mon nez était trempé de larmes. La main de Jamie était posée sur mon épaule et me secouait doucement.

— Réveille-toi, *mo duinne*. Ce n'est qu'un rêve, réveille-toi.

Je collai ma joue contre son épaule nue et chaude, mes larmes coulaient le long de sa peau. Je m'agrippai à lui, me raccrochant à la solidité de son corps comme à une bouée au milieu de l'océan. Peu à peu, les petits bruits de la maison résonnèrent de nouveau dans mon oreille et me ramenèrent à la réalité.

— Je suis désolée, murmurai-je. J'ai rêvé de...

Il me tapota le dos et glissa une main sous l'oreiller pour en extraire son mouchoir.

— Je sais. Tu appelais son nom.

Il semblait résigné.

— Je suis désolée.

Il émit un petit rire nerveux.

— Je mentirais en prétendant que je ne suis pas dévoré de jalousie, mais je peux difficilement lui reprocher tes rêves... ou tes pleurs.

Son doigt suivit le parcours d'une larme le long de ma joue, puis il essuya mon visage avec le mouchoir.

— Jamie, tu ne m'en veux pas ?

— Non, *mo duinne*. Tu l'as aimé, je n'y peux rien. Il est normal que tu portes son deuil. Et ça me réconforte un peu de savoir...

Il hésita.

— De savoir quoi ?

— ... qu'un jour peut-être, tu porteras mon deuil de la même manière.

Je pressai mon visage contre son torse, parlant d'une voix étouffée :

— Je ne porterai pas ton deuil, parce que je n'en aurai pas l'occasion. Je ne te perdrai pas, jamais !

Un doute traversa mon esprit et je redressai brusquement la tête.

— Tu as peur que je retourne à mon époque, c'est ça ? Tu crois que... parce que je rêve de Frank...

— Non, nous sommes liés pour toujours toi et moi, et rien sur cette terre ne pourra me séparer de toi.

Sa main caressa mes cheveux.

— Tu te souviens du vœu que nous avons échangé le jour de notre mariage ?

— Oui, je crois. *Tu es le sang de mon sang, la chair de ma chair...*

— *Je te donne mon corps,* poursuivit-il, *pour que nous ne fassions qu'un.* J'ai respecté ce serment, *Sassenach,* et toi aussi.

Il me fit pivoter légèrement et posa doucement une main sur mon ventre.

— « *Sang de mon sang* », chuchota-t-il, et « *chair de ma chair.* » Tu me portes en toi, Claire, et tu ne peux plus me quitter quoi qu'il arrive. Tu es à moi pour toujours, que tu le veuilles ou non. À moi. Et je ne te laisserai plus partir.

Je plaçai une main sur la sienne et la pressai contre moi.

— C'est vrai, dis-je doucement, tu ne peux plus me quitter, toi non plus.

— Oui, car j'ai respecté la dernière partie du serment également : *Et je te donne mon âme, jusqu'à la fin des temps.*

♦

11

Le besoin de se rendre utile

— Qui est cet étrange petit bonhomme ? demandai-je à Jamie, intriguée.

L'homme en question se frayait laborieusement un passage entre les nombreux invités rassemblés dans les salons de réception de l'hôtel de Rohan. Il s'arrêtait un instant, observait un groupe d'un œil critique, puis haussait une épaule osseuse et poursuivait son chemin, ou faisait brusquement un pas vers un homme ou une femme, lui présentait un objet sous le nez et éructait une sorte d'ordre. Quelle que soit son activité, ce manège déclenchait invariablement une grande hilarité parmi ceux qui se trouvaient autour de lui.

Avant même que Jamie puisse me répondre, l'homme, un petit personnage vêtu d'un habit en serge grise, nous remarqua dans la foule et son visage s'illumina. Il fondit sur Jamie comme un minuscule oiseau de proie s'abattant sur un gros lapin.

— Chantez ! ordonna-t-il.

— Hein ? fit Jamie, ahuri.

— J'ai dit « chantez », répéta l'homme patiemment.

Il tapota le torse de Jamie du bout du doigt, l'air admiratif.

— Avec une caisse de résonance comme celle-ci, vous devriez avoir un beau volume.

— Ah, pour ce qui est du volume, il n'en manque pas ! intervins-je en riant. Quand il se met à hurler, on l'entend à trois lieues à la ronde.

Jamie me lança un regard torve. Le petit homme tournait autour de lui, mesurant la largeur de son dos et le picotant du doigt comme un pic-vert sur un jeune tronc.

— Mais je ne sais pas chanter ! protesta Jamie.

— Balivernes ! Bien sûr que vous savez chanter ! Vous devez avoir une belle voix profonde de baryton, murmura le petit homme d'un air songeur. C'est exactement ce qu'il nous faut.

194

Tenez, je vous donne un coup de main. Essayez de reproduire cette note.

Il extirpa un diapason de sa poche, le cogna adroitement contre une colonne en marbre et l'approcha de l'oreille gauche de Jamie.

Celui-ci leva les yeux au ciel, puis haussa les épaules et émit une note. Le petit homme fit un bond comme s'il venait de recevoir une flèche dans le ventre.

— Non ! s'exclama-t-il, incrédule.

— Si, j'en ai peur, dis-je avec compassion. Il a raison, vous savez, il ne sait vraiment pas chanter.

Le petit homme plissa des yeux accusateurs en fixant Jamie, puis fit retentir son diapason une nouvelle fois.

— Encore ! ordonna-t-il. Écoutez bien et laissez le son sortir tout seul.

Jamie s'exécuta et écouta attentivement le *la*. Puis il ouvrit la bouche et émit un son situé quelque part entre un *mi* bémol et un *ré* dièse.

— C'est impossible ! dit le petit homme, l'air profondément écœuré. Personne ne peut chanter aussi faux, même en y mettant du sien !

— Et pourtant si, j'en suis la preuve vivante, dit fièrement Jamie.

Un petit attroupement s'était formé autour de nous. Louise de Rohan était une hôtesse très recherchée et son salon attirait la crème de la haute société parisienne.

— C'est pourtant vrai, confirmai-je au petit homme. Il n'a aucune oreille.

— En effet, soupira-t-il, l'air déprimé.

Puis il commença à me dévisager d'un air spéculateur.

— Pas moi ! m'écriai-je en riant.

— Ne me dites pas, Madame, que vous non plus vous ne savez pas chanter !

Les yeux brillants, il avança vers moi en pointant son diapason, tel un serpent dardant sa langue bifide devant un oiseau paralysé de peur.

— Un instant, dis-je en l'arrêtant d'une main. Qui êtes-vous au juste ?

Réprimant une forte envie de rire, Jamie esquissa une courbette devant le petit homme et se tourna vers moi.

— Je te présente Herr Johannes Gerstmann, *Sassenach*... Maître Gerstmann est le professeur de chant de Sa Majesté. Permettez-moi de vous présenter mon épouse, Maître, lady Broch Tuarach.

Je me demandais toujours comment faisait Jamie pour connaître le moindre quidam de Paris !

Johannes Gerstmann ? Voilà qui expliquait le léger accent que j'avais cru déceler sous le français formel de la Cour. Ce devait être un Allemand, à moins qu'il ne soit autrichien.

— Je suis en train de constituer un petit chœur impromptu, expliqua le maître de musique. Nous n'avons pas besoin de voix déjà formées. Il suffit de chanter clair et juste.

Il lança un regard déçu vers Jamie, qui lui répondit par un grand sourire avant de lui prendre le diapason des mains et de le pointer dans ma direction.

— Oh, d'accord ! capitulai-je.

J'ouvris la bouche et reproduisis la note que je venais d'entendre.

Le son sembla satisfaire Herr Gerstmann, car il remit son diapason en poche et me regarda d'un air intéressé. Sa perruque un tantinet trop grande tendait à glisser en avant dès qu'il hochait la tête.

— Excellente tonalité, Madame. Très bien, très bien. Vous connaissez l'air du « Papillon » ?

Il fredonna quelques mesures.

— Oui, enfin... je l'ai déjà entendu, dis-je prudemment. C'est-à-dire que la mélodie me dit quelque chose, mais je ne connais pas les paroles.

— Aucun problème, Madame. Le choral est très simple.

Il s'empara de mon bras et je me trouvai malgré moi entraînée vers un autre salon d'où me parvenaient de lointains accords de clavecin. Herr Gerstmann me bourdonnait dans l'oreille comme une abeille en folie.

Je lançai un regard impuissant à Jamie qui leva sa coupe de sorbet vers moi en guise d'adieu avant de se tourner pour poursuivre sa conversation avec M. Duverney le jeune, fils du ministre des Finances.

Des dizaines de lanternes illuminaient la terrasse et le parc de la maison de Rohan, si l'on pouvait parler de « maison » pour décrire ce gigantesque hôtel particulier. Tandis que Herr Gerstmann m'entraînait dans les couloirs, j'aperçus une armée de domestiques autour de tables croulant sous l'argenterie et la vaisselle étincelante, occupés à préparer le souper qui aurait lieu plus tard. La plupart des « soirées parisiennes » auxquelles nous assistions étaient des dîners assis avec, tout au plus, une dizaine de convives. Mais la princesse de Rohan, elle, aimait les grands dîners.

J'avais rencontré Louise de Rohan la semaine précédente lors d'une autre soirée, et je l'avais trouvée surprenante. Grassouillette et pas franchement belle, elle avait un visage rond qui se terminait par un petit menton pointu, des yeux bleu ciel sans cils et un petit grain de beauté artificiel en forme d'étoile dont on pouvait suspecter l'utilité. C'était donc là la femme qui avait charmé le prince Charles-Édouard au point qu'il en avait oublié les exigences du protocole ?

Toutefois, je devais reconnaître qu'elle débordait d'une énergie très séduisante et qu'elle avait une charmante petite bouche en cœur. De fait, sa bouche était ce qu'il y avait de plus animé chez elle.

— Comme je suis enchantée ! s'était-elle exclamée en me prenant la main. Je suis ravie de vous rencontrer enfin ! Mon mari et mon père m'ont déjà rebattu les oreilles de leurs louanges à l'intention de lord Broch Tuarach, mais ils m'avaient caché qu'il avait une si ravissante épouse. Dois-je vraiment vous appeler lady Broch Tuarach, ou puis-je vous appeler simplement lady Tuarach ? Je ne suis pas sûre de pouvoir me souvenir d'un nom si compliqué, ni de ne pas en écorcher la moitié. C'est écossais, n'est-ce pas ? Comme c'est charmant !

En fait, Broch Tuarach signifiait « la tour orientée vers le nord », mais si elle voulait m'appeler « la dame qui regarde vers le nord », je n'y voyais aucun inconvénient. Au bout du compte, elle abandonna même toute tentative de prononcer correctement Tuarach et opta pour « ma chère Claire ».

Louise faisait partie du groupe de chanteurs qui attendaient dans le salon de musique. Elle papillonnait gaiement de l'un à l'autre, papotant et riant aux éclats. Dès qu'elle me vit, elle se précipita vers moi aussi vite que ses volumineux jupons le lui permettaient, son visage ingrat illuminé par l'excitation.

— Ma chère Claire ! s'exclama-t-elle, m'arrachant sans ménagement à Herr Gerstmann. Vous arrivez juste à temps ! Venez, vous devez faire entendre raison à cette petite dinde anglaise.

La « dinde anglaise » était effectivement très petite. Elle n'avait guère plus de quinze ans, de grandes boucles brunes brillantes et des joues tellement cramoisies qu'elle me fit penser à un coquelicot. Ce furent ses joues qui me permirent de la resituer. C'était l'étrange jeune fille que j'avais aperçue dans les jardins de Versailles, peu avant l'apparition troublante d'Alexander Randall.

— Lady Fraser est anglaise, elle aussi, expliqua Louise à la jeune fille en articulant comme si elle s'adressait à une demeurée. Elle vous aidera à vous sentir ici chez vous.

Se tournant vers moi, elle poursuivit sans même reprendre son souffle :

— Parlez-lui, Claire. Persuadez-la de chanter avec nous. Elle a une voix ravissante, j'en suis sûre. Voilà, mes enfants, amusez-vous bien !

Après nous avoir gratifiées d'une petite tape de bénédiction sur l'épaule, elle voleta à l'autre bout de la pièce, s'exclamant, cajolant, s'émerveillant devant la robe d'une nouvelle venue, tripotant ses bouclettes tout en discutant avec le duc de Castelloti, se confondant en éloges devant un jeune homme gras assis derrière la harpe.

— La tête vous tourne rien qu'à la regarder, vous ne trouvez pas ? glissai-je à la jeune fille.

Un petit sourire se dessina sur ses lèvres et elle baissa timidement les yeux. La pauvre devait se demander où elle était tombée. Les soirées fastueuses de Louise étaient étourdissantes et cette enfant semblait à peine sortie du couvent.

— Je m'appelle Claire Fraser, annonçai-je, mais Louise a oublié de me dire votre nom.

Je marquai une pause encourageante, mais elle ne répondit pas. Ses joues devenaient plus rouges de minute en minute. Elle pinçait les lèvres et cachait ses petits poings serrés dans les plis de sa jupe. Je commençais à m'inquiéter quand elle trouva enfin le courage de parler. Elle prit une profonde inspiration et releva le menton comme une condamnée s'apprêtant à monter sur la potence.

— J-j-je m-m-m'ap-p-p-pelle... commença-t-elle.

Je compris alors son silence et sa douloureuse timidité. Elle ferma les yeux, se mordit violemment les lèvres, les rouvrit et se lança courageusement dans une seconde tentative.

— M-M-M-Mary Hawk-k-k-kins.

Après une pause pour reprendre son souffle, elle ajouta fièrement :

— J-j-je ne sais pas ch-ch-chanter.

Je la trouvais déjà intéressante. Cette fois, elle me parut absolument fascinante. Ainsi, c'était la nièce de Silas Hawkins, la fille du baronnet, la promise du vicomte Marigny. Dire que cette malheureuse enfant allait devoir supporter cet ignoble Marigny ! Je lançai un regard à la ronde pour m'assurer qu'il ne traînait pas dans les parages.

Je me plaçai subrepticement devant elle pour la cacher au flot des invités qui commençaient à affluer vers le salon de musique et lui glissai à l'oreille :

— Ne vous inquiétez pas. Vous n'êtes pas obligée de vous forcer à parler si vous n'en avez pas envie. En revanche, vous devriez essayer le chant. J'ai connu autrefois un médecin spécialisé dans le bégaiement. Il paraît que les bègues perdent leur infirmité quand ils chantent.

Les yeux de Mary Hawkins s'écarquillèrent. Juste derrière nous, je remarquai une alcôve avec un divan masqué par un rideau.

— Tenez, dis-je en la prenant par la main. Asseyez-vous donc ici, comme ça vous n'aurez pas à parler aux gens. Si vous voulez chanter, vous n'aurez qu'à sortir quand nous commencerons. Sinon, vous pouvez rester cachée ici jusqu'à la fin de la soirée.

Elle me dévisagea, incrédule, pendant une bonne minute, puis son visage s'illumina d'un large sourire de gratitude et elle se faufila dans l'alcôve.

Je m'attardai devant le rideau pour éviter que des domestiques ne viennent la déranger et bavardai avec ceux qui passaient devant moi.

— Comme vous êtes ravissante ce soir, ma chère !

C'était madame de Tourneville, une des dames de compagnie de la reine. Cette vieille pipelette était déjà venue dîner une ou deux fois rue Trémoulins. Elle m'embrassa chaleureusement et lança un regard à la ronde pour s'assurer que personne ne nous observait.

— À vrai dire, ma chère, j'espérais bien vous trouver ici, dit-elle en se penchant vers moi et en baissant la voix. Je voulais vous mettre en garde contre le comte de Saint-Germain.

Suivant la direction de son regard, je vis entrer dans le salon la silhouette fine et élancée de l'homme du Havre, une jeune femme élégante à son bras. Apparemment, il ne m'avait pas vue et je lui tournai rapidement le dos.

— Qu'est-ce... que... vous voulez dire... ? balbutiai-je.

— Eh bien... c'est qu'il fait courir des bruits à votre sujet. J'ai cru comprendre qu'il y avait eu un petit incident entre vous au Havre ?

— Oui, en effet. J'ai eu le malheur de dire devant tout le monde qu'un de ses marins était atteint de la variole et son navire a été aussitôt détruit. Je crois... qu'il m'en veut un peu.

— Ah, c'était donc ça !

Madame de Tourneville eut l'air satisfaite. Connaître ma version de l'incident lui donnerait sûrement un avantage dans les échanges de ragots et de médisances qui étaient le pain quotidien de la vie parisienne.

— Il raconte à qui veut l'entendre que vous êtes une sorcière, dit-elle en souriant et en faisant un petit signe de la main à une amie à l'autre bout de la pièce. Oh, mais personne ne le croit, rassurez-vous ! Tout le monde à Paris sait bien que s'il y a bien quelqu'un qui est mêlé à ce genre d'affaire, c'est Saint-Germain lui-même.

— Vraiment ?

J'aurais aimé lui demander ce qu'elle entendait par là, mais au même instant Herr Gerstmann gonfla le torse et tapa dans ses mains comme s'il ordonnait à un groupe de poules de rentrer au poulailler.

— Allons, allons, Mesdames ! Nous sommes au complet. Nous pouvons commencer.

Tandis que le chœur se rassemblait en hâte autour de la harpe et du clavecin, je lançai un regard vers l'alcôve où j'avais laissé Mary Hawkins. Je crus voir le rideau bouger. Quand les premiers accords retentirent et que les voix s'élevèrent à l'unisson, il me sembla distinguer une belle voix de soprano léger venant de l'alcôve, mais je n'en étais pas sûre.

— Très joli, *Sassenach* ! commenta Jamie quand je vins le rejoindre.

Je profitai du passage d'un domestique pour saisir au vol un verre de punch sur son plateau.

— Qu'est-ce que tu en sais ? répliquai-je. Tu serais incapable de différencier un air d'un autre.

— Eh bien... en tout cas, vous chantiez... fort, rétorqua-t-il, imperturbable. Je pouvais distinguer chaque parole.

Je le sentis soudain se raidir à côté de moi et me tournai pour suivre son regard.

La femme qui venait d'entrer était petite et menue, avec des pieds et des mains de poupée, des traits aussi délicats qu'une porcelaine chinoise, et de grands yeux de biche. Elle ne dépassait sans doute pas le sternum de Jamie. Elle avançait d'un pas léger, comme si elle flottait au-dessus du sol.

— Tiens, voilà Annabelle de Marillac, dis-je en l'admirant. Quelle jolie femme !

— Hmm.

Quelque chose dans le son de sa voix me fit lever les yeux vers lui. Ses oreilles étaient rouges.

— Tiens, tiens ! Je croyais que tu avais passé tes années en France à te battre, pas à faire des conquêtes ! le taquinai-je.

À ma grande surprise, il éclata de rire. En l'entendant, la femme tourna la tête vers nous et, reconnaissant le visage de Jamie qui surplombait la foule, laissa un sourire éclatant illuminer son visage. Elle fit quelques pas dans notre direction, avant d'être interceptée par un monsieur emperruqué et resplendissant de satin lavande qui lui prit le bras et l'entraîna à l'écart. Elle agita son éventail vers Jamie avec un geste de regret coquet et consacra toute son attention à son interlocuteur.

— Qu'est-ce qu'il y a de si drôle ? demandai-je à Jamie.

Il sursauta, brusquement extirpé de ses souvenirs, et sourit.

— Rien, *Sassenach*. C'est ce que tu viens de dire à propos de combat et de conquêtes. La première fois que je me suis battu en duel, et la dernière, c'était justement à cause d'Annabelle de Marillac. J'avais dix-huit ans.

Il avait l'air songeur, plongé dans la contemplation de la petite masse de cheveux noirs et brillants qui allait et venait dans la foule, toujours entourée d'une grappe de perruques grises et de chignons perlés, avec ici et là une coiffure teintée de rose à la dernière mode.

— Un duel ? mais contre qui ?

Je lançai un regard inquiet à la ronde, au cas où un ancien admirateur belliqueux de la poupée de porcelaine serait enclin à rallumer une vieille querelle.

— Oh, il n'est pas là, dit Jamie suivant mon regard et interprétant mes pensées. Il est mort.

— Tu l'as tué ? glapis-je.

Je n'avais pas l'intention de parler si fort. Plusieurs têtes se tournèrent vers nous d'un air curieux. Jamie me saisit par le coude et m'entraîna hâtivement vers une des portes-fenêtres.

— Ne parle pas si fort, *Sassenach* ! Non, je ne l'ai pas tué, même si je ne demandais pas mieux. Il est mort il y a deux ans des suites d'une mauvaise bronchite. C'est Jared qui me l'a dit.

Il m'entraîna dans le parc et nous suivîmes l'une des allées éclairées par des lanternes tenues à bout de bras par des laquais postés tous les dix mètres, plus impassibles que des réverbères. Toutes les allées conduisaient à un grand bassin au centre duquel quatre insolents dauphins crachaient de l'eau sur un Triton qui les menaçait de son trident d'un air agacé.

— Alors, raconte ! insistai-je dès que nous fûmes hors de portée des groupes rassemblés sur la terrasse. Qu'est-ce que c'est que cette histoire ?

— D'accord, fit-il d'un air résigné. Tu as sans doute remarqué qu'Annabelle est plutôt jolie ?

— Ah oui ? Mmmouais, maintenant que tu le dis... oui, elle est assez mignonne.

Il me lança un regard surpris, puis éclata de rire.

— Oui, eh bien, figure-toi que je n'étais pas le seul de cet avis à Paris, ni le seul galant à perdre la tête pour elle. J'en étais fou. Je faisais le planton toute la nuit devant chez elle, dans l'espoir de la voir sortir ou simplement paraître à sa fenêtre. J'en oubliais même de manger. Jared me disait que j'avais l'air d'un épouvantail, avec mes vêtements pendant lamentablement sur ma carcasse. Il faut dire qu'avec ma tignasse, la ressemblance devait être frappante.

Il passa une main dans ses cheveux bien coiffés, tirés en arrière en une impeccable queue de cheval retenue par un ruban bleu.

— Tu en oubliais de manger ! m'exclamai-je. Mince, tu devais être vraiment mordu !

— Pour ça, oui. Mais le pire, c'est quand elle s'est mise à flirter avec Charles Galbrais. Tu me diras, elle flirtait avec tout le monde, c'était son droit. Toutefois, il l'accompagnait dans les soupers un peu trop souvent à mon goût, et elle lui accordait beaucoup trop de danses lors des bals et puis... bref, un soir j'ai surpris le Charles en question en train de l'embrasser au clair de lune sur la terrasse de son père... et je l'ai défié.

Nous avions rejoint le bassin. Jamie s'interrompit et nous nous assîmes sur le bord de la fontaine. Jamie trempa sa main dans l'eau noire et observa les gouttelettes argentées dégouliner le long de ses doigts.

— À l'époque, reprit-il, les duels étaient interdits à Paris. Ils le sont toujours. Mais, comme aujourd'hui, on arrivait toujours à contourner la loi. Je lui ai laissé le choix du lieu et il m'a donné rendez-vous à Boulogne, près de la route des Sept Saints, à l'abri des regards derrière un écran de chênes. Il avait également le choix des armes. Je m'attendais à ce qu'il choisisse le pistolet, mais il a opté pour l'épée.

— Mais pourquoi l'épée ? Tu devais avoir un avantage de quinze centimètres sur lui, sinon plus.

Sans être experte en la matière, les circonstances m'avaient obligée à me familiariser avec les stratégies et tactiques de l'escrime. Jamie et Murtagh s'entraînaient tous les deux ou trois jours dans la cour, au grand plaisir des domestiques, hommes et femmes, qui assistaient au spectacle depuis les balcons.

— S'il a choisi l'épée, c'est qu'il la maniait à merveille. Mais il craignait sans doute que je le tue accidentellement avec une arme à feu, alors qu'il savait que je me satisferais de lui infliger une petite blessure. Je ne voulais pas le tuer, juste l'humilier et il le savait. Charles était tout sauf idiot.

— Et tu as réussi à l'humilier ?

— Enfin... disons que j'ai réussi à le blesser.

Je notai avec surprise une note de satisfaction dans sa voix.

— Il avait été l'élève de Lejeune, l'un des plus grands maîtres d'armes de France. C'était pire que combattre une satanée mouche ! En plus, je combattais avec la main droite ! Le ruban avec lequel j'avais noué mes cheveux s'est défait au beau milieu du combat et j'avais les cheveux dans les yeux. Je ne voyais que la masse blanche de Charles qui sautillait de-ci de-là, comme un moineau. C'est comme ça que je l'ai eu finalement, en frappant à l'aveuglette comme on empale un poisson au bout d'une lance. Il s'est mis à beugler comme un âne, si bien que j'ai d'abord cru que je l'avais transpercé de part en part ; mais il n'avait qu'une égratignure au bras. J'ai écarté mes cheveux et j'ai vu Annabelle qui se tenait à la lisière de la clairière, ses grands yeux écarquillés d'effroi. J'ai rengainé mon épée en pensant qu'elle allait se précipiter vers moi pour m'embrasser.

— Hmm... fis-je avec tact. Et ce ne fut pas le cas ?

— Non, elle s'est jetée à son cou en le couvrant de baisers, bien sûr ! Un mois plus tard, elle l'épousait.

Il poussa un soupir et me lança un sourire ironique.

— Que veux-tu ! Mon cœur était brisé. Je suis rentré en Écosse et j'ai tourné en rond pendant des semaines dans la maison de mes parents, jusqu'à ce que mon père perde patience. J'avais même envisagé de me faire moine. Je l'ai annoncé à mon père un soir au dîner. Je lui ai dit que je songeais à retraverser la Manche pour entrer à l'abbaye de Sainte-Anne, chez mon oncle.

Je me mis à rire.

— Tu n'aurais aucun mal à respecter le vœu de pauvreté, plaisantai-je. Mais pour ce qui est de la chasteté et de l'obéissance, j'ai quelques doutes ! Qu'a répondu ton père ?

— Il a posé sa cuillère et m'a regardé. Il a soupiré et a dit : « La journée a été longue, Jamie. » Après quoi, il a repris sa cuillère et continué à manger. Je n'ai plus jamais abordé la question.

Il tourna la tête vers la terrasse, où ceux qui ne dansaient pas se promenaient nonchalamment, buvaient du vin et flirtaient derrière leur éventail.

— Ah, Annabelle de Marillac ! médita-t-il. Une bien jolie fille, gracieuse et légère comme la brise. Si petite et menue qu'on a envie de la glisser sous sa chemise et de l'emporter partout comme une petite chatte.

Je restai silencieuse, écoutant la musique lointaine qui filtrait par les portes du salon.

Au bout d'un moment, Jamie remarqua mon silence et posa sa main sur la mienne.

— Qu'est-ce qu'il y a, *Sassenach* ?

— Oh, rien ! soupirai-je. Je me disais simplement que personne ne me décrira sans doute jamais comme « gracieuse et légère comme la brise » !

— Ah !

Il me dévisagea d'un air narquois.

— En effet, « gracieuse et légère » n'est pas le premier qualificatif qui me vient à l'esprit quand je pense à toi.

Il glissa un bras autour de ma taille avant de reprendre :

— Mais je te parle comme à mon âme. Ton visage est mon cœur.

Le vent tourna brusquement et nous fûmes aspergés par une fine bruine provenant de la fontaine. Nous nous écartâmes précipitamment en riant. Jamie inclina la tête vers la terrasse et me lança un regard interrogateur ; j'acquiesçai en prenant son bras.

— Ainsi, observai-je en remontant lentement les marches qui menaient à la salle de bal, tu en sais désormais un peu plus long sur la nature des femmes.

Il se mit à rire et serra un peu plus fort ma taille.

— La chose la plus importante que j'ai apprise sur les femmes, *Sassenach*, c'est savoir laquelle choisir.

Il s'écarta d'un pas, me fit une élégante révérence et m'indiqua la salle d'un geste du bras.

— Puis-je avoir l'honneur de cette danse, milady ?

Je passai l'après-midi suivant chez les Arbanville, où je rencontrai de nouveau le maître de musique du roi. Cette fois, nous eûmes le temps d'avoir une longue conversation, que je rapportai à Jamie après le dîner.

— Tu as fait quoi ? s'écria-t-il comme s'il me soupçonnait de vouloir lui faire une mauvaise plaisanterie.

— Rien, pour le moment. Herr Gerstmann m'a proposé de rendre visite à une de ses amies, mère Hildegarde, qui dirige l'hôpital des Anges. Tu sais... l'hospice qui se trouve près de Notre-Dame.

— Oui, je sais où c'est, répondit-il d'une voix morne.

— Comme il avait mal à la gorge, je lui ai donné des conseils pour se soigner. Ensuite, nous avons parlé de remèdes en général et de mes connaissances médicales et... enfin tu sais comment une chose en entraîne une autre.

— Oui, surtout avec toi, rétorqua-t-il avec une moue cynique.

Je fis comme si je n'avais rien entendu et poursuivis :

— C'est pourquoi j'ai décidé de me rendre à l'hospice dès demain.

Je descendis mon coffret de remèdes de son étagère et l'ouvris. Tout en remettant un peu d'ordre dans son fouillis, j'ajoutai sur un ton prudent :

— Je ne crois pas que je l'emporterai pour la première visite. Je ne voudrais pas leur donner l'impression de vouloir m'imposer.

— T'imposer ?

— Euh... oui. J'ai pensé que je pourrais peut-être travailler régulièrement à l'hospice. Herr Gerstmann m'a dit que tous les médecins et les guérisseurs de la ville y travaillaient bénévolement. Mais la plupart d'entre eux ne viennent que quand ils n'ont rien d'autre à faire. Moi, en revanche, j'ai tout mon temps.

— Tout ton temps ?

— Tu as fini de répéter ce que je dis ? Oui, figure-toi que j'ai beaucoup de temps devant moi. Je sais qu'il est important de se faire voir dans les salons et les dîners, mais ça ne me prend pas toute la journée. Je pourrais...

— *Sassenach*, tu veux aller soigner des mendiants et des criminels alors que tu attends un enfant ? Tu oublies que tu es enceinte !

Il semblait terrifié et me dévisageait avec un regard affolé comme s'il devait réagir devant un brusque accès de démence.

— Non, je n'ai pas oublié, dis-je en posant les mains sur mon ventre. Mais ça ne se voit pas encore et, avec une robe un peu lâche, personne ne le remarquera avant longtemps. Et puis, hormis mes nausées matinales, je vais parfaitement bien. Je ne vois rien qui m'empêche de travailler pendant les quelques mois à venir.

— Rien, sauf que je ne te laisserai pas faire !

— Jamie, tu sais ce que je suis.

— Tu es ma femme !

— Certes, mais je suis aussi infirmière. Une guérisseuse. Tu es bien placé pour le savoir.

— Parce que tu m'as soigné quand j'étais blessé, je devrais trouver normal que tu ailles t'occuper de la racaille et des prostituées ? *Sassenach*, as-tu seulement une petite idée du type d'individus qu'on soigne à l'hôpital des Anges ?

— Oui, et alors ?

Il lança un regard ahuri autour de lui, implorant l'aide du portrait au-dessus de la cheminée pour me faire entendre raison.

— Alors... tu pourrais attraper une saleté ! As-tu seulement pensé à la santé de notre enfant ?

Décidément, la raison n'était pas à l'ordre du jour.

— Mais bien sûr ! Pour qui me prends-tu ? rétorquai-je.

— Puisque tu veux savoir, je vais te le dire : pour une folle prête à abandonner son mari pour aller jouer au docteur avec la lie de l'humanité !

— Qui a parlé de t'abandonner ? Tu trouves donc si invraisemblable de vouloir me rendre utile plutôt que de m'encroûter dans le salon des Arbanville, à regarder Louise de Rohan s'empiffrer de petits fours, à écouter de la mauvaise poésie, ou à... à... à...

— Parce que t'occuper de la maison n'est pas utile ? Être mariée avec moi n'est pas utile ?

Il parcourait la pièce de long en large en décrivant de grands gestes ponctués de petits mouvements secs de la tête, si bien que ses cheveux dénoués se dressaient chaque fois un peu plus en un halo flamboyant autour de son visage. Il se tourna vers moi, écarlate et pantelant, et me toisa tel l'ange de l'Apocalypse.

— Garde ta salade pour les cochons ! vociférai-je. Parce qu'être marié avec moi est une occupation suffisante pour toi ? Dans ce cas, pourquoi ne restes-tu pas à la maison toute la journée à m'adorer ? Quant à s'occuper de la maison, c'est de la connerie !

— De la connerie ? répéta-t-il sans comprendre.

— Oui, ça ne tient pas debout, c'est du pipeau, de la crotte ! C'est Mme Vionnet qui s'occupe de tout ici, et elle le fait cent fois mieux que moi.

C'était tellement vrai qu'il ne trouva rien à redire. Il me fixa longuement, les narines frémissantes.

— Et si je t'interdisais d'y aller ?

Cette fois, ce fut mon tour d'être prise de court. Il se tenait devant moi, les jambes fermement plantées sur le sol, les mâchoires crispées et les bras croisés, comme une statue en bronze.

— Est-ce que tu me l'interdis ?

C'était une question pertinente. Que ferais-je s'il me l'interdisait ? Toute une série d'options défilèrent rapidement dans ma tête, en commençant par lui planter le coupe-papier en ivoire entre les omoplates ou le ligoter sur le tapis avec les cordons du rideau avant d'incendier la maison. Le seul parti auquel je ne songeai pas un instant, c'était de lui céder.

— Non, dit-il enfin, en faisant des efforts manifestes pour se contrôler, je ne t'interdis rien. Mais si je te le demande ?

Je réfléchis longuement. Au début, l'idée de cette visite à l'hôpital des Anges m'était simplement apparue comme une alternative attirante aux commérages et aux médisances incessants de la vie parisienne. Mais à présent... ce n'était pas uniquement que l'idée de travailler me plaisait. J'en avais besoin.

— Je ne sais pas, répondis-je.

Il prit une profonde inspiration et expira lentement.

— Tu veux bien y réfléchir, Claire ?

— D'accord.

La tension entre nous se dissipa quelque peu. Il tourna les talons et se mit à errer dans la pièce, prenant des objets au hasard et les reposant n'importe où. Il vint se planter devant la bibliothèque et examina les titres des ouvrages d'un air absent. Je vins me placer derrière lui et lui posai une main sur l'épaule.

— Excuse-moi, Jamie, je ne voulais pas te mettre dans cet état.

Il se tourna vers moi et m'adressa un petit sourire contrit.

— Bah ! Je ne voulais pas te faire une scène non plus. Je suis un peu sur les nerfs en ce moment.

Il me tapota la main et s'approcha de son bureau.

— Tu travailles trop, le grondai-je.

Il ouvrit un énorme registre et se mit à le feuilleter.

— Ce n'est pas ça. Les affaires de Jared m'occupent beaucoup, c'est vrai. Mais tout se passe plutôt bien. Non, c'est l'autre travail qui me préoccupe.

Il indiqua une petite liasse de lettres coincée sous un presse-papiers en albâtre en forme de rose, l'emblème des Stuarts. C'étaient des lettres de l'abbé Alexander, du comte de Mar et d'autres jacobites influents. Elles étaient toutes remplies de questions voilées, de promesses évanescentes et d'espoirs contradictoires.

— C'est pire que de se battre contre des moulins à vent! explosa Jamie. Si seulement je pouvais savoir quels sont mes véritables adversaires. Je sais me battre avec mes poings, mais ça...

Il saisit la liasse et la jeta en l'air. Les lettres retombèrent en zigzaguant sous les meubles.

— Je n'ai aucune prise, grogna-t-il. Je pourrais rencontrer des milliers de gens, écrire des centaines de lettres, boire avec Charles-Édouard jusqu'à avoir le foie comme une éponge, sans jamais savoir si j'avance ou pas.

Je laissai les lettres éparpillées sur le sol. Un des domestiques les ramasserait plus tard.

— Jamie, dis-je doucement. Nous faisons de notre mieux.

Il esquissa un léger sourire, les mains posées à plat sur le bureau.

— C'est vrai. Je suis content que tu aies dit « nous ». Je me sens parfois isolé au milieu de toutes ces intrigues.

— Tu sais bien que je ne te laisserais pas seul. Après tout, c'est moi qui t'ai entraîné dans cette histoire.

Il se pencha vers moi et m'embrassa sur le front.

— C'est vrai, mais je ne t'en veux pas, *Sassenach*. Tu as l'air fatiguée. Monte donc te coucher. Il me reste encore un peu de travail à faire, je n'en ai plus pour longtemps.

Avant de sortir, je m'arrêtai sur le pas de la porte. Il était assis derrière le bureau et tournait les pages de l'énorme registre.

— Dis, Jamie...

— Hmm?

— L'hôpital... j'ai dit que j'y réfléchirais. Mais toi aussi, penses-y de ton côté. D'accord?

Il leva la tête, les sourcils froncés. Puis son visage s'éclaira et il hocha la tête.

— Je te rejoins tout à l'heure, *Sassenach*.

Dehors, il tombait un mélange de neige et de pluie. Un vent puissant faisait gémir les cheminées et craquer la maison, rendant, par contraste, l'atmosphère de notre chambre plus douillette encore. Notre lit lui-même était une oasis de chaleur et de confort, équipé de gros édredons en plumes d'oie, d'énormes oreillers moelleux et profonds et de mon radiateur personnel en la personne de Jamie.

Il me caressait doucement le ventre et la chaleur de sa main traversait la soie de ma chemise de nuit.

— Non, plus bas, le guidai-je. Voilà, tu y es ! Appuie un peu plus fort.

Je lui pris la main et la posai juste au-dessus de mon os pelvien, là où mon utérus commençait à former un petit renflement dur et rond, à peine plus gros qu'un pamplemousse.

— Oui, je le sens, murmura-t-il émerveillé. Il est vraiment là. Tu le sens bouger ?

— Non, pas encore. Si je me souviens bien de ce que m'a dit ta sœur, il faudra encore attendre un bon mois.

— Hmm, fit-il en baisant mon ventre. Qu'est-ce que tu penses de « Dalhousie » ?

— Comment ça, « qu'est-ce que je pense de Dalhousie » ? Qu'est-ce que c'est, d'abord ?

— C'est un nom de garçon, répondit-il en me tapotant le ventre. Il lui faudra bien un nom.

— Certes, mais qu'est-ce qui te fait croire que ce sera un garçon ?

— Ah ? Oui, tu as raison, dit-il comme s'il n'avait encore jamais envisagé cette possibilité. Enfin, on peut toujours commencer par réfléchir à un nom de garçon, on verra les filles plus tard. On pourrait l'appeler comme ton oncle, par exemple.

— Hmm... fis-je, dubitative.

Malgré toute mon affection pour oncle Lamb, je ne me voyais pas affubler un petit enfant innocent du nom de « Lambert » ou de « Quentin ».

— Non, je ne pense pas. D'un autre côté, je n'ai pas envie non plus de lui donner le prénom d'un de tes oncles.

Jamie fixa le plafond d'un air absent.

— Comment s'appelait ton père, *Sassenach* ?

Je dus réfléchir un instant avant de m'en souvenir.

— Henry. Henry Montmorency Beauchamp. Il n'est pas question que j'appelle notre fils « Montmorency Fraser ». Et puis Henry ne m'emballe pas non plus, même si c'est un peu mieux que « Lambert ». Si on l'appelait « William », comme ton frère ?

Le frère aîné de Jamie était mort jeune, mais il avait vécu suffisamment longtemps pour que Jamie se souvienne de lui avec une grande affection.

Jamie sembla réfléchir.

— Mouais, pourquoi pas ? dit-il sans enthousiasme, ou encore, on pourrait l'appeler...

— James, répondit une voix sépulcrale provenant de la cheminée.

— Quoi ? hurlai-je en bondissant sur le lit.

— James, répéta la cheminée avec impatience. James !
James !

— Seigneur Jésus ! murmura Jamie d'un air ahuri en fixant les flammes qui dansaient dans l'âtre.

Il resta pétrifié un moment, le teint livide, puis eut soudain une illumination. Il sauta au pied du lit et se précipita vers la fenêtre.

Un courant d'air glacé s'engouffra dans la chambre. Jamie se pencha au-dehors et tordit le cou vers les toits. J'entendis un appel étouffé, suivi d'un craquement d'ardoises. Jamie se pencha encore un peu et se hissa sur la pointe des pieds. Je le vis tendre les bras vers le ciel et reculer lentement dans la pièce, trempé de pluie et grognant sous l'effort. Il traînait derrière lui une masse de vêtements sombres dans lesquels se trouvait un jeune homme, accroché au cou de Jamie, dégoulinant de pluie, un mouchoir taché de sang enroulé autour de son poignet.

Le visiteur se prit le pied dans le montant de la fenêtre et atterrit à plat ventre au milieu de la chambre. Il se releva aussitôt et esquissa une révérence dans ma direction.

— Madame, déclara-t-il avec un fort accent. Je ne sais comment me faire pardonner cette intrusion intempestive à une heure si tardive. Croyez bien que je ne me serais pas permis d'importuner mon ami James si ce n'était une question d'absolue nécessité.

C'était un beau garçon plutôt bien bâti, avec des cheveux châtains qui retombaient en boucles épaisses sur ses épaules, et un beau visage fin et racé. Ses joues étaient rougies par le froid et l'effort. Son nez coulait légèrement et il s'essuya avec le dos de sa main bandée, grimaçant légèrement de douleur.

Jamie, l'air encore un peu hébété, inclina du chef.

— Vous êtes ici chez vous, Votre Altesse.

L'altesse en question avait piètre allure. Sa lavallière dénouée pendait mollement autour de son cou. Son manteau était boutonné de travers et sa braguette bâillait. Je vis Jamie se raidir légèrement en apercevant ce dernier détail et il vint se placer entre notre visiteur impromptu et le lit, sans doute pour m'épargner cet indélicat spectacle.

— Permettez-moi de vous présenter ma femme, Votre Altesse, lady Broch Tuarach. Claire, je te présente Son Altesse le prince Charles-Édouard, fils de notre roi Jacques III.

— C'est ce que j'avais cru comprendre. Euh... bonsoir, Votre Altesse, répondis-je aimablement en tirant les couvertures sous mon menton.

Vu les circonstances, je supposai que je pouvais faire l'économie de la révérence d'usage.

Le prince avait profité des présentations de Jamie pour se reboutonner. Il se redressa, ayant retrouvé une dignité plus royale, et fit cette fois une courbette nettement plus élégante.

— Je suis enchanté, Madame.

Puis il se tint au milieu de la pièce, tordant son tricorne mou entre ses mains, manifestement à court de civilités. Jamie, les jambes nues dans sa chemise de nuit, semblait lui aussi en manque d'inspiration. Son regard allait du prince à moi.

— Euh... dis-je pour rompre le silence. Vous avez eu un accident, Votre Altesse ?

Mes yeux se posèrent sur le mouchoir noué autour de son poignet et il baissa les yeux d'un air étonné, comme s'il ne s'était encore aperçu de rien.

— Ah... euh... oh... non, ce n'est rien, milady.

Il devint cramoisi et fixa sa main. Son expression était déconcertante, à mi-chemin entre la honte et la colère. Toutefois, voyant que la tache rouge sur le mouchoir s'étalait, je sortis du lit et enfilai pudiquement ma robe de chambre.

— Laissez-moi voir ça, ordonnai-je.

La blessure, que Son Altesse ne me laissa examiner qu'à contrecœur, n'était pas grave mais insolite.

— On dirait une morsure ! observai-je en inspectant de près les petits trous entre le pouce et l'index.

— En effet, milady, c'est une morsure de singe. Une sale bête, un vrai sac à puces ! explosa le prince. Je lui avais pourtant demandé de s'en débarrasser. Je suis sûr que cet animal est truffé de vermine !

J'allai chercher mon coffret de remèdes et lui appliquai délicatement un onguent à la gentiane.

— Je ne pense pas que vous ayez à vous inquiéter, le rassurai-je... Tant que cet animal n'a pas la rage.

Le prince pâlit.

— La rage ? Vous croyez ? demanda-t-il d'une voix faible.

Il n'avait manifestement pas la moindre idée de ce qu'était la rage, mais il savait qu'il n'en voulait pas.

— Tout est possible, répondis-je gaiement.

Il me vint soudain à l'esprit que ce jeune prince rendrait service à beaucoup de monde s'il avait la grâce de succomber rapidement à quelque maladie fulgurante et mortelle. Cela dit, je ne pouvais me résoudre à lui souhaiter la gangrène ou la rage, et lui bandai la main proprement dans un linge frais.

Il me fit une autre courbette, me remercia d'une manière très fleurie dans un mélange de français et d'italien et, se confondant de nouveau en excuses pour sa visite impromptue, fut entraîné au rez-de-chaussée par Jamie, décemment vêtu de son kilt cette fois, pour prendre un petit remontant entre hommes.

Je me reglissai aussitôt dans mon lit. Ainsi j'avais enfin fait la connaissance du fameux Bonnie Prince Charlie ! *Bonny* signifiait « beau » en écossais. Il portait bien son nom. Il m'avait paru très jeune, beaucoup plus jeune que Jamie, même si ce dernier n'avait qu'un an ou deux de plus que lui. En dépit de sa tenue désordonnée, Son Altesse avait des manières distinguées et un air digne à la hauteur de son titre. Mais cela lui suffirait-il pour inciter les Écossais à se soulever ? Tout en me laissant envahir par le sommeil, je me demandai ce que faisait le prétendant au trône de l'Écosse sous notre toit et comment il s'était débrouillé pour se faire mordre par un singe en plein Paris.

La question hantait encore mes rêves quand Jamie me réveilla un peu plus tard en se glissant dans le lit et en plaçant ses grands pieds glacés sous mes genoux.

— Ne hurle pas comme ça ! chuchota-t-il. Tu vas réveiller les domestiques.

— Que faisait Charles-Édouard Stuart à gambader sur les toits en pleine nuit avec des singes ? demandai-je. Et enlève tes pieds de là !

— Il sortait de chez sa maîtresse, répondit-il en frottant ses orteils contre mes mollets.

— Il a une maîtresse ? Qui ?

Stimulée par le froid et le parfum de scandale, j'étais à présent complètement réveillée.

— Louise de La Tour d'Auvergne.

Son nez paraissait plus long et plus pincé que d'habitude et ses épais sourcils formaient une barre réprobatrice sous son front plissé. Avoir une maîtresse était déjà difficilement acceptable pour un Écossais catholique, même si, noblesse oblige, les membres de la royauté pouvaient se permettre quelque licence. Mais Louise était mariée, et royauté ou pas, l'adultère était positivement immoral, en dépit de l'exemple de son cousin Jared.

— Aha ! dis-je avec satisfaction. Je te l'avais dit !

— Il affirme être fou amoureux d'elle et soutient qu'il est aimé en retour. Il prétend que ces trois derniers mois, elle ne l'a trompé avec personne d'autre. Peuh !

— Ce sont des choses qui arrivent, dis-je avec philosophie. Alors, comme ça, il sortait de chez elle ? Mais ça n'explique pas ce qu'il faisait sur les toits ! Il t'a raconté ?

— Ah pour ça, oui ! Rien ne m'a été épargné !

Après avoir repris des forces grâce à quelques verres du meilleur porto de Jared, Son Altesse s'était montrée très expansive. Son amour venait d'être mis à rude épreuve par la dévotion de sa belle pour son animal de compagnie : un primate caractériel qui rendait bien au prince son antipathie mais disposait de moyens plus directs et expéditifs pour la lui montrer. Le prince ayant eu la maladresse de faire une chiquenaude sur le nez de l'animal, il s'était vu gratifier d'une vilaine morsure à la main, suivie d'une blessure plus cuisante encore infligée à sa dignité par la langue vipérine de sa maîtresse, furieuse qu'on taquine sa bête. Les amants s'étaient vivement querellés, au point que Louise avait ordonné à Charles-Édouard de se retirer immédiatement de sa vue. Celui-ci s'était incliné, non sans avoir clamé haut et fort que jamais plus elle ne le reverrait.

Hélas, le départ fracassant du prince avait été contrarié par le retour inopiné du mari, occupé à cuver son cognac dans le petit salon près de la porte d'entrée. Aussi Son Altesse s'était-elle vue contrainte de sortir par une fenêtre et de descendre dans la cour en s'accrochant aux gouttières. Malheureusement, le passage de la ronde de nuit l'avait obligée à remonter dare-dare sur les toits. Charles-Édouard avait donc zigzagué entre les cheminées, sauté de toit en toit, glissé sur des tuiles trempées, et s'était souvenu fort à propos que son ami James habitait trois maisons plus loin.

— Hmm, fis-je en sentant enfin la chaleur investir de nouveau mes orteils. Tu l'as fait raccompagner chez lui avec la voiture ?

— Non, il a pris un cheval dans les écuries.

— S'il a sifflé une bouteille du porto de Jared, il n'est pas encore rentré ! La route est longue jusqu'à Montmartre.

— Ma foi, c'est son affaire ! rétorqua Jamie.

Avec l'indifférence d'un homme bien bordé au fond de son lit douillet auprès de son épouse légitime, il souffla la chandelle et se blottit contre moi en chien de fusil.

— Bien fait pour lui, ajouta-t-il. Il n'a qu'à être marié.

Les domestiques étaient debout depuis l'aube, occupés à récurer la maison pour la venue de M. Duverney, attendu pour un petit dîner intime. Couchée les yeux fermés, j'écoutais le remue-ménage à l'étage inférieur.

— Je ne vois pas pourquoi ils se donnent tout ce mal ! grognai-je à voix haute. Il suffit de dépoussiérer le jeu d'échecs et de sortir une bouteille de cognac. Il ne verra rien d'autre.

Jamie se mit à rire et se pencha pour m'embrasser avant de sortir.

— Laisse-les s'agiter, dit-il. J'aurai besoin d'un bon dîner si je veux encore le battre ce soir. Je vais à l'entrepôt. Je serai de retour juste à temps pour me changer.

Ne sachant pas quoi faire pour tuer le temps et éviter de me mettre dans les pattes des domestiques, je décidai de me faire escorter par un laquais jusqu'à l'hôtel de Rohan. Louise aurait peut-être besoin de s'épancher après les événements de la veille. C'était de la vulgaire curiosité, mais je n'avais rien de mieux à faire.

Lorsque je rentrai en fin d'après-midi, je trouvai Jamie affalé sur une chaise près de la fenêtre, les pieds sur la table, le col déboutonné, les cheveux dénoués, absorbé par la lecture d'une liasse de papiers. Il leva le nez en entendant la porte s'ouvrir et, me voyant entrer, se leva pour venir m'embrasser.

— Te voilà enfin, *Sassenach* !

Il enfouit son nez dans mes cheveux, puis recula vivement et éternua. Il éternua une seconde fois et me lâcha pour sortir un mouchoir de sa manche.

— Qu'est-ce que c'est cette drôle d'odeur, *Sass... sass... sasse... nach* !

Je glissai deux doigts dans la fente de mon décolleté et en extirpai un petit sachet.

— Un mélange de jasmin, de rose, de jacinthe et de muguet... avec une touche d'ambroisie, je crois. Tu vas bien ?

Ses éternuements continuaient de plus belle. Je me dirigeai vers l'autre bout de la pièce et laissai tomber mon sachet dans un des tiroirs de la commode.

— Oui, ça peut aller, répondit-il, les yeux larmoyants. C'est à cause de la ja... de la ja... de la ja... cinthe !

— Doux Jésus ! m'exclamai-je.

Je me précipitai vers la fenêtre, l'ouvris et lui fis signe de prendre un grand bol d'air. Il s'exécuta, pencha la tête et les épaules sous la bruine, et inspira de grandes bouffées d'air.

— Ouf, ça va mieux, dit-il quelques instants plus tard. Mais qu'est-ce que tu fais ?

Je me contorsionnais pour dénouer les lacets de mon bustier.

— Je me déshabille pour me laver, répondis-je. Je suis couverte d'huile de jacinthe des pieds à la tête. Si je ne m'en débarrasse pas, tu vas finir par exploser.

— Tu es trop bonne, *Sassenach*. Tu veux que je fasse monter un peu d'eau chaude ?

— Non, pas la peine. Je vais juste me rincer, ça devrait aller.

Je parvins non sans mal à ôter seule ma robe. Puis je levai les bras pour relever mes cheveux en chignon. Soudain, Jamie bondit sur moi, me saisit le poignet et le tira vers le haut.

— Mais, Jamie, qu'est-ce qui te prend ?

— Qu'est-ce que tu t'es fait ? demanda-t-il en fixant mon aisselle.

— Je me suis rasée, répondis-je fièrement. Ou plus précisé-

213

ment, je me suis fait épiler à la cire. Ce matin, Louise recevait sa « servante aux petits soins », tu sais, son esthéticienne. Comme j'étais là, elle s'est aussi occupée de moi.

Il lança un regard incrédule vers la bougie sur la table de chevet.

— À la cire ? répéta-t-il. Tu t'es mis de la cire sous les bras ?

— Pas cette cire-là, gros nigaud ! De la cire d'abeilles parfumée. On la fait réchauffer, puis on l'étale sur la peau. Une fois qu'elle a refroidi, on l'arrache d'un coup sec et le tour est joué.

— Mais... mais c'est horrible ! s'exclama-t-il en roulant des yeux effarés.

Me tenant toujours le poignet dressé vers le plafond, il m'examina de plus près.

— Et ça ne... atchaaa !

Il me lâcha aussitôt et recula d'un pas.

— Ça ne fait pas mal ? reprit-il.

— Eh bien... si, un peu. Mais ça en valait la peine, non ?

Je levai les deux bras comme une ballerine et tournoyai sur moi-même.

— C'est la première fois que je me sens vraiment propre depuis des mois !

Il me dévisagea d'un air sceptique.

— Quel rapport entre le fait d'être propre et de ne plus avoir un seul poil sous les bras ?

Un peu tardivement, je me rendis compte qu'aucune des Écossaises que j'avais rencontrées jusqu'ici n'était épilée. De son côté, Jamie n'avait jamais approché une Parisienne de la haute société de suffisamment près pour savoir qu'elles l'étaient toutes.

— Eh bien... commençai-je, ça sent beaucoup moins fort.

J'eus soudain l'impression d'être une anthropologue tentant d'expliquer les coutumes étranges d'une tribu primitive.

— Mais qu'est-ce qu'elle a, ton odeur ? s'énerva Jamie. Au moins, tu sens comme une femme, pas comme un massif de fleurs ! Et moi, je suis quoi ? un homme ou un frelon ? Veux-tu bien te laver au plus vite, *Sassenach*, pour que je ne sois pas obligé de rester à cinq mètres de toi ?

Saisissant un linge humide, je commençai à me nettoyer la poitrine. Mme Lasserre, l'esthéticienne de Louise, m'avait enduite d'huile parfumée des orteils à la racine des cheveux. M'en débarrasser à présent était une entreprise déconcertante, avec Jamie qui rôdait autour de moi en marmonnant, comme un loup autour de sa proie.

Je me penchai pour tremper le linge dans l'eau et lançai par-dessus mon épaule sur un ton détaché :

— Au fait, j'ai fait les jambes aussi.

Je me tournai pour observer l'effet de cette remarque. Sa première surprise était en train de céder la place à une perplexité totale.

— Mais tes jambes ne sentaient pas mauvais ! À moins que tu n'aies pataugé dans le fumier toute la matinée !

Je relevai ma jupe jusqu'aux genoux, pointant un orteil en avant pour mettre en valeur le galbe de mon mollet.

— Tu ne trouves pas que c'est nettement plus joli ? minaudai-je. J'ai des jambes toutes lisses et douces, et non plus des pattes velues de gorille.

— C'est moi que tu traites de gorille ?

— Mais non, pas toi, moi ! m'énervai-je.

— Mes jambes sont bien plus poilues que les tiennes, je ne vais pas les raser pour autant !

— Oui mais c'est normal, toi, tu es un homme !

Il parut sur le point de contester cette affirmation, puis se ravisa. Poussant un soupir exaspéré, il retourna s'asseoir dans son fauteuil et m'observa du coin de l'œil tout en marmonnant quelque chose en gaélique. Je m'abstins de demander une traduction.

Lorsque j'eus pratiquement fini de me laver, je jugeai bon d'entamer les réconciliations.

— Ç'aurait pu être pire, tu sais ? dis-je en m'épongeant l'intérieur de la cuisse, Louise s'est fait épiler *partout*.

La stupeur lui fit retrouver provisoirement l'usage de l'anglais ; et l'horreur de la vision qui s'offrait à lui le fit sombrer dans une vulgarité inhabituelle de sa part :

— Quoi ! Tu veux dire qu'elle a fait enlever tous les poils de son sexe !

— Mm-mm, confirmai-je. Tous, jusqu'au dernier ! Mme Lasserre y a passé plusieurs heures, armée d'une minuscule pince à épiler.

— Jésus, Marie et tous les saints !

Il ferma les yeux, soit pour chasser l'image de son esprit, soit pour mieux la visualiser.

Ce devait être la seconde option car il les rouvrit bientôt.

— Ça signifie qu'elle est maintenant nue comme au jour de sa naissance ?

— Oui. D'après elle, les hommes trouvent ça érotique.

Il parut plus renfrogné que jamais et reprit ses ronchonnements inintelligibles.

— J'aimerais bien que tu cesses de marmonner comme ça, ajoutai-je. Je ne comprends pas un mot de ce que tu racontes.

— Si tu veux mon avis, *Sassenach*, c'est aussi bien.

12

L'hôpital des Anges

— D'accord, annonça Jamie d'un air résigné pendant le petit déjeuner.

Il pointa sa cuillère vers moi, en guise d'avertissement.

— Vas-y puisque tu en meurs d'envie, mais tu devras te faire accompagner par Murtagh, en plus d'un valet de pied. Le quartier aux alentours de Notre-Dame n'est pas très sûr.

— Oh, Jamie ! Tu veux dire que tu n'as plus d'objections à ce que j'aille à l'hôpital des Anges ?

— Ce n'est pas ce que j'ai dit. Mais je suppose que tu vas me rendre la vie impossible si tu n'y vas pas. Pendant que tu seras à l'hospice, tu ne passeras pas ton temps avec cette Louise de La Tour de Machinchouette. Finalement, il y a pire que de fréquenter des mendiants et des criminels. Au moins, tu ne rentreras pas de l'hôpital tes parties intimes défigurées par une nouvelle lubie à la mode.

— J'essaierai, promis-je.

J'avais déjà rencontré pas mal d'infirmières-chefs dans mon temps, y compris des femmes exceptionnelles qui auraient fait naître la vocation chez la plus récalcitrante. Mère Hildegarde était tout le contraire, mais avec des résultats tout aussi impressionnants.

Je n'aurais pu imaginer une personne mieux adaptée à la direction d'un endroit comme l'hôpital des Anges. Avec son mètre quatre-vingts et sa silhouette osseuse enveloppée dans des mètres de lainage noir, Hildegarde de Gascogne surplombait les sœurs soignantes comme un épouvantail un champ de courges. Brancardiers, patients, nonnes, garçons de salle, novices, visiteurs, apothicaires... tous étaient balayés par la formidable présence de mère Hildegarde et rangés en petits groupes bien ordonnés.

Avec sa taille et son visage d'une laideur transcendante au point d'être grotesquement beau, on comprenait aisément pourquoi elle avait embrassé une carrière dans les ordres. Le Christ était sans doute le seul homme disposé à l'aimer en retour.

Elle avait une voix grave et résonante et un fort accent gascon nasillard qui se répercutait contre les murs de l'hospice comme l'écho des cloches de la cathédrale voisine. Je l'entendis avant même de la rencontrer, sa voix de stentor augmentant en volume à mesure qu'elle approchait du petit bureau où j'attendais avec six dames de la Cour. Nous nous blottîmes toutes derrière Herr Gerstmann comme des insulaires dans l'attente d'un ouragan cachés derrière une frêle palissade.

Elle s'arrêta sur le seuil, immense silhouette surmontée d'une cornette, fondit sur Herr Gerstmann avec un cri de ravissement inattendu et l'embrassa violemment sur les deux joues.

— Mon cher Johannes ! Quel plaisir ! Je suis ravie de cette belle surprise. Quel bon vent vous amène ?

Se redressant, elle nous gratifia toutes d'un large sourire. Ce dernier se figea progressivement à mesure que le maître de musique lui décrivait nos intentions charitables. Il n'était pas nécessaire d'être bon physionomiste pour remarquer la légère contraction musculaire qui le faisait passer de l'amabilité sociale à un rictus désabusé.

— Nous sommes très touchées par votre sollicitude et votre générosité, mesdames, tonna la voix.

Ses petits yeux intelligents, profondément enfoncés dans leurs orbites, allaient de l'une à l'autre, se demandant comment se débarrasser au plus tôt de ce troupeau d'oies pieuses et les délester d'une somme suffisante pour assurer le salut de leur âme.

Ayant pris sa décision, elle frappa une fois dans les mains. Une petite sœur rondelette jaillit aussitôt sur le pas de la porte comme un diablotin monté sur ressort.

— Sœur Angélique, conduisez ces dames au dispensaire, ordonna la mère supérieure. Donnez-leur des vêtements adéquats et montrez-leur les salles communes. Elles pourront aider à donner à manger aux patients... si elles le souhaitent.

Un léger frémissement de sa lèvre supérieure m'indiqua qu'elle estimait que les pieuses intentions de ces dames ne survivraient pas à la visite des salles communes.

Mère Hildegarde connaissait la nature humaine. Après la première salle, il ne restait plus que trois d'entre nous. Les cas de scrofules, de gale, d'eczéma, de gangrène et de pyohémie purulente avaient eu raison de trois de nos compagnes. Ces dernières avaient décidé que, somme toute, leurs intentions charitables se satisferaient pleinement d'une donation à l'hôpital des Anges. Elles repartirent en courant au dispensaire pour se débarrasser des longues blouses de jute qu'on nous avait prêtées.

Au milieu de la deuxième salle, un grand homme dégingandé enveloppé dans un grand manteau noir était en train d'effectuer une opération chirurgicale particulièrement délicate, à savoir l'amputation d'une jambe. Ce qui la rendait si délicate était que le patient n'était pas anesthésié, mais simplement maintenu par deux solides garçons de salle et une nonne trapue assise à califourchon sur son ventre, ses larges jupons masquant heureusement la vue du malheureux.

Un petit bruit étouffé retentit derrière moi. En me retournant, j'aperçus les arrière-trains assez volumineux des deux autres aspirantes samaritaines qui se bousculaient pour passer la porte étroite menant au dispensaire et à la liberté. Dans un dernier effort et un déchirement de soie, elles parvinrent à s'engouffrer ensemble dans le couloir sombre et prirent leurs jambes à leur cou, renversant au passage un garçon de salle qui arrivait avec un plateau chargé de linges propres et d'instruments chirurgicaux.

À mes côtés, il ne restait plus que Mary Hawkins, légèrement plus blanche que les linges qui, à vrai dire, étaient plutôt gris et un peu verts au niveau des coutures.

— Vite, dépêchez-vous ! lança le chirurgien.

Le garçon de salle, encore étourdi par le choc, rassembla précipitamment les instruments éparpillés sur le sol et accourut auprès du grand homme brun qui attendait, sa scie à la main, et s'apprêtait à entamer un fémur. L'aide installa un second garrot au-dessus du site d'intervention et le chirurgien se mit au travail dans un crissement d'os à la limite du supportable. Je pris pitié de Mary Hawkins et l'entraînai un peu plus loin. Son bras tremblait sous ma main et ses lèvres délicates étaient blêmes et racornies comme une pivoine prise par le givre.

— Vous n'êtes pas obligée de rester, lui dis-je doucement. Je suis sûre que mère Hildegarde peut vous faire appeler un fiacre. Je crains que la comtesse et Mme Lambert ne soient déjà loin.

Mary déglutit péniblement, mais redressa la tête d'un air résolu.

— N-non. Si vous restez, j-j-je reste aussi.

Je n'avais aucune intention de partir. La curiosité et l'envie de travailler à l'hospice étaient bien trop fortes pour contrebalancer toute commisération que j'aurais pu avoir pour les nerfs de cette pauvre enfant.

Sœur Angélique avait parcouru une bonne dizaine de mètres avant de s'apercevoir que nous nous étions arrêtées. Elle revint sur ses pas, et elle attendit patiemment avec un petit sourire au coin des lèvres, pensant sans doute que nous en avions vu assez. Une paillasse dans un coin de la salle attira mon attention. Une femme émaciée y était couchée, recouverte d'une seule couverture. Elle nous dévisageait d'un regard terne et indifférent. J'étais particulièrement intriguée par un récipient en verre à la forme étrange, posé à ses côtés.

Il était rempli d'un liquide jaunâtre. Ce devait être de l'urine, mais en ces temps où n'existaient ni analyse ni papier de tournesol, à quoi pouvait servir un échantillon d'urine ? Passant en revue dans ma tête toutes les analyses que l'on pouvait faire avec de l'urine, il me vint une idée.

Je ramassai doucement le récipient et le humai, sans prêter attention aux protestations alarmées de sœur Angélique. J'avais vu juste : sous les vapeurs acides d'ammoniaque se dégageait une odeur sucrée et âcre, un peu comme du miel ranci. J'hésitai, mais il n'y avait qu'une seule manière de m'en assurer. Avec une grimace de dégoût, je trempai un doigt dans l'urine et le portai à mes lèvres.

Mary, qui m'observait avec des yeux exorbités, manqua de tourner de l'œil, mais sœur Angélique me dévisagea soudain avec intérêt. Je plaçai une main sur le front de la malade. Il était frais ; aucune fièvre ne justifiait une telle déperdition de liquide.

— Vous avez soif, madame ? demandai-je à la patiente.

Remarquant la cruche vide à son chevet, j'eus la réponse avant même qu'elle ne réponde.

— Tout le temps, madame, répondit-elle. Et faim aussi. Pourtant, j'ai beau dévorer, je n'ai toujours que la peau sur les os.

Elle leva un bras squelettique, puis le laissa retomber, épuisée par l'effort.

Je tapotai doucement sa main osseuse, et murmurai un « au revoir ». Ma satisfaction d'avoir fait un bon diagnostic était considérablement tempérée par le fait qu'il n'existait pas encore de remède contre le diabète sucré et que les jours de cette malheureuse étaient comptés.

Je me levai et m'éloignai, suivie par sœur Angélique.

— Vous avez pu comprendre de quoi elle souffrait uniquement d'après ses urines, madame ?

— Entre autres, répondis-je. Cette femme est atteinte de...

J'hésitai, ne sachant pas comment appeler cette maladie qui n'avait pas encore de nom.

— ... d'un trouble lié au sucre. Les aliments qu'elle avale ne nourrissent plus son organisme et elle peut boire des litres sans étancher sa soif. Par conséquent, elle produit une grande quantité d'urine.

Sœur Angélique hochait la tête, son visage potelé marqué par une grande curiosité.

— Et à votre avis, Madame, elle s'en remettra ?

— Non. Elle est beaucoup trop atteinte. Elle mourra avant la fin du mois.

— Ah.

Elle haussa les sourcils et son air intrigué céda le pas à une moue respectueuse.

— C'est aussi ce qu'a dit M. Parnelle.

— Qui est ce monsieur ?

— Il confectionne des bandages. Je crois qu'il est aussi joaillier. Mais quand il vient nous voir, c'est en tant qu'urinoscope.

— Urinoscope ? C'est un métier ? demandai-je interloquée.

— Oui, Madame. Il a dit exactement la même chose que vous au sujet de cette pauvre enfant. Mais je n'avais jamais encore rencontré une femme férue en urinoscopie.

Elle me lança un regard fasciné, avant d'ajouter :

— Vous voulez bien jeter un coup d'œil à ce monsieur dans le dernier lit ? Nous pensons qu'il s'agit d'une maladie du foie.

Nous poursuivîmes ainsi notre visite, de lit en lit, faisant le tour complet des immenses salles communes. Je vis des exemples de maladies dont je n'avais entendu parler que dans des manuels et toutes sortes de traumatismes accidentels, allant de blessures à la tête reçues lors d'échauffourées entre ivrognes, à un charretier qui avait eu la cage thoracique écrasée par un fût dévalant une rampe.

Je m'arrêtai près de certains lits et posai des questions aux malades en état de répondre. J'entendais derrière moi Mary respirer par la bouche, mais ne me retournai pas pour voir si elle se pinçait le nez.

Lorsque nous eûmes fait le tour complet de la dernière salle, sœur Angélique se tourna vers moi avec un sourire ironique.

— Alors, Madame, désirez-vous toujours servir Notre Seigneur en aidant ces malheureux ?

Je retroussais déjà les manches de ma robe.

— Apportez-moi une bassine d'eau chaude, ma sœur, répondis-je. Et du savon.

— Alors, comment c'était, *Sassenach* ? demanda Jamie.

— Monstrueux ! répondis-je, rayonnante.

Il arqua un sourcil narquois.

— Je vois qu'on s'est bien amusée !

— Oh, Jamie ! C'était formidable de me sentir de nouveau utile. J'ai lavé des sols, nourri des patients à la cuillère, et pendant que sœur Angélique avait le dos tourné, j'ai même réussi à changer quelques pansements crasseux et à crever un abcès.

— Ah, très bien ! Et as-tu seulement pensé à déjeuner au milieu de toutes ces frivolités ?

— Euh... non, à vrai dire, j'ai complètement oublié.

Comme s'il tenait à confirmer cette négligence de ma part, mon estomac émit un borborygme sonore.

— Je ferais peut-être bien d'avaler quelque chose, convins-je.

Il tendit la main vers la clochette en me lançant un regard réprobateur.

— Hmm, c'est aussi mon avis, dit-il.

Plus tard, installée dans notre chambre devant un plateau plein de victuailles, je lui racontai ma visite entre deux bouchées.

— Certaines des salles communes sont pleines à craquer, avec deux à trois malades par lit. C'est vraiment terrible. Tu es sûr que tu n'en veux pas un bout ? C'est délicieux !

Il fit la grimace devant le petit morceau de tarte que je lui tendais.

— Je pourrais peut-être avaler quelque chose si tu voulais bien m'épargner tes descriptions d'orteils gangrenés pendant quelques minutes.

De fait, il était un peu pâlot. Je lui versai un verre de vin avant de mordre à pleines dents dans un morceau de fromage.

— Et toi, mon chéri, entonnai-je gaiement, tu as eu une bonne journée ?

L'hôpital des Anges devint bientôt mon refuge. Les manières franches et directes des sœurs et des patients étaient une véritable bouffée d'air pur après les jacasseries incessantes et les intrigues de la Cour. J'appréciais également de pouvoir enfin détendre mes muscles faciaux, figés en permanence en un sourire mièvre.

Une fois qu'elles eurent constaté que je semblais savoir ce que je faisais et que je ne leur demandais rien d'autre que quelques rouleaux de bandage et du linge propre, les sœurs, comme les patients, acceptèrent rapidement ma présence — après un premier choc de surprise devant mon accent et ma position sociale. Les préjugés de classe sont tenaces, mais ils sont vite relégués en arrière-plan quand on a avant tout besoin de quelqu'un de compétent.

En revanche, mère Hildegarde se tenait sur ses gardes et attendait l'épreuve du temps pour se faire une opinion de moi. Les premiers jours, elle m'adressa à peine la parole, mis à part un bref « bonjour, milady » quand je la croisais dans les couloirs. Mais je sentais souvent son regard rivé sur moi quand je me penchais au-dessus d'un vieillard souffrant d'un zona ou que j'enduisais d'un onguent à l'aloès les cloques d'un enfant brûlé dans l'un des incendies qui ravageaient régulièrement les quartiers pauvres.

Elle devait bien parcourir des kilomètres pendant la journée ; pourtant, elle ne semblait jamais pressée et arpentait d'un pas régulier les salles communes avec des foulées qui faisaient un bon mètre, son petit chien blanc Bouton sur les talons.

Ce dernier n'avait rien des bichons frisés et autres loulous de Poméranie tant prisés par ces dames de la Cour. On aurait dit un croisement entre un caniche et un teckel. Il avait un poil dru et court tout autour de sa panse rebondie et le long de ses courtes pattes arquées comme un fauteuil Louis XV. Ses orteils écartés et mouchetés de noir cliquetaient sur les dalles grises, tandis qu'il trottait derrière mère Hildegarde, son museau pointu contre l'ourlet de la large jupe noire.

— C'est un chien, ça ? avais-je demandé à l'un des garçons de salle la première fois que j'avais vu passer Bouton sur les talons de sa maîtresse.

Il attendit patiemment que la petite queue en tire-bouchon ait disparu dans la salle suivante avant de répondre d'un air dubitatif :

— Il paraît. Enfin, c'est ce que prétend mère Hildegarde... Personne n'oserait la contredire.

Au fil des jours, j'entendis diverses opinions sur Bouton de la part des sœurs, des garçons de salle et des médecins de passage. Personne ne savait où mère Hildegarde l'avait trouvé et encore moins pourquoi elle l'avait gardé. Il faisait partie du personnel de l'hôpital depuis des années et, aux yeux tout-puissants de sa maîtresse, jouissait d'un statut nettement supérieur à celui des sœurs, à égalité avec les médecins et les apothicaires bénévoles.

Parmi ces derniers, certains lui vouaient une franche aversion, d'autres le considéraient avec une méfiance amusée. Quand mère Hildegarde avait le dos tourné, un des chirurgiens l'appelait « le sale rat », un autre « le lièvre puant ». Un petit fabricant de bandages l'appelait presque ouvertement « M. de la Serpillière ». Pour les sœurs, il était une sorte de mascotte et de totem ; quant au jeune prêtre de la cathédrale voisine, qui s'était fait mordre les mollets à plusieurs reprises en venant administrer les derniers sacrements, il me confia qu'il le tenait pour l'un des démons inférieurs, déguisé en chien pour servir de noirs desseins.

En dépit du caractère quelque peu excessif de cette opinion, le prêtre n'avait peut-être pas tout à fait tort. En effet, après avoir observé le couple étrange pendant quelques semaines, j'en arrivai à la conclusion que Bouton n'était autre que le mauvais ange de mère Hildegarde.

Elle lui parlait souvent, non pas comme on s'adresse à un chien, mais comme on consulte un confrère sur un sujet grave. Lorsqu'elle s'arrêtait au chevet d'un patient, il n'était pas rare que Bouton saute sur le lit et renifle le malade terrorisé. Ayant fini son inspection, il s'asseyait, généralement sur les jambes de l'intéressé, levait la tête vers sa maîtresse et agitait sa queue retroussée en forme de point d'interrogation, semblant attendre son diagnostic. Ce qu'elle ne manquait jamais de lui donner.

Malgré ma curiosité, je dus attendre un matin pluvieux de mars pour avoir l'occasion de connaître enfin la raison de ce petit manège. J'étais en train de discuter avec un charretier, tout en essayant de comprendre pourquoi il ne guérissait pas.

Il avait été hospitalisé une semaine plus tôt pour une fracture ouverte du fémur. Il avait voulu sauter de sa carriole avant qu'elle ne soit complètement arrêtée et sa jambe s'était prise dans une roue. J'avais remis l'os en place et la plaie semblait cicatriser normalement. La peau était d'un rose sain, avec une granulation satisfaisante. La région concernée ne dégageait pas d'odeur pestilentielle, sans marque violacée ni sensibilité exagérée. Pourtant, cet homme continuait d'être agité par une forte fièvre et à évacuer une urine sombre et odorante symptomatique d'une infection persistante.

— Bonjour, milady.

La voix grave au-dessus de ma tête me fit sursauter. Mère Hildegarde se tenait derrière moi. Il y eut un bruissement à côté de moi et Bouton atterrit sur le matelas avec un bruit sourd qui fit gémir le patient.

— Qu'en pensez-vous ? demanda la mère supérieure.

Je ne savais pas au juste si cette question s'adressait à moi ou au chien, mais dans le doute, je lui fis part de mes observations.

— Il doit y avoir une autre source d'infection, mais je ne la trouve pas. Je me demande s'il ne souffre pas d'une infection interne sans rapport avec sa blessure. Une crise d'appendicite — une inflammation interne, peut-être, ou une infection urinaire, mais il n'a pas mal quand je lui appuie sur le ventre.

Mère Hildegarde hocha la tête.

— C'est une possibilité en effet. Bouton !

Le chien lança un regard à sa maîtresse, qui lui indiqua le patient d'un signe du menton.

— À la bouche, Bouton !

Le chien pointa son museau noir sur le visage du charretier dont les paupières alourdies par la fièvre s'ouvrirent aussitôt devant l'intrus. Mais un regard vers la silhouette imposante de mère Hildegarde suffit à lui faire ravaler toute récrimination.

— Ouvrez la bouche, ordonna-t-elle.

À contrecœur, le charretier entrouvrit des lèvres tremblantes, manifestement peu enthousiaste à l'idée de se laisser embrasser par un chien.

— Non, conclut mère Hildegarde en observant Bouton. Ça ne vient pas de là. Regardez ailleurs, Bouton, mais faites attention, n'oubliez pas que cet homme a une jambe cassée.

Comme s'il comprenait chacune de ses paroles, le chien se mit au travail. Il se mit à humer attentivement le patient, renifla ses aisselles, grimpa sur sa poitrine, passa son torse au peigne fin jusqu'à l'aine. Il s'y attarda et descendit vers la jambe blessée, l'enjambant précautionneusement avant d'inspecter les bandages centimètre par centimètre.

Enfin, il revint vers l'aine. « Normal ! me dis-je, agacée. Ce n'est qu'un chien, après tout ! » Le museau noir balaya le haut de la cuisse, puis Bouton s'assit sur son arrière-train et jappa une fois en agitant la queue.

— Ça vient de là ! déclara mère Hildegarde.

Elle indiquait du doigt une petite croûte juste sous le pli inguinal.

— Mais c'est impossible, protestai-je. Elle n'est pas infectée !

— Ah non ?

Elle plaça une main sur la cuisse du charretier et appuya d'un coup sec qui arracha un hurlement au pauvre homme. Les gros doigts musclés de la religieuse laissèrent leur empreinte sur la peau moite.

— Ah ! fit-elle avec satisfaction. Une poche de putréfaction !

Elle disait juste. Un coin de la croûte s'était détaché et laissait suinter une perle de pus jaunâtre. Un léger palpage, tandis que mère Hildegarde retenait l'homme une main sur son genou l'autre sur son épaule, me révéla la source du problème. Une longue écharde de bois, provenant sans doute de la roue de la carriole, s'était fichée dans le haut de la cuisse. Elle était passée inaperçue du fait de son minuscule point d'entrée, et le patient, terrassé par la douleur, ne l'avait pas sentie. Si l'entrée avait bien cicatrisé, la plaie plus profonde avait suppuré et formé une poche de pus autour du corps étranger profondément enfoui sous les tissus musculaires, sans générer de symptômes de surface, du moins de symptômes décelables par des sens humains.

J'élargis la plaie d'entrée avec un petit scalpel puis, à l'aide de longues pinces, extirpai une écharde de trois centimètres, engluée de sang et de pus.

— Bravo, Bouton, le félicitai-je.

Il haletait fièrement à mes côtés et pointa son museau dans ma direction.

— Oui, elle connaît son affaire, déclara mère Hildegarde.

Bouton étant un mâle, je n'eus cette fois aucun doute sur l'identité de la personne qu'elle désignait. Le chien me gratifia d'un coup de langue sur le dos de la main, reconnaissant par là les mérites d'un confrère, et je réprimai de justesse l'envie de m'essuyer sur ma jupe.

— Il est prodigieux, dis-je, sincèrement admirative.

— Oui, répondit fièrement mère Hildegarde d'un ton détaché. Il sait aussi très bien localiser les tumeurs sous la peau. Et si je ne sais pas toujours reconnaître ce qu'il décèle dans les haleines et les urines, il a une façon très caractéristique d'aboyer qui indique immanquablement un trouble de l'estomac.

— Ravie de votre aide, monsieur Bouton, vous pouvez venir m'assister quand vous voulez.

— Voilà une attitude très judicieuse de votre part, milady. La plupart des médecins et des chirurgiens qui viennent officier ici ne savent pas utiliser ses talents.

— Bien, c'est-à-dire que...

Loin de moi de vouloir nuire à la réputation d'un confrère, mais mon coup d'œil involontaire vers M. Voleru dut me trahir.

Mère Hildegarde se mit à rire, découvrant de larges dents de cheval.

— Que voulez-vous ! Nous prenons ce que Dieu nous envoie. Mais je me demande parfois s'il ne nous les envoie pas pour éviter qu'ils ne nuisent ailleurs. Enfin, c'est toujours mieux que rien. Vous, Madame, vous êtes beaucoup mieux que rien.

J'acceptai ce qui était sans doute un compliment.

M'observant en train de poser un cataplasme, la mère supérieure sembla hésiter et déclara :

— Je me demande souvent pourquoi vous ne voyez que les patients qui souffrent de plaies externes ou de fractures ? Vous évitez tous ceux qui ont des éruptions, des toux et des fièvres, ce qui est pourtant l'apanage des *maîtresses*. Je ne crois pas avoir encore vu de femme chirurgien.

Les « maîtresses » étaient les guérisseuses sans diplômes, venues pour la plupart de province, et qui soignaient avec des simples, des onguents et des charmes. Parmi elles, les *maîtresses sages-femmes* étaient considérées comme le gratin des guérisseuses, souvent plus respectées que les praticiens assermentés et préférées de loin par les gens du peuple, ne serait-ce que parce que leurs services coûtaient nettement moins cher.

Je ne fus pas surprise outre mesure que la mère supérieure ait remarqué mes préférences. J'avais compris depuis longtemps que rien de ce qui se passait dans son hôpital ne lui échappait.

— Ce n'est pas par manque d'intérêt, expliquai-je, mais comme je vais avoir un enfant, je ne veux pas mettre la santé de

225

mon enfant en danger en m'exposant à des maladies contagieuses. Les os brisés ne s'attrapent pas.

— Je me le demande parfois, soupira mère Hildegarde en voyant arriver un brancard. Nous sommes inondés de blessés cette semaine.

Je me levai pour aller examiner le nouveau patient mais elle m'arrêta d'un geste de la main.

— Laissez, sœur Cécile va s'en occuper. Elle viendra vous chercher en cas de besoin.

Ses petits yeux gris me dévisagèrent avec un mélange de curiosité et d'approbation.

— Ainsi, vous êtes une lady et vous attendez un enfant. Votre mari vous laisse néanmoins venir ici ? Il ne doit pas être un homme comme les autres.

— En effet. Il est écossais, résumai-je succinctement.

— Ah ! un Écossais ! répéta mère Hildegarde d'un air songeur. Je comprends...

Au même instant, Bouton sauta du lit et partit en trottant vers la porte.

— Il a senti un étranger, observa mère Hildegarde. Bouton assiste également le portier, mais celui-ci ne lui est guère reconnaissant pour son aide. Il est aussi borné que les médecins, j'en ai peur.

Un aboiement péremptoire suivi de cris d'effroi haut perchés retentirent de l'autre côté de la double porte.

— Oh ! grogna-t-elle. C'est encore le père Balmain. Il n'apprendra donc jamais qu'il faut attendre sans bouger que Bouton ait fini de le renifler !

Mère Hildegarde se dirigea vers la porte pour porter secours au nouveau venu. Au dernier moment, elle se tourna vers moi et m'adressa un sourire chaleureux.

— Je vous enverrai peut-être Bouton pour qu'il vous assiste pendant que je calme le père Balmain. Ce saint homme ne sait malheureusement pas apprécier le travail d'un artiste.

Sur ce, elle s'éloigna de son long pas tranquille. Après un dernier mot de réconfort au charretier, je me dirigeai vers sœur Cécile et le dernier arrivé.

À mon retour, je trouvai Jamie couché sur le tapis du salon avec un petit garçon assis en tailleur à ses côtés. Jamie tenait un bilboquet dans une main et, de l'autre, se masquait un œil.

— Bien sûr que je le peux ! disait-il. Les doigts dans le nez, regarde !

Il donna une petite impulsion sèche au manche. La balle d'ivoire décrivit un arc de cercle puis, comme.guidée au radar, retomba en chute libre pour se nicher sur son support avec un petit « cloc ».

— Ah, tu vois ! lança-t-il fièrement.

Il se redressa en position assise et tendit le jouet à l'enfant.

— Vas-y, à toi !

Pendant que le garçon s'essayait à son tour, il se tourna vers moi, m'adressa un sourire joyeux, glissa une main sous ma jupe et me pinça la cheville.

— Alors, on s'amuse bien ? demandai-je en anglais.

— Pas encore assez, *Sassenach*, il ne manquait plus que toi.

Ses longs doigts chauds remontèrent doucement le long de la courbe de mon mollet, tandis qu'il me fixait avec de grands yeux innocents. Il avait une trace de boue séchée sur la joue et des taches brunes sur sa chemise et son kilt.

— Il ne manquait plus que moi pour faire quoi ? demandai-je en tentant discrètement de libérer ma jambe. Ton petit compagnon de jeu ne te suffit pas ?

L'enfant, qui ne comprenait manifestement que le français, était concentré sur le bilboquet, un œil fermé. Ses deux premières tentatives se soldant par un échec, il ouvrit grands les deux yeux et fixa le jouet d'un air agacé. Il opta alors pour une voie intermédiaire, ne fermant l'œil gauche qu'à moitié.

Jamie fit claquer sa langue sur un ton réprobateur et l'œil se ferma aussitôt.

— On ne triche pas, Fergus !

En entendant son nom, l'enfant releva la tête et esquissa un sourire penaud, qui dévoila une rangée de dents d'une blancheur éclatante.

La main invisible de Jamie me tira par la cheville, manquant de me faire tomber de mes talons de maroquin.

— Fergus est un jeune homme aux talents multiples, expliqua-t-il. Il est d'excellente compagnie pour un homme délaissé par sa femme, livré à lui-même et contraint de rechercher son plaisir dans les bas-fonds de la ville...

Les longs doigts chatouillèrent le creux de mon genou.

— ... mais il ne convient malheureusement pas aux plaisirs que j'avais en tête.

— Fergus ? Où a-t-il été pêcher un nom pareil ? demandai-je en tentant de ne pas faire attention à ce qui se passait sous mes jupons.

Il devait avoir neuf ou dix ans, mais paraissait petit pour son âge. Avec ses vêtements trois fois trop grands pour lui, il avait une allure de Gavroche, le teint pâle et de grands yeux noirs.

— En fait, son vrai prénom est Claude, mais nous avons décidé que ce n'était pas assez viril pour lui. Désormais, il s'appellera Fergus. Ça, c'est un vrai nom de guerrier !

En entendant son, ou plutôt ses prénoms, l'enfant releva la tête et m'adressa un sourire timide.

Repassant au français, Jamie me montra du doigt :

— Ça, c'est madame, expliqua-t-il au garçon. Tu peux l'appeler milady.

Se tournant vers moi, il ajouta :

— J'ai pensé qu'il aurait trop de mal avec Broch Tuarach, ou même Fraser.

— Milady me convient parfaitement, répondis-je en sautillant sur un pied. Mais pourquoi ? ajoutai-je. Si je peux me permettre de poser la question.

— Pourquoi quoi ? Ah, tu veux dire pourquoi Fergus ?

— Voilà en effet ce que je voulais dire.

Sa main grimpait lentement mais sûrement le long de ma cuisse.

— Jamie, enlève ta main tout de suite !

Les doigts grimpèrent encore de quelques centimètres puis dénouèrent ma jarretière. Mon bas retomba mollement autour de ma cheville.

— Espèce d'animal !

Je tentai de lui donner un coup de pied, mais il l'esquiva, et roula sur le côté en riant.

— Quel genre d'animal au juste ?

— Un corniaud ! lâchai-je.

Je me penchai en avant pour tenter de remonter mon bas sans basculer sur mes hauts talons. Le petit Fergus, après nous avoir lancé un regard indifférent, avait repris son jeu.

— Quant au garçon, annonça Jamie entre deux hoquets de rire, il est désormais à mon service.

— Pour quoi faire ? Nous avons déjà un garçon qui nettoie les couteaux, un autre qui cire les chaussures et un troisième qui s'occupe des chevaux.

Jamie hocha la tête.

— Très juste. Mais nous n'avions pas encore de pickpocket. Maintenant, c'est chose faite.

— Je vois. Au risque de passer pour une idiote, pourrais-je savoir pourquoi nous avons besoin d'un pickpocket dans la maison ?

— Pour voler des lettres, *Sassenach* !

— Ah.

Je commençais à comprendre.

— Je ne peux rien tirer de Son Altesse. Quand il est avec moi, il ne fait que soupirer d'amour en invoquant le nom de Louise de La Tour, ou grincer des dents et ressasser leur dernière querelle. Dans les deux cas, il ne veut qu'une seule chose : se soûler le plus rapidement possible. Mar commence à perdre patience, car Charles-Édouard se montre tantôt capricieux tantôt déprimé et agressif. Et je ne peux rien obtenir non plus de Sheridan. Le comte de Mar était le plus respecté des jacobites de Paris. Il avait des antécédents longs et glorieux, ayant été le plus ardent partisan de Jacques III lors de sa tentative avortée de coup d'État en 1715. Il avait suivi son souverain en exil après la défaite de Sheriffsmuir. Je l'avais déjà rencontré et il m'avait plu : c'était un homme courtois d'un certain âge, avec une personnalité aussi droite et raide que sa colonne vertébrale. Il faisait à présent de son mieux, sans grand succès, pour assister le fils de son roi. J'avais également rencontré Thomas Sheridan, le précepteur du prince, un homme âgé qui s'occupait de la correspondance de Son Altesse et traduisait son impatience et son analphabétisme dans un français et un anglais élégants et courtois.

— J'ai besoin de ces lettres, *Sassenach*, reprit Jamie, celles qui portent le sceau des Stuarts et viennent de Rome ; celles de Versailles ; celles de la Cour d'Espagne. On peut soit les obtenir dans la maison du prince grâce à Fergus qui m'accompagnera en tant que page, soit intercepter le courrier papal qui les achemine. Naturellement, cette dernière solution serait la meilleure, car nous aurions ainsi les informations avant Charles-Édouard lui-même.

Il indiqua le garçon d'un signe de tête.

— C'est pourquoi j'ai conclu un marché avec Fergus. Il s'engage à faire son possible pour m'obtenir ce que je veux et je lui assure en retour la nourriture, un toit, des vêtements et trente écus par an. S'il se fait prendre pendant qu'il travaille pour moi, je ferai de mon mieux pour le faire libérer. Si c'est impossible et qu'on lui coupe une main ou une oreille, je m'engage à l'entretenir à vie, vu qu'il ne pourra plus exercer sa profession. Et s'il est pendu, alors je promets de faire dire une messe pour le repos de son âme une fois par an. Ça me semble équitable, non ?

Je restai bouche bée.

— Doux Jésus ! fut tout ce que je trouvai à dire.

— N'invoque pas Notre Seigneur, *Sassenach*. Prie plutôt saint Dismas, le patron des voleurs et des traîtres.

— Je vois.

Je regardai notre nouvel employé. L'enfant était toujours occupé avec son bilboquet, ses yeux noirs fixés sur la boule en ivoire.

— Où l'as-tu déniché ? demandai-je intriguée.

— Dans un bordel.

— Ah ? Ben voyons !

Je contemplai les taches de boue sur ses vêtements et sa joue.

— Je suppose que tu avais une excellente raison pour te trouver dans ce bordel ?

— Oh oui !

Il passa les bras autour de ses genoux et m'observa d'un air hilare tandis que je renouais ma jarretière.

— J'ai pensé que tu préférerais qu'on me retrouve dans ce genre d'établissement plutôt que mort dans une allée sombre, le crâne fracassé.

Je vis les yeux de Fergus fixer quelque chose au-delà du bilboquet : une assiette remplie de pâtisseries posée sur une console.

— Je crois que ton protégé a faim. Donne-lui donc à manger, puis tu me raconteras dans quel pétrin tu t'es encore fourré cet après-midi.

— Eh bien... commença-t-il en se levant, j'étais en route pour les quais. Je venais juste de passer la rue Églantine quand j'ai eu l'étrange impression qu'on me suivait.

Jamie avait servi deux ans dans l'armée française, il avait vécu et volé dans les bois avec un gang de bandits écossais, avait été pourchassé comme hors-la-loi dans la lande et les montagnes de son pays natal. Toutes ces expériences lui avaient permis de développer un sixième sens infaillible.

Il n'aurait pu dire si c'était un bruit de pas trop près derrière lui, la vue d'une ombre qui n'aurait pas dû se trouver là, ou quelque chose de moins tangible, comme une odeur de danger flottant dans l'air, mais il avait appris qu'un léger hérissement des poils de sa nuque signifiait immanquablement qu'il valait mieux se tenir sur ses gardes si on tenait à rester en vie.

Obéissant immédiatement aux exigences de ses vertèbres cervicales, il tourna dans la première rue sur sa gauche, contourna rapidement l'étal d'un marchand de fruits de mer, se faufila entre une carriole pleine de boudin fumant et une autre croulant sous les fruits et légumes, et s'engouffra dans une petite boucherie-charcuterie.

Plaqué contre le mur près de la porte, il observa la rue derrière un rideau de canards rôtis. Deux hommes s'engagèrent dans la rue une seconde plus tard, en lançant des regards rapides de droite à gauche.

À Paris, les hommes du peuple portaient sur eux l'empreinte de leur métier, et il n'était pas nécessaire d'être fin psychologue pour détecter un parfum d'iode sur ces deux gaillards. Si le petit anneau d'or accroché au lobe du plus petit d'entre eux ne suffisait pas, leur visage buriné par le soleil et l'eau de mer indiquait clairement qu'ils étaient marins au long cours.

Habitués aux espaces étroits des cabines et des tavernes de port, les marins marchent rarement en ligne droite. Ces deux-là se déployaient dans la foule comme des anguilles entre les rochers, et leur regard mobile passait en revue les mendiants, les femmes de chambre, les marchands : deux loups de mer évaluant des proies potentielles.

— J'ai attendu qu'ils passent devant la boucherie, expliqua Jamie. J'étais sur le point de sortir pour filer en sens inverse quand j'en ai aperçu un autre qui faisait le guet à l'entrée de la rue.

L'homme portait la même tenue que les deux autres, avec des favoris enduits de graisse, un couteau à poisson dans la main, et un épissoir long d'une bonne soixantaine de centimètres glissé dans sa ceinture.

— Alors, qu'as-tu fait ? demandai-je, le cœur battant.

Pendant ce temps, Fergus glissait méthodiquement les gâteaux un à un dans sa poche, s'interrompant de temps à autre pour en fourrer un dans sa bouche. Jamie suivit mon regard et haussa les épaules.

— Il n'a pas l'habitude de manger à des heures régulières, le pauvre. Laissons-le faire.

— Soit, mais ne change pas de sujet. Qu'est-ce que tu as fait quand tu as aperçu le troisième homme ?

— J'ai acheté une saucisse.

Une saucisse de Dunedin, plus précisément. Confectionnée avec du canard épicé, du jambon et un assortiment de gibiers, farcie, bouillie et séchée au soleil, une dunedin mesurait près de cinquante centimètres de long et était dure comme une massue.

— Je ne pouvais pas sortir dans la rue en brandissant mon épée, expliqua Jamie, mais je n'aimais pas trop l'idée de croiser ce type les mains vides, sans personne derrière moi pour me couvrir.

De fait, armé de sa saucisse, Jamie était sorti de la boutique et s'était dirigé d'un pas tranquille vers le guetteur.

L'homme croisa son regard sans montrer le moindre signe d'animosité et Jamie commençait à croire qu'il s'était trompé quand il le vit cligner de l'œil à quelqu'un derrière lui. Obéissant à un instinct qui lui avait sauvé la vie à plus d'une reprise, il plongea en avant, renversa le marin et atterrit à plat ventre sur les pavés boueux.

La foule se dispersa avec des cris de panique. Jamie se releva pour voir le couteau qui l'avait raté et sa lame qui vibrait encore dans le bois de l'étal d'une marchande de rubans.

— Si j'avais encore eu des doutes sur leurs intentions, je n'en avais plus, conclut-il.

Il n'avait pas lâché sa saucisse dans la chute et il en trouva bientôt l'utilité en l'envoyant à travers la figure de l'un de ses agresseurs.

— Je crois que je lui ai cassé le nez, annonça-t-il d'un air méditatif. Après quoi, j'ai pris mes jambes à mon cou et j'ai filé par la rue Pelletier.

Les habitants de la rue s'écartaient devant lui comme des oies affolées, apeurés par la vue d'un géant roux vêtu d'un kilt et courant à toutes jambes. Il ne s'arrêta pas pour regarder derrière lui, mais les cris indignés des passants lui indiquèrent que ses agresseurs étaient encore à ses trousses.

Ce quartier de la ville était rarement patrouillé par la garde royale et la foule elle-même n'offrait aucune protection, si ce n'est en ralentissant légèrement ses poursuivants. Mais personne n'interviendrait pour défendre un étranger.

— Il n'y avait aucune contre-allée donnant sur la rue Pelletier et j'avais besoin d'un endroit où dégainer mon épée le dos au mur, expliqua Jamie. Alors j'ai essayé de pousser plusieurs portes, jusqu'à ce que l'une d'elles s'ouvre.

Il s'engouffra donc dans un vestibule sombre, passa en trombe devant un gardien ahuri, glissa sous une grande tenture rouge et s'arrêta net au beau milieu de l'un des salons de Madame Élise, les narines chatouillées par un lourd parfum musqué.

— Je vois, dis-je en me mordant les lèvres. Et c'est là que tu as dégainé ton épée, je parie ?

Jamie plissa les yeux mais ne répondit pas directement à ma question.

— Je te laisse imaginer l'impression que j'ai faite en entrant dans le bordel une grosse saucisse à la main.

J'imaginai et éclatai de rire.

— J'aurais voulu voir ça !

— Heureusement pour moi, tu n'étais pas là ! rétorqua-t-il aussitôt en devenant cramoisi.

Faisant la sourde oreille aux invectives et aux observations grivoises des pensionnaires ravies, Jamie se fraya un chemin à travers ce qu'il décrivit comme « un enchevêtrement de membres nus » jusqu'à ce qu'il tombe sur Fergus, assis contre un mur, le fixant d'un air interloqué.

Il se précipita avec soulagement sur cette présence masculine, saisit l'enfant par les épaules et l'implora fébrilement de lui indiquer la sortie la plus proche.

— Je pouvais entendre un vacarme à la porte et je savais qu'ils allaient débouler d'un instant à l'autre. Je me voyais mal défendre chèrement ma peau au milieu de toutes ces femmes à moitié nues.

— Effectivement... sinistre perspective ! le taquinai-je. Mais je vois qu'il t'a indiqué la sortie.

— Oui, il n'a pas hésité un instant, ce brave enfant ! « Par ici, Monsieur », qu'il m'a dit. Il a grimpé les escaliers quatre à quatre, traversé une chambre, sauté par une fenêtre, et nous nous sommes retrouvés tous les deux sur les toits.

Jamie lança un regard affectueux vers son petit sauveur.

— Tu sais, observai-je, je connais des épouses qui ne croiraient pas un mot de tout ce que tu viens de me raconter.

Jamie ouvrit des yeux ronds.

— Ah, non ? Et pourquoi ?

— Sans doute parce qu'elles ne te connaissent pas. Je suis ravie qui tu aies pu t'échapper avec ta vertu intacte, mais ça ne m'explique pas qui étaient ces hommes qui t'en voulaient tant.

— Sur le moment, je n'ai pas vraiment eu le temps de réfléchir à la question, et maintenant... je ne sais toujours pas.

— Tu crois que c'étaient des voleurs ?

Toutes les liquidités des transactions commerciales circulaient entre l'entrepôt Fraser, la rue Trémoulins et la banque de Jared dans un coffre-fort et sous bonne escorte. Cependant, Jamie ne passait pas inaperçu et il était certainement connu sur les quais pour être un riche marchand étranger, riche du moins par rapport à la population de ce quartier.

Il fit une moue dubitative, tout en grattant les plaques de boue sur sa chemise.

— Peut-être. Mais ils n'ont même pas essayé de m'aborder. Ils voulaient ma peau, purement et simplement.

Il parlait sur un ton détaché, mais un frisson parcourut mon épine dorsale.

— Qui, à ton avis ?

Il haussa les épaules, planta un doigt dans un éclair au chocolat et le lécha.

— Le seul homme qui m'ait menacé depuis que nous sommes ici, c'est le comte de Saint-Germain. Mais je ne vois pas en quoi ma mort lui profiterait.

— Tu m'as dit toi-même qu'il était le principal concurrent de Jared.

— Oui, mais je ne vois pas pourquoi il se donnerait le mal de me faire assassiner. Le comte ne s'intéresse pas aux vins allemands. Certes, cela nuirait aux négociations de Jared en Allemagne dans la mesure où il serait obligé de rentrer précipitamment à Paris. Mais cela paraît un peu excessif, même pour un homme de la trempe de Saint-Germain.

— Et s'il voulait...

J'hésitai. L'idée qui venait de me traverser l'esprit me nouait l'estomac.

— ... s'il voulait se venger de la destruction de la *Patagonia*.

— Mouais... fit Jamie dubitatif. Mais pourquoi avoir attendu si longtemps ? Et puis, pourquoi moi, dans ce cas ? Après tout, c'est toi qui lui as fait du tort, donc c'est toi qu'il devrait cher-cher à faire assassiner !

Mes crampes d'estomac empirèrent.

— Toi et ta foutue logique ! grognai-je.

Jamie se mit à rire et passa un bras autour de mon épaule.

— Mais non, *mo duinne* ! Le comte est une ordure, mais il est pingre. Je ne le vois pas dépenser son argent et ses efforts pour tuer l'un ou l'autre d'entre nous. Encore, si ça pouvait lui faire récupérer son bateau, je ne dis pas... Mais il n'est pas du genre à jeter son argent par la fenêtre en engageant trois tueurs.

Il me donna une tape sur l'épaule et se leva.

— Non, je pense qu'il s'agissait d'une simple tentative de vol. N'y pense plus. Dorénavant, Murtagh m'accompagnera sur les quais pour plus de sécurité.

Il s'étira et épousseta les dernières traces de boue séchée sur sa chemise et son kilt.

— Tu crois que je suis présentable pour descendre dîner ? Elle doit être prête maintenant.

— Qui donc ?

Il ouvrit la porte et une riche odeur d'épices s'éleva de la salle à manger au rez-de-chaussée.

— Pas qui, mais quoi. Je n'allais tout de même pas gaspiller une si belle saucisse de Dunedin, pardi !

13

Mensonges et tromperies

— Faire bouillir trois poignées de feuilles de barbeau écrasées. Laisser macérer toute une nuit, ajouter une pincée d'hellébore noir.

Je posai la liste des ingrédients sur une table basse en marqueterie dont le plateau me parut légèrement visqueux au toucher.

— C'est Mme Rouleaux qui m'a donné la recette, expliquai-je. Elle a la réputation d'être une excellente avorteuse, et pourtant, elle a lourdement insisté sur le fait que cette potion pouvait être dangereuse. Louise, tu es sûre de vouloir le faire ?

Son visage rond était maculé de larmes et sa lèvre tremblait.

— Ah, ma pauvre Claire ! Ai-je seulement le choix ?

Elle saisit la liste et la lut avec une expression d'horreur mêlée de fascination.

— De l'hellébore noir ! On dirait une substance sortie tout droit des Enfers.

— Il faut dire que c'est assez expéditif. Tu risques d'avoir très mal au ventre pendant quelques heures, mais il y a des chances pour que tu te débarrasses de l'enfant. Cela dit, j'insiste : ça ne marche pas à tous les coups.

Je songeai à la mise en garde de maître Raymond : *Plus on attend, plus le risque est grand.* J'ignorais à quel stade elle en était, mais cela devait faire moins de six semaines. Elle m'avait avertie dès qu'elle s'en était rendu compte.

Elle me lança un regard surpris, les yeux rougis.

— Tu l'as déjà testé sur toi-même ?

— Oh, mon Dieu, non ! lâchai-je avec une véhémence qui me surprit moi-même.

Je pris une profonde inspiration avant d'enchaîner :

— Non, mais à l'hôpital, j'ai vu des femmes qui l'avaient fait.

Les avorteuses travaillaient en secret chez elles ou chez leurs clientes. Les femmes que je voyais arriver à l'hôpital des Anges étaient des cas désespérés sur lesquels aucune des méthodes traditionnelles n'avait fonctionné, et ce n'était pas beau à voir. Je posai instinctivement une main sur mon ventre pour protéger son petit occupant sans défense. Louise remarqua mon geste et s'effondra dans le sofa, son visage entre les mains.

— Oh, je voudrais être morte ! sanglota-t-elle. Pourquoi ? Pourquoi n'ai-je pas comme toi la chance de porter l'enfant d'un mari que j'aime ?

Elle plaqua les mains sur son estomac et baissa les yeux comme si elle s'attendait à voir l'enfant surgir entre ses doigts.

J'aurais pu avancer plusieurs réponses à sa question, mais elle n'avait sans doute pas envie de les entendre. Je m'assis auprès d'elle et caressai son épaule.

— Louise, tu es sûre que tu ne veux pas de cet enfant ? demandai-je doucement.

Elle leva des yeux surpris dans ma direction.

— Mais bien sûr que si, je le veux ! C'est... c'est l'enfant de Charles-Édouard ! C'est...

Son menton se remit à trembler.

— ... c'est *mon* enfant !

Ses sanglots repartirent de plus belle. Dans un effort pathétique pour se ressaisir, elle se redressa et s'essuya le nez du revers de sa manche en dentelle.

— Mais tout ça ne sert à rien, hoqueta-t-elle. Si je ne m'en débarrasse pas rapidement...

Son regard se posa sur la liste et elle déglutit péniblement.

— ... Jules demandera le divorce et me jettera à la rue. Il y aura un horrible scandale. Je risque d'être excommuniée ! Même mon père ne pourra pas me protéger.

— Oui, mais...

J'hésitai, puis décidai de me lancer :

— Il n'y aurait pas moyen de convaincre Jules que l'enfant est de lui ?

Elle me dévisagea d'un air perplexe qui me donna envie de la secouer comme un prunier.

— Je ne vois pas comment, à moins que... Ah !

Une lueur de compréhension traversa son visage. Elle me lança un regard horrifié.

— Tu veux dire... que je fasse l'amour avec mon mari ? Mais Charles-Édouard ne me le pardonnerait jamais !

— Peut-être, grinçai-je, mais Charles-Édouard n'est pas en mal d'enfant, lui !

— Oui, mais... euh... il... Oh, non, je ne pourrai jamais !

Cependant, son air scandalisé cédait lentement la place à un semblant d'espoir.

Je ne voulais pas la pousser, mais il n'y avait aucune raison qu'elle risque sa vie pour préserver l'orgueil de Son Altesse.

— Tu penses vraiment que Charles-Édouard te laissera mettre ta vie en danger ? demandai-je. Au fait... est-il seulement au courant ?

Elle hocha la tête, la bouche entrouverte, les mains toujours plaquées sur son ventre.

— Oui, c'était justement le motif de notre dernière dispute. Il était très fâché ! Il a dit que c'était ma faute, que j'aurais dû attendre qu'il soit remonté sur le trône de son père, qu'un jour il serait roi, et qu'alors il reviendrait me chercher pour m'emmener loin de Jules, qu'il ferait annuler mon mariage par le pape et que nos fils hériteraient des trônes d'Écosse et d'Angleterre.

Là-dessus, elle s'effondra de nouveau en larmes, beuglant lamentablement dans les plis de sa jupe.

— Oh, je t'en prie, Louise, cesse de pleurnicher ! m'écriai-je, exaspérée.

Elle s'arrêta brusquement, interloquée, et j'en profitai pour placer un mot :

— Je suis sûre que Charles-Édouard ne voudrait pas que tu sacrifies son fils, légitime ou pas.

À dire vrai, je soupçonnais plutôt Charles-Édouard d'être prêt à sacrifier tout ce qui pouvait faire obstacle à sa route vers la gloire, indépendamment des conséquences pour Louise ou sa progéniture putative. D'un autre côté, le prince avait un net penchant romantique. Peut-être pourrait-on le convaincre qu'il s'agissait là d'un inconvénient mineur comme en subissaient la plupart des monarques en exil ? Manifestement, j'allais avoir besoin de l'aide de Jamie. Je grimaçai à l'idée de la tête qu'il allait faire quand je lui annoncerais la nouvelle.

— Ma foi...

Louise hésitait, ne demandant qu'à être convaincue. J'eus un instant de pitié pour le pauvre Jules, prince de Rohan, qui fut vite dissipé par le souvenir d'une jeune servante que j'avais vue la veille, agonisant sur une paillasse maculée de sang dans un des couloirs glacés de l'hôpital.

La nuit était presque tombée quand je quittai enfin l'hôtel de Rohan, traînant les pieds. J'avais laissé Louise dans son boudoir, frémissante de nervosité, vêtue de sa robe la plus provocante, en train de se faire coiffer par sa femme de chambre afin d'aller assister à une soirée privée avec son époux. J'étais éreintée et priais le Ciel que Jamie n'ait ramené personne à dîner.

Il était seul. J'entrai dans le bureau et le trouvai assis devant le secrétaire, penché sur trois ou quatre feuilles de papier noircies par une écriture en pattes de mouche.

— À ton avis, le « marchand de fourrures », c'est le roi de France ou son ministre Duverney ? demanda-t-il sans lever les yeux.

— Je vais très bien, merci, chéri, et toi ? sifflai-je.

— Ça peut aller, répondit-il l'air absent.

Il se gratta vigoureusement le crâne d'un air perplexe.

— Je suis sûr que le « tailleur de Vendôme » est M. Geyer, reprit-il. Quant à « notre ami commun », ce pourrait être soit le comte de Mar, soit le courrier papal. À en juger par la suite, j'opterais plutôt pour le comte de Mar, mais...

— Mais qu'est-ce que tu baragouines ?

Je jetai un regard par-dessus son épaule et écarquillai les yeux en lisant la signature au bas de la page : *Jacques Stuart, par la grâce de Dieu roi d'Angleterre et d'Écosse.*

— Bon sang ! Alors vous avez réussi !

Faisant volte-face, j'aperçus Fergus juché sur un tabouret devant le feu. Il était occupé à engouffrer avec application un plateau entier de pâtisseries. Il se tourna vers moi et me sourit, les joues gonflées comme un hamster.

— On a intercepté le courrier papal, expliqua Jamie, semblant soudain s'apercevoir de ma présence. Fergus a volé ces lettres dans la sacoche du messager qui dînait dans une taverne. Il doit y passer la nuit, alors il faut faire vite pour tout remettre en place avant demain matin. Tu y arriveras, hein, Fergus ?

L'enfant déglutit et acquiesça.

— Oui, milord. Il a pris une chambre pour lui tout seul. Il a trop peur de se faire dévaliser !

Il nous adressa un sourire malicieux avant de préciser :

— Deuxième fenêtre à gauche, au-dessus des écuries.

J'eus soudain une vision de sa petite main blanche maintenue sur un billot, la hache du bourreau brandie au-dessus de son frêle poignet. Je réprimai un frisson et adressai une prière silencieuse à saint Dismas.

— Bien, dis-je en soupirant. Alors qu'est-ce que c'est cette histoire de marchand de fourrures ?

Le temps pressait. Je recopiai fidèlement la lettre que Jamie replia soigneusement. Il recolla ensuite le sceau en cire à l'aide d'une lame de couteau chauffée à la flamme d'une bougie.

Fergus, qui surveillait les opérations d'un œil critique, hocha la tête d'un air satisfait.

— Vous avez du doigté, milord. Dommage que l'autre main soit fichue.

Jamie leva sa main droite. « Fichue » était un peu exagéré : deux doigts tordus, et une longue cicatrice le long du majeur. Le seul doigt très abîmé était l'auriculaire, raide comme une tige de fer. Les deux phalanges broyées s'étaient soudées en cicatrisant ; souvenir du traitement infligé par Jack Randall dans la prison de Wentworth, quatre mois plus tôt.

— Peu importe, dit Jamie en souriant. De toute façon, j'ai de trop grosses paluches pour gagner ma vie en faisant les poches.

Cela dit, il avait déjà retrouvé une grande mobilité. Il portait toujours dans sa poche deux petites balles en tissu que je lui avais confectionnées et qu'il tripotait sans cesse tout au long de la journée. Si sa main lui faisait mal, il ne s'en plaignait jamais.

— Allez, file, mon garçon, dit-il à Fergus après lui avoir remis les lettres. Viens me prévenir dès ton retour, que je sache que tu ne t'es pas fait prendre par la police ou le tavernier.

Une fois l'enfant sorti dans la nuit, qui était son élément naturel et sa meilleure protection, Jamie revint vers moi et me regarda enfin pour la première fois.

— Bon sang, *Sassenach* ! Tu es pâle comme un linge. Tu te sens bien ?

— Oui, j'ai juste un peu faim.

Il sonna pour qu'on nous monte le dîner et nous dévorâmes un délicieux cassoulet devant le feu pendant que je lui racontais les mésaventures de Louise. À ma grande surprise, il se contenta de marmonner quelques propos peu amènes en gaélique au sujet de Louise et de Charles-Édouard Stuart, et convint que ma solution était la bonne.

— C'est drôle, lui avouai-je, je m'attendais à ce que tu sois furieux.

— Pourquoi, parce que Louise de La Tour a fait un bâtard à son mari ?

Jamie fronça les sourcils et parut réfléchir, tout en trempant un morceau de pain dans sa sauce.

— Ma foi, *Sassenach*, je ne peux pas dire que j'approuve sa conduite. C'est un sale tour à jouer à un homme, mais cette malheureuse n'a plus vraiment le choix maintenant.

Il se tourna vers moi et esquissa un sourire embarrassé.

— En plus, je suis mal placé pour critiquer la moralité des autres. Je vole, j'espionne et je passe mon temps à tenter de pervertir l'homme que les miens considèrent comme notre roi. Je n'aimerais pas qu'on me juge sur ce que je fais ces temps-ci, *Sassenach*.

— Mais tu as une excellente raison d'agir comme tu le fais !

— Louise de La Tour aussi. Elle veut sauver une vie, et moi

dix mille. Est-ce que ça justifie que je risque la vie de Fergus et la tienne, sans parler des affaires de Jared ?

Il haussa les épaules. Le reflet des flammes qui dansaient sur son visage lui creusait les joues et les orbites et le faisait paraître plus vieux que ses vingt-quatre ans.

— Non, reprit-il. Je ne vais pas perdre le sommeil parce que j'ai ouvert des lettres adressées à un autre. Pour arriver à nos fins, Claire, nous serons sans doute obligés de faire bien pire encore. Je ne peux pas savoir à l'avance comment réagira ma conscience. Mieux vaut ne pas la mettre à l'épreuve trop tôt.

Il n'y avait rien à ajouter à cela. Je posai ma main sur sa joue et il posa sa main sur la mienne, la caressa un moment, puis il la retourna et déposa un baiser dans le creux de ma paume.

— Bon, soupira-t-il, maintenant qu'on a bien dîné, si on jetait un œil sur cette lettre ?

La lettre était rédigée afin de mystifier d'éventuels espions.

— Mais qui voudrait intercepter le courrier du prince ? demandai-je. À part nous, naturellement.

Ma naïveté le fit sourire.

— Pratiquement tout le monde, *Sassenach*. Les espions de Louis XV, ceux de Duverney, ceux de Philippe d'Espagne ; les lords jacobites et ceux qui envisagent de devenir jacobites si le vent tourne ; des informateurs professionnels qui se vendent au plus offrant ; même le pape : le Saint-Siège règle les factures des Stuarts en exil depuis cinquante ans. Je suppose que l'Église tient à savoir ce que ses protégés traficotent.

Il me montra la copie de la lettre de Jacques Stuart le Troisième à son fils Charles-Édouard.

— Le cachet sur cette lettre avait déjà été décollé au moins trois fois avant que je mette la main dessus.

— Je comprends pourquoi il utilise un code secret. Tu crois pouvoir le déchiffrer ?

Il fronça les sourcils.

— Je n'en sais rien. Certaines parties me paraissent claires, d'autres totalement incompréhensibles. Pour pouvoir déchiffrer le code, il me faudrait plusieurs lettres de ce genre. Je verrai ce que Fergus peut faire pour moi.

Il plia soigneusement la lettre et la rangea dans un tiroir qu'il ferma à clé.

— On ne peut faire confiance à personne, *Sassenach*. Il est même probable que nous ayons des espions parmi nos domestiques.

Il laissa tomber la petite clé dans la poche de son gilet et me tendit la main.

Je saisis une chandelle au passage et me laissai entraîner vers l'escalier. Le reste de la maison était plongé dans l'obscurité.

Tous les serviteurs, à l'exception de Fergus, étaient déjà couchés. Je frissonnai à l'idée que l'un d'eux était peut-être en ce moment même en train de nous épier à travers un trou de serrure.

— Ça ne t'angoisse pas de savoir que tu ne peux jamais te fier à personne ? demandai-je en montant l'escalier.

Il rit doucement.

— Ce n'est pas tout à fait vrai, *Sassenach*. D'abord, il y a toi, puis Murtagh, ma sœur Jenny et son mari Ian. À vous quatre, je confierais ma vie les yeux fermés. D'ailleurs, je l'ai déjà fait plus d'une fois.

Le feu de la chambre à coucher avait été étouffé pour la nuit et il commençait à faire froid.

— Quatre personnes, ce n'est pas beaucoup, remarquai-je en dénouant les lacets de ma robe.

Il fit passer sa chemise par-dessus sa tête et la lança sur une chaise.

— Mouais... mais c'est déjà quatre de plus que Charles-Édouard.

Il faisait encore nuit. Un rossignol faisait des vocalises, perché sur une gouttière quelque part dans le noir.

Jamie frotta sa joue contre le creux lisse et chaud de mon aisselle, tourna la tête et y déposa un baiser qui me donna un délicieux frisson jusqu'aux orteils.

— Mmm... murmura-t-il, en effleurant mes côtes du bout des doigts. J'aime bien quand tu as la chair de poule.

— Ah oui ?

Je lui passai un ongle tout le long du dos, effleurant à peine sa peau qui se hérissa aussitôt sous le chatouillement.

— Brrr !

— Brrr toi-même ! dis-je en continuant.

— Mmm...

Avec un grognement étouffé, il roula sur le côté, m'enveloppa de ses bras et me pressa doucement contre lui. Je soupirai d'aise sous le contact de sa peau nue. Il était chaud comme des braises sous un lit de cendres, et comme elles prêt à s'embraser.

Ses lèvres s'attardèrent sur un de mes seins et je gémis de plaisir, haussant les épaules pour l'inciter à le prendre plus profondément dans sa bouche. Ma poitrine devenait chaque jour plus pleine et plus sensible. Mes tétons me faisaient mal et picotaient parfois sous les étroits bustiers de mes robes, exigeant d'être tétés.

— Tu me laisseras encore le faire, plus tard, quand l'enfant sera là et que tes seins seront gorgés de lait ? murmura-t-il. Tu me nourriras moi aussi, près de ton cœur ?

Je glissai mes doigts dans ses cheveux et lui caressai tendrement la tête.

— Toujours, tant que tu voudras, répondis-je à voix basse.

14

Méditations sur la chair

Véritable professionnel, Fergus rapportait presque chaque jour un nouvel échantillon de la correspondance du prince Charles-Édouard. J'avais parfois à peine le temps de recopier les lettres avant qu'il ne reparte en expédition, pour remettre à sa place le courrier volé et en subtiliser une autre sélection. Son butin comptait déjà plusieurs autres communications codées envoyées de Rome par Jacques Stuart. Jamie mettait de côté les doubles que j'en faisais pour pouvoir les déchiffrer à tête reposée. Une grande partie de la correspondance de Son Altesse était pour nous sans intérêt : des plis de ses amis en Italie, un nombre croissant de factures de négociants parisiens (Charles-Édouard avait un goût prononcé pour les vêtements tape-à-l'œil, les bottes en cuir et le cognac), et des billets doux de Louise de La Tour d'Auvergne. Ces derniers étaient faciles à repérer : outre l'écriture maniérée et minuscule de l'enveloppe qui donnait l'impression d'avoir été piétinée par un moineau, le papier était imbibé d'un fort parfum à la jacinthe. Jamie refusait catégoriquement de les lire.

— Je ne mettrai pas mon nez dans les affaires de cœur d'un autre, affirma-t-il entre deux éternuements. Même un comploteur a sa dignité !... Et puis, de toute façon, elle te raconte tout.

De fait, Louise était devenue une amie proche et passait pratiquement autant de temps dans mon boudoir que dans le sien, à gémir et à pleurer, pour tout oublier l'instant suivant en s'émerveillant sur les miracles de la grossesse. Par une profonde injustice, elle n'était jamais malade ! En dépit de son côté écervelé, je l'aimais beaucoup. Néanmoins, c'était toujours avec un grand soulagement que je lui faussais compagnie pour me rendre à l'hôpital des Anges.

Louise se serait tranché les veines plutôt que de mettre un pied dans un endroit aussi sordide, mais je n'étais pas sans com-

243

pagnie. Ayant tenu bon lors de sa première visite, la courageuse Mary Hawkins m'y accompagnait régulièrement. Elle était toujours incapable de regarder une plaie, mais elle se rendait utile en faisant manger les malades et en nettoyant le sol. Manifestement, ce genre d'activités représentait pour elle un changement bienvenu après les soirées à Versailles et la vie chez son oncle.

Bien qu'elle fût souvent choquée par certains des comportements à la Cour (non pas qu'elle vît grand-chose, mais elle se choquait facilement), elle ne témoignait pas d'une aversion ou d'un dégoût particulier à l'encontre du vicomte de Marigny, ce qui m'induisit à penser que les négociations n'étaient pas terminées et que sa famille ne lui avait encore rien dit.

Un jour de la fin avril, alors que nous étions en route vers l'hôpital, elle me confia en rougissant qu'elle était amoureuse.

— Oh, il est si séduisant ! s'extasia-t-elle en oubliant de bégayer. Et si... pieux !

— Ah oui, pieux ? Comme c'est intéressant !

Personnellement, ce n'était pas une qualité que j'aurais recherchée chez un amoureux. Mais pourquoi pas ? Chacun ses goûts.

— Et qui est l'heureux élu ? la taquinai-je. Je le connais ?

Ses joues rosirent encore un peu plus.

— Oh, non, je ne pense pas. Je ne devrais pas vous le dire mais je ne peux pas m'en empêcher : il a déjà écrit à mon père et il sera de retour à Paris la semaine prochaine !

— Vraiment ? J'ai entendu dire que le comte de Palles était attendu à la Cour la semaine prochaine. Il ne ferait pas partie de sa suite, par hasard ?

Mary me lança un regard horrifié.

— Un Français ! Oh non, Claire, je ne pourrais jamais épouser un Français !

— Pourquoi, qu'est-ce qu'ils ont, les Français ? demandai-je, surprise par sa véhémence. Après tout, vous parlez très bien la langue.

Peut-être était-ce justement le problème. Si Mary maîtrisait parfaitement le français, sa timidité accentuait encore son bégaiement. J'avais surpris plusieurs garçons de cuisine quelques jours plus tôt, singeant cruellement « la petite Anglaise bègue ».

— Vous n'êtes pas au courant au sujet des hommes français ? chuchota-t-elle en roulant de grands yeux scandalisés. Ah ! bien sûr que non... votre mari est si gentil et si doux... il ne ferait pas une chose pareille... je veux dire, il ne vous obligerait pas à...

Son visage était cette fois couleur pivoine et elle semblait sur le point de s'étrangler.

— Vous voulez dire... commençai-je.

Je cherchais un moyen de l'aider avec tact sans m'emmêler dans des spéculations sur les us et coutumes des mâles français. Cela dit, vu ce que M. Hawkins m'avait dit sur le père de Mary et ses projets de mariage, je pensais qu'il convenait peut-être de lui faire distinguer la part du vrai dans des élucubrations qu'elle avait manifestement entendues dans des plaisanteries de salons et de boudoirs. Je ne tenais pas à ce qu'elle se jette par la fenêtre le jour où on lui apprendrait qu'elle devait épouser un Français.

— C'est à c-c-cause de ce qu-qu'ils f-f-font... au lit ! chuchota-t-elle.

— Il n'y a pas trente-six choses qu'on puisse faire au lit avec un homme, dis-je sur un ton neutre. Compte tenu du nombre impressionnant d'enfants qu'on voit dans cette ville, il semble que même les Français connaissent les méthodes orthodoxes.

— Les... les enfants ?... ah, oui, bien sûr... répondit-elle comme si elle ne voyait pas très bien le rapport. M-m-mais, on m'a dit qu-qu-que... la ch-ch-chose des hommes f-f-f-français, vous savez...

— Oui, naturellement que je sais ! dis-je en commençant à perdre patience. À ce que je sais, elle n'est pas tellement différente de celle des Anglais ou des Écossais, ou de tous les hommes en général.

— Oui, mais... ils... ils... la m-m-m-mettent entre les c-c-c-cuisses des f-f-femmes ! Ils l'enf-f-f-foncent ded-d-d-dans !

Ayant enfin craché la scandaleuse nouvelle, elle se laissa retomber au fond de son siège, soulagée d'avoir sorti ce qu'elle avait sur le cœur. Elle ajouta plus calmement :

— Un Anglais, voire un Écossais... Oh, pardon, ce n'est pas ce que j'avais v-v-voulu dire...

Confuse, elle posa une main devant sa bouche.

— ... enfin, je veux dire, un homme décent comme votre mari ne vous infligerait j-j-jamais une horreur p-p-pareille !

Je me tournai vers elle et la regardai longuement sans rien dire. Je comprenais maintenant pourquoi la dévotion religieuse occupait une place si haute dans son catalogue des vertus masculines.

— Mary, dis-je enfin, je crois que nous devrions avoir une petite discussion.

Je souriais encore en sortant du dispensaire de l'hôpital, revêtue de la grande blouse rêche des novices.

Les équipes de soignants se renouvelaient tous les jours. La plupart des chirurgiens, urinoscopes, rebouteux, médecins et autres guérisseurs étaient des bénévoles, et ne travaillaient à l'hôpital des Anges que lorsque leurs occupations extérieures le leur permettaient. D'autres venaient pour apprendre ou s'exercer, les patients n'étant guère en position de s'opposer à ce qu'on les utilise comme cobayes.

À force de venir travailler presque chaque après-midi, je commençais à pouvoir mettre un nom sur pratiquement tous les visages. Parmi les rebouteux, il y en avait un qui m'intriguait particulièrement : c'était le grand homme dégingandé que j'avais vu amputer une jambe lors de ma première visite. En me renseignant, j'appris qu'il s'appelait M. Forez. J'ignorais sa véritable profession, mais j'avais remarqué qu'il se concentrait lui aussi sur les os brisés et les traumatismes externes. Il lui arrivait aussi parfois de se lancer dans une intervention plus délicate, comme l'amputation d'un membre, notamment quand il s'agissait de sectionner un membre entier, articulation comprise. Les sœurs et les garçons de salle semblaient le craindre. Ils ne bavardaient jamais avec lui comme ils le faisaient avec d'autres et se gardaient d'échanger les inévitables plaisanteries de salles de garde en sa présence.

M. Forez était de service ce jour-là. Je m'approchai discrètement pour voir ce qu'il faisait. Le patient, un jeune ouvrier, gisait livide et haletant sur une paillasse. Il était tombé de l'un des échafaudages de la cathédrale, qui était en réparation permanente, et s'était cassé un bras et une jambe. Le bras ne posait pas de problème particulier : il s'agissait d'une fracture simple du radius. En revanche, sa jambe était brisée au niveau de la tête du tibia et du milieu du fémur. Des fragments d'os transperçaient la peau en plusieurs endroits, créant des plaies ouvertes sur toute la partie supérieure de la jambe.

M. Forez était absorbé par ses pensées. Il tournait lentement autour du blessé comme un charognard qui se demande si la proie convoitée est bien morte. Il avait une tête de corbeau, avec un grand nez busqué et de longs cheveux noirs, non poudrés, lissés en arrière et retenus par un ruban. Il portait des vêtements sombres et austères, mais de qualité.

Ayant enfin décidé de la marche à suivre, M. Forez releva la tête et chercha des yeux un assistant. Son regard se posa sur moi et il me fit signe d'approcher. Concentré sur la tâche qui l'attendait, il n'avait vu que ma blouse grège de novice, sans remarquer que je ne portais pas la guimpe et le voile des sœurs infirmières.

— Venez, ma sœur, ordonna-t-il en saisissant une des chevilles du patient. Tenez-le fermement juste sous le talon. Ne forcez pas dessus avant que je vous le dise, puis, à mon ordre, vous tirerez vers vous. Allez-y très lentement, mais sûrement. Cela va vous demander une force considérable. Vous m'avez bien compris ?

— Oui, monsieur.

Je suivis ses instructions pendant qu'il allait se placer à la tête de la paillasse et observait la jambe fracturée d'un air méditatif. Il sortit bientôt une petite fiole de sa poche et la posa près de la tête du blessé.

— Ce petit stimulant va nous être d'un grand secours, expliqua-t-il. Il comprime les vaisseaux sanguins superficiels et fait refluer le sang vers l'intérieur, où il sera sans doute plus utile à notre ami.

Là-dessus, il saisit le jeune homme par les cheveux, lui renversa la tête en arrière et lui vida le contenu de la fiole dans la bouche sans en perdre une seule goutte.

Le patient déglutit et reprit son souffle avec une inspiration bruyante.

— Voilà ! fit M. Forez d'un air satisfait. Occupons-nous à présent de la douleur... Mmoui, il vaudrait mieux insensibiliser cette jambe. Il se débattra moins lorsque nous réduirons la fracture.

Il plongea de nouveau la main dans sa grande poche, extirpant cette fois une aiguille en laiton d'une dizaine de centimètres, avec une tête large et plate. Il se mit alors à explorer l'intérieur de la cuisse du patient de ses longs doigts osseux, en suivant le tracé d'une grosse veine bleutée jusqu'à l'aine. Sa main hésita, marqua une pause, palpa de nouveau en décrivant un petit cercle, s'arrêta enfin sur un point précis. Enfonçant son index dans la peau comme pour marquer l'endroit, M. Forez sortit cette fois de sa poche magique un petit marteau en laiton, avec lequel il enfonça l'aiguille d'un grand coup sec et net.

La jambe sursauta violemment avant de retomber lourdement sur le sol, inerte. Le vasoconstricteur administré un peu plus tôt commençait déjà à faire son effet et les plaies ne laissaient plus suinter qu'un peu de sang.

— C'est incroyable ! m'exclamai-je. Comment avez-vous fait ?

Flatté, M. Forez sourit timidement, et ses joues se teintèrent légèrement de rose.

— À vrai dire, ça ne marche pas à tous les coups, admit-il modestement. Cette fois, j'ai eu de la chance.

Il pointa un doigt vers l'aiguille.

— Il y a un vaste réseau de nerfs situé juste ici, ma sœur. Les anatomistes appellent ça un *plexus*. Quand on a la chance de le trouver du premier coup, il fait disparaître une grande partie des sensations en aval du point d'incision.

Il se redressa brusquement, se rendant compte qu'il était en train de perdre un temps précieux.

— Allons-y, ma sœur. Retournez à votre poste. L'effet du stimulant n'est pas éternel. Il nous faut agir vite avant que les saignements ne reprennent.

Une fois la jambe insensibilisée, les os se remirent en place facilement. Suivant les instructions de M. Forez pendant qu'il manipulait le pied et la cheville, je tirai le torse du jeune homme vers le haut, afin d'exercer une traction constante jusqu'à ce que les derniers petits fragments osseux se soient de nouveau emboîtés les uns dans les autres.

— Voilà, ma sœur, ça ira comme ça ! déclara-t-il en s'essuyant les mains. Maintenant, si vous voulez bien lui tenir le pied un instant.

Il appela un garçon de salle qui apporta au pas de course plusieurs tiges de bois et des linges pour immobiliser les os. Après quoi, la jambe fut éclissée et les plaies bandées en un tour de main.

M. Forez et moi échangeâmes un large sourire d'autocongratulation.

— Du très beau travail ! observai-je en rabattant mes mèches folles derrière les oreilles.

Le visage de M. Forez changea de couleur : il venait seulement de s'apercevoir que je ne portais pas le voile. Au même instant, les cloches de l'église voisine sonnèrent les vêpres. Je lançai un regard affolé vers le fond de la salle dont l'une des fenêtres était ouverte pour évacuer les mauvaises odeurs. Le fragment de ciel visible avait déjà viré à l'indigo profond du début de soirée.

— Excusez-moi, dis-je précipitamment en retirant ma blouse. Il faut que je rentre tout de suite. Mon mari va s'inquiéter. Ravie de vous avoir aidé, monsieur Forez.

— Mais, vous... euh... Non... bien sûr, vous n'êtes pas une sœur, j'aurais dû m'en rendre compte. Mais alors... qui êtes-vous ?

— Claire Fraser. Excusez-moi, je dois partir. Mon mari...

Il se redressa fièrement et esquissa une petite courbette.

— Madame Fraser, permettez-moi de vous raccompagner chez vous.

— Oh, mais... c'est très aimable à vous, mais... j'ai déjà une escorte.

J'aperçus Fergus adossé à la porte, trépignant d'impatience. Quand on n'avait pas besoin de ses services, il remplaçait Murtagh. J'ignorais comment il avait pu se glisser jusque-là : les sœurs refusaient de le laisser entrer dans le grand hall ou les salles communes, et insistaient pour qu'il m'attende à la porte.

M. Forez lança un regard dubitatif vers mon jeune garde du corps, et me prit par le coude.

— J'insiste, madame. Je tiens à vous raccompagner jusqu'à

votre porte. Cette partie de la ville est bien trop dangereuse le soir pour une femme seule accompagnée d'un enfant.

Le menton de Fergus se mit à trembler d'indignation et je me hâtai de protester qu'il était excellent cavalier, parfaitement capable de me guider par les rues les plus sûres. M. Forez ne voulut rien entendre. Il salua sœur Angélique d'un signe de tête très grand seigneur et m'entraîna vers le grand portail de l'hôpital.

Fergus trottait à mes côtés, et me tirait par la manche.

— Milady, milady ! chuchota-t-il. J'ai promis au maître de vous raccompagner tous les soirs et de veiller à ce que vous ne soyez pas abordée par des indivi...

— Ah, nous y voilà, madame ! Asseyez-vous ici, et le petit n'a qu'à s'asseoir à côté de vous.

Faisant la sourde oreille aux jappements de Fergus, M. Forez le souleva par le fond de culotte et le déposa dans la voiture.

La voiture était une élégante petite calèche avec de profondes banquettes en velours bleu nuit et une capote pour protéger les passagers des intempéries et des giclées de boue. Les portières ne portant pas d'armoiries, j'en déduisis que M. Forez n'était pas un aristocrate mais un riche bourgeois.

Pendant le trajet, nous échangeâmes des propos courtois, dirigés essentiellement sur les questions médicales, tandis que Fergus boudait dans son coin. Dès que la calèche s'arrêta rue Trémoulins, l'enfant bondit hors de la voiture sans attendre que le cocher nous ouvre la portière et disparut à l'intérieur de la maison. Je le regardai filer en me demandant quelle mouche l'avait piqué, et me retournai pour remercier M. Forez.

— Vraiment, ce n'est rien, m'assura-t-il. Votre maison se trouve sur mon chemin de toute façon, et je ne pouvais pas laisser une dame seule dans les rues de Paris à cette heure.

Il m'aida à descendre de voiture et allait me saluer quand le portail de la cour s'ouvrit brusquement sur Jamie. Celui-ci avait un visage soucieux qui s'illumina en nous apercevant.

— Oh ! Bonsoir, monsieur ! dit-il d'un air surpris en saluant M. Forez.

Ce dernier inclina solennellement la tête.

— Votre épouse m'a accordé l'honneur de la raccompagner chez elle, milord. Quant à son retard, j'en suis le seul responsable. Elle a eu la bonté de m'assister jusqu'au bout lors d'une opération à l'hospice.

— Je m'en doutais, répliqua Jamie. J'ai pris l'habitude de passer après les inflammations de l'intestin et les éruptions biliaires.

Son ton de reproche était tempéré par un léger sourire ironique. J'eus mauvaise conscience de l'avoir inquiété pour rien.

Ayant pris congé de M. Forez, il me prit par le bras et m'entraîna vers la maison.

— Où est passé Fergus ? demandai-je.

— Dans la cuisine, attendant son châtiment, je présume.

— Son châtiment ? Qu'est-ce que tu veux dire ?

Il se mit à rire.

— J'étais dans le bureau et je me faisais un sang d'encre parce que tu n'arrivais pas et j'étais sur le point d'aller à ta rencontre, quand il a fait irruption dans la pièce et s'est jeté à mes pieds, en me suppliant de le tuer sur l'instant.

— Le tuer ? Mais pourquoi ?

— C'est ce que je lui ai demandé, *Sassenach*. J'ai cru que vous aviez fait une mauvaise rencontre ou qu'il t'avait perdue. Je n'ai pensé à rien d'autre, vu son état d'énervement. Mais quand il m'a annoncé que tu étais devant la porte, je me suis précipité pour voir ce qui se passait, avec lui sur mes talons m'implorant pour que je le batte à mort. Il faisait un tel raffut que j'avais du mal à réfléchir. Alors je lui ai ordonné d'aller m'attendre à la cuisine.

— Le pauvre ! m'apitoyai-je. Il croit sincèrement avoir trahi ta confiance parce que je suis rentrée un peu tard !

— Oui, et parce qu'il t'a laissée partir en compagnie d'un inconnu. Il jure qu'il se serait jeté sous les sabots des chevaux si tu n'avais pas eu l'air en si bons termes avec ce monsieur.

— Bien sûr que j'étais en bons termes ! Nous venions de passer plus d'une heure ensemble à réduire une fracture ouverte.

— Mmm...

Ce type d'argument ne lui paraissait guère convaincant.

— Bon, d'accord, j'ai eu tort de rentrer avec lui ! admis-je à contrecœur. Mais cet homme m'avait l'air parfaitement respectable et j'étais pressée d'arriver. Je ne voulais pas que tu t'inquiètes.

Je regrettais à présent de ne pas avoir fait plus attention à Fergus quand il tirait sur ma manche. Sur le moment, je n'avais eu qu'une idée en tête, rentrer à la maison.

— Tu ne vas pas vraiment le battre, n'est-ce pas ? demandai-je alarmée. Il n'a rien fait de mal. C'est moi qui ai insisté pour partir avec ce M. Forez. Si quelqu'un mérite d'être battu, c'est moi !

Marchant toujours en direction de la cuisine, Jamie me lança un regard sarcastique.

— C'est bien mon avis aussi, mais que veux-tu ? J'ai juré de ne plus jamais lever la main sur toi ; il faut bien que je me défoule sur cet enfant.

— Non, Jamie ! Tu ne ferais pas ça !

Je m'arrêtai net et m'agrippai à son bras.

— Jamie, je t'en prie !

Puis j'aperçus le petit sourire au coin de ses lèvres et poussai un soupir de soulagement.

— Mais non, sotte ! dit-il en ricanant. Je n'ai aucune intention de le tuer, ni même de le battre. Je serai peut-être bien obligé de lui donner une petite tape ou deux sur l'oreille, tout au plus, pour sauver son honneur. Il est persuadé d'avoir commis un crime majeur en ayant failli à sa tâche. Il faut bien que je lui donne un petit signe officiel de mécontentement.

Il s'arrêta devant la porte des cuisines pour reboutonner ses manchettes et resserrer sa cravate.

— Suis-je présentable ? Il faut peut-être que j'enfile une veste. Je ne sais pas très bien ce qu'on porte pour admonester un employé.

— Tu es très bien, répondis-je en pouffant de rire. Tu as l'air très sévère.

— Parfait, dit-il en se redressant. Surtout, ne me regarde pas, tu me ferais perdre mon sérieux.

Toutefois, l'atmosphère en cuisine ne prêtait guère à rire : à notre entrée, le brouhaha des conversations cessa aussitôt et tous les domestiques s'alignèrent précipitamment derrière la grande table de travail. Un silence pesant tomba sur nous. Enfin, deux filles de cuisine s'écartèrent pour laisser passer Fergus.

L'enfant était livide et ses joues baignées de larmes. Avec une grande dignité, il fit un pas en avant, s'inclina devant moi, puis devant Jamie, et déclara d'une voix faible mais distincte :

— Milady, milord, j'ai honte. Je sais que je ne suis pas digne de votre confiance, mais je vous supplie de ne pas me renvoyer.

Sa petite voix flûtée tremblait un peu et je me mordis les lèvres. En quête de soutien moral, Fergus lança un bref regard à ses collègues. Fernand le cocher lui fit un petit signe d'encouragement. Il bomba le torse et reprit :

— Milord, je suis prêt à subir mon châtiment.

Comme s'il s'agissait d'un signal, l'un des valets de pied sortit des rangs, posa une main sur l'épaule de l'enfant et le conduisit devant la grande table. Se plaçant en face de lui, il lui prit les mains et le hissa sur le ventre sur la grande planche de bois, les pieds dans le vide.

Cette tournure inattendue des événements prit Jamie de court.

— Mais... commença-t-il.

On ne lui laissa pas le temps de finir. Magnus, le vieux majordome, s'avança vers lui et lui présenta cérémonieusement le plateau à viande sur lequel était posée la sangle de cuir qui servait à l'affûtage des couteaux.

251

— Euh... fit Jamie en me lançant un regard désemparé.

— Humm... fis-je à mon tour en reculant d'un pas.

Il me rattrapa par la main et me souffla à l'oreille :

— Pas question que tu te défiles, Sassenach. Si je suis obligé de le faire, tu dois regarder !

Son regard hésita encore un long moment entre la victime expiatoire qui s'offrait à lui et l'instrument du sacrifice qu'on lui tendait.

— Et merde ! siffla-t-il entre ses dents.

Il saisit la sangle et la plia entre ses mains : avec ses dix centimètres de largeur et son centimètre d'épaisseur, elle faisait peur. Il fit un pas vers Fergus, souhaitant manifestement être ailleurs.

— Bon ! tonna-t-il, un regard menaçant à la ronde. Dix coups, et je ne veux pas entendre un mot !

Plusieurs femmes de chambre blêmirent et se blottirent les unes contre les autres pour se soutenir moralement.

Au premier claquement de la sangle, Mme Vionnet ne put réprimer un petit cri de pitié, mais Fergus, lui, ne broncha pas. Son petit corps fut agité d'un soubresaut et Jamie ferma brièvement les yeux. Il serra les dents et reprit l'exécution de la sentence, assenant chaque coup à intervalles réguliers. J'avais l'estomac dans la gorge et les mains moites. En même temps, j'avais envie de rire de cette sinistre farce.

Fergus subit sa peine sans un cri. Lorsque Jamie eut terminé, pâle et en nage, le petit corps resta si parfaitement immobile que je crus un instant qu'il était mort. Un frisson parcourut ses membres, il se laissa glisser au sol et se redressa, raide comme un piquet.

Jamie avança et lui prit le bras.

— Ça va ? demanda-t-il.

Comme l'enfant ne répondait pas, il répéta, alarmé :

— Fergus, ça va ? Bon sang, dis quelque chose !

L'enfant avait les lèvres blêmes et ses yeux n'étaient plus que deux petites fentes oblongues. Il trouva néanmoins la force de sourire de la sollicitude de son maître.

— Oui, milord. Je suis pardonné ?

— Seigneur ! grommela Jamie. Bien sûr que tu es pardonné, bougre d'andouille ! Mais je ne veux plus jamais avoir à faire ça, tu m'entends ?

Fergus hocha la tête gravement, se tourna vers moi et se laissa tomber à genoux, les mains jointes devant lui.

— Vous me pardonnez aussi, milady ?

Il levait des yeux implorants comme un petit singe qui réclame des cacahuètes.

J'étais mortifiée, mais je parvins à me maîtriser suffisamment pour me pencher vers lui et le relever.

— Il n'y a rien à pardonner, Fergus, dis-je fermement. Tu es un garçon très courageux. Euh... maintenant, si tu allais dîner ? Un soupir de soulagement collectif s'éleva dans l'assistance et l'atmosphère se détendit aussitôt. Les domestiques s'avancèrent vers Fergus, lui donnèrent des tapes amicales dans le dos et le congratulèrent. L'enfant fut ensuite entraîné comme un héros vers son dîner, tandis que Jamie et moi battions discrètement en retraite dans nos quartiers à l'étage supérieur.

Jamie se laissa tomber dans un fauteuil, l'air éreinté.

— Par Jésus, Marie et tous les saints ! J'ai besoin d'un verre. Non, surtout ne sonne pas ! s'écria-t-il, bien que je n'aie pas bougé d'un poil. Je ne supporterais de me retrouver en face de l'un d'entre eux en ce moment ! Je crois que j'ai ici ce qu'il me faut.

Il se leva, fouilla dans un tiroir et en extirpa une bonne bouteille de scotch. Il arracha le bouchon d'un coup de dents et en vida au moins quatre centimètres d'une seule gorgée. Il s'essuya la bouche et me tendit la bouteille. Je l'imitai sans hésiter.

— Nom de Dieu ! fis-je quelques instants plus tard.

— Tu peux le dire ! renchérit-il.

Il me reprit la bouteille des mains et en siffla une autre gorgée.

— Je ne me suis jamais senti aussi bête de ma vie.

Je pris mon tour de goulot et hochai la tête :

— Et moi donc ! Après tout, c'était de ma faute. Tu ne peux pas savoir à quel point j'ai honte de moi. Je n'aurais jamais imaginé...

— Tu ne pouvais pas deviner. Et moi non plus. Il a sans doute cru que j'allais le congédier et qu'il allait de nouveau se retrouver à la rue... Pauvre gosse ! Pas étonnant qu'il ait préféré prendre une raclée. Il estime sans doute s'en être très bien tiré.

Je songeai aux environs de la cathédrale que nous avions traversés dans la calèche de M. Forez. Il y avait des mendiants en haillons à tous les coins de rue, attentifs à défendre chèrement leur territoire, dormant sur le pavé même pendant les nuits les plus froides, de peur qu'un rival ne vienne leur voler leur emplacement. Des enfants bien plus petits que Fergus filaient comme des souris entre les pattes des passants, lançaient des regards furtifs à ras de terre, guettaient un vieux quignon de pain tombé dans la boue ou une poche un peu trop bâillante. La vie était courte et sinistre pour les malchanceux, ceux qui étaient trop rachitiques pour travailler ou pas assez mignons pour être vendus dans une maison close. Il ne fallait donc pas s'étonner si la perspective d'être privé du luxe de trois repas par jour et de vêtements propres avait suffi à déclencher chez le pauvre enfant une crise aiguë de culpabilité injustifiée.

La bouteille de scotch poursuivait ses petits voyages entre Jamie et moi.

— Enfin, j'espère que tu ne lui as pas fait trop mal, soupirai-je.

— Mmm, il ne pourra pas s'asseoir avant quelques jours, c'est sûr.

Jamie leva la bouteille à la hauteur de ses yeux. Elle était déjà aux trois quarts vide.

— Tu sais, *Sassenach*, jusqu'à ce soir, je ne m'étais pas rendu compte à quel point ce devait être difficile pour mon père de me corriger. J'ai toujours cru que des deux, c'était moi qui avais souffert le plus. Finalement, être père risque d'être un peu plus compliqué que je ne le pensais. Il va falloir que je réfléchisse à la question.

— Ne réfléchis pas trop tout de même. Tu as déjà presque vidé une bouteille.

— Ne t'inquiète pas, *Sassenach*. Il y en a une autre dans le tiroir.

15

Où la musique joue un rôle

Nous finîmes la seconde bouteille tard dans la nuit, après avoir examiné sous toutes les coutures plusieurs des lettres codées dérobées par Fergus. La dernière prise de celui-ci était si volumineuse que Jamie avait été obligé de lui demander d'en rapporter la moitié, sachant que nous n'aurions pas le temps de recopier le tout en une nuit.

À présent, nous étions penchés sur une série de missives adressées au prince par des amis jacobites.

— Certains codes sont faciles à déchiffrer, expliqua Jamie. Tiens, regarde ce message, par exemple.

Il sortit une feuille de l'épaisse liasse et la lut à voix haute :

— *J'apprends que la chasse aux grouses s'annonce bonne cette saison sur les collines de Salerno. Les amateurs de gibier ne rentreront sans doute pas bredouilles.* Facile ! C'est une allusion à Manzetti, le banquier italien. Il est originaire de Salerno. Je sais que Charles-Édouard a dîné avec lui il n'y a pas longtemps et qu'il est parvenu à lui emprunter quinze mille livres. En revanche, cette autre lettre...

Il fouilla dans la pile et en sortit une autre feuille.

— Regarde ça.

Je me penchai sur une écriture fine et penchée, ponctuée de flèches et de points d'interrogation, où je ne distinguai que des mots qui n'avaient aucun sens pour moi.

— C'est en quelle langue ? demandai-je. En polonais ?

Après tout, la mère de Charles-Édouard, feue Marie-Clémentine Sobieski, était polonaise.

— Non, c'est bien de l'anglais. Tu ne comprends pas ?

— Non. Pourquoi, tu y comprends quelque chose, toi ?

— Oui, c'est un code assez enfantin. Il faut rassembler les lettres en groupes de cinq, sans compter les Q et les X. Les X constituent la ponctuation entre les phrases et les Q n'ont été mis ici et là que pour brouiller les pistes.

— Puisque tu le dis...

Je me replongeai dans cette lettre déroutante, qui commençait par *Mrti ocruti dlopro qahstmin*.... Jamie me présenta alors une feuille de papier sur laquelle se trouvaient plusieurs rangées de mots de cinq lettres soigneusement alignés en colonnes régulières, puis une autre bande de papier avec deux alphabets l'un au-dessus de l'autre, légèrement décalés.

— Tu comprends maintenant ? me demanda-t-il.

— Plus ou moins. Mais puisque tu l'as déjà déchiffrée, c'est le principal. Que dit-elle ?

Il reposa la liasse de lettres et se tourna vers moi.

— Eh bien, c'est assez déconcertant. Pourtant, je ne crois pas m'être trompé. J'avais déjà remarqué que la plupart des lettres du roi allaient dans ce sens, mais celle-ci ne laisse plus de doute. Jacques Stuart voudrait que Charles-Édouard s'attire les faveurs de Louis XV, mais pas dans le but d'obtenir des fonds pour une armée. Jacques n'a plus l'intention de remonter sur le trône.

— Quoi ? m'exclamai-je.

Je lui repris les lettres des mains et me mis à les parcourir fébrilement.

Jamie avait raison. Si les lettres des jacobites parlaient avec espoir d'une restauration prochaine, celles du roi en exil n'y faisaient aucune allusion. Toutes incitaient Charles-Édouard à faire bonne impression sur le roi de France ; rien de plus. Même le prêt du banquier Manzetti n'avait pour but que d'assurer au prince un train de vie digne de son rang à Paris.

— Jacques Stuart est un homme intelligent mais sans le sou, dit Jamie. Sa femme possédait une grande fortune, mais elle a tout légué à l'Église à sa mort. Le pape finance la Cour en exil parce que Jacques III est un monarque catholique et que l'Église se doit de défendre ses intérêts face à ceux de l'Électeur de Hanovre.

Jamie croisa les doigts autour de son genou, le regard posé sur la pile de papiers étalés entre nous sur le sofa.

— Il y a trente ans, reprit-il, Philippe d'Espagne et Louis de France — pas l'actuel, l'ancien — lui ont donné des hommes et des vaisseaux pour envahir l'Écosse. Mais les choses ont mal tourné : une tempête a coulé plusieurs navires, certains autres, mal dirigés, ont débarqué au mauvais endroit et ainsi de suite... Au bout du compte, les Français ont fait demi-tour et Jacques Stuart n'a même pas pu mettre un pied sur le sol anglais. Après un tel fiasco, il a sans doute abandonné tout espoir de remonter un jour sur le trône. Néanmoins, il a deux grands fils et aucun moyen de les installer convenablement dans la vie.

Il se balança doucement d'avant en arrière, et poursuivit :

— Que ferais-je dans une telle situation ? J'essaierais de voir si mon cher cousin Louis, qui est roi de France, après tout, ne pourrait pas offrir une belle situation à l'un des mes rejetons, un haut grade militaire, par exemple, et des hommes à diriger. Général, ça sonne bien, non ?

— Mmm, fis-je. Oui, mais si j'étais vraiment très malin, je ne viendrais pas voir mon cousin à genoux pour quémander comme un parent pauvre. J'enverrais plutôt mon fils à Paris pour faire honte à Louis jusqu'à ce qu'il accepte de le recevoir à la Cour. Pendant ce temps, j'alimenterais la rumeur selon laquelle je me prépare activement à remonter sur le trône.

— Exact ! confirma Jamie. Parce que si Jacques III reconnaît ouvertement que les Stuarts sont définitivement détrônés, il ne présentera plus aucun intérêt pour Louis XV.

En effet, sans l'éventualité d'une invasion jacobite pour nuire aux Anglais, Louis se contenterait sans doute de donner à son jeune cousin Charles-Édouard une rente modeste que la décence et l'opinion publique le contraindraient à accorder.

Mais rien de ceci n'était encore prouvé. Les lettres dont nous disposions remontaient toutes au mois de janvier précédent, quand Charles-Édouard était arrivé en France. Exprimée à mots couverts et en code, la situation était loin d'être limpide. Toutefois, dans l'ensemble, les indices concordaient.

Et si Jamie avait deviné juste quant aux vraies motivations de Jacques Stuart, notre mission était déjà accomplie. En fait, elle n'avait jamais eu de raison d'être.

Cette découverte occupa mon esprit toute la journée du lendemain. Je ressassai mentalement nos supputations de la veille pendant que j'écoutais d'une oreille distraite les déclamations d'un poète hongrois chez Marie d'Arbanville, puis un peu plus tard, alors que j'achetais un peu de valériane et des rhizomes d'iris chez un herboriste du quartier, et tout au long de l'après-midi que je passai à l'hôpital des Anges.

Finalement, incapable de me concentrer, je décidai qu'il valait mieux rentrer chez moi plutôt que de risquer de blesser un patient. Ni Murtagh ni Fergus n'étaient encore arrivés pour me raccompagner à la maison. Aussi, après m'être changée, je les attendis dans le petit bureau de mère Hildegarde, qui donnait sur le hall d'entrée de l'hôpital.

J'y étais depuis une demi-heure, tuant le temps à enrouler les rubans de ma robe, quand j'entendis Bouton aboyer.

Le portier s'était absenté pour aller acheter de la nourriture ou faire une course pour l'une des sœurs. Comme d'habitude, son remplacement était assuré par le plus compétent en la matière, à savoir le fidèle compagnon de mère Hildegarde.

Le premier aboiement d'avertissement fut suivi d'un grondement dissuasif, invitant l'intrus à ne plus bouger d'un pouce sous peine d'être déchiqueté sur place. Je me levai et passai la tête par la petite fenêtre de service pour assister au sempiternel combat du père Balmain contre les forces du Mal. Pourtant, la silhouette qui se détachait contre le grand vitrail de la porte d'entrée n'était pas la forme fluette du jeune prêtre luttant pour assurer son devoir sacramentel, mais celle, nettement plus imposante, d'un grand gaillard en kilt.

Jamie posa une main en visière sur son front pour mieux scruter la pénombre, puis baissa les yeux vers la créature démoniaque à ses pieds.

— Tiens, salut vous ! dit-il poliment.

Il avança d'un pas, la main tendue. Bouton haussa le ton de quelques décibels et Jamie recula prudemment.

— Ah, c'est comme ça, hein ? Tu ferais bien d'y réfléchir à deux fois. Je suis nettement plus grand et plus fort que toi. Si j'étais toi, je ne me lancerais pas dans une aventure aussi hasardeuse.

Pas impressionné pour autant, Bouton continua à gronder.

— Je suis aussi plus rapide, reprit Jamie.

Il tenta une feinte sur la droite.

Les crocs de Bouton se refermèrent en claquant à quelques centimètres de son mollet. Jamie reprit précipitamment sa place près de la porte et croisa les bras.

— Soit, je retire ce que j'ai dit. Pour ce qui est des crocs, tu as un avantage sur moi, je te le concède.

Bouton inclina la tête d'un air intrigué pendant quelques instants, avant de retrousser à nouveau les babines en grondant.

Jamie croisa les jambes, apparemment prêt à tenir un siège.

— Tu n'as rien de mieux à faire qu'à harceler d'innocents visiteurs ? On m'a déjà parlé de toi. Tu n'es pas ce chien savant qui flaire les malades ? Tu peux m'expliquer pourquoi tu gaspilles ton temps précieux à jouer les vulgaires chiens de garde, alors que tu pourrais te rendre utile en reniflant des doigts de pied puants et des trous du cul purulents ? Hein, tu peux me le dire ?

Pour toute réponse, un aboiement sec retentit à ses pieds.

Un bruissement d'étoffe se fit entendre et mère Hildegarde entra dans le bureau.

— Que se passe-t-il ? demanda-t-elle en regardant derrière moi. Nous avons de la visite ?

— Bouton semble ne pas partager le point de vue de mon mari, expliquai-je.

258

Dans le vestibule, Jamie essayait à présent les menaces.

— Peuh ! Tu ne me fais pas peur, tu sais. Si je voulais, je pourrais dégrafer mon plaid, te le jeter dessus et t'enrouler comme un... Oh, bonjour, ma mère !

Mère Hildegarde s'avança dans le hall, son voile gracieusement rabattu devant sa bouche pour masquer son sourire.

— Bonjour, monsieur Fraser. Je vois que vous avez déjà fait la connaissance de Bouton. Vous cherchez votre femme, sans doute ?

J'apparus derrière la mère supérieure. Le regard de Jamie alla du chien à la petite fenêtre du bureau, en tirant manifestement des conclusions.

— Depuis combien de temps m'épies-tu derrière cette lucarne, *Sassenach* ? me demanda-t-il en anglais.

— Depuis un certain temps, avouai-je, hilare. Peut-on savoir ce que tu comptais faire de Bouton une fois enveloppé dans ton plaid ?

— Je l'aurais balancé par une fenêtre et j'aurais pris mes jambes à mon cou.

Il lança un coup d'œil discret à mère Hildegarde et ajouta :

— Elle parle anglais ?

— Non, heureusement pour toi.

Repassant au français, je me tournai vers mère Hildegarde :

— Ma mère, je vous présente mon mari, lord Broch Tuarach.

— Milord, dit courtoisement la religieuse en inclinant la tête. Votre épouse va nous manquer, mais si vous avez besoin d'elle, naturellement...

— Je ne suis pas venu pour ma femme, l'interrompit Jamie, mais pour vous, ma mère.

Assis dans le bureau de mère Hildegarde, Jamie répandit sur la table la masse de papiers qu'il avait apportés. Bouton, qui ne le quittait pas des yeux, était couché aux pieds de sa maîtresse, le museau sur les pattes, mais l'œil en alerte et les oreilles dressées.

Jamie lui lança un regard torve et se mit hors de portée du museau noir.

— C'est Herr Gerstmann qui m'a recommandé de venir vous consulter au sujet de ces documents, ma mère.

Il déroula des parchemins et les maintint à plat devant lui. Mère Hildegarde lui lança un regard intrigué et se pencha sur les papiers. En dépit de son air concentré, je savais qu'elle gardait une oreille attentive aux moindres bruits de l'hôpital.

Il s'agissait de partitions de musique rédigées à la main. De son gros doigt, la religieuse suivit les lignes comme si elle entendait au simple contact de sa peau. Lorsque son regard arriva en bas de la première page, elle la souleva d'un petit geste habile des doigts qui découvrait la moitié du feuillet suivant. Elle y jeta un rapide coup d'œil et releva la tête.

— Que désirez-vous savoir, monsieur Fraser ?

— Eh bien... je ne sais pas trop au juste. Quelque chose me semble anormal dans ces partitions. Voyez-vous, je n'y entends pas grand-chose en musique et je serais bien incapable de distinguer le *Kyrie Eleison* de *J'ai perdu ma mie*, si ce n'est au sens des mots.

Mère Hildegarde se mit à rire.

— Cela signifie au moins que vous écoutez les paroles !

Elle remit de l'ordre dans les feuillets et recommença à lire depuis. Je pouvais voir sa gorge se soulever légèrement, comme si elle chantait les notes en silence, et son grand pied battre la mesure sous la table.

Quand elle eut terminé, elle redressa la tête et regarda fixement Jamie. Ses yeux brillaient, lui donnant soudain un air de jeune fille.

— Je crois que vous avez raison, annonça-t-elle. Malheureusement, je n'ai pas le temps de me pencher davantage sur la question pour l'instant...

Elle lança un regard vers l'entrée, où un garçon de salle venait de passer au pas de course avec un lourd sac de pansements.

— ... mais il y a effectivement quelque chose d'anormal dans cette partition. C'est assez curieux.

— Ma mère, croyez-vous pouvoir trouver de quoi il s'agit ? Ce doit être assez compliqué. Même si le chant est en allemand, j'ai de bonnes raisons de penser qu'il s'agit d'un message codé en anglais !

— En anglais ? Vous êtes sûr ?

Jamie hocha la tête.

— Je ne suis sûr de rien, hélas. Mais je le crois, pour la simple raison que ces airs ont été envoyés d'Angleterre.

— Je vois. Dites-moi, milord, votre épouse est bien anglaise, n'est-ce pas ? Alors, je suppose que vous accepterez de vous passer de sa compagnie cette nuit afin qu'elle m'aide à accomplir ce petit travail pour vous ?

Jamie sourit. Il lança un regard à ses pieds, où les babines de Bouton frémirent dans un semblant de grognement.

— Je vous propose un marché, ma mère : si votre chien me laisse sortir d'ici sans m'arracher un morceau de fesse, je vous laisse ma femme.

Ce soir-là, au lieu de rentrer rue Trémoulins, je pris mon dîner avec les religieuses à la longue table du réfectoire du couvent des Anges. Je me retirai ensuite dans les quartiers privés de la mère supérieure pour une longue nuit de travail.

Les appartements de mère Hildegarde comptaient trois pièces : la première, richement meublée, était un salon où elle recevait ses hôtes de marque ; la deuxième me prit totalement de court, car je ne m'y attendais pas. C'était un autre petit salon presque entièrement occupé par un grand clavecin en noyer. Il était entièrement peint de petites fleurs aux tons délicats qui couraient le long d'un treillis.

La pièce comptait également d'autres meubles, dont une bibliothèque remplie d'ouvrages de musicologie et de partitions brochées. Mère Hildegarde s'assit devant son instrument et étala les feuillets de Jamie sur le lutrin.

Elle m'indiqua un petit secrétaire poussé contre le mur.

— Vous trouverez du papier et de l'encre dans le tiroir, milady. Maintenant, voyons voir ce que ce petit morceau va nous dire.

L'air était écrit sur un luxueux vélin épais, avec des portées soigneusement tracées. Les notes, les clés, les soupirs et les altérations étaient dessinés avec un grand soin. Il s'agissait manifestement d'une partition définitive et non d'un brouillon composé à la hâte. En haut de la première page s'étalait le titre en lettres gothiques : *Lied des Landes*.

— Comme vous le voyez, expliqua mère Hildegarde, le titre suggère un rythme simple, comme un *Volkslied*. Pourtant, la forme de la composition nous indique tout autre chose. Vous savez déchiffrer une partition à vue ?

Ses grosses mains aux ongles ras et aux articulations noueuses se posèrent doucement sur les touches en ivoire. Elle joua l'introduction avec un doigté d'une extraordinaire délicatesse. Me penchant par-dessus son épaule, je chantai les trois premières phrases, massacrant la prononciation allemande. Elle s'interrompit et se tourna vers moi.

— Voici donc la mélodie de base. Ensuite, elle se répète dans une suite de variations, mais quelles variations ! J'ai déjà vu des compositions semblables. J'ai un vieil ami allemand qui m'envoie parfois ce qu'il écrit. Il les appelle ses « élucubrations », mais elles sont très astucieuses. Il décompose l'air de base en deux ou trois variations qui forment des lignes mélodiques simultanées. Ce morceau est une imitation maladroite de l'une de ses compositions. D'ailleurs, je jurerais...

Mère Hildegarde se leva et alla à sa bibliothèque. Elle s'arrêta devant une étagère envahie par les partitions et les fit glisser une à une du bout des doigts. Elle trouva enfin ce qu'elle cherchait et revint s'asseoir sur son tabouret avec trois grosses chemises qu'elle ouvrit sur ses genoux.

— Ce sont les morceaux de cet ami dont je vous parlais. Ils sont assez vieux et je ne les ai pas ouverts depuis des années. Pourtant, je suis sûre...

Elle se tut et feuilleta rapidement les pages de portées, lançant de temps à autre un regard vers la partition posée sur le lutrin.

— Ah ! fit-elle soudain en brandissant l'une des œuvres. Regardez ça !

La partition portait un titre : *Goldberg Variationen*, rédigé d'une main hâtive et serrée. Au bas de la page de garde figurait une longue signature en lettres pointues et penchées : *Johann Sebastian Bach*. Je pris les feuillets d'une main tremblante, déglutis et lançai un regard au *Lied des Landes*. Un simple regard me suffit pour comprendre ce qu'elle avait voulu dire.

— C'est exactement la même chose ! m'exclamai-je. Mis à part une note qui diffère çà et là, c'est une copie du thème original de... votre ami. Comme c'est étrange !

— N'est-ce pas ? dit-elle, très satisfaite d'elle-même. On se demande pourquoi ce compositeur anonyme a volé cette mélodie et l'a réintroduite d'une manière si singulière...

— Cet ami à vous, demandai-je, il est très en vogue actuellement ?

Je n'avais entendu jouer Bach dans aucun des salons musicaux de Paris.

— Non. Johannes n'est pas très connu en France. Il a eu son heure de gloire en Allemagne et en Autriche il y a quinze ou vingt ans, mais, même là-bas, sa musique est rarement jouée en public. Je crains que ses compositions ne résistent pas à l'épreuve du temps : elles sont remarquables d'intelligence, mais manquent de sentiment. Hmm, tenez ! Regardez...

Revenant à la partition de Jamie, son gros doigt soulignait les portées, parcourait les feuillets qu'elle tournait rapidement de l'autre main.

— Il répète pratiquement toujours la même mélodie, mais en changeant à chaque fois de tonalité. C'est sans doute ce qui a attiré l'attention de votre mari. Même quelqu'un qui ne lit pas la musique peut remarquer qu'il y a toute une série d'altérations dans les portées.

De fait, chaque changement de tonalité était indiqué par une double ligne verticale suivie du symbole de la nouvelle clé et d'une armature de bémols et de dièses.

— Cinq changements de tonalité dans un morceau aussi court... médita mère Hildegarde. En outre, ces changements n'ont aucun sens en termes musicaux. Regardez : la mélodie de base est toujours la même, et pourtant nous passons du *si* bémol majeur à un *la* majeur avec trois dièses. Plus étrange encore : il nous fait ensuite passer en *ré* majeur, auquel il rajoute un sol dièse accidentel.

— C'est bizarre, convins-je.

Ajouter un sol dièse accidentel dans une section en *ré* majeur revenait à répéter exactement la section précédente qui, elle, était indiquée en *la* majeur. En d'autres termes, c'était se compliquer la vie pour rien.

— Je ne comprends pas l'allemand, ma mère. Pourriez-vous me traduire les paroles ?

Elle hocha la tête et se pencha sur la partition en plissant les yeux.

— Quel texte exécrable ! murmura-t-elle pour elle-même. Il est vrai qu'en général, les Allemands ne sont pas de grands poètes, mais tout de même...

Elle se redressa en secouant son voile.

— De toute façon, si votre mari ne se trompe pas en pensant qu'il s'agit là d'un message codé en anglais, ces paroles n'ont pas d'importance en elles-mêmes.

— Que disent-elles ?

— *Ma bergère fait paître ses agneaux dans les collines verdoyantes.* C'est très mauvais, bien que, naturellement, les paroliers aient le droit de s'autoriser des libertés pour obtenir la rime, ce qui est toujours le cas avec les chansons galantes.

— Vous vous y connaissez en chansons galantes ? m'étonnai-je.

Décidément, mère Hildegarde était pleine de surprises ce soir.

— Un bon morceau de musique est toujours un chant d'amour, ma chère.

Devinant ma curiosité, elle ajouta :

— Oui, en effet, j'en ai étudié beaucoup dans ma jeunesse. Voyez-vous, j'étais une sorte d'enfant prodige. Il me suffisait d'entendre un air une seule fois pour pouvoir ensuite le rejouer entièrement de mémoire. J'ai écrit ma première composition à l'âge de sept ans.

Elle indiqua d'un geste du menton le luxueux clavecin.

— Je viens d'une famille riche. Si j'avais été un homme, je serais devenue musicien.

Elle parlait sur un ton détaché, sans aucune trace de regret.

— Mais vous auriez sûrement pu continuer à composer si vous vous étiez mariée ? demandai-je.

Mère Hildegarde tendit ses grosses mains devant elle à la lumière des bougies. J'avais vu ces gros doigts de boucher retirer la lame d'un poignard enchâssée dans une omoplate, remettre en place une épaule luxée, tirer le crâne ensanglanté d'un nouveau-né hors des entrailles de sa mère. Je les avais vus ensuite effleurer les touches du clavecin comme des ailes de papillon.

— C'est la faute de saint Anselme, expliqua-t-elle.

— Saint Anselme ?

Mon air ahuri la fit sourire. À ce moment, son visage ingrat n'avait plus rien de l'expression austère qu'elle présentait au public.

— Quand j'avais huit ans, mon parrain m'a offert *La Vie des saints* pour ma fête. C'était un très bel ouvrage, avec des enluminures dorées et des pierres précieuses incrustées dans la couverture. C'était plus une œuvre d'art qu'un livre pour enfants. J'ai adoré toutes les histoires, et surtout celles des martyrs ; mais il y avait en particulier une phrase dans le récit de la vie de saint Anselme qui me semblait répondre parfaitement à la question qui hantait mon âme.

Elle ferma les yeux et pencha la tête en arrière, se souvenant :

— Saint Anselme était un homme d'une grande sagesse et d'une grande érudition. Il était docteur de l'Église, mais également évêque, chargé de veiller sur le bien-être matériel de ses ouailles et sur leurs âmes. Le texte décrivait ses œuvres et concluait par ces mots : ... *Et ainsi, il mourut, au terme d'une vie éminemment utile, et il fut couronné de gloire au paradis.*

Elle marqua une pause, posa les mains sur ses genoux et me sourit.

— Il y avait quelque chose dans cette phrase qui m'attirait énormément. *Une vie éminemment utile.* Quelle plus belle épitaphe pourrait-on souhaiter, milady ? Je voulais être utile.

Elle étira ses mains devant elle et parut brusquement revenir à la réalité. Elle se tourna de nouveau vers le clavier.

— Bon ! dit-elle. Manifestement, le mystère réside dans ces changements de tonalité à la clé. Mais que devons-nous en déduire ?

J'ouvris grande la bouche, prise d'une soudaine inspiration.

— La clé ! m'exclamai-je en riant. Mais bien sûr, ma mère ! C'est aussi bête que cela. La clé de la portée est également la clé du code. Voyez-vous, tout est dans l'armature qui suit le symbole de la clé. C'est un jeu de mots enfantin et diabolique !

À partir de ce petit indice, le code s'avéra assez facile à déchiffrer. Si le message était en anglais, cela signifiait probablement que les paroles en allemand n'étaient là que pour fournir des lettres. Me basant sur l'exemple de Jamie avec ses alphabets, il ne me fallut pas longtemps pour comprendre le système.

— Ça y est ! Deux bémols signifient qu'il faut extraire une lettre sur deux en commençant au début de la portée. Trois dièses signifient qu'on prend une lettre sur trois en partant de la fin de la section. Ils ont dû choisir l'allemand parce qu'on y emploie pratiquement deux fois plus de mots qu'en anglais.

— Vous avez de l'encre sur le nez, observa mère Hildegarde. (Elle se pencha sur mon épaule.) Alors, cela veut dire quelque chose ?

— Oui, répondis-je, la gorge soudain très sèche. C'est on ne peut plus clair.

Une fois décodé, le message était bref et simple. Il était aussi très inquiétant. Je le lus à voix haute :

— *Les loyaux sujets de Sa Majesté en Angleterre attendent impatiemment sa restauration légitime. La somme de cinquante mille livres est à sa disposition. En témoignage de notre bonne foi, elle ne sera versée qu'en main propre à Son Altesse lorsque celle-ci foulera le sol anglais.* Il reste une lettre : un S. Je ne sais pas si c'est une sorte de signature ou simplement une lettre placée là pour que le mot ait un sens en allemand.

— Hmm, fit mère Hildegarde. Naturellement, vous savez que votre mari peut compter sur ma discrétion.

— Il ne vous aurait jamais demandé votre aide s'il n'avait pas une parfaite confiance en vous, protestai-je.

Ses sourcils broussailleux se froncèrent et elle posa fermement un index sur ma feuille de papier.

— Si c'est là le genre d'activité auquel se livre votre époux, il ferait mieux de ne faire confiance à personne. Cela dit... assurez-le que je suis honorée de lui avoir été utile.

— Je n'y manquerai pas, ma mère.

Remarquant mes traits tirés, elle changea soudain de sujet.

— Ma chère, vous êtes bien pâle ! Pour ma part, j'ai l'habitude de veiller tard quand je travaille sur un nouveau morceau, c'est pourquoi je ne me suis pas rendu compte que vous deviez être éreintée. Voulez-vous que j'appelle sœur Madeleine pour qu'elle vous accompagne jusqu'à votre cellule ?

Devant l'insistance de mère Hildegarde, Jamie avait accepté à contrecœur de me laisser passer la nuit au couvent, afin de m'éviter les rues sombres, tard dans la nuit.

Je fis non de la tête. J'étais fatiguée et j'avais des courbatures dans le dos à force de rester assise sur le petit tabouret, mais je n'avais aucune envie de me coucher. Les implications du message étaient trop dérangeantes pour que je dorme.

— Bon, dans ce cas, buvons quelque chose pour célébrer notre réussite, proposa mère Hildegarde.

Elle se leva et disparut dans la pièce voisine où je l'entendis sonner une clochette. Peu après, l'une des sœurs nous apporta un plateau avec du lait chaud et des gâteaux, Bouton sur ses talons. La religieuse posa un gâteau sur une assiette en faïence qu'elle déposa devant le chien à côté d'un bol de lait.

Pendant que je buvais tranquillement, mère Hildegarde rangea nos papiers sur le secrétaire et plaça une nouvelle partition sur son pupitre.

— Je vais vous jouer quelque chose pour préparer votre esprit au sommeil, annonça-t-elle.

La musique était légère et apaisante. La mélodie passait des aigus aux graves en décrivant des arabesques d'une complexité intéressante, mais sans la puissance contenue de Bach.

— C'est de vous ? demandai-je lorsqu'elle eut achevé le morceau.

— Non. D'un autre de mes amis, Jean-Philippe Rameau. Un excellent théoricien, mais il manque de passion.

Je dus m'endormir, mes sens bercés par la musique, car je me réveillai soudain en sentant sœur Madeleine me prendre fermement par le bras pour m'entraîner vers une chambre.

Sur le pas de la porte, je me retournai. Les larges épaules drapées de noir de mère Hildegarde étaient penchées sur les touches de son clavecin. Elle jouait, absorbée par sa musique, comme si le monde autour d'elle avait cessé d'exister. Bouton était couché sur le plancher à ses pieds, le museau sur ses pattes avant, son petit corps droit comme l'aiguille d'une boussole.

— Ainsi, il semblerait qu'ils aient dépassé le stade des simples pourparlers... médita Jamie.

— « Semblerait » ? repris-je. Une offre de cinquante mille livres me paraît être un engagement plutôt concret !

Cinquante mille livres représentaient à peu près le revenu annuel d'un grand-duché.

Jamie parcourut une dernière fois la partition que j'avais rapportée de chez mère Hildegarde et me lança un regard cynique.

— Mmmoui... D'un autre côté, *Sassenach*, ils s'engagent moins qu'ils n'en ont l'air puisqu'ils posent une condition : Charles-Édouard ou Jacques Stuart ne recevront cette somme qu'une fois en Angleterre. Mais il faudrait pour cela qu'ils aient déjà obtenu des fonds considérables provenant d'autres sources. Non, il n'y a pas à s'alarmer outre mesure. Le seul point intéressant dans cette affaire c'est que, pour la première fois, nous avons la preuve que les Stuarts, du moins l'un d'entre eux, font un réel effort pour préparer un soulèvement.

— « L'un d'entre eux » ? m'étonnai-je. Tu veux dire que Jacques Stuart pourrait ne pas être au courant ?

— Ce message a été adressé à Charles-Édouard. Il est arrivé directement d'Angleterre sans passer par Rome. Fergus l'a intercepté à un messager régulier, dans un paquet de plis portant des cachets anglais. En outre, rien dans les lettres de Jacques...

Jamie se gratta le menton. Il ne s'était pas encore rasé et les rayons du soleil matinal faisaient briller des reflets cuivrés dans sa barbe naissante.

— Ce paquet était déjà ouvert, poursuivit-il. Charles-Édouard a donc déjà vu cette partition. Comme il n'y a pas de date, j'ignore depuis combien de temps elle est arrivée. Naturellement, je ne peux pas savoir ce que Charles-Édouard écrit à son père, mais ce dernier n'a jamais fait allusion à d'éventuelles promesses de soutien émanant d'Angleterre.

Je commençais à voir où il voulait en venir.

— Charles-Édouard a déclaré à Louise qu'il ferait annuler son mariage avec Jules et l'épouserait dès qu'il serait sur le trône. Tu crois qu'il ne s'agit pas uniquement de promesses pour l'amadouer ?

— Peut-être pas.

Il versa de l'eau chaude dans la cuvette et se tapota les joues.

— Alors Charles-Édouard pourrait préparer le coup tout seul ! répétai-je, intriguée. Son père l'aurait envoyé à Paris pour feindre de préparer un coup d'État et faire valoir au roi de France la valeur potentielle des Stuarts, et...

— ... et Charles-Édouard se serait pris au jeu ? interrompit Jamie. Oui, tout porte à le croire. Tu as vu la serviette quelque part, *Sassenach* ?

Les yeux fermés et le visage dégoulinant, Jamie cherchait à tâtons sur la table à côté de lui. J'éloignai prudemment la partition et je lui tendis un essuie-mains.

Il examina son coupe-chou d'un air sceptique, puis se pencha vers le miroir de ma coiffeuse en se barbouillant les joues de savon à raser.

— Peux-tu m'expliquer pourquoi, quand je m'épile les jambes et les aisselles, tu trouves ça barbare, alors que tu te rases tous les matins ? demandai-je.

Il étira sa lèvre supérieure et, à petits gestes précis, gratta délicatement de sa lame l'espace sous son nez.

— Se raser est aussi barbare, répliqua-t-il en grimaçant devant le miroir. Mais si je ne le fais pas, ça me démange.

— Tu ne t'es jamais laissé pousser la barbe ?

— Jamais intentionnellement. Mais ça m'est arrivé une ou deux fois quand je ne pouvais pas faire autrement. Quand je vivais dans les bois en Écosse, par exemple. Lorsqu'il fallait choisir entre les démangeaisons et le feu du rasoir à froid, j'optais pour les démangeaisons.

Je me mis à rire, l'observant glisser la lame le long de sa mâchoire d'un long coup adroit.

— Je me demande à quoi tu ressemblerais avec une vraie barbe. Je ne t'ai jamais vu qu'avec un léger gazon de deux ou trois jours.

Il interrompit sa tâche un instant et se tourna vers moi avec un large sourire.

— La prochaine fois qu'on ira à Versailles, *Sassenach*, je demanderai la permission de t'emmener à la ménagerie royale. Un amiral a offert au roi une drôle de bestiole de Bornéo. On appelle ça un orang-outan. Tu en as déjà vu ?

— Oui, il y en avait un couple au zoo de Londres avant la guerre.

— Alors tu sais à quoi je ressemble avec une barbe, rétorqua-t-il en attaquant la courbe de son menton. Hirsute et miteux, un peu comme le vicomte de Marigny, mais en roux.

Le nom du vicomte lui ayant rappelé le sujet principal de notre conversation, il essuya les dernières traces de savon sur ses joues et reprit :

— Le mieux que l'on puisse faire pour le moment, c'est surveiller les Anglais qui vivent à Paris.

Il saisit la partition que j'avais déposée sur le lit et la feuilleta rapidement d'un air songeur.

— À mon avis, ceux qui envisagent sérieusement d'avancer des fonds aussi importants vont envoyer un émissaire à Paris pour rencontrer Charles-Édouard. Si je m'apprêtais à investir une telle somme, je demanderais d'abord à voir la marchandise, non ?

— Hmm... convins-je. En parlant d'Anglais à Paris, tu crois que Son Altesse pousse le patriotisme jusqu'à ne s'approvisionner en alcools qu'auprès de ses compatriotes, comme Jared et toi, ou se fournit-elle également chez Silas Hawkins ?

— Ce cher M. Hawkins, qui est si curieux de savoir quel est le climat politique dans les Highlands en ce moment ?

Il hocha la tête d'un air admiratif.

— Dire que je t'ai épousée pour ton joli minois et ton ravissant derrière ! Si j'avais su que tu en avais également dans la tête !

Il évita de justesse l'oreiller qui traversa la pièce et me fit la grimace.

— J'ignore ce que manigance ce Hawkins exactement, reprit-il plus sérieusement, mais je le saurai avant la fin de la journée.

16

La nature du soufre

Son Altesse s'approvisionnait effectivement en eau-de-vie auprès de Silas Hawkins. Toutefois, cette constatation mise à part, nous n'apprîmes pas grand-chose de nouveau. La vie poursuivit son cours normal ; le roi de France continua à faire comme si Charles-Édouard Stuart n'existait pas ; Jamie, à gérer le commerce de son cousin et à rendre des visites régulières à Charles-Édouard ; Fergus, à voler des lettres ; Louise de Rohan, à se montrer en public au bras de son mari, l'air mélancolique mais rayonnante de santé ; et moi, à rendre mes tripes le matin, à travailler à l'hôpital des Anges l'après-midi et à faire de gracieux sourires à la table du dîner le soir.

Cependant, deux événements nous indiquèrent que nous étions sur la bonne voie. Charles-Édouard, las de se morfondre chez lui à ne rien faire, se mit à inviter régulièrement Jamie à faire la tournée des cabarets le soir, le plus souvent sans la présence pesante et austère de son tuteur et chaperon, M. Sheridan, qui se considérait trop vieux pour ce genre de divertissement.

— Bon sang, je n'ai jamais vu un tel soûlard ! s'exclama Jamie en rentrant un soir de l'une de ces virées, empestant le tabac et la piquette.

Il baissa les yeux et examina une grosse tache sur le jabot de sa chemise.

— Il faut que je m'en fasse faire une autre, bougonna-t-il.

— Si l'alcool lui délie la langue, cela vaut la peine de l'accompagner, le réconfortai-je. De quoi est-ce qu'il te parle ?

— De chasse et de femmes, répondit-il succinctement.

Il refusa de m'en dire plus. Soit Charles attachait plus d'importance à sa maîtresse qu'à la politique, soit il était capable d'être discret, même en l'absence de son tuteur.

Le second événement fut indirectement provoqué par M. Duverney. Le financier continuait de perdre régulièrement aux échecs contre Jamie. Comme l'avait prédit celui-ci, il n'en était que plus déterminé à gagner et nous étions donc fréquemment invités à Versailles où j'errais dans les couloirs et les salons, me mêlant aux conversations et évitant soigneusement les alcôves, tandis que Jamie jouait aux échecs, sous les yeux fascinés d'une foule d'admirateurs.

Ce jour-là, Jamie et M. Duverney, un petit homme rondouillard aux épaules tombantes, étaient penchés sur l'échiquier, absorbés par le jeu au point d'oublier leur entourage, malgré les chuchotements et les bruits de verres au-dessus de leur tête.

— Je ne vois vraiment pas quel plaisir ils trouvent à observer des gens jouer aux échecs ! confia une dame à une autre. C'est d'un ennui mortel ! Je préférerais encore regarder ma femme de chambre épouiller un de nos petits négrillons. Au moins, ils gigotent et poussent des petits cris de cochon !

— Je ne verrais pas d'objection à faire pousser des petits cris de cochon à ce grand Écossais ! rétorqua sa compagne en agitant son éventail en direction de Jamie.

L'autre m'aperçut et lui donna un coup de coude dans les côtes.

Je leur adressai mon sourire le plus aimable, amusée par leur teint qui s'empourprait sous la poudre de riz. Quant à Jamie, elles pouvaient bien lui faire les poux si cela leur chantait, il était trop pris par le jeu pour s'en apercevoir.

De fait, je me demandais bien ce qui pouvait l'absorber autant. Ce ne pouvait pas être uniquement la partie : M. Duverney jouait bien mais utilisait toujours les mêmes tactiques. Jamie avait le regard perdu au-delà de son adversaire, fixant un point au loin. Il se grattait doucement la cuisse de la main droite, ce qui trahissait chez lui une certaine nervosité. Quelles que soient ses préoccupations, elles n'avaient rien à voir avec le jeu d'échecs : il tenait déjà M. Duverney dans le creux de sa main.

Le duc de Neve se tenait près de moi, ses petits yeux noirs rivés sur Jamie. Il cligna des yeux, examina l'échiquier d'un air songeur, avant de s'éloigner pour aller augmenter sa mise.

Un laquais s'approcha de moi avec un plateau et, inclinant obséquieusement la tête, me proposa un autre verre de vin que je déclinai. J'avais suffisamment bu depuis mon arrivée. La tête me tournait légèrement et j'avais les jambes légèrement flageolantes.

Cherchant des yeux un siège, j'aperçus le comte de Saint-Germain à l'autre bout de la pièce. Peut-être était-ce lui que Jamie surveillait d'un air si concentré. En tout cas, c'était bien moi que le comte regardait fixement, un petit sourire au coin des lèvres. Cette expression si inhabituelle chez lui me fit froid dans le dos. Je le saluai courtoisement et m'éloignai dans la direction opposée. Durant le reste de la soirée, je m'immisçai dans des groupes de dames, papotai de tout et de rien et essayai d'orienter la conversation sur l'Écosse et son roi en exil.

En général, la perspective d'une restauration des Stuarts était le dernier des soucis des aristocrates français. Chacune de mes allusions à Charles-Édouard Stuart suscitait un haussement d'épaules indifférent ou des regards moqueurs. Malgré tous les efforts du comte de Mar et d'autres jacobites de Paris, le roi refusait obstinément de recevoir le prince à la Cour. Et un exilé sans le sou, privé de la faveur royale, avait fort peu de chances d'être reçu chez les Grands et de rencontrer de riches banquiers.

— Sa Majesté est très agacée que son cousin soit venu en France sans lui demander la permission, me confia la comtesse de Brabant. Il a déclaré l'autre jour que l'Angleterre pouvait bien rester protestante, il s'en moquait bien. Il a ajouté que si tous les Anglais voulaient rôtir en enfer avec George de Hanovre, c'était leur problème.

Elle fit une moue de compassion et haussa les épaules d'un air impuissant.

— Je suis navrée, ajouta-t-elle. Je sais que ce doit être décevant pour vous et votre mari, mais que voulez-vous...

Je me gardai bien de lui dire que, personnellement, j'en étais plutôt ravie et poursuivis activement ma quête de confidences, sans grand succès. Les jacobites, me fit-on comprendre, n'étaient pas un sujet de conversation à la mode.

— La tour prend le cinquième pion de la reine ! annonça Jamie un peu plus tard dans la soirée, tandis que nous nous apprêtions à grimper dans le lit.

Une fois de plus, nous avions été invités à dormir au château. La partie d'échecs ayant duré tard dans la nuit, le ministre avait catégoriquement refusé de nous laisser rentrer à Paris et on nous avait logés dans un petit appartement d'un standing un cran ou deux au-dessus du précédent. La chambre avait un grand lit à baldaquin et des fenêtres qui s'ouvraient sur les parterres sud du jardin.

— Dis-moi, Jamie, demandai-je en m'étirant, tu ne vas quand même pas rêver d'échecs toute la nuit !

Jamie hocha la tête en bâillant.

— J'en ai bien peur ! J'espère ne pas t'empêcher de dormir.

Je me glissai entre les draps, mes doigts de pied agités du plaisir d'être enfin libérés. Mes vertèbres lombaires m'envoyèrent de petites décharges d'une douleur exquise tandis qu'elles s'adaptaient à la position couchée.

— Tu peux faire du trampoline à côté de moi si ça t'amuse, répondis-je. Rien ne pourra m'empêcher de dormir ce soir.

J'avais rarement eu aussi tort.

Je rêvai de l'enfant. Presque arrivé à terme, il me donnait des coups de pied et gesticulait dans mon ventre gonflé comme une montgolfière. Je posai les mains sur la peau étirée pour tenter de l'apaiser. Les soubresauts s'intensifièrent et, dans l'atmosphère irréelle et désincarnée des songes, je compris soudain que ce n'était pas un bébé, mais un serpent qui se frayait lentement un chemin dans mes entrailles. Je me redressai, à genoux, pliée en deux, palpai et pressai mon abdomen, cherchant la tête du reptile qui rampait sous ma peau brûlante. Mes intestins se nouèrent et se métamorphosèrent à leur tour en un nid de vipères grouillantes et sifflantes.

— Claire ! Réveille-toi ! Qu'est-ce qui t'arrive ?

Je me réveillai recroquevillée sur le lit, la tête dans l'oreiller, la main de Jamie sur mon épaule. Mais les serpents étaient toujours là, à se tordre dans mes viscères. Prise de panique, je poussai un cri de douleur et de terreur.

Jamie bondit au pied du lit. Il arracha les draps d'un coup sec, tenta de me rouler sur le dos et de me faire allonger les jambes. Je me débattis furieusement pour conserver mes genoux pliés, et tentai d'atténuer le feu de mes entrailles et les spasmes fulgurants qui me lacéraient le ventre.

Il rabattit la couverture sur mon corps tremblant et se précipita hors de la chambre, prenant à peine le temps de saisir son kilt au vol.

Mes oreilles bourdonnaient et une sueur glacée baignait mon visage.

— Madame ? Madame ?

En rouvrant les yeux, j'aperçus le visage inquiet d'une femme de chambre penché sur moi. Jamie, à demi nu et plus terrifié encore, se tenait derrière elle. Il la saisit par l'épaule et la secoua comme un prunier, au point de faire tomber son bonnet de nuit en dentelle.

— Elle va perdre l'enfant ? Dites-moi la vérité, elle est en train de perdre l'enfant ? hurla-t-il.

C'était plus que probable. Je fermai les yeux et continuai à me tordre sur le lit, recroquevillée comme pour protéger le petit être qui était en moi.

Des bruits de voix retentirent dans la chambre, féminines pour la plupart, puis des mains me palpèrent ici et là. Quelques minutes plus tard, une voix mâle qui n'était pas celle de Jamie s'éleva au-dessus du vacarme. On émit un ordre et je me sentis tirée par les chevilles et les poignets en position allongée.

Une main glissa sous ma chemise de nuit et ausculta mon ventre. J'ouvris les yeux, haletante, et je vis M. Flèche, le médecin du roi, agenouillé près du lit, le front plissé par la concentration. Extirpé de son sommeil par les tambourinements à sa

272

porte, il avait été traîné jusqu'à notre chambre sans avoir eu le temps de s'habiller. Il portait toutefois sa perruque et son pince-nez en or. Entre-temps, mes contractions s'étaient accentuées. La douleur se fit plus sourde et continue et parut se déplacer dans la région pubienne.

M. Flèche se tourna vers Jamie qui m'observait anxieusement.

— Ce n'est pas une fausse couche, annonça-t-il. Il n'y a pas d'hémorragie.

Remarquant avec effroi les cicatrices dans le dos de Jamie, une des femmes de chambre donna un coup de coude à sa voisine et les lui indiqua d'un geste du menton.

— Il s'agit peut-être d'une inflammation de la vésicule biliaire, poursuivit le médecin, ou d'une crise de foie soudaine.

— Pauvre idiot, marmonnai-je entre mes dents.

M. Flèche me lança un regard hautain qu'accentuait encore son pince-nez en or. Il posa une main sur mon front moite, me masquant les yeux par la même occasion, sans doute pour ne plus voir mon regard mauvais.

— Oui, cela vient du foie, conclut-il fermement. L'obstruction de la vésicule provoque une accumulation d'humeurs biliaires dans le sang, ce qui entraîne une douleur... et des accès passagers de démence.

Sa main appuya encore plus fort sur mes sourcils et je me débattis furieusement.

— Il faut la saigner sur-le-champ, trancha-t-il. Plato, mes instruments !

Je parvins à libérer une de mes mains et le repoussai brutalement.

— Ôte tes sales pattes de là, macaque ! hurlai-je. Jamie, je t'en prie ! Empêche-le de me charcuter !

Plato, l'assistant de M. Flèche, s'avançait déjà avec un scalpel et une bassine. Autour de nous, un cercle de dames de la Cour ouvraient de grandes bouches médusées et s'éventaient énergiquement, de peur de tourner de l'œil devant cet excitant spectacle.

Livide, Jamie lançait des regards désemparés autour de lui. Il prit sa décision. Saisissant le malheureux Plato par le col, il lui fit décrire un demi-tour et le propulsa vers la porte. Les femmes de chambre et les dames de compagnie s'écartèrent précipitamment en poussant des cris d'orfraie.

— Monsieur le chevalier ! Monsieur le chevalier ! s'écria le médecin scandalisé.

Les longues manches de sa robe de chambre battaient l'air tandis qu'il suivait Jamie à travers la pièce et décrivait de grands moulinets des bras comme un épouvantail pris de folie.

La douleur reprit de plus belle, comme si un vilebrequin me

transperçait les viscères. Dans un bref instant de répit, mon regard croisa celui d'une dame de compagnie et je vis soudain une lueur éclairer son visage. Elle se pencha vers sa voisine et lui murmura un mot à l'oreille. Il y avait trop de vacarme dans la chambre pour que je puisse l'entendre, mais je le lus distinctement sur ses lèvres : *Poison !*

La douleur descendit plus bas dans mes intestins qui émirent un gargouillis sonore et menaçant. Je compris alors ce qui m'arrivait. Ce n'était ni une fausse couche ni une appendicite... et encore moins une crise de foie. Ce n'était pas non plus tout à fait du poison, mais du cascara amer.

— Vous ! glapis-je en pointant un doigt accusateur vers maître Raymond.

Celui-ci battit en retraite derrière sa table de travail, surmontée de son crocodile empaillé.

— Vous n'êtes qu'un infâme ver de terre, un crapaud malfaisant !

— Moi, Madone ? Mais qu'est-ce que je vous ai fait ?

— Vous m'avez fait avoir une violente diarrhée devant une trentaine de personnes. À cause de vous, j'ai cru que je faisais une fausse couche et mon mari a bien failli devenir fou d'angoisse. Ça ne vous suffit pas ?

— Ah... votre mari était présent ? dit maître Raymond d'une voix faible.

— Oui, confirmai-je, les mains sur les hanches.

De fait, j'avais dû déployer des trésors d'ingéniosité pour dissuader Jamie de se ruer dans la boutique de l'apothicaire et de lui arracher des aveux par la force. J'avais fini par le convaincre de m'attendre dehors dans la berline pendant que je parlais à cet affreux nabot empoisonneur.

— Mais vous êtes toujours vivante, Madone ! fit valoir celui-ci. D'autres auraient eu moins de chance que vous, soyez-en sûre.

— Ainsi, c'est bien vous qui avez fourni le cascara. On a vraiment voulu me tuer ! Si je comprends bien, je ne dois la vie qu'à vos scrupules ?

— Euh... mes scrupules ne sont peut-être pas entièrement responsables de votre survie, Madone. On a peut-être voulu vous faire une mauvaise plaisanterie. Après tout, je ne suis pas le seul fournisseur de cascara amer à Paris. Cela dit, en effet... j'en ai vendu deux doses ce mois-ci. Mais les acheteurs n'ont pas jugé bon de me préciser l'usage qu'ils comptaient en faire.

— Je vois...

Je poussai un profond soupir et ôtai mes gants. Ainsi, nous avions deux empoisonneurs potentiels dans la nature. Comme si j'avais besoin de cette complication !

— Donnez-moi leurs noms, ordonnai-je. Je dois absolument savoir qui en veut à ma vie. La prochaine fois, ces deux personnes pourraient s'approvisionner chez un autre que vous. Quelqu'un de moins « scrupuleux ».

Il hocha la tête et plissa ses lèvres lippues d'un air embarrassé.

— Vous avez parfaitement raison, Madone. Malheureusement, je crains que mes informations ne vous soient pas d'une grande utilité. Les deux clients étaient des domestiques, voyez-vous, agissant manifestement pour le compte de leurs maîtres. L'une était la femme de chambre de la vicomtesse de Rambeau, et l'autre un homme que je n'avais jamais vu auparavant.

Je pianotai nerveusement sur le comptoir. Jusqu'à présent, une seule personne m'avait ouvertement menacée : le comte de Saint-Germain. Avait-il engagé un serviteur anonyme pour acheter ce qu'il croyait être du poison et le glisser ensuite dans mon verre ? Je repassai dans ma tête les événements de la soirée à Versailles. Les coupes de vin étaient présentées sur des plateaux par des laquais qui déambulaient parmi les convives. À aucun moment Saint-Germain ne s'était approché de moi, mais, moyennant quelques sous, il pouvait fort bien avoir demandé à un serveur de me présenter une coupe plutôt qu'une autre.

Maître Raymond me dévisageait avec curiosité.

— Madone, puis-je me permettre de vous demander si vous avez fait quelque chose susceptible de vous attirer l'inimitié de la vicomtesse ? C'est une femme d'une jalousie maladive et ce ne serait pas la première fois qu'elle vient chez moi pour se débarrasser d'une rivale, bien que, heureusement, ses crises vengeresses soient de courte durée. Le vicomte est un homme volage et une rivale en chasse rapidement une autre.

Je m'assis sans attendre d'y être invitée.

— Rambeau ?

Ce nom me disait vaguement quelque chose. Je fouillai ma mémoire jusqu'à voir apparaître une petite silhouette rondelette, puis un homme au visage jovial et aux habits élégants, tous deux largement saupoudrés de tabac à priser.

— Rambeau ! m'exclamai-je. Mais oui, bien sûr ! Je l'ai rencontré, mais tout ce que j'ai fait c'est lui taper sur le crâne avec mon éventail parce qu'il me mordait un orteil !

— Cela a peut-être suffi à déclencher le courroux de la vicomtesse, suggéra Raymond. Dans ce cas, vous êtes sans doute à l'abri d'une nouvelle attaque.

— Merci ! Mais si ce n'était pas la vicomtesse ?

Le petit apothicaire hésita un instant et se dirigea d'un air résolu vers la lourde table en pierre au fond de l'arrière-boutique en me faisant signe de le suivre.

— Venez, Madone, j'ai quelque chose à vous montrer.

À ma grande surprise, il se glissa sous la dalle qui soutenait l'alambic et disparut. J'attendis quelques instants et, ne le voyant pas réapparaître, je me penchai et regardai sous la table. Dans un coin, dissimulée dans la pénombre, une petite ouverture était creusée dans le mur.

Après quelques secondes d'hésitation, je retroussai mes jupes et me glissai à quatre pattes dans le trou.

Quelques marches en pierre permettaient d'accéder à une petite salle en sous-sol, indécelable depuis l'extérieur du bâtiment.

Deux murs de la pièce étaient dissimulés par de hauts casiers qui abritaient des crânes de mammifères. Leurs orbites semblaient fixées sur moi et leurs dents immaculées m'adressaient un large sourire de bienvenue.

Je clignai plusieurs fois des yeux avant d'apercevoir maître Raymond accroupi au pied de son ossuaire. Il tendit les mains vers moi, croyant sans doute que, terrorisée, j'allais prendre mes jambes à mon cou ou me jeter dans ses bras. Mais j'avais déjà vu des spectacles bien plus sinistres que celui-ci et m'approchai des ossements pour les voir de plus près.

La collection était impressionnante. Ils étaient tous là : les rongeurs et les chauves-souris, avec leurs os diaphanes et leurs petites dents acérées ; les équidés : de l'énorme percheron aux mâchoires massives en forme de cimeterre, parfaitement équipées pour déchiqueter des hordes de Philistins, à l'âne, ses formes miniatures fièrement dressées à côté de ses cousins géants, les chevaux de trait.

Ils dégageaient une certaine beauté, si tranquilles et si sereins, chacun exhalant encore l'essence de son propriétaire, comme si les os étaient encore recouverts de leur enveloppe de chair et de fourrure.

J'avançai une main et effleurai l'un des crânes. Il n'était pas froid comme je m'y étais attendue, mais étrangement agréable au toucher, comme si la chaleur évanouie depuis longtemps flottait encore autour de lui.

J'avais vu des restes humains traités avec moins de déférence : les crânes des premiers chrétiens entassés les uns sur les autres dans les catacombes, au-dessus de montagnes de tibias et de fémurs assemblés comme un jeu de quilles.

— Un ours ? demandai-je.

Je montrai un gros crâne aux molaires aplaties et aux canines incurvées.

— Parfaitement, Madone.

276

Maître Raymond se détendit. Il vint se placer près de moi et caressa le doux arrondi du crâne, puis la pointe acérée des crocs.

— Vous voyez ces dents ? Elles sont faites pour déchirer la viande, le poisson...

Il suivit ensuite le contour dentelé d'une molaire.

— ... mais les ours broient également des baies et des larves d'insectes. Ils meurent rarement de faim, car ils mangent de tout.

Je continuai d'admirer les ossements. J'en soulevais un ici et là dans les casiers, et le remettais en place quand un autre attirait mon attention.

— Ils sont superbes, murmurai-je.

Nous parlions à voix basse, comme si nous craignions de réveiller les bêtes endormies.

— Oui, dit maître Raymond. Ils renferment encore l'essence de l'animal. On peut apprendre beaucoup sur ce qui a été, en observant ce qui reste.

Il saisit un des crânes parmi les plus petits et me montra des renflements sous la mâchoire, comme deux petits ballons aux parois fines.

— *Bullae* tympanique, observai-je en penchant la tête.

— Ah ? Je ne connais malheureusement pas le latin. Je leur donne des noms que j'invente moi-même.

— Et ceux-ci... dis-je en montrant des crânes sur une étagère hors de ma portée... ils sont spéciaux, n'est-ce pas ?

— Oui, Madone. Ce sont des loups. De très vieux loups.

Il grimpa sur un escabeau et descendit un des crânes avec un soin religieux. Le long museau était nettement apparenté à la famille des canidés, avec de longues canines et des molaires de carnassier. Une crête sagittale saillait à l'arrière du crâne, vestige des muscles puissants qui avaient dû autrefois articuler un cou trapu.

Contrairement aux autres crânes, d'un blanc ivoire, celui-ci était jaune sale et strié de brun.

— Ces bêtes n'existent plus, Madone.

— Vous voulez dire qu'il s'agit d'une espèce éteinte ?

Je touchai le crâne du bout du doigt, fascinée.

— Mais où l'avez-vous trouvé ? demandai-je.

— Dans une tourbière, enfoui à plusieurs mètres de profondeur.

En le regardant de plus près, je me rendis compte de ses particularités. Cet animal était nettement plus gros qu'un loup ordinaire. Une telle mâchoire aurait pu aisément casser en deux la patte arrière d'un élan en fuite, ou briser le cou d'un cerf.

Je frissonnai légèrement, repensant au loup que j'avais tué au pied des murailles de Wentworth et à la horde qui m'avait traquée dans la neige par une nuit glaciale, six mois auparavant.

— Vous n'aimez pas les loups, Madone ? demanda maître Raymond. Pourtant, les ours et les renards ne semblent guère vous impressionner. Eux aussi, ce sont des prédateurs. Ils se nourrissent de chair.

— Oui, mais pas de la mienne, dis-je cyniquement en lui rendant le crâne. J'éprouve nettement plus de sympathie pour notre ami l'élan.

Je tapotai affectueusement l'énorme museau d'un spécimen à côté de moi.

— De la sympathie ? Voilà une émotion inhabituelle pour des os, Madone.

— Oui... en effet, convins-je, légèrement embarrassée. Mais que voulez-vous ? À les voir ainsi, ils ont l'air si... vivants. J'ai du mal à les considérer comme de simples objets inanimés.

La bouche édentée de maître Raymond se fendit d'un large sourire, mais il ne répondit rien.

— Pourquoi collectionnez-vous tous ces crânes ? demandai-je.

— Bah ! Ils me tiennent compagnie, en quelque sorte.

Il m'indiqua son plan de travail encombré.

— Ils me parlent, me racontent des histoires, mais sans faire de vacarme qui pourrait attirer l'attention des voisins. Venez par ici, j'ai quelque chose pour vous.

Je le suivis vers une armoire poussée contre le mur au fond de la pièce.

Ce n'était pas un naturaliste et encore moins un scientifique, du moins dans le sens où je l'entendais. Il ne prenait aucune note, ne faisait pas d'esquisses et ne conservait aucune trace de ses recherches afin que d'autres puissent les consulter plus tard. Pourtant, j'avais l'étrange impression qu'il cherchait à me transmettre une partie de son savoir. Peut-être parce que nous partagions une sympathie pour les vieux os ?

Les portes de l'armoire étaient recouvertes de signes bizarres : un enchevêtrement de pentagones et de cercles. Des symboles kabbalistiques. J'en reconnus quelques-uns, pour les avoir déjà vus dans des documents d'oncle Lamb.

— Vous vous intéressez à la Kabbale ? demandai-je, amusée.

Cela expliquerait cette chambre secrète. Un grand nombre d'intellectuels et d'aristocrates français s'intéressaient à l'occultisme, mais le cachaient soigneusement, de peur de s'attirer les foudres de l'Église.

Maître Raymond se mit à rire. Ses petits doigts potelés effleurèrent les signes peints.

— Non, Madone. La plupart des kabbalistes tendant à être

assez démunis, je ne recherche pas leur compagnie. Mais ces symboles éloignent les curieux ; ce qui, après tout, leur confère effectivement un certain pouvoir. Finalement, les kabbalistes ont peut-être raison lorsqu'ils affirment que ces symboles sont magiques.

Il sourit malicieusement et ouvrit les portes. À première vue, on ne voyait rien d'autre que les rangées habituelles de fioles et de sachets d'apothicaire. Il poussa légèrement une série de tiroirs en suivant une combinaison précise et les étagères s'écartèrent à leur tour, révélant un double fond. Maître Raymond sortit un des nombreux petits casiers qui tapissaient la cachette et l'avança à la lumière. Fouillant son contenu, il extirpa une grosse pierre blanche cristalline et me la tendit.

— C'est pour vous, dit-il. Elle vous protégera.

Je fis une moue moqueuse en tournant le cristal entre mes doigts.

— Quoi ? Vous, Maître ! Vous pratiquez la magie ? raillai-je.

Maître Raymond se mit à rire. Il tendit la main au-dessus de la table et laissa tomber une pluie de petits cailloux colorés sur le buvard.

— Il m'arrive en effet d'appeler ça de la magie, Madone, mais uniquement pour faire monter les prix.

Du bout du doigt, il sépara un petit cristal verdâtre du tas de pierres.

— Elles n'ont ni plus ni moins de pouvoir magique que mes crânes. Appelons-les... les os de la terre. Elles renferment l'essence de la matrice qui les a fait naître et donc un peu de son pouvoir aussi.

Il fit rouler une petite boule jaunâtre dans ma direction.

— Du soufre, Madone. Broyez-le, mélangez-le à quelques autres éléments, approchez une flamme et il explosera. Est-ce de la magie ? ou simplement la nature du soufre ?

— Cela dépend sans doute de celui ou celle à qui vous vous adressez, répondis-je.

Une lueur ravie traversa son regard.

— Si vous décidez un jour de quitter votre mari, Madone, vous n'aurez aucun mal à subvenir à vos besoins. Vous êtes décidément une vraie professionnelle !

— Mon mari ! m'écriai-je.

Je pris soudain conscience du vague brouhaha qui nous parvenait depuis un certain temps de la boutique, au-dessus de nous. J'entendis un bruit sourd, comme un large poing qui s'abat sur un comptoir, suivi d'un grondement grave ponctué de petits cris plus aigus.

— Bon sang ! J'ai oublié Jamie !

— Votre mari est ici ?

Les yeux exorbités de maître Raymond s'écarquillèrent un peu plus et, s'il n'avait déjà été fort pâle, il serait devenu plus pâle encore.

— Je l'ai laissé devant la boutique, expliquai-je hâtivement en me tournant vers les marches. Il a dû se fatiguer d'attendre.

— Un instant !

Maître Raymond me rattrapa par le bras et posa une main sur la mienne.

— Le cristal. J'ai dit qu'il vous protégerait.

— Oui, oui, m'impatientai-je. Mais de quoi au juste ?

Plus haut, le tapage s'intensifia et j'entendis mon nom crié plusieurs fois de suite.

— Du poison. La pierre change de couleur quand elle est exposée à différentes substances toxiques.

Je m'arrêtai net et me retournai vers lui.

— Du poison ? Vous voulez dire que...

— Oui, Madone. Vous êtes peut-être encore menacée. Je ne saurais vous dire par qui ou par quoi ; mais si je le découvre, je vous préviendrai, je vous le jure.

Il lança un regard inquiet vers l'ouverture. Une pluie de coups s'abattit contre un des murs de l'arrière-boutique.

— Vous m'obligeriez en assurant votre mari que je suis de votre côté, ajouta-t-il.

— Ne vous inquiétez pas, promis-je en m'engouffrant dans le trou. Jamie ne mord pas, enfin... je ne crois pas.

— Ce ne sont pas ses dents qui m'inquiètent, entendis-je derrière moi tandis que je grimpais à quatre pattes sous la table de l'arrière-boutique.

Quand je sortis de sous la table, je découvris Jamie occupé à marteler les boiseries du manche de sa dague.

— Ah, te voilà, je te cherchais ! dit-il simplement.

Il m'observait en silence tandis que j'époussetais ma jupe, quand il aperçut le nez de maître Raymond qui pointait sous la dalle de pierre.

— Ah ! Le voilà, cet affreux crapaud ! Est-ce qu'il a des explications à donner ou est-ce que je l'embroche tout de suite comme celles-là ?

Il pointa son arme vers un panneau de bois sur lequel étaient clouées des grenouilles séchées.

— Non, non, intervins-je précipitamment. Il m'a tout raconté. Il s'est même montré très coopératif.

Jamie rangea sa dague à contrecœur et je tendis une main à maître Raymond pour l'aider à sortir de sa cachette.

Celui-ci jeta un regard légèrement dégoûté à Jamie.

— Je suppose que cet homme est votre époux, Madone ? demanda-t-il, comme s'il espérait une réponse négative.

— Oh oui, pardon ! Je ne vous ai même pas présentés ! Mon mari, James Fraser, seigneur de Broch Tuarach... Maître Raymond.

— Je m'en serais douté, dit Jamie en tendant la main.

L'apothicaire la serra du bout des doigts et retira aussitôt sa main, réprimant mal un frisson. Je l'observais, stupéfaite. Sa tête dépassait à peine de quelques centimètres la ceinture de Jamie.

Ce dernier arqua un sourcil, croisa les bras et s'adossa à la table.

— Alors, dit-il, où en sommes-nous ?

Je lui résumai la situation, maître Raymond se contentant de confirmer ma version des faits par quelques monosyllabes. Le petit apothicaire semblait avoir perdu toute sa vivacité d'esprit. Il était assis d'un air las sur un tabouret près du feu et fixait le sol, les épaules affaissées. Ce n'est que lorsque j'eus terminé qu'il se redressa et reprit un semblant de vie.

— C'est vrai, milord, confirma-t-il. J'ignore si c'est votre femme ou vous-même qui êtes en danger, à moins que vous ne le soyez tous les deux. Je n'ai rien entendu de précis, mis à part le nom de « Fraser » prononcé en des lieux qu'on évoque rarement le cœur léger.

Jamie lui lança un regard sévère.

— Mais que faisiez-vous dans ces cercles ? Les personnes dont vous parlez sont-elles de vos amis ?

Maître Raymond sourit faiblement.

— Je les définirais plutôt comme des concurrents, milord.

— Mmm... grogna Jamie. Enfin... je vous remercie quand même de nous avoir mis en garde, maître. Quant à l'affaire qui nous a amenés ici, si ma femme est disposée à vous pardonner, je n'ai rien à ajouter. Seulement, je vous conseille de vous cacher dans votre tanière la prochaine fois que la vicomtesse vient dans votre boutique. Allons-y, *Sassenach*.

Dans la berline qui nous ramenait rue Trémoulins, Jamie était pensif, la tête tournée vers la portière, tandis que ses doigts pianotaient sur sa cuisse.

— *En des lieux qu'on évoque rarement le cœur léger*, murmura-t-il au moment où la voiture s'engageait dans la rue Gamboge. De quoi peut-il s'agir ?

Je songeai aux symboles kabbalistiques sur l'armoire de maître Raymond et repensai à ce que m'avait dit Marguerite au sujet du comte de Saint-Germain, ainsi qu'à l'avertissement de madame de Ramage.

— Il considère peut-être ces signes comme de simples repoussoirs, méditai-je, mais il connaît manifestement des gens pour qui ce n'est pas le cas. De qui se méfie-t-il donc tant ?

Jamie hocha la tête.

— J'ai entendu quelques rumeurs au sujet de messes noires, impliquant des gens de la Cour. Sur le moment, je ne les ai pas prises au sérieux, mais il va falloir que je me renseigne.

Il éclata soudain de rire et passa un bras autour de mon épaule.

— Je vais demander à Murtagh de filer Saint-Germain. Pour une fois, M. le comte aura affaire à un vrai démon !

17

Jalousie

Ainsi Murtagh fut-il chargé de surveiller les allées et venues du comte de Saint-Germain. Mis à part le fait que celui-ci recevait chez lui un nombre considérable de personnes des deux sexes, il ne décela rien de particulièrement mystérieux. Toutefois, il reçut un jour une visite qui nous intéressait tout particulièrement : Charles-Édouard Stuart arriva chez lui un après-midi, resta une heure et repartit.

Son Altesse réclamait de plus en plus souvent la compagnie de Jamie pour ses expéditions nocturnes dans les tavernes louches et les bas-fonds de la ville. Personnellement, je pensais que cette envie de s'encanailler était davantage motivée par la fête donnée par Jules de La Tour d'Auvergne pour célébrer la grossesse de sa femme que par une quelconque influence néfaste du comte.

— Il est complètement obsédé par cette Louise, au point qu'on se demande parfois s'il se souvient qu'il est l'héritier présomptif des trônes d'Angleterre et d'Écosse, bougonna Jamie un soir qu'il rentrait de l'une de ces virées nocturnes.

— Le pauvre chéri ! raillai-je, pourvu que ça dure !

Une semaine plus tard, je me réveillai aux premières lueurs de l'aube pour découvrir l'absence de Jamie à mes côtés. La couverture et les draps étaient encore bordés. Je sortis dans le couloir, me penchai au-dessus de la balustrade de l'escalier et interpellai le majordome qui passait dans le hall.

— Magnus, milord Broch Tuarach est-il dans son bureau ?

Jamie avait peut-être décidé de dormir sur le sofa pour ne pas me réveiller.

— Non, milady. Quand je suis venu ouvrir la porte ce matin, j'ai constaté qu'elle n'avait pas été verrouillée hier soir. C'est donc que milord n'est pas rentré cette nuit.

Je m'assis sur la dernière marche. Je devais avoir une mine

affreuse, car le vieux majordome grimpa l'escalier quatre à quatre et me prit la main d'un air anxieux.

— Milady, vous ne vous sentez pas bien ?

— Ça pourrait aller mieux, mais peu importe. Magnus, envoyez tout de suite quelqu'un à Montmartre chez le prince Charles-Édouard pour voir si mon mari s'y trouve.

— Tout de suite, milady. En attendant, je vous envoie Marguerite pour qu'elle vous aide à votre toilette.

Il était à peine redescendu dans le hall que je le rappelai.

— Magnus ! Envoyez-moi aussi Murtagh, s'il vous plaît !

Il y avait deux explications plausibles à l'absence de Jamie : soit il avait passé la nuit dans la villa du prince, soit il lui était arrivé malheur ; un accident ou une nouvelle tentative d'assassinat.

— Où est-il ? grogna Murtagh du pied des escaliers.

Il venait manifestement de se réveiller. Il avait les traits bouffis et des brins de paille étaient restés accrochés dans les plis de sa chemise crasseuse.

— J'aimerais bien le savoir ! aboyai-je en retour.

Murtagh avait un air naturellement soupçonneux et le fait d'avoir été brutalement arraché à son sommeil n'avait rien arrangé. Toutefois, j'étais soulagée de le voir. S'il y avait du grabuge quelque part, Murtagh était la personne tout indiquée pour s'en occuper.

— Il est sorti avec le prince Charles-Édouard hier soir et n'est toujours pas rentré. Je n'en sais pas plus, expliquai-je.

Murtagh se gratta la joue.

— Mmm... Est-ce que quelqu'un est allé voir à Montmartre ?

— Oui.

— Alors je vais attendre ici. Si Jamie est chez le prince, tant mieux. Sinon, on saura peut-être à quel moment il a quitté Son Altesse et où il se rendait.

— Et s'ils ont disparu tous les deux ? Si le prince n'est pas rentré chez lui non plus ?

Paris grouillait de jacobites, mais également d'opposants à la maison des Stuarts. Si l'assassinat de Charles-Édouard ne signifiait pas la fin des ambitions de Jacques III (il y avait encore Henry, son jeune frère), cela refroidirait pour un temps les velléités de soulèvement.

Je songeai à l'embuscade qui avait failli coûter la vie à Jamie le jour où il avait rencontré Fergus. Certains quartiers de Paris étaient de véritables coupe-gorge où rôdaient des bandes de malandrins dès la nuit tombée.

— Vous devriez aller vous habiller, suggéra Murtagh, vous tremblez comme une feuille.

De fait, blottie en haut des marches dans ma chemise de nuit, les genoux serrés, je commençais même à claquer des dents. Marguerite arriva au petit trot.

— Madame ! Vous allez attraper la mort ! Vous devriez rester au lit, ce n'est pas bon pour l'enfant !

Je me laissai entraîner vers ma chambre et lançai un dernier regard vers Murtagh au pied des escaliers. Il examinait attentivement la pointe de sa dague en la tournant entre ses doigts.

Une fois dans la chambre, j'ouvris grands les volets de la fenêtre et me penchai au-dehors, faisant la sourde oreille aux protestations de Marguerite qui tentait de me faire enfiler une robe de chambre.

La rue Trémoulins commençait à s'animer. Les premiers rayons du soleil revêtaient de teintes rosées le haut des façades en pierre de taille. Des servantes et des laquais étaient déjà occupés à briquer le cuivre des portes et des grilles. Des marchands à la criée poussaient leurs voitures à bras chargées de fruits et de légumes, croisant les garçons de cuisine qui partaient au marché. La carriole d'un charbonnier passa lentement sous ma fenêtre, tirée par un vieux bourrin dont les sabots claquaient en rythme sur la chaussée.

Mais aucun signe de Jamie.

Marguerite finit par me convaincre de me remettre au lit, mais j'étais bien incapable de me rendormir. Le moindre bruit dans la rue me faisait sursauter. À chaque claquement de talon sur le pavé, je me redressais dans l'espoir qu'il serait suivi de la voix de Jamie dans l'escalier. Le visage du comte de Saint-Germain ne cessait de s'interposer entre moi et le sommeil. Il connaissait Charles-Édouard ; il était probablement à l'origine de la tentative d'assassinat de Jamie... et de mon empoisonnement ; il avait la réputation de fréquenter des milieux douteux. Avait-il décidé de faire d'une pierre deux coups en se débarrassant à la fois de Jamie et de Charles-Édouard ? À ce stade, que ses motivations soient politiques ou personnelles ne faisait plus grande différence.

Lorsque des pas retentirent enfin dans l'entrée, j'étais tellement occupée à imaginer Jamie gisant dans un caniveau la gorge tranchée que je ne les entendis même pas.

La porte s'ouvrit brusquement et Jamie apparut sur le seuil. Je bondis de joie dans mon lit.

— Jamie !

Il me sourit et bâilla sans prendre le soin de mettre la main devant sa bouche. Il n'avait pas la gorge tranchée, mais il était néanmoins dans un piteux état. Il se laissa tomber sur le lit à côté de moi, s'étira voluptueusement en laissant échapper un grognement de satisfaction.

— Jamie, qu'est-ce qui t'est arrivé ?

Il ouvrit un œil rouge.

— J'ai besoin d'un bon bain, répondit-il avant de le refermer.

Je me penchai sur lui et le reniflai. Je flairai l'odeur habituelle des pièces mal aérées, enfumées et humides, à laquelle s'ajoutait une remarquable combinaison de vapeurs d'alcool où se mêlaient bière, whisky et cognac, ce qui correspondait assez bien à l'assortiment de taches sur sa chemise. Au-dessus de ce mélange flottait un abominable parfum âcre et sucré d'eau de Cologne bon marché.

— En effet, convins-je.

Je sortis dans le couloir et demandai à Marguerite de monter la baignoire-sabot et mes essences de bain.

Pendant que la servante installait le nécessaire, j'inspectai l'épave humaine qui gisait sur mon lit. Je lui ôtai ses souliers et ses bas, défis la boucle de sa ceinture et écartai les pans de son kilt. Là, je marquai un temps d'arrêt.

— Qu'est-ce que c'est que ça ?

Il avait plaqué ses deux mains sur son sexe dans un geste pudique, mais cela ne cachait pas les longues égratignures tout le long de ses jambes. Haut sur sa cuisse, à quelques centimètres de ses bourses, je remarquai une marque rouge qui ressemblait à s'y méprendre à une morsure. On voyait encore la trace des dents.

Marguerite, qui arrivait justement avec deux seaux d'eau chaude, lança un regard intéressé par-dessus mon épaule et crut bon de mettre son grain de sel.

— Un petit chien, peut-être ? suggéra-t-elle.

Je me demandai un instant si elle n'était pas complètement idiote, puis me rappelai que, dans l'argot de l'époque, les *petits chiens* étaient des créatures lourdement fardées qui arpentaient les trottoirs sur deux pattes.

— Dehors ! lui ordonnai-je.

Elle reprit ses seaux et sortit avec une expression boudeuse. Je me tournai de nouveau vers Jamie qui ouvrit un œil, vit mon expression renfrognée et le referma aussitôt.

— Alors ? demandai-je.

Il se redressa avec un soupir et s'assit sur le bord du lit, en frottant ses joues pas rasées.

— Je suppose qu'une jeune fille bien élevée comme toi ignore le double sens du numéro soixante-neuf ?

Je croisai les bras et le toisai d'un air suspicieux.

— J'en ai déjà entendu parler, répondis-je. On peut savoir où tu as rencontré ce chiffre si intéressant ?

— Il m'a été suggéré comme une activité désirable, avec une

certaine force de persuasion... par une dame que j'ai rencontrée hier soir.

— Serait-ce par hasard la dame qui t'a mordu à la cuisse ?

Il baissa les yeux vers la marque et la frotta du bout des doigts d'un air pensif.

— Euh... non. Cette dame-là semblait s'intéresser à des nombres inférieurs. À vrai dire, je crois qu'elle était prête à se satisfaire du six.

— Jamie... m'énervai-je en tapant du pied sur le plancher. Où as-tu passé la nuit ?

Il se pencha au-dessus de la cuvette et s'éclaboussa le visage.

— Mmm... laisse-moi réfléchir... D'abord, on a dîné dans une taverne. Là, on a rencontré Glengarry et Millefleurs...

M. Millefleurs était un banquier parisien et Glengarry un jeune jacobite, chef d'une sous-branche du clan MacDonell. De passage à Paris, il partageait souvent son temps avec Charles-Édouard.

— ... après le dîner, poursuivit Jamie, on est allés jouer aux cartes chez le duc de Castellotti.

— Et puis... ?

Une autre taverne, apparemment, puis une autre, suivie d'un établissement qui ressemblait à une taverne mais qui bénéficiait de la présence de plusieurs dames aux formes avantageuses et aux talents variés.

— Des talents, hein ? sifflai-je avec un regard vers sa cuisse.

— Seigneur ! Elles faisaient ça devant tout le monde, dit-il avec un frisson. Elles étaient deux sur la table, entre le sauté de mouton, les patates bouillies et la gelée de coings.

— Doux Jésus ! murmura Marguerite qui venait de revenir avec de l'eau chaude.

— Vous, on ne vous a pas sonnée ! glapis-je.

Me retournant vers Jamie, je demandai d'une voix blanche :

— Et après ?

Après quoi, le nombre des participants ayant augmenté, l'action était devenue plus confuse. Par égard pour la sensibilité de Marguerite, Jamie attendit qu'elle soit repartie remplir ses seaux d'eau avant de poursuivre.

— ... alors le duc de Castellotti a entraîné la grosse rousse et la petite blonde dans un coin et...

— Que faisais-tu pendant ce temps ? l'interrompis-je.

— Moi ? Ben, je regardais, pardi ! Ce n'était pas très convenable mais, vu les circonstances, j'étais bien obligé !

Tout en écoutant son récit rocambolesque, je tripotais nerveusement son *sporran*. J'en sortis un petit gousset en daim dans lequel se trouvait un gros anneau d'or orné d'un blason. Par curiosité, je tentai de l'enfiler à mon doigt mais il était beaucoup trop grand.

— À qui est-ce ? demandai-je. On dirait le blason du duc de Castellotti ; mais si c'est à lui, cet homme a des saucisses à la place des doigts !

Castellotti était un grand maigrichon au visage émacié qui semblait souffrir de dyspepsie chronique.

Jamie rougit du nombril jusqu'à la racine des cheveux et prit un air détaché, grattant avec une application exagérée une trace de boue sur son genou.

— C'est que... euh... ça ne se met pas au doigt.

— Ah, non ? On l'enfile où alors ?... Ah !

J'examinai l'objet avec un nouvel intérêt.

— J'en avais déjà entendu parler mais je n'en avais jamais vu. Il est à ta taille ?

Je m'avançai vers lui pour le lui enfiler et il bondit hors du lit, pour protéger ses parties intimes.

Au même instant, Marguerite, décidément spécialiste des entrées opportunes, revint avec ses seaux d'eau et le rassura :

— Ne vous en faites pas, Monsieur, j'en ai vu d'autres !

Lançant un regard torve à la servante puis à moi, Jamie drapa sa dignité dans une couverture et bougonna :

— Dire que j'ai passé toute la nuit à défendre chèrement ma vertu pour entendre ce genre de commentaires.

Je le dévisageai d'un air narquois en faisant tournoyer l'anneau au bout de mon doigt.

— Ah, tu as défendu ta vertu, hein ! Justement, parlons-en.

— Quoi ? s'indigna-t-il. Tu ne crois tout de même pas que... mais enfin, je suis un homme marié !

— Parce que M. Millefleurs, lui, n'est pas marié ?

— Si. Non seulement il est marié, mais il a deux maîtresses, rétorqua-t-il. Mais il est français, lui, ce n'est pas la même chose.

— Ah oui ? Et le duc de Castellotti, il est français, lui ?

— Non, mais il est duc, ce n'est pas la même chose non plus.

— Vraiment ! Je me demande si la duchesse partage cet avis.

— Sans doute, vu ce que le duc nous a appris sur elle hier soir ! Alors, ce bain, il est prêt ?

Il mit un pied dans la baignoire fumante, la couverture toujours serrée autour de la taille. Il la lâcha enfin et s'assit précipitamment. Il avait fait vite, mais pas encore assez pour le regard aiguisé de Marguerite.

— Mon Dieu, qu'il est gros ! souffla-t-elle en se signant.

— Marguerite, ce sera tout, merci, la congédiai-je.

Elle baissa les yeux, rougit et sortit en traînant les pieds.

Une fois la porte refermée, Jamie se détendit et s'enfonça dans l'eau en soupirant d'aise. Adossé au haut rebord de la baignoire en cuivre, il ferma les yeux avec une expression de béatitude. Un épais nuage de vapeur s'élevait autour de lui. Sa peau rougissait et un voile de transpiration apparaissait sur son front et ses tempes.

Quelques instants plus tard, il rouvrit un œil et demanda timidement :

— Il y a du savon ?

Je lui tendis le savon et la pierre ponce. Je m'assis ensuite sur un tabouret et l'observai se savonner avec application et se frotter la plante des pieds et les coudes.

— Jamie ? demandai-je enfin.

— Oui ?

— Je ne veux pas remettre tes méthodes en question... Tu m'as prévenue plus d'une fois que nous serions peut-être amenés à faire des choses contre notre gré, mais... tu avais vraiment besoin de...

— De quoi, *Sassenach* ?

— De... de...

Je me sentis devenir encore plus rouge que lui, sans avoir l'excuse de l'eau chaude. Il tendit une main dégoulinante et la posa sur mon bras.

— *Sassenach*, dit-il d'une voix douce, qu'est-ce que tu vas imaginer ?

— Eh bien... commençai-je en essayant de détacher mon regard de la marque sur sa cuisse.

Il émit un petit rire forcé.

— Ô, femme de peu de foi ! railla-t-il.

— Qu'est-ce que tu veux ? me défendis-je. Quand une femme voit rentrer son mari au petit matin, avec des traces de morsures et des égratignures sur tout le corps, empestant le parfum bon marché et avouant avoir passé la nuit dans un bordel...

— Et s'il t'affirme n'avoir rien fait d'autre que de regarder sans toucher ?

— Ne me dis pas que c'est en regardant que tu as eu cette marque sur ta cuisse ! m'écriai-je.

Je me mordis les lèvres. Je me sentais ridicule dans ce rôle de harpie. Je m'étais juré de rester calme et digne, en vraie femme du monde, me répétant que j'avais une confiance aveugle en lui et que... même s'il s'était passé quelque chose... on ne faisait pas d'omelette sans casser d'œufs.

Je m'efforçai de retrouver un ton plus léger et ironique.

— Dois-je en déduire qu'il s'agit des vestiges d'un combat héroïque pour défendre ta vertu ?

En dépit de mon ton détaché, ma voix haut perchée me trahit, accentuant encore mon malaise.

Jamie prit une profonde inspiration et ouvrit la bouche

comme pour se lancer dans un long discours explicatif. Puis il se ravisa et soupira.

— Oui, dit-il simplement.

Il plongea la main dans l'eau opaque, à la recherche du savon.

— Tu veux bien m'aider à me laver la tête ? Son Altesse m'a vomi dessus dans la voiture qui nous ramenait et j'ai les cheveux poisseux.

J'hésitai un instant et acceptai d'enterrer momentanément la hache de guerre.

Sous les épaisses mèches savonneuses que je frictionnais, je sentais la courbe solide de son crâne et les saillies des cicatrices de son cuir chevelu. Je massai vigoureusement les muscles tendus de sa nuque et il se décontracta légèrement. Il était tellement grand qu'il emplissait toute la baignoire, les genoux repliés sous son menton. Une vague de tendresse m'envahit en le voyant se laisser faire comme un enfant, abandonné à la caresse de mes mains et laissant échapper de petits gémissements de contentement. J'écartai les longues boucles des cheveux trempés qui lui tombaient dans le cou et me penchai pour déposer un petit baiser de paix à la base de sa nuque.

Je me redressai brusquement et m'écartai de lui.

— Qu'est-ce qu'il y a, *Sassenach* ? demanda-t-il d'une voix somnolente.

— Rien.

Je fixais des yeux le suçon bleuté à la base de son cou. Lorsqu'elles avaient passé la nuit avec un soldat de la base voisine, les infirmières de l'hôpital militaire de Pembroke avaient l'habitude de cacher ce genre de marques sous des écharpes vivement colorées. Personnellement, j'avais toujours pensé que ces écharpes servaient davantage de trophées de guerre.

— Rien, rien, répétai-je.

Je m'approchai de la console et saisis l'aiguière. Posée près de la fenêtre, elle était glacée. Je vins me placer derrière Jamie et la retournai au-dessus de sa tête.

Je soulevai précipitamment les pans de ma chemise de nuit et sautai de côté pour éviter les grandes gerbes d'eau qui jaillirent de tous côtés. Il crachait et s'étranglait de froid, mais il était encore trop choqué pour prononcer les mots que je voyais se former sur ses lèvres. Je le pris de vitesse.

— Alors comme ça, tu t'es contenté de regarder, hein ? Mon pauvre chéri, comme tu as dû souffrir ! Menteur !

Il se laissa lourdement retomber dans la baignoire en provoquant un nouveau raz de marée et se tourna vers moi.

— Qu'est-ce que tu veux que je te dise ? Que j'avais envie de me joindre à eux et de forniquer comme une bête ? Eh bien, oui ! Ça me démangeait les couilles, si tu veux savoir. Mais ce n'est pas pour autant que j'ai touché une de ces traînées.

Il écarta les mèches dégoulinantes de devant ses yeux, le regard étincelant.

— C'est ça que tu voulais savoir ? Tu es contente à présent ?

— Non, rétorquai-je, le feu aux joues.

— Tu considères que le simple fait de désirer une autre femme constitue une infidélité ?

— C'est à toi qu'il faut le demander.

— Eh bien, non, je ne suis pas de cet avis, *Sassenach*. Et quand bien même j'aurais couché avec une putain, qu'est-ce que tu ferais ? Tu me giflerais ? Tu m'interdirais l'accès de ta chambre ? Tu me bannirais de ton lit ?

Je le regardai droit dans les yeux.

— Je te tuerais ! sifflai-je entre mes dents.

Il en resta bouche bée.

— Me tuer ? Rien que ça ! Moi, si je te trouvais avec un autre homme, c'est lui que je tuerais.

Jamie marqua une pause et réfléchit un instant avant d'ajouter :

— Naturellement, je t'en voudrais, mais quand même, c'est lui que je tuerais.

— Vous les hommes, vous êtes bien tous pareils ! Toujours à côté de la plaque !

Il secoua la tête d'un air impuissant.

— Il n'y a vraiment pas moyen de te raisonner ! soupira-t-il.

Cherchant des yeux autour de lui, il repéra ses vêtements jetés sur le sol. Il sortit de la baignoire et alla chercher sa dague.

— Tiens ! lança-t-il en me tendant son arme. Puisque désirer une autre femme est un crime, vas-y !

Comme je ne bougeais pas, il insista.

— Vas-y, tue-moi donc ! On ne va pas laisser impuni le criminel qui a bafoué ton honneur de femme mariée, n'est-ce pas ?

La tentation était grande. Psychodrame mis à part, et bien que je sache pertinemment qu'il ne m'aurait pas laissée le poignarder, j'avais une envie folle de lui planter sa lame dans le cœur. Mais je me sentais déjà suffisamment ridicule pour ne pas ajouter à mon humiliation. Serrant les poings, je lui tournai le dos.

Quelques instants plus tard, j'entendis la dague retomber lourdement sur le sol dans un bruit de métal. Je restai sans bouger et fixai la cour en contrebas à travers la fenêtre. Il y eut un bruissement d'étoffe derrière moi et je le regardai dans le reflet de la vitre. Sa silhouette nue était penchée sur la pile de vêtements.

— Les serviettes sont dans le dernier tiroir de la commode, indiquai-je sans me retourner.

— Merci.

Il laissa retomber la chemise sale avec laquelle il avait commencé à se tamponner le corps et se dirigea vers la commode. Il s'essuya le visage, s'arrêta et sembla hésiter. Il laissa son geste en suspens et se tourna vers moi. Je pouvais voir les émotions se succéder sur son visage comme dans un miroir. Enfin, le bon sens reprit le dessus et nous lançâmes à l'unisson :

— Excuse-moi.

Là-dessus, nous éclatâmes de rire et nous tombâmes dans les bras l'un de l'autre.

L'eau sur sa peau traversa la soie de ma chemise de nuit, mais je m'en moquais bien.

Quelques minutes plus tard, il murmura quelque chose dans mes cheveux.

— Quoi ?

— Il s'en est fallu de peu, répéta-t-il en s'écartant légèrement. J'ai eu chaud.

Je lançai un regard vers sa dague, oubliée sur le plancher.

— Tu n'avais pourtant pas l'air d'avoir peur ! Tu savais très bien que je ne le ferais pas.

— Ah, ça !

Il sourit.

— Non, *Sassenach*. Je savais que tu ne me ferais pas de mal, même si tu en mourais d'envie. Non, je parlais de... ces femmes... de ce que j'ai ressenti pour elles. Je n'avais pas vraiment envie d'elles, mais...

— Je sais, dis-je en lui posant une main sur les lèvres.

Mais il ne pouvait pas s'arrêter là.

— C'est que... ce désir... si on ose parler de désir... était tellement proche de celui que j'éprouve parfois pour toi et...

Il tourna la tête, gêné.

— J'ai toujours cru qu'il n'y avait rien de plus simple que d'aimer une femme, dit-il doucement. Pourtant... j'ai tantôt envie de me jeter à tes pieds et de te vénérer et tantôt... je voudrais te forcer à t'agenouiller devant moi pour que tu me prennes dans ta bouche comme une... comme une... Je veux les deux à la fois, *Sassenach* ! Tu es ce que j'aime le plus au monde et je voudrais te tenir toujours blottie contre moi, comme une petite chatte cachée dans ma chemise... et en même temps, je voudrais t'écarter les cuisses et te labourer comme un taureau en rut !

Il laissa tomber sa serviette et prit mon visage entre ses mains.

— Je ne comprends pas ce qui m'arrive, *Sassenach*, ou plutôt si... Ça a commencé peu après Wentworth. Au début, j'ai cru que Jack Randall m'avait volé une partie de mon âme. Et puis j'ai compris que c'était pire que ça. Ces sentiments contradictoires étaient déjà en moi, depuis toujours. Il n'a fait que me révéler à moi-même. C'est ce que je ne lui pardonnerai jamais ! Qu'il pourrisse en enfer, ce salaud !

Nous restâmes un instant silencieux, enlacés au milieu de la pièce. Je relevai la tête et m'écartai de lui en lui murmurant :

— Tu crois que je ne ressens pas la même chose ? Tu ne sais donc pas que moi aussi j'ai parfois envie de te mordre jusqu'au sang, ou de te lacérer la peau ?

Je tendis une main vers son torse et posai mon doigt sur son sein. Sa peau était chaude et moite. Doucement, je traînai mon ongle autour de son mamelon et observai le téton se dresser et durcir. Je pressai mon ongle plus fort, laissant une petite traînée blanche sur sa chair rose.

— Parfois, repris-je, j'ai envie de te chevaucher comme un animal sauvage, pour briser ta résistance et te faire manger dans le creux de ma main. Je peux le faire... tu sais que je le peux. Je peux t'entraîner jusqu'au bord du gouffre et te laisser planté là, haletant. C'est ça qui me donne du plaisir, Jamie ! Et puis, j'ai souvent envie de...

Ma voix se brisa et je dus déglutir avant de poursuivre :

— ... j'ai envie de presser ta tête contre mon sein et de te bercer comme un enfant.

À travers mes larmes, je distinguais à peine son visage. Il me serra fort contre lui.

— Claire... tu me tues, avec ou sans dague, chuchota-t-il, le nez enfoui dans mes cheveux.

Il me souleva de terre, me transporta jusqu'au lit et se laissa tomber à genoux à mes côtés.

— Je veux te faire l'amour, murmura-t-il, et je veux user de toi comme bon me semble. Et si tu souhaites toujours ta vengeance, alors prends-la, ne te gêne pas ; mon âme t'appartient et, avec elle, tous ses recoins les plus sombres.

Je l'attirai sur moi et la chaleur humide de son corps m'enveloppa comme un vent de mousson.

Plus tard, lorsque j'eus enfin pris ma revanche, je le berçai contre moi, caressant ses boucles emmêlées.

— Parfois, lui murmurai-je, je voudrais que ce soit toi dans mon ventre... pour te garder là, en sécurité, bien au chaud, pour toujours.

Sa grande main se posa sur le renflement de mon ventre.

— Mais je suis en toi, *mo duinne*, je suis en toi.

Le lendemain matin, couchée dans mon lit en train de regarder Jamie s'habiller, je le sentis pour la première fois. C'était une légère sensation de frottement, totalement nouvelle et pourtant déjà étrangement familière. Jamie me tournait le dos et boutonnait sa chemise.

Je restai immobile, espérant le sentir de nouveau. La sensation revint, cette fois dans une succession rapide de mouvements à peine perceptibles, comme l'éclatement de bulles à la surface d'un liquide gazéifié.

Je me souvins d'une bouteille de Coca-Cola, cette étrange boisson sombre et sucrée. J'y avais goûté une fois chez un colonel américain qui nous l'avait servie lors d'un dîner, comme s'il s'agissait d'un grand cru, le comble du raffinement. De fait, en ces temps de guerre, ça l'était. La boisson était présentée dans de petites bouteilles verdâtres, avec un corps tout en courbes et un goulot étroit qui lui donnaient une silhouette féminine.

Je revis les millions de petites bulles se précipiter vers la surface, plus petites et délicates que des bulles de champagne, éclatant joyeusement au contact de l'air.

Je posai une main sur mon ventre. Il était là... ou elle. Je n'avais pas encore la sensation de son corps en moi, simplement la conscience d'une présence.

— Jamie...

Il était en train de rassembler ses cheveux et de les nouer avec un lacet de cuir. Il se tourna vers moi, la tête penchée en avant, et sourit.

— Tu es réveillée ? Il est encore tôt, *mo duinne*. Rendors-toi.

J'étais sur le point de le lui dire, mais quelque chose m'en empêcha. Il ne pouvait pas le sentir, pas encore. Certes, je savais qu'il aurait été ému de l'apprendre, mais il y avait un élément dans cette première manifestation qui me parut éminemment intime. C'était le premier vrai contact entre l'enfant et moi, un contact que nous partagions tous les deux et qui nous unissait aussi sûrement que le sang qui circulait dans nos veines.

— Tu veux que je te fasse une tresse ? proposai-je.

Il fit non de la tête et noua son kilt autour de sa taille. Je lui tressais souvent les cheveux quand il se rendait sur les quais, où le vent avait tôt fait d'ébouriffer son épaisse tignasse rousse et de lui donner un air d'épouvantail. Il menaçait parfois en plaisantant d'enduire ses cheveux de goudron, à l'instar des marins, afin de régler le problème une fois pour toutes.

— Non, je ne vais pas sur les quais ce matin. Je dois passer chez Charles-Édouard.

Il vint s'asseoir sur le lit à côté de moi et, voyant ma main posée sur mon ventre, posa la sienne dessus.

— Tu te sens bien, *Sassenach* ? Tu n'as plus mal au cœur ?

— Beaucoup moins.

De fait, mes nausées matinales s'étaient atténuées ces derniers jours. Il y avait encore certaines odeurs que je ne supportais pas, comme celle des tripes frites aux petits oignons. J'avais dû bannir ce plat du menu des domestiques, car l'odeur de graillon montait par l'escalier de service et s'infiltrait dans les couloirs, me prenant par surprise quand j'ouvrais la porte de mon boudoir.

Jamie souleva ma main et y déposa un petit baiser.

— Tant mieux, dit-il. À ce soir, *mo duinne*.

Il referma doucement la porte derrière lui, comme si je dormais déjà, et me laissa dans le silence paisible de la chambre, protégée des bruits de la maison par les épaisses boiseries.

De petits carrés de lumière pâle illuminaient le mur en face du lit. La journée allait être belle. Dehors, le soleil printanier caressait sans doute les fleurs qui faisaient ployer les arbres fruitiers sous des explosions de rose et de blanc. À Versailles, les courtisans passeraient sans doute la journée dans les jardins, à célébrer le retour du beau temps et se repaître de l'air doux et chaud, tout comme les vendeurs à la criée qui poussaient leur carriole dans la rue.

Moi aussi je célébrais le printemps à ma façon, seule, mais plus tout à fait seule, dans mon petit cocon de chaleur et de tranquillité.

Je posai une main au-dessus des ailes de papillon qui battaient dans mon ventre.

— Bonjour, toi, murmurai-je.

TROISIÈME PARTIE
Série noire

18

Un viol dans Paris

Il y eut une explosion à l'armurerie royale au début du mois de mai. J'appris plus tard qu'un manutentionnaire distrait avait posé sa torche au mauvais endroit. Moins d'une minute plus tard, le plus grand dépôt de poudre et d'armes à feu de la capitale partait en fumée, après une déflagration qui fit s'envoler d'un seul mouvement tous les pigeons de Notre-Dame. Ce jour-là, je travaillais à l'hôpital des Anges et je n'entendis pas la détonation. En revanche, j'en vis les résultats. Bien que nous fussions situés à l'autre bout de Paris, il y avait tant de victimes que tous les hôpitaux de la ville furent rapidement débordés. Nous vîmes débarquer une longue série de mutilés et de brûlés, dans des carrioles ou sur des brancards de fortune tirés par leurs camarades.

Quand nous eûmes fini de panser le dernier blessé et que toutes les victimes furent enfin couchées dans les salles communes parmi les rangées de patients anonymes, la nuit était déjà tombée.

Devant l'ampleur de la tâche, j'avais envoyé Fergus à la maison, prévenir que je rentrerais tard. Il était revenu avec Murtagh et tous deux étaient à présent assis sur les marches de l'hospice, attendant de nous raccompagner.

Lorsque Mary et moi émergeâmes enfin du grand portail, Murtagh était occupé à enseigner l'art du lancer de couteau au jeune garçon. Ils nous tournaient le dos.

— Vas-y ! disait Murtagh. Lance bien en l'air, droit devant toi. Je compte jusqu'à trois. Un... deux... trois !

Fergus lança le gros oignon blanc qu'il tenait dans la main et le fit rebondir plusieurs fois sur les pavés irréguliers.

Murtagh paraissait détendu, le bras droit légèrement en retrait, pinçant entre ses doigts la lame de son poignard. Lorsque l'oignon arriva à sa hauteur, il fit un petit geste sec du poignet. Pas un muscle de son visage ne tressaillit. Le bulbe s'arrêta net à ses pieds, coupé en deux.

— B-b-bravo, monsieur Murtagh ! s'écria Mary en frappant des mains.

Le petit homme râblé se tourna vers nous, l'air embarrassé.

— Mmm... répondit-il simplement.

— Désolée d'avoir tant tardé, m'excusai-je. Les sœurs étaient débordées.

— Mmm... fit encore Murtagh, toujours aussi laconique. Puis, se tournant vers Fergus, il lança : Allons chercher un fiacre, mon garçon. Il fait trop sombre pour rentrer à pied.

— On n'en trouvera jamais, répondit l'enfant avec un haussement d'épaules. Ça fait une heure que je fais le guet. Toutes les voitures de la Cité ont été mobilisées pour porter secours à l'armurerie. On aura peut-être plus de chance en s'avançant jusqu'à la rue Saint-Honoré.

Il montra du doigt une ouverture sombre entre les bâtiments, un peu plus bas dans la rue.

— On peut couper par cette ruelle, ça ira plus vite, proposa-t-il.

Après une brève pause de réflexion, Murtagh hocha la tête.

— D'accord, allons-y.

L'air était frais et je voyais mon souffle se condenser en petits nuages blancs devant moi. Malgré l'absence de lune, les rues n'étaient pas entièrement plongées dans l'obscurité. Les intérieurs éclairés laissaient filtrer un peu de lumière à travers les volets clos des maisons et des lanternes suspendues au-dessus des étals des vendeurs formaient une succession de halos lumineux qui guidaient nos pas.

La ruelle donnait sur une allée marchande. Çà et là, les marchands avaient accroché des fanaux au-dessus de leur porte. Afin de pallier l'inefficacité de la police, il n'était pas rare que plusieurs d'entre eux s'associent et louent les services d'un vigile pour garder leurs échoppes pendant la nuit. Aussi, je ne fus pas surprise quand un homme, assis sur le seuil d'une fabrique de voiles, grogna :

— Bonsoir, m'sieurs-dames.

Dix mètres plus loin, Fergus lâcha un cri d'alarme.

— Attention !

Murtagh fit volte-face en dégainant son épée. Moins rapide, j'eus à peine le temps de me retourner pour voir les ombres jaillir d'une porte cochère derrière nous. Le coup atteignit Murtagh avant que j'aie pu crier et il fut projeté face contre terre, tandis que son épée et son coutelas rebondissaient vers moi en cliquetant sur les pavés.

Je me précipitai vers le coutelas projeté à ma hauteur, mais deux mains m'agrippèrent par-derrière.

— Occupe-toi de lui, ordonna une voix. Vite !

Je tentai vainement de me libérer et me retrouvai les poignets tordus dans le dos. Une douleur vive m'arracha un cri. Une grande ombre blanche passa devant moi et j'aperçus le faux vigile qui se penchait sur Murtagh, une toile claire dans les mains.

— À l'aide ! hurlai-je. Au secours ! Au voleur ! À l'assassin !

— Tiens-toi tranquille !

Une gifle s'abattit sur mon oreille et m'étourdit quelques secondes. Lorsque mes yeux cessèrent de larmoyer, je distinguai une masse blanche allongée dans le caniveau. C'était Murtagh saucissonné dans un grand sac de toile. Le vigile était assis à califourchon sur lui. Il se redressa et m'adressa un sourire narquois. Il portait un masque en tissu qui lui couvrait le visage du front jusqu'à la base du nez.

En s'approchant de moi, il traversa le faisceau de lumière qui filtrait à travers les volets d'une boutique voisine. Malgré la fraîcheur de la nuit, il ne portait qu'une chemise, qui s'illumina un instant de reflets vert émeraude. Il portait également des culottes fermées aux genoux par une boucle et ce qui me parut être des bas de soie et des souliers de cuir, au lieu des pieds nus ou des sabots auxquels je m'attendais. Nous n'avions pas affaire à des brigands ordinaires.

J'entraperçus Mary un peu plus loin. Elle était fermement maintenue par-derrière par une autre silhouette masquée qui avait une main sur son ventre, tandis que l'autre fouillait avidement sous ses jupes.

Celui qui se tenait devant moi passa une main derrière ma nuque et, me saisissant par les cheveux, pressa mon visage contre le sien. Lorsque sa langue pénétra ma bouche, il dégagea une forte odeur de vin et d'oignon cru ; je manquai de m'étouffer et, dès qu'il s'écarta, lui crachai au visage. Il me secoua violemment et me fit tomber à genoux dans le caniveau.

J'évitai de justesse un des pieds de Mary. Elle avait été jetée à terre et se débattait furieusement, tandis que celui qui la maintenait rabattait ses jupes au-dessus de sa taille. Il y eut un déchirement de satin, ponctué d'un cri strident, puis les doigts de l'homme plongèrent entre les cuisses serrées comme un dernier rempart.

— Une vierge ! Je suis tombé sur une vierge ! s'écria-t-il.

L'un des hommes esquissa une petite courbette.

— Mes félicitations, Mademoiselle ! La nuit de vos noces, votre mari nous saura gré d'avoir ôté de sa route toute obstruction qui pourrait nuire à son plaisir. Mais comme nous sommes désintéressés et toujours soucieux de nous rendre agréables, nous ne demanderons aucune compensation pour avoir accompli notre devoir.

Si les bas de soie n'avaient pas suffi à me mettre la puce à l'oreille, ce petit discours, salué par des éclats de rire, me confirma que nous n'avions pas affaire à des hommes du peuple. Mais mettre des noms sur ces visages masqués était tout autre chose.

Les mains qui tiraient sur mes bras pour me remettre debout étaient soigneusement manucurées, avec un petit grain de beauté à la naissance du pouce gauche. Il fallait coûte que coûte que je consigne ce petit détail dans ma mémoire. Si ces salauds nous laissaient la vie sauve, il pourrait nous être utile plus tard.

Quelqu'un me poussa en avant avec une force qui me fit gémir et je manquai de tomber à quatre pattes sur le pavé. À force d'être agités dans tous les sens, mes seins jaillirent de mon décolleté, comme offerts sur un plateau.

Celui qui semblait diriger les opérations portait une chemise ample de couleur pâle, rehaussée de petits points sombres. Des broderies, peut-être ? Tandis qu'il caressait un de mes seins du bout du doigt, je notai au passage que ses cheveux noirs étaient abondamment gominés et dégageaient une forte odeur de pommade. Il avait aussi de grandes oreilles qui retenaient les rubans de son masque.

— Ne vous inquiétez pas, Mesdames, dit la chemise mouchetée. On ne vous veut aucun mal. On a juste besoin d'un peu d'exercice. Vos maris ou vos fiancés n'en sauront jamais rien. Ensuite, nous vous relâcherons. Mais d'abord, vous devrez nous montrer à quoi servent vos jolies lèvres.

Il fit un pas vers moi en dénouant les lacets de ses culottes.

— Pas celle-là ! protesta la chemise verte. Elle mord.

— Elle ne mordra pas si elle tient à garder ses dents, rétorqua l'autre. Allez, Madame ! À genoux !

Il appuya fortement sur mes épaules et je reculai brusquement, manquant de tomber à la renverse. Il me rattrapa par les cheveux et ceux-ci se dénouèrent, balayant mes épaules et mon visage.

Je chancelai et tentai de me libérer. Les boucles en argent des souliers de Mary fouettaient l'air. Un homme était couché sur elle et tentait de sortir son sexe tout en la maintenant au sol. J'entendis un juron, un nouveau déchirement de tissu, et une paire de fesses livides apparut dans un rayon de lumière.

Quelqu'un glissa un bras autour de ma taille et m'entraîna en arrière. Je lui envoyai un coup de pied dans le tibia et il poussa un hurlement outré.

— Tenez-la ! ordonna la chemise mouchetée en sortant de l'ombre.

— Tu n'as qu'à la tenir toi-même ! répondit l'autre.

Il me poussa brutalement vers son ami. Je trébuchai et pénétrai l'espace d'un instant dans un halo de lumière projeté par une cour voisine.

— Sainte Marie mère de Dieu !

Les mains qui me tenaient me lâchèrent brusquement et la chemise mouchetée recula d'un pas, la bouche grande ouverte sous son masque. Il se signa.

— *In nomine Patris, et Filii, et Spiritus Sancti* ! marmonna-t-il en se signant une seconde fois. La Dame blanche !

— La Dame blanche ! répéta l'autre derrière moi d'une voix horrifiée.

La chemise mouchetée reculait toujours, faisant cette fois un geste nettement moins chrétien que le signe de croix : il pointait vers moi l'index et l'auriculaire pour conjurer le mauvais sort. Simultanément, il invoquait toutes les autorités spirituelles qui lui venaient à l'esprit, en commençant par la Sainte Trinité et, en descendant la hiérarchie jusqu'à des sphères nettement inférieures, débitait des noms latins à une allure vertigineuse.

Je restai plantée au milieu de la rue, chancelante et étourdie, jusqu'à ce qu'un terrible cri venant du sol, à mes pieds, me rappelle brutalement à la réalité. Trop occupé à son affaire pour remarquer la terreur de ses camarades, l'homme couché sur Mary émit un son guttural et commença à s'agiter furieusement sous les cris stridents de la malheureuse.

Agissant d'instinct, je pris mon élan et lui envoyai de toutes mes forces mon pied dans les côtes. Il poussa un grognement étouffé et roula sur le côté.

Un de ses camarades se précipita vers lui et le prit sous les bras en criant :

— Debout, debout ! C'est la Dame blanche. On file !

L'esprit encore embué par l'excitation du viol, l'homme ouvrit des yeux hagards et voulut se recoucher sur Mary qui gesticulait comme une diablesse et tentait de se dépêtrer de ses jupons. La chemise verte et la chemise mouchetée durent s'y mettre à deux pour le remettre sur pied. Ses culottes déchirées pendaient sur ses genoux et son sexe en érection, taché de sang, sautillait frénétiquement entre les pans de sa chemise.

Un bruit de pas précipités sembla enfin le ramener à la raison. Ses compagnons lancèrent un regard affolé vers l'entrée de la ruelle et l'abandonnèrent à son sort. Avec un juron étouffé, le troisième comparse leur emboîta le pas et se mit à courir derrière eux en tentant de retenir ses culottes.

— Au secours ! Au secours ! À la garde !

Une voix hurlait à perdre haleine à l'autre bout de la rue et nous vîmes apparaître une silhouette noire qui courait vers nous, trébuchant contre des ordures. J'hésitai un instant. Je voyais mal un brigand courir dans la nuit en appelant les gendarmes mais, à ce moment, rien ne m'aurait surprise.

Enfin, c'était ce que je croyais, car lorsque je reconnus Alexander Randall, enveloppé dans une cape noire, la tête me tourna. Il lança des regards affolés autour de lui, aperçut le sac qui contenait Murtagh, puis moi, pétrifiée et haletante contre le mur, et enfin la silhouette désordonnée de Mary, à peine visible dans l'ombre. Il resta un moment sans bouger, comme hypnotisé par la scène, tourna les talons, escalada la grille derrière laquelle nos assaillants s'étaient tapis avant notre arrivée et décrocha la lanterne suspendue à un clou.

La lumière était réconfortante, même si le spectacle qu'elle révéla était sordide. Au moins fit-elle disparaître les ombres sinistres d'où le danger semblait pouvoir surgir à tout instant.

Mary était agenouillée, recroquevillée, tremblante comme une feuille, silencieuse. Elle se balançait doucement d'avant en arrière, tête baissée. À ses côtés gisait un de ses souliers, dont la boucle d'argent brillait à la lumière.

Alex s'agenouilla près d'elle.

— Miss Hawkins ! Mary ! Miss Hawkins ! Comment vous sentez-vous ?

Elle gémit et s'écarta de lui.

— Quelle question ! me mis-je à hurler. Comment voulez-vous qu'elle se sente ? Vous ne voyez pas qu'elle vient d'être violée !

Non sans mal, je m'arrachai au contact rassurant du mur et m'avançai vers eux, notant avec un détachement clinique que mes genoux tremblaient.

Ils lâchèrent une seconde plus tard, quand une grande masse noire s'abattit à un mètre de moi dans un vacarme assourdissant.

— Tiens ! Il ne manquait plus que toi ! glapis-je.

Là-dessus, assise sur le sol humide, je partis d'un fou rire nerveux.

Deux mains puissantes me saisirent par les épaules et me secouèrent vigoureusement.

— Tais-toi, *Sassenach*, ordonna Jamie.

Ses yeux bleus luisaient d'une manière étrange et menaçante. Il se redressa et rabattit les pans de sa grande cape bleue. Il leva ensuite les bras vers le haut du mur d'où il venait de s'élancer.

— Alors... tu sautes ? aboya-t-il. Laisse tes pieds pendre dans le vide et prends appui sur mes épaules.

Il y eut un craquement de tuiles. Une petite silhouette noire se faufila précautionneusement sur la crête du mur et se laissa glisser dans les bras de Jamie.

— C'est bien, Fergus ! déclara celui-ci en déposant l'enfant à terre.

Il fit rapidement le tour des lieux puis, d'un simple mot, envoya le garçon au bout de la rue pour guider les gendarmes jusqu'à nous. Ayant paré au plus pressé, il s'agenouilla à côté de moi.

— Ça va aller, *Sassenach* ?

— C'est gentil à toi de le demander, dis-je poliment. Oui, ça ira, merci. En revanche, elle, j'ai l'impression qu'elle va nettement moins bien.

Je lui indiquai Mary. Elle était toujours roulée en boule, agitée de tremblements hystériques, malgré les efforts d'Alex pour la réconforter.

Jamie ne lui adressa qu'un regard.

— Je vois. Où est Murtagh ?

— Là-bas. Aide-moi à me relever.

Je me dirigeai en chancelant vers le caniveau, où Murtagh se tortillait comme une chenille excitée dans son sac, en émettant un étonnant mélange de blasphèmes étouffés en trois langues.

Jamie dégaina sa dague et, avec ce qui aurait pu paraître un manque d'égards pour son contenu, fendit le sac d'un bout à l'autre. Murtagh en jaillit comme un diable. La moitié de son crâne était enduite d'un résidu visqueux provenant du fond du sac et l'autre moitié était hérissée de mèches hirsutes. Son visage de guerrier était animé d'une expression féroce, accentuée encore par une grosse bosse violette sur le front et un œil qui commençait à noircir.

— Qui m'a frappé ? tonna-t-il.

— Je ne sais pas mais ce n'est pas moi, répliqua Jamie. Allez, dépêche-toi, on n'a pas toute la nuit.

— Ça ne marchera jamais ! bougonnai-je en enfonçant des épingles ornées de brillants dans ma coiffure. Et puis, Mary doit recevoir des soins. Il lui faut un médecin.

— Elle en a déjà un : toi ! indiqua Jamie au-dessus de ma tête.

Debout derrière moi, il essayait de nouer ses cheveux en se regardant dans le miroir.

— Mince, je n'ai pas le temps de me faire une tresse. Tu n'aurais pas un ruban, *Sassenach* ?

— Laisse-moi faire.

Me plaçant derrière lui, je nouai sa queue de cheval avec un ruban vert.

— Jamie ! gémis-je. On n'aurait pas pu annuler ce dîner ?

Et pas n'importe quel dîner ! Nous recevions le duc de Sandringham, avec un petit groupe d'amis triés sur le volet : M. Duverney et son fils aîné, banquier ; Louise et Jules de La Tour ; les Arbanville ; et, pour pimenter la sauce, le comte de Saint-Germain.

— Saint-Germain ! Mais pourquoi ? m'étais-je écriée une semaine plus tôt, quand Jamie m'avait annoncé la nouvelle.

— Je suis en affaires avec lui, m'avait-il rappelé. Et puis, je veux voir son visage quand il discutera avec toi pendant le dîner. Ce n'est pas le genre d'homme à cacher ses sentiments.

Il saisit le cristal de maître Raymond, qu'il avait fait monter sur une petite chaîne en or.

— Cela fait un joli bijou, admit-il. Porte-le ce soir et, si on te demande ce que c'est, explique-le clairement sans quitter Saint-Germain des yeux. Si c'est lui qui a voulu t'empoisonner l'autre jour, on le saura tout de suite.

Je ne demandais qu'à me réfugier dans la paix et l'intimité de ma chambre afin d'y trembler comme un lapin dans son terrier. Or voilà que je me retrouvais avec un dîner sur les bras en compagnie d'un duc dont on ignorait s'il était un jacobite ou un agent anglais, un comte peut-être empoisonneur et la victime d'un viol cachée à l'étage. Mes mains tremblaient tellement que je n'arrivais pas à manipuler le fermoir de la chaîne. Jamie vint à ma rescousse et le ferma d'un simple geste.

— Tu n'as donc pas de nerfs ? demandai-je agacée.

— Si, mais moi c'est dans le ventre que ça me prend, pas dans les mains. Tu n'aurais pas un peu de cette potion pour les crampes d'estomac ?

Je lui indiquai mon coffret à remèdes, que j'avais sorti un peu plus tôt pour confectionner un somnifère à Mary.

— C'est la petite fiole verte, précisai-je. Une cuillerée seulement.

Faisant fi de mes instructions, il saisit la fiole et en avala plusieurs gorgées au goulot. Il la tendit ensuite devant lui en la fixant d'un air dégoûté.

— Pouah ! C'est infect ! Alors, tu es prête, *Sassenach* ? Les invités vont arriver d'une minute à l'autre.

Mary était cachée dans une chambre d'amis au deuxième étage. J'avais minutieusement examiné ses blessures, qui semblaient se limiter à quelques ecchymoses. Elle souffrait cependant d'un sévère état de choc et je lui avais administré une dose de sirop de pavot qui aurait assommé un cheval.

Malgré toutes les tentatives de Jamie pour le renvoyer chez lui, Alex Randall avait insisté pour monter la garde au chevet de

Mary. Il avait reçu l'ordre exprès de venir me prévenir au cas où elle se réveillerait.

— Mais par quel miracle s'est-il trouvé là ? m'étonnai-je en me poudrant le nez.

— C'est la question que je lui ai posée, répondit Jamie. Il semblerait que ce pauvre idiot soit éperdument amoureux de Mary Hawkins. Il la suit partout comme un petit chien, tout en gardant ses distances parce qu'il sait qu'elle doit épouser Marigny. J'en laissai tomber mon poudrier.

— Il est a-a-a-amoureux d'elle ! toussai-je dans un nuage de poudre de riz.

— C'est ce qu'il dit, et je n'ai aucune raison d'en douter, confirma-t-il en époussetant le devant de ma robe. Il était plutôt bouleversé quand il me l'a annoncé.

— Je veux bien te croire !

Aux émotions conflictuelles qui m'assaillaient, j'ajoutai de la compassion pour le pauvre Alex. Bien sûr qu'il n'osait pas approcher Mary Hawkins, persuadé que sa dévotion de secrétaire sans le sou n'était rien comparée au rang et à la fortune d'un promis appartenant à la maison de Gascogne ! Comme il avait dû souffrir en la voyant brutalisée pratiquement sous ses yeux !

— Mais pourquoi ne s'est-il pas déclaré plus tôt ! m'emportai-je. Il n'avait qu'un mot à dire et elle se serait enfuie avec lui.

De toute évidence, cet être si « pieux » qui faisait palpiter le cœur de Mary ne pouvait être que le jeune prêtre au teint pâle.

— Randall est un gentleman, expliqua Jamie en me tendant une plume et le pot de rouge.

— Tu veux dire que c'est un imbécile ! rétorquai-je.

Jamie pinça les lèvres.

— Mmmoui, sans doute. Il est aussi sans ressources et n'a pas les moyens d'entretenir une épouse au cas où la famille de celle-ci la rejetterait, ce qui ne manquerait pas d'arriver si elle s'enfuyait avec lui. En outre, vu sa mauvaise santé, il aurait du mal à trouver une autre position si le duc décidait de se passer de ses services.

— Un des domestiques risque de la trouver, dis-je, revenant soudain à ma première préoccupation.

— Mais non, ils seront trop occupés à faire le service. Demain matin, elle sera sans doute suffisamment remise pour rentrer chez son oncle. J'ai déjà envoyé un billet pour le prévenir qu'elle passait la nuit chez une amie. Il ne l'attendra pas ce soir.

— Oui, mais...

— *Sassenach*...

Il posa les mains sur mes épaules et se pencha en me dévisageant dans le miroir.

307

— ... personne ne doit la voir avant qu'elle ne soit capable de parler et de se comporter normalement. Si on apprend ce qui lui est arrivé ce soir, elle est perdue de réputation.

— Sa réputation ! Mais ce n'est quand même pas sa faute si on l'a violée ! m'indignai-je.

— Je sais que c'est injuste, *Sassenach*, mais c'est ainsi. Si le bruit court qu'elle n'est plus vierge, aucun homme ne voudra l'épouser. Elle sera souillée... et condamnée à rester vieille fille jusqu'à la fin de ses jours.

Sa main exerça une petite pression sur mon épaule. Dans un geste empreint de tendresse, il saisit une épingle oubliée sur la coiffeuse et la glissa dans mes cheveux.

— Tout ce que nous pouvons faire pour elle, c'est la garder ici, la soigner de notre mieux... et retrouver le salaud qui lui a fait ça.

Il se détourna et fouilla dans mon coffret à bijoux, à la recherche de son épingle à jabot.

— Bon sang ! soupira-t-il. Tu crois que je ne sais pas ce que tout ça signifie pour elle ? ou pour lui ?

Je pris sa main et la pressai contre ma joue.

— Claire, tu as les doigts glacés ! Tu es sûre que ça ira ?

Ce qu'il lut sur mon visage dut l'alarmer, car il me prit dans ses bras et me serra contre lui. Je sentis mon courage m'abandonner et enfouis le nez dans son jabot en sanglotant :

— Oh, Jamie, si tu savais comme j'ai eu peur... comme j'ai peur. Mon Dieu, je voudrais que tu me fasses l'amour maintenant, tout de suite.

Sa poitrine fut secouée par des hoquets de rire et il me serra plus fort.

— Tu crois vraiment que ça t'aiderait ?

— Oui.

De fait, j'avais l'impression que je ne me sentirais hors de danger qu'une fois dans notre lit, enveloppée dans le silence de la maison endormie, sentant la force et la chaleur de son corps contre moi et en moi. Seule la puissance de notre union pourrait reconstituer peu à peu mon courage et me faire oublier l'horreur de mon impuissance face à la violence et à l'outrage.

Il prit mon visage entre ses mains et m'embrassa. L'espace d'un instant, les craintes de l'avenir et la terreur de la nuit s'évanouirent. Il s'écarta de moi et sourit. Ses traits tendus trahissaient son inquiétude, mais je ne voyais dans ses yeux que le reflet de mon visage.

— Alors faisons vite, chuchota-t-il. Ils seront bientôt là.

Nous parvînmes jusqu'au troisième plat sans incident, et je commençai à me détendre un peu, bien que ma main continuât à trembler légèrement au-dessus de mon consommé.

— Mais c'est fascinant ! répondis-je à M. Duverney fils.

Il était en train de me raconter une histoire que je n'écoutais pas, toute mon attention tournée vers l'étage supérieur, à l'affût du moindre bruit.

Je croisai le regard de Magnus, occupé à servir le comte de Saint-Germain assis en face de moi, et lui adressai un petit sourire de félicitations. Trop bien dressé pour sourire en public, il accusa réception de mon compliment en inclinant légèrement du chef et poursuivit son service. Je tripotais ostensiblement le cristal à mon cou, mais le comte s'attaqua à sa truite aux amandes sans que ses traits saturniens ne trahissent la moindre émotion.

Jamie et Duverney père étaient plongés dans une conversation animée à l'autre bout de la table, et gribouillaient des chiffres sur un morceau de papier en négligeant leur assiette. Affaires ou échecs ? me demandai-je.

Notre invité d'honneur présidait en tête de table. Il avait dévoré avec appétit les premiers plats et papotait à présent aimablement avec Madame d'Arbanville, assise à sa droite. Le duc étant l'un des Anglais les plus importants du moment à Paris, Jamie avait cru bon de cultiver son amitié. Il espérait ainsi recueillir des informations susceptibles de le conduire à celui qui avait adressé la partition codée à Charles-Édouard. Toutefois, mon attention était plutôt attirée par celui qui était assis en face de lui : Silas Hawkins.

En le voyant apparaître derrière le duc de Sandringham un peu plus tôt, j'avais cru mon cœur sur le point de lâcher. Sa Grâce s'était avancée vers moi en déclarant d'un ton détaché :

— Madame Fraser ! Je crois que vous connaissez M. Hawkins. J'ai pris la liberté de l'amener.

Les petits yeux bleus du duc avaient fixé les miens avec l'assurance de celui qui a l'habitude qu'on lui passe ses caprices sans broncher. Je n'avais eu d'autre choix que de sourire et d'ordonner à Magnus d'ajouter un couvert. En voyant apparaître l'oncle de Mary, Jamie avait blêmi à son tour. Il s'était repris aussitôt, avait avancé la main vers M. Hawkins et lancé la conversation sur les auberges de la route de Calais.

Je lançai un regard vers la pendule de la cheminée. Combien de temps encore avant qu'ils ne rentrent tous chez eux ? Je fis brièvement le compte des plats. Il restait encore le fromage, la salade et le dessert. Ce serait ensuite le porto pour ces messieurs, les liqueurs pour ces dames, et le café pour tout le monde. Cela représentait grosso modo deux heures de conversation mondaine, en veillant toutefois à ce qu'elle ne devienne pas trop intéressante, sinon ils étaient bien capables de rester jusqu'à l'aube.

La discussion venait justement de dériver sur l'insécurité dans les rues de Paris. J'abandonnai ma truite et me mis à déchiqueter nerveusement un morceau de pain.

Le général d'Arbanville agitait sa fourchette d'un air scandalisé :

— J'ai même entendu dire que ces bandes de voyous ne sont pas composées de gueux, comme on s'y attendrait, mais de jeunes aristocrates désœuvrés ! Ils le font pour s'amuser, rendez-vous compte ! Comme si détrousser les honnêtes gens et déshonorer les dames était un sport !

— C'est insensé ! dit le duc avec l'indifférence d'un homme qui ne va jamais nulle part sans une bonne escorte.

Une coupe de petits massepains s'arrêta à sa hauteur et il en fit rouler une bonne demi-douzaine dans son assiette.

Jamie me lança un regard et se leva.

— Si vous me le permettez, mesdames et messieurs, j'ai dans ma cave un vieux porto que j'aimerais faire goûter à Sa Grâce. Vous m'en direz des nouvelles !

— La Belle Rouge, le meilleur de Paris, commenta Jules de La Tour en se léchant les lèvres d'avance. Vous allez aimer, Votre Grâce. Je n'ai jamais rien goûté de pareil.

— Ah ! fit le comte de Saint-Germain. Vous n'avez encore rien vu, mon cher Jules. J'aurai bientôt encore mieux à vous proposer.

— Il ne peut y avoir meilleur que la Belle Rouge ! s'exclama le général d'Arbanville.

— Aha ! Attendez et vous verrez, déclara le comte d'un air entendu. Je viens de dénicher un nouveau porto, mis en bouteille sur l'île de Gostos, au large du Portugal. Il a une couleur rubis et un parfum à côté desquels la Belle Rouge ressemble à de l'eau teintée. Je réceptionne la totalité du cru en août prochain.

— Vraiment, monsieur le comte ! intervint Silas Hawkins. Vous avez donc trouvé un nouvel associé ? J'avais cru comprendre que vos ressources étaient... comment dire ? Un peu à sec ces temps-ci, en raison de la regrettable destruction de la *Patagonia*.

Sur ces mots, il glissa délicatement un massepain dans sa bouche et sourit au comte en mâchouillant délicatement.

Le comte serra les dents et un ange passa au-dessus de notre table. À en juger par le petit regard en coin que me lança M. Hawkins, il n'ignorait rien de mon rôle dans la « regrettable destruction » de la *Patagonia*.

Ma main se remit aussitôt à tripoter fébrilement le cristal.

Mais Saint-Germain ne me regardait pas ; il avait viré au rouge vif et fixait M. Hawkins d'un regard assassin. Comme l'avait dit Jamie, le comte ne cachait pas ses émotions.

— Fort heureusement, monsieur, annonça-t-il avec un effort évident pour se maîtriser, j'ai effectivement trouvé un associé disposé à investir dans cette affaire. D'ailleurs, c'est un compatriote de notre hôte.

Il se tourna avec un air sardonique vers l'entrée de la salle à manger où Jamie venait de réapparaître, suivi de Magnus chargé d'une énorme carafe de Belle Rouge.

Hawkins cessa un instant de mâcher, la bouche ouverte sous le coup de l'émotion.

— Un Écossais, vous dites ? Mais qui donc ? À part la maison Fraser, je ne connais aucun autre Écossais à Paris dans le commerce des alcools.

Une lueur amusée traversa le regard de Saint-Germain.

— Il est peut-être prématuré de ma part de qualifier l'investisseur en question « d'Écossais » à proprement parler, mais il est bien un compatriote de lord Broch Tuarach. Il s'appelle Charles-Édouard Stuart.

La nouvelle eut l'effet escompté. Silas Hawkins se redressa sur son siège et s'étrangla. Jamie, qui s'apprêtait à parler, s'assit et se tut, fixant le comte d'un air songeur ; Jules de La Tour se mit à postillonner diverses interjections et les deux d'Arbanville en restèrent bouche bée. Même le duc cessa un instant de manger et leva des yeux intéressés vers le comte.

— Vraiment ? dit-il. Je croyais que les Stuarts étaient sur la paille. Vous êtes sûr qu'il n'est pas en train de vous rouler ?

— Je ne voudrais pas paraître médisant, intervint Jules de La Tour, mais tout le monde sait que les Stuarts n'ont pas d'argent. Il est vrai que de nombreux jacobites s'activent pour leur trouver des fonds, mais sans grand succès à ce que je sache.

— Absolument, confirma Duverney fils. Charles-Édouard en personne est venu trouver deux de mes confrères mais, dans les circonstances actuelles, personne ne s'aventurerait à lui avancer des sommes importantes.

Je lançai un bref regard à Jamie, qui me répondit par un petit signe de tête. Enfin, une bonne nouvelle !

— Vous avez parfaitement raison, dit Saint-Germain. Mais Son Altesse a pu obtenir un prêt de quinze mille livres auprès d'une banque italienne et m'a confié la totalité de la somme pour que je loue un vaisseau et que j'achète le porto. J'ai sa lettre signée ici même.

Il tapota la poche de son gilet avec satisfaction, s'appuya contre le dossier de sa chaise et lança un regard triomphal vers Jamie.

311

— Alors, milord, dit-il en faisant un geste vers la carafe, vous nous le faites goûter, ce fameux porto ?

— Oui, bien sûr, marmonna Jamie.

Il remplit machinalement le premier verre.

Louise, qui n'avait pratiquement pas dit un mot de tout le dîner, remarqua son trouble et, dans un effort pour changer la conversation, se tourna vers moi avec une exclamation admirative :

— D'où vient cette ravissante pierre que tu portes au cou, ma chérie ?

— Oh, ça ! Eh bien, figure-toi que...

Je fus interrompue par un cri perçant. Toutes les conversations se turent simultanément. Un silence de mort s'abattit sur la salle à manger, juste perturbé par un léger cliquetis du lustre en cristal au-dessus de nos têtes.

— Mon Dieu ! lâcha Saint-Germain. Qu'est-ce...

Le cri s'éleva une seconde et une troisième fois, emplissant la grande cage d'escalier et le vestibule.

Tous les invités se levèrent en même temps et se précipitèrent comme un essaim d'abeilles dans le hall, juste à temps pour voir Mary Hawkins apparaître derrière la rambarde du premier étage. Elle s'arrêta face au vide, le regard fixe, les mains plaquées sur sa gorge. Sa robe déchirée ne cachait rien des bleus sur ses seins et ses bras.

Elle aurait difficilement pu faire apparition plus théâtrale. À la lueur des bougies, ses prunelles se réduisaient à deux petits points noirs. Ses yeux grands ouverts exprimaient une horreur indicible. Elle baissa la tête sans voir le groupe rassemblé au pied des marches, qui la fixait avec stupeur.

Puis elle se remit à hurler :

— Non ! Non ! Laissez-moi ! Je vous en supplie, ne me touchez pas !

Bien qu'abrutie par le puissant sédatif que je lui avais administré, elle décela un mouvement derrière elle. Elle se retourna et agita désespérément les bras devant elle, ses ongles prêts à lacérer le visage d'Alex Randall qui tentait vainement de la prendre dans ses bras pour la calmer.

Malheureusement, vus d'en bas, les efforts du jeune homme évoquaient davantage l'attitude d'un séducteur repoussé qui refuse de s'avouer vaincu.

— Nom de Dieu ! explosa le général d'Arbanville. Racaille ! Voulez-vous lâcher cette enfant tout de suite !

Avec une agilité étonnante pour son âge, le vieux soldat se rua dans l'escalier, cherchant instinctivement son épée. Fort heureusement, il l'avait confiée à Magnus dès son arrivée.

J'essayai de me mettre en travers de la route de Saint-Germain et de Duverney fils qui semblaient sur le point de lui emboîter le pas. Mais, hélas, je ne pouvais rien faire pour l'oncle de Mary. Silas Hawkins, cloué sur place, fixait sa nièce avec des yeux qui semblaient lui sortir de la tête. Passé le premier instant de stupeur, il chargea comme un taureau en direction de l'escalier, bousculant les autres au passage.

Jamie se tenait légèrement à l'écart. Je lui lançai un coup d'œil affolé. Il me regarda et haussa brièvement les épaules d'un air interrogateur. Son regard balaya rapidement le hall autour de lui et s'arrêta sur un guéridon, dans l'angle de l'escalier. Il leva la tête, évalua la distance, ferma brièvement les yeux comme pour invoquer l'aide de tous les saints écossais, et s'élança.

Il bondit du sol sur la table, posa les deux mains sur la rampe, l'enjamba d'un bond et atterrit quelques mètres plus haut que le général. Cette prouesse acrobatique déclencha un murmure d'admiration chez les dames, ponctué de petits cris d'effroi.

Jamie gravit quatre à quatre les dernières marches, se fraya un passage entre Mary et Alex et saisit ce dernier par le col. Il s'écarta légèrement, visa, et lui assena un coup sur le menton.

Alex, qui venait juste d'apercevoir son employeur, s'affaissa doucement, les yeux toujours grands ouverts, mais le regard aussi vide que celui de Mary.

19

Le serment

Le tic-tac de la pendule sur la cheminée commençait à me taper sur le système. C'était le seul bruit audible dans la maison, hormis les craquements du parquet et le remue-ménage lointain des domestiques qui rangeaient les cuisines au sous-sol. La soirée avait été animée et j'avais grand besoin de silence pour calmer mes nerfs à vif. J'ouvris le boîtier de la pendule et décrochai le contrepoids. Le tic-tac cessa aussitôt.

Je venais de vivre ce qui serait indéniablement l'événement mondain de la saison. Ceux qui n'avaient pas eu la chance d'y être invités prétendraient pendant des mois qu'ils y étaient et agrémenteraient leurs récits d'anecdotes pimentées et de ouï-dire.

J'avais finalement pu maîtriser Mary assez longtemps pour lui verser une nouvelle dose de sirop de pavot dans la gorge. Elle s'était effondrée dans un amas de jupons ensanglantés, ce qui me permit de suivre la dispute qui opposait Jamie, le général d'Arbanville et Silas Hawkins. Alex eut la délicatesse de rester évanoui et je tirai son corps inerte près de celui de Mary. On aurait dit Roméo et Juliette exhibés sur la place publique afin de faire honte à leurs familles respectives. Mais Hawkins ne sembla pas saisir cette allusion littéraire.

— Elle est perdue ! aboyait-il. Vous avez perdu ma nièce ! Marigny n'en voudra plus, c'est sûr ! Vous n'êtes que deux dégénérés, vous et votre traînée !

Tourné vers moi, il égrena :

— Catin ! Maquerelle ! Vous racolez d'innocentes jeunes filles pour les vendre à la racaille ! Vous...

Jamie posa une main sur son épaule, le fit pivoter et lui envoya un uppercut dans la mâchoire. Soulagé, il se frotta la main en observant avec soulagement le gros marchand tituber,

314

reculer puis en arrière, s'écraser contre la boiserie et glisser tout doucement au sol en position assise.

Jamie tourna alors son regard bleu acier vers le général. Après cet avant-goût de ce qui risquait de lui arriver, celui-ci jugea plus prudent de reposer sagement la bouteille de vin qu'il brandissait et recula d'un pas.

— Mais allez-y, Tuarach ! lança une voix caustique derrière moi. Assommez-les tous les trois. Pourquoi vous arrêter en si bon chemin ?

Le général et Jamie tournèrent un œil noir vers la silhouette fringante.

— Rentrez chez vous, Saint-Germain, dit calmement Jamie. Tout ceci ne vous concerne pas.

Les lèvres minces du comte esquissèrent un sourire charmant. Manifestement, il s'amusait comme un fou.

— Comment ça, cela ne me concerne pas ? Un homme soucieux du bien public tel que moi ne peut tout de même pas faire comme s'il ne s'était rien passé...

Son regard balaya le palier, jonché de corps inertes.

— Après tout, si un invité de Sa Gracieuse Majesté fait fi des lois de l'hospitalité au point d'entretenir un bordel sous son toit, n'est-il pas de mon devoir de...

Il s'interrompit en voyant Jamie faire un pas vers lui et agita un doigt menaçant :

— Je vous le déconseille, Tuarach !

Une lame brilla soudain dans sa main, apparue comme par enchantement à travers la cascade de dentelle qui recouvrait son poignet. Je vis Jamie pincer les lèvres et courber les épaules, prêt à charger.

— Arrêtez ! cria une voix impérieuse.

Les deux Duverney se frayèrent un passage sur le palier encombré. Duverney fils se retourna et agita vigoureusement les mains pour faire signe à ceux qui se tenaient dans l'escalier de reculer. Impressionnés, ils acceptèrent à contrecœur de descendre d'une marche.

— Vous ! lança Duverney père en pointant l'index vers Saint-Germain. Si vous êtes aussi soucieux du bien public que vous le prétendez, commencez donc par vous rendre utile en faisant rentrer ces gens chez eux.

Saint-Germain toisa longuement le ministre puis, avec une moue moqueuse, fit disparaître son poignard. Après quoi, sans plus de commentaires, il descendit l'escalier en poussant les autres devant lui et en leur ordonnant bruyamment de partir.

Malgré ses exhortations et celles de Gérard, le fils Duverney, la plupart des invités n'acceptèrent de partir qu'à l'arrivée de la garde royale.

M. Hawkins, qui, entre-temps, avait repris connaissance, porta aussitôt plainte contre Jamie pour enlèvement, proxénétisme, coups et blessures. Je crus un instant que Jamie allait le frapper à nouveau mais il parvint à se maîtriser.

Suivit alors une nouvelle discussion confuse où tout le monde tentait de donner sa version des faits en même temps. Jamie dut suivre la garde jusqu'à ses quartiers généraux, à savoir la Bastille, soi-disant pour s'expliquer.

Alex Randall, blême, en nage, et ne comprenant manifestement rien de ce qui se passait, fut emmené également. Le duc s'était discrètement éclipsé avant l'arrivée de la garde, sans attendre de connaître le sort de son secrétaire. Quelle que fût sa mission diplomatique, il ne tenait certainement pas à être impliqué dans un scandale. Mary Hawkins, toujours inconsciente, fut transportée chez son oncle, enveloppée dans une couverture.

Je fus à deux doigts d'être embarquée moi aussi, mais Jamie s'interposa en précisant que je n'étais pas en condition d'être enfermée dans une prison. Devant sa véhémence, et craignant sans doute qu'il ne se remette à frapper tout le monde, le capitaine de la garde capitula, à condition que je ne quitte pas la ville. Si l'idée de fuir Paris à toutes jambes était séduisante, je ne pouvais pas partir sans Jamie et je donnai sans réserve ma parole d'honneur.

Tandis que tout le monde s'entassait dans le vestibule, allumait des torches et enfilait manteaux et chapeaux, j'aperçus le visage contusionné de Murtagh devant la porte d'entrée. Il comptait apparemment accompagner son maître et je me sentis légèrement soulagée. Au moins, Jamie ne serait pas seul.

— Ne t'inquiète pas, *Sassenach*, me chuchota-t-il en me serrant contre lui. Je serai vite de retour. Mais si jamais il y avait un problème...

Il hésita puis acheva d'un ton ferme :

— ... réfugie-toi chez Louise.

J'acquiesçai et les hommes de la garde le poussèrent vers la sortie.

Dehors, Jamie s'arrêta devant une petite silhouette qui attendait devant la grille. Il se pencha vers elle et lui glissa quelques mots à l'oreille, puis se redressa et m'adressa un petit sourire. Il fit ensuite un signe à M. Duverney et s'engouffra dans le fiacre qui s'ébranla aussitôt, Murtagh accroché à l'arrière.

Fergus attendit dans la rue jusqu'à ce que la voiture soit hors de vue. Puis il grimpa les marches d'un pas ferme et me prit par la main.

— Venez, milady. Milord m'a ordonné de veiller sur vous jusqu'à son retour.

Fergus se glissa dans le salon et referma la porte derrière lui, sans un bruit.

— J'ai fait le tour de la maison, milady, chuchota-t-il. Rien à signaler.

Malgré mon inquiétude, je ne pus m'empêcher de sourire en l'entendant imiter Jamie. Son idole lui avait confié une lourde responsabilité et il prenait son devoir au sérieux.

Après m'avoir escortée jusqu'au salon, il avait fait le tour de la maison comme le faisait Jamie tous les soirs, vérifiant que les volets étaient bien fermés, que les portes étaient verrouillées et chaque feu éteint. Il avait les mains noires de suie et, comme il s'était frotté les yeux à un moment, il ressemblait à un raton laveur avec ses cercles noirs autour des orbites.

— Vous devriez aller vous reposer, milady. N'ayez aucune crainte, je suis là.

Je me retins de rire.

— Merci, Fergus, mais je ne pourrais pas fermer l'œil. Je crois que je vais rester ici un moment. Tu ne veux pas aller te coucher ? Tu as eu une rude journée.

Je ne voulais pas blesser sa dignité de nouveau maître de maison, mais il avait l'air épuisé. Ses petites épaules maigrichonnes étaient voûtées et des cernes bleutés transparaissaient sous la suie.

Il bâilla sans vergogne et secoua la tête.

— Non, milady, je resterai avec vous... si ça ne vous ennuie pas ?

— Mais non, Fergus.

De toute manière, il était trop épuisé pour faire la conversation ou gesticuler comme à son habitude. Lové dans un fauteuil, sa présence somnolente était réconfortante, comme celle d'un chat qui ronronne devant le feu.

Je contemplai les braises et essayai de remettre de l'ordre dans mes pensées, obscurcies par les images de cette maudite soirée.

Et si Jamie ne revenait pas ? S'il ne parvenait pas à se disculper ? Si les magistrats, déjà méfiants à l'égard des étrangers, refusaient de le croire ? Au-delà de la crainte que cet incident ne détruise tout le travail accompli patiemment au cours des derniers mois sourdait la vision terrifiante de Jamie enfermé à nouveau dans une cellule comme celle de Wentworth.

Incapable de me calmer, je passai nerveusement une main dans mes cheveux. Il n'y avait rien que je puisse faire avant le lendemain. Après quoi, si Jamie n'était toujours pas rentré, je ferais le tour de nos connaissances et présumés amis. Je finirais bien par trouver de l'aide ou des conseils.

Mes doigts rencontrèrent une de mes épingles à cheveux ornées de brillants et je tirai dessus avec impatience.

— Aïe !

— Laissez-moi faire, milady.

Je ne l'avais pas entendu se glisser derrière moi, mais je sentis ses petits doigts habiles libérer le bijou. Il le déposa sur le guéridon et demanda sur un ton hésitant :

— Les autres aussi, milady ?

— Oui, s'il te plaît, Fergus.

Son doigté de pickpocket était léger et sûr, et mes lourdes mèches retombèrent une à une autour de mon visage. Petit à petit, je sentis les muscles de ma nuque se détendre.

— Vous êtes inquiète, milady ? demanda doucement la petite voix derrière moi.

— Oui.

— Moi aussi.

La dernière épingle tomba sur la table en cliquetant et je m'enfonçai dans mon fauteuil, les yeux fermés. Je ne me rendis pas compte tout de suite que les effleurements sur mon crâne continuaient. Il était en train de me brosser les cheveux, séparant délicatement les boucles emmêlées.

— Ça vous ennuie, milady ? demanda-t-il en percevant mon sursaut de surprise. Les dames disaient que ça les calmait quand elles étaient inquiètes ou en colère.

Je me détendis de nouveau sous le massage de mon cuir chevelu.

— Non, ça ne m'ennuie pas du tout, au contraire.

Au bout d'un moment, je demandai :

— Quelles dames, Fergus ?

Il hésita un instant, comme une araignée interrompue dans le tissage de sa toile, puis ses petits doigts reprirent leur ouvrage.

— Les dames qui travaillaient dans la maison où je vivais avant. Madame Élise ne voulait pas que les clients me voient, mais elle me laissait dormir dans un placard sous l'escalier quand il n'y avait pas trop de monde. Parfois, au petit matin, quand tous les messieurs étaient partis, les dames partageaient leur petit déjeuner avec moi. Je les aidais à défaire les lacets de leur corset — elles disaient que j'avais des doigts de fée — et je leur brossais les cheveux si elles le voulaient bien.

— Mmm...

Le doux bruissement de la brosse dans mes cheveux était hypnotique. Ayant arrêté la pendule de la cheminée, je n'avais aucune idée de l'heure, mais le silence de la rue indiquait qu'il était très tard.

— Mais pourquoi dormais-tu chez madame Élise ? demandai-je en réprimant un bâillement.

— C'est là que je suis né, milady. Je me suis souvent demandé

318

laquelle des dames était ma mère, mais je n'ai jamais pu le savoir.

Je me réveillai en sursaut en entendant la porte s'ouvrir. Jamie se tenait sur le seuil, inondé par la lumière grise des premières lueurs de l'aube. Il avait les yeux rouges et le teint blafard, mais il souriait.

— J'avais peur que tu ne reviennes pas, lui confiai-je un peu plus tard.

— Moi aussi.

Il était couché sur le sofa, la tête sur mes genoux, pendant que je lui caressais doucement les cheveux. Il se redressa et écarta une mèche de mon visage.

— Dieu que tu es belle, murmura-t-il... même décoiffée et les traits tirés. Tu as veillé toute la nuit ?

— Oui, mais je n'étais pas seule.

Je lui montrai Fergus, roulé en boule sur le tapis, à mes pieds, un coussin sous la tête. Il remua légèrement et entrouvrit ses lèvres d'enfant, roses et pleines.

Jamie posa une main sur son épaule et le secoua doucement.

— Allez, viens, mon gaillard ! Tu as fait ton devoir et tu as mérité un bon repos.

Il le souleva de terre et le bascula contre son épaule. Le garçon ouvrit des yeux embrumés de sommeil et s'abandonna dans les bras de son héros.

Le temps que Jamie revienne au salon, j'avais attisé le feu et ouvert les volets. Il avait ôté sa veste déchirée, mais portait encore les vestiges de sa tenue du soir.

Je lui tendis un verre de vin qu'il absorba d'un coup. Il se laissa tomber sur le sofa et me tendit à nouveau le verre.

— Tu n'auras pas une goutte de plus avant de m'avoir tout raconté, menaçai-je. Puisque tu n'es pas en prison, je présume que tout est arrangé ?

— Pas tout à fait, soupira-t-il. Mais ça pourrait être pire.

Une fois à la Bastille, les cris et les injures avaient repris de plus belle, notamment de la part de M. Hawkins qui tenait à ce que toute la ville sache ce qu'il pensait de ces salauds d'Écossais. Le magistrat, qui avait été extirpé de son lit douillet pour présider cette enquête impromptue, avait écouté patiemment, mais non sans quelques haussements de sourcils agacés, toutes les personnes présentes. Il avait enfin tranché : Alex Randall étant l'un des accusés, il n'était pas un témoin fiable ; moi non plus, en qualité d'épouse et de complice présumée du second accusé ; Murtagh, lui, était inconscient au moment des faits, donc son témoignage était irrecevable, tout comme celui de l'enfant, trop jeune pour témoigner.

Fusillant le capitaine de la garde du regard, le juge en avait donc déduit que la seule personne capable de lever le voile sur cette affaire était Mary Hawkins, qui n'était pas en état de le faire pour l'instant. Par conséquent, tous les accusés devaient être incarcérés à la Bastille jusqu'à ce que Mlle Hawkins soit en mesure de répondre aux questions. Mais le capitaine n'aurait-il pu arriver à la même conclusion tout seul ?

— Alors, pourquoi ne t'ont-ils pas enfermé à la Bastille ? demandai-je.

— M. Duverney père s'est porté garant. Il est resté assis dans un coin sans rien dire pendant toutes les dépositions. Et une fois que le juge eut annoncé sa décision, il s'est levé et a déclaré qu'ayant eu l'opportunité de jouer aux échecs avec moi à plusieurs reprises, il estimait que ma moralité ne pouvait être mise en doute au point de laisser supposer que je sois impliqué dans un acte d'une telle dépravation. Tu sais comment il est une fois lancé... Bref, il a affirmé qu'un homme capable de le battre aux échecs six fois sur sept ne pouvait attirer d'innocentes jeunes filles chez lui pour les souiller.

— Je ne vois pas très bien le rapport ! Je suppose qu'il voulait dire qu'une fois en prison, tu ne pourrais plus jouer aux échecs avec lui.

— Je crois, oui.

Il bâilla, s'étira et me fit un clin d'œil.

— Pour le moment, je suis à la maison, *Sassenach*. Peu importe pourquoi.

Me saisissant par la taille, il me fit tomber sur ses genoux et s'enfonça dans le sofa avec un soupir d'aise.

— Je ne demande qu'une chose, murmura-t-il à mon oreille, ôter mes guenilles puantes, me rouler devant la cheminée avec toi, m'endormir la tête sur ton épaule et ne pas me réveiller avant demain matin.

— Ce ne sera pas très pratique pour les domestiques, observai-je. Ils vont devoir balayer autour de nous.

— Qu'ils aillent au diable. À quoi servent les portes ?

— À toquer, je suppose.

On venait justement de frapper à celle du salon.

Jamie s'immobilisa un instant, le nez enfoui dans mes cheveux. Il soupira et me libéra, me faisant glisser à côté de lui sur le sofa.

— Je ne leur donne pas plus de trente secondes, me chuchota-t-il avant de s'écrier : Entrez !

La porte s'ouvrit et Murtagh entra dans la pièce. Dans la confusion de la nuit précédente, je l'avais oublié. Son état ne s'était guère amélioré depuis la veille.

Il ne semblait pas avoir dormi plus que Jamie. Son œil encore ouvert était rouge et cerné de mauve. L'autre avait noirci et avait à présent la couleur d'une banane trop mûre, avec une petite fente noire au milieu entre deux bourrelets de chair. La bosse sur son front avait atteint la taille d'un œuf d'oie et pris une teinte violacée.

Il n'avait pratiquement pas prononcé un mot depuis qu'on l'avait sorti de son sac de toile la veille au soir. Après avoir récupéré ses armes dans la ruelle, il avait gardé un silence morne tout au long du chemin du retour. Une fois à la maison, son regard noir avait dissuadé les domestiques de l'interroger sur ce qui s'était passé.

Pourtant, il avait bien dû parler au commissaire de police, ne serait-ce que pour témoigner de la moralité de son employeur. En y réfléchissant, je me demandai quelle crédibilité j'accorderais à la parole de Murtagh si j'étais un juge français. Cela dit, il était à présent aussi muet que les gargouilles de Notre-Dame, auxquelles il ressemblait fortement.

En dépit de son aspect physique pitoyable, Murtagh ne manquait jamais de dignité. Il traversa le salon le dos droit et s'agenouilla devant Jamie, qui le regarda d'un air perplexe.

Le petit homme brun dégaina son coutelas et le lui présenta solennellement par le manche. Son visage de fouine était indéchiffrable, mais son œil valide était rivé sur le visage de Jamie.

— J'ai trahi ta confiance, déclara-t-il. Aussi je te demande, en tant que chef, de m'ôter la vie afin que je n'aie plus à vivre avec cette honte sur le cœur.

Visiblement ému, Jamie se redressa lentement et plaça une main sur le front bosselé de son vieux compagnon.

— Il n'y a aucune honte à tomber au combat, *mo caraidh*, dit-il doucement. Les plus grands guerriers se laissent parfois surprendre.

Mais le petit homme secoua la tête.

— Non, je ne suis pas tombé au combat. Tu avais placé ta confiance en moi : je devais veiller sur ta femme et ton enfant à naître... et aussi sur la petite Anglaise. Je me suis montré si peu digne de ma mission que je n'ai même pas pu porter un seul coup quand nos assaillants ont surgi. Je n'ai même pas vu la main qui m'a frappé.

— Par traîtrise... commença Jamie.

— Le résultat est le même, l'interrompit Murtagh. Ton nom a été sali, ta femme, molestée. Quant à la pauvre enfant... Rien que pour ça, l'amertume m'étouffe.

Sa voix trembla un peu. Je ne l'avais jamais entendu prononcer autant de paroles à la fois.

— Oui, je sais, dit Jamie. Je sais ce que tu ressens.

Les deux hommes se tenaient face à face, leurs visages à quelques centimètres l'un de l'autre. Les mains posées sur mes genoux, j'osais à peine respirer. Je n'avais pas le droit d'intervenir dans cette relation qui ne concernait qu'eux seuls.

— Mais je ne suis pas ton chef, reprit Jamie d'une voix plus ferme. Tu ne m'as rien juré et je n'ai aucun droit sur toi.

— Tu te trompes, répondit Murtagh sur le même ton.

— Mais...

— J'ai prêté serment à ta mère quand tu n'avais même pas une semaine, Jamie Fraser. Tu tétais encore son sein.

Jamie écarquilla les yeux.

— Je me suis agenouillé à ses pieds, comme je le fais devant toi maintenant. Et je lui ai juré sur tout ce qui nous est cher que je te suivrais partout, que je t'obéirais et que je te protégerais, même quand tu serais devenu un homme.

Il s'interrompit et ferma son œil valide.

— Oui, mon garçon, reprit-il. Je t'aime comme mon fils, mais il n'empêche que j'ai trahi ta confiance.

— Ce n'est pas vrai et ça ne le sera jamais ! répéta Jamie en posa une main sur son épaule. Je ne prendrai pas ta vie, ne serait-ce que parce que j'en ai encore trop besoin. En revanche, je voudrais que tu me fasses une promesse.

Il y eut un long silence. Murtagh fit un signe de tête.

Jamie avança les trois doigts raides de sa main droite et les posa sur la lame du coutelas que tendait toujours Murtagh.

— Au nom du serment que tu as fait à ma mère, je veux que tu me promettes de retrouver les hommes qui vous ont agressés hier soir. Et lorsque tu les auras identifiés, je te charge de venger l'honneur de ma femme et de Mary Hawkins...

Il retira sa main. Murtagh porta le coutelas à ses lèvres et le baisa. Comme s'il prenait soudain conscience de ma présence, il se tourna vers moi et s'inclina.

— Lord Broch Tuarach a parlé, milady, et j'obéirai. Je déposerai ma vengeance à vos pieds.

Je passai la langue sur mes lèvres sèches, ne sachant que répondre. Mais il semblait qu'il n'y avait rien à ajouter à cette déclaration. Il se redressa d'un air résolu, rengaina son arme et sortit sans un mot.

20

La Dame blanche

Le soleil était déjà haut lorsque, enfin lavés et habillés de propre, nous nous attablâmes devant le petit déjeuner.

— Ce que j'aimerais bien savoir, dis-je en me versant une tasse de chocolat, c'est qui est cette Dame blanche.

— La Dame blanche ? s'exclama Magnus.

Il me tendait la corbeille à pain. Ma question le surprit tellement qu'il en renversa la moitié par terre. Je l'aidai à ramasser et lui demandai :

— Oui, la Dame blanche... Vous en avez déjà entendu parler, Magnus ?

— Oh oui, milady ! La Dame blanche est une sorcière !

— Une sorcière ?

Le vieil homme rabattit les pans du linge de la corbeille sur le pain avec une attention excessive, évitant mon regard.

— C'est une guérisseuse, milady. Elle sait beaucoup de choses... mais surtout, elle peut lire dans l'âme des hommes et la réduire en cendres si elle y voit le mal.

Il hocha la tête et se dirigea d'un pas pressé vers la porte. Sur le seuil, je le vis se signer en cachette.

— Qu'est-ce que c'est encore que cette histoire ? marmonnai-je.

Me tournant vers Jamie, je lui demandai :

— Tu en as déjà entendu parler, toi, de cette Dame blanche ?

— Hmm ? Euh... oui, j'ai entendu... des histoires.

Il plongea le nez dans son bol d'un air gêné.

Je m'enfonçai dans ma chaise, croisai les bras et le dévisageai d'un air suspicieux.

— Qu'est-ce que tu me caches ? Tu sais que les hommes qui nous ont attaquées, Mary et moi, m'ont appelée la Dame blanche ?

— Quoi ? sursauta-t-il.

— Oui, ils ont vu mon visage à la lumière et se sont mis à crier « la Dame blanche ». Et ils ont détalé comme si j'avais la lèpre.

Le visage de Jamie vira du rouge au blanc.

— Bon sang ! murmura-t-il. Bon sang !

Je me penchai vers lui.

— Ça t'ennuierait de m'expliquer ce qui se passe exactement ?

— Eh bien... hésita-t-il. C'est que... j'ai raconté à Glengarry et à Castellotti que tu étais la Dame blanche.

— Tu as fait quoi ?

Je m'étranglais avec mon morceau du pain et Jamie dut me taper dans le dos.

— Jouer aux cartes et aux dés est une chose, expliqua-t-il d'un air penaud, mais ça ne leur suffisait pas. Ils n'arrivaient pas à comprendre pourquoi je tenais tant à rester fidèle à ma femme. Ils n'arrêtaient pas de me dire... euh... enfin, un certain nombre de choses et je... j'en ai eu assez, voilà !

J'avais déjà vu à l'œuvre la langue de vipère de Castellotti et j'imaginais parfaitement les railleries auxquelles Jamie avait dû être exposé.

Il ajouta sur un ton défensif, évitant soigneusement de croiser mon regard :

— Je ne pouvais quand même pas les plaquer là ! Il fallait que je reste toute la nuit avec Charles-Édouard et je ne voulais pas qu'il me prenne pour une mauviette.

— Alors tu leur as raconté que j'étais la Dame blanche, poursuivis-je en me retenant de rire, et que si tu t'avisais de faire le malin avec d'autres femmes, j'allais transformer tes parties intimes en pruneaux, c'est ça ?

— Euh, ben...

— Mon Dieu, et ils t'ont cru !

J'avais du mal à me maîtriser.

— J'ai été très convaincant. Je leur ai tous fait jurer sur l'honneur de garder le silence.

Un coin de ses lèvres commençait à trembler.

— Cette idée lumineuse t'est venue après combien de bouteilles ?

— Je crois qu'on en était déjà à la huitième.

J'abandonnai le combat et éclatai de rire.

— Oh, Jamie ! explosai-je. Tu es impossible !

Je lui sautai au cou et le couvris de baisers attendris.

— Qu'est-ce que tu veux ? reprit-il une fois que j'eus terminé mes effusions, c'est ce que j'ai trouvé de mieux. Après quoi, ils ont cessé de me pousser des traînées dans les bras.

— Bravo !

Je lui pris sa tartine des mains, la recouvris de miel et la lui rendis.

— Je peux difficilement te le reprocher, observai-je. Finalement, ça t'a permis de préserver ta vertu, et à moi, de ne pas me faire violer.

— Dieu merci ! renchérit-il.

— Oui, mais si les hommes qui nous ont attaquées connaissaient cette histoire, ça signifie...

— Oui, *Sassenach*. Ça ne peut pas être Glengarry ni Castellotti, parce qu'ils étaient avec moi quand Fergus est venu me chercher. Mais c'est forcément quelqu'un à qui ils en ont parlé.

Je réprimai un frisson en me remémorant le visage masqué et la voix moqueuse de celui qui le portait.

Jamie poussa un soupir et lâcha ma main.

— Je vais passer chez Glengarry ce matin et lui demander à combien de personnes il a raconté les détails intimes de ma vie conjugale.

— Connaissant Glengarry, je suppose que tout Paris est déjà au courant.

Il se gratta la tête d'un air exaspéré.

— Ensuite, j'irai chez Son Altesse pour savoir ce que signifie au juste cette histoire d'association avec le comte de Saint-Germain.

— Bonne idée. Moi aussi, j'ai quelques visites à faire cet après-midi.

Il me regarda d'un air suspicieux.

— Ah oui ? Et à qui ?

Je pris une profonde inspiration, rassemblant tout mon courage pour la tâche qui m'attendait.

— D'abord à maître Raymond, et ensuite à Mary Hawkins.

— De la lavande, peut-être ?

Hissé sur la pointe des pieds, maître Raymond tentait d'atteindre un flacon sur une haute étagère.

— Elle n'a aucune vertu curative, mais son parfum calme les nerfs.

— Tout dépend de la personne, répliquai-je.

Jamie faisait une allergie à la lavande, qui lui rappelait Jack Randall.

— Cependant, je crois que ça fera l'affaire, repris-je. En tout cas, ça ne peut pas faire de mal.

— Ne pas faire de mal... voilà un excellent principe, Madone.

— C'est le premier engagement du serment d'Hippocrate,

savez-vous ? Le serment que prêtent les médecins : *Primum non nocere*. Avant tout, ne pas nuire.

— Ah bon ? Et vous avez déjà prêté ce serment vous-même, Madone ?

Ses grands yeux ronds de batracien me regardaient fixement et je me sentis intimidée.

— Euh... non. Je ne suis pas un vrai médecin, vous savez. Enfin... pas encore.

Je ne savais pas pourquoi je venais de dire ça.

— Non ? Pourtant vous voulez réparer ce à quoi un « vrai » médecin n'oserait pas s'attaquer. La perte de la virginité est censée être définitive.

Il ne cachait pas son ironie.

Fergus m'en avait dit long sur les « dames » qui travaillaient chez madame Élise, assez pour me donner de l'assurance.

— Dans ce cas, maître, dis-je avec sarcasme, parlez-moi un peu de ces vessies de porc qu'on remplit de sang de poulet. À moins que ce genre d'expédient ne relève de la compétence des apothicaires et non des médecins ?

Maître Raymond parut franchement amusé.

— Et à qui cela nuit-il, Madone ? Pas au vendeur, assurément ! Ni à l'acheteur. Même l'hymen est préservé. Il s'agit d'un procédé parfaitement hippocratique qui ne peut que convenir au médecin !

Je me mis à rire.

— Je suis sûre que vous en savez bien plus que la plupart d'entre eux. En attendant, à défaut d'un petit miracle, qu'avez-vous dans vos stocks qui pourrait me servir ?

— Mmm...

Il étala un carré de gaze sur le comptoir et y déversa une pluie très fine. Une agréable odeur d'épices se répandit dans la pièce.

— De la poudre de sarrasin, expliqua-t-il en repliant soigneusement le carré. C'est bon pour les irritations de la peau, les lacérations bénignes et les lésions des parties intimes. Cela pourrait vous être utile, je crois ?

— Oui, en effet. En infusion ou en décoction ?

— En infusion. Chaude, vu les circonstances.

Il se tourna vers une autre étagère et en descendit une grande jarre de porcelaine blanche sur laquelle était écrit : *Chelidonium*.

— Pour induire le sommeil, expliqua-t-il. Je crois que vous devriez éviter les dérivés de l'opium dans le cas présent. Votre patiente semble y réagir d'une manière imprévisible.

Je poussai un soupir résigné.

— Je vois que vous êtes déjà au courant de tout !

J'aurais dû m'en douter. L'information était sans doute l'article qu'il vendait le plus. Sa boutique était le lieu par lequel transitaient tous les potins de la ville, des ruelles de la Cité à la chambre du roi.

— J'ai déjà entendu trois versions différentes, admit-il.

Il tourna la tête vers la fenêtre et tendit le cou pour apercevoir l'horloge de l'église voisine.

— Il n'est même pas deux heures. D'ici la tombée de la nuit, j'aurai probablement d'autres comptes rendus de votre fameux dîner d'hier soir.

Sa large bouche édentée esquissa un sourire malicieux.

— J'ai particulièrement aimé la version selon laquelle votre mari provoque le général d'Arbanville en duel, pendant que vous offrez le corps de la jeune fille inconsciente à M. le comte, à condition qu'il n'appelle pas la garde royale.

— Mmm... fis-je, me sentant soudain très écossaise. Mais vous n'avez pas envie de savoir ce qui s'est réellement passé ?

Il était en train de verser une liqueur dans une petite fiole, dont les reflets amarante se confondaient avec les rayons du soleil.

— La vérité est toujours bonne à prendre, Madone, répondit-il sans quitter le liquide des yeux. C'est une denrée précieuse : elle est si rare qu'elle se vend très cher.

Je lui lançai un regard furibond qui ne sembla guère l'impressionner. Il se contenta de sourire d'un air parfaitement inoffensif.

Dehors, l'horloge sonna deux heures. J'évaluai mentalement la distance qui me séparait de la maison des Hawkins, rue Malory. Elle était à une demi-heure de marche. Je pourrais prendre un fiacre. J'avais donc tout le temps.

— Dans ce cas, si nous passions dans votre arrière-boutique ? proposai-je.

— ... et voilà toute l'histoire, conclus-je. Ils ont laissé Jamie partir, mais il est toujours suspect.

Je bus une gorgée d'eau-de-vie de cassis. Dans la pièce, les vapeurs d'alcool étaient presque aussi fortes que celles qui émanaient de mon verre, et ma tête m'élançait un peu.

Un courant d'air fit osciller doucement le crocodile au-dessus de nos têtes et maître Raymond se leva pour fermer la fenêtre.

— Ne vous inquiétez pas. L'affaire sera vite classée. Ce n'est qu'un tracas passager, rien de plus. M. Hawkins a de l'argent et des amis et, naturellement, il est bouleversé. Mais il ne peut pas faire grand-chose. Il est évident que votre mari et vous n'êtes coupables que d'un excès de bonté, pour avoir voulu cacher l'infortune de cette enfant.

Il but une gorgée à son tour.

— C'est ce qui vous préoccupe actuellement, Madone, le sort de cette jeune fille, n'est-ce pas ?

— Oui, entre autres. Je ne peux plus rien faire pour sa réputation, mais je peux essayer de l'aider à se soigner.

Il leva vers moi un regard sarcastique au-dessus de son gobelet d'argent.

— La plupart des médecins auraient dit : « Je peux essayer de la soigner. » Mais vous, vous voulez l'aider à *se* soigner ? Il est intéressant que vous établissiez une telle distinction, Madone. Ça ne m'étonne pas de vous.

Je reposai mon gobelet, estimant que j'avais assez bu.

— Comme je vous l'ai dit tout à l'heure, je ne suis pas un vrai médecin, lui rappelai-je.

Je fermai brièvement les yeux pour vérifier que je distinguais encore le haut du bas.

— En outre... repris-je, j'ai déjà soigné une victime de viol autrefois. Il n'y a pas grand-chose à faire, sur le plan externe. D'ailleurs, je me demande s'il y a quoi que ce soit qu'on puisse faire.

Je changeai d'avis et repris le gobelet.

— Peut-être, convint maître Raymond. Mais s'il y a quelqu'un capable d'atteindre l'âme de la patiente, ce ne peut être que la Dame blanche.

Je reposai mon eau-de-vie et le regardai bouche bée. Soupçons et conjectures filaient à une vitesse folle et s'entrechoquaient dans ma tête. Je décidai de laisser provisoirement de côté ce carambolage et me concentrai sur la première partie de son affirmation, histoire de me donner le temps de réfléchir à la seconde.

— L'âme de la patiente ?

Il introduisit la main dans une grosse jarre posée sur la table et y puisa une pincée de poudre blanche dont il saupoudra son gobelet. La couleur pourpre du cassis vira aussitôt au rouge vif et l'eau-de-vie se mit à bouillonner.

— Du sang de dragon, commenta-t-il. Cela ne fonctionne que dans un récipient argenté. Ma timbale est fichue, naturellement, mais avec une bonne mise en scène, l'effet est très efficace.

Je me mis à rire.

— Ah, l'âme du patient... dit-il comme s'il reprenait le fil d'une conversation interrompue plusieurs semaines auparavant. Oui, bien sûr, la vraie guérison part toujours de... comment pourrions-nous l'appeler, l'âme ? l'essence ? Disons plutôt le centre du patient... Il s'agit d'atteindre son centre afin qu'il puisse se soigner seul. Vous savez certainement de quoi je parle, Madone. Vous connaissez sans doute des cas de malades si gravement atteints que la mort semble inéluctable, et qui se remettent néanmoins comme par miracle. Inversement, il y a des personnes qui souffrent de maux bénins... Un rien suffirait à les guérir ; et pourtant, vous avez beau faire, elles vous glissent entre les doigts et meurent sans qu'on sache vraiment de quoi.

— Tous ceux qui s'occupent de malades ont vu des cas semblables, répondis-je prudemment.

— En effet. Le médecin étant orgueilleux par nature, il se blâme pour la mort de ses patients ou se félicite de leur guérison. Mais la Dame blanche, elle, voit le centre du malade et peut en faire l'instrument de sa guérison... ou de sa mort. C'est pourquoi celui qui n'a pas la conscience tranquille n'ose pas la regarder en face.

Il leva son gobelet dans ma direction et le vida d'un coup. Le liquide bouillonnant laissa une traînée rose sur ses lèvres.

— Je commence à comprendre, dis-je avec une moue cynique. Glengarry et Millefleurs sont peut-être crédules, mais ils ont été fortement encouragés dans cette voie.

Maître Raymond sourit d'un air assez content de lui.

— L'idée de votre mari était excellente, dit-il avec modestie. Mais si M. Fraser est un homme estimé pour sa bravoure et ses talents de négociant, il ne fait pas autorité en matière de manifestations surnaturelles.

— Contrairement à vous.

— Que voulez-vous, Madone, soupira-t-il, vous connaissez mon métier ! Ici, tout le monde ignore vos origines. Et comme l'a justement observé votre époux, ma propre réputation n'est pas exempte de suspicion. Le fait est que je circule dans... certains cercles, où les spéculations sur votre identité vont bon train. Vous savez comment sont les gens... Ils parlent.

Sa moue réprobatrice me fit éclater de rire. Il reposa sa timbale et se pencha vers moi d'un air complice.

— Vous disiez tout à l'heure que la santé de Mlle Hawkins était l'un de vos principaux soucis. Vous en avez donc d'autres ?

— Oui. Je présume que vous êtes au courant de tout ce qui se passe à Paris ?

Ses petits yeux noirs brillèrent de malice.

— En effet, Madone. Que voulez-vous savoir ?

— Avez-vous entendu parler de Charles-Édouard Stuart ? Vous savez qui il est ?

Il parut surpris. Il hésita un instant, roulant une petite fiole entre ses paumes.

— Oui, Madone, son père est... ou devrait être... roi d'Écosse. C'est bien cela ?

— Enfin, tout dépend de quel point de vue on se place. Pour certains, c'est le roi d'Écosse en exil, pour d'autres, c'est le Prétendant. Mais ce n'est pas ce qui m'intéresse. Ce que je voudrais savoir c'est... si Charles-Édouard Stuart est en train de préparer une invasion armée en Écosse ou en Angleterre.

Il éclata d'un rire sonore.

— Doux Jésus, Madone ! Vous êtes décidément une femme peu ordinaire ! Vous rendez-vous compte de la franchise de votre question ?

— Oui, admis-je, mais je n'y peux rien. Je n'ai jamais su tourner autour du pot.

Je tendis la main et lui pris la petite fiole.

— Alors, savez-vous quelque chose ?

Il lança un regard vers la boutique, où la vendeuse était occupée à mélanger des essences de parfum pour une cliente volubile.

— Peu de choses, Madone, rien que quelques bribes mentionnées dans la lettre d'un ami. Mais la réponse à votre question est : oui. Indubitablement.

Il semblait hésiter à m'en dire davantage et je baissai les yeux vers la petite fiole pour ne pas avoir l'air de trop le presser. Son contenu balançait entre mes doigts avec une agréable sensation de lourdeur. Il avait une étrange qualité, dense et fluide, comme un métal liquide.

— Du mercure, expliqua maître Raymond en lisant dans mes pensées.

Il déboucha la fiole et versa une petite flaque argentée et compacte sur la table. Il l'observa un instant et se redressa pour me raconter ce qu'il savait.

— Un des agents de Son Altesse s'est rendu en Hollande. Un certain O'Brien. Un homme d'une incompétence rare, si vous voulez mon avis. Vous rendez-vous compte, un agent secret qu'on ramène ivre mort à son auberge tous les soirs ?

— La plupart des gens autour de Charles-Édouard boivent trop, répliquai-je. Que faisait-il en Hollande ?

— Il préparait la réception d'une cargaison d'épées. Deux mille, achetées en Espagne et entreposées en Hollande afin de masquer leur provenance.

— Quel intérêt ? m'étonnai-je.

L'eau-de-vie avait sans doute ralenti mes fonctions mentales car tout ceci me parut inutilement compliqué, même pour Charles-Édouard.

Maître Raymond haussa les épaules, un doigt posé sur la flaque de mercure.

— C'est assez facile à deviner, Madone. Le roi d'Espagne

n'est-il pas cousin du roi d'Écosse ? Tout comme notre cher roi Louis ?

— Si, mais...

— Ne serait-il pas disposé à aider les Stuarts, à condition que cela ne se sache pas ?

— En effet, peut-être...

Maître Raymond enfonça son doigt au milieu de la flaque, la séparant en plusieurs petites gouttelettes frémissantes et compactes qui scintillèrent gaiement sur la table.

— On raconte que Louis XV reçoit actuellement un duc anglais à Versailles, poursuivit-il en fixant les gouttes de mercure. On raconte également que ce duc est venu entreprendre certaines négociations secrètes. Mais on raconte tellement de choses, Madone...

Jamie avait lui aussi entendu des bruits selon lesquels la visite de Sandringham n'était pas uniquement motivée par des intérêts commerciaux. Peut-être était-il venu négocier un accord entre la France et l'Angleterre... concernant éventuellement l'avenir de Bruxelles ? Si Philippe V d'Espagne apprenait que Louis traitait secrètement avec l'Angleterre le soutien de son invasion de Bruxelles, comment accueillerait-il un cousin sans argent... mais possédant le pouvoir de détourner l'attention des Anglais de certains mouvements de troupes à l'étranger ?

— Trois cousins Bourbons... murmura maître Raymond.

Il guida deux gouttelettes l'une vers l'autre. Elles entrèrent en contact et fusionnèrent en une grosse goutte compacte et brillante. Il guida une autre gouttelette du bout du doigt et la goutte grossit encore.

— Un même sang, reprit-il. Mais un même intérêt ?

Il écrasa la goutte du doigt, éparpillant des petits fragments liquides dans tous les sens.

— J'en doute, Madone, acheva-t-il.

— Je vois. Que savez-vous des rapports entre Charles-Édouard et le comte de Saint-Germain ?

Son sourire d'amphibien s'élargit.

— J'ai entendu dire que Son Altesse se rendait souvent sur les quais ces derniers temps. Pour discuter avec son partenaire en affaires sans nul doute... et pour admirer tous ces beaux vaisseaux... si grands, si beaux, si rapides et... si coûteux. Après tout, nous ne sommes séparés du royaume d'Écosse que par une étendue d'eau, n'est-ce pas ?

— En effet, dis-je en me levant. Vous me ferez signe si vous avez d'autres nouvelles ?

Il inclina aimablement sa grosse tête.

Une goutte de mercure roula vers le bord de la table et je tendis la main pour la rattraper.

— N'y touchez pas, Madone ! Le mercure se lie à tous les métaux qu'il rencontre. Vous ne voudriez pas abîmer vos jolies bagues, n'est-ce pas ?

— Merci encore, maître. Je dois reconnaître que vous m'avez été très utile. Personne n'a essayé de m'empoisonner ces derniers temps. J'espère seulement que je ne vais pas finir sur un bûcher en place de Grève à cause de vos inventions, à Jamie et à vous.

Il prit un air offensé.

— Certainement pas, Madone. Personne n'a été brûlé pour sorcellerie à Paris depuis... oh, vingt ans au moins ! Vous êtes parfaitement en sécurité, tant que vous ne tuez personne.

— J'essaierai, merci.

Fergus me trouva un fiacre sans difficulté et je filai vers la maison des Hawkins en réfléchissant aux derniers événements. D'une certaine manière, maître Raymond m'avait rendu service en étoffant les divagations de Jamie pour ses clients superstitieux, même si le fait que mon nom soit prononcé au cours de messes noires ne m'enchantait guère.

Pressée par le temps et assaillie de spéculations concernant des épées, des rois et des vaisseaux, j'avais oublié de demander à maître Raymond quels étaient ses rapports avec le comte de Saint-Germain.

L'opinion publique semblait le placer fermement au centre des mystérieux « cercles » auxquels l'apothicaire avait fait allusion. Mais le comte n'était-il qu'un simple sympathisant, ou bien un maître ? Ces cercles étaient-ils capables de provoquer des remous jusqu'à la chambre du roi ? On prétendait que Sa Majesté s'intéressait à l'astrologie. Y avait-il un lien, à travers les galeries obscures de la Kabbale et de la sorcellerie, entre Louis XV, le comte de Saint-Germain et Charles-Édouard Stuart ?

Je secouai énergiquement la tête pour dissiper les vapeurs d'eau-de-vie qui m'embrumaient l'esprit et me faisaient me poser des questions inutiles. Une seule chose était sûre : le comte avait noué des liens dangereux avec le prince.

Les Hawkins habitaient une opulente demeure bourgeoise de trois étages dans la rue Malory. En dépit de sa façade blanche et gracieuse, son désordre intérieur était manifeste depuis la chaussée et tous les volets étaient clos. Les marches du perron n'avaient pas été balayées et on y voyait les traces de nombreuses allées et venues. Aucun domestique, aucun cuisinier ne se tenait devant la maison pour marchander ou échanger des ragots avec les vendeurs de rue. Bref, c'était une maison barricadée de l'intérieur contre l'imminence d'un désastre.

J'envoyai prudemment Fergus frapper à la porte. Il y eut quelques pourparlers animés entre lui et la personne qui lui avait ouvert, mais l'enfant n'était pas du genre à se laisser claquer une porte au nez. Quelques minutes plus tard, je me trouvais face à la maîtresse de maison, à savoir Mme Hawkins, la tante de Mary.

C'est du moins ce que je déduisis, car la pauvre femme était dans un tel état de nerfs qu'elle était bien incapable d'articuler une phrase cohérente, ni même son nom.

— On ne peut recevoir personne ! répétait-elle.

Elle lançait sans cesse des regards effrayés derrière elle, comme si elle s'attendait à voir son tyran de mari surgir d'un instant à l'autre.

— Nous sommes... nous avons... c'est que... balbutiait-elle.

— Ce n'est pas vous que je viens voir, dis-je fermement, mais votre nièce, Mary.

Ce nom sembla la projeter dans des paroxysmes d'anxiété.

— Elle... mais... Mary ? Non ! Elle... elle est souffrante.

— Je sais, dis-je patiemment. Je lui apporte des médicaments.

Je soulevai mon panier pour le lui montrer.

— Oh... mais... mais... elle... vous... vous n'êtes pas... ?

Fergus réapparut à mes côtés et me chuchota :

— Une servante m'a dit que sa jeune maîtresse était au premier, dans sa chambre.

— Très bien, Fergus, conduis-moi.

Sans attendre d'autres encouragements, le garçon se glissa sous le bras qui nous barrait la route et s'engouffra dans le couloir sombre de la maison. Mme Hawkins se mit à courir derrière lui en poussant des petits cris et j'en profitai pour entrer à mon tour.

Une grosse femme de chambre en tablier rayé était de faction devant la chambre de Mary. Elle ne m'opposa aucune résistance quand je lui annonçai que je venais soigner la jeune fille.

— J'ai tout essayé, Madame. Rien à faire ! J'espère que vous aurez plus de chance que moi.

Sur ces paroles encourageantes, je remis de l'ordre dans ma tenue et poussai la porte.

J'eus l'impression d'entrer dans une grotte. Les fenêtres étaient masquées par d'épais rideaux en velours brun et la faible lueur qui émanait de la cheminée était étouffée par l'épais nuage de fumée qui flottait sous le plafond.

Je pris une profonde inspiration et expirai en toussotant. La forme sur le lit ne bougea pas. La petite silhouette pathétique de Mary était recroquevillée sous un énorme édredon. Les effets du somnifère que je lui avais administré la veille avaient dû se dissiper depuis longtemps et, après le vacarme que nous venions de faire dans le hall d'entrée, je doutais qu'elle soit réellement endormie. Elle devait faire la morte, pensant que c'était sa tante qui revenait à la charge avec ses harangues blessantes. J'en aurais fait autant à sa place.

Je refermai la porte au nez de Mme Hawkins, m'approchai du lit.

— C'est moi, chuchotai-je. Tu vas sortir du lit ou tu comptes mourir d'étouffement dans cet antre ?

Il y eut un bruit de draps froissés et Mary se redressa d'un bond sur le lit. Elle se jeta à mon cou.

— Claire ! Oh, Claire ! Dieu merci ! J'ai cru que je ne v-v-vous reverrais jamais ! Mon oncle m-m-m-m'a dit que vous étiez en p-p-p-prison ! Il a dit que vous...

— Lâche-moi, tu m'étrangles !

Je parvins non sans mal à dégager mon cou et m'écartai légèrement pour mieux voir son visage. Elle avait les cheveux hirsutes et les traits bouffis pour être restée trop longtemps terrée sous les draps, mais cela mis à part, elle semblait s'être bien remise. Une nuit de sommeil et la résistance naturelle de la jeunesse avaient déjà réparé les dégâts superficiels. C'étaient les autres qui m'inquiétaient.

— Non, je ne suis pas en prison, dis-je en tentant d'endiguer le flot de ses questions. Mais ce n'est pas grâce à ton oncle !

— M-m-mais, je lui ai tout expliqué ! commença-t-elle. Enfin, j'ai essayé, mais il...

— Ne t'en fais pas pour ça. Pour le moment, il est encore trop énervé pour écouter qui que ce soit. Et puis peu importe. Ce qui compte, c'est toi. Comment te sens-tu ?

— Ça va, répondit-elle d'une petite voix. Je... j'ai saigné un peu, mais ça s'est arrêté.

Elle prit un air embarrassé et baissa les yeux avant d'ajouter :

— Ça me fait un p-p-peu mal. Est-ce que ç-ç-ç-a va s'arrêter ?

— Oui. Je t'ai apporté des herbes. Il faut les faire macérer dans de l'eau bouillante, les laisser refroidir et appliquer la décoction avec un linge. Tu peux aussi la verser dans une bassine et t'asseoir dessus, si c'est plus facile pour toi.

Je sortis les sachets de simples de mon panier et les posai sur sa table de nuit.

Elle hocha la tête en se mordant les lèvres. Elle avait manifestement en tête une autre question qu'elle n'osait pas formuler.

— Qu'y a-t-il ? l'encourageai-je.

— Est-ce que je vais avoir un enfant ? demanda-t-elle d'une traite. Vous avez dit...

— Non, répondis-je avec assurance. Il n'a pas eu le temps de... finir.

Je croisai deux doigts dans les plis de ma jupe, priant pour que ce soit vrai. Il y avait en effet peu de chances qu'il ait eu le temps, mais sait-on jamais ! Cependant, il n'aurait servi à rien de l'angoisser davantage en laissant planer un doute. Mon cœur se noua à cette éventualité. Était-ce là la solution de l'énigme concernant l'existence de Frank ? J'écartai aussitôt cette pensée. Nous aurions de toute façon la réponse dans un mois.

— Il fait une chaleur d'enfer dans cette chambre ! dis-je en dénouant le haut de mon corsage. Comment peux-tu respirer dans une atmosphère aussi enfumée ?

Je me levai et commençai à tirer les rideaux et à ouvrir les fenêtres.

— Tante Helen dit que je ne dois laisser personne me voir, répondit Mary en s'agenouillant sur son lit. Selon elle, je suis s-s-souillée à jamais et, si je sors, les gens me montreront du doigt.

— Ils en sont bien capables, les pourceaux ! Mais ça ne signifie pas que tu doives t'emmurer vivante et mourir par suffocation !

J'ouvris grandes les fenêtres et revins m'asseoir auprès de Mary. Pendant que la fumée s'envolait lentement, je sentais l'air frais balayer mon dos.

Elle se tut un long moment, tripotant les sachets d'herbes sur la table de chevet. Enfin, elle redressa courageusement la tête avec un sourire forcé. Sa lèvre inférieure tremblait légèrement.

— Au moins, je n'aurai plus à épouser le vicomte de Marigny. Mon oncle m'a dit qu'il ne voudrait jamais de moi à présent.

— C'est fort probable.

Elle hocha la tête, baissant tristement les yeux vers le carré de gaze sur ses genoux. Ses doigts jouaient avec la ficelle, tant et si bien que le sachet s'entrouvrit et laissa tomber quelques brins de verge-d'or sur l'édredon.

— J'ai b-b-beaucoup réfléchi à ce que vous m'avez dit l'autre j-j-jour. Au sujet des hommes... Je crois que je n'aurais j-j-j-jamais supporté que le vicomte me f-f-f-fasse ça. Maintenant, un autre s'en est chargé et... on ne peut plus revenir en a-a-a-arrière et... et... et... Oh, Claire ! Alex ne m'adressera plus jamais la parole ! Je ne le reverrai plus jamais, jamais !

Elle s'effondra dans mes bras, en pleurs, éparpillant les fragments d'herbes. Je la serrai contre moi et lui tapotai l'épaule, la berçant doucement.

— Bien sûr que tu le reverras, chuchotai-je, les larmes aux yeux. Bien sûr que si. Pour lui, ce qui t'est arrivé ne changera rien. C'est un garçon très bien.

Cette fois, j'étais sûre de ce que j'avançais. J'avais vu l'angoisse dans les yeux d'Alex Randall la nuit précédente et, sur le moment, l'avais interprétée comme de la compassion pour les souffrances d'autrui. Mais j'avais appris depuis ses sentiments à l'égard de Mary et je comprenais à présent à quel point il avait dû souffrir lui aussi, et avoir peur.

Je le savais bon et généreux. Mais il était également pauvre, dernier-né d'une famille de garçons, avec peu de chances d'avancement. Sa position actuelle dépendait entièrement du bon vouloir du duc de Sandringham. Et ce dernier ne verrait sans doute pas d'un très bon œil son secrétaire s'amouracher d'une fille déshonorée qui n'avait ni titre ni dot pour compenser.

Et si Alex trouvait le courage de l'épouser en dépit de tout, quel serait leur avenir ? Deux tourtereaux sans le sou, rejetés par la société dont ils étaient issus, et avec l'ombre du viol au-dessus de leur tête ?

Je ne pouvais rien faire, sinon la tenir dans mes bras et pleurer avec elle sur ce qui était perdu à jamais.

La nuit commençait à tomber quand je quittai enfin la maison des Hawkins. Dans ma poche, j'avais une lettre de Mary, dûment signée par elle et contresignée par deux témoins. Elle contenait sa déposition sur les événements de la nuit précédente. Une fois son témoignage délivré aux autorités compétentes, nos problèmes avec la loi seraient résolus. C'était tant mieux, car nous avions suffisamment de soucis sur les bras.

Échaudée par mes expériences passées, j'acceptai sans rechigner la proposition de Mme Hawkins, faite du bout des lèvres, de me faire raccompagner en carrosse rue Trémoulins.

Dans le vestibule, je jetai mon chapeau sur la console. Je notai au passage que la corbeille du courrier était comme d'habitude pleine de billets et que plusieurs personnes avaient envoyé des fleurs. Nous n'étions donc pas encore des parias, bien que la nouvelle du scandale ait déjà eu le temps de faire plusieurs fois le tour de Paris.

Je grimpai l'escalier d'un pas las, littéralement vidée de toute substance. Mais lorsque je poussai la porte de notre chambre et que je vis Jamie assoupi dans un fauteuil près du feu, mon apathie céda immédiatement la place à une immense vague de tendresse. Il avait les yeux fermés et ses cheveux pointaient dans tous les sens, signe infaillible d'une activité mentale intense. En m'entendant entrer, il se redressa et me sourit.

— Tout va bien, *mo duinne*, tu es rentrée à la maison, chuchota-t-il en me serrant contre lui.

Sans échanger d'autre parole, nous nous déshabillâmes mutuellement et nous glissâmes entre les draps, trouvant enfin le répit et la paix tant attendus dans les bras l'un de l'autre.

21

Une résurrection inopportune

Le duc résidait dans un hôtel particulier de la rue Sainte-Anne, loué pour l'occasion. C'était une superbe demeure à laquelle on accédait par une longue allée bordée de peupliers et d'élégants jardins à la française.

Sa Grâce reçut dans le grand salon, nous accueillant avec un air affable.

— Mais pas du tout ! Je vous en prie ! répondit-il, tandis que Jamie se confondait en excuses pour le dîner de l'autre soir. Ces Français sont d'un soupe au lait ! Ils s'énervent pour un rien. N'en parlons plus et penchons-nous plutôt sur ces intéressantes propositions. Pendant ce temps, peut-être que... milady aimerait...

D'un geste vague, il indiquait un des murs, me laissant décider par moi-même si je préférais admirer les nombreuses toiles qui étaient accrochées, les luxueux volumes de la bibliothèque ou les vitrines qui abritaient sa collection de tabatières.

— Merci, murmurai-je en battant des cils.

Je m'éloignai vers le mur, faisant mine d'être attirée par un immense Boucher où une femme plantureuse vue de dos était assise sur un rocher. Si c'étaient là les canons actuels de la beauté féminine, je ne m'étonnais plus du goût de Jamie pour mes fesses rondes et dodues.

— Peuh ! fis-je, tu parles d'un boudin !

— Hein ? firent ensemble Jamie et le duc en relevant la tête.

Une série de projets d'investissements était empilée devant eux, raison officielle de notre visite.

— Rien... rien... ne faites surtout pas attention à moi, j'admirais ce superbe tableau, dis-je en agitant mon éventail.

— Vous m'honorez, milady, répondit le duc.

Il se replongea aussitôt dans ses papiers, pendant que Jamie se lançait dans la rude besogne qui constituait le motif officiel de notre visite : lui tirer les vers du nez et découvrir de quel côté penchaient ses sympathies.

J'avais moi aussi une mission. À mesure que les hommes s'immergeaient dans leur discussion, je m'approchai discrètement de la porte, feignant de m'intéresser à la bibliothèque. Dès que la voie serait libre, je comptais m'éclipser dans le couloir et filer à la recherche d'Alex Randall. J'avais fait mon possible pour réparer les dommages subis par Mary Hawkins ; à lui de faire le reste. Vu les circonstances, il ne pouvait pas se présenter chez son oncle et elle n'avait aucun moyen de le joindre. Mais je pouvais toujours arranger une rencontre rue Trémoulins.

Bientôt, dans mon dos, la conversation ne fut plus qu'un bourdonnement confidentiel. Je passai la tête dans le couloir et n'aperçus aucun laquais. Pourtant, il devait bien y en avoir un dans les parages. Une maison de cette importance avait nécessairement un personnel d'au moins une douzaine de personnes. Ignorante des lieux, je pris une direction au hasard, espérant trouver un domestique à qui demander mon chemin.

Je remarquai un mouvement au bout d'un couloir et appelai. Il n'y eut aucune réponse, bien que j'entendisse distinctement un petit bruit de pas précipités sur le parquet.

C'était là un comportement curieux pour un laquais. Le couloir en question formait un coude. Il était bordé d'un côté par de hautes fenêtres ouvertes sur un jardin et, de l'autre, par des portes. Toutes étaient fermées, sauf une, la plus proche de moi, qui était à peine entrebâillée.

Je m'approchai doucement et collai mon oreille contre le panneau de bois. Aucun bruit. Je saisis la poignée et l'ouvris brusquement.

— Mais qu'est-ce que tu fiches ici ? m'exclamai-je.

— Oh, mon Dieu ! Ce que vous m'avez fait peur ! J'ai cru m-m-mourir !

Mary Hawkins posa les deux mains sur sa poitrine, hors d'haleine, le teint livide.

— C'est ce qui risque de t'arriver si ton oncle te découvre ici ! À moins qu'il ne soit déjà au courant ?

— N-n-non, je n'en ai parlé à personne. J'ai pris un fiacre public.

— Mais enfin, Mary, qu'est-ce qui t'a pris ?

Elle balaya la pièce vide d'un regard apeuré, puis se redressa et serra les mâchoires.

— Je suis venue voir Alex. Je dois lui p-p-p-parler. Il faut que je sache si...

Elle se tordait les mains et chacune de ses paroles semblait lui coûter un effort surhumain.

— J'ai compris, l'interrompis-je. Mais je doute que ton oncle soit aussi compréhensif... pas plus que le duc d'ailleurs. Je suppose que Sa Grâce ne sait pas que tu es ici ?

Elle fit non de la tête.

— Mmm... Voyons voir si...

— Je peux vous aider, Mesdames ?

Mary fit un bond et je me sentis défaillir. Ces fichus domestiques : jamais là quand on avait besoin d'eux, mais pointant toujours leur nez quand on ne les attendait pas.

Il n'y avait pas trente-six choses à faire. Je me redressai de toute ma hauteur et me tournai vers un valet raide comme un piquet qui nous dévisageait d'un air suspicieux. J'optai pour une attitude condescendante.

— Ah tiens ! Vous voilà enfin ! m'exclamai-je avec un air pincé. Auriez-vous l'obligeance d'avertir M. Alexander Randall que nous l'attendons ?

— Je regrette, mais cela m'est impossible, répondit le valet avec une pointe d'insolence.

— Et pourrait-on savoir pourquoi ?

— Parce que, Madame, M. Alexander Randall n'est plus au service de Sa Grâce. Il a été remercié.

Il lança vers Mary un regard qui en disait long, baissa le nez et ajouta d'un air faussement navré :

— Je crois savoir que M. Randall est déjà en route pour l'Angleterre.

— Non ! s'écria Mary. Il ne peut pas être parti ! C'est impossible !

Elle se précipita vers la porte, manquant de bousculer Jamie qui venait d'entrer.

Celui-ci la regarda, interloqué, avant de m'apercevoir derrière elle.

— Ah, te voilà, *Sassenach* ! J'ai faussé compagnie au duc quelques instants pour venir te prévenir. Il m'a annoncé qu'Alex Randall...

— Oui, je sais, l'interrompis-je. Il est parti.

— Non ! gémit Mary. Non !

Avant même que nous n'ayons pu l'en empêcher, elle était déjà dans le couloir et faisait claquer ses talons sur le parquet ciré.

— Bon sang ! Mais qu'est-ce qu'elle va encore faire, cette sotte ! grognai-je.

Je me débarrassai de mes souliers, relevai mes jupes et filai à sa poursuite. Pieds nus, j'étais plus rapide qu'elle avec ses mules à hauts talons. Je parviendrais peut-être à la rattraper avant qu'elle ne rencontre quelqu'un d'autre et déclenche un nouveau scandale.

J'aperçus ses jupons disparaître à l'angle du couloir. Je courbai la tête, pris mon élan... pour percuter de plein fouet un homme qui arrivait dans l'autre sens.

— Ooomph ! fit-il.

Plié en deux par l'impact, il se raccrocha à mes bras pour ne pas perdre l'équilibre.

— Je suis navrée, haletai-je, à bout de souffle, j'ai cru que vous étiez... Oh ! Meeerde !

Ma première impression, à savoir que je venais de retrouver Alex Randall, n'avait duré qu'une demi-seconde, le temps de croiser son regard. Les lèvres finement dessinées auraient effectivement pu être celles d'Alex, mais ces yeux froids ne pouvaient appartenir qu'à un seul homme.

Le choc fut si grand que, l'espace d'un instant, je fus tentée de m'excuser, d'épousseter sa veste et de reprendre ma course comme si de rien n'était. Mes glandes surrénales se hâtèrent de remédier à la situation en envoyant dans mes veines une décharge d'adrénaline si forte que mon cœur se serra comme un poing fermé.

À mesure qu'il reprenait son souffle, il retrouva également un peu son aplomb.

— J'abonde dans votre sens, Madame, même si je l'aurais exprimé en des termes moins concrets.

Sans lâcher mes coudes, il releva péniblement la tête. Il reconnut alors mon visage et blêmit.

— Vous ! éructa-t-il.

— Je vous croyais mort ! répondis-je platement.

Je me débattis et parvins à dégager un bras. De sa main libre, il se palpa les côtes. Son visage fin et racé était bronzé et il paraissait en pleine forme. À le voir ainsi, on n'aurait jamais imaginé que, quelques mois plus tôt, il se faisait piétiner par trente vaches d'un quart de tonne chacune. Il n'avait pas même une petite trace de sabot sur le front !

— Une fois de plus, Madame, je dois avouer que je partage votre sentiment. Je me faisais moi aussi une idée erronée de votre état de santé. Peut-être êtes-vous vraiment une sorcière, après tout... Comment avez-vous fait ? Vous vous êtes métamorphosée en louve ?

La haine qui se lisait sur son visage se mêlait à un soupçon de crainte. Après tout, lorsqu'on jette une personne à la merci d'une meute de loups affamés par une froide nuit d'hiver, on est en droit de s'attendre à ce qu'elle soit dévorée. Personnellement, vivant une situation similaire, je comprenais son trouble.

— Vous aimeriez bien le savoir, n'est-ce pas ?

Parmi toutes les émotions qui se bousculaient en moi, la plus forte était l'envie de le mettre hors de lui et de rompre son attitude glaciale. Ses doigts serrèrent mon bras un peu plus fort et ses lèvres se pincèrent. J'avais la perception presque tangible des calculs et des conjectures qui s'enchaînaient dans son cerveau.

— Si ce n'est pas votre corps que sir Fletcher a remonté des cachots de Wentworth, qui était-ce ? demandai-je.

Après le passage du troupeau qui avait permis à Jamie de s'évader, un témoin oculaire nous avait décrit un cadavre semblable à une « poupée de chiffon imbibée de sang », qu'on avait ramassé dans un couloir de la prison.

Randall esquissa un sourire ironique. S'il était aussi stupéfait que moi, il savait le cacher. Sa respiration était rapide, et les rides autour de sa bouche et de ses yeux me paraissaient plus profondes que dans mon souvenir, mais il n'avait pas la bouche ouverte comme un poisson hors de l'eau. Moi, si.

— C'était Marley, mon ordonnance, répondit-il. Mais pourquoi répondrais-je à vos questions puisque vous refusez de répondre aux miennes ?

Il me toisa avec morgue, évaluant toilette, dentelles, bijoux...

— Vous avez épousé un Français ? J'ai toujours su que vous étiez une espionne à la solde des Français. Apparemment, vous vous êtes dégotté un nouveau mari plus fortuné que...

Les mots moururent dans sa gorge. Il regardait derrière moi, les yeux ronds, ses traits aristocratiques décomposés par la stupeur. Si j'avais voulu le déstabiliser, je n'aurais pas pu faire mieux. Aucun Hamlet ne mima sa rencontre avec le spectre du défunt roi avec une terreur aussi convaincante. Les doigts qui me tenaient encore le bras s'enfoncèrent dans ma chair et je sentis une onde de choc me parcourir des orteils à la racine des cheveux comme une décharge électrique.

Je ne savais que trop qui se tenait derrière moi et n'osais me retourner. Un silence de mort s'abattit dans le couloir : même le frottement des branches de cyprès contre les vitres sembla s'interrompre. Je dégageai mon bras prisonnier et sa main retomba inerte contre son flanc. Il n'y avait aucun son derrière moi, mais je pouvais distinguer des bruits de voix dans la pièce au bout du couloir. Je priai le Ciel que la porte reste fermée et tentai désespérément de me souvenir si Jamie était armé. Je déglutis et me tournai lentement.

Il se tenait parfaitement immobile à un mètre de moi. Son visage n'exprimait aucune émotion. Il fixait Jack Randall avec des yeux vides.

Après un long moment qui parut durer une éternité, Jamie tendit une main vers moi. Elle flotta, paume ouverte, dans l'espace, jusqu'à ce que j'aie enfin la présence d'esprit de la saisir. Elle était froide et dure.

Il m'attira à lui, me prit par le bras et me tourna vers la sortie.

Nous avions déjà atteint l'angle du couloir quand Randall parla enfin derrière nous :

— Jamie...

Sa voix était tremblante, à mi-chemin entre l'incrédulité et la prière.

Jamie s'arrêta et se tourna vers lui. Randall avait ôté sa perruque, qu'il tordait entre ses mains, et la transpiration plaquait ses mèches noires sur son front.

— Non.

La voix de Jamie était neutre, sans animosité. Levant les yeux, je constatai que ses traits étaient paisibles, mais qu'une veine de son cou était gonflée et palpitait rapidement.

— En public, on m'appelle lord Broch Tuarach, dit-il doucement, et je vous interdis de m'adresser la parole autrement qu'en public... jusqu'au jour où vous me supplierez d'épargner votre vie. Alors, vous pourrez m'appeler comme vous voudrez, car ce seront vos dernières paroles.

Avec une soudaine violence, il tourna les talons et m'entraîna vers le vestibule.

Notre voiture nous attendait devant la grille. Je n'osais regarder Jamie et je grimpai dans la berline en rassemblant mes jupes autour de moi. Un claquement me fit sursauter, mais avant même que j'aie pu atteindre la poignée, la voiture s'ébranlait brutalement, me faisant retomber en arrière sur la banquette.

Secouée dans tous les sens, je parvins à me stabiliser sur les genoux et me penchai à la portière. Il avait disparu. Je tambourinai comme une folle contre le toit de la voiture, mais le cocher se contenta de cravacher les chevaux et de les inciter à forcer l'allure. Il y avait peu de circulation à cette heure et nous filâmes à travers les rues étroites comme si le diable était à nos trousses.

Lorsque la voiture s'arrêta enfin rue Trémoulins, je bondis dans la cour, à la fois furieuse et effrayée.

— Pourquoi ne vous êtes-vous pas arrêté ? hurlai-je au cocher.

Il haussa les épaules, hors de ma portée sur son haut perchoir.

— Le maître m'a ordonné de vous ramener à la maison le plus vite possible, Madame.

Il tendit son fouet et effleura la croupe du premier cheval.

— Attendez ! criai-je. Je veux y retourner.

Il rentra la tête entre les épaules, sourd à mes injonctions, et la voiture s'ébranla de nouveau.

Fulminant contre ma propre impuissance, je me tournai vers la porte et aperçus Fergus qui venait à ma rencontre, l'air étonné devant mon air agité.

— Où est Murtagh ? aboyai-je.

C'était la première personne qui me venait à l'esprit. Il devait coûte que coûte retrouver Jamie, puis l'empêcher de faire des bêtises.

— Je ne sais pas, milady. Peut-être par là-bas.

Il pointait un doigt vers la rue Gamboge, une artère bordée de tavernes, de la plus respectable à la plus malfamée, où même un homme armé jusqu'aux dents hésitait à entrer.

Je posai une main sur son épaule, tant pour me soutenir que pour m'aider à trouver mes mots :

— Cours et retrouve-le. Le plus vite possible !

Alarmé par le ton de ma voix, il bondit dans la rue et disparut avant que j'aie eu le temps de lui crier :

— Fais attention !

Je restai haletante sur la chaussée. Les dernières paroles que Jamie avait adressées à Randall résonnaient encore dans ma tête.

Où était-il ? Il n'était tout de même pas retourné chez le duc ? Non, c'était impossible. Il n'avait pas d'épée. Quelles que soient ses intentions, il n'agirait pas précipitamment. Je l'avais déjà vu se battre ; il savait garder la tête froide et étouffer ses émotions afin de se concentrer sur la précision du moindre de ses gestes et calculer la portée de chaque coup. Il saurait trouver en lui la force de maîtriser sa soif de vengeance. C'était un homme d'honneur.

Je m'arrêtai dans le vestibule et marquai une pause devant le miroir pour ôter mon manteau et remettre de l'ordre dans ma coiffure. « Du calme, Beauchamp, réfléchis ! » me répétai-je. J'interrogeai en silence mon reflet livide. S'il décidait de se battre en duel, quelle était la première chose dont il aurait besoin ?

Une épée ? La sienne était à l'étage, suspendue à l'armoire de notre chambre. Il pouvait en emprunter une, mais je l'imaginais mal se lançant dans un corps à corps mortel armé d'une autre épée que la sienne. Son oncle, Dougal MacKenzie, la lui avait offerte pour ses dix-sept ans, puis lui avait enseigné comment se battre de la main gauche. Il l'avait entraîné, des heures durant, gaucher contre gaucher, jusqu'à ce que la longue lame de métal prenne vie dans sa main, la garde soudée à sa paume comme un prolongement de son bras. Jamie disait souvent qu'il se sentait nu sans elle. Et ce n'était pas là un combat auquel il se rendrait nu.

Non, s'il avait eu besoin de son épée, il serait venu la chercher.

Quel était le protocole des duellistes ? Avant d'en arriver aux épées, que faisait-on ?... On lançait un défi, bien sûr ! Les paroles que Jamie venait de lancer dans le couloir du duc suffisaient-elles ? J'avais une vague notion de gens se soufflant ou se lançant des gants au visage, mais j'ignorais si c'était là réellement la coutume ou juste un geste pittoresque issu de l'imagination d'un cinéaste.

Je me souvins : d'abord on lançait un défi, puis on choisissait le lieu du combat, de préférence un endroit à l'abri des regards, où ni la police ni la garde royale ne viendraient mettre leur nez. Pour cela, il fallait un médiateur et des témoins. Ah ! voilà où Jamie avait filé : chercher son témoin, Murtagh.

Même si Jamie retrouvait Murtagh avant Fergus, il fallait encore arranger certaines formalités. Je commençai à respirer un peu mieux, bien que mon cœur battît encore à toute allure. Mon corset m'opprimait. Vérifiant qu'il n'y avait aucun domestique dans les parages, je dénouai les lacets de ma robe et dégageai ma gorge.

— Si j'avais su que vous aviez l'habitude de vous déshabiller dans l'entrée, je n'aurais pas attendu dans le salon ! dit une voix ironique derrière moi.

Je fis volte-face, le sang glacé.

Il était nonchalamment adossé contre le chambranle de la porte du salon, les bras croisés. Il était presque aussi grand que Jamie, avec le même corps souple en dépit de sa corpulence, et la même assurance. Mais ses cheveux étaient noirs et ses yeux plus clairs. Dougal MacKenzie ! Quand on parle du loup...

— Qu'est-ce que... vous faites ici ? balbutiai-je.

C'étaient beaucoup de fantômes dans la même journée. Je crus un instant que mon cœur allait lâcher. Je n'avais rien avalé de la journée et je sentis la pièce tanguer dangereusement autour de moi. Il avança d'un pas, me rattrapa par le bras et me guida vers une chaise.

— Asseyez-vous, conseilla-t-il. Vous n'avez pas l'air très bien.

— Toujours aussi observateur ! lâchai-je dans un souffle.

Des petits points noirs dansaient devant mes yeux et je pris un instant ma tête entre mes mains.

Jamie. Frank. Randall. Dougal. Les visages défilaient dans ma tête et leurs noms résonnaient dans mes oreilles. Je pressai mes mains moites sous mes bras, tentant de contrôler mes tremblements. Jamie n'allait pas affronter Randall dans l'immédiat, c'était le principal. Cela me laissait un peu de temps pour réfléchir et trouver une parade. Mais laquelle ? Laissant mon subconscient se débattre avec cette idée, je m'efforçai de respirer plus lentement et concentrai mon attention sur la situation présente.

— Que faites-vous ici ? répétai-je.

Il prit un air étonné.

— Parce qu'il faut une raison pour rendre visite à un parent ?

— Vu les circonstances, oui.

Je me redressai et, ignorant royalement mes lacets défaits, je me levai et me dirigeai droit vers la console du salon où étaient entreposées les carafes. Il me devança, prit un verre en cristal sur un plateau et me servit un doigt de whisky. Après un regard dubitatif dans ma direction, il rajouta une bonne dose.

— Merci, dis-je en acceptant le verre.

— Les circonstances, hein ? Mais quelles circonstances ?

Sans attendre que je le lui propose, il se servit un verre et le leva pour porter un toast.

— À Sa Majesté ! lança-t-il.

— Sa Majesté le roi Jacques, je présume ? rétorquai-je malgré moi. Votre présence à Paris signifie sans doute que vous avez fini par convertir Colum à votre façon de penser...

Dougal MacKenzie était un fervent jacobite, mais le clan des MacKenzie de Leoch était gouverné par Colum, son frère. Infirme, celui-ci quittait rarement le château et laissait à Dougal le soin de diriger les affaires extérieures. Mais si Dougal pouvait mener les hommes du clan à la guerre, seul Colum avait le pouvoir de décider si celle-ci devait avoir lieu ou pas.

Dougal ne me répondit pas. Ayant vidé son verre, il s'en resservit un autre. Il fit claquer sa langue et examina l'alcool en connaisseur.

— Pas mauvais ! opina-t-il. Je devrais en rapporter à Colum. Il lui faut maintenant quelque chose de plus fort que le vin pour l'aider à dormir le soir.

C'était une réponse indirecte à ma question. Cela signifiait que l'état de Colum se détériorait. Pour soulager la douleur occasionnée par le mal qui rongeait peu à peu ses os, Colum prenait du vin de liqueur pour l'aider à dormir. À présent, il avait besoin d'un alcool plus puissant. Bientôt, il lui faudrait sans doute passer à l'opium.

Cette dernière étape marquerait la fin de son règne. Privé de puissance physique, il commandait à la seule force de sa volonté, mais lorsque celle-ci serait entièrement livrée à la douleur et à la drogue, le pouvoir passerait à son successeur, Dougal.

— Les circonstances ? dis-je en reprenant sa question. Vous trouvez normal, vous, de venir rendre visite à un homme que vous avez abandonné à une mort certaine, et à sa femme, après avoir tenté de la séduire !

Dougal MacKenzie se mit à rire. J'ignorais ce qu'il fallait pour ébranler cet homme, mais le jour où cela arriverait, je voulais être là !

— Séduire ? dit-il d'un air amusé. Je vous ai offert le mariage !

— Vous avez également offert de me violer, si je me souviens bien.

De fait, il avait effectivement proposé de m'épouser, par la force, après avoir refusé de m'aider à sauver Jamie de la prison de Wentworth. Son motif principal était alors de récupérer Lallybroch, le domaine de Jamie, et, par la même occasion, de profiter des à-côtés du mariage, mon corps en la circonstance.

Sans m'écouter, comme d'habitude, il expliqua d'un ton détaché :

— Je vous rappelle qu'à l'époque, il semblait n'y avoir aucune solution pour sortir Jamie de là, et il aurait été ridicule de risquer la vie de mes hommes pour rien. Je suis sûr que Jamie l'a parfaitement compris. D'autre part, en tant que parent, il était de mon devoir d'offrir ma protection à sa veuve. J'ai été son tuteur, ne l'oubliez pas.

Le pire était qu'il avait raison. Lorsque j'avais raconté ce qui s'était passé à Jamie, il n'en avait pas voulu à son oncle d'avoir refusé de prendre la forteresse d'assaut. Lui-même ne s'était pas attendu à s'en sortir et seul un miracle m'avait permis de le sauver. Mais si je lui avais également parlé de la proposition de mariage de Dougal, je m'étais bien gardée de lui préciser les aspects charnels de son offre. Après tout, je n'aurais jamais imaginé revoir Dougal un jour.

Dougal était un opportuniste : sachant Jamie sur le point d'être pendu, il n'avait pas attendu l'exécution de la sentence pour tenter de s'emparer de moi et du domaine dont j'étais censée hériter. Si Colum mourait, ou plutôt *quand* il mourrait ou serait incapable d'assumer ses fonctions, Dougal deviendrait le chef du clan en moins d'une semaine. Et si Charles-Édouard Stuart parvenait jusqu'en Écosse, Dougal serait là pour le seconder.

Je bus lentement mon verre, plongée dans mes pensées. Colum avait des intérêts en France, principalement dans le vin et le bois. C'était sans doute la raison officielle de la visite de Dougal à Paris. Mais il en avait d'autres, j'en étais sûre. La présence de Charles-Édouard Stuart dans la capitale était certainement l'une d'elles.

Il y avait néanmoins quelque chose de positif chez Dougal : sa présence stimulait la réflexion, ne serait-ce que pour deviner ce qu'il était en train de mijoter. Prise d'une soudaine inspiration, il me vint une idée.

— Quoi qu'il en soit, déclarai-je soudain, je suis contente de vous voir.

Je reposai mon verre et me levai.

— Vraiment ?

Il haussa ses sourcils broussailleux.

— Parfaitement. Allez chercher mon manteau pendant que je renoue mes lacets, ajoutai-je en faisant un signe vers le vestibule. J'ai besoin que vous m'accompagniez auprès du lieutenant de police.

En voyant sa mâchoire tomber, je sentis un soupçon d'espoir m'envahir. Si j'étais parvenue à clouer le bec à Dougal MacKenzie, je pouvais sûrement empêcher un duel !

— Ça vous ennuierait de me dire ce qu'on est en train de faire ? s'enquit Dougal.

Notre attelage venait de franchir un passage étroit, évitant de justesse un fiacre stationné au milieu de la rue et une carriole pleine de légumes.

— Oui, mais je suppose qu'il le faut. Vous saviez que Jonathan Randall était encore en vie ?

— J'ignorais qu'il fût mort, se contenta-t-il de répondre.

Naturellement. Jamie et moi étions persuadés de la mort de Randall pour la simple raison que sir Marcus MacRannoch avait pris la dépouille piétinée de l'ordonnance pour celle du capitaine. Mais la nouvelle ne pouvait s'être répandue dans les Highlands, dans la mesure où cette mort n'avait jamais eu lieu...

— En effet, il n'est pas mort. Il est à Paris, informai-je Dougal.

— À Paris ?

Il réfléchit un instant et demanda :

— Où est Jamie ?

Il était décidément très rapide. S'il ignorait ce qui s'était passé entre Randall et Jamie à Wentworth (personne ne le saurait probablement jamais, mis à part Jamie lui-même, Randall et, dans une certaine mesure, moi), il en savait assez pour deviner que la première chose que ferait Jamie, s'il tombait sur son ennemi mortel hors du sanctuaire de l'Angleterre, serait de le défier dans un combat à mort.

— Je ne sais pas, dis-je en regardant par la portière.

Nous passions au niveau des halles et les odeurs de poisson me soulevèrent le cœur. Je sortis un mouchoir et m'en couvris le nez.

— Nous sommes tombés par hasard sur Randall ce matin chez le duc de Sandringham, expliquai-je. Jamie m'a renvoyée à la maison en voiture et, depuis, je ne sais pas où il se trouve.

Dougal, qui semblait indifférent à la puanteur et aux cris des poissonniers, fronça les sourcils.

— Il compte sans doute tuer l'Anglais, non ?

348

Je hochai la tête et lui expliquai mon raisonnement à propos de l'épée.

— Je ne veux pas qu'il se batte en duel ! conclus-je fermement. Pas question !

— Mmm... convint-il. Ce serait trop dangereux. Non que le gamin ne soit pas capable d'en finir avec lui en un tour de main — c'est moi qui lui ai appris à manier l'épée, vous savez, ajouta-t-il fièrement. Mais se battre en duel est passible de...

— Exactement.

— D'accord, mais pourquoi aller à la justice du Roi ? Vous ne comptez tout de même pas faire enfermer Jamie pour l'empêcher de se battre ? C'est votre mari !

— Pas Jamie, rectifiai-je. Randall.

Ses lèvres esquissèrent un sourire sceptique.

— Ah oui ? Et comment comptez-vous vous y prendre ?

— Il y a quelques jours, une amie et moi avons été... attaquées. Nos agresseurs étaient masqués et je serais incapable de les identifier. Mais l'un d'entre eux était à peu près de la taille et de la corpulence de Jonathan Randall. Je vais déclarer que j'ai rencontré Randall chez quelqu'un ce matin et que je l'ai reconnu comme étant l'un de nos assaillants.

Dougal me dévisagea d'un air songeur. Son regard froid s'illumina.

— Bon sang ! Vous êtes une vraie diablesse ! Ils voulaient vous voler ?

— Non, dis-je en serrant les dents.

— Ah...

Il marqua une pause avant de demander :

— Mais vous vous en êtes sortie indemne, non ?

Je détournai la tête, sentant son regard parcourir mon corsage, puis mes jupes.

— Moi, oui, mais mon amie...

— Je vois...

Il se tut de nouveau, perdu dans ses pensées.

— Vous avez déjà entendu parler des Disciples du Mal ?

Je me tournai vers lui. Il était enfoncé dans un coin de la voiture, m'étudiant attentivement.

— Non. Qu'est-ce que c'est ?

— Une sorte de secte. Des jeunes gens de bonne famille... qui ont un net penchant pour la violence gratuite.

— Que savez-vous d'eux au juste ?

— Pas grand-chose, sinon ce que j'en ai entendu dire dans une taverne de la Cité. Il paraît que la secte exige beaucoup de la part de ses membres et que le prix à payer pour être initié est assez élevé. Il y a des épreuves à surmonter.

— À savoir ?

349

— Il faut le sang d'une vierge, les mamelles d'une femme mariée...

Il lança un bref regard vers ma poitrine et demanda :

— Votre amie est vierge ? ou plutôt, *était* ?

Je me sentais glacée et fiévreuse tout à la fois. Je m'essuyai le front avec mon mouchoir et le glissai dans ma manche. Je dus m'y reprendre à deux fois tant j'avais les mains qui tremblaient.

— Elle l'était, en effet, confirmai-je. Que savez-vous d'autre ? Vous connaissez les membres de cette secte ?

Dougal fit non de la tête.

— Uniquement des rumeurs. Le vicomte de Busca en ferait partie, ainsi que le plus jeune des fils Charmisse... et le comte de Saint-Germain.

Ma gorge se noua. J'entendais encore la voix ironique de l'homme à la chemise mouchetée : *Ne vous inquiétez pas, Mesdames. On ne vous veut aucun mal.* Celui qui portait la chemise verte était de taille moyenne, svelte avec des épaules étroites. Si la description pouvait correspondre à Jonathan Randall, elle correspondait également à Saint-Germain. Mais pourquoi n'avais-je pas reconnu sa voix ? Un homme normal pouvait-il, deux heures seulement après l'incident de la rue Saint-Honoré, s'asseoir à ma table et parler aimablement de choses et d'autres comme si de rien n'était ?

Pourquoi pas ? Je l'avais bien fait, moi ! Et rien n'indiquait que le comte de Saint-Germain fût un homme normal. Loin de là.

Le mensonge que je m'apprêtais à faire à la police signifiait que le violeur de Mary allait continuer de courir tranquille et que l'ennemi mortel de Jamie allait être préservé. Ma détermination vacilla. Avais-je le choix ? La vie primait avant tout : la justice attendrait.

Le cocher arrêta la voiture et sauta à terre pour nous ouvrir la porte. Je me mordis les lèvres et lançai un regard à Dougal. Il m'observait d'un air interrogateur, se demandant sans doute ce que j'attendais de lui.

— Vous allez confirmer ma déposition ?

La masse imposante du Grand Châtelet se dressait devant nous. Le soleil éclatant inondait l'intérieur de la voiture d'une lumière blanche.

— Vous êtes sûre de ce que vous faites ?

— Oui, affirmai-je, la gorge sèche.

Il poussa un soupir et me tendit la main.

— Alors prions ne pas se retrouver tous les deux à la Bastille !

Une heure plus tard, nous sortions de l'hôtel de police. J'avais renvoyé la voiture de peur qu'une de nos connaissances ne la voie attendre devant le fort du Châtelet. Dougal m'offrit son bras, que je pris, bien obligée. La rue était boueuse et j'avais un mal fou à marcher avec mes mules à talons.

— Les Disciples... dis-je tandis que nous longions les quais vers Notre-Dame... Vous pensez vraiment que Saint-Germain pourrait être l'un de ceux qui nous ont attaquées rue Saint-Honoré ?

La fatigue et l'énervement me faisaient trembler, sans compter la faim. Seules l'angoisse et la peur m'avaient aidée à tenir le coup pendant mon entretien avec le lieutenant de police. À présent, je sentais mes forces m'abandonner, lentement mais sûrement.

Nous tournâmes rue Élise. Les pavés étaient mouillés et recouverts d'immondices et de déchets de toute nature. Je devais regarder attentivement où je mettais les pieds pour ne pas glisser. À quelques mètres de nous, un livreur chargé d'une lourde caisse se racla bruyamment la gorge et cracha. Un graillon verdâtre atterrit sur le bord incliné d'un pavé, avant de glisser doucement vers une flaque d'eau saumâtre où il se mit à flotter.

Dougal lançait des regards des deux côtés de la rue, en quête d'un fiacre.

— Mmm... fit-il. Je n'en sais trop rien. Ce que j'ai entendu sur ce Saint-Germain ne laisse rien présager de bon, mais je n'ai pas encore eu l'honneur de le rencontrer. Vous vous en êtes bien tirés pour le moment. Randall sera arrêté et enfermé à la Bastille dans moins d'une heure. Mais après ? Ils ne pourront pas le garder bien longtemps et je doute que Jamie soit calmé d'ici là. Vous voulez que je lui parle... que j'essaie de le convaincre ?

— Non ! Surtout pas ! Restez en dehors de ça.

La véhémence de mon propos le fit sursauter.

— D'accord, d'accord, dit-il doucement. Vous saurez certainement mieux lui parler que moi. Il est têtu comme une mule... mais je suppose que vous avez des arguments auxquels il est sensible, non ?

Il me lança un regard entendu.

— Je me débrouillerai, répondis-je.

Il le faudrait bien. Tout ce que j'avais raconté à Dougal était vrai. Toute la vérité, rien que la vérité... et pourtant si loin de la réalité ! Car j'aurais volontiers envoyé Charles-Édouard Stuart et son père se faire pendre et sacrifié tout espoir d'arrêter leur course au désastre pour refermer la plaie que la résurrection de Randall avait rouverte en Jamie. Je l'aurais même aidé avec plaisir à tuer Randall, s'il n'y avait eu une chose qui m'en empêchait ; la seule considération assez puissante pour contrebalancer l'orgueil de Jamie et la paix menacée de son âme : Frank.

Cette idée m'avait obsédée pendant toute la journée. Pendant des mois, croyant que Randall était mort avant d'avoir eu le temps de laisser un descendant, j'avais craint pour la vie de Frank. Mais pendant cette même période, je m'étais rassurée en contemplant l'alliance en or à mon annulaire gauche. Pendant les heures sombres de la nuit, quand le doute et l'angoisse venaient perturber mes rêves, cet anneau d'or me protégeait. Si je portais encore la bague de Frank, c'était qu'il avait existé ou qu'il existerait un jour. Je me l'étais répété un millier de fois. Même si j'ignorais comment un homme mort sans avoir eu d'enfant pouvait laisser derrière lui une lignée qui menait jusqu'à Frank, la bague était toujours là, donc Frank vivrait.

À présent, je comprenais pourquoi l'alliance n'avait pas disparu. Randall vivait. Il pouvait encore se marier et avoir des enfants. À moins que Jamie ne le tue avant.

J'avais provisoirement réglé le problème, mais cela ne changeait rien à la situation. La vie de Frank avait un prix : l'âme de Jamie. Comment pouvais-je choisir entre les deux ?

Un fiacre passa en trombe devant nous, indifférent aux appels sonores de Dougal, et projeta une gerbe d'eau boueuse sur les bas de soie de mon compagnon et sur ma robe.

Vociférant une avalanche d'insultes en gaélique, Dougal brandit un poing derrière la voiture qui s'éloignait. D'un air résigné, il se tourna vers moi.

— Et maintenant, qu'est-ce qu'on fait ?

Le crachat verdâtre flottait toujours dans la flaque, à mes pieds. Je pouvais imaginer son contact froid et visqueux sur ma langue. Les odeurs nauséabondes de poisson pourri me soulevèrent le cœur. Je me raccrochai au bras de Dougal, dur et solide comme une branche de sycomore.

— Maintenant, je crois que je vais être malade...

Je rentrai enfin rue Trémoulins au coucher du soleil. Mes genoux tremblaient et chaque marche de l'escalier me coûtait un effort. J'allai droit dans notre chambre, me demandant si Jamie était rentré.

Je m'arrêtai net sur le pas de la porte. Mon coffret à remèdes était ouvert sur le lit et les ciseaux que j'utilisais pour couper les bandages étaient posés sur ma coiffeuse. C'était un bel objet, qui m'avait été offert par un coutelier qui travaillait de temps à autre à l'hôpital des Anges. Les lames d'argent en forme de long bec se prolongeaient par des anneaux dorés à tête de cigogne. Éclairés par les derniers rayons du soleil, ils étincelaient sur la table, au milieu d'un nuage de longs fils de soie roux.

J'avançai vers la coiffeuse. Les filaments soyeux se soulevèrent et coururent un moment sur la table.

— Et merde ! soupirai-je.

Jamie était venu, et reparti... avec son épée.

Ses cheveux gisaient là où ils étaient tombés, sur la coiffeuse, la chaise et le parquet. Je saisis une boucle rousse, la lissai entre mes doigts. Une sueur froide glissa le long de mon dos. Je me remémorai une soirée dans les jardins de l'hôtel de Rohan et les paroles de Jamie : *Le ruban avec lequel j'avais noué mes cheveux s'était défait au beau milieu du combat et j'avais les cheveux dans les yeux.*

On ne l'y prendrait pas deux fois. J'imaginais la froide détermination avec laquelle il avait accompli son geste et le crissement des lames sur les boucles épaisses. Il s'était assuré que, cette fois, rien ne viendrait se mettre entre lui et la mort de Jonathan Randall.

Rien, sauf moi. Je m'assis sur le bord du lit et fermai les yeux, une main resserrée sur quelques mèches comme dans un geste de protection.

Avais-je été assez rapide ? La police du roi avait-elle trouvé Randall avant Jamie ? Et si elle était arrivée juste après lui et les avait surpris en plein combat ?

Je lançai un regard vers la fenêtre. Il faisait presque nuit. Généralement, les duels se tenaient à l'aube, mais j'ignorais si Jamie avait eu la patience d'attendre jusqu'au matin. Ils étaient peut-être déjà à l'œuvre, quelque part dans un lieu isolé où personne n'entendrait le fracas du métal ou les cris d'agonie du vaincu.

Il ne pouvait s'agir que d'un combat à mort. Mais qui succomberait ? Jamie ? ou Randall et, avec lui, Frank. Jamie était le plus fort à l'épée, mais étant l'offensé, Randall aurait le choix des armes. Or, l'issue d'un duel au pistolet dépendait moins de l'adresse des duellistes que du hasard, les armes à feu n'étant pas précises et sujettes à partir sans prévenir. J'eus la soudaine vision de Jamie étendu dans l'herbe, inerte, et je sentis une odeur de poudre noire au-dessus des parfums printaniers du bois de Boulogne.

— Qu'est-ce que tu fais ici, Claire ?

Mon cœur fit un bond. Il se tenait là, indemne, m'observant d'un air froid. Je ne l'avais jamais vu avec des cheveux aussi courts, qui faisaient ressortir les os saillants de son visage.

— Ce que je fais ? répétai-je. Ce que je fais ? Je suis assise là avec tes cheveux dans la main, en train de me demander si tu es mort ou vivant ! Voilà ce que je fais !

— Je ne suis pas mort, répondit-il simplement.

Il traversa la chambre et ouvrit l'armoire. Il portait son épée à la taille et s'était changé. Il portait sa vieille houppelande, celle qui lui permettait une plus grande liberté de mouvements.

— C'est ce que je vois, rétorquai-je. C'est quand même gentil à toi d'être venu me prévenir.

— Je suis juste venu prendre des vêtements.

Il sortit deux chemises, un grand manteau et les déposa sur un tabouret.

— Des vêtements ! Mais où vas-tu ?

— Dans une auberge.

Il me lança un regard distant, puis sembla décider que je méritais quand même plus que trois mots d'explications.

— Après t'avoir fait raccompagner à la maison ce matin, commença-t-il, j'ai longuement marché pour essayer de me calmer. Je suis passé ici prendre mon épée et je suis retourné chez le duc pour provoquer Randall dans un duel en bonne et due forme. Le majordome m'a alors annoncé qu'il venait d'être arrêté.

Ses yeux bleu acier me toisèrent froidement.

— Ils l'ont emmené à la Bastille. Il paraîtrait que tu l'as accusé de vous avoir attaquées, Mary Hawkins et toi, l'autre soir. Pourquoi, Claire ?

Je me sentais défaillir. Je lâchai la mèche de cheveux qui se désintégra en une multitude de filaments épars sur mes genoux.

— Jamie... dis-je d'une voix tremblante. Tu ne dois pas te battre avec Jack Randall.

Ses lèvres esquissèrent un sourire sardonique.

— Je ne sais pas si je dois être touché que tu te préoccupes autant de ma sécurité, ou vexé de ton manque de confiance ; mais dans un cas comme dans l'autre, tu n'as pas à t'inquiéter. Je vais le tuer. Facilement.

Il prononça ce dernier mot lentement, avec une sorte de satisfaction perverse.

— Ce n'est pas ce que je voulais dire ! Jamie...

— Heureusement, coupa-t-il sans m'entendre, Randall peut prouver qu'il était chez le duc le soir du viol. Dès que la police aura fini d'interroger ses témoins et sera assurée de son innocence, dans ce crime-là du moins, elle le laissera partir. J'attendrai sa libération à l'auberge. Ensuite, j'irai le trouver.

Ses yeux se tournèrent vers l'armoire, mais il semblait voir autre chose.

— Je sais qu'il m'attendra, ajouta-t-il doucement.

Il enfourna du linge propre et des chemises dans un sac de voyage et jeta son manteau sur son épaule.

Il était presque à la porte quand je bondis du lit et le rattrapai par la manche.

— Jamie ! Je t'en supplie, Jamie ! Écoute-moi ! Ne tue pas Jack Randall, je ne peux pas te laisser faire ça...

Il tourna vers moi des yeux ahuris.

— À cause de Frank, dis-je.

Je lâchai son bras et reculai d'un pas.

Il secoua la tête comme si les oreilles lui bourdonnaient.

— Frank ? répéta-t-il. Frank ?

— Oui, Frank ! Si tu tues Jack Randall... Frank ne pourra pas exister. Il ne pourra pas naître, Jamie. Tu ne peux pas tuer un innocent...

Il se redressa, les oreilles rouges, le regard fulminant.

— Un innocent ! hurla-t-il.

— Frank est innocent ! Je me fiche de Jack Randall...

— Pas moi ! Bon sang, Claire ! Tu veux m'empêcher de me venger de celui qui a fait de moi sa putain ! qui m'a forcé à m'agenouiller devant lui et à sucer son sexe barbouillé de mon propre sang !

Il ouvrit brutalement la porte et bondit dans le couloir, dans une grande envolée d'étoffe.

Je le rattrapai par le bras en haut des marches.

— Jamie ! Je t'en supplie !

Il se dégagea violemment, manquant m'envoyer rouler sur le tapis. Ses yeux étaient pleins de larmes. Je m'agrippai à son sac de voyage et le lui arrachai des mains.

— Je t'en prie, Jamie ! Attends juste un an, pas plus ! L'enfant de Randall sera conçu en décembre prochain, après peu importe. Mais je t'en supplie, Jamie, fais-le pour moi... Attends encore un peu !

Le grand lustre de l'entrée avait été allumé et projetait une ombre immense dans la cage d'escalier. Jamie s'arrêta devant la balustrade, le regard fixé sur un point, quelques mètres plus bas.

— Oui, murmura-t-il comme s'il parlait à lui-même, je suis un homme. Grand et fort. Je peux supporter beaucoup de choses.

Se tournant brusquement vers moi, il s'écria :

— Oui, beaucoup de choses ! Mais est-ce que c'est une raison pour supporter toutes les faiblesses des autres ! Je n'ai donc pas le droit d'avoir les miennes ?

Il se mit à faire les cent pas sur le palier, suivi de son ombre fébrile.

— Je ne peux pas croire que tu me demandes une chose pareille, Claire ! Toi ! Surtout toi ! Alors que tu sais ce qu'il... ce qu'il...

Sa voix s'étrangla dans sa gorge et il ne put achever sa phrase. Il cogna sur le mur de toutes ses forces, mais le bruit de l'impact se perdit dans l'épaisseur de la pierre. Je me tenais immobile derrière lui, n'osant ni parler ni bouger. Il hocha la tête rapidement, deux fois de suite, comme s'il venait de prendre une décision, dégaina son coutelas et me le tendit.

355

— Il va falloir que tu choisisses, Claire. Lui ou moi. Je ne supporterai pas de vivre plus longtemps tant qu'il sera en vie. Et puisque tu refuses que je le tue, alors tue-moi toi-même !

Il saisit ma main et la referma sur le manche du coutelas. Arrachant d'un coup sec les lacets de son jabot, il pointa la lame sur son cou.

Je tentai de libérer ma main, mais il pressa la lame contre sa peau, juste sous la pomme d'Adam, là où Randall avait laissé une cicatrice courte et profonde.

— Jamie ! Je t'en supplie, arrête ! Tu ne vas pas remettre ça !

De ma main libre, je saisis ses doigts et les écartai de toutes mes forces. Le coutelas tomba sur le tapis d'Aubusson. Avec cette clarté de vision qui vous habite dans les moments les plus intenses, je notai au passage que la lame reposait en travers d'un motif de vigne, comme si elle s'apprêtait à trancher une grappe de raisin.

Il se tenait haletant devant moi, livide, le visage décomposé par la fureur et la douleur.

— Je t'en prie, Jamie, crois-moi, je ne peux pas te laisser faire ça, mais je ne vois pas d'autre issue.

J'avançai vers lui d'un pas hésitant, les mains tendues.

— Tu me dois la vie, Jamie. Pas une fois, mais deux. Je t'ai sauvé de la pendaison à Wentworth, et de la fièvre à l'abbaye. Tu me dois une vie, Jamie !

Il détourna le regard et me répondit d'une voix amère :

— Je vois. Et c'est maintenant que tu réclames le paiement de ma dette ?

— Je n'ai pas le choix ! Tu refuses d'entendre raison !

— Ah ! la raison, elle a bon dos ! Ce que tu es en train de me dire n'a rien à voir avec la raison.

Les mains dans le dos, il s'éloigna dans le long couloir tapissé de tableaux, tête baissée.

Il arriva au bout du couloir, devant la grande verrière en vitrail de l'escalier qui menait au deuxième étage, puis, avec la précision d'une sentinelle, pivota sur ses talons et revint d'un pas lent et régulier sans relever la tête. Il fit ainsi plusieurs allées et venues sans dire un mot.

Les jambes tremblantes, je me laissai tomber sur une chaise et le regardai passer et repasser. Un domestique apparut et me demanda timidement si je voulais un verre de vin ou une pâtisserie. Je le congédiai d'un geste de la main et il repartit tête basse.

Au bout d'une bonne dizaine de minutes, Jamie s'arrêta enfin à ma hauteur. Il se planta devant moi, les jambes légèrement écartées, les mains toujours dans le dos, et attendit que je relève la tête. Son visage était figé, sans la moindre expression, mais son regard était froid et distant.

— Un an, pas plus, furent ses seules paroles.

Là-dessus, il reprit sa marche. Arrivé au bout du couloir, il prit soudainement son élan et envoya son poing droit se fracasser contre le vitrail.

La verrière était constituée d'une myriade de petits fragments de verres colorés retenus par des fils de plomb. La scène représentait le jugement de Pâris. La structure trembla mais le plomb retint la plupart des fragments. Seul, un petit morceau des pieds d'Aphrodite tomba, laissant entrer un courant d'air froid. Jamie se tint la main et la pressa contre lui. Une tache rouge se répandit dans la cascade de dentelle de sa manche. Il repassa devant moi sans me voir et s'éloigna sans un mot.

Je me laissai retomber lourdement sur le coussin de la chaise et soulevai un petit nuage de poussière.

Je restai là, prostrée, les yeux fermés, sentant la brise fraîche du soir caresser mes tempes moites. Mon pouls palpitait, rapide comme celui d'un oiseau.

Me pardonnerait-il jamais ?

La tristesse m'envahit quand je revis en pensée le regard qu'il m'avait lancé. Un regard lourd du sentiment d'avoir été trahi. *Comment peux-tu me demander une chose pareille ? Toi qui sais...* Oui, je savais et je savais aussi que ma requête pourrait m'arracher à lui comme j'avais été arrachée autrefois à Frank.

Mais que Jamie me pardonne ou non, je n'aurais pu me pardonner d'avoir condamné un innocent... a fortiori si cet innocent s'appelait Frank Randall, l'homme que j'avais aimé autrefois.

— *Les péchés des pères*, murmurai-je, *n'assombriront pas le front de leurs enfants.*

— Madame ?

Je sursautai, rouvrant les yeux pour découvrir une femme de chambre aussi surprise que moi.

— Madame, vous ne vous sentez pas bien ? Voulez-vous que je...

— Non, dis-je fermement. Je vous remercie, je ne veux rien. Je suis très bien, laissez-moi.

La jeune fille ne se fit pas prier et, après une petite courbette, disparut dans le couloir. Je restai les yeux fixés sur un tableau suspendu au mur en face de moi. Il représentait une scène d'amour dans un jardin. J'eus soudainement froid et je rabattis autour de moi les pans de mon manteau que je n'avais toujours pas eu le temps d'enlever.

Il était minuit passé quand j'entrai enfin dans notre chambre. Jamie était assis devant une petite table, le regard fixé sur deux papillons de nuit qui voletaient près de la flamme d'une bougie. Je laissai tomber mon manteau sur le sol et m'approchai de lui.

— Ne me touche pas, dit-il sans se retourner. Va te coucher.

— Mais ta main...

— Laisse ma main tranquille. Va te coucher.

Les articulations de sa main droite étaient couvertes de sang, tout comme la manche de sa chemise. Mais je n'aurais pas osé faire un pas de plus vers lui, même s'il avait eu un couteau planté dans le ventre. Je le laissai à son observation et me couchai.

Je me réveillai à l'aube. Les premières lueurs du jour bordaient de blanc pâle le contour des meubles. À travers la double porte du boudoir, je pouvais voir Jamie toujours assis à la même place. La bougie s'était consumée et les papillons avaient disparu. Jamie se tenait la tête entre les mains, dans une attitude de profonde réflexion.

Je me glissai hors du lit et m'approchai de lui. Il ne se retourna pas, même si je savais qu'il était conscient de ma présence. Lorsque je touchai sa main, il la laissa lourdement retomber sur la table et renversa sa tête en arrière, contre mes seins. Il poussa un long soupir et je sentis la tension se relâcher en lui. Avec une douceur infinie, je lui massai la nuque et les épaules. Puis je vins me placer devant lui. Il me saisit par la taille et enfouit son nez dans ma chemise de nuit, juste au-dessus du renflement de mon ventre.

— J'ai froid, dis-je. Pourquoi ne viens-tu pas te coucher pour me réchauffer ?

Après un long moment, il hocha lentement la tête et se leva péniblement. Je le conduisis jusqu'à notre lit et il se laissa déshabiller sans résister. Je rabattis les draps sur lui et me couchai à ses côtés, la tête blottie contre son épaule jusqu'à ce que la chaleur de nos corps réunis nous enveloppe dans un cocon de douceur.

Je posai une main sur sa poitrine et frottai délicatement un téton jusqu'à ce qu'il se redresse, minuscule bourgeon de désir. Il m'arrêta en posant une main sur la mienne. Je craignis qu'il ne me repousse, ce qu'il fit, mais pour mieux se tourner vers moi.

La chambre se remplissait peu à peu de lumière et il resta un long moment à me regarder dans les yeux.

— C'est fou ce que je peux t'aimer, murmura-t-il enfin.

Il m'embrassa, m'empêchant de lui répondre et, prenant un de mes seins dans sa main meurtrie, il se glissa entre mes cuisses.

— Mais ta main...

— Laisse ma main tranquille, répéta-t-il.

QUATRIÈME PARTIE
Scandale

22

L'étalon royal

La berline s'engagea sur un tronçon de route que les gels de l'hiver et les pluies torrentielles du printemps avaient creusé d'ornières et de cassis. Cette année, le climat avait été particulièrement rude. Même en ce début d'été torride, on apercevait encore de grandes flaques d'eau sous les haies des mûriers à maturité. Jamie était assis près de moi sur la banquette. Fergus dormait sur celle d'en face, secoué par les cahots de la voiture comme une poupée désarticulée. Il faisait une chaleur étouffante et une épaisse poussière s'engouffrait dans les ouvertures chaque fois que nous empruntions un chemin sec.

Nous avions épuisé tous les sujets de conversation : la campagne environnante, les haras royaux d'Argentan vers lesquels nous nous dirigions, les dernières rumeurs surprises à la Cour ou au moment d'un dîner... Je me serais sans doute endormie à mon tour, bercée par les soubresauts de la berline, si des mouvements incessants dans mon ventre ne m'avaient obligée à changer constamment de position. Le bébé commençait lui aussi à s'agiter. Ce n'étaient plus les légers effleurements des premiers mois, mais bel et bien des petits coups de pied et de poing qui me martelaient l'estomac. La sensation n'était pas désagréable, mais ne facilitait guère la réflexion.

— Tu aurais peut-être mieux fait de rester à la maison, *Sassenach*, dit Jamie en me voyant gigoter sur place.

— Mais non, répondis-je avec un sourire. Je n'aurais pas voulu manquer ça.

D'un geste, je lui montrai le paysage qui défilait sous nos regards : vertes prairies, bosquets, hautes rangées de peupliers au feuillage sombre. Poussiéreux ou pas, l'air de la campagne était enivrant, après toutes ces semaines passées dans l'atmosphère viciée de la ville et les odeurs putrides de l'hôpital.

Dans un élan de générosité, le roi avait autorisé le duc de Sandringham à acheter quatre de ses célèbres poulinières percheronnes, élevées dans les haras royaux d'Argentan. Le duc espérait ainsi améliorer la qualité de son élevage de chevaux de trait en Angleterre. Sachant que Jamie était un connaisseur, il l'avait invité à l'accompagner. Cette invitation avait été faite lors d'un dîner bien arrosé et, une chose en entraînant une autre, la visite avait pris des allures de pique-nique, auquel participaient plusieurs seigneurs et dames de la Cour qui nous suivaient dans trois autres voitures.

— Tu ne penses pas que cette faveur soit bon signe ? demandai-je à Jamie. Si le roi se met à faire des amabilités aux Anglais, c'est probablement qu'il n'a pas l'intention d'aider Jacques Stuart ; du moins ouvertement.

Jamie refusait catégoriquement de porter la perruque et sa coupe en brosse avait déclenché une série de réactions scandalisées ou admiratives à la Cour. Cela dit, les cheveux courts présentaient un avantage certain par une telle chaleur et je l'enviais un peu.

— C'est difficile à dire, répondit-il. Désormais, je suis pratiquement sûr que le roi de France ne veut pas être mêlé à une restauration éventuelle des Stuarts. M. Duverney m'a assuré que le Conseil d'État y était formellement opposé. À la rigueur, Sa Majesté pourrait céder aux insistances du pape et accorder une petite rente à Charles-Édouard, mais elle veillera cependant à ce qu'aucun Stuart n'acquière trop d'importance dans le royaume de France. Je crois avoir parlé avec tous les banquiers de Paris et aucun ne semble s'intéresser à l'Écosse. L'argent ne coule pas à flots ces temps-ci, et aucun d'entre eux ne se hasardera à financer une tentative de soulèvement qui a peu de chances d'aboutir.

— Il reste l'Espagne, suggérai-je.

Jamie hocha la tête.

— Oui. Et Dougal MacKenzie...

— Tu as eu de ses nouvelles ?

Surmontant sa méfiance initiale, Dougal avait fini par admettre que son neveu était un fervent jacobite. Depuis, notre récolte habituelle de lettres était régulièrement enrichie des missives discrètes que Dougal nous envoyait d'Espagne afin que Jamie les transmette ensuite à Charles-Édouard.

Jamie esquissa un sourire de satisfaction.

— Philippe V a refusé d'aider les Stuarts. Le pape lui a ordonné de ne pas se mêler des affaires de son cousin écossais.

— Pour quelle raison ?

— Dougal croit avoir deviné, rit Jamie. Il est complètement écœuré. Le roi l'a fait attendre pendant un mois à Tolède avant de l'envoyer paître avec une vague promesse d'aide dans un avenir indéterminé. *Deo Volente.* Le pape Benoît XIV craint des frictions entre la France et l'Espagne et, surtout, veut éviter que Louis et Philippe ne gaspillent un argent qui pourrait lui servir. Il ne peut l'affirmer ouvertement, mais il ne croit plus qu'un roi catholique puisse encore gouverner l'Écosse et l'Angleterre. Il est vrai qu'il reste quelques chefs de clan catholiques en Écosse, mais voilà bien longtemps qu'aucun monarque papiste n'est monté sur le trône d'Angleterre et il ne semble pas qu'il y en aura avant longtemps. *Deo Volente.*

Le ton faussement dévot sur lequel il disait cela me fit rire.

— Les Stuarts ont peu de chances de réussir, reprit-il. Tant mieux pour nous ! Les Bourbons ne lèveront pas le petit doigt. Non, la seule chose qui m'inquiète, c'est l'investissement de Charles-Édouard dans les affaires de Saint-Germain.

Jusqu'à présent, les grands banquiers de Paris n'avaient pas pris le jeune prétendant au trône d'Écosse très au sérieux, mais ils changeraient peut-être d'avis si ce dernier se trouvait soudain à la tête d'une grosse fortune.

— Saint-Germain a présenté Charles-Édouard aux Gobelins, auxquels j'ai parlé depuis. Le vieux Gobelins pense que le prince est un pantin et un imbécile, tout comme le jeune Gobelins. Mais le fils aîné m'a confié que s'il réussissait dans son entreprise, il serait peut-être disposé à lui faciliter les choses.

— Mmm, et on ne peut rien faire contre ça ?

Jamie haussa les épaules.

— On peut prier pour qu'un raz de marée s'abatte sur les côtes du Portugal. Mis à part la destruction du vaisseau de Saint-Germain, je ne vois pas ce qui l'empêcherait de réussir. Le comte a déjà pratiquement vendu la totalité de sa cargaison. Charles-Édouard et lui ont toutes les chances de tripler leur mise.

Je frissonnai légèrement en repensant au comte de Saint-Germain. Les spéculations de Dougal à son sujet me hantaient toujours. Je n'avais pas parlé de sa visite à Jamie ni de ce qu'il m'avait raconté sur le comte. Je n'aimais pas avoir de secrets pour lui, mais Dougal avait exigé mon silence en échange de son aide, et je lui avais donné ma parole.

Jamie me sourit et tendit une main vers moi.

— Je trouverai bien quelque chose, *Sassenach*. En attendant, donne-moi tes pieds. Je viens de me rappeler que Jenny disait que, lorsqu'elle était enceinte, rien ne la soulageait autant qu'un bon massage des orteils.

Sans discuter, j'ôtai mes souliers et posai mes pieds sur ses genoux avec un soupir de soulagement. Ses grandes mains puis-

santes se mirent aussitôt au travail et je m'étirai voluptueusement contre le dossier de la banquette.

Penché sur mes orteils recouverts de soie verte, Jamie observa
soudain d'un air détaché :

— Ce n'était pas vraiment une dette, tu sais ?

— Quoi donc ?

Il releva la tête sans cesser de malaxer ma chair meurtrie. Il
paraissait sérieux, même si une lueur amusée brillait dans ses
yeux.

— L'autre jour, tu m'as dit que je te devais une vie, *Sassenach*,
pour avoir sauvé la mienne par deux fois...

Il saisit mon gros orteil et le tordit doucement.

— ... mais si je fais le compte, on est à égalité. Si tu te souviens bien, je t'ai sauvée des griffes de Jack Randall à Fort William et un peu plus tard, à Cranesmuir, je t'ai arrachée à la
foule.

— En effet...

Je ne comprenais pas où il voulait en venir, mais je sentais
qu'il ne plaisantait pas entièrement.

— ... et je t'en suis très reconnaissante, ajoutai-je prudemment.

— Oh, il ne s'agit pas de gratitude, *Sassenach*... Ce que je veux
dire, c'est qu'il n'y a pas de dette entre nous.

Son sourire s'était effacé et il me fixait gravement.

— Je ne t'ai pas donné la vie de Randall en échange de la
mienne, ce ne serait pas équitable. Et ferme donc la bouche,
Sassenach, tu vas avaler une mouche.

De fait, plusieurs insectes voletaient dans la cabine. Trois
d'entre eux étaient posés sur le torse de Fergus, indifférents aux
mouvements de sa poitrine.

— Alors pourquoi as-tu accepté ? demandai-je.

Il enveloppa mes pieds de ses deux mains, caressant la courbe
de mes talons.

— Pour aucune des raisons que tu as invoquées. C'est vrai, j'ai
pris la femme de Frank. Dommage pour lui. Mais finalement, ce
n'est qu'un rival comme un autre. Tu as eu le choix entre lui et
moi, et c'est moi que tu as choisi, même s'il offrait quelques
avantages annexes comme de bons bains chauds. Oooh !

Je venais de dégager un de mes pieds et de le lui envoyer dans
le ventre.

— Tu regrettes déjà ton choix, *Sassenach* ?

— Pas encore, mais ça ne saurait tarder. Continue !

— Je ne vois pas en quoi le fait que tu m'aies choisi plutôt
que lui m'oblige à le traiter avec certains égards. En outre...
j'avoue que j'ai toujours été un peu jaloux de lui.

Je tentai de le frapper de mon autre pied, visant un peu plus bas cette fois, mais il para le coup.

— Pour ce qui est de tuer un innocent de sang-froid, je ne le pourrais pas, poursuivit-il. Mais j'ai tué des hommes au combat ; est-ce vraiment différent ? Je revis en pensée le soldat et l'adolescent que j'avais tués pendant notre fuite de Wentworth. Leur souvenir ne me tourmentait plus, mais je savais que je ne pourrais jamais l'effacer complètement.

— Non... continua Jamie. On peut bien s'égosiller sur ce sujet, mais au bout du compte on n'a jamais qu'une seule option : on tue parce qu'il le faut et on s'arrange avec sa conscience. Je me souviens du visage de chaque homme que j'ai tué et je ne les oublierai jamais. Mais cela ne change rien : je suis vivant et pas eux ; c'est là ma seule justification, que ce soit bien ou mal.

— Mais dans le cas présent, objectai-je, la situation est différente : il ne s'agit pas de tuer ou d'être tué.

— Là, tu te trompes, *Sassenach*. Ce qu'il y a entre moi et Randall ne pourra se résoudre que par la mort de l'un d'entre nous, et encore ! On peut tuer quelqu'un sans utiliser un couteau ou un pistolet. Il y a des choses pires que la mort physique.

Son ton s'adoucit quand il ajouta :

— À l'abbaye de Sainte-Anne, tu m'as sauvé de plus d'une forme de mort, *mo duinne*. Ne crois pas que je l'ai oublié. Finalement, peut-être que je te dois plus que tu ne me dois.

Il lâcha mes pieds et déplia ses longues jambes.

— Ce qui m'oblige un peu à prendre en compte ta conscience en même temps que la mienne. Après tout, tu ne pouvais pas deviner ce qui allait arriver quand tu as fait ton choix. Quitter un homme est une chose, le condamner à mort en est une autre.

Je n'aimais pas du tout cette façon de voir les choses, mais je ne pouvais nier les faits. J'avais effectivement abandonné Frank et, si je ne regrettais pas ma décision, je regretterais toujours d'avoir eu à la prendre. Mais Jamie n'en avait pas terminé :

— Si tu avais su que rester avec moi signifierait... la mort de Frank, aurais-tu pris la même décision ? Maintenant que tu as choisi de rester auprès de moi, ai-je le droit de te reprocher un concours de circonstances que tu ne pouvais pas prévoir ?

Absorbé par son raisonnement, il ne voyait pas l'effet que son discours avait sur moi. Relevant la tête, il remarqua mon visage bouleversé et s'interrompit.

— Sur le moment, je n'ai pas compris la portée de ton geste, reprit-il, en posant une main sur mon genou. Je suis ton époux légitime, tout autant que Frank l'était... ou le sera. En repassant à travers le menhir, tu n'étais même pas sûre de le retrouver. Tu aurais pu être propulsée encore plus loin en arrière dans le temps, ou dans le futur. Tu as agi comme tu pensais devoir le faire. Que pouvais-tu faire de plus ?

Son regard transperçait mon âme.

— Peu m'importe de savoir si c'était bien ou mal de ta part de m'avoir choisi plutôt que lui. Si tu as commis un péché en restant avec moi, alors je suis prêt à t'accompagner en enfer et à remercier le Diable de t'avoir guidée sur le mauvais chemin.

Il prit ma main et la baisa. Je la libérai et caressai ses courtes mèches hérissées.

— Je ne crois pas avoir commis un péché, dis-je doucement. Mais si c'est le cas... alors j'irai en enfer avec toi, Jamie Fraser.

Il ferma les yeux et se pencha de nouveau sur mes pieds. Il les serra si fort contre lui que je sentis mes orteils s'écraser les uns contre les autres. Mais je ne bougeai pas et enfonçai plus profondément mes doigts dans ses cheveux.

— Mais alors pourquoi, Jamie ? Pourquoi as-tu décidé d'épargner Jack Randall ?

Il esquissa un petit sourire.

— J'ai longuement réfléchi, *Sassenach*. D'abord, je savais que tu souffrirais si je tuais cette ordure. Je suis prêt à faire, ou à ne pas faire, pas mal de choses pour t'éviter de souffrir ; mais quel est le poids de ta conscience par rapport à celui de mon honneur ? Non. Chacun d'entre nous est responsable de ses propres actes et de sa propre conscience. Tu ne peux être tenue pour responsable de ce que je fais, quelles qu'en soient les conséquences.

— Alors pourquoi ? insistai-je.

— À cause de Charles-Édouard Stuart. Si ses affaires avec Saint-Germain sont fructueuses, il parviendra peut-être à mener une armée en Écosse. Dans ce cas... tu sais mieux que moi ce qui risque d'arriver.

Oui, je le savais, et je me souvenais du récit d'un historien qui évoquait la défaite de Culloden : ... *Les montagnes de corps jetés pêle-mêle, baignés de pluie et de sang.*

Les Highlanders, mal organisés et affamés, mais la rage au ventre, seraient décimés en moins d'une demi-heure. Du champ de bataille, il ne resterait qu'une vaste étendue jonchée de cadavres sanglants, fouettés par la pluie glacée d'avril, la cause qu'ils avaient si ardemment défendue balayée avec eux.

Jamie se pencha vers moi et prit mes mains dans les siennes.

— Je ne crois pas que cela arrivera, *Sassenach*. Je suis sûr que nous pourrons l'empêcher. Mais dans le cas contraire, je risque d'être obligé de me battre. Et s'il m'arrivait de...

Il déglutit, l'air grave.

— ... Si je ne suis plus là, je veux qu'il te reste une issue. Je veux que tu puisses te réfugier auprès de quelqu'un. Et si je ne peux pas être avec toi, alors je veux que tu sois auprès de quelqu'un qui t'aime autant que moi.

Ses mains pressaient les miennes. Mes bagues s'enfonçaient dans ma chair, comme pour me confirmer l'importance de ce qu'il disait.

— Claire, tu sais combien cela me coûte d'épargner la vie de Randall. Promets-moi que, s'il m'arrive malheur, tu retourneras auprès de Frank.

Ses yeux sondaient les miens.

— J'ai déjà tenté par deux fois de te renvoyer auprès de lui et, Dieu merci, tu n'es pas partie. Mais si cela devait arriver une troisième fois, promets-moi que tu repartiras vers Frank. C'est pour cette seule raison que j'ai accepté d'attendre un an avant de tuer Randall. Tu me le promets, Claire ?

Une voix au-dessus de nos têtes s'écria :

— Allez ! Allez ! Hue !

C'était le cocher qui encourageait son attelage à grimper une côte. Nous étions presque arrivés.

— D'accord, dis-je enfin. Je te le promets.

Les haras royaux étaient d'une propreté immaculée, fleurant bon le soleil et l'odeur des chevaux. Dans un box ouvert, Jamie examinait une jument, les yeux brillants comme ceux d'un taon amoureux.

— Oh, comme tu es belle, ma pouliche ! Viens par ici, montre-moi ta belle croupe dodue ! Voilà ! Tu es magnifique !

— Si seulement mon mari pouvait me parler comme ça ! soupira la duchesse de Neve.

Cela déclencha une cascade de gloussements de la part des dames de notre compagnie, rassemblées dans l'allée centrale.

— Il le ferait peut-être, Madame, siffla le comte de Saint-Germain, si votre arrière-train suscitait en lui autant d'émotions. Mais Monseigneur le duc ne partage peut-être pas les goûts de lord Broch Tuarach pour les croupes rebondies.

Il me lança un regard chargé de mépris et je me retins de lui flanquer ma main sur la figure. J'essayai d'imaginer ses yeux noirs à travers les fentes d'un masque et y parvins facilement. Malheureusement, sa manchette de dentelle lui recouvrait pratiquement toute la main, masquant la naissance de son pouce.

Jamie, qui n'avait rien perdu de cet échange, se tourna vers nous en s'adossant contre le flanc de la jument.

— Lord Broch Tuarach apprécie la beauté sous toutes ses formes, monsieur le comte... chez l'animal comme chez la femme.

Mais, contrairement à certains que je me garderai de citer, il sait distinguer la différence entre les deux.

Il adressa un sourire malicieux à Saint-Germain, puis tapota l'encolure de la jument sous les rires des invités.

Il me prit le bras et m'emmena vers un autre box, entraînant les autres dans son sillage.

— Ah ! fit-il en inhalant le mélange d'odeurs de chevaux, de cuir et de fumier comme s'il s'agissait d'une fragrance subtile et raffinée. Les parfums de la ferme me manquent. Quand je vois ce paysage, ça me donne le mal du pays.

— Ça ne ressemble pourtant pas à l'Écosse !

Autour de nous s'étendait la plaine normande, doucement ondulée et quadrillée de petits champs rectangulaires disposés dans un ordre parfait.

— Non, répondit Jamie, mais c'est la campagne ! C'est propre, c'est vert, l'air n'y est pas enfumé et on ne patauge pas dans l'eau infecte des caniveaux qui débordent d'immondices...

Le soleil faisait briller les toits d'Argentan, nichée un peu plus loin au creux d'une petite colline. Les haras étaient situés en dehors de la ville, et les bâtiments, construits en pierre de taille avec des toits en ardoise et des sols dallés, paraissaient nettement plus robustes que les humbles maisons des sujets de Sa Majesté. Le domaine était maintenu dans un état de propreté irréprochable qui dépassait de loin celui de l'hôpital des Anges.

Un cri aigu retentit derrière nous et Jamie se retourna juste à temps pour intercepter Fergus qui courait à toutes jambes, talonné par deux palefreniers nettement plus grands que lui. L'un d'entre eux avait tout un côté du visage maculé de purin frais, ce qui nous donna une idée assez précise du motif de la poursuite.

Avec une remarquable présence d'esprit, Fergus se réfugia derrière nous. Voyant leur proie ainsi protégée, les deux garçons n'osèrent franchir le barrage de seigneurs et de belles dames richement vêtus. Ils échangèrent un regard résigné et battirent en retraite.

Se sentant hors de danger, Fergus sortit la tête de derrière mes jupes et leur lança quelque chose dans un jargon qui lui valut de se faire tirer l'oreille par Jamie.

— File ! ordonna-t-il. Et si tu es vraiment obligé de bombarder les gens avec du purin, choisis au moins des victimes plus petites que toi. Allez, oust ! Disparais et tâche de te faire oublier.

Il assena une tape sur les fesses du garçon qui partit en trottant dans la direction opposée à celle de ses adversaires.

Je n'avais pas été très chaude à l'idée d'emmener Fergus avec nous, mais la plupart des dames s'étaient fait accompagner d'un page pour porter les paniers de nourriture et tous les à-côtés qu'elles jugeaient indispensables à ce type d'expédition. De son côté, Jamie tenait à lui montrer la campagne. Il estimait, à juste titre, que l'enfant avait mérité un peu de vacances. Il n'avait pas prévu que Fergus, qui n'était jamais sorti de Paris, serait vite enivré par autant d'air pur et de lumière. Le spectacle des animaux de ferme l'avait plongé dans un état d'excitation qui frôlait la démence et il avait multiplié les bêtises depuis notre arrivée.

— Va savoir ce qu'il peut encore inventer ! grommelai-je en voyant l'enfant disparaître. Espérons qu'il ne mettra pas le feu aux écuries.

Cette perspective ne sembla pas inquiéter Jamie pour autant.

— Bah ! C'est de son âge. Tous les enfants aiment jouer dans le fumier.

— Ah bon ?

Je me retournai et lançai un regard vers Saint-Germain, son gilet de soie brodé et ses bas d'une blancheur virginale.

— Toi peut-être, mon cher, mais pas lui, ni probablement l'évêque.

Je commençais à regretter d'être venue. Jamie était ici dans son élément et le duc était à la fois impressionné et ravi de ses conseils, ce qui était de bon augure. Mais le voyage en voiture m'avait brisé les reins. J'avais chaud et mes pieds gonflés me faisaient mal.

Jamie, surprenant ma mine fatiguée, me souffla :

— Patiente encore un peu, *Sassenach*. Notre guide veut nous montrer la salle des saillies. Après quoi, les femmes pourront aller se prélasser dans l'herbe pendant que les hommes échangeront des plaisanteries de mauvais goût sur la taille de leur sexe.

— C'est l'effet que provoque généralement la vue d'une saillie ? demandai-je en riant.

— Sur les hommes en tout cas. Pour les femmes, je ne sais pas. Ouvre grandes tes oreilles, tu me raconteras plus tard.

En effet, un vent d'excitation parcourut le groupe tandis que nous nous entassions dans le hangar où se trouvait l'étalon. Haute de plafond et bien aérée, la salle ne comportait qu'une large stalle fermée, avec des échafaudages de chaque côté et une sorte de rampe inclinée barrée de plusieurs portails successifs que l'on pouvait ouvrir ou fermer pour contrôler les mouvements du cheval. Le hangar donnait sur un pré verdoyant, où l'on voyait paître plusieurs juments de belle taille. Certaines d'entre elles semblaient très agitées et secouaient leur crinière avec des hennissements aigus. Un puissant cri nasal s'éleva soudain dans la stalle, suivi d'un violent coup de sabot contre les parois.

— Il est prêt, murmura quelqu'un derrière moi. Je me demande qui sera l'heureuse élue ?

— Celle qui est près de la barrière, suggéra la duchesse. Je parie cinq livres sur elle.

— Ah, je crains que vous ne vous trompiez, Madame, répondit une autre, elle est bien trop calme. Ce sera la petite, là-bas, sous le pommier. Voyez comme elle roule des yeux et secoue sa crinière ! C'est sur elle que je mise.

En entendant le cri de l'étalon, les juments s'étaient toutes figées sur place, humant l'air devant elles et agitant nerveusement leurs oreilles. Les plus excitées secouaient la tête et ruaient. L'une d'entre elles tendit le cou et poussa un long hennissement plaintif.

— Ce sera celle-ci, indiqua Jamie. Vous entendez comment elle lui répond ?

— Mais que lui dit-elle, milord ? demanda l'évêque, les yeux brillants.

— C'est un chant de séduction, monseigneur, dont les paroles ne sont pas faites pour les oreilles d'un homme d'Église.

Les rires cessèrent brusquement lorsqu'un palefrenier s'avança vers la jument. Effectivement, c'était bien celle désignée par Jamie. Une fois dans le hangar, elle s'immobilisa et dressa la tête, nasaux palpitants. L'étalon sentit sa présence et se mit à hennir de plus belle, faisant un vacarme qui rendait toute conversation impossible.

Mais personne ne songeait plus à parler. L'étalon jaillit de sa stalle avec une violence qui nous fit tous sursauter. Ses énormes sabots soulevèrent un nuage de poussière dans l'enclos en terre battue, et le palefrenier qui lui avait ouvert la porte eut tout juste de temps de sauter de côté. Il paraissait minuscule à côté de la somptueuse masse de nerfs et de fureur qu'il venait de libérer.

L'étalon se rua vers la jument attachée qui fit des embardées en poussant des cris de frayeur. Mais il était déjà sur elle, la bave aux lèvres, les dents refermées sur la courbe de son cou, la forçant à baisser la tête dans un geste de soumission. Elle avait redressé la queue, s'exposant à son désir, entièrement offerte.

— Jésus ! soupira M. Prud'homme.

La saillie ne prit que quelques minutes, mais elle sembla durer une éternité. Nous observions, hypnotisés par les flancs luisants de sueur et les muscles puissants tendus par l'effort de l'accouplement.

Nous sortîmes du hangar sans échanger un mot. Ce fut le duc qui rompit enfin le silence par un grand éclat de rire. Il donna un coup de coude à Jamie.

— Vous êtes habitué à ce genre de spectacle, n'est-ce pas, milord ?

— Oui, Votre Grâce, j'ai vu pas mal de saillies dans ma vie.

— Ah ? fit le duc. Dites-nous donc, vous qui avez tant d'expérience, que vous inspirent ces scènes ?

— Beaucoup de modestie, Votre Grâce.

— Quel spectacle ! s'éventa la duchesse de Neve. Très... émoustillant, vous ne trouvez pas ?

— Vous voulez dire, quel organe ! répondit Mme Prud'homme en rompant un biscuit. J'aimerais que Philibert en ait un comme ça. Le sien est...

Son regard s'arrêta sur un plat de minuscules saucisses et les dames partirent d'un grand éclat de rire.

— Un peu de poulet, Paul, demanda la comtesse de Saint-Germain à son page.

Elle était très jeune et les grivoiseries de ses compagnes la faisaient rougir. Je me demandai quelle sorte de vie Saint-Germain lui faisait mener. Il ne la montrait jamais en public, sauf en de rares occasions comme celle-ci où la présence de l'évêque l'empêchait de se faire accompagner par l'une de ses maîtresses.

— Bah ! fit Mme de Montrésor, une des dames de compagnie de la reine. La taille n'est pas tout. Quel est l'intérêt d'en avoir une aussi grosse si le tour est joué en quelques minutes ? Je vous le demande !

Elle mordit du bout des dents dans un cornichon, avant d'ajouter :

— Ce n'est pas ce qu'ils ont dans la culotte qui compte, mais ce qu'ils en font.

Mme Prud'homme ricana :

— Si vous en rencontrez un qui sait en faire autre chose que de l'enfiler dans le premier trou venu, faites-le-moi savoir ! Je serais bien curieuse de connaître les autres usages qu'ils en font !

— Ne vous plaignez pas, ma chère ! Au moins le vôtre s'intéresse à la chose.

Elle lança un regard dégoûté vers son mari, qui se tenait avec les autres hommes en train de discuter près des enclos.

— Pas ce soir, mon cœur ! minauda-t-elle en imitant la voix nasale de son mari. Je suis siiii fatigué. Les affaires, vous comprenez !

Encouragée par les rires, elle continua, ouvrant des yeux horrifiés et croisant les mains devant son torse comme pour se protéger.

— Mais comment, mon cœur, *encore* ! Mais ignorez-vous donc que le gaspillage de semence nuit à la santé ! Ressaisissezvous, Mathilde, vos désirs m'ont déjà réduit à une peau de chagrin. Vous souhaitez donc que j'ai une *apoplexie* ?

Les gloussements attirèrent l'attention de l'évêque qui agita une main et nous adressa un sourire indulgent, ce qui déclencha une nouvelle crise de fous rires.

— Au moins, le vôtre ne gaspille pas sa semence dans les bordels... ou ailleurs, déclara Mme Prud'homme.

Elle lança un regard apitoyé vers la comtesse de Saint-Germain.

— Non, renchérit Mathilde, il la conserve précieusement comme si c'était de l'or. On croirait qu'il la tient en réserve, de peur d'en manquer un jour... Oh, Votre Grâce ! Vous venez vous joindre à nous ? Comme c'est gentil. Vous prendrez bien une coupe de vin ?

Elle adressa un sourire charmant au duc qui s'était approché sans bruit. S'il avait surpris des bribes de notre conversation, il n'en montra rien.

Il s'assit à côté de moi et se lança dans une conversation plaisante et spirituelle avec les dames, de sa voix curieusement haut perchée qui se fondait avec les leurs. Je remarquai toutefois qu'il lançait régulièrement des regards en direction du petit groupe assemblé près des enclos. Sobre, voire austère, le kilt rouge de Jamie se détachait nettement des somptueux velours et des soies chamarrées de ses compagnons.

Je ne m'étais pas sentie très à l'aise à l'idée de revoir le duc. Je ne l'avais pas revu depuis que j'avais fait jeter un de ses invités en prison, l'accusant de viol. Mais Sa Grâce s'était montrée charmante comme à son habitude et n'avait fait aucune allusion à cet épisode. De fait, l'arrestation de Randall n'avait eu aucun écho dans les salons et, quelle que fût la mission du duc, elle était suffisamment importante pour bénéficier de la protection royale.

Mais maintenant que le duc était assis à côté de moi, j'étais plutôt soulagée. En sa présence, les dames n'oseraient pas m'interroger sur les prouesses sexuelles de mon mari, ce qui n'aurait pas manqué d'arriver, au vu de l'humeur ambiante.

Profitant d'un moment où la duchesse de Neve se penchait pour parler à l'oreille de Mme Prud'homme, le duc se tourna vers moi :

— Votre mari a vraiment le coup d'œil pour les chevaux. Il m'a raconté que son père et son oncle en élevaient en Écosse.

— En effet. Mais vous connaissez Colum MacKenzie et Castle Leoch. Vous avez certainement visité ses écuries ?

J'avais déjà rencontré le duc à Leoch l'année précédente, bien que brièvement : il était parti en expédition de chasse juste avant que je ne sois arrêtée pour sorcellerie. Il en avait d'ailleurs certainement entendu parler.

— Naturellement, répondit le duc.

Ses petits yeux bleus balayèrent rapidement notre entourage, vérifiant que nous n'étions pas écoutés.

— À l'époque, votre mari m'avait appris qu'il ne résidait pas sur ses propres terres, en raison d'une condamnation malheureuse, et injustifiée, lancée contre lui par la Couronne. Je me demandais si sa situation s'était améliorée depuis ?

— Non, répondis-je franchement. Sa tête est toujours mise à prix.

L'expression d'intérêt courtois du duc ne changea pas. Il tendit un bras vers le plat de saucisses et en saisit une.

— C'est une situation à laquelle on peut remédier, suggérat-il. Après ma visite à Leoch, je me suis renseigné... oh, très discrètement, rassurez-vous ! Il me semble que cette affaire pourrait être arrangée sans trop de difficulté. Quelques mots glissés dans la bonne oreille, une source digne de confiance...

C'était intéressant. Jamie avait raconté son histoire au duc de Sandringham en suivant les conseils de Colum MacKenzie. Il espérait le persuader d'intercéder en sa faveur. Comme il n'avait pas commis le meurtre dont on l'accusait et qu'il y avait peu de preuves contre lui, il était possible que le duc, personnage influent de la grande noblesse anglaise, puisse faire annuler les charges qui pesaient sur lui.

— Pourquoi nous aideriez-vous ? demandai-je. Qu'attendez-vous en retour ?

Il sursauta légèrement et sourit.

— Juste ciel ! Comme vous êtes directe ! Ne se pourrait-il pas simplement que j'apprécie le savoir-faire de votre mari et la façon dont il m'a aidé aujourd'hui à choisir des chevaux ? Ne se pourrait-il pas que je souhaite le voir occuper sa juste place dans un lieu où ses talents seraient enfin mis à profit ?

— Ça se pourrait, en effet, mais je doute que ce soit le cas, rétorquai-je.

Il engloutit une saucisse et la mâcha lentement. Son visage rond ne reflétait rien d'autre que le plaisir de passer une belle journée au soleil. D'un geste élégant, il s'essuya le coin des lèvres avec une serviette en lin.

— Alors supposons... parce qu'il ne s'agit que de suppositions, n'est-ce pas ?

Je hochai la tête et il poursuivit :

— Supposons que les liens noués récemment par votre mari et un certain personnage arrivé depuis peu de Rome... dérangent. Vous me suivez ? Supposons que certaines parties préféreraient voir ce personnage rentrer tranquillement chez lui en

Italie ou, à la rigueur, s'installer définitivement en France, bien que Rome soit préférable. C'est un lieu plus sûr, vous comprenez ?

— Oui, tout à fait, dis-je en piochant une saucisse à mon tour. Elles étaient épicées et de petites bouffées d'ail me remontaient dans les narines à chaque bouchée.

— Si je comprends bien, résumai-je, ces parties s'intéressent tant à ces liens qu'elles seraient disposées à annuler les charges qui pèsent contre mon mari à condition qu'il cesse de fréquenter ce... personnage ? Mais pourquoi ? Mon mari n'est pas un homme si important !

— Pas pour le moment, objecta le duc. Mais il pourrait le devenir. Il a des relations importantes parmi les banquiers et les marchands. Qui plus est, il est reçu à la Cour et peut se faire entendre du roi Louis. Et s'il n'a pas actuellement le pouvoir de faire jouer des influences, il ne tardera pas à le posséder. Il est également membre non pas d'un, mais de deux clans puissants des Highlands. En somme, les parties dont je vous parle ne souhaitent pas voir votre mari s'égarer dans des sphères d'influence néfastes. Tout irait pour le mieux s'il rentrait sur ses terres, rétabli dans son honneur et ses prérogatives. Vous n'êtes pas d'accord avec moi ?

— C'est une idée... dis-je vaguement.

C'était également un marché alléchant : couper tous les ponts avec Charles-Édouard et être libre de rentrer à Lallybroch sans risquer la pendaison ! De leur côté, les Anglais se débarrasseraient d'un encombrant partisan des Stuarts sans débourser un sou.

J'examinai le duc, me demandant quel était son rôle précis dans cette histoire. Officiellement, il était l'ambassadeur de George II, électeur de Hanovre et roi d'Angleterre (tant que James Stuart restait sagement à Rome). Mais il pouvait fort bien avoir une double mission : engager Louis XV dans le délicat échange d'amabilités et de menaces que constituait la diplomatie, tout en étouffant dans l'œuf le spectre d'un nouveau soulèvement jacobite. Ces derniers temps, plusieurs des jacobites qui gravitaient autour du prince avaient disparu, prétextant des affaires urgentes à régler à l'étranger. Avaient-ils été achetés ou les avait-on menacés ?

Son visage impavide ne laissait rien paraître de ses sentiments. Il repoussa légèrement sa perruque en arrière et se gratta le front.

— Réfléchissez-y, ma chère, et parlez-en à votre mari.

— Pourquoi ne pas lui en parler vous-même ?

Il haussa les épaules et s'empara de deux autres saucisses.

— Mon expérience m'a appris que certains hommes étaient

plus réceptifs aux idées qui émanaient de leur entourage. Un proche en qui on a toute confiance est toujours plus convaincant qu'un étranger, dont les propos peuvent être interprétés comme une tentative de pression.

Il me sourit avant d'ajouter :

— Il ne faut jamais négliger l'orgueil masculin, qui doit être traité avec la plus grande délicatesse. Or, en matière de délicatesse, ne parle-t-on pas des merveilles de la « persuasion féminine » ?

Je n'eus pas le temps de lui répondre, car un cri provenant de l'une des écuries nous fit tourner la tête.

Un cheval venait vers nous, dans l'étroite allée qui longeait le bâtiment principal. C'était un percheron qui ne devait pas avoir plus de deux ou trois ans, à en juger par son allure. Cela dit, même jeunes, les percherons sont impressionnants, et celui-ci paraissait énorme. Il trottait en se balançant lourdement et sa queue fouettait l'air de droite à gauche. Manifestement, il n'avait pas encore été dressé et son encolure s'agitait furieusement dans le but manifeste de désarçonner la petite silhouette couchée sur son dos, les doigts enfoncés dans son épaisse crinière.

— Bon sang, mais c'est Fergus !

Surprises par les cris de l'enfant, les dames s'étaient levées et observaient le spectacle.

Une femme s'exclama :

— Mais c'est terriblement dangereux ! Cet enfant risque de se faire mal en tombant.

Je me rendis compte de la présence des hommes en entendant Jamie grommeler derrière moi :

— S'il s'en sort indemne, c'est moi qui me chargerai de lui faire mal quand je mettrai la main sur lui.

— Tu ne crois pas que tu devrais le faire descendre ? suggérai-je.

— Non. Le cheval s'en chargera tout seul.

De fait, le cheval semblait plus déconcerté qu'effrayé. Sa robe pommelée tressaillait comme si elle était assaillie par une nuée de mouches. Il agitait sa tête dans tous les sens comme étonné de ce qui lui arrivait.

Quant à Fergus, dont les jambes étaient fléchies presque à angle droit sur le large dos de sa monture, il ne tenait en place qu'en s'accrochant désespérément aux longs crins de l'animal. Il aurait pu se laisser glisser ou tomber à terre sans trop de difficulté, si les victimes du combat de purin n'avaient choisi cette occasion pour se venger.

Deux ou trois jeunes palefreniers suivaient le cheval à une distance prudente, l'empêchant de rebrousser chemin. Un troisième larron courait devant pour ouvrir la porte d'un enclos vide non loin de nous. Leur intention était apparemment d'y faire entrer le poulain afin qu'il puisse désarçonner et piétiner Fergus à loisir, sans risquer de s'échapper.

Mais avant qu'ils n'aient pu le faire, une petite tête apparut à la lucarne d'un hangar qui bordait l'allée. Les spectateurs, les yeux rivés sur le cheval, ne le remarquèrent pas, sauf moi. L'enfant disparut quelques instants et réapparut avec une grande gerbe de foin dans chaque main. Il attendit le moment opportun, et les laissa tomber juste devant le cheval.

L'effet fut instantané : nous aperçûmes un tourbillon de foin, et l'animal piquer un galop comme un cheval de course. Il fonça droit sur le groupe des pique-niqueurs qui s'éparpillèrent aux quatre vents en poussant des petits cris comme un troupeau d'oies apeurées.

Jamie bondit sur moi pour me pousser hors de la trajectoire du percheron, me renversant par la même occasion. Il se releva, jura en gaélique et, sans s'inquiéter de mon sort, se mit à courir derrière Fergus.

Le cheval ruait et se débattait en tous sens. Ses sabots tenaient à distance les palefreniers et les garçons d'écurie qui commençaient à perdre leur sang-froid à l'idée de voir un des précieux étalons de Sa Majesté se blesser sous leurs yeux.

Fergus tenait bon. Ses petites jambes maigrichonnes battaient l'air et il rebondissait sur le dos du cheval comme un pantin disloqué. Les palefreniers lui criaient de lâcher prise, mais l'enfant s'accrochait de plus belle à la crinière, en fermant les yeux. L'un des garçons brandissait une fourche, ce qui fit hurler Mme de Montrésor, croyant sans doute qu'il avait l'intention d'embrocher le gamin.

Ses cris ne contribuèrent pas à calmer le cheval qui dansait sur place et risquait à tout moment de jeter Fergus à terre, auquel cas celui-ci risquait fort d'être piétiné à mort. Il fit brusquement volte-face et partit au galop en direction d'un bosquet, soit pour chercher un refuge loin de la foule, soit dans l'intention de se débarrasser de l'importun en se frottant contre les branches.

Alors qu'il atteignait les premiers arbres, j'aperçus un éclat de tartan rouge dans le feuillage. Jamie bondit d'une branche, percuta le flanc du cheval et retomba dans l'herbe dans un tourbillon de plaid et de jambes nues qui aurait révélé à un œil averti que cet Écossais ne portait rien sous son kilt.

Les invités se précipitèrent, pendant que les palefreniers poursuivaient le poulain qui continuait sa route vers des lieux plus tranquilles.

Jamie était couché sur le dos, le visage d'une pâleur mortelle, les yeux et la bouche grands ouverts. Il serrait contre lui Fergus, agrippé à sa chemise comme une grosse sangsue. Je courus vers eux, alarmée par un léger chuintement... et constatai avec soulagement que Jamie avait simplement eu le souffle coupé par le choc.

Se rendant soudain compte que sa séance de rodéo était terminée, Fergus releva prudemment la tête. Soulagé, il se redressa à califourchon sur le ventre de son employeur et s'exclama joyeusement :

— C'était drôle, milord ! On recommence ?

Jamie s'était foulé un muscle de la cuisse lors de son opération de sauvetage à Argentan et il rentra à Paris en boitillant. Une fois rue Trémoulins, il envoya Fergus, que ni son aventure ni les réprimandes ne semblaient avoir ébranlé, dîner aux cuisines. Il se laissa ensuite tomber dans un fauteuil et frotta sa jambe endolorie.

— Tu as très mal ? m'inquiétai-je.

— Un peu. Après du repos il n'y paraîtra plus.

Il se leva et s'étira longuement, jusqu'à toucher les poutres noircies du plafond.

— Pfff ! Ce qu'on était mal dans cette voiture ! soupira-t-il. J'aurais préféré rentrer à cheval.

— Mmm... À qui le dis-tu ! convins-je en me massant les reins.

Je ressentais une douleur sourde qui irradiait de mon bassin jusqu'aux orteils ; sans doute un des effets de ma grossesse.

Je palpai doucement la cuisse de Jamie et lui fis signe de s'installer sur la chaise longue.

— Couche-toi sur le côté. J'ai un nouvel onguent qui devrait soulager la douleur.

Il s'exécuta, retroussant son kilt jusqu'au haut de la cuisse, pendant que je fouillais parmi les fioles et les boîtes de mon coffret à remèdes.

— Léonure, orme gluant, pariétaire... énumérai-je. Ah, le voici !

Je sortis un petit flacon de verre bleu que M. Forez m'avait donné. Je le débouchai et humai son contenu. Les baumes rancissaient facilement, mais celui-ci avait sans doute été mélangé à une bonne dose de sel, car il était parfaitement conservé. D'une belle couleur claire, il avait la consistance onctueuse de la crème fraîche et dégageait un agréable parfum légèrement sucré.

J'en déposai une bonne portion sur la cuisse de Jamie et l'étalai doucement.

— Ça fait mal ? demandai-je.

— Un peu, mais ce n'est rien. Continue. Je sens que ça va me faire du bien.

Il se mit à rire.

— À toi, je peux l'avouer, *Sassenach*. Je me suis bien amusé. Cela faisait longtemps que je ne m'étais pas dépensé de la sorte.

— Je suis contente pour toi, dis-je en rajoutant un peu de baume. Pour tout te dire, moi non plus je ne me suis pas ennuyée. J'ai entendu des choses intéressantes.

Je lui fis part de la proposition de Sandringham.

Il émit un grognement et tressaillit légèrement lorsque ma main effleura une zone sensible.

— Ainsi, Colum avait raison quand il disait que cet homme pourrait peut-être faire annuler ma condamnation, dit-il enfin.

— Apparemment. Maintenant, reste à savoir si on peut le croire sur parole.

Je connaissais déjà sa réponse. Les Fraser étaient connus pour être des têtes de mule et, bien qu'apparenté aux MacKenzie par sa mère, Jamie n'échappait pas à la règle. S'il avait décidé d'arrêter Charles-Édouard Stuart, il y avait peu de chance qu'il abandonne l'idée en cours de route. Toutefois, l'offre était tentante, autant pour lui que pour moi : elle signifiait rentrer chez nous et vivre enfin en paix sur les terres de Broch Tuarach.

Mais il y avait un hic, naturellement. Si nous rentrions en Écosse en laissant les projets de Charles-Édouard suivre leur cours naturel, il y avait de fortes chances pour que notre havre de paix ne le reste pas longtemps.

— Laisse-moi te dire une chose, *Sassenach*. Si je croyais sincèrement aux chances de Charles-Édouard Stuart de réussir, c'est-à-dire de libérer notre pays des occupants anglais, je donnerais mes terres, ma liberté et même ma vie pour l'y aider. C'est peut-être un fou, mais un fou royal, et il faut reconnaître qu'il a un certain panache. Malheureusement, je connais ses limites et j'ai parlé avec lui — et avec ceux des jacobites qui se sont battus pour son père. Compte tenu de ce que tu m'as raconté sur l'issue de ce soulèvement... je ne peux pas faire autrement que de rester ici. Une fois que Charles-Édouard aura été définitivement découragé, alors nous verrons s'il nous est encore possible de rentrer chez nous. Mais pour le moment, je dois décliner l'offre de Sa Grâce.

Je tapotai doucement sa cuisse.

— J'étais sûre que tu dirais ça.

Il me sourit et se pencha légèrement sur sa jambe.

— Ça sent bon, qu'est-ce que c'est ?

— À vrai dire, je n'en sais trop rien. C'est un baume que M. Forez m'a donné. Je ne pense pas qu'il contienne des ingrédients actifs, mais ça ne peut pas faire de mal et il pénètre bien dans la peau.

Je sentis ses muscles se raidir sous mes doigts. Jamie lança un regard alarmé vers le flacon bleu posé sur la table.

— M. Forez te l'a donné ?

— Oui, dis-je, surprise. Qu'est-ce qu'il y a ?

Il repoussa mes mains et saisit une serviette sur la commode.

— Est-ce qu'il y a une fleur de lis sur le flacon ? demanda-t-il en essuyant frénétiquement sa cuisse.

Je commençais à m'inquiéter à mon tour.

— Oui, en effet, répondis-je. Mais pourquoi ? Qu'est-ce qu'il y a à propos de cette crème ?

Son expression oscillait entre le dégoût et l'amusement. Il frottait sa cuisse comme s'il cherchait à effacer une tache d'encre tenace.

— Oh ! Elle est très efficace, je n'en doute pas ! répliqua-t-il. M. Forez doit avoir beaucoup d'estime pour toi. Une pommade comme celle-ci doit coûter une petite fortune, tu sais.

— Mais...

— Je ne lui reproche rien, *Sassenach*, précisa-t-il en examinant sa jambe écarlate. C'est simplement qu'ayant moi-même failli compter parmi ses ingrédients, je ne me sens pas très à l'aise à l'idée de m'en enduire le corps.

Je me relevai précipitamment et m'essuyai vigoureusement les mains sur ma jupe.

— Jamie ! m'écriai-je. Qu'y a-t-il exactement dans ce baume ?

— De la graisse de pendu.

— Quoi ? Tu veux dire de... de...

— Euh... oui. De la graisse prélevée sur les cadavres des criminels qui ont été pendus, expliqua-t-il, amusé par ma mine décomposée. Il paraît que c'est excellent contre les douleurs articulaires.

Je revis soudain les gestes méticuleux de M. Forez pendant ses interventions à l'hôpital des Anges et l'expression étrange de Jamie quand le chirurgien m'avait raccompagnée à la maison. Un vent de panique s'empara de moi. Mes genoux se mirent à trembler et je sentis mon estomac se tordre.

— Jamie ! Qui est M. Forez ? hurlai-je malgré moi.

Cette fois, Jamie était carrément hilare.

— L'exécuteur public, *Sassenach*. Je croyais que tu le savais !

Quelque temps plus tard, Jamie revint dans la chambre en grelottant après s'être lavé à grande eau aux écuries.

— Ne t'inquiète pas, il n'en reste pas une trace, me rassura-t-il en se glissant sous les draps.

Sa peau était râpeuse et froide et je frissonnai légèrement quand il se colla contre moi.

— Qu'est-ce qu'il y a, *Sassenach* ? Ne me dis pas que je sens encore cette crème !

— Non, répondis-je faiblement. J'ai peur, Jamie. Je saigne.

— Jésus ! souffla-t-il.

Je sentis la peur se diffuser dans son corps, comme elle avait envahi le mien. Il me serra contre lui, me caressant les cheveux et me murmurant des paroles de réconfort. Mais nous étions tous deux conscients de notre terrible impuissance. Cette fois, aussi fort et courageux fût-il, il ne pouvait me protéger. Pour la première fois, je n'étais pas en sécurité entre ses bras et cette affreuse réalité nous terrifiait tous les deux.

— Tu crois que... commença-t-il.

Il n'osa pas formuler sa pensée jusqu'au bout et déglutit.

— À ton avis, *Sassenach*, c'est grave ?

— Non. Enfin... je ne sais pas. Ce n'est pas une hémorragie abondante... pas encore.

Je m'accrochais à lui comme à une bouée au milieu de l'océan. La bougie était encore allumée et je pouvais lire l'angoisse dans ses yeux.

— Claire, tu ne veux pas que je fasse venir quelqu'un ? Une guérisseuse ou une des sœurs de l'hôpital ?

Je secouai la tête et humectai mes lèvres sèches.

— C'est inutile. Je doute qu'on puisse faire quoi que ce soit.

J'aurais tellement préféré lui dire le contraire ! Si seulement il y avait à mon chevet une personne capable de m'aider ! J'avais commencé ma formation d'infirmière en passant plusieurs semaines dans un service d'obstétrique. J'entendais encore les paroles désabusées d'un chef de service, haussant les épaules tandis qu'il s'éloignait du lit d'une patiente qui venait de faire une fausse couche : *Il n'y a vraiment rien à faire. Une fois l'avortement déclenché, on ne peut qu'attendre de voir ce qui se passe et croiser les doigts. La seule mesure préventive est le repos complet au lit, mais ça ne suffit généralement pas.*

— Ce n'est peut-être rien, dis-je en tentant de nous rassurer tous les deux. Les saignements pendant la grossesse n'ont rien d'anormal.

Rien d'anormal, pendant les trois premiers mois. Mais j'en étais déjà au cinquième et cela n'avait plus rien de normal. Cependant, les hémorragies pouvaient avoir de multiples raisons et toutes n'étaient pas dramatiques.

Je posai une main sur mon ventre et sentis aussitôt son occupant me répondre : une petite poussée paresseuse qui me redonna du courage. Je me sentis envahie par une profonde gratitude qui me fit monter les larmes aux yeux.

— *Sassenach*, qu'est-ce que je peux faire ? chuchota Jamie.

Sa main vint se poser sur la mienne, essayant de sentir notre enfant menacé.

— Prie, Jamie. Prie pour nous.

23

Un avertissement

Au matin, l'hémorragie avait cessé. Je me levai en prenant d'infinies précautions, mais tout semblait être rentré dans l'ordre. Toutefois, il était évident que le moment était venu pour moi de cesser de travailler à l'hôpital des Anges et j'envoyai Fergus avec un message d'explications et d'excuses pour mère Hildegarde. Il revint en m'apportant les meilleurs vœux de prompt rétablissement de la mère supérieure et un flacon contenant un élixir brunâtre, très estimé, à en croire le billet qui l'accompagnait, par les maîtresses sages-femmes, pour la prévention des fausses couches. J'avais désormais quelques réserves quant à utiliser un médicament que je n'avais pas préparé moi-même. J'humai son contenu et fus rassurée en constatant qu'il ne renfermait que des ingrédients purement végétaux.

Après de longues hésitations, j'en bus une cuillerée. Le liquide était amer et me laissa une sensation désagréable sur la langue. Toutefois, même si je le supposais inefficace, ce simple geste me fit du bien. Je passai la journée couchée sur un sofa, à lire, somnoler, faire de la couture, ou à contempler le plafond, les mains croisées sur mon ventre.

Lorsqu'il était à la maison, Jamie me tenait compagnie. Il me racontait les détails de sa journée ou commentait les dernières lettres des jacobites. Jacques Stuart avait été informé des investissements de son fils et approuvait avec enthousiasme... *ce projet raisonnable qui vous aidera sans nul doute à vous établir en France comme je le souhaitais.*

— Il croit donc que les profits de cette affaire serviront uniquement à faire de son fils un gentilhomme et à lui assurer une position intéressante dans la bonne société parisienne ? demandai-je. Tu crois vraiment que c'est tout ce que le prince a en tête ? Louise est passée me voir cet après-midi. Elle m'a raconté que Charles-Édouard lui avait rendu visite la semaine dernière,

382

bien qu'elle ait d'abord refusé de le recevoir. Selon elle, il était très excité au sujet d'un projet dont il n'a pas voulu lui donner de détails. Il s'est contenté de parler d'une « grande aventure extraordinaire » en prenant des airs mystérieux. C'est un terme un peu fort pour décrire une simple affaire d'importation de porto, tu ne trouves pas ?

— En effet, dit Jamie d'un air maussade.

— Si j'en crois ce que tu m'as raconté à son sujet, je doute que Charles-Édouard ambitionne de couler des jours tranquilles à Paris en devenant un commerçant prospère.

— Si j'avais l'âme d'un joueur, je serais prêt à parier ma dernière chemise qu'il mijote un mauvais coup, grommela Jamie. Reste à savoir maintenant comment on va pouvoir l'arrêter.

La réponse nous fut donnée quelques semaines plus tard, après d'interminables discussions et d'innombrables hypothèses. Murtagh, qui venait de me rapporter des quais plusieurs étoffes, se trouvait avec nous dans la chambre.

— Il paraît qu'il y a une nouvelle épidémie de variole au Portugal, annonça-t-il en jetant un lourd rouleau de soie moirée sur le lit comme s'il s'agissait d'un vieux sac de patates. Une goélette est entrée au port ce matin, en provenance de Lisbonne. Le chef de la capitainerie et son assistant l'ont passée au peigne fin, mais ils n'ont rien trouvé de suspect.

Apercevant la bouteille d'eau-de-vie sur la console, il s'en servit un verre et le vida d'un coup avec un claquement de langue sonore. Je le regardai faire médusée, mais je fus tirée de ce spectacle fascinant par l'exclamation de Jamie.

— La variole ?

— Ouais, confirma Murtagh en reposant son verre. La variole.

— La variole, répéta doucement Jamie. La variole...

Enfoncé dans son fauteuil, il fixa son parrain d'un air méditatif. Puis un léger sourire apparut au coin de ses lèvres.

Murtagh l'observait d'un air résigné. Il se servit un second verre et le but tout en suivant des yeux Jamie qui s'était levé brusquement et tournait à présent en rond dans la chambre, sifflotant un air entre ses dents.

— Ne me dis pas que tu viens encore d'avoir une idée ! soupira le petit homme brun.

— Si, ricana Jamie. Pour une idée, c'est une idée !

Il se tourna vers moi, l'air malicieux.

— Dis, *Sassenach*, tu n'aurais rien dans ton coffret qui puisse donner de la fièvre à quelqu'un ? ou des sueurs ? ou des boutons ?

— Euh... si, dis-je en réfléchissant. J'ai du romarin, du poivre de Cayenne. Et du cascara, bien sûr, qui donne la diarrhée. Mais pour quoi faire ?

Il s'approcha de Murtagh avec un grand sourire et, dans un élan d'enthousiasme inattendu, éclata de rire et ébouriffa la tignasse de son vieux compagnon. Murtagh lui lança un regard torve. Avec ses mèches drues hérissées sur son crâne, il ressemblait étrangement au singe de Louise.

— Écoutez ça ! dit Jamie en se penchant vers nous d'un air de conspirateur. Si le navire du comte de Saint-Germain rentrait du Portugal avec la variole à bord ?

— Tu as perdu la tête ! m'exclamai-je. Qu'est-ce que ça changerait ?

Murtagh esquissa une moue cynique.

— Ça changerait que le navire et sa cargaison seraient automatiquement brûlés ou coulés dans le port, répondit-il. La loi l'exige.

Ses petits yeux noirs se mirent à briller à leur tour.

— Comment comptes-tu t'y prendre, mon garçon ?

L'exaltation de Jamie baissa d'un cran.

— Eh bien... je n'ai pas encore tous les détails, mais on pourrait commencer par...

Le plan demanda plusieurs jours de discussion et de recherches avant d'être enfin au point : le cascara amer fut écarté, car les diarrhées qu'il provoquait étaient trop invalidantes. Toutefois, je découvris de bons substituts dans l'un des herbiers que maître Raymond m'avait prêtés.

Murtagh, armé d'une sacoche remplie d'essence de romarin, de jus d'orties et de racine de *rubia tinctorum*, partirait pour Lisbonne dès la fin de la semaine. Là, il écumerait les tavernes jusqu'à ce qu'il découvre le nom du vaisseau de Saint-Germain. Ensuite, il s'arrangerait pour embarquer à son bord après nous avoir fait parvenir le nom du navire et sa date approximative d'arrivée au Havre.

Quand j'objectai que le capitaine trouverait peut-être la démarche de Murtagh suspecte, Jamie me rassura :

— Mais non, pratiquement tous les navires marchands acceptent d'embarquer quelques passagers, même s'il faut les loger dans la cabine du capitaine, histoire de gagner quelques louis.

Il agita un doigt menaçant sous le nez de Murtagh.

— Tâche d'obtenir une cabine, tu m'entends ? Peu importe le

prix. Tu auras besoin de t'isoler pour prendre tes herbes. Tel que je te connais, tu es capable de dormir dans un hamac suspendu dans la cale. Tu ne peux pas courir le risque d'être démasqué !

Il examina son parrain des pieds à la tête d'un œil critique.

— Est-ce que tu as quelque chose d'autre à te mettre sur le dos ? Si tu te présentes vêtu comme un pouilleux, on te balancera par-dessus bord avant que tu n'aies le temps d'utiliser ce que tu portes dans ton *sporran*.

— Mmm... grogna Murtagh. À quel moment je dois avaler ces saletés ?

Je sortis le papier sur lequel j'avais inscrit la posologie et le mode d'emploi et posai mes préparations une à une sur la table.

— Deux cuillerées de *rubia tinctorum*, c'est ce flacon-ci. Compte quatre heures avant l'apparition des premiers symptômes. Ensuite, deux autres cuillerées toutes les deux heures... On ne sait pas combien de temps il te faudra jouer la comédie.

Je lui tendis un deuxième flacon en verre rempli d'un liquide violacé.

— Ça, c'est de l'essence de feuilles de romarin. Attention, elle agit très vite. Bois la moitié du flacon une demi-heure avant de te présenter. Tu devrais commencer à rougir en un rien de temps. Les effets se dissipent rapidement ; il faudra t'arranger pour en reprendre discrètement de temps en temps.

Je sortis une troisième fiole de ma besace.

— Une fois que ta « fièvre » aura éclaté, frotte-toi les bras et le visage avec cette préparation ; c'est du jus d'orties. Tu devrais être rapidement couvert d'ampoules. Je te laisse cette feuille d'instructions ?

Il fit non de la tête.

— Je m'en souviendrai. Il serait encore plus dangereux d'être découvert avec ce texte que d'oublier les doses à prendre.

Il se tourna vers Jamie.

— Tu attendras le bateau à Bayonne ?

— Oui, tous les navires marchands qui transportent de l'alcool y font escale pour se ravitailler en eau potable. Si par hasard le tien ne s'y arrêtait pas, je louerais une embarcation pour vous rattraper. Le tout est que j'embarque avant votre arrivée au Havre.

Jamie indiqua les flacons d'un geste du menton.

— Il vaudrait mieux que tu attendes que je sois à bord avant d'ingurgiter ces potions. S'il n'y a pas de témoins, le capitaine risque de te jeter par-dessus bord pendant la nuit.

Murtagh émit un nouveau grognement et posa une main sur le manche de son coutelas.

— Hmm, qu'il essaie un peu !

Jamie fronça les sourcils.

— N'oublie pas que tu es censé être atteint de la variole. Avec un peu de chance, ils n'oseront même pas t'approcher, mais au cas où... attends que je sois dans les parages et que le navire soit au large.

Mon regard allait de l'un à l'autre. Ce plan était un peu tiré par les cheveux, mais il pouvait fonctionner. Si le capitaine du vaisseau était persuadé que l'un des ses passagers était atteint de la variole, il ne conduirait pas son navire au Havre, où les autorités sanitaires ordonneraient automatiquement sa destruction. Plutôt que de faire demi-tour avec toute sa cargaison vers Lisbonne ou de perdre deux semaines à Bayonne à attendre les instructions de ses commanditaires, il accepterait sans doute de vendre sa cargaison au riche marchand écossais qui venait de monter à bord.

Il ne restait plus qu'à espérer que la fausse maladie de Murtagh soit assez convaincante. Jamie s'était porté volontaire pour tester les herbes et elles avaient fait merveille. Sa peau blanche avait viré au rouge vif en quelques minutes et le jus d'orties avait immédiatement fait apparaître des ampoules que le médecin de bord ou le capitaine prendraient aisément pour les vésicules de la variole. S'il leur restait un doute, l'urine teintée de rouge par le *rubia tinctorum* donnait l'illusion parfaite de l'affection rénale provoquée par la maladie.

— Seigneur ! s'était exclamé Jamie, surpris malgré lui par l'efficacité de l'herbe.

— Parfait ! jubilai-je à ses côtés en regardant le pot de chambre rouge sang. C'est encore mieux que je ne l'espérais.

— Ah oui ? Il faut combien de temps avant que l'effet se dissipe ? demanda-t-il, légèrement inquiet.

— Quelques heures, je crois. Pourquoi ? Ça fait mal ?

— Non, pas vraiment, dit-il en se grattant. Ça démange un peu.

— L'herbe n'a rien à voir là-dedans, intervint Murtagh. C'est un état naturel pour un garçon de ton âge.

Jamie sourit à son parrain.

— Ça t'évoque de lointains souvenirs, n'est-ce pas ?

— N'exagère pas, ce n'est pas si lointain que ça, bougonna le petit homme brun.

Murtagh rangeait une à une les fioles dans son *sporran*, après les avoir soigneusement enveloppées d'un carré de cuir pour éviter de les briser.

— Je vous enverrai des nouvelles dès que possible, annonça-t-il. Quant à toi, ajouta-t-il en se tournant vers Jamie, on se retrouve dans un mois. Tu auras l'argent d'ici là ?

Jamie hocha la tête.

— Je pense même l'avoir avant la fin de la semaine.

Grâce à la gestion de Jamie, le commerce de Jared florissait, mais les réserves en liquidités ne suffisaient pas pour racheter toute la cargaison d'un navire tout en assurant les affaires courantes de la maison Fraser. Heureusement, les parties d'échecs avaient porté leurs fruits et Duverney fils, un banquier important, avait tout de suite accepté d'avancer une somme conséquente à l'ami de son père.

— Dommage que nous ne puissions pas rapporter la marchandise à Paris, soupira Jamie, mais Saint-Germain finirait par la découvrir. Nous essaierons de la revendre en Espagne par l'intermédiaire d'un courtier. Je connais quelqu'un à Bilbao. Les bénéfices seront moins importants qu'en France et les taxes plus élevées, mais on ne peut pas tout avoir.

— Le principal, c'est de rembourser Duverney, lui rappelai-je. À propos d'emprunt, comment réagira le *signor* Manzetti quand il apprendra que Charles-Édouard a perdu tout l'argent qu'il lui avait prêté ?

— Il se fera une raison, je suppose, dit Jamie joyeusement. Par la même occasion, il achèvera de mettre en pièces la réputation des Stuarts auprès de tous les banquiers d'Europe.

— C'est un peu dur pour le vieux Manzetti, observai-je.

— Comme dit toujours ma vieille grand-mère : « On ne fait pas d'omelette sans casser d'œufs » ! lança Jamie décidément d'excellente humeur.

— Qu'est-ce que tu racontes ? Tu n'as pas de vieille grand-mère !

— Certes, mais si j'en avais une, je suis sûr que c'est ce qu'elle dirait. (Retrouvant un semblant de sérieux, il ajouta :) J'admets que c'est plutôt dur vis-à-vis des Stuarts. Si jamais un des lords jacobites apprenait ce que je m'apprête à faire, je serais à juste titre accusé de haute trahison. Non seulement je dérobe la correspondance de Sa Majesté, mais voilà que je vais détourner un navire marchand en pleine mer dans l'intention de la ruiner.

Il éclata de rire.

— Que veux-tu ! Quand j'étais petit, je rêvais d'être pirate. Il ne me manque plus qu'un bandeau sur l'œil et une jambe de bois !

Durant les semaines qui suivirent, Jamie travailla comme un forcené. Tout devait être parfaitement organisé et le commerce de Jared devait fonctionner normalement durant son absence. Il trouvait cependant le temps de passer quelques heures avec moi après le déjeuner. Je ne manquai pas de visites : Louise, entre autres, venait me voir presque tous les jours, pour échanger des impressions sur nos grossesses respectives ou se lamenter sur ses amours contrariées. Pour ma part, j'avais l'intime conviction qu'elle appréciait nettement plus Charles-Édouard maintenant qu'elle avait noblement renoncé à lui. Elle avait promis de m'apporter des friandises turques, aussi, quand on annonça un visiteur ce jour-là, m'attendais-je à voir son petit visage rond pointer dans l'entrebâillement de la porte.

À ma grande surprise, Magnus s'effaça pour laisser passer M. Forez, et prit son chapeau et son manteau avec un respect craintif.

Jamie, qui me tenait compagnie cet après-midi-là, parut aussi surpris que moi, mais il se leva instinctivement pour saluer l'exécuteur public et lui offrir un rafraîchissement.

— En règle générale, je ne bois jamais d'alcool, l'informa M. Forez avec un sourire aimable, mais je ne voudrais pas faire insulte à l'hospitalité d'une distinguée consœur.

Il s'inclina respectueusement devant le sofa où j'étais allongée.

— Vous vous sentez mieux, madame Fraser ?

— Oui, je vous remercie.

J'étais curieuse de savoir ce qui nous valait l'honneur de sa visite. Si les activités officielles de M. Forez lui conféraient un certain prestige et des revenus conséquents, sa compagnie n'était guère recherchée dans les cercles mondains. Je me demandai soudain s'il avait des amis à proprement parler.

Il traversa la pièce et déposa un petit colis sur la chaise à côté de moi, comme un vautour apporte la becquée à ses petits. Incapable d'effacer de ma mémoire le flacon de graisse de pendu, je soupesai prudemment le paquet : il était léger et dégageait une odeur âcre.

— C'est un petit présent de mère Hildegarde, expliqua-t-il. J'ai cru comprendre qu'il s'agissait d'un remède confectionné par les maîtresses sages-femmes. Une note explicative l'accompagne.

Il fouilla dans sa poche et en sortit une petite enveloppe scellée qu'il me tendit.

Je reniflai le paquet : feuilles de framboisier et saxifrage. Il y avait autre chose que je ne pouvais identifier. J'espérais que mère Hildegarde n'avait pas omis d'inclure une liste des ingrédients.

— Remerciez mère Hildegarde de ma part, le priai-je. Et comment se portent nos amis de l'hôpital des Anges ?

Mon travail là-bas me manquait, tout comme les religieuses et l'étrange assortiment des praticiens. Il me mit au fait des derniers potins. Jamie glissait çà et là un commentaire personnel, mais se contentait le plus souvent de sourire poliment ou, quand notre conversation devenait trop clinique, de plonger le nez dans son verre de vin.

— Quel dommage ! soupirai-je, tandis que M. Forez achevait de me décrire une réduction d'omoplate fracturée. Je n'ai jamais vu faire cette intervention. C'est la chirurgie qui me manque le plus !

— Elle me manquera à moi aussi, convint M. Forez.

— Vous quittez Paris ? demanda Jamie surpris.

M. Forez haussa les épaules, ce qui fit bruire les plis de son grand manteau noir comme des plumes de corbeau.

— Pour un temps seulement. Je serai de retour d'ici deux mois. D'ailleurs, Madame, c'est précisément le but de ma visite aujourd'hui.

— Vraiment ?

— Je pars pour l'Angleterre et j'ai pensé que vous souhaiteriez peut-être faire parvenir une lettre à un de vos proches.

Je lançai un regard vers Jamie. Il arborait toujours son air aimable, mais je le connaissais suffisamment pour remarquer que quelque chose avait changé dans son visage.

— C'est très gentil de votre part, monsieur Forez, mais je n'ai plus ni parents ni amis en Angleterre. À vrai dire, je n'y ai plus aucun lien depuis... la mort de mon premier mari.

Si cette affirmation parut étrange à M. Forez, il n'en laissa rien paraître.

— Je vois, dit-il. Alors, il est heureux que vous soyez si bien entourée à Paris.

Le ton de sa voix me parut receler une note de mise en garde, mais il détourna le regard et se leva.

— Dans ce cas, je viendrai vous rendre visite à mon retour, en espérant vous retrouver en parfaite santé.

— Qu'allez-vous donc faire en Angleterre, monsieur Forez ? demanda abruptement Jamie.

M. Forez se tourna vers lui avec un léger sourire et les yeux brillants. Il pencha la tête de côté et, une fois de plus, je fus frappée par sa ressemblance avec un oiseau. Mais pas un charognard, cette fois. Plutôt un oiseau de proie.

— Que voulez-vous qu'un homme de ma profession aille faire, monsieur Fraser ? J'ai été engagé pour effectuer mes services habituels, à Smithfield.

— Ce doit être une occasion importante pour faire venir un homme depuis Paris !

Le visage de M. Forez s'illumina. Il s'approcha lentement de Jamie assis près de la fenêtre.

— En effet, monsieur Fraser, car c'est un travail qui exige une grande compétence, ne vous y trompez pas ! Étrangler un homme au bout d'une corde, peuh ! C'est à la portée du premier venu. Rompre un cou d'un coup net, en une seule fois, voilà qui requiert déjà plus de calcul en matière de poids et de vitesse de chute, sans parler d'une certaine expérience. Il faut savoir placer la corde au bon endroit ! Et savoir naviguer entre ces deux méthodes pour exécuter convenablement un traître, cela demande une grande adresse.

Ma gorge se noua brusquement et je bus précipitamment une gorgée de vin.

— Un traître ? répétai-je d'une voix faible.

Je n'étais pas certaine de vouloir en savoir plus.

— La sentence de mort pour trahison se déroule en trois actes, résuma Jamie d'un air songeur. Pendaison, éviscération et écartèlement. C'est bien ce dont il s'agit, n'est-ce pas, monsieur Forez ?

Le bourreau hocha la tête.

— En effet. C'est le sort réservé à ceux qui ont trahi leur patrie. Le condamné doit d'abord être pendu, mais en veillant à ne pas lui briser le cou ni à lui écraser la trachée. La mort par étouffement n'est pas le but recherché, vous comprenez.

— Oh oui, je comprends, le rassura Jamie.

Il avait parlé d'une voix douce où l'on sentait percer une pointe de raillerie. Je levai des yeux surpris vers lui.

— Je vois que vous êtes un connaisseur, monsieur Fraser ! lança Forez d'un air ravi. Tout est une question de temps, voyez-vous. Cela s'évalue à l'œil nu, mais encore faut-il savoir reconnaître les signes. Le visage du pendu devient presque instantanément congestionné et ce d'autant plus rapidement qu'il a le teint clair. Puis, à mesure qu'il suffoque, il sort la langue. C'est ce qui ravit le public, bien entendu, tout comme les yeux exorbités. Mais, justement, il faut surveiller le coin des yeux. Lorsque les petits vaisseaux sanguins qui irriguent le blanc de l'œil commencent à éclater, notre homme est prêt. Il faut alors immédiatement faire couper la corde et le descendre. Pour cela, il est indispensable d'avoir un assistant fiable et rapide.

Il se tourna vers moi pour m'inclure dans cette conversation macabre et je hochai la tête, de plus en plus mal à l'aise.

— Ensuite, reprit-il, on administre au plus vite un stimulant afin de ranimer le sujet et on lui ôte sa chemise. J'insiste toujours pour que les condamnés portent une chemise qui s'ouvre par-devant ; sinon, on perd un temps fou à la lui faire passer par-dessus la tête.

Il approcha un long doigt fin de la boutonnière de Jamie sans toutefois la toucher.

— En effet, dit Jamie.

M. Forez replia son doigt et hocha la tête, ravi de l'attention de son interlocuteur.

— L'assistant aura préalablement allumé un feu ; c'est une tâche indigne d'un exécuteur ! On passe alors à la seconde phase de l'exécution, celle de la découpe.

On aurait entendu une mouche voler dans la pièce. Le visage de Jamie était indéchiffrable, mais ses tempes étaient moites.

— C'est de loin la partie la plus délicate, expliqua M. Forez. On ne peut se permettre la moindre erreur. Il faut aller vite, sinon le sujet risque de mourir avant que vous ayez terminé. En ajoutant au stimulant une solution qui comprime les vaisseaux, on gagne quelques minutes.

Remarquant un coupe-papier sur le bureau, il le saisit pour mieux illustrer ses propos. Il le tint délicatement par le manche comme un scalpel et marqua un point imaginaire sur le plateau en noyer de la table.

— On part d'ici, juste sous le sternum, indiqua-t-il. On ouvre jusqu'à la naissance de l'aine et on remonte de l'autre côté. Il faut y aller d'un coup, sans hésiter, en suivant la courbe des côtes.

La lame du coupe-papier décrivit un zigzag, rapide comme une flèche.

— Il ne faut pas inciser trop en profondeur, car cela risque-rait de perforer le sac qui renferme les viscères. Il faut cepen-dant pénétrer le derme, la couche adipeuse et les muscles. C'est une question de doigté.

Il releva la tête vers nous, l'air satisfait.

— Tout un art ! conclut-il.

Il reposa le coupe-papier et tourna le dos à Jamie en haussant les épaules.

— Le reste est une question de rapidité et de dextérité, mais avec un peu d'adresse et d'expérience, cela ne représente aucune difficulté. Les entrailles sont contenues dans une membrane, voyez-vous. Si celle-ci n'a pas été déchirée par accident, il vous suffit de glisser les mains sous la couche musculaire et de déga-ger d'un coup sec toute la masse en bloc. Une petite section au niveau de l'estomac et de l'anus et le tour est joué ! Il ne vous reste plus qu'à jeter le tout au feu.

Il prit une profonde inspiration. Puis il se redressa sur toute sa hauteur et agita vers nous un doigt réprobateur.

— Si vous avez été suffisamment rapide et adroit, vous pou-vez alors bénéficier d'un bref instant de répit. Comme vous l'au-rez peut-être remarqué, je n'ai encore sectionné aucun gros vaisseau vital.

Je me raccrochai aux accoudoirs du sofa, me préparant au pire.

— Vous... vous voulez dire que la victime vit encore ? balbu-tiai-je.

— Absolument, ma chère dame.

Les yeux noirs du bourreau se promenèrent sur le corps puissant de Jamie, évaluant en connaisseur son poids et sa taille, la largeur de ses cuisses et de ses épaules.

— On ne peut pas prévoir les effets secondaires d'un tel choc, mais j'ai déjà vu des gaillards très résistants survivre plus d'un quart d'heure dans cet état.

— J'imagine que ce quart d'heure doit leur paraître une éternité, déclara Jamie sur un ton caustique.

M. Forez ne sembla pas l'entendre. Il reprit le coupe-papier sur le bureau et décrivit de petits moulinets tout en parlant.

— Lorsque vous sentez la fin venir, il vous faut plonger la main dans la cavité abdominale et attraper le cœur. Là encore, une certaine dextérité s'impose. C'est que, n'étant plus retenu par les viscères, il remonte parfois très haut. Sans compter qu'il est très glissant.

Il mima le geste et essuya sa main tachée d'un sang invisible sur sa chemise.

— Mais la principale difficulté reste de trancher les gros vaisseaux en amont du cœur le plus rapidement possible, afin de pouvoir extraire l'organe pendant qu'il bat encore. C'est qu'il ne faut pas oublier la foule ! Elle attend du spectacle ! De plus, cela améliore nettement ma rémunération. Quant au reste, c'est de la simple boucherie. Une fois le condamné mort, le talent n'est plus nécessaire.

— En effet, dis-je faiblement.

— Mais comme vous êtes pâle, Madame ! J'ai abusé de votre bonté et je vous ai fatiguée avec mon babillage ennuyeux.

Il saisit mon poignet et je réprimai une violente envie de me dégager. Mais son souffle chaud sur le dos de ma main me surprit et je me détendis. Il serra légèrement mes doigts et les lâcha pour se retourner vers Jamie dans une gracieuse courbette.

— Permettez-moi de me retirer, monsieur Fraser. J'espère avoir encore le plaisir de votre compagnie en des circonstances aussi plaisantes que celles-ci.

Il sembla soudain se souvenir du coupe-papier qu'il tenait toujours à la main. Après une petite exclamation de surprise, il le tendit à Jamie, posé en équilibre sur sa paume ouverte. Jamie le prit délicatement par la pointe.

— Bon voyage, monsieur Forez ! dit-il. Et merci pour cette visite... des plus instructives.

Il insista pour raccompagner lui-même notre visiteur à la porte. Dès que je fus seule, je me levai et m'approchai de la fenêtre pour faire quelques exercices de respiration jusqu'à ce que sa voiture eût disparu au coin de la rue Cambage.

Quand Jamie revint dans la pièce, il tenait toujours le coupe-papier. Il traversa la chambre en quelques enjambées et le laissa tomber dans la corbeille en métal. Puis il se tourna vers moi avec un sourire forcé.

— Pour un avertissement, je dois dire que c'était efficace !

Je frissonnai.

— Tu peux le dire !

— À ton avis, qui l'a envoyé ? Mère Hildegarde ?

— Sans doute. Elle m'a déjà mise en garde le soir où nous avons décodé la partition. Elle a dit que nous jouions avec le feu.

Sur le moment, je n'avais pas vraiment réalisé à quel point nos activités pouvaient être dangereuses. Cela faisait longtemps que je n'avais pas eu mes nausées matinales, mais je sentais déjà mon estomac se soulever. *Si les lords jacobites apprennent ce que je m'apprête à faire, je serai accusé de haute trahison.* Je n'avais plus aucun mal à imaginer ce que cela signifiait exactement.

Nous étions connus pour être de fervents jacobites. Seul Murtagh connaissait nos véritables intentions. Et encore, il ignorait nos motivations, acceptant ce que son laird lui disait sans se poser de questions. Il nous était indispensable de poursuivre cette mascarade tant que nous serions en France. Mais cette même mascarade ferait de Jamie un traître s'il posait un pied sur le sol anglais.

Naturellement, je savais déjà tout cela, mais, dans mon ignorance, j'avais cru qu'il y avait peu de différence entre la pendaison d'un hors-la-loi et l'exécution d'un traître. La visite de M. Forez avait réparé cette erreur.

— Comment peux-tu rester aussi calme ! m'énervai-je.

Mon cœur palpitait et j'avais les mains froides et moites.

Jamie haussa les épaules et sourit.

— Il y a de nombreuses façons de mourir, *Sassenach*. Celle-ci me paraît particulièrement désagréable, certes. Mais dois-je renoncer à tout ce qui m'est cher uniquement pour éviter une telle fin ?

Il s'assit sur une chaise à côté de moi et prit mes mains dans les siennes. Ses paumes étaient chaudes et sa haute stature était rassurante.

— J'y ai longuement réfléchi pendant que nous étions à l'abbaye, *Sassenach*. Cela ne m'a pas empêché de venir à Paris pour rencontrer Charles-Édouard Stuart.

Il pencha la tête vers nos doigts entrecroisés.

— J'ai déjà vu une exécution à Wentworth. Je te l'ai raconté ?

— N-n-non.

— Ils ont rassemblé tous les condamnés à mort dans la cour principale et on nous a fait mettre en rang pour assister à la pendaison de six d'entre nous. Je les connaissais tous. Ils ont

grimpé les marches, un à un, et attendu debout, les mains attachées dans le dos, pendant qu'on leur passait la corde autour du
cou. Je me suis demandé comment je m'en sortirais quand ce
serait mon tour. Est-ce que je me mettrais à pleurer et à prier,
comme John Sutter ? Ou est-ce que je me tiendrais droit et lancerais un sourire à un ami dans la foule, comme Willie
MacLeod ?

Il secoua la tête comme un chien qui s'ébroue et sourit tristement.

— Enfin... M. Forez ne m'a rien appris que je ne savais déjà.
Mais il est trop tard, *mo duinne*. Je ne ferai pas marche arrière,
même si on me promet de me laisser rentrer chez moi en toute
liberté. Il est beaucoup trop tard.

24

Le bois de Boulogne

La visite de M. Forez s'avéra la première d'une longue série d'intrusions impromptues.

— Il y a un monsieur italien en bas, m'annonça Magnus. Il a refusé de me dire son nom.

À sa mine pincée, je devinai que le monsieur en question lui avait dit, en revanche, des choses fort peu plaisantes.

Ceci, associé au « monsieur italien », me donna quelques indications quant à l'identité du visiteur et ce fut sans grande surprise qu'en entrant dans le salon je découvris Charles-Édouard Stuart debout près de la fenêtre.

Il tenait son chapeau à la main. En m'entendant entrer, il fit volte-face et ouvrit des yeux étonnés. Apparemment, il ne s'était pas attendu à me trouver là. Il hésita quelques instants d'un air embarrassé avant de me saluer brièvement d'un signe de tête.

— Milord Broch Tuarach n'est pas chez lui ? demanda-t-il, l'air contrarié.

— Non. Mais puis-je vous offrir quelque chose à boire, Votre Altesse ?

Il regarda autour de lui la pièce richement décorée et fit non de la tête. À ma connaissance, il n'était venu chez nous qu'une seule fois, le fameux soir où Jamie l'avait repêché sur les toits. D'accord avec Jamie, il évitait de participer à nos dîners. Tant que sa présence n'était pas officiellement reconnue par le roi, les aristocrates français n'avaient pour lui que dédain.

— Non, je vous remercie, milady, je ne peux pas rester. Mon valet attend dans la rue et j'ai une longue route à faire pour rentrer chez moi. Je voulais simplement demander une petite faveur à votre époux.

— Euh... je suis sûre que mon mari sera ravi de faire tout ce qui est en son pouvoir pour vous obliger, Votre Altesse, répondis-je prudemment.

De quoi pouvait-il s'agir ? D'un prêt, probablement. Les dernières récoltes de Fergus incluaient bon nombre de rappels de facture de tailleurs, chausseurs et autres créanciers.

Charles-Édouard m'adressa soudain un sourire d'une douceur inattendue.

— Je sais, Madame. Je ne saurais vous dire combien j'apprécie et j'estime la dévotion et la patience de votre époux. La vue de son visage loyal me réchauffe le cœur et anime la solitude dans laquelle je me trouve actuellement.

— Oh, fis-je.

— Ma requête est assez simple, m'assura-t-il. J'ai récemment réalisé un petit investissement : une cargaison de bouteilles de porto.

— Vraiment ? Comme c'est intéressant !

Murtagh était parti le matin même pour Lisbonne, les fioles de jus d'ortie et les racines de *rubia tinctorum* soigneusement emballées dans sa sacoche.

— C'est peu de chose, en vérité, déclara Charles-Édouard, grand seigneur, mais j'aurais aimé que mon ami James se charge de vendre la cargaison lorsqu'elle arrivera à Paris. Il ne serait pas convenable, voyez-vous, qu'une personne de ma condition soit vue en train de marchander comme un vulgaire commerçant.

— Je comprends très bien, Votre Altesse.

Je me demandai s'il en avait touché deux mots à son associé. Je voyais déjà la tête de Saint-Germain quand il aurait vent des intentions du prince.

— Votre Altesse s'est-elle lancée seule dans une telle entreprise ? m'enquis-je innocemment.

Il fronça les sourcils.

— À vrai dire, j'ai déjà un associé. Mais c'est un Français et je préférerais confier mes affaires à un compatriote. On me dit que James est un homme d'affaires très astucieux et compétent. Il pourrait peut-être même me faire réaliser des bénéfices supplémentaires en réalisant de bonnes ventes.

Celui qui lui avait vanté les talents de Jamie avait certainement omis de lui dire qu'il n'y avait pas de marchand à Paris auquel Saint-Germain vouât une haine plus féroce. Toutefois, si notre projet de détournement de cargaison fonctionnait, cela n'aurait pas d'importance. S'il échouait, Saint-Germain résoudrait peut-être le problème à notre place en étranglant Charles-Édouard à mains nues, après avoir appris qu'il avait confié la moitié de son précieux porto à son principal concurrent.

— Je suis sûre que mon mari fera son possible pour écouler la marchandise de Votre Altesse pour le plus grand profit de tous, dis-je sans mentir.

Charles-Édouard me remercia poliment, comme il sied à un prince qui accepte avec mansuétude les loyaux services d'un sujet. Il inclina la tête, baisa ma main et prit congé avec des paroles de gratitude pour Jamie. L'austère Magnus, peu impressionné par cette visite royale, referma la porte derrière lui.

J'étais déjà endormie lorsque Jamie rentra à la maison. Je ne lui appris la visite du prince que le lendemain au petit déjeuner.

— Seigneur ! Je me demande si Son Altesse va en avertir le comte ?

Après avoir rapidement englouti son infâme gruau écossais, il s'attaqua à la version française du petit déjeuner en beurrant généreusement des petits pains au lait. Un sourire narquois éclairait son visage.

— À ton avis, frapper un prince en exil constitue-t-il un crime de lèse-majesté ? Si ce n'est pas le cas, j'espère pour Son Altesse qu'elle sera accompagnée de Sheridan ou de Balhaldy quand le comte sera mis au courant.

Ses supputations furent interrompues par des éclats de voix dans le couloir. Quelques secondes plus tard, Magnus ouvrit la porte, portant un message sur son plateau d'argent.

— Pardonnez-moi, milord. Le messager qui a apporté ce pli a insisté pour que je vous le remette au plus vite.

Haussant les sourcils, Jamie déplia le billet et le lut.

— Par tous les diables ! jura-t-il.

— Qu'est-ce qu'il y a ? Déjà des nouvelles de Murtagh ?

— Non, c'est l'un des contremaîtres de Jared.

— Des problèmes sur les quais ?

Il semblait hésiter entre s'énerver ou éclater de rire.

— Pas précisément. Cet idiot a eu des ennuis dans un bordel. (Il agita le billet avec une moue ironique.) Il demande humblement mon pardon mais espère que j'aurai la bonté de lui porter secours. En d'autres termes, il voudrait que j'aille payer sa note.

— Tu vas le faire ?

Il jeta sa serviette sur la table et se leva.

— Il le faut bien, sinon qui va surveiller le travail à l'entrepôt ? Je n'ai pas le temps de lui trouver un remplaçant.

Son front se plissa à la pensée des tâches qui l'attendaient pendant la journée.

— Je ferais peut-être mieux d'emmener Fergus avec moi. Il me servira de messager. Il pourra éventuellement apporter une lettre de ma part à Montmartre, si je n'ai pas le temps de passer chez Charles-Édouard.

— *Des cœurs généreux valent mieux que des couronnes*, citai-je en le regardant penché sur une masse de paperasses accumulées sur le bureau.

— Hmm ? Qui a dit ça ?

— Alfred Tennyson. Je ne crois pas qu'il soit déjà né, mais c'est un poète. Oncle Lamb avait une anthologie des grands poètes anglais. Il y avait aussi des extraits de Burns, un Écossais si je me souviens bien. *Liberté et whisky vont main dans la main...* Jamie se mit à rire.

— Je ne sais pas si c'était un grand poète, mais il était sûrement écossais !

Il se pencha vers moi et déposa un baiser sur mon front.

— Je serai de retour pour le déjeuner, *mo duinne*. Fais attention à toi.

Je terminai mon petit déjeuner et remontai dans ma chambre pour me reposer. J'avais eu quelques autres petits saignements après la première alarme, puis plus rien pendant plusieurs semaines. Toutefois, je restais le plus possible allongée et je ne descendais au salon ou dans la salle à manger que pour recevoir des visiteurs et prendre mes repas avec Jamie. Ce jour-là, quand je descendis déjeuner, il n'y avait qu'un couvert.

— Milord n'est pas encore rentré ? demandai-je au vieux majordome.

— Non, milady.

— Alors il ne devrait plus tarder. Veillez à ce qu'il y ait un repas prêt pour lui à son retour.

Pour ma part, j'étais trop affamée pour l'attendre. La nausée avait tendance à revenir si je restais trop longtemps sans manger.

Après le déjeuner, je m'allongeai de nouveau. Il m'était impossible de dormir sur le ventre et je ne pouvais rester sur le dos trop longtemps, car le bébé se mettait à gigoter. Je restai donc couchée sur le flanc, recroquevillée autour de mon gros ventre comme une crevette de cocktail autour d'une olive. Je somnolai plus que je ne dormis, bercée par le mouvement de l'enfant.

À un moment, je crus sentir la présence de Jamie à mes côtés, mais quand j'ouvris les yeux, la chambre était vide et je m'assoupis de nouveau, me laissant flotter sur un océan d'eau chaude.

Vers la fin de l'après-midi, je fus réveillée par un grattement à la porte.

— Entrez !

C'était Magnus qui m'annonçait des visiteurs, l'air navré.

— La princesse de Rohan, Madame. La princesse voulait attendre que Madame se réveille, mais madame d'Arbanville est arrivée à son tour et j'ai pensé...

— C'est bon, Magnus, dites-leur que je descends.

J'étais ravie d'avoir de la visite. Depuis quelques semaines, nous avions cessé de recevoir à dîner. La compagnie et les conversations commençaient à me manquer. Louise venait régulièrement me voir et me tenait au fait des derniers potins de la Cour, mais je n'avais pas vu Marie d'Arbanville depuis des lustres. Je me demandais bien ce qui pouvait l'amener.

Gênée par mon ventre, je descendis lentement les escaliers et m'approchai de la porte du salon. Une voix retentit à travers les cloisons et me fit m'arrêter un instant.

— Vous croyez qu'elle est au courant ?

La question était posée à mi-voix sur un ton qui annonçait un ragot bien juteux. Je tendis l'oreille.

C'était Marie d'Arbanville. Reçue partout du fait de la position prestigieuse de son général de mari, bavarde comme une pie, même pour une Parisienne, elle était au courant de tout ce qui se passait dans la capitale et ses environs.

— De quoi serait-elle au courant ?

Cette fois, c'était Louise. Sa voix claire et son timbre haut reflétaient l'assurance d'une aristocrate-née, peu soucieuse d'être entendue.

— Alors vous ne savez pas non plus ? poursuivit Marie. Mais naturellement, que je suis sotte ! je l'ai appris moi-même il n'y a pas une heure !

Elle avait dû se précipiter chez moi pour me raconter la nouvelle. Quelle qu'elle soit, j'eus la nette impression que j'en saurais plus en restant où j'étais.

— C'est milord Broch Tuarach, expliqua-t-elle.

Je n'avais pas besoin de la voir pour l'imaginer, penchée vers son auditoire, ses petits yeux verts brillant d'excitation et lançant des regards conspirateurs de droite à gauche.

— Il a provoqué un Anglais en duel ce matin même !

— Quoi !

Le cri de Louise étouffa le mien. Je me raccrochai au bord de la console et tins bon. De petits points noirs tourbillonnaient devant mes yeux.

— Mais oui ! insista Marie. Jacques Vincennes y était. Il a tout raconté à mon mari ! Cela c'est passé dans cette affreuse maison près du marché aux poissons... Vous imaginez, aller au bordel dès le matin ! Les hommes sont drôles tout de même ! Enfin, Jacques buvait un verre avec Madame Élise, la maîtresse des lieux, quand soudain un cri terrible a retenti, suivi de bruits de coups et d'empoignades.

Elle marqua une pause du plus bel effet dramatique pour reprendre son souffle et j'entendis le bruit d'un liquide qu'on verse dans un verre.

— Donc... reprit-elle enfin, Jacques s'est précipité pour voir ce qui se passait. Enfin... c'est ce qu'il dit. Personnellement, je suis persuadée qu'il a plongé derrière un canapé, il est d'un poltron, ce Jacques ! Après d'autres cris et bruits d'empoignades, voilà qu'un officier anglais dégringole les escaliers, la culotte à moitié déboutonnée, sa perruque à la main, et vient s'écraser contre le mur. Et qui surgit en haut des marches, tel l'archange de la vengeance ? Je vous le donne en mille ! Notre petit James !

— Non ! s'exclama Louise. Je n'aurais jamais cru qu'il fréquentait ce genre d'endroit... mais passons. La suite !

— Donc... l'Anglais s'est relevé miraculeusement indemne et a relevé la tête vers lord Broch Tuarach. D'après Jacques, il était très maître de lui pour un homme qui vient de dévaler un escalier les culottes autour des chevilles. Il a souri... Pas un vrai sourire, vous savez, plutôt un rictus... et il a dit : « Pourquoi tant de violence, Fraser ! Tu ne pouvais pas attendre ton tour ? J'aurais pourtant pensé que tu avais ce qu'il te fallait à la maison. Mais on dit que certains hommes ne trouvent leur plaisir qu'en payant ! »

— Mon Dieu, il a dit ça ! Quelle horreur ! Quelle canaille ! Cela dit, je ne m'explique toujours pas la présence de lord Tuarach dans ce lieu de débauche. Vous croyez que Claire...

Je pouvais entendre dans le ton de sa voix l'amitié qui se débattait contre l'irrésistible force d'attraction du commérage. Naturellement, le commérage l'emporta.

— Après tout, quand on y réfléchit, cela n'a rien d'extraordinaire. Lord Tuarach ne peut jouir des faveurs de sa femme en ce moment. Elle est enceinte et sa grossesse est si difficile ! Il est tout naturel qu'il aille se soulager dans un bordel. Tous les hommes que nous connaissons en font autant. Mais je vous en prie, Marie, poursuivez ! Qu'est-il arrivé ensuite ?

— Eh bien...

Marie reprit sa respiration. Nous approchions du moment fort de son récit.

— ... lord Broch Tuarach a dévalé les escaliers à son tour. Il a saisi l'Anglais par le col et l'a secoué comme un prunier.

— Non ! Ne me dites pas ça !

— Mais si ! Il a fallu trois hommes pour lui faire lâcher prise. Il faut dire qu'il est très costaud. Il a l'air si... sauvage !

— Certes, mais ensuite ?

— Jacques a dit que l'Anglais avait mis un certain temps avant de retrouver son souffle. Il s'est redressé et a lancé à lord Broch Tuarach : « C'est la deuxième fois que tu manques de me tuer, Fraser. Un jour, tu finiras par réussir. » Alors, lord Broch Tuarach s'est mis à jurer dans cette horrible langue écossaise... Je n'y comprends pas un traître mot, pas vous ?... Il a repoussé les hommes qui le tenaient et a giflé l'Anglais de sa main nue !

— Oh ! fit Louise horrifiée par l'injure.

— Et il a déclaré : « Demain à l'aube, vous serez un homme mort ! » Sur ce, il a tourné les talons et a remonté l'escalier quatre à quatre, pendant que l'Anglais quittait le bordel. D'après Jacques, il était blême. On le serait à moins !

— Vous vous sentez mal, Madame ? dit soudain une voix derrière moi.

Je me rattrapai de justesse en posant une main sur l'épaule du vieux Magnus.

— Oui, ça ne va pas très bien. Vous voulez bien... prévenir ces dames ?

Je fis un petit geste vers le salon.

— Bien sûr, Madame, mais laissez-moi d'abord vous raccompagner jusque dans votre chambre. Appuyez-vous sur mon épaule. C'est ça, très bien, Madame.

Il me reconduisit jusqu'à mon lit et s'éclipsa en promettant d'envoyer une femme de chambre au plus vite.

Je ne l'attendis pas. Sitôt le premier choc passé, je me levai et me dirigeai vers mon coffret de remèdes posé sur la coiffeuse. Je ne pensais pas être sur le point de m'évanouir, mais j'avais un petit flacon d'ammoniaque qu'il valait mieux garder à portée de main.

Ce fut en débouchant le flacon que je l'aperçus. Tout d'abord, mon esprit refusa d'enregistrer ce que mes yeux voyaient : un petit bout de papier plié et coincé entre les fioles multicolores. Mes doigts se mirent à trembler au point que je dus m'y reprendre à deux fois avant de pouvoir le déplier.

Pardonne-moi. Les lettres étaient soigneusement tracées au centre de la feuille, au-dessus de l'initiale *J* écrite avec la même application. Au-dessous encore, trois autres mots, griffonnés à la hâte en guise de post-scriptum : *Il le faut !*

— Il le faut, répétai-je à voix haute.

Cette fois, mes genoux lâchèrent. Étendue sur le tapis, je fixais les panneaux de bois sculpté du plafond et me surpris à penser que j'avais toujours cru à tort que les dames du xviiie siècle se pâmaient à cause de leur corset trop serré. À présent, je savais que c'était à cause de la bêtise des hommes du xviiie siècle.

J'entendis un cri d'alarme quelque part près de moi, des mains énergiques m'aidèrent à me relever et on me hissa sur le lit. Un moment plus tard, je sentis le contact d'un linge humide sur mon front, suivi d'une forte odeur de vinaigre sous mes narines.

Quand j'eus repris plus ou moins mes esprits, je rassurai les servantes et les fis sortir de la chambre, impatiente de rester seule pour pouvoir réfléchir.

Naturellement, l'Anglais défié par Jamie ne pouvait être que Jonathan Randall. C'était le seul élément de certitude dans le magma d'horreur et de spéculations folles qui tourbillonnait dans mon cerveau. Mais pourquoi ? Qu'est-ce qui avait pu pousser Jamie à rompre sa promesse ?

— Frank ! Mon Dieu, Frank ! dis-je à voix haute.

Mes doigts se refermèrent inconsciemment sur mon alliance en or. Pour Jamie, Frank n'était jamais qu'un lointain fantôme, une possibilité de refuge pour moi au cas où les choses tourneraient mal. Mais pour moi, Frank était un homme avec lequel j'avais partagé une partie de ma vie, auquel j'avais donné mon cœur et mon corps... avant de l'abandonner pour un autre.

— Je ne peux pas, murmurai-je. Je ne peux pas le laisser faire !

La chambre baignait dans la lumière grise d'une fin d'après-midi. Il ne tarderait pas à faire nuit. Le soir se refermait inexorablement sur moi avec un terrible parfum d'apocalypse. *Demain à l'aube, vous serez un homme mort.* Je n'avais aucun espoir de parler à Jamie avant le lendemain. Il n'avait pas l'intention de rentrer rue Trémoulins, autrement il ne m'aurait pas laissé ce message. Il ne supporterait pas de partager mon lit tant qu'il n'aurait pas tenu sa promesse à Jack Randall. Il avait sans doute pris une chambre dans une auberge, se préparant dans la solitude à accomplir ce qu'il pensait être son devoir.

Je croyais savoir où se tiendrait le duel : à Boulogne, près du sentier des Sept Saints. C'était un endroit idéal pour les combats illicites ; son épaisse végétation cachait les adversaires des regards indiscrets. Demain, une de ces clairières ombragées verrait le duel à mort entre James Fraser et Jonathan Randall. Je comptais bien y être aussi.

Je restai couchée sans prendre la peine de me dévêtir, les mains croisées sur mon ventre. J'écoutai la nuit tomber, sachant déjà que je ne pourrais pas fermer l'œil. Je cherchai un maigre réconfort dans les mouvements du petit être dans mon ventre, tandis que les paroles de Jamie résonnaient sans cesse dans ma tête : *Demain à l'aube, vous serez un homme mort.*

Niché en lisière de la ville, Boulogne était une étendue boisée presque vierge. On racontait qu'on pouvait encore y croiser des loups, des renards et des blaireaux, mais cela ne décourageait pas les couples qui venaient se retrouver sous ses frondaisons. Pour les Parisiens, c'était un refuge idéal contre le bruit et la crasse de la capitale, et seul son emplacement lui avait évité de devenir la chasse gardée de l'aristocratie.

Le bois n'était pas très vaste, mais néanmoins trop grand pour qu'on puisse le parcourir à pied en quête d'une clairière assez vaste pour accueillir un duel. Il avait plu durant la nuit et l'aube avait tardé à pointer son nez. Le sous-bois était plein de bruisse-ments et les gouttes crépitaient doucement contre les feuilles.

La berline s'arrêta sur le chemin qui menait vers les bois, au niveau du dernier groupe de maisons. J'avais donné mes ins-tructions au cocher. Il sauta de son perchoir, attacha les che-vaux et disparut entre les bâtiments. Les gens qui habitaient au bord du bois de Boulogne savaient ce qui s'y passait et il ne devait pas y avoir mille endroits susceptibles d'accueillir un duel.

Je m'enfonçai dans la banquette et serrai le col de mon man-teau autour de mon cou, frissonnant de froid. La fatigue d'une nuit blanche, associée à l'angoisse et à la colère qui me tenail-laient depuis la veille, me vidait de mes forces.

Comment as-tu pu me faire ça, Jamie Fraser ? Tu m'avais pro-mis ! La question me hantait. Je comprenais sa rage, mais il n'était pas seul en jeu. Son orgueil de mâle était-il donc plus important que la vie d'un homme ? Dire qu'il m'avait plantée là, sans un mot d'explication, me laissant découvrir ce qui s'était passé à travers les commérages des voisins !

Le cocher réapparut accompagné d'un adolescent d'une quin-zaine d'années qui grimpa prestement sur le siège extérieur. Il y eut un claquement de fouet. La voiture s'ébranla et s'enfonça dans le bois.

Nous nous arrêtâmes à trois reprises. Les deux premières fois, le gamin sauta à terre et s'enfonça sous les branches, pour resur-gir quelques minutes plus tard, en faisant non de la tête. La troisième fois, il revint en courant, l'air excité, et je descendis précipitamment de voiture avant même que le cocher n'ait eu le temps de réagir.

J'avais quelques pièces dans la main. Je les glissai à l'adoles-cent tout en le tirant par la manche.

— Montre-moi le chemin, vite, *vite* !

Je remarquai à peine les branchages qui fouettaient mon corps, l'eau et la boue qui trempaient mes jupes. Le sentier était jonché de feuilles qui étouffaient le bruit de mes pas et ceux de mon guide.

Je les entendis avant de les voir : le duel était déjà engagé. Le fracas des lames retentissait dans l'air humide et le silence de la nature avait quelque chose d'inquiétant.

La clairière était grande, profondément enfouie dans le bois, mais accessible par un sentier. Ils s'affrontaient, indifférents à la pluie qui imprégnait leurs vêtements. Jamie avait affirmé être le meilleur à l'épée. C'était peut-être le cas, mais Jonathan Ran-dall n'était pas manchot. Il plongeait, esquivait, souple comme un serpent, et son arme cinglait l'air comme un fouet d'argent. Jamie se déplaçait avec la même rapidité, avec une grâce étonnante pour sa taille, le pied léger et la main sûre. Je n'osais crier de peur de briser sa concentration. Ils tournaient l'un autour de l'autre, se regardaient droit dans les yeux, emportés dans une étrange danse de mort.

Je les observais, figée et impuissante. J'étais venue jusqu'ici pour les arrêter. Maintenant que je les avais retrouvés, je ne pouvais rien faire, au risque de détourner leur attention l'espace d'une seconde qui pouvait être fatale. J'étais condamnée à attendre, jusqu'à ce que l'un d'entre eux tombe, mortellement blessé.

Soudain, l'épée de Randall vola dans les airs. Il recula précipitamment et tomba à la renverse.

C'était le moment ou jamais d'intervenir et de m'interposer, entre la défaite de l'adversaire et le coup de grâce. Je voulus appeler, mais n'émis qu'un faible cri étranglé. Une douleur aiguë me traversa les reins et je sentis un déchirement dans mes entrailles.

Je battis des mains, tentai de me rattraper aux branchages. Plus loin, je voyais le visage de Jamie, transfiguré par une sorte de jubilation intérieure. Aveuglé par un voile de violence et de fureur, il ne m'avait pas entendue. Il ne voyait rien d'autre que sa proie, Jack Randall, rampant sur le dos pour fuir la lame qui s'approchait inexorablement. Celui-ci cambra le dos, tenta de se relever, mais ses pieds glissèrent sur l'herbe mouillée et il retomba lourdement sur le sol. Sa gorge apparaissait à travers sa chemise déchirée, exposée comme celle d'un condamné qui implore la pitié du bourreau. Mais la vengeance ne connaît pas la pitié et ce n'était pas vers sa gorge que la lame pointait.

À travers un brouillard de plus en plus opaque, je vis s'abattre l'épée de Jamie, froide comme la mort. La pointe s'enfonça au niveau de l'aine, perçant les culottes en daim, en ployant légèrement. Un jet de sang noirâtre gicla sur le sol.

Un sang chaud coulait également entre mes cuisses, tandis qu'un froid glacial m'envahissait et se diffusait dans mon bassin. Une douleur fulgurante me transperça les entrailles. Mon corps et mon esprit semblaient se fragmenter. Je ne voyais plus rien, même si j'étais consciente d'avoir les yeux grands ouverts. La pluie fouettait mon visage, ma gorge, mes épaules. Chaque goutte d'eau glacée se dissolvait dans mon corps comme une onde de chaleur. C'était une sensation nettement distincte de l'autre, plus bas, qui broyait lentement mes viscères. Je tentai de me concentrer sur une petite voix intérieure qui discourait sur un ton neutre, comme on déchiffre à voix haute un rapport médical : *Il s'agit d'une hémorragie. Probablement une rupture du placenta, à en juger par la quantité de sang perdue. Généralement fatale. La perte abondante de sang explique la disparition de la sensibilité au niveau des mains et des pieds, ainsi que la chute de la vision. En théorie, l'ouïe devrait être la dernière à disparaître. Le pronostic semble se confirmer.*

De fait, j'entendais encore. Il y avait des voix autour de moi, toutes très agitées, même si certaines s'efforçaient de rester calmes. Au-dessus de moi, mon nom, répété plusieurs fois, au loin : Claire ! Claire !

— Jamie... tentai-je d'articuler.

Mes lèvres étaient comme engourdies et chaque muscle de mon corps semblait paralysé. Le remue-ménage s'atténua légèrement. Quelqu'un s'était enfin décidé à agir. Mes jupes furent retroussées et on m'appliqua un linge humide. Je me sentis rouler sur le côté et quelqu'un fléchit mes genoux contre mon ventre.

— Emmenez-la à l'hôpital, suggéra une voix.

— Elle ne vivra pas assez longtemps, répondit une autre, plus pessimiste. Autant attendre quelques minutes. On fera venir directement le fourgon de la morgue.

— Non, insista la première. Les saignements s'atténuent. Elle peut s'en sortir. Je la connais. Je l'ai déjà vue à l'hôpital des Anges. Il n'y a qu'à la conduire à mère Hildegarde.

Je rassemblai le peu de forces qui me restaient et parvins à murmurer :

— Mère.

Je n'en dis pas plus. Épuisée, je capitulai et l'obscurité se referma sur moi.

25

Raymond l'hérétique

Les hautes voûtes étaient supportées par des ogives gothiques, dont les nervures s'élançaient vers une rosace centrale finement sculptée.

Mon lit était placé sous l'une d'elles, entouré de rideaux de gaze pour préserver mon intimité. Toutefois, je n'étais pas exactement sous la rosace, ce qui m'agaçait au plus haut point chaque fois que je fixais le plafond, comme si le fait d'être décentrée par rapport aux ogives m'empêchait de me recentrer sur moi-même.

Mon corps était rompu et endolori, comme si j'avais été rouée de coups, et chacune de mes articulations était douloureuse. On avait jeté sur moi plusieurs épaisseurs de couvertures, mais celles-ci ne pouvaient retenir une chaleur que mon corps n'émettait plus. Le froid de cette aube pluvieuse semblait s'être infiltré jusque dans mes os.

Je notais objectivement ces symptômes comme s'ils étaient ceux d'une autre. Je ne ressentais rien d'autre. Le petit centre logique et froid de mon cerveau était toujours là, mais l'enveloppe émotive à travers laquelle auraient dû filtrer ses déductions avait disparu : morte, tétanisée, ou simplement envolée. Je l'ignorais et n'en avais cure. Cela faisait cinq jours que je végétais à l'hôpital des Anges.

Les longs doigts de mère Hildegarde palpaient doucement mon ventre à travers le coton de ma chemise de nuit, retraçant les contours de mon utérus. Ma chair était molle comme un fruit trop mûr, mais encore sensible. Je gémis quand elle pressa trop fort, et elle fronça les sourcils, en marmonnant entre ses dents.

Je crus reconnaître un nom dans son bougonnement inintelligible et demandai :

— Maître Raymond ? Vous connaissez maître Raymond ?

J'imaginais mal le couple formé par la redoutable religieuse et le gnome tapi dans son antre orné de crânes.

Mère Hildegarde parut stupéfaite.

— Maître Raymond, vous dites ! Ce charlatan hérétique ? Que Dieu nous en garde !

— Pardon, j'avais cru vous entendre dire « Raymond ».

— Ah.

Ses doigts se remirent au travail, palpant les plis de mon aine, à la recherche de masses dures au niveau des ganglions lymphatiques, signes d'une infection. Elles y étaient, je les avais senties moi-même un peu plus tôt, lorsque j'avais inspecté de mes mains fébriles les vestiges de mon corps. Je sentais aussi la fièvre, qui montait en bulles glacées du plus profond de ma carcasse pour venir crever à la surface de ma peau.

— J'invoquais l'aide de saint Raymond Nonnatus, expliqua mère Hildegarde en essorant un linge dégoulinant au-dessus d'une bassine d'eau. Il vient souvent au secours des femmes enceintes.

— Dont je ne fais plus partie.

Je remarquai son froncement de sourcils chagriné qui se dissipa aussitôt, tandis qu'elle épongeait mes tempes brûlantes.

Je frissonnai au contact de l'eau glacée et elle s'interrompit, posant une main sur mon front.

— Saint Raymond n'est pas regardant, dit-elle sur un ton de reproche. Personnellement, je vais chercher de l'aide là où elle est disponible. Je vous conseille de faire de même.

Je fermai les yeux, battant en retraite dans un brouillard grisâtre. Un cliquetis de perles de rosaire m'indiqua que mère Hildegarde venait de se lever. La voix douce d'une sœur l'appela depuis le pas de la porte. Elle avait presque atteint le seuil de la salle quand une idée la fit s'arrêter brusquement. Elle revint vers moi dans un bruissement de jupe et, pointant un doigt autoritaire vers le pied de mon lit, elle ordonna :

— Bouton ! Couché !

Le chien bondit aussitôt sur mon lit. Il gratta un peu les couvertures, tourna plusieurs fois sur lui-même comme pour désenvoûter les lieux, puis se coucha confortablement à mes pieds, le museau posé sur ses pattes avant.

Satisfaite, mère Hildegarde murmura :

— Que Dieu vous bénisse, mon enfant.

Là-dessus, elle s'éloigna.

À travers le brouillard de mes sens et le froid qui m'enveloppait, je lui fus reconnaissante de son geste. N'ayant pas d'enfant à déposer dans mes bras, elle m'avait confié ce qu'elle avait de mieux comme substitut.

Le petit poids recouvert de poils était de fait un réconfort.

Bouton se tenait parfaitement immobile, tels ces chiens de marbre couchés aux pieds de leurs maîtres sur les sarcophages de la basilique de saint Denis. Il lâcha un pet de satisfaction et s'endormit paisiblement. Je tirai les couvertures sur mon nez et tentai de faire de même.

Je finis par m'endormir à mon tour et fis des rêves fébriles de terres nues et désolées, de tâches inlassablement répétées et d'efforts vains et douloureux.

Je me réveillai en sursaut, pour découvrir que Bouton avait disparu. Mais je n'étais pas seule.

Maître Raymond était en grande conversation avec mère Hildegarde et une autre sœur. Ses longs cheveux gris et raides, lissés en arrière, lui tombaient sur les épaules. Ils faisaient ressortir son front bombé comme un bloc de pierre blanche, plongeant le reste de son visage dans l'obscurité. Ses rides profondes bougeaient légèrement quand il parlait. Elles me firent penser à ces lettres à demi effacées sur les tombeaux, comme si elles se frayaient péniblement un passage vers la lumière. Dans mon délire, je devins convaincue que, tôt ou tard, mon nom deviendrait lisible sur la dalle blanche de ce front glabre et, qu'à cet instant, je serais réellement morte. Je cambrai les reins et poussai un long cri.

— Tenez ! Vous êtes content, maintenant ? tonna mère Hildegarde. Puisque je vous dis qu'elle ne veut pas vous voir ! Vous n'êtes qu'un répugnant personnage ! Sortez d'ici immédiatement !

Mère Hildegarde saisit maître Raymond par le bras et le poussa vers la sortie. Planté au beau milieu de la salle, tel un nain de jardin, le vieil apothicaire résistait. Sœur Céleste vint à la rescousse. Les deux femmes le soulevèrent du sol et l'emportèrent, coincé entre elles deux, tandis qu'il battait frénétiquement des pieds, perdant un sabot au passage.

Le sabot resta là où il était tombé, couché sur le côté. Abrutie par la fièvre, je ne pouvais détacher mes yeux de ce soulier usé. Je suivais encore et encore la courbe douce de ses contours élimés par le temps et l'usure, me rapprochant chaque fois un peu plus du gouffre intérieur qui m'aspirait inexorablement. Lentement, je m'enfonçai dans le chaos, assourdie par le hurlement qui éclatait à travers le cercle de pierres dressées. Prise de panique, je tentai désespérément de me raccrocher au bord du gouffre.

Soudain, un bras surgit entre les rideaux. Une main noueuse saisit le vieux sabot et disparut. Privé de son point d'ancrage, mon regard glissa sur les dalles, puis, réconfortée par la rassurante régularité des formes, je sombrai doucement dans le sommeil.

Mes rêves ne m'apportèrent aucune tranquillité. J'errais inlassablement dans une confusion de silhouettes, de sons et de visages. Ce fut avec soulagement que je distinguai enfin les traits irréguliers d'un visage humain. Je fixai le front plissé par l'inquiétude et la bouche qui esquissait une moue implorante. Ce ne fut qu'en sentant une main plaquée contre mes lèvres que je compris que je ne dormais plus.

La grande bouche édentée de la gargouille s'approcha de mon oreille.

— Ne dites rien. Si ces deux ogresses me trouvent ici, je ne donne pas cher de ma peau !

J'acquiesçai lentement et il me lâcha. Ses doigts laissèrent un léger goût d'ammonium et de soufre sur mes lèvres. Il avait volé quelque part une vieille robe de bure pour cacher le velours gris de sa tunique d'apothicaire. Une lourde capuche dissimulait ses cheveux argentés et le bulbe monstrueux de son front.

Les visions de la fièvre s'atténuèrent légèrement, battant en retraite devant les derniers vestiges de curiosité qui me restaient. J'étais trop faible pour articuler autre chose que des sons sans suite. Il posa un doigt sur ses lèvres pour m'enjoindre de me taire et repoussa les draps qui me recouvraient.

Je l'observai avec une certaine perplexité, occupé à dénouer les lacets de ma chemise de nuit et à écarter celle-ci jusqu'à la taille. Ses gestes étaient rapides et précis, dénués de lubricité. Non pas qu'une carcasse décharnée et fébrile comme la mienne pût inspirer de la concupiscence, notamment à portée d'oreille de mère Hildegarde, mais sait-on jamais...

Il posa ses deux mains sur ma poitrine. Elles étaient larges et presque carrées, avec des doigts qui paraissaient tous de la même longueur et des pouces souples qui s'enroulaient autour de mes seins avec une délicatesse surprenante. Pendant que je les contemplais, le visage de Mary Jenkinson me revint en mémoire avec une clarté surprenante. Mary avait suivi une formation en même temps que moi à l'hôpital de Pembroke. Je la revis dans la salle de garde, en train de raconter aux infirmières fascinées que la taille et la forme des pouces d'un homme étaient révélatrices des proportions de ses attributs masculins.

— Mais c'est vrai, je vous jure ! répétait-elle en rejetant en arrière son épaisse tignasse blonde.

Mais quand on la pressa de questions, elle se mit à glousser de rire en se contentant de lancer des regards entendus vers le lieutenant Hanley, qui ressemblait fortement à un gorille, pouces inclus.

Les pouces de maître Raymond s'enfonçaient doucement

mais fermement dans ma chair et je sentais mes tétons se gonfler sous ses paumes dures et froides.

— Jamie... murmurai-je.

— Chut, Madone...

Il avait parlé sur un ton bas et doux, mais étrangement absent, comme s'il ne me prêtait aucune attention.

Un frisson me parcourut de la tête aux pieds. J'avais l'impression de lui transmettre ma chaleur sans pour autant le réchauffer, et je sentais la fièvre se dissiper par vagues successives.

La lumière grise de l'après-midi filtrait à travers les rideaux de gaze et les mains de maître Raymond formaient deux taches sombres sur ma peau blanche. Pourtant, les ombres entre ses doigts n'étaient pas noires. Elles étaient... bleues, me semblait-il.

Je fermai les yeux et contemplai les taches de couleur qui flottaient sous mes paupières. Lorsque je les rouvris, ce fut comme si la couleur refusait de s'évanouir, nimbant les mains de maître Raymond d'une aura bleutée.

À mesure que la fièvre s'atténuait, mon esprit s'éclaircissait. Je tentai de redresser la tête pour mieux voir ce qu'il faisait, mais il pesa un peu plus fort sur ses mains et me força à laisser retomber ma nuque sur l'oreiller, les yeux baissés vers ma poitrine.

Était-ce mon imagination ? Je ne voyais plus ses mains bouger ; pourtant, un léger rayon de lumière semblait planer au-dessus d'elles et projeter une pâle lueur rose sur ma peau.

Mes seins se réchauffaient peu à peu, mais c'était une tiédeur saine et non plus la chaleur de la fièvre. Un courant d'air se faufila entre les rideaux et vint soulever les boucles moites autour de mes tempes. Pourtant, je ne frissonnais plus.

Les mains de maître Raymond quittèrent mes seins et se mirent à masser mes bras, très lentement, s'attardant sur les articulations de l'épaule et du coude, puis du poignet et des doigts. La douleur disparaissait progressivement. Sans cesser de me toucher, sans hâte, il palpa mes côtes une à une, les malaxa doucement, descendit vers mon bas-ventre.

Le plus étrange, c'est que je ne m'étonnais de rien. Ses gestes paraissaient naturels et mon corps meurtri se détendait avec gratitude sous la pression de ses doigts, se fondant et se reformant comme de la pâte à modeler. Seules les jointures de mon squelette semblaient rester en place.

Je pouvais littéralement sentir les minuscules bactéries qui habitaient mon sang mourir une à une dans de petites explosions, tandis que chaque flammèche d'infection était soufflée. Je visualisais chacun de mes organes : mon estomac, la masse compacte et aplatie de mon foie, chaque boucle de mes intestins, retournée comme un gant et soigneusement rangée dans le filet scintillant du péritoine. La chaleur envahissait peu à peu chaque viscère, l'illuminait comme un petit soleil, et passait au suivant.

Maître Raymond s'interrompit, les mains jointes sur mon ventre. Sa tête encapuchonnée s'inclina sur le côté, comme s'il écoutait un bruit lointain, mais les sons habituels de l'hôpital continuèrent imperturbablement.

Je me raidis involontairement en sentant une de ses mains descendre entre mes cuisses. Une légère pression de l'autre main m'enjoignit de rester silencieuse et les doigts carrés s'enfoncèrent en moi.

Je fermai les yeux et attendis, sentant les parois internes de mon vagin s'adapter à cette intrusion inattendue. L'inflammation s'évanouissait à mesure qu'il avançait doucement en moi.

Il s'arrêta à l'endroit même où je sentais un vide terrible et un spasme douloureux contracta les parois de mon utérus inflammé. Je laissai échapper un petit gémissement et serrai les dents.

L'autre main était toujours posée sur mon ventre tandis que ses doigts fouillaient mes entrailles. Il s'immobilisa soudain, tenant la source de ma douleur entre ses deux mains, comme une boule de cristal, lourde et fragile.

— Maintenant, murmura-t-il. Appelez-le. Appelez l'homme rouge.

La pression de ses doigts dans mon ventre et sur ma peau s'accentua et je pressai mes jambes contre les montants du lit pour lutter contre la douleur. Mais je n'avais plus aucune force et la tension se fit de plus en plus forte, jusqu'à faire craqueler la sphère de cristal et libérer le chaos intérieur.

Mon esprit se remplit d'images, bien pires que celles de mes rêves fébriles, car elles étaient réelles. Le chagrin, la peur et le sentiment de perte m'envahirent. J'avais sur les lèvres le goût de la mort. J'entendis vaguement sa voix, patiente mais ferme :

— Appelez-le !

— Jamie ! Jamie !

Une boule de feu traversa ma chair, la pression de ses mains se relâcha. Soudain, un vent frais et léger emplit mon ventre.

Maître Raymond plongea sous le sommier juste à temps, faisant trembler la structure du lit...

— Milady ! Que se passe-t-il ?

Sœur Angélique écarta le rideau. Derrière l'inquiétude de son regard, on lisait la résignation. Les sœurs s'attendaient à ce que je meure d'un instant à l'autre. Pensant que j'avais crié dans un dernier sursaut d'agonie, elle s'apprêtait à envoyer chercher le prêtre.

Elle posa sa petite main potelée sur mon front, puis sur ma joue, et à nouveau sur mon front. Mes draps étaient toujours tirés jusqu'à mi-cuisses et ma chemise de nuit était grande ouverte. Elle glissa une main sous mon aisselle et l'y laissa quelques instants.

— Dieu soit loué ! s'exclama-t-elle. Vous n'avez plus de fièvre !

Elle approcha son visage de ma bouche, pour s'assurer sans doute que la disparition de la fièvre n'était pas due à ma mort soudaine. Je lui souris faiblement.

— Je vais mieux. Dites-le à mère Hildegarde.

Elle hocha vigoureusement la tête, les larmes aux yeux, avant de rabattre pudiquement les draps sur moi et de s'éloigner au petit trot pour prévenir la mère supérieure.

Dès qu'elle eut disparu, maître Raymond émergea de sous mon lit.

— Je dois partir, Madone. Portez-vous bien.

Malgré ma faiblesse, je me redressai et le rattrapai par le bras. Je glissai ma main sous sa manche, palpai l'épaisse masse de muscles. Sa peau était lisse jusqu'à l'épaule, sans la moindre trace de cicatrice.

Il me regardait faire, l'air stupéfait.

— Que faites-vous, Madone ?

— Rien, soupirai-je, déçue.

Je me laissai retomber sur l'oreiller.

— Je voulais vérifier si vous aviez jamais été vacciné.

— Vacciné ?

Son visage n'indiquait que l'étonnement.

J'avais suffisamment appris à lire sur les visages. Si le sien avait trahi le moindre tressaillement, je m'en serais aperçue. Ce n'était pas le cas.

— Maître Raymond, une dernière chose... Pourquoi m'appelez-vous encore Madone ? Je n'attends plus d'enfant.

Il esquissa un sourire amusé.

— Je ne vous ai pas appelée Madone parce que vous étiez enceinte, milady.

— Alors pourquoi ?

Je n'attendais pas vraiment de réponse. Nous étions tous les deux épuisés et vidés de toute substance, comme suspendus en un lieu où le temps n'existait plus. Il n'y avait plus de place entre nous que pour la vérité.

Il soupira et répondit simplement :

— Chacun d'entre nous a une couleur, Madone. Elle flotte autour de nous, comme un nuage. La vôtre est bleue, comme le manteau de la Vierge. Comme la mienne.

Les rideaux de gaze remuèrent à peine. Il était parti.

26

Fontainebleau

Que ce soit nécessité ou refus obstiné de ma part d'affronter la réalité, je dormis sans interruption pendant cinq jours. Je me réveillais de temps à autre pour avaler à contrecœur un peu de nourriture avant de sombrer à nouveau dans l'oubli.

Quelques jours plus tard, un bruit de voix insistantes m'extirpa de ma torpeur. Je sentis des mains me soulever du lit et me retrouvai dans des bras virils et puissants. L'espace d'un instant, je fus comblée de joie, et me réveillai tout à fait. Une forte odeur de tabac et de vin me fit froncer le nez, et je me découvris dans les bras d'Hugo, le colosse qui servait d'homme à tout faire à Louise de La Tour.

— Lâchez-moi ! fis-je faiblement.

Surpris de me voir ainsi resurgir d'entre les morts, il manqua effectivement de me lâcher, mais une voix autoritaire l'en empêcha.

— Claire, ma chère Claire. N'aie pas peur, ma chérie. Tout va bien. Je t'emmène à Fontainebleau. Le grand air, la bonne chère... voilà ce qu'il te faut. Et du repos, encore du repos, toujours du repos !

Je clignai des yeux. Le visage ovale de Louise, rose et anxieux, flottait à côté de moi comme un chérubin sur un nuage. Derrière elle se dressait la silhouette de mère Hildegarde, haute et sévère comme le céleste gardien des portes du paradis. Impression renforcée par le grand vitrail du vestibule devant lequel elle se tenait.

Sa voix mâle résonna sous le haut plafond, résumant en quelques mots le gazouillis de Louise :

— Cela vous fera du bien. Au revoir, mon enfant.

Là-dessus, Hugo descendit les marches de l'hôpital et me fourra bon gré mal gré dans la berline de sa maîtresse.

Les soubresauts de la voiture dans les ornières et les cassis de la route de Fontainebleau me tinrent éveillée. S'ajoutait à cela le bavardage incessant de Louise, qui ne visait qu'à me rassurer. Au début, je me crus obligée de participer à la conversation, mais je compris rapidement qu'elle n'en demandait pas tant, et même, qu'elle préférait me voir garder le silence.

Après toutes ces journées enfermée dans la grisaille de l'hôpital, je me sentais comme une momie fraîchement débarrassée de ses bandelettes et je vacillais légèrement sous l'assaut des lumières et des couleurs. Il me paraissait plus facile de rentrer en moi-même et de laisser défiler devant moi les images et les impressions sans tenter d'en distinguer les détails.

Cette stratégie fonctionna jusqu'aux abords de la forêt de Fontainebleau. Le toit de verdure des chênes centenaires projetait des éclats de lumière éphémères dans le sous-bois, de sorte que la forêt tout entière semblait se mouvoir, agitée par le vent. J'admirais la scène, quand je remarquai soudain que les troncs d'arbres *bougeaient* réellement, tournoyant lentement sur eux-mêmes.

— Louise !

Mon cri interrompit son babil.

Elle se pencha pour suivre mon regard, se redressa aussitôt en se plaquant contre le dossier de la banquette, et se mit à tambouriner frénétiquement contre le toit avec le manche de son ombrelle.

La voiture ralentit et s'arrêta juste au niveau des pendus. Ils étaient trois, deux hommes et une femme. Les cris de Louise reprirent de plus belle, ponctués par les tentatives du cocher pour s'expliquer ou s'excuser. Je n'entendais plus.

Ils se balançaient doucement au bord de la route, raidis, le visage violacé. M. Forez n'aurait pas approuvé, pensai-je. Un vrai travail d'amateur, mais efficace. Le vent tourna et une odeur de gaz se répandit dans la berline.

Vibrante d'indignation, Louise redoubla ses coups et la voiture s'ébranla brusquement, la faisant retomber en arrière sur la banquette.

— Au diable ! lâcha-t-elle en s'éventant fébrilement. Quel idiot ! S'arrêter à cet endroit précis alors que je lui criais d'accélérer le pas. Quel imbécile ! Quelle émotion ! J'en ai le cœur qui bat ! Je suis sûre que c'est mauvais pour le bébé ! Oh, pardon, ma pauvre chérie, je ne voulais pas dire ça... C'est affreux ! Pardonne-moi, je t'en prie...

Heureusement, sa crainte d'avoir ravivé mes plaies lui fit oublier ce qu'elle venait de voir et je m'efforçai d'endiguer le flot de ses excuses. Enfin, ne sachant plus que dire, je ramenai la conversation sur les pendus.

— Qui sont ces gens ?

La diversion fonctionna. Louise cligna des yeux et, se rappelant soudain le choc qu'elle venait de subir, elle sortit précipitamment un flacon de sels d'un sac de voyage. Elle renifla avec force et manqua de s'étouffer.

— Des hugue... atchaaa !... des huguenots. Des hérétiques protestants. Enfin, c'est ce qu'a dit le cocher.

— On les pend encore ? Je croyais que les persécutions religieuses remontaient à des temps plus anciens.

— Oui, enfin... pas uniquement parce qu'ils sont protestants, même si cela suffit parfois, expliqua Louise.

Elle se tamponna délicatement le nez avec un mouchoir brodé, examina le résultat d'un œil critique et se moucha bruyamment.

— Ouf ! ça va mieux, dit-elle, satisfaite.

Elle glissa le mouchoir dans sa manche et se cala confortablement sur la banquette.

— Mais quel choc ! reprit-elle soudain avec véhémence. Qu'ils les pendent, je veux bien, mais ont-ils besoin de le faire au bord d'une route publique, où des dames risquent d'être exposées à un spectacle aussi répugnant ? Tu as senti cette puanteur... pouah ! Nous sommes sur les terres du comte de Médard. Je vais lui envoyer un mot pour lui dire ce que j'en pense, tu vas voir !

— Mais alors, pourquoi ont-ils été pendus ?

— Oh, pour sorcellerie, probablement ! Il y avait une femme avec eux. Les hommes, eux, se contentent de prêcher la sédition et l'hérésie, mais les femmes ne prêchent pas, elles. Tu as vu comme elle était habillée ? Quelle horreur ! Quelle tristesse de porter toujours des vêtements sombres... Comment veux-tu que ces pauvres femmes fassent des adeptes, fagotées de la sorte ? Ce ne peut être que l'œuvre du Diable, ça crève les yeux ! Ils ont peur des femmes, vois-tu. C'est pour ça qu'ils...

Je fermai les yeux et m'enfonçai dans mon siège, priant pour que nous soyons bientôt arrivées.

Outre le singe dont elle ne se séparait jamais, la maison de campagne de Louise contenait un certain nombre de bibelots d'un goût douteux. À Paris, elle ne pouvait prendre une décision sans avoir préalablement consulté son mari et son père ; aussi les pièces de son hôtel particulier étaient-elles élégamment décorées. Mais Jules était trop occupé par ses affaires pour venir souvent à la campagne et Louise pouvait enfin y donner libre cours à ses lubies décoratives.

— Regarde mon nouveau jouet. N'est-il pas délicieux ? roucoula-t-elle.

Elle me montrait une petite maison en bois sculpté, posée de manière incongrue sous une applique en bronze doré représentant Eurydice.

— On dirait un coucou suisse, observai-je.

Elle me lança un regard atterré.

— Tu en avais déjà vu ? Je croyais être la première à Paris à en posséder un !

Elle parut désappointée d'apprendre que son joujou n'était pas unique au monde, mais se rasséréna aussitôt en tournant les aiguilles de l'horloge. Elle recula d'un pas et éclata d'un rire ravi quand le petit oiseau pointa son bec en lâchant plusieurs « coucou ! » stridents.

— C'est adorable, n'est-ce pas ? C'est Maurice, le frère de Berta, la gouvernante, qui me l'a rapporté spécialement de Suisse. On peut dire ce qu'on veut sur les Suisses, mais ils savent travailler le bois.

J'eus envie de répondre par la négative, mais me contentai de murmurer quelques compliments.

Sautant du coq à l'âne comme à son habitude, Louise prit soudain un air sérieux.

— Tu sais, Claire, ce serait bien que tu assistes à la messe dans la chapelle tous les matins.

— Pourquoi ?

Elle fit un signe de tête vers la porte. Une des servantes venait de passer avec un plateau.

— Tu sais que je m'en fiche éperdument, mais c'est à cause des domestiques. Ils sont très superstitieux à la campagne, tu sais. Un de nos laquais de Paris a eu la bêtise de raconter à la cuisinière cette histoire idiote au sujet de la Dame blanche. Je leur ai bien dit que c'était absurde et que je congédierais sur-le-champ quiconque répandrait ces sottises, mais... je crois que ce serait mieux si on te voyait à la messe, ou si on t'entendait prier à voix haute de temps à autre.

Athée comme je le suis, je goûtais peu la perspective de ces messes matinales mais, vaguement amusée, j'acceptai néanmoins de calmer les craintes des domestiques. Pour commencer, Louise et moi passâmes l'heure suivante à lire des psaumes à voix haute, puis à réciter quelques prières en prenant soin de hausser le ton. J'ignorais si cette petite performance porterait ses fruits, mais elle eut au moins l'avantage de m'épuiser. Je montai dans ma chambre me reposer et dormis comme un loir jusqu'au lendemain matin.

Je n'avais toujours aucune nouvelle de Jamie. J'ignorais si c'était la justice du roi ou une blessure qui l'avait empêché de venir me voir à l'hôpital. Toujours est-il qu'il n'y avait pas montré son nez, pas plus qu'à Fontainebleau. J'en déduisis qu'il était déjà parti pour Bayonne.

Parfois, je me demandais quand... ou si nous nous reverrions, et ce que nous nous dirions. Y avait-il encore quelque chose à dire ? Mais la plupart du temps je préférais ne pas y penser. Je laissais les jours couler un à un, évitais de réfléchir à l'avenir et au passé, et me concentrais sur le présent.

Privé de son idole, Fergus déprimait. Je le voyais souvent de ma fenêtre, assis sous un buisson d'aubépine, les genoux repliés sous le menton, fixant d'un air morne la route de Paris. Un beau jour, je décidai enfin d'aller le trouver.

— Tu n'as donc rien à faire, Fergus ? lui demandai-je. Je suis sûre que les garçons d'écurie ont besoin d'un coup de main.

— Oui, milady, répondit-il sans enthousiasme.

Il se gratta les fesses d'un air absent et je fus prise d'un soupçon.

— Fergus, dis-je en croisant les bras, tu n'aurais pas des puces ?

Il retira précipitamment sa main.

— Oh non, milady !

Je me penchai vers lui et le mis debout. Je passai ensuite un doigt dans son col et découvris un cou crasseux.

— Au bain ! conclus-je succinctement.

— Non !

Il libéra son bras mais je le rattrapai par la manche. Sa véhémence me surprit. Comme tout Parisien digne de ce nom, Fergus avait pour l'eau une répugnance proche de l'horreur. Il se débattait comme un beau diable et je ne reconnaissais plus l'enfant docile que je connaissais si bien.

Il y eut un bruit de déchirure et il m'échappa comme un lapin pourchassé par un renard. Dans un bruissement de feuilles et de branches cassées, il bondit sur un mur et fila ventre à terre vers les dépendances, au fond du domaine.

Je me frayai un passage entre les ronces et jurai entre mes dents en pataugeant dans la boue et les immondices. Soudain, je perçus un bourdonnement aigu et je vis un nuage de mouches s'envoler d'une petite remise à quelques mètres de moi. Je ne m'étais pas suffisamment approchée pour les avoir fait fuir et j'en déduisis que le chenapan s'y était tapi.

— Ah ! fis-je, triomphante. Tu es cuit, petit sacripant. Sors de là, tout de suite !

Personne ne sortit, mais j'entendis un bruit dans la cabane et crus apercevoir un éclat de linge grisâtre à l'intérieur. Retenant ma respiration, j'enjambai un tas de fumier et entrai dans la remise.

Il y eut deux cris d'horreur : le sien, en m'apercevant, et le mien, en me trouvant nez à nez avec ce qui ressemblait à un yéti.

Les rayons du soleil filtraient entre les planches, nous donnant juste assez de lumière pour nous voir. Une fois que mes yeux furent accoutumés à la pénombre, je constatai qu'il n'était pas, après tout, aussi hideux que je l'avais cru tout d'abord ; mais il n'était quand même pas franchement beau à voir ! Sa barbe était aussi crasseuse et emmêlée que ses cheveux. Il portait une longue chemise en haillons, et si le terme de *sans-culotte* n'était pas encore en usage, il n'allait pas tarder à le mettre à la mode.

Il semblait tellement terrorisé que je ne me sentis pas effrayée. Il se plaquait contre la paroi, comme s'il essayait de se fondre en elle.

— N'ayez pas peur, le rassurai-je, je ne vous veux aucun mal.

Loin d'être rassuré, il se redressa brusquement et, avec des doigts tremblants, extirpa tant bien que mal un crucifix de sa poche. Il le brandit dans ma direction et se mit à débiter une litanie d'une voix hoquetante.

— Et zut ! soupirai-je. Voilà que ça recommence !

Je respirai à fond et récitai à mon tour :

— *Pater-noster-qui-es-in-cœlis-sanctificetur-nomen tuum...*

Il ouvrit des yeux ronds mais pointait toujours son crucifix. Au moins, il avait cessé de prier.

— ... *Amen !* conclus-je. Ça va ? Vous êtes rassuré ? *Et dimitte nobis, debita nostra, sicut et nos dimittimus debitoribus nostris.* Je n'ai pas fait une seule faute. Je n'ai même pas croisé les doigts ! Vous voyez bien, je ne suis pas une sorcière !

Il abaissa lentement son crucifix.

— Une sorcière ? répéta-t-il.

Il me dévisageait comme si j'avais perdu l'esprit. Le fait est que je me sentais soudain un peu sotte.

— Vous ne m'avez pas prise pour une sorcière ? demandai-je, dépitée.

— Pas du tout, Madame. Généralement, c'est moi qu'on prend pour un sorcier.

— Ah bon ?

Sous ses haillons, cet homme mourait manifestement de faim. Les poignets sombres qui dépassaient de ses manches étaient aussi fins que ceux d'un enfant. Il s'exprimait dans un français élégant et cultivé, avec une légère pointe d'accent.

— Si vous êtes sorcier, dis-je, vous ne devez pas être très doué. Qui êtes-vous ?

La peur réapparut aussitôt dans ses yeux. Il lança des regards autour de lui, semblant chercher une issue, mais je me tenais sur le seuil de l'unique porte. Il rassembla son courage, me regarda droit dans les yeux et annonça fièrement :

— Je suis le révérend Walter Laurent, de Genève.

— Vous êtes curé !

J'étais médusée. Je ne voyais pas ce qui avait pu conduire un prêtre, suisse ou pas, à une telle misère.

— Un curé ! s'indigna-t-il. Moi, papiste ? Jamais !

Je compris soudain.

— Un huguenot ! m'exclamai-je. C'est ça... vous êtes protestant, n'est-ce pas ?

Je revis les corps pendus dans la forêt. Je comprenais mieux sa peur et son état de délabrement.

— Oui, Madame, je suis pasteur. Je prêche dans la région depuis un mois.

Il sembla hésiter, puis demanda :

— Pardonnez-moi, Madame, mais... vous n'êtes pas française ?

— Non, anglaise.

Il se détendit aussitôt.

— Que notre père soit sanctifié ! soupira-t-il. Alors, vous êtes protestante, vous aussi ?

— Non, désolée, je suis catholique, mais vous n'avez rien à craindre.

Voyant son air inquiet, je me hâtai d'ajouter :

— Rassurez-vous, je ne dirai à personne que je vous ai vu ici. Je suppose que vous êtes venu chaparder un peu de nourriture ?

— Voler est un péché ! s'écria-t-il, horrifié. Non, Madame...

Il serra les lèvres, mais son regard vers le château le trahit.

— Quelqu'un au château vous apporte de quoi manger, devinai-je. Un domestique. En somme, vous laissez les autres voler pour vous. Et comme vous pouvez absoudre leurs péchés, tout le monde s'en tire à bon compte. C'est une morale un peu tirée par les cheveux, mais après tout, ça ne me regarde pas.

Une lueur d'espoir brilla dans ses yeux.

— Vous... vous voulez dire que vous ne me dénoncerez pas ?

— Mais non, puisque je vous le dis ! J'ai un faible pour les hors-la-loi, voyez-vous, ayant moi-même été à deux doigts de monter sur le bûcher.

J'ignorais ce qui m'incitait à me montrer soudain si bavarde. Sans doute était-ce de me retrouver face à un être doué de raison. Louise était adorable, prévenante et douce, mais son cerveau ne devait pas être plus développé que celui de son coucou. Pensant aux horloges suisses, j'eus brusquement une petite idée sur l'identité des paroissiens secrets de frère Laurent.

— Vous n'avez qu'à rester sagement ici, lui dis-je. Je vais remonter au château et prévenir Berta et Maurice que vous êtes là.

Le pauvre homme n'avait que la peau sur les os. Ses moindres pensées se reflétaient dans ses grands yeux empreints de douceur. À cet instant, il n'était sans doute pas loin de penser que ceux qui avaient voulu me brûler vive avaient sûrement de bonnes raisons. Je vis sa main se resserrer autour du crucifix.

— J'ai entendu parler d'une Anglaise que les Parisiens appellent la Dame blanche, commença-t-il lentement... et de son acolyte, Raymond l'hérétique.

— Oui, c'est bien moi, soupirai-je. Mais je ne suis pas l'acolyte de maître Raymond. Enfin, je ne le pense pas. Il est juste un ami.

Voyant son regard dubitatif, je me lançai à nouveau dans une prière.

— *In nomine Patris et Filii...*

— Non, non, Madame, je vous en prie !

Il souriait.

— J'ai connu maître Raymond moi aussi, autrefois, à Genève. C'était un médecin et un herboriste réputé. Hélas, je crains qu'il n'ait ensuite opté pour des voies plus obscures, bien que rien n'ait jamais été prouvé.

— Prouvé ? À quel sujet ? Et pourquoi l'appelez-vous Raymond l'hérétique ?

— Vous ne savez pas ? Dans ce cas, vous ne pouvez être associée aux... activités de maître Raymond.

Il se décontracta visiblement.

— Non, mais j'aimerais que vous m'en parliez. Oh... excusez-moi, je devrais aller prévenir Berta qu'elle vous apporte à manger.

Il agita la main d'un air digne.

— Rien ne presse, Madame. L'appétit du corps n'est rien en comparaison de celui de l'âme. Catholique ou pas, vous avez été bonne avec moi. Si vous n'êtes pas encore associée aux activités occultes de maître Raymond, il est bon que vous soyez prévenue avant qu'il ne soit trop tard.

Sans se soucier de la saleté et des planches disjointes, il s'assit en tailleur sur le sol et me fit gracieusement signe de l'imiter. Intriguée, je rassemblai mes jupes autour de moi pour éviter qu'elles ne traînent dans le fumier, et j'obéis.

— Avez-vous entendu parler d'un certain du Carrefours, Madame ? Non ? Son nom est pourtant bien connu à Paris, mais il est préférable de ne jamais le prononcer. Cet homme est le plus signalé impie et libertin qui se puisse imaginer et il a dirigé un cercle dont la dépravation dépasse l'entendement. Je n'oserais même pas vous décrire certains rites pratiqués dans le plus grand secret par des aristocrates. Et c'est moi qu'on accuse de sorcellerie !

Il leva un doigt en l'air, comme pour prévenir une objection de ma part.

— Je sais, Madame. De tout temps, ce genre de bruit a circulé sans le moindre fondement. Qui le saurait mieux que moi ! Mais les activités de cet individu sont connues de tous, car elles lui ont déjà valu d'être arrêté, jugé, emprisonné et brûlé vif sur la place de Grève.

Je me souvins de la remarque de maître Raymond : *Personne n'a été brûlé à Paris pour sorcellerie depuis... au moins vingt ans !*

— Et vous dites que maître Raymond serait associé à ce du Carrefours ?

Le pasteur fronça les sourcils et se gratta la barbe d'un air absent. Il devait être couvert de poux et de puces. Je reculai imperceptiblement.

— C'est difficile à dire, répondit-il enfin. Personne ne sait d'où il vient. Il parle plusieurs langues sans une trace d'accent. C'est un être mystérieux, ce maître Raymond, mais... je suis prêt à le jurer devant Dieu... c'est un homme bon.

— Je le crois aussi, dis-je en souriant.

— Néanmoins, Madame, il correspondait avec du Carrefours depuis Genève. Je le sais, car il me l'a dit lui-même. Il lui fournissait des plantes, des élixirs, des peaux d'animaux séchées, et même une sorte de poisson... une créature étrange et effrayante, venue des profondeurs marines, prétendait-il. Elle n'avait pratiquement que des dents, et presque pas de chair, avec d'horribles petites... lumiè-res... comme de minuscules lanternes sous les yeux.

— Vraiment ! dis-je, fascinée.

— Bien sûr, tout ceci était peut-être fort innocent. Les affai-res sont les affaires ! Mais maître Raymond a disparu de Genève à peu près à l'époque où on a commencé à soupçonner du Carre-fours. Quelques semaines après l'exécution de ce dernier, j'ai appris qu'il s'était établi à Paris et qu'il avait repris certaines des activités clandestines de du Carrefours.

— Humm...

Je songeai au cabinet secret de maître Raymond et à son armoire recouverte de signes kabbalistiques. *Pour éloigner les curieux*, avait-il expliqué.

— C'est tout ? demandai-je.

— Oui, Madame, à ma connaissance.

— Je ne donne pas du tout dans l'occultisme, l'assurai-je.

— Ah ! Tant mieux !

Il resta silencieux un moment, sembla hésiter, et inclina la tête vers moi.

— J'espère que vous me pardonnerez mon indiscrétion, Madame, mais Berta et Maurice m'ont parlé de votre... accident. Je voulais vous dire combien j'étais navré.

— Merci.

Il y eut un autre silence. Il me demanda délicatement :

— Et votre mari, madame ? Il n'est pas ici avec vous ?

— Non, répondis-je en fixant le sol.

Une mouche vint s'y poser quelques instants, mais, ne trouvant rien à se mettre sous la dent, elle s'envola vers des cieux plus cléments.

— J'ignore où il se trouve, ajoutai-je.

Je n'avais pas l'intention d'en dire plus, mais quelque chose me fit relever la tête et poursuivre :

— Il attachait plus d'importance à son honneur qu'à moi, lâchai-je amèrement. Je me fiche de savoir où il est. Je ne veux plus jamais le revoir !

Je m'arrêtai soudain, surprise par la violence de mon propos. C'était la première fois que j'exprimais ce que je ressentais. Jamie et moi avions été unis par une confiance que j'avais crue inébranlable. Il l'avait trahie, pour satisfaire sa soif de vengeance. Je comprenais. Je connaissais la puissance de son ressentiment et savais qu'il devrait bien l'exprimer un jour. Mais je ne lui avais demandé que quelques mois de grâce, et il avait promis. Incapable d'attendre, il avait rompu notre pacte et, ce faisant, sacrifié tout ce qu'il y avait entre lui et moi. Pas seulement ça : il avait mis en péril la mission que nous nous étions confiée. Je pouvais comprendre, mais je ne pouvais pas pardonner.

Le pasteur Laurent posa sa main sur la mienne. Elle était crasseuse, avec des ongles cassés et bordés de noir, mais je l'acceptai volontiers. Je m'attendais à quelques platitudes ou à un sermon, mais il ne dit rien. Il se contenta de me tenir la main, doucement, pendant un long moment.

— Vous feriez mieux de rentrer, dit-il enfin. On va vous chercher.

— Vous avez raison.

Je me levai péniblement, mais le cœur plus léger. Je fouillai dans ma poche où se trouvait une petite bourse. J'hésitai, ne voulant pas le vexer. Après tout, pour lui j'étais une hérétique, à défaut d'être une sorcière.

— Je peux vous donner un peu d'argent ? demandai-je prudemment.

Il réfléchit un moment, sourit, le regard lumineux.

— À une condition, Madame : que vous me permettiez de prier pour vous.

— Marché conclu, répondis-je en lui donnant la bourse.

27

Audience royale

Je coulais des jours tranquilles à Fontainebleau et recouvrais peu à peu mes forces. Mes pensées, cependant, continuaient à dériver, fuyant tout souvenir ou velléité d'action. Il y avait peu de visiteurs. La maison de campagne était un refuge où la vie mondaine et frénétique de Paris me paraissait un lointain cauchemar ; aussi fus-je surprise quand une servante m'annonça qu'un monsieur m'attendait au salon. Je pensai un instant que c'était peut-être Jamie et sentis l'angoisse me gagner. Puis je me raisonnai et me dis que Jamie devait être déjà parti pour Bayonne. Il ne serait pas de retour avant le mois d'août.

À ma grande surprise, le visiteur était Magnus, le majordome de Jared.

— Pardonnez-moi, Madame, dit-il en s'inclinant, mais je ne savais pas si... C'est que l'affaire m'a semblé importante et, comment dire... Milord n'étant plus là...

Lui d'habitude si digne et si sûr de lui paraissait soudain gauche et mal à l'aise une fois sorti de sa sphère habituelle. Il me fallut un certain temps pour parvenir à lui arracher le motif de sa visite : une lettre pliée et cachetée, qui m'était adressée.

— C'est l'écriture de monsieur Murtagh, dit-il d'un air légèrement dégoûté.

Voilà qui expliquait son hésitation. Les domestiques de l'hôtel de la rue Trémoulins considéraient Murtagh avec une sorte d'horreur respectueuse, qui avait été encore exagérée par le récit des événements de la rue Saint-Honoré.

La lettre était arrivée à Paris deux semaines plus tôt. Ne sachant pas quoi en faire, les domestiques avaient longuement débattu et tergiversé, avant de dépêcher enfin Magnus à Fontainebleau.

— Comme le maître n'était plus là... répéta le vieux majordome.

Cette fois, je prêtai attention à ce qu'il disait.

— Plus là ? Vous voulez dire qu'il est parti avant que cette lettre n'arrive ?

Cela n'avait aucun sens. Ce devait être le message indiquant le nom du bateau qui transportait le porto de Charles-Édouard Stuart et sa date de départ du port de Lisbonne. Jamie ne pouvait pas être parti pour le sud sans ces informations !

Je décachetai précipitamment la lettre et la dépliai. Elle m'était adressée, car Jamie avait pensé qu'elle aurait ainsi moins de chances d'être interceptée. Envoyée de Lisbonne, elle était datée du mois dernier et n'était même pas signée.

La Salamandre *appareille de Lisbonne le 18 juillet*. C'était tout. Je fus surprise de constater que Murtagh avait une belle écriture soignée ; rien du gribouillis auquel je m'étais attendue.

Relevant les yeux, je surpris un échange de regards embarrassés entre Magnus et Louise.

— Que se passe-t-il ? demandai-je abruptement. Où est Jamie ?

J'avais imputé son absence à l'hôpital des Anges à un sentiment de culpabilité. Il avait provoqué la mort de notre enfant, celle de Frank, et avait manqué me tuer par la même occasion. À présent, je commençais à entrevoir une autre explication, plus sinistre.

Ce fut Louise qui lâcha finalement le morceau, redressant ses frêles épaules pour affronter la tempête.

— Il est à la Bastille... pour s'être battu en duel.

Mes genoux faiblirent et je m'assis sur le siège le plus proche.

— Mais pourquoi ne m'as-tu rien dit, Louise ?

Je ne savais pas si je ressentais de la stupeur, de l'effroi ou de la peur, voire une légère satisfaction.

— Je... je ne voulais pas t'inquiéter, ma chérie. Tu étais si faible... et puis il n'y avait rien que tu puisses faire. Après tout, tu ne m'as jamais rien demandé.

— Mais que... comment... Il est enfermé pour combien de temps ?

Si la lettre de Murtagh était arrivée depuis deux semaines, cela signifiait que Jamie avait quinze jours de retard sur notre programme.

Louise ordonnait déjà aux domestiques d'apporter du vin, des sels et des plumes brûlées. Je devais avoir un air inquiétant.

— Il a transgressé les ordres du roi, indiqua-t-elle. Il restera en prison jusqu'à ce que Sa Majesté en décide autrement.

— Putain de bordel de merde ! soufflai-je, à défaut d'un juron plus puissant.

— Encore heureux que notre petit James n'ait pas tué son

adversaire, ajouta Louise. Sinon, la sentence aurait été beaucoup plus...

Elle écarta ses jupes juste à temps pour éviter la cascade de chocolats et de biscuits que je venais de renverser. Le plateau d'argent s'écrasa sur les dalles de marbre dans un fracas épouvantable et je la fixai d'un air ahuri.

— Il n'est pas mort ? Le capitaine Randall... vit toujours ?

— Mais oui ! Je pensais que tu le savais ! répondit Louise d'un air interdit. Il a été grièvement blessé, mais il paraît qu'il s'en remet doucement. Est-ce que ça va, Claire ? Tu as l'air...

Je n'entendis pas la suite.

— Tu as voulu en faire trop, trop vite, me sermonna Louise en ouvrant les rideaux. Je t'avais pourtant prévenue !

— Tu as sans doute raison.

Je me redressai lentement sur le lit et posai les pieds sur le sol, vérifiant mentalement que je ne conservais aucune séquelle de mon malaise. Ma tête ne tournait pas, mes oreilles ne bourdonnaient pas, mon champ de vision était clair, je n'avais pas de vertiges. Tout fonctionnait normalement.

— Louise, j'aurais besoin de ma robe jaune. Tu veux bien faire préparer la voiture ?

Elle me lança un regard horrifié.

— Tu ne comptes pas sortir ! Il n'en est pas question ! J'ai envoyé un laquais à Paris. M. Duchemin doit être déjà en route pour venir te voir !

La visite de M. Duchemin, éminent médecin de la noblesse parisienne, aurait suffi à elle seule à me faire décamper d'ici.

Le 18 juillet était dans dix jours. Avec un bon cheval, un temps clément et un mépris du confort, le trajet entre Paris et Bayonne pouvait être couvert en six jours. Cela m'en laissait quatre pour faire sortir Jamie de la Bastille.

— Hmm... fis-je d'un air songeur. Envoie-moi quand même la femme de chambre. Je ne voudrais pas que M. Duchemin me trouve en chemise de nuit.

Elle me dévisagea d'un air soupçonneux et sembla se résigner, comprenant cet accès de coquetterie. La plupart des dames de la Cour se seraient levées de leur lit de mort afin d'être convenablement parées pour l'occasion.

— D'accord, accepta-t-elle. Mais tu restes au lit jusqu'à l'arrivée d'Yvonne, tu m'entends ?

La robe jaune était l'une de mes plus belles : ample et gracieuse, avec un grand col retourné, de longues manches et une petite boutonnière en tissu sur le devant. Poudrée, coiffée et parfumée, j'examinai la paire de souliers qu'Yvonne venait de déposer à mes pieds.

— Non, Yvonne. Je préfère celles en cuir de Cordoue.

La femme de chambre me lança un regard sceptique, évaluant mentalement l'effet désastreux de souliers rouges avec une robe jaune bouton d'or, avant de se tourner pour fouiller le fond de la grande armoire.

M'avançant sur la pointe des pieds derrière elle, je la poussai la tête la première dans l'armoire et claquai la porte. Je tournai la clé et la glissai dans ma poche, tandis que la pauvre femme hurlait et se débattait à l'intérieur dans une masse de vêtements. *Beau travail, Beauchamp*, me félicitai-je. Finalement, tout ce temps passé à naviguer dans les complots et les intrigues politiques n'avait pas été vain !

— Ne vous inquiétez pas, dis-je à l'armoire agitée de soubresauts. Quelqu'un vous trouvera bientôt. Et vous pourrez prouver à la princesse que vous n'êtes pour rien dans mon départ !

À travers les cris étouffés de la femme de chambre, je crus entendre le nom de M. Duchemin.

— Dites-lui de jeter un coup d'œil au singe de la princesse, recommandai-je. J'ai bien l'impression qu'il a la gale.

Ce petit épisode m'avait revigorée. Mais une fois bringuebalée dans la voiture qui me ramenait à Paris, mon humeur sombra à nouveau.

Si j'étais moins en colère contre Jamie, je ne tenais toujours pas à le voir. Je ne savais plus très bien où j'en étais et n'avais aucune envie de me pencher sur cette question encore trop douloureuse. Je ressentais du chagrin, une terrible impression de gâchis, le sentiment d'avoir été trahie et de l'avoir trahi. Il n'aurait jamais dû aller au bois de Boulogne et je n'aurais pas dû l'y suivre.

Nous avions tous deux réagi d'instinct, n'écoutant que notre tempérament et nos sentiments. À nous deux, nous avions sans doute causé la mort de notre enfant. Je ne voulais pas me retrouver face au complice de mon crime pour comparer ma culpabilité à la sienne. Je fuyais tout ce qui pouvait me rappeler ce terrible matin pluvieux dans le bois et, surtout, je voulais effacer de ma mémoire la dernière image que j'avais eue de Jamie, le visage penché sur sa victime, illuminé par cette soif de vengeance qui allait se retourner contre sa propre famille.

Je ne pouvais y penser sans ressentir un peu de la douleur qui avait lacéré mes entrailles. Je regardai par la portière et tentai de me distraire en regardant le paysage défiler. N'y parvenant pas, je me concentrai sur la cargaison de porto de Charles-Édouard, l'emprunt de M. Duverney, et Murtagh sur le point d'embarquer à Lisbonne. Les enjeux étaient trop élevés pour que je laisse mes émotions dicter ma conduite. Pour les clans écossais, pour les Highlands, pour la famille de Jamie et les métayers de Lallybroch, pour les milliers d'hommes qui allaient mourir à Culloden, je devais faire de mon mieux. Pour cela, Jamie devait être libéré.

Mais comment m'y prendre ?

J'observais les mendiants tendre la main vers la berline, tandis que nous nous engagions rue Saint-Honoré.

En cas de doute, pensai-je, toujours s'adresser à une autorité supérieure.

Je frappai au carreau derrière le siège du cocher.

— Madame ?

— Prenez à gauche. Vers l'hôpital des Anges.

Mère Hildegarde pianota de ses gros doigts sur une partition musicale, l'air préoccupé. Elle était assise devant la table en marqueterie de son bureau, en face de Herr Gerstmann, convoqué de toute urgence pour l'occasion.

Mis au fait de ma requête, celui-ci prit un air embarrassé qui me fit soupçonner que demander au roi de signer un ordre de libération pour Jamie allait être plus compliqué que je ne m'y attendais.

— Euh... oui, dit Herr Gerstmann d'un air sceptique. Je crois que je peux vous arranger une audience privée avec Sa Majesté. Mais... euh... vous êtes sûre que votre mari...

— Johannes ! s'exclama mère Hildegarde. Elle ne peut faire une chose pareille ! Elle n'est pas comme ces dames de la Cour... C'est une dame de vertu !

— Euh... merci, intervins-je, mais pourriez-vous m'expliquer ce que ma vertu vient faire ici ? Je ne demande qu'un entretien de quelques minutes avec le roi.

La religieuse et le maître de musique échangèrent un regard sidéré devant une telle naïveté. Pourtant, l'un comme l'autre semblaient hésiter à y remédier. Enfin, mère Hildegarde, la plus courageuse, se lança :

— Si vous vous rendez seule auprès de Sa Majesté, elle tiendra pour acquis que vous acceptez de partager sa couche.

Je lançai un regard vers Herr Gerstmann qui confirma par un hochement de tête.

— Sa Majesté est sensible aux requêtes émanant de personnes pourvues d'un certain charme, expliqua-t-il délicatement en évitant mon regard.

— Oui, mais il y a un prix à payer pour de telles requêtes, précisa mère Hildegarde. La plupart des messieurs de la Cour ne sont que trop ravis que leurs épouses jouissent des faveurs du roi. Le profit qu'ils en tirent vaut bien le sacrifice de leur honneur.

Elle eut une moue désabusée.

— Mais votre mari ne me semble pas de la trempe de ces cocus complaisants.

Elle arqua ses sourcils d'un air interrogateur.

— Je crains que non, en effet, confirmai-je.

De fait, l'adjectif « complaisant » était sans doute celui qui convenait le moins à Jamie Fraser. J'essayai d'imaginer sa réaction en apprenant que j'avais partagé la couche d'un autre homme, fût-ce le roi de France.

Cette idée me fit de nouveau penser à la confiance qui nous avait unis depuis le jour de notre mariage et je fus soudain submergée par un sentiment de détresse. Je fermai les yeux, sentant mon courage m'abandonner, et me ressaisis.

— Bon... soupirai-je. Y a-t-il un autre moyen ?

Mère Hildegarde regarda Herr Gerstmann, comme si elle s'attendait à ce qu'il ait la réponse.

Le petit maître de musique réfléchit, puis demanda :

— Connaissez-vous une personne influente qui puisse intercéder pour votre mari auprès de Sa Majesté ?

— Je ne crois pas.

J'avais déjà examiné toutes les alternatives dans la voiture qui me ramenait de Fontainebleau, pour conclure que je ne voyais vraiment personne que je puisse charger d'une telle mission. Du fait de la nature illégale et scandaleuse du duel (Marie d'Arbanville s'était chargée entre-temps de propager la nouvelle dans tout Paris), aucun Français parmi nos relations ne pouvait se permettre d'être mêlé à cette affaire. M. Duverney, qui avait accepté de me recevoir, s'était montré aimable, mais décourageant. Son seul conseil avait été : *Patientez.* Dans quelques mois, on aurait oublié le scandale, et Sa Majesté pourrait accueillir favorablement ma requête. Mais pour le moment...

Idem pour le duc de Sandringham. Tenu par les responsabilités de sa mission diplomatique, il n'avait pas hésité à congédier son secrétaire, bien que celui-ci ait été lavé rapidement de tout soupçon. Il ne fallait pas compter sur lui pour se compromettre auprès du roi.

Je fixais les incrustations en ivoire de la table, et suivais du bout du doigt leur contour. J'avais beau chercher, je ne voyais aucune autre solution. Il fallait que Jamie sorte de prison, à tout prix, quelles qu'en fussent les conséquences.

Enfin, je relevai la tête et croisai le regard du maître de musique.

— J'irai seule, annonçai-je. Je n'ai pas le choix.

Il y eut un moment de silence. Herr Gerstmann jeta un coup d'œil à mère Hildegarde.

— Elle logera ici, Johannes, déclara celle-ci sur un ton péremptoire. Vous n'aurez qu'à nous faire parvenir la date de l'audience dès que vous en aurez connaissance.

Se tournant vers moi, elle ajouta :

— Après tout, si vous êtes vraiment décidée, ma chère amie...

Elle pinça les lèvres, hésita un instant, et poursuivit :

— ... je me rends sans doute coupable en vous aidant à commettre un acte immoral, mais je resterai à vos côtés. Je sais que vos motifs vous paraissent justes. Je suis sûre que Notre Seigneur en tiendra compte.

Je manquai de m'effondrer en larmes.

— Oh, ma mère... fut tout ce que je parvins à dire.

Je serrai sa grosse main noueuse posée sur mon épaule. Je fus prise d'une forte envie de me jeter dans ses bras et d'enfouir mon visage contre sa poitrine drapée de serge noire. Mais sa main quitta mon épaule et se remit à tripoter les perles de son rosaire.

— Je prierai pour vous, mon enfant, dit-elle en esquissant un semblant de sourire.

Elle hésita un instant et son visage osseux prit une expression perplexe.

— Quoique... je me demande... Quel saint vais-je bien pouvoir invoquer dans ce cas précis ?

Marie Madeleine fut le nom qui me vint à l'esprit, au moment où je joignais les mains au-dessus de ma tête, dans un simulacre de prière, afin de laisser glisser l'armature d'osier autour de mes épaules. Ou Mata Hari. Mais cette dernière ne figurerait probablement jamais sur le calendrier. En revanche, en tant qu'ex-prostituée, Marie Madeleine me paraissait la sainte tout indiquée pour comprendre l'entreprise dans laquelle je me lançais.

Le couvent des Anges n'avait sans doute jamais vécu une séance d'habillage comme celle-ci. Certes, les novices qui s'apprêtaient à prononcer leurs vœux étaient splendidement parées, comme les dignes fiancées du Christ, mais la soie écarlate et la poudre étaient rarement à l'ordre du jour de ces cérémonies.

Très symbolique... pensai-je, tandis qu'on me passait la somp-

tueuse robe de soie. Le blanc pour la pureté et le rouge pour...
ce qu'on voudrait. Sœur Minerve, une jeune religieuse issue de
la noblesse, avait été choisie pour aider à ma toilette. De ses
mains sûres et expertes, elle réalisa une coiffure savante où ne
manquait pas une plume d'autruche ornée de perles. Elle accentua ensuite mes sourcils avec des petites mines de plomb et promena sur mes lèvres une plume trempée dans un pot de rouge.

Prenant un peu de recul pour mieux observer son œuvre, sœur
Minerve chercha la psyché du regard. Je l'arrêtai d'un geste. Je
ne tenais pas à croiser mon propre regard.

— Je suis prête, annonçai-je. Vous pouvez faire avancer la
voiture.

Je n'étais jamais venue dans cette partie du palais. À vrai dire,
après de longues minutes de marche dans les couloirs tapissés
de miroirs et éclairés aux chandelles, je ne savais plus très bien
où j'en étais et je n'avais aucune idée du lieu où nous nous ren-
dions.

Discret et anonyme, le gentilhomme de la Chambre royale qui
me conduisait s'arrêta devant une porte basse au fond d'une
alcôve. Il frappa une fois, inclina du chef devant moi, tourna les
talons et disparut. La porte s'ouvrit vers l'intérieur et j'entrai.

Le roi portait encore ses culottes, ce qui me rassura quelque
peu. Il était vêtu de manière informelle, avec une simple chemise blanche et une robe de chambre en soie brune jetée sur les
épaules. Il me sourit et m'enjoignit de me relever en glissant une
main sous mon aisselle. Sa paume était chaude et sèche, alors
que je m'étais inconsciemment attendue à la trouver moite. Je
m'efforçai de sourire de mon mieux. L'effet ne devait pas être
très engageant, car il se mit à rire en me tapotant l'épaule.

— N'ayez donc pas peur de nous, chère Madame. Nous ne
mordons pas.

— Non, dis-je, confuse. Bien sûr que non.

Il était nettement plus à l'aise que moi. « Naturellement, pauvre idiote, me tançai-je, il fait ça tout le temps ! »

— Un peu de vin, Madame ?

Nous étions seuls. Pas un domestique en vue. Un plateau avait
été préparé sur un guéridon, avec une carafe et deux verres de
vin qui luisaient comme des rubis à la lumière des bougies. La
chambre était richement décorée, mais petite, et ne comptait
que le guéridon, deux petits fauteuils au dossier arrondi et un lit
de repos tapissé d'une somptueuse étoffe vert émeraude. J'évitai
soigneusement de le regarder et plongeai le nez dans mon verre
avec un murmure de remerciement.

— Asseyez-vous, je vous en prie, m'invita le roi en se laissant tomber sur l'un des fauteuils. Dites-nous donc ce que nous pouvons faire pour vous être agréable ?

— M-m-mon mari, balbutiai-je... Il est à la Bastille.

— Ah oui ! fit le roi. Nous nous souvenons. Une histoire de duel.

Il prit ma main dans la sienne. Son pouce effleurait mon pouls.

— Qu'attendez-vous de nous, chère Madame ? Vous savez qu'il a commis un délit très grave. Votre époux a violé un édit royal.

Son index caressait le dessus de mon poignet, me chatouillant.

— Ou-oui, Votre Majesté, je comprends. Mais il a été provoqué, mentis-je. Il est écossais, comme vous le savez, et... et les Écossais sont connus pour être...

Je cherchais un euphémisme.

— ... très susceptibles dès que leur honneur est en jeu.

Louis hocha la tête, apparemment absorbé par la contemplation de mon poignet. Il portait un parfum capiteux à la violette qui ne pouvait cacher son âcre odeur de mâle.

Il vida son verre en deux longues gorgées et le reposa. Puis il se mit à caresser mon alliance du bout du doigt, en suivant le contour des fleurs de chardon gravées dans le métal.

— En effet, Madame, en effet. Néanmoins...

Il rapprocha ma main de son visage, faisant mine d'examiner la bague.

— Je vous en serais... infiniment reconnaissante, Votre Majesté, l'interrompis-je.

Il redressa la tête et me regarda droit dans les yeux. J'avais de plus en plus de mal à respirer.

— Infiniment reconnaissante, répétai-je.

Il avait les lèvres minces et des dents gâtées. Son haleine balayait mon visage, chargée d'une odeur d'oignon et de pourriture. Je retins mon souffle, mais fus bien forcée d'inhaler au bout d'un moment.

— C'est que... commença-t-il lentement d'un air amusé, voyez-vous... il y a des complications.

— Ah oui ? demandai-je faiblement.

Il hocha la tête sans me quitter des yeux. Ses doigts remontèrent lentement le long de ma main, suivant le trajet des veines.

— Le malheureux qui a eu le malheur d'offenser milord Broch Tuarach est au service... d'un certain gentilhomme de la Cour d'Angleterre.

Mon cœur fit un bond. Sandringham !

— Or ce monsieur est actuellement engagé dans des négociations qui lui valent une certaine... considération.

Les lèvres minces esquissèrent un sourire pincé, accentuant le caractère impérieux de l'énorme nez qui les surplombait.

— Il se trouve que ce gentilhomme s'est intéressé personnellement au duel qui a opposé lord Broch Tuarach et le capitaine anglais, un certain Randall. Hélas ! J'ai bien peur qu'il n'ait exigé que votre mari subisse la peine maximale pour son indélicatesse.

Bien sûr, puisque Jamie avait refusé son offre de pardon. Et quel meilleur moyen de l'empêcher de se mêler des affaires de Charles-Édouard Stuart que de le laisser croupir en prison pendant quelques années ? C'était une méthode discrète, sûre et économique ; tout ce qui plaisait au duc.

D'un autre côté, Louis était toujours en train de baver sur ma main, ce qui signifiait que tout n'était peut-être pas perdu. Il n'espérait tout de même pas que j'allais coucher avec lui s'il n'accédait pas à ma requête. Si c'était le cas, il risquait d'avoir une mauvaise surprise !

Je rassemblai tout mon courage.

— Votre Majesté reçoit-elle des ordres des Anglais ? demandai-je de but en blanc.

— Certes non, Madame ! répondit-il, piqué. Mais nous devons tenir compte de certains... facteurs. Nous avons cru comprendre que votre mari prenait à cœur les affaires de mon cousin ?

— Votre Majesté est bien informée. Mais vous n'ignorez sans doute pas que mon mari n'est aucunement favorable à la restauration des Stuarts sur le trône d'Écosse.

Je priais silencieusement pour que ce soient les paroles qu'il souhaitait entendre.

C'était apparemment le cas, car il sourit et déposa un baiser sur ma main.

— Ah ? Pourtant, nous avons entendu des opinions diverses à cet égard, Madame.

Je réprimai mon envie de retirer ma main.

— C'est à cause des affaires, expliquai-je en tentant de conserver un ton détaché. Voyez-vous, le cousin de mon mari, Jared Fraser, est un jacobite. Jamie, c'est-à-dire mon mari, peut difficilement exprimer sa manière de penser puisqu'il travaille pour lui.

Cela parut lui convenir.

— Demandez à M. Duverney, ajoutai-je. Il connaît très bien mon mari.

— Nous le lui avons déjà demandé.

Il se tut un long moment, se replongeant dans la contemplation de ma main.

— Vous êtes si pâle, Madame ! À travers votre peau diaphane on voit presque le sang couler dans vos veines.

Il lâcha enfin ma main et m'observa. Son visage était impénétrable. Il me vint soudain à l'esprit qu'il était roi depuis l'âge de cinq ans. Il avait eu le temps d'apprendre à ne rien laisser paraître de ses sentiments.

Cette idée en évoqua une autre, plus sinistre. Il était le roi. Les Français ne se soulèveraient que dans une quarantaine d'années. Jusqu'à ce jour, lui et son petit-fils, Louis XVI, régneraient en monarques absolus. Un seul mot de lui et Jamie serait libéré, ou exécuté. Il pouvait faire de moi ce que bon lui semblait, et nul n'y trouverait à redire. Un seul hochement de sa tête et les coffres de la Couronne de France déverseraient l'or qui lancerait Charles-Édouard Stuart dans sa campagne meurtrière.

Il était le roi. Je n'avais d'autre ressource que d'attendre patiemment son bon vouloir. Je fixai ses grands yeux sombres, perdus dans leurs pensées, et attendis en tremblant.

— Dites-moi, ma chère, dit-il enfin en se redressant. Si nous accédions à votre requête et libérions votre mari...

Il marqua une pause.

— Oui ?

— ... il devrait quitter la France. Voilà notre condition.

Mon cœur battait si fort que je l'entendis à peine. Quitter la France ? Mais je ne demandais pas mieux.

— Mais, Votre Majesté, il est interdit de séjour en Écosse.

— Nous pensons pouvoir réparer cela.

J'hésitai, mais j'étais bien obligée de répondre pour Jamie.

— J'y souscris bien volontiers, Votre Majesté.

— Fort bien.

Le roi acquiesça, satisfait.

Son regard revint sur moi, puis descendit sur ma gorge, mes seins, mes hanches.

— En échange, chère Madame, nous avons une petite... hmm... faveur à vous demander.

Nous y étions ! Je tentai de conserver mon calme. Inclinant la tête, je répondis, soumise :

— Je suis à la disposition de Votre Majesté.

— Ah ! À la bonne heure !

Il se leva et rejeta sa robe de chambre sur un fauteuil. Souriant, il tendit la main :

— Dans ce cas, suivez-nous, ma chère.

Je me levai à mon tour et pris sa main. À ma grande surprise, il ne se dirigea pas vers le lit de repos mais vers une porte, à l'autre bout de la pièce.

Je réprimai un mouvement de recul quand il lâcha un instant

433

ma main pour ouvrir la porte. « Allez ma grande ! me dis-je, tu ne vas pas flancher maintenant. Tu savais ce qui t'attendait ! »

Je restai clouée sur le pas de la porte. Mes supputations sur le protocole du déshabillage royal venaient de céder la place à la stupéfaction.

La pièce était ronde et sombre. Elle était éclairée par des petites veilleuses disposées par groupes de cinq dans des niches creusées dans les murs. Au centre se trouvait une table massive dont le bois noir et lustré reflétait des myriades de petites flammes. Des gens étaient assis tout autour, dessinant des silhouettes sombres dans la pénombre.

Mon entrée suscita un murmure, rapidement interrompu par l'apparition du roi à mes côtés. À mesure que mes yeux s'accoutumaient à la pénombre, je constatais avec une inquiétude croissante que toutes les personnes présentes portaient une capuche. Celui qui se trouvait le plus près de moi tourna la tête dans ma direction et j'aperçus l'éclat d'un regard brillant. On se serait cru à un congrès de bourreaux.

Apparemment, j'étais l'invitée d'honneur. Je me demandais avec une certaine angoisse ce qu'on attendait de moi. Me rappelant certains commentaires de Marguerite et de maître Raymond, j'eus la soudaine vision de certaines cérémonies impliquant sacrifices de nouveau-nés, messes noires, viols collectifs et autres pratiques sataniques. Cela dit, le surnaturel était rarement au rendez-vous de ces rites macabres et j'espérais sincèrement que cette soirée ne ferait pas exception.

Le roi rompit le silence en se tournant vers moi :

— Nous avons entendu parler de vos dons exceptionnels, Madame, et de votre... réputation.

Il souriait, mais je distinguais une lueur craintive dans son regard, comme s'il se demandait comment j'allais réagir.

— Nous vous serions très obligés si vous acceptiez de nous faire profiter de votre savoir.

Comme c'était joliment dit ! Mais que devais-je faire au juste ? Quelqu'un plaça un énorme cierge au centre de la table et l'alluma. Il était orné des mêmes signes mystérieux que j'avais vus sur l'armoire de maître Raymond. La flamme projeta une lumière dorée dans la salle, transformant le plateau lustré de la table en une mare de feu.

— Regardez, Madame, dit le roi.

C'est alors que j'aperçus deux personnes, debout au fond de la pièce, à deux mètres de distance l'une de l'autre : maître Raymond et le comte de Saint-Germain.

Le vieil apothicaire me regarda comme s'il ne m'avait jamais vue auparavant. Ses yeux noirs de batracien étaient tels deux puits insondables. En revanche, le comte ne put cacher sa stupéfaction en me reconnaissant. Il se ressaisit et me foudroya du regard. Comme à son habitude, il était somptueusement vêtu et portait une veste de satin blanc sur un gilet ivoire brodé de perles que la lueur des bougies faisait scintiller. Mais la splendeur de son habit mise à part, il n'avait pas l'air très à son aise. Il avait les traits tirés et la dentelle de son jabot et de son col était trempée de transpiration.

Maître Raymond, lui, paraissait très calme. Il se tenait droit, les deux mains enfouies dans les manches de son manteau de velours gris.

Le roi de France fit un geste en direction des deux hommes.

— Ces deux hommes, Madame, sont accusés de sorcellerie, de magie noire et d'un détournement de la quête légitime du savoir.

Il parlait d'une voix froide et sinistre.

— De telles pratiques étaient courantes du temps de mon arrière-grand-père [1], mais nous ne saurons tolérer de telles infamies dans notre royaume.

Le roi claqua des doigts vers l'un des hommes encapuchonnés qui était assis devant une liasse de documents, une plume et un encrier.

— Veuillez nous lire les chefs d'accusation, ordonna-t-il.

Le clerc se leva en tenant une feuille de papier et commença à lire d'une voix morne les charges qui pesaient sur les deux accusés : *bestialité, sacrifices profanes, meurtre, violation des rites sacrés de l'Église, profanation de l'hostie, rites païens sur l'autel de Notre-Seigneur...* Je revis en pensée la séance de guérison pratiquée sur moi par maître Raymond à l'hôpital des Anges et fus fortement soulagée que personne ne nous ait surpris.

J'entendis mentionner le nom de Du Carrefours. Qu'avait dit le père Laurent ? Le sorcier avait été brûlé vif vingt ans plus tôt, après avoir été condamné pour les mêmes crimes que ceux énoncés ici même : *invocation des démons et des forces des ténèbres, tentatives d'empoisonnement sur des personnages de la Cour, commerce de substances nocives, outrages à la vertu...*

Maître Raymond demeurait impassible, comme s'il écoutait une litanie sans conséquences. J'avais vu de mes propres yeux les symboles kabbalistiques sur son cabinet, mais je pouvais difficilement associer l'homme que je connaissais, empoisonneur

---

1. Louis XIV. *(N.d.T.)*

compatissant et apothicaire compétent, à l'inventaire terrifiant qu'on était en train de dresser.

Lorsqu'il eut fini sa liste, le clerc se rassit.

— Une enquête approfondie a été menée, annonça le roi. Les pièces à conviction nous ont été présentées et nous avons entendu les témoins. Il paraît clair que ces deux hommes ont entrepris une étude poussée des écrits d'anciens philosophes et qu'ils ont eu recours à l'art de la divination, basée sur le calcul du mouvement des corps célestes...

Il lança un coup d'œil à un homme encapuchonné au corps massif que je soupçonnais être l'évêque de Paris.

— ... il ne s'agit pas là d'un crime en soi. J'ai été informé que de telles activités n'étaient pas nécessairement contraires aux enseignements de notre mère l'Église. Il est dit que même notre bien-aimé saint Augustin s'est intéressé aux mystères des astres.

Je me souvins vaguement que saint Augustin s'était effectivement penché sur l'astrologie, pour l'écarter rapidement comme un fatras d'âneries. Toutefois, ce genre d'arguments étaient sans conteste une bonne arme de défense dans un procès en sorcellerie. Observer les étoiles était bien inoffensif comparé au sacrifice de nouveau-nés.

Je commençais à me demander ce que je venais faire dans cette histoire. Était-il possible, après tout, que quelqu'un nous ait vus, maître Raymond et moi, à l'hôpital des Anges ?

— Nous n'avons aucune querelle avec la poursuite de la connaissance ni avec la quête de la sagesse quand elles sont conduites à bon escient, poursuivit le roi sur un ton mesuré. Les écrits des anciens philosophes sont riches d'enseignements pour celui qui les aborde avec prudence et humilité. Mais s'il est vrai que ces écrits peuvent servir le bien, on peut également y trouver le mal. La recherche de la connaissance peut être pervertie par la soif du pouvoir et des richesses.

Son regard allait de l'un à l'autre des accusés, et il tirait manifestement des conclusions sur celui auquel ses paroles se rapportaient le plus. Le comte transpirait abondamment. Des taches sombres commençaient à apparaître sur la soie blanche de sa veste.

— Non, Votre Majesté ! s'écria-t-il soudain, en avançant d'un pas.

Il se tourna d'un air méprisant vers maître Raymond, avant de continuer :

— Il est vrai que des esprits vils s'agitent dans votre royaume. Les êtres abjects dont vous parlez circulent en effet parmi nous. Mais le sein de votre plus loyal sujet n'abrite pas de telles vilenies.

Il se frappa la poitrine du poing au cas où nous n'aurions pas compris de qui il voulait parler.

— Non, Votre Majesté ! reprit-il. Ce n'est pas à la Cour qu'il faut chercher des perversions de la connaissance et le recours à des arts interdits !

Il n'accusait pas ouvertement maître Raymond, mais il suffisait de suivre son regard venimeux.

Le roi ne sembla guère impressionné par cet émouvant plaidoyer. Il dévisagea Saint-Germain d'un œil morne, se redressa et frappa dans ses mains.

— Bon ! lança-t-il comme si le moment était venu de passer aux choses sérieuses.

Il tendit la main vers moi.

— Nous avons ici un témoin. Un juge infaillible de la vérité et de la pureté des âmes... la Dame blanche.

Je sursautai et il reprit sur un ton plus doux :

— La Dame blanche ne sait pas mentir. Elle lit dans le cœur et l'âme des hommes. Malheur à celui qui ment ou abrite de noirs desseins ! Elle le réduira en cendres d'un seul regard.

L'atmosphère irréelle qui planait jusqu'à présent sur cette soirée se dissipa d'un coup. J'ouvris la bouche, la refermai, ne trouvant rien à dire.

Quand le roi expliqua ses intentions, je me sentis gagnée par la terreur : deux pentagones devaient être tracés sur le sol, au milieu desquels prendraient place les deux présumés sorciers. Ensuite, chacun exposerait ses faits et motifs. Après quoi la Dame blanche ferait la part du vrai et du faux.

« Et merde ! » jurai-je mentalement.

Sa Majesté s'attela elle-même à la tâche, armée d'une craie blanche. Seul un roi pouvait traiter un tapis d'Aubusson authentique avec un tel mépris.

— Monsieur le comte ? invita le roi en esquissant un geste vers le premier pentagone.

Saint-Germain passa à côté de moi pour rejoindre l'emplacement qui lui était destiné. Quand il arriva à ma hauteur, je l'entendis siffler entre ses dents :

— Prenez garde, Madame, je ne suis pas seul.

Il prit sa place et me salua d'un signe de tête avec un sourire ironique.

Le message était clair : si je le condamnais, ses acolytes viendraient me couper le bout des seins et brûler les entrepôts de Jared. Je maudis intérieurement Louis. Pourquoi ne s'était-il pas contenté d'abuser de mon corps ?

Maître Raymond s'avança à son tour et m'adressa un sourire aimable.

Je n'avais pas la moindre idée de ce que je devais faire à présent. Le roi me fit signe de venir me placer en face de lui, entre les deux pentagones. Les hommes encapuchonnés se levèrent et vinrent se poster derrière le roi, formant une masse sombre et menaçante.

Il y eut un long silence. La fumée des bougies s'élevait en volutes lentes vers le plafond doré et dansait gracieusement au gré des courants d'air. Tous les regards étaient fixés sur moi.

Je me tournai vers Saint-Germain et hochai la tête :

— Vous pouvez commencer, monsieur le comte, déclarai-je.

Celui-ci marqua une pause et se lança. Il commença par une explication des origines de la Kabbale, avant de faire l'exégèse de chacune des vingt-trois lettres de l'alphabet hébreu et du sens profond de leur symbolisme. Son discours était purement académique, totalement inoffensif et terriblement ennuyeux. Sa Majesté bâilla, sans prendre la peine de se couvrir la bouche.

Pendant ce temps, j'examinai les issues qui me restaient. Cet homme m'avait déjà menacée et attaquée. Il avait tenté de faire assassiner Jamie, pour des raisons personnelles ou politiques, peu importait. Et il était vraisemblablement à la tête du gang de violeurs qui nous avait agressées, Mary et moi. Au-delà de ces considérations et des rumeurs qui circulaient, il représentait une menace considérable pour la réussite de notre entreprise concernant Charles-Édouard Stuart. Allais-je le laisser s'en tirer à bon compte ? Devais-je le laisser continuer à exercer son influence sur le roi au bénéfice des Stuarts, et poursuivre des exactions dans les rues obscures de Paris avec sa bande de fripons masqués ?

Mes tétons étaient dressés de peur sous la soie de ma robe. Mais je serrai les dents et lui retournai un regard mauvais.

— Un instant, monsieur le comte, l'interrompis-je. Tout ce que vous avez dit jusque-là est exact, mais je distingue une ombre derrière vos paroles.

Le comte en resta bouche bée. Louis, soudain intéressé, se redressa sur son fauteuil. Je fermai les yeux et pressai mes mains sur mes paupières, histoire de faire croire que je regardais vers l'intérieur.

— Je vois un nom dans votre esprit, poursuivis-je. « Les Disciples du Mal ». Ce nom vous dit quelque chose, monsieur le comte ?

Le comte ne possédait pas l'art de cacher ses émotions. Ses yeux semblaient sur le point de sortir de leurs orbites et il était livide. Malgré ma peur, je ressentis une petite pointe de satisfaction.

Apparemment, ce nom n'était pas inconnu du roi. Ses yeux se plissèrent, formant deux fentes horizontales.

Saint-Germain était peut-être un escroc et un charlatan, mais il n'était pas pleutre. Il me foudroya du regard et rejeta la tête en arrière.

— Cette femme ment, Votre Majesté ! s'écria-t-il avec le même aplomb que lorsqu'il nous expliquait quelques instants plus tôt que la lettre aleph symbolisait le sang du Christ. Elle n'a rien d'une Dame blanche ! C'est la servante de Satan ! Elle est de mèche avec ce sorcier notoire, l'apprenti de Du Carrefours !

Il pointa un doigt théâtral vers maître Raymond qui prit un air légèrement surpris.

L'un des hommes encapuchonnés se signa et j'entendis un murmure de prières derrière le roi.

— Je peux le prouver ! continua Saint-Germain sans laisser à quiconque le temps de répliquer.

Il glissa une main dans une poche intérieure de sa veste. Je me souvins du poignard qu'il avait fait apparaître de sa manche le soir du dîner et m'apprêtai à plonger au sol. Mais il brandit tout autre chose.

— Il est écrit dans la Sainte Bible : *Ils caresseront les serpents sans danger*, tonna-t-il. *Et ainsi tu sauras qu'ils sont les serviteurs du vrai Dieu !*

Ce devait être un petit python. Il mesurait un peu moins d'un mètre de long, avec des anneaux jaune et brun, souple et luisant comme une corde huilée, et des yeux dorés déconcertants.

Il y eut un murmure affolé dans l'assistance et deux des juges reculèrent vivement d'un pas. Louis sursauta et jeta des regards autour de lui à la recherche de son garde du corps, planté près de la porte et qui roulait de grands yeux.

Le serpent darda sa langue une ou deux fois, pour prendre la température ambiante. Ayant vérifié que le mélange de cire et d'encens n'était pas comestible, il se tortilla et fit mine de vouloir replonger dans la poche d'où on l'avait extirpé avec si peu de ménagements. Le comte le saisit derrière la tête d'un geste expert et le brandit vers moi.

— Voyez ! s'exclama-t-il, triomphal. Elle a peur ! C'est une sorcière.

À vrai dire, comparée à l'un des juges qui était plaqué contre le mur, tremblant comme une feuille, je faisais preuve d'un courage héroïque ; mais il était vrai que j'avais eu un mouvement de recul en le voyant brandir vers moi sa sale bestiole. À présent, j'avançais de nouveau, avec l'intention de la lui prendre. Après tout, ce n'était pas un serpent venimeux et j'avais envie de voir la tête de Saint-Germain si je le lui nouais autour du cou.

Mais avant que je puisse l'atteindre, la voix de maître Raymond s'éleva derrière moi.

— Monsieur le comte, votre citation de la Bible est incomplète !

Les chuchotements cessèrent aussitôt et le roi se tourna vers lui.

— Que voulez-vous dire ?

L'apothicaire plongea les mains dans ses larges poches et en sortit un flacon et une coupe.

— *Ils caresseront des serpents sans danger...* cita-t-il à son tour... *Et s'ils boivent un poison mortel, ils n'en mourront pas.*

D'une main, il tendit la coupe devant lui, et de l'autre il inclina le flacon, prêt à verser.

— Puisque lady Broch Tuarach et moi-même avons été accusés, poursuivit-il en me lançant un bref regard, je propose que nous prenions part tous les trois à cette épreuve. Avec votre permission, Votre Majesté.

Louis semblait plutôt ahuri devant cet enchaînement rapide d'événements, mais il hocha la tête et un filet de liquide ambré se déversa dans la coupe. Il vira aussitôt au rouge et se mit à bouillonner.

— Du sang de dragon, expliqua maître Raymond nonchalamment. Parfaitement inoffensif pour ceux qui ont le cœur pur.

Il m'adressa un sourire encourageant et me tendit la coupe.

Je n'avais pas trente-six solutions : il me fallait l'accepter. Le sang de dragon s'avéra une sorte de bicarbonate de soude. Il avait un goût d'eau-de-vie effervescente. J'en bus trois petites gorgées et rendis la coupe.

Maître Raymond but à son tour et se tourna vers le roi.

— Si la Dame blanche veut bien donner la coupe à M. le comte ? demanda-t-il.

Il esquissa un geste vers le pentagone, à ses pieds, rappelant qu'il ne pouvait sortir de la figure tracée à la craie.

Sur un signe de tête du roi, je pris la coupe et me tournai machinalement vers le comte. J'avais environ six pas à faire. J'en fis un, puis un autre, les genoux tremblants.

La Dame blanche voit la vraie nature d'un homme. Était-ce vrai ? Que savais-je en vérité sur le comte ou sur l'apothicaire ? Pouvais-je encore arrêter ce jeu de massacre ? Était-il possible d'agir autrement ?

Je songeai brièvement à Charles-Édouard et à la pensée qui m'avait traversé l'esprit lors de notre première rencontre : s'il avait pu mourir, il aurait arrangé tout le monde ! Mais a-t-on le droit de tuer un homme parce qu'il a des rêves de grandeur ? Même si ces rêves risquent de coûter la vie à des milliers d'innocents ?

Je n'en savais rien. J'ignorais si le comte était coupable ou si maître Raymond était innocent. J'ignorais si la poursuite d'une cause honorable justifiait le recours à des moyens qui l'étaient nettement moins. J'ignorais la vraie valeur de la vengeance.

En revanche, je savais que la coupe que je tenais entre mes mains était la mort. Je n'avais pas vu maître Raymond y ajouter quelque chose, comme personne d'autre d'ailleurs. Mais je n'avais pas besoin d'y tremper la sphère de cristal qui pendait à mon cou pour savoir ce qu'elle contenait maintenant.

Le comte le comprit lui aussi à mon visage. La Dame blanche ne sait pas mentir. Il hésita, les yeux fixés sur le liquide bouillonnant.

— Allez, Monsieur, buvez ! lui enjoignit le roi. Vous avez peur ?

Je ne portais pas le comte dans mon cœur, mais je devais reconnaître qu'il avait du cran. Il releva son visage blême vers le roi et soutint courageusement son regard.

— Non, Majesté.

Il me prit la coupe des mains et la vida d'un trait. Son regard, qui ne me quittait pas, reflétait la conscience de sa mort imminente. La Dame blanche peut sauver l'âme d'un homme... ou la réduire à néant.

Il s'effondra sur le sol, le corps agité de convulsions. Des exclamations et des cris s'élevèrent dans l'assistance, étouffant ses râles d'agonie. Ses talons martelèrent brièvement le sol, il cambra les reins et retomba lourdement, inerte. Le serpent, de fort méchante humeur, se glissa hors des plis de satin blanc et zigzagua rapidement sur le tapis, cherchant refuge entre les pieds du roi.

Puis ce fut le chaos complet.

28

Le bout du tunnel

Je quittai bientôt Paris et retournai chez Louise, à Fontaine-bleau. Je ne voulais pas rentrer rue Trémoulins de peur de me retrouver nez à nez avec Jamie. En outre, il aurait peu de temps à me consacrer, car il lui faudrait partir sur-le-champ pour Bayonne.

Louise, qui était une excellente amie, me pardonna mon escapade et, avec une grande délicatesse, ne me posa aucune question. De fait, je parlais peu, mangeais peu et restais enfermée dans ma chambre, à observer les chérubins gras et nus qui ornaient le plafond. La nécessité du voyage à Paris m'avait extirpée pendant un temps de ma torpeur, mais à présent, privée d'activités régulières pour m'occuper l'esprit, je sombrais à nouveau dans l'apathie.

Je me ressaisissais parfois et, cédant aux instances de Louise, je descendais dîner avec quelques amis ou la rejoignais au salon pour prendre le thé avec un visiteur. Je faisais également de mon mieux pour veiller sur Fergus, le seul être qui m'inspirait encore un vague sentiment de responsabilité.

Aussi, un après-midi, l'entendant crier de l'autre côté des dépendances, je me sentis obligée d'aller voir ce qui se passait.

Il était front contre front avec l'un des palefreniers, les épaules rentrées et un air mauvais sur le visage.

— Ferme-la, espèce de crapaud crasseux ! disait ce dernier. Tu ne sais pas de quoi tu parles !

— Je le sais mieux que toi, pauvre minable ! Ta mère a couché avec un porc, c'est pour ça que tu as cette gueule de nabot !

Il s'introduisit deux doigts dans les narines, se retroussa le nez et se mit à danser en poussant des *groin ! groin !*

Le palefrenier, qui avait effectivement un appendice nasal assez développé, ne sembla pas goûter la plaisanterie. En une fraction de seconde, il bondit sur Fergus, toutes griffes dehors.

Les deux enfants roulèrent dans la boue, piaillant comme des oisillons affamés et s'arrachant les vêtements.

Tandis que je m'interrogeais sur la nécessité d'intervenir, le palefrenier roula sur Fergus, lui saisit le cou à deux mains et se mit à lui marteler le crâne contre le sol. J'étais plutôt d'avis que Fergus l'avait cherché, mais son visage commençait à prendre une inquiétante teinte violacée et je ne tenais pas à le voir fauché dans la fleur de l'âge. Ayant dûment pesé le pour et le contre, je m'approchai des deux garnements d'un pas décidé.

Le palefrenier était assis à califourchon sur le ventre de Fergus, occupé à l'étrangler consciencieusement, me présentant son fond de culotte. Je pris mon élan et lui envoyai un coup de pied bien senti. En équilibre précaire, il fit une roulade avant avec un cri de surprise et rebondit aussitôt sur ses pieds, les poings tendus devant lui, prêt à me sauter à la gorge. Quand il me reconnut, il prit ses jambes à son cou sans demander son reste.

— À quoi joues-tu exactement, Fergus ? lançai-je de ma voix la plus autoritaire.

Je l'aidai à se relever, pantelant et crachant, et me mis à l'épousseter et à détacher les mottes de boue accrochées à sa chemise.

— Regarde-moi ça ! Non seulement tu as déchiré ta chemise, mais ta culotte est en lambeaux ! Il va falloir demander à Berta qu'elle te raccommode tout ça !

Le palefrenier avait dû glisser une main sous sa ceinture et arracher toute la couture, car le vêtement pendait lamentablement autour de ses reins, dénudant entièrement une petite fesse rebondie.

Un détail attira soudain mon attention : une marque juste au sommet de la fesse. De la taille d'une pièce de monnaie, elle avait l'aspect violacé d'une brûlure fraîchement cicatrisée et avait été causée, selon toute vraisemblance, par un objet qui avait pénétré la chair. Je saisis l'enfant par le bras pour l'empêcher de gigoter et m'accroupis pour l'examiner de plus près.

Vue à quelques centimètres de distance, la forme de la marque était plus nette : c'était un ovale avec, au centre, une forme floue qui rappelait un blason.

— Qui t'a fait ça, Fergus ?

Fergus se débattit, essaya de se libérer, mais je tins bon.

— Qui, Fergus ? répétai-je fermement.

— C'est rien, Madame, je me suis fait mal en tombant d'une clôture. C'est juste une écharde.

Il roulait de grands yeux affolés, à la recherche d'une échappatoire.

— Ne mens pas, Fergus. Ce n'est pas une écharde. Je sais très bien ce que c'est, mais je veux savoir qui t'a fait cela.

J'avais déjà vu une plaie identique quelque part, plus fraîche que celle-ci.

— C'est... un monsieur anglais, milady. Avec sa chevalière.

— Quand ?

— Il y a très longtemps, milady ! En mai.

Je calculai rapidement. Trois mois s'étaient écoulés depuis. Cela faisait également trois mois que Jamie avait quitté la maison pour aller repêcher son contremaître dans un bordel, emmenant Fergus. Trois mois depuis qu'il était tombé sur Jack Randall dans l'établissement de madame Élise et qu'il avait vu quelque chose qui lui avait fait oublier ses promesses. Trois mois que je ne l'avais vu.

Il me fallut une grande patience et une fermeté à tout crin pour extirper son histoire à Fergus.

Lorsqu'ils étaient arrivés chez madame Élise, Jamie avait demandé à Fergus de l'attendre en bas, pendant qu'il montait dans une chambre régler le problème avec son contremaître. Sachant d'expérience que ce genre de négociation prenait du temps, l'enfant était parti s'asseoir dans le grand salon, où un certain nombre de dames de sa connaissance bavardaient et arrangeaient leur coiffure en attendant les clients.

— Généralement, le matin, les affaires sont calmes, m'expliqua-t-il. Mais le mardi et le vendredi, les pêcheurs remontent la Seine pour vendre leur poisson sur le marché. Quand ils ont gagné un peu d'argent, ils s'arrêtent chez madame Élise. Ces jours-là, les filles doivent être prêtes dès le petit déjeuner.

Les filles du matin étaient les pensionnaires les plus âgées de madame Élise. Les poissonniers n'étant pas considérés comme des clients de premier ordre, ils n'avaient pas droit aux beautés les plus fraîches, réservées aux messieurs du soir. Fergus s'était donc confortablement installé, se laissant dorloter et taquiner par ses anciennes amies. Quelques clients s'étaient présentés et avaient fait leur choix, sans pour autant interrompre la conversation de ces dames.

— Puis le monsieur anglais est entré avec madame Élise, dit Fergus d'une voix tremblante.

L'enfant, qui avait vu des hommes dans tous les états d'ébriété et d'excitation, s'était tout de suite rendu compte que le capitaine avait eu une nuit agitée. Sa tenue était débraillée et il avait les yeux rouges. Faisant la sourde oreille aux tentatives de madame Élise pour l'attirer vers l'une des filles, il s'était promené dans la pièce, avant d'arrêter son regard sur Fergus.

— Il a dit : « Viens par ici, toi » et m'a pris par le bras, milady. Je lui ai dit que mon patron était en haut, mais il n'a rien voulu entendre. Madame Élise m'a glissé à l'oreille que si je le suivais, elle partagerait l'argent avec moi.

Fergus haussa les épaules et me lança un regard impuissant.

— Généralement, ceux qui aiment les petits garçons ne s'attardent jamais longtemps. J'ai pensé qu'il aurait fini avant que milord ne redescende.

— Bon sang, Fergus ! m'exclamai-je, interloquée. Tu veux dire que tu l'avais déjà fait ?

Il semblait sur le point de fondre en larmes. Moi de même.

— Pas souvent, milady. C'est pas la spécialité de la maison de madame Élise, mais parfois il y avait un client à qui je plaisais, alors...

Son nez coulait et il l'essuya du revers de sa manche. Je sortis un mouchoir et le lui tendis.

— Son machin était plus gros que je pensais. Je lui ai proposé de le prendre dans ma bouche, mais... ce n'est pas ça qu'il voulait...

Je l'attirai contre moi et le serrai dans mes bras, étouffant sa voix contre l'étoffe de ma robe. Les lames de ses omoplates étaient comme deux petites ailes d'oiseau sous mes paumes.

— Ce n'est pas la peine de m'en dire plus, Fergus. Calme-toi. Je ne suis pas en colère contre toi. C'est fini, maintenant.

Mais plus rien ne pouvait l'arrêter. Après toutes ces semaines de culpabilité et de peur, il devait vider son sac.

— C'est ma faute, milady ! sanglota-t-il. Je n'aurais pas dû crier. Mais je n'ai pas pu m'en empêcher, ça faisait trop mal ! milord m'a entendu et... il a fait irruption dans la chambre... et... oh, milady, je n'aurais pas dû, mais j'étais si content de le voir que j'ai couru vers lui. Il m'a poussé derrière lui et il a frappé l'Anglais au visage. Alors l'Anglais a saisi un tabouret et le lui a envoyé à la figure et j'ai eu si peur que je me suis caché dans l'armoire. Après, j'ai entendu des cris et des bruits de coups, et tout s'est arrêté. Milord a ouvert la porte de l'armoire et m'a fait sortir. Il avait mes vêtements à la main et il m'a rhabillé lui-même, parce que je tremblais trop et que je n'arrivais pas à me reboutonner...

Il tirait des deux mains sur ma jupe pour me convaincre.

— C'est ma faute, milady, mais je ne pouvais pas savoir ! Je ne savais pas qu'il lui casserait la figure, à l'Anglais. Maintenant milord est parti et il ne reviendra plus jamais, à cause de moi !

Il se jeta à mes pieds et se mit à marteler le sol de ses poings, pleurant à chaudes larmes. Il faisait tant de bruit qu'il n'entendit probablement pas mes paroles, tandis que je tentais de le relever.

— Ce n'est pas ta faute, Fergus. Ni la mienne. Mais tu as raison sur un point ; pour être parti, il est parti !

La révélation de Fergus me fit sombrer encore un peu plus dans l'apathie. Le nuage gris qui m'enveloppait depuis ma fausse couche semblait se refermer sur moi et assombrissait les rayons de soleil les plus intenses. Les sons me paraissaient lointains, noyés par la brume.

Louise se tenait devant moi, me contemplant d'un air réprobateur.

— Tu es beaucoup trop maigre, me tança-t-elle, et plus blafarde qu'un plat de tripes ! Yvonne m'a dit que tu n'avais encore rien mangé ce matin.

Je ne me souvenais même pas de la dernière fois où j'avais eu faim. C'était avant le bois de Boulogne, avant l'escapade à Paris.

— Si tu refuses de manger, sors au moins prendre l'air. Il ne pleut plus. Viens avec moi voir s'il reste des raisins dans la charmille. Ils te feront peut-être envie.

Dehors ou dedans, c'était du pareil au même. La grisaille m'accompagnait partout. Mais Louise semblait y attacher une telle importance que je me levai à contrecœur.

Lorsque nous arrivâmes près de la porte du jardin, elle fut accrochée par la cuisinière qui se lança dans une liste de récriminations. Louise avait invité quelques personnes dans l'espoir de me distraire, et ce changement brusque de notre routine provoquait des discordes depuis le matin.

Louise poussa un soupir de martyre et me poussa vers la porte.

— Va, je te ferai porter ton manteau par un laquais.

C'était une journée fraîche pour un mois d'août. Il avait plu sans interruption pendant deux jours. Les sentiers étaient couverts de flaques et les branches d'arbre déversaient des trombes d'eau sur notre passage.

Le ciel était encore gris, mais les nuages bas et noirs de la veille avaient fait place à un timide soleil. Je coinçai mes mains sous mes aisselles, attendant mon manteau.

J'entendis des pas derrière moi et me tournai pour découvrir François, le second valet, les mains vides. Il avançait vers moi d'un pas hésitant, comme s'il n'était pas sûr que j'étais bien la personne qu'il cherchait.

— Madame, annonça-t-il. Il y a un visiteur pour vous.

Je grognai intérieurement. Je n'étais pas d'humeur à parler.

— Dites que je suis souffrante, je vous prie, François. Lorsqu'il sera parti, apportez-moi mon manteau.

Je me tournai pour poursuivre ma route, mais il insista :

— Mais Madame, c'est lord Broch Tuarach... votre mari.

Je fis volte-face. Il disait vrai. Je distinguais la haute silhouette de Jamie faisant les cent pas sur la terrasse. Je fis mine de ne pas l'avoir vu et m'éloignai en hâte vers la charmille. Les haies y étaient hautes et épaisses ; je pourrais peut-être m'y cacher.

— Claire !

Trop tard, il m'avait aperçue aussi et venait à présent à ma rencontre. J'accélérai le pas, mais il avait les jambes plus longues. À quelques mètres de la première haie, je dus ralentir, hors d'haleine. Je n'étais plus en état pour ce genre d'exercice.

— Claire ! Attends !

Il m'avait presque rejointe. Je me sentais jusque-là protégée par un cocon de torpeur, et je fus prise de panique à l'idée qu'il pourrait me l'arracher.

— Non ! m'écriai-je. Je ne veux pas te parler. Va-t'en !

Il hésita un instant, puis j'entendis de nouveau ses pas derrière moi, crissant sur le gravier. Je me mis à courir.

Il me rattrapa devant la charmille et me saisit le poignet. Je tentai de me libérer, mais il tenait ferme.

— Claire !

Je me débattis de plus belle, évitant de relever la tête. Je ne voulais pas le voir, mais je pouvais difficilement prétendre qu'il n'était pas là !

Il lâcha mon poignet pour me saisir par les deux épaules, de sorte que je dus redresser la tête pour garder mon équilibre. Son visage était amaigri et brûlé par le soleil. Il me dévisageait avec un regard implorant.

— Claire ! répéta-t-il plus doucement. C'était aussi mon enfant.

— Oui, ça l'était ! Et tu l'as tué ! lâchai-je.

Je m'arrachai à lui et me précipitai sous l'arche de verdure. Je m'arrêtai net, pantelante. Je ne m'étais pas rendu compte que la charmille débouchait sur une folie envahie par la vigne vierge. Les cloisons de verdure m'entouraient de toute part. J'étais coincée.

— Ne me touche pas ! hurlai-je sans me retourner. Je t'en prie, laisse-moi en paix !

Je sentais mon cocon de torpeur se dissiper inexorablement, cédant la place à une douleur lancinante qui me transperçait le cœur.

Il s'arrêta à quelques mètres de moi. J'avançai en chancelant vers un banc où je me laissai tomber. Je fermai les yeux et me recroquevillai, frissonnante. Un vent froid et humide filtrait à travers le feuillage et me glaçait le cou.

Il ne s'approcha pas, mais je sentais sa présence et entendais son souffle haletant.

— Claire, je t'en prie, parle-moi. Je ne sais même pas si c'était une fille ou un garçon.

Je ne pus lui répondre. Au bout de quelques minutes, j'entendis un crissement sourd devant moi. Je rouvris les yeux. Il s'était assis à mes pieds à même le gravier, la tête baissée.

— Tu veux m'obliger à te supplier ? demanda-t-il doucement.

— C'était une fille, dis-je enfin.

Je ne reconnus pas ma voix. Elle était rauque et haut perchée.

— Mère Hildegarde l'a baptisée Faith. Faith Fraser. La confiance ! Mère Hildegarde a un étrange sens de l'humour.

Il garda les yeux baissés. Après un long silence, il demanda de nouveau :

— Tu as vu l'enfant ?

— Oui. La maîtresse sage-femme a insisté pour que je la voie.

Je pouvais encore entendre le ton neutre et distant de Mme Bonhoure, la plus ancienne et la plus respectée des sages-femmes qui donnaient un peu de leur temps à l'hôpital des Anges :

— Donnez-lui l'enfant, c'est mieux quand elles les voient. Sinon, elles s'imaginent un tas de choses.

Aussi, j'avais vu, et je ne m'imaginais plus rien.

— Elle était parfaite, dis-je lentement sans relever la tête. Si petite... Je pouvais tenir sa tête dans le creux de ma main. Ses oreilles étaient légèrement décollées, et je pouvais voir la lumière au travers. Sa peau était translucide, froide et inerte, comme celle d'une créature aquatique. Mère Hildegarde l'a enveloppée dans un drap de satin blanc. Elle avait les yeux fermés et pas encore de cils. Ils étaient légèrement bridés et j'ai dit qu'elle avait tes yeux. Mais elle m'a répondu que tous les bébés avaient les mêmes.

Dix petits doigts et dix petits orteils. Pas d'ongles mais de minuscules renflements qui luisaient comme des opales. J'entendais encore le brouhaha lointain de l'hôpital, le murmure étouffé de Mme Bonhoure et du prêtre chargé de dire une messe à la demande de la mère supérieure. Je revoyais le regard compatissant de la sage-femme. Peut-être devinait-elle déjà l'approche de la fièvre. Elle s'était tournée vers mère Hildegarde et lui avait chuchoté quelque chose à l'oreille. Peut-être lui avait-elle suggéré d'attendre : la mère et la fille pourraient être enterrées ensemble.

Mais j'étais revenue d'entre les morts. Seule l'emprise de Jamie sur mon corps avait pu me faire rebrousser chemin et maître Raymond l'avait compris. Je savais également que lui seul pouvait me faire effectuer les derniers pas qui me ramèneraient complètement à la vie. Voilà pourquoi je l'avais fui avec un tel acharnement. Je ne voulais pas revenir. Je ne voulais plus rien ressentir et surtout pas de l'amour... de peur qu'on m'arrache à nouveau ce que j'aimais.

Mais il était trop tard, je le savais, même si je me raccrochais désespérément au linceul gris dans lequel je me drapais. Lutter ne faisait qu'accélérer sa dissolution. Je commençais à sentir la lumière qui pointait, aveuglante et déchirante.

Il s'était levé et se tenait devant moi. Son ombre tombait sur mes genoux. Cela signifiait sans doute que le nuage de grisaille avait pratiquement disparu : il n'y a pas d'ombre sans soleil.

— Claire, murmura-t-il. Je t'en prie. Laisse-moi te consoler.

— Me consoler ? Et comment ? Tu peux me rendre mon enfant ?

Il se laissa tomber à genoux, mais je refusai de le regarder. Il avança une main pour me toucher, mais je me rétractai. Il hésita, recula sa main, la tendit à nouveau.

— Non, dit-il d'une voix à peine audible. Je ne peux pas, mais... avec l'aide de Dieu... je peux peut-être t'en donner un autre ?

Sa main flottait au-dessus de la mienne, si près que je sentais la chaleur de sa peau. Je sentais autre chose aussi : le chagrin, la colère et la peur qui l'étouffaient. Et par-dessus tout, le courage qui lui permettait de parler malgré tout. Je pris sa main et relevai la tête, regardant droit dans la lumière.

Nous restâmes assis sur le banc, sans bouger, les mains jointes, pendant ce qui me parut des heures. Le murmure du vent dans la vigne vierge se confondait avec nos pensées et les gouttes de pluie qui forçaient l'épais feuillage étaient comme autant de larmes.

— Tu as froid, dit enfin Jamie.

Il glissa un pan de sa cape sur mon épaule. Je me blottis contre lui, surprise par la solidité et la chaleur de son corps.

— Jamie, murmurai-je, où étais-tu passé ?

Son bras se resserra autour de moi. Il ne répondit pas tout de suite.

— J'ai cru que tu étais morte, *mo duinne*, dit-il enfin. La dernière fois que je t'ai vue... mon Dieu ! Tu gisais dans l'herbe, si pâle ! Tes jupes étaient couvertes de sang... J'ai voulu aller vers toi... J'ai couru, mais les gardes m'ont encerclé et m'en ont empêché.

Je sentais sa poitrine trembler contre ma joue.

— Je me suis débattu... tant que j'ai pu. Je les ai suppliés... Il n'y a rien eu à faire, ils m'ont emmené. Ils m'ont mis dans une cellule et m'ont laissé croupir là... persuadé que tu étais morte et que je t'avais tuée.

Le tremblement s'accentua et je compris qu'il pleurait. Combien de temps était-il resté prostré dans son cachot de la Bastille, seul avec les fragments épars de sa vengeance et le goût du sang dans la bouche ?

— Ce n'est rien, le consolai-je. Jamie, ce n'est rien, ce n'était pas ta faute.

— Je me suis cogné la tête contre les murs pour m'empêcher de penser, poursuivit-il. Le lendemain, Jules de Rohan est venu me trouver et m'a appris que tu étais encore en vie, mais probablement pas pour longtemps.

Il se tut un long moment avant d'ajouter :

— Pardonne-moi, Claire.

Pardonne-moi. C'étaient les mêmes mots qu'il avait griffonnés sur son message avant que le monde ne s'écroule. Mais cette fois, j'étais en mesure de les accepter.

— Je sais, Jamie. Je sais. Fergus m'a tout raconté. Je sais pourquoi tu l'as fait.

Je posai ma main sur sa cuisse. Ses culottes de cheval étaient trempées et rugueuses sous mes doigts.

— Est-ce qu'en prison on t'a dit... pourquoi tu avais été libéré ? demandai-je d'une voix hésitante.

Je sentis ses muscles se raidir sous ma paume, mais sa voix ne tremblait pas.

— Non, répondit-il. Uniquement que c'était... le bon plaisir de Sa Majesté.

Il avait à peine souligné le mot « plaisir », avec une délicatesse trompeuse qui me fit comprendre qu'il savait déjà tout, que ses geôliers le lui aient dit ou non.

Je me mordis les lèvres, me demandant ce que je devais lui avouer.

— C'est mère Hildegarde qui m'a expliqué où te trouver, reprit-il. Dès que je suis sorti de la Bastille, je me suis précipité à l'hôpital des Anges. J'y ai trouvé le petit message que tu m'avais laissé. Elle... m'a tout raconté.

— Oui, dis-je. J'ai vu le roi...

— Je sais !

Sa main serra la mienne et, au bruit de sa respiration, je devinai qu'il serrait les dents.

— Mais Jamie, quand j'y suis allée...

Il se leva brusquement, me faisant face.

— Bon sang ! coupa-t-il. Tu ne sais donc pas ce que je... Claire, tout le long de la route jusqu'à Bayonne, j'ai galopé comme un fou en imaginant la scène dans ma tête : ses mains avides sur ta peau blanche, ses lèvres visqueuses sur ta nuque, son sexe... que j'avais déjà vu au lever... cette petite chose noiraude et fripée... Oh, Claire ! J'ai passé tout ce temps en prison à croire que tu étais morte, et j'ai chevauché jusque dans le sud de la France en souhaitant que tu le sois !

— Jamie, écoute-moi !

— Non ! Non, je ne veux pas entendre.

— Mais écoute, nom de Dieu !

Mon insistance parvint à le faire taire quelques instants et j'en profitai pour lui faire rapidement le récit des événements de la chambre du roi : les hommes en capuche, la pièce obscure, la confrontation des deux sorciers et la mort du comte de Saint-Germain.

À mesure que je parlais, son expression passa de l'angoisse et la fureur à la stupéfaction.

— Seigneur ! souffla-t-il. Dieu soit loué !

— Tu ne savais pas où tu mettais les pieds quand tu as inventé cette histoire de Dame blanche, remarquai-je cyniquement.

Il ne répondit pas. Il me serra contre lui et je m'abandonnai enfin aux sanglots. Quelques minutes plus tard, je me redressai, essuyant mon nez.

— Au fait, Jamie, je viens de penser... Si le comte est mort, le porto de Charles-Édouard...

— Non, *mo duinne*. Tout est déjà arrangé.

— Dieu merci ! Tu y es arrivé ! Les herbes ont donc fait leur effet sur Murtagh ?

— Pas exactement, dit-il en souriant, mais elles ont été très efficaces sur moi.

Débarrassée de ma peur et de ma colère, je me sentais soudain légère et presque ivre. Les raisins lavés par la pluie dégageaient un parfum douceâtre. M'adosser de nouveau contre Jamie me paraissait une bénédiction. Je me repaissais de sa chaleur et écoutais, ravie, le récit du piratage du porto.

— Certains hommes naissent pour parcourir les mers, *Sassenach*, mais pas moi.

— Je sais. Tu as été malade ?

— J'ai rarement été autant malade, précisa-t-il.

La mer au large de Bayonne était houleuse et, une heure après avoir embarqué, il devint évident que Jamie serait incapable de mener sa mission à bien.

— Je ne pouvais rien faire d'autre que gémir dans mon hamac, dit Jamie en haussant les épaules. Alors, pendant que j'y étais, je pouvais bien attraper la variole par-dessus le marché !

Murtagh et lui avaient rapidement inversé leur rôle, et vingt-quatre heures après avoir quitté le port, le capitaine de la *Salamandre* avait découvert avec horreur que le fléau était à son bord.

Jamie se gratta la nuque d'un air songeur, comme s'il ressentait encore les effets du jus d'ortie.

— Quand ils m'ont découvert, ils ont d'abord envisagé de me

451

jeter par-dessus bord, et je dois avouer que ça me paraissait une excellente idée.

Il m'adressa un petit sourire cynique et demanda :

— Il t'est déjà arrivé d'avoir le mal de mer tout en étant recouverte de plaques d'urticaire des pieds à la tête ?

— Non, Dieu merci ! Mais Murtagh ne s'y est pas opposé ?

— Si, bien sûr ! Pour ça, on peut lui faire confiance. Jusqu'à ce que nous soyons arrivés à bon port à Bilbao, il a dormi devant ma porte, la main sur son coutelas.

Comme prévu, le capitaine de la *Salamandre* n'avait pas voulu prendre le risque d'aller jusqu'au Havre et de voir son bateau détruit, ni de rentrer à Lisbonne et de ronger son frein en attendant des instructions de Paris. Il avait donc sauté sur l'occasion de revendre toute sa cargaison à son passager providentiel.

— Il a quand même marchandé sec, précisa Jamie. Il a hésité un jour et demi, pendant que je pissais du sang dans mon hamac et que je vomissais mes tripes.

Mais l'affaire avait finalement été conclue. La *Salamandre* avait rebroussé chemin jusqu'à Bilbao, où elle avait déchargé sa marchandise et ses deux passagers. Hormis une tendance persistante à uriner vermillon, une fois sur la terre ferme Jamie s'était rapidement remis.

— On a vendu tout le porto à un courtier de Bilbao, poursuivit-il, j'ai envoyé Murtagh à Paris rembourser le prêt de M. Duverney et... je suis venu ici.

Il baissa les yeux vers ses mains, tranquillement posées sur ses genoux.

— Je n'arrivais pas à me décider, avoua-t-il. Venir ou pas ? Alors, j'ai marché. J'ai fait toute la route de Paris à Fontainebleau à pied, et j'ai bien failli faire demi-tour mille fois, me considérant tantôt comme un assassin, tantôt comme un crétin.

Il poussa un long soupir et me dévisagea.

— Il fallait que je vienne, conclut-il simplement.

Je ne trouvais rien à redire. Je posai ma main sur la sienne et me rassis à ses côtés. Le sol à nos pieds était jonché de grappes de raisin écrasées, dont le parfum était chargé de la promesse d'une ivresse réparatrice. Le soleil s'était enfin décidé à pointer son nez et projetait autour de nous une lumière crépusculaire dorée.

La silhouette d'Hugo apparut à l'entrée de la charmille.

— Excusez-moi, Madame. La princesse aimerait savoir si Monsieur dîne ici ce soir.

Je lançai un regard vers Jamie. Il se tut, attendant mon verdict. Les derniers rayons du jour qui filtraient à travers le feuillage projetaient une ombre tigrée sur son visage émacié.

— Tu ferais mieux de rester, dis-je. Tu es terriblement maigre.

Il me sourit.

— Toi aussi, *Sassenach*.

Il se leva et m'offrit son bras. Je le pris et nous nous dirigeâmes d'un pas lent vers la maison.

J'étais couchée contre Jamie. Je fixais les ténèbres de notre chambre, bercée par les mouvements lents de sa respiration et l'odeur de la nuit, nuancée d'un parfum de glycine.

Je m'étais bien gardée de raconter à Jamie comment s'était achevée mon audience avec le roi. La mort du comte de Saint-Germain avait sonné la fin de la soirée pour tous les participants, sauf pour le roi et moi. Tandis que les hommes en capuche prenaient congé dans un brouhaha de murmures excités, Sa Majesté m'avait prise par le bras et fait passer par la porte que nous avions déjà empruntée. Très loquace quand la situation l'exigeait, il ne perdit pas son temps en vaines paroles.

Il me conduisit vers le lit de repos, m'ordonna de m'allonger et retroussa mes jupes avant que j'aie eu le temps de protester. Il ne m'embrassa pas : il ne ressentait rien pour moi. Il réclamait simplement son dû. Fin négociateur, Louis n'était pas du genre à oublier une dette, même si son paiement n'avait pour lui aucune valeur. Mais peut-être en avait-il une, après tout. Qui d'autre que le roi oserait s'offrir la Dame blanche ?

Non préparée, j'étais froide et sèche. Impatienté, il alla chercher un flacon d'huile parfumée à la rose et me massa brièvement. Je restai sans bouger et sentis son doigt me pénétrer, remplacé bientôt par un membre à peine plus gros, et je fermai les yeux pour subir les assauts du roi. « Subir » n'est sans doute pas le mot, car il n'y avait ni douleur ni humiliation dans cette affaire ; rien qu'une transaction. J'attendis donc. Il se redressa, les joues rougies par l'excitation, et se reboutonna sans un mot. Il n'avait pas joui en moi : il ne pouvait risquer de se retrouver avec un bâtard mi-royal mi-surnaturel, surtout avec madame de la Tourelle qui attendait son tour, plus prête que moi je l'espère, dans ses propres appartements.

J'avais donné ce qui avait été implicitement promis. À présent, il pouvait me faire l'honneur d'accéder à ma requête. Il me salua gracieusement, je fis de même, et il m'escorta jusqu'à la porte en m'assurant que Jamie serait libéré dès le lendemain. Le gentilhomme de la Chambre royale attendait de l'autre côté. Il me salua respectueusement et je le suivis dans le dédale des couloirs jusqu'à la sortie. J'avançais à grands pas en tentant d'oublier mes cuisses huilées qui dégageaient un parfum de rose.

Une fois de l'autre côté des grilles du palais, je fermai les yeux et me jurai de ne plus jamais revoir Jamie de ma vie. Et si par hasard je le rencontrais, je lui frotterais le nez dans l'huile parfumée à la rose jusqu'à l'écœurement et la mort.

Pourtant, sa main était à présent posée sur ma cuisse et j'écoutais sa respiration profonde et régulière à mes côtés. Il était temps de laisser les portes de la chambre du roi se refermer à jamais derrière moi.

29

La morsure des orties

— L'Écosse ! soupirai-je.

Je revoyais en pensée les ruisseaux chantants et les pins sombres de Lallybroch.

— On va vraiment pouvoir rentrer ?

— On n'a pas vraiment le choix, répondit Jamie. Le pardon du roi stipule que je dois avoir quitté le territoire français avant la mi-septembre. Sinon, je retourne à la Bastille. Apparemment, Sa Majesté s'est arrangée avec les Anglais pour que je ne sois pas pendu dès que je mettrai un pied dans le port d'Inverness.

— On pourrait aller à Rome, ou en Allemagne, dis-je, guère enthousiaste.

Rien ne m'aurait fait plus plaisir que de rentrer à Lallybroch et de retrouver le calme serein des Highlands. J'avais eu ma dose de cours royales et d'intrigues, d'inquiétude et de danger. Mais si Jamie estimait qu'il le fallait...

— Non, trancha-t-il. Ce sera l'Écosse ou la Bastille. De plus, notre voyage a déjà été organisé. Le duc de Sandringham, le roi George lui-même, sont pressés de me voir rentrer chez moi où ils pourront me tenir à l'œil. Ils ne veulent pas courir le risque de me voir filer jouer les espions à Rome ou les collecteurs de fonds en Allemagne. La grâce de trois semaines est sans doute une faveur accordée à Jared, pour lui donner le temps de rentrer à Paris.

J'étais assise sur le bord de la fenêtre, face à l'océan de verdure de la forêt de Fontainebleau. La chaleur moite de l'été était écrasante et nous vidait de toute énergie.

— Je ne peux pas dire que ça me désole, avouai-je. Mais tu crois que la question de Charles-Édouard est vraiment réglée ? Tu es sûr qu'il va abandonner, maintenant que le comte est mort et qu'il a perdu tout l'argent de Manzetti ?

Jamie se gratta une joue pour évaluer l'état de sa barbe.

— J'aimerais savoir s'il a reçu une lettre de Rome au cours de ces deux dernières semaines, répondit-il, et si oui, ce qu'elle lui disait. Bah ! une chose est sûre : aucun banquier en Europe ne prêtera plus un centime à un Stuart. Philippe d'Espagne a d'autres chats à fouetter en ce moment. Quant à Louis...

Il fit une grimace et marqua une pause avant de finir sa phrase.

— ... coincé comme il l'est entre Duverney et le duc de Sandringham, il y a peu de chance qu'il tende une main compatissante à son pauvre cousin. À ton avis, il faut que je me rase ?

— Pas pour moi en tout cas.

L'intimité de cette question m'intimida. Nous avions partagé le même lit la nuit précédente, mais nous étions tous deux trop épuisés pour tenter quoi que ce soit. En outre, le voile délicat tissé sous la charmille était encore trop fragile. J'avais passé la nuit terriblement consciente de sa proximité mais, vu les circonstances, je préférais le laisser faire le premier pas.

Je surpris le jeu de la lumière sur son dos nu tandis qu'il cherchait ses vêtements et fus prise d'un violent désir de le toucher, de sentir à nouveau son corps lisse, chaud et dur contre le mien.

Il passa la tête par le col de sa chemise et son regard croisa le mien. Il s'arrêta un instant, sans me quitter des yeux. Le château résonnait de bruits divers : le va-et-vient des domestiques, la voix haut perchée de Louise distribuant ses ordres...

Pas ici, semblaient dire ses yeux. *Pas avec tout ce monde autour de nous.*

Il baissa la tête, boutonnant avec application sa chemise.

— Louise n'aurait pas des chevaux disponibles ? demanda-t-il sur un ton dégagé. Il y a des rochers à quelques kilomètres d'ici. J'ai pensé qu'on pourrait faire une belle balade. L'air sera plus frais.

— Je crois que oui, répondis-je. Je vais demander.

Nous atteignîmes les rochers peu avant midi. D'énormes blocs de grès se dressaient entre les arbres comme les ruines d'une cité ancienne. Crevassées par le temps et les intempéries, les hautes parois de roche pâle étaient recouvertes d'étranges petites plantes qui s'immisçaient dans les moindres fissures.

Nous laissâmes les chevaux paître l'herbe grasse et grimpâmes sur une immense dalle naturelle qui surplombait la forêt. Quelques rares buissons y projetaient une ombre insuffisante, mais la faible brise qui balayait cette hauteur rendait la chaleur moins étouffante.

— Dieu qu'il fait chaud ! déclara Jamie.

Il défit la boucle de sa ceinture et son kilt tomba à ses pieds. Puis il commença à déboutonner sa chemise.

— Mais qu'est-ce que tu fais, Jamie ? dis-je en pouffant de rire.

— Je me déshabille, répondit-il simplement. Pourquoi n'en fais-tu pas autant, *Sassenach* ? Tu es encore plus trempée que moi et, ici, personne ne nous verra.

Après un instant d'hésitation, je suivis son conseil. Le lieu était trop haut perché pour que quelqu'un puisse surgir à l'improviste. Nous étions seuls, nus... à l'abri de Louise et de son armée de domestiques.

Jamie étala son kilt sur la roche et je m'étendis dessus, langoureusement. Quant à lui, il s'allongea à même la pierre brûlante sans tenir compte des cailloux, des fourmis ou des touffes d'herbe drue.

Je me retournai sur le ventre et posai mon menton sur mes mains croisées pour mieux l'observer. Il avait les épaules larges, des hanches étroites et un ventre musclé. L'air embaumait et une brise tiède faisait frémir les poils de sa poitrine.

— Je t'aime, dis-je doucement, pour le simple plaisir de le dire.

Il m'entendit et sourit légèrement. Quelques instants plus tard, il roula sur le ventre à mes côtés. Quelques brins d'herbe étaient accrochés à son dos et je les enlevai délicatement entre deux doigts. Je me penchai ensuite vers lui et déposai un baiser sur son épaule, prenant un plaisir infini à sentir la chaleur de sa peau.

Au lieu de me rendre mon baiser, il s'écarta et prit appui sur un coude, me regardant fixement. Il y avait dans son expression quelque chose que je ne comprenais pas et qui me mit légèrement mal à l'aise.

— À quoi penses-tu ? demandai-je.

— Je me demandais...

Il s'interrompit et se mit à tripoter une petite fleur qui poussait entre les herbes.

— Quoi donc ? insistai-je.

— Comment c'était avec... Louis.

Je crus un instant que mon cœur s'était arrêté. Je m'efforçai d'articuler :

— C-c-comment ça, « comment c'était » ?

Il releva la tête, avec un sourire forcé.

— Ben oui... C'est un roi, après tout. On pourrait penser qu'il est... différent... spécial, tu comprends.

Son sourire s'évanouissait. Il était aussi pâle que moi.

— En fait, ce que je me demandais, c'était... c'était si... C'était différent d'avec moi ?

457

Je le vis se mordre les lèvres, regrettant déjà d'avoir posé la question. Mais il était trop tard.

— Comment as-tu su ?

— Claire, dit-il doucement, tu t'es donnée entièrement à moi dès la première fois. Tu ne m'as jamais rien caché. Jamais. Quand je t'ai demandé d'être toujours sincère avec moi, je t'ai dit aussi que tu ne savais pas mentir.

Il posa une main sur ma cuisse et je sursautai, ne m'y attendant pas.

— Depuis combien de temps je t'aime ? reprit-il. Un an ? Mille ans ? Depuis le premier instant où je t'ai vue. Et combien de fois ai-je aimé ton corps ? Un demi-millier de fois. Peut-être plus.

Il glissa un doigt le long de ma colonne vertébrale, me faisant frissonner. Je m'écartai de lui et le regardai dans les yeux.

— Tu ne t'es jamais refusée à moi, dit-il. Pas même au début, alors que tu étais en droit de le faire. Je l'aurais compris. Tu m'as tout donné dès le premier instant. Mais à présent... J'ai cru d'abord que c'était parce que tu avais perdu l'enfant et que tu avais peur de moi, après une aussi longue séparation. Mais j'ai compris que ce n'était pas ça.

Il marqua une longue pause, ponctuée par le chant des oiseaux de la forêt.

— Pourquoi ? reprit-il. Pourquoi m'avoir menti ? Alors que je suis venu à toi en croyant déjà savoir ?

— Si... hésitai-je, la gorge sèche... si je t'avais dit que j'avais laissé Louis me... tu m'aurais assaillie de questions. J'ai pensé que tu ne pourrais pas oublier... que tu pourrais peut-être me pardonner, mais pas oublier, et que cela resterait toujours entre nous.

Le sang me battait les tempes et j'étais comme paralysée. Mais maintenant que j'avais commencé à lui dire la vérité, je devais aller jusqu'au bout.

— Si tu m'avais interrogée... comme tu viens de le faire, Jamie... j'aurais été obligée d'en parler, de revivre la scène. J'avais peur...

Je m'interrompis, incapable d'aller plus loin. Mais il n'allait pas me laisser m'en tirer à si bon compte.

— Peur de quoi ?

— Peur de te dire pourquoi je l'avais fait. Jamie... je devais coûte que coûte te sortir de la Bastille. J'aurais fait pire s'il l'avait fallu. Mais ensuite... j'ai à demi espéré que quelqu'un te le dirait, que tu le découvrirais. J'étais si furieuse, Jamie... pour le duel, pour l'enfant. Parce que tu m'avais obligée à aller le voir, Louis, je veux dire. Je voulais faire quelque chose pour t'éloigner de moi, pour être sûre de ne jamais te revoir. Je l'ai fait... en partie... pour te faire du mal.

Un muscle se contracta à la commissure de ses lèvres.

— Tu as réussi, dit-il sans relever la tête.

Il ne dit rien pendant une bonne minute, l'air absent, et se tourna vers moi en me regardant dans les yeux.

— Claire... Qu'as-tu ressenti quand je me suis donné à Jack Randall ? Quand je l'ai laissé me prendre comme une femme, à Wentworth ?

Une décharge électrique me traversa le corps. C'était vraiment la dernière question à laquelle je m'étais attendue. J'ouvris et refermai plusieurs fois la bouche avant de répondre.

— Je... je ne sais pas, dis-je enfin. Je n'y ai pas pensé. J'étais hors de moi, bien sûr. Furieuse et choquée. Et écœurée. J'ai eu peur et... j'ai eu de la peine pour toi, aussi.

— As-tu été jalouse quand je te l'ai raconté plus tard ? Quand je t'ai dit qu'il m'avait excité malgré moi ?

Je pris une profonde inspiration.

— Non, enfin... je ne crois pas. Je n'y ai pas réfléchi sur le moment. Après tout, ce n'était pas comme si tu l'avais voulu.

J'évitais son regard, fixant la roche sous moi. Il parlait d'une voix calme et détachée :

— Je n'ai jamais cru non plus que tu mourais d'envie de coucher avec Louis. Je me trompe ?

— Non !

— Pourtant, moi aussi j'ai été furieux et écœuré. Moi aussi j'ai eu de la peine.

Il s'interrompit, se concentrant sur un brin d'herbe qu'il tentait d'arracher à la pierre.

— Après Wentworth, reprit-il, j'ai cru que tu ne pourrais pas supporter ce qui était arrivé. J'ai essayé de te convaincre de me quitter, pour ne pas avoir à lire le dégoût et la douleur sur ton visage...

Il porta le brin d'herbe à ses lèvres et se mit à le mordiller.

— ... mais tu n'as pas voulu partir. Tu m'as serré contre ton sein et tu m'as soigné. Tu m'as aimé, en dépit de tout. Alors, j'ai pensé que je pouvais faire moi aussi ce que tu avais fait pour moi. C'est pour ça que je suis venu à Fontainebleau.

Il cligna des yeux pour essuyer ses larmes naissantes.

— Tu m'as dit qu'il ne s'était rien passé et tout d'abord je t'ai crue. Je voulais tant te croire ! Mais j'ai ensuite senti que quelque chose n'allait pas et j'ai su que tu avais menti. J'ai pensé que tu ne me croyais pas capable de t'aimer assez ou... que tu avais voulu coucher avec lui et craignais que je ne m'en rende compte.

Il laissa retomber son brin d'herbe et posa son front sur ses mains.

— Tu as dit que tu voulais me faire du mal. C'est vrai... Savoir que tu avais couché avec le roi était pire que d'être marqué comme une bête par le sceau de Randall ou d'avoir le dos lacéré de coups de fouet. Mais l'idée que tu n'aies plus confiance en moi est bien pire, pire que de sentir une corde s'enrouler autour de mon cou ou d'être poignardé. Je ne sais pas si la blessure est mortelle, Claire, mais j'ai l'impression de me vider de tout mon sang chaque fois que je pose les yeux sur toi.

Un silence de plomb s'abattit sur nous. Jamie resta immobile, le visage impavide. Je ne pouvais rien déceler dans son expression, mais je devinais ce qui se cachait dessous : la rage, contenue par une volonté d'acier qui étouffait aussi la confiance et la joie.

Je voulus à tout prix briser ce terrible silence qui nous séparait, faire un geste qui rétablirait la confiance entre nous. Jamie se redressa et s'assit, les bras croisés autour des genoux, contemplant la vallée d'un air absent.

Je préférais encore la violence à ce silence. Je posai une main sur son bras chauffé par le soleil.

— Jamie, murmurai-je. Je t'en prie.

Il se tourna lentement vers moi. Son visage était toujours aussi calme, mais ses yeux étaient plissés comme ceux d'un chat. Nous restâmes longuement ainsi, et enfin sa main se referma sur mon poignet et le serra.

— Tu veux que je te punisse ? dit-il doucement.

Son poing me serra plus fort et je tentai inconsciemment de retirer mon poignet. Il ne lâcha pas prise. Au contraire, il m'attira contre lui d'un geste brusque.

Je tremblais comme une feuille et la chair de poule hérissait tous les poils de mon corps.

— Oui, articulai-je péniblement.

Son expression était insondable. Sans me quitter des yeux, il tendit sa main libre derrière lui, palpa la roche à tâtons jusqu'à ce que ses doigts se referment sur une touffe d'orties qu'il arracha.

— Les paysans de Gascogne fouettent les femmes infidèles avec des orties, dit-il.

Il abaissa la gerbe et effleura un de mes seins. Je frissonnai sous la piqûre et une légère marque rouge apparut aussitôt sur ma peau.

— Tu veux que je continue ? demanda-t-il. Tu veux que je te fasse mal ?

— Si... si tu veux.

Mes lèvres tremblaient tant que je n'arrivais pas à articuler. De la terre se détacha des racines d'ortie, tomba entre mes seins et glissa le long de mes côtes, sans doute délogée par le martèlement de mon cœur. La marque sur mes seins me brûlait terriblement. Je fermai les yeux et tentai d'imaginer ce que signifiait avoir tout le corps fouetté par des orties.

Soudain, l'étau autour de mon poignet se relâcha. Je rouvris les yeux pour découvrir Jamie, assis en tailleur à mes côtés, qui m'observait avec un sourire narquois. La poignée d'orties gisait un peu plus loin.

— Je t'ai déjà battue une fois, *Sassenach*, et tu as menacé de me vider les entrailles avec mon propre couteau. À présent, tu me demandes de te fouetter avec des orties ? Tu attaches donc tant d'importance à mon orgueil de mâle blessé ?

— Oui, parfaitement ! m'écriai-je.

Je me redressai brusquement, le saisis par les épaules et l'embrassai fougueusement et maladroitement.

Après un premier mouvement de surprise, il me serra contre lui, et sa bouche répondit à la mienne. Il me coucha sur la pierre, m'écrasant de son poids, et me tint les mains plaquées au sol.

— D'accord, chuchota-t-il. Puisque c'est ce que tu veux, je vais te punir.

D'un violent coup de reins, il m'écarta les cuisses. Je m'ouvris à lui, consentante, et l'accueillis avec ravissement.

— Il n'y aura jamais, *jamais*, un autre que moi ! murmura-t-il. Regarde-moi ! Regarde-moi, Claire !

Il me prit la tête entre ses mains, me forçant à le regarder dans les yeux.

— Jamais ! répéta-t-il. Parce que tu es à moi. Tu es *ma* femme, *mon* cœur...

Son corps contre le mien me clouait au sol, mais le contact de nos corps me poussait vers lui, demandant plus, toujours plus.

— ... *mon âme*, acheva-t-il dans un râle.

Je cambrai les reins pour le faire pénétrer au plus profond de moi. Il était étendu de tout son long sur moi, remuant à peine, comme si nos deux corps avaient fusionné. Je gigotai, l'incitai à plus de violence, tandis qu'il m'écrasait contre la roche dure.

— Jamais... murmura-t-il, son visage à quelques centimètres du mien.

— Jamais, répétai-je.

Je tournai la tête, fermant les yeux pour fuir l'intensité de son regard. Mais une douce pression contre ma joue me força de nouveau à le regarder.

— Non, ma *Sassenach*. Ouvre les yeux, regarde-moi. C'est là ta punition, comme la mienne. Regarde ce que tu as fait de moi, comme je regarde ce que j'ai fait de toi. Regarde-moi.

Je le regardais, prisonnière de son regard. Je le regardais et je pouvais voir les profondeurs de son âme, ses plaies intérieures. J'aurais pu pleurer pour sa douleur et pour la mienne, si j'en avais été capable. Mais ses yeux commandaient les miens, secs et grands ouverts. Son corps était enchaîné au mien, et il me poussait devant lui comme le vent d'est gonfle les voiles d'un navire en haute mer.

Je voyageais en lui, et lui en moi. Quand les dernières bourrasques de l'amour me soulevèrent, il poussa un long cri, et nous chevauchâmes ensemble les vagues comme un seul corps, nous contemplant chacun dans le regard de l'autre.

Le soleil de l'après-midi incendiait la pierre et projetait des ombres profondes dans les crevasses. Je trouvai enfin ce que je cherchais dans la petite fissure d'un gros rocher. La fine tige d'aloès se dressait, défiant l'absence de terre. Je l'arrachai, déchirai ses feuilles charnues et en étalai la sève fraîche sur les paumes de Jamie.

— Ça va mieux ? demandai-je.

— Nettement ! répondit-il en se frottant les mains. Bon sang, que ces orties piquent !

— À qui le dis-tu ! Je suis plutôt contente que tu ne m'aies pas prise au mot tout à l'heure !

Je me passai un peu de jus d'aloès sur le sein et la douleur s'estompa aussitôt.

Il pouffa de rire et me gratifia d'une tape sur la fesse.

— Il s'en est fallu de peu, *Sassenach* ! Tu ne devrais pas me provoquer comme ça !

Retrouvant son sérieux, il me donna un baiser chaste sur la joue.

— Non, *mo duinne*. J'ai juré une fois de ne plus jamais lever la main sur toi et je tiendrai ma promesse. Je t'ai suffisamment fait souffrir comme ça.

Je tiquai devant ce souvenir douloureux.

— Jamie... hésitai-je. Le... le bébé. Ce n'était pas ta faute. Je l'ai cru mais... je l'aurais sans doute perdu, que tu te battes avec Jack Randall ou non.

— Ah ? dit-il simplement.

Son bras vint se placer autour de mon épaule et je me blottis contre lui.

— Ça me soulage un peu que tu le dises, *Sassenach*. Mais ce n'était pas tant à l'enfant que je pensais, plutôt à Frank. Tu crois que tu pourras me pardonner ?

— Frank ? Mais... il n'y a rien à pardonner !

Il me vint soudain à l'esprit qu'il croyait peut-être l'avoir tué.

Il avait été arrêté immédiatement après le duel. Mais s'il l'ignorait, il l'apprendrait tôt ou tard. Autant que ce soit moi qui le lui dise.

— Jamie, Jack Randall est toujours vivant.

À ma grande surprise, il ne parut pas étonné le moins du monde.

— Je sais, *Sassenach*.

— Mais alors... qu'est-ce...

— Tu n'es pas au courant ?

Un frisson glacé me parcourut en dépit du soleil.

— Au courant de quoi ?

Il hésita, me lança un regard gêné, et finit par avouer :

— Non, je ne l'ai pas tué, simplement blessé.

— Oui, je sais. Louise m'a dit qu'il se remettait lentement.

Soudain, je revis la scène dans le bois de Boulogne. La dernière chose que j'avais aperçue avant de m'évanouir était la pointe de l'épée de Jamie transperçant les culottes de Randall. Une mare de sang était apparue et s'était répandue sur le vêtement trempé par la pluie.

— Jamie ! m'écriai-je, horrifiée. Tu n'as tout de même pas... Jamie, qu'as-tu fait exactement ?

Il baissa les yeux, frottant sa main contre son kilt.

— J'ai été si bête, *Sassenach* ! J'étais persuadé que je ne pourrais plus être un homme tant que je ne l'aurais pas puni pour ce qu'il avait fait à Fergus. En même temps, je me répétais : « Tu ne peux pas tuer ce salaud, tu as promis ! Tu ne peux pas le tuer. » Je ne savais plus où j'en étais, mais je me raccrochais à cette pensée. Non, je ne l'ai pas tué. Dans la furie du combat, j'aurais été bien incapable de me souvenir pourquoi je devais l'épargner, si ce n'était parce que je te l'avais promis. Lorsque je l'ai vu étendu à mes pieds, j'ai repensé à Wentworth et à Fergus...

Il s'interrompit soudainement.

— Jamie... laissai-je échapper, atterrée.

— Que veux-tu que je te dise, *Sassenach* ? dit-il en évitant toujours mon regard. C'est un sale endroit pour recevoir une blessure.

— Seigneur !

J'étais terrassée par cette nouvelle. Jamie était assis à côté de moi, silencieux. Il avait encore une cicatrice enflée et rose entre les articulations, où Jack Randall avait planté un clou à Wentworth.

— Claire, tu... tu m'en veux beaucoup ?

Sa voix était douce, presque implorante.

Je fermai les yeux et soupirai.

463

— Non, Jamie. Je ne sais pas ce que je pense, à vrai dire. Mais je ne t'en veux pas.

Je posai ma main sur la sienne.

— J'ai juste besoin d'être seule un moment. Tu veux bien ?

Ayant enfilé ma robe, j'étalai mes mains devant moi. Mes deux alliances étaient toujours là, l'une en or, l'autre en argent. Je ne comprenais pas ce que cela signifiait.

Jack Randall n'aurait pas d'enfant. Jamie en paraissait certain et je n'étais pas encline à l'interroger davantage sur ce sujet. Pourtant, je portais toujours la bague que Frank avait glissée à mon doigt. Je pouvais encore voir en pensée son visage, invoquer les souvenirs de l'homme qu'il avait été, ce qu'il avait fait. Comment était-ce possible puisqu'il ne pouvait plus venir au monde ?

Je ne savais pas, et tout portait à croire que je ne le saurais jamais. Mais si je ne savais pas à quel point il était possible de modifier l'avenir, j'étais sûre qu'on ne pouvait rien changer au passé proche. Ce qui avait été fait était fait et je n'y pouvais rien. Jack Randall n'aurait pas de descendance.

Une pierre roula le long de la pente derrière moi et atterrit sur le sable. Je me retournai pour chercher Jamie des yeux.

Le haut mur rocheux derrière moi était plus récent que les autres. On apercevait son socle blanchâtre là où la croûte de grès brun s'était érodée et fracturée. Seules les plantes les plus petites avaient pu prendre racine dans l'énorme rocher, contrairement aux épais buissons qui recouvraient le reste de la colline.

Jamie, rhabillé lui aussi, escaladait la paroi, cherchant des prises dans le relief. Je le vis contourner une grosse avancée rocheuse, et le raclement de son coutelas résonna dans la forêt.

Tout à coup, il disparut. Pensant le voir réapparaître de l'autre côté de la corniche, j'attendis. Au bout d'un moment, je commençai à m'inquiéter, craignant qu'il ne soit tombé. Je dénouai de nouveau les lacets de mes bottines et, ne le voyant toujours pas revenir, me lançai à sa recherche.

— Jamie !

— Par ici, *Sassenach* !

Sa voix résonnait derrière moi et je manquai de perdre l'équilibre. Il me rattrapa par le bras et me hissa sur une petite corniche. Plaquée contre la paroi, je remarquai les traînées rousses laissées par la pluie et des traces de suie.

— Regarde ! dit-il doucement.

Je me tournai dans la direction qu'il m'indiquait du doigt et ouvris de grands yeux. À quelques mètres de nous se trouvait une large ouverture qui laissait deviner l'entrée d'une grotte.

Une fois à l'intérieur, ma surprise se mua en stupéfaction. Le mur qui me faisait face était couvert d'animaux saisis en pleine course. Il y avait des bisons et des cerfs, et aussi une délicate envolée d'oiseaux, les ailes déployées, fuyant devant la charge des bêtes.

Peintes en ocre, rouge et noir avec des traits gracieux et fins qui exploitaient le relief de la roche pour accentuer le mouvement, ils martelaient le sol de leurs sabots sans faire de bruit ou repliaient leurs ailes dans les fentes de la paroi. Dans la faible lumière qui filtrait par l'entrée de la grotte, ils semblaient encore palpiter de vie.

Perdue dans la contemplation de ce somptueux spectacle, je m'aperçus en l'entendant m'appeler que Jamie s'était éloigné.

— *Sassenach !* Viens voir !

Il y avait quelque chose d'étrange dans sa voix et je me hâtai de le rejoindre. Il se tenait à l'entrée d'une seconde grotte plus petite, située un peu plus bas.

Ils gisaient derrière un affleurement de rocher, comme s'ils avaient voulu se protéger du vent qui pourchassait les bisons.

Ils étaient deux, couchés côte à côte dans le sable. Protégés par l'air sec de la grotte, leurs os étaient restés en place. Un fragment de peau était resté accroché à l'un des crânes, avec quelques cheveux rougis par le temps.

— Mon Dieu ! murmurai-je comme si j'avais craint de les réveiller.

Je m'approchai de Jamie et il passa un bras autour de ma taille.

— Tu crois... qu'ils ont été tués ici ? demandai-je. Un sacrifice, peut-être ?

— Non, répondit-il.

Lui aussi, il parlait à voix basse, comme dans le sanctuaire d'une église. Il se tourna et posa une main sur la paroi, où un cerf bondissait devant un vol de grues.

— Non, répéta-t-il. Les gens qui ont fait ces merveilles... ne pouvaient faire de sacrifices humains.

Il baissa de nouveau les yeux vers les deux squelettes et suivit le contour d'un os du bout du doigt, en prenant soin de ne pas toucher la surface jaunie.

— Regarde leur position, dit-il. Ils n'ont pas subi une mort violente et personne n'a disposé leurs corps de cette façon. Ils se sont couchés d'eux-mêmes. Il a mis ses bras autour de sa compagne et a replié ses genoux derrière les siens, la serrant contre lui, la tête contre son épaule.

Ses mains décrivaient des gestes autour des deux gisants,

reconstituaient leurs corps. Je commençai à mieux les distinguer, s'étreignant une dernière fois. Les petits os des mains s'étaient effrités, mais un fragment de cartilage joignait encore les métacarpes. Les minuscules phalanges se chevauchaient : ils avaient entrelacé leurs doigts.

Jamie s'était relevé et inspectait l'intérieur de la grotte. Le soleil de la fin d'après-midi laissait sur les parois des taches cramoisies et ocre.

— Là, dit-il en indiquant un coin de la grotte.

Les rochers qu'il montrait étaient moins abîmés par l'érosion que les autres.

— Autrefois, l'entrée se trouvait là, expliqua-t-il. Ces rochers sont tombés et ont refermé la grotte. Ils ont dû rester prisonniers. Ils ont cherché une issue à tâtons dans le noir. Peu à peu, ils ont manqué d'air. Alors, ils se sont couchés l'un contre l'autre pour mourir.

De grosses larmes coulaient le long de ses joues, laissant des traînées sur sa peau couverte de poussière. Émue, j'essuyai mes yeux et pris sa main, entrecroisant mes doigts avec les siens.

Il se tourna vers moi sans mot dire et son souffle balaya mon visage. Nos bouches se cherchèrent, en quête de la chaleur rassurante de nos corps et de leur contact solide qui nous rappelaient à chaque instant combien le fil de nos vies était ténu.

CINQUIÈME PARTIE

Retour au bercail

30

Lallybroch

Le domaine s'appelait Broch Tuarach en raison de la vieille tour de pierre, érigée quelques siècles plus tôt, qui se dressait entre les collines derrière le manoir. Les habitants des lieux l'avaient baptisée Lallybroch, « la tour paresseuse », un nom qui me paraissait aussi dénué de sens que « la tour qui fait face au nord ».

— Comment un édifice circulaire peut-il faire face au nord ? demandai-je à Jamie.

Nos chevaux avançaient lentement en file indienne le long du sentier qui grimpait sur la colline couverte de bruyère et de rochers de granit.

— Il n'y a qu'une seule porte, expliqua-t-il, et elle donne sur le nord.

La pente devenait abrupte ; il donna un coup de talons dans les flancs de sa monture, encourageant d'un sifflement le cheval qu'il tirait derrière lui par la bride. Nous avancions d'un pas prudent dans la terre molle. Nos montures, achetées à Inverness, étaient de belles bêtes puissantes, mais les petits poneys frisés des Highlands auraient davantage convenu. Ces chevaux, toutes des juments, étaient destinés à la reproduction et non au travail.

— Soit, lançai-je à Jamie. Je veux bien accepter cette explication. Mais peux-tu également m'expliquer en quoi Lallybroch est une « tour paresseuse » ?

— Elle penche un peu, répliqua Jamie. Ça ne se voit pratiquement pas quand on se tient à son pied, mais si tu grimpes sur la colline à l'ouest, tu verras qu'elle est légèrement inclinée vers le nord.

— Je suppose que personne n'avait entendu parler du fil à plomb au XIIIᵉ siècle. C'est un miracle qu'elle tienne encore debout.

— Oh, elle s'est déjà écroulée plusieurs fois. À chaque fois, on l'a reconstruite. C'est sans doute pour ça qu'elle penche !

— Je la vois ! Je la vois ! s'écria soudain Fergus.

Il était presque debout sur sa monture, frémissant de joie. Son cheval, une jument baie au tempérament paisible, émit un hennissement de réprobation, mais se garda de l'envoyer rouler dans la bruyère. Depuis son aventure sur le percheron d'Argentan, Fergus avait saisi toutes les occasions pour monter à cheval. Jamie, amusé et ému par son engouement pour l'équitation, le prenait fréquemment en selle derrière lui quand il se déplaçait dans les rues de Paris. De temps à autre, il le laissait monter seul sur les chevaux d'attelage de Jared, des créatures lourdes et puissantes qui se contentaient d'agiter les oreilles d'un air perplexe devant les cris et les gesticulations de l'enfant.

Je mis ma main en visière et aperçus à mon tour la silhouette sombre de la vieille tour. Le manoir était plus difficile à voir. Construit en pierres blanches et entouré de champs d'orge, il se fondait dans le paysage.

Il nous apparut au détour du chemin, en partie dissimulé par un écran d'arbres. Je vis Jamie tendre le cou. Il s'immobilisa quelques secondes et redressa les épaules. Le vent jouait dans ses cheveux et soulevait son plaid, donnant l'impression qu'il allait s'envoler d'une minute à l'autre, joyeux comme un cerf-volant.

Les chevaux semblaient aussi impatients que nous. Flairant la proximité des écuries et d'une belle ration d'avoine, ils hâtèrent le pas, le cou tendu en avant et les oreilles dressées. J'étais justement en train de me dire que j'avais grand besoin d'un bon repas et d'un bon bain, quand ma jument freina des quatre fers et se mit à s'ébrouer en hennissant.

Jamie s'arrêta à son tour et sauta à terre.

— Qu'est-ce qui se passe, ma belle ? demanda-t-il. Tu as une abeille dans les naseaux ?

Il attrapa au vol la bride qui volait de droite à gauche. Sentant le large dos frémir sous moi et se tortiller, je descendis de ma monture.

— Qu'est-ce qui lui arrive ? demandai-je à Jamie.

La jument tirait sur les rênes et secouait sa crinière en roulant des yeux effrayés. Les autres chevaux, gagnés par sa nervosité, se mirent eux aussi à piaffer et à s'agiter bruyamment.

Jamie lança un regard devant nous et inspecta la route.

— Elle sent quelque chose.

Fergus se leva sur ses étriers et balaya le paysage des yeux. Ne voyant rien, il me lança un regard perplexe et haussa les épaules.

De fait, rien ne semblait justifier l'agitation de la jument. La route et les champs autour de nous étaient déserts. Le taillis le plus proche était à plus de cent mètres. Les loups ne s'aventuraient jamais dans des régions aussi nues que celle-ci et, à cette distance, ce ne pouvait être la présence d'un renard ou d'un blaireau qui dérangeait nos chevaux.

Abandonnant toute tentative de faire avancer ma jument, Jamie lui fit décrire un demi-cercle. Elle semblait disposée à rebrousser chemin.

Il fit signe à Murtagh de conduire les autres chevaux à l'écart de la route, sauta en selle, s'éloigna de quelques dizaines de mètres dans la direction d'où nous venions, et fit demi-tour. La jument avança sans problème jusqu'au point où elle s'était arrêtée plus tôt. Là, elle refusa à nouveau de faire un pas de plus.

— D'accord, comme tu veux, ma belle, dit Jamie en lui flattant l'encolure.

Il fit tourner la tête du cheval et le conduisit dans le champ qui bordait la route. Nous le suivîmes avec nos montures qui tiraient sur leurs rênes pour saisir au passage quelques brins d'orge. Au moment où nous contournions un rocher de granit derrière le sommet d'une colline, j'entendis un aboiement menaçant. Nous débouchâmes sur un sentier et découvrîmes soudain un grand chien de berger noir et blanc qui nous observait en montrant les crocs, la queue dressée, prêt à bondir.

Il aboya de nouveau et un autre chien identique émergea, suivi d'une silhouette élancée drapée dans un plaid de chasse.

— Ian !

— Jamie !

Jamie sauta de sa monture, me tendit les rênes et courut vers son beau-frère. Les deux hommes s'étreignirent longuement au milieu de la route, se tapant dans le dos en riant. Rassurés, les deux chiens se mirent à gambader autour d'eux et vinrent renifler les jambes de nos chevaux.

— On ne vous attendait pas avant demain au plus tôt ! s'exclama Ian avec un sourire rayonnant.

— Nous avions le vent avec nous, expliqua Jamie. Enfin, c'est ce que m'a raconté Claire. Pour ma part, j'ai fait tout le voyage malade comme un chien dans ma cabine.

Ian s'approcha de ma jument et, prenant ma main, y déposa un baiser.

— Ma chère Claire, dit-il ému, Jenny a été prise de la folie du ménage. Vous aurez de la chance si vous pouvez dormir dans un vrai lit ce soir. Tous les matelas sont sortis dans le jardin pour être battus.

— Après trois nuits dans la bruyère, je m'estimerai heureuse de dormir par terre, répondis-je. Comment vont Jenny et les enfants ?

— Plutôt bien, elle en attend un autre pour février.

— Encore ? nous écriâmes-nous à l'unisson.

Ian prit un air confus.

— Mais Maggie n'a pas encore un an ! renchérit Jamie. Tu n'as donc aucune retenue !

— Moi ! s'indigna Ian. Parce que tu crois que j'ai quelque chose à voir là-dedans ?

— Ben... je l'espère pour toi, sinon, il serait intéressant de savoir qui est le père !

Les joues de Ian rosirent un peu plus.

— Tu sais très bien que ce n'est pas ce que j'ai voulu dire, Jamie ! Pendant deux mois, j'ai partagé le lit du petit Jamie, mais Jenny a insisté pour que...

— Tu veux dire par là que ma sœur est insatiable ? le taquina Jamie.

— Je veux dire que ta sœur est aussi têtue que son frère et qu'elle finit toujours par obtenir ce qu'elle veut.

Il fit une feinte de côté et envoya un coup de poing à Jamie. Plié en deux, celui-ci éclata de rire.

— Heureusement que je suis rentré ! s'esclaffa-t-il. Je t'aiderai à la surveiller !

Changeant abruptement de sujet, il montra les deux chiens.

— Tu as perdu des moutons ?

— Quinze brebis et un bélier, confirma Ian. Tout le troupeau de mérinos de Jenny. Ce sont les bêtes qu'elle élève pour leur laine. Le bélier est un vrai mâle. Il a brisé le portail. J'ai pensé qu'ils étaient venus jusqu'ici pour manger l'orge, mais je ne les ai pas trouvés.

— On ne les a pas vus plus haut non plus, indiquai-je.

— Oh, ils n'iraient pas par là. Aucune bête ne s'aventure au-delà du cottage.

— Cottage ? dit soudain Fergus que toutes ces amabilités commençaient à ennuyer. Je n'ai vu aucun cottage, milord. Rien qu'un tas de pierres.

— C'est tout ce qui reste du cottage des MacNab, mon garçon, expliqua Ian en remarquant la présence de l'enfant pour la première fois. Je te conseille de ne pas t'y aventurer, toi non plus.

Je réprimai un frisson. L'année précédente, le métayer Ronald MacNab avait vendu Jamie aux hommes de la Garde. Le lendemain de sa trahison, on l'avait retrouvé brûlé vif sous les décombres de sa maison, manifestement assassiné par les hommes de Lallybroch. Les vieilles cheminées de son cottage, qui m'avaient paru si innocentes lorsque nous étions passés près d'elles, ressemblaient à présent à de sinistres calvaires.

— MacNab ? demanda Jamie. Tu veux dire Ronnie MacNab ?

472

J'avais raconté à Jamie la trahison et la triste fin de son métayer, mais je ne lui en avais pas précisé les circonstances.

— Oui, répondit Ian. Il est mort la nuit où les Anglais t'ont fait prisonnier. Une étincelle a dû mettre le feu au toit de chaume. Il était probablement tellement soûl qu'il n'a pas pu s'en sortir à temps.

Il avait retrouvé son air grave et fixait Jamie droit dans les yeux.

— Que sont devenus sa femme et son enfant ?

Le regard de Jamie était aussi neutre et indéchiffrable que celui de son beau-frère.

— Mary MacNab travaille maintenant aux cuisines chez nous. Rabbie donne un coup de main aux écuries.

Ian lança un bref regard aux vestiges du cottage.

— Mary monte jusqu'ici de temps à autre, dit-il. C'est la seule dans tout le domaine qui ose y venir.

— Elle l'aimait donc, son homme ?

Ian fit une moue dubitative.

— Je ne crois pas. C'était un ivrogne. Il la battait souvent. Même sa pauvre mère n'arrivait pas à le contrôler. Non, Mary doit penser qu'il est de son devoir de venir prier pour son âme. C'est qu'il doit en avoir sacrément besoin !

— Ah ! fit simplement Jamie.

Il resta un moment perdu dans ses pensées et se baissa vers sa monture. Il rejeta les rênes et se dirigea d'un pas ferme vers la colline.

— Jamie ! appelai-je.

Il ne m'entendit pas. Je tendis mes propres rênes à Fergus et sautai de mon cheval.

— Reste ici avec les chevaux, ordonnai-je, je vais avec lui.

Ian fit mine de me suivre, mais Murtagh l'arrêta d'un geste de la main.

Jamie marchait de ses longues enjambées d'homme de la lande. Il avait atteint la petite clairière avant que j'aie pu le rejoindre. Il se tenait devant ce qui avait été un des murs du cottage. On apercevait encore l'emplacement rectangulaire du foyer, recouvert d'un tapis vert de jeunes pousses. Il restait peu de traces de l'incendie : quelques morceaux de bois calciné apparaissaient ici et là entre les herbes. Avançant d'un pas lent, Jamie fit trois fois le tour des restes de la maison, s'arrêta et s'accroupit devant un tas de pierres. Il posa une main dessus et ferma les yeux, comme s'il récitait une prière. Enfin, il ramassa un gros caillou de la taille d'un poing et le déposa au sommet de la pile, comme pour lester l'âme errante du fantôme. Il se signa et revint vers moi d'un pas assuré.

Il me prit par le bras et m'entraîna vers la route en chuchotant :

— Ne te retourne pas.

Ce que je me gardai de faire.

Jamie, Fergus et Murtagh accompagnèrent Ian et les chiens à la recherche des moutons égarés, pendant que je menais le convoi de chevaux vers le manoir. Loin d'être une cavalière accomplie, je pensais être à la hauteur de la tâche tant que rien ne surgissait en travers du chemin.

Ce retour à Lallybroch était très différent de notre arrivée l'année précédente. La première fois, nous étions deux fugitifs. Je fuyais le futur, et Jamie son passé. Notre séjour avait été heureux, mais précaire et éprouvant. Nous vivions dans la crainte d'être découverts à tout instant. Cette fois, grâce au sauf-conduit du duc de Sandringham, Jamie revenait prendre possession de ce qui lui appartenait de plein droit, et moi, j'occupais ma position légitime à ses côtés en tant qu'épouse.

La première fois que nous avions fait irruption au manoir, personne ne nous attendait et nous avions provoqué un vrai chambardement des us et coutumes des occupants des lieux. Cette fois, nous arrivions dûment annoncés, avec tout le cérémonial qui s'imposait, chargés de présents. Si j'étais sûre que nous serions accueillis cordialement, je me demandais comment Ian et Jenny allaient supporter notre installation permanente. Ils vivaient en maîtres du domaine depuis des années, depuis la mort de Brian Fraser et les événements désastreux qui avaient précipité Jamie dans une existence errante de hors-la-loi.

Je parvins au sommet de la colline sans incident et marquai une brève pause pour admirer le manoir et ses dépendances qui s'étalaient à mes pieds. Soudain, ma jument fit une embardée. Deux grosses masses indistinctes venaient de surgir de derrière un bâtiment, roulant sur le sol comme des buissons balayés par la tempête.

— Du calme ! Ho ! Ho ! criai-je.

Les chevaux, qui s'étaient mis à tirer sur les brides, manquèrent de me faire culbuter. Je me voyais déjà expliquant à Jamie que toutes les belles juments qu'il venait d'acheter à prix d'or s'étaient collectivement cassé une patte.

Une des masses s'étala sur le sol et la silhouette de Jenny apparut derrière, soudain délivrée du gros matelas qu'elle portait sur le dos. En m'apercevant, elle courut vers moi sur la route, ses longues boucles noires soulevées par le vent.

Sans une seconde d'hésitation, elle attrapa ma bride au vol et tira dessus d'un coup sec.

— Ho ! cria-t-elle.

Reconnaissant immédiatement une voix autoritaire, le cheval s'immobilisa. Après quelques efforts, les autres juments se calmèrent à leur tour et je pus descendre de selle sans me briser le cou.

Une autre femme accompagnée d'un enfant prit en charge le convoi de chevaux avec des gestes experts. Je reconnus le jeune Rabbie MacNab et en déduisis que la femme était sa mère. Entre les matelas à rentrer et les chevaux à conduire aux écuries, j'eus juste le temps d'embrasser Jenny. Nous restâmes enlacées quelques instants. Elle sentait bon la cannelle et le miel et je revis en pensée notre dernière étreinte un an plus tôt, en pleine nuit, à la lisière de la forêt. Je m'apprêtais à partir à la recherche de Jamie et Jenny devait s'occuper de son nouveau-né.

— Comment va la petite Maggie ? m'enquis-je en me détachant d'elle.

Jenny fit une grimace mêlée de fierté.

— Elle commence juste à marcher. C'est la terreur de la maison.

Elle lança un regard vers la route.

— Vous avez déjà rencontré Ian, je suppose ?

— Oui. Jamie, Murtagh et Fergus sont partis chercher les moutons avec lui.

— Espérons qu'ils ne vont plus tarder. Il va bientôt pleuvoir. Laisse Rabbie s'occuper des chevaux et aide-moi à ranger les matelas, sinon on dormira tous sur le carreau ce soir.

Une activité frénétique s'ensuivit mais, lorsque la pluie commença à tomber, Jenny et moi étions déjà confortablement installées dans le salon, occupées à ouvrir les paquets rapportés de Paris et à nous émerveiller devant la taille et la précocité de Maggie, une petite fille de dix mois, bouillonnante de vie, avec de grands yeux bleus et une tête toute ronde. Le petit Jamie, âgé de quatre ans, jouait entre nos jambes. Le troisième enfant ne formait encore qu'un léger renflement sous le tablier de Jenny, et ce n'était pas sans un certain picotement au cœur que je la voyais poser tendrement une main sur son ventre de temps à autre.

— Tu as parlé de Fergus tout à l'heure, dit-elle soudain. Qui est-ce ?

— Fergus ? Eh bien, c'est... euh...

J'hésitai, ne sachant pas trop comment le décrire. La vie à la ferme offrait peu de débouchés pour un pickpocket.

— C'est un protégé de Jamie, dis-je enfin.

— Ah oui ? Eh bien, je suppose qu'on pourra lui trouver une petite place aux écuries, soupira-t-elle d'un air résigné. En parlant de Jamie, j'espère qu'ils vont bientôt retrouver ces moutons. Je vous ai préparé un bon dîner et je n'ai pas envie de le voir brûler.

De fait, la nuit était déjà tombée. J'observai Mary MacNab mettre le couvert. C'était une petite femme aux traits fins, à l'air inquiet. Son visage s'illumina toutefois quand elle vit arriver Rabbie, faisant irruption dans les cuisines en demandant si le dîner était pour bientôt.

— Quand les hommes seront rentrés, *mo luaidh*, répondit-elle. En attendant, file te débarbouiller.

Lorsqu'ils rentrèrent enfin, ils avaient nettement plus besoin d'un bon débarbouillage que le jeune Rabbie. Trempés par la pluie, crottés jusqu'aux genoux, ils se traînèrent dans le salon. Ian ôta son plaid mouillé et l'étala sur le pare-feu, le laissant dégouliner sur le tapis. Fergus, éreinté par sa découverte brutale de la vie à la campagne, se laissa tomber dans un fauteuil et resta prostré, le regard fixé sur ses souliers boueux.

Jenny inspecta brièvement ce frère qu'elle n'avait pas vu depuis un an.

— Dehors, vous tous ! dit-elle fermement. Allez m'enlever ces bottes ! Si vous avez traîné du côté du champ d'orge, n'oubliez pas de pisser devant la grille de la maison !

Se tournant vers moi, elle ajouta à voix basse :

— C'est comme ça qu'on tient les fantômes à l'écart.

Jamie, déjà affalé sur le sofa, ouvrit un œil et adressa un regard torve à sa sœur.

— Je débarque en Écosse après une traversée qui a failli me coûter la vie, je chevauche quatre jours d'affilée pour arriver jusqu'ici et je n'ai même pas droit à une goutte de whisky pour étancher ma soif ! On m'envoie directement patauger dans la boue à rechercher des moutons. Et une fois que j'arrive enfin à mettre les pieds dans cette maison, on me met à la porte en m'ordonnant d'aller pisser dehors. Peuh !

Il referma l'œil et croisa ses bras sur son ventre en s'enfonçant dans son fauteuil.

— Jamie, mon cœur, roucoula Jenny. Tu veux vraiment ton dîner ou tu préfères que je le donne aux cochons ?

Il resta immobile un moment, comme s'il n'avait rien entendu puis, avec un soupir résigné, se leva péniblement et fit signe à Ian et à Murtagh de le suivre. Au passage, il hissa Fergus sur ses pieds et le traîna vers la porte.

— Bienvenue à la maison ! maugréa-t-il.

Après un dernier regard vers le feu de cheminée et le flacon de whisky, il sortit dans la nuit en traînant les pieds.

31

Le courrier des Highlands

Lallybroch accapara rapidement Jamie et ce fut bientôt comme s'il n'avait jamais quitté sa maison natale. Je me trouvai moi aussi entraînée sans effort dans le courant de la vie de la ferme. C'était un automne inhabituel, avec des pluies fréquentes suivies de belles journées ensoleillées et revigorantes. Le domaine grouillait d'activité, tous travaillaient et se préparaient au long hiver qui approchait.

Le domaine était très isolé, même pour une ferme des Highlands. Aucune route digne de ce nom n'y conduisait. Toutefois, nous recevions quand même du courrier grâce aux messagers qui parvenaient à gravir les cols escarpés et les collines enfouies sous la bruyère. Ils représentaient notre seul lien avec ce monde extérieur qui me paraissait de plus en plus lointain et irréel. J'avais du mal à imaginer que, quelques mois plus tôt, je dansais dans les salons raffinés de Versailles. Toutefois, les lettres qui nous parvenaient faisaient revivre ces mois passés à Paris et je ne pouvais les lire sans revoir en pensée les platanes qui bordaient la rue Trémoulins ou entendre résonner les cloches de Notre-Dame qui jouxtait l'hôpital des Anges.

Louise avait eu son enfant, un petit garçon. Ses lettres, ponctuées de points d'exclamation et de parenthèses, abondaient en descriptions dithyrambiques de l'*adorable Henri*. En revanche, il n'y était jamais question de son père, putatif ou réel.

La lettre de Charles-Édouard Stuart, qui nous arriva un mois plus tard, ne faisait pas état de l'enfant mais, selon Jamie, était plus incohérente que jamais, tissée de vagues projets grandiloquents.

Le comte de Mar rédigeait des messages sobres et prudents, mais il était évident que Charles-Édouard l'agaçait au plus haut point. Le prince était insupportable : grossier et capricieux avec ses plus loyaux sujets, il négligeait ceux qui auraient pu lui être utiles, insultait ceux qui étaient disposés à le servir, parlait en dépit du bon sens et, à lire entre les lignes, buvait plus que de raison. Compte tenu du laxisme de l'époque pour les hommes et la boisson, il fallait vraiment que Charles-Édouard fût ivre du matin au soir pour mériter la réprobation d'un ami ! Je me demandais s'il était seulement au courant que sa maîtresse avait mis un fils au monde.

Mère Hildegarde m'écrivait de temps à autre des petits mots brefs et précis, griffonnés à la hâte pendant les quelques minutes que lui laissait son emploi du temps chargé. Chacune de ses lettres se terminait invariablement par *Bouton vous envoie ses amitiés*.

Maître Raymond n'écrivait pas mais m'envoyait des colis, sans la moindre signature ni adresse de l'expéditeur. Ils contenaient tout un assortiment de choses étranges : des herbes rares ; de petits éclats de cristaux ; des pierres lisses et circulaires dont une face était ornée d'une silhouette gravée, surmontée tantôt d'une lettre tantôt d'un symbole mystérieux. Il y avait aussi des os : une phalange d'ours, avec sa grosse griffe incurvée encore attachée ; des vertèbres de serpent enfilées comme des perles sur une lanière de cuir ; toutes sortes de dents : des petites en forme de clou que Jamie soutenait être des dents de phoque ; de grosses canines acérées de cerf ; sans compter quelques molaires qui ressemblaient étrangement à des dents humaines.

Je gardais souvent quelques-unes des pierres de maître Raymond dans mes poches et les caressais entre mes doigts. Elles étaient douces et agréables au toucher. Elles devaient être très anciennes et remontaient au moins à la Rome antique, sinon plus. Les formes gravées à leur surface avaient certainement un rôle magique. J'ignorais si elles étaient censées avoir des vertus curatives ou si elles n'étaient que des symboles, comme les signes de la Kabbale, mais elles me paraissaient inoffensives et je les gardais sur moi.

Si j'aimais travailler à la ferme, je préférais les longues promenades que je faisais pour rendre visite aux différents cottages des métayers de Broch Tuarach. J'emportais toujours avec moi un grand panier plein de gâteries pour les enfants, et de remèdes pour soigner les maux les plus courants. La pauvreté et le manque d'hygiène étaient responsables d'un grand nombre de maladies et il n'y avait pas un seul médecin entre Fort William, au sud, et Inverness, au nord.

Je pouvais facilement traiter les problèmes les plus simples comme les saignements des gencives ou les éruptions cutanées caractéristiques des cas bénins de scorbut, mais il y en avait beaucoup d'autres contre lesquels j'étais impuissante.

478

Je posai une main sur le front de Rabbie MacNab. Sa tignasse hirsute était trempée par la transpiration. Il avait la mâchoire grande ouverte, relâchée, et son pouls, à la base du cou, battait faiblement.

— Ça va aller maintenant, dis-je à sa mère.

Mary n'avait pas besoin de moi pour le constater : l'enfant dormait paisiblement. Le feu de cheminée, à proximité, lui rosissait les joues.

— Que la Sainte Vierge soit louée, murmura-t-elle, et vous aussi, milady.

— Je n'ai rien fait ! protestai-je.

À vrai dire, le seul service que j'avais rendu au jeune Rabbie, c'était d'avoir éloigné sa mère quelque temps. Il m'avait fallu une certaine fermeté pour la décourager de lui faire avaler de l'orge macéré dans du sang de coq, de lui agiter des plumes enflammées sous le nez ou de lui jeter de l'eau glacée au visage. Aucun de ces remèdes n'était d'une grande utilité pour soigner un enfant épileptique. Au moment où j'étais intervenue, elle s'apprêtait à lui administrer le plus efficace des traitements : lui recracher sur la tête de l'eau bue dans le crâne d'un suicidé.

La pauvre femme contempla son enfant endormi avec adoration.

— Ça me fait tellement de peine quand il est comme ça ! soupira-t-elle. La dernière fois, j'ai fait venir le père MacMurty. Il a prié à son chevet pendant des heures, ensuite, il l'a arrosé d'eau bénite pour faire fuir les démons. Mais, hélas, ils sont revenus.

Elle joignit les mains, comme pour s'empêcher de toucher son enfant.

— Ce ne sont pas des démons, répondis-je. Ce n'est qu'une maladie et elle n'est pas si grave que ça.

— Si vous le dites, milady.

Elle ne voulait pas me contredire, mais ne paraissait guère convaincue.

— Il ira mieux, maintenant, tentai-je de la rassurer. Jusqu'à présent, il s'est toujours remis de ses crises, non ?

Les crises étaient apparues deux ans plus tôt, probablement à la suite des coups répétés sur la tête que lui assenait son père. Elles n'étaient pas très fréquentes, mais suffisamment violentes pour terrifier sa mère.

— Quand il se met à se cogner la tête contre le sol, j'ai l'impression qu'elle va finir par éclater, gémit la malheureuse.

— Oui, je sais, c'est un risque. Si ça le reprend, il faut mettre tous les objets contondants hors de sa portée et le laisser faire. Je sais que c'est impressionnant, mais ça finit toujours par passer. Une fois la crise terminée, mettez-le au lit et laissez-le dormir.

Je savais que mes paroles avaient une portée limitée, même si je disais la vérité. Pour la rassurer, il fallait quelque chose de plus concret.

En me tournant pour partir, un cliquetis dans le fond de ma poche me donna une idée. Je sortis deux des petites pierres que maître Raymond m'avait envoyées. Je choisis la plus blanche, de la calcédoine sans doute, sur laquelle était sculptée la silhouette d'un homme en transe. Je venais enfin de comprendre à quoi elle servait.

Je plaçai solennellement la pierre dans le creux de la main de Mary.

— Cousez-la dans la veste de Rabbie, lui conseillai-je. Elle le protégera... des démons. Ainsi, vous n'aurez plus à vous inquiéter : s'il a une nouvelle crise, vous saurez qu'il ne lui arrivera aucun mal.

Sur ces bonnes paroles, je sortis, me sentant à la fois satisfaite et plus sotte que jamais. À défaut de progresser dans mes connaissances médicales, j'avais perfectionné mes talents de sorcière. Mais si je ne pouvais pas grand-chose pour Rabbie, je pouvais au moins soulager sa mère, ou plutôt l'aider à s'aider elle-même. *La guérison doit venir du malade et non du médecin.* C'était une des leçons que j'avais retenues de maître Raymond.

Je n'avais jamais vraiment eu de maison à moi. Orpheline à cinq ans, j'avais mené l'existence vagabonde d'oncle Lamb pendant treize ans. Nous vivions sous des tentes dans des plaines poussiéreuses, dans des grottes creusées dans le flanc des montagnes, ou des chambres aménagées succinctement dans une pyramide. L'éminent Quentin Lambert Beauchamp établissait son campement n'importe où dans le but de poursuivre ses fouilles archéologiques. Ses travaux et son excentricité l'avaient rendu célèbre bien avant qu'un accident ne coûte la vie à son frère et qu'il ne se retrouve tuteur de sa nièce.

Cette vie d'errance avait ensuite continué avec Frank, mais j'étais passée des campements de toile à des bâtisses pourvues d'un toit solide, les recherches d'un historien nécessitant généralement la proximité d'une bibliothèque universitaire. Aussi, lorsque la guerre avait éclaté, bousculant la routine et jetant beaucoup d'entre nous sur les routes, j'avais été moins traumatisée que d'autres.

J'étais passée de notre dernier meublé aux quartiers des infirmières de l'hôpital de Pembroke, et dans un hôpital militaire de campagne en France, avant de revenir à Pembroke juste avant l'armistice. Ensuite, au cours des quelques mois passés avec

Frank, nous étions venus en Écosse afin de refaire connaissance, pour nous trouver séparés de nouveau au bout de quelques semaines.

Il était donc étrange, et merveilleux, de me réveiller chaque matin dans une chambre de Lallybroch et de contempler Jamie endormi à mes côtés en me disant qu'il était né dans ce même lit. Tous les bruits de la maison, du craquement des marches de l'escalier de service sous le pas d'une servante matinale au crépitement de la pluie sur les tuiles d'ardoise, étaient pour lui des sons familiers entendus des milliers de fois. Il les avait d'ailleurs tellement entendus qu'il ne les entendait plus ; mais moi, si.

Sa mère, Ellen, avait planté le rosier grimpant qui s'épanouissait près de la porte d'entrée. Son parfum capiteux rampait le long des murs et se répandait jusque dans notre chambre. C'était comme si elle lui rendait visite chaque jour à l'aube, pour l'effleurer du bout de ses doigts, et me souhaitait la bienvenue par la même occasion.

Le domaine de Lallybroch s'étendait derrière le manoir : des champs et des granges, des villages et des hameaux. Jamie avait pêché dans le ruisseau qui dévalait la colline derrière la maison, grimpé dans les chênes et les mélèzes, mangé dans tous les cottages des environs avec les métayers de son père. Il était chez lui.

Lui aussi, il avait connu des bouleversements, l'emprisonnement, la torture, l'exil. Mais il avait néanmoins été élevé ici avec la perspective qu'il serait un jour le maître, qu'il serait là pour veiller sur les récoltes et prendre soin de ses métayers. La sédentarité était son destin.

Pendant ses années d'absence, il avait découvert le monde qui s'étendait au-delà de son domaine et des côtes rocheuses d'Écosse. Il avait parlé à des rois, connu la guerre, tâté de la prison, appris le commerce. Il avait aussi connu l'aventure, la violence, la magie. Maintenant qu'il avait franchi les frontières de ses terres, le destin pouvait-il encore l'enraciner à Lallybroch ?

Descendant de la crête d'une colline, je l'aperçus en contrebas, en train de réparer une digue en pierres sèches qui bordait un des champs. Près de lui, dans l'herbe, gisaient deux lapins, déjà vidés mais pas encore dépecés.

— *Le marin est rentré du grand large et le chasseur des collines boisées*, chantonnai-je gaiement en m'approchant.

Il se redressa, essuyant de la sueur sur son front.

— Ne me parle pas de mer ni de marins, *Sassenach*. J'ai vu deux gamins faire voguer un voilier sur la mare ce matin et j'ai failli rendre tout mon petit déjeuner.

Je me mis à rire.

— Tu n'as donc aucune envie de retourner en France ?

— Certes non, pas même pour le cognac.

Je l'observai remettre une grosse pierre en place.

— Tu rentres à la maison ? demanda-t-il.

— Oui, tu veux que j'emporte tes lapins ?

Il fit non de la tête et se pencha pour les ramasser.

— Inutile, je rentre aussi. Ian a besoin que je l'aide à terminer le nouveau cellier pour les pommes de terre.

La première récolte de pommes de terre de Lallybroch aurait lieu dans quelques jours et, sur mon conseil, on creusait une petite cave à tubercules sous la maison pour les entreposer. Chaque fois que je voyais le champ de pommes de terre, j'avais un petit serrement de cœur. J'étais à la fois très fière de l'étendue de feuilles vertes qui s'étalait au-dessus des plants, et complètement affolée à l'idée que soixante familles allaient peut-être devoir survivre grâce à ces seuls légumes pendant tout l'hiver. C'était moi qui avais, l'année précédente, conseillé à Jenny de consacrer un de ses meilleurs champs d'orge à cette plante encore inconnue dans les Highlands.

Je savais qu'avec le temps, la pomme de terre allait devenir un aliment incontournable du régime des Écossais, car elle était moins vulnérable aux parasites et au gel. Mais me remémorer par hasard un bref paragraphe lu dans un livre de géographie était une chose, en assumer la responsabilité auprès des gens qui allaient devoir se nourrir de ce nouveau produit en était une autre.

Je me demandais si le fait de prendre des décisions qui impliquaient le destin d'autres personnes deviendrait plus facile avec le temps. Jamie le faisait constamment, gérant le domaine et ses habitants comme si c'était la chose la plus naturelle au monde. Mais il avait été élevé dans ce sens ; pas moi.

— Le cellier est prêt ? demandai-je.

— Oui. Ian a déjà installé les portes, mais il n'a pas pu carreler le fond de la pièce. Sa jambe de bois s'enfonce trop dans la boue.

Jamie lança un regard vers le haut de la colline, derrière nous.

— Il faut que le cellier soit fini avant ce soir, dit-il. Il va pleuvoir d'ici demain matin.

Je me retournai pour suivre son regard. Le ciel était dégagé et je ne voyais rien dans le paysage qui puisse justifier ses craintes.

— Comment le sais-tu ?

Il sourit et pointa l'index vers le sommet de la colline.

— Tu vois ce petit chêne là-haut ? et le frêne juste à côté ?

— Oui, et alors ?

— Regarde leurs feuilles, *Sassenach*. Tu ne remarques pas

qu'elles sont plus claires que d'habitude ? C'est parce qu'il y a de l'humidité dans l'air ; la moiteur fait se retourner les feuilles de chêne et de frêne et le feuillage devient un ton ou deux plus clair.

— Encore faut-il connaître leur couleur habituelle !

Jamie se mit à rire et me prit le bras.

— Je n'ai peut-être pas l'oreille musicale, *Sassenach*, mais j'ai une bonne vue. J'ai déjà vu ces arbres plus de dix mille fois et par tous les temps.

Le chemin jusqu'à la maison était long et nous marchâmes un bon moment en silence, appréciant les rayons du soleil qui nous chauffaient le dos. Je humai l'air et constatai que Jamie avait sans doute raison à propos de la pluie : les parfums habituels de l'automne s'étaient intensifiés, de l'odeur âcre de la résine de pin à la senteur poussiéreuse du blé mûr. Je commençais à apprendre et me mettais au diapason des rythmes et des odeurs de Lallybroch. Peut-être qu'avec le temps, je connaîtrais le domaine aussi bien que Jamie. Je serrai sa main, et il me répondit en exerçant une légère pression sur la mienne.

— Paris te manque, *Sassenach* ?

— Non, dis-je, surprise. Pourquoi ?

— Rien, comme ça... En te voyant descendre la colline avec ton panier sous le bras et le soleil dans tes cheveux, on aurait dit que tu avais grandi ici. Tu semblais appartenir à cet endroit, autant que ces jeunes arbres. Et j'ai soudain pris conscience que Lallybroch était un petit coin perdu. Ici, tu ne connaîtras pas une vie très brillante, comme à Paris. Il n'y a même pas un travail intéressant pour toi, comme à l'hôpital des Anges.

Il me dévisagea d'un air timide et ajouta :

— J'ai peur que tu ne t'ennuies au bout d'un certain temps.

Je ne répondis pas tout de suite. J'aurais menti en prétendant que cette pensée ne m'avait pas déjà traversé l'esprit.

— Tu sais, Jamie, dis-je enfin. J'ai déjà vu pas mal de choses dans ma vie... et beaucoup d'endroits. C'est vrai que, parfois, des détails de ma vie d'autrefois me manquent. J'aimerais faire une balade en omnibus à Londres, par exemple ; décrocher un téléphone pour appeler une amie au bout du monde ; ou encore tourner un robinet pour prendre un bon bain chaud sans avoir à aller chercher de l'eau au puits et à la faire bouillir dans un chaudron. Tout ça me manque, mais je n'en ai pas besoin. Quant à cette vie brillante, comme tu dis, elle ne me plaisait pas quand je la vivais. J'aime porter de belles robes, mais pas si elles vont de pair avec les commérages, les intrigues, les mondanités et les contraintes. Non, je préfère encore porter ce vieux tablier et dire ce qui me plaît.

Il éclata de rire et me serra contre lui.

— Et pour le travail, repris-je, j'ai ce qu'il faut ici.

Je lui montrai mon panier rempli de simples et de remèdes.

— Je peux me rendre utile. Et si mère Hildegarde et mes autres amis me manquent, il y a toujours le courrier.

Je m'arrêtai de marcher et me tournai vers lui. Le soleil se couchait et la lumière dorée illuminait un côté de son visage, faisant ressortir ses pommettes.

— Jamie... Je veux être où tu es. Nulle part ailleurs.

Il resta immobile un instant, se pencha sur moi et déposa un baiser sur mon front.

— C'est drôle, dis-je quelques minutes plus tard, alors que nous arrivions en vue de la maison. Je me posais justement la même question à ton sujet : si tu serais heureux ici après tout ce que tu as fait en France ?

Il sourit et regarda vers le manoir dont la forme blanche se teintait de reflets dorés.

— Je suis chez moi, *Sassenach*. Ma place est ici.

— Tu veux dire que tu es né pour t'occuper de Lallybroch, c'est ça ?

— À vrai dire, non. Si Willie avait vécu, c'est lui qui aurait été laird de Broch Tuarach. Étant l'aîné, le titre et la fonction lui revenaient de droit. Je serais sans doute devenu soldat, ou marchand, comme mon cousin Jared.

Le frère de Jamie, Willie, était mort de la variole à l'âge de onze ans, laissant son petit frère de six ans héritier de Lallybroch.

— Parfois, je parle encore à Willie dans mes pensées, reprit Jamie. Je lui demande ce qu'il aurait fait à ma place dans telle ou telle circonstance. Tu trouves ça idiot ?

— Non, je fais pareil, avouai-je. Avec oncle Lamb. Et mes parents. Surtout ma mère. Quand j'étais petite, je ne pensais pas souvent à elle, mais maintenant, je rêve parfois d'une présence douce et chaude. Depuis la mort de... Faith, il m'arrive d'avoir l'impression qu'elle est à mes côtés.

Jamie caressa doucement mon visage et chassa une larme prête à jaillir.

— Je crois parfois que les morts nous aiment comme on les aime. Viens, *Sassenach*. Marchons encore un peu. Nous avons le temps avant le dîner.

Il glissa un bras sous le mien et nous prîmes la direction opposée à celle de la maison.

— Je sais ce dont tu parles, *Sassenach*, me confia Jamie. J'entends parfois la voix de mon père, dans la grange ou dans un champ. C'est généralement quand je ne pense pas à lui. Je suis occupé à quelque chose et, tout à coup, je crois entendre sa voix un peu plus loin, riant avec un métayer, ou maîtrisant un cheval.

Il se mit soudain à rire et m'indiqua un pré devant nous.

— C'est bizarre, mais je ne l'entends jamais par là.

C'était un endroit quelconque, entouré d'un muret qui longeait le sentier.

— Pourquoi voudrais-tu l'entendre dans ce pré ? demandai-je.

— Je ne sais pas. Il pourrait dire par exemple : « Si tu as fini de discuter, Jamie, tourne-toi et penche-toi. »

Je ris à mon tour et nous nous arrêtâmes devant le muret.

— Alors c'est ici qu'il te donnait ta raclée !

— Pas seulement à moi, à Ian aussi. Je préférais nettement quand il était avec moi. On se faisait souvent prendre ensemble à faire des bêtises. C'était moins dur de subir la punition à deux.

— Je vois, « la douleur partagée » !

— C'était surtout que je pouvais toujours compter sur lui pour brailler comme un veau. Il faisait un tel raffut que j'avais moins honte de crier, moi aussi, quand ça faisait trop mal. J'essayais de me retenir, bien sûr, mais ce n'était pas toujours possible. Mon père n'était pas du genre à faire les choses à moitié et, quand il devait nous battre, il mettait le paquet. Quant au père de Ian, il avait le bras gros comme un tronc d'arbre.

— Mais pourquoi ton père te corrigeait-il toujours ici, en plein air ? Il aurait pu le faire dans une pièce de la maison ou dans la grange.

Jamie réfléchit un instant et haussa les épaules.

— Je n'y avais jamais songé, répondit-il. Mais finalement c'était un peu comme être le roi de France.

— Le roi de France ? m'étonnai-je.

— Oui, je ne sais pas ce que ça fait de devoir se laver, s'habiller et faire ses besoins en public, mais je peux te dire une chose : il n'y a rien de tel pour apprendre l'humilité que de devoir se déculotter devant les métayers de ton père et expliquer pourquoi tu t'apprêtes à te faire tanner le cuir.

— Je veux bien te croire ! Tu crois que ton père te corrigeait devant tout le monde parce que tu serais laird un jour ?

— Sans doute... et pour que les métayers se rendent compte que je n'étais pas au-dessus des lois.

32

Un champ de rêves

Le champ avait été labouré selon la méthode habituelle utilisée pour l'orge ou l'avoine : avec de hautes crêtes parallèles séparées par de profonds sillons où l'on s'enfonçait jusqu'aux genoux ; ce qui permettait de planter les semis sans se baisser. Cette technique ayant fait ses preuves avec les céréales, il n'y avait aucune raison d'en changer pour les pommes de terre.

— C'est écrit : « planter à flanc de colline », précisa Ian en contemplant le champ. Mais j'ai pensé que notre bon vieux système ferait aussi bien l'affaire. L'intérêt de cultiver sur une pente est d'éviter que la récolte ne soit pourrie par des eaux stagnantes au cas où il pleuvrait trop.

— Tu as bien fait, le félicita Jamie. Les plants ont l'air en bonne santé. Mais est-ce qu'il est écrit dans ton bouquin à quel moment il faut déterrer les pommes de terre ?

Chargé de planter des pommes de terre dans un pays où on n'en avait encore jamais vu, Ian avait procédé avec méthode et logique, et commandé à Édimbourg à la fois les tubercules et un livre sur le sujet. Quelque temps plus tard, il avait reçu le *Traité scientifique sur les méthodes agricoles*, de sir Walter O'Bannion, ainsi que plusieurs plants provenant d'une exploitation expérimentale irlandaise.

Ian portait le gros volume sous le bras. Jenny m'avait raconté qu'il ne se rendait jamais au champ sans lui, au cas où il lui viendrait soudain à l'esprit une question philosophique ou technique épineuse. Il sortit ses lunettes de sa besace et les chaussa. Elles avaient appartenu à son père : de vieilles besicles rondes en métal qu'il portait au bout de son nez et qui lui donnaient un air de cigogne savante. Il ouvrit son livre et lut :

— *La récolte doit avoir lieu simultanément au passage des premières oies d'hiver.*

486

Il leva le nez et scruta le ciel, semblant chercher un groupe d'oies volant en formation.

— Des oies d'hiver ? répéta Jamie en lisant par-dessus l'épaule de son beau-frère. Qu'est-ce que c'est ? Il veut peut-être parler des oies cendrées. Non, on en voit toute l'année.

Ian fit une grimace dubitative.

— Peut-être qu'en Irlande, les oies cendrées n'apparaissent qu'en hiver. Ou il s'agit peut-être d'une espèce d'oies sauvages typiquement irlandaise.

— Nous voilà bien avancés ! grommela Jamie. Il ne dit rien d'autre ?

Ian suivit les lignes du doigt, lisant à voix basse. Un groupe de paysans s'était joint à nous, fasciné par cette nouvelle méthode d'agriculture.

— *On ne déterre pas les pommes de terre quand il pleut*, nous informa Ian, ce qui suscita un autre grognement agacé de Jamie.

— Hmm... voyons voir, poursuivit Ian, réfléchissant à voix haute. *Compost de pomme de terre... parasites de la pomme de terre...* Tiens ! Nous n'avons pas eu de parasites de la pomme de terre. Je suppose qu'on peut s'estimer heureux... *plants grimpants de pomme de terre*, non, ça c'est uniquement si les feuilles flétrissent... *mildiou de la pomme de terre...* Ça, on ne peut pas le savoir tant qu'on n'aura pas vu les pommes de terre... *germes de pommes de terre, conservation des pommes de terre...*

Impatienté, Jamie se détourna, les mains sur les hanches.

— Peuh ! Je t'en foutrai, moi, de la culture scientifique ! Je suppose que ton bouquin est bien trop savant pour nous indiquer à quel moment ces saletés de tubercules seront comestibles !

Fergus, toujours sur les talons de son maître, leva le nez de la chenille qu'il était en train d'observer avec fascination.

— Pourquoi vous n'en déterrez pas une pour voir ? suggéra-t-il innocemment.

Jamie le dévisagea en ouvrant la bouche, la referma et lui donna une tape affectueuse sur la tête. Il partit chercher la fourche posée contre le muret.

Les paysans, qui avaient tous participé aux semailles et à l'entretien du champ sous la direction de Ian et les conseils avisés de sir Walter, s'agglutinèrent autour de Jamie pour voir le fruit de leur labeur.

Jamie choisit un gros plant bien fourni dans un coin du champ, plaça soigneusement sa fourche et, retenant visiblement son souffle, appuya fermement dessus avec le pied. Les dents en bois s'enfoncèrent dans la terre noire et humide.

Tous étaient figés. Il y avait beaucoup plus en jeu que la réputation de sir Walter O'Bannion, ou la mienne.

Jamie et Ian avaient déjà constaté que la récolte d'orge serait moins abondante cette année, bien que suffisante pour satisfaire les besoins des habitants de Lallybroch. Mais si l'année suivante était aussi mauvaise, les maigres réserves du domaine seraient vite épuisées. Comparée aux autres fermes des Highlands, Lallybroch était prospère, ce qui donnait une idée des maigres ressources des autres exploitations. Pendant les deux années qui allaient suivre, les habitants du domaine de Broch Tuarach dépendraient de la récolte de pommes de terre. Sa réussite ou son échec déterminerait s'ils allaient manger ou non à leur faim.

Jamie fit levier avec le manche de sa fourche et le pied de pommes de terre jaillit du sol.

Un « Ah ! » collectif s'éleva dans l'assistance à la vue de la grappe de tubercules bruns accrochée aux racines. Ian et moi nous mîmes à quatre pattes pour fouiller la terre retournée, à la recherche des pommes de terre qui s'étaient détachées du pied.

— Ça a marché ! répétait Ian, extatique. Regarde celle-là, comme elle est belle !

— Et celle-là ! renchéris-je en brandissant une chose brunâtre qui avait la taille de mes deux poings réunis.

Au bout de quelques minutes, tout le pied fut exposé dans un panier : il y avait près de dix énormes pommes de terre, vingt-cinq de la taille d'un poing et une dizaine plus petites, presque comme des balles de golf.

— À votre avis ? demanda Jamie. On attend encore un peu pour laisser le temps aux petites de se développer ? Ou on déterre le tout tout de suite, avant l'arrivée du froid ?

Ian chercha de nouveau ses lunettes, se souvint qu'il avait abandonné sir Walter sur le muret et capitula.

— Non, répondit-il. Je crois que c'est le bon moment. Le livre dit qu'on peut laisser germer les petites pour les replanter l'année suivante. Il nous en faudra beaucoup.

Il m'adressa un sourire soulagé. Sa longue mèche brune lui retombait sur le front et il avait une grande traînée de terre sur la joue.

La femme d'un métayer se pencha sur le panier et inspecta son contenu. Elle saisit une pomme de terre d'un geste hésitant et la retourna entre ses doigts.

— Vous dites que ça se mange ? demanda-t-elle d'un air sceptique. Je ne vois pas comment on va pouvoir les moudre dans le moulin à bras pour en faire de la farine ou du porridge.

— C'est que... on ne les moud pas, madame Murray, expliqua Jamie.

— Ah non ? Mais qu'est-ce qu'on en fait alors ?

— Eh bien...

Jamie s'interrompit, apparemment à court d'inspiration.

Je réprimai un sourire : il avait déjà mangé des pommes de terre en France, mais il n'avait jamais vu personne en préparer. Ian semblait aussi embarrassé que lui. Manifestement, sir Walter avait oublié d'écrire le chapitre sur la consommation de la pomme de terre.

Une fois de plus, Fergus vint à notre secours :

— On les rôtit, indiqua-t-il. On les met dans les braises de la cheminée, et on les mange avec du sel, ou du beurre s'il y en a.

— Voilà, c'est ça ! confirma Jamie, soulagé.

Il remit la pomme de terre dans la main de Mme Murray en lui déclarant, sûr de lui :

— Rôtissez-la.

— Vous pouvez aussi la faire bouillir, précisai-je. Ou l'écraser dans du lait. Ou encore la couper en morceaux et la mettre dans la soupe. C'est un légume qui offre de multiples possibilités.

— C'est exactement ce que dit le livre, murmura Ian, satisfait.

Jamie me lança un regard étonné.

— Tu ne m'avais jamais dit que tu savais cuisiner, *Sassenach* !

— Je n'appellerais pas ça « cuisiner », répondis-je. Mais je sais quand même faire bouillir des pommes de terre.

Jamie se tourna vers les métayers qui se passaient les pommes de terre de main en main et les inspectaient d'un air intrigué. Il frappa dans ses mains pour attirer leur attention.

— Ce soir, nous dînerons tous ici, près du champ. Tom et Willie, allez chercher du bois pour faire un grand feu. Madame Willie, vous permettez qu'on utilise votre grande marmite ? Quelqu'un va vous aider à la transporter jusqu'ici. Toi, Kincaid, va prévenir les autres : ce soir, festin de pommes de terre !

Ainsi, avec l'aide de Jenny, dix seaux de lait, trois poulets et quatre douzaines de gros poireaux, je présidai à la préparation d'une gigantesque soupe écossaise, agrémentée de pommes de terre cuites sous la cendre pour le laird et ses métayers.

Le soleil avait déjà sombré derrière la ligne d'horizon quand le dîner fut prêt, mais le ciel était encore clair, avec des traînées rouge et or qui apparaissaient derrière les branches sombres des pins. Lorsqu'il fallut goûter à ce nouvel élément de leur menu quotidien, les paysans marquèrent un temps d'arrêt, mais l'atmosphère festive, renforcée par un tonneau de whisky maison, eut raison des dernières réticences. Ils furent bientôt tous assis dans l'herbe, penchés sur leur écuelle coincée entre leurs genoux.

— Qu'est-ce que tu en penses, Dorcas ? demanda une femme à sa voisine. Ça a un drôle de goût, non ?

La dénommée Dorcas hocha la tête avant de répondre :

— Oui, mais le laird en a déjà mangé six et il n'est pas encore mort.

Les hommes et les enfants se montrèrent beaucoup plus enthousiastes, sans doute encouragés par les mottes de beurre présentées en accompagnement.

— Les hommes mangeraient même des crottes de cheval, si on les leur servait avec du beurre, commenta Jenny. Ah ! Un ventre bien rempli et une paillasse où dormir quand ils ont bu ; ils ne demandent rien d'autre !

— Si tu as une aussi piètre opinion des hommes, c'est un miracle que tu nous supportes, Jamie et moi, railla Ian.

Jenny agita sa louche vers son frère et son mari assis côte à côte.

— Oh, vous, vous n'êtes pas vraiment des hommes !

— Ah non ? On est quoi au juste ? s'indignèrent-ils d'une seule voix.

Jenny leur sourit. Elle donna une petite tape sur le crâne de Jamie et déposa un baiser sur celui de Ian.

— Vous, vous êtes à moi, expliqua-t-elle.

33

Tu es le gardien de ton frère

Après une première période d'observation silencieuse, Fergus était devenu partie intégrante de la maisonnée. Son anglais, qu'il avait commencé à apprendre avec nous à Paris, s'enrichissait de jour en jour, et il ne tarda pas à être nommé officiellement garçon d'écurie, aux côtés de Rabbie MacNab.

Rabbie avait un ou deux ans de moins que Fergus, mais il était presque aussi grand. Les deux enfants devinrent bientôt inséparables, sauf lorsqu'ils se chamaillaient, à savoir trois ou quatre fois par jour, ou quand ils tentaient de s'étrangler mutuellement. Un matin, alors que leurs jeux de mains avaient dégénéré, ils roulèrent dans la paille de l'étable et renversèrent deux grands pots de lait. Jamie décida d'intervenir. Il saisit les deux mécréants par la peau du cou et les traîna dans la grange. Je le vis ressortir quelques minutes plus tard en rajustant son ceinturon et j'en déduisis qu'il avait surmonté ses scrupules quant au bien-fondé du châtiment corporel. Après quoi, il partit à cheval avec Ian pour la vallée de Broch Mordha.

Quand Fergus et Rabbie émergèrent à leur tour de la grange, ils étaient considérablement calmés. Unis dans la douleur, ils étaient redevenus les meilleurs amis du monde.

Ils étaient tellement calmes, d'ailleurs, qu'on leur confia le petit Jamie, qui leur colla toute la matinée au train pendant qu'ils vaquaient à leurs occupations. En jetant un coup d'œil par la fenêtre peu avant l'heure du déjeuner, je les aperçus tous les trois en train de jouer dans la cour avec une balle en chiffon. C'était un jour frais et brumeux, et leur souffle s'élevait en petits nuages blancs tandis qu'ils couraient en poussant des cris.

— Un sacré petit costaud, ce Jamie ! commentai-je à Jenny.

Elle triait son panier à couture à la recherche d'un bouton. Elle leva le nez, suivit mon regard et sourit. Puis elle se leva et vint me rejoindre devant la fenêtre.

— C'est le portrait craché de son père, dit-elle admirative. Mais je crois qu'il sera plus carré des épaules. Il sera peut-être aussi grand que son oncle. Tu as vu ses jambes ?

Âgé de quatre ans, le petit Jamie avait encore les formes rondes et dodues des bébés ; mais il avait déjà de grandes jambes et son petit dos était large et charnu.

J'observai le bambin se précipiter sur la balle, la saisir d'un geste habile et la projeter loin au-dessus de la tête de Rabbie MacNab.

— Apparemment, ce n'est pas tout ce qu'il a hérité de son oncle, remarquai-je. Je crois qu'il va être gaucher.

— Seigneur ! gémit Jenny. J'espère que non ; mais tu as peut-être raison.

Elle suivit sa progéniture des yeux, secouant la tête d'un air résigné.

— Quand je pense à tout ce qu'on a fait subir à Jamie ! Tout le monde s'y est mis, de nos parents à l'instituteur. Mais il était têtu comme une mule et il n'y a rien eu à faire. Seul le père de Ian a pris sa défense.

À l'époque, naître gaucher était considéré au mieux comme un signe de malchance, au pire comme un symptôme de possession démoniaque. Aujourd'hui encore, Jamie écrivait avec sa main droite, mais difficilement, parce qu'il avait été battu à l'école chaque fois qu'il saisissait sa plume de la main gauche.

— Le père de Ian n'avait rien contre le fait d'être gaucher ? demandai-je, intriguée.

— Non. C'était un drôle de bonhomme, le vieux John Murray. Il disait que le Seigneur avait choisi de renforcer le bras gauche de Jamie et que ce serait un péché de le contrarier. Comme il savait très bien manier l'épée, mon père l'a écouté et a laissé apprendre à Jamie à se battre de la main gauche.

— Je croyais que c'était Dougal MacKenzie qui le lui avait appris.

Jenny hocha la tête et humecta le bout de son fil avant de l'enfiler du premier coup dans le chas de son aiguille.

— Oui, mais c'était plus tard, quand Jamie était déjà grand et qu'il est allé vivre à Leoch. C'est le père de Ian qui lui a enseigné les rudiments.

Elle sourit, fixant la chemise qu'elle était en train de raccommoder d'un air songeur.

— Je me souviens qu'un jour le vieux John a déclaré à Ian qu'il devait toujours se tenir à la droite de Jamie, afin de protéger le point faible de son chef. Les deux garçons ont pris la chose très au sérieux, et peut-être que John l'avait voulu ainsi. Après un certain temps, plus personne n'osait s'attaquer à eux, pas même les fils MacNab. Jamie et Ian étaient tous les deux assez grands, et c'étaient de sacrés bagarreurs. Quand ils se battaient dos à dos, ils étaient imprenables, même si leurs adversaires les dépassaient en nombre.

Elle se mit soudain à rire et rabattit une mèche de cheveux derrière son oreille.

— Je suis sûre qu'ils n'en sont pas conscients, mais regarde-les marcher dans les champs un jour. Tu verras que Ian est toujours à la droite de Jamie.

Elle regarda par la fenêtre, oubliant momentanément la chemise sur ses genoux, et posa une main sur son ventre.

— J'espère que ce sera un garçon, dit-elle en observant son fils dans la cour. Peu importe qu'il soit gaucher ou droitier, c'est toujours bon pour un garçon d'avoir un petit frère pour l'aider.

Elle lança un regard vers le tableau accroché au mur. Il représentait Jamie tout jeune, entre les genoux de son frère aîné. Les deux garçons avaient été immortalisés dans une pose solennelle. La main de Willie était posée dans un geste protecteur sur l'épaule de son petit frère.

— Jamie a de la chance d'avoir quelqu'un comme Ian à ses côtés, remarquai-je.

— Oui, dit-elle. Moi aussi.

Je pris une barboteuse dans le panier de raccommodage et l'inspectai. La couture de la manche était déchirée. Il faisait trop froid pour travailler dehors ; seuls les garçons qui jouaient dans la cour et les hommes qui travaillaient aux champs pouvaient supporter un temps pareil. Je poussai un soupir et me mis au travail.

— À propos de frères, dis-je soudain à Jenny. Tu voyais souvent Dougal et Colum MacKenzie quand tu étais petite ?

— Non. Je n'ai jamais vu Colum. Dougal est venu ici une ou deux fois, quand il raccompagnait Jamie pour la fête de Hogmanay [1], mais je ne peux pas vraiment dire que je le connais.

Elle interrompit sa tâche et posa sur moi un regard intrigué.

— Mais toi tu les as bien connus. Dis-moi, à quoi ressemble Colum ? J'ai souvent entendu des bruits qui couraient sur lui, mais mes parents n'en parlaient jamais.

Elle réfléchit un moment, puis rectifia :

— Non, attends. Une fois, Papa a dit quelque chose à son sujet. C'était juste après que Dougal fut reparti pour Beannachd avec Jamie. Papa était accoudé à la clôture devant la maison et je suis venue saluer mon frère. Ça me fendait toujours le cœur de le voir partir, car je ne savais jamais quand je le reverrais. Nous les regardions disparaître au loin et, tout à coup, j'ai entendu mon père grommeler : « Que Dieu vienne en aide à

---

1. La Saint-Sylvestre. *(N.d.T.)*

Dougal MacKenzie quand Colum sera mort. » Ça m'a surprise, parce que j'ai toujours entendu dire que Colum était gravement malade et que Dougal collectait les fermages, réglait les litiges et menait les hommes au combat quand c'était nécessaire.

— C'est vrai, intervins-je, mais...

J'hésitais, ne sachant pas trop comment décrire la relation étrange qui unissait les deux frères.

— Une fois, repris-je, j'ai surpris une prise de bec. J'ai entendu Colum lancer à Dougal : « S'il est vrai que les frères MacKenzie n'ont qu'un cerveau et une bite pour deux, c'est encore moi qui m'en sors le mieux ! »

Jenny éclata de rire.

— Ah, c'est donc comme ça qu'ils fonctionnent ! Je m'étais déjà posé la question une fois, en entendant Dougal s'extasier sur le fils de Colum. Il m'avait l'air un peu trop attaché à l'enfant pour un oncle.

— Décidément, Jenny, tu m'épateras toujours ! Il m'a fallu un certain temps pour le comprendre et pourtant, je les ai côtoyés chaque jour pendant des mois.

Elle haussa les épaules modestement mais ne put réprimer un sourire ironique.

— J'écoute ce que les gens disent et je devine ce qu'ils n'osent pas dire. Les bruits circulent vite dans les Highlands... Parle-moi un peu de Castle Leoch. On raconte que c'est grand, mais moins beau que Beauly ou Kilravock.

Nous discutâmes ainsi toute la matinée, à raccommoder de vieux vêtements ou à dessiner un patron pour faire une robe à Maggie.

— Il y a de l'humidité dans l'air, déclara Jenny en lançant un regard vers la fenêtre. Tu as vu la brume au-dessus du loch ce matin ? À mon avis, il ne va pas tarder à neiger.

— J'espère que non ! Ian et Jamie risquent d'avoir du mal à rentrer.

À vol d'oiseau, le village de Broch Mordha n'était qu'à une douzaine de kilomètres de Lallybroch. Mais pour y accéder, il fallait franchir plusieurs cols escarpés sur un chemin à peine tracé.

Il commença à neiger dans l'après-midi, et il neigeait encore à la nuit tombée.

— Ils seront restés à Broch Mordha, me rassura Jenny. Ne t'inquiète pas pour eux. Ils sont sûrement installés bien au chaud dans un cottage.

Ils ne rentrèrent que le lendemain soir, juste avant la nuit, leurs montures chargées de sacoches remplies de sel, d'aiguilles, d'épices et d'autres petits articles que Lallybroch ne pouvait produire. J'entendis leurs chevaux hennir quand ils entrèrent dans

494

la cour de l'écurie et dévalai l'escalier, manquant renverser Jenny au passage. Je traversai la cour à grandes enjambées, trempant mes souliers dans la neige fraîche, et me jetai dans les bras de Jamie.

— Où étais-tu passé ? le houspillai-je aussitôt.

Il prit le temps de m'embrasser avant de répondre, humant l'air qui venait des cuisines :

— Hmm, ça sent bon ! Qu'est-ce qu'il y a à dîner ? Je meurs de faim.

— Poulet-purée, répondis-je succinctement. Alors, où étiez-vous ?

Il se mit à rire, en secouant son plaid couvert de neige.

— Purée ? Ça se mange ?

— Ce sont des pommes de terre écrasées dans du lait, un plat qui n'a pas encore pénétré les profondeurs des Highlands. Maintenant, tu vas me répondre ? Jenny et moi étions mortes d'inquiétude !

— Eh bien... nous avons eu un petit accident... commença Jamie.

Il s'interrompit en voyant arriver Fergus, une lanterne à la main.

— Ah ! Merci Fergus. Tu es un bon garçon. Pose-là ici, où elle ne risque pas de mettre le feu à la paille, et emmène les chevaux dans l'écurie. Une fois que tu les auras dessellés, tu pourras aller dîner. Tu es en mesure de t'asseoir, à présent ?

Il ébouriffa affectueusement les cheveux du garçon qui lui répondit par un grand sourire. Apparemment, il ne lui gardait pas rancune pour la raclée du matin précédent.

— Jamie, insistai-je. Si tu n'arrêtes pas de parler de nourriture et de chevaux, et si tu refuses de me dire quel genre d'accident vous avez eu, tu vas recevoir un coup de pied dans le tibia. Je me ferai probablement très mal, vu que je suis en chaussons, mais ça ne m'arrêtera pas.

— Aha ! Des menaces ! dit-il en riant. Ce n'était rien de grave, *Sassenach*, juste...

— Ian !

Il fut de nouveau interrompu par Jenny, qui arrivait à son tour dans la cour, portant la petite Maggie dans ses bras. Surprise par le ton alarmé de sa voix, je me tournai vers elle pour la voir se précipiter vers son mari.

— Qu'est-ce qui t'est arrivé ? demanda-t-elle.

Manifestement, quel que soit l'accident en question, c'était Ian qui en avait subi les conséquences. Il avait un œil au beurre noir et une longue éraflure sur la joue.

— Tout va bien, *mi dhu*, dit-il. Rien que quelques bleus ici et là.

Il tapota le dos de Jenny qui l'étreignait, la petite Maggie écrasée entre eux deux.

Jamie nous fournit enfin quelques explications :

— Nous descendions une colline à pied, à quelques kilomètres du village, tirant les chevaux derrière nous parce que la pente était trop glissante. Ian a trébuché sur un trou de taupe et s'est cassé la jambe.

— Celle en bois, précisa Ian.

— C'est pourquoi on a dû rester dans un cottage voisin, le temps d'en tailler une autre, acheva Jamie. Alors, c'est bon ? On peut aller manger maintenant ?

Tout le monde s'engouffra dans la maison, où Mme Crook et moi-même servîmes le dîner, pendant que Jenny badigeonnait le visage de son époux avec de l'hamamélis, et l'assaillait de questions sur d'autres blessures éventuelles.

— Mais je te jure que ce n'est rien ! protesta-t-il.

Pourtant, en le voyant entrer dans la maison, j'avais remarqué qu'il boitait plus que d'habitude. J'échangeai quelques mots discrets avec Jenny après le dîner et, une fois la table débarrassée et le contenu des sacs rapportés par les deux hommes soigneusement trié et rangé, nous nous réunîmes tous au salon. Jenny s'agenouilla devant Ian et souleva sa jambe de bois.

— Je vais te l'enlever, indiqua-t-elle. Tu t'es blessé et je voudrais que Claire y jette un coup d'œil. Elle en saura certainement plus que moi.

L'amputation avait été pratiquée avec adresse... et une bonne dose de chance. Le chirurgien de l'armée avait pu préserver l'articulation du genou, ce qui permettait à Ian de conserver une grande mobilité de mouvement. Mais, en la circonstance, son genou représentait surtout un risque.

La chute lui avait cruellement tordu la jambe. Le moignon était tuméfié et déchiré par endroits. La rotule était déboîtée et la chair était enflée, rouge et brûlante. Il avait dû souffrir le martyre en continuant à marcher comme si de rien n'était.

Le visage habituellement détendu de Ian était aussi rouge que sa blessure. S'il s'était parfaitement bien adapté à son infirmité, je savais qu'il détestait l'impuissance dans laquelle elle le mettait parfois. Sa gêne d'être ainsi exhibé devait être encore plus douloureuse que la pression de mes doigts.

— Tu t'es déchiré un ligament, lui annonçai-je. Il est encore trop tôt pour dire si c'est grave ou non. Il y a un épanchement de liquide dans l'articulation, ce qui explique qu'elle soit aussi enflée.

— Tu peux faire quelque chose, *Sassenach* ? demanda Jamie, inquiet.

— Pas grand-chose, hélas, sinon mettre des compresses froides pour réduire l'enflure. Quant à toi, dis-je à Ian, il y a quelque chose que tu peux faire : rester au lit. Tu pourras boire un peu de whisky demain pour atténuer la douleur, mais pour ce soir, je vais te préparer du laudanum pour te faire dormir. Il faut que tu te reposes au moins une semaine.

— C'est impossible ! glapit Ian. Il faut réparer le mur de l'étable et deux des digues du champ d'orge, sans parler des lames de la charrue qu'il faut aiguiser et...

— ... et de ta jambe qu'il faut soigner, coupa Jamie.

Il adressa à Ian ce que j'appelais secrètement son « regard de laird » : un regard bleu acier qui faisait aussitôt bondir sur pied ceux sur qui il se posait, prêts à obéir à ses moindres désirs. Mais Ian, qui avait partagé avec Jamie ses repas, ses jouets, ses expéditions de chasse, ses bagarres et ses punitions, y était nettement moins sensible que la plupart des gens.

— Vous m'emmerdez ! lâcha-t-il platement.

Son regard brun soutint celui de Jamie. Il exprimait la douleur, la colère, la rancœur, et quelque chose d'autre que je ne déchiffrai pas.

— Je n'ai pas d'ordre à recevoir de toi, aboya-t-il.

Jamie devint cramoisi et s'accroupit devant son ami.

— Je ne veux pas te donner d'ordre. Mais est-ce que j'ai le droit de te demander de veiller sur ta santé ?

Un long silence suivit, lourd d'un sens qui m'échappait. Les épaules de Ian s'affaissèrent enfin et son visage se détendit. Il esquissa un sourire narquois.

— Tu peux toujours demander, répliqua-t-il en tendant une main vers Jamie. Mais commence par m'aider à me relever.

Nous dûmes nous y mettre à plusieurs pour l'aider à monter les deux étages jusqu'à sa chambre. Sur le seuil de la porte, Jamie confia Ian à Jenny. Juste avant de le quitter, Ian glissa quelques mots en gaélique à son beau-frère. Je crus comprendre « Bonne nuit, mon frère ».

Jamie marqua une pause et sourit. La flamme de la bougie projetait dans ses yeux une lueur chaleureuse.

— Toi aussi, *mo brathair*.

Je suivis Jamie dans notre chambre. À sa démarche lourde, je devinais qu'il était épuisé, mais j'avais quelques questions à lui poser avant de le laisser dormir. *Juste quelques bleus ici et là*, avait déclaré Ian pour rassurer Jenny. Mais, outre les marques sur sa jambe et son visage, j'avais vu des traces violacées à moitié cachées par son col de chemise. Je doutais fort que la taupe, dérangée par l'intrusion inopinée de Ian dans ses galeries, lui ait sauté au cou pour l'étrangler !

À vrai dire, bien que fatigué, Jamie était plutôt d'humeur câline.

— Je vois que je t'ai manqué ! dis-je en me dégageant un instant pour respirer.

Le lit, qui m'avait paru si grand la nuit précédente, semblait à présent pouvoir à peine nous contenir.

— Mmm ? Oui, *mo duinne*. Surtout ne t'arrête pas.

Je repris le massage de ses paumes, raidies par des heures de chevauchée sous la neige et les rênes glacées. La maison était silencieuse et tranquille ; tous les bruits extérieurs étaient étouffés par l'épais manteau blanc qui recouvrait la campagne.

— Jamie, dis-je après un temps. Qui s'est battu avec Ian ?

Il n'ouvrit pas les yeux mais poussa un long soupir résigné.

— C'est moi.

— Quoi ?

Stupéfaite, je lâchai sa main. J'avais bien senti une tension entre les deux hommes, même si ce n'était pas vraiment de l'hostilité. Je ne comprenais pas ce qui avait pu inciter Jamie à s'en prendre à son ami de toujours. Il lui était presque aussi proche que sa sœur.

Jamie rouvrit les yeux et me regarda d'un air embarrassé en se frottant les mains. Hormis quelques ecchymoses au niveau des jointures des doigts, il ne portait aucune marque. Manifestement, Ian ne lui avait pas rendu ses coups.

— C'est que... Ian est marié depuis tellement longtemps... commença-t-il sur un ton défensif.

Ian avait effectivement cassé sa jambe de bois dans une taupinière. Cela s'était passé la veille au soir près de Broch Mordha. Malgré les protestations de Ian qui soutenait pouvoir monter à cheval, Jamie l'avait conduit jusqu'à un cottage voisin pour y passer la nuit. L'hospitalité traditionnelle des Highlanders leur avait valu un bon dîner chaud et un lit qu'ils durent partager.

— On était un peu serrés. On ne tenait dans le lit que couchés en chien de fusil, l'un contre l'autre. J'étais tellement fatigué que je me suis endormi aussitôt, et je suppose que Ian aussi. Cela fait cinq ans qu'il dort toutes les nuits avec Jenny et ils ont l'habitude de dormir blottis l'un contre l'autre pour se tenir chaud. Enfin... au beau milieu de la nuit, profondément endormi, il a passé un bras autour de ma taille et m'a embrassé dans le cou. Je me suis réveillé en sursaut en croyant que c'était Jack Randall.

J'avais retenu mon souffle depuis le début de son récit. Je commençais enfin à respirer.

— J'imagine le choc que ça a dû être !

— Oui, rétorqua-t-il, surtout pour Ian. Je me suis retourné et lui ai envoyé mon poing en pleine figure. Le temps que je reprenne mes esprits, j'étais assis à califourchon sur lui, en train de l'étrangler. Il était déjà tout bleu, la langue dehors. Ça a été un choc aussi pour nos hôtes, les Murray, qui en sont tombés du lit. Je leur ai dit que j'avais fait un cauchemar. Tu vois un peu la scène : en entendant le vacarme, les marmots se sont réveillés et se sont mis à brailler, tandis que Ian suffoquait dans son coin et que Mme Murray criait, assise dans son lit.

Je me mis à rire malgré moi.

— Seigneur ! Et comment tout ça s'est-il terminé ? demandai-je.

— Tout le monde a fini par se rendormir, et moi je suis resté au coin du feu toute la nuit, à fixer les poutres du plafond.

Il se laissa faire quand je repris sa main et continuai doucement mon massage.

— Le lendemain, continua Jamie, nous sommes repartis sans échanger un mot. J'ai attendu qu'on arrive dans un endroit tranquille d'où on voyait toute la vallée et puis... je lui ai tout raconté, à propos de Jack Randall et de ce qui s'était passé.

Je comprenais à présent l'ambiguïté du regard qu'ils avaient échangé plus tôt dans la soirée. Je comprenais également les traits tirés et les cernes sous les yeux de Jamie. Ne sachant que dire, je serrai ses mains dans les miennes.

— Je n'en avais jamais parlé à personne d'autre que toi. Mais Ian... il est comme un frère pour moi. Je le connais depuis toujours. Quand j'étais enfant, il était toujours avec moi. Il ne se passait pas un jour sans que nous soyons ensemble. Même plus tard, quand je suis parti chez Dougal et Colum, puis à Paris et à l'université, chaque fois que je revenais à la maison, il était là, il m'attendait. Il... représente cette partie de moi qui est enracinée ici, qui n'est jamais partie. J'ai pensé que je devais le lui dire. Je ne voulais pas que cela nous sépare, que cela me sépare de ma terre, tu comprends ?

— Oui, je crois. Mais Ian, il l'a compris, lui ?

— C'est difficile à dire. Au début, quand j'ai commencé à lui raconter, il se contentait de secouer la tête d'un air incrédule, mais quand il a vraiment compris ce qui s'était passé, j'ai senti qu'il avait envie de bondir et de faire les cent pas, n'eût été sa jambe de bois. Il serrait les poings et il était livide. Il répétait sans cesse : « Mais comment, Jamie ? Comment as-tu pu le laisser te faire une chose pareille ! » Je ne sais plus ce que je lui ai répondu, ni ce qu'il m'a dit ensuite. Ce que je sais, c'est que le ton a monté. J'avais envie de lui foutre mon poing sur la figure, mais je ne pouvais pas, à cause de sa jambe. Je savais qu'il ressentait la même envie mais qu'il ne pouvait pas non plus, toujours à cause de sa jambe.

Il se mit à rire.

— Nous devions avoir l'air de deux cinglés, à agiter les bras et à nous crier dessus à tue-tête. Mais c'est moi qui ai eu le dessus. J'ai crié plus fort que lui. Il a fini par se taire et écouter la fin de mon histoire. Tout à coup, je n'ai pas pu continuer. J'ai compris que ça ne servait à rien. Je me suis assis sur une pierre et j'ai posé mon front sur mes genoux. Au bout d'un certain temps, Ian a déclaré qu'on ferait mieux de repartir. Je l'ai aidé à se remettre en selle et on a repris la route, sans échanger un mot. On a chevauché longtemps, et j'ai entendu un petit bruit derrière moi. Je me suis retourné et j'ai vu qu'il pleurait. Il a surpris mon regard et a d'abord pris un air furieux. Il s'est ravisé et m'a tendu la main. Il m'a serré si fort que j'ai cru qu'il allait m'écraser les os. Après quoi, il m'a lâché et on est rentrés à la maison.

Je sentis la tension se relâcher en lui.

— Tout va bien maintenant ? demandai-je.

— Oui, je crois.

Il se détendit complètement et s'enfonça avec délice sous l'édredon. Je me glissai contre lui et observai la neige tomber doucement derrière la fenêtre.

— Je suis contente que tu sois rentré, murmurai-je.

Je me réveillai le lendemain matin dans la même lumière grisâtre. Jamie, déjà habillé, se tenait près de la fenêtre. Me voyant sortir la tête de sous les draps, il sourit comme un enfant.

— Ah, tu es réveillée, *Sassenach* ? Regarde, je t'ai apporté un petit cadeau.

Il enfouit sa main dans son *sporran* et en sortit plusieurs pièces de cuivre, quelques cailloux, un bout de bâton entouré d'un fil pour la pêche, une lettre froissée et un enchevêtrement de rubans de couleur.

— Des rubans pour les cheveux ? m'étonnai-je. Comme c'est gentil ! Ils sont ravissants !

— Non, ceux-là ne sont pas pour toi. C'est pour la petite Maggie.

Il tenta de dégager les rubans pris autour de la patte de taupe qu'il portait toujours sur lui pour éloigner les rhumatismes. Fronçant les sourcils, il examina d'un œil critique un des cailloux dans sa paume, le porta à ses lèvres et le lécha.

— Non, pas celui-là, marmonna-t-il.

— Mais qu'est-ce que tu fabriques, Jamie ?

Il ne me répondit pas et sortit une nouvelle poignée de cailloux. Il les renifla un à un, jusqu'à un nodule qui parut lui conve-

500

nir. Il lui donna un coup de langue pour s'en assurer et le laissa tomber dans le creux de ma main d'un air satisfait.

— De l'ambre, expliqua-t-il enfin.

Je tournai le petit caillou aux contours irréguliers entre mes doigts. Il était chaud au toucher et je refermai inconsciemment ma main dessus.

— Naturellement, il faut encore le polir, précisa-t-il. Mais j'ai pensé que ça pourrait te faire un joli pendentif.

Il rougit légèrement avant d'ajouter d'un air gêné :

— C'est... un cadeau pour notre premier anniversaire de mariage. Quand je l'ai vu, ça m'a fait penser au morceau d'ambre que Hugh Munro t'avait offert, après nos noces.

— Je l'ai encore.

Je caressais doucement le petit morceau de résine fossilisée. Celui que m'avait donné Munro était poli d'un côté et l'on apercevait une petite libellule prise dans la matrice, suspendue en plein vol pour l'éternité. Je le conservais dans mon coffret de remèdes comme le plus puissant de mes talismans.

Nous étions en décembre et nous nous étions mariés en juin. Mais, le jour de notre premier anniversaire de mariage, Jamie était enfermé à la Bastille et j'étais dans les bras du roi de France. Il n'y avait pas vraiment eu de quoi se réjouir...

— Nous sommes presque à Hogmanay, dit-il en regardant par la fenêtre.

Dehors, les champs de Lallybroch étaient couverts de neige.

— C'est la saison idéale pour les commencements, tu ne trouves pas ?

— Si, répondis-je.

Je m'extirpai du lit et vins le rejoindre devant la fenêtre. Je l'enlaçai et nous restâmes un long moment sans parler. Je tenais toujours le petit morceau d'ambre et je baissai les yeux vers les autres cailloux jaunâtres qu'il avait laissés sur la table.

— Qu'est-ce que c'est ? demandai-je.

— Ah, ça ? Ce sont des bonbons au miel, *Sassenach*.

Il en saisit un et le frotta contre son kilt.

— Ils ont pris un peu la poussière dans mon *sporran*. C'est Mme Gibson qui me les a donnés. Ils sont délicieux. Il paraît que c'est bon pour la fécondité.

Il m'en tendit un avec un sourire enjôleur.

— Tu en veux ?

34

Le facteur sonne toujours deux fois

J'ignorais si Ian avait rapporté à Jenny le récit de Jamie. Elle continua à se comporter avec son frère comme elle l'avait toujours fait : directe et acerbe, avec une pointe d'ironie taquine. Mais je la connaissais suffisamment pour savoir qu'elle avait un talent hors du commun pour tirer au clair les situations les plus complexes. Elle faisait preuve d'une grande lucidité, sans rien laisser paraître de ses propres sentiments.

Au fil des mois, nous nous installâmes dans la routine. Les premiers temps, nous ne cessâmes de nous chercher, Ian, Jenny, Jamie et moi-même, avant de nous fondre dans un moule solide, basé sur l'amitié et enraciné dans le travail. Le respect mutuel et la confiance étaient une nécessité : il y avait tout simplement trop à faire.

À mesure que la grossesse de Jenny avançait, je pris en charge un nombre croissant de ses tâches ménagères et elle me délégua de plus en plus souvent ses responsabilités. Je ne voulais surtout pas usurper sa place ; elle était le pilier de la maisonnée depuis la mort de sa mère et c'était toujours à elle que s'adressaient les domestiques et les métayers. Ces derniers s'étaient cependant habitués à ma présence et ils me traitaient avec un respect qui tenait presque de la soumission ; seuls, quelques-uns gardaient en ma présence une attitude craintive.

Le printemps fut marqué par le début de la culture intensive de la pomme de terre. Plus de la moitié des champs disponibles lui furent consacrés ; une décision prise en quelques semaines, après qu'une tempête de grêle eut aplati les jeunes pousses d'orge. Les plants de pomme de terre, qui s'étalaient à ras de terre, avaient survécu.

Le second événement du printemps fut la naissance de Katherine-Mary, la seconde fille de Jenny et de Ian. Elle s'annonça avec une brusquerie qui prit tout le monde de court, y compris sa mère. Un matin, Jenny se plaignit de douleurs dans le dos et monta s'allonger. Peu de temps après, Jamie courait chercher Mme Martins, la sage-femme. Ils étaient arrivés juste à temps pour prendre part au pot d'honneur, sous les cris stridents de la nouvelle venue qui résonnaient dans la maison.

Les saisons se succédaient, la nature se couvrait de fleurs et de bourgeons, et moi je m'épanouissais et soignais mes dernières plaies grâce au baume de l'amour et du travail.

Les lettres nous parvenaient de manière irrégulière. Le courrier passait tantôt une fois par semaine, tantôt tous les deux ou trois mois. Compte tenu des distances et des mauvaises routes que les messagers devaient parcourir, je m'étonnais toujours qu'ils arrivent jusqu'à nous.

Ce jour-là, toutefois, il y avait une épaisse liasse de lettres et un paquet de livres, le tout emballé dans une feuille de papier huilé et entouré de ficelle. Envoyant le facteur se restaurer aux cuisines, Jenny dénoua soigneusement la ficelle et la glissa dans sa poche. Elle parcourut rapidement les enveloppes et mit de côté un paquet alléchant qui venait de Paris.

— Une lettre pour Ian... ce doit être la facture des semis. Ah ! une autre de tante Jocasta. Dieu soit loué, nous n'avions aucune nouvelle depuis des mois ! Je craignais qu'elle ne soit souffrante, mais je vois que son écriture est toujours assurée et précise...

Elle laissa tomber la lettre sur la pile, suivie d'une autre envoyée par une des filles de Jocasta. Il y en avait une envoyée d'Édimbourg, une pour Jamie de la part de Jared — je reconnus son écriture en pattes de mouche — et une autre dans une enveloppe crème, frappée du sceau des Stuarts. Probablement les éternelles lamentations de Charles-Édouard sur l'austérité de sa vie parisienne et les tortures que lui faisait endurer sa maîtresse. Au moins, celle-ci semblait courte. Généralement, il noircissait plusieurs pages, et livrait son cœur brisé à son « cher James » dans un idiome quadrilingue à l'orthographe hésitante qui prouvait au moins qu'il ne faisait pas rédiger son courrier personnel par son secrétaire.

— Oh, trois romans français et un livre de poésie ! s'extasia Jenny en ouvrant enfin le paquet de Paris. Par lequel allons-nous commencer ?

Elle souleva la petite pile de volumes reliés en cuir et la serra contre elle d'un air radieux. Jenny aimait les livres presque autant que son frère les chevaux. Le manoir avait une petite bibliothèque et, chaque soir, elle nous lisait des passages à voix haute.

— Ça vous donne de quoi méditer pendant que vous vaquez à vos occupations, prétendait-elle.

Le soir, il m'arrivait parfois de la trouver chancelante de fatigue, à peine capable de garder les yeux ouverts. Mais j'avais beau insister pour qu'elle monte se coucher au lieu de nous faire la lecture, elle répondait invariablement en bâillant :

— Même quand je suis épuisée au point de pouvoir à peine distinguer les mots sur la page, ils me reviennent en pensée le lendemain, pendant que je baratte le beurre, que je tisse ou que je carde la laine.

Je souris en pensant à la salle de cardage. Nous devions être la seule ferme des Highlands où les femmes travaillaient la laine, non seulement au rythme des chants traditionnels mais également à celui des vers de Molière et de Piron.

L'atelier de cardage était une petite pièce rectangulaire où les femmes s'asseyaient face à face, pieds nus et jupes retroussées. Elles prenaient appui sur le mur et piétinaient vaillamment le boudin de fibres trempées qui allait se métamorphoser en de longs écheveaux de laine feutrée.

De temps en temps, une des femmes sortait chercher une bouilloire d'urine fumante qui mijotait sur le feu et en arrosait la laine. Les autres levaient les jambes pour éviter les éclaboussures et échangeaient des plaisanteries salaces.

— La pisse chaude aide à fixer la teinture, m'avait expliqué une des cardeuses en me voyant tousser, les yeux larmoyants.

Les autres femmes m'avaient observée du coin de l'œil, pensant que j'allais battre en retraite. Mais j'en avais vu bien d'autres, à l'hôpital militaire en 1944 et à l'hôpital des Anges en 1744. Les temps changent, mais les petites réalités de la vie demeurent. L'odeur mise à part, l'atelier de cardage était un endroit chaud et douillet où les femmes de Lallybroch papotaient, riaient et chantaient en travaillant, et je m'y plaisais bien.

Je fus extirpée de mes pensées par un bruit de bottes et un courant d'air frais qui annonçaient l'arrivée imminente de Jamie et de Ian. Ils discutaient en gaélique, sur le ton nonchalant et monotone qui indiquait qu'ils parlaient agriculture.

— Il va falloir rebâtir les canaux d'irrigation l'année prochaine, annonça Jamie en passant la porte.

Jenny reposa le courrier sur la table et vola vers eux en saisissant au passage des serviettes propres sur la commode.

— Essuyez-vous donc au lieu de dégouliner sur le tapis ! gémit-elle. Et enlevez-moi ces bottes crottées ! Ian, le courrier est arrivé. Il y a une lettre pour toi de cet homme, à Perth, celui à qui tu as écrit au sujet des plants de pomme de terre.

— Ah oui ? J'arrive. Dis, il n'y a rien à manger ? répondit Ian en s'essuyant la tête. J'ai une faim de loup et j'entends d'ici le ventre de Jamie.

Jamie s'ébroua comme un chien mouillé, ce qui déclencha

une pluie d'invectives de la part de sa sœur. Je lui passai une serviette autour du cou.

— Allez vous sécher au coin du feu, conseillai-je. Je vais vous chercher quelque chose à manger.

J'étais dans la cuisine quand je l'entendis crier. C'était un cri comme je n'en avais jamais entendu, qui exprimait la surprise et l'effroi, mêlés à un sentiment de fatalité. Je courus comme une folle dans le salon, en étreignant mon assiette de galettes d'avoine.

Il se tenait devant la table, le visage blême.

— Que se passe-t-il ? m'écriai-je.

Avec un effort visible, il prit une des lettres sur la table et me la tendit.

Je posai mon assiette et parcourus la lettre rapidement. C'était celle de Jared.

Mon cher cousin... suis enchanté... les mots me manquent pour exprimer mon admiration... ton courage et ton audace seront une inspiration pour nous tous... Votre entreprise ne peut échouer... mes prières vous accompagnent.

Je relevai la tête, abasourdie.

— Jamie, de quoi veut-il parler ? Qu'as-tu fait ?

— Ce n'est pas ce que *j'ai* fait, *Sassenach* !

Il me tendit une autre missive : un message très court imprimé sur du papier bon marché qui portait la couronne des Stuarts. Le message était bref et officiel.

Il stipulait qu'au nom de Dieu tout-puissant, Sa Majesté Jacques VIII d'Écosse, Jacques III d'Angleterre et d'Irlande affirmait son plein pouvoir sur le trône des trois royaumes. Il faisait état par la présente de l'appui des chefs de clan highlanders, des lords jacobites et « divers loyaux sujets de Sa Majesté le roi Jacques » qui avaient souscrit l'accord d'alliance, comme on pouvait le constater grâce aux signatures qui suivaient.

Au bas de la page figuraient les noms des chefs écossais qui avaient juré de servir le Prétendant et remis leur vie et leur réputation entre les mains de Charles-Édouard Stuart. Il y avait Clanranald, Glengarry, Stewart d'Appin, Alexander MacDonald, de Keppoch, Angus MacDonald, de Scotus.

Le dernier nom de la liste était James Alexander Malcom Mackenzie Fraser, de Broch Tuarach.

— Le salaud ! explosai-je. Il a signé à ta place !

Jamie, toujours livide, commençait tout juste à se remettre de son émotion.

Sa main chercha à tâtons la dernière lettre restée fermée sur la table : un épais vélin cacheté du sceau de Charles-Édouard

Stuart. Il déchira l'enveloppe d'un geste impatient, la lut rapidement et la laissa retomber comme si elle lui brûlait les doigts.

— Son Altesse s'excuse, résuma-t-il sur un ton amer. Elle n'a pas eu le temps de m'envoyer le document pour que je le signe moi-même. Elle me remercie d'avance pour mon soutien loyal. Bon sang ! Claire, qu'est-ce que je vais faire ?

C'était un cri du cœur pour lequel je n'avais aucune réponse. Je le regardai, impuissante, se laisser tomber sur une chaise et rester prostré, le regard rivé sur le feu.

Jenny, d'abord clouée sur place, s'approcha de la table. Elle lut attentivement les lettres à voix basse, les reposa et les contempla longuement. Enfin, elle s'approcha de son frère et posa une main sur son épaule.

— Jamie, dit-elle gravement. Il n'y a pas trente-six solutions. Tu dois aider Charles-Édouard Stuart à remporter la victoire.

Ses paroles pénétrèrent lentement le nuage de rage et d'indignation qui m'enveloppait et je sus qu'elle avait raison. La publication de cet accord d'alliance faisait de tous ceux qui l'avaient signé des rebelles et des traîtres à la Couronne anglaise. Désormais, peu importait comment Charles-Édouard s'était débrouillé pour obtenir les fonds nécessaires à sa campagne : il était bel et bien sur le pied de guerre. Que cela nous plaise ou non, Jamie et moi étions bon gré mal gré embarqués avec lui. Comme l'avait dit Jenny, nous n'avions guère le choix.

Je lançai un regard vers la lettre ouverte sur la table :

... Bien que beaucoup prétendent que c'est folie de me lancer dans une telle entreprise sans le soutien de Louis, ou du moins de ses banques, je n'ai nullement l'intention de retourner à Rome. Réjouis-toi pour moi, mon cher ami, car je rentre enfin chez moi.

35

Le clair de lune

Les préparatifs du départ soulevèrent un vent d'excitation et de spéculations dans tout le domaine. Les armes cachées depuis le soulèvement de 1715[1] furent sorties des toits de chaume, des greniers à foin et de sous les planchers. Les hommes ne cessaient de se rassembler et de discuter en petits groupes. Les femmes les observaient en silence.

Jenny partageait avec son frère le don de ne jamais rien montrer de ce qu'elle pensait. Moi-même, qui étais plus transparente qu'une vitre, je lui enviais cette faculté. Aussi, lorsqu'elle me demanda de lui amener Jamie à la brasserie, je n'avais pas la moindre idée de ce qu'elle voulait.

Jamie entra derrière moi et s'arrêta un moment, le temps de s'accommoder à la pénombre. Il inhala le parfum amer qui flottait dans la pièce avec un plaisir évident.

— Ah ! fit-il. On pourrait s'enivrer rien qu'à respirer l'air qui est ici.

— Alors, retiens ton souffle, lui conseilla sa sœur, parce que j'ai besoin que tu sois sobre pour entendre ce que j'ai à te dire.

Jamie rentra docilement le ventre et gonfla ses joues comme un plongeur en apnée. Jenny se mit à rire et lui donna un petit coup dans le ventre avec le manche de sa louche.

— Espèce de pitre ! Il faut que je te parle de Ian.

Jamie tira un seau vide près de lui, le retourna et s'assit.

— Je t'écoute.

Ce fut au tour de Jenny de prendre une grande inspiration. La cuve de fermentation placée devant elle dégageait une forte odeur d'orge et d'alcool.

— Je veux que tu emmènes Ian avec toi, annonça-t-elle.

---

1. Référence à la tentative de soulèvement organisée au bénéfice de Jacques III Stuart, père de Charles-Édouard. *(N.d.T.)*

Jamie prit un air ahuri, mais ne répondit pas tout de suite. Jenny fixait le liquide qui tournoyait lentement sous ses yeux. Il la dévisagea longuement, laissant ses grandes mains pendre entre ses cuisses.

— Tu en as assez de ton mari, c'est ça ? dit-il enfin. Dans ce cas, je peux aussi l'emmener dans le bois et lui tirer une balle dans la tête, ce serait plus simple.

Jenny ne goûta pas la plaisanterie.

— Si je veux faire abattre quelqu'un, Jamie Fraser, je m'en chargerai moi-même. Et Ian ne sera pas le premier sur ma liste.

— Alors pourquoi ?

— Parce que je te le demande.

— Tu sais que c'est très dangereux.

— Oui.

Jamie poussa un long soupir, les yeux rivés sur ses mains.

— Tu crois le savoir, mais tu n'en sais rien, dit-il sèchement.

— Je le sais, crois-moi, Jamie.

Il releva la tête. Il faisait de son mieux pour rester calme, mais son énervement était manifeste.

— Tu crois le savoir parce que Ian t'a raconté ses combats en France. Mais tu n'imagines pas ce que c'est réellement, Jenny. Il ne s'agit pas de voler du bétail, c'est la guerre, *mo cridh*. Et une guerre qui risque fort de virer à la boucherie. C'est...

La louche en cuivre percuta le bord de la cuve avec un bruit sourd qui fit trembler les parois en bois. Jenny se retourna vers lui, écumant de rage.

— Ne me dis pas ce que je sais ou ne sais pas ! Tu me prends pour une idiote ? Qui a soigné Ian quand il est rentré avec une jambe en moins et une fièvre qui a bien failli l'emporter ?

Elle donna un violent coup de pied dans le banc en bois. Ses nerfs tendus avaient fini par lâcher.

— Ah, je ne sais pas ! Je ne sais pas ! répéta-t-elle. Figure-toi que c'est moi qui ai ôté un à un les vers qui infestaient sa chair à vif, parce que sa mère n'avait pas le courage de le faire ! C'est moi qui ai tenu le couteau pour cautériser son moignon ! C'est moi qui ai senti sa peau grésiller comme celle d'un cochon rôti et qui l'ai entendu hurler ! Alors ne viens pas me dire ce... ce que je sais ! Bon Dieu !

De grosses larmes coulaient le long de ses joues. Elle les essuya d'un revers de manche.

Les mâchoires serrées, Jamie se leva et lui tendit son mouchoir. Il la connaissait trop pour se risquer à la prendre dans ses bras pour la réconforter. Il se tint immobile devant elle, pendant qu'elle essuyait ses joues et son nez.

— D'accord, d'accord, bougonna-t-il. Je retire ce que j'ai dit.

Tu sais ce dont tu parles. Et pourtant tu veux l'envoyer à la guerre ?

— Oui.

Elle se moucha et rangea le mouchoir dans sa poche.

— Il sait très bien qu'il est handicapé, Jamie. Il ne le sait que trop. Mais avec toi, il pourrait se débrouiller. Il partirait avec son cheval, il n'aurait pas besoin de marcher.

Jamie balaya l'air devant lui d'une main impatiente.

— La question n'est pas là. Un homme est toujours capable de faire ce qu'il croit devoir faire. Mais pourquoi tiens-tu tant à ce qu'il aille se faire tuer ?

Jenny ramassa sa louche tombée dans la poussière et la nettoya avec un pan de son tablier.

— Il ne t'en a pas parlé ? demanda-t-elle. Il ne t'a pas demandé si tu avais besoin de lui ?

— Non.

Elle replongea sa louche dans la cuve et recommença à touiller.

— Il croit que tu ne veux pas de lui parce qu'il est infirme et qu'il ne te servirait à rien.

Elle releva la tête et regarda son frère dans les yeux.

— Tu l'as connu avant son accident, Jamie. Aujourd'hui, il est différent.

Il hocha la tête, en se rasseyant sur son seau.

— Certes, et alors ? Il m'a l'air heureux.

Il sourit à sa sœur avant de préciser :

— Il est heureux avec toi, Jenny. Toi et les enfants.

— Je sais. Mais c'est parce que je l'ai toujours considéré comme un homme entier. Pour moi, il le sera toujours. Mais s'il se met à penser qu'il est incapable de te servir, il se verra lui-même comme un infirme. C'est pourquoi tu dois l'emmener avec toi.

Jamie entrecroisa ses doigts, les coudes posés sur les genoux.

— Ce ne sera pas comme en France. Là-bas, c'était une guerre comme une autre. Le pire qui pouvait nous arriver, c'était de mourir les armes à la main. Mais ici...

Il hésita avant de poursuivre :

— ... il s'agit de haute trahison. Si nous perdons la guerre, ceux qui ont suivi les Stuarts seront déshonorés et pendus.

Elle lui tournait le dos sans répondre et poursuivait sa tâche.

— Jenny, moi je n'ai pas le choix. Je dois y aller. Mais es-tu prête à risquer de nous perdre tous les deux ? Es-tu prête à voir Ian monter sur la potence ? Tu veux courir le risque de devoir élever tes enfants sans leur père, rien que pour sauver sa fierté ?

Les coups de louche s'étaient faits moins vigoureux, mais sa voix était assurée et claire :

— J'aurai un homme entier, répondit-elle, ou personne.

Jamie resta silencieux un long moment, observant sa sœur penchée sur la cuve.

— D'accord, dit-il doucement.

Elle ne broncha pas. Son visage grave demeurait impassible. Jamie se leva et se tourna vers moi.

— Viens, *Sassenach*. Bon sang, je crois bien que je suis soûl !

— De quel droit me donnes-tu des ordres ? s'écria Ian.

Il bouillonnait de fureur. Jenny, inquiète, serra discrètement ma main sur le canapé.

Lorsque Jamie lui avait suggéré de l'accompagner, Ian avait d'abord réagi avec incrédulité, puis avec méfiance, et enfin, devant l'insistance de son beau-frère, avec colère.

— Tu as perdu la tête ! disait-il. Tu sais très bien que je ne suis pas en mesure de combattre.

— Tu es un très bon guerrier, le contredit Jamie. Je ne connais personne que j'aimerais davantage avoir à mes côtés. Tu m'as toujours secondé et à présent tu voudrais me laisser tomber ?

Il semblait sûr de lui. Maintenant qu'il avait accédé à la requête de sa sœur, je savais qu'il irait jusqu'au bout. Mais Ian n'était pas du genre à se laisser amadouer par la flatterie.

— Si je perds ma jambe pendant la bataille, je ne vois pas en quoi je pourrai t'être utile ! Je serai cloué au sol, à attendre que le premier Anglais venu m'embroche comme un gros ver de terre au bout de son épée. Et qui va s'occuper du domaine en attendant ton retour ?

— Jenny, rétorqua promptement Jamie. Je laisserai suffisamment d'hommes à Lallybroch pour se charger du travail des champs. Elle peut très bien s'occuper de la trésorerie.

Ian manqua de s'étrangler.

— *Pog ma mahon !* jura-t-il en gaélique. Tu veux que je la laisse toute seule ici à gérer tout le domaine avec trois marmots sur les bras et la moitié de nos effectifs absents ! Tu as perdu la tête ?

Jenny, assise à côté de moi, la petite Katherine sur les genoux, voulut intervenir, puis se ravisa.

— De quel droit me donnes-tu des ordres ? répéta Ian.

Jamie dévisagea un moment son beau-frère avant de répondre. Il eut un léger sourire.

— Parce que je suis plus grand que toi, lâcha-t-il.

Pris de court, Ian marqua un temps d'arrêt. Il sourit à son tour et rétorqua sur le même ton :

— Peut-être, mais c'est moi le plus vieux.

— Oui, mais je suis le plus fort.

— Ça m'étonnerait !

— Puisque je te le dis !

— Je voudrais bien voir ça !

Malgré le ton de plaisanterie, ils étaient on ne peut plus sérieux. Ils se dévisageaient d'un regard intense qui reflétait à la fois l'amitié et la compétition qui les unissaient depuis l'enfance. Jamie balaya la table d'échecs du plat de la main et retroussa sa manche.

— Prouve-le ! le défia-t-il.

Il s'assit en posant un coude fléchi sur la table, la main ouverte. Ian prit une demi-seconde pour évaluer la situation et hocha la tête. Sans quitter son beau-frère des yeux, il releva lentement sa manche à son tour d'un geste calme et méthodique et prit place devant Jamie.

De la place où j'étais assise, je pouvais voir le visage de Ian, légèrement rouge sous son teint hâlé, son long menton étroit pointé avec détermination.

Les deux hommes calèrent confortablement leur coude sur la table pour éviter qu'il ne ripe sur la surface vernie et plaquèrent leur paume l'une contre l'autre.

— Prêt ? demanda Jamie.

— Prêt.

Le regard de Jenny croise le mien et elle leva les yeux au ciel. Elle s'était attendue à tout de la part de son frère, sauf à un bras de fer !

Les deux hommes avaient le regard rivé sur le nœud étroit formé par leurs doigts, le visage rougi par l'effort, les tempes moites. Soudain, je vis le regard de Jamie vaciller et remonter jusqu'aux lèvres serrées de Ian. Celui-ci le sentit et leva les yeux à son tour. Les deux hommes se regardèrent d'un air étonné, avant d'éclater de rire.

— D'accord, égalité ! déclara Jamie en lâchant la main de son ami. Même si j'avais le droit de te donner des ordres, je ne le ferais pas. Mais je peux toujours te demander un service, non ? Viendras-tu avec moi ?

Ian épongea son front et sa nuque ruisselants de sueur. Son regard balaya la pièce, s'arrêta sur sa femme et sa fille. Jenny resta de marbre, mais je devinais que son cœur battait plus vite.

Ian se gratta le menton d'un air songeur et se tourna vers Jamie.

— Non, mon frère. C'est ici que tu as le plus besoin de moi et c'est ici que je resterai. Je protégerai ton flanc le plus vulnérable, comme je l'ai toujours fait.

Jamie était couché près de moi, immobile comme un gisant de pierre. Le clair de lune illuminait la pièce, traçant une ligne blanche le long de son profil. Il avait les yeux fermés, mais je savais qu'il ne dormait pas.

— Jamie ?

— Oui ? répondit-il presque aussitôt.

— Tu n'espères pas me laisser derrière toi, n'est-ce pas ?

La question me brûlait les lèvres depuis la scène du bras de fer avec Ian, plus tôt dans la soirée. Dès qu'il avait été admis que Ian resterait à Lallybroch, Jamie s'était assis à part avec lui pour organiser la vie à Lallybroch pendant son absence, décidant de qui l'accompagnerait et de qui resterait pour s'occuper des bêtes et des champs.

En dépit de leur conversation calme et pondérée, je savais qu'ils avaient dû faire des choix difficiles : Ross le forgeron partirait avec Jamie, même s'il ne le souhaitait pas, mais il devait d'abord réparer les socs de charrue indispensables pour le printemps prochain ; Joseph Kirby Fraser avait demandé à partir, mais il resterait, ayant à sa charge, outre sa propre famille, sa jeune sœur veuve depuis peu. Brendan, son fils aîné, n'avait que neuf ans et n'était pas prêt à subvenir aux besoins des siens au cas où son père ne reviendrait pas.

Combien d'hommes devaient accompagner Jamie pour que leur nombre puisse avoir un impact sur l'issue de la campagne ? Car désormais, comme l'avait déclaré Jenny, notre seul espoir était que Charles-Édouard Stuart parvienne à déjouer sa destinée et l'emporte. Pour cela, il fallait mobiliser le plus d'hommes et d'armes possible sans mettre en péril l'avenir de Lallybroch.

Nous avions tout fait pour empêcher Charles-Édouard de trouver les fonds nécessaires au financement d'un soulèvement jacobite. Pourtant Bonnie Prince Charlie, intrépide, irresponsable et résolu à monter sur le trône, était déjà en Écosse. Nous avions reçu une autre lettre de Jared, nous informant que le prince Stuart avait traversé la Manche avec deux frégates fournies par un ancien négrier, un certain Antoine Walsh. Apparemment, ce dernier considérait l'entreprise de Charles-Édouard comme moins risquée que le commerce des esclaves. Une des frégates avait été interceptée par les Anglais, et l'autre avait jeté l'ancre dans la baie de l'île d'Eriskay, avec Son Altesse à bord.

Charles-Édouard n'était accompagné que de sept de ses fidèles et loyaux sujets, dont un petit banquier nommé Aeneas Mac-Donald. Incapable de financer la totalité de l'expédition, ce dernier avait néanmoins fourni de quoi acheter une petite quantité d'épées, qui représentaient tout l'armement du Prétendant. Jared paraissait partagé entre l'admiration et l'effroi devant la folie du jeune prince mais, en bon jacobite, il faisait de son mieux pour ravaler ses doutes.

Grâce au bouche à oreille, nous apprîmes que Charles-Édouard était passé d'Eriskay à Glenfinnan, où il avait patiemment attendu, assisté de quelques caisses d'eau-de-vie, que les chefs de clan qui avaient signé l'accord d'alliance viennent le rejoindre. Après quelques jours d'une attente enfiévrée, trois cents hommes du clan Cameron étaient descendus des versants escarpés des collines verdoyantes environnantes, menés non pas par leur chef, tranquillement installé chez lui, mais par sa sœur, Jenny Cameron.

D'autres clans s'étaient déjà joints à eux.

Charles-Édouard Stuart pouvait donc désormais marcher droit vers le désastre, en dépit de tous nos efforts. La question était désormais de savoir combien d'hommes de Lallybroch devaient être épargnés pour sauver le domaine du naufrage.

Ian serait en sécurité, ce qui était déjà un soulagement pour Jamie. Mais les autres, les quelque soixante familles qui vivaient sur les terres de Broch Tuarach ? D'une certaine manière, choisir qui partirait et qui resterait revenait à sélectionner ceux qui allaient être sacrifiés. J'avais déjà vu des commandants à l'œuvre, et je savais ce que cela leur coûtait.

Jamie avait donc choisi, mais il avait imposé deux conditions : aucune femme n'accompagnerait le bataillon et celui-ci ne comporterait aucun garçon de moins de dix-huit ans. Ian avait paru légèrement surpris : s'il était courant que les femmes avec des enfants en bas âge restent à la maison, les autres suivaient généralement leurs hommes au combat, cuisinant, prenant soin d'eux et partageant leurs rations. Quant aux garçons, qui se considéraient comme des hommes dès l'âge de quatorze ans, ils seraient profondément humiliés par cette mesure. Mais Jamie avait donné ses ordres sur un ton qui ne souffrait pas la discussion et, après un moment d'hésitation, Ian avait hoché la tête et les avait couchés sur le papier.

Je n'avais pas osé lui demander devant Ian et Jenny si ces conditions s'appliquaient également à ma personne. Qu'il le veuille ou non, j'avais déjà décidé de partir avec lui, coûte que coûte.

— Te laisser derrière moi ? dit-il avec un sourire ironique. Parce que j'ai mon mot à dire ?

— Non, rétorquai-je. Mais j'ai pensé que l'idée te trotterait dans la tête.

Il glissa un bras autour de mes épaules et je me blottis contre lui.

— Ah, pour ça oui, *Sassenach*. Elle m'a trotté dans la tête. J'ai même envisagé un moment de te ligoter à la rampe d'escalier, mais... non. Tu viendras avec moi, *Sassenach*. En chemin, il te reviendra peut-être des détails de tes leçons d'histoire. En outre, tes talents de guérisseuse nous seront utiles.

Il me caressa le bras et poussa un soupir.

— Sincèrement, je préférerais nettement te laisser ici en sécurité, *Sassenach*. Mais je vous emmène avec moi, toi et Fergus.

— Fergus ? Mais je croyais que tu ne voulais pas de jeunes garçons !

— Oui, mais le cas de Fergus est un peu différent. Je ne veux pas des autres garçons parce qu'ils sont nés ici. C'est leur terre. Si les choses tournent mal, ils devront sauver leur famille de la famine, travailler dans les champs, s'occuper des bêtes... Il va sans doute leur falloir grandir plus vite que la normale. Mais au moins, ils seront chez eux. Mais Fergus... Il n'est pas chez lui, ici. En France non plus, d'ailleurs, sinon je l'y renverrais. Il n'a plus de chez-lui.

— Sa place est à tes côtés, répondis-je, comprenant ce qu'il voulait dire. Tout comme moi.

Il resta silencieux un long moment, et sa main pressa doucement mon épaule.

— Oui, *Sassenach*, j'en ai peur. Maintenant, rendors-toi, il est tard.

Des vagissements plaintifs m'extirpèrent de mon sommeil pour la troisième fois. La petite Katherine faisait ses dents et tenait à ce que personne ne l'ignore. J'entendis les grognements ensommeillés de Ian dans la chambre au bout du couloir, puis la voix plus haute de Jenny, résignée, qui sortait du lit pour bercer l'enfant.

Des pas lourds résonnèrent dans le couloir et je m'aperçus soudain que Jamie avait quitté notre lit et marchait pieds nus dans la maison.

— Jenny ?

Il avait beau parler à voix basse pour ne pas réveiller toute la maisonnée, sa voix grave portait dans le silence.

— J'ai entendu la petite pleurer, dit-il. Moi non plus, je ne peux pas dormir. Si elle est repue et au sec, je vais lui tenir compagnie un moment. Va donc te recoucher.

Jenny émit un bâillement sonore avant de répondre :

— Jamie, tu es le rêve de toutes les mères ! Oui, elle a mangé et elle est propre. Prends-la et amusez-vous bien tous les deux.

Une porte se referma et les pas dans le couloir se dirigèrent vers notre chambre. Je me retournai dans mon lit et cherchai le sommeil, n'écoutant que d'une oreille lointaine les gémissements du bébé, ponctués de hoquets. La voix de Jamie, qui tentait de le réconforter, était comme un bourdonnement d'abeilles au soleil.

— Eh, petite Kitty, *ciamar a tha thu ? Much, mo naoidheachan, much.*

Je me laissais bercer par leurs voix qui allaient et venaient dans le couloir et me surpris à lutter contre le sommeil pour les écouter. Un jour, il tiendrait peut-être son propre enfant dans ses bras, sa petite tête ronde calée dans ses grandes mains puissantes. Un jour, il chantonnerait ainsi dans le noir une berceuse improvisée, douce et apaisante, à sa propre fille.

Le vide qui était en moi fut soudain submergé par une vague de tendresse. J'avais été enceinte une fois, je pourrais l'être à nouveau. Faith m'avait donné cette assurance, Jamie le courage et la force de m'en servir. Je posai une main sur mes seins, sachant qu'un jour ils nourriraient mon enfant. C'est ainsi que je sombrai doucement dans le sommeil, bercée par le chant de Jamie.

Un peu plus tard, j'émergeai de l'inconscience et ouvris les yeux dans une chambre baignée par une lumière blanche. La lune s'était levée, nimbant d'une aura gris pâle tous les objets autour de moi.

L'enfant s'était tue, mais je distinguais encore la voix de Jamie dans le couloir, très faible, à peine un murmure. Son ton avait changé. Ce n'était plus ce langage incohérent avec lequel on s'adresse aux bébés, mais le discours d'un homme qui cherche ses mots pour exprimer le fond de sa pensée.

Intriguée, je me glissai hors du lit et m'approchai de la porte sur la pointe des pieds. Ils étaient au bout du couloir. Jamie s'était assis sur le rebord de la fenêtre. Ses jambes nues repliées devant lui formaient un dossier contre lequel la petite Katherine était confortablement installée, face à son oncle.

Le visage du bébé était lisse et rond comme la lune ; ses yeux sombres buvaient la moindre de ses paroles. Jamie caressait la courbe de sa joue du bout du doigt, en chuchotant tendrement.

Il lui parlait en gaélique d'une voix si basse que même si j'avais pu comprendre les mots, je n'aurais rien entendu. Il était grave et les rayons de lune qui filtraient par les croisées laissaient voir des traces de larmes sur son visage.

La scène était si intime que je me sentis de trop. Je me retirai discrètement, imprimant dans ma mémoire le souvenir du laird de Lallybroch, à demi-nu sous le clair de lune, livrant les tourments de son cœur à l'enfant qui représentait un futur incertain, mais le seul espoir d'un avenir meilleur.

Je me réveillai le lendemain matin en sentant un parfum chaud et inconnu et la sensation que quelque chose s'était pris dans mes cheveux. J'ouvris les yeux pour découvrir la petite Katherine, la bouche entrouverte à deux centimètres de mon nez, ses petits doigts agrippés à l'une de mes boucles. Je me libérai délicatement. Elle se retourna sur le ventre, plia ses genoux sous elle et se rendormit aussitôt.

Jamie était couché de l'autre côté, le visage à moitié enfoui dans l'oreiller. Il ouvrit un œil bleu comme un ciel radieux.

— Bonjour, *Sassenach*, chuchota-t-il pour ne pas réveiller la petite. Vous étiez très mignonnes toutes les deux, endormies face à face.

Je regardais Katherine, dormant dans une position impossible, les fesses en l'air.

— Ça n'a pas l'air très confortable, observai-je, mais si elle dort c'est que ce n'est pas si mal que ça. À quelle heure es-tu venu te coucher hier soir ? Je ne t'ai même pas entendu.

Il bâilla et se passa une main dans les cheveux. Il avait des cernes sous les yeux mais paraissait d'excellente humeur.

— Juste avant le coucher de la lune. Je n'ai pas voulu risquer de réveiller Jenny et Ian en la recouchant dans le berceau au pied de leur lit, alors je l'ai mise entre nous deux. Elle n'a pas bronché et s'est endormie aussitôt.

Le bébé commençait à s'agiter sous les draps. Ce devait être l'heure de la tétée. Supposition bientôt confirmée, car elle redressa la tête, et sans même ouvrir les yeux, poussa un vagissement strident. Je la pris hâtivement dans mes bras et lui frottai le dos.

— Là... là... là... la calmai-je.

Me tournant vers Jamie, j'ajoutai :

— Je vais la ramener à Jenny. Il est encore tôt, rendors-toi.

— Bonne idée, *Sassenach*. On se retrouve au petit déjeuner.

Il dormait déjà avant que Katherine et moi ayons atteint la porte. Dans le couloir, je rencontrai Jenny qui, ayant entendu les appels de sa fille, accourait en enfilant sa robe de chambre. Je lui tendis l'enfant qui agitait des petits poings revendicatifs.

— Chut, chut, *mo mùirninn*, susurra Jenny.

D'un signe de tête elle m'invita à la suivre dans sa chambre. Je m'assis sur son lit, tandis qu'elle prenait place sur un tabouret devant la cheminée et dénudait un sein. La petite bouche avide se referma aussitôt sur le téton et un silence apaisant descendit enfin sur nous.

— C'est gentil à vous d'avoir gardé la petite hier soir. J'ai enfin pu dormir comme un loir.

Je haussai les épaules, attendrie par le spectacle de la mère et de l'enfant. Katherine tétait goulûment, en laissant échapper des petits grognements de satisfaction.

— C'est Jamie qu'il faut remercier, pas moi. Il a l'air de s'entendre à merveille avec sa nièce.

Jenny esquissa un petit sourire malicieux.

— Oui, j'ai pensé qu'ils pourraient se réconforter mutuellement. Il ne dort pas beaucoup ces temps-ci, n'est-ce pas ?

— Non, il est trop inquiet.

— Hmm, convint-elle. Ça se comprend.

Ian s'était levé à l'aube pour travailler aux écuries. Tous les chevaux qui n'étaient pas indispensables aux champs devaient être ferrés avant le grand départ.

— Tu sais... dit soudain Jenny, on peut dire beaucoup de choses à un bébé. On peut tout lui dire, même ce qui paraîtrait incompréhensible à quelqu'un en âge de comprendre.

— Ah, tu l'as entendu, toi aussi ?

— Oui. Ne le prends pas mal, ajouta-t-elle en souriant. Il sait très bien qu'il peut tout te dire. Mais avec un bébé, c'est différent. C'est une vraie personne, mais tu n'as pas à t'inquiéter de ce qu'il va penser de toi. Tu peux lui dire tout ce qui te passe par la tête sans te retenir ni avoir à chercher tes mots. Ça fait du bien.

Elle en parlait très naturellement, comme si cela coulait de source. Je me demandai si elle parlait ainsi à son enfant.

— Nous, c'est comme ça qu'on leur parle avant qu'ils naissent, reprit-elle. Tu n'es pas d'accord ?

Je posai mes mains sur mon ventre, me souvenant.

— Si, dis-je doucement.

— Je crois que c'est pour ça que les femmes sont si souvent tristes après l'accouchement, expliqua-t-elle. Quand ils sont encore dans notre ventre, on leur parle comme si on les connaissait depuis longtemps. On se fait une idée précise du petit être qui est en nous. Et il vient au monde et on ne le reconnaît pas. Il est différent de la personne qu'on imaginait. Après, on se met à l'aimer, naturellement. On apprend à le connaître tel qu'il est réellement... mais quand même... on ne peut oublier l'enfant auquel on parlait autrefois, un enfant qui n'existe pas. Je crois que c'est ça qui nous rend tristes : on porte le deuil de l'enfant qui n'est jamais né, même quand on tient dans ses bras celui qu'on a réellement mis au monde.

Elle baissa la tête et déposa un baiser sur la tête de sa fille.

— Oui... dis-je. Avant... tout est possible. C'est peut-être une fille, un garçon, un bel enfant, un bébé laid... Et puis il arrive, et tout ce qu'il aurait pu être s'évanouit parce qu'on a devant soi une réponse concrète et irrémédiable.

Elle berça doucement l'enfant, et la petite main fermement

agrippée à l'étoffe verte de sa robe de chambre commença à se relâcher.

— Tu mets une fille au monde, reprit-elle, et le petit garçon qu'elle aurait pu être n'est plus. Le joli bébé que tu serres contre toi a tué l'autre que tu croyais porter. Tu pleures sur celui que tu n'as pas connu et qui est parti pour toujours, jusqu'à ce que tu t'habitues à l'enfant qui est là, au point que tu deviens incapable de l'imaginer autrement. Alors, le chagrin cède enfin la place à la joie. Mais jusque-là, tu pleures souvent.

— Et les hommes... qui murmurent leurs secrets les plus intimes aux oreilles de nourrissons qui ne peuvent pas les comprendre ? demandai-je.

— Ils serrent les enfants contre eux et sentent tout ce qui pourrait être et tout ce qui ne sera jamais. Mais ce n'est pas facile pour un homme de pleurer sur ce qu'il ne connaît pas.

SIXIÈME PARTIE

Les flammes de la rébellion

36

Prestonpans
Écosse, septembre 1745

Après quatre jours de marche, nous atteignîmes le sommet d'une colline près de Calder. Une vaste lande s'étendait à nos pieds, mais nous préférâmes installer notre campement à l'abri des arbres sur les versants boisés. Deux petits ruisseaux dévalaient la pente en se frayant un passage entre les rochers, et l'air doux de cette fin d'été donnait à notre expédition militaire une allure de grand pique-nique.

Pourtant, nous étions le dix-sept septembre et, si mes vagues souvenirs d'histoire étaient justes, le déclenchement des hostilités n'était plus qu'une question de jours.

— Redis-le-moi, *Sassenach*, me demanda Jamie pour la vingtième fois.

— Mais puisque je te dis que je n'en sais pas plus ! m'impatientai-je. Les livres d'histoire étaient très vagues sur le sujet et, à l'époque, je n'y prêtais pas beaucoup d'attention. Tout ce que je sais, c'est que la rencontre a eu lieu, ou plutôt va avoir lieu, près de la ville de Preston. C'est pourquoi on l'appelle la bataille de Prestonpans, même si certains Écossais l'appelaient, ou l'appelleront, la bataille de Gladsmuir, en raison d'une vieille prophétie selon laquelle le roi reviendrait pour être victorieux à Gladsmuir. Maintenant, va savoir où se trouve Gladsmuir !

— Et après ?

Je me concentrai, cherchant quelques fragments d'informations supplémentaires dans les moindres recoins de ma mémoire. Je revoyais encore mon exemplaire écorné de *L'Histoire d'Angleterre racontée aux enfants*, lu à la lueur vacillante d'une lampe à kérosène quelque part en Iran. Feuilletant mentalement le livre, je me souvenais fort bien du chapitre, long de deux pages, que l'auteur avait daigné consacrer au second soulèvement jacobite, connu des historiens comme « le soulèvement

521

de 45 ». Dans ces deux pages, un bref paragraphe décrivait la bataille que nous étions sur le point de vivre.

— Les Écossais l'emportent, fut tout ce que je trouvai à dire.

— C'est déjà ça ! rétorqua Jamie avec sarcasme. Mais il nous faudrait un peu plus de détails.

— Si c'est une prophétie que tu veux, tu n'as qu'à consulter une voyante ! m'énervai-je.

Je regrettai aussitôt mon ton acerbe.

— Excuse-moi, Jamie. Mais je ne sais vraiment pas grand-chose et c'est très frustrant.

— Oui, je sais, *Sassenach*. Ne t'en fais pas. Dis-moi simplement ce que tu sais une dernière fois.

— Ce fut une bataille mémorable, commençai-je en citant la page imprimée dans mon esprit. Les jacobites étaient nettement moins nombreux que les Anglais. Ils ont surpris l'armée du général Cope à l'aube et ont chargé au lever du soleil, et... ah oui ! Les Anglais ont été battus à plates coutures. Il y a eu des centaines de morts dans leurs rangs et très peu du côté jacobite... trente hommes, c'est ça, oui. Il n'y a eu que trente morts chez les Écossais.

Jamie lança un regard vers le campement. Nous n'avions emmené que trente hommes de Lallybroch. À les voir éparpillés autour de nous, cela paraissait un grand nombre ; mais ce n'était rien en comparaison des champs de bataille d'Alsace et de Lorraine et des hectares de champs convertis en cimetière.

— Historiquement parlant, trente hommes... ce n'est pas grand-chose, dis-je d'un air navré.

Jamie me lança un regard noir.

— Pas grand-chose, comme tu dis...

— Je suis désolée, Jamie.

— Ce n'est pas ta faute, *Sassenach*.

Pourtant, je ne pouvais pas m'empêcher de me sentir coupable.

Après le dîner, les hommes se rassemblèrent autour du feu, le ventre plein, échangeant des histoires et se grattant. La démangeaison était devenue endémique. La promiscuité et le manque d'hygiène rendaient les poux si communs que personne ne s'étonnait lorsqu'un homme en détachait un spécimen d'un pli de son plaid et le jetait dans le feu. L'insecte s'enflammait et, une seconde plus tard, se fondait dans les flammes.

Un jeune homme qu'on appelait Kincaid semblait particulièrement envahi ce soir-là. (Son vrai nom était Alexander, mais devant la multitude d'Alexander, la plupart étaient désignés par un surnom ou leur deuxième prénom.) Il fouillait activement ses aisselles, son épaisse tignasse bouclée et, lorsqu'il croyait que personne ne le regardait, sous son kilt.

— On dirait qu'ils t'aiment bien, hein ? plaisanta Ross le forgeron.

— Oui, soupira le jeune homme, ces saloperies sont en train de me bouffer tout cru.

— Les pires, c'est ceux qui se mettent dans les poils des couilles, observa Wallace Fraser en se grattant à son tour. Ça me démange rien qu'à te regarder.

— Tu sais comment on se débarrasse des morpions ? intervint Sorley MacClure.

Kincaid fit non de la tête, l'air très intéressé.

MacClure se pencha en avant et extirpa des flammes une brindille incandescente.

— Soulève ton kilt un instant, mon garçon. Je vais te les enfumer.

Des éclats de rire et des sifflets retentirent dans l'assistance.

— Bande de culs-terreux ! grommela Murtagh. On voit bien que vous êtes des paysans. Vous n'y connaissez rien !

— Pourquoi, rétorqua Wallace, tu connais un meilleur moyen ?

— Bien sûr, dit Murtagh en dégainant son coutelas. Ce garçon est un soldat maintenant. Il faut qu'il apprenne à faire comme à l'armée.

— Comment on fait à l'armée ? demanda Kincaid innocemment.

— Rien de plus simple : tu prends ton coutelas, tu soulèves ton kilt et tu te rases une couille. Attention, j'ai bien dit une, pas les deux !

— Une seule ? Mais... hésita Kincaid, l'air sceptique.

Autour de lui, les hommes se retenaient de rire.

Murtagh indiqua du menton la brindille de MacClure.

— Ensuite... reprit-il, tu mets le feu aux poils de l'autre couille. Les morpions, surpris par la fumée, prennent la fuite et se retrouvent à découvert. Toi, tu les attends au tournant et tu les transperces de la pointe de ton coutelas.

Kincaid devint cramoisi. Ses compagnons rugissaient de rire en se tapant sur la cuisse. Plusieurs d'entre eux entreprirent de tester la méthode de Murtagh sur leurs voisins et se saisirent de brindilles enflammées. Les plaisanteries commençaient à dégénérer quand Jamie revint après avoir entravé nos montures. Pénétrant dans le cercle des hommes, il lança une gourde à Kincaid et une autre à Murtagh et le chahut prit fin.

— Bande d'idiots ! déclara-t-il. Il n'y a que deux bonnes façons de se débarrasser des morpions. La première consiste à verser dessus une bonne rasade de whisky pour les soûler. Une fois qu'on les entend ronfler, il n'y a plus qu'à se lever et à s'épousseter. Ils tombent comme des mouches.

— Et la seconde façon, milord ? s'écria Ross. Hein, milord, qu'est-ce que c'est, si je peux me permettre de demander ?

Jamie adressa un sourire indulgent à la ronde, comme un père amusé par les pitreries de sa progéniture.

— Ah, la seconde est de loin la meilleure ! Elle consiste à vous les faire enlever un à un par votre femme.

Là-dessus, il s'inclina respectueusement devant moi et demanda :

— Si vous voulez bien m'obliger, milady.

Plaisanterie mise à part, la seule méthode efficace contre les parasites était effectivement de les ôter un à un. Je me passais les cheveux au peigne fin matin et soir, et les lavais avec de l'achillée mille-feuille dès que nous campions près d'une étendue d'eau assez profonde pour s'y baigner. Sachant que je ne pouvais me préserver des poux que tant que Jamie n'en aurait pas, je lui administrais le même traitement, quand j'arrivais à le faire tenir en place suffisamment longtemps.

— Les babouins font ça tout le temps, observai-je en démêlant doucement son épaisse crinière. Mais je crois me souvenir qu'ils avalent le fruit de leur labeur.

— Surtout ne te gêne pas pour moi, *Sassenach*. Si ça te dit...

Il rentra les épaules, frissonnant de plaisir, pendant je faisais glisser le peigne dans ses lourdes boucles cuivrées.

— Mmm... J'ignorais qu'il était si agréable de se faire coiffer.

— Attends un peu que j'en aie fini avec toi, le menaçai-je en le chatouillant. J'ai bien envie d'essayer la technique de Murtagh.

Il se tortilla contre moi en riant.

— Approche-toi des poils de ma queue avec une torche, *Sassenach*, et tu verras ce qui t'attend ! Je t'en ferai autant ! Que disait donc Louise de La Tour des sexes rasés ?

— Que c'était érotique, répondis-je en lui mordillant l'oreille.

— Mmm...

— Que veux-tu, chacun ses goûts !

Un grondement sourd interrompit mon travail. Je posai mon peigne et fis mine de scruter les bois...

— Tiens, on dirait qu'il y a des ours dans la région ! plaisantai-je. Où étais-tu passé pendant qu'on dînait ?

— J'étais occupé avec les bêtes. L'un des poneys a un sabot fendu et je suis allée lui mettre un cataplasme. En plus, je n'avais pas grand appétit, à vous entendre parler de poux et de morpions ainsi...

— Qu'est-ce que tu utilises pour tes cataplasmes ? demandai-je, intriguée.

— Toutes sortes de choses. Quand je ne trouve rien d'autre, je mets une bouse fraîche, sinon des feuilles de vesce mâchées mélangées avec du miel.

Les sacoches étaient empilées près de notre petit feu, en lisière de la clairière, où les hommes avaient monté ma tente. Si je n'avais rien contre le fait de dormir à la belle étoile comme eux, j'appréciais l'intimité offerte par l'écran de toile. D'autre part, comme me l'avait fait remarquer Murtagh avec sa délicatesse habituelle quand je l'avais remercié pour cette touchante attention, la tente n'était pas destinée à mon seul profit.

— Si le laird souhaite se soulager entre les cuisses de sa femme la nuit, personne ne le lui reprochera, avait-il bougonné. Mais ce n'est pas la peine de donner de mauvaises idées aux garçons, n'est-ce pas ?

— Très juste, étais-je convenue. Vous pensez décidément à tout !

— Mmm... à tout, avait-il confirmé.

Fouillant rapidement dans les sacoches, je trouvai un morceau de fromage et des pommes. Je les tendis à Jamie, qui les retourna entre ses doigts d'un air dubitatif.

— Pas de pain ? demanda-t-il.

— Il y en a peut-être dans une autre sacoche, mais commence déjà par avaler ça : c'est bon pour la santé.

Comme tous les Highlanders, les légumes et les fruits crus lui inspiraient une profonde méfiance même si, en cas d'urgence, il était capable d'ingurgiter n'importe quoi.

— Mmm, puisque tu le dis, répondit-il, peu convaincu.

— Crois-moi. Regarde, ajoutai-je en retroussant les lèvres. Tu connais beaucoup de femmes de mon âge qui ont encore toutes leurs dents ?

Un large sourire dévoila ses propres dents impeccables.

— Ma foi, c'est vrai. Tu es plutôt bien conservée pour ton âge.

— C'est parce que je me nourris sainement, voilà ! La moitié des gens sur ton domaine souffrent d'une carence en vitamine C. Or, les pommes en sont pleines. Si les Highlanders en consommaient plus, il y aurait moins de scorbut.

Il regarda la pomme d'un air surpris.

— Vraiment ?

— Puisque je te le dis ! D'ailleurs, la plupart des plantes contiennent de la vitamine C, particulièrement les oranges et les citrons, mais ils ne poussent pas chez vous. Mais vous avez des oignons, des salades et des pommes. Manges-en tous les jours et tu n'attraperas pas le scorbut. Même l'herbe des prés est riche en vitamines.

— Mmm... C'est pour ça que les cerfs ne perdent pas leurs dents avec l'âge ?

— Euh... sans doute.

Il retourna plusieurs fois la pomme dans sa main d'un air critique, et y mordit à pleines dents.

Je venais de me retourner, à la recherche d'un morceau de pain dans une autre sacoche, quand j'entendis un craquement derrière les arbres. J'entr'aperçus une ombre se faufiler derrière les troncs noirs, et un éclat argenté brilla près de l'oreille de Jamie. Je bondis vers lui en criant, juste à temps pour le voir glisser du rondin de bois sur lequel il était assis et disparaître dans l'obscurité.

C'était une nuit sans lune. Les seuls sons qui me parvenaient étaient des piétinements de feuilles sèches et de branchages et les bruits d'un violent corps à corps, entrecoupés de grognements et de jurons étouffés. Il y eut un cri bref, aigu, et ce fut le silence.

Je me tenais toujours près du feu, clouée sur place, quand Jamie resurgit des ténèbres, poussant un prisonnier devant lui, le bras tordu dans son dos. Il lui fit décrire un demi-tour sur lui-même et le poussa brutalement en arrière. L'inconnu alla s'écraser contre un tronc d'arbre, avant de glisser lentement au sol, étourdi, sous une pluie de feuilles et de glands.

Attirés par le bruit, Murtagh et quelques autres accoururent. Ils hissèrent le prisonnier sur ses pieds et le traînèrent devant le feu. Murtagh l'empoigna par les cheveux et lui tira la tête en arrière, examinant son visage à la lueur des flammes.

De grands yeux bordés de longs cils noirs clignèrent à la lumière.

— Mais ce n'est qu'un enfant ! m'écriai-je. Il ne doit pas avoir plus de quinze ans.

— Seize ! rectifia le prisonnier indigné. Qu'est-ce que ça peut vous faire ?

Il avait un accent anglais du Hampshire. Il était donc très loin de chez lui.

— Quinze ou seize ans, ça ne change pas grand-chose, déclara Jamie. Ce gamin était à deux doigts de me trancher la gorge.

C'est à ce moment que je remarquai qu'il tenait un mouchoir ensanglanté contre son cou.

— Je ne dirai rien ! s'écria l'adolescent.

Il se tenait un bras, ce qui me laissa penser qu'il était blessé. Il faisait un effort visible pour se tenir droit au milieu des hommes, et serrait les lèvres pour ne pas trahir sa peur ou sa douleur.

— Puisque tu ne veux rien dire, laisse-moi deviner, dit Jamie en examinant le garçon des pieds à la tête. Tu es anglais, ce qui signifie qu'il y a des troupes stationnées non loin d'ici, et tu as agi seul.

Le prisonnier fut abasourdi.

— Co... comment le savez-vous ?

— Tu ne m'aurais pas attaqué si tu n'avais pas cru que la dame et moi-même étions seuls. Si tu avais été accompagné, tes amis seraient venus à ton secours dans la forêt. Au fait, tu n'aurais pas le bras cassé, par hasard ? J'ai cru entendre un craquement tout à l'heure. En outre, si tu avais été accompagné, tes amis t'auraient certainement empêché de commettre un acte aussi stupide.

Malgré ces brillantes déductions, je remarquai que, sur un petit signe de Jamie, plusieurs hommes s'enfonçaient discrètement dans la forêt, sans doute pour vérifier qu'il n'y avait pas d'autres soldats qui s'y cachaient.

En entendant son acte d'héroïsme traité d'« acte stupide », le visage de l'enfant se durcit. Jamie se tamponna le cou et examina son mouchoir.

— Lorsqu'on veut tuer quelqu'un par-derrière, mon garçon, on vérifie d'abord qu'il n'est pas assis au milieu de feuilles mortes.

— Merci pour vos précieux conseils ! rétorqua le prisonnier.

Il faisait de son mieux pour conserver un air digne, mais ses yeux parcouraient sans cesse la rangée de visages menaçants qui l'encerclait. Vus en plein jour, nos Highlanders n'étaient déjà pas des beautés, mais dans le noir, leurs traits illuminés par la lueur dansante du feu de bois, ils étaient franchement inquiétants.

Jamie répondit courtoisement :

— Mais je t'en prie. Malheureusement pour toi, je crains que tu n'aies plus jamais l'occasion de les appliquer. Peut-on savoir au juste pourquoi tu m'as attaqué ?

Le garçon hésita un moment avant de répondre :

— J'espérais délivrer cette dame.

Un murmure amusé parcourut l'assistance, vite étouffé par un geste sec de Jamie.

— Je vois, dit-il. Tu as surpris notre conversation et tu en as déduis que la dame était anglaise et bien née, alors que moi...

— Alors que vous, Monsieur, vous n'êtes qu'un hors-la-loi sans scrupules, connu pour vos larcins et votre brutalité, explosa l'adolescent. Votre portrait et votre description sont affichés sur tous les murs du Hampshire et du Sussex ! Je vous ai tout de suite reconnu. Vous n'êtes qu'un rebelle et un libertin sans vergogne.

Je me mordis les lèvres et fixai la pointe de mes souliers, évitant le regard de Jamie.

— Si tu le dis... convint ce dernier, magnanime. Dans ce cas, peux-tu me donner une bonne raison pour que je ne t'abatte pas sur-le-champ ?

Le prisonnier pâlit, mais se redressa néanmoins en bombant le torse.

— Je m'y attendais, déclara-t-il fièrement. Je suis prêt à mourir !

Jamie hocha la tête d'un air songeur. Il dégaina sa dague et la posa sur une pierre au bord du feu, la lame au-dessus des flammes. Une volute de fumée s'éleva autour du métal qui noircit aussitôt, dégageant une légère odeur de forge. Tous les yeux étaient tournés, fascinés, vers la flamme d'un bleu spectral qui caressait la lame et semblait lui insuffler la vie.

Enveloppant le manche dans son mouchoir ensanglanté, Jamie reprit sa dague et l'approcha de la poitrine du prisonnier. La pointe s'enfonça légèrement dans le gilet de velours avec un grésillement et remonta lentement vers la pomme d'Adam. L'adolescent renversait désespérément la tête en arrière. Des rigoles de sueur coulaient le long de ses tempes.

— Finalement, je n'ai pas envie de te tuer tout de suite, dit soudain Jamie sans abaisser son arme.

Il parlait d'une voix calme qui rendait encore plus inquiétant son air sûr de lui.

— Avec qui es-tu venu ? demanda-t-il.

La lame s'approcha de l'oreille.

— Je... je ne vous dirai rien, balbutia le captif.

— Pas même à quelle distance est le campement de tes camarades ? leur nombre ? la direction qu'ils ont prise ?

La lame s'enfonça légèrement sous la mâchoire et une odeur de chair grillée s'éleva jusqu'à nous. Le jeune homme se mit à gigoter. Ross et Kincaid qui le tenaient par-derrière resserrèrent leur prise.

— Jamie ! m'écriai-je.

Il ne se retourna même pas et garda les yeux rivés sur le prisonnier. Celui-ci, lâché par ses deux gardes, était tombé à genoux sur le tapis de feuilles mortes et se tenait le cou.

— Cela ne vous concerne pas, Madame, siffla Jamie entre ses dents.

Il saisit le prisonnier par le col et le hissa sur ses pieds. La dague se dressait entre eux, la pointe posée sous l'œil gauche du garçon. Jamie inclina la tête d'un air interrogateur, mais l'autre secoua obstinément la tête.

— N... non, rien de ce que vous pourrez me faire subir ne me fera parler.

Jamie le toisa un long moment, le lâcha et recula d'un pas.

— En effet, dit-il. Je vois qu'il est inutile de s'acharner sur toi. Mais si on s'occupait un peu de la dame ?

Je ne compris pas tout de suite qu'il parlait de moi, jusqu'à ce qu'il me saisisse par le poignet et me le torde dans le dos, m'attirant contre lui.

— Si tu ne tiens pas à la vie, tu seras peut-être plus sensible à l'honneur de cette dame... puisque tu étais prêt à risquer ta vie pour la délivrer.

Il me saisit par les cheveux, renversa ma tête en arrière et m'embrassa avec une brutalité qui me fit gémir.

Me libérant, il me poussa vers le garçon.

Celui-ci roulait des yeux horrifiés.

— Laissez-la ! s'écria-t-il. Qu'allez-vous lui faire ?

La main de Jamie se referma sur l'encolure de mon corsage. D'un geste brusque, il déchira le devant de ma robe, dénudant partiellement mes seins. Je lui envoyai aussitôt un grand coup de pied dans le tibia. Le garçon poussa un cri et fit un bond en avant, vite arrêté dans son élan par Ross et Kincaid.

— Si tu tiens à le savoir, déclara Jamie sur un ton détaché, je me propose de la violer sous tes yeux. Après quoi, je la donnerai à mes hommes pour qu'ils en fassent ce que bon leur semble. Peut-être même que je te laisserai avoir ton tour. Après tout, un homme ne devrait pas mourir puceau. Qu'en penses-tu ?

Cette fois, je me débattis pour de bon. La main de Jamie plaquée sur ma bouche étouffait mes cris. Je la mordis de toutes mes forces, jusqu'au sang. Il la retira précipitamment, marmonnant un juron, mais la remplaça par son mouchoir qu'il me fourra dans la bouche. Je poussais des grognements sourds et, tandis qu'il me tournait vers lui, il acheva d'arracher le haut de ma robe, me laissant torse nu. J'aperçus Ross qui détournait rapidement le regard, et aussi Kincaid, qui avait à peine dix-neuf ans et me fixait d'un air hébété.

— Arrêtez ! hurla le prisonnier d'une voix tremblante. Vous... n'êtes qu'un lâche ! Comment osez-vous déshonorer une dame ? Vous... vous n'êtes qu'un sale bâtard d'Écossais !

Il chancela un instant, le souffle coupé par l'indignation, et se redressa d'un air digne.

— D'accord... je vois que vous n'êtes décidément qu'un sale rustre. Vous ne me laissez pas le choix. Libérez cette dame et je parlerai.

L'une des mains de Jamie quitta momentanément mon épaule. Je ne vis pas son geste mais Ross lâcha le bras blessé du garçon et courut chercher mon manteau tombé sur le sol dans le feu de l'action. Jamie tira mes poignets derrière mon dos, arracha ma ceinture d'un coup sec et s'en servit pour me ligoter. Il prit ensuite le manteau des mains de Ross et le jeta sur mes épaules. Reculant d'un pas, il esquissa une petite courbette avec une moue ironique, puis se tourna vers le prisonnier.

— Je vous donne ma parole que cette dame ne subira plus mes avances.

Il se retenait visiblement de rire et je l'aurais volontiers étranglé si j'avais eu les mains libres.

Le garçon donna les informations demandées avec un visage de marbre.

Il s'appelait William Grey et était le plus jeune fils du vicomte de Malton. Il accompagnait un régiment de deux cents hommes, en route pour Dunbar où ils comptaient retrouver l'armée du général Cope. Le campement de ses camarades était situé à cinq kilomètres vers l'ouest. Le garçon, qui s'était aventuré dans la forêt, avait aperçu la lueur de notre feu et s'était approché pour voir de quoi il retournait. Non, il n'était accompagné de personne. Oui, les troupes transportaient de l'artillerie lourde : seize canons couleuvrines montés sur des chariots, deux mortiers d'un calibre d'une cinquantaine de centimètres et trente chevaux de charge.

Le prisonnier fut interrogé pendant près d'une heure, oscillant sous le feu des questions et la douleur de son bras cassé, mais refusant de s'asseoir. Il était adossé contre un tronc d'arbre et berçait son coude dans sa main gauche. Lorsque Jamie eut obtenu satisfaction, il se tourna vers Murtagh et tendit simplement la main. Murtagh, comprenant comme d'habitude ses intentions, lui donna son pistolet.

L'enfant se laissa glisser le long de l'arbre et resta assis sans bouger sur le lit de feuilles mortes. Jamie chargea son arme et la pointa vers le prisonnier :

— Tu préfères dans la tête ou dans le cœur ?

— Hein ? fit l'enfant interdit.

— Je vais t'abattre, expliqua patiemment Jamie. Généralement, on pend les espions, mais comme tu t'es montré particulièrement galant, j'ai décidé de t'accorder une mort brève et propre. Tu préfères une balle dans la tête ou dans le cœur ?

L'enfant sursauta.

— Ah, euh... oui, bien sûr.

Il se passa la langue sur les lèvres avant de répondre :

— Je crois que... dans... le cœur. Merci.

Il redressa le menton en serrant les lèvres.

Jamie arma le pistolet. Il y eut un bruit sec qui résonna dans la forêt.

— Attendez ! s'écria soudain le garçon. Comment puis-je être sûr que cette dame ne sera plus inquiétée une fois que je serai mort ?

Jamie abaissa son arme, conservant un visage parfaitement impassible.

— Eh bien... fit-il en accentuant son accent écossais. Je te le promets, mais, bien sûr, je comprends que tu aies quelque hésitation à croire en la parole d'un... sale bâtard d'Écossais. Mais peut-être accepteras-tu l'assurance de la dame elle-même.

Il arqua un sourcil dans ma direction et Kincaid bondit vers moi et dénoua maladroitement mon bâillon.

— Jamie ! vociférai-je aussitôt. Tu es un monstre ! Comment peux-tu faire une chose pareille ! Espèce de... de...

— Sale bâtard ? proposa-t-il. Ou libertin sans vergogne, si tu préfères ?

Se tournant vers Murtagh, il lui demanda :

— À ton avis, lequel me va le mieux : « sale bâtard » ou « libertin sans vergogne » ?

Murtagh fit une moue cynique :

— Je dirais que tu es un homme mort si tu détaches cette furie sans avoir un coutelas à la main.

Jamie se tourna vers le prisonnier d'un air navré :

— Je dois m'excuser auprès de ma femme pour l'avoir forcée à se prêter à cette petite mascarade. Je peux t'assurer qu'elle n'y a participé que contre son gré.

Il baissa les yeux vers sa main mordue.

— Votre femme ! s'écria le garçon.

— Je peux également t'assurer, poursuivit-il, que s'il lui arrive d'honorer ma couche, elle ne l'a jamais fait sous la contrainte.

— Jamie Fraser, sifflai-je entre mes dents. Si tu touches à un cheveu de ce garçon, je te jure que tu ne partageras plus jamais ma couche.

Jamie fit une grimace.

— Aïe ! C'est une menace sérieuse, surtout pour un libertin sans vergogne comme moi. Mais, hélas, il n'y a pas que mes intérêts qui soient en jeu. À la guerre comme à la guerre !

Il pointa de nouveau son pistolet.

— Jamie ! hurlai-je.

Il l'abaissa et se tourna vers moi d'un air excédé.

— Quoi encore ?

— Tu n'as aucune preuve que ce garçon soit un espion. Il a dit être tombé sur notre campement par hasard. Toi-même, ne serais-tu pas intrigué si tu apercevais un feu dans les bois en pleine nuit ?

Jamie hocha la tête, avec un air de profonde réflexion.

— Mmm... En effet. Mais que fais-tu de la tentative de meurtre ? Espion ou pas, il a voulu me tuer, il l'a avoué lui-même tout à l'heure.

— Forcément ! Puisqu'il savait que tu étais un hors-la-loi. Ta tête est mise à bon prix, tu l'as oublié ?

Jamie se gratta le menton d'un air songeur, puis se tourna de nouveau vers le prisonnier.

— C'est un argument intéressant. William Grey, ton avocat a fait un plaidoyer convaincant. Ce n'est pas dans les habitudes de Son Altesse le prince Charles-Édouard ni dans les miennes d'exécuter des individus sans raison, ennemis ou non.

Il appela Kincaid d'un geste de la main.

— Toi et Ross, ordonna-t-il, vous allez le reconduire vers son campement. Si les informations qu'il nous a données sont exactes, vous l'attacherez un kilomètre plus loin sur la route de Dunbar. Ses camarades le trouveront demain matin. Sinon, tranchez-lui la gorge.

Il dévisagea le prisonnier et lui dit gravement :

— Je te rends ta vie. Fais-en bon usage.

Passant derrière moi, il trancha la ceinture qui retenait mes poignets. Je fis volte-face mais il m'arrêta d'un geste.

— Aurais-tu la bonté de soigner le bras de ce garçon avant qu'il ne s'en aille ?

Le masque de froide cruauté qu'il affichait un peu plus tôt avait disparu. Il baissait les yeux, fuyant mon regard.

Sans un mot, je m'approchai de l'adolescent et m'agenouillai près de lui. Il était livide et couvert de sueur, mais il se laissa examiner sans broncher, bien qu'il dût souffrir le martyre. Il avait les os aussi fins que les miens. Je lui posai une éclisse que je fixai avec mon écharpe.

— La cassure est nette, l'informai-je sur un ton neutre. Évitez de trop bouger le bras pendant deux semaines au moins.

Il hocha la tête sans me regarder.

Jamie s'était assis sur un rondin de bois et observait mes soins. Une fois que j'eus terminé, je retins ma respiration et marchai droit vers lui. Arrivée à sa hauteur, je le giflai de toutes mes forces. Le coup laissa une trace blême sur sa joue et lui fit monter les larmes aux yeux, mais il resta de marbre.

Kincaid aida le garçon à se relever et le poussa vers les bois, une main dans son dos. Juste avant de s'enfoncer dans le noir, le garçon s'arrêta et se retourna. Évitant soigneusement de croiser mon regard, il s'adressa à Jamie :

— Vous m'avez épargné. Soyez sûr que je le regrette, mais vous ne m'avez guère laissé le choix... Je dois donc me considérer comme votre débiteur. J'espère pouvoir vous le rendre un jour, mais une fois libéré de ma dette... je jure que je vous tuerai !

Il avait parlé d'une voix blanche, qu'une haine contenue faisait trembler.

Jamie se leva et hocha gravement la tête.

— Dans ce cas, mon garçon, il ne me reste qu'à espérer que nos chemins ne se croiseront pas de sitôt.

— Un Grey n'oublie jamais ses dettes, Monsieur, rétorqua l'adolescent avant de disparaître entre les arbres, Kincaid et Ross sur les talons.

Un long silence plana sur le campement, tandis que les bruits de pas s'éloignaient dans la forêt. Bientôt, l'un des hommes pouffa de rire, imité par un autre, et l'hilarité gagna rapidement tous ceux qui étaient rassemblés autour du feu. Jamie avança dans le cercle et les rires se turent instantanément. Il me lança un bref regard et me glissa :

— Va dans la tente.

Il eut juste le temps de retenir mon bras pour éviter une seconde gifle.

— Si tu tiens absolument à me frapper une nouvelle fois, attends au moins que je tende l'autre joue, lâcha-t-il sèchement. Mais je te conseille quand même d'aller te réfugier sous la tente.

Lâchant ma main, il fit signe aux hommes de se rassembler. Ils se levèrent à contrecœur et avancèrent en traînant les pieds. Il leur parla dans un mélange de gaélique et d'anglais et je ne comprenais pas tout ce qu'il disait, mais je devinais qu'il demandait lesquels parmi eux étaient censés être de garde ce soir-là.

Mal à l'aise, les hommes échangèrent des regards furtifs et parurent resserrer les rangs comme pour se donner du courage. Enfin, ils s'écartèrent et deux d'entre eux s'avancèrent.

C'étaient les frères MacClure, George et Sorley. Ils étaient tous deux dans la trentaine et fixaient le sol, les bras ballants, l'air penaud.

Suivirent cinq bonnes minutes d'un discours apparemment peu plaisant, énoncé d'une voix froide et mesurée. Derrière les deux sentinelles prises en défaut, les hommes ne pipaient mot. Les MacClure semblaient se recroqueviller sous le poids des paroles de leur laird. J'essuyai mes paumes moites sur ma jupe, pas fâchée finalement de ne pas tout comprendre. Je commençais à regretter de ne pas avoir suivi le conseil de Jamie et de ne pas m'être réfugiée sous la tente.

Je le regrettai encore plus l'instant suivant, quand Jamie se tourna vers Murtagh qui avait déjà préparé une grande lanière de cuir plate, nouée à un bout pour assurer une bonne prise.

— Déshabillez-vous et présentez-moi votre dos, ordonna Jamie.

Les deux frères obtempérèrent en hâte, comme s'ils étaient soulagés d'en avoir fini avec les préliminaires.

Même si la méthode me choquait, je savais que, selon les critères de l'époque, c'était un châtiment léger par rapport à la faute qu'ils avaient commise.

Lorsqu'il eut asséné le dernier coup, Jamie laissa tomber le fouet à ses pieds. Il transpirait abondamment et sa chemise était trempée. D'un signe de tête, il indiqua aux MacClure qu'ils pouvaient se retirer. Ils ramassèrent rapidement leur chemise et filèrent tête basse. Pendant la flagellation, les hommes dans la clairière semblaient avoir cessé de respirer. À présent, un murmure s'élevait de nouveau dans les rangs, comme un soupir de soulagement collectif.

— On ne peut plus se permettre ce genre de négligence, déclara Jamie... de la part de personne.

Il fit une pause avant d'ajouter :

— Cela me concerne aussi. C'est parce que j'ai allumé un feu que ce garçon est arrivé jusqu'à nous.

Il essuya la sueur de son front du revers de sa manche et se tourna de nouveau vers Murtagh.

— Tu veux bien t'en charger ? lui demanda-t-il.

Après un instant d'hésitation, Murtagh se pencha et ramassa le fouet. Il le tordit entre ses mains noueuses avec une expression où je crus lire une lueur amusée.

— Avec plaisir... milord, répondit-il.

Jamie tourna le dos à ses hommes et commença à déboutonner sa chemise. Son regard croisa le mien et il arqua un sourcil ironique, comme pour me dire : « Tu tiens vraiment à regarder ? » Je fis non de la tête et tournai rapidement les talons, suivant, mais un peu tard, son conseil.

Je ne retournai pas à la tente. Je ne pouvais pas supporter l'idée de cet espace confiné. J'avais besoin d'air.

Je trouvai un petit monticule juste derrière la tente. Je m'y allongeai et étendis mes bras au-dessus de ma tête, me couvrant les oreilles pour ne pas entendre l'écho du dernier acte du drame qui se jouait un peu plus bas, près du feu.

Je restai ainsi couchée un long moment, enveloppée dans mon manteau, coupée du monde, écoutant les battements de mon cœur jusqu'à ce que le tumulte en moi se soit calmé. Un peu plus tard, j'entendis les hommes rejoindre par petits groupes de trois ou quatre leurs lits de fortune. Ils parlaient à voix basse, sur un ton calme, sans doute impressionnés. Quelques autres minutes s'écoulèrent avant que je ne réalise qu'il était là. Il ne parlait pas et ne faisait aucun bruit, mais je sentis sa présence.

Je roulai sur le ventre et le vis enfin, assis dans le noir, la tête posée sur ses avant-bras croisés sur les genoux.

Déchirée entre l'envie de lui caresser la tête et de la lui fracasser avec une pierre, je ne bougeais pas.

— Ça va ? demandai-je enfin.

— Mouais, ça ira.

Il se déplia lentement et s'étira.

— Je suis désolé pour ta robe, dit-il une minute plus tard.

Je me rendis soudain compte que mes seins apparaissaient dans l'entrebâillement du manteau. Je le rabattis vivement autour de moi.

— Ah oui ! Uniquement pour la robe ? rétorquai-je, piquée.

Il poussa un soupir avant d'ajouter :

— Pour le reste aussi. J'ai pensé que tu accepterais de sacrifier ta modestie pour m'éviter de faire souffrir ce gamin, mais je n'ai pas eu le temps de demander ta permission. Si j'ai eu tort, je te demande pardon.

— Tu veux dire que tu étais prêt à lui infliger d'autres tortures ?

Il était de très méchante humeur et ne prit pas la peine de le cacher.

— Tortures ? glapit-il. Je ne lui ai rien fait !

— Ah, parce que pour toi, casser un bras et enfoncer une lame rougie au feu dans le cou, c'est ne rien faire !

— Parfaitement !

Il me saisit par le coude et m'obligea à le regarder dans les yeux.

— Écoute-moi bien, *Sassenach* ! Cet idiot s'est cassé le bras tout seul en se débattant comme une furie quand je l'ai cloué au sol. Il est aussi courageux que tous mes hommes réunis, mais il n'a aucune expérience du combat au corps à corps.

— Et le couteau ?

Il haussa les épaules.

— Il n'y pensera plus demain. Sur le coup, il a dû avoir un peu mal, mais je voulais lui faire peur, pas le marquer à vie !

— Peuh ! fis-je, guère impressionnée.

Je lui tournai le dos.

— J'aurais pu le briser, *Sassenach*. J'aurais pu le mutiler à vie, si j'avais voulu. Mais je n'aurai recours à ce genre de méthode que si c'est indispensable. N'oublie pas, *Sassenach*, qu'il me faudra peut-être y venir un jour. Il fallait absolument que je sache où se trouvaient ses camarades, le nombre et le type d'armes qu'ils transportaient. Je n'ai pas réussi à lui faire peur, alors c'était soit le tromper, soit le briser.

— Il t'avait pourtant prévenu que rien de ce que tu lui ferais ne pourrait le faire parler.

— Penses-tu ! On peut briser n'importe qui si on est prêt à le faire suffisamment souffrir. Je suis bien placé pour le savoir.

— Oui... en effet, dis-je doucement.

Nous restâmes silencieux un long moment. J'entendais les voix des hommes qui se couchaient, les bruits de leurs bottes écrasant le feu et le froissement des feuilles mortes dont ils se recouvraient pour se protéger de la fraîcheur de l'automne. Mes yeux s'étaient suffisamment accommodés à l'obscurité pour distinguer notre tente, quelques mètres plus bas.

— D'accord, dis-je enfin. Vu ce que tu as fait et ce que tu aurais pu faire, je veux bien admettre que tu as fait le bon choix...

— Merci.

Je ne pouvais dire s'il souriait, mais j'en avais l'impression.

— Tu as quand même pris un sacré risque ! repris-je. Si je ne t'avais pas donné une excuse pour ne pas le tuer, qu'aurais-tu fait ?

— Je n'en sais rien, *Sassenach*. J'étais sûr que tu trouverais quelque chose. Dans le cas contraire... Eh bien, je suppose que j'aurais été obligé de l'abattre. Je ne pouvais quand même pas le décevoir en le laissant partir comme ça !

— Espèce de voyou ! lâchai-je.

Il poussa un soupir exaspéré.

— *Sassenach*, depuis mon dîner frugal, que d'ailleurs je n'ai même pas pu finir, j'ai été poignardé, mordu, giflé et fouetté. Je n'aime pas faire peur aux enfants, pas plus que battre mes hommes. Pourtant j'ai été obligé de faire les deux ce soir. Il y a deux cents Anglais qui campent à quelques kilomètres d'ici et je ne sais pas quoi faire. Je suis fatigué, j'ai faim et j'ai mal au dos. Si tu as la moindre étincelle de compassion, ce serait le moment de le montrer !

Il avait l'air si abattu que je me mis à rire malgré moi. Je me levai et m'approchai de lui.

— Je vois en effet que tu en as besoin, mon pauvre chéri ! Laisse-moi voir tes blessures.

Il avait renfilé sa chemise sans prendre la peine de la boutonner. Je glissai mes mains dessous et palpai la peau brûlante de son dos.

— La peau n'est pas entaillée, constatai-je.

— C'est pour ça qu'on utilise une lanière plate. Ça fait mal, mais ça ne laisse pas de trace.

J'allai chercher un morceau de linge propre sous la tente, que je trempai dans le ruisseau avant de revenir lui badigeonner doucement le dos.

— Ça va mieux ? demandai-je.

— Mmm...

Les muscles de ses épaules se détendirent, mais il tressaillit quand je touchai un point sensible.

— Dis-moi la vérité, repris-je plus tard. Tu ne l'aurais pas abattu, n'est-ce pas ?

— Pour qui me prends-tu, *Sassenach* ? dit-il en feignant l'indignation.

— Pour un sale bâtard d'Écossais. Ou mieux encore, un hors-la-loi sans scrupules. Qui sait ce qu'un libertin sans vergogne de ton espèce serait capable de faire ?

Il se mit à rire avec moi.

— Non, répondit-il enfin. Je ne l'aurais pas tué. Mais après l'avoir ridiculisé devant tout le monde, je devais sauver son honneur. C'est un garçon courageux. Il mérite de penser qu'il valait la peine d'être exécuté.

— Décidément, je ne comprendrai jamais rien aux hommes, soupirai-je.

Il saisit mes deux mains et m'attira à lui.

— Tu n'as pas besoin de me comprendre, *Sassenach*, tant que tu m'aimes...

Il se pencha et baisa doucement mes doigts.

— ... et que tu me nourris, acheva-t-il.

— Tu veux de la compassion féminine, de l'amour et de la nourriture ? ris-je. Tu n'en demandes pas un peu trop ?

Je trouvai deux quignons de pain, un morceau de fromage et un peu de lard froid dans nos sacoches. La tension des deux dernières heures avait été éprouvante et je dévorai moi aussi à belles dents.

Autour de nous dans le campement, les bruits s'étaient tus. Les feux éteints, nous aurions pu nous croire à des milliers de kilomètres de toute vie humaine. Seul le vent bruissait légèrement dans le feuillage.

Jamie s'adossa contre un arbre, fixant les étoiles.

— J'ai promis à ton preux chevalier de ne plus t'ennuyer. Je suppose que cela signifie qu'à moins que tu ne m'invites à partager ta couche, je n'ai plus qu'à aller dormir avec Murtagh ou Kincaid. Et Murtagh ronfle.

— Toi aussi, lui répondis-je.

Je le dévisageai longuement, le laissant languir un peu, et haussai les épaules d'un air indifférent.

— Tant qu'à faire... tu as déjà déchiré la moitié de ma robe, tu pourrais au moins finir le travail convenablement.

La chaleur de ses bras sur ma peau était douce comme la caresse de la soie.

— Que veux-tu ? murmura-t-il dans mes cheveux. À la guerre comme à la guerre...

Je fus réveillée par un étrange cliquetis de métal. Je sortis la tête de sous les couvertures et clignai des yeux en direction du bruit, pour me retrouver à quelques centimètres du genou de Jamie.

— Coucou ! fit-il.

Un long objet argenté descendit devant mon nez. Je sentis qu'il refermait quelque chose de froid et de lourd autour de mon cou.

— Qu'est-ce que c'est ? demandai-je en baissant des yeux endormis.

On aurait dit un collier composé de pièces métalliques d'une dizaine de centimètres chacune, avec une rainure sur toute leur longueur et une extrémité dentelée. Certaines étaient rouillées, d'autres flambant neuves. Toutes portaient des traces sur les côtés, comme si elles avaient été arrachées de force avec un outil.

— Un trophée de guerre, expliqua Jamie.

Je levai les yeux vers lui et poussai un cri d'effroi.

— Oh ! pardon, j'ai oublié de me débarbouiller ! dit-il en riant.

— Tu m'as flanqué une de ces frousses ! Qu'est-ce que tu t'es mis sur la figure ?

— Du charbon.

Il s'essuya brièvement le visage avec un bout de tissu, s'interrompit et me sourit. Il n'avait enlevé les traces de suie que sur son nez, son menton et son front, et ses yeux étaient encore cerclés de noir comme ceux d'un raton laveur. L'aube venait tout juste de poindre et, dans la pénombre de la tente, son visage sombre et ses cheveux se fondaient dans la toile, me donnant l'impression de parler à un corps sans tête.

— Je me suis inspiré d'une idée à toi, expliqua-t-il.

— À moi ? On dirait un joueur de banjo dans une revue de jazz ! Qu'est-ce que tu as encore été inventer ?

— Un « commando » ! dit-il avec une immense satisfaction. C'est bien comme ça qu'on dit, non ?

— Oh, mon Dieu ! Tu es allé dans le camp des Anglais ? Tu n'étais pas seul, au moins ?

— Les hommes m'en auraient voulu si j'étais parti faire la fête sans eux. J'ai laissé trois hommes pour te protéger. Tous les autres m'ont accompagné. Comme tu vois, on n'est pas rentrés bredouilles !

Il me montra le collier du doigt.

— Ce sont les goupilles des chars à canons, expliqua-t-il fièrement. On n'a pas pu emporter les canons, ni les détruire sans faire de bruit. Mais ils ont l'air fin maintenant avec leurs seize couleuvrines échouées dans l'herbe !

538

J'examinai le collier d'un œil critique.

— Ils ne devraient pas avoir trop de mal à remplacer les goupilles, ça n'a pas l'air trop compliqué à fabriquer. Il leur suffit d'avoir un peu de fil de fer...

Il hocha la tête, sans rien perdre de son optimisme.

— Sans doute, rétorqua-t-il, mais elles ne leur serviront pas à grand-chose sans les roues.

Il souleva le rabat de la tente et m'indiqua le centre du campement, un peu plus bas. Murtagh, noir comme un démon, surveillait les opérations d'un groupe d'hommes pareillement grimés, qui jetaient les dernières des trente-deux roues en bois dans le feu. Leurs cerclages métalliques étaient empilés sur le côté. Fergus, Kincaid et quelques autres jeunes en avaient chapardé un et réinventaient le jeu du cerceau, le faisant rouler devant eux avec un bout de bois.

J'éclatai de rire.

— Jamie, tu es un petit malin !

— Je suis peut-être un petit malin, mais toi, tu es à moitié nue et on est en train de lever le camp. Tu as quelque chose à te mettre ? Nous avons abandonné leurs sentinelles ligotées dans une bergerie, mais les autres doivent déjà être réveillés et ils ne tarderont pas à suivre nos traces. On doit partir au plus tôt.

Comme pour confirmer ses paroles, la tente s'ébranla soudain autour de moi. Quelqu'un venait de libérer un des filins qui la retenaient au sol. Je poussai un cri et me précipitai sur nos sacoches pendant que Jamie allait surveiller les préparatifs.

Nous atteignîmes Tranent vers le milieu de l'après-midi. Perché sur une haute colline qui surplombait la mer, le petit hameau paisible était sens dessus dessous, croulant sous le poids de l'armée des Highlands. Le gros des troupes était éparpillé sur les hauteurs environnantes, qui dominaient la petite plaine. Il y avait des hommes partout. De nouveaux détachements affluaient sans interruption, en formation plus ou moins ordonnée. Des messagers circulaient en tous sens, certains à pied, d'autres sur des poneys. Et puis il y avait les femmes et les enfants, assis dans les cours, qui interpellaient les messagers pour connaître les dernières nouvelles.

Nous nous arrêtâmes à l'entrée du village. Jamie envoya Murtagh se renseigner pour savoir où trouver lord George Murray, le commandant en chef, pendant qu'il faisait un brin de toilette dans une chaumière.

Ma propre tenue laissait elle aussi à désirer. Si je n'étais pas

539

barbouillée de charbon, je portais néanmoins les traces de plusieurs nuits passées à la belle étoile. La paysanne qui nous accueillit me prêta une serviette et un peigne, et j'étais assise à sa table, à me débattre avec mes boucles rebelles, quand la porte s'ouvrit brusquement sur lord George en personne.

Sa mise généralement impeccable était débraillée. Son gilet était ouvert, sa cravate dénouée, et une de ses jarretières pendouillait le long de son mollet. Il avait fourré sa perruque dans sa poche et ses mèches rares étaient hérissées sur son crâne comme s'il avait voulu s'arracher les cheveux.

— Dieu soit loué ! s'exclama-t-il en apercevant Jamie de dos. Enfin un visage humain !

Jamie se retourna au même instant. Il avait nettoyé presque tout le charbon sur son visage, mais des rigoles grisâtres coulaient le long de ses tempes et de sa chemise. Ses oreilles, oubliées dans ses ablutions, étaient toujours noires.

— Que signi... commença lord George.

Secouant la tête comme pour dissiper une hallucination, il se lança dans la conversation comme si de rien n'était.

De son côté, Jamie fit mine de ne pas remarquer le petit bout de perruque qui dépassait de la poche du commandant et frétillait comme la queue d'un chien à chaque mouvement.

— Comment cela se présente-t-il, milord ? demanda-t-il.

— Je vais vous le dire, mon jeune ami ! vociféra lord George. Ça fout le camp vers l'est, ça fout le camp vers l'ouest, la moitié de l'armée débarque pour déjeuner, pendant que l'autre moitié disparaît Dieu sait où ! Voilà comment ça se présente !

Apparemment calmé par cette petite explosion, il ajouta sur un ton plus modéré :

— Par « ça », j'entends la loyale armée de Son Altesse, naturellement !

Il accepta enfin de s'asseoir et nous mit au fait de la situation.

En arrivant à Tranent la veille, il avait laissé le gros de ses hommes au village et s'était précipité avec un petit détachement pour prendre possession de la crête qui surplombait la plaine. Le prince Charles-Édouard, arrivé un peu plus tard, n'avait guère apprécié cette initiative et l'avait clamé haut et fort à qui voulait l'entendre. Histoire d'asseoir son autorité, Son Altesse avait ensuite pris la moitié des hommes de l'armée et était partie vers l'ouest, le duc de Perth — l'autre commandant en chef — sur ses talons, soi-disant pour évaluer les possibilités d'attaque à travers Preston.

L'armée ainsi divisée, pendant que lord George discutait avec les hommes du village, qui en savaient nettement plus long sur les terrains de la région que Son Altesse et lord George lui-même, O'Sullivan, l'un des confidents irlandais du prince, avait décidé de son propre chef de conduire un contingent des Cameron de Lochiel pour occuper le cimetière de Tranent.

— Naturellement, Cope a tout de suite fait avancer deux couleuvrines et les a bombardés ! s'exclama lord George en levant les yeux au ciel. Lochiel m'est tombé dessus cet après-midi. Je ne vous dis pas le savon que j'ai reçu ! Il était furieux que plusieurs de ses hommes aient été blessés sans raison. Il a exigé que ses troupes soient immédiatement retirées du cimetière, ce que j'ai accepté aussitôt. Là-dessus, voilà que cette bave de crapaud de O'Sullivan, qui se croit tout permis parce qu'il a débarqué avec Son Altesse à Eriskay, déboule comme une furie en déclarant que la présence des Cameron dans le cimetière est absolument indispensable si nous devons attaquer par l'ouest, *indispensable*, rien de plus ! Je lui ai fait comprendre que si nous attaquions, ce qui paraît peu probable vu que nous ignorons où se trouvent la moitié de nos hommes, sans parler de Son Altesse, nous attaquerions par l'est.

À mesure qu'il parlait, lord George recommençait à s'échauffer, décrivant de grands moulinets avec les bras.

— Et les chefs ! vitupéra-t-il. Je ne vous parle pas des chefs ! On a tiré au sort pour savoir qui occuperait le flanc droit lors de la bataille. Les Cameron de Lochiel ont gagné. Mais les MacDonald, qui étaient d'accord sur le principe du tirage au sort, nient maintenant y avoir participé et menacent de rentrer chez eux si on leur refuse leur privilège traditionnel de se battre à droite. On les a tellement trimballés de droite à gauche que nos pauvres soldats ne savent même plus distinguer leur queue de leur trou du cul... pardonnez-moi, madame, ajouta-t-il en me lançant un bref regard. Quant aux hommes de Clanranald, ils en sont venus aux mains avec ceux de Glengarry...

Le commandant se laissa retomber sur sa chaise en s'épongeant le front.

— Le seul point positif dans toute cette affaire, reprit-il, c'est que les Anglais ne savent plus très bien où ils en sont non plus. Le général Cope a dû faire déplacer toute son armée, quatre fois aujourd'hui, pour suivre nos mouvements. À présent, son flanc droit a les pieds dans l'eau, campé sur la plage, sans doute en train de se demander ce que nous allons encore inventer !

— Euh... intervint Jamie. Où se trouve exactement votre moitié d'armée en ce moment, milord ?

— Sur la crête au sud du village.

— Ah ! fit Jamie, rassuré.

Le commandant se releva d'un bond et se mit à arpenter la pièce. Jamie fit mine de le suivre, mais je le retins par le col. Armée d'un linge et d'une bassine d'eau, j'entrepris d'achever sa toilette, pendant que lord George allait et venait devant nous, poursuivant son monologue :

— Oh, ne vous réjouissez pas trop vite, mon jeune ami ! Nous avons beau dominer la plaine, le terrain devant nous est criblé d'étangs et de marécages. Il y a un fossé profond de quatre mètres et rempli d'eau qui longe la base de la crête où nous sommes. Nous nous trouvons à moins de cinq cents mètres de l'ennemi, mais nous pourrions tout autant être à cinq mille kilomètres.

Lord George fouilla dans sa poche à la recherche d'un mouchoir, le sortit et fixa d'un air perplexe la perruque avec laquelle il s'apprêtait à s'essuyer le visage.

Je lui offris délicatement le linge que je tenais à la main, oubliant qu'il était plein de suie. Il l'accepta avec un petit salut courtois, se barbouilla allègrement les joues et me le rendit, avant de remettre sa perruque de guingois sur son crâne.

Il se tourna vers Jamie d'un air résolu.

— Combien d'hommes avez-vous, Fraser ?

— Trente, milord.

— Des chevaux ?

— Six, milord. Plus quatre poneys de charge.

— Des animaux de charge ? Aha ! Ils transportent les vivres de vos hommes ?

— Oui, milord, et soixante sacs de provisions de bouche volés à un bataillon anglais la nuit dernière. Oh !... et un mortier d'un calibre de cinquante centimètres.

Il avait débité l'inventaire de son butin avec un tel détachement que j'eus envie de lui fourrer mon chiffon sale dans la bouche. Lord George le dévisagea d'un air surpris, puis esquissa un petit sourire.

— Fort bien, Fraser, venez avec moi. Vous me raconterez tout ça en chemin.

Sur ce, il tourna les talons et se dirigea à grands pas vers la porte. Jamie me lança un regard impuissant, saisit son chapeau et lui emboîta le pas. Parvenu sur le seuil, le commandant s'arrêta brusquement et se retourna. Il balaya du regard la silhouette de Jamie, le col déboutonné et son manteau jeté hâtivement par-dessus une épaule.

— Je sais que nous sommes en guerre, Fraser, mais nous ne sommes pas pressés au point d'en oublier nos manières. Prenez donc congé de votre épouse, jeune homme, je vous attends dehors.

Là-dessus, il me fit une grande révérence qui fit tressauter la queue tressée de sa perruque.

— À votre service, madame.

Je m'y connaissais suffisamment en matière militaire pour savoir que les combats n'étaient pas pour tout de suite. De fait, il ne se passait pas grand-chose. Des bataillons remontaient et descendaient sans cesse la seule rue de Tranent. Les femmes, les enfants et les habitants du village erraient autour des maisons, ne sachant s'ils devaient rester ou partir. Les messagers jouaient des coudes dans la foule, portant des missives.

J'avais déjà rencontré lord George à Paris. Il n'était pas homme à perdre du temps en cérémonies quand l'action s'imposait. Toutefois, sa visite impromptue à Jamie était sans doute davantage motivée par son agacement devant les réactions de Charles-Édouard et par son envie de se soustraire à la compagnie de O'Sullivan que par le désir de faire des confidences ou d'accélérer le cours des événements. Avec une armée forte de mille cinq cents à deux mille soldats, trente hommes de plus étaient certes bienvenus, mais ce n'était pas non plus une bénédiction.

J'adressai un regard à Fergus qui gigotait sur place comme s'il avait la danse de Saint-Guy, et décidai d'envoyer moi aussi quelques messages. M'inspirant du dicton *Au royaume des aveugles, les borgnes sont rois*, j'en inventai un autre analogue basé sur ma propre expérience : *Quand personne ne sait ce qu'il faut faire, le premier qui a une proposition raisonnable à avancer est forcément entendu.*

J'avais du papier et de l'encre dans une de mes sacoches. Je m'installai devant la table, sous les yeux ébahis de la paysanne qui n'avait probablement encore jamais vu une femme sachant écrire, et rédigeai un mot à Jenny Cameron. Lorsqu'en arrivant à Glenfinnan, le prince Charles-Édouard avait brandi sa bannière, cette dernière avait été la première à conduire les trois cents hommes du clan Cameron à travers les montagnes pour le rejoindre. Son frère Hugh, apprenant ce qui s'était passé en rentrant chez lui, s'était précipité à Glenfinnan pour reprendre sa place de chef, mais Jenny avait refusé de rentrer à la maison. Elle s'était fort amusée lors du bref arrêt, à Édimbourg, de Charles-Édouard qui s'était fait acclamer par ses loyaux sujets, et était fermement décidée à l'accompagner jusqu'au bout...

Je n'avais pas de sceau, mais Jamie portait un insigne sur son béret, avec l'écusson et la devise des Fraser. Je l'écrasai contre une petite flaque de cire chaude avec laquelle j'avais refermé ma lettre. Cela avait l'air très officiel.

— C'est pour la dame écossaise avec les taches de rousseur, indiquai-je à Fergus.

Ravi de cette occasion de se dégourdir les jambes, le garçon bondit aussitôt vers la porte et se perdit dans la foule. Je n'avais pas la moindre idée de l'endroit où se trouvait Jenny Cameron en ce moment, mais tous les officiers étaient logés dans le presbytère près du cimetière et cela me paraissait un bon endroit pour commencer les recherches. Au moins, pendant ce temps, Fergus ne ferait pas de bêtises.

Mon messager parti, je me tournai vers mon hôtesse.

— Bon, voyons ce que vous avez comme couvertures, serviettes et jupons, proposai-je.

Je ne m'étais pas trompée quant à la forte personnalité de Jenny Cameron. Une femme capable de mobiliser trois cents hommes et de les conduire à travers les montagnes pour se rallier à un freluquet à l'accent italien et au goût prononcé pour l'eau-de-vie ne pouvait pas être ennuyeuse. En outre, elle devait posséder un talent rare pour obtenir ce qu'elle voulait.

— Excellente idée ! déclara-t-elle quand je lui eus exposé mon plan. Mon cousin Archie a sans doute déjà pris des dispositions. Mais il n'attend qu'une chose, se joindre aux soldats.

Son petit menton ferme s'avança encore un peu.

— ... C'est là qu'on s'amuse le plus, ajouta-t-elle.

— Je suis surprise que vous n'y soyez pas vous-même, hasardai-je.

Elle se mit à rire. Son petit visage bouffi à la mâchoire légèrement prognathe la faisait ressembler à un gentil bouledogue.

— Si je le pouvais, j'y serais, croyez-moi ! avoua-t-elle franchement. Mais depuis que Hugh nous a rejoints, il ne sait plus quoi inventer pour me convaincre de rentrer à la maison. Je lui ai répondu... (Elle lança un regard autour d'elle pour s'assurer que personne ne nous entendait.)... plutôt crever ! Je ne bougerai pas d'ici tant que je pourrai me rendre utile.

— Étant anglaise, je suis sûre qu'ils ne m'écouteront pas, observai-je.

— Vous avez raison. Mais ils m'écouteront, moi, répondit-elle. J'ignore combien de blessés nous aurons... Prions le Ciel qu'il n'y en ait pas beaucoup ! Mais nous ferions bien de nous y mettre tout de suite. Pourquoi ne pas nous installer dans les maisons situées autour du presbytère ? Nous serons plus près du puits.

Aussitôt dit, aussitôt fait. Elle sortit de la chaumière et descendit la rue d'un pas décidé, m'entraînant dans son sillage.

Outre la force de persuasion de Jenny Cameron, nous bénéficiâmes de l'aide de tous les hommes désœuvrés, trop contents d'avoir enfin quelque chose de concret à faire. Avant le coucher du soleil, nous avions déjà installé un hôpital de campagne, sommaire mais opérationnel.

Les aulnes et les mélèzes du bois voisin commençaient à perdre leurs feuilles. Ici et là, le vent en poussait quelques-unes jusque devant nos portes, ballottées par les courants d'air comme de frêles esquifs sur une mer houleuse.

L'une d'entre elles passa sous mon nez en tourbillonnant. Je la saisis au vol et la tins dans ma paume, admirant les fines nervures qui irradiaient de la tige, comme un fin squelette qui perdurerait bien après la décomposition du limbe. Un coup de vent la souleva et elle reprit sa course folle le long de la rue déserte.

En levant le nez, je pouvais apercevoir, au-dessus de nous, la crête derrière laquelle les hommes étaient rassemblés. Charles-Édouard Stuart était rentré une heure plus tôt avec sa moitié d'armée, avait entraîné derrière lui les derniers soldats attardés au village et rejoint les troupes de lord George. À cette distance, je ne pouvais distinguer qu'une silhouette de temps à autre, qui se détachait sur le ciel gris. Dans la direction opposée, huit cents mètres après le bout de la rue, je voyais s'élever la fumée des campements ennemis. L'odeur de la tourbe brûlée dans les cheminées des chaumières, qui se mêlait à celle des feux de camp des Anglais, dominait le parfum d'iode des embruns marins.

Les femmes et les enfants des soldats, restés seuls au village, avaient tous pu être logés chez les habitants, et ils partageaient à présent leur humble dîner de gruau d'avoine et de hareng fumé.

Une petite silhouette sombre apparut derrière moi et me tira par la manche.

— Milady, vous ne venez pas dîner ? On vous a mis de la soupe de côté.

— Oh ? Ah, oui, Fergus, j'arrive.

Je lançai un dernier regard vers la crête et me tournai vers les cottages.

Fergus resta planté au milieu de la rue. Une main en visière, il scrutait la crête à son tour. Jamie lui avait fermement ordonné de rester avec moi, mais il mourait d'envie de rejoindre les soldats.

— Alors Fergus, tu viens ?

— Oui, milady, soupira-t-il d'un air absent.

Traînant les pieds, il me suivit, résigné à partager quelque temps encore ma morne existence.

Les jours raccourcissaient nettement et les lampes étaient désormais allumées bien avant que nous ayons terminé nos tâches de la journée. L'obscurité du soir était animée par les allées et venues constantes et la lueur des feux à l'horizon. Fergus, incapable de tenir en place, ne cessait de courir un peu partout, portant des messages et glanant des informations, les yeux brillants d'excitation.

J'étais en pleine conférence avec un groupe de femmes, et je leur expliquais l'importance de se laver les mains avant de soigner les blessés, quand il surgit derrière moi comme un fantôme.

— Milady ! Milady !

— Qu'est-ce qu'il y a encore, Fergus ! m'énervai-je.

J'étais en train de déchirer des draps et j'enseignais à mon auditoire la confection des bandages.

— Il y a un homme, milady. Il voudrait parler avec le commandant de l'armée de Son Altesse. Il dit qu'il a des informations importantes à lui communiquer.

— Qu'est-ce que tu veux que j'y fasse ?

Je tirais de toutes mes forces sur une couture récalcitrante. N'y parvenant pas, j'y mis les dents et le drap de lin se fendit dans toute sa longueur. Je recrachai quelques brins de fil. Fergus était toujours là, à se dandiner.

— C'est bon, Fergus, soupirai-je. Qu'est-ce que tu... qu'il attend de moi ?

— Si vous m'en donnez la permission, milady, je pourrais le conduire jusqu'à milord. Lui, il pourra certainement arranger une entrevue avec le commandant.

Aux yeux de Fergus, *lui*, naturellement, pouvait tout faire, y compris marcher sur les flots, transformer de l'eau en vin et inciter lord George à recevoir de mystérieux inconnus surgis de nulle part avec des informations importantes.

— Où est cet homme ? demandai-je.

Fergus n'attendait que cet encouragement. Il se précipita hors de la chaumière et revint quelques minutes plus tard en tirant par la manche un jeune homme frêle qui roulait de grands yeux apeurés.

— Madame Fraser ?

Il esquissa une courbette maladroite comme s'il se trouvait devant la reine-mère en personne et s'essuya les mains sur son pantalon.

— Je... je m'appelle Richard Anderson, de Whitburg.

— Enchantée, dis-je poliment. Fergus me dit que vous avez des renseignements à fournir à lord George Murray ?

Il hocha vigoureusement la tête, me faisant penser à un merle d'eau à sa toilette.

— C'est que... j'ai vécu dans cette région toute ma vie, madame Fraser. Je connais cette crête où campent nos armées comme le fond de mes poches. Il y a un chemin qui en descend et qui permet de traverser le fossé qui nous sépare de l'ennemi.

— Je vois.

Mon estomac se noua. Les Highlanders comptaient donner l'assaut le lendemain matin au lever du soleil. Pour cela, ils allaient devoir lever le camp pendant la nuit afin de contourner le fossé. S'il y avait un moyen de le traverser sans encombre, cela ferait une sacrée différence.

Je *croyais* connaître l'issue du combat, mais je n'étais sûre de rien. Ayant été mariée à un historien, je ne connaissais que trop le caractère peu fiable des sources historiques. De fait, je ne pouvais dire si ma présence pouvait ou non changer quoi que ce soit.

L'espace d'un instant, je me demandai ce qui arriverait si j'essayais d'empêcher Richard Anderson de rencontrer lord George. Cela modifierait-il l'issue de la bataille du lendemain ? Les Highlanders — y compris Jamie et ses hommes — seraient-ils décimés par l'ennemi en s'embourbant dans les marécages ? Lord George trouverait-il une autre solution ? ou Richard Anderson parviendrait-il à le rencontrer par ses propres moyens ?

La situation était mal choisie pour tenter ce genre d'expérience. Je regardai Fergus qui piaffait d'impatience.

— Tu penses pouvoir retrouver Jamie ? demandai-je. Il fait nuit noire et vous risquez de vous faire tirer dessus par erreur.

— Je peux le trouver, j'vous l'jure, milady ! dit-il précipitamment.

Je savais que je pouvais lui faire confiance. Quand il s'agissait de retrouver Jamie, il semblait équipé d'un radar.

— D'accord, concédai-je, mais surtout, sois très prudent.

— Oui, milady !

Il fila ventre à terre avant que je change d'avis, entraînant à sa suite Richard Anderson.

Une bonne demi-heure s'écoula avant que je ne m'aperçoive que le couteau que j'avais laissé sur la table avait disparu lui aussi. Mon sang se glaça quand je me rendis soudain compte que j'avais oublié de dire à Fergus qu'il était censé revenir.

Le premier coup de canon retentit juste avant l'aube, faisant vibrer les parois de la chaumière. Je serrai les dents et mes doigts se refermèrent sur ceux de la paysanne couchée à côté de moi. Il y eut un gémissement sourd de l'autre côté de la pièce et j'entendis quelqu'un souffler : *Sainte Marie mère de Dieu, priez pour nous !* Les femmes se levèrent lentement, sans échanger un mot, à l'affût des bruits de la bataille qui se déroulait plus bas dans la plaine.

J'aperçus la femme d'un soldat, une certaine Mme MacPherson, qui repliait sa couverture devant la fenêtre. Ses traits étaient décomposés par la peur. Elle ferma les yeux et frissonna tandis qu'une seconde détonation retentissait au loin.

Contrairement à moi, ces femmes n'avaient aucune idée de ce qui était en train de se passer. Elles ignoraient tout des sentiers secrets, des assauts menés à l'aube et des charges-surprises. Elles savaient uniquement que leurs maris et leurs fils étaient en ce moment même exposés aux tirs des canons et des mousquets d'une armée anglaise quatre fois plus nombreuse que les troupes écossaises.

Je savais qu'il était inutile de tenter de les rassurer en leur prédisant l'avenir. Elles ne m'auraient pas écoutée de toute façon. Le mieux que je pouvais faire, c'était de les occuper. Il me vint soudain une image : une tignasse rousse au soleil levant, cible parfaite pour un bon tireur. Suivit une autre, tout aussi inquiétante : un gamin maigrichon se faufilant entre les soldats, armé d'un couteau de boucher volé, les yeux illuminés par des rêves de gloire. Je déglutis péniblement. J'avais moi aussi grand besoin de m'occuper l'esprit avec des tâches concrètes.

— Mesdames ! lançai-je. Nous avons du pain sur la planche. Il nous faut des chaudrons pour faire bouillir de l'eau ; du gruau pour ceux qui sont capables de manger ; du lait pour les autres ; du suif et de l'ail pour les bandages ; des lattes de bois pour les éclisses ; des bouteilles, des flacons, des tasses et des cuillères ; du fil à coudre et des aiguilles... Madame MacPherson, si vous voulez bien me donner un coup de main...

Mon vieux manuel d'Histoire avait fait état de trente victimes, mais il n'avait pas mentionné le nombre de blessés. Ils étaient bien plus de trente à envahir notre petit hôpital de campagne à mesure que le soleil grimpait vers son zénith. Les vainqueurs de la bataille rentraient peu à peu en traversant triomphalement le village, ceux qui étaient sains et saufs soutenant leurs camarades blessés.

Sur un coup de tête chevaleresque qui ne lui coûtait pas grand-chose, Son Altesse avait ordonné d'évacuer et de soigner d'abord les blessés anglais. *Ce sont, eux aussi, les sujets de mon père et je tiens à ce qu'ils soient bien traités*, avait-il déclaré. Le fait que les Highlanders qui venaient de remporter la victoire en son nom étaient aussi ses sujets semblait lui avoir échappé.

— Vu le comportement du père et du fils, marmonnai-je à Jenny Cameron, il ne nous reste qu'à espérer que le Saint-Esprit ne s'en mêle pas lui aussi !

Mme MacPherson prit un air effaré devant ce blasphème, mais Jenny éclata de rire.

La liesse des soldats victorieux étouffait les gémissements des blessés, transportés sur des civières de fortune fabriquées avec une planche posée sur deux mousquets, mais le plus souvent soutenus par un camarade. Certains étaient arrivés par leurs propres moyens, clopinant, mais le visage radieux, devant la justification glorieuse de leur foi.

— Bon sang ! s'écria joyeusement un des blessés à un camarade ensanglanté allongé près de lui. Tu les as vus détaler comme des souris avec un chat au cul !

— Ouais, y en avait même pas mal qui avaient perdu leur queue ! rétorqua l'autre en se tordant de rire.

Mais la joie n'était pas unanime. De petits groupes de Highlanders remontaient lentement la colline d'un air sombre, portant le corps d'un ami mort, son plaid rabattu sur le visage.

C'était l'épreuve du feu pour mes assistantes et elles relevèrent le défi avec le même courage que les soldats sur le champ de bataille. Elles pestèrent, rechignèrent, mais se lancèrent néanmoins dans le combat avec une ardeur sans précédent ; sans jamais cesser de râler, naturellement.

Mme MacMurdo revint avec une bonbonne pleine qu'elle suspendit près des autres le long du mur du cottage, avant de se pencher sur la baignoire en cuivre où étaient entreposées les bouteilles d'hydromel. Je l'avais chargée de passer de malade en malade en les encourageant à boire le plus possible, et ensuite de faire une seconde tournée pour recueillir le résultat de son travail, équipée de plusieurs bonbonnes vides.

— Si on leur donnait pas tant à boire, ils pisseraient moins ! ronchonna-t-elle pour la énième fois.

— Madame MacMurdo, répétai-je patiemment. Il faut les faire boire le plus possible. Cela évite une chute de tension artérielle, compense en partie les liquides qu'ils ont perdus et prévient l'état de choc.

Devant son air sceptique, je commençai à m'énerver.

— Écoutez, madame, combien en avez-vous vu mourir depuis qu'ils sont là ?

Elle haussa les épaules d'un air de dire « pour qui elle se prend donc, celle-là ! » et s'éloigna en maugréant.

Je sortis quelques instants pour échapper à Mme MacMurdo et à l'atmosphère confinée du cottage qui empestait la fumée et la transpiration. La rue était pleine d'hommes ivres et hilares, les bras chargés du butin ramassé sur le champ de bataille. L'un d'eux, portant le tartan rouge des MacGillivray, tirait une couleuvrine anglaise saucissonnée de cordages comme une bête sauvage. L'effet était encore accentué par les loups finement ciselés qui ornaient la gueule et la culasse du canon.

Je reconnus soudain la petite silhouette perchée sur le tube, les cheveux hérissés comme un écouvillon. Je fermai brièvement les yeux en remerciant le Ciel et me précipitai pour le faire descendre de son perchoir.

— Petit vaurien ! m'écriai-je en le secouant comme un prunier. Tu n'as pas honte d'avoir filé comme ça ! Si je n'étais pas si occupée, je te donnerais la correction que tu mérites !

— Milady ! Milady ! répétait-il.

Je me rendis soudain compte qu'il n'avait pas entendu un traître mot de ce que je venais de lui dire.

— Tu n'as rien ? demandai-je plus calmement.

Une expression perplexe se dessina sur son visage souillé de boue et de poudre. Il hocha la tête et m'adressa un sourire hébété.

— J'ai tué un soldat anglais, milady.

— Ah oui ?

Je me demandai s'il attendait des félicitations ou des paroles de réconfort. Il n'avait que dix ans.

Il plissa le front, comme s'il cherchait à se souvenir.

— Enfin... je crois que je l'ai tué. Il est tombé à terre et je lui ai enfoncé mon couteau dans le ventre.

Il me lança un regard interrogateur, comme s'il attendait une réponse.

— Allez viens, Fergus, dis-je enfin. Je vais te trouver de quoi manger et un endroit où dormir. N'y pense plus.

Il me suivit docilement. Le sentant à bout de forces, je le soulevai, non sans mal, et l'emmenai vers les chaumières qui bordaient l'église où se trouvait notre hôpital de campagne. J'avais compté le faire d'abord manger, mais il dormait déjà à poings fermés quand j'atteignis le lieu où O'Sullivan tentait d'organiser, sans grand succès, ses chariots d'intendance.

Je le couchai chez une paysanne qui gardait toute une ribambelle de bambins pendant que leurs mères soignaient les hommes. C'était enfin un endroit où il était à sa place.

Le cottage s'était rempli d'une trentaine d'hommes au cours de l'après-midi et mes équipes d'infirmières étaient surchargées. En temps normal, la maison accueillait une famille de cinq ou six personnes. Les hommes capables de tenir debout piétinaient les plaids de ceux qui étaient couchés. D'où je me tenais, je pouvais voir les officiers entrer et sortir du presbytère, où se tenait l'état-major jacobite. J'essayais vainement d'apercevoir Jamie parmi ceux qui venaient au rapport ou recevoir des félicitations.

Je refoulai mon inquiétude, me répétant que s'il avait été blessé on me l'aurait déjà amené. Je n'avais pas encore eu le temps d'aller jusqu'à la petite tente montée à la sortie du village où l'on alignait les morts, comme pour les préparer à une dernière inspection. Mais il ne pouvait pas y être.

Non, il ne pouvait pas y être.

La porte s'ouvrit brusquement et il entra.

Je sentis mes genoux lâcher sous moi et me rattrapai de justesse au bord de la cheminée. Il me chercha des yeux dans la pièce avant de m'apercevoir et son sourire, en me voyant enfin, me fit défaillir.

Il était crasseux, en sang, ses mollets et ses pieds nus étaient couverts de plaques de boue séchée. Mais il était entier et marchait encore sur ses deux jambes. Je n'allais pas pinailler pour si peu !

En l'apercevant, plusieurs des blessés le saluèrent. Il fit un petit signe amical à George MacClure qui trouva la force de lui répondre, en dépit de son oreille qui ne tenait plus que par un lambeau de chair. Enfin, il leva les yeux vers moi.

Nous n'avions ni l'un ni l'autre le temps de parler, mais nos deux regards parlèrent d'eux-mêmes : *Dieu merci ! tu n'as rien.*

Les blessés continuaient à affluer et tous les civils du villages avaient été mobilisés pour aider. Archie Cameron, le frère de Lochiel, allait et venait d'une chaumière à l'autre sans provoquer trop de dégâts et parvenait même à se montrer efficace de temps à autre.

J'avais demandé qu'on amène directement tous les Fraser de Lallybroch dans le cottage où j'effectuai un premier tri. Ceux qui pouvaient encore marcher étaient envoyés un peu plus bas dans la rue, chez Jenny Cameron ; les mourants et ceux qui avaient reçu des blessures graves à la tête (ce qui revenait pratiquement au même) étaient acheminés en face, dans l'église où Archie Cameron tenait son quartier général. Je le pensais capable d'administrer du laudanum et l'environnement leur serait toujours d'un léger réconfort.

Je traitais de mon mieux les autres blessures graves. Les os cassés repartaient par la porte d'à côté, où deux médecins du régiment Macintosh posaient des éclisses et des bandages. Les blessés au thorax qui n'étaient pas mortellement atteints étaient installés le plus confortablement possible le long du mur, en position semi-assise afin de faciliter la respiration. En l'absence d'oxygène et de salle de réanimation, je ne pouvais en faire plus.

Les membres amputés ou broyés, ainsi que les entailles abdominales, étaient les plus difficiles à traiter. Je n'avais rien pour stériliser les plaies. Je ne pouvais que me laver les mains entre deux patients, vérifier que mes assistantes faisaient de même, et veiller à ce que tous les pansements soient bouillis avant d'être appliqués. Je savais fort bien que mes recommandations n'étaient pas appliquées dans les chaumières voisines où ce genre de précaution était considéré comme une perte de temps. Si je n'avais pas su convaincre les religieuses et les chirurgiens de l'hôpital des Anges, je ne pouvais guère espérer réussir avec un groupe de paysannes écossaises ou de médecins militaires qui faisaient également office de maréchaux-ferrants.

J'enrageais à l'idée que des hommes souffrant de blessures bénignes allaient mourir des suites d'infections. Je pouvais offrir à ceux de Lallybroch et à quelques autres l'assurance de mains et de bandages propres, mais je ne pouvais rien pour la plupart. Lors d'une autre guerre très lointaine, sur les champs de bataille de France, j'avais appris une leçon précieuse : je ne pouvais pas sauver tout le monde, mais si je travaillais assez vite, je pouvais peut-être sauver le blessé qui m'était confié.

Jamie se tint un instant sur le pas de la porte à évaluer la situation et s'attaqua aux tâches les plus lourdes : soulever des patients, transporter des chaudrons, aller au puits... Une fois rassurée à son sujet, je cessai de penser à lui et me laissai entraîner dans un tourbillon d'activité.

Le centre de diagnostic d'un hôpital de campagne ressemble toujours un peu à un abattoir et celui-ci ne faisait pas exception. Le sol était jonché de détritus, ce qui n'était pas un mal en soi dans la mesure où ils absorbaient le sang et les autres liquides.

Les volutes de vapeur qui s'échappaient des chaudrons venaient encore ajouter à la chaleur ambiante. Tous transpiraient, aides-soignants et blessés, couverts d'une sueur nauséabonde. Un épais nuage de poudre se répandait lentement dans Tranent et s'infiltrait dans les maisons par les portes ouvertes. Les yeux étaient irrités et le linge fraîchement bouilli étendu devant le feu risquait à tout instant d'être contaminé.

Les blessés arrivaient par vagues dans les cottages en semant la pagaille. Nous tentions de faire face en activant le mouvement, pour nous retrouver, quelques minutes plus tard, pantelants, empêtrés dans une nouvelle marée humaine.

Il y eut des temps morts, bien sûr, surtout en fin de soirée, quand le flot des blessés s'amenuisa. Notre travail devint alors plus facile et consista à soigner les patients qui étaient encore avec nous.

Je prenais l'air sur le pas de la porte quand Jamie revint les bras chargés de petit bois. Il laissa tomber son fardeau devant la cheminée et vint se placer à côté de moi, une main sur mon épaule. Des rigoles de transpiration coulaient le long de sa mâchoire et je les épongeai avec un coin de mon tablier.

— Tu as vu les autres cottages ? demandai-je.

Il acquiesça. Sous son masque de suif et de sang, il était pâle.

— Tous les hommes ne sont pas encore rentrés, m'informa-t-il. Ils sont occupés à dépouiller les morts sur le champ de bataille. Mais tous nos blessés sont ici.

Il m'indiqua du menton le fond de la chaumière où trois hommes de Lallybroch étaient couchés ou assis près du feu, occupés à échanger les insultes d'usage avec les membres d'autres clans. Les quelques blessés anglais de mon cottage étaient regroupés dans un coin près de la porte. Ils parlaient peu, angoissés par les sombres perspectives de la captivité.

— Rien de grave ? me demanda Jamie en parlant de ses trois métayers.

— Non. George MacClure risque de perdre son oreille mais il est encore trop tôt pour le dire. Mais, dans l'ensemble, ils s'en remettront vite.

— Tant mieux.

Il esquissa un sourire las et s'essuya le visage avec un pan de son plaid. Je remarquai qu'il l'avait drapé autour de son corps, au lieu de le porter jeté sur l'épaule comme à son habitude. J'en déduisis que c'était pour ne pas entraver ses mouvements ; mais il devait mourir de chaleur.

Il tendit la main vers une des bonbonnes en terre cuite suspendues à un clou près de la porte.

— Pas celle-là ! m'écriai-je.

Il me lança un regard perplexe.

— Pourquoi pas ? Elle est pleine.

— Je sais, mais pas de ce que tu penses. Elle nous sert d'urinoir.

— Ah...

Il voulut la raccrocher mais je l'arrêtai.

— Non, vas-y. Prends-la, suggérai-je. Tu n'as qu'à la vider et la rincer au puits. Pendant que tu y es, remplis aussi celle-ci.

Je lui tendis une bonbonne identique à la première.

— Tâche de ne pas les confondre ! lui recommandai-je.

— Mmm... fit-il en se tournant vers la porte.

— Hé ! l'arrêtai-je. Qu'est-ce que tu as là ?

— Quoi ? lança-t-il en se retournant.

En le voyant de dos, je venais de remarquer une trace de boue sur sa chemise, entre deux plis de son plaid. Elle avait exactement la forme d'un fer à cheval, aussi précise que si elle avait été imprimée au pochoir.

— Ah, ça ? fit Jamie en haussant les épaules.

— Tu t'es fait piétiner par un cheval ! dis-je, incrédule.

— Il ne l'a pas fait exprès, répondit Jamie comme pour l'excuser. Les chevaux n'aiment pas marcher sur les humains. Je suppose que ça leur procure une sensation étrange et désagréable.

Je le retins par la manche.

— Arrête de bouger et laisse-moi voir ça ! Comment est-ce arrivé ?

— Bah ! Laisse tomber, protesta-t-il. Je n'ai pas de côtes cassées, elles me font juste un peu mal.

— Vraiment ?

J'avais soulevé sa chemise et observais, médusée, la trace du fer à cheval, juste au-dessus de la hanche.

— Bon sang ! On peut même voir les clous ! m'exclamai-je.

Lors de l'assaut, un cavalier anglais avait foncé droit sur lui. Coincé entre deux montures, Jamie avait eu juste le temps de plonger à terre et de se protéger la tête des mains.

— Sur le coup je n'ai rien senti, expliqua-t-il.

Néanmoins, il ne put réprimer une grimace quand j'effleurai la plaie du bout des doigts.

— Est-ce que tu as uriné depuis que c'est arrivé ? demandai-je en laissant retomber sa chemise.

Il me regarda comme si j'avais perdu la tête.

— Jamie... m'impatientai-je. Tu as été piétiné par une bête de six cents à huit cents kilos. J'ai besoin de savoir si tu as du sang dans tes urines.

— Ah ! dit-il, l'air rassuré. Bien... je n'en sais rien.

— Alors, c'est le moment de le vérifier.

Je fouillai dans mon coffret à remèdes et en extirpai un petit flacon en verre que je tenais de l'hôpital des Anges.

— Remplis-le et rapporte-le-moi, ordonnai-je.

Là-dessus, je m'éloignai vers l'âtre où un chaudron rempli de linge bouilli attendait mes soins.

Lorsque je jetai les yeux sur lui quelques instants plus tard, il était toujours devant la porte, contemplant le flacon d'un air perplexe.

— Tu veux un coup de main, mon garçon ?

Un vieux dragon anglais l'observait depuis sa paillasse, hilare.

Un large sourire illumina le visage de Jamie.

— Bonne idée ! répondit-il.

Il se pencha, tendant le flacon au soldat.

— Vous n'avez qu'à le tenir bien droit pendant que je vise.

Une vague de rires secoua les hommes couchés un peu plus loin et les sortit un moment de leur misère.

Après un moment d'hésitation, la grosse paluche du soldat se referma sur le flacon. Il avait reçu une décharge de mitraille dans la hanche et ses mouvements n'étaient pas très sûrs. Il parvint néanmoins à sourire et reposa le flacon à deux mètres des pieds nus de Jamie.

— Je te parie six pences que tu n'y arrives pas, déclara-t-il.

Jamie se gratta le menton d'un air songeur. L'homme dont je bandais le bras cessa un instant de gémir pour observer la scène.

— Hmm... fit Jamie. Ce n'est pas du tout cuit. Mais pour six pences, ça vaut le coup d'essayer, non ?

— De l'argent facilement gagné, mon garçon, dit l'Anglais.

— Deux pennies d'argent sur le laird, s'écria un homme du clan MacDonald près de la cheminée.

Un autre soldat anglais, veste retournée pour marquer son statut de prisonnier, palpa ses côtes, cherchant l'ouverture de sa poche.

— Ha ! Un paquet de tabac contre lui ! lança-t-il triomphalement en brandissant un petit sachet de toile.

Les paris et les remarques grivoises commencèrent à voler dans la salle. Jamie, qui s'était accroupi d'un air sérieux pour évaluer la distance entre lui et le flacon, me rappelait un joueur de pétanque.

— D'accord, dit-il en se relevant et en bombant le torse. Prêt ?

Le vieil homme près de la porte gloussa de rire.

— Ah, ça oui. Moi je suis prêt !

Un silence attentif s'abattit sur la chaumière. Les hommes se hissaient sur les coudes pour mieux voir, leurs maux et leurs antagonismes provisoirement effacées.

Jamie lança un regard à la ronde, fit un petit signe de tête en direction des hommes de Lallybroch, glissa une main sous son kilt, à la recherche de quelque chose, et fronça les sourcils.

— C'est drôle, dit-il, je suis sûr que je l'avais en sortant ce matin !

Amusé par l'hilarité générale, il souleva carrément son kilt et prit fermement son outil en main. Il plissa des yeux, fléchit légèrement les genoux et pointa son arme.

Rien.

— Sa pétoire est enrayée ! rugit un Anglais.

— Sa poudre est trop humide ! renchérit un autre.

— Qu'est-ce qui se passe, mon garçon, t'as plus de munitions ? aboya un troisième.

Jamie baissa des yeux perplexes vers son engin, déclenchant une nouvelle vague de rires et de sifflets. Puis son visage s'illumina.

— Ah, je sais ! s'exclama-t-il. Mon arme est vide, voilà tout !

Il tendit un bras vers une des bonbonnes suspendues au mur derrière lui et me lança un bref regard. Je lui fis discrètement signe que c'était la bonne. Il la décrocha et l'inclina au-dessus de sa bouche grande ouverte. L'eau se déversa sur son menton et sa chemise, au rythme de sa pomme d'Adam qui montait et descendait d'une façon théâtrale.

— Ahhh !

Il replaça la bonbonne et s'essuya les lèvres du revers de la manche avant de s'incliner devant son public ravi.

— Bon ! Voyons ce qu'il en est à présent.

Son regard croisa le mien et s'immobilisa soudain. Il tournait le dos à la porte et ne pouvait voir la personne qui s'y tenait ; mais au brusque silence qui venait de tomber sur la pièce, il dut deviner que les paris étaient annulés.

Son Altesse le prince Charles-Édouard dut pencher la tête pour pouvoir passer la porte. Venu rendre visite aux blessés, il avait revêtu pour l'occasion des culottes de velours prune, des bas assortis, une chemise en dentelle immaculée et, par solidarité avec ses troupes, une veste et un gilet en tartan des Cameron, avec un plaid retenu à l'épaule par une broche en quartz fumé. Ses cheveux étaient fraîchement poudrés et l'Ordre de St. André scintillait fièrement sur son torse.

Il marqua une pause à l'entrée de la chaumière, noblement redressé, afin d'offrir à ses sujets le spectacle de sa grandeur, ce qui eut pour effet de bloquer le passage à ceux qui se bousculaient derrière lui. Il balaya lentement la pièce du regard et s'arrêta sur chacun des vingt-cinq hommes entassés sur le sol, ceux qui les soignaient, la montagne de bandages sanguinolents empilés dans un coin, le fouillis de médicaments et d'instruments éparpillés sur la table, et moi, juste derrière.

Son Altesse n'appréciait guère la présence de femmes dans l'armée en règle générale, mais il ne pouvait passer outre les contraintes de la courtoisie. Après tout, j'étais une femme, malgré mes cheveux hirsutes et les traînées de sang et de vomissures sur ma jupe.

— Madame Fraser, déclara-t-il en se découvrant.

— Votre Altesse, répondis-je en priant le Ciel qu'il ne s'attarde pas trop.

— Sachez, milady, que nous apprécions beaucoup votre travail.

Son accent italien était encore plus marqué que d'habitude.

— Euh... merci, Votre Altesse. Faites attention où vous mettez les pieds, le sol est glissant.

Pinçant les lèvres, il enjamba la flaque de sang que je lui indiquais. La porte libérée, Sheridan, O'Sullivan et lord Balmerino entrèrent à sa suite, ajoutant encore à l'exiguïté du lieu. Maintenant que les questions de galanterie étaient réglées, Son Altesse s'agenouilla prudemment entre deux paillasses.

— Comment t'appelles-tu, mon brave ?

— Gilbert Munro... euh, Votre Altesse.

Le malheureux métayer semblait terrifié. Les doigts manucurés effleurèrent les bandages et les éclisses qui recouvraient ce qui restait du bras droit de Munro.

— Tu as payé un lourd tribut à notre cause, Gilbert Munro, dit simplement Charles-Édouard. Ton sacrifice ne sera pas oublié.

Il caressa doucement la joue mal rasée. Munro, éperdu de reconnaissance, vira au rouge brique.

J'étais occupée à recoudre le cuir chevelu d'un soldat, mais je pouvais suivre le prince du coin de l'œil. Il fit le tour de la pièce, lentement, de lit en lit, s'arrêtant pour demander le nom et le lieu d'origine de chacun, offrant ses remerciements et son affection, ses félicitations et ses condoléances.

Impressionnés, les Écossais comme les Anglais répondaient à Son Altesse en balbutiant. Lorsqu'il se releva, avec un craquement d'os sonore, les hommes ne pipaient mot. Un pan de son plaid traînait dans la boue, mais il ne paraissait pas s'en être aperçu.

— Je vous apporte la bénédiction et la gratitude de mon père, déclara-t-il. Vos prouesses de ce jour entreront dans l'Histoire.

Les hommes couchés sur le sol n'étaient pas en état d'applaudir, mais ils trouvèrent la force de sourire et un murmure général s'éleva.

Se tournant pour sortir, Charles-Édouard aperçut Jamie, plaqué contre le mur pour éviter d'avoir les orteils piétinés par les bottes de Sheridan. Le visage de Son Altesse s'illumina.

— Mon cher ami ! Je ne vous ai pas vu aujourd'hui. J'ai craint qu'il ne vous soit arrivé malheur.

Faisant une moue réprobatrice, il ajouta :

— Pourquoi n'êtes-vous pas venu dîner au presbytère avec les autres officiers ?

Jamie sourit et s'inclina respectueusement.

— Ma place est ici, auprès de mes hommes, Votre Altesse.

Charles-Édouard prit un air surpris et ouvrit la bouche pour répliquer, quand lord Balmerino se pencha vers lui et lui murmura quelque chose à l'oreille. L'expression du prince se mua en inquiétude.

— Qu'entends-je ? On me dit que vous avez été blessé ?

Jamie parut mortifié. Il lança un bref regard dans ma direction pour voir si j'avais entendu et, constatant à mon air ahuri que c'était le cas, se tourna de nouveau vers le prince.

— Ce n'est rien, Votre Altesse, juste une égratignure.

— Montrez-moi.

Le ton était aimable mais impérieux. Jamie dut obtempérer.

Les plis intérieurs de son plaid étaient presque noirs au niveau de ses côtes et sa chemise était imprégnée de sang séché de l'aisselle à la hanche.

Abandonnant mon blessé quelques instants, je m'approchai de Jamie et écartai délicatement sa chemise. Malgré l'afflux de sang, je savais que la blessure n'était pas très grave ; il n'aurait pas été, sinon, capable des efforts qu'il avait déployés depuis qu'il était rentré du champ de bataille.

C'était une entaille laissée par un sabre entre les côtes. À un poil près, la lame aurait pu s'enfoncer profondément dans les muscles intercostaux. La plaie mesurait bien une quinzaine de centimètres et laissa échapper un mince filet de sang quand j'appuyai dessus. Il allait lui falloir un bon nombre de points de suture mais, hormis le risque omniprésent de l'infection, il n'y avait rien d'inquiétant.

Je me tournai vers le prince pour lui faire mon diagnostic, mais je fus arrêtée dans mon élan par l'étrange expression de son visage. Je crus d'abord que c'était une réaction naturelle de la part d'une personne peu accoutumée à la vue du sang et des plaies. Plus d'une infirmière stagiaire de l'hôpital militaire où j'avais travaillé autrefois avait dû être conduite à l'extérieur pour y vomir, avant de revenir soigner son blessé. Les blessures de guerre sont toujours particulièrement impressionnantes.

Mais Charles-Édouard n'était pas un « bleu ». Même si ce n'était pas un grand soldat, il avait fréquenté les champs de bataille dès l'âge de quatorze ans, comme Jamie, au moment de la bataille de Gaète assiégée par les Sardes.

Ce n'était pas un simple paysan ni un berger qu'il avait devant lui. Pas même un soldat anonyme dont le devoir était de défendre la cause des Stuarts, mais un ami. En outre, la plaie de Jamie semblait lui faire prendre enfin la vraie mesure des choses : ce sang avait été versé en *son* nom, tous ces hommes avaient été blessés pour *sa* cause. C'était une révélation difficile à porter pour ses jeunes épaules.

Il contempla longuement le flanc de Jamie et leva les yeux vers son visage. Il lui saisit la main et inclina la tête.

— Merci, dit-il doucement.

L'espace de ce bref instant, je me dis qu'il aurait peut-être fait un bon roi, après tout.

Sur une pente douce, derrière l'église, on avait érigé une tente qui faisait office de chapelle ardente. Les morts y étaient couchés en rangs réguliers, leur plaid rabattu sur la tête. Cette fois, Anglais et Écossais avaient reçu le même traitement et seul leur tartan permettait d'identifier les Highlanders. MacDonald de Keppoch avait amené avec lui un prêtre français. Ce dernier allait de corps en corps, une étole d'un violet incongru jetée sur son plaid crasseux, et récitait une courte prière pour chacun :

— Accorde-lui, Seigneur, le repos éternel, et que ta lumière brille à jamais sur lui.

Il se signait machinalement et passait au suivant.

J'étais déjà entrée dans la tente un peu plus tôt dans l'après-midi. Le cœur serré, j'avais compté les morts highlanders. Vingt-deux. À présent, quand j'entrai à nouveau dans la tente, le nombre avait grimpé à vingt-six.

Un vingt-septième attendait dans l'église voisine, avant-dernière étape de son voyage. Alexander Kincaid Fraser se mourait lentement des blessures qui déchiraient son ventre et son thorax. On me l'avait amené dans l'après-midi, le teint livide après avoir passé la journée à se vider de son sang sur le champ de bataille.

Il avait tenté de me sourire pendant que j'humidifiais ses lèvres crevassées avec un linge humide et les enduisais de suif. Lui donner à boire l'aurait tué sur le coup, car le liquide se serait déversé dans ses intestins perforés, entraînant une réaction mortelle. En constatant la gravité de son état, j'avais hésité un moment, me disant qu'une mort rapide était peut-être préférable à cette lente agonie, mais je m'étais ravisée... Il voudrait sans doute voir un prêtre et se confesser. Je l'avais fait transporter dans l'église, où le père Benin s'occupait des mourants comme moi des vivants.

Jamie avait rendu de brèves visites à l'église toutes les demi-heures. Kincaid s'était raccroché à la vie avec une ténacité inouïe et, ne voyant pas Jamie revenir de sa dernière visite, je compris que le dernier combat touchait à sa fin et j'allai voir si je pouvais faire quelque chose.

À l'endroit où Kincaid avait été étendu, il n'y avait plus qu'une grande tache sombre. Il n'était pas non plus sous la tente. Jamie n'était visible nulle part.

Je les découvris enfin dans un pré derrière l'église. Jamie était assis sur un rocher. Il tenait Kincaid entre ses bras. Il avait la tête posée sur l'épaule de Jamie, et ses longues jambes d'adolescent pendaient mollement sur le côté. Je touchai sa main blanche et inerte pour m'assurer qu'il était mort et passai mes doigts dans ses boucles brunes. *Un homme ne devrait pas mourir puceau* avait dit Jamie. Celui-ci l'était.

— C'est fini, Jamie, chuchotai-je.

Il ne réagit pas aussitôt ; puis il hocha la tête et ouvrit les yeux à contrecœur.

— Je sais. Il est mort dans mes bras presque aussitôt.

Je pris le corps par les épaules et nous le déposâmes délicatement sur le sol. Le pré était couvert de hautes herbes que la brise du soir faisait ondoyer au-dessus de son visage, comme pour un dernier hommage.

— Tu ne voulais pas qu'il meure sous un toit, c'est ça ? demandai-je.

Jamie fit oui de la tête, s'agenouilla près du corps et déposa un baiser sur le front du jeune homme.

— J'aimerais qu'on en fasse autant pour moi, dit-il doucement.

Il rabattit un pan du plaid sur les boucles brunes et murmura en gaélique quelque chose que je ne compris pas.

Malgré toutes les horreurs que j'avais vues défiler pendant la journée, je n'avais pas versé une larme, l'esprit tout entier tourné vers l'urgence de la situation. Mais cette fois, loin des regards étrangers, je sentis que je pouvais me laisser aller un moment. Je posai ma tête contre l'épaule de Jamie et il me serra doucement contre lui. Lorsque je relevai la tête, séchant mes larmes, il fixait toujours le corps sans vie étendu à nos pieds. Il sentit mon regard et se tourna vers moi.

— Moi aussi j'ai pleuré tout à l'heure, quand il était encore en vie, dit-il simplement. Où en es-tu avec les blessés ?

Je reniflai, me mouchai, pris son bras et nous repartîmes vers le cottage.

— J'ai besoin de ton aide à propos de l'un de tes hommes.

— Lequel ?

— Hamish MacBeth.

Les traits de Jamie, tirés par cette journée lourde d'épreuves, se détendirent un peu.

— Il est rentré ? Enfin une bonne nouvelle ! Il est grièvement blessé ?

Je levai les yeux au ciel.

— Tu verras.

MacBeth était l'un des préférés de Jamie. Ce mastodonte trapu à la longue barbe frisée et aux manières empruntées était prêt à satisfaire ses moindres désirs. Peu loquace, il avait un sourire timide qui s'épanouissait dans sa barbe comme une fleur nocturne, rare mais rayonnante.

Son absence après la bataille avait inquiété Jamie. À mesure que les heures passaient et que les derniers blessés arrivaient au compte-gouttes, je l'avais guetté, espérant toujours le voir venir. Le soleil s'était couché et les premiers feux de camp avaient été allumés ici et là dans le campement ; toujours rien. J'avais craint qu'on ne finisse par le retrouver parmi les morts, lui aussi.

Il était enfin arrivé une demi-heure plus tôt, lentement, mais par ses propres moyens. Une de ses jambes était couverte de sang et il s'appuyait sur un bâton. Et ce grand gaillard, manifestement mal en point, avait refusé de se laisser toucher par une « feeeuuume ». Hamish MacBeth était couché sur une paillasse près d'une lanterne, les mains croisées sur sa bedaine, les yeux patiemment rivés sur les poutres du plafond. Il sursauta légèrement quand Jamie s'agenouilla auprès de lui, mais ne broncha pas. Je restai discrètement en arrière, hors de son champ de vision.

— Comment ça va, mon vieux MacBeth ? demanda Jamie en posant une main sur le gros poignet velu.

— Ça peut aller, milord, grommela le géant. C'est juste que...

— Laisse-moi jeter un coup d'œil.

MacBeth n'émit aucune protestation quand son laird souleva un pan de son kilt. Regardant sous l'épaule de Jamie, je compris la raison de ses réticences.

Il avait reçu un coup d'épée ou de lance dans l'aine et la lame avait ripé vers le bas. Le scrotum était entamé, libérant un des testicules, dont la surface lisse luisait comme un œuf dur hors de sa coquille.

Jamie et les deux ou trois hommes penchés sur le blessé pâlirent, et j'aperçus l'un d'eux qui se touchait rapidement les parties comme pour s'assurer qu'elles étaient indemnes.

Malgré l'aspect impressionnant de la blessure, le testicule lui-même semblait intact et il y avait peu de sang. Jamie me lança discrètement un regard interrogateur et je lui fis signe que ce n'était rien de grave. Jamie tapota alors le genou de MacBeth.

— Bah ! C'est rien de bien méchant, mon vieux. Ne t'inquiète pas, tu pourras encore être père.

Le blessé dirigea un regard inquiet vers son bas-ventre.

— Ce n'est pas ça qui me turlupine, milord, vu que j'ai déjà six marmots. C'est plutôt ce que dira ma femme si je...

MacBeth vira au rouge vif, tandis que les hommes autour de lui éclataient de rire et sifflaient.

Après un dernier regard de confirmation de ma part, Jamie réprima sa propre envie de rire et déclara fermement :

— Ne t'inquiète pas pour ça non plus, elle n'aura pas à se plaindre de toi.

— Merci, milord, soupira MacBeth, enfin rassuré.

— En attendant, il va falloir te recoudre, tu n'y couperas pas, mon vieux !

Il tendit la main vers le coffret où je gardais mes aiguilles maison. Horrifiée par les instruments rudimentaires qu'utilisaient les chirurgiens-barbiers de l'époque, j'en avais préparé trois douzaines, à partir d'aiguilles à broder très fines que j'avais recourbées avec un forceps au-dessus d'une flamme. J'avais également fabriqué mes propres fils en boyau de chat ; tâche peu ragoûtante, mais qui me donnait la certitude de travailler avec des matériaux stérilisés.

L'aiguille paraissait ridiculement petite entre les gros doigts de Jamie. Ses vaines tentatives pour passer le fil dans le chas n'étaient guère rassurantes quant à la suite de l'opération. Il en rajoutait un peu, louchait et tirait la langue d'un air concentré.

— Soit je le fais moi-même, annonça-t-il, soit...

Il s'interrompit pour chercher l'aiguille qu'il venait de faire tomber sur la paillasse de MacBeth. La récupérant, il la brandit d'un air triomphal sous les yeux effarés de son patient.

— ... soit ma femme peut le faire pour toi.

J'avançai d'un pas pour entrer dans son champ de vision, en essayant de prendre l'air le plus détaché possible. Je pris l'aiguille et le fil des mains de Jamie, et l'enfilai du premier coup.

Les grands yeux de chien battu de MacBeth allèrent des grosses mains de Jamie à mes petits doigts agiles. Enfin, il se laissa retomber sur sa paillasse en poussant un gros « Mmm... » et marmonna qu'il consentait à ce qu'une « feeeuuume » touche à ses parties intimes.

— Ne t'inquiète pas, mon vieux, le rassura Jamie en lui tapotant l'épaule. Elle manipule le mien depuis un certain temps déjà et j'ai encore tout mon attirail.

Il se leva pour sortir sous des rugissements de rire, mais je le retins et lui fourrai une grande jarre entre les mains.

— Qu'est-ce que c'est ?

— De l'alcool et de l'eau, répondis-je. Une solution désinfectante. Si tu ne veux pas qu'il suppure ou qu'il attrape la fièvre, il va falloir nettoyer la plaie.

MacBeth avait parcouru un bon chemin entre le lieu où il avait été blessé et le village. La partie blessée était maculée de boue et de sang séché. L'alcool de grain était un désinfectant cruel, même coupé à cinquante pour cent, mais c'était l'outil le plus efficace dont je disposais contre les infections. Personne n'y échappait, malgré les protestations des soignants et les cris des patients.

Le regard de Jamie alla de la jarre à la plaie béante et il frissonna. Il avait eu sa dose un peu plus tôt, quand je l'avais recousu.

— Bon courage, MacBeth ! soupira-t-il.

Il mit fermement un genou sur le ventre du vieux soldat et déversa le contenu de la jarre sur le testicule déchiré.

Un terrible rugissement ébranla les murs du cottage et Mac-

Beth se tortilla comme une anguille écorchée. Lorsqu'il se tut enfin, son visage avait viré au vert mousse. Il ne broncha plus lorsque je me mis à recoudre lentement la peau de son scrotum. La plupart des patients, même les plus grièvement blessés, étaient stoïques pendant nos soins rudimentaires et MacBeth ne dérogea pas à la règle. Horriblement gêné, il garda les yeux fixés sur la flamme de la lanterne pendant que j'effectuais mon travail. Seuls les brusques changements de couleur de son teint trahissaient ses émotions.

Vers la fin, toutefois, il prit une teinte violette. J'en étais aux derniers points quand son pénis, que j'effleurais du dos de la main, commença lentement à se raidir. J'avais à peine coupé le fil qu'il rabattit prestement son kilt et se leva. Il s'éloigna en boitant sans se retourner et je pouffai de rire.

Il faisait chaud dans la chaumière et l'air était rempli du bruit des soldats endormis : non pas des ronflements sains, mais des respirations sifflantes et douloureuses, ponctuées de gémissements et de plaintes sourdes. Les hommes, enfin délivrés par le sommeil de l'obligation virile de souffrir en silence, se laissaient enfin aller à exprimer leur douleur.

Cette chaumière abritait des blessés dans un état grave mais dont les jours ne semblaient pas en danger. Je savais pourtant que la mort rôdait toujours la nuit dans les allées des salles communes, dans le cas où un être affaibli accepterait de la suivre, poussé par la souffrance et la solitude. Dans d'autres cottages, certains malades dormaient auprès de leurs femmes, qui veillaient sur eux et les réconfortaient dans le noir, mais pas ici.

Mais j'étais là, moi. Si je ne pouvais pas grand-chose pour les guérir ou calmer leurs douleurs, je pouvais au moins leur faire savoir qu'ils n'étaient pas seuls. Quelqu'un se tenait là, entre eux et les ténèbres. Cela faisait partie de mon travail.

Je me levai, le corps rompu de fatigue, et allai une nouvelle fois de paillasse en paillasse. À chacun, je murmurais quelques mots, caressais une tête, remontais une couverture, massais les muscles noués par des crampes. Je donnais un peu d'eau, changeais un bandage, tout en guettant les airs penauds qui m'indiquaient que je devais aller chercher l'urinoir.

Je sortis prendre l'air devant la chaumière après l'une de ces rondes et respirai à pleins poumons l'air frais et humide de la nuit.

— Tu n'as pas beaucoup dormi, *Sassenach* !

Il semblait surgi de nulle part. Je devinai qu'il venait des autres cottages où étaient entassés des blessés.

— Toi non plus.

— Si, j'ai dormi un peu dans le pré derrière la crête la nuit dernière, avec les hommes.

— J'imagine que ce devait être reposant !

— Très, répondit-il avec une moue ironique.

Six heures à dormir dans un pré humide, suivies d'une bataille au cours de laquelle il avait été piétiné par un cheval, transpercé par une épée et avait subi Dieu seul savait quoi ! Après quoi, il avait rassemblé ses hommes, porté les blessés, aidé à leurs soins, pleuré ses morts et servi son prince. Et pendant tout ce temps, je ne l'avais pas vu s'arrêter un instant pour boire, manger ou dormir.

— Tu n'es pas la seule femme ici, *Sassenach*. Tu ne veux pas que je demande à Archie Cameron d'envoyer quelqu'un te remplacer ?

C'était une idée tentante, mais je la repoussai avant d'y penser à deux fois. Si je me laissais aller à la fatigue, je ne pourrais pas me reprendre.

— Non, je tiens à rester avec eux jusqu'à l'aube. La première nuit est toujours la plus délicate.

Il n'insista pas et posa une main sur mon épaule.

— Dans ce cas, je reste avec toi. Je ne crois pas que je pourrai fermer l'œil ce soir de toute façon.

— Et les autres hommes de Lallybroch ?

Il pointa un doigt vers les champs, en dehors du village où l'armée avait monté son campement.

— Murtagh est avec eux.

Il y avait un banc près de la porte de la chaumière. La villageoise qui habitait là devait s'y asseoir les jours de soleil pour vider son poisson ou faire son raccommodage. Je m'y laissai tomber et tirai Jamie par la main pour qu'il prenne place à mes côtés. Il s'adossa au mur avec un profond soupir. Je glissai mes mains derrière sa tête et lui massai doucement la nuque.

— Comment c'était, Jamie ? murmurai-je. Raconte-moi.

Il y eut un bref silence, puis il commença sur un ton hésitant :

— Nous ne pouvions pas faire de feu. Lord George voulait qu'on quitte la crête avant l'aube et il tenait à ce que les Anglais ne puissent distinguer aucun mouvement. On est restés assis dans l'obscurité un bon moment. On ne pouvait même pas parler, car le son portait dans la plaine. Tout à coup, j'ai senti quelque chose s'agripper à mon mollet dans le noir et j'ai fait un de ces bonds !

Il ouvrit la bouche et écarta sa lèvre inférieure du doigt.

— Je m'en suis mordu la langue. Regarde !

— Je parie que c'était Fergus.

Il se mit à rire.

— Oui, cet animal rampait sur le ventre comme un serpent. Il m'a chuchoté l'histoire du passage du fossé et je l'ai suivi en rampant à mon tour pour conduire Anderson jusqu'à lord George.

Sa voix était lointaine et rêveuse. Il parlait comme un somnambule, hypnotisé par le massage de sa nuque.

— Peu de temps après, on a reçu l'ordre de lever le camp. Tous les hommes se sont redressés sans bruit et ont suivi dans le noir le sentier indiqué par Anderson.

C'était une nuit sans lune et sans le manteau habituel de nuages qui captaient la lumière des étoiles et la réfléchissaient vers la terre. L'armée des Highlands marchait en silence derrière Richard Anderson. Les hommes ne voyaient pas plus loin que les talons de celui qui les précédait, et chaque pas élargissait l'étroit sentier qui se faisait de plus en plus boueux.

Il n'y avait presque aucun bruit. Les ordres étaient transmis de bouche à oreille. Les poires à poudre avaient été glissées sous les ceintures, les épées et les haches emmitouflées dans les plaids pour que leurs cliquetis ne donnent pas l'alarme.

Une fois le fossé franchi, les Highlanders s'étaient assis dans l'herbe, avaient avalé leurs dernières rations et pris un peu de repos, enveloppés dans leurs plaids. Les feux du campement ennemi étaient visibles non loin.

— On pouvait les entendre parler, raconta Jamie. Ça fait drôle d'entendre un homme rire, plaisanter, demander du sel ou qu'on lui passe la gourde en se disant que, quelques heures plus tard, on va peut-être le tuer, à moins qu'il ne te tue, lui. On ne peut pas s'empêcher de se demander à quoi ressemble le visage derrière cette voix. Est-ce qu'on le reconnaîtra le lendemain dans un face à face ?

Des années plus tôt, quand Jamie servait dans l'armée française, un sergent avait expliqué aux jeunes mercenaires comment parvenir à prendre un peu de repos la nuit qui précédait la bataille.

— Installez-vous confortablement, examinez votre conscience et faites un acte de contrition. D'après le père Hugo, s'il n'y a pas de prêtre sur le champ de bataille pour vous confesser, c'est encore le meilleur moyen de vous faire pardonner vos péchés. Comme vous ne pouvez pas pécher pendant votre sommeil, vous vous réveillerez en état de grâce, prêts à fondre sur l'ennemi. Vous n'aurez plus rien à attendre que la victoire ou le paradis, et alors vous n'aurez plus aucune raison d'avoir peur !

Même s'il trouvait quelques failles dans ce raisonnement,

Jamie continuait de l'appliquer. Libérer sa conscience apaisait l'âme et la répétition lancinante de la prière détournait l'esprit des visions angoissantes de la bataille à venir.

Je profitai d'une pause dans le récit de Jamie pour faire une nouvelle ronde dans le cottage et changer les pansements d'un des patients. Ce dernier était blessé à la jambe. Il aurait dû cesser de saigner depuis longtemps mais ce n'était pas le cas. La malnutrition et ses os friables n'arrangeaient rien. Si l'hémorragie ne s'interrompait pas avant l'aube, il me faudrait envoyer chercher Archie Cameron ou l'un des chirurgiens pour lui amputer la jambe.

Cette perspective m'enrageait. La vie était déjà suffisamment dure pour un homme doté de tous ses membres en bon état de fonctionnement. Je ne pouvais, hélas, qu'espérer. Avant de mettre un nouveau bandage, j'enduisis sa plaie d'un mélange d'alun et de soufre. Si ça ne pouvait pas faire de mal, ce n'était pas très agréable.

— Ça va vous piquer un peu, le prévins-je.
— C'est pas grave, chuchota-t-il. Je tiendrai le coup.

Il essaya de sourire en dépit de la sueur qui lui coulait le long des tempes.

Je lui tapotai l'épaule, écartai une mèche de son front, et l'aidai à boire un peu d'eau.

— Je repasserai vous voir dans une heure. Vous pensez pouvoir tenir jusque-là ?
— Je tiendrai, répéta-t-il.

Quand je ressortis du cottage, je crus que Jamie s'était endormi. Il avait posé son front sur ses avant-bras et fixait le sol entre ses genoux fléchis. Il releva la tête en m'entendant approcher et prit ma main, lorsque je m'assis près de lui.

— J'ai entendu le canon à l'aube, murmurai-je. J'ai eu si peur pour toi !
— Et moi donc ! rit-il. Nous n'en menions pas large !

Silencieux comme des volutes de brume, les Highlanders s'étaient avancés dans la plaine, posant un pied devant l'autre. Le jour ne s'était pas encore levé, mais le vent avait tourné, chargé d'embruns et du bruit des vagues qui mouraient sur la grève.

Il faisait déjà plus clair quand Jamie aperçut le dormeur. Un pas de plus et il trébuchait sur le corps roulé en chien de fusil à ses pieds. Le cœur battant, il s'agenouilla pour l'examiner de plus près. C'était un dragon anglais, endormi à l'écart de ses compagnons. Sûrement pas une sentinelle ; aucun homme de garde n'aurait osé s'endormir, alors que les Highlanders campaient sur la crête à quelques centaines de mètres. Jamie regarda autour de lui au cas où il y en aurait d'autres et tendit l'oreille pour capter d'éventuelles respirations. Rien.

Il lança un regard derrière lui. D'autres Écossais le suivaient, il devait faire vite. Un autre que lui pouvait être moins vigilant et ils ne pouvaient risquer de donner l'alerte.

Il dégaina sa dague, hésita. On avait beau être en guerre, il ne pouvait se résoudre à tuer un ennemi sans défense. Il essuya ses mains moites sur son plaid et empoigna son mousquet par le canon. Il prit son élan et assena de toutes ses forces un coup de crosse sur la nuque de l'Anglais. Sous l'impact, sa victime avait roulé le nez dans l'herbe, mais, hormis un « mmph » étouffé, elle n'avait fait aucun bruit.

Jamie se pencha sur lui et chercha son pouls. Il se redressa, rassuré. Au même instant, il entendit un petit cri de surprise derrière lui et fit volte-face, pointant déjà son mousquet, pour se retrouver nez à nez avec l'un des hommes du clan MacDonald de Keppoch.

— Mon Dieu ! souffla l'homme en français.

L'intrus se signa et Jamie serra les dents d'exaspération. C'était le curé français de Keppoch, revêtu d'une tenue de combat sur l'insistance d'O'Sullivan.

— Le prêtre avait tenu coûte que coûte à nous accompagner sur le champ de bataille afin de porter les derniers sacrements aux blessés et aux mourants, m'expliqua Jamie. Mais O'Sullivan était d'avis que si les Anglais l'attrapaient en soutane, ils le mettraient en pièces. Je ne sais pas s'il avait tort ou raison, mais je peux te dire que ce type avait l'air d'une vraie cloche dans son plaid.

Le comportement du prêtre ne fit rien pour arranger cette première impression. Comprenant enfin que son assaillant était écossais, il poussa un soupir de soulagement et ouvrit la bouche. Jamie eut juste le temps de lui plaquer une main sur les lèvres avant que l'autre ne lui fasse part de son soulagement en termes sonores.

— Qu'est-ce que vous fichez ici, mon père ? grogna Jamie dans l'oreille du prêtre. Vous êtes censé rester derrière les lignes.

À l'expression du pauvre homme, Jamie comprit que celui-ci était persuadé se trouver derrière les lignes. Se rendant soudainement compte qu'il était au contraire à l'avant-garde de l'armée des Highlands, il manqua de tourner de l'œil. Il était trop tard pour lui faire rebrousser chemin. Les Highlanders, qui avançaient dans l'autre sens et qui risquaient de le prendre pour un ennemi, l'abattraient sur-le-champ. Saisissant le malheureux par le col, Jamie le força à se coucher à plat ventre dans l'herbe.

— Ne bougez pas d'un pouce avant que les tirs aient cessé, chuchota-t-il.

Le prêtre hocha frénétiquement la tête. Quand il aperçut le corps du dragon anglais, quelques mètres plus loin, il lança un regard horrifié à Jamie et sortit ses fioles de saint chrême et d'eau bénite accrochées à son ceinturon.

Levant les yeux au ciel, Jamie dut faire de grands gestes des bras pour lui expliquer qu'il n'était pas mort et n'avait donc pas besoin de se voir administrer l'extrême-onction. Sa pantomime restant sans effet, il dut saisir la main du Français et la poser sur la nuque de l'Anglais. Surpris dans cette position absurde, il s'était alors figé en entendant une voix derrière lui.

— Halte ! Qui va là ?

— Tu n'aurais pas un peu d'eau, *Sassenach* ? J'ai la gorge sèche à force de parler.

— Monstre ! gémis-je. Tu ne vas pas arrêter maintenant ! Qu'est-ce qui s'est passé ?

— De l'eau, répondit-il en souriant... et tu le sauras.

J'obtempérai avec un soupir. Je lui tendis la cruche et demandai pendant qu'il buvait :

— Alors ?

— Rien, dit-il en s'essuyant la bouche sur sa manche. Tu ne crois tout de même pas que je lui ai répondu !

Il me fit une grimace et je lui tirai l'oreille.

— Allons, allons ! me réprimanda-t-il. Est-ce une manière de traiter un homme blessé au service de Son Altesse ?

— Blessé ! Crois-moi, Jamie Fraser, ta petite entaille n'est rien comparé à ce que je vais te faire si...

— Oh, des menaces à présent ?

— Je t'en supplie, Jamie, raconte-moi la suite ou je ne réponds plus de rien !

Il se frotta l'oreille et s'adossa au mur pour poursuivre son récit.

— On est restés accroupis, le prêtre et moi, en se regardant dans le blanc des yeux, à écouter les deux sentinelles qui n'étaient pas à plus de dix mètres. Qu'est-ce que c'est ? demanda l'une.

Il y avait eu un long silence éprouvant avant que l'autre ne réponde :

— Bah, ce n'est rien ! J'ai cru entendre un bruit, dans les ajoncs.

Jamie entendit le claquement amical d'une main sur une épaule et un bruit de bottes.

— Pfff ! soupira l'une des sentinelles. Il pourrait y avoir toute l'armée des Highlands, là, sous notre nez, qu'on n'y verrait rien.

Jamie crut entendre un rire étouffé dans le noir, non loin derrière lui. Il lança un regard vers la crête, au-dessus de laquelle les étoiles commençaient à pâlir. Dans une dizaine de minutes, le jour serait sur le point de se lever et le général Cope allait découvrir que l'ennemi n'était pas à une heure de marche dans la direction opposée, mais à quelques mètres seulement de ses premières lignes.

Il y eut un bruit vers l'ouest, en direction de la mer. C'était un son lointain et indistinct, mais dans ses oreilles aguerries un signal d'alarme retentit aussitôt. Quelqu'un venait de déranger un buisson d'ajoncs.

— Qui va là ? s'écria de nouveau la sentinelle. Sortez de là.

Laissant le prêtre livré à lui-même, Jamie dégaina son épée et bondit. Dans l'obscurité, l'homme ne formait qu'une ombre vague qu'il atteignit en deux pas. La lame s'abattit avec fracas et fendit le crâne de l'Anglais avant même que celui-ci ait eu le temps de se retourner.

— Les Highlanders ! hurla aussitôt l'autre sentinelle.

Ayant donné l'alerte, il détala comme un lapin et disparut dans les ténèbres avant que Jamie ait pu dégager sa lame.

Il posa un pied sur le dos du mort, tira de toutes ses forces et serra les dents en entendant le métal crisser contre les os.

Dans le camp ennemi, la nouvelle se propageait rapidement. Les hommes, à peine éveillés, cherchaient leurs armes à tâtons et balayaient l'horizon du regard sans comprendre d'où venait la menace.

Les cornemuseurs de Clanranald étaient situés à droite, derrière Jamie, mais le signal de l'assaut n'était pas encore donné. Jamie continua cependant à avancer, le bras droit encore endolori par le coup mortel.

— Soudain, j'ai commencé à les distinguer. Les Anglais se tordaient sur le sol comme des asticots. George MacClure est apparu juste derrière moi, Wallace et Ross sur ma droite. Nous marchions lentement, côte à côte, et de plus en plus vite à mesure que nous apercevions les soldats qui prenaient la fuite devant nous.

Il y eut une détonation sur leur droite et un boulet traversa le ciel en sifflant. Puis un autre. Soudain, comme un seul homme, les Highlanders poussèrent leur cri de guerre.

— C'est à ce moment que les cornemuses ont retenti, poursuivit Jamie les yeux fermés. Je me suis aperçu que j'avais perdu mon mousquet, quand quelqu'un a tiré à côté de moi. Je l'avais laissé près du prêtre. Dans ces cas-là, on ne pense plus qu'à l'instant présent, tout le reste disparaît. On entend le cri de guerre et, sans savoir pourquoi, on se met à courir, lentement d'abord, le temps de défaire sa ceinture, et de plus en plus vite une fois débarrassé de son plaid. Petit à petit, on est pris par le vacarme et on se met à hurler à pleins poumons, comme quand on est enfant et qu'on dévale une colline dans le vent.

Portés par leurs propres hurlements de bête et l'hystérie du combat, les Highlanders avaient déferlé sur les rangs anglais dans un raz-de-marée de sang et de terreur.

— Ils ont pris la fuite. Tout au long du combat, je ne me suis battu face à face qu'avec un seul homme. Tous les autres, je les ai pris par-derrière.

Jamie se frotta les yeux et je sentis l'émotion remonter du fond de ses entrailles.

— Je me souviens... de tout, murmura-t-il. Je revois chaque coup que j'ai porté, chaque visage, l'homme qui avait fait sous lui tellement il avait peur, les chevaux qui hennissaient.... Et les odeurs... la poudre noire, le sang, ma propre sueur. Tout. C'était comme si j'étais sorti de moi-même et que je m'observais.

Il rouvrit les yeux et me lança un regard de biais. Je remarquai qu'il tremblait légèrement.

— Tu comprends ce que je veux dire ?

— Oui, très bien.

Si je n'avais jamais affronté quelqu'un avec une épée ou un couteau, je m'étais suffisamment battue avec mes poings pour savoir : c'était comme se frayer un chemin dans le chaos de la mort, oubliant tout le reste dans l'urgence du combat, animé par le seul instinct de survie. Cela procurait une étrange sensation de désincarnation. L'esprit s'élevait au-dessus du corps, observait la scène d'un œil froid et critique, donnait des directives. Pendant la crise, on ne sentait plus rien de physique. C'était après que les tremblements commençaient.

Je n'en étais pas encore là. J'ôtai ma cape et la passai sur les épaules de Jamie avant de retourner dans la chaumière.

L'aube vint enfin et, avec elle, la relève en la personne de deux femmes du village et d'un chirurgien de l'armée. L'homme à la jambe malade était pâle et tremblant, mais il avait cessé de saigner. Jamie me prit par le bras et m'entraîna plus loin.

Les problèmes constants d'O'Sullivan avec l'intendance avaient été provisoirement résolus par les carrioles prises à l'ennemi, et il y avait de la nourriture en abondance. Nous mangeâmes rapidement, sans même apprécier ce que nous avalions goulûment. Une fois rassasiée, je commençai à me concentrer sur ma seconde priorité : dormir.

Toutes les maisons étaient remplies de blessés ; les hommes sains dormaient dans les champs autour du village. Nous aurions pu trouver une place dans le presbytère avec les autres officiers, mais Jamie m'entraîna hors du village, en haut d'une colline, dans l'un des petits bois qui surplombaient Tranent.

— Désolé de te faire marcher, s'excusa-t-il, mais j'ai pensé que tu préférerais un peu d'intimité.

— Tu as bien fait.

Malgré les tentes et les huttes en torchis des expéditions d'oncle Lamb et une éducation que la plupart des gens de mon époque réprouvaient, je n'étais pas habituée à cohabiter vingt-quatre heures sur vingt-quatre au coude à coude avec une foule. Ici, les gens mangeaient, dormaient, voire copulaient, entassés dans de minuscules pièces communes, éclairées et chauffées par des feux de tourbe qui dégageaient une épaisse fumée. La seule chose qu'ils ne faisaient pas ensemble, c'était prendre leur bain... parce qu'ils ne se baignaient jamais.

Courbée en deux, je suivis Jamie sous les lourdes branches d'un gigantesque marronnier et débouchai sur une petite clairière. Le sol était couvert d'un épais tapis de feuilles d'aulne, de frêne et de sycomore. Le soleil était encore très bas et il faisait froid dans le sous-bois. Certaines feuilles étaient bordées de givre.

Il creusa une tranchée dans les feuilles du bout de son talon, se tint à une extrémité, et enleva son ceinturon.

Il avait délaissé son « mini-kilt de guerre » crasseux et déchiré pour la version plus ancienne et rudimentaire de la tenue écossaise : un grand rectangle de laine enroulé autour de la taille et rabattu par-dessus l'épaule.

— Ce n'est pas très pratique à mettre, mais très facile à enlever, commenta-t-il.

De fait, il lui suffit d'ôter son ceinturon, et le tissu tomba aussitôt autour de ses chevilles.

— Mais comment fais-tu pour le mettre ? demandai-je, intriguée.

— Eh bien, on l'étale par terre, comme ça...

Il étendit l'étoffe sur le trou qu'il avait creusé.

— ... on rabat chaque côté de quelques centimètres, on se couche dessus et on roule.

J'éclatai de rire.

— Je voudrais bien voir ça ! N'oublie pas de me réveiller avant de te rhabiller !

— *Sassenach*, j'ai moins de chances de me réveiller avant toi qu'un ver de terre de survivre dix minutes dans un poulailler. Je me fiche qu'un autre cheval me piétine, je ne bougerai pas avant demain matin.

Il s'allongea sur le plaid, repoussant soigneusement les feuilles mortes, et tapota la place à ses côtés.

— Viens donc te coucher, *mo duinne*... On se couvrira avec ta cape.

Le tapis de feuilles formait un matelas très confortable, même si, au point où j'en étais, je me serais endormie sur un lit de clous. J'étirai mon corps rompu près du sien, me délectant du plaisir exquis de la position couchée.

Nous étions suffisamment loin du village pour être à l'abri de ses bruits. Je songeai avec satisfaction que, même en nous cherchant bien, personne ne nous trouverait avant le lendemain matin.

J'avais déchiré tous mes jupons la nuit précédente pour en faire des bandages et il n'y avait plus entre moi et Jamie que la fine cotonnade de ma robe et de sa chemise. Une forme dure et chaude se pressa contre mon ventre.

— Jamie ! m'exclamai-je, amusée malgré la fatigue, tu n'es vraiment pas en état !

Il se mit à rire et me serra contre lui.

— Que veux-tu, *Sassenach*, je ne peux pas être couché près de toi sans te désirer. Je ne suis plus qu'une loque humaine, mais mon arbalète est trop bête pour s'en rendre compte.

Je glissai une main sous sa chemise et la refermai sur son infatigable engin. Son sexe tendu était chaud et soyeux sous mes doigts.

Il laissa échapper un petit grognement de plaisir et écarta les cuisses, laissant une jambe apparaître hors de ma cape. Un rayon de soleil s'était glissé jusqu'à notre couche improvisée et les muscles de mon épaule se détendirent sous l'effet de sa caresse. La lumière de ce début d'automne nimbait le paysage autour de nous d'une aura dorée. La terreur, le stress et l'épuisement des deux derniers jours se dissipaient lentement, nous laissant enfin seuls.

Je posai ma joue sur son bas-ventre, près de l'os de sa hanche dont je sentais la courbe. Sa main flotta dans les airs et descendit sur ma tête.

— Claire, j'ai besoin de toi, murmura-t-il. J'ai tant besoin de toi.

Mes mouvements n'étaient pas entravés par mes jupons et je n'eus aucun mal à répondre à son désir. Je me sentais flotter et me soulevai sans le moindre effort. Quand je m'assis sur lui, il garda les yeux fermés, la tête renversée en arrière, les mains serrées autour de ma taille.

— Je... n'en ai pas pour... longtemps, gémit-il.

Je sentis un frémissement se transmettre de tout son corps au mien, comme la sève qui monte des racines pour se diffuser dans les feuilles d'une plante.

Ses poumons se vidèrent dans un long soupir et je le sentis sombrer dans l'inconscience, comme une bougie qui s'éteint lentement. J'eus à peine le temps de rabattre ma cape avant que les ténèbres ne commencent à se refermer autour de nous. Je me sentis m'enfoncer dans la terre avec tout le poids de sa semence dans le creux de mon ventre.

37

Holyrood
Édimbourg, octobre 1745

Je faisais l'inventaire de ma pharmacie nouvellement réapprovisionnée quand on frappa à la porte. Après l'étourdissante victoire de Prestonpans, Charles-Édouard Stuart avait reconduit son armée triomphale à Édimbourg afin d'y être acclamé par la foule. Pendant qu'il paradait dans les rues en liesse, ses généraux et ses officiers trimaient, s'occupaient de la logistique et préparaient leurs hommes à la suite des événements...

Stimulé par ces débuts de campagne prometteurs, le prince parlait à présent de prendre Stirling, Carlyle, et puis... pourquoi pas ?... d'avancer vers le sud et de faire tomber Londres dans la foulée. Je passais mon temps libre à recompter mes aiguilles, à entasser des écorces de saule et à détourner le moindre centilitre d'alcool pour en faire du désinfectant.

En ouvrant la porte, je découvris un jeune page, à peine plus âgé que Fergus. Il faisait de son mieux pour avoir l'air grave et respectueux, mais il ne pouvait réprimer sa curiosité naturelle. Ses grands yeux bruns balayèrent rapidement la pièce et s'arrêtèrent, fascinés, sur le gros coffre de remèdes poussé dans un coin. Manifestement, les rumeurs me concernant avaient déjà fait le tour du palais de Holyrood.

— Son Altesse vous demande, Madame, annonça-t-il.

Il m'inspectait de la tête aux pieds, cherchant sans doute des signes de possession démoniaque. Il semblait désappointé par mon aspect d'une banalité déprimante.

— Où se trouve-t-elle ?

— Dans le petit salon jaune, Madame. Je dois vous y conduire.

Juste au moment où j'allais fermer la porte, il sursauta.

— Oh... il faut que vous apportiez votre boîte de simples... Sans vous commander.

Je suivis mon jeune guide le long des couloirs qui menaient aux appartements royaux. Il frétillait d'émotion devant l'importance de sa mission, marchait le dos raide et regardait droit devant lui. On avait dû lui faire la leçon sur la manière de se comporter quand on était un page de la Cour, mais son pas saccadé trahissait son manque d'expérience.

Que pouvait bien me vouloir Charles-Édouard ? S'il tolérait ma présence par égard pour Jamie, l'histoire de la Dame blanche l'avait visiblement déconcerté et il était mal à l'aise avec moi. À plusieurs reprises, je l'avais surpris qui se signait hâtivement dans mon dos, ou qui pointait l'auriculaire et l'index à l'italienne pour conjurer le mauvais sort. Il était fort improbable qu'il m'ait convoquée pour des soins personnels.

— Madame Fraser ! Que c'est aimable à vous d'être venue si vite !

Son Altesse, manifestement en pleine forme, quoique le teint un peu rougeaud, était penchée sur une harpe, jouant un air hésitant avec un seul doigt. Le prince était encore plus resplendissant qu'à l'accoutumée, vêtu d'une veste en soie crème brodée de fleurs. Il paraissait très agité et, après m'avoir invitée à m'asseoir, il se mit à faire les cent pas. Nous étions seuls dans le petit salon jaune, ce qui était inhabituel. Se pouvait-il qu'il ait besoin d'une consultation, après tout ?

— J'ai besoin de votre aide, annonça-t-il.

— Oui, Votre Altesse ? demandai-je poliment.

Je l'examinais discrètement. Une bléno, peut-être ? Je n'avais pas entendu parler d'une maîtresse depuis Louise de La Tour, mais il suffisait d'une fois. Le prince s'humecta les lèvres, semblant chercher comment il allait me présenter la chose, et opta finalement pour la franchise.

— J'ai là un *capo*... un chef, vous me suivez ? Il envisage de se joindre à nous, mais hésite encore.

— Un chef de clan, vous voulez dire ?

Il hocha la tête, le front plissé sous sa perruque poudrée.

— Oui, Madame. Naturellement, il soutient la cause de mon père...

— Naturellement, renchéris-je.

— ... mais il tient d'abord à s'entretenir avec vous, Madame, avant d'engager ses hommes à nous suivre.

Il semblait avoir du mal à croire ses propres paroles et je compris soudain que ses joues roses étaient dues à un mélange de perplexité et de fureur contenue.

J'étais moi-même abasourdie. J'imaginai soudain un vieux chef de clan atteint d'une terrible maladie n'acceptant de se joindre à la cause qu'à la condition que je lui administre un remède miraculeux.

— Vous êtes sûr que c'est à moi qu'il veut parler ? demandai-je.

Charles-Édouard me lança un regard glacial.

— C'est ce qu'il dit, Madame.

— Mais je ne connais aucun chef de clan, à part Bar Glengarry et Lochiel !... et bien sûr Clanranald et Keppoch. Mais ils sont déjà tous avec vous.

— Néanmoins, cet homme assure vous connaître, Madame.

Il s'interrompit et serra les poings. Il faisait un effort évident pour rester courtois.

— Madame Fraser, reprit-il, il est très important... je dirais même capital, que ce chef nous rejoigne. Je vous somme... pardon, je vous enjoins... de le convaincre.

Je restai silencieuse, le dévisageant gravement. Encore une décision à prendre ! Encore une chance de faire évoluer le cours des événements dans le sens que je choisirais. Et encore une fois, l'incapacité de savoir ce que je devais faire.

Il avait raison : l'important était de convaincre ce chef d'apporter de nouveaux moyens à la cause jacobite. Entre les Cameron, les MacDonald et les autres clans, l'armée des Highlands comptait à peine deux mille hommes, et les plus mal organisés et indisciplinés qui soient. Pourtant, cette bande de ruffians dépenaillés avait pris la ville d'Édimbourg et mis en déroute les forces nettement supérieures des Anglais à Prestonpans. En outre, ils semblaient parfaitement disposés à continuer d'essaimer dans le pays.

Puisque nous n'avions pas pu arrêter Charles-Édouard dans son élan, le meilleur moyen de prévenir la calamité était sans doute de faire tout ce qui était en notre pouvoir pour l'aider à réussir. L'adhésion d'un nouveau chef de clan important à la cause des Stuarts pouvait avoir une influence considérable sur ceux qui hésitaient encore. Nous étions peut-être à un tournant de l'Histoire, celui où les forces jacobites devenaient une armée digne de ce nom, capable de concrétiser le projet insensé d'une invasion de l'Angleterre.

Quelle que soit ma décision, je devais d'abord rencontrer ce mystérieux inconnu. Je lançai un regard au trumeau pour m'assurer que ma robe était de circonstance pour m'entretenir avec un chef de clan, grabataire ou pas, et me levai, mon coffret à remèdes sous le bras.

— Je ferai de mon mieux, Votre Altesse.

Il sembla se détendre. Il se tourna aussitôt vers la porte et déclara :

— Parfait ! Je vais vous conduire moi-même.

Le hallebardier de faction ouvrit des yeux ronds en voyant Son Altesse foncer droit sur lui et ouvrir grande la porte sans même lui adresser un regard. À l'autre bout de la pièce se dressait une énorme cheminée recouverte de carreaux de Delft décorés de scènes flamandes. Un petit canapé avait été tiré près du feu, devant lequel se tenait un homme grand et large d'épaules en costume traditionnel des Highlands.

Dans un environnement moins imposant, il aurait paru immense, avec des cuisses grosses comme des troncs d'arbre qu'exagéraient encore des bas à damiers. Dans cette gigantesque salle d'apparat aux plafonds stuqués, il faisait simplement plus grand que nature, comme sorti de l'une des scènes mythologiques des tapisseries de Flandres suspendues au mur.

Je m'arrêtai net en reconnaissant le géant, n'en croyant pas mes yeux. Charles-Édouard, emporté par son élan, ne s'en aperçut pas tout de suite. Parvenu devant la cheminée, il se retourna d'un air impatient et me fit signe d'approcher.

Le visiteur sourit en m'apercevant et une lueur amusée traversa ses yeux gris clair.

— Oui, dit-il, j'avoue que je ne pensais pas vous revoir de sitôt, moi non plus.

Il leva une main vers son gigantesque valet.

— Angus, allez donc chercher un verre de cognac pour Mme Fraser. J'ai peur que la surprise de me voir ne lui ait provoqué un choc.

C'était le moins qu'on puisse dire ! Je me laissai tomber sur le canapé et acceptai volontiers la coupe en cristal que me tendait Angus Mhor.

Le regard et la voix de Colum MacKenzie n'avaient pas changé. C'étaient ceux d'un homme qui dirigeait depuis plus de trente ans le clan MacKenzie d'une main de fer, malgré la maladie qui le rongeait depuis l'adolescence. En revanche, le reste avait empiré. Ses épais cheveux noirs étaient striés de gris, son visage était profondément marqué et ses épaules étaient voûtées.

Il s'assit péniblement à mes côtés en prenant appui sur le bras du canapé.

— Vous avez l'air en parfaite santé... chère nièce.

Du coin de l'œil, j'observai l'air ébahi de Charles-Édouard.

— J'aimerais pouvoir en dire autant de vous, mon oncle, répondis-je aimablement.

Il lança un regard terne vers ses jambes déformées. Un siècle plus tard, sa maladie serait rendue célèbre par un autre malade non moins illustre, Toulouse-Lautrec.

— Que voulez-vous, ma chère Claire, soupira-t-il. Je ne peux pas me plaindre. Il y a deux ans, votre amie Mme Duncan ne me donnait pas plus d'une année à vivre. Or je suis toujours là.

Le cognac dans mon verre était de la meilleure qualité. Charles-Édouard était décidément prêt à tout pour convaincre son hôte !

— J'ignorais que vous prêtiez foi aux prophéties des sorcières, rétorquai-je.

Un petit sourire se dessina sur ses lèvres fines. En dépit de son piteux état, il avait encore la beauté sauvage de son frère et, lorsqu'il laissait tomber son masque impavide, l'intensité de son regard faisait oublier son corps difforme.

— Non, je ne crois pas aux prophéties. Mais j'avais eu la nette impression que la prédiction de Geillis Duncan reposait sur des faits concrets. Et je n'ai jamais rencontré une aussi fine observatrice que cette femme... à une exception près.

Il inclina la tête vers moi, me nommant du regard.

— Merci, dis-je.

Colum leva les yeux vers Charles-Édouard, plus déconcerté de minute en minute.

— Je ne sais comment vous remercier de me laisser utiliser vos appartements privés pour m'entretenir avec Mme Fraser, Votre Altesse.

La forme était courtoise, mais le fond ressemblait à s'y méprendre à un congé. Le prince, qui n'avait guère l'habitude de se voir traité de la sorte, devint cramoisi et ouvrit la bouche. Se rappelant les intérêts en jeu, il la referma et tourna les talons.

— Oh... Votre Altesse, nous n'avons pas besoin du garde non plus, lançai-je derrière lui.

Je le vis se raidir sa nuque s'empourpra. D'un petit geste nerveux, il fit un signe au hallebardier et celui-ci, après m'avoir lancé un regard outré, le suivit en refermant la porte derrière lui.

Colum regarda la porte d'un air désapprobateur et se tourna à nouveau vers moi.

— Hmm, fit-il. J'ai demandé à vous voir pour vous faire des excuses.

— Des excuses ? répliquai-je en mettant le plus de sarcasme possible dans ma voix. Et pourquoi donc ? Pour avoir tenté de me faire brûler vive, peut-être ? Je vous en prie, entre parents, c'est une bagatelle. N'y pensez plus.

Mon ironie ne sembla pas le déconcerter.

— Le mot était sans doute mal choisi.

— Mal choisi ? m'emportai-je. Vous oubliez sans doute que j'ai été arrêtée et jetée dans une fosse où je suis restée sans pratiquement rien manger ni boire pendant trois jours, que j'ai été déshabillée et fouettée devant tous les habitants de Cranesmuir, que j'ai été à deux doigts de monter sur le bûcher ! Maintenant que vous le dites, en effet, il me semble que le mot « excuses » était mal choisi.

Son sourire avait disparu.

— Pardonnez-moi si je vous ai paru un peu léger. Je vous assure que je suis sincère.

Je scrutai son regard, mais n'y distinguai plus aucune raillerie.

— Je vous crois, me calmai-je. Je suppose que vous allez maintenant m'annoncer que vous n'aviez jamais eu l'intention de me faire juger pour sorcellerie.

— Vous le saviez ?

— Geillis me l'a dit, quand nous étions toutes les deux enfermées dans la fosse. À l'en croire, c'est uniquement après elle que vous en aviez. Je ne me suis trouvée là que par accident.

— C'est vrai, répondit-il d'un air las. Si vous étiez restée sagement au château, je vous aurais protégée. Mais que faisiez-vous donc au village ?

— Quelqu'un m'avait dit que Geillis était malade et avait besoin de me voir.

— Ah ? Quelqu'un... Puis-je me permettre de demander qui ?

— Laoghaire.

Même après tout ce temps, je ne pouvais réprimer un élan de colère en mentionnant le nom de la jeune fille. Jalouse de mon mariage avec Jamie, elle avait délibérément tenté de me faire tuer. Pour une adolescente de seize ans, cela dénotait une certaine suite dans les idées ! Même maintenant, ma colère était inconsciemment mitigée par une certaine satisfaction morbide : « il est à moi, petite garce, à moi seule, il n'y a rien que tu puisses faire ! »

Colum étudiait ma mine emportée d'un air songeur.

— Je soupçonnais une intrigue de ce genre, dit-il enfin. Dites-moi... puisque mes excuses ne vous suffisent pas, vous satisferez-vous d'une vengeance ?

— Une vengeance ?

Mon air surpris le fit sourire.

— Oui. Il y a six mois, Laoghaire a épousé un de mes selliers, Hugo MacKenzie de Muldaur. Il fera d'elle ce que je lui ordonnerai. Que voulez-vous que je fasse ?

Je fus prise de court. Il ne semblait pas pressé d'avoir une réponse. Il s'enfonça dans le canapé, son verre de cognac à la main. Souhaitant y réfléchir calmement, je me levai et fis quelques pas dans la salle. Je songeai au Puits aux voleurs, cette fosse sombre, humide et puante où ne filtrait qu'un mince rayon de lumière entre les planches de la trappe. Le premier jour, je n'avais pas cru ce qui m'arrivait ; le deuxième, j'avais découvert l'étendue des méfaits de Geillis Duncan et les mesures que Colum avait prises contre elle ; le troisième, on m'avait jugée. Je me voyais encore, debout sur la place de Cranesmuir, tremblante de peur et de honte, sentant l'étau de Colum se resserrer sur moi. Tout cela à cause d'un seul mot de Laoghaire.

Laoghaire à la peau blanche et aux yeux d'azur, au joli visage rond et plein. J'ai souvent pensé à elle au fond de mon trou. Il faut dire que j'avais eu le temps de penser à beaucoup de choses, blottie dans le froid et la crasse contre Geillis Duncan. Mais malgré ma fureur et ma terreur, je n'avais jamais pu me résoudre à la croire aussi fondamentalement mauvaise.

— Elle n'avait que seize ans !

— Elle était assez grande pour se marier, répondit une voix derrière moi.

J'avais parlé à voix haute sans m'en rendre compte.

— Elle voulait Jamie, dis-je en me tournant vers lui. Elle était sans doute persuadée qu'il l'aimait en retour.

J'avais peut-être mal jugé Laoghaire en croyant que ses sentiments étaient moins profonds et intenses que les miens. Je ne saurais jamais si elle avait agi avec l'impétuosité due à son jeune âge ou par passion. Dans les deux cas, elle avait échoué : j'avais survécu et Jamie m'aimait.

— Finalement, je me contenterai d'excuses, déclarai-je à Colum.

— Vous croyez donc au pardon ?

— Disons plutôt en la justice. Ce qui me fait penser... Vous n'avez tout de même pas fait tout ce voyage, qui a dû être bien pénible pour vous, uniquement pour me présenter des excuses ?

Colum marqua une pause avant de répondre.

— En effet. À dire vrai, j'ignorais tout de votre présence à Édimbourg, jusqu'à ce que Son Altesse mentionne Jamie.

Il esquissa un sourire grave et ajouta :

— Son Altesse ne semble guère vous apprécier, Claire. Mais je suppose que vous le savez déjà ?

Je fis mine de ne pas avoir entendu.

— Ainsi, vous envisagez vraiment de rejoindre l'armée du prince Charles-Édouard ?

Colum, Dougal et Jamie étaient doués pour ne rien laisser paraître du fond de leurs pensées, mais des trois, Colum était de loin le plus fort à ce petit jeu.

— Je suis venu lui parler, se contenta-t-il de répondre.

Je réfléchis, me demandant ce que je pourrais lui dire en faveur de Charles-Édouard... Peut-être valait-il mieux laisser Jamie s'en charger. Après tout, que Colum regrette d'avoir failli provoquer ma mort ne signifiait pas qu'il me faisait confiance. Il m'avait toujours soupçonnée d'être une espionne à la solde des Anglais et si le fait que je gravite désormais dans l'entourage du prince rendait cette éventualité peu probable, ce n'était pas impossible.

Colum interrompit le cours de mes pensées en brandissant son verre sous mon nez.

— Avez-vous une idée de la quantité de cognac que j'ai bue depuis ce matin ?

Ses mains calleuses et tordues par la maladie étaient immobiles. Ses paupières rouges et ses yeux injectés de sang pouvaient aussi bien être le résultat de la boisson que de son long voyage depuis Leoch. Son élocution était claire et naturelle. Seule une certaine précision exagérée dans ses mouvements laissait entrevoir qu'il n'était pas parfaitement sobre. Cela dit, je connaissais les capacités de Colum pour l'avoir déjà vu ingurgiter des quantités impressionnantes d'alcool.

— Une demi-bouteille, continua-t-il. Je l'aurai terminée avant ce soir.

— Ah !

Voilà donc pourquoi on m'avait demandé d'apporter mon coffret de remèdes. Je soulevai son couvercle et commençai à fouiller parmi mes fioles.

— Si vous avez déjà besoin d'une telle quantité d'alcool, je ne vois pas ce qui pourrait vous soulager, mis à part certains dérivés d'opium. Je crois que j'ai un peu de laudanum quelque part, mais je peux aussi vous...

— Ce n'est pas ce que j'attends de vous. Si je veux du laudanum, du sirop de pavot, ou même de l'opium non dilué, il me suffit d'aller le chercher chez un apothicaire.

Le ton était péremptoire. S'il savait cacher ses sentiments, il était parfaitement capable de les exprimer quand il le fallait. Je laissai retomber le couvercle et croisai les mains sur mes genoux. S'il n'était pas intéressé par une drogue, qu'attendait-il de moi ? Quelque chose de définitif peut-être ? Il ne tenait pas à mourir à petit feu dans un état végétatif ; je connaissais Colum MacKenzie. L'esprit froid et lucide qui avait organisé la mort de Geillis Duncan n'hésiterait pas à programmer sa propre mort.

Tout s'éclaircissait. Il était venu voir Charles-Édouard Stuart afin de décider s'il devait engager les MacKenzie de Leoch dans la cause jacobite. Après quoi, il laisserait la direction du clan à Dougal. Puis...

— Je croyais que le suicide était un péché mortel, déclarai-je.

— Ça l'est, répliqua-t-il, imperturbable. Du moins, c'est un péché d'orgueil : je préfère une mort propre quand je le veux et comme je le veux. En outre, je ne vois pas l'intérêt de souffrir inutilement pour mes péchés, ayant cessé de croire en l'existence de Dieu depuis l'âge de dix-neuf ans.

— Pourquoi vous adresser à moi ? Vous avez dit vous-même que vous pouviez facilement vous procurer du laudanum. Vous n'ignorez pas qu'une surdose vous tuera.

— Trop facile. Tout au long de ma vie, je n'ai pu compter que sur la clarté de mon esprit. Je tiens à la garder jusqu'à la fin, et à rencontrer la mort en face.

Il indiqua mon coffret d'un geste du menton.

— Vous connaissez la médecine aussi bien que Mme Duncan. J'ai pensé que vous saviez peut-être ce qu'elle avait utilisé pour tuer son mari. Cela m'a paru rapide, sûr... et fort à propos.

— D'après le tribunal, elle a utilisé la magie noire. À moins que vous ne croyiez pas à la sorcellerie ?

Il éclata d'un rire sonore.

— Un homme qui ne croit pas en Dieu peut difficilement craindre Satan, n'est-ce pas ?

J'hésitai. Cet homme avait sur les autres un regard aussi lucide que sur lui-même. Il m'avait offert ses excuses avant de me demander une faveur, constatant par là même que j'avais un sens de la justice... ou du pardon. Comme il l'avait dit lui-même, c'était fort à propos. Je rouvris mon coffret et sortis le petit flacon de cyanure que j'utilisais pour tuer les rats.

— Merci, Claire.

La lueur malicieuse avait réapparu dans son regard.

— Même si mon neveu n'avait pas prouvé votre innocence avec un tel panache à Cranesmuir, je ne vous aurais jamais prise pour une sorcière. Je ne sais pas plus qui vous êtes ni ce que vous faites ici que le jour de notre première rencontre, mais la magie noire ne m'a jamais effleuré l'esprit.

Il s'interrompit quelques instants, puis haussa un sourcil interrogateur :

— Je suppose que vous n'allez pas me dire enfin qui, ou ce que vous êtes ?

Je réfléchis à la question. Un homme qui ne croyait ni en Dieu ni au Diable n'avalerait jamais mon histoire. Je serrai ses doigts entre les miens quelques secondes et les relâchai.

— Considérez-moi comme une sorcière, répondis-je. C'est encore ce qui se rapproche le plus de la vérité.

En me dirigeant vers les jardins le lendemain matin, je fus interceptée dans les escaliers par lord Balmerino.

— Madame Fraser ! C'est justement vous que je cherchais !

C'était un homme rondelet et enjoué, une des rares personnalités rafraîchissantes du palais.

— S'il ne s'agit pas de fièvre, de flux ou de syphilis, ça ne peut pas attendre un peu ? demandai-je. Mon mari et son oncle donnent une démonstration d'escrime écossaise en l'honneur de don Francisco de la Quintana.

— Vraiment ? Quelle bonne idée, je viens avec vous ! Rien n'est plus plaisant à regarder qu'un joli garçon qui sait manier l'épée. Et puis... tout ce qui peut amadouer ces Espagnols est bienvenu !

Nous descendîmes les marches en riant.

Estimant qu'il était devenu trop dangereux pour Fergus de voler les lettres du prince au sein même du palais de Holyrood, Jamie dépendait désormais de son amitié avec Charles-Édouard pour obtenir des informations. Son Altesse le considérait comme un de ses intimes, privilège rare dont il était le seul Highlander à bénéficier.

Charles-Édouard lui avait confié qu'il avait bon espoir d'obtenir le soutien de Philippe d'Espagne, dont les dernières lettres à Rome étaient très encourageantes. Bien que n'étant pas un envoyé officiel du roi d'Espagne, don Francisco n'en faisait pas moins partie de sa Cour et ne manquerait donc pas d'informer son souverain des perspectives de réussite du Prétendant.

— Au fait, à quel sujet vouliez-vous me voir ? demandai-je à lord Balmerino en chemin.

Nous arrivions dans l'allée qui menait aux jardins de Holyrood. Une petite foule s'était déjà assemblée, mais ni don Francisco ni les deux combattants n'étaient encore visibles.

— Ah oui ! se rappela Balmerino en fouillant la poche de sa veste. Rien de bien important, ma chère. Un de mes messagers m'a apporté ceci ce matin. Ça vient de Londres. J'ai pensé que cela vous amuserait.

Il me tendit une petite liasse de papiers mal imprimés. Je reconnus les tracts que l'on distribuait dans les tavernes ou qui étaient glissés sous les portes des maisons dans les villes et les villages. Je parcourus rapidement le premier de la pile :

CHARLES-ÉDOUARD STUART, dit « le Jeune Prétendant[1] ». Que tous soient informés que cet individu dépravé et nuisible, débarqué illégalement sur les côtes écossaises, a incité la population de cette région à se soulever et a fait déferler sur d'innocents citoyens la furie d'une guerre inique...

Le texte se poursuivait dans la même veine et exhortait les innocents citoyens qui lisaient cet arrêt à *faire leur devoir en livrant cet individu à la justice afin qu'il reçoive le traitement qu'il mérite*. Le haut de la page était orné d'un portrait de Charles-

---

1. Son père, Jacques III Stuart, candidat officiel à la succession du trône d'Écosse et d'Angleterre, est surnommé le Prétendant. *(N.d.T.)*

Édouard. Il ne ressemblait guère à l'original, mais il avait effectivement l'air dépravé et nuisible, ce qui était indubitablement le but de l'opération.

— Celui-ci est relativement modéré, indiqua Balmerino en regardant par-dessus mon épaule. J'en ai d'autres ici qui sont infiniment plus créatifs et hargneux. Tenez, regardez celui-ci. C'est moi, là.

Il pointait le doigt vers son portrait avec un plaisir évident. On y voyait un Highlander velu à la mine patibulaire qui roulait de gros yeux sous son béret écossais. Je jetai un coup d'œil à Balmerino, vêtu comme à son habitude d'un habit du meilleur goût. L'étoffe était précieuse, mais d'une couleur discrète, afin de flatter sa silhouette dodue. Il contempla le tract d'un air songeur en caressant son menton fraîchement rasé.

— Je me demande... les favoris me donnent un air plutôt romantique, vous ne trouvez pas ? Toutefois, la barbe démange terriblement. Je ne pense pas pouvoir la supporter, même pour me rendre un peu plus pittoresque.

Je passai à la page suivante et faillis en laisser tomber la liasse.

— Le portrait de votre mari est un peu plus ressemblant, observa Balmerino. Mais il faut dire que notre cher Jamie correspond assez à la conception qu'ont les Anglais du brigand des Highlands. Oh, ne le prenez pas mal, ma chère ! Il faut reconnaître qu'il est plutôt imposant, non ?

— Moui... fis-je en parcourant la liste des méfaits de Jamie.

— J'ignorais que votre mari faisait rôtir les petits enfants et les dévorait, pas vous ? Je me disais bien qu'il devait avoir un régime spécial pour être aussi costaud.

Les plaisanteries du jeune comte me rassérénèrent quelque peu. Je parvins même à sourire en lisant les descriptions et les accusations absurdes, mais je me demandais ce qu'en penseraient ceux auxquels ces tracts étaient destinés.

— C'est surtout le dernier qui va vous intéresser, je crois, dit Balmerino en extirpant un tract de la liasse.

Le titre proclamait : *La sorcière des Stuarts*. Une femme au long nez et aux petits yeux ronds me fixait sur la page. Le texte accusait Charles-Édouard Stuart d'invoquer les « forces des ténèbres » afin de servir ses noirs desseins. Il entretenait dans son cercle intime une sorcière qui s'était rendue tristement célèbre par son pouvoir de vie ou de mort sur les hommes, sans parler de pouvoirs plus communs, comme faire échouer les récoltes, tourner le lait et provoquer la cécité. La présence de cette femme était la preuve que Charles-Édouard avait vendu son âme au Diable et qu'il rôtirait éternellement en enfer, comme le concluait sinistrement l'article.

— Il doit s'agir de vous, dit Balmerino. Mais je vous rassure, le portrait n'est pas du tout flatteur !

— Très amusant !

Je lui rendis ses tracts. Malgré le choc, je fis de mon mieux pour lui sourire. Il me lança un regard malicieux et prit mon bras en me tapotant la main.

— Ne vous inquiétez pas, ma chère. Une fois Sa Majesté remontée sur le trône, toutes ces inepties seront vite oubliées. Aux yeux de la populace, les méchants d'hier deviendront les héros de demain. C'est toujours la même histoire.

— Plus ça change, plus c'est la même chose... soupirai-je. Oui, mais si Sa Majesté ne récupérait pas sa couronne...

— Et si par malheur nous échouions... reprit Balmerino en lisant dans mes pensées... alors ce que disent de nous ces tracts sera le cadet de nos soucis.

Le temps était inhabituellement clément pour un mois de novembre et les nuages omniprésents s'étaient clairsemés, laissant un rayon de soleil fugitif égayer brièvement la grisaille d'Édimbourg. J'en profitai pour parcourir à quatre pattes les massifs du jardin derrière Holyrood, pour le plus grand plaisir de plusieurs Highlanders qui se détendaient à leur manière, à savoir avec un flacon de whisky.

— On cherche des limaces, Madame ? lança l'un d'eux.

— Si tu veux mon avis, elle chasse plutôt les elfes ! plaisanta un autre.

— Vous trouverez plus d'elfes dans votre flacon que moi sous ces feuilles ! rétorquai-je.

Celui qui tenait le flacon ferma un œil et regarda dans le goulot.

— Bah ! Tant qu'il n'y a pas de limaces dans mon whisky !

De fait, ce que je recherchais n'aurait pas eu plus de sens pour eux que des limaces. Je retournai une grosse pierre et découvris le lichen roux qui recouvrait sa face cachée. Je grattai délicatement sa surface avec mon couteau et fis tomber les quelques parasites qui s'y cachaient dans le creux de ma main. Je les transférai ensuite soigneusement dans la petite tabatière en fer-blanc qui renfermait mes autres trésors durement acquis.

L'atmosphère relativement cosmopolite d'Édimbourg avait déteint sur les Highlanders de passage. Dans un des villages de montagne, mon comportement aurait aussitôt suscité les soupçons, pour ne pas dire une franche hostilité. Mais ici, on considérait ma fouille méthodique des jardins comme une lubie inoffensive. Les Highlanders me traitaient avec un grand respect, dans lequel je ne discernais heureusement aucune peur.

Même mes origines anglaises m'étaient pardonnées une fois qu'on savait qui était mon mari. Je n'en saurais probablement jamais plus sur les prouesses de Jamie lors de la bataille de Prestonpans que ce qu'il m'en avait dit lui-même ; mais quelle que soit leur nature, elles avaient considérablement impressionné les Écossais : chaque fois qu'il s'aventurait hors de Holyrood, « Jamie le Rouge » était salué par des acclamations et des applaudissements.

Un cri non loin de moi attira mon attention et je me retournai pour apercevoir justement Jamie le Rouge en personne, faisant un signe de la main à l'un des Highlanders qui le saluaient. Il balaya le jardin du regard et m'aperçut.

— Te voilà ! Je te cherche. Peux-tu venir avec moi un instant ? Prends ton panier.

Je me relevai, époussetai ma jupe pleine de brins d'herbe et laissai tomber mon couteau dans le panier.

— Où va-t-on ? demandai-je.

— Colum veut nous voir.

— Où ça ?

Il marchait tellement vite que j'avais du mal à le suivre.

— Dans l'église de Canongate.

Voilà qui était intéressant. Colum ne tenait sans doute pas à ce qu'on sache au palais qu'il s'était entretenu avec nous en privé.

Apparemment Jamie non plus, d'où le panier. En nous voyant ainsi franchir la grille de Holyrood bras dessus bras dessous, on pouvait penser que nous partions nous promener dans le quartier du Royal Mile, faire des emplettes ou distribuer des médicaments aux soldats et à leurs familles logées dans les venelles autour de la cathédrale St. Giles.

Toute la ville était bâtie sur un versant abrupt autour de son artère principale, High Street. Holyrood s'étalait noblement à ses pieds, bordé par une ancienne abbaye qui lui conférait un faux air de bâtisse fortifiée. Tout en haut de la colline se dressait le château d'Édimbourg. Les deux édifices s'ignoraient royalement. Entre les deux s'étirait le Royal Mile. Tirant la langue derrière Jamie, je me demandai comment Colum MacKenzie s'était débrouillé pour grimper la côte pavée, du palais à l'église.

Nous le trouvâmes dans le cimetière, assis sur un banc de pierre, le dos au soleil. Sa canne en prunellier était posée près de lui et ses courtes jambes arquées pendaient dans le vide. Vu de loin, on aurait dit un énorme gnome avec ses épaules voûtées et sa tête penchée en avant. Il semblait dans son élément dans ce jardin de pierres, avec ses stèles penchées recouvertes de mousse. Je remarquai au passage un spécimen de lichen intéressant sur une arche en ruine, mais supposai que le moment était mal choisi pour faire la cueillette.

Nos pas sur l'herbe ne faisaient pas de bruit, mais il redressa la tête alors que nous étions encore à quelques dizaines de mètres de lui. Au moins, ses sens n'étaient pas atteints. Une ombre derrière un tronc d'arbre bougea légèrement à notre approche. Angus Mhor avait lui aussi l'ouïe fine. Nous reconnaissant, le vieux valet reprit sa garde silencieuse.

Colum nous salua d'un petit signe de tête. Vu de près, il n'avait plus rien d'un avorton malgré son corps difforme. On ne distinguait plus que la forte personnalité qui habitait cette carcasse rongée par la maladie.

Jamie prit place à ses côtés sur le banc, tandis que je m'asseyais sur une tombe voisine. Même à travers mes jupes épaisses, le marbre froid mordait mes fesses et je gigotai un bon moment avant de trouver une position confortable. Je lus l'épitaphe gravée entre mes jambes et souris.

> *Ci-gît Martin Elginbrod.*
> *Dieu, aie pitié de mon âme,*
> *Comme je le ferais si j'étais Dieu*
> *Et toi, Martin Elginbrod.*

— Tu as demandé à nous voir, mon oncle ? demanda Jamie.

— J'ai une question à te poser, Jamie Fraser, commença Colum sans préambule. Me considères-tu de ton sang ?

Jamie réfléchit un instant, étudiant le visage de son oncle. Il esquissa un petit sourire.

— Tu as les yeux de ma mère. Je ne peux pas le nier.

Colum parut surpris. Il avait des yeux gris clair, comme des ailes de colombe, bordés de longs cils noirs. Mais leur beauté mise à part, ils pouvaient aussi briller d'une lueur plus glaciale que l'acier.

— Tu te souviens de ta mère ? s'étonna Colum. Tu étais tout petit quand elle est morte.

— Pas si petit que ça, répondit Jamie d'un air sombre. Quoi qu'il en soit, il y avait des miroirs dans la maison de mon père. On me dit que je lui ressemble un peu.

Colum se mit à rire.

— Un peu... beaucoup, mon garçon.

Il examina Jamie en plissant les yeux contre le soleil.

— Oui, tu es bien le fils d'Ellen, il n'y a pas l'ombre d'un doute. Ces cheveux...

Il agita une main vers la masse de boucles aux reflets ambrés.

— ... et cette bouche, large comme une gueule d'engoulevent. Je la taquinais toujours avec ça. Je lui disais qu'avec un four pareil, elle pouvait gober les mouches, et qu'il ne lui manquait plus qu'une longue langue visqueuse.

Pris de court, Jamie se mit à rire lui aussi.

— Willie m'a dit la même chose, un jour.

Il se tut aussitôt. Il parlait rarement de son frère aîné et n'y avait sans doute jamais fait allusion devant Colum. Si ce dernier avait remarqué son trouble, il n'en montra rien.

— J'ai écrit à ta mère quand ton frère et le bébé sont morts de la variole, dit-il en regardant devant lui. C'était la première fois que je lui écrivais depuis son départ de Leoch.

— Tu veux dire depuis qu'elle avait épousé mon père.

Colum hocha lentement la tête.

— Oui. Elle avait deux ans de plus que moi. C'est à peu près l'écart qu'il y a entre toi et ta sœur, n'est-ce pas ? Je n'ai jamais rencontré Jenny. Vous êtes proches, tous les deux ?

Jamie ne répondit pas mais acquiesça doucement, dévisageant son oncle avec attention, comme s'il cherchait dans ce visage ridé la solution à une énigme.

— Ellen et moi étions très proches, reprit Colum. J'étais un enfant maigrichon et maladif, et elle veillait sur moi comme une mère. Je me souviens de la façon dont le soleil brillait dans ses cheveux quand elle venait me raconter des histoires dans mon lit. Même plus tard, quand mes jambes ont commencé à se déformer, elle passait tous les matins et tous les soirs dans ma chambre pour me raconter qui elle avait vu et ce qui s'était dit. Cela a continué même après mon mariage. Nous parlions ensemble des métayers et des selliers du domaine, de la meilleure façon de régler leurs litiges. Letitia n'entendait rien à ces histoires, ça ne l'intéressait pas. Parfois, Dougal se joignait à nous et nous discutions de l'avenir du clan : comment préserver la paix entre les lairds, quelles alliances nouer avec les autres clans, comment gérer les terres... Puis, un jour, elle est partie, sans demander notre avis, sans même nous dire au revoir.

Il s'interrompit un instant et inspecta le dos de ses mains noueuses.

— Elle n'était plus là, tout simplement. J'avais parfois de ses nouvelles par l'intermédiaire d'autres gens, mais elle n'a jamais repris contact avec moi.

— Elle n'a pas répondu à votre lettre ? demandai-je doucement.

Il secoua la tête, les yeux toujours baissés.

— Elle était malade. Elle avait attrapé elle aussi la variole et venait de perdre deux enfants. Peut-être avait-elle l'intention de m'écrire plus tard ? C'est le genre de corvée qu'on remet facilement au lendemain. Mais le Noël suivant, elle était morte.

Il releva les yeux vers Jamie et soutint son regard.

— C'est pourquoi j'ai été surpris quand ton père m'a écrit qu'il t'envoyait chez Dougal et qu'il souhaitait que je te prenne ensuite à Leoch.

— C'est ce qui avait été convenu lorsqu'ils se sont mariés, répondit Jamie. Vous aviez décidé qu'à la puberté, j'irais chez Dougal apprendre le maniement des armes, et ensuite chez vous pour parfaire mon instruction.

Un courant d'air agita les branches sèches d'un mélèze au-dessus de leurs têtes. Les deux hommes rentrèrent instinctivement les épaules pour se protéger du vent froid et, l'espace d'un instant, leur geste similaire accentua leur ressemblance.

— C'est vrai, dit Colum. Mais les accords sont aussi éphémères que les hommes qui les concluent, sinon plus. En outre, à l'époque, je ne connaissais pas ton père.

Il allait ajouter quelque chose, mais se ravisa. Le silence du cimetière avait quelque chose de palpable qui comblait le vide de leur conversation.

Ce fut Jamie qui reprit le premier la parole.

— Que pensais-tu de mon père ?

Je sentis dans cette question toute la curiosité d'un enfant qui a perdu ses parents trop tôt et qui est toujours à l'affût d'indices qui lui permettraient de reconstituer le puzzle de leur personnalité. Je ne comprenais que trop bien cette réaction. Tout ce que je savais sur mes propres parents, je le tenais des réponses brèves et fragmentées d'oncle Lamb. Et oncle Lamb n'était pas porté sur l'analyse psychologique de ses semblables.

En revanche, Colum était imbattable sur ce sujet.

— Tu veux dire, quel genre d'homme c'était ?

Il dévisagea attentivement son neveu et eut une petite moue amusée.

— Regarde-toi dans le miroir, mon garçon : tu as peut-être le visage et les cheveux de ta mère, mais tu as aussi ces maudits yeux de chat des Fraser.

Il s'étira et changea de position, en réprimant un grognement de douleur. À le voir si stoïque, je compris d'où venaient les rides profondes à la commissure de ses lèvres.

— Non, sincèrement, reprit-il, je n'aimais pas beaucoup ton père et il me le rendait bien. Mais c'était un homme d'honneur, ce que je respectais en lui. Toi aussi, tu as le sens de l'honneur, James MacKenzie Fraser.

Le visage de Jamie ne changea pas d'expression, si ce n'est un imperceptible tic au coin de l'œil que seul pouvait remarquer quelqu'un le connaissant aussi bien que moi, ou aussi observateur que Colum.

— C'est pourquoi je t'ai fait venir ici, mon garçon, reprit ce dernier. Je dois décider si les MacKenzie de Leoch sont pour le roi Jacques ou pour le roi George. Je sais que cela revient à choisir le moindre mal, mais je ne peux reculer l'échéance plus longtemps.

— Dougal... commença Jamie.

Son oncle l'interrompit d'un geste sec de la main.

— Je sais ce que pense Dougal. Il m'a mené la vie dure ces deux dernières années. Mais les MacKenzie de Leoch, c'est moi ! Je suis le seul à décider. Dougal fera ce que je lui dirai. Je veux entendre ton avis, au nom du sang qui coule dans tes veines.

— Je suis ici avec mes hommes, répondit Jamie. Il me semble que mon choix est clair, non ?

Colum s'écarta légèrement pour mieux le regarder.

— L'est-il vraiment ? Les hommes prêtent des serments d'allégeance pour de multiples raisons, et ce sont rarement celles dont ils se vantent. J'ai parlé à Lochiel, à Clanranald et aux frères MacDonald de Scotus, Alex et Angus. Tu crois vraiment qu'ils sont ici parce qu'ils estiment que Jacques Stuart est leur roi légitime ? Je veux entendre la vérité de ta bouche, au nom de l'honneur de ton père.

Voyant Jamie hésiter, Colum poursuivit, sans le quitter des yeux :

— Ce n'est pas pour moi que je le demande. Je ne suis pas idiot, je sais que je n'aurai pas à supporter cette guerre bien longtemps. Mais c'est pour Hamish. C'est ton cousin, ne l'oublie pas. S'il doit un jour diriger le clan, je dois faire le bon choix. Maintenant.

Il s'interrompit et attendit.

Jamie était aussi immobile que l'ange de marbre placé derrière lui. Je connaissais le dilemme qui le tourmentait, même si rien n'apparaissait sur son visage. Nous nous y étions déjà heurtés quand il avait fallu prendre la décision de nous engager aux côtés de Charles-Édouard avec les hommes de Lallybroch. Si la chance semblait provisoirement sourire aux jacobites, rien n'était encore joué, loin de là. L'allégeance de Colum pouvait encourager d'autres chefs de clan à se joindre à nous et favoriser une victoire. Mais en cas d'échec, les MacKenzie de Leoch pouvaient bien être anéantis.

Jamie tourna la tête vers moi et me lança un regard qui signifiait : *Tu as ton mot à dire dans cette histoire. Que dois-je faire ?*

Je sentis les yeux de Colum se poser sur moi et devinai plus que je ne vis son haussement de sourcils interrogateur. Je songeai au jeune Hamish, qui ressemblait assez à Jamie pour passer pour son fils. Quelle vie l'attendait si les MacKenzie de Leoch tombaient à Culloden ? Si les choses tournaient mal, les hommes de Lallybroch pouvaient encore compter sur Jamie pour leur éviter le massacre final, mais pas les MacKenzie. Toutefois, ce n'était pas à moi de choisir. Je fis signe à Jamie que je ne savais pas et baissai la tête. Il laissa échapper un soupir et se tourna vers Colum.

— Rentre à Leoch, mon oncle, et gardes-y tes hommes.

Colum ne dit rien pendant une bonne minute, me regardant droit dans les yeux. Puis ses lèvres esquissèrent une moue qui n'était pas vraiment un sourire.

— Lorsque Ned Gowan a voulu venir vous défendre lors du procès de Cranesmuir, me dit-il, j'ai failli l'en empêcher. Je suis heureux de ne pas l'avoir fait.

— Merci, répondis-je sur le même ton.

Il poussa un soupir et se massa la nuque.

— Bon, eh bien, je vais aller dire à Son Altesse que j'ai pris ma décision.

Il reposa la main sur le banc, entre Jamie et lui.

— Merci pour ton conseil, mon garçon...

Il hésita avant de conclure :

— ... et que Dieu te garde.

Jamie posa sa main sur la sienne et la pressa, lui adressant le grand et doux sourire de sa mère.

— Qu'il te garde toi aussi, *mo caraidh*.

Les ruelles qui bordaient le Royal Mile étaient noires de monde ; chacun cherchait à profiter de ces quelques heures de soleil. Nous marchions en silence, main dans la main. Jamie était perdu dans ses pensées, hochant parfois la tête et marmonnant dans sa barbe.

— Tu as bien fait, dis-je enfin. J'aurais répondu la même chose. Quoi qu'il arrive, au moins les MacKenzie s'en sortiront.

— Hmm... peut-être.

Il fit un petit signe de tête au passage à un officier qui le saluait.

— Mais les autres ? reprit-il. Les MacDonald, les MacGillivray ? Imagine que la victoire de Charles-Édouard dépende de l'adhésion des MacKenzie... Dans ce cas, n'ai-je pas signé l'arrêt de mort de tous les autres en conseillant à Colum de ne pas intervenir ?

Il poussa un soupir de frustration et donna un coup de pied rageur dans un caillou sur la chaussée.

— Pas moyen de le savoir, n'est-ce pas, *Sassenach* ?

— Non. On n'en saura jamais assez, à moins qu'on en sache déjà trop. Dans un cas comme dans l'autre, on ne peut rien y faire.

Cette brusque inspiration philosophique le fit sourire.

— Tu as raison, *mo duinne*. Ce qui est fait est fait. Je ne peux pas y revenir, alors inutile de s'inquiéter. Les MacKenzie resteront tranquillement chez eux.

La sentinelle devant la grille du palais était un MacDonald, l'un des hommes de Glengarry. Très occupé à s'épouiller, il nous salua vaguement en reconnaissant Jamie. Le retour de la chaleur avait fait proliférer la vermine qui infestait de ses nids douillets tignasses, aisselles et pubis. On en voyait parfois qui s'aventuraient à découvert sur une chemise ou un tartan, où ils étaient plus faciles à attraper.

Jamie lança une plaisanterie en gaélique et la sentinelle attrapa un pou sur son kilt et le lui lança. Jamie feignit de le saisir au vol, de l'examiner attentivement et, après m'avoir lancé un clin d'œil, de l'enfourner goulûment dans sa bouche.

La grande galerie brillait de tous ses feux. Depuis le retour triomphal de Charles-Édouard à Édimbourg en septembre, on y donnait régulièrement des bals et des dîners. Ce soir, on recevait les grosses légumes de la bourgeoisie écossaise, très anxieuse de témoigner son soutien au prince, maintenant que la chance semblait de son côté. Don Francisco, en qualité d'invité d'honneur, était assis aux côtés de Son Altesse à l'autre bout de la salle. Il était vêtu de sombre à la mode espagnole, avec des pantalons foncés et larges, une veste sans forme et une petite fraise qui déclenchait des sourires chez les jeunes convives.

Mon cavalier était lord Kilmarnock. Comme il n'était pas d'humeur loquace, j'avais tout loisir d'observer ce qui se passait autour de moi, tout en dansant. Charles-Édouard, lui, ne dansait pas, bien qu'il excellât dans l'art du menuet. Au grand désespoir des jeunes filles d'Édimbourg, il restait rivé à son fauteuil, accaparé par la tâche ardue de divertir son hôte de marque. Ce même après-midi, j'avais aperçu une petite caisse d'un excellent porto qu'on livrait aux cuisines et le verre de don Francisco semblait régulièrement se remplir comme par magie.

Nous croisâmes Jamie qui effectuait une figure particulièrement périlleuse avec sa danseuse, une demoiselle Williams. Elles étaient trois, presque identiques, au point qu'on les confondait sans cesse : jeunes, mignonnes, avec de beaux cheveux châtains, des voix de souris, et *si intéressées par cette noble cause*. Elles me tapaient sur les nerfs, mais Jamie, l'image même de la patience, les faisait danser à tour de rôle, répondant pour la énième fois à leurs questions idiotes avec une gentillesse infinie.

— Que veux-tu ? m'avait-il dit un peu plus tôt. Il faut bien qu'elles sortent un peu, les pauvres petites. Et puis leur père est un riche marchand. Charles-Édouard tient à ce qu'on se rende sympathique à toute la famille.

Dans ses bras, la demoiselle Williams paraissait littéralement aux anges. Je leur lançai un regard noir en me demandant jusqu'où irait la loyauté de Jamie envers Son Altesse. J'aperçus Balmerino qui dansait avec l'épouse de lord George Murray, et lord Murray lui-même faisant tournoyer une autre demoiselle Williams. Le vieux couple échangea un regard tendre et complice et j'eus honte de prêter de si noirs desseins aux partenaires de Jamie.

Colum n'assistait pas au bal ; ce qui n'avait rien de surprenant. Je me demandais s'il avait eu le temps de parler à Charles-Édouard depuis notre entrevue de ce matin. Probablement pas ; Charles-Édouard avait l'air de trop bonne humeur pour avoir reçu récemment de mauvaises nouvelles.

Dans un coin de la galerie, je remarquai deux silhouettes trapues, toutes deux aussi empruntées et mal à l'aise dans leurs habits de soirée l'une que l'autre. C'étaient John Simpson, président de la ligue des maîtres-armuriers de Glasgow, et son fils, également appelé John Simpson. Ils étaient arrivés quelques jours plus tôt afin d'offrir à Son Altesse l'une de ces magnifiques épées de chevalerie qui avaient fait leur renommée dans toute l'Écosse. Les deux hommes avaient sans doute été invités au bal afin de démontrer à don Francisco à quel point le petit peuple aimait les Stuarts.

Tous deux avaient d'épais cheveux foncés et des barbes grisonnantes. Simpson père était poivre et sel, son fils rappelait plutôt une colline de pins noirs couronnée de neige. Pendant que je les observais, le vieux Simpson donna un petit coup de coude dans le dos de son fils et lui indiqua d'un mouvement du menton une jeune fille qui fixait le plancher d'un air timide aux côtés de son père.

Simpson fils lança un regard sceptique à son père, rassembla tout son courage et invita la troisième demoiselle Williams à danser.

Je l'observai, fascinée, prendre place sur la piste de danse. Jamie, qui leur avait acheté deux superbes épées quelques jours plus tôt, m'avait confié que Simpson fils était sourd comme un pot.

— Sans doute à cause du vacarme de la forge, avait-il ajouté. C'est le vieux qui discute les prix, mais le jeune, lui, voit tout.

Je suivis les mouvements rapides des yeux noirs qui évaluaient la distance entre chaque couple. Simpson fils n'avait pas le pied très léger, mais il avait le sens du rythme. Je le vis tiquer lorsqu'un des violons émit une note suraiguë. Il pouvait donc entendre certains sons. Je fermai les yeux et me laissai porter par la musique.

Les tournoiements des danseurs nous conduisirent, Kilmarnock et moi-même, près de Charles-Édouard et don Francisco, qui se réchauffaient devant l'immense cheminée. À ma grande surprise, je vis le prince me faire discrètement signe de m'éloigner. Kilmarnock, qui avait surpris ce petit manège, se mit à rire.

— On dirait que Son Altesse a peur de vous présenter à son invité ! lança-t-il.

— Vous croyez ?

Je coulai un regard dans sa direction, mais Charles-Édouard s'était replongé dans la conversation, soulignant ses propos de grands gestes à l'italienne.

— J'en suis sûr, répondit Kilmarnock.

Il était bon danseur et je commençai enfin à me détendre suffisamment pour soutenir une conversation, sans craindre à tout moment de me prendre les pieds dans mes jupes.

— Vous n'avez pas vu ces tracts que Balmerino montre à tout le monde ? reprit-il. Son Altesse a dû les voir, elle. Les Espagnols sont tellement superstitieux qu'ils prendraient très mal ce genre de bêtises. Aucun individu de bon sens et de bonne éducation ne prêterait foi à de telles inepties, naturellement, mais Son Altesse juge sans doute préférable de ne pas tenter le diable. L'or espagnol vaut bien quelques sacrifices.

Apparemment, lord Kilmarnock estimait qu'il valait également le sacrifice de son propre orgueil. Après avoir courtisé et séduit les nobles écossais pour obtenir des hommes et des fonds, Charles-Édouard s'était mis à les snober, leur préférant ouvertement ses vieux amis irlandais, comme O'Sullivan ou O'Brien, ou ses anciens conseillers du Continent, dont la plupart considéraient l'Écosse ni plus ni moins que comme un pays de sauvages. Kilmarnock, Lochiel, Balmerino ou les autres Highlanders, eux, étaient relégués au second rang et traités avec une hauteur qui frôlait parfois le mépris.

Cela dit, ils avaient quand même été invités à participer aux festivités, sans nul doute pour impressionner don Francisco.

— Vous avez remarqué les tableaux ? demandai-je soudain pour changer de sujet.

Il y en avait plus d'une centaine sur les murs de la grande galerie. Rien que des portraits de rois et de reines, manifestement tous apparentés.

— Ah, vous voulez parler du nez ? répondit Kilmarnock.

Un sourire amusé vint remplacer son air morose.

— Connaissez-vous leur histoire ? demanda-t-il.

Il m'apprit que tous les tableaux avaient été réalisés par le même peintre hollandais, un certain Jacob De Witt. Lorsqu'il était remonté sur le trône, Charles II lui avait commandé le portrait de tous ses ancêtres, en remontant jusqu'au légendaire Robert Bruce.

— Il voulait être sûr que personne ne contesterait sa lignée et la légitimité de sa restauration, commenta Kilmarnock avec un sourire ironique. Je me demande si Jacques III en fera autant une fois qu'il aura ceint la couronne d'Écosse ?

Quoi qu'il en soit, De Witt s'était mis à peindre fébrilement, au rythme d'un portrait tous les quinze jours, pour satisfaire à la demande du souverain. Naturellement, il n'avait aucune idée de ce à quoi ressemblaient les ancêtres en question ; aussi avait-il utilisé comme modèles tous ceux qu'il parvenait à attirer dans son atelier, se contentant de leur ajouter un appendice nasal proéminent, histoire de leur donner un air de famille.

— Tenez, voilà le roi Charles lui-même, indiqua Kilmarnock devant un grand portrait en pied.

Le monarque était resplendissant, dans une tenue de velours rouge et une coiffe à plumes. Mon cavalier lança un regard critique vers l'autre Charles qui éclusait son porto à l'autre bout de la galerie.

— Mmmouais... fit-il d'un air songeur. On dira ce qu'on voudra, mais il a quand même un nez plus discret. Il le tient sans doute de sa mère polonaise.

Il se faisait tard et, dans leurs chandeliers d'argent, les bougies commençaient à vaciller. Don Francisco, sans doute moins habitué que Charles-Édouard aux excès de boisson, piquait du nez dans sa fraise.

Jamie restitua la dernière demoiselle Williams à son père qui se préparait à partir et vint me rejoindre dans mon coin. J'avais discrètement ôté mes souliers sous mes jupes. Le tout était de ne pas avoir à les renfiler précipitamment.

Jamie s'assit sur le banc, à mes côtés. Il s'essuya le front avec un grand mouchoir blanc et tendit la main vers des gâteaux secs abandonnés sur un guéridon.

— Je meurs de faim ! s'exclama-t-il. Danser me donne de l'appétit, et parler encore plus !

Il fourra le tout dans sa bouche et mâcha rapidement avant de saisir une autre poignée.

Le prince se pencha vers son hôte de marque et le secoua doucement par l'épaule, sans grand effet. La tête de l'Espagnol se renversa et sa bouche s'ouvrit sous l'épaisse moustache. Charles-Édouard l'observa un instant d'un air perplexe, puis se décida à lancer un appel à la ronde. Malheureusement pour lui, Sheridan et Tullibardine, tous deux âgés, dormaient aussi, comme deux idiots de village, malgré leurs velours et leurs dentelles.

— Tu devrais peut-être lui donner un coup de main ? suggérai-je.

— Mmm... fit Jamie.

Résigné, il engloutit sa dernière poignée de gâteaux secs et s'apprêta à aller à la rescousse du prince. Mais avant qu'il ait eu le temps de se lever, le jeune Simpson, qui avait observé le manège, donna un coup de coude dans les côtes de son père.

Ils s'inclinèrent respectueusement devant Charles-Édouard, et avant que celui-ci ait le temps de protester, les deux maîtres-armuriers saisirent don Francisco par les chevilles et les aisselles et le soulevèrent de son fauteuil. Ils traversèrent ainsi toute la salle, balançant leur fardeau comme un gros gibier, puis disparurent par la grande porte, suivis par Son Altesse.

Cette sortie peu cérémonieuse marqua la fin du bal.

Les autres convives commencèrent à se détendre et à errer dans la galerie. Les dames disparaissaient dans l'antichambre pour récupérer leurs châles et leurs capes ; les hommes, qui se tenaient en petits groupes impatients, se plaignaient de la lenteur des femmes.

Étant logés au palais, nous sortîmes par une porte dérobée au nord de la galerie et traversâmes l'enfilade de petits salons qui menaient à l'escalier d'honneur.

Les paliers de l'escalier monumental étaient décorés de grandes tapisseries. Au pied de l'une d'elles, la haute silhouette d'Angus Mhor projetait une ombre géante et vacillante sur le mur derrière lui.

— Mon maître est mort, annonça-t-il.

— Son Altesse a déclaré que c'était peut-être aussi bien, me rapporta Jamie sur un ton amer.

Voyant mon air choqué, il ajouta :

— C'est à cause de Dougal. Il n'attend qu'une chose, c'est de se joindre aux hommes de Son Altesse. Maintenant que Colum n'est plus là, Dougal est le chef du clan. Les MacKenzie de Leoch rejoindront donc l'armée des Highlands.

Il semblait profondément affligé par la mort de son oncle. Je vins me placer derrière lui et posai mes mains sur ses épaules. Il se détendit à mon contact, poussa un petit gémissement de soulagement et laissa retomber sa tête sur ses bras croisés. Il était assis devant la table de notre chambre, des liasses de lettres et de dépêches éparpillées autour de lui. Parmi les documents, je reconnus un petit carnet relié de cuir rouge. C'était le journal de Colum que Jamie venait de subtiliser dans ses appartements. Il avait espéré y trouver un commentaire récent stipulant qu'il ne comptait pas soutenir la cause jacobite.

— Je doute que cela puisse faire changer Dougal d'avis, m'avait-il chuchoté, mais on peut toujours essayer.

Mais Colum n'avait rien écrit dans son journal au cours des trois derniers jours de sa vie, mis à part une courte note griffonnée à la hâte la veille, à son retour du cimetière :

J'ai parlé avec le jeune Jamie et sa femme. J'ai enfin fait la paix avec Ellen.

Ces quelques mots avaient de l'importance pour Colum, Jamie, et peut-être Ellen, mais ils n'allaient certainement pas ébranler les convictions de Dougal MacKenzie.

Jamie se redressa et se tourna vers moi, le regard chargé d'inquiétude.

— Désormais, Claire, nous n'avons plus le choix. Nous devons, coûte que coûte, faire en sorte que Charles-Édouard remporte la victoire.

J'avais la bouche sèche d'avoir bu trop de vin.

— Tu as sans doute raison. Bon sang ! Il ne pouvait pas attendre encore un peu ! Il aurait pu mourir demain, après avoir parlé à Charles-Édouard !

Jamie laissa échapper un petit rire nerveux.

— Personne ne lui a demandé son avis, *Sassenach*. Peu d'hommes ont le privilège de choisir l'heure de leur mort.

— Pourtant, Colum en avait l'intention.

J'avais hésité à parler à Jamie de la requête de Colum lors de notre première entrevue à Holyrood mais, à présent, je n'avais plus aucune raison de lui cacher la vérité.

Jamie hocha la tête d'un air incrédule et soupira.

— Je me demande... murmura-t-il. Tu crois que c'est un signe, Claire ?

— Quel signe ?

— Le fait que Colum soit mort avant d'avoir pu refuser son aide aux jacobites signifie peut-être que Charles-Édouard est destiné à gagner la guerre et à remonter sur le trône ?

Je revis en pensée la dernière image que j'avais de Colum. La mort l'avait surpris assis dans son lit, son verre de cognac intact à son chevet. Il était donc mort comme il l'avait souhaité, l'esprit lucide et alerte. Sa tête était renversée, mais il avait les yeux grands ouverts. Ses lèvres étaient serrées, encadrées de rides profondes. La douleur, qui ne lui avait pas laissé de répit tout au long de sa vie, l'avait accompagné jusqu'au bout.

— Va savoir ! répondis-je.

Il laissa retomber sa tête sur ses bras en maugréant :

— Pfff... J'espère au moins que quelqu'un le sait.

38

Un pacte avec le Diable

Des pluies torrentielles s'abattirent sur Édimbourg, amenant avec elles une épidémie de grippe. Dans les couloirs de Holyrood, on n'entendait plus que raclements de gorge, quintes de toux et reniflements. Tout le monde semblait plus ou moins affecté, sauf moi. Je passais mon temps à faire des allers et retours entre le palais et la boutique de M. Haugh, l'apothicaire. Elle était nettement moins bien fournie que celle de maître Raymond, mais on y trouvait néanmoins de l'écorce d'orme et de marronnier d'Inde, ainsi que d'excellentes préparations à base d'extraits de menthe et de bardane. Toutefois, à cette époque de l'année, il réalisait le plus gros de son chiffre d'affaires en vendant des boules de camphre, considérées comme un remède souverain contre les rhumes, la grippe et la tuberculose. Elles n'étaient guère plus efficaces que les médicaments du xxᵉ siècle, mais elles avaient l'avantage de dégager une bonne odeur.

La ville était occupée par les troupes de Charles-Édouard, et les Anglais, bien que n'étant pas assiégés à proprement parler, étaient du moins retranchés dans le château en haut de la colline. Cela n'empêchait pas les nouvelles de circuler, dans un sens comme dans l'autre. Selon les dernières rumeurs entendues par M. Haugh, le duc de Cumberland rassemblait ses troupes au sud de Perth en vue d'un départ imminent vers le nord. Cette information me parut douteuse : dans mes souvenirs, le duc de Cumberland ne bougerait pas avant le printemps 1746, ce qui nous laissait encore six mois de répit.

La sentinelle de faction à l'entrée du palais me salua en toussant, un son familier repris par les gardes stationnés le long des couloirs, sur chaque palier du grand escalier qui menait aux grands appartements.

Je trouvai Jamie dans le petit salon jaune, en compagnie du prince, d'Aeneas MacDonald, d'O'Sullivan, du secrétaire de Son

Altesse et d'un petit bonhomme nommé Francis Townsend qui jouissait depuis peu des faveurs de Son Altesse. La plupart des hommes présents avaient le nez rouge et ne cessaient de cracher dans leur mouchoir. Jamie était affalé dans un fauteuil, le teint pâle et la goutte au nez.

Habitués à mes allées et venues entre le palais et la ville, et avides de toute information concernant les mouvements des troupes anglaises, les hommes m'écoutèrent avec attention.

— Nous vous sommes infiniment reconnaissants pour ces nouvelles, milady, déclara Son Altesse en inclinant la tête vers moi. S'il y a quoi que ce soit que je puisse faire pour vous témoigner ma gratitude...

L'occasion était trop belle pour la laisser passer.

— Votre Altesse, je voudrais que mon mari aille se coucher. Maintenant.

Le prince ouvrit de grands yeux ronds mais se reprit aussitôt. Moins mesuré dans ses manières, Aeneas MacDonald fut pris d'une quinte de toux. Quant à Jamie, il devint cramoisi. Il se mit à éternuer et enfouit son nez dans un grand mouchoir, me foudroyant du regard.

— Euh... votre mari, fit Charles-Édouard, cherchant une parade. C'est que...

— Il est souffrant, l'interrompis-je. Vous vous en êtes certainement aperçue, Votre Altesse ? Il doit se coucher et prendre un peu de repos.

— Du repos ! murmura MacDonald d'un air songeur.

Je cherchai rapidement une formule plus courtoise.

— Croyez bien, Votre Altesse, que je suis navrée de vous priver provisoirement de la présence de mon mari, mais s'il ne se repose pas un peu, il ne vous sera bientôt plus d'aucune utilité.

Ayant retrouvé tout son aplomb, Son Altesse semblait s'amuser de l'embarras de Jamie.

— Bigre ! dit-il, nous ne voudrions certainement pas en arriver là. Emmenez donc votre mari, milady. Notre cher James est excusé jusqu'à ce qu'il soit remis sur pied.

Sur ces mots, il sortit un grand mouchoir de sa poche, y plongea la figure et toussa avec délicatesse.

— Prenez garde, Votre Altesse, intervint MacDonald sur un ton légèrement caustique, vous risquez d'attraper l'affection dont souffre lord Broch Tuarach.

— On pourrait espérer avoir à supporter la moitié de l'affection qui le touche, murmura Francis Townsend sans chercher à cacher le sourire sardonique qui le faisait ressembler à un renard dans un poulailler.

Jamie, qui commençait à ressembler à une tomate givrée, se leva brusquement, s'inclina devant le prince avec un bref « Je vous remercie, Votre Altesse » et, me saisissant par le coude, m'entraîna rapidement vers la porte.

— Lâche-moi, tu me fais mal ! gémis-je une fois dans l'antichambre.

— Tant mieux, marmonna-t-il. Tu n'as encore rien vu. Attends un peu que nous soyons seuls...

Toutefois, remarquant le petit sourire au coin de ses lèvres, je compris que sa colère n'était que façade. Une fois dans notre appartement, la porte soigneusement verrouillée, il s'adossa au mur et m'attira à lui en pouffant de rire.

— Merci, *Sassenach* !

— Tu ne m'en veux pas ? Je ne voulais pas t'embarrasser devant tout le monde.

— Non, je ne t'en veux pas, dit-il en me libérant. Tu aurais même pu déclarer que tu avais l'intention de me donner la fessée dans la grande galerie, du moment que je pouvais échapper à Charles-Édouard et prendre un peu de repos. Cet homme m'épuise !

Quelques minutes plus tard, il sortit la tête de sous les draps en m'entendant déboucher un des flacons de mon panier.

— Qu'est-ce que c'est ? demanda-t-il. J'espère que tu n'as pas l'intention de me faire boire ça ! Ça pue le canard faisandé !

— Tu brûles ! C'est de la graisse d'oie mélangée à du camphre. Je vais t'en enduire la poitrine.

— Pitié ! gémit-il en tirant les couvertures sous son nez.

Tandis que je le massais, je m'aperçus que nous avions un public. Fergus se tenait au pied du lit et observait les opérations avec des yeux fascinés. Il avait le regard fiévreux et le nez qui coule. Interrompant ma tâche, je lui tendis un mouchoir, tandis que Jamie redressait la tête.

— Qu'est-ce que tu fiches ici ? demanda-t-il.

Apparemment pas déconcerté par le ton acerbe de son maître, l'enfant contempla mon mouchoir comme s'il se demandait à quoi il pouvait bien servir et essuya sa morve sur sa manche.

— C'est le monsieur tout maigre qui m'envoie chercher un paquet de lettres. Il dit que vous êtes au courant. Est-ce que tous les Écossais ont autant de poils sur la poitrine, milord ?

— Les dépêches ! s'écria Jamie. Je les avais complètement oubliées. Dis-lui que je les lui apporte tout de suite.

Il voulut sortir du lit, mais l'odeur de graisse d'oie l'arrêta dans son élan.

— Pouah ! Comment vais-je me débarrasser de cette puanteur, maintenant ? Tu ne veux quand même pas que j'aille trouver Cameron en empestant comme une volaille crevée.

Il me lança un regard accusateur tout en agitant le devant de sa chemise de nuit pour dissiper les effluves de l'onguent.

— Si tu ne te recouches pas tout de suite, tu ne vaudras pas mieux qu'une volaille crevée, rétorquai-je.

— Je peux lui porter les lettres, milord ! s'empressa de proposer Fergus.

— Toi, tu vas rester tranquillement ici ! lui lançai-je.

Je le rattrapai par le bras et posai une main sur son front.

— Laisse-moi deviner, déclara Jamie avec sarcasme. Il a de la fièvre !

— Exact.

— Aha ! dit-il en lançant un regard narquois à Fergus. Tu vas voir ce que ça fait d'être enduit de graisse comme un cochon prêt à cuire !

Après une brève lutte, je parvins à coucher Fergus sur sa paillasse auprès du feu, enduit de graisse d'oie, emmitouflé dans des couvertures et un mouchoir propre à portée de main.

— Voilà ! dis-je, satisfaite. C'est moi qui porterai ces précieuses dépêches à Cameron. Vous deux, vous resterez bien sagement dans votre lit. Je vous ai préparé du thé chaud. Vous n'avez plus qu'à dormir, boire du thé, dormir, vous moucher et dormir. Dans cet ordre. Compris ?

Jamie sortit un bout de nez rouge de sous les couvertures et me lança un regard réprobateur.

— Ivre de pouvoir, voilà ce que tu es ! Pas très féminin, tout ça !

Je déposai un baiser sur son front brûlant et décrochai ma cape du portemanteau.

— On voit bien que tu ne connais rien aux femmes, mon pauvre chéri ! rétorquai-je.

Ewan Cameron était en relations constantes avec le service de renseignements de Holyrood. Il avait établi ses quartiers dans l'aile ouest, au-dessus des cuisines. Je subodorais que ce choix n'avait rien d'innocent, ayant déjà vu son appétit à l'œuvre. Étant donné sa maigreur cadavérique, il devait avoir un ver solitaire, pensai-je en le voyant ouvrir le paquet que je lui avais apporté et en examiner brièvement le contenu.

— Tout est en ordre ? demandai-je au bout de quelques minutes.

Il se redressa en sursautant.

— Mon Dieu ! Je vous prie de m'excuser, milady. Quel manque de courtoisie de ma part de vous laisser plantée là ! Oui, tout est en ordre. C'est... très intéressant. Auriez-vous l'amabilité de dire à votre mari que j'aimerais en discuter avec lui le plus vite possible. J'ai cru comprendre qu'il était souffrant ?

Il pinça délicatement les lèvres, évitant de croiser mon regard. Il n'avait pas fallu longtemps à Aeneas MacDonald pour raconter à tout le palais mon entretien avec le prince.

— Oui, me contentai-je de répondre.

Il n'était pas question que Jamie sorte de son lit pour passer la nuit à éplucher des dépêches militaires avec Cameron et Lochiel.

— ... Mais je le lui dirai, ajoutai-je. Il viendra vous voir dès qu'il sera remis.

Je me gardai de préciser que je n'avais nullement l'intention de transmettre sa requête avant le lendemain au plus tôt, voire avant quelques jours. J'ignorais précisément où se trouvait l'armée anglaise pour le moment, mais j'étais sûre qu'elle n'était pas à moins d'une bonne centaine de kilomètres d'Édimbourg.

À mon retour, je jetai un rapide coup d'œil dans la chambre. Les deux malades étaient endormis et un bruit de respiration sifflante mais régulière s'élevait des deux masses blotties sous les couvertures. Je refermai la porte et m'installai confortablement dans le petit salon adjacent, avec une bonne tasse de thé chaud dans lequel j'avais ajouté, à titre purement préventif, une petite dose de whisky.

Je tins ma tasse sous mon nez, humai la délicieuse odeur amère, et laissai les vapeurs chaudes dégager mes sinus.

Mis à part la fièvre qui avait suivi ma fausse couche, je n'avais pas été malade depuis mon passage à travers le cercle de pierres. Vu les conditions d'hygiène et la promiscuité dans lesquelles je vivais, c'était étrange ; surtout à présent, que j'allais et venais dans un palais infesté par le rhume et la grippe.

Je n'étais pourtant pas immunisée contre toutes les maladies, sinon je n'aurais pas eu de fièvre à Paris.

Mais peut-être l'étais-je contre les plus communes ? Ce qui pouvait s'expliquer en partie grâce aux vaccins. Je savais que je ne pouvais pas attraper la variole, le typhus, le choléra et la fièvre jaune. Cette dernière était peu probable dans la région, mais savait-on jamais ? Je reposai ma tasse et palpai mon épaule à travers l'étoffe de ma manche. La cicatrice du BCG était toujours là, adoucie par le temps, et je sentais encore un léger bourrelet sous mes doigts.

Je me levai de mon fauteuil pour remplir ma tasse tout en réfléchissant. Peut-être était-ce une immunité acquise ? Lors de ma formation d'infirmière, j'avais appris que les rhumes étaient provoqués par d'innombrables virus, chacun bien distinct et en constante évolution. Une fois exposé à l'un d'entre eux, on ne pouvait plus l'attraper. On continuait à s'enrhumer à mesure que l'on rencontrait de nouvelles souches, mais le risque de tomber sur un virus que l'on n'avait jamais rencontré s'amenuisait à mesure que l'on vieillissait. C'est pourquoi les petits enfants attrapaient en moyenne six rhumes par an, alors que les personnes âgées pouvaient passer plusieurs années sans s'enrhumer, simplement parce qu'elles avaient déjà été exposées à la plupart des virus.

C'était un début d'explication. Et si certaines formes d'immunité étaient héréditaires ? Les anticorps de nombreux agents pathogènes se transmettaient de la mère à l'enfant, via le placenta et le lait maternel, de sorte que le nouveau-né était provisoirement protégé contre les maladies auxquelles sa mère avait été exposée. Peut-être n'avais-je encore rien attrapé parce que je portais en moi les anticorps du XVIIIe siècle, et que je bénéficiais des rhumes attrapés par mes ancêtres durant les deux cents dernières années ?

Je méditais sur cette idée séduisante au milieu du salon, ma tasse à la main, quand on frappa doucement à la porte.

Je poussai un soupir d'exaspération. Ce devait encore être quelqu'un qui venait demander des nouvelles de Jamie, dans l'espoir de l'extirper du lit. Sans doute Cameron était-il tombé sur une dépêche mal rédigée, à moins que ce ne soit Son Altesse qui regrettait déjà d'avoir laissé s'échapper trop facilement son fidèle officier.

Sans prendre la peine de reposer ma tasse, je me dirigeai vers la porte, avec la ferme intention d'envoyer paître l'intrus.

Mon petit discours prémâché mourut dans ma gorge quand je découvris Jonathan Randall sur le seuil.

Ce fut le contact du thé à travers mes jupes qui me fit reprendre mes esprits ; mais il était déjà dans la pièce. Il me toisa d'un air dédaigneux, puis se tourna vers la porte de la chambre.

— Vous êtes seule ?

— Oui !

Ses yeux noisette hésitèrent quelques instants entre moi et la porte. Malgré ses traits tirés et pâles, il semblait toujours aussi alerte.

Ayant décidé de me croire, il me prit par le bras et saisit mon manteau de l'autre main.

— Venez avec moi, ordonna-t-il.

J'aurais préféré me laisser écorcher vive plutôt que de faire un bruit qui aurait pu réveiller Jamie dans la pièce voisine. Je me laissai entraîner sans broncher dans le couloir. Aucun soldat ne montait la garde dans cette partie du palais, mais il ne pouvait espérer me faire sortir par les jardins ou l'entrée principale, très surveillés. Quelles que fussent ses intentions, il ne pouvait les mener à bien que dans l'enceinte de Holyrood.

Que voulait-il ? Me tuer pour se venger de Jamie ? Il était vêtu d'une grosse veste en homespun[1] et ne semblait pas porter d'arme. Seul son port droit et l'inclinaison arrogante de sa tête trahissaient son statut et son rang. Il pouvait très bien s'être glissé dans le palais en se faisant passer pour un des domestiques des innombrables délégations de bourgeois venues rendre hommage à Son Altesse.

La main qui serrait mon bras était dure comme de l'acier. Peut-être comptait-il m'étrangler ? Qu'il essaie ! J'étais presque aussi grande que lui et nettement mieux nourrie.

Comme s'il avait lu dans mes pensées, il s'arrêta au bout du couloir et se tourna vers moi, me tenant toujours fermement.

— Je ne vous veux aucun mal, chuchota-t-il.

— Ce serait bien la première fois ! rétorquai-je.

Je me demandai si quelqu'un m'entendrait si je me mettais à crier. Il y avait toujours un garde au pied des escaliers de service, mais deux portes et un autre couloir nous en séparaient.

Nous étions dans une impasse. Il ne pouvait pas m'emmener plus loin et je ne pouvais pas appeler à l'aide.

— Ne soyez pas stupide ! s'impatienta-t-il. Si je voulais vous tuer, je l'aurais déjà fait. Pourquoi me serais-je donné la peine d'emporter votre cape ?

— Comment voulez-vous que je le sache ? glapis-je. Et puis, d'ailleurs, c'est vrai... Pourquoi avez-vous pris ma cape ?

— Parce que je veux que vous me suiviez au-dehors. J'ai une offre à vous faire, mais je ne veux pas risquer qu'on nous entende. Suivez-moi dans la chapelle ; personne ne viendra nous déranger là-bas.

Holyrood avait été bâti sur le site d'une ancienne abbaye dont il ne restait plus que la chapelle, adossée à l'un des murs du palais et abandonnée depuis longtemps.

Me voyant hésiter, il insista :

— Réfléchissez ! Pourquoi aurais-je risqué ma vie en m'introduisant dans le palais ?

C'était une bonne question. S'il voulait me tuer, il n'avait pas besoin de se glisser chez l'ennemi. Il lui suffisait de se tapir dans l'une des étroites ruelles qui donnaient sur High Street.

Sans quitter mon visage du regard, il me lâcha le bras et me présenta ma cape.

---

1. Mot anglais, signifiant *filé à la maison*. (N.d.T.)

— Je vous jure que vous reviendrez de notre entretien sans une égratignure, Madame.

Je tentais de lire dans ses pensées, mais ses yeux ne reflétaient rien d'autre que mon propre visage.

Je tendis les bras et jetai ma cape sur mes épaules.

— C'est bon, je vous suis.

Nous sortîmes par les jardins. La sentinelle de faction me salua d'un petit signe de tête. Il me voyait souvent passer le soir quand je me rendais en ville pour aller soigner un soldat. En revanche, il toisa Randall avec un regard plus soupçonneux, ne reconnaissant ni Murtagh ni Jamie qui m'accompagnaient généralement. Toutefois, le regard froid que lui lança le capitaine sembla le rassurer, et les portes du palais se refermèrent derrière nous.

La pluie venait de cesser, mais l'orage grondait encore au loin. D'épais nuages noirs se dispersaient et se reformaient au-dessus de nos têtes, poussés par un vent violent qui faisait claquer les pans de ma cape et plaquait mes jupes contre mes jambes.

— Par ici.

Je resserrai les bords de ma capuche autour de mon cou, courbai la tête et suivis Randall à travers le jardin de rocaille. La porte de la chapelle était entrouverte ; gonflée par l'humidité, elle ne fermait plus depuis belle lurette. J'écartai du pied un amas d'herbes folles et de détritus et entrai dans l'édifice plongé dans l'obscurité.

Je distinguais à peine la silhouette de Randall qui se frayait un passage vers le fond de la chapelle. Il s'arrêta au pied d'une haute colonne ouvragée. Autour de nous, je devinais plus que je ne voyais les dalles sculptées des tombes.

— Parlez, maintenant que plus personne ne peut nous entendre, déclarai-je. Qu'attendez-vous de moi ?

— Vos talents de guérisseuse et votre discrétion absolue, en échange d'informations concernant les plans et les mouvements des troupes du Grand Électeur[1].

Je m'étais attendue à tout sauf à ça ! Il ne voulait tout de même pas parler de...

— Vous avez besoin de soins médicaux ? m'exclamai-je, mi-horrifiée mi-amusée. Et c'est à moi que vous vous adressez ? J'ai cru comprendre que... euh... vous...

Je fis un effort pour me maîtriser et repris sur un ton plus ferme :

— Vous avez sûrement déjà été soigné ? Vous m'avez l'air plutôt en forme.

---

1. George II, Électeur de Hanovre, roi d'Angleterre de 1727 à 1760 et successeur de George Ier. Deuxième roi de la maison de Hanovre. (N.d.T.)

Extérieurement du moins. Je me mordis les lèvres, réprimant une envie hystérique de crier.

— On me dit que j'ai de la chance d'être encore en vie, Madame, répondit-il. Enfin... c'est une façon de parler. Voulez-vous examiner la blessure pour vous assurer que j'ai été correctement soigné ?

Je ne pouvais pas voir son visage, mais le ton de sa voix était acerbe.

— Euh... plus tard peut-être, dis-je en adoptant le même ton froid. Mais, si ce n'est pas pour vous que vous m'avez fait venir, de qui s'agit-il ?

Il hésita, mais il était trop tard pour reculer.

— De mon frère.

— Votre frère ? Alexander ?

— Oui.

Prise de vertige, je posai mes mains sur la dalle glacée d'un sarcophage.

— Racontez-moi, demandai-je.

L'histoire était simple et triste, et si elle m'avait été racontée par un autre que Jonathan Randall, elle m'aurait sans doute émue.

Congédié par le duc de Sandringham à la suite du scandale autour de Mary Hawkins, et d'une santé trop fragile pour trouver un autre emploi, Alexander Randall s'était vu contraint de s'adresser à ses frères.

— William, notre frère aîné, est très occupé à gérer le domaine familial dans le Sussex. Il a généreusement envoyé deux livres à Alex et une lettre d'encouragement. Ça lui ressemble bien. Son épouse est un peu... rigide, dirons-nous... dans ses convictions religieuses.

Il y avait une note d'amusement dans sa voix qui, l'espace d'un instant, me le rendit un peu plus sympathique. Je reconnaissais là l'ironie caustique si caractéristique de son futur descendant.

La pensée de Frank me déstabilisa au point que je n'entendis pas sa remarque suivante.

— Excusez-moi, vous disiez ?

— Je disais que j'ai installé Alex dans une chambre près du château, afin de pouvoir veiller sur lui. Mes finances ne me permettent malheureusement pas de lui offrir les services d'un valet à demeure.

Malheureusement, l'occupation d'Édimbourg par les Écossais avait quelque peu compliqué sa tâche. Au cours du dernier mois, Alex Randall s'était retrouvé plus ou moins livré à lui-même, mis à part les services intermittents d'une femme qui venait nettoyer sa chambre. Déjà mal en point, son état de santé s'était détérioré avec le froid, une alimentation malsaine et des conditions d'hygiène déplorables, au point que, pris de panique, Jonathan Randall était venu me trouver. Pour sauver son jeune frère, il était prêt à trahir son roi.

— Pourquoi vous adresser à moi ? demandai-je. Je ne suis tout de même pas la seule guérisseuse de la ville !

Il eut l'air légèrement surpris par ma question.

— À cause de ce que vous êtes. Quand on veut vendre son âme, à qui s'adresser, sinon aux forces des ténèbres ?

— Vous me prenez réellement pour une sorcière ?

C'était apparemment le cas. Cette fois, je n'avais décelé aucune trace d'ironie dans sa voix.

— Outre les rumeurs qui circulent à votre sujet dans tout Paris, vous me l'avez confirmé vous-même, rétorqua-t-il. Avez-vous oublié ce que vous m'avez annoncé à Wentworth ? J'ai commis une grave erreur ce jour-là. Vous n'auriez jamais dû quitter cette prison vivante. Pourtant, je n'avais pas le choix : votre vie était le prix qu'il m'avait fixé. J'aurais payé plus cher encore pour obtenir ce qu'il m'a donné.

Il s'assit sur le rebord des fonts baptismaux, étirant les jambes devant lui.

— Est-ce qu'il vous a raconté ? demanda-t-il d'une voix suave. Vous a-t-il parlé de tout ce qui s'est passé entre nous, lui et moi, seuls dans cette petite cellule de Wentworth ?

Derrière un brouillard de rage et d'indignation, je notai qu'il obéissait à l'ordre de Jamie et évitait soigneusement de l'appeler par son prénom.

— Il m'a tout raconté, sifflai-je entre mes dents.

Il poussa un petit soupir.

— Que cela vous plaise ou non, nous sommes liés, vous et moi, ma chère. Je ne peux pas dire que j'en sois ravi, mais c'est ainsi ! Vous connaissez, comme moi, la caresse de sa peau... si chaude, comme si elle brûlait de l'intérieur. Vous connaissez l'odeur de sa transpiration et la rugosité des petits poils de ses cuisses. Vous connaissez vous aussi ce petit bruit qu'il fait au moment de l'extase.

— Taisez-vous ! *Taisez-vous !*

Il fit la sourde oreille, adossé à une colonne, les bras croisés, l'air rêveur. En dépit de ma fureur, je compris soudain pourquoi il insistait autant sur ce sujet douloureux. Ce n'était pas, comme je l'avais tout d'abord pensé, pour me provoquer, mais parce qu'il ressentait un besoin irrépressible de parler de l'être aimé ; évoquer encore et encore ces moments à jamais disparus. Après tout, à qui d'autre aurait-il pu parler de Jamie ?

— Puisque c'est comme ça, je m'en vais ! m'écriai-je en tournant les talons.

— Vraiment, vous partez ? dit-il calmement. Je peux vous livrer le général Hawley sur un plateau, et je peux aussi bien l'aider à écraser l'armée écossaise. À vous de choisir, Madame.

Je réprimai une forte envie de lui lancer que le général Hawley n'en valait pas la peine. Puis je songeai aux chefs de clan et aux officiers installés à Holyrood : à Kilmarnock, Balmerino, Lochiel... à Jamie aussi ; et aux milliers de soldats sous leur commandement. Ce vague espoir de victoire valait-il le sacrifice de mon orgueil ? Était-ce, là encore, un tournant de l'Histoire ? Le bref instant qui pouvait faire toute la différence entre ce que j'avais lu dans les livres et ce qui pouvait encore arriver ? Qu'adviendrait-il si je le plantais là ?

Je me tournai lentement vers lui.

— Je vous écoute, déclarai-je.

Il ne semblait pas gêné le moins du monde par ma colère, ni inquiet à l'idée de me voir rejeter sa proposition. Sa voix, qui résonnait dans la chapelle déserte, était calme et mesurée comme celle d'un conférencier.

— Je me demande s'il vous a apporté autant qu'à moi.

Il inclina la tête sur le côté d'un air méditatif. Un faible rayon de lune fit soudain briller ses yeux dans la pénombre, comme ceux d'une bête tapie dans les buissons. Il y avait une note de triomphe dans sa voix, à peine perceptible, mais néanmoins présente.

— Il a été à moi comme il ne pourra jamais être à vous, reprit-il doucement. Vous êtes une femme et, malgré tous vos talents de sorcière, vous ne pouvez pas comprendre. J'ai tenu son âme dans le creux de ma main, comme lui la mienne. Nous sommes unis, lui et moi, par le sang.

Je te donne mon corps pour que nous ne fassions plus qu'un...

— Vous avez choisi une façon bien singulière de me demander de l'aide, lâchai-je d'une voix tremblante.

— Vous trouvez ? Je tiens à ce que les choses soient claires entre nous, Madame. Je ne demande pas votre pitié et je ne fais pas appel à vos pouvoirs comme un homme qui rechercherait la compréhension d'une femme, conformément à ce que d'aucuns appellent « la compassion féminine ». S'il ne s'agissait que de cela, je sais que vous aideriez mon frère de toute façon, que je vous le demande ou non.

Il écarta une longue mèche noire et reprit :

— L'accord entre nous ne doit laisser place à aucune ambiguïté : c'est un service rendu pour un prix précis. Vous devez comprendre, Madame, que mes sentiments à votre égard sont très semblables à ceux que vous éprouvez pour moi. Nous sommes liés vous et moi à travers le corps d'un homme, à travers *lui*. Je ne veux pas qu'un lien similaire se forme à travers mon frère. Je vous demande de guérir son corps, mais je ne veux pas courir le risque que vous vous empariez de son âme. Alors, à vous de me dire : le prix que je vous propose vous paraît-il acceptable ?

Je lui tournai le dos et m'éloignai vers la nef. Mes jambes tremblantes rendaient mon pas incertain. Je me dirigeai vers l'abside, mettant le plus de distance possible entre lui et moi. Une fois derrière le chœur, je posai les mains contre les formes dures et froides d'une stèle funéraire sculptée dans le marbre. Il faisait trop sombre pour lire l'inscription sous mes doigts, mais je devinais les contours d'un petit crâne reposant sur des fémurs croisés, version pieuse du pavillon noir des pirates. Je pressai mon front contre le front invisible, goûtant la fraîcheur de la pierre.

« Cela ne change rien, me répétai-je. Peu importe ce qu'il est, peu importe ce qu'il dit. »

Nous sommes liés, vous et moi, à travers le corps d'un homme... « Peut-être, mais pas celui de Jamie. Pas lui ! Oui, tu as abusé de lui, mais je te l'ai repris, je l'ai libéré de ton emprise. Il n'y a plus rien entre vous deux. »

Cependant, mes sanglots et la sueur qui dégoulinait le long de mes côtes semblaient me contredire.

Était-ce le prix à payer pour la non-existence de Frank ? Mille vies, peut-être, sauvées pour compenser la perte d'un seul homme ?

La masse sombre de l'autel se dressait sur ma droite. J'aurais tant aimé que quelqu'un se tienne là, n'importe qui, mais quelqu'un à qui parler et demander conseil. Mais j'étais seule face à moi-même. Murés dans leur silence de pierre, les morts autour de moi n'étaient pas disposés à intervenir et gardaient le silence.

Je tentai de chasser Jack Randall de mon esprit. Si un autre que lui m'avait fait la même proposition, l'aurais-je acceptée ? Il fallait penser à Alexander. *S'il ne s'agissait que de cela, je sais que vous aideriez mon frère de toute façon.* C'était vrai, naturellement. Pouvais-je refuser mes soins à ce pauvre garçon, simplement parce que je haïssais son frère ?

Je restai un long moment prostrée au fond de la chapelle, puis je me redressai péniblement et essuyai mes mains moites sur ma jupe. Je me sentais vidée de toute substance, le corps rompu et la tête lourde, comme si la grippe qui sévissait avait enfin eu raison de moi.

Il se tenait toujours au même endroit, attendant patiemment dans le noir.

— D'accord, dis-je rapidement. Je viendrai demain dans la matinée. Où ?

— Ladywalk Wynd. Vous savez où ça se trouve ?

— Oui.

Ladywalk Wynd était l'une des ruelles les plus sordides qui donnaient dans High Street.

— Je vous y attendrai, annonça-t-il. J'aurai les informations.

Il se redressa, fit un pas en avant et attendit que je bouge. Il ne voulait pas passer trop près de moi.

— Je vous fais peur, n'est-ce pas ? Vous avez peur que je vous métamorphose en cafard ?

— Détrompez-vous, Madame. Je n'ai plus rien à craindre de vous. Vous ne pouvez pas jouer sur tous les tableaux à la fois. Une fois déjà, vous avez voulu me terrifier en m'annonçant le jour de ma mort. Or, vous ne pouvez pas me tuer aujourd'hui, puisque je dois, paraît-il, mourir en avril de l'année prochaine.

Si j'avais eu un couteau sur moi, je me serais peut-être fait un plaisir de lui prouver le contraire. Mais les vies de milliers d'Écossais étaient en jeu. Il n'avait effectivement rien à craindre de moi.

— Si je garde mes distances, Madame, poursuivit-il, c'est parce que je préférerais éviter de vous toucher.

Je me mis à rire.

— Pour une fois, capitaine, c'est un sentiment que je comprends parfaitement.

Je tournai les talons et sortis de la chapelle sans me retourner. Je n'avais pas besoin de m'inquiéter de savoir s'il serait bien au rendez-vous le lendemain. Il m'avait déjà libérée de Wentworth malgré lui parce qu'il avait donné sa parole. Il ne pouvait pas la renier. Jonathan Randall était un gentleman.

Un jour, Jamie m'avait demandé : *Qu'est-ce que tu as ressenti quand je me suis donné à Randall ?*

De la colère, de l'écœurement, de l'horreur... avais-je répondu.

C'étaient les mêmes émotions qui m'assaillaient à présent. Je m'adossai à la porte du salon, le souffle court. Le feu s'était éteint et le froid avait envahi la pièce. Une forte odeur de graisse d'oie et de camphre me chatouillait les narines. Dans la chambre, on entendait toujours le souffle rauque des deux dormeurs.

Je m'agenouillai devant l'âtre avec un soupir. Mes mains tremblaient encore et la pierre à feu m'échappa par deux fois avant que je parvienne à obtenir une étincelle.

Est-ce qu'il vous a raconté ? Il vous a parlé de tout ce qui s'est passé entre nous, lui et moi, seuls... ?

— Il m'a dit tout ce que j'avais besoin de savoir, marmonnai-je à voix haute.

Je tendis les mains devant les flammes pendant quelques minutes, et lorsque je fus réchauffée, j'ouvris la porte de la chambre.

La paillasse de Fergus était vide. Il avait dû se réveiller en grelottant de froid et il s'était réfugié dans un abri plus chaud : il était blotti contre Jamie. Les deux têtes reposaient côte à côte sur l'oreiller, l'une rousse, l'autre brune, la bouche entrouverte. Je ne pus m'empêcher de sourire en les voyant, mais je ne comptais pas dormir par terre.

— Allez, ouste ! murmurai-je en soulevant Fergus.

Il avait beau être chétif, il pesait lourd dans mes bras. Je le recouchai sur sa paillasse sans trop de mal et le bordai, toujours inconscient, avant de revenir vers notre lit.

Je me déshabillai lentement en contemplant Jamie. Il s'était tourné sur le flanc et recroquevillé pour se protéger du froid. Ses longs cils incurvés étaient blonds à la racine et presque noirs à la pointe. Ils lui donnaient un air étrangement innocent, malgré son long nez et les rides autour de sa bouche.

Lorsque j'eus enfilé ma chemise de nuit, je me glissai près de lui. Il bougea un peu et toussa. Je posai une main sur la courbe de sa hanche pour le réconforter. Il sembla vaguement se rendre compte de ma présence et me tourna le dos, calant confortablement ses fesses contre mon ventre avec un petit soupir de satisfaction. Je glissai un bras autour de sa taille et effleurai la masse velue de ses testicules. Je pouvais l'exciter si je le voulais ; il n'en fallait pas beaucoup pour le faire se dresser, à peine quelques va-et-vient du bout des doigts.

Mais je ne voulais pas perturber son sommeil et me contentai de caresser doucement son ventre. Il tendit une main derrière lui et me donna une petite tape sur la cuisse.

— Je t'aime, marmonna-t-il dans un demi-sommeil.

— Je sais, répondis-je avant de m'endormir, serrée contre lui.

39

Les liens du sang

Ce n'était pas vraiment un bidonville, mais presque. J'enjambai vaillamment un tas d'immondices, constitué principalement du contenu des pots de chambre que les habitants vidaient directement par les fenêtres en attendant que les pluies les en débarrassent.

Randall me retint par le coude pour m'empêcher de glisser sur le pavé. Je me raidis à son contact et il me lâcha aussitôt.

Il suivit mon regard vers la porte branlante de l'immeuble et déclara sur un ton défensif :

— Je n'ai pas pu lui trouver de logement plus convenable. Mais vous verrez, ce n'est pas si dramatique que ça à l'intérieur.

Disons plutôt que c'était légèrement moins sordide. Un effort avait été fait pour apporter un semblant de confort à la pièce. Il y avait une large cuvette, une aiguière et une table massive sur laquelle se trouvaient une miche de pain, du fromage et une bouteille de vin. Le lit était équipé d'un matelas en plumes d'oie et de plusieurs gros édredons.

L'homme couché sur le lit avait repoussé les draps. Son visage était congestionné et ses violentes quintes de toux secouaient le sommier pourtant imposant.

Je traversai la chambre et ouvris grande la fenêtre, sans prêter attention aux protestations de Randall. Un courant d'air froid se répandit dans la pièce, évacuant les odeurs fétides de transpiration, de linge sale et de pot de chambre rempli à ras bord.

La toux s'atténua progressivement et le teint d'Alexander Randall retrouva une couleur plus naturelle. Il avait les lèvres légèrement bleutées et semblait respirer avec peine.

Je regardai alentour, sans apercevoir quoi que ce soit qui puisse m'être utile. J'ouvris mon coffret de remèdes et en sortis un morceau de parchemin. Il était raide et s'effilochait aux angles, mais il pourrait encore faire l'affaire. Je m'assis au che- vet du malade et esquissai un sourire que je voulais rassurant.

— C'est... généreux de votre part... d'être venue, articula-t-il péniblement en s'efforçant de ne pas tousser.

— Ne vous inquiétez pas, ça ira mieux dans un petit moment, répondis-je. N'essayez pas de parler et ne retenez pas votre toux, j'ai besoin de l'entendre.

Sa chemise était déjà déboutonnée. Je l'écartai pour découvrir un torse d'une maigreur effrayante. Je l'avais toujours connu maigrichon, mais sa maladie ne lui avait laissé que la peau sur les os.

Je roulai le parchemin en tube, plaçai une extrémité contre sa poitrine et collai mon oreille à l'autre bout. C'était un stéthos- cope rudimentaire, mais étonnamment efficace.

J'écoutai à plusieurs endroits, lui ordonnant de respirer pro- fondément. Je n'avais pas besoin de lui demander de tousser, le pauvre !

— Tournez-vous sur le ventre.

Je soulevai sa chemise et tapotai son dos, écoutant, testant la résonance de ses poumons. Sa chair nue était moite sous mes doigts.

— C'est bon, vous pouvez vous retourner sur le dos. Mainte- nant, décontractez-vous, ça ne va pas faire mal.

Je continuai de lui parler doucement en examinant le blanc de ses yeux, ses ganglions lymphatiques enflés, sa langue char- gée et ses amygdales enflammées.

— Je vais vous préparer une infusion pour soulager la toux, annonçai-je un peu plus tard. Pendant ce temps...

J'indiquai du doigt le pot de chambre en porcelaine sous le lit et lançai un regard entendu à l'homme qui se tenait derrière moi comme s'il montait la garde.

— Videz-moi ça, ordonnai-je.

Randall me foudroya du regard, mais obtempéra. Il saisit le récipient et se dirigea vers la fenêtre.

— Pas par là ! m'écriai-je. Descendez-le par l'escalier.

Il se raidit et sortit sans m'adresser un regard.

Alexander poussa un petit soupir quand la porte se referma. Il esquissa un faible sourire.

— Vite, dit-il, dites-moi ce que c'est avant que Johnny ne revienne.

Ses cheveux noirs étaient en bataille. Tentant d'étouffer les sentiments qui m'assaillaient, je les lui lissai sur le front. Je n'avais aucune envie de le lui dire, mais il savait déjà.

— Vous avez une grippe, une affection pulmonaire...

— Et ?

— ... une insuffisance du cœur.

— Ah, c'est cela. Je ressens parfois un petit frottement au niveau du cœur, comme si j'avais un oiseau dans la poitrine.

La vue de son torse squelettique qui se soulevait et s'affaissait péniblement m'était insupportable. Je refermai doucement sa chemise et nouai sa cravate. Sa longue main blanche et osseuse se referma sur la mienne.

— Combien de temps me reste-t-il ?

Il avait parlé sur un ton léger, presque détaché.

— Sincèrement, je ne sais pas, répondis-je.

— Mais pas longtemps, ajouta-t-il avec certitude.

— Non, pas longtemps. Quelques mois peut-être. Moins d'un an.

— Pouvez-vous... faire quelque chose contre la toux ?

Je tendis la main vers mon coffret.

— Oui. Du moins, je peux la soulager. Je vais également vous confectionner une préparation à la digitaline contre les palpitations cardiaques.

Je sortis mon petit sachet de digitale pourprée et regardai autour de moi. La décoction devait macérer un certain temps.

— Votre frère... hésitai-je sans oser le regarder. Vous voulez que je lui...

— Non.

Le coin de ses lèvres se retroussa et, l'espace d'un instant, il ressembla tellement à Frank que je sentis les larmes me monter aux yeux.

— Non, répéta-t-il. Je crois qu'il sait déjà. Nous n'avons pas besoin de nous dire les choses, nous devinons généralement ce que l'autre ressent.

— Vraiment ? m'étonnai-je.

— Oui, répondit-il doucement en soutenant mon regard. Je sais tout sur lui. Cela n'a pas d'importance.

« Pour toi peut-être, mais pas pour tout le monde », pensai-je en moi-même. Craignant que mon visage ou ma voix ne me trahissent, je détournai la tête et m'occupai en essayant d'allumer la petite lampe à huile sur la table de chevet.

— Que voulez-vous, c'est mon frère ! ajouta-t-il dans mon dos.

Depuis que la nouvelle de l'incroyable défaite de Cope à Prestonpans s'était répandue, les promesses de soutien en hommes et en argent affluaient du nord. Parfois, celles-ci se concrétisaient : lord Ogilvy, fils aîné du comte d'Airlie, arriva accompagné de six cents métayers ; Stewart d'Appin apparut à la tête de quatre cents hommes des comtés d'Aberdeen et de Banff ; lord

Pitsligo, qui avait entraîné dans son sillage un grand nombre de nobles des régions du Nord-Ouest accompagnés de leurs domestiques, était à lui seul le pourvoyeur de la majeure partie de la cavalerie highlander. Ses soldats disposaient de bonnes montures et étaient bien armés, en comparaison, du moins, avec la plupart qui étaient arrivés équipés de fourches, de haches rouillées ou des vieilles claymores utilisées par leurs grands-pères au moment du soulèvement de 1715.

Tout en me frayant un passage entre les soldats, je me dis que l'armée des Highlands formait décidément une troupe bigarrée, mais néanmoins déterminée et dangereuse. Les hommes faisaient la queue devant la carriole d'un rémouleur itinérant qui affûtait dagues, coupe-choux et faucilles rouillées avec une parfaite indifférence. S'ils survivaient au corps à corps avec les soldats écossais, les Anglais risquaient fort de mourir du tétanos, ce qui reviendrait au même.

Lord Lewis Gordon était actuellement au palais, venu rendre hommage à Charles-Édouard et lui faire miroiter la perspective de soulever la totalité des hommes du clan Gordon. Mais comme d'habitude, les courbettes et les baisemains étaient une chose, l'arrivée effective de renforts en était une autre.

Bizarrement, la population des Lowlands écossaises, qui avait acclamé haut et fort la victoire du prince Stuart, se montrait singulièrement réticente à venir prêter main forte. L'armée de Charles-Édouard était composée presque uniquement de Highlanders et tout portait à croire que cet état de fait ne changerait pas. Cependant, lord George Murray m'avait confié que les prélèvements obligatoires de vivres, de matériel et d'argent dans les villes du sud de l'Écosse avaient permis de rassembler une somme conséquente qui servirait à entretenir les soldats pendant un certain temps encore.

— Rien qu'à Glasgow, nous avons obtenu cinq mille cinq cents livres, nous annonça-t-il. Ce n'est rien comparé aux sommes promises par la France et l'Espagne, mais nous n'allons tout de même pas faire la fine bouche, d'autant que, jusqu'à présent, le roi Louis n'a envoyé à Son Altesse que de douces promesses et pas une seule once d'or.

Sachant à quel point il était improbable que l'or français se matérialise un jour, Jamie s'était contenté de hocher la tête.

— Alors, tu as du nouveau aujourd'hui, *mo duinne* ? me demanda Jamie quand j'entrai dans le petit salon.

Il était en train de rédiger une dépêche. Il plongea sa plume dans l'encrier et acheva sa phrase. Je rabattis en arrière ma capuche trempée par la pluie et hochai la tête.

— Il semblerait que le général Hawley soit en train de rassembler des unités de cavalerie dans le Sud. Il a reçu l'ordre de former huit régiments.

Jamie grogna. Compte tenu de l'aversion des Highlanders pour la cavalerie, ce n'était pas une bonne nouvelle.

— Je vais en faire une note pour le colonel Cameron, indiqua-t-il. Tu penses que c'est une rumeur fiable ?

— Tu peux t'y fier. C'est absolument sûr.

Naturellement, ce n'était pas une rumeur mais le dernier renseignement obtenu de la bouche même de Jack Randall ; un acompte pour les soins à son frère.

Jamie savait que je rendais régulièrement visite à Alexander, tout comme aux malades jacobites éparpillés dans la ville. Ce qu'il ignorait, et que je ne pourrais jamais lui dire, c'était qu'une fois par semaine, parfois plus souvent, je rencontrais Jack Randall afin qu'il me communique les dernières informations du Sud parvenues au château d'Édimbourg.

Il venait parfois chez Alex quand je m'y trouvais, mais, le plus souvent, il m'attendait, tapi sous une porte cochère, et surgissait du brouillard derrière moi. C'était éprouvant pour les nerfs : j'avais l'impression d'être poursuivie par le fantôme de Frank.

Il aurait été plus simple pour lui de me laisser un mot dans la chambre d'Alex, mais il ne tenait sans doute pas à laisser de traces écrites de sa trahison. Si ce genre de lettre, même non signée, tombait entre des mains étrangères, il risquait non seulement sa vie, mais celle de son frère. Édimbourg grouillait d'étrangers : volontaires venus soutenir le roi Jacques, curieux affluant du Nord comme du Sud, messagers envoyés par la France ou l'Espagne, espions et informateurs en tout genre. Les seuls qui ne traînaient pas dans les rues à longueur de journée étaient les officiers et les hommes de la garnison anglaise, retranchés dans leur château au sommet de la colline. Tant qu'aucun d'eux ne le surprenait en train de me parler, il ne courait aucun risque.

De mon côté, cela m'arrangeait. Il m'aurait fallu détruire toute note écrite de sa main. Bien que Jamie soit sans doute incapable de reconnaître son écriture, j'aurais eu du mal à justifier une source régulière d'informations sans mentir. Il était nettement préférable de faire passer les renseignements qu'il me donnait pour des bruits entendus au hasard de mes visites.

Naturellement, il y avait aussi un inconvénient : en étant traités au même titre que les rumeurs que je collectais, les renseignements de Randall risquaient de ne pas être pris au sérieux. Cela dit, même si je ne doutais pas de sa bonne foi, si tant est que l'on pût parler de « bonne foi » en la circonstance, rien ne prouvait non plus que ce qu'il me confiait était toujours exact.

Je transmis donc les informations concernant les nouveaux régiments de Hawley en ressentant comme toujours une pointe de remords devant ma « presque tromperie ». Toutefois, j'avais décidé une fois pour toutes que si la sincérité entre deux époux était essentielle, ce principe n'avait rien d'inviolable. Et je ne voyais pas pourquoi le fait de fournir des informations utiles aux jacobites devrait faire souffrir Jamie.

— Le duc de Cumberland attend toujours que ses troupes rentrent de Flandres, ajoutai-je, et le siège de Stirling ne mène à rien.

Jamie grogna de nouveau, sans cesser de gratter le papier.

— Ça, je le savais déjà. Lord George a reçu une dépêche de Francis Townsend il y a deux jours. Il tient pratiquement la ville, mais les tranchées que Son Altesse veut absolument faire creuser autour de Stirling nous coûtent des hommes et du temps. Elles ne servent strictement à rien. Il serait beaucoup plus simple de bombarder le château à distance, puis de le prendre d'assaut.

— Alors, pourquoi creusent-ils des tranchées ?

Jamie leva des yeux exaspérés au ciel.

— Lorsqu'elle a pris le château de Verano, l'armée italienne a creusé des tranchées. C'est le seul siège auquel Son Altesse ait jamais assisté. Alors, forcément, c'est la seule façon de procéder !

— Och, aye, dis-je en imitant son accent écossais.

Il me regarda d'un air surpris et éclata de rire.

— Pas mal, *Sassenach*, tu fais des progrès ! Qu'est-ce que tu sais dire d'autre ?

— Tu veux que je te récite le *Notre Père* en gaélique ?

— Non, pas la peine, dit-il en remettant de l'ordre dans ses dépêches. En revanche, je ne dirais pas non à un bon dîner. Viens, *Sassenach*, on va se trouver une jolie petite taverne et je vais t'enseigner quelques expressions qu'une dame comme il faut ne doit jamais prononcer en public.

Le château de Stirling finit par tomber. Sa conquête avait coûté cher en hommes, les probabilités de pouvoir l'occuper longtemps étaient faibles et l'intérêt de le conserver, douteux. Cependant, l'effet sur Charles-Édouard fut euphorique... et désastreux.

— J'espère que cette tête butée de Murray est enfin convaincue ! s'exclama-t-il.

Puis, se souvenant soudain de sa victoire, il reprit ses va-et-vient dans la pièce, et se mit à déclamer sur un ton triomphal :

— J'ai réussi ! Nous marcherons vers le sud dans une semaine exactement et nous reprendrons *toutes* les terres de mon père !

Les chefs écossais rassemblés dans le salon jaune échangèrent des regards consternés. Certains se mirent à toussoter d'un air embarrassé, d'autres à gigoter nerveusement sur place. L'ambiance générale n'était guère à l'enthousiasme.

— Euh... Votre Altesse, commença prudemment lord Kilmarnock. Ne serait-il pas plus sage de...

Ils firent leur possible. Chacun y mit du sien. L'Écosse, soulignèrent-ils, était déjà presque entièrement acquise aux Stuarts. Si les hommes continuaient à affluer du Nord, les perspectives de soutien au Sud restaient aléatoires. Les lords écossais n'étaient que trop conscients du fait que leurs hommes, même s'ils étaient de valeureux guerriers, étaient aussi des paysans. Les champs allaient bientôt avoir besoin d'être labourés et les bêtes devraient bientôt être rentrées pour l'hivernage. Un grand nombre de Highlanders rechigneraient à l'idée de s'enfoncer profondément dans les terres du Sud pendant l'hiver.

— Mais ces hommes ne sont-ils pas aussi mes sujets ? s'emporta Charles-Édouard. Ils iront là où je leur dirai d'aller ! Cessez donc de me mettre des bâtons dans les roues avec votre couardise !

Le prince avait tranché et il n'y avait plus rien à ajouter. Enfin... presque rien.

— James, mon ami ! Puis-je vous parler un moment seul à seul ?

Son Altesse, qui venait d'échanger quelques paroles acerbes avec lord Pitsligo, lui tourna le dos et fit signe à Jamie de le suivre dans un coin du salon.

Je n'étais sans doute pas incluse dans l'invitation, mais je n'avais aucune intention d'être tenue à l'écart. Je me calai donc confortablement dans mon fauteuil tandis que lords et chefs de clan se retiraient en maugréant.

— Peuh ! fit Charles-Édouard avec un geste de dédain en direction de la porte qui se refermait. Une bande de femmelettes, voilà ce qu'ils sont ! Je leur montrerai à ces mauviettes, tout comme à mes cousins Louis et Philippe ! Je me passerai de leur aide ! Je leur montrerai qui je suis, à tous !

Je vis ses doigts pâles et manucurés effleurer brièvement un point juste au-dessus de son cœur. Une légère bosse pointait sous la soie de sa veste. C'était là qu'il portait le médaillon de Louise. Je l'avais vu.

— Votre Altesse, croyez-bien que je suis de tout cœur avec vous, mais... commença Jamie.

618

— Ah, merci, mon cher James ! l'interrompit le prince. Vous, au moins, vous croyez en moi !

Il serra Jamie dans ses bras et lui massa affectueusement les deltoïdes.

— Je suis mortifié que vous ne puissiez nous accompagner, mon cher James, poursuivit-il. J'aurais tant voulu vous avoir à mes côtés pour recevoir les acclamations de mes sujets quand nous entrerons en Angleterre.

— Je n'y serai pas ? demanda Jamie, interloqué.

— Hélas, mon cher ami ! Le devoir exige de vous un nouveau sacrifice. Je sais à quel point votre cœur se languit de la gloire du combat, mais une autre mission vous attend.

— Une mission ?

— Quoi encore ? rouspétai-je de mon côté.

Son Altesse lança un regard exaspéré dans ma direction et se tourna à nouveau vers Jamie en affichant son plus beau sourire.

— C'est une mission d'une extrême importance, mon cher James. Vous seul pouvez la mener à bien. Les hommes affluent de toutes parts pour se rallier à la bannière de mon père. Il en arrive de nouveaux chaque jour. Mais nous devons nous garder de crier victoire trop tôt, n'est-ce pas ? Nous sommes encore loin d'être en nombre suffisant.

— En effet, dit Jamie, de plus en plus inquiet.

— Alors, voilà ce que vous allez faire : pendant que nous marcherons vers le sud, vous monterez vers le nord, vers les terres de vos ancêtres. Et vous reviendrez à la tête de tous les hommes du clan Fraser !

40

Le repaire du vieux renard

— Tu connais bien ton grand-père ? demandai-je.

Je chassai un taon qui semblait incapable de se décider entre moi et ma monture.

— Non, répondit Jamie. Quand j'étais petit, on me le décrivait comme un monstre sanguinaire. Mais je n'ai aucune raison d'avoir peur... puisque tu es avec moi.

— Bah ! Je ne crains pas les vieillards grincheux. J'en ai connu un certain nombre dans mon temps. Le plus souvent, leur aigreur et leur brusquerie ne sont que des masques pour cacher un cœur avide de tendresse.

— Hmm... Hélas, j'ai bien peur qu'il ne soit pas franchement porté sur la tendresse. Le tout est de ne pas lui montrer qu'il te fait peur ; ça ne fait qu'empirer les choses. C'est un peu comme un ogre qui flaire du sang frais, si tu vois ce que je veux dire.

Loin devant nous se dressaient les collines sombres qui cachaient le château de Beaufort. Profitant d'un moment de distraction de ma part, le taon passa en rase-mottes près de mon oreille gauche. Je sursautai et l'esquivai en me couchant sur le col de ma monture. Celle-ci, effrayée par mon mouvement brusque, fit une embardée.

— Hé ! *Cuir stad !* tonna Jamie.

Il se pencha et attrapa mes rênes au vol. Mieux dressé que le mien, son cheval se contenta d'agiter les oreilles d'un air supérieur.

Jamie arrêta nos deux montures côte à côte et suivit des yeux les allées et venues du taon autour de ma tête.

— Laisse-le faire, *Sassenach*. Je m'en occupe.

Il attendit, une main suspendue dans le vide, plissant les yeux pour se protéger du soleil.

Je restai figée comme une statue, à demi hypnotisée par le bourdonnement menaçant. Le gros insecte décrivait des cercles entre les naseaux du cheval et mon nez. Malheureusement pour moi, et contrairement à ma monture, j'étais bien incapable de chasser l'importun en agitant les oreilles.

— Jamie, si cette chose entre dans mon oreille, je vais...

— Chhhut, encore une petite seconde et je l'ai.

Il était couché en avant, la main gauche tendue, comme une panthère prête à bondir.

Au même instant, j'aperçus un point noir sur son épaule : un autre taon, à la recherche d'un petit coin douillet pour se dorer au soleil.

— Jamie...

— Chhhut !

Il claqua des mains triomphalement sur mon assaillant, une fraction de seconde avant que l'autre taon n'enfonce son dard dans son cou.

Les hommes des clans écossais guerroyaient à l'ancienne. Ne s'embarrassant pas de stratégies, de tactiques et autres subtilités militaires, leurs techniques d'attaque étaient la simplicité même. Dès que l'ennemi apparaissait dans leur champ de vision, ils laissaient tomber leur plaid, saisissaient leur lourde épée à deux mains, et se précipitaient sur lui en hurlant à pleins poumons. Le cri de guerre gaélique étant ce qu'il était, cette méthode réussissait presque à tous les coups. Voyant fondre sur lui des hordes de démons poilus aux jambes nues, l'ennemi perdait généralement son sang-froid et détalait en rangs désordonnés.

Aussi bien dressé fût-il, rien n'avait préparé le cheval de Jamie à entendre un vrai hurlement gaélique émis à une cinquantaine de centimètres au-dessus de sa tête. Il coucha ses oreilles et prit la fuite comme s'il avait le diable à ses trousses.

Pétrifiés, mon cheval et moi-même eûmes tout loisir d'observer un remarquable numéro d'équitation acrobatique. Jamie, qui avait perdu ses étriers et ses rênes, à demi désarçonné, tentait désespérément de se remettre en selle en s'accrochant à la crinière de sa monture. Son plaid claquait au vent derrière lui et le cheval, totalement affolé cette fois, prit cette masse volante et colorée comme un prétexte pour redoubler de vitesse.

Un claquement de sabots derrière moi me fit me retourner. Murtagh, qui tirait derrière lui le cheval de charge, approchait lentement. Il s'arrêta à ma hauteur, mit sa main en visière et suivit des yeux le point noir formé par Jamie et sa monture.

— Un taon, expliquai-je.

— C'est un peu tard dans la saison pour les taons, grogna-t-il. Il est donc si pressé de voir son grand-père qu'il vous a laissée en arrière ? Quoique je doute qu'une épouse puisse changer quelque chose à la réception qui l'attend.

Il éperonna son poney et nous reprîmes lentement la route.

— Pas même une épouse anglaise ? demandai-je, intriguée.

D'après ce que j'avais entendu, les relations de lord Lovat avec tout ce qui touchait de près ou de loin l'Angleterre n'étaient guère encourageantes.

— Anglaise, française, hollandaise ou allemande, ça ne fera pas grande différence. C'est le foie de Jamie que le vieux renard va manger au petit déjeuner, pas le vôtre.

— Que... qu'est-ce que vous voulez dire ?

Je lançai un regard au petit homme brun qui, en dépit de son plaid et de sa chemise blanche, se confondait presque avec les sacs gris accrochés à sa selle. Il pouvait bien endosser n'importe quoi, même la tenue la mieux coupée du monde, il avait toujours l'air de sortir d'une poubelle.

— Quel genre de relation Jamie a-t-il avec lord Lovat ? insistai-je.

Murtagh regarda vers le château de Beaufort qui se dessinait au loin.

— Il est trop tôt pour le dire, ils ne se sont encore jamais adressé la parole.

— Comment se fait-il que tu en saches autant sur lui si tu ne l'as jamais rencontré ?

Je commençais à comprendre pourquoi Jamie s'était montré si réticent à l'idée de demander de l'aide à son grand-père. Murtagh et moi l'avions enfin rejoint quelques kilomètres plus loin, sa monture apparemment calmée, mais lui dans un état d'irascibilité totale. Après lui avoir jeté un coup d'œil étonné, Murtagh avait proposé de continuer seul la route jusqu'à Beaufort avec son cheval de charge, pendant que Jamie et moi déjeunerions sur le bord de la route.

Tout en dévorant une galette d'avoine arrosée de bière, Jamie m'avait alors longuement parlé de son grand-père. Ce dernier n'avait pas apprécié le mariage de son fils avec Ellen MacKenzie, trente ans plus tôt. Non content de refuser de bénir leur union, il n'avait plus jamais adressé la parole à son fils.

— Beaucoup de gens m'ont parlé de lui, expliqua Jamie. Ce n'est pas le genre d'homme à passer inaperçu.

— C'est ce que j'avais cru comprendre.

Le vieux Tullibardine, un des jacobites de Paris, m'avait confié quelques anecdotes truculentes au sujet du chef du clan Fraser. Ces dernières m'incitaient à penser que Brian Fraser n'avait peut-être pas été fâché que son père ait coupé les liens entre eux.

— C'est possible, confirma Jamie quand je lui fis part de mes impressions. Mon père ne semblait pas avoir grand-chose de positif à dire sur le vieux Simon Fraser, même s'il ne lui a jamais manqué de respect. Il évitait simplement d'en parler.

Il se frotta la base du cou, où la piqûre de taon commençait à enfler. Bien que l'hiver fût proche, il faisait un temps superbe. Afin de conférer un peu plus de dignité à sa visite officielle, Jamie s'était fait faire un nouveau kilt. Il avait étalé son plaid sur l'herbe et j'avais sorti mon panier rempli de fromage, de galettes et de gourdes de bière.

— Je me suis souvent demandé si le comportement de notre père à l'égard de Jenny, Willie et moi-même était dû à la façon dont son propre père l'avait traité. À l'époque, bien sûr, je ne m'en rendais pas compte, mais il n'est pas courant pour un homme de montrer l'amour qu'il éprouve pour ses enfants.

— Je vois que tu as beaucoup réfléchi à la question.

— Oui, c'est que je me demande aussi quel genre de père je serai pour mes enfants. Avec le recul, je me dis que mon père est encore le meilleur exemple que j'aie eu. Pourtant, d'après ce qu'on m'a raconté, il ne ressemblait en rien au vieux Simon. C'est donc qu'à un moment donné, il a dû consciemment décider qu'il n'élèverait pas ses enfants comme il avait été élevé lui-même.

Il poussa un petit soupir et mordit dans un morceau de fromage.

— Jamie... hésitai-je, tu crois qu'un jour nous aurons...

— Bien sûr, répondit-il sans hésiter.

Il se pencha vers moi et déposa un baiser sur mon front.

— Je le sais, *Sassenach*, et au fond de toi tu le sais aussi. Tu es faite pour être mère, et je n'ai pas l'intention de laisser un autre t'engrosser.

— Tant mieux ! répondis-je en riant, parce que moi non plus.

Nous nous embrassâmes longuement, puis je m'écartai et lui caressai la joue.

— Tu ne crois pas que tu devrais te raser ? suggérai-je. Tu ne voudrais pas faire mauvaise impression sur ton grand-père pour votre première rencontre.

— Ce n'est pas tout à fait notre première rencontre, rectifia-t-il. Je l'ai déjà vu une fois. Et il n'a pas manqué de me voir, lui aussi. Quant à sa première impression... il me prendra tel que je suis et tant pis si je ne lui plais pas !

— Mais... Murtagh m'a dit que vous ne vous étiez jamais rencontrés !

— Mmm...

Il fit tomber les miettes de sa chemise en fronçant les sourcils. Il semblait se demander s'il devait ou non me raconter la scène.

Il haussa les épaules et s'allongea dans l'herbe, les bras croisés derrière la nuque.

— C'est que... on ne s'est pas *vraiment* rencontrés...

Cela s'était passé l'année de ses dix-sept ans. Jamie s'apprêtait à partir pour la France, où il comptait étudier à l'université de Paris et apprendre un tas d'autres choses qui ne figuraient pas dans les livres.

— J'ai embarqué à Beauly, raconta-t-il. J'aurais pu partir d'un autre port — Inverness aurait été plus pratique, par exemple — mais c'est mon père qui en avait décidé ainsi. Il m'a accompagné jusqu'au navire, pour me voir prendre le large, comme on dit.

Depuis son mariage, Brian Fraser ne s'éloignait pratiquement jamais de Lallybroch. Aussi avait-il été ravi de cette petite expédition, qui lui avait permis de faire connaître les endroits où il avait chassé ou voyagé durant sa jeunesse.

— Il a commencé à devenir plus taciturne à mesure qu'on s'est rapprochés de Beaufort. Pendant tout le trajet, il n'avait pas dit un mot au sujet de son père et je me gardais bien de lui poser des questions. Je devinais cependant qu'il avait de bonnes raisons de tenir à ce que je m'éloigne.

Plusieurs moineaux sautillèrent près de nous, prêts à s'envoler à la moindre alerte. Jamie saisit un quignon de pain et le leur lança. Il atterrit au beau milieu de la volée, qui s'éparpilla aussitôt.

— Ils vont revenir, dit-il en montrant les oiseaux, à l'abri sur leurs branches.

Il mit une main en visière pour se protéger du soleil et reprit son récit.

— Une fois dans le port, on a entendu des bruits de sabots sur la route qui descendait du château de Beaufort. C'était un groupe de six hommes à cheval. L'un d'eux portait la bannière des Lovat et j'ai su que mon grand-père était parmi eux. J'ai lancé un regard vers mon père, mais il s'est contenté de sourire. Il a posé une main sur mon épaule et a dit : « C'est l'heure d'embarquer, mon garçon. » J'ai senti le regard de mon grand-père posé sur moi, tandis que je descendais vers la grève avec mes cheveux roux et ma haute taille qui proclamaient le sang des MacKenzie. Heureusement, je portais mes plus beaux vêtements et je n'avais pas l'air d'un pouilleux. Je ne me suis pas retourné. Je me suis redressé de toute ma hauteur, fier de mesurer une tête de plus que tous les hommes autour de moi. Mon père marchait à mes côtés, sans dire un mot. Il ne s'est pas retourné non plus, mais je sentais qu'il était lui aussi fier de son fils.

Il me fit un petit sourire en coin.

— Ce jour-là, j'ai fait honneur à mon père, *Sassenach*. Ça ne m'est pas arrivé souvent, surtout après mon départ pour la France. C'est pourquoi je chérirai toujours ce souvenir.

Il se redressa et regarda loin devant lui, vers une étroite bande argentée où l'on devinait le détroit de Moray Firth.

— Nous sommes montés à bord du navire et nous avons fait connaissance avec le capitaine. Ensuite, nous nous sommes accoudés au bastingage, et nous nous sommes mis à bavarder de tout et de rien, en évitant soigneusement de regarder vers les hommes de Beaufort qui chargeaient de la marchandise sur le bateau ou vers les cavaliers qui attendaient sur le quai. Le second du capitaine a donné l'ordre de larguer les amarres, j'ai embrassé mon père et il est redescendu à terre. Il ne s'est retourné qu'une fois sur son cheval, le navire s'est éloigné du quai, j'ai agité la main et il m'a répondu. Mon père a saisi la bride de mon cheval et repris la route de Lallybroch. Au même moment, les hommes de Beaufort se sont tournés eux aussi pour rentrer au château. J'ai vu mon père et mon grand-père grimper la colline presque côte à côte : ils n'étaient pas à plus de vingt mètres l'un de l'autre et n'ont pas échangé un seul regard.

Il tourna la tête en direction de Beaufort, comme s'il s'attendait à voir surgir quelqu'un.

— J'ai croisé son regard ; rien qu'une fois. C'était juste avant le départ. J'ai attendu que mon père rejoigne son cheval, et je me suis tourné vers lord Lovat en prenant mon air le plus hautain. Je tenais à ce qu'il sache qu'on ne lui demandait rien et qu'il ne me faisait pas peur.

Avec un petit sourire, il ajouta :

— ... même si ce n'était pas tout à fait vrai.

— Est-ce qu'il t'a regardé, lui aussi ?

— Oh, oui ! Je crois bien qu'il ne m'avait pas quitté des yeux depuis qu'il m'avait aperçu sur la route. Je sentais son regard me transpercer comme une vrille et, quand je me suis enfin tourné vers lui, il était là, sur le quai, à me fixer.

— De quoi avait-il l'air ?

— D'un bloc de glace, *Sassenach*. Un vrai bloc de glace.

Le temps était avec nous. Il faisait chaud depuis que nous avions quitté Édimbourg.

— Ça ne va pas durer, prédit Jamie en regardant vers la mer. Tu vois ce banc de nuages là-bas ? Il sera sur nous avant ce soir.

Il huma l'air et rabattit son plaid sur ses épaules.

— Tu sens le vent ? Il annonce la pluie.

Moins douée pour la météorologie olfactive, je crus toutefois percevoir une certaine humidité dans l'air : une légère accentuation des odeurs habituelles de bruyère séchée et de résine de pin, à laquelle se mêlait une vague senteur moite d'algue.

— Je me demande si les hommes sont déjà arrivés à Lallybroch, méditai-je.

— J'en doute. Ils ont moins de route à faire que nous, mais ils sont à pied.

Il se dressa sur ses étriers pour observer les nuages au loin.

— J'espère que ce n'est que de la pluie, dit-il. Ça ne devrait pas trop les retarder. En tout cas, ce n'est pas une grosse tempête. Peut-être même que ces nuages se désintégreront avant Lallybroch.

Je serrai mon châle autour de moi pour me protéger de la brise naissante. Ces quelques jours de soleil radieux m'avaient paru de bon augure. J'espérais ne pas m'être trompée.

Après avoir reçu l'ordre de se rendre chez lord Lovat, Jamie avait passé une nuit entière à Holyrood, assis près de la fenêtre. Le lendemain matin, il était allé trouver Charles-Édouard pour l'informer qu'il prendrait la route du nord, accompagné uniquement de Murtagh et de moi. Il avait ensuite convoqué Ross le forgeron dans notre chambre et lui avait donné ses instructions d'une voix si basse que, de ma place, je les avais à peine entendus. Le forgeron avait écarquillé les yeux, puis hoché gravement la tête.

L'armée des Highlands se déplaçait en rangs désordonnés ; les hommes dépenaillés et indisciplinés ignoraient ce que signifiait une formation en colonne. Au cours de la première journée de marche, les hommes de Lallybroch étaient censés s'éclipser discrètement un à un, sous divers prétextes, avant de fuir à travers les sous-bois jusqu'à un point de rendez-vous où ils se rassembleraient tous. Là, sous le commandement de Ross, ils rentreraient chez eux.

— Il faudra un certain temps avant qu'on remarque leur absence. Et encore ! Il y a des chances pour que personne ne s'en aperçoive ! avait déclaré Jamie, alors que nous discutions de son plan. Les désertions sont très nombreuses. L'autre jour, Ewan Cameron me disait qu'il avait perdu vingt hommes de son régiment en moins d'une semaine. L'hiver arrive, les hommes veulent rentrer chez eux pour préparer les semailles. Quoi qu'il en soit, même si on s'apercevait de leur départ, l'armée ne peut pas se permettre de dépêcher des hommes à leurs trousses.

— Tu n'y crois plus, n'est-ce pas, Jamie ? avais-je demandé.

— Je ne sais pas, *Sassenach*. Il est peut-être trop tard, ou peut-être pas. Partir à la conquête du Sud juste avant l'hiver est une folie, tout comme l'a été le siège de Stirling. Mais Charles-Édouard n'a encore essuyé aucune défaite, et de nouveaux chefs de clan viennent encore de se joindre à lui. Les MacKenzie en sont l'illustration. Désormais, il a deux fois plus d'hommes qu'à Prestonpans. Qu'est-ce que cela signifie ?

Il leva les bras au ciel dans un geste d'impuissance.

— Je n'en sais rien, reprit-il. Les jacobites ne rencontrent plus aucun obstacle sur leur route. Les Anglais sont terrifiés. Tu as vu les tracts, non ? Ils sont persuadés que nous violons les femmes, que nous égorgeons les enfants avant de les faire rôtir à la broche... Cameron a entendu une rumeur selon laquelle le roi George s'apprête à fuir Londres de peur que l'armée du prince ne s'empare bientôt de la ville.

Je le savais déjà, ayant moi-même transmis cette « rumeur » à Cameron, après que Randall me l'eut confiée.

— Et puis, il y a Kilmarnock, Cameron, Lochiel, Balmerino, Dougal et ses MacKenzie... tous de valeureux guerriers. Si Lovat envoie les hommes qu'il a promis, il n'est pas impossible que nous parvenions à prendre Londres. Mais quand même... il n'est pas question que je parte pour Beauly en laissant mes hommes ici. Si j'étais avec eux pour les diriger, passe encore... mais ils ne serviront de chair à canon ni à Charles-Édouard ni à Dougal pendant que je suis à des centaines de kilomètres.

Ainsi en avait-il été décidé. Les hommes de Lallybroch, accompagnés de Fergus en dépit de ses protestations, déserteraient et rentreraient discrètement au domaine. Lorsque notre mission à Beauly serait terminée et que nous serions retournés auprès de Charles-Édouard... Eh bien, il serait toujours temps de voir.

— C'est pour ça que je tiens à ce que Murtagh nous accompagne, m'avait expliqué Jamie. Si la chance semble nous sourire à Beauly, je l'enverrai à Lallybroch chercher de nouveau les hommes.

Un bref sourire avait illuminé son visage grave.

— Il n'a l'air de rien monté sur un cheval, mais c'est un sacré cavalier. Rapide comme l'éclair.

Le cavalier en question était à présent à une centaine de mètres devant nous. Je le vis arrêter sa monture et sauter à terre. Quand nous arrivâmes à sa hauteur, il était en train d'examiner sa selle.

— Qu'est-ce qui se passe ? demanda Jamie.

Il fit mine de descendre à son tour, mais Murtagh l'arrêta d'un geste.

— Ce n'est rien. Une sangle vient de lâcher. Continuez sans moi, je vous rattraperai plus tard.

Jamie reprit la route sans insister et je lui emboîtai le pas.

— Il a l'air plutôt de mauvais poil, notre ami, commentai-je un peu plus loin. C'est une impression ou il n'est pas enchanté à l'idée de rendre visite à lord Lovat ?

De fait, le petit homme devenait plus renfrogné et irascible à mesure que nous approchions de Beauly.

— Murtagh n'est pas un grand ami du vieux Simon, confirma Jamie. Il était très attaché à mes parents et n'a jamais pardonné à Lovat de les avoir traités aussi mal. Il n'apprécie pas non plus la manière dont Lovat trouvait ses épouses. Murtagh a une grand-mère irlandaise, mais il est apparenté à Primerose Campbell du côté de sa mère.

Jamie avait toujours une façon de parler des membres de sa famille comme si le monde entier ne connaissait qu'eux.

— Qui est Primerose Campbell ? demandai-je.

— C'était la troisième épouse de lord Lovat. Elle l'est toujours d'ailleurs, même si elle est retournée vivre chez son père depuis quelques années.

— Je vois que le vieux renard sait s'y prendre avec les femmes.

Jamie se mit à rire.

— Tu ne crois pas si bien dire, *Sassenach*. Il a épousé sa première femme de force. Un soir, il a fait irruption chez elle, l'a traînée hors du lit, épousée dans la chambre même, et s'est recouché en sa compagnie. Quelque temps plus tard, la future douairière Lovat a décidé qu'elle l'aimait. Il n'était peut-être pas si mauvais...

— Il devait avoir des arguments au lit, plaisantai-je. Ça doit être de famille.

Il me lança un regard choqué et esquissa un sourire penaud.

— Quoi qu'il en soit, reprit-il, ils ne lui ont pas été d'une grande utilité. Une des femmes de chambre l'a dénoncé et il a dû fuir l'Écosse. Il s'est réfugié en France.

— Décidément, quand je disais que c'était de famille ! Entre les mariages forcés et les fuites à l'étranger...

— Il s'est ensuite rendu à Rome pour prêter le serment d'allégeance aux Stuarts et, par la même occasion, obtenir la promesse qu'il conserverait tous ses titres et ses terres en cas de restauration. Et de là il est allé directement demander audience au roi d'Angleterre, Guillaume III d'Orange [1], qui était en visite en France et... Dieu sait comment... il a obtenu son pardon et le droit de rentrer en Écosse.

Plus tard, Simon était revenu en France, cette fois pour espionner pour le compte des jacobites. Démasqué, il avait été jeté en prison, s'était évadé et était rentré en Écosse. En 1715, il avait réussi la double prouesse de réunir tous les grands chefs de clan sous prétexte d'organiser une grande partie de chasse dans la forêt de Mar, et de recevoir quelque temps plus tard

---

1. Jacques II Stuart fut détrôné en 1688 au profit de Guillaume d'Orange, futur Guillaume III, qui régna de 1689 à 1702. *(N.d.T.)*

les félicitations de la Couronne anglaise pour avoir étouffé le soulèvement jacobite qui avait suivi.

— Quel retors ! m'exclamai-je. Il ne devait pas être très vieux à l'époque ; à peine la quarantaine.

Lorsqu'on m'avait annoncé plus tôt que lord Lovat avait soixante-dix ans bien sonnés, j'avais imaginé un vieillard décrépit pratiquement sénile. Au récit de ses aventures, je commençais à réviser sérieusement mon point de vue.

— Ensuite... continua Jamie, il s'est marié avec Margaret Grant, la fille des Grant de Grant. Ce n'est qu'après sa mort qu'il a épousé Primerose Campbell. Elle n'avait que dix-huit ans à l'époque.

— Simon Fraser était donc si riche et si puissant pour se voir agréé par les parents de la jeune fille ?

— Loin de là, *Sassenach* ! Il savait pertinemment que même s'il avait été riche comme Crésus — ce qui n'était pas le cas — elle n'aurait jamais voulu de lui. Il lui a envoyé une lettre qui lui annonçait que sa mère était tombée malade à Édimbourg, en lui précisant où la trouver.

La jeune et belle demoiselle Campbell s'était précipitée à Édimbourg à l'adresse indiquée et retrouvée nez à nez avec Simon Fraser ; lequel devait l'informer qu'elle se trouvait dans un mauvais lieu, et que, pour sauver sa réputation, elle n'avait d'autre alternative que de l'épouser sur-le-champ.

— Et elle a avalé ça ! Elle devait être un peu sotte !

— Elle était très jeune, la défendit Jamie. En outre, ce n'étaient pas des menaces en l'air. Si elle avait refusé, Simon n'aurait pas hésité une seconde à ternir à jamais sa réputation. Quoi qu'il en soit, elle l'a épousé et s'en est mordu les doigts.

Je fis de brefs calculs. Le mariage forcé avec Primerose Campbell avait eu lieu quelques années plus tôt. Donc...

— Mais alors, laquelle est ta grand-mère ? demandai-je. La douairière Lovat ou Margaret Grant ?

Les pommettes de Jamie s'empourprèrent soudain.

— Ni l'une ni l'autre, répondit-il.

Il regardait droit devant lui en direction du château de Beaufort.

— Mon père était un bâtard, dit-il enfin. Un bâtard reconnu, mais un bâtard quand même. Sa mère était l'une des femmes de chambre du château de Downie.

— Ah, dis-je simplement.

Il ne semblait y avoir rien à rajouter.

— J'aurais dû te le dire plus tôt. Je suis désolé.

Je tendis le bras vers sa main. Elle était dure et glacée.

— Tu n'as pas à t'excuser, Jamie. Cela n'a aucune importance pour moi.

— Ça en a pour moi, répondit-il sèchement en fixant la route devant lui.

Le vent de plus en plus frais qui soufflait du Moray Firth faisait bruire les pins sombres sur la colline. Le paysage formait une étrange combinaison de versants montagneux et de bord de mer. D'épaisses forêts d'aulnes, de mélèzes et de bouleaux tapissaient les flancs du vallon que nous traversions ; mais à mesure que nous avancions vers la masse noire du château de Beaufort, de forts effluves de vase et d'algues étouffaient toutes les autres odeurs.

Nous étions attendus. Les sentinelles en kilt et armées de haches devant les portes du château nous observèrent avec curiosité mais sans animosité apparente. Elles nous laissèrent passer sans broncher. Jamie, le dos droit sur sa selle, salua un des gardes d'un petit signe de tête et celui-ci lui rendit son salut. J'avais l'impression d'entrer dans le château en brandissant un drapeau blanc. Combien de temps cette trêve allait-elle durer ?

Nous nous arrêtâmes dans la cour. Beaufort était moins fortifié que la plupart des autres châteaux que j'avais vus dans le Sud, mais il semblait néanmoins capable de résister à un long siège. De gros canons étaient alignés à intervalles réguliers tout le long des remparts. De vastes écuries donnaient directement sur la cour. On y apercevait plusieurs petits poneys des Highlands qui tendaient les naseaux pour humer nos chevaux. Près d'un mur, on avait empilé de gros sacs récemment déchargés du dos des poneys.

— Lovat a invité plusieurs personnes pour nous rencontrer, en déduisit Jamie. Des parents, sans doute. Au moins, ils n'ont pas l'intention de nous égorger dès notre arrivée.

— Comment sais-tu tout ça ? m'étonnai-je.

— Ils ont laissé leurs armes accrochées à leur selle.

Un palefrenier vint à notre rencontre en s'essuyant les mains sur son tablier de cuir et Jamie lui confia les rênes de nos montures.

— Et maintenant, qu'est-ce qu'on fait ? demandai-je à Jamie.

Il ne semblait pas y avoir de comité d'accueil. En tout cas, il n'y avait rien qui ressemblât à cette bonne Mme FitzGibbons qui nous avait chaleureusement accueillis à Castle Leoch deux ans auparavant.

Quelques garçons d'écurie nous lançaient de temps à autre, des regards curieux, mais ils n'en vaquaient pas moins à leurs occupations comme si de rien n'était, tout comme les domestiques qui traversaient la cour avec des paniers de linge ou des brouettes de tourbe. J'observai avec satisfaction un valet costaud qui suait sous le poids de deux grands seaux d'eau savonneuse. Au moins, il y avait une baignoire quelque part dans le château.

— Maintenant, on attend, répondit Jamie. Les gardes ont sans doute déjà informé le château de notre arrivée. Il ne reste plus qu'à savoir si quelqu'un va descendre nous chercher.

— J'espère qu'ils ne vont pas tarder à se décider. J'ai faim et j'ai grand besoin de me débarbouiller un peu.

— En effet, convint Jamie. Tu as du noir sur le nez et des chardons dans les cheveux. Non, laisse... dit-il en me voyant faire un geste... ça te va bien.

Je m'approchai néanmoins de l'abreuvoir pour observer mon reflet dans l'eau et tenter de remédier à ma tenue.

La situation était délicate pour lord Lovat. D'un côté, Jamie était un émissaire officiel des Stuarts. Que les promesses de soutien qu'il avait faites autrefois soient sincères ou pas, il était obligé de recevoir l'envoyé du prince, ne serait-ce que par diplomatie.

D'un autre côté, ledit envoyé était également un petit-fils qui, s'il n'avait pas été formellement renié, n'avait pas grandi au sein du clan. Pour avoir longuement côtoyé les Highlanders, je savais que ce genre de querelle de famille s'atténuait rarement avec le temps.

Je me passai de l'eau fraîche sur le visage et lissai mes cheveux en arrière. Lord Lovat n'allait pas nous laisser plantés dans la cour éternellement. Cela dit, il allait peut-être nous faire attendre suffisamment longtemps pour que nous sachions bien que nous n'étions pas les bienvenus.

Et ensuite ? Nous serions sans doute accueillis par lady Frances, une des tantes de Jamie. À en croire Tullibardine, elle était retournée chez son père à la mort de son mari et depuis s'occupait de gérer ses affaires domestiques. À moins que, choisissant de nous considérer comme des ambassadeurs et non comme de simples parents, lord Lovat décide de nous accueillir lui-même, accompagné de son armée de secrétaires, gardes et valets. Cette dernière option me parut plus probable, vu le temps qu'il mettait à se montrer.

J'en étais là de mes supputations quand j'entendis un bruit de pas dans la galerie qui longeait les mangeoires. Un vieillard trapu vêtu d'une chemise ouverte jusqu'au nombril s'avança dans la cour, poussant devant lui une grosse jument noire. Malgré son âge, il avait le dos parfaitement droit et des épaules presque aussi larges que celles de Jamie.

Il s'arrêta devant l'abreuvoir et regarda autour de lui comme s'il cherchait quelqu'un. Son regard me traversa comme si je n'existais pas, puis il sursauta, prenant enfin conscience de ma présence. Il approcha son menton mal rasé et lança d'un ton hargneux :

— Vous sortez d'où, vous ?

— Euh... Je suis Claire Fraser. Je veux dire, lady Broch Tuarach.

Vexée par sa familiarité, je me ressaisis et glapis à mon tour :

— Et vous, vous êtes qui ?

Je sentis une main ferme m'agripper et me tirer quelques pas en arrière. Au-dessus de ma tête, j'entendis la voix de Jamie qui annonçait sur un ton résigné :

— Voici mon grand-père, *Sassenach*. Milord, puis-je me permettre de vous présenter ma femme ?

— Ah ? fit lord Lovat en me lançant un regard glacial. J'avais effectivement entendu dire que tu avais épousé une Anglaise.

Au ton de sa voix, il était clair que ce fait confirmait les pires soupçons qu'il avait entretenus sur son petit-fils. Il se tourna vers Jamie et ajouta :

— Apparemment, tu n'as pas plus de jugeote que ton père.

Je sentis Jamie tiquer légèrement, mais il parvint cependant à conserver une attitude décente.

— Moi, au moins, je n'ai pas eu besoin d'avoir recours au viol ou au chantage pour me marier.

Simon Fraser émit à peine un petit grognement, pas gêné le moins du monde.

— On voit le résultat ! commenta-t-il. Tu me diras, celle-ci au moins, elle doit coûter moins cher que l'autre catin de MacKenzie qui a mis le grappin sur ton père.

Les yeux bleus légèrement bridés, si semblables à ceux de Jamie, parcoururent les coutures décousues de ma robe de voyage, l'ourlet déchiré et les taches de boue sur la jupe.

Je sentis Jamie frémir, sans pouvoir dire s'il retenait sa colère ou une envie de rire.

— Merci, milord, dis-je avec un sourire aimable. Je ne mange pas beaucoup non plus, mais en revanche, un brin de toilette ne serait pas du luxe. Oh, ne vous inquiétez pas ! Un peu d'eau propre suffira. Je me passerai de savon si cela doit mettre votre trésorerie en péril.

Cette fois je vis distinctement le vieux lord tressaillir.

— Hmm... je vois, grommela-t-il. Une servante va vous conduire à vos appartements... et vous donner du savon.

Se tournant vers Jamie, il ajouta :

— Nous t'attendons dans la bibliothèque avant le dîner...

Sur ce, il tourna les talons et disparut dans les écuries.

— « Nous » ? De qui veut-il parler ? demandai-je à Jamie.

— Je suppose qu'il doit s'agir du jeune Simon, son héritier, plus un ou deux cousins et quelques selliers, à en juger par les chevaux dans la cour. Si Lovat envisage d'envoyer des troupes se battre pour les Stuarts, ses selliers et ses métayers ont peut-être leur mot à dire.

Une heure plus tard, une servante nous conduisait, un peu plus propres et présentables, le long d'un interminable couloir.

— Tu as déjà vu un petit ver de terre dans une basse-cour entourée d'une volée de poules ? me chuchota Jamie. C'est exactement la sensation que j'ai en ce moment. Surtout, reste à mes côtés.

Lorsque nous entrâmes dans la bibliothèque, une vingtaine d'hommes nous attendaient, assis autour de la pièce. Toutes les ramifications du clan Fraser semblaient représentées.

Jamie fut formellement présenté. Il lut une déclaration officielle au nom des Stuarts, transmettant les respects de Charles-Édouard et de Jacques III à lord Lovat et le priant de rejoindre l'armée des Highlands conformément à ses engagements. Le vieil homme s'avança à son tour et prononça un bref discours dans lequel il se gardait bien de s'engager à quoi que ce soit. Ces préliminaires achevés, on me pria de m'avancer. Je fus présentée à mon tour et l'atmosphère se détendit légèrement.

Je fus bientôt encerclée par un groupe de gentilshommes highlanders qui se relayaient pour me souhaiter la bienvenue. Jamie, de son côté, bavardait avec un certain Graham, cousin de lord Lovat. Les métayers m'observaient avec une certaine réserve, mais se montrèrent courtois. Ce ne fut pas le cas de tout le monde.

Le jeune Simon Fraser, qui avait la même silhouette trapue que son père, mais cinquante ans de moins, s'approcha et me fit un baisemain. Se redressant sans lâcher ma main, il me dévisagea avec une insistance à la limite de la muflerie.

— Ainsi, vous êtes la femme de Jamie ?

Il avait les yeux bridés de son père et de son neveu, mais leur couleur était celle de la tourbe qui dévore les landes brumeuses.

— Je suppose que je peux vous appeler « ma nièce » ?

Il avait à peu près l'âge de Jamie, soit quelques années de moins que moi.

Je m'esclaffai poliment et tentai de retirer ma main, mais il la retint.

— J'ai déjà entendu parler de vous, reprit-il. Vous vous êtes bâti une petite réputation dans les Highlands, savez-vous ?

— Vraiment ? Je l'ignorais. J'en suis ravie.

Je tirai un peu plus fort sur ma main, mais ses doigts se resserrèrent, m'écrasant les phalanges.

— Mais oui, assura-t-il. Il paraît que vous êtes très appréciée des hommes de votre mari. Ils vous appellent *neo-geimnidh meala.*

Constatant que je ne comprenais pas, il traduisit :

— Cela signifie « Madame lèvres de miel ».

— Quel surnom charmant !

Je n'eus pas le temps d'en dire plus. Le poing de Jamie s'abattit sur la mâchoire de son oncle et l'envoya s'écraser contre le buffet dans un fracas de vaisselle brisée. Mon tendre époux avait beau s'être habillé comme un gentleman, il n'avait rien perdu de son instinct de bagarreur. Simon Fraser le jeune se redressa sur les genoux, les poings tendus en avant. Jamie se tenait devant lui, immobile, prêt à récidiver.

— En effet, ma femme ne comprend pas très bien le gaélique, déclara-t-il sur un ton calme. Maintenant que tu l'as démontré à tout le monde, tu vas lui présenter tes excuses ou je te fais avaler toutes tes dents.

Le jeune Simon lança un bref regard à son père qui lui fit un petit signe d'assentiment, l'air passablement agacé par l'incident. La queue de cheval du jeune homme s'était dénouée sous l'impact, et une tignasse broussailleuse lui encadrait le visage. Il toisa Jamie avec un mélange de méfiance et de respect où se mêlait une petite pointe d'amusement puis, toujours à genoux, il s'inclina solennellement devant moi.

— Je vous présente toutes mes excuses, lady Fraser. Pardonnez-moi si je vous ai offensée.

Je me contentai de lui répondre par un gracieux hochement de tête, avant d'être entraînée hors de la bibliothèque par Jamie.

Lorsque nous fûmes dans le couloir, j'arrêtai Jamie en tirant sur sa manche et lui demandai :

— Mais que signifie vraiment *neo-geimnidh meala* ?

— Ça veut dire plus ou moins « lèvres de miel », comme il te l'a dit lui-même.

— Ah oui ? Mais c'est plutôt gentil.

— Sauf qu'il ne s'agit pas de ta bouche, *Sassenach.*

— Quoi ! Le salaud !

Je fus sur le point de faire demi-tour pour aller dire ce que je pensais à ce goujat, mais Jamie me retint par le bras.

— Du calme, *Sassenach.* Ne te laisse pas démonter. Ce n'est pas toi qu'il visait, mais moi.

Il me confia à lady Frances avant de retourner à la bibliothèque, paré au combat. J'espérais qu'il ne frapperait pas d'autres parents. Si, dans l'ensemble, les Fraser paraissaient moins costauds que les MacKenzie, ils avaient une petite lueur vicieuse dans le regard qui ne me disait rien de bon.

Lady Frances était très jeune, à peine vingt-deux ans. Elle m'observait avec une fascination craintive et semblait croire que je lui sauterais à la gorge dès qu'elle cesserait de me gaver de thé et de friandises. Je m'efforçai d'être la plus douce et aimable possible et, au bout d'un moment, elle commença à se détendre, me confiant même que j'étais la première Anglaise qu'elle rencontrait. Les « Anglaises », crus-je comprendre, étaient une espèce rare et vénéneuse.

Je veillai à ne pas faire de gestes brusques lorsqu'elle me présenta timidement son fils, un petit gaillard de trois ou quatre ans, maintenu dans un état de propreté surprenant par une gouvernante austère qui ne le quittait pas d'un pouce.

Je parlais à Frances et à sa jeune sœur Aline de Jenny et de sa famille, quand nous entendîmes un cri suivi d'un grand fracas dans le couloir. Je me précipitai vers la porte du salon et l'ouvris juste à temps pour voir une masse de vêtements informes se remettant péniblement sur pied en se massant la joue. La lourde porte de la bibliothèque était ouverte et Simon Fraser le vieux se tenait sur le seuil avec une expression hargneuse.

— Ce n'est rien à côté de ce que tu recevras si tu ne fais pas mieux ton travail ! aboya-t-il.

Il n'avait rien de particulièrement menaçant. C'était un simple avertissement.

La silhouette à laquelle il s'adressait releva la tête et j'aperçus un joli visage anguleux, avec de grands yeux noirs et une pommette rouge vif. La jeune fille croisa mon regard sans paraître me voir et détala dans le couloir. Grande et maigre, elle se déplaçait avec la grâce un peu gauche d'un échassier.

Le vieux Simon sentit mon regard et se tourna vers moi. Son regard glacé se posa un instant sur moi.

— Bonsoir, ma chère, dit-il aimablement avant de refermer la porte.

— Qu'est-ce qui s'est passé ? demandai-je à lady Frances qui regardait par-dessus mon épaule.

— Rien, rien, répondit-elle nerveusement. Je vous en prie, refermez cette porte et retournons nous asseoir.

Je la laissai me tirer en arrière sans insister, bien résolue à demander des explications à Jamie.

Une fois sur le seuil de la chambre qu'on nous avait attribuée, Jamie congédia notre petit guide d'une tape sur l'épaule.

Je me laissai tomber sur le lit.

— Et maintenant, qu'est-ce qu'on fait ? demandai-je.

Le dîner s'était déroulé sans incident, mais j'avais senti, à plusieurs reprises, le regard du vieux Simon fixé sur moi.

Jamie haussa les épaules tout en déboutonnant sa chemise.

— J'aimerais bien le savoir, *Sassenach*. Ils m'ont interrogé sur l'état de l'armée des Highlands, les conditions dans lesquelles vivaient les troupes, ce que je savais des plans de Son Altesse...

Je leur ai dit tout ce que je savais. Et ils m'ont reposé les mêmes questions encore et encore. Mon cher grand-père semble croire que tout le monde est aussi tordu que lui. Il semblait discerner, derrière chacune de mes paroles, une bonne dizaine de motivations contradictoires.

Il lança sa chemise sur le lit d'un air écœuré.

— Tantôt il me soupçonne de brosser un tableau trop flatteur de l'armée pour le convaincre de s'y joindre, tantôt il se persuade que je me fiche éperdument de ce qu'il va faire. Il n'a pas l'intention de s'engager dans un sens ou dans l'autre avant de savoir de quel côté je me tiens.

— Mais comment compte-t-il découvrir si tu mens ou non ?

— Il a une voyante.

— Non ? m'écriai-je, intriguée. C'est cette étrange jeune femme que j'ai vue dans le couloir ?

— Oui. Elle s'appelle Maisri et elle a le don depuis sa naissance. Mais elle n'a rien pu lui dire... ou plutôt, elle n'a rien voulu lui dire. Il était évident qu'elle savait quelque chose, mais elle continuait à nier de la tête d'un air effrayé. C'est pourquoi le vieux Simon a perdu patience et l'a frappée.

— Quel vieux salaud !

— On peut dire que mon grand-père ne représente en rien la fine fleur de la galanterie, convint Jamie.

Il versa de l'eau dans la cuvette et commença à faire ses ablutions.

— Jamie !

— Quoi ? fit-il en se redressant, le visage ruisselant.

— Cette marque... Qu'est-ce qui t'est arrivé ?

Je lui montrais une large ecchymose bleue qui s'étalait entre son sternum et son nombril.

— Oh, ça ! dit-il avec un haussement d'épaules. Ce n'est rien. Je me suis un peu laissé emporter cet après-midi, et mon grand-père a demandé au jeune Simon de me remettre à ma place.

— Laisse-moi deviner : deux petits-cousins t'ont maîtrisé pendant que ton gentil oncle te donnait un coup de poing dans le ventre ; c'est bien ça ?

— Tu me flattes en pensant qu'il fallait deux hommes pour me tenir, *Sassenach*, dit-il en riant. À vrai dire, ils étaient trois. Il y en avait un autre derrière moi qui essayait de m'étrangler.

— Jamie !

Il rit de plus belle en s'essuyant les cheveux.

— Je ne sais pas ce qu'il y a chez toi qui me pousse toujours à frimer pour tes beaux yeux, *Sassenach*. Un de ces jours, je vais me faire tuer en cherchant à t'impressionner !

Il se laissa tomber sur le lit, les bras croisés derrière la nuque.

— Ne t'inquiète pas, *Sassenach*, ce n'est qu'un jeu.

— Un « jeu » ! Tu appelles ça un « jeu » ! m'indignai-je.

— Bien sûr. Tu as déjà vu un jeune chien qu'on présente dans une nouvelle meute. Les autres le reniflent, lui mordillent les pattes et lui montrent les dents, histoire de voir s'il va se blottir dans un coin ou montrer les crocs. Au pire, cela peut aller jusqu'à quelques coups de dents, mais au bout du compte, chaque chien connaît sa place dans la meute et sait qui en est le chef. Le vieux Simon tenait à ce que je sache qui dirigeait sa meute ; rien de plus.

— Ah bon ? Tu le sais maintenant ?

Je me couchai près de lui et il se tourna vers la table de chevet.

— Woof ! fit-il en soufflant la chandelle.

Au cours des jours qui suivirent, je ne vis pratiquement pas Jamie. Pendant la journée, il chassait ou battait la campagne avec son grand-père ; le soir, il s'enfermait pour boire avec lui dans son bureau.

Je passais le plus clair de mon temps avec Frances et les autres femmes. Lorsque l'ombre menaçante de son redoutable père ne planait plus sur elle, Frances trouvait le courage de parler en son nom propre. Elle s'avéra une compagne intelligente et intéressante. Sous sa direction, la vie du château était parfaitement réglée ; mais dès qu'apparaissait son père, elle se retranchait derrière une façade neutre, gardait les yeux baissés et parlait d'une petite voix à peine audible. Je pouvais difficilement l'en blâmer.

Deux semaines après notre arrivée, Jamie vint me trouver dans le petit salon où je me tenais en compagnie de Frances et d'Aline et m'annonça que lord Lovat souhaitait me voir.

Le vieux renard était assis dans le grand fauteuil en bois sculpté de son bureau. Je pris place sagement dans un coin et savourai un verre de porto, pendant que le grand-père interrogeait une nouvelle fois son petit-fils.

— Dis-moi encore ce que tu penses de Charles-Édouard, ordonna Simon Fraser.

— Mais je vous l'ai déjà dit une bonne douzaine de fois ! s'impatienta Jamie.

— Oui, mais cette fois, je veux la vérité.

Le vieillard se cala confortablement au fond de son siège, les mains croisées sur le ventre.

— Vraiment ? dit Jamie avec un petit rire. Pourquoi vous la dirais-je cette fois plus que les autres ?

— Ne suis-je pas ton grand-père ? ton chef ? Ne suis-je pas le garant de ta loyauté ?

Ainsi, voilà donc où il voulait en venir. Colum MacKenzie, diminué physiquement, avait développé l'art d'exploiter les faiblesses des autres. Simon Fraser, fort et vigoureux en dépit de son grand âge, était habitué à obtenir ce qu'il voulait par des moyens plus directs. Au sourire amer qui se dessinait sur le visage de Jamie, je devinai qu'il comparait les appels du pied de son oncle aux coups de poing de son grand-père.

— Je ne me souviens pas de vous avoir prêté serment d'allégeance, répondit-il.

— Un serment ? Pour quoi faire ? N'est-ce pas le sang des Fraser qui coule dans tes veines ?

— On dit qu'un enfant avisé sait reconnaître ses parents. Or, ma mère était une MacKenzie.

Le vieux Simon ouvrit grande la bouche, resta un instant figé sur place, et partit d'un véritable rugissement. Il rit tellement qu'il manqua de s'étouffer. Crachant et toussant, il se redressa et tendit un bras vers Jamie.

— Pa... passe-moi le whisky.

Il siffla un bon quart de la carafe avant de recouvrer ses esprits.

— Alors, comme ça, tu crois que tu n'es pas un Fraser ? dit-il enfin. Ha ! Ton père s'est tenu exactement où tu te tiens en ce moment, mon garçon. Et il m'a parlé comme tu viens de le faire. C'était juste avant qu'il ne quitte Beaufort pour ne jamais y revenir.

Il toussota encore en se martelant le torse du poing et demanda :

— Sais-tu que j'ai essayé de faire annuler le mariage de tes parents en prétendant que l'enfant d'Ellen MacKenzie n'était pas de Brian ?

— Oui.

— Ha ha ! rit-il de plus belle. C'est vrai qu'il y a souvent eu des tensions dans notre famille ; mais je connais mes fils...

Il pointa un doigt accusateur vers Jamie en ajoutant :

— ... et mes petits-fils ! Je veux bien être pendu s'il y en a un seul qui ait jamais été cocu !

Jamie ne tiqua pas mais je ne pus m'empêcher de détourner les yeux. Heureusement, lord Lovat ne remarqua pas ma gêne.

Retrouvant son sérieux, il poursuivit :

— Aux dernières nouvelles, Dougal MacKenzie s'est rangé dans le camp de Charles-Édouard. Est-ce lui que tu considères comme ton chef ? Dois-je comprendre que c'est à lui que tu as prêté serment ?

— Je n'ai prêté serment à personne.

— Pas même à Charles-Édouard ?

— Il ne me l'a pas demandé.

C'était vrai. Charles-Édouard n'avait pas eu à le lui demander puisqu'il s'était lui-même chargé d'apposer le nom de Jamie au bas du traité d'alliance. Je savais à quel point ce détail était important pour Jamie. S'il devait un jour fausser compagnie à

Son Altesse, il ne trahirait pas sa parole. Que tout le monde fût persuadé de la réalité de ce serment ne semblait pas l'inquiéter le moins du monde.

Le vieux Simon saisit la balle au bond :

— Dans ce cas, rien ne t'empêche de prêter serment au vrai chef de ton clan. Moi !

Si Jamie se ralliait à son grand-père, la puissance des Lovat serait accrue, tout comme leurs biens, et il pourrait réclamer une partie des revenus de Lallybroch. La perspective d'un duché semblait se dessiner au loin.

— Rien ne m'en empêche en effet, répliqua Jamie... si ce n'est ma propre volonté.

— Mmm... Tu es bien le fils de ton père. Têtu comme une mule, et aussi sot. J'aurais dû me douter que cette traînée de MacKenzie ne donnerait à Brian que des imbéciles.

Simon Fraser grommela encore quelques mots du même acabit puis se tut, semblant réfléchir. Quelques instants plus tard, il se redressa :

— Je te propose un marché, annonça-t-il.

Il lança un bref regard dans ma direction et reprit :

— Ton serment d'allégeance contre l'honneur de ta femme.

Ce fut au tour de Jamie d'éclater de rire.

— Quoi ? Si je comprends bien, vous menacez de la violer sous mes yeux ! s'esclaffa-t-il. Mais essayez donc, ne vous gênez pas ! Quand elle en aura fini avec vous, j'appellerai tante Frances pour qu'elle ramasse les miettes.

Son grand-père le toisa calmement.

— Pas moi, mon garçon.

Un petit sourire cynique se dessina au coin de ses lèvres.

— Même si j'ai déjà pris mon plaisir avec des filles plus laides qu'elle. À ton avis, combien d'hommes y a-t-il à Beaufort, Jamie ? Combien d'entre eux n'hésiteraient pas à culbuter une *sassenach* ? Tu ne peux quand même pas la surveiller nuit et jour ?

Jamie se redressa lentement et dévisagea son grand-père sans trahir la moindre émotion.

— Je n'ai pas besoin de la surveiller. Je n'ai aucune inquiétude. Ma femme n'est pas une créature comme les autres. C'est une sage, une Dame blanche... comme Dame Aliset.

Je n'avais jamais entendu parler de cette Dame Aliset, mais son nom n'était manifestement pas inconnu à lord Lovat. Il tourna brusquement vers moi des yeux ahuris. Il ouvrit la bouche mais, avant qu'il ait eu le temps de parler, Jamie poursuivait, une légère pointe de malice dans la voix :

— Celui qui la touchera contre son gré verra ses parties intimes se recroqueviller comme une poire blette et rôtira en enfer pour l'éternité.

41

La malédiction de Maisri

La plupart des Écossais des Lowlands s'étaient convertis au presbytérianisme au cours des deux derniers siècles. Certains clans de Highlanders les avaient imités, mais d'autres, comme les Fraser et les MacKenzie, étaient restés fidèles à l'Église de Rome. Celle-ci jouait un rôle particulièrement important chez les Fraser, en raison de leurs nombreux liens avec la France catholique.

Le château de Beaufort possédait sa propre chapelle, réservée aux dévotions du lord et de sa famille. Toutefois, tous les Lovat étaient enterrés au prieuré de Beauly. Cette grande bâtisse à moitié en ruine était l'un de mes lieux de promenade favoris. Je m'y sentais à l'abri parmi les dalles funéraires qui jonchaient le sol. J'ignorais si le vieux Simon comptait réellement mettre ses menaces à exécution ou si le mensonge de Jamie, qui faisait de moi une seconde Dame Aliset — version écossaise de la Dame blanche parisienne —, suffirait à me protéger ; mais il était fort peu probable que les hommes du château osent venir m'aborder au milieu des tombes de leurs ancêtres.

Un après-midi, quelques jours après la scène dans le bureau de lord Lovat, je me glissai dans le prieuré à travers une brèche pour découvrir que je n'étais pas seule. La grande jeune femme que j'avais aperçue l'autre jour dans le couloir était assise sur l'une des tombes, ses longues jambes fuselées étendues devant elle.

Je voulus ressortir, mais elle m'aperçut et me fit signe d'approcher.

— Vous êtes lady Broch Tuarach, n'est-ce pas ?

— En effet. Et vous êtes... Maisri ?

Un léger sourire éclaira son visage. Elle avait des traits étranges, légèrement asymétriques comme un tableau de Modigliani, et une longue chevelure brune striée de mèches blanches qui retombait en cascade sur ses épaules. Pour une voyante, elle avait vraiment le physique de l'emploi.

— Oui, c'est vrai, j'ai le don, répondit-elle sans que je lui aie posé de question.

— Vous lisez aussi dans les pensées ? demandai-je.

Elle se mit à rire.

— Non, milady, mais je peux lire sur les visages et...

— Je sais, le mien est un livre ouvert, soupirai-je, résignée.

Je m'assis sur une tombe en face d'elle et nous restâmes un court moment silencieuses, à observer la neige fondue qui tombait au-dehors et la mousse sombre qui tapissait le vieux cimetière.

— On raconte que vous êtes une Dame blanche, me déclara soudain Maisri.

Elle me dévisageait attentivement sans trahir la moindre crainte.

— C'est ce qu'on dit, me contentai-je de répondre.

— Ah...

Elle se tut de nouveau, fixant ses longs pieds fins. Elle ne portait que des bas de laine et des sandales de cuir. Et moi, je frissonnais sous la morsure du froid, malgré mon épais manteau de laine et mes lourdes bottes. Comment faisait-elle pour errer dans la nature aussi légèrement vêtue ?

— Que faites-vous ici ? demandai-je.

Si le prieuré était un lieu magnifique et paisible quand il faisait beau, il n'était guère accueillant à la saison des frimas.

— Je viens ici pour réfléchir, répondit-elle.

Elle esquissa un petit sourire qui cachait mal son air soucieux. Manifestement, ses réflexions n'étaient guère joyeuses.

— À quoi réfléchissez-vous donc ?

Je me levai et vins m'asseoir à côté d'elle.

— Je voudrais savoir ! explosa-t-elle soudain.

Son visage fin et émacié reflétait son indignation...

— Quoi donc ?

— Pourquoi je vois ce qui va arriver et que je ne peux rien faire pour l'empêcher ? À quoi me sert d'avoir le don ? Ce n'est pas un don mais une malédiction. Qu'ai-je fait pour mériter ce sort ?

Elle se tourna vers l'effigie de Thomas Fraser, le gisant sur lequel nous étions assises. Il semblait serein sous son casque de guerrier, la garde de son épée serrée entre ses mains.

— Ce n'est pas *ma* malédiction, mais la tienne, espèce de vieux bouc ! lui lança-t-elle. Tout est de ta faute et celle de ta maudite famille !

Elle tourna vers moi ses grands yeux qui pétillaient d'intelligence.

641

— Il ne vous est jamais arrivé de penser que, peut-être, ce n'est pas notre destin qui fait de nous ce que nous sommes ? Que, peut-être, nous n'avons le don de voir l'avenir que pour servir quelqu'un d'autre ? Que ce pouvoir n'a rien à voir avec nous... mis à part que c'est nous qui en payons le prix ?

— Je ne sais pas, répondis-je. Oui... peut-être. Je me suis souvent demandé : « Pourquoi moi ? » Mais je n'ai jamais trouvé la réponse. Vous pensez que votre don de voyance est une malédiction pour les Fraser... parce qu'ils peuvent connaître la date de leur mort ? C'est une idée infernale.

— Oui, c'est bien d'enfer qu'il s'agit, dit-elle sur un ton amer.

Elle s'adossa au sarcophage et contempla d'un air songeur la neige qui tombait par le toit effondré du chœur.

— À votre avis, demanda-t-elle brusquement, dois-je le lui dire ?

Je sursautai.

— À qui ? à lord Lovat ?

— Oui. Il me demande ce que je vois et il me bat quand je lui réponds que je ne vois rien. Mais il sait. Quand j'ai une vision, il le voit sur mon visage. Mon seul pouvoir est celui de me taire.

Ses longs doigts blancs tripotaient nerveusement les plis de sa jupe trempée.

— Bien sûr... poursuivit-elle, il y a toujours la possibilité que mes paroles modifient son destin. Cela arrive parfois. Un jour, j'ai dit à Lachlan Gibbons que j'avais vu son gendre enveloppé d'algues, avec des anguilles qui rampaient sous sa chemise. Lachlan m'a écoutée. Le soir même, il est allé faire un trou dans la cale du bateau de son gendre. Le lendemain, quand la tempête a éclaté, trois hommes ont péri noyés, mais le gendre de Lachlan, lui, était tranquillement chez lui en train de réparer sa cale. Lorsqu'il m'est apparu de nouveau dans mes visions, sa chemise était sèche et il n'avait plus d'algues dans les cheveux.

— Alors, c'est possible, dis-je doucement. Cela marche quelquefois.

— Quelquefois... répéta-t-elle.

Elle fixait la stèle funéraire à nos pieds. Lady Sarah Fraser était couchée sur un lit d'os en pierre. Son épitaphe était ainsi rédigée : *Hodie mihi cras tibi. Sic transit gloria mundi.* « Aujourd'hui c'est mon tour, demain ce sera le tien. Ainsi passe la gloire du monde. »

— ... mais pas toujours, acheva Maisri. Lorsque je vois un homme enveloppé dans un linceul, c'est que la maladie ne tardera pas à l'emporter... et il n'y a rien que l'on puisse faire contre ça.

— Peut-être, dis-je, songeuse.

En effet, sans médicaments, sans instruments, sans connaissances médicales, on ne pouvait rien faire contre la maladie. Mais si un guérisseur passait dans les parages, avec les moyens de la guérir... Maisri pouvait-elle réellement déceler le symptôme d'une maladie avant même qu'elle ne se déclare ? Dans ce cas, peut-être que cette vision n'équivalait à une sentence de mort que parce que l'on ne disposait pas de moyens pour la prévenir.

— Nous ne le saurons jamais, méditai-je. Nous savons des choses que les autres ignorent, mais nous ne savons ni pourquoi ni comment. Vous avez raison, c'est une malédiction. Mais si notre connaissance peut prévenir une catastrophe... vous croyez qu'elle peut également provoquer le mal ?

— Je ne sais pas. Si nous apprenions que nous allons mourir bientôt, que ferions-nous ? Nous pourrions essayer de répandre le bien autour de nous... ou en profiter pour nous venger de nos ennemis et leur infliger des souffrances qui ne se seraient peut-être jamais manifestées si nous n'avions rien su de notre destin ?

Nous restâmes silencieuses un long moment, plongées dans nos pensées.

— Parfois, je sens la vision venir, reprit soudain Maisri. Mais je peux la bloquer, ne pas la regarder. C'est ce qui est arrivé l'autre jour avec lord Lovat. J'ai senti quelque chose, mais je n'ai pas voulu voir. Il m'a ordonné de regarder et de réciter l'incantation qui clarifie la vision. Alors je l'ai vu : il se tenait devant un feu, mais il faisait jour et je distinguais clairement son visage. Il y avait un homme debout derrière lui, le visage masqué d'une cagoule noire, qui brandissait une hache au-dessus de sa tête.

Elle avait parlé sur un ton détaché, mais un frisson me parcourut l'épine dorsale.

— Je vais le lui dire, annonça-t-elle. On verra bien ce qu'il en fera. Je n'ai pas le pouvoir de le perdre ni de le sauver. Son destin est entre ses mains... Que le Seigneur lui vienne en aide !

Elle se leva et fit mine de s'en aller. Je me redressai à mon tour.

— Maisri !

— Oui ?

— Que voyez-vous, en ce moment même ?

Elle me scruta longuement et son visage grave s'illumina d'un léger sourire.

— Je ne vois rien d'autre que vous, milady. Il n'y a rien que vous.

Elle tourna les talons et disparut à travers une brèche du vieux mur à demi effondré.

Je n'avais ni le pouvoir de perdre les autres ni le pouvoir de les sauver. Je n'avais aucun pouvoir, hormis celui de connaître l'avenir. Je n'avais aucun moyen de plier les autres à ma volonté ni de les empêcher de faire ce que leur destin leur commandait. Il n'y avait rien d'autre que moi.

Je secouai les flocons de neige sur ma jupe et suivis le chemin qu'avait emprunté Maisri, partageant avec elle la conscience amère de ma solitude. Il n'y avait que moi, et cela ne suffisait pas.

Que Maisri lui ait fait part de sa vision ou non ne changea en rien le comportement du vieux Simon au cours des trois semaines qui suivirent. Un jour, il parut enfin sur le point de rassembler ses métayers et ses selliers pour leur ordonner de prendre les armes et de descendre vers le sud, mais, à la dernière minute, il se ravisa en arguant que rien ne pressait. Ces tergiversations mettaient hors de lui le jeune Simon, qui trépignait d'impatience à l'idée de partir en guerre et de se couvrir de gloire.

— Il n'y a pas urgence, déclara Simon père pour la douzième fois.

Il saisit une galette d'avoine dans le plat placé devant lui, la renifla et la remit à sa place.

— Il serait sans doute préférable d'attendre les semailles de printemps, ajouta-t-il.

— Mais au printemps, Charles-Édouard sera peut-être déjà à Londres ! s'énerva son fils. Si vous ne voulez pas y aller vous-même, laissez-moi emmener les hommes.

— Tu n'apprendras donc jamais à attendre ? rétorqua Simon père.

— Il est trop tard pour attendre ! explosa le fils. Les Cameron, les MacDonald, les MacGillivray... Ils y sont tous depuis le début. Vous voulez donc qu'on arrive quand tout sera terminé et qu'on se retrouve comme des mendiants à ramasser les miettes derrière Clanranald et Glengarry ? Dans ce cas, vous pouvez dire adieu à vos rêves de duché !

Il lança un regard désespéré vers Jamie. Au cours des deux derniers mois, son hostilité initiale s'était muée en respect, devant l'expérience et le savoir-faire militaire de son neveu.

— Jamie a dit que... commença-t-il.

— Je sais très bien ce que Jamie a dit, l'interrompit son père. Il m'en a rebattu les oreilles. Je prendrai ma décision en temps voulu. Mais n'oublie pas, mon fils, que lorsqu'il s'agit de guerre, on a tout à gagner à attendre.

— Attendre de savoir qui va gagner... marmonna Jamie dans sa barbe.

Le vieil homme lui lança un regard torve mais ne releva pas.

— Vous avez donné votre parole aux Stuarts ! insista Simon

644

fils. Vous n'envisagez tout de même pas de vous parjurer ? Que dira-t-on des Fraser ?

— La même chose qu'on a dite en 1715, répondit calmement Simon père. La plupart de ceux qui m'ont vilipendé sont à présent morts, ruinés ou en train de demander l'aumône en France.

Simon fils était rouge comme une pivoine, comme chaque fois qu'il tentait de tenir tête à son père.

— Mais... commença-t-il.

— Assez ! tonna soudain Simon père. Bon sang ! Parfois je regrette que Brian soit mort. Il était peut-être stupide mais, au moins, il savait se taire !

Simon le jeune et Jamie blêmirent de rage mais, après avoir échangé un regard las, replongèrent le nez dans leur assiette.

— Et vous ? Qu'est-ce que vous avez à me regarder comme ça ! aboya le vieillard en se tournant vers moi.

— Je m'inquiète pour votre santé, répondis-je aimablement. Vous n'avez pas l'air très en forme.

Le fait était que, depuis quelques jours, il paraissait moins vigoureux qu'à son habitude. Il semblait avoir fondu dans ses vêtements et s'être légèrement voûté. Les poches fripées sous ses yeux s'étaient assombries et son teint était jaunâtre.

— Mmm... grogna-t-il. Comment pourrais-je être en forme si je n'arrive pas à me reposer durant mon sommeil et que je ne trouve aucun réconfort quand je suis éveillé. Pas étonnant que je ne sois pas frais comme un jeune marié.

Simon fils vit l'occasion de se venger.

— Oh, mais si, père, lança-t-il sur un ton malicieux. Au contraire, vous avez tout du jeune marié... à la fin de sa lune de miel, une fois vidé de toute sa sève.

— Simon ! s'écria lady Frances.

Un rire étouffé parcourut tout ceux qui étaient attablés. Même lord Lovat parut amusé. Cela ne l'empêcha pas de se tourner à nouveau vers moi avec un air mauvais.

— On ne vous a donc jamais appris qu'il était mal élevé de fixer les gens ? À moins que les Anglais aient d'autres critères de politesse ?

Je rougis légèrement mais soutins son regard.

— Je me demandais... dis-je en passant outre. Vous n'avez pas d'appétit et vous ne buvez rien. Éprouvez-vous quelque autre embarras ?

Il me toisa d'un air sceptique.

— Vous allez enfin nous montrer vos talents ? railla-t-il. J'avais oublié que vous étiez guérisseuse. Une Dame blanche, à en croire Jamie.

Il jeta un coup d'œil à ce dernier, qui continua à manger sans lui adresser un regard. Lovat émit un petit rire forcé, avant d'incliner la tête dans ma direction avec un sourire ironique.

— Figurez-vous que je ne bois pas parce que je ne peux plus pisser, ma chère, et que je n'ai pas l'intention d'éclater comme une vessie de porc. Si je ne me repose pas pendant la nuit, c'est que je me lève une bonne douzaine de fois pour aller sur mon pot de chambre, sans grand succès. Alors, qu'avez-vous donc à dire de tout ça, Dame Aliset ?

— Père, murmura lady Frances. Je vous en prie.

— Ce pourrait être une infection urinaire, mais je pencherais plutôt pour une prostatite, répondis-je.

Je saisis mon verre et bus une gorgée de vin. Puis j'adressai un sourire charmant au vieux renard assis en face de moi.

— Vraiment ? s'exclama celui-ci. Et peut-on savoir ce que cela signifie exactement ?

Je retroussai mes manches et levai les mains, fléchissant les doigts comme un prestidigitateur s'apprêtant à faire un tour de passe-passe. Je dressai mon index gauche sous son nez.

— Chez l'homme, la prostate est une glande qui enserre le canal de l'urètre, c'est-à-dire le conduit qui mène de la vessie à l'extérieur.

En guise d'illustration, je formai un anneau avec deux doigts de ma main droite et encerclai mon index gauche.

— Lorsque la prostate s'inflamme ou enfle — c'est ce qu'on appelle une prostatite —, elle comprime l'urètre, entravant l'écoulement des urines. C'est un trouble très fréquent chez les hommes âgés. Vous comprenez ?

Lady Frances, qui n'avait pas réussi à faire interdire certains sujets au moment des repas, s'était mise à murmurer à l'oreille de sa jeune sœur. Toutes deux me regardaient avec encore plus de suspicion que d'habitude. Lord Lovat, lui, suivait ma petite démonstration d'un air fasciné.

— Je vois... dit-il en plissant ses yeux de chat. Puisque vous en connaissez autant sur la question, vous savez peut-être comment y remédier ?

Je fouillai rapidement ma mémoire. Je n'avais jamais vu, et encore moins traité un cas de prostatite. Ce n'était pas une affection courante parmi les jeunes soldats. Toutefois, j'avais lu des textes médicaux sur le sujet. Je me souvins du traitement, parce qu'il avait provoqué l'hilarité des élèves infirmières qui avaient poussé des petits cris d'horreur devant les illustrations plutôt réalistes de notre manuel.

— Si l'on excepte la chirurgie, il n'y a que deux manières possibles de se soigner. On peut introduire une tige en métal dans le pénis et la faire remonter jusqu'à la vessie, afin de forcer l'urètre à s'ouvrir, ou encore masser directement la prostate afin de réduire le gonflement... en passant par le fondement.

J'entendis que l'on s'étranglait à mes côtés et lançai un regard vers Jamie. Il fixait toujours son assiette, mais sa nuque s'empourprait à vue d'œil et le rouge commençait à envahir son visage. Je regardai autour de moi pour découvrir une vingtaine d'yeux fascinés rivés sur ma personne. Ceux de lady Frances, d'Aline et des autres femmes exprimaient un mélange de curiosité et de dégoût ; les hommes, eux, me regardaient avec une expression scandalisée.

Seul lord Lovat se frottait le menton d'un air songeur, les yeux mi-clos.

— Mmm... si je comprends bien, j'ai le choix entre un bout de bois dans la bite ou un doigt dans le cul ?

— Je dirais même deux ou trois, précisai-je. Et à plusieurs reprises.

Je lui adressai un sourire enjôleur.

— Ah. Voilà qui promet d'être amusant, dit-il en me retournant mon sourire.

Il baissa les yeux vers mes mains.

— D'ailleurs, vous avez de fort jolies mains, ma chère. Vos doigts sont si fins et si gracieux...

Jugeant que le moment était venu d'intervenir, Jamie reposa brusquement ses deux grosses paluches à plat sur la table et se leva. Il approcha son visage à quelques centimètres de celui de son grand-père.

— Si vous avez besoin de ce genre de soins, je me propose de le faire pour vous. Ne croyez pas que je me fasse un plaisir d'enfoncer les doigts dans votre vieux trou velu mais, après tout, je considère qu'il y va de mon devoir filial de veiller à ce que vous ne disparaissiez pas dans un débordement de pisse.

Frances émit un couinement strident.

Lord Lovat lança un regard noir à son petit-fils et se leva lentement à son tour.

— Ne te donne pas cette peine, rétorqua-t-il. Je demanderai à l'une des femmes de chambre de le faire.

Il fit un petit signe à l'assemblée, nous indiquant par là que nous pouvions continuer à dîner sans lui. Il s'éloigna vers la porte et s'arrêta un bref instant pour observer une jeune servante qui entrait avec un faisan rôti.

Après son départ, un lourd silence s'abattit sur les convives. Simon fils me lança un regard perplexe, ouvrit la bouche, mais la referma devant le regard noir de Jamie. Il s'éclaircit la gorge et dit d'une petite voix :

— Ce faisan est savoureux...

647

— ... « et du fait de cette regrettable infirmité qui m'empêche d'être personnellement aux côtés de Votre Altesse, je vous envoie mon fils et héritier en gage de ma loyauté »... Non, non... enlève « loyauté » et remplace-le par « estime »... « en gage de la très haute estime que je porte à Sa Majesté et à Votre Altesse ».

Lord Lovat s'interrompit, fixant le plafond.

— À ton avis, Gideon, quel présent envoyons-nous ? demanda-t-il. Cela doit paraître riche, mais pas trop quand même. Il faut que je puisse éventuellement dire plus tard qu'il ne s'agissait que d'un petit cadeau sans importance.

Gideon, le secrétaire du vieux Simon, tamponna son front moite avec son mouchoir. Ce petit homme rondelet au crâne dégarni et aux grosses joues rouges trouvait manifestement la chaleur de la chambre oppressante.

— La bague que vous a offerte le comte de Mar ? suggéra-t-il sans trop y croire.

Une goutte de sueur glissa le long de son menton et vint s'écraser sur la lettre qu'il était en train de rédiger. Il l'essuya discrètement avec sa manche.

— Pas assez chère, estima lord Lovat... et trop compromettante sur le plan politique.

Le vieux renard nous jouait le grand jeu. Il portait sa plus belle chemise de nuit et était assis dans son lit, entouré d'un assortiment impressionnant de médicaments. Menzies, son médecin personnel, se tenait à ses côtés et me lançait de temps à autre des regards mauvais. Manifestement, Simon père ne se fiait pas à l'imagination de Simon fils et avait mis au point ce touchant tableau afin que son héritier puisse décrire fidèlement l'état de décrépitude de son père, lorsqu'il se présenterait devant Charles-Édouard Stuart.

— J'ai trouvé ! s'exclama soudain lord Lovat. On va lui envoyer le service à pique-nique en or et en argent massif. Le cadeau est riche, mais trop frivole pour qu'on lui prête une quelconque signification politique. En outre... une des petites cuillères est cabossée. Parfait ! Reprenons à « Comme Votre Altesse ne l'ignore pas... »

J'échangeai un regard entendu avec Jamie et celui-ci réprima un petit sourire.

Une semaine plus tôt, tandis que nous regagnions notre chambre après le dîner de mon diagnostic, il m'avait déclaré :

— Je crois que tu viens de lui donner exactement ce qu'il cherchait.

— Quoi ? Un nouveau prétexte pour abuser de ses femmes de chambre ?

— Je doute qu'il ait besoin de prétexte pour ce genre de choses ! Non, tu lui as donné la possibilité de jouer sur les deux tableaux. Comme d'habitude. Il a désormais une maladie au nom impressionnant qui l'oblige à garder le lit, de sorte qu'on ne pourra pas lui reprocher de ne pas se présenter en personne devant Son Altesse avec les hommes promis. En se faisant remplacer par son fils, les Stuarts lui sauront gré d'avoir tenu sa promesse et, si les choses tournent mal, il pourra toujours prétendre qu'il n'a jamais eu l'intention de prêter main-forte aux Écossais et que son fils s'est engagé aux côtés des jacobites de son propre chef.

Je fus soudain extirpée de mes pensées par lord Lovat.

— Pourriez-vous épeler « prostatite » pour Gideon, s'il vous plaît ? me demanda-t-il.

Se tournant vers son secrétaire, il ajouta :

— Et toi, bougre d'âne, tâche de l'écrire correctement. Je ne veux pas que Son Altesse lise de travers.

— P-R-O-S-T-A-T-I-T-E, articulai-je lentement.

Puis, m'approchant du lit, je demandai au vieillard :

— Au fait, comment vous sentez-vous ce matin ?

— Beaucoup mieux, merci, répondit-il avec un large sourire. Vous voulez examiner ma pisse ?

— Non, merci, une autre fois peut-être, répliquai-je aimablement.

Nous quittâmes Beauly pour rejoindre Charles-Édouard et l'armée des Highlands par un beau jour ensoleillé et glacial de la mi-décembre. En total désaccord avec le bon sens et les conseils de ses généraux, Charles-Édouard avait entamé sa descente vers le sud jusqu'à Derby. Là, ses officiers avaient enfin eu le dessus, refusant d'aller plus loin, et l'armée des Highlands avait rebroussé chemin. Une lettre de Charles-Édouard à Jamie le pressait de revenir à Édimbourg « sans délai » afin d'y attendre le retour du prince. Le jeune Simon Fraser, fringant dans son tartan rouge vif, était à la tête d'un convoi de soldats. Ceux qui avaient des montures venaient derrière lui et, derrière eux encore, le gros des troupes à pied.

Comme nous étions équipés de chevaux, nous chevauchions aux côtés de Simon. Il avait été convenu que nous nous séparerions au niveau de Comar. Simon et les troupes continueraient vers le sud, tandis que Jamie ferait un crochet par Lallybroch, pour me raccompagner chez nous avant de rentrer à Édimbourg. Naturellement, il n'avait aucune intention de rejoindre l'armée, mais Simon n'était pas censé le savoir.

Vers le milieu de la matinée, j'émergeai d'un petit taillis au bord de la route, pour trouver Jamie qui m'attendait en piaffant d'impatience. Avant le départ, de la bière chaude avait été servie à tous les soldats. J'avais découvert avec surprise qu'elle constituait effectivement un excellent remontant pour le petit déjeuner, accompagné, malheureusement, d'un effet désastreux sur ma vessie.

— Les femmes ! râla-t-il. Je ne comprendrai jamais pourquoi il vous faut autant de temps pour accomplir un geste aussi simple ! On croirait mon grand-père !

— La prochaine fois, tu n'auras qu'à venir regarder comment je fais ! Tu auras peut-être des suggestions intéressantes !

Il poussa un grognement et se tourna pour contempler la procession d'hommes qui passait devant nous. Cette belle matinée rendait tout le monde de bonne humeur et Jamie semblait particulièrement en forme. Et pour cause : nous allions enfin rentrer chez nous. Je savais qu'il ne se faisait pas d'illusions. La guerre réclamerait son tribut de victimes. Mais si nous avions échoué à arrêter Charles-Édouard, nous pourrions peut-être sauver Lallybroch, ce petit coin d'Écosse qui nous était si cher.

Postée à ses côtés, j'observais moi aussi le défilé des soldats.

— Deux cents hommes, c'est Charles-Édouard qui va être content !

— Cent soixante-dix, rectifia Jamie.

— Tu en es sûr ? J'ai entendu lord Lovat déclarer qu'il en envoyait deux cents. Il l'a fait préciser expressément dans sa lettre.

— Peut-être, mais ils ne sont pas deux cents. Je les ai comptés moi-même en t'attendant. Il y a trente cavaliers derrière Simon, suivis de cinquante soldats à pied armés d'épées et de lances. Ce sont sans doute les hommes de la garde locale. Viennent ensuite les paysans équipés de tout et de n'importe quoi : fourches, faux ou marteaux. Ils sont quatre-vingt-dix.

— Ton grand-père espère sans doute que le prince ne les recomptera pas personnellement, observai-je avec cynisme.

— C'est stupide, car tous les noms devront être inscrits dans les registres militaires en arrivant à Édimbourg. On finira par s'apercevoir qu'il n'y a pas le compte. Je ferais bien d'aller vérifier.

Il grimpa en selle et remonta la colonne de fantassins. Je le suivis plus lentement. Âgée d'au moins vingt ans, ma jument n'était pas en état de dépasser le petit trot. Le cheval de Jamie, lui, était un peu plus vif, sans toutefois être à la hauteur de Donas. Le superbe animal était resté à Édimbourg, où le prince avait demandé à le monter en public. Jamie avait accédé à sa requête, craignant que le vieux Simon ne tente de s'approprier le splendide étalon, s'il passait à portée de ses griffes avides.

À en juger par la scène qui se déroulait un peu plus loin, Jamie ne s'était pas trompé dans son estimation du nombre d'hommes qui constituaient le convoi. Parvenu à la hauteur du clerc de Simon fils, il avait saisi la bride de sa monture et arrêté celle-ci sur le bord de la route.

Les deux hommes étaient face à face et criaient à tue-tête. Voyant l'altercation, le jeune Simon avait fait demi-tour et ordonné à la colonne de continuer sans lui. Un grand nombre de gesticulations s'ensuivirent. Le visage de Simon était rouge, celui du clerc déformé par l'inquiétude ; quant à Jamie, il décrivait de grands moulinets avec les bras.

J'observai, fascinée, leur pantomime, jusqu'à ce que le clerc, avec un haussement d'épaules résigné, décroche une des sacoches de sa selle et tende une liasse de parchemins à Jamie. Celui-ci les lui arracha des mains et les feuilleta rapidement. Il en sortit un du tas et l'agita sous le nez du jeune Simon qui le lut rapidement, avec une expression ahurie. Jamie lui reprit le parchemin et le déchira en petits morceaux qu'il fourra dans son *sporran*.

J'avais arrêté mon cheval à une dizaine de mètres, jugeant préférable de rester à l'écart. Jamie revint vers moi, sa crinière rousse au vent, le regard étincelant.

— Cette vieille pourriture ! lâcha-t-il, une fois à ma hauteur.

— Qu'est-ce qu'il a fait encore ?

— Il a inscrit le nom de mes hommes sur sa liste, les incluant dans le régiment Fraser. La sale teigne ! Dommage que nous soyons déjà si loin, je serais bien retourné à Beaufort pour lui dire ce que j'en pense.

— Mais pourquoi a-t-il fait une chose pareille ? Pour faire meilleure impression sur les Stuarts ?

Jamie hocha la tête, et son expression furibonde s'atténua quelque peu.

— Pour gonfler ses effectifs sans que cela lui coûte un sou, rétorqua-t-il. Mais ce n'est pas tout. Ce vieux salaud veut récupérer mes terres. Il ne s'est pas encore remis d'avoir été obligé de les céder à mon père le jour de son mariage. À présent, il s'imagine que si les Stuarts remontent sur le trône et lui offrent le titre de duc d'Inverness, il pourra prétendre que Lallybroch lui a toujours appartenu, faisant de moi un simple fermier. À titre de preuve, il compte faire valoir qu'il a mobilisé les hommes du domaine pour défendre la cause jacobite.

— Une combine pareille pourrait vraiment marcher ? demandai-je, inquiète.

Il esquissa un sourire et tapota le *sporran* suspendu à sa taille.

— Plus maintenant, *Sassenach*.

Par beau temps, et avec de bonnes montures et un terrain sec, il fallait compter deux jours pour aller de Beauly à Lallybroch. Malheureusement, un de nos chevaux se mit à boiter quelques kilomètres après la sortie de Beauly. Pour comble de malchance, il se mit à pleuvoir, à neiger et à venter tout au long du chemin, si bien que nous mîmes une semaine avant d'atteindre le manoir, glacés, épuisés, affamés et crasseux.

Nous étions tous les deux, Murtagh ayant poursuivi la route jusqu'à Édimbourg avec Simon et les hommes de Beaufort afin d'évaluer où en était l'armée des Highlands.

Le soir venait de tomber, et la vue de la silhouette massive de Lallybroch qui se dressait dans la pénombre me procura une sensation de sécurité et de sérénité. Cette impression se trouva renforcée par la lueur chaleureuse des lampes à pétrole que je distinguais derrière les fenêtres du salon.

En poussant la porte d'entrée, nous fûmes accueillis par une odeur de viande rôtie et de pain frais.

— Hmm... Manger ! soupira Jamie en fermant les yeux. Bon sang, je crois que je pourrais avaler un cheval !

De la glace fondue gouttait de l'ourlet de son manteau, formant une petite flaque sur le plancher.

— J'ai bien cru qu'on allait être obligés d'en arriver là ! observai-je en dénouant les attaches de ma cape. Cette vieille carne qu'on t'a donnée à Kirkinmill pouvait à peine marcher !

Le bruit de nos voix résonnait dans le vestibule. Une porte s'ouvrit à l'étage, suivie d'un bruit de pas précipités et d'un cri de joie. Le petit Jamie dévala l'escalier pour se jeter dans les bras de son oncle. Attirée par le vacarme, toute la maisonnée se déversa bientôt dans la petite entrée et nous fûmes pris d'assaut, sous les cris de joie et les embrassades de Jenny, de Ian, de Mme Crook et de tous les domestiques.

— Que je suis contente de te voir ! répéta Jenny pour la troisième fois, en se hissant sur la pointe des pieds pour embrasser son frère. Vu les nouvelles de l'armée, on craignait ne pas vous voir rentrer avant des mois !

— Oui, confirma Ian. Tu as ramené certains des hommes avec toi ou tu ne fais que passer ?

Jamie, qui s'apprêtait à embrasser sa nièce, resta pétrifié. Il fixait son beau-frère d'un air interloqué, oubliant la petite fille qui gigotait dans ses bras. Puis, se souvenant de sa présence, il déposa un petit baiser sur son front d'un air absent et me la colla dans les bras.

— Si j'ai ramené certains des hommes ? répéta-t-il. Qu'est-ce que tu veux dire, Ian ? Ils ne sont pas tous rentrés chez eux ?

Ian commença à pâlir à son tour.

— Mais aucun n'est rentré, Jamie ! dit-il lentement. On n'en a pas vu un seul depuis que vous êtes partis pour Édimbourg.

Des aboiements retentirent dans la cour, où Rabbie MacNab était en train de rentrer nos chevaux. Jamie fit volte-face et ouvrit grande la porte.

Derrière lui, j'aperçus un cavalier qui descendait la colline au grand galop. La neige et la pénombre ne permettaient pas de distinguer ses traits, mais la silhouette presque couchée sur l'encolure du cheval ne pouvait appartenir qu'à un seul homme. « Rapide comme l'éclair », avait dit Jamie. En effet, faire le voyage de Beauly à Lallybroch via Édimbourg en une semaine tenait du miracle. Murtagh approchait rapidement et je n'avais pas besoin du don de prophétie de Maisri pour deviner que les nouvelles qu'il nous apportait n'étaient pas bonnes.

42

Retrouvailles

Blême de rage, Jamie poussa la porte du petit salon jaune en la claquant contre le mur. Assis derrière son bureau, Ewan Cameron fit un bond et renversa son encrier. Assis de l'autre côté du bureau, Simon Fraser arqua à peine un sourcil en voyant son neveu faire irruption dans la pièce.

— Bon sang ! jura Cameron. Quelle mouche vous pique, Fraser ?

Il cherchait fébrilement un mouchoir dans sa manche pour éponger son sous-main imbibé d'encre noire.

M'apercevant derrière Jamie, il ajouta :

— Oh, bonjour, milady.

— Où est Son Altesse ? aboya Jamie.

— Au château de Stirling, répondit Cameron. Vous n'auriez pas un mouchoir, par hasard ?

— Si j'en avais un, je vous le ferais avaler. Comment avez-vous pu laisser enfermer mes hommes à Tolbooth ? J'en reviens à l'instant. Cet endroit est une vraie porcherie. Ne me dites pas que vous n'avez rien pu faire !

Cameron tiqua devant l'accusation, mais ses yeux noisette soutinrent le regard de Jamie.

— J'ai fait ce que j'ai pu, répondit-il. J'ai répété mille fois à Son Altesse que ce ne pouvait être qu'un malentendu. Mais vous parlez d'un malentendu ! On a retrouvé vos hommes à une trentaine de kilomètres de l'armée. Vous devriez plutôt me remercier. Sans moi, ils étaient tous exécutés sur place ! C'est moi qui ai fait valoir à Son Altesse que, même s'ils avaient vraiment compté déserter, on ne pouvait pas se permettre de se passer d'eux.

À mesure que le choc de l'entrée fracassante de Jamie se dissipait, le général s'échauffait. Oubliant soudain l'encre sur son sous-main, il explosa :

— Déserter en temps de guerre ! Non mais, vous vous rendez compte, Fraser ?

— Ah oui ? rétorqua Jamie d'un air sceptique.

Il esquissa un bref salut en direction de son jeune oncle et poussa un siège vers moi, avant de s'asseoir devant le bureau.

— Dites-moi, Cameron... reprit-il. Avez-vous envoyé un ordre de pendaison pour les vingt hommes de votre régiment qui ont déserté ? À moins qu'ils ne soient désormais une quarantaine ?

Cameron devint cramoisi et détourna le regard. Saisissant le mouchoir que Simon lui tendait, il se concentra de nouveau sur son sous-main.

— Les miens, au moins, ils ne se sont pas fait prendre, bougonna-t-il.

Il releva lentement la tête et fixa gravement Jamie.

— Allez trouver Son Altesse, conseilla-t-il plus calmement. La désertion de vos hommes l'a mis hors de lui ; mais après tout, c'est lui qui vous a envoyé à Beauly, les laissant sans commandement. Il a beaucoup d'estime pour vous et vous appelle son ami. Je suis sûr que si vous le suppliez, il leur accordera son pardon.

Il regarda le mouchoir imbibé d'encre et, marmonnant une excuse, sortit de la pièce pour le jeter, trop heureux de se soustraire au regard noir de Jamie.

Ce dernier était affalé sur sa chaise et respirait bruyamment. Les deux doigts raides de sa main droite pianotaient nerveusement sur le bureau. Il n'avait pas desserré les dents depuis l'arrivée de Murtagh par qui nous avions appris que les trente hommes de Lallybroch avaient été arrêtés pour désertion et enfermés dans la tristement célèbre prison de Tolbooth.

Je doutais que Charles-Édouard ait réellement l'intention de les faire exécuter. Comme l'avait indiqué Ewan Cameron, l'armée des Highlands avait trop cruellement besoin de soldats pour les gaspiller. La tentative d'invasion de l'Angleterre avait été meurtrière et le soutien qu'il escomptait de la part des jacobites anglais ne s'était pas matérialisé. En outre, exécuter les hommes de Jamie en son absence aurait été une grave erreur politique qui n'aurait pas manqué de se retourner contre lui ; même Charles-Édouard était à même de s'en rendre compte.

Jamie en était pleinement conscient aussi, mais c'était une piètre consolation devant le sentiment de culpabilité qui le rongeait. En voulant soustraire ses hommes aux ravages d'une campagne désastreuse, il n'avait réussi qu'à les précipiter dans l'une des prisons les plus sordides d'Écosse, marqués du sceau de l'infamie et condamnés à une mort honteuse.

Le jeune Simon semblait plongé dans ses pensées, le front soucieux.

— Je t'accompagnerai chez Son Altesse, déclara-t-il soudain.

Jamie lui lança un regard méfiant.

— Pourquoi ?

— Nous sommes liés par le sang, non ? répliqua-t-il avec un sourire malicieux. Tu as peur que je tente de m'accaparer tes hommes, comme Père l'a fait ?

— Tu le ferais ?

— Sans doute, répondit franchement Simon... si c'était dans mon intérêt. Mais, sincèrement, je crois que cela ne ferait que compliquer les choses. Je n'ai pas envie de me retrouver en guerre contre les MacKenzie, ni contre toi. Même si les terres de Lallybroch sont riches, elles sont loin de Beauly. Il nous faudrait des années avant de les récupérer, par la force ou par des procédures légales. C'est ce que je me suis tué à répéter à Père, mais il ne veut rien entendre.

Le jeune homme secoua la tête d'un air impuissant.

— Nous avons beaucoup plus à gagner en aidant Son Altesse à remporter cette guerre, conclut-il. Si l'armée des Highlands veut renouveler le coup d'éclat de Prestonpans, elle aura besoin de tous les hommes valides. Je t'accompagne à Stirling.

Un léger sourire illumina le visage de Jamie.

— Merci, Simon, je te revaudrai ça.

— Si tu veux mon avis, tu ferais bien de demander également l'aide de Dougal MacKenzie. Il est justement à Édimbourg en ce moment.

— Dougal ? Hmm... Effectivement, ça ne peut pas faire de mal.

— Tu veux rire ! Tu n'as donc pas entendu les dernières nouvelles ? MacKenzie est devenu le chouchou de Son Altesse. Tout ce qu'il dit est parole d'évangile.

Simon s'enfonça dans son fauteuil avec une moue ironique.

— Pourquoi ? demandai-je. Qu'a-t-il donc fait de si extraordinaire ?

Dougal avait amené avec lui deux cent cinquante hommes armés, mais d'autres chefs de clan avaient apporté un concours bien plus spectaculaire à la cause des Stuarts.

— Il a déposé dix mille livres sterling aux pieds de Son Altesse, répondit Simon en savourant chacun de ses mots. Dix mille livres sterling en petites pièces d'argent sonnantes et trébuchantes. Elles tombaient à pic. Ewan Cameron vient justement de me dire que Charles-Édouard avait épuisé les derniers subsides octroyés par l'Espagne et que ses partisans anglais ne lui avaient pas versé un seul cent de ce qu'ils avaient promis. L'argent de Dougal va permettre d'entretenir l'armée durant quelques semaines. D'ici là, les fonds français seront peut-être arrivés.

Louis XV, s'apercevant soudain que son cousin écossais parvenait à détourner l'attention des Anglais, s'était enfin décidé à lâcher un peu d'argent ; mais les sommes promises tardaient à arriver.

Je lançai un regard à Jamie qui semblait aussi perplexe que moi. Où Dougal avait-il dégotté dix mille livres ? Soudain, je me souviens avoir déjà entendu parler de cette somme... à Cranesmuir.

— Geillis Duncan ! m'écriai-je.

En contrefaisant la signature d'Arthur, j'ai détourné près de dix mille livres au cours des deux dernières années, m'avait-elle avoué. Arthur Duncan, le mari qu'elle avait empoisonné, était collecteur d'impôts. *Dix mille livres pour la gloire de l'Écosse. À l'heure du soulèvement, si je suis encore de ce monde, je saurai que j'y ai contribué un peu.*

— Elle les a volées pour les donner à Dougal, annonçai-je en frissonnant. À moins qu'il ne les lui ait prises sans lui demander son avis. On ne le saura jamais à présent.

Je songeai avec amertume à mon amie Geillis, brûlée pour sorcellerie après avoir donné un enfant à son amant, Dougal MacKenzie.

— Le fourbe ! fulminai-je en faisant les cent pas dans le petit bureau. Voilà donc ce qu'il faisait à Paris !

— Quoi ? s'exclama Jamie, perplexe.

Simon, lui, me fixait bouche bée.

— Il était venu rendre visite à Charles-Édouard, méditai-je. Sans doute voulait-il s'assurer que le prince rêvait toujours de monter sur le trône. Il a dû lui promettre de l'argent et c'est sans doute ce qui a décidé Charles-Édouard à risquer le coup. Mais Dougal ne pouvait lui donner ouvertement les dix mille livres, tant que Colum était encore en vie. Ce dernier aurait posé des questions. Il était trop honnête pour utiliser de l'argent volé, quel que soit le voleur.

— Je vois... dit Jamie. Mais à présent Colum est mort et Dougal est devenu le favori du prince.

Simon, qui ne comprenait pas grand-chose à notre discussion, commençait à s'impatienter.

— Justement ! Que Dougal soit dans les petits papiers de Son Altesse est tout à ton avantage. Va le trouver. À cette heure-ci, il est sûrement à la *Taverne du bout du monde*.

Jamie hésitait. Bien que Dougal ait été autrefois son tuteur, leur relation avait connu des hauts et des bas. Dougal ne voudrait peut-être pas risquer de compromettre la faveur qu'il venait de gagner auprès du prince en prenant la défense d'une bande de lâches et de déserteurs.

Le jeune renard n'avait peut-être pas l'expérience de son père, mais il avait apparemment hérité de sa sagacité.

— Dougal MacKenzie aimerait lui aussi mettre la main sur Lallybroch, n'est-ce pas ? argua-t-il. S'il pense que Père et moi avons l'intention de récupérer tes terres, il s'empressera de t'aider à sauver tes hommes, j'en suis sûr. Une fois la guerre terminée, il lui sera beaucoup plus difficile de se battre contre les Lovat que contre toi. Voilà ce qu'on va faire : je vais brandir une copie de la liste de mon père sous son nez ; tu entreras dans la taverne et tu lui glisseras que tu préférerais m'envoyer rôtir en enfer plutôt que de me laisser mettre la main sur tes hommes ; ensuite, nous partirons tous les trois pour Stirling.

Il lança un sourire complice à Jamie.

— Je me demande d'où les Écossais tirent leur réputation de ruse ! observai-je.

— Quoi ? dirent les deux hommes à l'unisson.

— Rien. Je vous trouve de plus en plus un air de famille.

Je restai à Édimbourg pendant que Jamie et ses deux oncles rivaux, Dougal MacKenzie et Simon Fraser, se rendaient à Stirling pour amadouer le prince. Vu les circonstances, je pouvais difficilement rester au palais de Holyrood et m'installai donc dans une chambre qui donnait dans Canongate. Elle était petite, froide et humide ; mais je n'y passais guère de temps.

Les prisonniers de Tolbooth avaient le droit de recevoir des visites, et Fergus et moi allions les voir chaque jour. Quelques pots-de-vin, judicieusement répartis, me permirent de leur faire passer un peu de nourriture et des médicaments. En théorie, je n'avais pas le droit de leur parler en privé, mais là encore, une poignée de pièces glissée à bon escient me permit de m'entretenir plusieurs fois en tête à tête avec Ross le forgeron.

— Tout est ma faute, s'accusa-t-il, la première fois qu'il me vit. J'aurais dû penser à dire aux hommes de se déplacer par petits groupes de trois ou quatre et non pas tous ensemble, comme on l'a fait. J'avais peur d'en perdre en route ; la plupart ne s'étaient jamais éloignés de Lallybroch de plus de quelques lieues.

— Vous n'avez rien à vous reprocher, le réconfortai-je. Vous n'avez pas eu de chance, voilà tout. Ne vous inquiétez pas. Jamie est en ce moment même à Stirling avec le prince. Il vous fera bientôt sortir d'ici.

Il hocha tristement la tête. Le pauvre homme était pâle et crasseux. Affaibli par ces dernières épreuves, il n'avait plus rien du robuste artisan parti de Lallybroch quelques mois plus tôt. Il trouva quand même la force de me sourire et de me remercier pour la nourriture que je lui avais apportée.

— Ce ne sera pas perdu, milady, vous pouvez me croire. Ici, on ne nous donne qu'une bouillie infecte. Est-ce que... hésitat-il... vous ne pourriez pas nous avoir quelques couvertures ? Ce n'est pas pour moi, mais quatre de nos hommes ont la fièvre et...

— Je vais vous trouver ça, promis-je.

En quittant la prison, je me demandais bien comment. Bien que le gros des troupes soit parti pour le Sud, Édimbourg était toujours une ville occupée. Soldats, lords et visiteurs de tout poil continuaient d'aller et venir dans les rues. Le coût de la vie avait grimpé vertigineusement et les denrées étaient rares. On pouvait encore trouver des couvertures et des vêtements chauds, à condition d'avoir de l'argent. Or, il me restait exactement dix shillings dans ma bourse.

Il y avait bien un banquier d'Édimbourg qui avait été en affaires avec Lallybroch, mais Jamie avait retiré ses avoirs quelques mois plus tôt, craignant que la Couronne anglaise ne les saisisse. Convertie en or, une partie des valeurs avait été envoyée en France à Jared pour qu'il la mette en sécurité ; les autres étaient cachées au manoir. Dans un cas comme dans l'autre, je n'y avais pas accès pour le moment.

Je m'arrêtai en pleine rue pour réfléchir, me faisant bousculer par les passants. Si je n'avais pas d'argent, j'avais néanmoins quelques objets précieux. Le cristal de maître Raymond n'avait aucune valeur marchande, mais je pouvais peut-être tirer quelque chose de sa monture et de la chaîne en or. Mes alliances... Non, je ne pouvais me résoudre à m'en séparer, même provisoirement.

En revanche, j'avais toujours le collier de perles que Jamie m'avait donné le jour de notre mariage. Elles avaient appartenu à sa mère. J'étais sûre qu'elle n'aurait vu aucun inconvénient à ce que je les vende pour apporter un peu de réconfort aux hommes de Lallybroch.

— Cinq livres, soutins-je. Il en vaut au moins dix et je pourrais facilement en obtenir six chez n'importe lequel de vos confrères.

Je n'avais pas la moindre preuve de ce que j'avançais, mais je fis quand même mine de reprendre le collier sur le comptoir.

Croyant réellement que j'allais quitter sa boutique, M. Samuels, le prêteur sur gages, posa précipitamment une main sur le bijou, ce qui me fit aussitôt regretter de ne pas avoir réclamé six livres d'emblée.

— Trois livres dix, proposa-t-il. A ce prix-là, je vais finir sur la paille, mais pour une dame telle que vous...

La clochette au-dessus de la porte de la boutique retentit et un pas hésitant fit craquer les vieilles lattes du plancher derrière moi.

— Excusez-moi, fit une petite voix fluette.

Oubliant mon collier de perles, je fis volte-face pour découvrir Mary Hawkins. Son visage avait mûri depuis l'année passée et elle s'était remplumée, même si elle avait gardé son air de petite fille. Elle cligna des yeux incrédules en me reconnaissant, puis tomba dans mes bras, la fourrure de son col me chatouillant les narines.

— Qu'est-ce que tu fais ici ? demandai-je quelques secondes plus tard en m'écartant.

— La sœur de mon p-p-p-ère habite ici. Je séjourne chez elle. Ou... vous voulez dire p-p-p-pourquoi je suis dans cette b-b-b-boutique ?

— Oui, ça aussi, mais tu m'expliqueras plus tard.

Je me tournai à nouveau vers le prêteur sur gages et annonçai d'une voix ferme :

— Quatre livres six ou je m'en vais. Décidez-vous, je suis pressée.

M. Samuels sortit son coffre de sous le comptoir en marmonnant dans sa barbe et je me tournai vers Mary.

— Il faut que j'achète des couvertures. Tu m'accompagnes ?

Elle lança un regard vers la rue, où un petit homme revêtu d'une livrée de laquais semblait l'attendre.

— D'accord, trancha-t-elle, si vous venez avec moi ensuite. Oh, Claire ! Je suis si contente de vous voir !

Tandis que nous remontions High Street, elle me confia :

— Il m'a écrit... Alex. Un ami à lui m'a apporté sa lettre.

Son visage rayonnait en prononçant le nom de son bien-aimé, mais son front était soucieux.

— ... lorsque j'ai su qu'il était à Édimbourg, j'ai demandé à P-p-père si je pouvais venir rendre visite à tante Mildred. Il était trop heureux de se débarrasser de moi. Il ne supporte même pas de poser les yeux sur moi, après ce qui m'est arrivé à P-p-paris.

— Alors, tu as revu Alex ?

J'ignorais où en était le malheureux garçon que je n'avais pas revu depuis mon départ pour Beauly.

— Oui. Ce n'est pas lui qui m'a demandé de venir, ajouta-t-elle précipitamment. Je suis venue de mon p-p-propre chef. Il... il ne m'a écrit que parce qu'il se croyait sur le point de m-m-mourir et il voulait que je sache que... que...

Son petit menton se mit à trembler. Je passai un bras autour de son épaule et la serrai contre moi.

— Tu as bien fait, Mary, la réconfortai-je. Tu es venue et tu l'as vu, c'est le plus important.

Elle hocha la tête et se moucha.

— Oui, dit-elle entre deux sanglots. Nous avons eu deux mois de bonheur ensemble. Je me répète que c'est déjà plus que la plupart des gens, mais... nous avons perdu tellement de temps et... ce n'est pas encore assez, Claire. Ce n'est pas assez !

— Je sais, dis-je doucement. Toute une vie ne serait pas assez pour un amour tel que le vôtre.

Mon cœur se serra. Je me demandais soudain où était Jamie en ce moment précis et ce qu'il faisait.

Se ressaisissant, Mary me tira par la manche.

— Claire, viendrez-vous avec moi le voir ? Je sais qu'il n'y a plus grand-chose à faire, mais...

Sa voix se brisa et elle reprit avec un effort visible :

— ... vous pourrez peut-être lui redonner un peu d'espoir.

Elle surprit mon regard vers le laquais qui se tenait derrière nous et qui ne nous quittait pas des yeux.

— Je le paye pour qu'il me protège. Ma tante croit que je fais des promenades tous les après-midi. Vous viendrez ?

— Oui, bien sûr.

Je jetai un coup d'œil vers le haut des immeubles, évaluant l'avancée du soleil dans le ciel. Le soir tomberait dans une heure et je voulais que les couvertures soient remises aux prisonniers avant que la nuit ne rende les cellules humides, plus glaciales encore. Ma décision prise, je me tournai vers Fergus qui attendait patiemment à quelques mètres derrière nous, observant Mary avec intérêt. Rentré à Édimbourg avec les hommes de Lallybroch, sa qualité de Français lui avait épargné la prison et il avait survécu jusqu'à notre retour en recourant à son ancien métier. Je l'avais déniché dans les parages de Tolbooth, où il tentait d'apporter de la nourriture volée à ses camarades d'infortune.

— Prends cet argent et va trouver Murtagh, lui dis-je en lui tendant ma bourse. Dis-lui d'acheter le plus de couvertures possible et de les apporter au geôlier de la prison. Je l'ai déjà payé, mais garde quelques shillings, au cas où il deviendrait plus gourmand.

— Mais, milady... protesta-t-il. J'ai promis à milord de ne pas vous quitter.

— Milord n'est pas là, rétorquai-je fermement. En son absence, c'est moi qui décide. Va, Fergus. Fais ce que je te dis.

Son regard allait de Mary à moi. Il sembla soudain décider que la jeune fille représentait une menace moins grande pour moi que le courroux qui risquait de s'abattre sur sa tête. Il

661

haussa les épaules et s'éloigna en pestant contre l'entêtement des femmes.

La petite chambre au dernier étage de l'immeuble avait considérablement changé depuis ma dernière visite. Elle était propre, tout était soigneusement rangé. Le garde-manger était plein, un nouvel édredon en plumes d'oie recouvrait le lit et une multitude de petits détails ajoutait au confort du patient. En chemin, Mary m'avait avoué qu'elle vendait discrètement les bijoux de sa mère afin de pourvoir aux besoins d'Alex.

Il y avait des limites à ce que l'argent pouvait faire pour lui, mais le visage d'Alex rayonna littéralement quand il vit Mary passer la porte, dissipant provisoirement les ravages de la maladie.

— Je t'ai amené Claire, mon cœur, annonça Mary en se débarrassant de son manteau.

Elle s'agenouilla à son chevet et prit sa main dans la sienne.

— Madame Fraser ! Quelle joie de voir à nouveau un visage ami !

Sa voix était faible et rauque, mais il souriait.

Je notai au passage la transparence de sa peau et la veine de son cou qui battait rapidement. Ses yeux noisette brillaient d'une lueur chaude et douce, comme s'ils contenaient le peu de vie qui habitait encore ce corps frêle.

Je n'avais pas mon coffret de remèdes avec moi et me contentai de l'examiner attentivement. Taisant mon inquiétude sur son état de santé, je lui promis de revenir le lendemain avec des médicaments pour l'aider à mieux dormir. Il m'écoutait à peine, toute son attention tournée vers Mary assise à ses côtés, qui lui tenait la main. Je la vis lancer un regard vers la fenêtre, et compris ce qui la préoccupait : elle devait être rentrée chez sa tante avant la tombée de la nuit.

Je pris congé discrètement et me retirai, les laissant jouir de ces rares et précieux moments d'intimité.

Juste avant de refermer la porte, j'entendis Alex m'appeler :

— Que Dieu vous bénisse, madame Fraser, dit-il avec un sourire.

— À demain, répondis-je doucement.

J'eus fort à faire pendant les jours qui suivirent. Naturellement, les armes des hommes de Lallybroch avaient été confisquées au moment de leur arrestation. Je fis de mon mieux pour récupérer ce que je pouvais, usant de l'intimidation, de pots-de-vin, de menaces ou, le cas échéant, de charme. Je les cachais dans ma chambre, sous mon lit, dans la cheminée, partout où je le pouvais, jusqu'à ce qu'il n'y ait plus un espace libre, mis à part le petit coin où dormait Fergus. Je mis en gage deux broches que Jamie m'avait offertes et achetai suffisamment de nourriture pour que les prisonniers puissent manger à leur faim.

Je parvins à m'introduire dans les cellules et à soigner quelques-uns des maux dont ils étaient affectés — scorbut, malnutrition, irritations cutanées, engelures, arthrite et toute une gamme de troubles respiratoires.

Je faisais régulièrement le tour de tous les chefs de clan et des lords restés à Édimbourg — ils n'étaient pas nombreux — susceptibles d'aider Jamie au cas où sa visite à Stirling échouerait. J'en doutais, mais il me paraissait plus sage de prendre des précautions.

Je trouvais encore le temps de rendre chaque jour une courte visite à Alex Randall. Je m'arrangeais pour venir le matin, afin de ne pas gaspiller le peu de temps qu'il passait avec Mary. Il dormait peu, et le peu qu'il dormait, il dormait mal. Il n'était donc jamais bien frais le matin. Je lui donnais un mélange de menthe et de lavande dans lequel j'avais distillé quelques gouttes de sirop de pavot. Cela lui valait généralement quelques heures de sommeil avant la visite de Mary dans l'après-midi.

À ma connaissance, hormis Mary et moi, il ne recevait aucune visite. Aussi fus-je surprise quand, grimpant les escaliers de son immeuble un matin, je perçus des bruits de voix de l'autre côté de la porte.

Conformément à ce qui était convenu, je toquai une fois et entrai sans attendre de réponse. Jonathan Randall était assis à côté du lit de son frère, vêtu de son uniforme rouge et or de capitaine des dragons. Il se leva en me voyant entrer et inclina du chef.

— Madame.

— Capitaine, répondis-je.

Nous nous tînmes un instant sans rien dire au milieu de la pièce, l'air gauche.

— Johnny...

La voix rauque d'Alex était douce et péremptoire à la fois. Le capitaine fit une grimace irritée.

— Mon frère m'a fait venir ce matin pour que je vous informe de quelque chose, annonça-t-il.

Il ne portait pas de perruque et ses cheveux noirs étaient tirés sur sa nuque, accentuant la ressemblance avec son frère. Le jeune homme pâle et chétif sur le lit semblait être le spectre de celui qui se tenait devant moi.

— M. Fraser et vous avez été si bons pour Mary, reprit Alex en roulant sur le flanc pour me regarder... et pour moi. Je suis au courant du marché que vous avez conclu avec mon frère, mais je sais aussi tout ce que vous avez fait pour Mary à Paris.

Il passa la langue sur ses lèvres crevassées et poursuivit :

— Je crois que vous devriez entendre la nouvelle que Johnny a rapportée du château, hier.

Jonathan Randall me lança un regard assassin mais obtempéra sans broncher :

— Hawley vient de succéder au général Cope, comme je vous l'avais annoncé. Hawley n'est pas un grand chef de guerre, mais ses hommes ont en lui une confiance aveugle. Il vient de recevoir l'ordre de marcher sur Stirling pour reprendre la ville.

— De combien d'hommes dispose-t-il ? demandai-je.

— Pour le moment, huit mille, dont mille trois cents cavaliers. Il attend également six mille mercenaires de Hesse qui devraient arriver d'un jour à l'autre.

Il s'interrompit et fronça les sourcils.

— J'ai entendu dire que le chef du clan Campbell comptait envoyer mille hommes pour prêter main-forte à Hawley, ajouta-t-il, mais je ne peux pas vous garantir cette information. Avec ces Écossais, on n'est jamais sûr de rien.

— Je vois...

La nouvelle était grave. L'armée des Highlands comptait à présent entre mille et deux mille hommes. Elle pouvait peut-être tenir tête aux huit mille de Hawley, mais attendre que ce dernier soit rejoint par les mercenaires et les hommes de Campbell était pure folie, sans parler du fait que les Highlanders étaient nettement plus doués pour l'offensive que pour la défense. Lord George Murray devait être informé au plus tôt.

La voix de Jonathan Randall m'extirpa de mes pensées.

— Bonne journée, Madame.

Il inclina la tête et sortit avant même que j'aie pu lui répondre.

Tandis que ses pas résonnaient dans l'escalier, je m'approchai d'Alex et lui pris la main.

— Merci, j'apprécie beaucoup ce que vous avez fait.

— Je vous en prie. Vous me laisserez des remèdes ? Je suppose que je ne suis pas près de vous revoir.

Je fus prise de court et me vis à Stirling. C'était ce que chaque fibre de mon corps me criait de faire ; mais il fallait s'occuper des hommes emprisonnés à Tolbooth.

— Je ne sais pas, répondis-je. Mais, bien sûr, je vais vous laisser de quoi vous soigner.

Je retournai à mon logis en traînant les pieds, ne sachant que faire. Avant tout, je devais prévenir Jamie. Murtagh irait lui porter une lettre dès ce soir. Jamie me croirait, naturellement, mais parviendrait-il à convaincre lord George, le duc de Perth et les autres commandants ?

Il m'était impossible de révéler la source de cette information. Mais pourquoi les généraux accepteraient-ils de me croire, même avec ma réputation de femme pourvue de pouvoirs surnaturels ? Je songeais aux paroles de Maisri : *C'est une malédiction,* avait-elle dit. Oui, mais avais-je le choix ? *Je n'ai pas d'autre pouvoir que celui de me taire.* J'avais moi aussi ce pouvoir, mais n'osais pas en user.

À ma grande surprise, la porte de ma chambre était ouverte. Je restai figée sur le seuil, éberluée par la scène qui s'offrait à moi. Murtagh, perché sur mon lit comme le roi des gnomes sur un champignon, distribuait les armes que j'avais récupérées aux hommes de Lallybroch. Ils étaient tous là, une trentaine, entassés comme des sardines, dans la petite pièce.

— Milady !

Je sursautai et découvris Fergus à mon côté, rayonnant de joie.

— Milady ! C'est fantastique ! Milord a obtenu le pardon pour ses hommes. Un messager est arrivé ce matin avec la grâce de Son Altesse. On a reçu l'ordre de rejoindre milord à Stirling le plus vite possible.

Je le serrai dans mes bras en riant.

— Oui, Fergus, c'est fantastique !

Quelques-uns des hommes m'aperçurent et me saluèrent par de grands sourires. Une atmosphère d'exaltation baignait la chambre. Même Murtagh se mit à sourire en me voyant, expression qui le rendit pratiquement méconnaissable.

— Est-ce que c'est Murtagh qui va conduire les hommes à Stirling ? me demanda Fergus.

On lui avait donné une petite épée qu'il s'entraînait à dégainer et à brandir tout en parlant.

Je croisai le regard de Murtagh et fis non de la tête. Après tout, si Jenny Cameron avait conduit les hommes de son frère jusqu'à Glennfinnan, je pouvais bien mener ceux de mon mari à Stirling. Lord George et Son Altesse prendraient la nouvelle plus au sérieux si je la leur délivrais en personne.

— Non, répondis-je. Je les conduirai moi-même.

43

Falkirk

Je sentais la présence des hommes tout autour de moi dans le noir. Un cornemuseur marchait à côté de moi.

J'entendais le frottement de l'outre en cuir contre son bras et devinais les contours des bourdons appuyés sur son épaule. Ceux-ci tressautaient à chaque pas, comme s'il portait un petit animal dans ses bras.

Je le connaissais. Il s'appelait Labhriunn MacIan. Les cornemuseurs du clan se relayaient pour sonner le réveil chaque matin à Stirling, jusqu'à ce que tous les soldats soient debout, parés pour le combat du jour.

À l'approche du soir, un des sonneurs faisait à nouveau retentir sa plainte, et tout le campement s'arrêtait pour l'écouter. Les notes aiguës et traînantes semblaient inviter les ombres de la lande à se répandre autour de nous, et lorsque la musique se taisait la nuit était tombée.

Matin et soir, Labhriunn MacIan allait et venait de son pas lent et sûr, le coude serré contre son instrument. Il jouait les yeux fermés et laissait ses doigts courir adroitement sur le chalumeau. Malgré le froid, je sortais souvent m'asseoir pour l'observer, et je laissais la musique m'envahir. Quand il jouait, MacIan semblait oublier le monde autour de lui. Il décrivait des allées et venues comme dans un rêve, déversant tout son être dans les accords de son instrument.

Il y avait les musettes irlandaises, dont on jouait à l'intérieur, et les grandes cornemuses des Hautes Terres qui sonnaient le réveil chaque matin et encourageaient les hommes pendant la bataille. C'était de cette dernière que jouait MacIan.

Il pressa l'outre pour en vider l'air dans un long gémissement et rabattit les bourdons pour ranger son instrument. C'est alors qu'il rouvrit les yeux et m'aperçut.

— 'soir, milady.

Il avait une voix traînante et un accent très marqué.

— Bonsoir, MacIan. Dites-moi, pourquoi jouez-vous toujours les yeux fermés ?

Il sourit et se gratta le crâne.

— Sans doute parce que c'est mon grand-père qui m'a appris à jouer, milady. Il était aveugle. C'est toujours lui que je vois quand je joue, s'avançant sur la grève, sa longue barbe balayée par le vent, les yeux fermés pour se protéger du sable. J'entends encore le son de sa cornemuse qui se répercutait le long des falaises.

— Ah, c'est pour ça que votre musique est si mélancolique et envoûtante. Vous jouez pour les falaises et la mer. D'où venez-vous donc, MacIan ?

— Des îles Shetland, milady. Très loin d'ici.

Il marqua une pause avant d'ajouter :

— Vous devez savoir ce que c'est, milady. Je suis sûr que vous venez de plus loin encore.

— C'est vrai, convins-je. Bonne nuit, MacIan.

Un peu plus tard dans la semaine, repensant à MacIan, je me demandai si son talent lui serait utile dans le noir complet qui nous entourait.

Les Highlanders avançaient par petits groupes de dix ou vingt hommes, sans faire de bruit. Les nouvelles que j'avais rapportées d'Édimbourg avaient été confirmées par les espions d'Ewan Cameron. L'armée de Charles-Édouard Stuart s'était alors lancée à la rencontre des troupes du général Hawley, au sud du château de Stirling, afin de les prendre de vitesse avant l'arrivée des renforts.

Malgré l'insistance de Jamie, j'avais obstinément refusé de rentrer à Édimbourg. J'avais promis de me tenir à l'écart de la bataille, mais je tenais à rester dans les parages afin de pouvoir porter secours aux blessés.

Jamie était juché sur Donas ; cavalier et monture formaient une tache immense qui se détachait dans l'obscurité. Il fit un geste et deux ombres plus petites le rejoignirent au pas de course. J'entendis des conciliabules à voix basse, et quand le silence se fit il se tourna vers moi.

— Nos éclaireurs disent que nous avons été repérés. Les sentinelles anglaises courent en ce moment même vers Callendar House pour avertir le général Hawley. On ne peut plus attendre. Je vais emmener mes hommes de l'autre côté de la colline de Falkirk en contournant les troupes de Dougal. Nous attaquerons par-derrière et les MacKenzie par l'ouest. Il y a une petite église sur le flanc gauche de la colline, à environ quatre cents mètres d'ici ; c'est là que tu m'attendras.

Il chercha mon bras dans le noir et le serra.

— Je viendrai te chercher dès que je le pourrai ; sinon j'enverrai Murtagh. Si les choses tournent mal, barricade-toi dans l'église.

— Ne t'inquiète pas pour moi.

Mes lèvres étaient glacées et j'espérais que le ton de ma voix ne trahissait pas trop mon angoisse. Je ravalai le « fais attention à toi » qui me venait tout naturellement et me contentai d'effleurer sa joue du bout des doigts.

L'église en question était une petite bâtisse avec un toit en chaume, nichée dans une dépression de la colline. Plus bas dans la plaine, je distinguais les feux du campement anglais. Des cris résonnaient au loin, mais je ne pouvais dire s'il s'agissait de voix anglaises ou écossaises.

Puis le son des cornemuses s'éleva, comme un hurlement surnaturel dans la tempête. Il y eut des bruits discordants, çà et là sur la colline. Sentant l'odeur du combat, mon cheval commençait à s'énerver et s'ébroua bruyamment à mon côté. Sa crinière claquait dans le vent et balayait mon visage trempé par la bruine.

L'église n'avait pas de porche où s'abriter. Je poussai la porte et tirai ma monture derrière moi.

Il faisait sombre à l'intérieur. Une unique fenêtre masquée par une toile huilée projetait un faible rectangle de lumière blême sur l'autel. Je laissai mon cheval se promener dans le noir et me postai près de la porte pour regarder au-dehors. Je n'avais pas assisté à la bataille de Prestonpans. Habituée aux mouvements des vastes armées équipées de tanks et de mortiers, je n'avais pas réalisé à quel point tout se passait rapidement dans une bataille de petite envergure comme celle-la, où les hommes étaient engagés dans des corps à corps à l'arme blanche.

Un cri s'éleva soudain à quelques dizaines de mètres de moi.

— *Tulach Ard !*

C'était le cri de guerre des MacKenzie. Quelques-uns des hommes de Dougal battaient en retraite vers mon refuge. Le hurlement du vent m'avait empêchée de les entendre approcher. Je reculai prudemment à l'intérieur de l'église, laissant la porte entrouverte pour voir au-dehors.

J'eus juste le temps de m'écarter pour ne pas la recevoir dans la figure. Dans le noir, je ne reconnus pas les traits de l'homme qui venait de faire irruption dans l'église, mais je reconnus sa voix quand il heurta de plein fouet mon cheval.

— Merde !

— Willie ! m'écriai-je. Willie Coulter !

— Bon sang ! Qui est là ?

Je n'eus pas le temps de lui répondre, car la porte s'ouvrit de nouveau avec fracas et deux autres silhouettes bondirent dans l'église. Effrayé par ces intrusions consécutives, mon cheval se mit à ruer et à hennir. Les intrus, qui avaient manifestement cru l'église déserte, se dispersèrent en poussant des cris de terreur.

L'arrivée de plusieurs autres hommes ne fit qu'ajouter à la confusion et j'abandonnai tout espoir de calmer ma monture. Battant en retraite vers le fond de l'église, je me glissai derrière l'autel et attendis que chacun recouvre son sang-froid.

Une voix grave s'éleva au-dessus du brouhaha et se chargea de les calmer :

— Vos gueules !

Tout le monde obéit, y compris le cheval qui se retira dans un coin en émettant des petits grondements outrés.

— MacKenzie de Leoch ! tonna la voix. Qui d'autre est ici ?

— C'est Geordie, Dougal. Mon frère est avec moi, dit une autre voix avec soulagement. On a amené Rupert. Il est blessé. Bon sang, tu m'as flanqué une de ces frousses ! J'ai cru que c'était le diable en personne !

— Gordon MacLeod d'Ardsmuir, se présenta un autre.

— Ewan Cameron de Kinnoch, dit un quatrième. À qui est le cheval ?

— À moi, répondis-je en sortant de ma cachette.

Le son de ma voix provoqua un nouveau tohu-bohu, mais Dougal y mit rapidement un terme.

— J'ai dit vos gueules ! Bande de crétins ! Claire Fraser, c'est vous ?

— Oui, ce n'est pas la reine d'Angleterre ! lâchai-je, passablement énervée. Il y a aussi Willie Coulter. Enfin, il était là il y a encore quelques minutes. Est-ce que quelqu'un aurait une pierre à feu, par hasard ?

— Pas de lumière ! aboya Dougal. On a peut-être une chance que les Anglais qui sont à nos trousses ne remarquent pas l'église dans le noir.

— Soit, dis-je en me mordant les lèvres. Rupert ? Vous pouvez parler ? Dites quelque chose pour que je puisse vous repérer.

Il n'y avait pas grand-chose que je puisse faire pour lui dans l'obscurité. De fait, je ne pouvais même pas atteindre mon coffret de remèdes. Mais je ne pouvais pas le laisser se vider de son sang sur les dalles.

J'entendis une toux grasse à l'autre bout de l'église, suivie d'une voix rauque :

— Par ici.

J'avançai à tâtons vers lui. Rien qu'au son éraillé de sa toux, j'avais deviné qu'il était grièvement touché, du genre de blessure contre laquelle je ne pourrais rien. Je m'accroupis et franchis les derniers mètres à quatre pattes, tâtant le sol devant moi pour éviter les obstacles.

Ma main rencontra un corps chaud et de gros doigts m'agrippèrent le poignet. Ce devait être Rupert. J'entendais un souffle rauque tout près de moi.

— Je suis là, dis-je en touchant ce que j'espérais être une partie indemne de son corps.

Ça l'était effectivement, car, entre deux hoquets, il pressa ma main plus fort contre lui.

— Refaites encore ça, ma jolie, et je ne penserai plus à la balle de mousquet.

Je retirai précipitamment la main.

Je palpai un peu plus haut, cherchant sa tête. Je rencontrai les poils drus de sa barbe et suivis la ligne de sa mâchoire pour prendre son pouls à la naissance du cou. Il était rapide et faible, mais relativement régulier. Son front était trempé de sueur mais le bout de son nez était glacé.

— Dommage que je ne sois pas un chien, plaisanta-t-il entre deux vilaines quintes. Une truffe froide, c'est bon signe.

— Ce serait encore meilleur signe si vous vous taisiez, rétorquai-je. Où avez-vous été touché ? Non, ne dites rien. Prenez ma main et placez-la sur votre plaie... et si vous la mettez ailleurs, Rupert MacKenzie, je vous flanque une gifle, blessé ou pas !

Je sentis son poitrail secoué par un rire étranglé. Il glissa lentement ma main sous son plaid et j'écartai l'étoffe de mon autre main.

— Ça y est, je la sens, dis-je.

J'effleurai du bout des doigts sa chemise déchirée et moite et le trou par lequel la balle était entrée. Il me parut très petit par rapport à l'énorme masse de Rupert.

— Vous l'avez sentie ressortir ? demandai-je.

L'intérieur de l'église était silencieux, mis à part les ébrouements de mon cheval. Une fois la porte refermée, les bruits de la bataille au-dehors étaient encore audibles, mais diffus. Il était impossible d'évaluer leur distance.

— Non, répondit Rupert.

Il se remit à tousser et j'approchai un morceau de son plaid de sa bouche. Il y avait peu de sang autour de sa blessure, mais le tissu que je retirai de ses lèvres était imprégné d'un liquide chaud et poisseux, m'indiquant tout ce que j'avais besoin de savoir.

La balle avait traversé un poumon, peut-être même les deux, et sa cage thoracique se remplissait peu à peu de sang. Il pouvait survivre quelques heures dans cet état, voire une journée entière si un des poumons continuait à fonctionner normalement. En revanche, si le péricarde était atteint, il partirait plus vite. Seule la chirurgie pouvait le sauver et moi, je ne pouvais rien.

Je sentis une présence dans mon dos et entendis une respiration forte. Je tendis une main derrière moi et touchai un corps. Dougal MacKenzie.

Il s'accroupit à mes côtés et chercha Rupert à tâtons.

— Comment ça va, mon vieux ? demanda-t-il doucement. Tu peux marcher ?

Rupert fit non de la tête.

La main de Dougal se posa sur mon épaule. Derrière nous, les hommes s'étaient mis à parler à voix basse.

— De quoi avez-vous besoin pour le soigner ? Vous voulez votre petite boîte ? Elle est accrochée à votre selle ?

Il se releva avant que j'aie eu le temps de lui dire qu'il n'y avait rien dans mon coffret qui puisse sauver son fidèle compagnon.

Un craquement sourd près de l'autel interrompit brusquement les chuchotements. Il y eut un bref mouvement de panique quand les hommes se précipitèrent sur les armes qu'ils avaient déposées sur le sol. Un second craquement, suivi d'un bruit de déchirure, et la toile huilée de la fenêtre s'écarta, laissant pénétrer un courant d'air glacial dans lequel virevoltaient quelques flocons de neige.

— *Sassenach !* Claire ! Tu es là ?

Je bondis sur mes pieds, oubliant momentanément Rupert.

— Jamie !

Un soupir de soulagement collectif s'éleva dans l'église, suivi d'un cliquetis d'armes qu'on reposait à terre. La silhouette massive de Jamie obscurcit un instant le rectangle de la fenêtre, puis il sauta sur l'autel.

— Qui est avec toi ? demanda-t-il. Dougal, c'est toi ?

— Oui, mon garçon, moi et quelques autres. As-tu vu des bâtards d'Anglais dans les parages ?

Jamie émit un ricanement sinistre.

— Pourquoi crois-tu que je suis passé par la fenêtre ? Il y en a une bonne vingtaine au pied de la colline.

Dougal se mit à grogner dans sa barbe.

— Ce sont sans doute les fils de pute qui nous ont coupés du reste des troupes.

— Sans doute. *Ho, mo cridh ! Ciamar a tha thu ?*

Reconnaissant enfin une voix familière dans toute cette folie, mon cheval avait tendu le cou et poussé un long hennissement de salutation.

— Faites-le taire, cet imbécile ! s'écria Dougal. Vous voulez que les Anglais l'entendent !

— Il y a peu de chances qu'ils le pendent, lui ! rétorqua Jamie. Pour ce qui est de nous repérer, ils n'auront pas besoin de l'entendre s'ils ont des yeux pour voir : la pente qui mène à l'église est pleine de boue et vous avez laissé vos empreintes partout.

— Mmm... fit Dougal.

— Il ne faut pas trop compter sur des renforts, poursuivit Jamie en devinant ses pensées. Le gros des troupes se bat plus au sud et lord Murray est parti les soutenir. En revanche, il reste un bataillon anglais de ce côté-ci de la colline. Ils étaient à mes trousses. J'ai pu ramper jusqu'ici, mais ils ne sont pas loin. Ils doivent être en train de passer le pied de la colline au peigne fin.

Me cherchant à l'aveuglette, il tendit une main vers moi. Elle était glacée, mais son contact me réconforta. Quoi qu'il arrive, j'étais soulagée d'être avec lui.

— Et comment comptes-tu sortir d'ici, maintenant ? demanda Dougal.

— Je pensais faire diversion en ressortant sur le cheval et en fonçant droit sur eux, pendant que Claire s'éclipsait discrètement. Ils ne s'attendent pas à voir surgir un cheval d'une église.

— Ils seront peut-être surpris quelques instants, mais ils t'abattront quand même, toi et ta monture.

— Cela n'a plus grande importance. Mon plan ne tient plus, puisque vous êtes là. Je vous vois mal vous glissant tous hors de l'église sans vous faire remarquer.

Comme pour confirmer cette triste réalité, Rupert poussa un gémissement sourd à nos pieds. Dougal et moi, suivis de Jamie, nous agenouillâmes auprès de lui.

Il n'était pas encore mort, mais la fin était proche. Ses mains étaient glacées et sa respiration n'était plus qu'un faible chuintement plaintif.

— Dougal, murmura-t-il.

— Je suis là, Rupert. Ne bouge pas, on va te tirer de là.

Le chef des MacKenzie ôta son plaid, le roula en boule et le glissa sous la tête du blessé. La respiration de Rupert devint légèrement moins laborieuse mais sa chemise était trempée. Rassemblant les quelques forces qui lui restaient, il tira sur le col de Dougal.

— Puisqu'ils... vont nous trouver... de toute façon... donnemoi un peu de lumière, haleta-t-il. Je veux... voir ton visage une dernière fois.

Je sentis ces paroles pénétrer l'homme à mes côtés et le faire trembler. Il se tourna et lança un ordre bref. Quelqu'un arracha une poignée de chaume, en fit une torche et l'alluma avec l'étincelle d'un silex. Le chaume se consuma rapidement mais me laissa le temps d'examiner le blessé. Je sentais Dougal suivre attentivement chacun de mes gestes. Rupert représentait pour lui ce que Murtagh était pour Jamie, son plus proche compagnon, presque son ombre.

Il leva des yeux graves vers moi.

— Vivra-t-il ?

Rupert répondit à ma place.

— Dougal...

Il attira son ami à quelques centimètres de son visage et ferma les yeux, rassemblant son courage.

— Dougal... ne pleure pas pour moi.

Le visage de Dougal se durcit, mais il parvint à esquisser un sourire forcé.

— Je suis ton chef, ce n'est pas à toi de me donner des ordres. Je pleurerai sur toi si j'en ai envie.

Il saisit la main de Rupert et la serra au moment où celui-ci était pris d'une nouvelle quinte de toux.

— Alors, pleure sur moi tant que tu voudras, Dougal, reprit Rupert quand il eut fini ; mais pour ça, il faudrait déjà que je sois mort, non ? Laisse-moi mourir de ta main, *mo caraidh*, pas de celle d'étrangers.

Dougal eut un mouvement de recul, tandis que Jamie et moi échangions un regard consterné.

— Rupert... commença Dougal d'une voix désemparée.

— Tu es mon chef, Dougal, c'est ton devoir. Je t'en prie, fais-le maintenant. Cette douleur est une torture. Dougal, je veux en finir...

La lame de Dougal s'enfonça juste sous son sternum d'un coup sec et précis. Rupert tressaillit et expira dans une explosion d'air et de sang.

Le chef des MacKenzie resta immobile un long moment, les yeux fermés, les deux mains agrippées au manche de son coutelas, puis il se mit à sangloter comme un enfant. Jamie se leva et le prit par les épaules, lui murmurant doucement des paroles de réconfort en gaélique.

Autour de nous s'élevaient les soupirs et les pleurs de ses camarades. C'était sans doute ce qu'ils avaient de mieux à faire. Si les Anglais nous découvraient, nous serions tous pendus comme traîtres. Il valait mieux pleurer Rupert, parti dans un lieu où plus rien ne pouvait lui arriver.

La nuit fut interminable. Nous nous blottîmes les uns contre les autres, assis au pied d'un mur, sous les plaids et les manteaux, attendant. Je m'assoupis la tête contre l'épaule de Jamie. Dougal était voûté et silencieux sur ma gauche. Ni l'un ni l'autre ne fermèrent l'œil. Ils veillaient le corps de Rupert, étendu sous un plaid, de l'autre côté de l'église, de l'autre côté de l'abîme qui sépare les morts des vivants.

Personne ne parlait, mais il n'était pas difficile de deviner ce que tous pensaient. Ils se demandaient sans doute, tout comme moi, si les troupes anglaises avaient rejoint leur armée au pied de Callendar House, ou si elles étaient toujours tapies dehors, attendant l'aube, pour prendre l'église d'assaut.

La réponse nous fut donnée dès les premières lueurs du petit matin.

— Hé ! Vous, dans l'église ! Rendez-vous !

La voix venait d'un peu plus bas sur la colline, et l'accent était indubitablement anglais.

Les hommes dans l'église bondirent sur leurs pieds et le cheval, qui somnolait tranquillement dans un coin, releva brusquement la tête en dressant les oreilles. Jamie et Dougal échangèrent un regard et, sans s'être concertés, se levèrent dans un même mouvement et vinrent se placer derrière la porte. D'un geste de la main, Jamie m'ordonna d'aller me réfugier derrière l'autel.

Un second cri retentit au-dehors. Jamie arma lentement son pistolet. Il mit un genou à terre et pointa son arme vers la porte, à hauteur d'homme.

Geordie et Willie surveillaient la petite fenêtre, un pistolet dans une main, une épée dans l'autre.

Il y eut un bruit de pas dans la gadoue, accompagné d'un cliquetis d'armes blanches. Les bruits s'arrêtèrent à une dizaine de mètres de la porte et la voix reprit, plus forte et plus proche :

— Au nom de Sa Majesté le roi George II, sortez et rendez-vous ! Nous savons que vous êtes là !

Jamie tira. La détonation fut assourdissante. Elle dut paraître suffisamment impressionnante de l'autre côté de la porte, car nous entendîmes des bruits de pas précipités, des glissements dans la boue et des jurons étouffés. La balle avait percé un trou dans la porte. Dougal s'agenouilla devant et regarda à l'extérieur.

— Mince, il y en a tout un paquet !

Jamie me lança un bref regard et rechargea son arme. Manifestement, les Écossais n'avaient pas l'intention de se rendre. Quant aux Anglais, ils ne pouvaient pas prendre l'église d'assaut, les entrées étant trop bien gardées. Qu'allaient-ils faire ? Nous affamer ? L'armée des Highlands finirait bien par envoyer des hommes chercher les blessés de la nuit précédente. S'ils arrivaient avant que les Anglais n'aient eu le temps d'apporter un canon pour bombarder l'église, nous avions encore une chance.

Malheureusement, il y avait un petit malin parmi ceux qui attendaient dehors. Des bruits de pas retentirent de nouveau de l'autre côté de la porte, et nous entendîmes une voix claire et autoritaire :

— Vous avez une minute pour sortir de là et vous rendre, sinon... on met le feu au toit.

Je levai des yeux horrifiés vers le plafond. Même trempé de pluie et de neige fondue, le toit de chaume s'embraserait en un clin d'œil. Je songeai à la rapidité avec laquelle la torche improvisée s'était consumée la veille. Son résidu carbonisé gisait encore sur le sol près du corps de Rupert, comme une sinistre mise en garde.

— Non ! hurlai-je. Bande de salauds ! Vous ne savez donc pas ce qu'est un sanctuaire ? Vous n'avez aucun respect pour cette église ?

— Qui parle ? demanda la voix à l'extérieur. Vous avez une femme anglaise avec vous ?

— Oui ! cria Dougal.

Il se précipita vers la porte et l'entrouvrit.

— Oui ! répéta-t-il. Nous avons une prisonnière. Une lady. Si vous nous brûlez vifs, elle périra avec nous !

Jamie bondit vers Dougal et le tira violemment en arrière.

— Tu es devenu fou !

— C'est notre seule chance ! rétorqua celui-ci. On va l'échanger contre notre liberté. S'ils croient qu'elle est notre otage, ils ne lui feront rien. On la récupérera plus tard, quand nous serons libres !

Je sortis de mon refuge et tirai Jamie par la manche.

— Il a raison, Jamie ! C'est la seule solution !

La colère et la peur se lisaient sur son visage, et aussi une pointe d'humour devant l'ironie de la situation.

— Je suis une *sassenach*, après tout !

Il caressa doucement ma joue.

— Oui, *mo duinne*, mais tu es *ma sassenach*.

Il se tourna vers Dougal, fit une pause et hocha la tête.

— D'accord. Dis-leur qu'on l'a enlevée sur la route de Falkirk, hier soir.

Dougal acquiesça et, sans attendre davantage, sortit de l'église en agitant un mouchoir blanc.

Jamie me prit dans ses bras, en lançant des regards vers la porte qui laissait percevoir des bruits de voix.

— Je ne sais pas quelle histoire tu vas pouvoir leur raconter, Claire. Il vaudrait peut-être mieux que tu fasses semblant d'être en état de choc, ça t'évitera d'avoir à parler. Si jamais ils comprennent qui tu es...

S'ils me démasquaient, ce serait la tour de Londres, suivie sans doute d'une exécution capitale. Les tracts s'étaient longuement épanchés sur les méfaits de la « Sorcière des Stuarts », mais, à ma connaissance, personne n'avait encore écrit ou publié que la sorcière en question était anglaise.

— Ne t'inquiète pas pour moi.

C'était un conseil stupide, mais je n'avais rien trouvé de mieux.

Je serrai son bras, sentant son pouls battre rapidement dans ses veines.

— On se retrouvera avant qu'ils n'aient eu le temps de comprendre qui je suis, ajoutai-je. Tu crois qu'ils vont m'emmener à Callendar House ?

— Sans doute. Si tu peux, essaie de rester à côté d'une fenêtre ce soir, juste après la tombée de la nuit. Je viendrai te chercher.

Nous n'eûmes pas le temps d'en dire plus. Dougal réapparut et referma la porte derrière lui.

— Tout est arrangé, annonça-t-il. Nous leur donnons la femme et ils nous laissent partir. Ils ne tenteront pas de nous suivre. Nous gardons le cheval. Nous en aurons besoin pour transporter Rupert.

Il se tourna vers moi, l'air embarrassé.

— Je suis prête, déclarai-je.

J'avais la gorge sèche. Je me sentais comme un œuf de coucou sur le point d'être déposé dans le nid d'une espèce inconnue. Nous hésitâmes tous les trois ; aucun de nous n'osait faire le premier pas.

— Il faut que j'y aille, dis-je enfin en faisant de mon mieux pour contrôler le tremblement de ma voix et de mes jambes.

Jamie ferma les yeux un instant, les rouvrit et hocha la tête.

— Tu as raison, *Sassenach*. Fais semblant d'être évanouie.

Il me souleva dans ses bras et s'avança vers la porte, que Dougal ouvrit grande pour nous laisser passer.

Son cœur battait près de mon oreille. Après l'atmosphère confinée de l'église, chargée d'odeurs de transpiration, de sang, de poudre et de crottin de cheval, le froid glacial du petit matin me prit par surprise et je me blottis contre lui en frissonnant. Ses bras se resserrèrent autour de moi, durs et fermes comme une promesse : il ne m'abandonnerait jamais.

— Mon Dieu ! l'entendis-je souffler quand nous atteignîmes les Anglais.

Il y eut quelques questions sèches, des réponses marmonnées, et je me sentis déposée sur le sol. Ses mains s'attardèrent quelques secondes sur mon corps, hésitant à me lâcher. Lorsqu'il s'éloigna, j'entendis le crissement de ses bottes, et je me trouvai abandonnée au milieu d'inconnus.

44

De Charybde en Scylla

Je m'accroupis devant le feu, les mains tendues devant moi pour les réchauffer. J'avais des crampes après une journée à serrer les rênes et me demandai l'espace d'un instant si cela valait vraiment la peine d'aller jusqu'au ruisseau pour me laver les mains. Conserver des critères d'hygiène modernes en l'absence d'installations sanitaires me paraissait parfois une gageure. « Pas étonnant que les gens tombent malades et meurent si fréquemment, grommelai-je en moi-même. Ils meurent sous le poids de la crasse et de l'ignorance. »

L'idée de mourir étouffée par la crasse suffit à me convaincre de faire l'effort d'aller jusqu'au ruisseau. Ce n'était qu'un mince filet d'eau boueux qui passait derrière notre campement, et mes souliers s'enfonçaient dans la vase. Ayant échangé mes mains sales contre des pieds trempés, je revins vers le feu d'un pas lourd. Le caporal Rowbotham m'y attendait avec une écuelle de ce qu'il prétendait être du ragoût.

— Avec les hommages du capitaine, Madame, annonça-t-il. Il m'a chargé de vous informer que nous serons à Tavistock demain soir. Il y a une auberge, là-bas.

Il hésita. Son visage rond et sympathique avait une expression inquiète.

— Le capitaine vous présente ses excuses pour le manque de confort, Madame, mais il a fait monter une tente pour vous ce soir. C'est peu de chose, mais cela vous protégera quand même de la pluie.

— Remerciez le capitaine pour moi, caporal, dis-je le plus courtoisement possible. Et merci à vous aussi, ajoutai-je avec plus de chaleur.

J'étais tout à fait consciente que le capitaine Mainwaring me considérait comme une charge et qu'il n'avait pas levé le petit doigt pour m'être agréable. Je devais mon abri pour la nuit à la seule bienveillance du bon caporal Rowbotham.

Celui-ci me tendit mon écuelle et s'éloigna. Assise seule devant le feu, je repassai dans ma tête les événements des derniers jours.

J'avais prolongé mon prétendu évanouissement sur la colline de Falkirk le plus longtemps possible, jusqu'à ce que je sois bien obligée d'ouvrir les yeux, quand un soldat plein de bonnes intentions avait tenté d'introduire le goulot d'un flacon de whisky entre mes lèvres. Ne sachant pas trop quoi faire de moi, mes « sauveteurs » m'avaient conduite à Callendar House pour me remettre entre les mains du général Hawley.

Jusque-là, tout avait fonctionné comme prévu. Malheureusement, dans l'heure qui suivit, les choses se gâtèrent. J'attendis un long moment dans une antichambre d'être reçue par le général, écoutant tout ce qui se disait autour de moi. J'appris bientôt que ce que j'avais pris pour une grande bataille la nuit précédente n'avait été qu'une escarmouche entre les MacKenzie et un petit détachement anglais en route pour rejoindre le gros des troupes. L'armée anglaise était en ce moment même en train de se rassembler pour prendre d'assaut la colline de Falkirk. La bataille que je croyais avoir vécue n'avait pas encore eu lieu !

Le général Hawley avait donc fort à faire et, comme personne ne semblait savoir que faire de moi, on me confia à un jeune soldat avec une lettre résumant les circonstances de mon sauvetage et l'ordre de m'escorter jusqu'au quartier général du colonel Campbell à Kerse. Le soldat, un grand gaillard nommé Dobbs, mit un zèle irritant à accomplir sa mission et ne me quitta pas des yeux une seconde. Malgré quelques tentatives avortées, je fus incapable de lui fausser compagnie.

Nous étions arrivés à Kerse pour découvrir que le colonel Campbell venait de partir pour Livingstone.

— Écoutez, suggérai-je à mon garde du corps, je suis sûre que le colonel n'aura pas le temps de me recevoir et, de toute manière, je ne saurai que lui dire. Pourquoi ne pas me laisser ici ? Je vais me trouver un logement en ville jusqu'à ce que je puisse reprendre tranquillement ma route vers Édimbourg.

À court d'inspiration, j'avais repris l'histoire que j'avais déjà servie deux ans plus tôt à Colum MacKenzie, à savoir que j'étais une veuve originaire d'Oxford, se rendant chez un parent en Écosse et enlevée en chemin par une bande de brigands des Highlands. Pour l'occasion, j'avais repris mon nom de jeune fille, Beauchamp.

Dobbs se gratta le crâne. Il ne devait pas avoir plus de vingt ans et ne semblait pas très malin. Mais lorsqu'il s'était mis quelque chose dans la tête, il n'y avait pas moyen de l'en déloger.

— Je ne peux pas vous laisser faire ça, madame Beauchamp ! Le capitaine Bledsoe me crèvera les yeux si je ne vous remets pas en main propre au colonel.

Nous reprîmes donc la route de Livingstone, perchés sur les pires rosses qui soient. Quand je fus enfin soulagée de la présence de mon garde du corps, ce fut pour me retrouver enfermée dans un petit bureau au deuxième étage d'une maison de Livingstone. Et là, je dus une nouvelle fois raconter mon histoire à un certain colonel Gordon MacLeish Campbell, un Écossais des Lowlands qui commandait un des régiments du Grand Électeur.

— Je vois... dit-il d'une voix qui laissait entendre qu'il ne voyait rien.

C'était un petit homme avec un museau de renard et des cheveux roux qui se faisaient rares. Il loucha sur la lettre froissée entre ses mains, rechaussa ses lunettes, se pencha à nouveau.

— Il est écrit ici que l'un de vos ravisseurs était un homme appartenant au clan Fraser. Un grand roux. Est-ce exact, Madame ?

— Oui, répondis-je en me demandant où il voulait en venir.

Il me scruta, la tête penchée de côté, et fit glisser ses lunettes sur le bout de son nez.

— D'après les hommes qui vous ont sauvée près de Falkirk, cet individu ne serait autre que le brigand highlander qui se fait appeler « Jamie le Rouge ». Je sais que vous avez traversé une rude épreuve, Madame, et que, pendant votre captivité, vous n'avez peut-être pas songé à observer attentivement vos ravisseurs, mais... avez-vous remarqué à un moment ou un autre si l'un des acolytes de cet homme l'a appelé par son nom ?

— Oui. Ils l'ont appelé « Jamie ».

Il n'y avait aucun mal à le leur dire. Les tracts que j'avais vus annonçaient à qui voulait l'entendre que Jamie était un partisan des Stuarts. Il n'était pas sans intérêt pour les Anglais de le savoir à Falkirk, et la chose ne pouvait le compromettre plus qu'il ne l'était déjà. J'entendis un coup de sifflet plus bas dans la rue. L'espace d'un instant, je fus prise d'un fol espoir : si c'était lui ? Mais je réalisai l'absurdité de cet espoir. Il n'avait aucun moyen de me retrouver. Dans le camp des Stuarts, personne ne savait où j'étais. J'étais seule, désespérément seule.

— Madame Beauchamp, vous vous sentez bien ? Vous êtes très pâle !

Je sursautai. Le colonel Campbell me dévisageait avec inquiétude.

— Oui, je vais bien, merci. Vous avez fini de m'interroger ? J'aimerais rentrer chez moi.

— Vraiment ? Mmm...

Il esquissa une moue sceptique, secoua la tête d'un air désolé.

— Vous passerez la nuit ici, déclara-t-il. Demain matin, je vous envoie vers le sud.

Mon sang se glaça.

— Le Sud ! glapis-je. Mais pourquoi, nom de Dieu ?

Il ouvrit des yeux incrédules et me dévisagea la bouche grande ouverte. Il se ressaisit et expliqua :

— J'ai pour ordre de transmettre toute information concernant le criminel Jamie Fraser dit « le Rouge ». Toute information... ou toute personne lui étant associée.

— Mais je ne suis pas associée à cet individu ! m'écriai-je, outrée.

En excluant le fait d'être mariée avec lui, bien entendu, me gardai-je de préciser.

Le colonel ne voulut rien entendre. Il ouvrit un tiroir de son bureau et en sortit un paquet de dépêches.

— Ah, voilà ! Vous serez escortée par le capitaine Mainwaring. Il viendra vous chercher à l'aube.

Il agita une petite clochette incongrue en forme de lutin et la porte s'ouvrit sur une ordonnance.

— Garvie, accompagnez cette dame dans ses appartements... et verrouillez la porte.

Se tournant vers moi, il esquissa une petite courbette.

— Je ne crois pas que nous nous reverrons, Madame. Je vous souhaite une bonne nuit et un bon voyage.

Tavistock avait effectivement une auberge. Toutefois, je n'eus guère le temps d'apprécier son confort. Nous arrivâmes au village vers midi et le capitaine Mainwaring partit aussitôt remettre ses dépêches. Il revint une heure plus tard et m'ordonna de prendre mon manteau.

— Pourquoi ? demandai-je. Où va-t-on encore ?

Il me lança un regard indifférent et répondit :

— Au manoir de Bellhurst.

Cela laissait présager un standing nettement supérieur à celui de l'établissement dans lequel je me trouvais, qui comptait plusieurs troupiers jouant aux dés, assis sur le plancher, un corniaud infesté de puces étendu devant la cheminée et une forte odeur de houblon.

Contrairement aux demeures seigneuriales françaises, auxquelles on accédait le plus souvent par de superbes allées qui serpentaient entre des rangées de plantations, le chemin qui menait au manoir était droit et nu. À l'entrée du parc, deux colonnes portaient les armoiries du maître des lieux. Je les remarquai brièvement en passant au petit trot sur mon cheval :

un chat — ou était-ce un guépard ? — couché avec un lis entre les pattes de devant. Cela me rappelait vaguement quelque chose, mais quoi ?

Les hautes herbes folles du jardin frémirent à notre passage et je croisai brièvement un regard bleu pâle. Un homme vêtu de haillons détala en nous voyant. Lui aussi me disait quelque chose. Je devais halluciner. Mon esprit inquiet tentait de s'accrocher à tout ce qui pouvait le détourner des soldats anglais qui m'encadraient.

Ces derniers attendirent devant le porche, sans prendre la peine de descendre de cheval, lorsque je grimpai les marches du perron en compagnie du capitaine Mainwaring. Je l'observai tambouriner contre la porte, me demandant ce que j'allais trouver de l'autre côté.

— Madame Beauchamp ?

Le majordome m'inspecta comme s'il s'attendait au pire. Il avait sans doute raison.

— Oui, dis-je. À qui appartient cette maison ?

Au moment même où je posais la question, une silhouette s'avança hors de la pénombre du hall d'entrée. Deux grands yeux fixèrent les miens.

Mary Hawkins.

Je me mis à hurler à pleins poumons. Le majordome recula d'un pas, heurta un guéridon et tomba à la renverse dans un fracas de verre brisé. Les soldats, attirés par le bruit, grimpèrent les marches du perron quatre à quatre.

Je soulevai mes jupes et filai vers le salon en poussant des petits cris aigus :

— Une souris ! Une souris !

Gagnée par mon hystérie apparente, Mary se mit à crier à son tour, s'accrochant à mon cou tandis que je la percutais de plein fouet. Je l'entraînai vers le fond du salon et la saisis par les épaules.

— Tu ne me connais pas ! lui soufflai-je à l'oreille. Personne ne doit savoir qui je suis, ma vie en dépend !

J'avais agi d'instinct, mais ce n'est qu'en prononçant ces paroles mélodramatiques que je sentis à quel point elles étaient vraies.

Mary eut juste le temps d'acquiescer, l'air un peu éberlué, avant qu'une petite porte sur le côté du salon ne s'ouvre sur un petit homme rondelet.

— Que signifie ce raffut, Mary ?

Il avait un air suffisant, un petit menton ferme et des lèvres minces.

— R-r-rien, P-p-papa. Ce n-n-n'est qu'une s-s-souris ! bégaya Mary.

Le baronnet plissa les yeux et poussa un soupir exaspéré.

— Répète, Mary, mais d'une seule traite s'il te plaît. Je n'ai rien compris à ce que tu as dit. Respire à fond et fais un petit effort.

Mary s'exécuta, ce qui eut pour effet de distendre les lacets de son corsage. Ses doigts jouaient nerveusement avec le brocart de sa robe.

— C'était une s-s-souris, Papa. Mme Fra... euh, Madame a été effrayée par une souris.

Saluant l'effort de sa fille d'une moue exaspérée, le baronnet s'avança vers moi et m'examina avec intérêt.

— Ah oui ? Puis-je savoir qui vous êtes, Madame ?

Le capitaine Mainwaring, qui rentrait bredouille de sa partie de chasse à la souris, me présenta et lui tendit une lettre d'introduction du colonel MacLeish.

— Hmm. Ainsi, Sa Grâce a été chargée de veiller sur vous, du moins provisoirement.

Il déposa le billet sur le plateau du majordome qui se tenait derrière lui et prit le chapeau qu'il lui tendait.

— Je suis navré de la brièveté de notre rencontre, madame Beauchamp. Je sortais.

Il lança un regard vers le grand escalier du hall d'entrée. Le majordome gravissait les marches, la lettre sur son plateau.

— Je vois que Walmisley est déjà parti prévenir Sa Grâce de votre arrivée. Il faut que je file ou je vais rater la malle-poste. Alors, adieu, madame Beauchamp.

Il se tourna vers Mary, plaquée contre la boiserie du salon.

— Au revoir, ma fille. Essaie de... Bah ! à quoi bon !

Il esquissa une petite grimace qui se voulait sans doute un sourire paternel.

— Au revoir, Mary, reprit-il.

— Au revoir, Papa, murmura-t-elle, les yeux fixés sur le parquet.

Je les examinai tous les deux. Comment Mary Hawkins avait-elle atterri ici ? Manifestement, elle logeait dans la maison. Le propriétaire devait donc être un parent ou une relation de sa famille.

— Madame Beauchamp ?

Un petit valet de pied avait surgi à mes côtés.

— Sa Grâce va vous recevoir. Si vous voulez bien me suivre ?

Je me tournai pour le suivre, mais Mary me retint par la manche.

— M-m-mais... commença-t-elle.

Dans mon état de nervosité, je ne me sentais pas la patience d'attendre qu'elle ait fini.

— Oui, oui, Mary, dis-je. Tout ira bien, ne t'en fais pas.

— M-m-mais c'est mon...

Le valet ouvrit une porte au bout d'un couloir. J'avançai, Mary sur mes talons. J'aperçus une pièce baignée de lumière. Dans un coin, une chaise portait les armoiries que j'avais déjà vues sur les colonnes du parc. Celles-ci étaient plus lisibles que celles gravées dans la pierre rongée par les intempéries.

Un guépard couché, tenant une gerbe de lis entre ses pattes... ou étaient-ce des crocus ? Un signal retentit dans ma tête lorsque la personne assise derrière le bureau se leva et vint vers moi, le visage à contre-jour. J'eus juste le temps d'entendre Mary achever enfin sa phrase, avant que le valet ne me présente mon hôte.

— Mon parrain ! dit-elle.

— Sa Grâce, le duc de Sandringham, dit le valet.

— Madame... Beauchamp ? dit le duc de Sandringham, interloqué.

— Eh bien... euh... oui, c'est moi ! dis-je d'une petite voix faible.

La porte du bureau se referma sur moi, me laissant seule avec Sa Grâce.

Deux grandes potiches chinoises posées sur des guéridons en marqueterie flanquaient la fenêtre. Une Vénus en bronze prenait langoureusement la pose sur le manteau de la cheminée, entre deux coupes en porcelaine et une paire de chandeliers en argent. Un superbe tapis persan recouvrait pratiquement toute la surface du sol et une épinette était poussée contre le mur. Le peu de place qui restait était occupé par des meubles de facture italienne et quelques statues.

— C'est charmant, chez vous, remarquai-je poliment.

Le duc m'observait sans dissimuler son amusement.

— Vous êtes trop aimable, répondit-il de sa voix de ténor. Votre présence ne fait que l'embellir.

Après tant d'amabilités, il reprit sur un ton plus sérieux :

— Mais pourquoi « Beauchamp » ? Ce n'est tout de même pas votre vrai nom ?

— Mon nom de jeune fille, expliquai-je.

— Vous êtes française ?

— Non, anglaise. Mais je pouvais difficilement leur dire que je m'appelais Fraser.

— Je vois...

Il m'indiqua une somptueuse bergère en bois sculpté et m'invita à m'asseoir. Je lissai ma jupe crottée le plus gracieusement possible et pris place sur le satin rose.

Le duc faisait les cent pas devant le feu, m'observant sans cesser de sourire.

— Qui êtes-vous, finalement ? demanda-t-il abruptement. Une otage anglaise, une fervente jacobite ou une espionne française ?

Je luttais contre la torpeur qui m'envahissait dans cette débauche de luxe et de confort. Ce n'était pourtant pas le moment de perdre pied. J'aurais pu lui répondre « aucune des trois », mais nous n'en aurions guère été plus avancés. Je m'inspirai plutôt du style « grande dame » de Louise, et déclarai d'un ton hautain :

— On s'attendrait à plus d'hospitalité dans une maison aussi bien tenue.

Le duc éclata de rire.

— Mille excuses, Madame. Vous avez parfaitement raison. J'aurais dû penser à vous offrir un rafraîchissement avant de vous interroger. C'est impardonnable !

Il entrouvrit la porte, donna quelques ordres et revint se poster devant la cheminée. Nous gardâmes le silence, n'étant ni l'un ni l'autre d'humeur à tenir une conversation. En dépit de son affabilité, nous savions tous deux que ce n'était qu'une trêve. Les hostilités allaient bientôt commencer.

Le thé arriva, accompagné de biscuits et de brioches. Nous le bûmes chacun dans notre coin sans rien dire. Quelque part dans la maison, quelqu'un tapait avec un marteau.

— Bien ! dit le duc en reposant sa tasse. Permettez-moi de commencer par vous dire que je sais déjà pas mal de choses à votre sujet, madame Fraser. Puis-je vous appeler madame Fraser ? Toutefois, je brûle d'en apprendre davantage. Aussi, je vous conseillerai de me parler sans détour et de la façon la plus détaillée possible. Je dois dire, madame Fraser, que vous êtes extrêmement difficile à éliminer, mais je suis sûr que c'est possible en y mettant suffisamment de détermination.

Je le regardai, médusée, et décidai d'adopter la parade favorite de Louise. Apparemment détendue, je lui déclarai en battant des cils :

— Votre Grâce, je ne comprends pas un traître mot de ce que vous dites.

— Vraiment, ma chère ?

Il me lança un regard énigmatique, avant d'agiter la petite clochette en argent posée sur le bureau.

L'homme attendait sans doute dans la pièce d'à côté, car la

porte s'ouvrit presque instantanément. Il était grand et mince, et portait des vêtements à la coupe irréprochable. Il s'avança vers le duc et s'inclina profondément.

— Votre Grâce ?

Il parlait anglais mais avec un fort accent français. Son visage aussi était indubitablement français : un long nez au-dessus de lèvres minces et blêmes et deux oreilles décollées qui pointaient de chaque côté de sa tête comme des petites ailes, avec des lobes rouge vif. Il m'aperçut en se redressant et eut un mouvement de recul.

Sandringham l'observa avec une légère irritation et se tourna vers moi :

— Vous le reconnaissez ? demanda-t-il.

J'allais dire non, quand je remarquai son petit geste : il pointait l'index et l'auriculaire dans ma direction. Je compris soudain et mon regard rechercha instinctivement la confirmation de ce que me disait mon intuition : le petit grain de beauté qu'il portait à la naissance du pouce. Il ne pouvait y avoir le moindre doute, c'était bien l'homme qui nous avait attaquées, Mary et moi, à Paris. Un employé du duc.

— Salaud !

Je bondis, renversant le plateau de thé, et saisis le premier objet qui me tomba sous la main, une jarre en albâtre. Je visai la tête et la lançai de toutes mes forces. Il la vit venir et prit la fuite. La jarre s'écrasa contre la porte qu'il venait de refermer sur lui.

À bout de souffle, je me tournai en fulminant vers le duc de Sandringham, les mains sur les hanches.

— Qui est-ce ?

— Mon valet. Albert Dutronc. Un brave garçon, mais un peu soupe au lait, comme tous les Français. Et terriblement superstitieux.

Il lança un regard réprobateur vers la porte.

— Ces fichus papistes. Avec leur ribambelle de saints et de reliques... on pourrait leur faire avaler n'importe quoi !

— Espèce de... dégoûtant... monstrueux... pervers !

Il ne parut guère impressionné.

— Oui, oui, je sais, ma chère. Tout ceci, et bien plus encore, j'en ai peur. Malchanceux aussi, du moins ce jour-là.

— Malchanceux ? C'est tout ce que vous trouvez à dire !

— Hélas, oui, ma chère, il faut le reconnaître. J'envoie Dutronc s'occuper de vous. Lui et ses compagnons décident de prendre un peu de bon temps avant de conclure l'affaire. Il faut bien que jeunesse se passe ! Mais ne voilà-t-il pas qu'ils aperçoivent votre visage et en concluent, on se demande pourquoi, que vous êtes une sorcière ou je ne sais trop quoi. Ils perdent la tête et détalent comme des lapins, non sans avoir toutefois défloré ma filleule qui se trouvait avec vous par accident, ruinant par la même occasion mes efforts pour conclure une alliance avantageuse. Après tout le mal que je m'étais donné ! Quelle ironie du sort !

— Qu'est-ce que vous entendez au juste par « s'occuper de moi » ? Vous aviez réellement l'intention de me faire assassiner ?

La pièce semblait tanguer autour de moi.

— Mais oui ! dit Sandringham le plus naturellement du monde. C'est précisément ce que je suis en train de vous expliquer. Dites-moi, ma chère, voulez-vous un peu de sherry ?

Il se moquait de moi, sinon quoi ? Je savais de moins en moins où j'en étais.

— Je préférerais un whisky, répondis-je. Dans un grand verre, s'il vous plaît.

Il émit un petit gloussement et se dirigea vers les carafes posées sur la console.

— Le capitaine Randall m'avait prévenu que vous étiez une femme peu banale. C'est un grand compliment, de la part du capitaine. Il n'est pas très féru des femmes, d'habitude, même si elles ne cessent de lui tourner autour. Ce doit être son physique... En tout cas, ce n'est pas dans ses manières !

Je l'observai attentivement remplir les deux verres de whisky, m'assurant qu'il n'y glissait rien d'autre.

— Ainsi, Jonathan Randall travaille également pour vous !

— Naturellement ! Les meilleurs sont souvent les plus dangereux. Le tout est de savoir les utiliser à bon escient et de prendre les précautions qui s'imposent.

— Dangereux ? Que savez-vous au juste sur Jonathan Randall ? demandai-je, intriguée.

Le duc me lança un regard entendu.

— Oh, à peu près tout, ma chère ! Sans doute bien plus que vous. Je n'emploie jamais un homme sans être certain d'avoir les moyens de le contrôler. L'argent est un puissant appât, mais qui a ses limites.

— Contrairement au chantage, rétorquai-je.

Il s'assit dans son fauteuil, les mains croisées sur le ventre, et me dévisagea avec un air amusé.

— Je vous vois venir, ma chère ! Vous pensez sans doute pouvoir me faire chanter à mon tour.

Il baissa les yeux et ôta délicatement quelques brins de tabac de son gilet brodé.

— Oubliez cette idée. C'est que, voyez-vous, ma situation n'est pas tout à fait la même que celle du capitaine Randall. Si ce genre de rumeur peut me fermer certains cercles, cela ne me gêne en rien. En revanche, pour notre brave capitaine... l'armée ne voit pas d'un très bon œil ce type d'inclination. De fait, c'est même passible de la peine de mort. Non... c'est sans commune mesure avec ma situation.

Il inclina la tête de côté, ce qui multiplia ses doubles mentons.

— Mais ce ne sont ni l'argent ni les menaces qui font que Jonathan Randall est lié à moi, c'est simplement que je lui donne ce qu'il désire.

Je le regardai sans cacher mon dégoût, ce qui le fit éclater de rire.

— Non, non, ma chère, vous vous méprenez. Le capitaine a des goûts plus raffinés. Contrairement à moi, qui aime les choses simples.

— Qu'est-ce que c'est alors ?

— Le châtiment. Mais vous le saviez déjà, si je ne me trompe. Ou du moins votre mari, lui, le sait.

Sentant que, s'il continuait sur le même ton, j'allais perdre la maîtrise de moi-même, je préférai changer de sujet.

— Pourquoi vouliez-vous me tuer ?

Je lançai un regard vers la collection d'objets présentés sur une petite table ronde, et cherchai des yeux une arme défensive au cas où l'envie le prendrait à nouveau.

Apparemment, ce n'était pas le cas. Il se contenta de ramasser la théière miraculeusement indemne sur le tapis et de la reposer sur le plateau.

— L'idée n'était pas mauvaise, dit-il calmement. J'avais appris que votre mari et vous tentiez de faire échouer une affaire qui me tenait à cœur. J'ai bien envisagé d'éliminer d'abord votre époux, mais c'était trop risqué, étant donné ses liens avec deux des plus grandes familles d'Écosse.

— Vous voulez dire que... c'est vous qui avez envoyé les deux marins qui ont attaqué Jamie à Paris ?

— Oui, la méthode était un peu grossière, je vous l'accorde, mais elle avait le mérite d'être simple. Mais quand Dougal Mac-Kenzie a débarqué à Paris, je me suis demandé si votre mari ne travaillait pas réellement pour les Stuarts. Du coup, je ne savais plus de quel côté il penchait.

J'aurais pu en dire autant de lui ! Ce petit discours laissait entendre qu'il était secrètement jacobite. Si c'était le cas, je n'y comprenais plus rien.

— Et puis... poursuivit-il, il y avait vos relations de plus en plus étroites avec le roi de France. Même si votre mari avait échoué auprès des banquiers, Louis XV aurait pu fournir à Charles-Édouard Stuart ce dont il avait besoin, à condition que vous ne mettiez pas votre charmant petit nez dans ses affaires.

Il examina un gâteau sec qu'il tournait entre ses doigts d'un air suspicieux, puis le reposa sur la table.

— Lorsque j'ai enfin commencé à comprendre ce qui se passait, j'ai tenté de faire rentrer votre mari en Écosse en lui faisant miroiter la possibilité d'une grâce royale. L'opération m'a coûté fort cher, et tout ça, pour rien ! Heureusement, je me suis souvenu de la dévotion si touchante que vous portait votre mari. J'ai pensé que s'il vous arrivait quelque aventure déplaisante, cela le distrairait de la tâche qu'il s'était fixée, sans susciter les émois que son propre meurtre n'aurait pas manqué d'éveiller dans certaines sphères politiques.

Je me tournai brusquement ver_ l'épinette. Plusieurs partitions étaient ouvertes sur le lutrin.

La somme de cinquante mille livres est à la disposition de Sa Majesté... Elle sera versée en main propre à Son Altesse lorsque celle-ci foulera le sol anglais. Et c'était signé « S ». Pour Sandringham, naturellement. Le duc se mit à rire, manifestement ravi.

— C'était vraiment très intelligent de votre part, ma chère. J'ai supposé que c'était vous qui aviez déchiffré mon message. J'ai entendu parler du très regrettable manque d'oreille de votre mari.

Je me préparais à répliquer quand une vision derrière la fenêtre m'arrêta dans mon élan. Je saisis précipitamment un petit vase de fleurs à portée de ma main et y enfouis mon nez pour ne pas trahir mon trouble. Juste derrière le duc, je venais d'apercevoir une tête ronde comme une citrouille, recouverte d'un large béret de velours vert rapiécé et orné de breloques. Je fixai entre les pétales le large sourire édenté de Hugh Munro, le vieux compagnon de Jamie à l'époque où il errait dans les bois et vivait de menus larcins. Ancien maître d'école, Munro avait été capturé par des pirates barbaresques, avait subi des tortures qui l'avaient mutilé à vie et avait été réduit ensuite à la mendicité et au braconnage. Il améliorait son ordinaire en effectuant des missions d'espionnage. J'avais entendu dire qu'il était un des agents de l'armée des Highlands, mais n'avais pas réalisé que ses activités l'amenaient dans des régions aussi proches.

Depuis combien de temps était-il là, accroché comme un oiseau au lierre de la fenêtre du second étage ? Je n'avais aucun moyen de communiquer avec lui. Je ne pouvais que faire semblant de fixer un point vague dans le vide, au-dessus du duc. Munro ne pouvait pas parler ; les Turcs lui avaient coupé la langue, mais il était très expressif avec ses mains. Il pointa un doigt vers moi, ensuite vers lui, et mima deux jambes courant vers l'est avec deux doigts. Un clin d'œil, un petit salut de la main, et il était parti.

Je sortis le nez de mon bouquet, éternuai et baissai les yeux vers le duc.

— Si j'ai bien compris, vous êtes jacobite ? demandai-je.

— Pas nécessairement. La question, ma chère, est de savoir si *vous*, vous en êtes ?

Le plus simplement du monde, il ôta sa perruque et gratta son crâne dégarni avant de la remettre.

— À Paris, vous tentez d'entraver les efforts des jacobites pour remettre les Stuarts sur le trône, vous échouez et, quelques mois plus tard, je vous retrouve aux côtés de Son Altesse. Pourquoi ?

Ses petits yeux n'exprimaient qu'un vague intérêt. Un vague intérêt qui avait bien failli me coûter la vie.

Depuis que j'avais compris qui était mon hôte, je me creusais la tête en cherchant à me souvenir de ce qu'avaient dit de lui Frank et le révérend Wakefield. Était-il jacobite, oui ou non ? Je crus me rappeler qu'ils n'avaient pas trouvé la réponse.

— Je ne crois pas que je vais vous le dire, annonçai-je.

Le duc sortit une petite tabatière de sa poche et déposa une pincée de poudre noire sur le dos de sa main.

— Êtes-vous sûre que ce soit là une sage décision, ma chère ? Dutronc est toujours à côté.

— Dutronc ne m'approchera pas à moins de dix mètres, rétorquai-je. Et si vous tenez tant à savoir de quel côté je suis, je ne pense pas qu'il soit de votre intérêt de me supprimer avant de le savoir.

Sandringham inspira trop fort et manqua de s'étouffer. Il toussa violemment en se frappant la poitrine, avant de diriger à nouveau vers moi son regard larmoyant.

— Vous avez beau essayer de m'intimider, vous ne me faites pas peur, lançai-je avec plus d'assurance que je n'en avais réellement.

Le duc s'essuya les yeux avec un mouchoir brodé, puis pinça les lèvres.

— Soit, dit-il. Dans ce cas, je vais appeler une servante qui vous conduira jusqu'à votre chambre. Je pense que les ouvriers ont fini d'y apporter les quelques transformations que je leur ai demandées.

Je dus prendre un air demeuré, car il se mit à rire en se levant de son fauteuil.

— Au fond, ma chère, qui que vous soyez ou quelles que soient les informations que vous ayez, cela n'a pas grande importance. Vous avez une autre qualité bien plus précieuse encore.

— Et laquelle ?

— Vous êtes la femme de « Jamie le Rouge ». Et j'ai bien cru comprendre qu'il tenait à vous. Je me trompe ?

Comme prison, il y avait pire. Ma chambre devait mesurer près de quarante mètres carrés et était meublée avec presque autant de luxe que le petit salon où je m'étais entretenue avec le duc. Le grand lit à baldaquin reposait sur une estrade et était surmonté d'énormes bouquets de plumes d'autruche. De chaque côté de l'immense cheminée, des petits fauteuils étaient tapissés du même brocart que les tentures du lit.

La servante qui m'avait accompagnée posa sa cuvette et son aiguière et alluma le feu. Un valet apporta mon dîner sur un plateau qu'il posa sur une table avant de se planter devant la porte afin de m'ôter de la tête toute idée de me précipiter dans le couloir.

— Sa Grâce espère que votre chambre vous paraîtra suffisamment confortable et vous souhaite un agréable séjour, Madame, dit la servante en esquissant une aimable révérence.

— Je n'en doute pas, grommelai-je.

La porte se referma sur elle. Le bruit de clé dans la serrure acheva d'anéantir mes dernières défenses.

Je me laissai tomber dans un fauteuil près du feu et fermai les yeux. Je devais refouler la vague de terreur que je sentais monter en moi ; après tout, il n'y avait pas de danger immédiat. Hugh Munro devait déjà être en route pour prévenir Jamie. Même s'il avait perdu ma trace au cours de la semaine qui venait de s'écouler, je savais que Hugh parviendrait à le trouver. Encore fallait-il qu'il ait pu quitter le domaine du duc sans encombre.

— Ne sois pas ridicule, me sermonnai-je à voix haute. Cet homme connaît les moindres recoins de la région. C'est un braconnier, après tout ! Naturellement qu'il s'en est sorti ! Il ne me reste plus qu'à attendre sagement que Jamie vienne me chercher.

C'est ce qu'attendaient également les hommes de Sandringham, pensai-je lugubrement. Je ne devais la vie sauve qu'à mon nouveau statut d'appât humain.

Un cri étouffé au loin m'extirpa de mes mornes pensées. Écartant les lourds rideaux de velours, je constatai que le duc avait bien fait les choses : d'épaisses planches en bois barraient ma fenêtre. Elles étaient si serrées que je pouvais tout juste passer un bras au travers pour toucher la vitre. Mais cela ne m'empêchait pas de voir.

Le soir était tombé, et sous les arbres les ombres du parc

étaient d'un noir d'encre. Plusieurs hommes couraient vers le bois, en brandissant des torches enflammées. Lorsqu'ils atteignirent la lisière du parc, je distinguai une mêlée. Les gardes-chasse du duc avaient attrapé quelqu'un dans le parc. Je me dressai sur la pointe des pieds, le front écrasé contre les planches pour mieux voir.

Ce ne pouvait être Jamie ! Il était trop tôt. Et puis, il ne serait jamais venu seul !

L'intrus était roulé en boule pour se protéger des coups de pied et de bâton qui pleuvaient sur lui. Des garçons d'écurie accoururent en renfort ; chacun voulait y aller de son coup. Les cris s'estompèrent bientôt et les hommes s'écartèrent pour ne laisser qu'un tas de chiffon difforme affalé dans l'herbe. Deux hommes saisirent le malheureux sous les épaules et le traînèrent vers la maison. Tandis qu'ils passaient sous ma fenêtre du troisième étage, la lueur des torches dévoila des pieds nus chaussés de sandales. Ce n'était pas Jamie.

L'un des garçons d'écurie faisait des cabrioles dans l'allée de la maison et brandissait triomphalement un morceau de tissu vert au bout d'un bâton. Il était trop loin pour que j'entende le cliquetis de ses ornements de métal, mais ceux-ci luisaient dans la pénombre. Je sentis toute force abandonner mes bras et mes jambes.

Ces petits objets étaient des médailles, des boutons et des *gaberlunzies*. Hugh Munro en avait reçu quatre à titre de dédommagement pour les sévices subis aux mains des Turcs. Il n'était donc pas sorti sans encombre du domaine du duc.

Je courus vers ma porte et secouai la poignée de toutes mes forces.

— Laissez-moi sortir ! hurlai-je. Je veux voir le duc ! Laissez-moi sortir, tout de suite !

N'obtenant aucune réponse, je me précipitai vers la fenêtre. Le parc était de nouveau paisible. Près du lieu où s'était déroulée la scène, un jeune garçon tenait une torche tandis que plusieurs jardiniers étaient agenouillés, occupés à réparer les dégâts de la pelouse.

— Hé, vous, là-bas !

Les planches étaient fixées de l'intérieur et je n'arrivais pas à ouvrir la fenêtre. Je saisis un chandelier en argent massif sur la cheminée et fis voler la vitre en éclats.

— Hé ! vous, là-bas, répétai-je. Prévenez le duc que je veux lui parler ! S'il vous plaît ! Vous m'entendez ? Aidez-moi !

Une des silhouettes au loin tourna la tête vers moi, avant de se remettre au travail comme si de rien n'était.

De retour à la porte, je me mis à tambouriner et à hurler de plus belle, criant, menaçant, implorant, jusqu'à ce que ma voix se brise et que mes poings se mettent à saigner. Personne ne vint. J'avais beau tendre l'oreille, il n'y avait pas un bruit dans la maison. J'aurais pu tout aussi bien être seule dans ce grand manoir silencieux comme une tombe. Je me laissai glisser à genoux devant la porte et me mis à pleurer sans retenue.

Je me réveillai avec un terrible mal de tête, glacée, les membres engourdis, et me sentis glisser sur le parquet. Avant que j'aie réalisé ce qui m'arrivait, je me retrouvai coincée entre le mur et la porte que quelqu'un tentait d'ouvrir.

— Aïe ! m'écriai-je, m'écartant à quatre pattes.

— Claire ! Chut, ne d-d-dis rien, je t'en prie. Tu es blessée ?

Mary se laissa tomber à genoux près de moi. Déjà, la porte se refermait et la clé tournait de nouveau dans la serrure.

— Oui... enfin, non ! Je n'ai rien. Qu'est-ce que tu fais ici, Mary ?

— J'ai donné quelques pièces à la gouvernante pour qu'elle me laisse entrer, chuchota-t-elle. Je t'en prie, ne parle pas si fort !

— Ça n'a pas d'importance, rétorquai-je. La porte est si épaisse qu'on n'entendrait même pas un match de foot de l'autre côté.

— Un quoi ?

— Rien, laisse.

Mon esprit commençait à s'éclaircir, mais j'avais toujours l'impression d'avoir un tambour dans le crâne. Je me redressai péniblement et titubai vers la cuvette pour me passer un peu d'eau froide sur la figure.

— Tu as soudoyé la gouvernante ? dis-je en m'essuyant le visage. Pourtant nous sommes toujours enfermées ; j'ai entendu la clé dans la serrure.

— C'est tout ce que j'ai p-p-pu obtenir d'elle. Mme Gibson avait trop peur du duc pour me donner une clé. J'ai pu obtenir d'être enfermée avec toi jusqu'à demain matin. J'ai pensé que t-t-tu aurais besoin d'un peu de compagnie.

— Oh... merci. C'est très gentil à toi.

J'allumai plusieurs chandelles dans la pièce.

— Claire... hésita Mary. Tu as des... ennuis ?

— Ça, tu peux le dire !

Je regrettai aussitôt mon ton acerbe. Après tout, elle n'avait que dix-sept ans. Elle n'en savait sans doute pas plus sur la politique que sur les hommes.

— As-tu entendu des bruits dans le jardin, tout à l'heure ? demandai-je.

Elle fit non de la tête. Elle grelottait de froid. La pièce était si grande que le feu de cheminée s'était éteint bien longtemps avant que sa chaleur n'ait pu atteindre le grand lit à baldaquin.

— Non, mais j'ai entendu une des femmes de cuisine dire qu'on avait attrapé un braconnier dans le parc. Claire, il fait si froid. Si on se mettait dans le lit ?

Elle se glissait déjà sous l'édredon.

— Ce n'était pas un braconnier, répondis-je. Enfin, si... mais c'était aussi un ami. Il était parti prévenir Jamie que j'étais ici. Tu sais ce qu'ils ont fait de lui ?

Elle ouvrit de grands yeux horrifiés.

— Oh, mon Dieu, Claire ! Je suis désolée !

— Moi aussi, m'impatientai-je ; mais sais-tu ce qu'ils ont fait de lui ?

Si Hugh était enfermé quelque part, dans les écuries par exemple, Mary pourrait peut-être l'aider à s'évader le lendemain matin.

Ses lèvres tremblantes, qui rendaient son élocution encore plus difficile à suivre que d'habitude, auraient dû me mettre la puce à l'oreille. Mais ses paroles, lorsqu'elles atteignirent enfin mon cerveau, me transpercèrent comme un poignard en plein cœur.

— Ils l-l-l'ont p-p-pendu, à l'entrée du p-p-parc.

Il me fallut un certain temps avant de récupérer. Le chagrin, la peur et mes espoirs évanouis avaient eu raison de moi. J'avais vaguement conscience de la main de Mary qui me pressait l'épaule et de ses soins attentifs, mais je restai prostrée un long moment, incapable de parler.

— Ça va mieux, merci, Mary, dis-je en me redressant sur le lit.

J'essuyai sans façon mon nez sur ma manche et pris la serviette qu'elle me tendait pour sécher mes larmes. Mary était penchée sur moi, l'air consterné. Je pris sa main et la serrai pour la rassurer.

— Je t'assure que ça va, répétai-je. Je suis très contente que tu sois là.

Il me vint une idée et j'en laissai tomber la serviette.

— Mais au fait, Mary, pourquoi es-tu là, au juste ? Je veux dire, dans cette maison ?

Elle baissa les yeux en rougissant.

— C'est que... le d-d-duc est mon parrain.

— Je sais, mais il ne t'a pas fait venir ici uniquement pour le plaisir de ta compagnie ?

La maladresse de ma question la fit sourire.

— N-n-non. Mais il... je veux dire, le duc... m'a trouvé un nouveau mari. Papa m'a amenée ici pour que je le rencontre.

Je devinai à son expression qu'il était inutile de la féliciter pour cette nouvelle.

— Tu le connais ?

Elle ne le connaissait que de nom, un certain M. Isaacson, un importateur de Londres. Trop occupé pour faire le trajet jusqu'à Édimbourg, il avait accepté de venir à Bellhurst pour rencontrer sa promise. Tout était arrangé et le mariage devait avoir lieu au manoir.

Je saisis la brosse en argent sur la coiffeuse et me mis à me coiffer machinalement. Ainsi, ayant échoué à s'assurer une alliance dans la noblesse française, le duc s'apprêtait à marier sa filleule à un riche négociant juif.

— J'ai un nouveau t-t-trousseau, annonça Mary avec un air faussement joyeux. Quarante-trois jupons b-b-brodés, dont deux avec du fil d'or.

Les larmes lui montèrent aux yeux et je serrai sa main.

— Peut-être qu'il est gentil ? hasardai-je.

— C'est ce que je crains le plus, rétorqua-t-elle. On ne lui a rien dit de ce qui s'est passé à P-p-paris et je ne dois pas en parler non plus. Ils ont fait venir une horrible vieille femme qui m'a expliqué ce que je devais faire pendant la nuit de noces pour faire croire que c'était la première fois. Mais... Claire... comment p-p-pourrais-je faire une chose pareille ? Et Alex... je ne lui ai rien dit, je n'ai pas pu ! Oh, je suis si lâche. Je ne lui ai même pas dit a-a-adieu.

Elle se jeta dans mes bras en sanglotant et je la serrai contre moi, oubliant quelque peu mon chagrin pour partager le sien. Au bout de quelques minutes, elle finit par se calmer et accepta, entre deux sanglots, de boire un verre d'eau.

— Tu as l'intention d'accepter ce mariage ? lui demandai-je.

— Je n'ai pas le choix.

— Mais...

Je m'interrompis. Elle avait raison. Sans ressources, sans appui, elle ne pouvait que se plier à la volonté de son père et de son parrain, et épouser ce M. Isaacson de Londres qu'elle ne connaissait pas.

Nous avions toutes deux le cœur trop lourd pour avaler quoi que ce soit. Nous nous blottîmes dans le lit. Mary, épuisée par tant d'émotions, s'endormit presque aussitôt. Pour ma part, j'étais incapable de trouver le sommeil ; trop triste pour Hugh, trop inquiète pour Jamie et trop intriguée par le duc.

Les draps étaient glacés et j'avais les pieds transformés en glaçons. Chassant de mon esprit mes préoccupations les plus angoissantes, je me concentrai sur Sandringham. Quel était exactement son rôle dans cette affaire ?

De toute évidence, cet homme était jacobite. Il avait avoué lui-même être prêt à aller jusqu'au meurtre pour s'assurer que Charles-Édouard Stuart obtiendrait les fonds nécessaires à son expédition. En outre, la partition musicale que nous avions déchiffrée indiquait clairement que c'était lui qui avait finalement convaincu le prince de s'embarquer en août dernier, avec la promesse de recevoir de l'aide une fois sur place.

Nombreux étaient les Anglais qui cachaient leurs sympathies jacobites. Cela n'avait rien de surprenant, compte tenu du sort réservé aux traîtres. Le duc avait donc beaucoup à perdre si son entreprise échouait.

Pourtant, Sandringham n'avait guère le profil d'un ardent partisan de la maison Stuart. Ses remarques concernant Dutronc laissaient présager son peu d'estime pour les catholiques. Et pourquoi attendre si longtemps avant d'offrir son soutien ? Charles-Édouard avait désespérément besoin d'argent depuis son arrivée en Écosse.

Je ne voyais que deux explications au comportement de Sandringham ; aucune particulièrement flatteuse pour le gentleman qu'il prétendait être, mais toutes deux parfaitement en accord avec son personnage.

Il pouvait fort bien être jacobite et se rallier à un prince catholique, dans la perspective d'une royale récompense en tant que principal pourvoyeur de fonds du soulèvement. Il était évident que le terme « principe » ne faisait pas partie de son vocabulaire ; « intérêt », en revanche, avait tout son sens. Peut-être attendait-il que Charles-Édouard se trouve en Angleterre pour éviter que son argent ne soit gaspillé avant la phase cruciale de la prise de Londres ? Tous ceux qui avaient approché Charles-Édouard savaient qu'il était préférable de ne pas lui confier de trop grosses sommes en une seule fois.

Ou peut-être attendait-il que les Stuarts aient reçu des fonds importants d'autres sources, avant de s'impliquer financièrement dans le soulèvement ? Après tout, contribuer à une rébellion ne signifiait pas entretenir toute une armée.

Mais il y avait une autre possibilité, plus sinistre encore ; en conditionnant son soutien à la présence de l'armée jacobite sur le sol anglais, Sandringham comptait peut-être sur l'opposition croissante entre Charles-Édouard et ses généraux et voulait attirer une armée affaiblie de plus en plus au sud, loin des montagnes des Highlands.

Si le duc pouvait espérer tirer profit d'une restauration des Stuarts, qu'espérait-il de la maison de Hanovre pour avoir attiré

Charles-Édouard jusque dans leurs griffes et livré les jacobites à l'armée anglaise ?

L'Histoire ne disait pas dans quel camp Sandringham s'était rangé. Il serait bien obligé de dévoiler ses véritables intentions tôt ou tard ! Pourtant, ce vieux renard de lord Lovat était parvenu à jouer sur les deux tableaux jusqu'à la dernière minute, se faisant bien voir des Hanovre tout en s'attirant les faveurs des Stuarts. Jamie, lui aussi, avait mené double jeu pendant un certain temps. Il n'était finalement pas si difficile de cacher sa foi dans le désordre et la confusion des alliances et des intérêts.

Un léger ronflement à mes côtés attira mon attention. Mary était profondément endormie, couchée en chien de fusil, en suçant son pouce. Avec son teint de rose, on aurait dit une fleur de serre épanouie. Je ne savais pas si je devais en rire ou en pleurer, mais je me contentai de sortir délicatement son pouce d'entre ses lèvres et de reposer sa main sur sa poitrine. Puis je soufflai la chandelle et me calai confortablement dans le lit. Était-ce l'innocence de ma compagne qui ravivait en moi des souvenirs lointains de sécurité et de confiance, la nostalgie du confort simple d'un corps chaud près du mien, ou simplement l'épuisement ? Toujours est-il que je me détendis et m'endormis.

Mon sommeil ne fut pas long. Je me réveillai en sursaut un peu plus tard en sentant un poids s'abattre sur le lit.

Le matelas se mit à gîter fortement sous moi et le sommier trembla sous la violence du combat qui s'ensuivit. Des grognements étouffés me parvenaient dans le noir et une main, sans doute celle de Mary, me heurta en plein visage.

Je bondis hors du lit, me pris les pieds dans la tenture et m'étalai à plat ventre sur le parquet. Les bruits de lutte s'intensifièrent, dominés par un horrible cri aigu que je pris pour la tentative de Mary de crier au secours pendant qu'on l'étranglait.

Il y eut une soudaine exclamation, émise par une voix mâle et grave, les mouvements entre les draps reprirent de plus belle et les cris s'interrompirent brusquement. Je me précipitai sur la pierre à feu et allumai la chandelle. Sa flamme vacillante me révéla ce que je soupçonnais déjà, pour avoir entendu une interjection en gaélique : Mary, dont on ne voyait plus que les mains qui s'agitaient frénétiquement, avait la tête enfouie sous un oreiller et le corps recouvert de la forme longue et massive de mon mari. Ce dernier, bien que nettement plus grand et fort que sa victime, semblait avoir un mal considérable à la maîtriser.

Concentré sur ses efforts pour calmer Mary, il ne leva même pas les yeux vers la chandelle, occupé à lui tenir les mains tout en maintenant l'oreiller sur son visage. Réprimant l'envie d'éclater de rire devant une telle scène, je posai la bougie sur la table de chevet, me penchai au-dessus du lit et donnai une petite tape sur l'épaule de notre agresseur présumé :

— Jamie ?

— Ah ! hurla-t-il.

Il sursauta et s'écrasa sur le plancher avec un bruit sourd, une main déjà sur sa dague. Quand il me vit, il cligna des yeux et poussa un soupir de soulagement.

— Mon Dieu, *Sassenach* ! Ne me fais plus jamais un coup pareil.

Entre-temps, Mary avait rejeté l'oreiller et s'était assise sur le lit, les yeux écarquillés.

— Vous, surtout, ne criez pas ! lui lança-t-il avant même qu'elle ait eu le temps d'y songer. Je ne vous voulais aucun mal. Je vous ai prise pour ma femme.

Il contourna le lit, me saisit par les épaules et m'embrassa fougueusement, comme s'il cherchait à vérifier que cette fois il ne s'était pas trompé. Pour qu'il ne conserve aucun doute, je l'embrassai avec passion et savourai le contact râpeux de sa barbe.

— Habille-toi, dit-il enfin. Cette maison est infestée de valets. On dirait une vraie fourmilière à l'étage au-dessous.

— Comment es-tu entré ? demandai-je.

Je cherchais ma robe des yeux.

— Par la porte, bien entendu ! s'impatienta-t-il. Tiens !

Il saisit le vêtement sur le dossier d'une chaise et me le lança. De fait, la porte était ouverte et les clés se balançaient sur la serrure.

— Mais comment tu...

— Plus tard, coupa-t-il.

Voyant Mary qui s'habillait aussi, il lui lança :

— Vous feriez mieux de rester au chaud dans le lit, mademoiselle. Le plancher est glacé.

— Je viens avec vous, rétorqua-t-elle.

— Il n'en est pas question !

Il lui lança un regard noir et je remarquai les traces de griffures sur sa joue. Il parvint toutefois à maîtriser sa mauvaise humeur et lui dit aimablement :

— Ne vous inquiétez pas. Je refermerai la porte à clé derrière nous et, demain matin, vous pourrez raconter tout ce qui s'est passé. Personne ne vous en tiendra rigueur.

Faisant la sourde oreille, Mary enfila précipitamment ses mules et courut vers la porte.

— Hé ! Où allez-vous comme ça ?

Elle s'arrêta sur le seuil et se tourna vers lui, le défiant du regard.

— Je pars avec vous, répéta-t-elle. Si vous refusez de m'emmener, je me mets à hurler !

Jamie resta cloué sur place, déchiré entre le besoin de la faire taire et l'envie de lui tordre le cou. Mary soutint courageusement son regard, une main agrippée à sa jupe, prête à courir. Je donnai un coup de coude à Jamie :

— Emmenons-la ! dis-je brièvement.

Jamie me lança un regard assassin, mais n'hésita qu'un instant. Il acquiesça, me prit par le bras et nous nous glissâmes tous les trois dans le couloir sombre et glacial.

Dans le silence de mort de la maison, chacun de nos bruits retentissait comme un cri d'alarme. Les lattes du parquet craquaient sous nos pieds et le froufrou de nos jupes résonnait sous les plafonds hauts. Mary m'écrasait la main, tandis que nous suivions Jamie, rasant les murs.

En passant devant une porte, j'entendis des bruits de pas. Jamie dut les entendre aussi, car il se plaqua contre le mur, en nous faisant signe de venir nous placer derrière lui. La porte s'entrouvrit prudemment et une tête recouverte d'un bonnet de nuit en dentelle blanche se pencha dans la direction opposée.

— Albert, c'est toi ? chuchota une voix féminine.

Un filet de sueur froide me coula dans le dos. Ce devait être une femme de chambre attendant la visite du valet du duc, fidèle à la réputation des Français. Elle ne considérerait sans doute pas un brigand highlander armé comme un substitut convenable. Je sentis Jamie se raidir à mon côté et devinai qu'il tentait de surmonter ses scrupules : il répugnait à frapper une femme. Encore quelques secondes. Elle n'allait pas tarder à tourner la tête de notre côté et pousser un hurlement qui réveillerait tout le manoir. J'avançai d'un pas.

— Euh... non, ce n'est que moi, annonçai-je d'un ton navré.

La femme de chambre fit un bond et j'en profitai pour venir me planter devant elle afin de masquer Jamie et Mary derrière la porte.

— Je suis désolée de vous avoir fait peur, continuai-je. Je n'arrive pas à dormir et j'ai pensé qu'un bon bol de lait chaud me ferait du bien. Je suis bien sur le chemin des cuisines ?

— Hein ?

La servante, une jeune fille rondelette d'une vingtaine d'années, ouvrit grande la bouche, révélant un mépris inquiétant pour l'hygiène dentaire. Fort heureusement, ce n'était pas celle qui m'avait conduite à ma chambre.

— Je suis une invitée du duc, précisai-je.

Comme elle roulait toujours des yeux effarés, je décidai que la meilleure défense était encore l'attaque.

— Sa Grâce sait-elle que vous recevez des hommes la nuit dans votre chambre ? repris-je d'un air pincé.

Cette fois, j'avais fait mouche. Elle tomba à genoux en tirant sur ma jupe. Sa terreur d'être renvoyée était telle qu'elle ne se demanda même pas ce que faisait une invitée du duc, vêtue de pied en cap, en pleine nuit dans les corridors.

— Je vous en supplie, Madame ! Ne dites rien à Sa Grâce. Je suis sûre que vous êtes bonne, Madame. Ayez pitié de moi, j'ai six frères et sœurs à la maison et...

— Chut, chut ! la calmai-je, magnanime, en lui tapotant le sommet du crâne. Ne vous inquiétez pas, mon enfant, je ne dirai rien. Retournez vous coucher et...

Prenant le ton de voix doucereux avec lequel on s'adresse généralement aux petits enfants et aux débiles mentaux, je la repoussai gentiment dans sa chambre qui n'était guère plus grande qu'un placard à balais.

Je refermai la porte et poussai un soupir de soulagement. Jamie sortit de l'ombre et me félicita d'une petite tape dans le dos ; il me saisit ensuite par le bras et nous reprîmes notre course. Mary nous attendait déjà devant la verrière du palier. Dehors, un orage s'annonçait. Je me demandais s'il allait faciliter ou entraver notre fuite.

Mary retint Jamie par le plaid au moment où il allait descendre la première marche.

— Chut ! Quelqu'un vient.

Un bruit de pas retentit plus bas et la lueur pâle d'une bougie illumina faiblement la cage d'escalier. Nous étions dans le quartier des domestiques, et il n'y avait nulle part où se cacher : ni armoires, ni tapisseries, ni tentures, rien.

Jamie poussa un soupir résigné. Il nous fit signe de reculer dans le couloir d'où nous venions et dégaina sa dague. Le pistolet qu'il portait à la ceinture ne pouvait lui être d'aucune utilité : un seul coup de feu dans la maison et nous étions faits. Celui qui approchait s'en rendrait compte aussitôt et Jamie ne pouvait espérer le menacer de son arme à feu. Mon cœur se serra pour le malheureux domestique qui allait se retrouver nez à nez avec un grand gaillard écossais armé d'un couteau.

J'étais en train de me demander si un de mes jupons pouvait faire office de lien quand le crâne de l'intrus apparut en bas des marches. Ses cheveux noirs étaient coiffés en arrière et dégageaient une odeur douceâtre qui me rappela instantanément une rue sombre de Paris et la courbe d'un sourire cruel sous un masque.

En entendant mon petit cri de surprise, Dutronc releva la tête à quelques marches du palier. L'instant d'après, il était saisi par le col et projeté contre le mur avec une force qui fit valser le bougeoir qu'il tenait à la main.

Mary aussi l'avait reconnu.

— C'est lui ! s'exclama-t-elle. C'est l'homme de Paris !

Jamie immobilisa le valet en lui plaquant un bras contre la gorge. J'avançai sur le palier, ne sachant pas trop ce que je comptais faire ni ce que Jamie avait en tête. En me reconnaissant, Dutronc poussa un faible gémissement terrifié :

— La... la Dame blanche !

Jamie le saisit par les cheveux et lui renversa la tête en arrière.

— Si j'en avais le temps, *mo garhe*, je te ferais mourir à petit feu pour ce que tu as fait. Regarde-la bien, ta Dame blanche, car c'est la dernière chose que tu verras.

La lame glissa sur la pomme d'Adam et un filet de sang gicla sur la chemise de Jamie. Albert Dutronc, une expression de surprise dans le regard, s'affala lentement dans un râle.

Un bruit derrière moi me fit me retourner. Mary était en train de vomir sur le tapis. La première chose qui me traversa l'esprit fut une pensée compatissante pour les domestiques qui allaient devoir faire le ménage le lendemain matin. Ma seconde pensée fut pour Jamie. Son visage et ses cheveux étaient maculés de sang et il respirait avec peine. Il semblait à deux doigts d'être malade lui aussi.

Dans le couloir, loin derrière Mary, une porte s'entrebâilla, projetant un filet de lumière sur le parquet. Quelqu'un avait été réveillé par le bruit. Je saisis Mary par le coude et la poussai vers l'escalier.

— Vite ! filons d'ici !

Jamie, qui fixait, hypnotisé, le cadavre de Dutronc à ses pieds, se secoua et prit la tête de notre petite troupe.

Il semblait savoir où il allait et nous conduisait dans le dédale de couloirs sombres sans la moindre hésitation.

Parvenu devant la porte de l'arrière-cuisine, il émit un long sifflement. Un autre sifflement lui répondit et la porte s'ouvrit sur une pièce noire où l'on devinait des formes indistinctes. L'une d'entre elles s'avança et échangea quelques mots avec Jamie. Une main attrapa Mary par le bras et l'entraîna dans l'obscurité. Un courant d'air frais m'indiqua qu'il y avait une porte ouverte sur l'extérieur quelque part dans ces ténèbres.

La main de Jamie sur mon épaule me guida dans le noir. Je me cognai le genou contre un meuble et réprimai un cri de douleur. Enfin, nous nous retrouvâmes en plein air. Le vent s'engouffra sous ma cape et la fit gonfler comme une montgolfière. Après ce parcours du combattant dans le manoir, très éprouvant pour mes nerfs, j'eus l'impression de m'envoler dans la nuit.

Les hommes autour de nous semblaient soulagés. Leurs chuchotements et leurs rires étouffés furent interrompus par les instructions de Jamie. L'un après l'autre, ils traversèrent la grande pelouse derrière la maison pour rejoindre le mur d'arbres qui se dessinait au loin. Lorsqu'il ne resta plus que Jamie et moi, celui-ci demanda soudain :

— Où est passé Murtagh ? Il est sans doute parti chercher Hugh. Tu sais où ils l'ont enfermé, *Sassenach* ?

Mon cœur se serra et le souvenir du triste événement de la veille effaça la joie de ma liberté retrouvée. Je racontai brièvement à Jamie ce qui s'était passé et, lorsque j'eus terminé, ses traits s'étaient encore durcis.

— Alors, vous comptez passer toute la nuit ici ou vous préférez que je donne tout de suite l'alerte ? demanda une voix derrière nous.

Murtagh portait un paquet dégoulinant de sang frais sous un bras, un gros jambon dans l'autre et plusieurs chapelets de saucisses autour du cou. Le visage de Jamie s'éclaira légèrement en le voyant.

— Pouah ! fit-il. Tu pues comme un boucher. Tu ne peux donc aller nulle part sans penser d'abord à ton ventre ?

Murtagh, la tête inclinée sur le côté, examinait la tenue tachée de sang de Jamie.

— Je préfère encore avoir l'air d'un boucher que d'un veau qu'on vient d'égorger, rétorqua-t-il.

Trois autres hommes nous attendaient à l'entrée du parc, avec des chevaux. Mary était déjà perchée sur l'un d'eux. Elle n'avait manifestement pas l'habitude de monter autrement qu'en amazone et essayait de coincer les pans de sa jupe sous ses cuisses pour cacher le fait qu'elle avait des jambes.

Ayant plus d'expérience en la matière, je retroussai mes jupes et mis un pied dans les deux mains croisées que Jamie me tendait. Je pris mon élan et atterris avec un bruit sourd. Mon cheval grogna sous le poids et inclina ses oreilles en arrière.

— Désolée, mon vieux, lui dis-je. Si tu trouves que je suis trop lourde, attends un peu qu'il grimpe à son tour.

Mais Jamie s'était éloigné de quelques mètres et discutait sous un arbre avec un jeune garçon d'environ quatorze ans.

Je me tournai vers Geordie Paul Fraser qui fixait sa sangle.

— Qui est-ce ? demandai-je.

— Hein ? Ah, lui... c'est Ewan Gibson, un des fils de la veuve qui s'est remariée avec Hugh Munro. Il était avec son beau-père quand les gardes-chasse du duc leur sont tombés dessus. Il a

701

réussi à s'enfuir et il est venu nous chercher. Vous savez où se trouve Hugh ?

Je hochai la tête. Ma réponse dut être suffisamment claire car il n'en demanda pas plus. Il se tourna vers le garçon que Jamie était en train de serrer dans ses bras. Je ne pouvais entendre ce qu'il lui disait mais, après un moment, il s'écarta de lui et lui dit quelque chose en le regardant fixement dans les yeux. Le garçon acquiesça d'un air grave, puis Jamie le poussa gentiment vers George MacLure qui lui tendait déjà la main pour le hisser en selle devant lui.

À mon côté, Geordie cracha sur le sol.

— Pauvre bougre ! marmonna-t-il sans spécifier de qui il parlait.

Nous fîmes une halte près du coin sud-est du parc et deux hommes disparurent entre les arbres. Vingt minutes plus tard, ils réapparurent avec le corps de Hugh Munro qu'ils juchèrent sur un cheval. Je sentis Jamie, derrière moi, se hisser sur ses étriers, comme s'il comptait les hommes. Il glissa un bras autour de ma taille et nous reprîmes la route vers le nord.

Nous chevauchâmes toute la nuit, ne faisant que de brèves pauses pour nous dégourdir les jambes. Pendant l'une d'elles, Jamie m'attira sous un noisetier, se pencha vers moi pour m'embrasser, hésita un instant.

— Que se passe-t-il ? demandai-je. Tu as honte d'embrasser ta femme devant tes hommes ?

— Non, dit-il avant de me le prouver.

Il recula d'un pas en souriant.

— C'est que, l'espace d'un instant, j'ai eu peur que tu ne te mettes à hurler et que tu me lacères le visage.

Il caressa sa joue griffée.

— Mon pauvre chéri, dis-je riant. Ce n'était pas tout à fait l'accueil auquel tu t'attendais, n'est-ce pas ?

— En effet, quoique...

— Qu'est-ce que tu veux dire par là ? Tu craignais que je ne te reconnaisse pas après une semaine de séparation ?

Il avait détaché deux saucisses de l'un des chapelets emportés par Murtagh. Je n'avais rien avalé depuis un certain temps et je mordis avec appétit dans la chair grasse et épicée, oubliant provisoirement ma peur du botulisme.

— Ce n'est pas ça, expliqua Jamie. Quand je suis arrivé devant le manoir, j'ai plus ou moins deviné où tu étais enfermée à cause des barreaux de la fenêtre. À la façon dont ils t'avaient barricadée, tu as dû faire une sacrée impression sur Sa Grâce.

— Je crois, oui, confirmai-je. Mais ne t'interromps pas.

— Eh bien, il ne me manquait plus que la clé, non ?

— Oui, m'impatientai-je, et alors ?

— Je l'ai obtenue de la gouvernante, au terme d'un rude combat. Elle s'est mise à hurler comme une démente, m'a envoyé un coup dans les bourses et a été à deux doigts de me fracasser le crâne avec un chandelier.

— Qu'est-ce que tu as fait ?

— Je l'ai assommée d'un crochet du gauche. Ce n'était pas très chevaleresque, mais je n'avais guère le choix. Je l'ai ligotée avec la cordelette de son bonnet de nuit et je lui ai fourré une serviette dans la bouche. Après quoi, j'ai fouillé sa chambre jusqu'à ce que je trouve les clés.

— Bravo ! le félicitai-je. Mais comment as-tu trouvé la chambre de la gouvernante ?

— C'est la blanchisseuse qui me l'a indiquée... très gentiment. Je l'ai juste menacée de l'éventrer et de la faire rôtir si elle ne me disait pas tout ce que je voulais savoir.

Il esquissa un sourire cynique.

— Y a pas à dire, *Sassenach*. Il y a un avantage certain à avoir une réputation de bête furieuse et sanguinaire. Je suppose que tout le monde sait désormais qui est Jamie le Rouge.

— En tout cas, ceux qui ne le savent pas encore ne vont pas tarder à l'apprendre. Ta blanchisseuse a obéi sans broncher ?

— Oui, après m'avoir tiré les cheveux. Elle m'en a même arraché une poignée. Laisse-moi te dire une chose, *Sassenach*. Si je décide un jour de me reconvertir, je ne crois pas que je me mettrai à dévaliser des femmes. C'est vraiment un métier trop dur pour moi !

Peu avant l'aube, Ewan Gibson arrêta son poney sur le bord du chemin, se hissa sur ses étriers et pointa un doigt vers une colline qui se dressait sur notre gauche. La pente trop abrupte et la pluie qui s'était mise à tomber depuis plusieurs heures rendaient le sentier incertain. Nous dûmes descendre de nos montures et les tirer par la bride, avançant en file indienne sur un sentier à peine tracé. Lorsque nous atteignîmes enfin le sommet, la ligne d'horizon était toujours masquée par un épais manteau de nuages sombres, mais une lumière grise diffuse baignait le paysage autour de nous.

Un petit hameau était niché au pied de la colline ; il comptait six habitations rudimentaires avec un toit de chaume descendant jusqu'au sol. Nous nous arrêtâmes devant l'une d'entre elles. Ewan adressa un regard hésitant à Jamie et, sur un petit signe de tête de celui-ci, sauta à terre et entra dans la maison. Je m'approchai de Jamie et posai une main sur son bras.

— C'est la maison de Hugh Munro, expliqua-t-il. Nous ramenons le corps à sa femme. Le garçon est parti la prévenir.

À nos côtés, deux hommes étaient en train de descendre le cadavre couché en travers de la selle. Jamie s'avança vers eux et le reçut sur ses deux bras tendus. Je le suivis vers la porte basse et sombre de la chaumière.

Ce fut moins terrible que je l'avais craint, même si ce fut un moment pénible. Tête baissée, un petit enfant serré contre sa hanche, la veuve de Hugh Munro écouta en silence les condoléances de Jamie en gaélique. Des la nes coulaient le long de ses joues, mais elle ne répondit rien. Elle tendit une main hésitante vers le plaid qui recouvrait son homme, puis se ravisa.

Plusieurs enfants étaient blottis près du feu ; ceux qu'elle avait eus de son premier mari. Un babil affamé s'élevait d'un berceau : le petit dernier qu'elle avait eu avec Hugh. Mon cœur se serra en voyant tous ces petits visages barbouillés de crasse. Jusque-là, Hugh avait assuré leur maigre pitance. Qu'allaient-ils devenir à présent ? Ewan était un garçon courageux et volontaire, mais il n'avait que quatorze ans, et après lui venait une fillette de douze ans.

Le visage de la veuve était tanné et fripé. Elle n'avait pratiquement plus de dents. Pourtant, elle n'était pas beaucoup plus âgée que moi. D'un geste du menton, elle indiqua le seul lit de la maison et Jamie y déposa délicatement le corps. Il lui parla encore en gaélique et elle fit non de la tête, sans quitter des yeux la silhouette couchée sur son lit.

Jamie s'agenouilla au chevet du mort et posa une main sur sa poitrine. Il parla d'une voix douce mais claire et, même avec ma connaissance limitée du gaélique, je parvins à le suivre :

— Mon ami, je jure devant Dieu qu'au nom de l'amitié que tu m'as toujours portée, jamais les tiens ne manqueront de rien tant que je serai en vie.

Jamie resta immobile un long moment. Le silence dans la pièce n'était perturbé que par le craquement de la tourbe dans l'âtre et le bruit sourd de la pluie sur le toit de chaume. Il se leva, salua la veuve de Hugh, me prit par le bras et m'entraîna vers la porte. Toutefois, au moment de sortir, nous dûmes nous effacer pour laisser passer Mary Hawkins qui entrait, suivie de Murtagh.

Mary était échevelée et hagarde. Elle avait jeté un plaid humide sur ses épaules et ses mules crottées pointaient sous l'ourlet déchiré de sa jupe. M'ayant aperçue, elle vint se blottir contre moi d'un air soulagé.

— Je... je ne voulais pas entrer, me chuchota-t-elle en lançant un regard timide vers la veuve, mais monsieur Murtagh a insisté.

Jamie haussa des sourcils étonnés tandis que Murtagh s'inclinait respectueusement devant Mme Munro. Il portait une de ses sacoches sous le bras. Elle semblait lourde et je crus tout d'abord qu'elle contenait un présent pour la pauvre femme. Mais il la déposa à mes pieds et se redressa ; son regard allait de la veuve à Mary et moi. Jamie le regardait faire d'un air perplexe. Lorsqu'il fut assuré d'avoir toute l'attention de son public, Murtagh s'inclina profondément et déclara sur un ton solennel :

— Comme je l'avais promis à Jamie, je vous apporte votre vengeance, milady...

Se tournant vers Mary et Mme Munro, il ajouta :

— ... et réparation pour tout le mal qui vous a été fait.

Mary éternua et s'essuya rapidement le nez sur un pan de son plaid. Elle fixait Murtagh d'un air ébahi. Je baissai les yeux vers la sacoche à mes pieds et me sentis soudain envahie par un frisson qui n'avait rien à voir avec le froid. Ce fut la veuve qui se laissa tomber à genoux et qui, avec des gestes sûrs, dénoua la sangle de la sacoche pour en extraire la tête du duc de Sandringham.

45

Maudits soient tous les Randall !

Le retour vers l'Écosse fut difficile. De peur d'être reconnus et dénoncés, nous devions nous cacher. Devant l'impossibilité d'acheter ou de quémander de la nourriture, nous étions contraints d'en voler ou de déterrer les racines comestibles que nous trouvions dans les champs.

Lentement, très lentement, nous remontâmes vers le nord. Nous ignorions où se trouvait l'armée jacobite, mis à part qu'elle était quelque part vers les Highlands. Pour cette raison, nous avions décidé de nous rendre à Édimbourg où nous pourrions au moins obtenir des nouvelles fraîches. Nous étions coupés des jacobites depuis plusieurs semaines. Je savais que les Anglais n'avaient pas réussi à reprendre Stirling et que la bataille de Falkirk avait vu la victoire des Écossais. Mais après ?

Lorsque nous nous engageâmes enfin sur les pavés du Royal Mile, Jamie partit directement vers l'état-major de Holyrood, tandis que Mary et moi allions rendre visite à Alex Randall. Nous pressâmes le pas dans les petites ruelles sordides sans échanger une parole, trop conscientes l'une et l'autre de ce que nous risquions de trouver.

Il était toujours en vie. Mary s'effondra à son chevet en sanglotant. Réveillé en sursaut, il cligna des yeux plusieurs fois, et son visage s'illumina comme s'il était visité par un ange.

— Oh ! mon Dieu... répétait-il sans cesse. Oh, Seigneur... J'ai tant prié pour te revoir une dernière fois. Rien qu'une fois. Oh, Seigneur !

Me sentant de trop, je m'éclipsai discrètement. J'allai m'asseoir dans l'escalier et reposai ma tête lourde sur mes genoux. Une demi-heure plus tard, je revins dans la petite chambre, redevenue triste et sombre depuis le départ de Mary. J'auscultai doucement Alex, palpai délicatement sa carcasse exsangue.

J'étais surprise qu'il ait tenu bon jusque-là, mais ça ne pouvait plus durer bien longtemps.

Il lut la vérité sur mon visage et ne sembla pas surpris.

— J'ai attendu pour elle, murmura-t-il en se laissant retomber sur son oreiller... juste au cas où elle reviendrait. Je n'avais aucune raison d'espérer, mais j'ai prié. Maintenant que mes prières ont été exaucées, je peux mourir en paix.

— Alex ! s'écria Mary en se précipitant vers lui.

Il l'arrêta d'un sourire.

— Nous le savons tous les deux depuis longtemps, mon amour. Ne désespère pas. Je serai toujours avec toi, à te protéger, t'aimer. Ne pleure pas, mon amour.

Elle essuya ses joues baignées de larmes, mais ne put retenir ses sanglots. Malgré sa douleur, elle n'avait jamais été aussi belle et épanouie.

— Madame Fraser, reprit Alex. J'ai... une dernière faveur à vous demander. Pourriez-vous venir... demain... avec votre mari ? C'est important.

J'hésitai. Je savais que Jamie tiendrait à repartir dès qu'il aurait appris où se trouvait l'armée de Charles-Édouard et le reste de ses hommes. Mais un jour de plus ne changerait pas l'issue de la guerre, et les deux visages tournés vers moi exprimaient une prière à laquelle on ne pouvait se soustraire.

— Nous viendrons, répondis-je.

— Je suis un idiot ! grommela Jamie en s'engageant dans Ladywalk Wynd. J'aurais dû partir hier, immédiatement après avoir récupéré tes perles chez le prêteur ! Tu te rends compte de la route qui nous reste à parcourir jusqu'à Inverness ? Et sur deux vieux bourrins, par-dessus le marché !

— Je sais ! m'énervai-je. Mais j'ai promis. Si seulement tu l'avais vu... Enfin, tu comprendras dans un instant quand tu le verras.

— Mmm...

Il me tint toutefois la porte pour me laisser passer et gravit l'étroit escalier en colimaçon qui menait à la chambre d'Alex sans plus se plaindre.

Mary était assise sur le lit, toujours vêtue de ses habits de voyage déchirés. Elle berçait Alex contre son sein. Elle ne l'avait sans doute pas quitté de la nuit. En m'apercevant sur le seuil, il s'écarta légèrement de sa bien-aimée et se redressa sur un coude, le visage plus pâle que ses draps en lin.

— Madame Fraser, comme c'est bon à vous d'être venue. Votre mari... est avec vous ?

Jamie s'avança derrière moi. Mary se leva et lui posa une main sur le bras.

— Je... nous... avons b-b-besoin de vous, lord Tuarach.

Ce fut sans doute le bégaiement, plus que l'emploi de son titre, qui l'émut. Son visage grave s'adoucit un peu et il se détendit.

— C'est moi qui ai insisté auprès de votre femme pour que vous veniez aussi, milord. Comme vous le voyez, je n'en ai plus pour très longtemps.

Au prix d'un effort considérable, Alex était parvenu à s'asseoir sur le bord du lit. Ses chevilles apparaissaient sous la chemise de nuit, blanches et transparentes. Ses pieds, longs et fins, étaient parcourus de veines bleutées.

J'avais déjà vu la mort sous toutes ses formes. Celle-ci était de loin la plus éprouvante et la plus remarquable : un homme qui regardait sa fin en face, avec courage et dignité. Il ne se soutenait plus que par la seule force de sa volonté. On la devinait presque, se consumant telle une bougie derrière son masque de cire. Il me vint à l'esprit que c'était peut-être ce dont étaient faits certains fantômes : une volonté et une détermination qui auraient survécu à leur frêle enveloppe charnelle. Je ne tenais pas à être hantée par Alex Randall. C'était une des raisons qui m'avaient incitée à convaincre Jamie de m'accompagner.

De son côté, Jamie paraissait en être arrivé à la même conclusion.

— Oui, dit-il doucement, je le vois. Qu'attendez-vous de moi ?

— Uniquement l'indulgence de votre présence, milord. Je vous promets de ne pas vous retenir trop longtemps. Nous attendons juste une dernière personne.

En attendant, je fis ce que je pouvais pour Alex. J'avais apporté avec moi une fiole remplie d'un puissant concentré de digitaline et un peu de camphre pour faciliter sa respiration. Ces remèdes semblèrent le soulager un peu, mais lorsque je posai mon stéthoscope de fortune sur son torse, les battements de son cœur étaient tellement légers que je m'attendis à les entendre s'arrêter définitivement d'un moment à l'autre.

Pendant tout ce temps, Mary n'avait pas lâché sa main et il ne l'avait pas quittée du regard, comme s'il cherchait à mémoriser le moindre de ses traits. Soudain la porte s'ouvrit et Jonathan Randall apparut sur le seuil. Il nous contempla, Mary et moi, sans comprendre, puis il aperçut Jamie et ses traits se figèrent. Jamie soutint son regard, puis lui indiqua le lit d'un signe de la tête.

Voyant le visage fiévreux de son frère, Jonathan Randall traversa rapidement la chambre et tomba à genoux près du lit.

— Alex ! gémit-il. Mon Dieu ! Mon petit Alex !

— Ce n'est rien ! le réconforta Alex. Ce n'est rien, Johnny.

Je pris Mary par le bras et l'attirai de l'autre côté de la pièce. Quelle que soit mon opinion sur Jonathan Randall, il avait le droit d'échanger quelques mots en privé avec son frère. Écrasée de chagrin, la jeune fille ne m'opposa aucune résistance. Je la fis asseoir sur un tabouret, trempai mon mouchoir dans la cuvette et humectai son visage.

Un sanglot étouffé me fit me retourner. Jonathan Randall avait posé sa joue contre les genoux de son frère, tandis que celui-ci lui caressait doucement les cheveux.

— Johnny, dit-il. Tu sais que je ne te le demanderais pas si ce n'était pas essentiel pour moi, mais... si tu m'aimes...

Il fut interrompu par une quinte de toux qui fit virer son teint au violet.

Je sentis Jamie se raidir un peu plus, dans la mesure où c'était possible. Le corps de Jonathan Randall se tendit lui aussi, comme s'il sentait le regard de Jamie sur lui, mais il ne se retourna pas une seule fois. Il posa une main sur l'épaule de son jeune frère comme pour apaiser sa toux.

— Alex... Ne t'inquiète pas. Tu sais que tu n'as même pas besoin de me le demander. Je ferai tout ce que tu veux.

Il jeta un coup d'œil à Mary, sans se résoudre à la regarder.

— C'est... elle ? demanda-t-il.

Alex acquiesça, sans cesser de tousser.

— Elle ne manquera de rien, je te le jure, le rassura-t-il. Ne t'inquiète pas pour ça.

Jamie me lança un regard perplexe et je confirmai ses soupçons d'un petit signe de tête. Je venais juste de comprendre pourquoi Mary avait l'air si épanouie en dépit de sa douleur et pourquoi elle avait paru disposée à épouser le riche marchand londonien.

— Ce... ce n'est pas une question d'argent, intervins-je. Mary attend un enfant. Je crois qu'il veut que...

Je m'interrompis, m'éclaircissant la gorge.

— Je crois qu'il veut que vous l'épousiez, achevai-je.

Alex hocha la tête.

— John... haleta-t-il, il faut que tu veilles sur elle. Je veux qu'elle et notre enfant portent le nom des Randall. Tu peux... leur garantir une bien meilleure position dans la vie que je n'aurais pu leur offrir.

Il tendit la main et Mary se précipita pour la saisir, la serrant contre son cœur. Il lui sourit tendrement.

— Mary, je voudrais... Tu sais ce que je voudrais... tant de choses ! Je suis désolé, mais je ne peux rien regretter. Après avoir connu une telle joie, je pourrais mourir satisfait si je n'avais peur que, par ma faute, tu ne sois exposée à la honte et à l'adversité.

— Peu m'importe ! explosa-t-elle. Peu importe que le monde entier le sache !

— Il m'importe à moi, répondit Alex. Je ne veux pas que ta vie soit gâchée à cause de moi.

Il tendit sa main libre vers son frère qui, après un moment d'hésitation, la saisit. Il joignit les deux mains, posant celle de Mary dans celle de Jonathan Randall.

— Vous êtes les deux êtres les plus chers à mon cœur et je vous donne l'un à l'autre, annonça-t-il.

— Mais...

Pour la première fois depuis que je le connaissais, je voyais Jonathan Randall à court d'arguments.

— Nous n'avons pas beaucoup de temps, reprit Alex. Je vais vous marier moi-même. Maintenant. C'est pourquoi j'ai demandé à Mme Fraser de venir avec son mari. Ils seront vos témoins.

Il lança un regard vers Jamie et lui demanda timidement :

— Vous voulez bien ?

Jamie resta pétrifié quelques secondes avant de hocher la tête machinalement.

Jamais de ma vie je n'avais vu trois personnes à l'air aussi misérable.

Alex était si faible que son frère dut l'aider à ajuster le haut col blanc de son ministère autour de son cou amaigri. Jonathan ne semblait pas en meilleur état. Son visage était gris pierre et paraissait soudain plus âgé. Impeccablement vêtu comme à son habitude, il ressemblait à un mannequin de tailleur dont les traits auraient été taillés à la hâte dans un bloc de bois.

Quant à Mary, elle était assise sur le lit, incapable d'arrêter ses pleurs, les yeux rivés sur son amant.

Prenant appui d'une main sur la table de chevet, Alex ouvrit le tiroir et en extirpa un livre de psaumes. Il était trop lourd pour qu'il puisse le tenir, aussi l'ouvrit-il sur ses genoux. Il ferma les yeux, respirant avec peine. Une goutte de sueur glissa sur son front et vint s'écraser sur la page.

Je priais intérieurement pour qu'il choisisse la formule abrégée.

Mary avait enfin cessé de pleurer, mais ses joues étaient encore ruisselantes. Jonathan s'en aperçut et, sans trahir la moindre émotion, sortit un grand mouchoir de sa manche et le lui tendit. Elle le saisit et se tamponna le visage sans le regarder.

— Je le veux, déclara-t-elle le moment venu, comme si elle ne comprenait pas le sens de ce qu'elle disait. Jonathan, lui, prononça ses vœux d'une voix ferme mais désincarnée. Je ressentis une impression étrange à voir ce mariage contracté par ces deux êtres qui ne semblaient pas conscients le moins du monde de la présence l'un de l'autre. Toute leur attention était concentrée sur l'homme assis devant eux, les yeux baissés sur son livre de prières.

Lorsque ce fut terminé, un silence gêné s'installa dans la chambre. Il aurait paru malvenu de féliciter les jeunes mariés. Jamie me lança un regard interrogateur et je haussai les épaules, ne sachant trop que faire. Juste après l'avoir épousé, je m'étais évanouie et Mary semblait sur le point de suivre mon exemple d'un instant à l'autre.

Épuisé par tant d'efforts, Alex Randall ferma les yeux et Jonathan l'aida à s'allonger, tandis que Mary reprenait sa place à ses côtés. Jonathan recula d'un pas, contemplant sans un mot son frère et son épouse. Il n'y avait aucun bruit dans la pièce, mis à part le murmure du feu dans la cheminée et les sanglots de Mary.

Je sentis une main sur mon épaule et me retournai. Jamie fit un petit geste en direction de la jeune femme.

— Reste avec elle, chuchota-t-il. Il n'en a plus pour très longtemps, n'est-ce pas ?

Je fis non de la tête.

Il prit une lente inspiration et s'avança vers Jonathan Randall. Le prenant par le bras, il le tourna doucement vers la porte.

— Venez, dit-il. Je vais vous raccompagner jusqu'à vos quartiers.

La porte grinça et ils disparurent. Jamie conduisait Jonathan Randall dans le lieu où il passerait sa nuit de noces. Seul.

Je refermai la porte de notre chambre d'auberge et m'y adossai, épuisée. La nuit était tombée et les cris des gardes qui annonçaient le couvre-feu retentissaient dans les rues.

Jamie était assis près de la fenêtre d'où il m'avait guettée. Il se précipita vers moi et me serra contre lui sans même me laisser le temps d'ôter mon manteau. Je m'affaissai dans ses bras et il me souleva pour me porter jusque dans un fauteuil.

— Il faut que tu boives quelque chose, *Sassenach*, insista-t-il. Tu n'as pas l'air très bien et il y a de quoi.

Il me servit un grand verre de whisky que j'acceptai avec joie. Nous avions quitté l'auberge peu après le petit déjeuner et il était maintenant six heures passées. J'avais l'impression d'être partie depuis des jours.

— Il est mort peu après ton départ, le pauvre garçon ! soupirai-je. J'ai fait prévenir la tante de Mary. Elle est venue la chercher accompagnée de deux cousins. Ils vont s'occuper de... de lui.

Je bus une grande gorgée de whisky et l'alcool me brûla la gorge en dégageant une forte odeur de tourbe.

— Enfin... nous savons désormais que Frank vivra, dis-je en m'efforçant de sourire.

Jamie me lança un regard noir. Ses épais sourcils se rapprochaient au point de ne former qu'une barre au milieu du front.

— Que Frank aille au diable ! lança-t-il avec hargne. Que tous les Randall aillent au diable ! Maudit soit Frank Randall, maudite soit Mary Hawkins Randall, maudit soit Alex Randall ! euh... je voulais dire, qu'il repose en paix...

— Tu m'as dit l'autre jour que tu n'étais pas rancunier... commençai-je.

— J'ai menti !

Il me saisit par les épaules et me secoua, me tenant à bout de bras.

— Et tant que j'y suis, maudite sois-tu, Claire Randall Fraser. Oui, je suis rancunier. Je déteste chacun de tes souvenirs où je ne figure pas ! chacune des larmes que tu as versées pour un autre que moi ! chaque seconde de ta vie que tu as passée dans un autre lit que le mien ! Je les hais ! Je les hais !

Dans un geste d'humeur, il renversa mon verre. Une fois calmé, il m'attira à lui et m'embrassa fougueusement avant de me secouer à nouveau.

— Tu es à moi, Claire Fraser ! À moi ! Je ne te partagerai avec personne, que ce soit un homme, un souvenir ou quoi que ce soit, tant que nous serons tous les deux en vie. Alors ne prononce plus jamais son nom devant moi ! Tu m'entends ?

Il m'embrassa de nouveau pour appuyer ses paroles.

— Tu m'entends ? répéta-t-il.

— Oui... dis-je à moitié étourdie. Si... tu voulais bien... cesser de me secouer comme un... prunier... je pourrais peut-être te répondre.

Il lâcha enfin mes épaules d'un air penaud.

— Excuse-moi, *Sassenach*, c'est juste que... bon sang ! Pourquoi fallait-il que... oui, je sais bien que... mais tu devais vraiment...

Je mis un terme à ses élucubrations en glissant une main derrière sa nuque et en l'attirant à moi.

— Oui, répondis-je. Il le fallait, mais maintenant c'est fini.

Je dénouai les lacets de ma cape et la laissai tomber sur le sol. Il voulut la ramasser, mais je l'arrêtai.

— Jamie... je suis fatiguée. Mets-moi au lit.

Il poussa un long soupir, ses yeux profondément enfoncés dans leurs orbites par l'épuisement et la tension.

— Oui, *Sassenach*, dit-il enfin.

Il me souleva brutalement sans dire un mot, avec un désir encore teinté de colère.

— Aïe ! fis-je à un moment.

— Mince ! Excuse-moi, *mo duinne*, je ne voulais pas...

J'interrompis ses excuses par un long baiser. Je le tins fermement contre moi et sentis peu à peu la rancœur céder la place à la tendresse. Il ne chercha pas à fuir mes lèvres, mais resta immobile, explorant ma bouche de sa langue.

Il roula sur le côté pour ne pas m'écraser de son poids et poursuivit son exploration de mon corps. Nous restâmes ainsi un long moment, chacun effleurant l'autre du bout de la langue, dans un dialogue silencieux.

Nous étions en vie et nous étions un. Rien ne semblait pouvoir nous arriver. Je songeai un instant à Alex Randall, couché sur son lit, froid, puis à Mary, seule dans le sien. Nous étions ensemble, Jamie et moi, et rien d'autre ne semblait avoir d'importance.

Je me réveillai au milieu de la nuit, toujours dans ses bras, et je sentis immédiatement qu'il ne dormait pas.

— Rendors-toi, *mo duinne*, chuchota-t-il.

Je tendis une main vers lui et sentis sa joue humide.

— Que se passe-t-il, mon amour ? demandai-je. Je t'aime, tu sais.

— Oui, je sais, *mo duinne*. Laisse-moi te dire combien je t'aime moi aussi dans ton sommeil car, quand tu es éveillée, je ne sais que répéter toujours les mêmes mots. Mais quand tu dors dans mes bras, je peux te dire tout ce que je ressens et je sais que, dans tes rêves, tu m'entends et me comprends. Alors, rendors-toi, *mo duinne*.

Je tendis les lèvres et l'embrassai à la base du cou, juste là où je pouvais sentir battre son pouls. Je reposai ma tête sur sa poitrine et le laissai veiller sur mes rêves.

46

Timor mortis conturbat me

Nous reprîmes la route vers le nord, suivant l'armée des Highlands à la trace. Partout autour de nous, nous apercevions les vestiges de la débâcle. Nous dépassions de petits groupes de soldats à pied, la tête courbée pour se protéger de la pluie glacée. D'autres gisaient dans les fossés ou sous les taillis, trop épuisés pour continuer. Armes et équipements avaient été abandonnés en chemin : ici, une carriole était couchée sur le flanc, ses sacs de farine éventrés gâchés par la pluie, là, le long canon d'une couleuvrine rouillait lentement sous les branches d'un arbre.

Il faisait un temps de chien depuis notre départ d'Édimbourg. Nous étions le 13 avril et j'avais le cœur oppressé en permanence par une terrible angoisse. Un MacDonald que nous avions rencontré en chemin nous avait déclaré que lord George, les chefs de clan, le prince et ses conseillers étaient tous rassemblés à Old Leanach Cottage, dans la lande de Culloden. Il n'en savait guère plus et nous le laissâmes repartir, titubant comme un zombie. Déjà, lorsque j'avais été capturée par les Anglais un mois plus tôt, les rations étaient maigres. Depuis, la situation était allée de mal en pis. Les hommes que nous apercevions se déplaçaient lentement. Nombre d'entre eux chancelaient sous le poids de la fatigue et de la malnutrition. Pourtant, ils continuaient d'avancer obstinément vers le nord, obéissant aux ordres du prince Stuart, vers le lieu que les Écossais appelaient Drumossie Moor. Vers Culloden.

Nous arrivâmes devant un petit bois où la route était trop boueuse pour nos malheureux poneys. Les hommes décidèrent de le contourner et de mener nos montures à travers la bruyère humide du printemps, là où elles ne risquaient pas de s'embourber.

Jamie prit la bride de ma main engourdie.

714

— Tu iras plus vite en coupant à travers le bois, *Sassenach*, me conseilla-t-il. On se retrouve de l'autre côté.

J'étais trop épuisée pour discuter. Mettre un pied devant l'autre demandait déjà un effort considérable. En longeant le sentier dans le sous-bois, je bénéficierais au moins du tapis de feuilles mortes et d'aiguilles de pin.

La forêt était calme et silencieuse. J'écoutais le bruissement du vent étouffé par le toit de feuillage au-dessus de ma tête. Quelques gouttes de pluie tombaient en clapotant sur les épaisses feuilles de chêne qui, même mouillées, crissaient sous mes pas.

Il gisait à quelques mètres de la sortie du bois, près d'un gros rocher gris. La mousse qui recouvrait la pierre était de la même teinte que son tartan, dont les rayures sombres se confondaient avec les feuilles mortes qui le recouvraient à moitié. Il semblait faire partie intégrante du décor, au point que j'aurais sûrement trébuché sur lui si mon attention n'avait été attirée par des touches d'un bleu lumineux.

L'étrange champignon s'étalait sur les membres nus et blancs. Il épousait la courbe des os et étirait ses minces thalles comme les arbres d'une forêt qui auraient envahi un désert. Il était d'un bleu électrique, froid et irréel.

Je n'en avais jamais vu, mais j'en avais entendu parler. Un vieux soldat qui s'était battu dans les tranchées de Verdun m'avait un jour raconté :

— On l'appelle « la chandelle des morts ». On n'en voit que sur les champs de bataille... sur les cadavres.

Il avait relevé vers moi des yeux perplexes.

— Je me suis toujours demandé ce qu'il devenait entre deux guerres.

Il errait sans doute dans l'air, ses spores invisibles attendant une occasion de se reproduire. Sa couleur vive formait des taches incongrues sur le cadavre, comme la guède avec laquelle les ancêtres de ce malheureux s'étaient peinturluré le visage avant de s'élancer au combat.

Une brise s'engouffra dans le bois et agita les cheveux du mort. Un craquement de branchages m'arracha à mes méditations.

Jamie se tenait derrière moi. Il contempla le cadavre sans rien dire, me prit par le coude et m'entraîna hors de la forêt, laissant derrière nous le cadavre drapé dans les couleurs saprophytes de la guerre et du sacrifice.

Nous arrivâmes à la ferme de Old Leanach Cottage le 15 avril en milieu de journée, après avoir poussé nos poneys jusqu'aux limites de leurs possibilités. Un grand nombre d'hommes s'affairaient autour des différents corps de bâtiment, mais la cour devant les écuries était curieusement déserte. Jamie sauta à terre et tendit ses rênes à Murtagh.

— Attendez-moi ici, ordonna-t-il. Je sens quelque chose de louche.

Murtagh lança un regard soupçonneux vers la porte entrebâillée des écuries. Fergus, perché derrière lui, fit mine de rejoindre Jamie, mais le petit homme brun l'arrêta d'un geste.

Je me laissai glisser au sol et emboîtai le pas à Jamie. Il y avait effectivement quelque chose d'étrange. Et ce ne fut qu'en pénétrant dans la grande salle sombre que je compris : tout était trop calme. Les box étaient vides et un froid glacial avait succédé à la chaleur habituelle dégagée par les chevaux.

Une silhouette bougea au fond de l'écurie, trop grosse pour être un rat ou un renard. Jamie se plaça devant moi pour me protéger.

— Qui va là ? s'écria-t-il. Alec, c'est toi ?

Le vieil Alec MacMahon MacKenzie releva la tête, en laissant tomber son plaid derrière lui. Il n'avait plus qu'un œil ; l'autre, crevé accidentellement des années plus tôt, était caché par un bandeau noir. La carcasse du maître des écuries de Castle Leoch, autrefois imposante et vigoureuse, était recroquevillée sur une balle de foin. Ses joues étaient creusées par le jeûne forcé. Sachant qu'il était atteint d'une arthrite qui le faisait horriblement souffrir par temps humide, Jamie s'approcha de lui et s'accroupit à ses côtés pour lui éviter de se lever.

— Que se passe-t-il ? demanda-t-il. Où sont passés les renforts ?

Le vieil Alec mit un certain temps avant de comprendre la question et d'articuler une réponse.

— Tout est foutu, déclara-t-il. Ils ont marché sur Nairn il y a deux nuits et sont rentrés hier soir la tête basse. Son Altesse a annoncé qu'ils livreraient bataille sur la lande de Culloden. Lord George y est déjà, avec les hommes qu'il a pu rassembler.

Je ne pus réprimer un gémissement en entendant prononcer le nom de Culloden. Ainsi, nous y étions ! Nous avions échoué.

Je sentis un frisson parcourir Jamie. Les poils de ses bras étaient hérissés, mais sa voix ne trahit pas l'angoisse qu'il ressentait.

— Les hommes ne sont pas en état de se battre ! protesta-t-il. Lord George ne se rend donc pas compte qu'ils ont besoin de se reposer et de manger ?

Le vieil Alec émit un ricanement sinistre.

— Que lord George s'en rende compte ou pas, ça ne fait

aucune différence. Son Altesse a pris le commandement de l'armée et Son Altesse a décidé que nous affronterions les Anglais sur la lande de Drumossie. Il n'y a rien à faire. Quant à manger...

Il tendit une main noueuse vers les stalles vides.

— ... ils ont déjà bouffé les chevaux le mois dernier. Depuis, on n'a pratiquement rien vu venir.

Jamie se releva brusquement et s'adossa au mur, hébété.

— Ah ! fit-il d'une voix éraillée. Et... mes hommes... Ils ont mangé à leur faim, au moins ? Donas... c'était... un sacré morceau...

Il parlait doucement, mais au bref regard que lui lança le vieillard, je compris qu'il était conscient des efforts que Jamie faisait pour contenir son émotion.

— Ils n'ont pas mangé Donas, indiqua-t-il. Ils l'ont gardé pour le prince *Tcharlach*, afin qu'il le monte pour faire son entrée triomphale dans Édimbourg. O'Sullivan a dit qu'il ne serait pas... convenable... que Son Altesse entre dans la ville à pied.

Jamie se couvrit le visage des deux mains et ses épaules se mirent à trembler.

— Quel idiot je fais ! dit-il quelques instants plus tard en s'essuyant les yeux. Mon Dieu, quel idiot je fais ! Notre cause est perdue, mes hommes sont menés à l'abattoir. Il y a des morts qui pourrissent dans les bois... et je pleure pour un cheval ! Mon Dieu, quel idiot !

Le vieil Alec soupira et posa une main sur le bras de Jamie.

— Tant mieux pour toi si tu peux encore pleurer, mon garçon. Personnellement, je n'en ai plus la force.

Les deux hommes se dévisagèrent un long moment. Les larmes coulaient encore sur le visage de Jamie, comme la pluie sur une dalle de granit poli. Il me prit par la main et tourna le dos au vieil homme sans dire un mot.

Une fois à la porte de l'écurie, je me retournai vers Alec. Il était immobile, forme sombre et voûtée drapée dans un plaid, son œil unique perdu dans le vague.

Il y avait des soldats couchés partout dans la maison, ivres de fatigue, qui cherchaient à fuir dans le sommeil la faim et le pressentiment d'un désastre imminent. Ici, il n'y avait pas de femmes. Les chefs qui s'étaient fait accompagner de leurs épouses les avaient renvoyées à l'abri dans leur foyer.

Jamie me laissa devant la porte qui menait aux appartements du prince. Ma présence à ses côtés ne servirait à rien. Je déambulai en silence dans la maison hantée par le souffle profond et bruyant des hommes endormis.

Au dernier étage, je découvris un petit grenier. Il était encombré de vieux meubles et de débris, mais il n'y avait personne. Je me faufilai dans ce capharnaüm, comme un petit rongeur à la recherche d'un refuge contre les forces du mal qui se déchaînaient au-dehors.

Une lucarne laissait filtrer la lumière grise du jour. Je m'approchai et nettoyai la crasse sur la vitre du revers de ma manche, mais il n'y avait rien d'autre à voir qu'un épais brouillard. Je pressai mon front contre le carreau glacé. Quelque part devant moi se trouvait la lande de Culloden, mais je ne voyais que mon pâle reflet.

La nouvelle de l'horrible et mystérieuse mort du duc de Sandringham était parvenue jusqu'au prince. Partout autour de nous, on ne parlait que de ça. Qu'avions-nous fait ? Avions-nous définitivement fait s'effondrer le dernier espoir des jacobites ou avions-nous sauvé Charles-Édouard Stuart d'un piège anglais ? Tout ça en une seule soirée ? Je passai un doigt sur la vitre embuée, à examiner une question à laquelle je n'aurais probablement jamais de réponse.

Plusieurs heures s'écoulèrent avant que je n'entende craquer les marches de l'escalier. J'ouvris la porte du grenier et découvris Jamie sur le seuil. Un seul regard vers sa mine décomposée me suffit.

— Alec avait raison, annonça-t-il sans préambule. Toutes les troupes sont en ce moment même en train de se diriger vers Culloden. Les hommes n'ont pas fermé l'œil et n'ont rien avalé depuis deux jours... mais ils partent quand même se battre.

Sa colère explosa soudain et il assena un grand coup de poing sur une table branlante. Une pile de vieux plats en étain s'effondra dans un fracas de métal, soulevant un nuage de poussière. Le vacarme se répercuta contre les parois du petit grenier.

D'un geste impatient, Jamie dégaina sa dague et la planta violemment dans la table où elle resta fichée, le manche vibrant sous le choc.

— À la campagne, on dit que lorsqu'on voit du sang sur la lame de sa dague, c'est que la mort rôde dans les parages, sifflat-il entre ses dents. Eh bien, j'en ai vu ! Tout le monde en a vu. Kilmarnock, Lochiel et les autres... ils savent. Et pourtant, personne ne peut rien faire !

Les deux mains posées sur la table, il baissa la tête, les yeux rivés au poignard. Il paraissait trop grand dans cette pièce trop petite, comme un être incandescent sur le point de s'embraser.

— Jamie...

Ma voix s'étrangla dans ma gorge. Je n'osais pas prononcer les mots qui me brûlaient les lèvres, mais il le fallait néanmoins. Je savais, avant même qu'il n'entre dans la pièce, les nouvelles qu'il m'apporterait et j'avais pris conscience de ce qu'il nous restait à faire.

— Jamie, il nous reste encore une solution. Une seule.

Il secoua la tête sans me regarder.

— Il n'y a rien à faire. Il ne veut rien entendre. Murray a essayé de lui faire entendre raison, tout comme Lochiel, Balmerino et moi. Mais à cette heure, les hommes attendent sur la lande, et le duc de Cumberland est déjà en route vers Culloden. Il n'y a plus rien à faire.

La médecine est un art puissant. Tout ceux qui connaissent les substances qui soignent connaissent également celles qui tuent. J'avais donné à Colum le cyanure qu'il n'avait pas eu le temps d'utiliser et j'avais repris la petite fiole remplie du liquide mortel sur la table de chevet près de son lit de mort. Elle était à présent dans mon coffret de remèdes. Ses petits cristaux brun clair, légèrement brillants, avaient une apparence inoffensive.

— Il reste une solution, répétai-je. Une seule.

Jamie s'assit sur le plancher et se prit la tête dans les mains. Le voyage depuis Édimbourg avait été long et éprouvant, et les nouvelles que lui avait communiquées Alec avaient ajouté la tristesse à son état de fatigue. Nous avions ensuite fait un détour pour voir les hommes de Lallybroch et nous les avions trouvés dans un état physique et moral lamentable.

— Hmm ? fit-il.

J'hésitais, mais que nous nous décidions ou non à accomplir le geste que j'allais lui proposer, je devais quand même soulever cette possibilité.

— C'est Charles-Édouard, dis-je enfin. Tout tourne autour de lui. La bataille, la guerre, tout dépend de lui, tu comprends ?

— Et ?

Jamie avait relevé la tête et me regardait d'un air perplexe.

— S'il venait à mourir... murmurai-je.

Il referma les yeux et son visage pâlit encore un peu plus.

— S'il venait à mourir... repris-je. Aujourd'hui. Ou ce soir. Sans Charles-Édouard, il n'y a plus aucune raison de se battre. Plus personne pour ordonner aux hommes de se rendre à Culloden. Il n'y aurait plus de bataille.

Il déglutit avec peine.

— *Sassenach*... tu ne penses pas ce que tu dis ?

Un jour, on m'avait appelée pour soigner le prince. C'était avant la bataille de Falkirk. O'Sullivan, Tullibardine et les autres étaient présents. Son Altesse était « indisposée », disaient-ils. J'avais fait déshabiller Charles-Édouard, l'avais ausculté, avais examiné sa bouche et le blanc de ses yeux.

C'était le scorbut, associé à plusieurs autres affections liées à la malnutrition.

— C'est ridicule ! s'était exclamé Sheridan. Son Altesse ne peut pas avoir le scorbut comme un vulgaire cul-terreux !

— Je ne vois pas pourquoi, avais-je rétorqué. Après tout, il se nourrit comme tout le monde.

Ou pire encore. Les « culs-terreux », au moins, mangeaient des oignons et des salades, n'ayant rien d'autre à se mettre sous la dent. Dédaignant cette nourriture de pauvres, le prince et ses conseillers se nourrissaient exclusivement de viande. Tous portaient sur le visage et sur le corps les signes d'une grave carence en produits frais : des dents qui se déchaussaient, des gencives irritées et sanglantes, et des abcès, comme ceux qui ornaient le torse d'albâtre de Son Altesse.

Malgré ma réticence à me séparer de ma provision de cynorrhodon de rosier et de baies séchées, j'avais proposé de préparer une infusion à Son Altesse. Mon offre avait été rejetée sèchement. Je sus plus tard qu'on avait ensuite fait venir Archie Cameron avec ses sangsues et son scalpel afin de voir si une saignée soulagerait les démangeaisons royales.

— Je peux le faire, dis-je doucement.

Mon cœur battait si fort que j'avais du mal à respirer.

— Je pourrais lui préparer une potion et le convaincre de la boire.

— Claire, tu te rends compte de ce que tu dis ? S'il mourait juste après avoir avalé ton poison ? Tu te ferais massacrer sur place par ses hommes !

Je coinçai mes mains sous mes aisselles, tentant vainement de les réchauffer.

— Quelle importance ?

J'avais beau essayer de contrôler ma voix, il était clair qu'à cet instant précis, ma propre vie m'importait beaucoup plus que celle des centaines d'hommes que je pourrais éventuellement sauver. Je serrai les poings, tremblant comme une feuille, me sentant prise dans un étau.

Jamie se releva et me serra contre lui.

— Tu as un courage de lionne, *mo duinne* ! Non, un courage de louve ! Mais tu sais bien que je ne te laisserai pas faire.

— Il y a peut-être un autre moyen, dis-je. Il n'y a pratiquement plus rien à manger, et le peu qui reste va droit chez le prince. Ce ne doit pas être trop difficile de glisser discrètement quelque chose dans son assiette. Toute la ferme est sens dessus dessous, personne ne fera attention à moi.

Le fait est que partout dans la maison, il y avait des officiers étendus sur les tables, à même le parquet, habillés de pied en cap, portant encore leurs armes. On y entrait comme dans un moulin et les allées et venues ajoutaient encore à la confusion. Rien ne serait plus simple que de détourner quelques instants

720

l'attention d'un domestique, juste le temps de glisser le poison dans le repas du soir.

Ma terreur initiale commençait à s'atténuer, mais l'horreur de mon projet se distillait dans mes veines comme un venin. Jamie me libéra et s'écarta de quelques pas, réfléchissant à la question.

La mort de Charles-Édouard ne réglerait pas le problème du soulèvement : les choses étaient allées trop loin. Lord George Murray, Balmerino, Kilmarnock, Lochiel, Clanranald... Nous étions tous des traîtres, désormais. Nos vies et nos terres étaient à la merci de la Couronne. L'armée des Highlands était en pièces. Sans Charles-Édouard pour la conduire, elle se dissiperait comme un nuage de fumée. Les Anglais, terrorisés et humiliés lors des batailles de Prestonpans et de Falkirk, n'hésiteraient pas à poursuivre les fugitifs et à laver l'insulte dans le sang.

Il y avait peu de chances pour que Henry d'York, le jeune frère de Charles-Édouard, prenne la relève. Le pieux jeune homme avait déjà prononcé ses vœux pour entrer dans les ordres. Il n'y avait devant nous que désastre et désolation, et aucun moyen de les éviter. La seule chose que nous pouvions encore espérer sauver était la vie des hommes condamnés à mourir à Culloden.

C'était Charles-Édouard qui avait choisi de se battre sur Drumossie Moor. Fort de son autocratie aveugle et opiniâtre, il avait rejeté les conseils de ses généraux et décidé seul d'envahir l'Angleterre. Or, si Sandringham avait réellement eu l'intention de le soutenir, cette intention était morte avec lui. Les jacobites anglais ne s'étaient jamais ralliés à la bannière des Stuarts comme promis. Contraint de battre en retraite, Charles-Édouard avait choisi d'exposer des canons anglais sur la lande de Culloden. S'il mourait, la bataille n'aurait sans doute pas lieu. Une vie contre deux mille. Une vie, mais pas n'importe laquelle. Une vie royale, non morte au combat, mais assassinée de sang-froid.

La petite pièce où nous nous tenions avait une cheminée. Personne n'y avait allumé de feu, par manque de combustible. Jamie fixait l'âtre, comme s'il cherchait une réponse dans les flammes invisibles. Un meurtre. Pas seulement un meurtre, mais un régicide. Pas seulement un meurtre, mais l'assassinat d'un être qui l'avait considéré comme son ami.

Pendant ce temps, les Highlanders grelottaient de froid sur la lande, battant la semelle tandis que des plans de bataille étaient annoncés, démentis et réorganisés, à mesure que de nouvelles troupes se présentaient. Parmi eux se trouvaient les MacKenzie de Leoch, les Fraser de Beauly et les hommes de Lallybroch.

— Je ne peux pas, *Sassenach*, murmura-t-il enfin. Même si Dieu me le demandait, je ne pourrais jamais.

Le sentiment de soulagement qui m'envahit m'empêcha de

répondre tout de suite, mais il le lut sur mon visage et serra mes mains dans les siennes.

— Mon Dieu, Jamie ! J'en suis heureuse !

Il m'attira contre lui. Je posai ma tête contre son épaule et me figeai soudain.

Dougal MacKenzie se tenait sur le seuil et me contemplait avec une expression de profonde répulsion.

Ces derniers mois l'avaient durement éprouvé. La mort de Rupert, les innombrables nuits blanches à tenter vainement de convaincre le prince, les conditions difficiles de la campagne et, à présent, l'amertume de la défaite imminente avaient blanchi ses tempes et creusé les rides de son visage. Il ressemblait de plus en plus à son frère. Il avait voulu régner en maître sur le clan. À présent, il en payait le prix.

— Sale traîtresse... putain... sorcière !

Jamie tressaillit, comme transpercé par une flèche. Je m'écartai précipitamment et renversai un banc qui s'écrasa au sol dans un fracas épouvantable.

Dougal MacKenzie avança lentement vers moi, rejetant un pan de son plaid en arrière pour dégager la garde de son épée. Je n'avais même pas entendu la porte s'ouvrir. Sans doute l'avions-nous laissée entrebâillée. Depuis combien de temps nous écoutait-il ?

— Toi ! siffla-t-il. J'aurais dû m'en douter depuis le début. J'aurais dû le deviner dès le premier instant où j'ai posé les yeux sur toi.

Ses yeux verts fixés sur moi avaient une lueur où se mêlaient l'horreur et la haine. Jamie me poussa derrière lui.

— Attends, Dougal ! Ce n'est pas ce que tu crois. Elle...

— Pas ce que je crois ? glapit son oncle.

Son regard me lâcha un instant pour se poser sur Jamie.

— Pas ce que je crois ? répéta-t-il, doucement cette fois. Je viens d'entendre cette harpie t'inciter à assassiner ton propre prince. Elle te poussait au meurtre et à la trahison ! Ose me dire que j'ai mal entendu ?

Il secoua la tête d'un air dégoûté. Comme nous tous, il était amaigri et affaibli. Les os de son visage saillaient, mais ses petits yeux brillaient d'une lueur démente au fond de leurs orbites.

— Je n'en ai pas après toi, mon garçon, dit-il d'une voix lasse. Tu n'y es pour rien. Elle t'a ensorcelé, ça crève les yeux. Je sais ce que c'est, car j'ai connu ça, moi aussi. Ces garces sont assoiffées de sang. Elles t'attrapent par la queue et te traînent jusqu'en enfer en enfonçant leurs griffes dans tes couilles. Elles sont toutes pareilles, crois-moi. Elles t'attirent dans leur lit et se repaissent de ta virilité pendant que tu dors tranquillement la tête sur leur sein. Elles te volent ton âme, Jamie, et dévorent tout ce qui fait de toi un homme.

Il se tourna vers moi, humectant ses lèvres sèches. Il posa la main sur la garde de son épée, le souffle court.

— Écarte-toi, Jamie. Je vais te libérer de cette putain de *sassenach*.

Jamie bondit devant moi.

— Tu es fatigué, Dougal, dit-il calmement. Tu ne sais plus ce que tu dis ni ce que tu fais. Descends te reposer et je t'expliquerai...

Dougal ne lui laissa pas le temps de finir. Il dégaina son arme et me fixa par-dessus l'épaule de Jamie.

— Je vais te tuer ! beugla-t-il. J'aurais dû le faire dès le premier jour. Cela nous aurait épargné bien des malheurs.

Il n'avait peut-être pas tout à fait tort. Quand bien même, je n'avais pas l'intention de le laisser réparer cette erreur. Je reculai précipitamment et me cognai contre une table.

— Arrête, Dougal. Va-t'en !

Jamie tentait désespérément de le retenir.

Le chef du clan MacKenzie le repoussa brutalement.

— Elle est à moi ! tonna-t-il. Laisse-moi faire, Jamie. Je ne veux pas te faire de mal, mais si tu m'empêches d'égorger cette sorcière... cette... traîtresse, je te tuerai aussi, que tu sois mon neveu ou pas.

Bousculant Jamie, il m'agrippa le bras. Malgré son âge et sa fatigue, il était encore d'une vigueur hors du commun et ses doigts s'enfoncèrent dans ma chair comme des serres.

Je poussai un cri de douleur et me débattis comme une furie, tandis qu'il m'attirait à lui. Il me saisit par les cheveux et me renversa la tête en arrière. Je me mis à hurler et à le marteler de mes poings.

Jamie le frappa au ventre. Un second coup l'atteignit à l'épaule. Dougal me lâcha brusquement et je me sentis projetée contre un meuble.

Dougal fit volte-face, dégaina son poignard et le pointa vers Jamie.

— D'accord ! grogna-t-il. Puisque tu y tiens tant, je vais te saigner aussi. Tu n'as jamais été qu'un avorton de Fraser. La traîtrise coule dans ton sang. Viens là, mon petit. Par égard pour ta mère, je ferai en sorte de te tuer rapidement.

L'endroit était trop exigu pour dégainer une épée. Sa dague étant encore fichée dans la table près de la porte ; Jamie se retrouvait désarmé. Les deux hommes tournaient lentement en cercle, penchés en avant, les bras tendus devant eux comme deux pugilistes. Jamie ne quittait pas des yeux la pointe menaçante de la lame.

— Baisse ça, Dougal. Si tu penses réellement à ma mère, baisse ton arme et écoute-moi.

Pour toute réponse, Dougal plongea en avant, le manquant de peu. Il fit aussitôt volte-face et, une fois de plus, Jamie l'esquiva de justesse. Il avait l'avantage de la jeunesse et de l'agilité, mais l'arme était dans la main de son adversaire.

Dougal plongea de nouveau. La lame glissa contre le flanc de Jamie, déchirant sa chemise. Une traînée de sang noir apparut sur le linge blanc. Profitant d'un instant d'inattention de son oncle, il se jeta sur lui et lui agrippa le poignet des deux mains.

La lame disparut entre leurs deux corps enchevêtrés. Ils ne formaient plus qu'une seule masse bouillonnante. Le poignard s'éleva un moment au-dessus de leurs têtes dans une odeur de fureur et de transpiration. J'entendis un bruit de déchirure et un grognement suivi d'un gémissement de douleur. Dougal s'écarta de Jamie à reculons, la lame du poignard fichée à la base de son cou.

Jamie tomba à genoux et prit appui sur le rebord d'une commode, frappé de stupeur. Il avait les cheveux trempés et les pans déchirés de sa chemise étaient maculés de sang.

Dougal émit un cri terrifiant et s'effondra dans les bras de Jamie, la tête contre son épaule.

Je me précipitai à genoux à ses côtés pour tenter de l'aider, mais il était trop tard. Le grand corps agité de soubresauts glissa des mains de Jamie et s'affala lentement sur le sol. Dougal gisait recroquevillé sur le plancher, la bouche et les yeux grands ouverts. Il se raidit une dernière fois et retomba inerte.

— Par saint Michel ! Que le Seigneur nous vienne en aide !

Jamie et moi sursautâmes et nous tournâmes en même temps vers la porte. Willie Coulter MacKenzie se tenait sur le seuil. C'était un des hommes de Dougal et il fixait avec horreur la flaque d'urine qui s'étalait lentement sous le plaid de son chef. Il se signa sans le quitter du regard.

— Willie... dit Jamie en se levant.

L'homme semblait pétrifié. Il leva des yeux hébétés vers Jamie.

— Willie... répéta celui-ci, il me faut une heure.

Il posa une main sur son épaule, le faisant entrer dans la pièce.

— J'ai besoin d'une heure pour mettre ma femme en sécurité. Après quoi, je viendrai répondre de mon geste. Je t'en donne ma parole, sur mon honneur. Une heure, pas plus. Tu acceptes de ne rien dire pendant une heure ?

Willie se passa la langue sur les lèvres. Son regard oscillait entre le cadavre et le neveu de son chef. Il était manifestement terrorisé. Enfin, il acquiesça, sans doute parce qu'il était incapa-

724

ble de réfléchir, et qu'accepter cette requête était ce qu'il y avait de plus facile à faire.

— Bien, dit Jamie en s'essuyant le visage sur son plaid.

Il donna une petite tape sur l'épaule de Willie.

— Reste ici avec lui, mon vieux, et prie pour son âme...

Il hésita avant d'ajouter :

— ... et pour la mienne aussi.

Il tendit un bras derrière lui et, d'un coup sec, dégagea son poignard planté dans la table. Il me poussa ensuite devant lui en direction de l'escalier.

Au milieu des marches, il s'arrêta et s'adossa au mur en fermant les yeux. Il respirait avec peine et, l'espace d'un instant, je crus qu'il allait perdre connaissance. Je posai mes deux mains à plat sur sa poitrine. Son cœur battait à tout rompre et il tremblait comme une feuille. Il dut attendre quelques secondes avant de pouvoir se redresser et me prendre par le bras.

— Il me faut Murtagh, annonça-t-il.

Nous le trouvâmes devant la ferme, assis sous un auvent, emmitouflé dans un plaid pour se protéger de la pluie. Fergus somnolait blotti contre lui, épuisé par notre long voyage.

Murtagh lança un regard vers Jamie et se leva aussitôt, flairant quelque problème.

— Je viens de tuer Dougal MacKenzie, déclara simplement Jamie.

Le regard de Murtagh se vida pendant quelques secondes, avant de retrouver son expression habituelle.

— Qu'est-ce que je dois faire ?

Jamie fouilla dans son *sporran* et en sortit un morceau de papier plié. Il tenta de l'ouvrir, mais ses doigts tremblaient trop et je vins à son secours. Je l'étalai contre le mur à l'abri de la pluie.

C'était un bref document rédigé en petites lettres noires. Il léguait le domaine de Broch Tuarach à James Jacob Fraser Murray. La propriété devait être gérée par les parents dudit James, Janet Fraser Murray et Ian Gordon Murray, jusqu'à sa majorité. La signature de Jamie figurait au bas de la page, près de deux espaces vides où figurait la mention « témoins ». Le tout était daté du 1er juillet 1745, soit un mois avant que Charles-Édouard ne débarque sur les rives d'Écosse, faisant de Jamie un traître à la Couronne anglaise.

— J'ai besoin que vous signiez ce papier, Claire et toi, annonça Jamie. Mais cela implique de vous parjurer. Je n'ai pas le droit de l'exiger de vous.

Les petits yeux noirs de Murtagh parcoururent rapidement le document.

Il réveilla Fergus d'un coup de pied et l'enfant se redressa avec un sursaut.

— File dans la maison et va chercher un encrier et une plume, lui ordonna-t-il. Et dépêche-toi !

Fergus cligna des yeux plusieurs fois, lança un regard interrogateur à Jamie et, voyant celui-ci acquiescer, courut à l'intérieur.

L'eau qui se déversait de l'auvent me coulait dans la nuque. Je frissonnai et serrai ma capuche autour de mon cou. Je me demandais à quel moment Jamie avait rédigé ce legs. En l'antidatant, il laissait entendre que la propriété avait été léguée avant sa trahison et évitait que ses biens et ses terres ne soient confisqués par la Couronne. Si ce document n'était pas remis en cause, Lallybroch reviendrait au petit Jamie ; Jenny et les siens, au moins, seraient en sécurité sur leur propre domaine.

Je savais que Jamie n'avait pas rédigé de document avant que nous quittions le domaine. C'était donc qu'il avait espéré y revenir un jour et reprendre sa place de laird. À présent, ce n'était plus possible, mais le domaine ne serait peut-être pas saisi par les Anglais. Personne ne saurait à quelle date l'acte avait été signé, mis à part les témoins.

Fergus revint avec un petit encrier en verre et une plume dégarnie. Nous signâmes chacun à son tour, en prenant appui contre le mur. Murtagh signa le premier. Je remarquai qu'outre Fraser, il s'appelait également FitzGibbons.

— Tu veux que je le porte à ta sœur ? demanda-t-il à Jamie, pendant que j'agitais le papier pour le faire sécher.

— Non, Fergus va s'en charger.

— Moi ?

L'enfant ouvrit de grands yeux ronds.

— Oui, toi.

Jamie me prit le papier des mains, le plia et le glissa sous la ceinture de Fergus.

— Tu le porteras à ma sœur, Mme Murray. Ce papier vaut plus que ma vie, ou que la tienne.

Le souffle coupé par l'énormité de la mission qu'on lui confiait, Fergus se tenait droit sous la pluie, les mains croisées devant lui.

— Vous pouvez compter sur moi, milord !

Un soupçon de sourire traversa le regard de Jamie et il posa une main sur le crâne de l'enfant, en lui ébouriffant les cheveux.

— Je le sais, Fergus, et je t'en suis reconnaissant.

Il fit glisser le gros cabochon de son père de son doigt, et le lui tendit.

— Va aux écuries et montre cette bague au vieil homme que tu verras là-bas. Dis-lui que je t'ai demandé de prendre Donas.

726

Ensuite tu iras droit à Lallybroch. Ne t'arrête que pour dormir et, pour cela, cache-toi bien.

Fergus était tellement excité qu'il n'arrivait plus à parler. Murtagh lui lança un regard dubitatif.

— Tu crois que le gamin réussira à monter ta bête infernale ?

— Oui, j'en suis sûr, répondit Jamie.

Éperdu de gratitude, l'enfant se laissa tomber à genoux dans la boue et baisa fébrilement la main de Jamie. Il bondit sur ses pieds et détala dans la direction des écuries.

Jamie le suivit des yeux jusqu'à ce qu'il ait disparu dans la brume et se tourna vers Murtagh.

— Quant à toi, *mo caraidh*, j'ai besoin que tu rassembles les hommes.

Murtagh parut stupéfait mais se contenta de hocher la tête.

— Et quand ce sera fait ?

Jamie me lança un regard, avant de se tourner à nouveau vers son parrain.

— Je crois qu'ils sont tous en ce moment sur la lande, avec le jeune Simon. Contente-toi de les regrouper. Je vais mettre Claire en sécurité, puis...

Il hésita.

— ... puis je vous rejoindrai. Attendez-moi.

Murtagh se tourna pour aller exécuter les ordres mais une pensée l'arrêta. Ses lèvres minces frémirent un instant.

— Jamie... s'il faut mourir, fais que ce soit sous les coups des Anglais, pas des nôtres.

Jamie tiqua et resta un moment sans répondre. Il acquiesça et tendit les bras vers son vieux compagnon de toujours. Les deux hommes s'étreignirent rapidement et Murtagh disparut à son tour dans un tourbillon de tartan en lambeaux.

J'étais le dernier point à l'ordre du jour.

Jamie me prit par la main.

— Viens, *Sassenach*, nous n'avons pas de temps à perdre.

Personne ne nous arrêta. Il y avait trop d'allées et venues autour de la ferme pour qu'on nous prête attention. Plus loin, nous quittâmes la route et nous ne rencontrâmes pas âme qui vive.

Jamie ne disait rien, entièrement absorbé par la tâche qu'il s'était fixée. De mon côté, encore sous le choc des derniers événements, je gardais aussi le silence. « Je dois mettre ma femme en sécurité », avait-il déclaré. Je n'avais pas saisi ce qu'il entendait par là, mais cela devint soudain clair deux heures plus tard, lorsqu'il fit bifurquer son cheval plus au sud et qu'apparut au loin la colline verdoyante et escarpée de Craigh na Dun.

— Non ! m'écriai-je. Jamie, non ! Je ne veux pas partir !

Il ne me répondit pas. Il se contenta d'éperonner son cheval et de partir devant moi au galop, ne me laissant d'autre choix que de le suivre.

Des vagues d'émotion me submergeaient. Outre la terreur de la maudite bataille qui se préparait et l'horreur de la mort de Dougal, voilà que se dessinait la terrifiante perspective du cromlech ; le sinistre cercle de menhirs par lequel j'étais arrivée ici. De toute évidence, Jamie comptait me renvoyer dans mon époque, dans la mesure où une telle chose était possible.

Je le suivis sur l'étroit sentier envahi par la bruyère en serrant les dents. Il pouvait bien escompter ce qu'il voulait, rien au monde ne pourrait à présent me convaincre de l'abandonner.

Nous nous tenions sur le flanc de la colline, devant la petite chaumière en ruine, quelques centaines de mètres en contrebas du tertre de Craigh na Dun. Plus personne ne vivait ici depuis des années, car les gens du voisinage prétendaient que les lieux étaient hantés par les fées.

Jamie m'avait à moitié suppliée, à moitié traînée de force le long du sentier, faisant fi de mes protestations. Il s'était néanmoins arrêté au niveau de la chaumière et s'était laissé tomber sur le sol, à bout de souffle.

— Tout va bien, haleta-t-il. Nous avons un peu de temps devant nous. Personne ne nous trouvera ici.

Je m'assis près de lui, blottie dans ma cape, et attendis qu'il retrouve une respiration normale.

La pluie avait cessé, mais un vent froid soufflait des montagnes voisines dont les pics enneigés se détachaient sur un ciel de plomb. Nous restâmes un long moment sans rien dire, craignant de troubler ce qui semblait être un sursis précaire au chaos qui régnait au pied de la colline ; un chaos dont je me sentais en partie responsable.

— Jamie... dis-je enfin.

Je tendis une main vers lui, mais il s'écarta légèrement et je la laissai retomber.

— Jamie, je regrette.

Il regardait droit devant lui, l'air absent. L'espace d'un instant, je crus qu'il ne m'avait pas entendue. Il ferma les yeux et secoua doucement la tête.

— Non, murmura-t-il. Tu n'y es pour rien.

— Mais si ! repris-je en retenant mes larmes. J'aurais dû repartir, la première fois, quand tu m'as ramenée de Cranesmuir. Alors... peut-être que...

— Peut-être pas, rétorqua-t-il.

Il se tourna brusquement vers moi. Son regard était chargé de douleur et de chagrin, mais je n'y voyais aucune colère, aucun reproche.

— Je sais ce que tu ressens, *mo duinne*, mais tu te trompes. Si tu étais repartie, les choses auraient sans doute été les mêmes. Peut-être que la guerre aurait éclaté plus tôt, peut-être qu'elle se serait déroulée différemment, ou peut-être pas du tout. Ce ne sont que des peut-être. Nous ne sommes pas les seuls en jeu ; il y a un peuple tout entier. Tu n'as pas à porter tout le péché du monde.

Il caressa mes cheveux. Une larme coula sur ma joue et il la cueillit du bout du doigt.

— Ce n'est pas de ça que je voulais parler, répondis-je.

J'esquissai un geste vers la vallée, vers les hommes en armes, Charles-Édouard Stuart, le soldat mort de faim dans la forêt et le carnage à venir.

— Je parlais de ce que je t'ai fait à toi, précisai-je.

Il se mit à sourire avec une grande tendresse.

— Et moi, alors ? Qu'est-ce que je t'ai fait ? Je t'ai enlevée au confort de ton époque pour te faire vivre pauvrement dans un monde de violence. Je t'ai entraînée sur les champs de bataille et j'ai parfois mis ta vie en danger. Tu m'en veux ?

— Tu sais bien que non.

— Alors, moi non plus, je n'ai rien à te reprocher, *Sassenach*.

Il lança un regard vers le sommet de la colline et son sourire s'effaça. De là où nous étions, les menhirs étaient invisibles, mais je pouvais sentir leur présence menaçante.

— Je ne partirai pas, Jamie. Je reste avec toi.

— C'est impossible. Il faut que je retourne là-bas, Claire.

— Non, Jamie, tu ne peux pas ! On a sûrement découvert Dougal. Willie Coulter t'aura dénoncé.

— Je sais.

Il parlait d'une voix douce mais ferme, qui ne laissait aucune place à la discussion. Il avait dû prendre sa décision pendant que nous nous dirigions vers la colline ; je le voyais sur son visage où se mêlaient résignation et détermination.

— Nous pourrions essayer de gagner la France, Jamie. Il le faut !

— Impossible... Tout le pays est en ébullition. Les ports sont fermés. Voilà trois mois qu'O'Brien tente de faire accoster un navire afin de préparer la fuite du prince au cas où les choses tourneraient mal. C'est Dougal qui me l'a dit... avant.

Un léger spasme contracta les muscles de son visage. Il attendit quelques secondes avant de reprendre :

— Charles-Édouard n'est recherché que par les Anglais. Moi, je vais avoir les Anglais et tous les clans écossais sur le dos. Je suis un traître dans les deux camps. Un rebelle et un assassin. Claire... je suis un homme mort.

— Non ! m'écriai-je.

— Je ne passe pas facilement inaperçu, tu sais, reprit-il sur un ton faussement léger. Jamie le Rouge n'ira pas loin avant d'être repéré.

Il effleura mes lèvres du bout des doigts, suivant délicatement leur contour.

— Mais toi, ma *Sassenach*, je peux encore te sauver. C'est tout ce qui compte. Ensuite, j'irai rejoindre mes hommes. Je le leur dois.

— Les hommes de Lallybroch ? Que comptes-tu faire ?

— Je crois que je peux encore les tirer de là. Il y aura beaucoup de confusion sur la lande, avec des ordres et des contrordres, le fracas des armes et le hennissement des chevaux. Même si on est déjà au courant de mon... crime, personne n'essaiera de m'arrêter pour le moment, avec les Anglais en vue et la bataille sur le point de s'engager. Oui, je crois que j'y arriverai.

Sa voix était plus sûre et il serrait les poings avec résolution.

— Mes hommes me suivront sans poser de questions. Après tout, c'est comme ça qu'ils sont venus ! Je les éloignerai du champ de bataille. Si quelqu'un tente de m'en empêcher, je revendiquerai mon droit de mener mes propres hommes au combat. Même Simon ne me déniera pas ce droit.

Il regardait au loin, comme s'il visualisait la scène qui se tiendrait au petit matin.

— Je les mènerai en lieu sûr. La lande est si vaste et il y a tant d'hommes... On croira simplement que nous nous déplaçons vers une nouvelle position. Je les conduirai jusqu'à la route de Lallybroch.

Il se tut, comme si son plan s'arrêtait là.

— Et après ? ne pus-je m'empêcher de demander.

— Après, je reviendrai à Culloden.

Il esquissa un sourire forcé.

— Je n'ai pas peur de mourir, *Sassenach*. Enfin... pas trop. Mais il y a certaines manières de mourir plus acceptables que d'autres...

Un bref frisson le parcourut.

— Je ne pense pas que j'aurai droit aux services d'un vrai professionnel, mais si c'était le cas, je doute que M. Forez et moi-même trouvions l'expérience très... agréable. Je n'ai pas envie d'avoir le cœur arraché par un homme que j'ai reçu chez moi.

Je me jetai contre lui, le serrant de toutes mes forces.

— Ce n'est rien, *Sassenach*. Une balle de mousquet, peut-être un coup de sabre. Ce sera vite terminé.

Je savais aussi bien que lui que c'était un mensonge. J'avais vu suffisamment de blessures de guerre et d'agonies. Mais cela valait sans doute mieux que d'attendre dans un cachot que le bourreau vienne vous passer la corde au cou. La terreur qui ne m'avait pas quittée depuis le manoir de Sandringham atteignit brusquement son paroxysme et je crus que j'allais étouffer. Les battements de mon cœur résonnaient dans mes oreilles dans un vacarme assourdissant et ma gorge était tellement nouée que je parvenais à peine à respirer.

Tout à coup, la peur me quitta. Je ne pouvais l'abandonner et je ne le ferais pas.

— Jamie, marmonnai-je dans les plis de son tartan. Je retourne à Culloden avec toi.

— Non.

Je me sentais soudain très calme, déterminée, sûre de moi.

— Si. Je peux me confectionner un kilt avec ton plaid. Bon nombre de soldats n'ont pas plus de quinze ans. Je passerai sans problème pour un adolescent. Tu as dit toi-même que tout serait sens dessus dessous. Personne ne fera attention à moi.

— Non ! répéta-t-il. Il n'en est pas question.

Il me dévisageait avec un mélange de colère et d'effroi.

— Si tu n'as pas peur, moi non plus, repris-je. Ce sera vite terminé, ce sont tes propres termes.

Malgré ma détermination, mon menton recommençait à trembler.

— Jamie... je ne veux pas... je ne peux pas... Je ne vivrai pas sans toi, un point c'est tout !

Il ouvrit la bouche, mais aucun son n'en sortit. Le ciel s'assombrissait au-dessus des montagnes, teintant les nuages de rose pâle.

— Tu crois que je ne le sais pas ? dit-il enfin. De nous deux, c'est encore moi qui m'en sors le mieux. Car si tu ressens ce que je ressens pour toi, alors ce que je te demande revient à t'arracher le cœur et à accepter de vivre sans moi. Tu dois le faire, *mo duinne*. Il le faut.

— Mais pourquoi ? m'écriai-je. Quand tu m'as sauvée de la foule hystérique de Cranesmuir, tu as avoué que s'il l'avait fallu, tu étais prêt à monter sur le bûcher avec moi !

— C'est vrai, je l'aurais fait sans hésiter. Mais je ne portais pas ton enfant en moi.

J'en restai le souffle coupé.

— Comment le sais-tu ? Il est encore trop tôt.

Une lueur amusée traversa son regard.

— Tu oublies que je suis de la campagne, *Sassenach* ! Depuis qu'on se connaît, tu n'as jamais été en retard d'un seul jour ; et tu n'as pas saigné depuis quarante-six jours.

— Monstre ! Tu les as comptés ! On est au beau milieu d'une maudite guerre et tu as trouvé le temps de compter !

— Pas toi ?

— Non.

J'avais eu bien trop peur de comprendre que ce que j'avais tant attendu et espéré arrivait trop tard.

— Et puis ça ne veut rien dire, repris-je. Un retard peut très bien être dû à la malnutrition ; c'est un symptôme fréquent.

Il eut une moue sceptique et glissa une main sous un de mes seins.

— C'est vrai que tu es maigrichonne, *Sassenach*, mais tes seins sont gonflés et tes tétons ont pris la couleur du raisin de Champagne. N'oublie pas que je t'ai déjà vue dans cet état. Je n'ai pas le moindre doute, et toi non plus.

Je tentai de refouler les vagues de nausée qui montaient en moi, si facilement attribuables à la peur et à la faim. La boule qui pesait dans mon estomac se mit à me brûler et je serrai les lèvres. Jamie se tourna pour s'accroupir devant moi et me prit les mains.

— Claire, dit-il doucement. Demain, je serai mort. Cet enfant... est tout ce qui restera de moi. Je te le demande, Claire, je t'en supplie, emmène-le loin d'ici.

Ma vision se brouilla un instant et je sentis mon cœur se liquéfier littéralement en moi.

— Oui, murmurai-je. Je partirai.

Il faisait presque nuit. Il revint se placer à côté de moi et me serra contre lui, regardant la vallée qui s'étendait à nos pieds. Au loin, on apercevait la lueur vacillante des feux de camp.

— Je te retrouverai, murmura-t-il à mon oreille. Je te le promets. Si je dois endurer deux siècles de purgatoire, deux siècles sans toi, c'est que tel est le prix que je dois payer pour mes crimes. J'ai menti, j'ai tué, j'ai volé, j'ai trahi et j'ai manqué à ma parole. Mais lorsque je me tiendrai devant Dieu, j'aurai un argument pour ma défense : « Le Seigneur m'a donné une femme d'exception, et je l'ai aimée de tout mon être. »

Nous fîmes l'amour lentement, très doucement. Chaque caresse, chaque instant étaient à savourer, à imprimer dans ma mémoire, comme un talisman à chérir dans un futur où il ne serait pas.

Mes doigts exploraient avec ravissement chaque partie de son corps, chaque recoin le plus secret. Ma caresse s'attardait sur ses reins et ses cuisses solides et dures comme deux poutres de vieux chêne.

Je goûtai la sueur salée dans le creux de sa gorge, m'enivrai de la chaleur musquée du duvet de son ventre. Ses lèvres sentaient la pomme séchée et les baies de genièvre.

— Tu es si belle, mon amour, me murmura-t-il.

Sa main allait et venait entre mes jambes et massait la chair tendre à l'intérieur de mes cuisses. Son sexe était si raide et tendu dans ma main qu'une simple pression de mes doigts le fit gémir de désir.

Lorsqu'il ne put attendre plus longtemps, il me prit. Nous bougeâmes à l'unisson, brutalement, sauvagement, habités par l'urgence de cette ultime union, et redoutant l'extase qui nous conduirait inexorablement à une séparation éternelle.

Il m'amena encore et encore à l'extrême limite de mes sens, se retenant, s'arrêtant au bord du gouffre, le corps agité de frissons et de tremblements. Enfin, n'y tenant plus, je touchai son visage, entremêlai mes doigts dans ses boucles et cambrai les reins sous lui, dans une invite pressante.

— Maintenant ! dis-je dans un râle. Viens. Viens avec moi, maintenant. Maintenant !

Il s'abandonna en moi, et moi en lui. L'écho de nos cris mourut lentement au loin, porté par la nuit.

Nous restâmes couchés l'un contre l'autre sans bouger. Son poids me protégeait et me rassurait, et il me semblait impossible qu'un corps si lourd, si chargé de vie et de chaleur, puisse cesser d'exister dans quelques heures.

— Écoute ! chuchota-t-il. Tu entends ?

Tout d'abord, je ne perçus que le bruit du vent et le chuintement de la pluie sur le toit de chaume. Puis je l'entendis résonner sourdement contre mon sein, comme si nos deux cœurs, qui battaient au même rythme, drainaient un seul et même sang.

Après un long moment, il sortit de moi et s'étendit à mon côté. Me faisant tourner sur le flanc, il se colla contre moi, une main sur mon ventre, son souffle chaud contre ma nuque.

— Repose-toi un peu, *mo duinne*. Je voudrais dormir une dernière fois comme ça, contre toi, serrer notre enfant.

Jamais je n'aurais cru pouvoir m'endormir dans un moment pareil mais, l'épuisement aidant, je me sentis sombrer doucement dans l'inconscience. Je me réveillai peu avant l'aube, le bras de Jamie toujours autour de moi, et me retournai doucement. Je me soulevai sur le coude pour le regarder, pour voir les premières lueurs du jour caresser son visage, si paisible dans le sommeil.

Il ouvrit les yeux et sourit.

— Jamie... Je veux que tu me marques.

— Quoi ?

Le petit *sgian dhu* qu'il portait toujours dans sa chaussette était à portée de ma main, posé sur la pile de nos vêtements. Je le saisis et le lui tendis.

— Fais-moi une entaille, exigeai-je. Assez profonde pour laisser une cicatrice. Je veux l'emporter avec moi, afin d'avoir toujours sur moi quelque chose de toi. Peu m'importe si ça fait mal, rien ne peut me faire plus mal que d'être séparée de toi. Au moins, quand je toucherai la cicatrice, où que je sois, ce sera comme si je te touchais, toi.

Je lui tendis ma main droite. Il la prit et hésita un instant. Il déposa un baiser dans le creux de ma paume et enfonça la lame. Je ne sentis qu'une légère brûlure, mais le sang jaillit aussitôt. Il porta de nouveau ma main à ses lèvres, suça la plaie et sortit un mouchoir. Il me banda, mais pas avant que je n'aie aperçu l'entaille maladroite en forme de « J ».

Il me tendit le couteau à son tour. Je le saisis d'une main tremblante. Il ferma les yeux brièvement, tandis que j'enfonçais la lame dans le coussinet de chair à la base de son pouce et traçais la ligne courbe du « C ». Une diseuse de bonne aventure m'avait dit un jour que cette partie de la main, le mont de Vénus, indiquait la passion et l'amour.

Ce ne fut qu'après avoir fait l'entaille que je me rendis compte qu'il m'avait tendu la main gauche.

— Tu aurais dû me donner l'autre. Tu vas avoir mal en maniant ton épée.

— Tant mieux. Comme ça, tu ne me quitteras pas pendant mon dernier combat.

J'ôtai le mouchoir autour de ma main et pressai ma plaie contre la sienne, entrecroisant nos doigts. Le sang était chaud entre nos deux paumes.

— Tu es le sang de mon sang... murmurai-je.

— ... la chair de ma chair, poursuivit-il.

Ni lui ni moi n'eûmes le courage d'ajouter : « Jusqu'à ce que la mort nous sépare », mais les paroles étaient suspendues dans l'espace au-dessus de nos têtes. Finalement, il esquissa un petit sourire coquin et déclara :

— Pour plus longtemps que ça.

Il m'attira de nouveau contre lui.

— Frank... dit-il enfin avec un soupir. Je ne sais pas ce que tu vas pouvoir lui raconter. De toute manière, il ne voudra sans doute pas l'entendre. Mais s'il cherchait à savoir, parle-lui comme tu m'as parlé et dis-lui... que je lui suis reconnaissant, que j'ai confiance en lui, parce que je n'ai pas le choix. Et dis-lui aussi... que je le déteste.

Nous nous étions rhabillés. Le jour s'était levé et il n'y avait plus rien à faire... ni à dire.

Il fallait qu'il parte à présent, afin d'arriver à temps à Drumossie Moor. C'étaient nos derniers instants ensemble et nous ne savions pas comment nous dire adieu.

— Dans l'ancien temps, dit Jamie, lorsqu'un guerrier partait en guerre, il allait trouver une sorcière pour le bénir. Il devait regarder dans la direction où il allait partir et elle se plaçait derrière lui pour réciter ses incantations. Lorsqu'elle avait terminé, il marchait droit devant lui sans se retourner, car un dernier regard vers elle lui aurait porté malheur.

Il caressa mon visage et me tourna le dos, face à la porte. Le soleil matinal inondait le seuil, illuminait sa chevelure rousse comme un halo de feu. Il bomba le torse et s'emplit les poumons.

— Bénis-moi, sorcière, dit-il doucement, et rentre chez toi.

Je posai une main sur son épaule, cherchant mes mots. Jenny m'avait appris quelques prières celtiques. Je tentai de m'en rappeler une.

— *Jésus, fils de Marie*, commençai-je d'une voix rauque, *j'invoque ton nom et celui de Jean, l'apôtre bien-aimé, ainsi que celui de tous les saints réunis dans les cieux. Veuillez protéger cet homme dans la bataille à venir...*

Je m'interrompis brusquement. Des bruits de pas et de voix s'élevaient non loin.

Jamie se raidit, fit volte-face et me poussa vers le fond de la chaumière où un pan de mur s'était effondré.

— Par là ! ordonna-t-il. Ce sont des Anglais. Pars !

Je courus vers l'ouverture, tandis qu'il se tournait vers la porte, la main sur la garde de son épée. Je m'arrêtai juste un instant, pour emporter une dernière image de lui. Il tourna la tête vers moi, me vit et, soudain, bondit. Il me saisit par le col de mon corsage et me plaqua contre le mur, m'écrasant sous lui. Je pouvais sentir son érection contre mon ventre et la garde de son épée qui s'enfonçait dans mon flanc.

— Une dernière fois, il le faut ! Mais vite !

Je retroussai mes jupes et il souleva son kilt. Il me prit rapidement et violemment et ce fut terminé en quelques secondes. Les voix s'approchaient, elles n'étaient plus qu'à quelques centaines de mètres.

Il m'embrassa une dernière fois avec une fougue qui me laissa un goût de sang dans la bouche.

— Appelle-le Brian, pour mon père, souffla-t-il.

Il me poussa dans l'ouverture et je me mis à courir comme une folle. Lorsque je me retournai un peu plus loin, je l'aperçus devant la porte, son épée dans une main, son poignard dans l'autre.

Les Anglais, qui ne pensaient pas trouver des gens dans la chaumière, n'avaient pas songé à envoyer un des leurs inspecter l'arrière de la maison. La pente devant moi était libre. Je la gravis à toutes jambes et m'enfonçai entre les aulnes qui couronnaient le sommet de la colline.

Je repoussai les branches devant moi, glissai sur les pierres, aveuglée par les larmes. Derrière moi, je pouvais entendre des cris et le fracas des armes qui s'entrechoquaient. Le sommet de la colline semblait toujours aussi lointain et j'eus soudain la sensation cauchemardesque que cette course éperdue ne finirait jamais et que je passerais ma vie à me débattre entre les branches des arbres.

Des craquements précipités retentirent derrière moi. On m'avait vue fuir de la chaumière. Je finis de gravir la pente, de plus en plus escarpée, à quatre pattes. Enfin, j'aperçus la surface dégagée du tertre. Je reconnus les affleurements de granit, les petites touffes de cornouiller qui poussaient sur la falaise et l'empilement désordonné des gros rochers gris.

Essoufflée, je m'arrêtai quelques secondes à la lisière du cromlech. Je lançai un regard derrière moi et tentai désespérément de comprendre ce qui se passait un peu plus bas sur la colline. Combien étaient-ils ? Jamie allait-il pouvoir leur échapper et rejoindre son cheval qui attendait un peu plus bas ? Sans lui, il ne parviendrait jamais à temps à Culloden.

Soudain, le taillis derrière moi s'écarta sur une tache rouge. Un dragon anglais. Je soulevai mes jupes, traversai à toute vitesse l'étendue d'herbe au centre du cercle de pierres et me précipitai la tête la première dans la fente du grand menhir central.

SEPTIÈME PARTIE
Réminiscences

47

Laissons parler les baisers langoureux

— Il avait raison, naturellement ! Il avait presque toujours raison !

Un sourire triste s'inscrivit sur le visage de Claire, tandis qu'elle relevait les yeux vers Brianna. Celle-ci était assise sur le tapis, les genoux serrés contre sa poitrine le regard parfaitement vide.

— Ce fut une grossesse difficile, encore une fois, et une naissance hasardeuse. Si je t'avais mise au monde là-bas, nous y serions certainement restées toutes les deux.

Elle s'adressait directement à sa fille. Roger, encore assommé par ce voyage dans le passé, se sentit soudain un intrus.

— Pour être parfaitement sincère, je n'ai pas supporté de le perdre, dit doucement Claire ; même pour toi. Au début, je t'en ai voulu. Je haïssais la petite créature dans mon ventre, parce que c'était à cause d'elle qu'il m'avait obligée à partir. Je n'avais pas peur de mourir, tant que j'étais avec lui. Mais il fallait que je survive... sans lui. Il avait raison ; de nous deux, c'était lui qui s'en sortait le mieux. J'ai tenu parole, parce que je l'aimais. Et nous avons survécu, toi et moi, parce qu'il t'aimait.

Brianna ne bougeait pas. Elle continuait de fixer sa mère d'un regard glacé. Ses lèvres se mirent à trembler légèrement.

— Pendant combien de temps... tu m'en as voulu ?

— Jusqu'à ta naissance. Quand je t'ai tenue dans mes bras, tu m'as regardée avec les yeux de ton père. Ensuite... j'ai appris à te connaître comme un être différent de Jamie et de moi. Alors, je t'ai aimée pour toi-même et plus uniquement pour l'homme qui était ton père.

Brianna bondit soudain sur ses pieds. Sa chevelure rousse était hérissée comme une crinière et ses yeux bleus lançaient des éclats aussi ardents que les flammes de la cheminée.

— Frank Randall était mon père ! s'écria-t-elle. Je le sais ! J'en suis certaine !

Serrant les poings, elle dévisagea sa mère, les yeux brillants de larmes de rage.

— Je ne sais pas ce que tu cherches à faire. Peut-être que tu m'en veux toujours, après tout. Mais Papa m'aimait, lui ! Pourquoi essaies-tu de me convaincre qu'il n'était pas mon père ? Tu étais jalouse de moi, c'est ça ? Ça t'ennuyait tellement qu'il puisse m'aimer ? Une chose est sûre, c'est que toi, il ne t'aimait pas !

Roger ressentit une forte envie de s'éclipser discrètement avant qu'elle ne se souvienne de sa présence et ne déchaîne sa fureur contre lui. En même temps, il était fasciné. La fille qui se tenait devant lui, sifflant et crachant sa colère comme un félin, vibrait de cette même puissance sauvage qui faisait fondre les guerriers highlanders sur leurs ennemis. Son long nez droit projetait une ombre inquiétante sur son visage et ses yeux étaient fendus comme ceux d'un chat qui fait le gros dos. Elle ne ressemblait décidément en rien à l'universitaire calme et ténébreux dont la photo ornait la jaquette du livre sur la table.

Claire ouvrit la bouche, puis la referma, observant sa fille métamorphosée par la colère. Ce corps tendu comme un arc, ces pommettes saillantes rouges de fureur, elle les avait déjà vus maintes fois, dans une autre vie.

Avec une brusquerie qui les fit tous deux sursauter, Brianna tourna les talons, saisit les coupures de presse jaunies sur le secrétaire et les jeta dans le feu. S'emparant du tisonnier, elle se mit à les écraser avec hargne, indifférente à la pluie d'étincelles qui retombait sur ses bottes.

Elle se tourna de nouveau vers sa mère.

— Tu me haïssais, hein ? Eh bien, moi aussi, je te déteste maintenant !

Elle brandit soudain le tisonnier au-dessus de sa tête et le lança de toutes ses forces vers la baie vitrée. L'espace d'un instant, la vitre refléta l'image d'une femme dévorée par les flammes, avant de s'effondrer dans un fracas de verre brisé.

Un silence de mort s'était abattu sur la pièce. Roger se tenait debout, les bras ballants. Il regarda ses mains sans trop savoir où les mettre et lança un regard à Claire. Elle était parfaitement immobile, blottie dans la grande bergère, comme un petit animal paralysé de frayeur par l'ombre du rapace.

Après un long moment, Roger s'avança vers le secrétaire et s'y appuya.

— Je ne sais pas quoi dire, avoua-t-il.

— Moi non plus.

On entendait un vague bruit de casseroles au loin dans la cuisine, où Fiona préparait le dîner. L'embarras de Roger cédait lentement la place à une autre émotion, qu'il n'arrivait pas à définir. Il frotta ses paumes glacées contre le velours de son pantalon.

— Je... commença-t-il.

Il n'alla pas plus loin, secouant la tête d'un air impuissant.

Claire prit une profonde inspiration, et il se rendit soudain compte que c'était la première fois qu'elle semblait respirer depuis le départ fracassant de Brianna.

— Vous me croyez ? demanda-t-elle.

Roger la dévisagea longuement.

— Je n'en sais rien, répondit-il enfin.

Cela la fit sourire.

— C'est exactement ce que Jamie m'a répondu quand je lui ai posé la même question, après lui avoir raconté mon histoire.

— On ne peut pas le lui reprocher.

Il hésita, puis, rassemblant son courage, il s'approcha de la bergère et s'agenouilla devant Claire.

— Je peux ? demanda-t-il.

Il avança la main et elle lui tendit son poignet, présentant sa paume à la lumière. On apercevait encore la fine trace blanche du « J » sur sa chair rose, à la base du pouce.

— Ça ne prouve rien, lui dit-elle. Je pourrais très bien me l'être fait moi-même.

— Mais ce n'est pas le cas, n'est-ce pas ?

— Non, mais je ne peux pas le prouver. Quant aux perles...

Elle effleura son collier des doigts.

— ... elles sont authentiques, c'est facile à vérifier. Mais je ne peux pas prouver non plus où je les ai obtenues.

— Et le portrait d'Ellen MacKenzie ?

— Pareil. Une coïncidence. Je peux très bien avoir vu ce tableau un jour et avoir brodé mon histoire autour de lui.

Malgré le ton amer de sa voix, elle était calme. Ses joues commençaient à retrouver lentement leurs couleurs. En l'observant, Roger eut l'impression de regarder une statue qui prenait vie.

Il se mit à faire les cent pas dans la pièce, en se grattant le crâne.

— Tout ceci est important pour vous, n'est-ce pas ? Très important ?

— Oui.

Elle se leva à son tour et se dirigea vers le secrétaire où le dossier de l'enquête de Roger était toujours ouvert. Elle posa gravement une main sur l'enveloppe de papier bulle, comme si elle se recueillait sur une tombe. D'une certaine manière, c'en était une.

— Il fallait que je sache. Avait-il finalement réussi à sauver ses hommes, ou s'était-il sacrifié en vain ? Il fallait également que je le dise à Brianna. Même si elle ne me croit pas, même si elle ne doit jamais me croire, Jamie était son père. Je devais le lui dire.

— Je comprends. Mais vous ne pouviez pas le faire tant que votre mari... pardon, je veux dire Frank Randall était encore en vie.

Elle esquissa un sourire triste.

— Ne vous excusez pas. Vous pouvez parfaitement appeler Frank mon mari. Après tout, il l'a été pendant de nombreuses années. En outre, Brianna a raison. Il était son père, tout autant que Jamie.

Elle baissa les yeux vers ses mains ouvertes sur le secrétaire. La lumière jaune de la lampe faisait étinceler ses deux alliances d'or et d'argent. Roger eut soudain une idée.

— Votre bague, dit-il, celle en argent. Porte-t-elle un poinçon ? Certains orfèvres écossais signaient ainsi leurs œuvres au XVIIIe siècle. Ça ne prouverait rien, bien sûr, mais c'est toujours une piste.

Claire prit un air surpris et effleura machinalement les fleurs de chardon ciselées dans le métal.

— Je n'en sais rien, dit-elle. Je n'ai pas regardé à l'intérieur. Je ne l'ai jamais enlevée.

Elle fit glisser l'alliance au bout de son doigt. Malgré ses mains fines, le temps avait creusé un sillon rouge au niveau de l'anneau. Elle s'approcha de la lumière et plissa les yeux pour inspecter l'intérieur de la bague.

— Il y a des mots inscrits, confirma-t-elle. Je ne savais pas qu'il avait fait... Oh, mon Dieu !

Sa voix se brisa. Elle laissa tomber l'alliance sur le secrétaire et se détourna pour cacher son visage. Roger la ramassa et hésita. Il ne s'était jamais senti aussi gêné. Il avait la très désagréable impression de violer l'intimité de cette femme mais, ne sachant que faire d'autre, il avança l'alliance sous le halo de la lampe et lut l'inscription gravée à l'intérieur.

— *Da mi basia mille...*

C'était la voix de Claire, qui récitait de mémoire, entre deux sanglots.

— Ce sont des vers de Catulle, expliqua-t-elle. Un fragment de poème d'amour. Hugh... Hugh Munro me l'avait offert en cadeau de noces. Il l'avait écrit sur un bout du papier avec lequel il avait enveloppé un éclat d'ambre renfermant une petite libellule fossilisée. Je ne me souviens pas de tout, juste d'une petite partie :

Laissons parler les baisers langoureux
Qui s'attardent sur nos lèvres
Mille et cent fois repris,
Cent et mille fois encore.

Elle s'interrompit, esquissant un faible sourire.

— *Cent et mille fois encore...* répéta-t-elle enfin, mais pas de poinçon de l'orfèvre. Encore une fois, cela ne prouve rien.

— Si. Pour moi en tout cas, la preuve est faite.

Une lueur s'alluma au fond des yeux de Claire et son sourire devint réel. Des larmes perlèrent à ses paupières et elle se remit à sangloter.

— Excusez-moi, balbutia-t-elle quelques minutes plus tard.

Elle était assise sur le sofa, les coudes sur les genoux, le visage à demi enfoui dans un des grands mouchoirs blancs du révérend. Roger, assis près d'elle, la touchait presque. Elle semblait si fragile, si vulnérable. S'il avait osé, il aurait caressé ses épaisses boucles cendrées pour la réconforter.

— Je n'aurais jamais pensé... reprit-elle. Je ne me rendais pas compte de l'effet que cela me ferait de trouver quelqu'un qui me croie.

— Même si ce n'est pas Brianna ?

Elle tiqua légèrement et écarta une mèche en se redressant.

— Elle est encore sous le choc, la défendit-elle. C'est normal, elle ne peut pas comprendre. Elle était tellement attachée à son père... Je veux dire, à Frank. Je me doutais bien qu'elle ne prendrait pas cette nouvelle de gaieté de cœur. Mais avec le temps... quand elle y aura réfléchi, qu'elle se sera posé des questions...

Son regard balaya la pièce et s'arrêta sur la pile de livres posés sur la table.

— C'est drôle, non ? reprit-elle en sautant du coq à l'âne. J'ai passé vingt ans de ma vie aux côtés d'un historien spécialisé dans le mouvement jacobite. Pendant tout ce temps, j'étais terrorisée à l'idée de ce que je pourrais apprendre en ouvrant un de ses bouquins. Je ne sais pas ce qui est arrivé à la plupart de ceux que j'ai connus là-bas. Je n'osais pas me renseigner. Je ne pouvais pas les oublier, mais je suis parvenue à enfouir mes souvenirs, à tenir ma mémoire à l'écart, pour un temps.

Ce temps était à présent révolu. Roger saisit le premier livre de la pile, le soupesant dans ses mains. Il prenait un risque, mais cela lui ferait peut-être penser à autre chose que Brianna.

— Vous voulez que je vous le dise ? demanda-t-il doucement.

Elle hésita un long moment et hocha rapidement la tête,

comme si elle craignait de regretter sa décision en y réfléchissant trop.

Il humecta ses lèvres sèches. Il n'avait pas besoin d'ouvrir le livre. Il s'agissait de faits connus de tous les historiens qui s'intéressaient à cette époque. Il serra néanmoins l'étude de Frank Randall contre lui, tel un bouclier.

— Francis Townsend, l'homme qui a effectué le siège de Carlyle au nom de Charles-Édouard Stuart, a été capturé. Condamné pour haute trahison, il a été pendu et éviscéré.

Il marqua une pause. Tout ce qu'il s'apprêtait à dire était inscrit dans l'Histoire. On ne pouvait plus rien y changer. Elle était assise en face de lui, figée comme une statue de sel.

— MacDonald de Keppoch a mené l'assaut sur le champ de Culloden, à pied, aux côtés de son frère Donald. Tous deux ont été parmi les premiers fauchés par les canons anglais. Lord Kilmarnock est tombé lui aussi sur le champ de bataille, mais lord Ancrum, qui inspectait les lieux pour ramasser les blessés, l'a reconnu et sauvé des hommes de Cumberland. Ça n'a pas servi à grand-chose : il a été décapité le mois d'août suivant sur Tower Hill, avec Balmerino. Le fils de Kilmarnock a été porté disparu après la bataille. On n'a jamais retrouvé son corps.

— J'aimais bien Balmerino, dit Claire, songeuse. C'était l'un des plus sympathiques. Et le vieux renard ? Lord Lovat ? Maisri a vu un bourreau brandissant une hache...

— Oui, confirma Roger. Il a été lui aussi jugé pour haute trahison et condamné à être décapité. Tous les récits de son exécution concordent sur un point : il est parti en beauté.

Une anecdote rapportée par Hogarth lui revint soudain en mémoire. Il tenta de la lui raconter le plus fidèlement possible.

— Transporté à travers une foule d'Anglais déchaînés vers la tour où devait avoir lieu son exécution, le vieux chef du clan Fraser est apparu détendu, presque de bonne humeur, indifférent aux détritus qu'on lui jetait. Une vieille femme dans le public s'est écriée : « On va enfin couper ta sale tête de corniaud écossais, et c'est tant mieux ! » Il lui a répliqué sur un ton jovial : « C'est plus que probable, et c'est tant pis pour toi, vieille truie anglaise ! »

Claire esquissa un sourire amer.

— Ça lui ressemble bien, à cette teigne de Lovat !

— Lorsqu'on l'a conduit au billot, poursuivit Roger, il a demandé à examiner la lame de la hache et recommandé au bourreau de faire du bon travail. Il lui a dit : « Ne rate pas ton coup, mon brave, ou je vais me fâcher ! »

Il s'interrompit en constatant que Claire allait se remettre à pleurer, mais elle le rassura d'un geste de la main.

— Ce n'est rien, continuez, je vous en prie.

— Je n'ai rien d'autre à ajouter. Certains ont survécu, comme vous le savez. Lochiel a pu prendre la fuite et s'est réfugié en France.

Il s'abstint néanmoins de faire allusion au frère du chef du clan Cameron, Archibald. Le médecin avait été pendu, éviscéré et décapité à Tyburn. Son cœur avait été arraché et jeté dans les flammes.

Lorsqu'il eut fini, il se leva et la prit fermement par la main.

— Venez, dit-il. Vous avez besoin de prendre un peu l'air. Allons faire un tour, il a cessé de pleuvoir.

Dehors, l'air était d'une fraîcheur presque enivrante, après l'atmosphère confinée du bureau du révérend. Mon soulagement était immense. J'avais craint ce moment pendant si longtemps. À présent, c'était fait ; même si Brianna ne me pardonnait jamais... mais je savais qu'elle le ferait, un jour. Cela lui prendrait un certain temps, mais elle finirait par admettre la vérité. Il le fallait. Elle la regardait déjà en face sans le savoir, tous les jours dans son miroir. Elle coulait dans ses veines. Pour le moment, je lui avais tout dit et je me sentais légère comme un pécheur qui vient de quitter le confessionnal.

C'était comme un second accouchement : une brève période de difficultés et de douleur, avec l'assurance future de nombreuses nuits blanches et de crises de nerfs. Mais pour l'instant, un instant béni et paisible, je ne ressentais qu'une douce euphorie qui emplissait mon âme, sans laisser de place à l'appréhension. Même mon chagrin pour la triste fin des hommes que j'avais connus était provisoirement étouffé, adouci par la lueur des étoiles qui apparaissaient entre les nuages déchirés.

Je suivis Roger au pied de la colline, derrière la maison. Un sentier menait jusqu'à la rivière. Un pont de chemin de fer en poutrelles métalliques traversait cette dernière un peu plus loin. Sur l'une de ses piles, quelqu'un avait écrit à la bombe, en grosses lettres blanches : *Vive l'Écosse libre !*

J'avais accompli la partie la plus dure de ma tâche. À présent, Brianna savait qui elle était. J'espérais du fond du cœur qu'elle finirait par en être persuadée un jour. Pas seulement pour elle, mais aussi pour moi. J'avais tant besoin d'avoir quelqu'un avec qui partager mes souvenirs de Jamie, de pouvoir enfin parler de lui après toutes ces années de silence !

Mon corps et mon esprit étaient épuisés, mais je luttais contre la fatigue, repoussais mes limites, comme je l'avais fait si souvent. Bientôt, je pourrais reposer mes membres las et mon cœur meurtri. Bientôt, je pourrais dormir tranquille. Alors, je me blottirais dans le petit salon douillet du bed and breakfast, seule près du feu avec mes fantômes. Je pourrais les pleurer en paix, et me laisser sombrer dans l'oubli où ils m'attendaient.

Mais pas encore. Il me restait une dernière tâche à accomplir avant de pouvoir trouver le sommeil.

Ils marchèrent en silence un long moment, écoutant le bruit des voitures qui passaient au loin et le clapotis des vaguelettes contre la berge. Roger hésitait à entamer la conversation, craignant de raviver des plaies qu'elle cherchait à oublier. Mais à présent que les digues étaient ouvertes, plus rien ne pouvait endiguer le flot des souvenirs.

Elle se mit à lui poser de brèves questions hésitantes. Il y répondit de son mieux et lui en posa quelques-unes à son tour. Le fait de pouvoir enfin parler librement, après toutes ces années de silence, semblait agir sur elle comme une drogue, et Roger l'écoutait, fasciné. Lorsqu'ils atteignirent le pont de chemin de fer, elle avait retrouvé toute la vigueur et la force de caractère qu'il avait senties en elle, dès leur première rencontre.

— C'était un sot, un ivrogne, un homme faible et fat ! s'emporta-t-elle. Ils étaient tous des idiots, Lochiel, Glengarry et les autres. Ils buvaient du matin au soir et se montaient la tête avec les rêves insensés de Charles-Édouard. Dougal avait raison : il est facile d'être brave quand on est tranquillement assis bien au chaud devant un verre de bière. Ils étaient hébétés par l'alcool et bien trop orgueilleux pour faire marche arrière. Ils fouettaient leurs hommes, les menaçaient, les soudoyaient... Ils étaient prêts à leur raconter n'importe quoi pour les envoyer à la boucherie... Tout ça pour l'honneur et la gloriole !

Elle s'interrompit et soudain se mit à rire.

— Mais vous savez ce qui est le plus étonnant ? reprit-elle. Ce pauvre garçon imbibé d'alcool, ses conseillers cupides et sots, et tous ces braves généraux qui ne voyaient pas plus loin que le bout de leur nez et n'ont pas su rebrousser chemin, avaient tous une qualité en commun : ils y croyaient. Et c'est tout ce qui est resté d'eux. La bêtise, l'incompétence, la lâcheté, tout ça a disparu. Tout ce qui reste de Charles-Édouard Stuart et de ses partisans, c'est la gloire qu'ils ont tant cherchée et qu'ils n'ont jamais trouvée. Finalement, maître Raymond disait juste : seule l'essence des choses compte. Lorsque le temps a tout rongé, il ne reste plus que la structure dure et solide des os.

— Je suppose que vous en voulez beaucoup aux historiens ? avança Roger. Tout ce qu'ils ont écrit est faux. Ils en ont fait un héros. Aujourd'hui, vous ne pouvez aller nulle part dans les

Highlands sans voir le portrait de Bonnie Prince Charlie sur les boîtes de chocolats ou les tasses à thé des échoppes pour touristes.

— Non, les historiens n'y sont pour rien. Leur plus grande erreur, c'est de s'imaginer qu'ils savent ce qui s'est réellement produit, alors qu'ils ne disposent que des éléments que le passé a choisi de laisser derrière lui. Ils ne savent que ce qu'on a voulu leur faire croire. Rares sont ceux parmi eux qui parviennent à distinguer la vérité derrière l'écran des artifices.

Un grondement retentit au loin. C'était l'express de Londres. Par les nuits claires, on pouvait l'entendre depuis le presbytère.

— Non, poursuivit Claire. La faute en incombe aux artistes, écrivains, chantres, conteurs. Ce sont eux qui s'emparent du passé et l'arrangent à leur convenance. Eux qui s'emparent d'un fou et en font un héros, et d'un poivrot font un roi.

— Ce sont donc des menteurs ? demanda Roger.

Claire haussa les épaules.

— Des menteurs ? Non, des sorciers ou des magiciens. Ils aperçoivent les os dans la poussière, distinguent l'essence de la chose qui a été. Ils l'enveloppent d'une nouvelle chair et le cheval de trait resurgit comme un monstre fabuleux.

— Vous pensez qu'ils ont tort de le faire ?

Le pont du chemin de fer se mit à trembler ; le *Flying Scotsman* passait en trombe. Se bouchant les oreilles pour se protéger du vacarme assourdissant, il regarda Claire. Les lumières du train se reflétaient dans ses yeux. Elle fixait la pile ornée du graffiti.

— Vous ne comprenez toujours pas ? dit-elle quand le fracas s'atténua. Ni vous ni moi ne le savons et nul n'en saura jamais rien, parce que personne ne connaîtra jamais le fin mot de l'histoire. On ne peut pas dire que tel ou tel événement devait arriver parce que c'était le destin. Si Charles-Édouard ne s'était pas lancé dans cette aventure, s'il n'avait pas échoué, s'il n'était pas entré dans la légende, l'Écosse aurait-elle supporté d'être rattachée à l'Angleterre pendant deux cents ans sans jamais perdre son identité ?

Elle pointait le doigt vers l'inscription.

— Je ne sais pas ! convint Roger.

— C'est bien là tout le problème. On ne sait jamais, mais on doit quand même prendre des décisions. On doit agir.

Elle laissa retomber les bras d'un air épuisé, en proie à un terrible dilemme. Au bout de quelques minutes d'un silence hésitant, elle se tourna enfin vers lui.

— Rentrons à la maison, Roger, proposa-t-elle. J'ai encore quelque chose d'important à vous dire.

Claire se laissa tomber sur le sofa, pendant que Roger préparait deux verres de whisky.

— Vous ne vous demandez pas pourquoi je tenais tant à ce que vous entendiez mon histoire ? lança-t-elle soudain.

— J'attendais encore un peu avant de vous poser la question, répondit-il en souriant.

— Il y a deux raisons à cela. Je vais bientôt vous donner la deuxième, mais pour ce qui est de la première... c'était parce que j'estime que vous avez le droit de savoir.

— Moi ? Mais de savoir quoi ?

Les yeux dorés le dévisageaient avec sincérité.

— Comme Brianna. De savoir qui vous êtes.

Elle traversa la pièce et vint se poster devant le mur de liège. Il était entièrement tapissé de photographies jaunies, de fragments de cartes routières, de cartes de visite, d'horaires de trains, etc.

— Je me souviens de ce mur, dit-elle d'un air songeur. Votre père y a-t-il enlevé quelque chose ?

Roger fit non de la tête, se demandant de quoi il s'agissait.

— Je ne le crois pas. Il disait qu'il ne retrouvait jamais les choses qu'il rangeait dans les tiroirs. Tout ce qui était important, il le punaisait sur ce panneau pour l'avoir toujours à portée de main.

— Alors, il doit y être encore. Il y attachait une grande valeur.

Se hissant sur la pointe des pieds, elle fouilla parmi les bouts de papier, soulevant délicatement les feuilles jaunies.

— Je crois que c'est celui-ci, dit-elle enfin.

Elle glissa la main sous une liasse de reçus de supermarché et de notes de téléphone, et détacha une feuille de papier qu'elle déposa sur le secrétaire.

— Mais c'est mon arbre généalogique ! s'étonna Roger. Je ne l'avais pas revu depuis des années. D'ailleurs, je n'y ai jamais fait bien attention. Si vous voulez m'annoncer que j'ai été adopté, je suis déjà au courant.

— Oui, je le sais. C'est pourquoi votre père, je veux dire M. Wakefield, avait réalisé cet arbre. Il tenait à ce que vous connaissiez votre véritable famille, même s'il vous avait donné son nom.

— Mes parents s'appelaient MacKenzie. Vous voulez dire que je suis apparenté aux MacKenzie que vous avez connus ? Pourtant, je ne vois leur nom nulle part sur cet arbre.

Claire fit comme si elle ne l'avait pas entendu, le doigt sur les petites lignes sinueuses qui constituaient les ramifications de la famille de Roger.

— M. Wakefield était un perfectionniste, marmonna-t-elle pour elle-même, je suis sûre qu'il n'a pas commis d'erreur.

Son doigt s'arrêta soudain sur la page.

— Voilà ! s'écria-t-elle. C'est à cet endroit que ça s'est produit, juste à ce niveau.

Sa main balaya le bas de la page.

— Tout le reste est bon, expliqua-t-elle. Ce sont bien vos parents, vos grands-parents, vos arrière-grands-parents... Mais tout ce qui est au-dessus de cette branche est faux.

Roger se pencha sur la feuille.

— Vous voulez dire à partir de William Buccleigh MacKenzie ? né en 1744 de William John MacKenzie et de Sarah Innes, mort en 1782 ?

Claire secoua la tête.

— Erreur, il est mort de la variole en 1744, à l'âge de deux mois.

Elle releva les yeux vers lui et le dévisagea avec une intensité qui lui fit froid dans le dos.

— Vous n'êtes pas le premier enfant adopté de la famille, dit-elle.

Elle tapota de l'ongle le nom sur le papier.

— Mais un bébé avait besoin d'une nourrice, expliqua-t-elle. Sa mère venait de mourir. On l'a donc confié à une famille qui avait récemment perdu son enfant. Ces derniers lui ont donné le nom de l'enfant qu'ils avaient perdu ; cela se faisait fréquemment. En outre, je suppose que personne ne tenait à ébruiter l'affaire en le déclarant à la paroisse. C'est Colum qui m'a dit où il avait été placé.

— Le fils de Geillis Duncan... murmura Roger. L'enfant de la sorcière.

— Exactement. J'en ai eu la confirmation dès que je vous ai vu. C'est à cause de vos yeux. Ils ressemblent aux siens.

Roger se rassit lentement, sentant un froid glacial l'envahir.

— Vous en êtes sûre ?

C'était une question purement formelle. Elle se tenait devant lui, son verre de whisky à la main, parfaitement calme.

— C'est très intéressant, déclara-t-il. Je suis ravi que vous me l'ayez dit. Mais ça ne change pas grand-chose, n'est-ce pas ? Mis à part que je peux déchirer une moitié de mon arbre et la jeter à la poubelle. Après tout, on ne sait pas d'où venait Geillis Duncan, ni qui était le père de son enfant. Vous semblez à peu près certaine que ce n'était pas son mari, Arthur.

Claire fit une moue assurée.

— Non, c'était Dougal MacKenzie, ça ne fait aucun doute. C'est la vraie raison pour laquelle elle a été tuée, et non la sorcellerie. Colum MacKenzie ne voulait pas qu'on sache que Dougal avait eu une liaison avec la femme du collecteur d'impôts. Elle, elle espérait bien épouser Dougal. Je crois qu'elle a menacé de dévoiler la vérité au sujet de Hamish s'il refusait de légitimer leur union.

— Hamish ? Ah, le fils de Colum. C'est vrai, je me rappelle.

Sa tête commençait à tourner.

— Ce n'était pas vraiment le fils de Colum, rectifia Claire, mais celui de Dougal. Colum ne pouvait pas avoir d'enfant, alors Dougal en a fait un pour lui. Hamish était destiné à devenir le chef du clan MacKenzie et Colum était prêt à éliminer tous ceux qui représentaient une menace pour son héritier, ce qu'il a fait d'ailleurs, en laissant condamner Geillis.

Elle fit une pause, avant d'ajouter :

— Ce qui m'amène à la seconde raison pour laquelle je vous ai raconté mon histoire.

Roger s'enfonça dans son siège, s'attendant au pire.

— Geillis portait une cicatrice de vaccination, la devança-t-il.

— Oui, c'est ce qui m'a convaincue de revenir en Écosse. Il y a vingt ans, quand j'en suis partie avec Frank, je m'étais juré de ne plus jamais y remettre les pieds. Je savais que je ne pourrais jamais oublier, mais je pouvais taire ce que je savais. Je pouvais prendre mes distances et ne jamais chercher à savoir ce qui s'était passé. C'était la moindre des choses que je pouvais faire pour Frank, pour Jamie et pour le bébé.

Elle serra les lèvres un instant, se souvenant.

— Mais Geillis m'a sauvé la vie lors du procès de Cranesmuir. Peut-être se savait-elle déjà perdue ? Quoi qu'il en soit, elle a sacrifié ses dernières chances pour que je puisse m'en sortir. Et elle m'a laissé un message. Dougal me l'a transmis plus tard, à l'époque où je cherchais à sortir Jamie de prison. Il était composé d'une phrase : *J'ignore si c'est possible, mais je le crois.* Et d'une séquence de quatre chiffres : un, neuf, six et huit.

— Mille neuf cent soixante-huit, murmura Roger. Mais c'est cette année ! Que voulait-elle dire par « je crois que c'est possible » ?

— Possible de faire le chemin inverse à travers le menhir. Elle n'avait pas essayé, mais elle pensait pouvoir le faire. Elle avait raison, j'en suis la preuve vivante. Nous sommes en 1968, l'année où elle a été propulsée dans le passé, sauf que je crois qu'elle n'y est pas encore partie.

Roger rattrapa de justesse son verre qui venait de glisser entre ses doigts.

— Quoi ? Mais... comment... vous ne pensez tout de même... balbutia-t-il.

— Je ne suis sûre de rien, mais je le crois. Je suis pratiquement certaine qu'elle est écossaise et il y a de fortes chances qu'elle ait traversé le temps quelque part dans les Highlands. Il y a d'autres cromlechs dans la région, mais nous savons que Craigh na Dun est un lieu de passage. En outre...

Elle marqua un temps d'arrêt avant d'enfoncer le clou :

— Fiona l'a rencontrée.

— *Fiona !*

Cette fois, c'en était trop ! Il était prêt à croire beaucoup de choses : voyages dans le temps, traîtrises, révélations historiques... mais que Fiona soit embringuée dans cette histoire...

— Dites-moi que ce n'est pas vrai, gémit-il. Pas Fiona !

Claire esquissa un petit sourire compatissant.

— Je crains que si. Je suis allée lui parler du groupe de druidesses auquel appartenait sa grand-mère. Elle est tenue par le secret, naturellement, mais comme j'en connaissais déjà long sur le sujet, elle a accepté de m'en parler. Je dois reconnaître que je n'ai pas eu besoin de trop la pousser. Elle m'a dit qu'une autre femme était venue lui poser des questions ; grande, avec de longs cheveux blonds et des yeux d'un vert intense. Elle a ajouté que cette femme lui avait rappelé quelqu'un, mais elle ne savait pas qui.

Elle évita soigneusement de croiser le regard de Roger. Celui-ci poussa un grognement sourd et se pencha en avant.

— Fiona connaît son nom ? demanda-t-il, les yeux fermés.

— Gillian Edgars.

Claire alla se resservir un whisky et vint se poster derrière lui. Il pouvait sentir son regard fixé sur sa nuque.

— À vous de décider, Roger, dit-elle doucement. Vous voulez que je la recherche ou non ?

Roger releva brusquement la tête et la dévisagea d'un air incrédule.

— S'il faut la rechercher ? Mais... mais... si tout ce que vous avez dit est vrai, alors bien sûr qu'il faut la rechercher ! Vous avez bien dit qu'elle finirait brûlée vive, non ? Nous devons absolument la retrouver et la prévenir !

— D'accord, mais si je la retrouve, répondit-elle calmement, avez-vous pensé à ce qui risque de vous arriver ?

Roger lança un regard désemparé autour de lui. Il posa ses mains sur ses cuisses, palpa ses muscles à travers l'épaisseur du velours. Il était... solide, aussi solide que la chaise sur laquelle il était assis.

— Mais... j'existe ! s'écria-t-il. Je suis bien réel, je ne vais pas... m'évaporer comme ça !

— Je ne sais pas ce qui peut se passer, répondit Claire, je n'en ai aucune idée. J'ai passé vingt ans à me poser des questions et je peux vous dire une chose : il n'y a pas de réponse, il n'y a que des choix. J'en ai fait moi-même un certain nombre et personne ne pourrait me dire s'ils étaient bons ou mauvais, sauf peut-être maître Raymond. Mais non, même lui ne m'aurait rien dit, il aimait trop les mystères. Je sais seulement que je devais vous le dire, et vous laisser faire votre choix.

Roger vida son verre et se dirigea vers la bibliothèque. Les étagères croulaient sous les livres d'histoire, science ô combien incertaine. Un bon nombre traitaient des mouvements jacobites, des rébellions, des soulèvements de 1715 et 1745-1746. Claire avait rencontré certains des hommes et des femmes décrits dans ces ouvrages. Elle s'était battue et avait souffert avec eux pour sauver un peuple qui n'était pas le sien. Elle avait perdu tout ce qui lui était cher et, au bout du compte, elle avait échoué. Mais elle avait choisi et, à présent, c'était son tour.

Il aurait tant voulu ne pas la croire, mais malgré lui, il devait reconnaître qu'il n'avait plus aucun doute. Il ouvrit grandes ses mains sur la table devant lui et examina les sillons qui traversaient ses paumes. Était-ce uniquement son destin qui était ainsi inscrit dans sa chair ? Ou y avait-il également celui d'une femme inconnue ?

Il n'y avait pas de réponses, uniquement des choix.

— Allons la chercher, déclara-t-il soudain.

Elle ne lui répondit pas. La silhouette blottie dans la grande bergère ne bougea pas. Claire s'était endormie.

48

La chasse à la sorcière

L'appartement était situé dans un quartier ouvrier. La rue était bordée de petites maisons en briques brunes, toutes identiques, chacune divisée en deux ou trois logements. Un petit mot griffonné sur un morceau de papier scotché sous la sonnette indiquait : *McHenry, premier étage. Sonner deux fois.* Roger s'exécuta et attendit.

Une jardinière de jonquilles, dont les tiges fatiguées penchaient tristement vers le sol, ornait le devant de la porte.

— Il n'y a peut-être personne, suggéra Claire. Ces fleurs n'ont pas été arrosées depuis plus d'une semaine.

Roger se sentit vaguement soulagé. Que Geillis Duncan soit Gillian Edgars ou pas, cette visite l'angoissait au plus haut point. Il se tournait pour partir quand la porte s'ouvrit brusquement dans un grincement sinistre.

— Qu'est-ce que c'est ?

L'homme qui leur avait ouvert les dévisagea d'un air hargneux. Il avait les yeux bouffis et les joues mal rasées.

— Euh... nous sommes désolés de vous déranger... s'excusa Roger. Nous cherchons Mlle Gillian Edgars. Elle habite bien ici ?

L'homme passa une main dans ses cheveux gras, ce qui eut pour résultat de les dresser sur son crâne en pointes belliqueuses.

— D'abord, mon pote, c'est pas mademoiselle, mais madame Edgars. Qu'est-ce que tu lui veux, à ma femme ?

Son haleine avinée balaya le visage de Roger qui réprima une grimace.

— Nous voulons juste lui parler, dit-il sur un ton conciliant. Elle n'est pas chez elle ?

— Elle n'est pas chez elle ? mima l'homme qui devait être

M. Edgars, imitant l'accent d'Oxford de son interlocuteur. Non, madame n'est pas chez elle. Allez vous faire foutre !

Il leur claqua la porte au nez avec une violence qui fit trembler les petits rideaux en dentelle de la fenêtre voisine.

— On comprend qu'elle ne soit pas chez elle ! observa Claire. À sa place, je n'y serais pas non plus !

— Quel rustre ! s'indigna Roger.

Il se tourna vers la rue, l'air excédé.

— Vous avez une autre idée ? demanda-t-il.

Claire colla son oreille à la porte.

— Il s'est installé devant sa télé, dit-elle. Laissons-le tranquille, du moins jusqu'à l'ouverture des pubs. En attendant, on peut toujours aller voir à cet institut. D'après Fiona, Gillian Edgars y suivait des cours.

L'Institut des arts et traditions populaires des Highlands était situé au dernier étage d'un immeuble étroit, en bordure du quartier des affaires. La réceptionniste, une petite femme rondelette, parut ravie de les voir. Elle ne devait pas avoir beaucoup de visites.

— Oh, Mme Edgars ? répéta-t-elle. Oui, en effet, c'est un de nos membres. Tous ses cours sont payés pour l'année. Elle fréquente assidûment notre institut.

Un peu trop, au goût de Mme Andrews, apparemment, à en juger par le ton de sa voix.

— Elle ne serait pas ici en ce moment, par hasard ? demanda Roger.

— Oh, non ! Le lundi, il n'y a que moi et le professeur McEwan. M. McEwan... notre directeur, bien sûr.

Elle lança un regard réprobateur à Roger, semblant trouver impardonnable de sa part de ne pas le savoir. Puis, manifestement rassurée par l'évidente respectabilité de ses visiteurs, elle reprit :

— Si vous cherchez Mme Edgars, c'est à lui que vous devriez vous adresser. Vous voulez que j'aille lui demander s'il peut vous recevoir ?

Sans attendre leur réponse, elle descendit de son haut tabouret. Au moment où elle s'apprêtait à s'extirper de derrière son comptoir, Claire l'arrêta d'un geste de la main :

— Un instant... Vous n'auriez pas une photographie de Mme Edgars ?

Devant l'air surpris de la réceptionniste, elle ajouta sur un ton rassurant :

— C'est que nous ne voudrions pas gaspiller inutilement le

temps du professeur McEwan. La Mme Edgars qui fréquente votre maison n'est peut-être pas la personne que nous cherchons.

Mme Andrews entrouvrit la bouche, cligna des yeux plusieurs fois d'un air perplexe, et se mit à fouiller sur son bureau.

— Je sais qu'elle est là quelque part, elle ne peut pas être bien loin... je l'ai vue hier encore... Ah, la voilà !

Elle sortit une chemise contenant des photographies en noir et blanc et les passa brièvement en revue.

— Tenez ! C'est elle, là, avec une expédition archéologique. Ils faisaient des fouilles juste en dehors de la ville. Malheureusement, on ne voit pas son visage. Attendez, je crois qu'il y en a une autre.

Elle replongea dans son dossier en marmonnant. Le cliché montrait un groupe devant une Land Rover, une pile de sacs à dos et des petits outils éparpillés à leurs pieds. La photo avait été prise à l'improviste et plusieurs personnes tournaient le dos à l'objectif. Le doigt de Claire montra sans hésitation une grande blonde aux cheveux longs.

— Comment pouvez-vous être sûre que c'est elle ? demanda Roger.

Mme Andrews releva la tête.

— Pardon ? Oh... je croyais que vous me parliez. Tenez, j'en ai trouvé une autre où on la voit un peu mieux.

Elle posa une nouvelle photographie sur le comptoir avec un petit air victorieux.

Le cliché montrait un homme âgé portant des lunettes de lecture et la même blonde aux cheveux longs, penchés sur ce qui parut être à Roger une série de vieilles pièces de moteur rouillées, mais qui devaient sans doute être de précieux objets anciens. La fille avait la moitié du visage cachée par une longue mèche. Elle tournait la tête vers l'homme, mais on distinguait nettement la ligne droite de son nez, la courbe arrondie de son menton et ses lèvres pleines et bien dessinées. Ses yeux baissés étaient bordés de longs cils recourbés. Roger réprima un sifflement admiratif. Ancêtre ou pas, c'était une sacrée jolie fille !

À ses côtés, Claire avait pâli.

— Oui, c'est bien elle, confirma-t-elle. Nous aimerions parler au directeur, s'il est disponible.

La réceptionniste lança un bref regard vers la porte, au bout du couloir.

— Je vais aller lui demander. Euh... qui dois-je annoncer ?

Roger ouvrit la bouche, mais Claire le devança :

— Nous faisons partie du comité d'attribution des bourses de l'université d'Oxford, mentit-elle. Mme Edgars a déposé une demande de bourse de recherche auprès du département des antiquités et elle a cité votre institut parmi ses références.

— Oxford ? fit Mme Andrews, impressionnée. Je vais demander au professeur s'il peut vous recevoir tout de suite.

Tandis qu'elle disparaissait au bout du couloir, Roger se pencha vers Claire et lui glissa à l'oreille :

— Il n'y a pas de département des antiquités à Oxford ! Vous le savez très bien !

— Vous le savez et je le sais aussi, répondit-elle calmement. Mais figurez-vous qu'il existe encore des personnes en ce bas monde qui l'ignorent. Vous venez juste d'en rencontrer une.

La porte blanche au bout du couloir s'entrouvrit.

— J'espère que vous savez ce que vous faites, marmonna Roger, et surtout que vous savez mentir.

Claire se leva avec un grand sourire à l'adresse de Mme Andrews qui revenait vers eux.

— Moi ? glissa-t-elle du coin des lèvres. Moi qui déchiffre les âmes pour le roi de France ? Allons donc ! Ne vous inquiétez pas, ce sera un jeu d'enfants !

Roger fit une courbette ironique et s'effaça pour la laisser passer la première.

— Après vous, madame, souffla-t-il.

Lorsqu'elle fut passée devant lui, il ajouta entre ses dents :

— Et après vous le déluge !

À sa grande surprise, ce fut effectivement un jeu d'enfants. Il ignorait si cela était dû à l'aplomb avec lequel Claire mentait ou à la naïveté du professeur McEwan, mais leur bonne foi ne fut pas mise en doute un seul instant. Il ne vint pas une seconde à l'esprit du brave homme qu'il était étrange qu'une université envoie des délégués jusqu'au fin fond de l'Écosse prendre des renseignements sur une étudiante. Mais M. McEwan semblait avoir d'autres soucis en tête, et il n'avait pas l'air dans son assiette.

— Mmm, oui... en effet. Mme Edgars est une étudiante intelligente, dit-il comme s'il cherchait à s'en convaincre lui-même. Avez-vous... Est-ce qu'elle a... euh... L'avez-vous déjà rencontrée ?

— Non, répondit Roger. C'est précisément pourquoi nous la cherchons.

— Y a-t-il quelque chose... que le comité devrait savoir à son sujet, professeur ? demanda Claire avec délicatesse.

Elle se pencha avec un sourire charmeur :

— Rassurez-vous, professeur, ce genre d'enquête est strictement confidentiel. Mais il est important que nous soyons informés. C'est que, voyez-vous, nous n'avons qu'un nombre limité de bourses à distribuer et le ministère insiste pour que les récipiendaires soient triés sur le volet.

Roger l'aurait volontiers étranglée, mais le professeur McEwan hocha gravement la tête.

— Bien sûr, bien sûr, chère madame. Le ministère... je comprends. C'est que... je ne voudrais surtout pas que vous vous fassiez une fausse idée de... C'est une occasion inespérée pour une étudiante...

À présent, c'était lui que Roger avait envie d'étrangler. Claire dut remarquer ses mains qui s'agitaient nerveusement sous la table car elle mit un terme aux élucubrations du professeur.

— Il y a deux choses que nous aimerions savoir...

Elle sortit un petit carnet de son sac et l'ouvrit sur ses genoux pour prendre des notes. Du coin de l'œil, Roger lut : *Passer prendre la bouteille de sherry pour Mme T. Jambon en tranches pour le pique-nique...*

— Tout d'abord, que pensez-vous des aptitudes de Mme Edgars à la recherche ? Ensuite, avez-vous des commentaires à faire sur sa personnalité en général ? Nous pourrions répondre à la première question nous-mêmes, naturellement, mais vous avez certainement une vue plus détaillée et compétente sur la question.

Elle cocha une phrase sur la page qui disait *changer les traveller's cheques*, pendant que le professeur la regardait en hochant la tête, hypnotisé.

— Euh... oui, bien sûr...

Il lança un regard vers la porte pour s'assurer qu'elle était bien fermée, avant de reprendre :

— Pour ce qui est de la qualité de son travail, il n'y a absolument rien à redire. C'est impeccable. Je peux vous montrer quelques-uns des travaux de recherche qu'elle a effectués pour nous. Quant à votre deuxième question... c'est que... c'est une jeune femme aux idées bien arrêtées. Disons que... ses intérêts tendent à être... comment dirais-je... obsessionnels.

Son regard embarrassé allait de Roger à Claire.

— Cette obsession ne concernerait pas des cercles de menhirs, par hasard ? demanda Claire. Certains cromlechs de la région ?

— Ah... elle en a parlé dans sa demande de bourse ?

Le directeur sortit un grand mouchoir de sa poche et s'épongea le front.

— Oui, c'est bien à cela que je faisais allusion. Ces sites mégalithiques excitent tellement l'imagination que certains se laissent parfois emporter ! Il faut dire que ce sont des lieux si étranges, si chargés de mystère ! Regardez ces malheureux qui se promènent à Stonehenge au moment du solstice d'hiver, affublés de draps blancs et de capuches... On croit rêver ! Non que je compare Mme Edgars à ces...

Il poursuivit sur sa lancée. Le sujet lui tenait visiblement à cœur. Roger avait cessé d'écouter. Il avait les tempes bourdonnantes et l'atmosphère du petit bureau lui parut soudain irrespirable. Il réagit à peine lorsque le professeur sortit une clé de son tiroir et les invita à le suivre. Il les conduisit dans un couloir et ouvrit une porte en leur lançant un regard entendu.

— Nos salles d'études, expliqua-t-il.

Celle-ci n'était guère plus grande qu'un placard. Elle comptait une table étroite, une chaise et quelques étagères. Une pile de chemises de différentes couleurs attendait sur la table. Dans un coin, Roger aperçut un cahier sur lequel etait écrit à la main *Divers*. Pour une raison étrange, la vue de cette écriture appliquée le fit frissonner.

Tout se précisait de minute en minute. Il ne pouvait plus douter de l'hypothèse de Claire. D'abord les photographies, à présent l'écriture. Il fut soudain assailli par un mouvement de panique à l'idée qu'il risquait de rencontrer bientôt Geillis Duncan, ou Gillian Edgars.

Le directeur ouvrit plusieurs dossiers et indiqua certains passages à Claire, qui parvint admirablement à jouer le jeu. De temps à autre, Roger se penchait sur les papiers et marmonnait :

— Hmm... Oui, très intéressant.

Mais les paragraphes rédigés de la belle écriture inclinée et élégante lui étaient incompréhensibles.

« C'est elle qui a écrit ça, pensait-il. Elle existe vraiment, elle est réelle. Si elle passe à travers le menhir, elle brûlera et se ratatinera comme une vieille pomme. Si elle ne part pas dans le passé... je n'existe pas. »

Il secoua violemment la tête pour dissiper cette pensée.

— Vous n'êtes pas d'accord, monsieur Wakefield ?

— Pardon ? Comment... si, si, absolument, sursauta-t-il. Euh... excusez-moi, je vais sortir un instant. Je ne me sens pas très bien, je vais attendre dehors. Prenez votre temps.

Il donna une petite tape rassurante sur le bras de Claire et s'éclipsa sous le regard inquiet du professeur McEwan.

Il faisait encore jour quand Claire le rejoignit sur le trottoir, mais la journée touchait à sa fin. Les gens rentraient chez eux, et il y avait une atmosphère de relâchement dans la rue. Chacun aspirait à jouir enfin d'un peu de tranquillité après de longues heures de travail.

Roger lui ouvrit la portière de la voiture, s'assit derrière le volant, les épaules voûtées et l'air sombre.

Elle lui lança un bref regard navré.

— C'est un peu éprouvant pour les nerfs, n'est-ce pas ?

Il hocha la tête sans la regarder et demanda :

— Et maintenant ?

Claire s'enfonça dans son fauteuil, les yeux fermés.

— Vous devriez inviter Brianna à dîner quelque part, suggéra-t-elle.

Roger ne voyait pas très bien le rapport, même si l'idée était loin de lui déplaire.

— Oui, bien sûr... Demain soir, peut-être...

— Pourquoi attendre demain soir ?

Elle se redressa et remit machinalement un peu d'ordre dans sa coiffure.

— Vous pourriez repasser chez Greg Edgars après le dîner, par exemple.

Roger la regarda, interloqué.

— Comment savez-vous qu'il s'appelle Greg ? Et puis, s'il n'a pas voulu me parler cet après-midi, pourquoi voulez-vous qu'il me parle ce soir ?

Claire se tourna vers lui comme si elle doutait soudain de ses capacités mentales.

— D'une part, je connais son nom parce qu'il était écrit sur une enveloppe dans sa boîte aux lettres ; de l'autre, il vous parlera ce soir parce que, cette fois, vous lui apporterez une bonne bouteille de whisky.

— Qui vous dit qu'il nous laissera entrer ?

— Vous avez vu le nombre de cadavres dans sa poubelle ? Si vous lui apportez de quoi boire, je suis sûre qu'il vous fera fête.

Elle se renfonça dans son siège et regarda par la fenêtre, ajoutant sur un ton détaché :

— Vous pourriez demander à Brianna de venir avec vous.

— Elle a dit qu'elle ne voulait plus entendre parler de cette histoire.

Claire poussa un soupir agacé et lâcha sur un ton qui rappela à Roger qu'elle était chef du personnel dans un grand hôpital :

— Vous n'avez pas besoin de lui dire ce que vous allez faire !

Malgré les oreilles qui lui brûlaient, il s'entêta :

— Je ne vois pas comment nous allons l'entraîner chez ce...

— Pas « nous », vous ! Moi, j'ai autre chose à faire.

Cette fois, elle allait trop loin. Il arrêta la voiture sur le bord du trottoir sans prendre la peine de mettre son clignotant, puis se tourna vers elle.

— Autre chose à faire ! s'écria-t-il. Merci ! Vous m'envoyez faire la causette à un soûlard qui ne manquera pas de me flanquer son poing dans la figure dès qu'il me verra, et vous me demandez de monter un traquenard à votre fille par-dessus le marché ! Vous tenez sans doute à ce qu'elle m'accompagne pour qu'elle puisse me conduire aux urgences une fois que ce poivrot en aura fini avec moi. C'est ça ?

— Non, rétorqua Claire, guère impressionnée par sa sortie. Je crois que vous et M. Edgars réussirez là où j'ai échoué : vous convaincrez Brianna que Gillian Edgars est bien la femme que j'ai connue sous le nom de Geillis Duncan. Elle refuse de m'écouter. Elle ne vous écoutera pas non plus si vous essayez de lui expliquer ce que nous avons découvert à l'Institut. Mais elle écoutera Greg Edgars.

Elle semblait tellement résignée que Roger sentit fondre son agacement. Il remit le moteur en marche et se glissa de nouveau dans le flot des voitures.

— D'accord, j'essaierai, grommela-t-il. Peut-on savoir où vous serez pendant ce temps ?

Elle ouvrit son sac à main et en extirpa un petit objet métallique qu'elle lui agita sous le nez. Une paire de clés.

— Je vais cambrioler l'Institut, annonça-t-elle le plus simplement du monde. Je veux ce cahier.

Une fois sortis du pub, Roger et Brianna décidèrent qu'il était encore trop tôt pour aller dîner et se promenèrent le long du loch Ness, profitant de la soirée exceptionnellement douce. La compagnie de Brianna avait peu à peu fait oublier à Roger les appréhensions que ce tête-à-tête avait fait naître en lui.

Ils parlèrent prudemment au début, évitant soigneusement les sujets délicats. Quand la conversation dévia sur le travail de Roger, elle devint progressivement plus animée.

— Comment en sais-tu autant sur le sujet ? demanda soudain Roger.

— C'est à force d'en discuter avec mon père.

En prononçant le mot « père », elle se raidit un peu, comme si elle s'attendait à une riposte, et ajouta :

— Mon *vrai* père.

Au bout de la rue, Roger pouvait voir la fenêtre éclairée de l'appartement des Edgars. L'ours était dans sa tanière. Il sentit une décharge d'adrénaline se déverser dans ses veines à l'idée de la confrontation qui aurait lieu plus tard.

Sa nervosité s'atténua lorsqu'ils pénétrèrent dans la salle de restaurant. Brianna et Roger, mis en confiance par l'ambiance feutrée du restaurant, bavardèrent agréablement tout au long de la soirée, en ayant soin, toutefois, de ne pas évoquer la scène de la veille au presbytère.

Quand il était passé prendre Brianna dans l'après-midi, Roger avait remarqué les rapports tendus entre la mère et la fille et il ne tenait pas à déclencher une nouvelle crise.

Après le dîner, Brianna alla chercher leurs manteaux pendant qu'il réglait la note.

— Qu'est-ce que c'est que ça ? demanda-t-elle en le voyant sortir du restaurant avec une bouteille sous le bras.

— Ça ? Rien, juste un petit cadeau que je dois déposer chez quelqu'un. Ça te dit de venir avec moi ou tu préfères que je te raccompagne d'abord ?

Il ne savait pas s'il avait tellement envie qu'elle l'accompagne, mais se sentit néanmoins soulagé quand elle sourit en hochant la tête.

— D'accord, pourquoi pas ? Je viens avec toi.

— Parfait.

Il s'arrêta sur le seuil du restaurant et lui redressa le col de son manteau.

— C'est à deux pas d'ici, on peut y aller à pied.

Greg Edgars avait manifestement passé l'après-midi en compagnie de ses bouteilles. Fort heureusement, il ne sembla faire aucun lien entre ses visiteurs du soir et les intrus qui l'avaient dérangé dans sa sieste. Il écouta le mensonge que Roger venait d'inventer en chemin d'un air soupçonneux.

— Le cousin de Gillian ? Ch'savais pas qu'elle avait un cousin !

— Eh bien si... c'est moi, répondit timidement Roger.

Edgars marqua un temps d'arrêt, se frotta l'œil et arrêta son regard sur Brianna qui se tenait derrière Roger.

— Et elle ?

— Euh... c'est... ma fiancée, improvisa Roger.

Brianna lui lança un regard surpris, mais ne broncha pas. Manifestement, elle commençait à flairer le coup monté, mais elle passa néanmoins devant lui quand Greg Edgars ouvrit la porte pour les laisser entrer.

L'appartement était petit et encombré de meubles bon marché. Il sentait le renfermé, les vieilles poubelles et la cendre froide. Des vestiges de plats précuisinés jonchaient pratiquement toutes les surfaces planes. Brianna enjamba un tas de linge sale jeté sur la moquette et lança un regard vers Roger. Celui-ci haussa les épaules d'un air impuissant. Manifestement, la maîtresse de maison n'était pas là.

En personne du moins. Lorsqu'il se tourna pour accepter la chaise pliante qu'Edgars lui tendait, Roger tomba nez à nez avec un portrait qui ornait le manteau de cheminée. Il se mordit les lèvres pour retenir une exclamation de surprise.

La femme le fixait avec un regard intense, un léger sourire ironique au coin des lèvres. Sa chevelure blond platine encadrait un visage à l'ovale parfait où brillaient de grands yeux vert mousse.

— Pas mal, hein ? fit Edgars en suivant son regard.

— Euh... oui, c'est elle tout craché, répondit Roger.

Il poussa un papier gras sur le tapis du bout du pied. Brianna contemplait elle aussi la photo avec intérêt, manifestement frappée par la ressemblance entre la jeune femme et son prétendu cousin.

— Gillian n'est pas à la maison ? demanda Roger.

Edgars agita la bouteille vers lui d'un air interrogateur. Roger allait refuser, puis, changeant d'avis, acquiesça. Peut-être, en partageant un verre avec cet homme, parviendrait-il à lui tirer les vers du nez. Si Gillian n'était pas là, il lui dirait peut-être où la trouver.

Occupé à enlever le bouchon avec ses dents, Edgars fit non de la tête et décolla délicatement le morceau de papier qui adhérait à sa lèvre inférieure.

— On ne la voit pas beaucoup dans les parages, ces temps-ci. Quand Madame veut bien rester chez elle, cette baraque a moins l'air d'un foutoir. Quoique...

Il s'empara de trois verres dans un petit meuble bas et lança un regard dubitatif à chacun d'eux pour s'assurer de leur état de propreté. Il versa ensuite le whisky avec une application exagérée et traversa la pièce pour servir ses invités. Brianna accepta son verre avec circonspection et préféra rester debout, adossée à la cheminée.

— À la vôtre ! déclara Edgars avant de s'octroyer une longue gorgée. Comment c'est que vous vous appelez déjà ? Ah, oui ! Roger. C'est drôle, elle ne m'a jamais parlé de vous. D'un autre côté, ça n'a rien d'étonnant, elle ne parle jamais de sa famille. Faut croire qu'elle en a honte. Pourtant, vous n'avez pas l'air de ploucs ! conclut-il en s'esclaffant.

Constatant que la maison ne donnait pas dans la subtilité, Roger décida d'aller droit au but.

— Vous savez où je pourrais la trouver ?

Edgars fit une moue dubitative, en se balançant d'avant en arrière au-dessus de son verre de whisky. Il était petit et trapu.

Il devait avoir à peu près l'âge de Roger, mais paraissait plus vieux du fait de ses joues mal rasées et de sa tignasse hirsute.

— Pfff... c'que j'en sais ! Elle est probablement avec ses potes du Nat ou de la Rose. J'ai du mal à suivre, avec elle.

— Le Nat ? Vous voulez dire les nationalistes écossais ?

— Ben oui, ces crétins du Nat. C'est là que je l'ai rencontrée, vous saviez pas ?

— Il y a longtemps de ça, monsieur Edgars ?

Roger sursauta. Ce n'était pas la photographie qui avait parlé, mais Brianna. Celle-ci dévisageait Greg Edgars avec intérêt, mais il n'aurait su dire si elle s'efforçait d'entretenir la conversation ou si elle avait une idée derrière la tête.

— Ch'sais pas... Ça doit faire deux ou trois ans. Au début, on se marrait bien. On organisait des virées en camionnette et on faisait des descentes au pub. On voulait foutre les Anglais dehors et nous joindre au Marché commun, tout seuls, comme des grands.

Edgars poussa un long soupir, se remémorant ses bons souvenirs.

— C'était avant qu'elle devienne maboule, acheva-t-il.

— Maboule ? s'inquiéta Roger.

— Ouais, quand elle s'est mise à fréquenter ces types de l'association de la Rose blanche. Les chéris de Charlie. Une bande de tarés qui jouent à la guéguerre avec des kilts, des épées et tout ça. J'ai rien contre, vous me direz... ajouta-t-il dans un élan d'objectivité. Mais Gillian n'a jamais su s'arrêter. Faut toujours qu'elle aille jusqu'au bout ! Elle m'a farci la tête avec son Bonnie Prince Charlie. « Ah, si seulement il avait réussi en 1746 ! » singea-t-il. Ses copains envahissaient ma cuisine tous les soirs jusqu'au petit matin, à discuter en gaélique du pourquoi et du comment de l'échec des jacobites, et à siffler toute ma bière par la même occasion ! Je t'en foutrais, moi, des jacobites !

— Votre femme s'intéresse-t-elle aussi aux cromlechs ? demanda Brianna.

Sa voix tranchante fit sursauter Roger. Cette fois, on avait quitté le domaine des généralités et des faux-semblants. Lorsqu'ils sortiraient d'ici, il était bon pour essuyer un beau savon. Après quoi, elle ne lui adresserait probablement plus jamais la parole.

— Aux quoi ? demanda Edgars en se récurant l'oreille avec le petit doigt.

— Les sites mégalithiques, vous savez ? expliqua Roger. Les cercles de menhirs, comme à Stonehenge.

— Ah, me parlez pas de ces foutus cailloux ! explosa Edgars. C'est sa dernière marotte. Elle est fourrée nuit et jour dans cette saloperie d'Institut. Madame claque tout mon fric dans des cours. Des cours ! Non mais, vous vous rendez compte ! Madame paye pour qu'on lui apprenne des contes de fées ! « Tu ferais mieux d'apprendre à taper à la machine », que je lui ai dit. « Si tu t'emmerdes tant que ça, va donc te trouver un boulot ! » Du coup, elle a claqué la porte. Ça fait deux semaines que je l'ai pas vue.

Il s'interrompit pour vider son verre, saisit la bouteille et l'inclina vers eux d'un air interrogateur.

— Je vous en sers un autre ?

— Non, merci, fit précipitamment Brianna. Il faut qu'on parte. N'est-ce pas, Roger ?

Voyant la lueur assassine dans son regard, Roger se demanda un instant s'il ne serait pas plus en sécurité en restant tranquillement assis à finir la bouteille avec Edgars.

Celui-ci les raccompagna jusqu'à la porte, sa bouteille à la main, et resta sur le seuil en les regardant s'éloigner. Lorsqu'ils furent à quelques dizaines de mètres, il les rappela en lançant :

— Si vous la voyez, dites-lui de rentrer à la maison !

Ils marchèrent en silence jusqu'au bout de la rue. Elle attendit qu'ils soient hors de vue pour se retourner vers lui.

— Qu'est-ce que c'est que cette histoire ? Je croyais que tu n'avais pas de famille dans les Highlands. D'où sort cette... cousine ?

Elle était en colère, mais pas encore hors d'elle. Il prit son temps avant de répondre.

— C'est Geillis Duncan.

Elle s'écarta d'un pas et il la vit pâlir. Il tendit un bras vers elle, mais elle le repoussa.

— C'est encore une idée de Maman, n'est-ce pas ?

— Écoute... s'impatienta-t-il, tu n'es pas la seule impliquée dans cette histoire. Je sais que tu as subi un choc. Si tu ne veux vraiment pas en entendre parler, je n'insisterai pas. Mais tu pourrais penser à ta mère... et à moi.

— Toi ? En quoi tout ceci te concerne-t-il ?

Il n'avait pas voulu compliquer les choses en lui parlant de son propre dilemme, mais il était trop tard pour garder des secrets. Il lui résuma en deux mots ses liens avec la sorcière de Cranesmuir. L'espace d'un instant, il comprit soudain la situation cruelle de Claire, confrontée à l'impossibilité d'expliquer aux autres ce qu'elle vivait.

— En d'autres termes, conclut-il, c'est sa vie ou la mienne. Il y a un côté terriblement mélodramatique, mais c'est comme ça. Claire m'a laissé le choix. Je ne sais pas encore ce que je veux, si ce n'est que j'aimerais au moins la voir.

Brianna le dévisageait gravement.

— Alors tu y crois vraiment ? demanda-t-elle.

Il se contenta de soupirer et de lui prendre le bras. Elle ne lui résista pas et ils se remirent à marcher.

— Si tu avais vu le visage de ta mère hier soir, quand elle a lu les mots gravés à l'intérieur de son alliance... C'est ce qui a achevé de me convaincre. Sa douleur était tellement réelle...

Ils étaient arrivés à hauteur de la voiture, garée derrière le pub. Brianna se tourna vers lui et le regarda dans les yeux. Elle était si près qu'il sentait son souffle sur son visage. Elle tendit une main vers lui et effleura sa joue.

— Je ne sais pas, Roger. Je ne sais plus très bien où j'en suis. Je... je n'arrive même plus à penser. Mais... je te promets d'y réfléchir... pour toi.

Tout compte fait, cambrioler un bureau alors qu'on en a la clé n'a rien de sorcier. Le risque que Mme Andrews ou le professeur McEwan me prennent la main dans le sac était infime. Même s'ils revenaient à l'improviste, je pouvais toujours dire que j'avais oublié mon calepin et que j'avais trouvé la porte ouverte. J'en avais un peu perdu l'habitude, mais l'imposture avait été autrefois ma seconde nature. Finalement, mentir était comme faire de la bicyclette : on n'oubliait jamais.

Aussi n'était-ce pas de m'être introduite dans l'Institut pour voler le cahier de Gillian Edgars qui m'avait mise dans tous mes états, mais plutôt le cahier lui-même.

Comme me l'avait expliqué un jour maître Raymond, la puissance et le danger de la magie résidaient dans ceux qui croyaient en elle. Lors de ma visite à l'Institut durant l'après-midi, j'avais eu un bref aperçu du contenu du cahier. Je savais déjà qu'il contenait une extraordinaire accumulation de faits, de spéculations et de délires de l'imagination qui ne pouvaient avoir un intérêt que pour un romancier. Pourtant, je ressentis presque une répulsion physique à le toucher. Connaissant la personne à qui il appartenait, je ne savais que trop ce qu'il était réellement : un livre de magie, un grimoire couvert de formules mystérieuses.

Toutefois, s'il y avait un indice qui pouvait m'indiquer où trouver Geillis, il ne pouvait être que dans ce cahier. Une fois de retour dans la rue, je le serrai sous mon bras, les mains moites. J'avais l'impression de transporter une bombe, un objet à manipuler avec la plus grande précaution, si je ne voulais pas qu'il m'explose au visage.

Je passais devant la terrasse d'un bistrot italien. Je m'installai à une table, posai le cahier devant moi et commandai un verre de chianti.

Nous étions à la fin avril, à quelques jours du 1er mai, la fête de Beltane. C'était à peu près à cette époque que j'avais été propulsée dans le passé. J'étais également revenue vers la mi-avril. La date avait-elle une importance particulière ? Ou était-ce simplement la saison ?

Ou peut-être encore la période de l'année n'avait-elle rien à voir là-dedans ?

La visite à l'Institut m'avait confirmé une chose. Geillis ou Gillian n'avait pas encore franchi la barrière du temps. Si elle était férue des légendes des Highlands, elle ne pouvait ignorer que la fête de Beltane approchait. Était-ce le moment qu'elle attendait pour son expédition ? Mais où la trouver ? Peut-être se cachait-elle quelque part ? En train d'effectuer des rites de préparation pour son voyage ? Avec ses amis du groupe de néo-druides dont Fiona faisait partie ? Le cahier me le dirait peut-être.

Lorsque Geillis avait été condamnée, Jamie m'avait dit : *Ne pleure pas pour cette femme,* Sassenach, *elle est mauvaise.* Sur le moment, qu'elle soit bonne ou mauvaise m'avait paru secondaire. À présent, je ne savais plus. Ne devais-je pas me tenir à l'écart et la laisser accomplir son destin ? Toutefois, elle m'avait sauvé la vie. Ne devais-je pas faire tout mon possible pour lui rendre la pareille ? Et Roger, avais-je le droit de mettre son existence en danger ?

J'entendais presque la voix de Jamie chuchotant à mon oreille : *Ce n'est pas une question de droit, Sassenach,* mais de devoir... d'honneur.

— D'honneur ? m'exclamai-je à voix haute. Qu'est-ce que l'honneur ?

Le serveur qui m'apportait mon plat de tortellini et un verre de vin sursauta.

— Pardon ?

— Ce n'est rien, le rassurai-je.

Il avait à peine tourné le dos que je le rappelais.

— S'il vous plaît ? Je crois que vous feriez mieux de m'apporter carrément la bouteille de chianti.

J'achevai mon repas encerclée par mes fantômes. Un peu plus tard, revigorée par le vin et la nourriture, je repoussai mon assiette vide et ouvris le cahier de Gillian Edgars.

49

Bénis soient ceux...

Il n'y a rien de plus sombre que la campagne highlandaise par une nuit sans lune. Les phares des voitures qui venaient en sens inverse découpaient les silhouettes de Roger et de Brianna assis à l'avant. Ils étaient tendus et enfoncés dans leur siège comme pour se préparer à un choc frontal. Nous étions tous trois enfermés dans notre silence, chacun seul avec son angoisse.

J'avais tenté une dernière fois d'appeler Greg Edgars juste avant de quitter le presbytère. Toujours personne.

La première partie du cahier était intitulée : *Observations*. Elle contenait des références décousues, des petits diagrammes et des tableaux remplis de chiffres. L'un d'eux annonçait : *Position du Soleil et de la Lune le jour de Beltane*. Suivait une succession de plus de deux cents chiffres alignés par paires. Il y avait un tableau similaire pour Hogmanay et la Saint-Jean, qui se tenait au milieu de l'été, et pour Samhain, qui correspondait plus ou moins à la Toussaint. C'étaient les anciennes fêtes du feu et du soleil, et le soleil de Beltane se levait le lendemain.

La partie centrale du cahier était intitulée : *Spéculations*. Sur l'une des pages, je lus : *Lors des sacrifices, les druides brûlaient les corps dans de grandes cages en osier, mais chaque victime était préalablement tuée par strangulation et égorgée afin de recueillir son sang. La question est de savoir quel est l'élément primordial : le feu ou le sang ?* Cette curiosité morbide évoqua immédiatement en moi le visage de Geillis Duncan ; non pas la jeune étudiante dont j'avais vu la photo à l'Institut, mais la femme de dix ans plus âgée, secrète et cynique. Celle qui savait manipuler les hommes pour obtenir d'eux ce qu'elle voulait et qui n'hésitait pas à tuer de sang-froid pour parvenir à ses fins.

C'étaient les dernières pages du cahier, les *Conclusions*, qui nous avaient incités à prendre la route par cette nuit noire. J'enfonçai les mains dans mes poches, serrai les poings, regrettant amèrement que Greg Edgars n'ait pas décroché son téléphone.

Roger ralentit et engagea l'Austin sur le chemin de terre qui menait au pied de la colline de Craigh na Dun.

— Je ne vois rien ! bougonna-t-il.

Il n'avait pas dit un mot depuis si longtemps que le son éraillé de sa voix le surprit.

— C'est normal ! rétorqua Brianna. Non seulement il fait nuit noire, mais en plus le cromlech est tout en haut de la colline !

Roger émit un grognement et ralentit encore un peu. Brianna avait les nerfs tendus et lui aussi. Seule Claire, calmement assise à l'arrière, ne semblait pas contaminée par l'atmosphère électrique qui régnait dans la voiture.

— Elle est là ! dit-elle soudain.

Roger freina brutalement, projetant la mère et la fille en avant, ce qui lui valut un regard noir de la part de Brianna.

— Où ça ? demanda-t-elle à sa mère.

Claire pointa un doigt vers la droite.

— Il y a une voiture là, garée derrière ce taillis.

Roger n'eut même pas le temps d'ouvrir sa portière, Brianna était déjà dehors.

— Restez là, ordonna-t-elle. Je vais voir.

Ils la regardèrent s'éloigner dans la lueur des phares. Elle revint quelques minutes plus tard.

— Personne, annonça-t-elle. Vous croyez qu'elle...

Claire acheva de boutonner son manteau et s'enfonça dans l'obscurité. Sans prendre la peine de répondre à sa fille, elle lança sans se retourner :

— Le sentier est par là.

Ils s'arrêtèrent en bordure du tertre, serrés les uns contre les autres, hors d'haleine. Roger tendit un bras devant lui.

— Il y a une lueur là-bas.

Elle était à peine visible, juste un bref éclat qui s'éteignit aussitôt, mais les deux femmes l'avaient vue également.

Et maintenant ? se demanda-t-il. S'ils se mettaient à crier, ne risquaient-ils pas de lui faire peur et de la pousser à commettre une bêtise ? Quel genre de bêtise exactement ?

Ce fut l'odeur d'essence qui l'incita à agir. Elle flottait dans l'air autour d'eux et, sans trop savoir pourquoi, il se mit à courir dans la direction où il avait aperçu la lumière. La voix de Claire retentit dans son dos, perçant le silence :

— Gillian !

Il entendit un bruit sourd devant lui et soudain la nuit s'illumina. Pris de court, il trébucha sur une pierre et tomba à genoux.

Pendant quelques instants, il ne vit rien, aveuglé par l'intensité du brasier. Il perçut un cri derrière lui et sentit la main de Brianna sur son épaule. Il cligna des yeux plusieurs fois avant de pouvoir distinguer autre chose qu'une forte lumière jaune.

La mince silhouette se dressait entre eux et le feu. Elle portait une robe longue, serrée à la taille, un vêtement d'autrefois. Elle était tournée vers eux, scrutant le noir, cherchant qui l'avait appelée.

Tout en se relevant, il trouva le temps de se demander comment elle était parvenue à hisser une si grosse bûche jusqu'ici. Quand l'odeur de chair brûlée lui chatouilla les narines, il comprit. Greg Edgars n'était pas chez lui ce soir. N'ayant pas découvert lequel, du feu ou du sang, était l'élément primordial, elle avait choisi les deux.

Il se remit à courir, les yeux rivés sur la fille devant lui. Elle le vit venir, tourna les talons et fila droit vers le menhir fendu. Elle portait un sac à dos en toile sur l'épaule.

Les bras tendus, elle s'arrêta au pied de la pierre dressée et lança un regard derrière elle. L'espace d'un instant, leurs regards se croisèrent. Il ouvrit la bouche pour crier, mais aucun son n'en sortit. Elle se tourna, légère comme une étincelle, et disparut dans la fente.

Le feu, le corps, la nuit elle-même s'évanouirent brutalement dans un hurlement strident. Un éclair aveuglant illumina le ciel. Roger se retrouva le nez dans l'herbe, les ongles enfoncés dans la terre, s'agrippant de toutes ses forces aux derniers vestiges de sa raison. Il sentit ses sens l'abandonner progressivement. Même le contact du sol, sous lui, lui paraissait aussi irréel et fuyant que la créature qui venait de disparaître. Il perdit la sensation du temps et se sentit flotter dans le néant. Et il y eut une présence, des mains qui le secouaient violemment. Une voix lointaine appelait son nom. À vrai dire, elle l'insultait, se rapprochait.

— Pauvre imbécile ! Espèce de crétin ! Roger ! Roger ! Réveille-toi, bon sang ! Réveille-toi !

Au moins, son ouïe était revenue. Dans un effort surhumain, il redressa la tête et ouvrit les yeux, pour se retrouver à quelques centimètres du visage baigné de larmes de Brianna, dont les yeux brillants reflétaient les dernières lueurs du feu.

L'odeur de l'essence et de la chair carbonisée le prit à la gorge. Il se détourna et toussa.

— Oh, mon Dieu ! sanglotait Brianna. Oh, mon Dieu, j'ai cru que je ne pourrais pas t'arrêter ! Tu marchais droit sur le menhir. Oh, mon Dieu !

Il s'assit dans l'herbe et la serra contre lui. Elle continua à sangloter dans ses bras, répétant sans cesse « Oh, mon Dieu, oh, mon Dieu ! »

Il lui caressa doucement le dos.

— Chut, chut, c'est fini maintenant. Tout va bien. Je suis là.

Non loin d'eux, le feu mourait lentement. La forme noire grésillait doucement, en émettant de petits crépitements.

— Tu l'as vue, toi aussi ? demanda-t-il.

Elle acquiesça contre son épaule, sans cesser de pleurer. Il avait encore la tête qui lui tournait, mais ses pensées reprenaient forme.

— Est-ce que ta...

Un doute horrible l'interrompit et il se redressa brusquement.

— Ta mère ! s'écria-t-il en saisissant Brianna par les épaules. Claire ! Où est-elle ?

Brianna ouvrit des yeux terrifiés et bondit sur ses pieds, jetant des regards affolés autour d'elle.

— Maman ? cria-t-elle. Maman, où es-tu ?

Ils l'avaient retrouvée évanouie à la lisière du cercle de menhirs, aussi livide que la lune qui venait de se lever. Seul le sang qui suintait lentement de ses mains écorchées indiquait qu'elle était encore en vie. Incapables de la ranimer, ils avaient dû la transporter jusqu'à la voiture, trébuchant et jurant tout au long de la descente de cette maudite colline. Tandis qu'ils s'éloignaient de Craigh na Dun, Roger avait jeté un dernier regard derrière lui dans le rétroviseur. Une mince volute de fumée s'élevait encore du tertre, dernier vestige du drame.

À présent, Brianna était penchée sur sa mère, allongée sur le sofa, immobile comme un gisant. Roger était assis sur un tabouret, le corps rompu, l'esprit brumeux.

— Tu ne crois pas qu'on devrait appeler un médecin ? la police ? suggéra-t-il.

— Attends ! Elle revient à elle.

Les paupières de Claire frémirent, puis s'entrouvrirent. Son regard était doux et clair. Elle regarda autour d'elle, s'arrêta sur le visage anxieux de Brianna, et sur Roger, debout, une main sur le combiné du téléphone. Elle écarta les lèvres et tenta de parler. Il lui fallut quelques secondes avant d'articuler le premier mot :

— Elle... est partie ?

— Oui, répondit-il.

Ses yeux se tournèrent vers sa fille, mais ce fut cette dernière qui parla la première :

— Alors, c'est vrai ? Tout était vrai ?

Roger perçut le frisson qui parcourait le corps de la jeune fille et, sans réfléchir, s'approcha d'elle et lui prit la main. Tandis qu'elle la serrait compulsivement, au point de lui faire mal, il se souvint brusquement d'une phrase lue dans un des livres du révérend : *Bénis soient ceux qui n'ont pas vu, mais qui pourtant ont cru.* Mais que penser de ceux qui ne pouvaient croire que ce qu'ils avaient vu ? Brianna en était l'illustration même : elle avait vu et elle était à présent terrifiée parce qu'elle était bien obligée de croire.

Le visage de Claire en revanche exprimait une sérénité inhabituelle. Elle esquissa un sourire doux à l'adresse de sa fille, une pointe de malice au fond des yeux.

— Bien sûr que c'est vrai, ma chérie. Est-ce que ta mère te mentirait ?

Les policiers et le médecin étaient partis à l'aube, après plusieurs heures passées à remplir des formulaires, prendre les dépositions des témoins, vérifier les signes vitaux de la malade et faire de leur mieux pour trouver une explication rationnelle à toute cette histoire. Les policiers avaient ensuite pris la route de Craigh na Dun afin d'enlever le corps carbonisé de Greg Edgars, et de lancer un mandat d'arrêt contre sa femme, pour avoir assassiné son mari.

Roger avait ensuite confié les Randall aux bons soins de Fiona et du médecin, et était ensuite monté se coucher, sans même prendre la peine de se déshabiller. Il ne s'était réveillé que dans la soirée, tenaillé par une faim de loup. En descendant au rez-de-chaussée, il avait trouvé ses invitées, aussi silencieuses que lui, en train d'aider Fiona à préparer le dîner.

Ils avaient pris le repas pratiquement sans se parler, mais dans une atmosphère calme et détendue, comme si la communication circulait tout naturellement entre eux. Brianna était assise à côté de sa mère, l'effleurant de temps à autre en lui passant les plats, comme si elle cherchait à s'assurer de sa présence.

Après le dîner, Claire s'était installée près de la fenêtre du salon. Brianna était partie aider Fiona à la cuisine et il s'était enfermé dans le bureau, le ventre plein, pour réfléchir.

Deux heures plus tard, il réfléchissait encore, sans grand succès. Des livres étaient ouverts un peu partout dans la pièce, sur les chaises, le tapis, le canapé.

Il lui fallut du temps, mais il finit par trouver. C'était un bref passage qu'il avait déjà aperçu plus tôt, lors de ses recherches pour Claire. Sa première enquête lui avait apporté le réconfort et la paix. Cette dernière découverte risquait fort de la bouleverser à nouveau. Elle expliquait la présence de la tombe, si loin de Culloden.

Il se gratta le crâne, hésitant. Devait-il le lui dire ?

Claire se trouvait toujours à la même place, assise près de la fenêtre du salon, le regard perdu dans la nuit.

— Claire ? Je... j'ai quelque chose à vous dire.

Elle tourna les yeux vers lui. C'étaient des yeux tranquilles, qui avaient connu de près la terreur, le désespoir et le deuil, mais qui avaient supporté le choc.

Elle lui avait dit la vérité. Il devait faire de même.

— J'ai trouvé quelque chose... C'est au sujet de Jamie.

— De quoi s'agit-il ?

— De la dernière mission qu'il s'était confiée. Je crois... je crois qu'il a échoué.

Elle pâlit brusquement.

— Vous voulez parler de ses hommes ? Mais... je croyais que...

— Non, je suis pratiquement sûr qu'il est parvenu à mettre ses hommes sur la route de Lallybroch. Il les a sauvés de Culloden.

— Mais alors ?

— C'est après. Vous m'avez dit qu'il avait l'intention de retourner sur le champ de bataille et je crois que là encore, il a réussi. Mais...

Les mots ne sortaient pas. Finalement, il ouvrit le livre et lut à voix haute :

— *À l'issue de la bataille de Culloden, dix-huit officiers jacobites, tous blessés, trouvèrent refuge dans une vieille maison où, pendant deux jours, ils se terrèrent, sans soins, souffrant le martyre. Puis ils furent découverts, traînés dans la cour et exécutés sommairement. L'un d'entre eux, un Fraser du régiment du Maître de Lovat, échappa au carnage. Les autres furent enterrés au fond du jardin.*

— L'un d'entre eux, un Fraser du régiment du Maître de Lovat, échappa au carnage, répéta doucement Roger.

Il releva la tête et la vit qui le fixait, hébétée, le regard vide.

— Il voulait mourir à Culloden, murmura Roger. Mais il en a réchappé.

Remerciements

L'auteur tient à remercier :
Les trois Jackie (Jackie Cantor, Jackie LeDonne et ma mère),
les anges gardiens de mes livres ; les quatre John (John Myers,
John E. Simpson Jr., John Woram et John Stith) pour leurs
relectures attentives, leur connaissance de l'Écosse et leur
enthousiasme ; Janet McConnaughey, Margaret J. Campbell,
Todd Heinmarck, Deb et Dennis Parisek, Holly Heinel et tous
les autres membres du LitForum dont le nom ne commence pas
par un J ; notamment Robert Riffle, pour ses épithètes françaises, ses touches de piano en ivoire et son œil aguerri ; Paul
Solyn, pour ses capucines tardives, ses valses, son écriture ronde
et ses conseils en botanique ; Fay Zachary, pour ses déjeuners ;
le professeur Gary Hoff, pour ses conseils médicaux et ses con-
sultations (sans rapport avec la description d'une éviscération) ;
le poète Barry Fogden, pour ses traductions à partir de l'anglais ;
Labhriunn MacIan, pour ses imprécations en gaélique et son
nom si poétique ; Kathy Allen-Webber, pour son aide générale
en français (s'il reste des fautes de temps, j'en suis la seule responsable) ; Vonda N. McIntyre, pour m'avoir appris quelques
« trucs » du métier ; Michael Lee West, pour ses excellentes
remarques sur le texte et le genre de conversations téléphoniques qui font hurler aux membres de ma famille « Raccroche !
on a faim ! » ; la mère de Michael Lee, pour avoir lu le manuscrit
en relevant régulièrement la tête et en déclarant à sa fille :
« Pourquoi tu n'écris pas des choses comme ça ? » ; et Elizabeth
Buchan, pour ses questions, suggestions et conseils et l'effort
déployé qui fut presque aussi immense que l'aide fournie.

Table

Achevé d'imprimer au Canada
en juin deux mille six
sur les presses de Quebecor World l'éclaireur/St-Romuald